CB069633

MUSASHI

Volume I

Eiji Yoshikawa

MUSASHI

Volume I

Tradução e notas de Leiko Gotoda
Prefácio de Edwin O. Reischauer

18ª edição

Título original: *Miyamoto Musashi*
Copyright © 1971, Fumiko Yoshikawa
Copyright © 1981, Kodansha International Ltd., para o prefácio de Edwin O. Reischauer.
Copyright desta tradução © 1999, Editora Estação Liberdade Ltda.

Revisão Jandyra Lobo e Claudia Cavalcanti
Capa Antonio Kehl / Estação Liberdade
Ilustrações de capa e miolo Ayao Okamoto. Nanquim sobre papel, 1999
Editores Angel Bojadsen e Edilberto F. Verza

A EDIÇÃO DESTA OBRA CONTOU COM SUBSÍDIOS DOS PROGRAMAS
DE APOIO À TRADUÇÃO E À PUBLICAÇÃO DA FUNDAÇÃO JAPÃO

CIP-BRASIL. CATALOGAÇÃO NA PUBLICAÇÃO
SINDICATO NACIONAL DOS EDITORES DE LIVROS, RJ

Y63m
18. ed.

Yoshikawa, Eiji, 1892-1962
    Musashi, volume I / Eiji Yoshikawa ; tradução e notas de Leiko Gotoda ; prefácio de Edwin O. Reischauer. - 18. ed. - São Paulo : Estação Liberdade, 2025.
    1.792 p. ; 23 cm.

Tradução de: Miyamoto Musashi
ISBN 978-85-7448-321-4

1. Ficção japonesa. I. Gotoda, Leiko. II. Reischauer, Edwin O. III. Título.

25-96854.1   CDD: 895.63
                   CDU: 82-3(520)

Meri Gleice Rodrigues de Souza - Bibliotecária - CRB-7/6439
14/03/2025   20/03/2025

Todos os direitos reservados à Editora Estação Liberdade. Nenhuma parte da obra pode ser reproduzida, adaptada, multiplicada ou divulgada de nenhuma forma (em particular por meios de reprografia ou processos digitais) sem autorização expressa da editora, e em virtude da legislação em vigor.

Esta publicação segue as normas do Acordo Ortográfico da Língua Portuguesa, Decreto nº 6.583, de 29 de setembro de 2008.

EDITORA ESTAÇÃO LIBERDADE LTDA.
Rua Dona Elisa, 116 — Barra Funda — 01155-030
São Paulo – SP — Tel.: (11) 3660 3180
www.estacaoliberdade.com.br

SUMÁRIO

VOLUME I

11   PREFÁCIO
     por Edwin O. Reischauer

17   NOTA DA TRADUTORA

19   A TERRA
    21   O GUIZO
    30   O COGUMELO VENENOSO
    40   UM PENTE VERMELHO
    48   FLORES PARA O SANTUÁRIO
    60   O POVO DA ALDEIA
    68   A ARMADILHA
    76   ESTRATÉGIAS DE GUERRA
    88   O FEITIÇO DE UMA FLAUTA
    104 O CEDRO CENTENÁRIO
    118 O DIÁLOGO DA ÁRVORE E DA PEDRA
    126 A CASA DE CHÁ MIKAZUKI
    133 O MEDO
    139 A CELA DA LUZ
    148 A PONTE HANADABASHI

155 A ÁGUA
    157 A ACADEMIA YOSHIOKA
    166 LUZ E SOMBRA
    180 A RODA DA FORTUNA
    191 A LADEIRA
    201 O DUENDE DAS ÁGUAS
    215 NAS ASAS DO VENTO
    221 CAMINHOS QUE SE CRUZAM

233	OS LANCEIROS DO TEMPLO HOZOIN
246	UMA ESTALAGEM EM NARA
260	O MORRO HANNYA
277	O BERÇO DE UM GRANDE HOMEM
286	A MENSAGEM DA FLOR
302	QUATRO VETERANOS
309	UMA REUNIÃO INFORMAL
317	O CÃO DE KOYAGYU
327	UM CORAÇÃO EM CHAMAS
333	O ROUXINOL
347	A ENCRUZILHADA

351 O FOGO

353	A MELANCIA
361	SASAKI KOJIRO
378	O MONGE *KOMUSO*
383	A TENTAÇÃO
400	AMOR E ÓDIO
405	UM BELO JOVEM
422	A CONCHA DO ESQUECIMENTO
434	DA IMPERMANÊNCIA DA VIDA
441	UM INIMIGO QUE SURGE DO PASSADO
446	A VARAL
460	RIOS E MONTANHAS ETERNOS
472	A FONTE SAGRADA
481	A MIRAGEM
496	O CATA-VENTO
515	UM CAVALO SEM FREIOS
537	BORBOLETA NO INVERNO
544	TENTAÇÕES ADORMECIDAS
557	O DESAFIO
563	SOLIDÃO
572	A AGULHA
583	O SORRISO
591	ONDULAÇÕES NA ÁGUA

603 O VENTO

605	NUM CAMPO SECO
624	UMA LIÇÃO DE VIDA
638	A VIAGEM NOTURNA

647	O CONFRONTO DE DOIS KOJIROS
665	O SEGUNDO FILHO DOS YOSHIOKA
682	O BECO
691	AMOR EXTREMADO
707	A COVA
715	O MERCADOR
731	A NEVASCA
744	RASTROS NA NEVE
762	SEIS POETAS CONTEMPORÂNEOS
775	LENHA PERFUMADA
782	UMA CORDA QUE SE PARTE
789	DOLOROSA PRIMAVERA
799	UM LEVE AROMA DE SÂNDALO
810	O PORTAL
829	UM BRINDE AO AMANHÃ
838	TERRA MORTÍFERA
849	APENAS O LUAR
857	O ECO
874	UM GANSO DESGARRADO
882	VIDA E MORTE
892	A NÉVOA E O VENTO

PREFÁCIO[1]

por Edwin O. Reischauer[2]

Musashi poderia perfeitamente ser o *E o vento levou* do Japão. Escrito por Eiji Yoshikawa (1892-1962), um dos escritores populares mais prolíferos e apreciados do Japão, é um longo romance histórico publicado inicialmente em forma de folhetim entre 1935 e 1939 no maior e mais prestigioso jornal japonês, o *Asahi Shimbun*. Em forma de livro teve catorze edições e, mais recentemente, foi publicado em quatro volumes pela editora Kodansha, integrando a coleção de 53 volumes das obras completas de Yoshikawa. Tema de produção cinematográfica cerca de sete vezes, foi levado ao palco continuamente e transformado em minisséries televisionadas por pelo menos três grandes redes de alcance nacional.

Miyamoto Musashi é um personagem histórico verdadeiro, mas através do romance de Yoshikawa ele e diversos personagens principais passaram a integrar o folclore vivo do Japão. Tornaram-se tão familiares ao público que pessoas começaram a ser comparadas a eles com frequência, como gente que todo o mundo conhece. Para o leitor estrangeiro esse fato contribui para tornar o romance ainda mais interessante, pois não só fornece uma porção romantizada da história japonesa, como também uma perspectiva de como os japoneses veem a si mesmos e ao seu passado. Basicamente, no entanto, o romance será apreciado como uma audaciosa aventura do tipo capa-e-espada, que tem como pano de fundo uma história de amor reprimido, em estilo japonês.

Comparações com o livro *Xogum*, de James Clavell, parecem inevitáveis pois, para a maioria dos norte-americanos de hoje, *Xogum* — tanto o livro como a minissérie televisionada — disputa com os filmes de samurais a posição de principal fonte de conhecimento do passado japonês. Os dois romances se ocupam do mesmo período histórico. *Xogum*, cujos acontecimentos ocorrem no ano de 1600, termina quando lorde Toranaga — que é o histórico Tokugawa Ieyasu — às vésperas de se tornar xogum ou ditador militar do Japão,

---

1. Este prefácio foi extraído integralmente da edição norte-americana em volume único: *Musashi*, Kodansha International, 1981, tradução do inglês por Leiko Gotoda.

2. Edwin O. Reischauer nasceu no Japão em 1910, tendo falecido em 1990. Foi professor da Universidade de Harvard desde 1946, posteriormente Professor Emérito. Abandonou temporariamente o ensino universitário para ser embaixador dos Estados Unidos no Japão entre 1961 e 1966, sendo uma das autoridades mais respeitadas em assuntos japoneses. Entre suas numerosas obras estão *Japan: The Story of a Nation* e *The Japanese*.

parte para a fatídica batalha de Sekigahara. A história de Yoshikawa começa com o jovem Takezo, posteriormente rebatizado Miyamoto Musashi, caído entre os corpos dos soldados do exército derrotado na mesma batalha de Sekigahara.

Com exceção de Blackthorne — o histórico Will Adams — *Xogum* lida em sua maior parte com grandes senhores e damas do Japão que, ligeiramente disfarçados, surgem com nomes que Clavell imaginou para eles. *Musashi* cita importantes personagens históricos e seus nomes verdadeiros enquanto discorre sobre um círculo mais amplo da população japonesa, particularmente sobre um grupo bem numeroso — camponeses, mercadores e artesãos — que viveu numa zona limítrofe mal-definida entre a aristocracia militar hereditária e a plebe. Clavell distorce livremente o fato histórico para adaptá-lo à sua narrativa, nela introduzindo uma história de amor em estilo ocidental que não só constitui flagrante escárnio à história, como também é totalmente inimaginável no Japão daquela época. Yoshikawa permanece fiel à história, ou pelo menos à tradição histórica, e a sua história de amor, que transcorre como um tema menor e serve de pano de fundo à narrativa, é autenticamente japonesa.

Yoshikawa naturalmente enriqueceu a narrativa com muitos detalhes imaginados. Existem coincidências bem estranhas e peripécias bastantes para deleitar qualquer amante de aventuras. Mas o autor permaneceu fiel aos fatos históricos, do modo como são conhecidos. São personalidades históricas reais não apenas o próprio Musashi, como também diversos personagens que desempenham papéis importantes no romance. Por exemplo, Takuan, luz e mentor do jovem Musashi, foi realmente um famoso monge zen-budista, calígrafo, pintor, poeta e mestre da arte do chá de seu tempo, assim como o mais jovem abade do templo Daitokuji em Kyoto (1609), mais tarde fundando um importante monastério em Edo; hoje em dia, entretanto, seu nome é lembrado com maior frequência associado a certo tipo de picles popular entre os japoneses.

O histórico Miyamoto Musashi, que pode ter nascido em 1584 e morrido em 1645, foi, como seu pai, um mestre de esgrima e tornou-se conhecido pela técnica de usar duas espadas. Ardente cultor da autodisciplina como chave para a habilidade marcial, foi o autor de uma famosa obra sobre a arte de manejar a espada, *Gorin no Sho* [*O livro dos cinco elementos*, Trad. José Yamashiro, São Paulo, Cultura, 1992]. Provavelmente tomou parte na batalha de Sekigahara em sua juventude, e seus embates com a academia de esgrima Yoshioka, em Kyoto, com os monges guerreiros de Hozoin, em Nara, e com o famoso espadachim Sasaki Kojiro, detalhados neste livro, aconteceram realmente. A narrativa de Yoshikawa termina em 1612, quando Musashi ainda era um jovem de aproximadamente 28 anos, mas é possível que logo depois, em 1614, tenha participado do cerco ao castelo de Osaka — lutando entre os perdedores

— assim como, entre 1637 e 1638, do extermínio dos camponeses cristãos de Shimabara na ilha ocidental de Kyushu, acontecimento que marcou a erradicação da religião cristã do Japão nos dois séculos subsequentes e ajudou a isolar o país do resto do mundo.

Por ironia do destino, em 1640 Musashi tornou-se vassalo dos senhores Hosokawa, de Kumamoto, que à época em que eram senhores desta província haviam sido patrões de seu principal rival, Sasaki Kojiro. Os Hosokawa nos remetem outra vez a *Xogum*, porque é Tadaoki, o filho mais velho dos Hosokawa, que figura de modo totalmente injustificável como um dos principais vilões do romance, tendo sido a exemplar mulher cristã de Tadaoki, Gracia, retratada por Clavell sem o menor resquício de plausibilidade como Mariko, o grande amor de Blackthorne.

A época em que Musashi viveu foi um período de grande transição no Japão. Após um século de incessantes lutas armadas entre pequenos *daimyo* ou senhores feudais, três líderes sucessivos finalmente reunificaram o país por meio de conquistas. Oda Nobunaga iniciou o processo, porém, antes de completá-lo, foi traído e morto por um vassalo, em 1582. Seu general mais talentoso, Hideyoshi, que emergiu do mais baixo escalão da infantaria, completou a unificação da nação mas morreu em 1598, antes de poder consolidar o governo do país em nome de seu herdeiro, ainda uma criança. O vassalo mais poderoso de Hideyoshi, Tokugawa Ieyasu, um influente *daimyo* que do seu castelo em Edo, atual Tóquio, governava boa parte do Japão oriental, conseguiu então a supremacia derrotando a coalizão de *daimyo* da região ocidental do Japão na histórica batalha de Sekigahara, em 1600. Três anos mais tarde tomou o título tradicional de xogum, significando que impunha a ditadura militar em todo o país, teoricamente em nome da antiga, embora impotente, linhagem imperial baseada em Kyoto. Em 1605, Ieyasu transferiu a posição de xogum para o filho, Hidetada, mas permaneceu ele próprio no controle real do poder até destruir os partidários do herdeiro de Hideyoshi nos cercos ao castelo de Osaka, em 1614 e 1615.

Os três primeiros governantes Tokugawa estabeleceram um controle tão rígido sobre o Japão que seu governo duraria mais de dois séculos e meio até finalmente desabar, em 1868, na tumultuada esteira da reabertura do Japão aos países do Ocidente, uma década e meia antes. Os Tokugawa reinaram através de *daimyo* hereditários semiautônomos, que somavam aproximadamente 265 no final do período, e os *daimyo*, por sua vez, controlavam seus feudos por intermédio de samurais vassalos hereditários. A transição de luta armada constante para uma paz vigiada de perto provocou o surgimento de classes sociais rigidamente delimitadas: a dos samurais, que detinha o privilégio de portar duas espadas e usar nomes de família, ou seja, sobrenomes; e a dos plebeus que, embora incluísse a de mercadores abastados e proprietários de terras, tinha teoricamente vetado o uso de qualquer tipo de arma e a honra de usar nomes de família.

Durante os anos sobre os quais escreveu Yoshikawa, todavia, essas divisões de classe não estavam ainda definidas com rigidez. Todas as localidades tinham seus resíduos de camponeses guerreiros, e no país abundavam os *rounin*, ou samurais sem senhores a quem servir, em grande parte remanescentes dos exércitos de *daimyo* que haviam perdido seus domínios em consequência da batalha de Sekigahara ou de guerras anteriores. Foram necessárias uma ou duas gerações antes que a sociedade fosse totalmente enquadrada nas rígidas divisões de classe do sistema estabelecido por Tokugawa, havendo nesse meio tempo consideráveis movimentos e efervescência social.

Outra grande transição ocorrida no Japão do início do século XVII diz respeito à natureza da liderança. Com a paz restaurada e o término das grandes guerras, a classe dominante dos guerreiros percebeu que, para governar com sucesso, habilidades militares eram menos importantes que talentos administrativos. A classe dos samurais iniciou uma lenta transformação, de guerreiros de armas de fogo e espadas para burocratas do pincel e do papel. Autocontrole disciplinado e educação numa sociedade em paz estavam se tornando mais importantes do que a perícia em um conflito armado. O leitor ocidental poderá surpreender-se ao verificar que, no início do século XVII, ler e escrever já era bastante comum no Japão, e também corri as constantes referências dos japoneses à história e à literatura chinesas, do mesmo modo que os europeus setentrionais dessa época se referiam continuamente às tradições da antiga Grécia e de Roma.

Uma terceira e importante transição no Japão dos tempos de Musashi ocorreu no setor de armamentos. Na segunda metade do século XVI, mosquetes — recém-introduzidos pelos portugueses — haviam se transformado em armas decisivas nos campos de batalha, mas numa terra pacificada, os samurais podiam voltar as costas às repugnantes armas de fogo e reatar seu tradicional *affaire* com a espada. Escolas de esgrima floresceram. No entanto, à medida que diminuíam as oportunidades de usar espadas em combates reais, habilidades marciais transformavam-se gradativamente em artes marciais, e estas passaram a dar uma importância cada vez maior ao autocontrole e às qualidades edificantes da esgrima, preferindo-as a uma eficácia bélica não testada. Criou-se uma mística inteira em torno da espada, muito mais filosofia do que técnica de combate.

O relato do começo da vida de Musashi, feito por Yoshikawa, ilustra todas essas alterações em curso no Japão. Ele era um *rounin* procedente de um vilarejo nas montanhas, que se estabeleceu na qualidade de samurai avassalado apenas no fim da vida. Foi o fundador de uma escola de esgrima. Mais importante ainda: transformou-se aos poucos, de guerreiro instintivo, em homem que fanaticamente procurava uma autodisciplina estilo zen, o domínio absoluto sobre o próprio íntimo e um sentido de unidade com a natureza ao redor. Embora nos anos iniciais de sua vida competições mortais lembrando os torneios da Europa medieval ainda fossem possíveis, Yoshikawa retrata Musashi mudando conscientemente suas habilidades marciais a serviço da guerra como meio de edificação do caráter em tempos de paz. Habilidades marciais, autodisciplina espiritual e sensibilidade estética fundiram-se num todo, tornando-se indistinguíveis. Este retrato de Musashi pode não estar longe da verdade histórica. Sabe-se que Musashi foi pintor habilidoso e consumado escultor, assim como espadachim.

O Japão do começo do século XVII, que Musashi tipificou, permaneceu vivo na consciência dos japoneses. O longo e relativamente estático governo Tokugawa resguardou em boa parte sua forma e espírito, embora de modo um tanto estratificado, até meados do século XIX, não mais do que há um século. O próprio Yoshikawa era filho de um antigo samurai que não conseguiu, como a maioria dos membros de sua classe, realizar uma transição financeiramente bem-sucedida para a nova era. Embora a maioria dos samurais submergisse na obscuridade no novo país, uma grande parcela dos novos líderes surgiu dessa classe feudal, tendo seu *éthos* sido popularizado através de um novo sistema educacional compulsório que se transformaria em base espiritual e ética de toda a nação japonesa. Romances como *Musashi* e filmes e peças teatrais deles derivados ajudaram no processo.

A época de Musashi é tão próxima e real para o japonês moderno como o é a Guerra Civil para o norte-americano. Deste modo, a comparação com o romance *E o vento levou* não é, de modo algum, forçada. A era dos samurais permanece ainda muito viva na mente dos japoneses. Contrariando o estereótipo de "animal econômico" de orientação coletiva do japonês moderno, muitos preferem ver-se como modernos Musashis, ferozmente individualistas, de princípios elevados, autodisciplinados e esteticamente sensíveis. Ambos os quadros têm certo valor, ilustrando a complexidade da alma japonesa sob um exterior aparentemente afável e uniforme.

Musashi é bem diferente dos romances marcadamente psicológicos e frequentemente neuróticos que compõem o núcleo das obras da literatura japonesa moderna traduzidas para o inglês. Situa-se, não obstante, no centro da ficção tradicional e do modo de pensar popular dos japoneses. Sua apresentação em episódios não é mero resultado do formato folhetinesco original, mas técnica favorita de narração que data do início da história das narrativas japonesas. Sua visão romantizada do nobre espadachim é um estereótipo do passado feudal, cultuado em centenas de outras histórias e filmes de samurais. Sua ênfase ao cultivo do autocontrole e da força interior através de uma autodisciplina austera estilo zen é um aspecto importante da personalidade dos japoneses de hoje. Assim também é seu difuso amor pela natureza e seu sentido de proximidade com ela. *Musashi* não é só uma grande história de aventura. Mais do que isso, oferece uma rápida visão da história do Japão e uma perspectiva da imagem idealizada que o japonês contemporâneo faz de si mesmo.

Janeiro de 1981

NOTA DA TRADUTORA

Falar das dificuldades de uma tradução é repisar um tema velho e conhecido, mas a ele volto por ser especialmente difícil traduzir textos japoneses para o português. Parte da dificuldade é representada pela estrutura da língua japonesa — muito diferente da das neolatinas ou das germânicas ocidentais —, parte pelas sutis variações de significado dos numerosos ideogramas em múltiplas combinações, e parte ainda pelo modo peculiar de falar das diferentes classes sociais em obras como *Musashi*, que retratam o Japão de uma época com rígida diferenciação de castas.

Esse linguajar diferenciado de cada grupo social constitui a meu ver um dos mais atraentes aspectos desse tipo de literatura e por isso mesmo empenhei-me em preservá-lo na medida do possível. Digo na medida do possível por não existir em português nada que nem de longe se assemelhe a esses diferentes modos de falar. Melhor explicando, a sociedade japonesa do século XVII era dividida, grosso modo, em três grandes classes sociais: guerreira (constituída pelos samurais, também conhecidos como *bushi*), mercantil e camponesa, cada uma com um linguajar específico. Dentro ainda dessa especificidade e coerentes com o modelo verticalizado de sua sociedade, as pessoas de um mesmo grupo social falavam de modo informal entre si, condescendente com as classes inferiores, e respeitoso com as consideradas superiores. Para tentar reproduzir um mínimo do clima original desses diálogos, empreguei a segunda pessoa do plural para resumir o linguajar respeitoso, a segunda pessoa do singular para o condescendente e a terceira pessoa para o informal. Por esse esquema, samurais conversando entre si tratar-se-ão por "você", mas dirão "vós" ao dirigirem a palavra a alguém que lhes é superior — um senhor feudal por exemplo —, e "tu" quando a pessoa a quem se dirigirem for um camponês. Esses mesmos samurais serão no entanto tratados por "tu" por seu suserano. Classes menos educadas como a dos antigos camponeses usarão a terceira pessoa quando se dirigirem a pessoas de níveis considerados superiores — já que desconheciam o linguajar mais educado do "vós" — mas tratar-se-ão por "tu" em seu rude modo de se expressar informalmente. Nas demais situações de informalidade, o pronome usado foi sempre "você".

Os nomes próprios foram mantidos na ordem original — sobrenome e depois nome — porque a sua transposição para a ordem inversa, à maneira ocidental, torna-se impraticável em alguns casos (como em Taira-no--Masakado, Miyamoto Musashi, Masana, etc.), e também por uma questão de coerência, já que nessa ordem são conhecidos os personagens históricos (Tokugawa Ieyasu, Toyotomi Hideyoshi, etc.) mencionados neste romance.

L.G.

A TERRA

O GUIZO

I

"E depois de tudo, céu e terra aí estão, como se nada tivesse acontecido. A esta altura, a vida e as ações de um homem têm o peso de uma folha seca no meio da ventania... Ora, que vá tudo para o inferno!", pensou Takezo.

Estirado imóvel entre os mortos, ele próprio mais parecendo um cadáver, resignava-se com o destino.

"É inútil tentar mover-me agora..."

Na realidade, estava exausto. Takezo ainda não se dera conta, mas devia ter algumas balas alojadas no corpo.

Desde a noite anterior, ou mais precisamente desde a noite de 14 de setembro do ano V do período Keicho (1600) até essa madrugada, uma chuva torrencial castigara a região de Sekigahara, e agora, já passado o meio-dia, as densas e baixas camadas de nuvens ainda não se haviam dissipado. Da massa escura que vagava pela encosta do monte Ibuki e pela serra de Mine, a chuva caía intermitente e branca, cobrindo uma área de quase quinze quilômetros, lavando as marcas da violenta batalha.

E essa chuva desabava ruidosa sobre o rosto de Takezo e os corpos ao redor. Como uma carpa esfaimada, Takezo abria a boca aparando com a língua a água que lhe escorria pelas abas das narinas.

"Água para um moribundo..." O pensamento veio-lhe à mente entorpecida.

A coalizão ocidental, da qual fizera parte o seu exército, fora derrotada. A fragorosa queda tivera início no momento em que Kobayakawa Hideaki traíra os seus até então aliados e, em ousada manobra, juntara seu exército aos orientais, retornando em seguida sobre os próprios passos e avançando contra os postos de seus antigos aliados, Ishida Mitsunari, Ukita, Shimazu e Konishi.

Em apenas meio dia definiu-se o detentor do poder no país. Aquela batalha havia decidido o destino não só de milhares de combatentes, cujos paradeiros eram ignorados, como também o das futuras gerações, de filhos e netos daqueles homens.

"E também o meu...", pensou Takezo. De súbito, vieram-lhe à mente as imagens da sua única irmã e dos anciãos que havia deixado em sua terra. Por que não sentia nada, nem mesmo tristeza? Morrer seria isso? — perguntou-se.

Naquele instante, a dez passos de distância, uma forma em tudo semelhante a um cadáver ergueu repentinamente a cabeça entre os corpos de soldados aliados e gritou:

— Take-yaaan!

O grito, chamando-o pelo diminutivo familiar, pareceu despertar Takezo do estupor. Seus olhos procuraram ao redor. Era o companheiro Matahachi.

Em busca de fama e glória, empunhando apenas uma lança, haviam partido juntos da aldeia natal e combatido lado a lado nesse campo, integrando as tropas de um mesmo suserano. Tinham ambos dezessete anos.

— Mata-yan? É você? — respondeu.

Em meio à chuva, tornou a voz:

— Você está bem, Take-yan?

Juntando toda a força que lhe restava, Takezo gritou:

— É claro! Não vou deixar ninguém me matar! Nada de morrer à toa, está me ouvindo, Mata-yan?

— Nunca, diabos!

Momentos depois, Matahachi surgiu ao lado do amigo arrastando-se com dificuldade e agarrou sua mão, dizendo bruscamente:

— Vamos fugir!

Em resposta, Takezo atraiu para si a mão do companheiro, advertindo-o:

— Não se mexa, finja-se de morto! O perigo ainda não passou!

Mal acabara de falar, um ribombo surdo começou a sacudir o solo em que repousavam as cabeças. Fileiras de reluzentes cavalos negros varriam o centro do campo de Sekigahara e precipitavam-se em direção aos dois jovens.

Ao vislumbrar a bandeira, Matahachi apavorou-se:

— São soldados de Fukushima!

Notando a agitação do amigo, Takezo agarrou-o pelo tornozelo, arrastando-o de volta ao chão:

— Quer morrer, idiota?

No instante seguinte, patas enlameadas de numerosos cavalos — levando em seus dorsos guerreiros inimigos em armaduras, brandindo lanças e espadas — transpunham suas cabeças com passos cadenciados e se afastavam a galope.

Deitado de bruços, Matahachi permaneceu imóvel; Takezo porém fixava, olhos arregalados, os ventres das dezenas de animais que, destemidos, passavam sobre sua cabeça.

II

Ao que tudo indicava, a chuva torrencial dos dois últimos dias marcara o fim das tempestades de outono. Nessa noite, 17 de setembro, não havia nuvens no céu e a lua fulgurava, parecendo fixar irada os seres na terra, inspirando até mesmo certo temor.

— Você consegue andar?

Passando o braço de Matahachi pelos ombros, Takezo caminhava, amparando-o. Preocupava-o a respiração ofegante do companheiro soando junto ao seu ouvido.

— Você está bem? Aguente um pouco mais! — repetia Takezo, de tempos em tempos.

— Estou bem — respondia Matahachi, obstinado. Seu rosto, contudo, estava mais pálido do que o luar.

Duas noites vagando pelos vales pantanosos do monte Ibuki, alimentando-se de nozes e vegetais, haviam provocado cólicas em Takezo e grave diarreia em Matahachi.

Era perigoso encetar a caminhada de retorno à terra natal em noite de luar, clara como aquela: mesmo vitoriosos, os partidários de Tokugawa obviamente não se descuidariam e estariam naquele momento à caça dos derrotados da batalha de Sekigahara, os generais fugitivos Ishida, Ukita e Konishi, entre outros. Takezo, porém, optara pelo retorno, de um lado porque Matahachi — atormentado por excessivo mal-estar — dizia já nem se importar em ser capturado, e de outro porque considerava total incompetência de sua parte esperar sentado por seus captores. E assim caminhava ele agora amparando o amigo, rumo aonde parecia situar-se a pousada de Tarui.

Matahachi arrastava-se a custo, usando uma lança como cajado.

— Desculpe, sou um estorvo, Take-yan. — Apoiado ao ombro do amigo, repetia as mesmas palavras inúmeras vezes com a voz embargada.

— Pare com isso — repreendeu-o Takezo. Depois de uma curta pausa, porém, acrescentou: — Quem lhe deve desculpas sou eu. Mas veja: quando ouvi dizer que os suseranos Ukita e Ishida Mitsunari se preparavam para entrar em guerra, pensei: "Que bela oportunidade!" Pois sei que o senhor Shinmen Iganokami, a quem meu pai serviu antigamente, é vassalo da casa Ukita. Calculei portanto que — embora eu seja filho de um simples *goushi*[1] — seria admitido em seu quadro de samurais em consideração a esse antigo relacionamento e participaria desta guerra, bastando me apresentar a ele com uma lança na mão. Sonhava vencer um general em luta e exibir o grande feito à gente da nossa terra, que me considera um imprestável; queria também que Munisai, meu falecido pai, se orgulhasse de mim lá em seu túmulo... Eram esses os meus sonhos.

— É isso mesmo... os meus também — apoiou-o Matahachi.

---

1. *Goushi*: a classe dos *goushi* correspondia aproximadamente à dos fidalgos rurais e situava-se na escala social entre a dos *bushi*, ou samurais, e a dos camponeses. Um *goushi* possuía alguns dos privilégios de um samurai, mas também lidava com a agricultura.

— Foi por isso que procurei você, meu amigo de infância, e convidei-o a partir em minha companhia. No entanto, sua mãe me repreendeu duramente por achar a ideia absurda; como se não bastasse, sua noiva Otsu, do templo Shippoji, e minha irmã, juntas e banhadas em lágrimas, vieram tentar me dissuadir. "A guerra não é para você. Fique em sua própria terra e aja como um verdadeiro filho de *goushi*!", disseram-me. Até dou-lhes razão. Afinal, somos ambos filhos únicos, insubstituíveis.

— É verdade.

— Ainda assim, achei que não valia a pena dar ouvidos a conselhos de mulheres e idosos, e segui em frente, lançando-me à aventura. Mas ao chegar aos quartéis da casa Shinmen descobri que o senhor Shinmen Iganokami, apesar de ter sido amo de meu pai, não me acolheria com facilidade em seu quadro de samurais. Aboletei-me na frente do quartel e implorei por um posto, nem que fosse na infantaria, com a insistência de um vendedor ambulante, e por fim cheguei às linhas de frente. Mas só consegui que me designassem para trabalhos de sentinela ou de picador: em vez da lança, empunhei uma foice com muito maior frequência. Não tive a oportunidade de matar sequer um simples samurai, que dizer de um general! E, no final, veja a situação em que ficamos. Sua mãe e Otsu nunca me perdoarão se eu deixá-lo morrer nestas condições.

— Mas ninguém vai culpá-lo por isso, Take-yan. Perdemos a batalha, era essa a nossa sina, e tudo se transformou numa confusão dos diabos. Se algum culpado existe, é Kobayakawa Hideaki, o traidor, e eu o odeio!

III

Passados instantes, viram-se os dois em pé, à beira de uma área descampada. Até onde o olhar abrangia, avistava-se apenas uma vasta extensão de mata que parecia ter sido devastada por um furacão. Não havia luzes nem casas, não era essa a região pretendida.

— Onde estamos?

Examinaram o lugar mais uma vez.

— Conversamos demais e parece que erramos o caminho — murmurou Takezo.

— Aquele não é o rio Kuise? — perguntou Matahachi, ainda amparado ao ombro do amigo.

— Mas então, foi por aqui que se travou a grande batalha de anteontem, quando as tropas do nosso general Ukita enfrentaram as do general oriental Fukushima, bem como as do traidor Kobayakawa e as de Ii e Hondazei!

— Será? Nesse caso, devo ter corrido como um louco por toda esta área... Estranho, não consigo me lembrar de nada.

Takezo apontou com o dedo:

— Olhe ao redor.

Nas moitas à beira do descampado ou nas águas leitosas do rio, onde quer que o olhar caísse jaziam corpos de soldados aliados e inimigos ainda insepultos. Um soldado mergulhara de cabeça numa moita, outro tombara de costas expondo o dorso às águas do rio, outro ainda rolara preso a seu cavalo. À luz do luar, mesmo sem os vestígios de sangue que a chuva ininterrupta de dois dias havia lavado, exibiam a pele lívida e alterada, testemunhas eloquentes do violento combate travado nesse dia.

— Escute os grilos... parece até que estão chorando.

Sobre o ombro de Takezo, Matahachi soltou um suspiro profundo, doentio. Não eram só os grilos que choravam — também dos olhos de Matahachi escorriam lágrimas, deixando em seu rosto dois sulcos brilhantes.

— Se eu morrer cuidará da minha Otsu pelo resto da sua vida, Take-yan?
— Que bobagem é essa, homem? De onde tirou essa ideia, tão de repente?
— Talvez eu morra.
— Não comece a se lamuriar. Ânimo, não se deixe abater.
— Acho que os parentes cuidarão de minha mãe, mas Otsu é sozinha no mundo. Ela é uma pobre enjeitada, abandonada muito nova por um samurai errante que passou uma noite no templo Shippoji. Falo sério, Take-yan: se eu morrer, cuide dela por mim.
— Por que alguém morreria de uma simples diarreia? Ânimo, homem! — encorajou-o Takezo. Aguente mais um pouco, resista. Quando encontrarmos uma casa de lavradores, peço remédios e vejo se consigo um lugar confortável para você se deitar.

Na estrada que ligava Sekigahara a Fuwa existiam pousadas e aldeias. Takezo avançava com cautela.

Pouco além, depararam outra vez com um grande número de cadáveres. Ao que parecia, uma unidade inteira tinha sido aniquilada nesse local. Muito embora a visão de um cadáver já não despertasse sentimentos de revolta ou pena, algo espantou Takezo e fez com que também Matahachi estacasse surpreso, abafando um grito.

Por entre os cadáveres amontoados, um vulto se ocultara com a agilidade de uma lebre. O luar deixava os arredores claros como dia. Fixando-se o olhar, percebia-se o dorso de um vulto acocorado.

"Um bandoleiro?" — foi o pensamento que lhes ocorreu. Mas surpreendentemente tratava-se de uma garota aparentando treze ou catorze anos, usando quimono de mangas curtas e arredondadas, com a cintura presa por uma faixa de tecido — *obi* — estreita e rota, porém do melhor brocado. A menina, oculta entre os cadáveres, por sua vez fixava nos dois vultos, desconfiada, olhos vivos semelhantes aos de um felino.

IV

A guerra terminara, realmente, mas soldados caçadores de prêmios estariam vasculhando a região à procura de sobreviventes, e o campo do recente combate parecia ainda guardar o lúgubre lamento dos mortos estirados por toda a parte. Que pretendia, portanto a menina, sobretudo à noite, oculta no meio dos cadáveres, sozinha ao luar?

Takezo e Matahachi continham a respiração, observando por instantes, com desconfiança, os modos da menina. Após curta pausa, Takezo chamou alto:

— Ei, você!

O súbito movimento dos olhos grandes mostrou que a menina estava prestes a fugir.

— Não fuja! Ei, só quero uma informação! — acrescentou depressa, porém tarde demais. A garota era espantosamente rápida e já tinha disparado na direção oposta à deles, sem ao menos olhar para trás. Ao movimento da sombra que se afastava parecendo dançar ao luar, o som de um guizo, talvez atado ao *obi* ou à manga do quimono, soou límpido e zombeteiro, deixando no ar uma estranha reverberação.

— Que era aquilo?

Takezo perscrutava imóvel a fina névoa noturna. A seu lado, Matahachi estremeceu.

— Seria um espectro?

— Acho que não — discordou Takezo, rindo. — Ela desapareceu entre aquelas duas colinas. Deve haver uma pousada por perto. Era isso o que eu pretendia perguntar, e não assustá-la...

Ao alcançarem o ponto entre as colinas, avistaram realmente as luzes de uma casa para os lados em que os cômodos na base do monte Fuwa se estendem para o sul. Desse ponto, caminharam ainda cerca de dez quilômetros e enfim se aproximaram. A casa era uma construção solitária cercada por um muro de barro e tinha um portal velho guarnecendo a entrada, detalhes que a distinguiam de uma casa de lavradores. Passando pelo portal de pilares podres — e de onde as portas havia muito tinham desaparecido —, viram surgir em meio ao mato as portas cerradas da construção principal. Takezo bateu levemente:

— Boa noite. Sei que é tarde e sinto incomodar, mas peço ajuda a um doente. Não pretendo trazer-lhes aborrecimentos.

Por momentos, não houve resposta. A menina avistada anteriormente parecia confabular com alguém no interior da casa. Instantes depois ecoaram ruídos por trás da porta. Esperavam que esta se abrisse, mas, em vez disso, uma voz perguntou vivamente:

— Vocês são sobreviventes da batalha de Sekigahara, não são?

Era a garota.

— Somos. Pertencemos às forças do general Ukita e fazemos parte da infantaria do exército de Shinmen Iganokami.

— Nesse caso, não posso ajudar. Dar abrigo a sobreviventes é crime. Você diz que não pretende nos trazer aborrecimentos, mas vai acabar trazendo.

— Se é assim, paciência!

— Procurem outro lugar.

— Vou-me embora, então, mas meu companheiro está sofrendo com uma diarreia muito forte. Você não lhe daria um remédio, por favor?

— Se for só isso...

Pareceu considerar a questão por instantes, mas logo passos acompanhados pelo som de um guizo afastaram-se para os fundos da moradia: a menina fora consultar alguém.

No instante seguinte, um rosto surgiu numa das janelas. Uma mulher, com certeza a proprietária da casa e que teria estado à espreita havia já algum tempo, disse:

— Abra a porta, Akemi. São fugitivos, sem dúvida, mas as autoridades não estão interessadas em investigar soldados rasos. Não há com que se preocupar, dê abrigo a eles.

V

A rotina dos dois refugiados, ocultos no casebre que servia como depósito de lenha, girava em torno de cuidados com a saúde: Matahachi permanecia em repouso e curava a diarreia ingerindo periodicamente doses de carvão em pó e uma cocção de arroz e alho-poró. Takezo desinfetava com um saquê de baixa qualidade o ferimento provocado por uma bala em sua coxa.

— Fico imaginando como ganham a vida as pessoas desta casa — disse Matahachi.

— Não importa, a ajuda que nos dão veio em boa hora — replicou Takezo.

— A dona da casa é jovem ainda... Não sei como tem coragem de viver sozinha com uma menina num lugar tão deserto — insistiu Matahachi.

— A menina não lembra sua Otsu, do templo Shippoji?

— Lembra sim, e é uma belezinha... Mas não consigo compreender o que ela fazia perambulando no meio da noite por um campo de batalha cheio de cadáveres: o lugar era repugnante até para nós!

— Escute... o guizo! — Takezo apurou o ouvido e disse: — A menina Akemi se aproxima.

O ruído de passos cessou à porta do casebre. Batidas soaram, leves como bicadas de um pica-pau:

— Matahachi-san[2], Takezo-san — chamou uma voz.

— Pronto! — respondeu Takezo no mesmo instante.

— Sou eu, Akemi, trouxe-lhes um pouco de papa de arroz.

— Ora, muito obrigado.

Levantando-se da esteira, Takezo destrancou a porta. Akemi trazia uma bandeja com frutas e remédios.

— Como vão vocês? — perguntou Akemi.

— Como vê, estamos quase curados, graças à sua ajuda — respondeu Takezo cerimoniosamente.

— Mamãe recomenda que não conversem em voz alta nem se mostrem aqui fora, mesmo depois de sararem — advertiu Akemi.

— Obrigado pelo conselho.

— Os senhores Ishida Mitsunari e Ukita Hideie, generais fugitivos do campo de Sekigahara, ainda não foram presos. Dizem, por isso, que as buscas andam intensas nesta região — acrescentou Akemi.

— Entendo.

— Embora vocês sejam simples soldados rasos, seremos punidas se descobrirem que os escondemos aqui.

— Compreendi.

— Boa noite, então, e até amanhã.

Com um sorriso, Akemi pretendia se retirar quando Matahachi a deteve:

— Akemi-san, fique um pouco mais, vamos conversar.

— Não posso — respondeu Akemi.

— Mas por quê?

— Minha mãe se zanga.

— Só quero fazer-lhe algumas perguntas. Por exemplo, quantos anos você tem?

— Quinze.

— Quinze? Você é miúda para a idade, não?

— Que tem a ver com isso?

---

2. San: forma de tratamento que expressa respeito, usada por pessoas de níveis sociais equivalentes, ou coloquialmente.

— Onde está seu pai?
— Morreu.
— Do que vivem vocês?
— Quer saber a nossa profissão?
— Isso mesmo.
— Somos vendedores de moxa.
— Ah, é verdade — disse Matahachi — a moxa produzida nesta região é famosa.
— Na primavera, colhemos ervas nas montanhas e as secamos durante o verão; no inverno, nós as transformamos em moxa, que vendemos nas hospedarias de Tarui.
— Está certo! É um trabalho conveniente para mulheres.
— É só isso que queria saber?
— Apenas mais uma pergunta, Akemi-san.
— Diga.
— Naquela noite, a noite em que batemos à sua porta pela primeira vez, o que fazia você no meio daquele campo cheio de soldados mortos?
— Não é da sua conta!

Akemi bateu a porta que se fechou com um estrondo, e afastou-se correndo em direção à construção principal, o guizo retinindo ao movimento das mangas.

O COGUMELO VENENOSO

I

Com quase um metro e oitenta de altura, Takezo era excepcionalmente alto e assemelhava-se a um veloz potro de raça. Tinha braços e pernas longos, lábios vermelhos e as espessas sobrancelhas, de traçado mais longo do que o normal, ultrapassavam o canto externo dos olhos conferindo-lhes determinação.

"Boa safra"!

Em sua infância assim o chamavam, zombando, os aldeões da vila Miyamoto, em Sakushu. Devido ao excepcional comprimento das pernas e braços, bem como às generosas proporções de seus olhos, nariz e boca, o povo da aldeia sugeria que Takezo era fruto de uma boa safra.

Matahachi também pertencia ao grupo dos "boas-safras". Era, porém, um pouco mais baixo e de compleição mais robusta. Seu tórax era largo e, quando falava, os olhos protuberantes moviam-se inquietos no rosto arredondado.

Ele andara espionando, com certeza, pois trazia novidades:

— Ei, Takezo, sabe que a viúva costuma se pintar e se embonecar todas as noites? — segredou.

Eram ambos jovens. Quando Takezo, com seu vigoroso físico em pleno desenvolvimento, se recuperou dos ferimentos à bala, Matahachi já não suportava a vida de grilos reclusos que levavam no úmido e escuro depósito de lenha.

Assim, o forasteiro que passou a frequentar a ala principal da residência — e que, sentado à beira do fogo, entoava cantigas populares, ria e fazia rir com gosto a viúva Okoo e a pequena Akemi — só podia ser Matahachi, cujo vulto já não se via durante o dia no depósito de lenha. Aos poucos, Matahachi passou também a não dormir no casebre à noite.

Vez ou outra aparecia à porta do depósito de lenha, hálito recendendo a saquê:

— Saia daí, Takezo — dizia, tentando atraí-lo para fora do casebre.

A princípio, Takezo se recusava, repreendendo-o:

— Idiota, somos fugitivos, lembra-se? — ou ainda: — Não gosto de beber.

Com o passar do tempo, porém, seus escrúpulos foram sendo vencidos pelo tédio.

— Esta área é segura? — perguntou. Saíra do casebre pela primeira vez em vinte dias e, espreguiçando-se com gosto, bocejou fixando o olhar no céu azul.

— Não devemos abusar da hospitalidade alheia, Matahachi. É hora de voltar para a nossa terra — disse.

— Concordo. Mas a viúva e a filha afirmam que está havendo rigorosa investigação nas barreiras de inspeção[3] das estradas que levam a Ise e à capital. Acham que é mais seguro continuarmos escondidos, ao menos até a época das primeiras neves.

— Não me parece que esteja tentando se esconder quando fica sentado à beira do fogo bebericando saquê, Matahachi.

— Ora, você se preocupa demais. Fique sabendo que dias atrás, quando surgiu por aqui um bando de samurais a mando de Tokugawa — aliás muito irritados por ainda não terem conseguido prender o general Ukita, último dos generais foragidos — quem os recebeu e os rechaçou fui eu. É muito mais seguro agir assim do que viver escondido no depósito, tremendo a cada vez que se ouvem passos.

— É, pode ser que você tenha razão.

Os argumentos não o convenceram, mas Takezo acabou por concordar e, a partir desse dia, transferiu-se também para a construção principal.

Longe de se aborrecer, a viúva ficou contente porque os jovens traziam mais animação a casa, e aceitou com prazer o novo arranjo.

— Um dos dois devia se casar com a minha Akemi e vir morar para sempre conosco — brincou, divertindo-se com o constrangimento que provocava nos jovens ingênuos.

II

A encosta da montanha, nos fundos da casa, era recoberta por um denso pinheiral. Levando um cesto nas mãos, Akemi ia vasculhando as raízes dos pinheiros.

— Achei, achei mais um, venha ver! — gritava com ingênuo entusiasmo a cada vez que, atraída pelo aroma característico, descobria mais um cogumelo de pinheiro.

A poucos passos de distância, Takezo também se acocorava sob a copa de uma árvore.

— Também achei!

O sol de outono, filtrado pelas agulhas dos pinheiros, tremeluzia em minúsculas ondas de luz sobre os dois vultos.

---

3. Barreiras de inspeção: postos montados nas estradas onde, naqueles tempos, agentes do governo central revistavam viajantes a caminho da capital.

— Vamos ver quem colheu mais? — desafiou Akemi.

— Eu, é claro!

Mergulhando as mãos no cesto de Takezo, Akemi eliminou impiedosamente os cogumelos de espécies diferentes.

— Não vale! Este não é; este também não, este outro é venenoso. Está vendo? Colhi muito mais que você! — gabou-se.

— Vai começar a escurecer. Que acha de irmos embora? — perguntou Takezo.

— Só porque perdeu a aposta — troçou Akemi. Seus pés, ágeis como os de um faisão, já a levavam à frente descendo a trilha. Repentinamente imobilizou-se, empalidecendo.

Pela encosta da montanha aproximava-se um homem, cruzando o bosque em largas passadas. Dele emanavam impressionante selvageria e agressividade, visíveis nas sobrancelhas espessas e ferozes, nos lábios grossos e arreganhados, na enorme espada rústica, armadura em cota de malha e indumentária de pele com que cobria o corpo. Os olhos esbugalhados moveram-se em direção à jovem.

— Akebô! — chamou, usando rude diminutivo, e se aproximou. Sorria, exibindo dentes amarelados. O rosto de Akemi, porém, não era mais que uma pálida máscara de pavor. — Sua mãe está em casa? — indagou o homem.

— Está — respondeu Akemi, trêmula.

— Quando chegar lá, dê um recado a ela. Diga que eu soube por aí que ela anda ganhando uns trocados a mais, escondendo-os de mim. Que qualquer dia desses, apareço para cobrar a minha parte.

Akemi permanecia muda.

— Se pensam que não fico sabendo, enganam-se. O sujeito que comprou a mercadoria de vocês me informou em seguida. E você também, fedelha, não andou perambulando todas as noites pelos campos de Sekigahara? — trovejou.

— Não, não andei.

— Diga a sua mãe: nada de brincadeiras, ou as expulso daqui, compreendeu?

Cravou um olhar feroz no rosto da menina e afastou-se a seguir na direção do pântano, parecendo gingar ao peso do próprio corpo.

— Quem é esse? — perguntou Takezo, desviando o olhar do vulto que se afastava e voltando-se para Akemi. Seu rosto tinha uma expressão solidária.

— Tsujikaze, da aldeia de Fuwa — respondeu Akemi num sopro de voz, a boca ainda trêmula.

— É um bandoleiro, estou certo?

— Sim.

— Por que o homem estava tão irritado?

Akemi não respondeu.

— Diga, não conto a ninguém. Ou é algo que nem a mim pode contar?

Após breve e constrangido momento de silêncio, Akemi jogou-se repentinamente contra o peito de Takezo.

— Não conte mesmo a ninguém! — pediu.

— Confie em mim.

— Naquela noite... você ainda não adivinhou o que eu fazia?

— Não.

— Eu estava saqueando.

— Como assim?

— Quando a guerra acaba, saio a campo e roubo dos samurais mortos qualquer coisa que tenha valor — espadas, punhais, saquinhos de sachê... Morro de medo, mas precisamos viver; e, se eu não for, minha mãe se zanga.

III

O sol ainda ia alto. Convidando Akemi, Takezo sentou-se no meio do mato. A solitária casa perdida nos pântanos de Ibuki era visível entre os pinheiros no declive logo adiante.

— Então essa história de viver da venda de moxa feita com ervas colhidas nestes pântanos era mentira?

— Minha mãe é uma pessoa de hábitos caros, sabe, e vender moxa não nos rende o suficiente para viver.

— Seu pai era mercador?

— Chefe de um grupo de bandoleiros — respondeu Akemi, o olhar traindo até mesmo uma ponta de orgulho — mas foi assassinado por Tsujikaze Tenma, o homem que há pouco passou por aqui. O povo, ao menos, diz que foi ele.

— Quê, assassinado?

Akemi assentiu em silêncio. Dos olhos brotaram lágrimas que escorreram sem que a própria menina se desse conta. Takezo não gostava muito de Akemi porque, apesar de miúda e de não aparentar os quinze anos, expressava-se como um adulto. Além disso, seu comportamento vez ou outra deixava entrever uma surpreendente astúcia. No entanto, ao notar as lágrimas que brotavam entre os espessos cílios, Takezo sentiu sua fragilidade e, ao mesmo tempo, vontade de protegê-la, envolvendo-a com força em seus braços.

Akemi não fora criada segundo padrões normais de educação. Acreditava cegamente não existir no mundo profissão melhor que a do pai, um bandoleiro. Okoo sem dúvida a criara na crença de que tudo se justificava em nome da sobrevivência — até mesmo as cruéis ações de um frio bandoleiro, muito mais desumanas que as de um ladrão vulgar.

Na verdade, no decorrer do longo período de guerras, o bandoleirismo transformara-se em única opção de trabalho para os *rounin*, samurais errantes sem emprego ou suserano, indolentes e destemidos por natureza. Era uma realidade aceita pelo povo. Os senhores feudais, por seu lado, deles se aproveitavam durante as guerras, contratando-os para incendiar campos inimigos, espalhar boatos desorientadores ou roubar os cavalos dos adversários. Caso não fossem procurados para esses serviços, restavam ainda aos bandoleiros diversas outras opções: saquear cadáveres, assaltar sobreviventes, reclamar o prêmio pela cabeça de um guerreiro famoso cujo cadáver encontrassem abandonado num campo de batalha, cada guerra proporcionando-lhes meios para sobreviver ociosamente por quase um ano.

Até mesmo a pacata população de lavradores e lenhadores, embora impedida de trabalhar a terra quando a guerra eclodia nas imediações de seus povoados, conhecia o gosto do lucro fácil proveniente da exploração das sobras de guerra.

Em consequência, os bandoleiros profissionais eram intransigentes na defesa de seus domínios. Imperava em seu meio uma lei inflexível estabelecendo sanções aos que se aventurassem a invadir seus territórios. Tais sanções assumiam, invariavelmente, a forma de cruéis execuções.

— E agora, o que faço? — Akemi estremeceu, horrorizada com essa lembrança. — Tenho certeza de que asseclas de Tsujikaze nos procurarão. E se vierem...

— Se vierem, recebo-os com meus cumprimentos, não se preocupe respondeu Takezo.

Enquanto desciam a montanha, o crepúsculo invadia mansamente o pântano. O fogo para aquecer a água do banho já fora aceso e sua fumaça se espalhava pelo alpendre da casa, rastejando sobre as espigas rosadas das eulálias. A viúva Okoo, como sempre arrumada para a noite, esperava em pé junto ao portão dos fundos. Ao avistar os vultos de Akemi e Takezo que chegavam lado a lado, repreendeu a menina com inusitada dureza na voz e no olhar:

— Por onde andou até tão tarde, Akemi?

Absorto em pensamentos, Takezo não percebeu, mas a garota era particularmente sensível aos humores da mãe. Sobressaltou-se e, ruborizada, afastou-se correndo.

IV

A viúva Okoo estava furiosa:

— Por que não me contou de uma vez? — ralhava com Akemi no dia seguinte, ao tomar conhecimento do encontro com Tsujikaze Tenma. A viúva abriu armários, gavetas e o depósito e, juntando artigos neles armazenados, comandou: — Ajudem-me aqui. Quero esconder tudo isto no forro da casa.

— Pode deixar.

Matahachi subiu ao forro e Takezo, em pé sobre um banco entre Okoo e Matahachi, intermediou o transporte dos objetos.

Takezo ter-se-ia espantado, não o tivesse Akemi posto a par do assunto no dia anterior. A quantidade de objetos amealhados no decorrer de um período talvez longo era grande. Havia desde espadas curtas a pontas de lanças, braços de armaduras, abas de elmo, pequenos relicários, terços, mastros de bandeira e, entre os objetos mais volumosos, até uma sela ricamente adornada de madrepérolas, ouro e prata.

— Acabou? — perguntou Matahachi, espreitando do forro.

— Só mais este.

Okoo tomou a peça que restava, uma espada moldada na madeira rija e escura de carvalho, medindo aproximadamente um metro e vinte. Takezo tomou-a nas mãos. Apreciou a envergadura, experimentou o peso e a rigidez da arma, e não se sentiu capaz de soltá-la.

— Dê-me esta espada, oba-san — pediu.

— Quer mesmo?

— Muito!

Okoo não disse claramente que dava, mas assentiu com um sorriso que lhe conferiu covinhas ao rosto.

Matahachi desceu do forro parecendo bastante enciumado.

— Olhem o coitadinho, ficou amuado! — zombou Okoo, presenteando-o com um colete de couro enfeitado com botões de ônix. Matahachi, no entanto, não ficou muito contente.

Todas as tardes, desde o tempo em que o marido ainda vivia, Okoo tinha por hábito arrumar-se para a noite, tomando banho e pintando cuidadosamente o rosto. Apreciava tomar saquê ao jantar e exigia que Akemi a acompanhasse. Gostava de se exibir, sendo do tipo determinado a conservar a juventude a todo o custo.

— Venham, venham todos!

Sentou-se à beira do fogo, serviu saquê a Matahachi e obrigou Takezo a empunhar também uma taça, dizendo:

— Não admito que um homem não saiba beber. Eu, Okoo, o ensinarei.

E agarrando-o pelo pulso, forçava-o a beber contra a vontade. Matahachi acompanhava seus movimentos, vez ou outra fixando em Okoo um olhar inquieto e sombrio. A viúva, ciente disso, apoiava uma mão atrevida sobre a coxa de Takezo, entoando em voz fina e melodiosa arietas populares em voga no momento.

— Esta canção revela meus sentimentos. Você compreende, Takezo-san? — indagava.

Não lhe importava que Akemi desviasse o rosto, constrangida; falava, ciente também da timidez de um dos jovens e do ciúme do outro.

— Takezo, acho que já está na hora de irmos embora — disse Matahachi em determinado momento, demonstrando crescente descontentamento.

— Para onde, Mata-san? — perguntou Okoo.

— De volta à aldeia Miyamoto, em Sakushu. Se quer saber, lá na minha terra tenho mãe e até uma noiva esperando por mim — respondeu Matachachi, ríspido.

— Ora, ora, desculpe-me, não devia tê-los acolhido. Se tem alguém esperando por você, parta sozinho, Mata-san, não quero retê-lo — respondeu a viúva, maldosa.

V

Ao correr os dedos pela espada, comprimindo-a fortemente nas mãos, Takezo era capaz de sentir, com fascínio e prazer indizíveis, a curvatura da arma em harmoniosa simetria com o seu comprimento. Nunca largava a espada de carvalho que tinha ganhado de Okoo.

À noite, dormia abraçado à arma. Ao sentir a superfície fria contra o rosto, revivia em seu sangue com toda a violência o espírito implantado pelo pai, Munisai, durante os vigorosos treinamentos no rigor do inverno.

Munisai fora a personificação da severidade, frio como as geadas de outono. Em sua infância, Takezo vivera ansiando pela presença da mãe, da qual fora afastado ainda muito novo. Pelo pai, ao contrário, não nutrira afeição: ele havia sido apenas um indivíduo temível, em cuja presença sentira desconforto. Fugira para perto da mãe, em Banshu, aos nove anos de idade, movido apenas pelo desejo de ouvir sua voz terna dizendo: "Como cresceu, querido!"

Mas Munisai havia se separado dela por motivos desconhecidos. A mãe casara-se posteriormente com um samurai de Sayogo, em Banshu, e nessa ocasião já tinha dois filhos do novo casamento.

— Vá embora, volte para a casa de seu pai, meu filho! — Ainda hoje, Takezo conseguia evocar nitidamente a imagem da mãe que assim lhe falava em prantos, abraçando-o fortemente, ambos escondidos num bosque junto a um templo deserto.

Pouco depois, fora alcançado pelos mandatários do pai, atado às costas de um cavalo em pelo e reconduzido à aldeia Miyamoto em Mimasaka. "Atrevido, atrevido!", vociferara Munisai, vergastando-o repetidamente. Também este episódio ficara marcado indelevelmente no espírito infantil.

— Não a procure nunca mais; caso contrário, não respondo por mim — ameaçara o pai.

Decorrido certo tempo, Takezo tomou conhecimento da doença e posterior morte da mãe. De criança introvertida e sombria, repentinamente Takezo tornou-se violento, incontrolável. Até mesmo Munisai por fim calou-se, pois se erguia um bastão com a intenção de castigá-lo, Takezo o enfrentava empunhando um bordão. Chefiava o bando de desordeiros da localidade, sendo Matahachi, da mesma aldeia, o único capaz de confrontá-lo.

Aos treze anos já era quase tão alto quanto um adulto. Nessa época, surgiu numa vila próxima, à procura de oponentes para um duelo, um samurai peregrino[4] de nome Arima Kihei, portando uma placa que o anunciava como polidor de metais. Na ocasião, Takezo abateu-o num duelo realizado no interior de uma arena. Os aldeões exaltaram então sua valentia, dizendo:

— É corajoso, o boa-safra Take-yan!

Contudo, ao notar no decorrer dos anos que sua violência não conhecia limites os aldeões passaram a temê-lo e a evitá-lo:

— Aí vem Takezo, não o provoquem — diziam. Desse modo, o menino passou a sentir sobre si apenas a indiferença do povo. Também o pai em breve partiu deste mundo, mantendo-se severo e frio até o final de seus dias. Em consequência, a brutalidade do gênio de Takezo só aumentou.

Não fosse a presença da única irmã, Ogin, já teria sido expulso da aldeia, porque com certeza teria sido levado a praticar algum ato de caráter ultrajante, inadmissível. Aos rogos quase sempre em lágrimas dessa irmã, pelo menos, invariavelmente obedecia com docilidade.

Essa partida para a guerra juntamente com Matahachi mostrava o início de uma revolução em sua personalidade: em algum canto começava a ganhar corpo a vontade de se humanizar. No momento, porém, havia perdido o rumo outra vez. A realidade era sombria.

---

4. Samurai peregrino: aquele que percorria terras distantes buscando continuamente aperfeiçoar suas habilidades; para sobreviver, muitos se dedicavam esporadicamente a outros ofícios.

Não obstante, havia um lado descontraído na personalidade desse jovem, descontração que somente um período brutal como o Sengoku[5], com suas incessantes guerras, seria capaz de gerar. Seu rosto adormecido não traía a mínima preocupação com o dia seguinte. Ressonava tranquilo, sonhando talvez com a gente de sua aldeia, ainda abraçado à espada.

— Takezo-san...

Evitando a fraca luminosidade da pequena lamparina, Okoo sentou-se à sua cabeceira.

— Como dorme!

Seu dedo tocou levemente os lábios de Takezo.

VI

Com um sopro, Okoo apagou a lamparina e deitou-se silenciosamente, rente a Takezo, aproximando o corpo com um movimento ondulante, felino. O rosto branco da viúva e as roupas de dormir, vistosas demais para uma mulher da sua idade, diluíram-se na escuridão. Apenas o orvalho caía manso no peitoril da janela.

— Não é possível, ainda não percebeu! — murmurou a viúva.

Dois movimentos ocorreram então, simultaneamente: de Okoo, tentando remover a espada das mãos de Takezo, e deste, levantando-se de um salto:

— Ladrão! — berrou Takezo.

Derrubada sobre a lamparina, Okoo caiu de bruços, bateu o ombro e gritou de dor, pois Takezo torcia-lhe o braço.

— Oba-san? — exclamou Takezo, soltando o braço. — Pensei que fosse um ladrão!

— Ai, como dói! Brutamontes! — reclamou a viúva.

— Desculpe-me, é que eu não sabia...

— Ora, que é isso, não se desculpe, Takezo-san, não é preciso.

— Que... Que é isso?

— Silêncio, seu inconveniente! Não fale tão alto! Você já percebeu o carinho com que cuido de você, não é mesmo?

— Sim, e a senhora tem minha eterna gratidão por tudo que tem feito por mim.

— Não falo de sentimentos formais como gratidão, dever. Falo de emoções mais fortes, profundas e sofridas...

---

5. Sengoku: na história do Japão, período de aproximadamente um século compreendido entre 1467 e 1590, época em que o país perdeu sua unidade política, convulsionado por incessantes guerras internas provocadas por rivalidades entre barões feudais em luta pelo poder.

— Espere, espere um pouco. Já vou acender a luz.
— Maldoso!
— Ei... oba-san!

Takezo sentia as pernas, os braços, o corpo todo tremer. Nunca, mesmo diante do pior inimigo, havia sentido tanto medo. Seu coração nunca havia palpitado tanto, nem mesmo em Sekigahara, quando se vira sob incontáveis patas de cavalos. Encolheu-se num canto do quarto e implorou:

— Vá-se embora, por favor, volte para o seu quarto. Se não for, grito por Matahachi.

Okoo não se mexeu. Parecia fixar Takezo com raiva, pois somente sua respiração se fazia ouvir no escuro. Instantes depois, falou:

— É impossível que não saiba o que eu sinto por você, Takezo-san.
— ...
— Como se atreve a me humilhar deste jeito? — gritou a viúva de repente, irritada.
— Eu, humilhar?
— Isso mesmo!

Estavam ambos exaltados. Não fosse por isso, teriam percebido que, havia algum tempo, alguém esmurrava a porta da casa. Aos poucos, o som das vozes transformou-se em alarido:

— Abram! Abram já esta porta!

A luz de uma vela moveu-se entre as folhas corrediças da porta do quarto. Era Akemi despertando. Passos soaram e Matahachi perguntou:

— Que barulheira é essa?

Do corredor, Akemi chamou:

— Mãe?

Sem ter noção exata do que se passava, Okoo voltou correndo para o próprio quarto e de lá respondeu ao chamado de Akemi. Ao que parecia, os intrusos tinham arrombado a porta e invadido a casa: sondando-se a escuridão, notavam-se seis ou sete vultos corpulentos aglomerados na entrada. Uma voz em meio ao grupo bradou:

— Sou Tsujikaze. Acendam já uma luz!

UM PENTE VERMELHO

I

Os intrusos tinham planejado atacar à noite para surpreender os moradores adormecidos e invadiram a casa com os pés enlameados, sem se preocupar em descalçar as sandálias. Separados em grupos, revolviam o depósito, os armários, o vão sob o assoalho.

Aboletado à beira do fogo, Tsujikaze Tenma observava em silêncio o trabalho de seus sequazes vasculhando a casa.

— Bando de lerdos, que foi que acharam?
— Nada, chefe.
— Nada mesmo?
— Nada!
— Sei... Mas é claro, não deve ter nada escondido, com certeza. Suspendam a busca!

Okoo sentara-se na sala ao lado, as costas voltadas para o grupo de invasores. Sua atitude era de desafio, aparentando até mesmo indiferença ante o rumo dos acontecimentos.

— Okoo.
— O que você quer?
— Sirva-me ao menos um pouco de saquê.
— Deve estar por aí — se quer, procure e beba por sua conta.
— Ora, que modos são esses... Eu, Tenma, estou lhe fazendo uma visita depois de tanto tempo...
— É desse jeito que você costuma visitar as pessoas?
— Calma, não fique nervosa, a culpa também é sua. O fato é que chegou seguramente aos meus ouvidos o boato de que certa viúva vendedora de moxa estava ganhando uns trocados a mais saqueando cadáveres de soldados no meu território. E onde tem fumaça, tem fogo.
— E as provas? Onde estão as provas?
— Não seja tola. Se realmente pretendesse achar provas, não teria mandado Akemi avisá-la com antecedência. Conforme dita a lei dos bandoleiros, ordenei uma busca rotineira pela casa e, desta vez, faço vista grossa. Agradeça a minha bondade.
— Agradecer, eu? Ora, quanta bobagem!
— Que acha de vir aqui e me servir um pouco de saquê?

Okoo não lhe deu resposta.

— Mulher cheia de caprichos! Não percebe que se aceitasse meus favores sua vida seria muito mais fácil?

— Dizem que quando a esmola é muito grande...

— Recusa?

— Tenma, você sabe por acaso quem matou meu marido?

— Ora, aí está: se quer se vingar, ponho meus modestos serviços ao seu dispor.

— Não se faça de inocente!

— Que disse?

— Comenta-se por aí, a boca pequena, que o mandante do assassinato foi você, Tsujikaze Tenma, não sabia? E embora seja mulher de bandoleiro, jamais pretendo cair tão baixo a ponto de viver à custa do assassino de meu marido.

— Cuidado com o que diz, Okoo.

Ocultando um sorriso falso, Tenma tragou de vez o saquê da chávena.

— Para o bem das duas, mãe e filha, é melhor não repetir o que acaba de dizer — rosnou.

— Quando terminar de criar Akemi, acertarei contas com você, esteja certo! — replicou Okoo.

Tsujikaze ria silenciosamente, sacudindo os ombros. Bebeu em seguida todo o saquê da bilha e dirigiu-se a um dos bandoleiros que se postava, lança ao ombro, num dos cantos da sala:

— Você aí: use a lança e arranque algumas folhas deste forro.

O bandoleiro andou pela sala golpeando o forro com o cabo da lança. Pelas frestas abertas rolaram armaduras e uma profusão de artigos.

— Aí está — disse Tenma, levantando-se ameaçador. — A lei dos bandoleiros é clara: arrastem esta mulher para fora da casa e matem-na!

II

Os bandidos avançaram displicentes para o aposento em que se sentava Okoo, considerando que se tratava apenas de uma mulher. Estacaram petrificados, no entanto, na entrada da sala. Aparentemente, temiam aproximar-se da viúva.

— Que se passa? Arrastem para cá essa mulher de uma vez!

Tsujikaze Tenma impacientava-se no outro cômodo. Ainda assim seus asseclas permaneciam imóveis, observando fixamente o interior do aposento e perdendo um longo tempo.

Tenma estalou a língua, impaciente, e foi pessoalmente verificar o local. Pretendia aproximar-se de Okoo em seguida, mas também ele não conseguiu vencer o umbral da porta.

Invisíveis da sala onde ardia o braseiro, ali estavam, além de Okoo, dois jovens de aparência agressiva. Takezo empunhava a espada de carvalho negro em posição baixa, pronto a atingir e a quebrar as pernas daquele que entrasse. Matahachi posicionara-se do outro lado da porta, e segurava com ambas as mãos uma espada, mantendo-a bem alto sobre a cabeça. Aguardava, ansioso por abater a primeira cabeça que, por pouco que fosse, surgisse dentro de seu campo de visão. Akemi não estava à vista — fora certamente escondida em algum armário para evitar que se ferisse. A estratégica defesa da sala fora composta enquanto Tenma bebia aboletado à beira do fogo e, ao que tudo indicava, esse respaldo era uma das causas da calma de Okoo.

— Está claro! — rosnou Tenma, lembrando-se. — Você é o rapazote que vi, outro dia, andando pelas montanhas com Akemi. E quem é o outro?

Matahachi e Takezo aguardavam em silêncio, demonstrando claramente que prefeririam ação a palavras. Uma atmosfera sinistra envolvia os dois jovens.

— Não sei de homens morando nesta casa. Presumo então que vocês sejam dois vagabundos, lixo dos campos de Sekigahara. Vou avisando: não se metam no que não lhes diz respeito, pois vão sofrer as consequências — vociferou Tenma.

— ...

— Sou Tsujikaze Tenma, da aldeia de Fuwa: não há quem não me conheça nas redondezas. E vocês são arrogantes demais para uma dupla de fugitivos dos campos de Sekigahara. Vão ver agora o que faço com os dois!

— ...

— Saiam! — ordenou Tenma com um gesto, dirigindo-se aos do seu bando: não queria que o estorvassem. Inadvertidamente, porém, um bandoleiro que se afastava andando de costas caiu no braseiro cavado ao nível do assoalho e gritou. Fagulhas das toras de pinheiro elevaram-se no ar, tocaram o teto e encheram o ambiente de cinzas.

Tenma, que até então fixava imóvel a entrada da sala, rosnou:

— Malditos! — e de súbito invadiu o quarto.

— Opa! — fez Matahachi, descarregando instantaneamente a espada com toda a força dos dois braços. Mas nem toda a sua agilidade foi capaz de sobrepujar o ímpeto de Tenma: a arma de Matahachi resvalou com um tinido na ponta da espada do adversário.

Okoo permanecia em pé, agora afastada a um canto. No lugar anteriormente ocupado por ela, Takezo estava à espera, em guarda, mantendo a espada de carvalho em posição enviesada. Nesse momento, investiu visando o tórax de Tenma, jogando contra ele todo o peso do corpo num golpe violento.

A espada rasgou o ar, sibilando.

Em resposta, Tenma usou o próprio corpo lançando o peito sólido como rocha ao encontro de Takezo. Este, que nunca havia se defrontado com um indivíduo tão poderoso, tinha a impressão de ter sido agarrado por um enorme urso. Imobilizado por um forte punho em sua garganta, sentia socos atingindo-lhe a cabeça, querendo arrebentar-lhe o crânio. Com um súbito movimento do corpo, contudo, liberou de golpe o ar retido no peito: o enorme corpo de Tsujikaze Tenma projetou-se então no espaço, pernas dobradas, e foi de encontro à parede com um estrondo que abalou a casa.

III

Ao marcar uma presa, Takezo nunca permitia que ela lhe escapasse; subjugava-a a qualquer custo e jamais a abandonava mortalmente ferida, perseguindo-a até o seu aniquilamento total. Tais aspectos da personalidade de Takezo eram visíveis desde a infância. Viera ao mundo trazendo no sangue certo primitivismo ancestral, puro e selvagem, até agora intocado pela luz do saber, em estado bruto desde o nascimento. Estes mesmos aspectos teriam sido responsáveis, talvez, pela aversão que Munisai nutrira por ele. As severas punições no estilo de um *bushi*, impostas pelo pai, trouxeram resultado inverso: forneceram presas ao pequeno tigre. E quanto mais os aldeões o evitavam repudiando sua violência, mais vigoroso crescia, livre de peias, esse pequeno selvagem. Não lhe bastara também percorrer vales e montanhas de sua terra natal como se tudo lhe pertencesse: tivera de partir, afinal, rumo a Sekigahara em busca de um sonho ambicioso.

Para o jovem Takezo, Sekigahara representara o primeiro contato com o mundo, mas em seus campos os sonhos haviam ruído fragorosamente. Como, porém, nada tinha a perder, o sonho desfeito e o futuro incerto nem de leve o deixavam frustrado ou desesperado.

Nessa noite, sobretudo, deparara com uma presa inesperada: Tsujikaze Tenma, chefe de uma quadrilha de bandoleiros. Como tinha ansiado por um inimigo desse nível nos campos de Sekigahara!

— Covarde, volte aqui, covarde!

Aos gritos, Takezo corria como um raio pelos campos escuros. Dez passos à frente fugia Tenma, também este tão rápido que parecia voar.

Os cabelos de Takezo se eriçavam, o vento zunia nos ouvidos, a sensação de prazer era tão intensa que se tornava quase insuportável. O sangue galopava nas veias com uma alegria bestial e o levava ao paroxismo.

No instante em que, de um salto, sua sombra pareceu sobrepor-se às costas de Tenma, o sangue jorrou da espada de carvalho e um medonho urro cortou os ares. O corpanzil de Tsujikaze Tenma foi ao chão com um baque. Seu crânio era uma massa disforme e, no rosto, os olhos saltavam das órbitas.

Takezo desferiu ainda dois ou três golpes seguidos: surgiram costelas quebradas, brancas, rasgando a pele. Esfregou então o braço na testa e disse:
— E agora, valentão?
Lançou um breve olhar para o cadáver e voltou-se solenemente, retornando sobre os próprios passos. Parecia considerar trivial o feito. Fosse superior o adversário, sabia, seria ele, Takezo, a jazer esquecido.
— É você, Takezo? — soou ao longe a voz de Matahachi.
— Hum — respondeu Takezo com voz pachorrenta, vagando o olhar ao redor.
— Que aconteceu? — perguntou Matahachi, chegando às carreiras.
— Liquidei-o. E você?
— Eu também liquidei um — respondeu, exibindo a Takezo uma espada ensanguentada até o cabo, e acrescentando: — O resto do bando fugiu. São uns covardes, os bandoleiros. — Deu de ombros, arrogante.
O riso ecoou alegre enquanto os dois jovens, quase crianças, divertiam-se espremendo o sangue que lhes sujava as mãos.
Pouco depois, afastaram-se conversando animadamente rumo à única luz proveniente da casa coberta de colmos, visível ao longe.

IV

Um cavalo campeiro meteu a cabeça pela janela e examinou a casa. Bufou, suspirando ruidosamente, e acordou as duas figuras:
— Malandro! — gritou Takezo dando um tapa na cabeça do cavalo. Matahachi espreguiçou-se tanto que parecia querer varar o teto com os punhos cerrados.
— Ah, como dormi bem! — disse.
— O sol já vai alto.
— Já está entardecendo?
— Não parece.
Uma noite de sono, e das ocorrências do dia anterior nada mais restara em suas mentes: na vida dos dois jovens somente existiam o hoje e o amanhã. Takezo correu no mesmo instante para fora, desnudou o torso e lavou-se nas águas límpidas do riacho. Levantou então o rosto e sorveu a luz do sol e o ar puro sob o céu profundo.
Matahachi levantou-se, por sua vez, e com o rosto ainda enevoado de sono dirigiu-se à sala onde Akemi e Okoo sentavam-se junto ao braseiro.
— Bom dia! — disse com jovialidade proposital. — A senhora hoje me parece bastante deprimida, oba-san.

— Pareço?

— Que houve? Conseguimos liquidar Tsujikaze Tenma, o homem que assassinou seu marido, ao que dizem, e ainda mais um do bando. Não vejo motivos para depressão.

Matahachi estranhava com razão. Ele havia esperado que o extermínio de Tenma fosse devidamente festejado pelas duas mulheres na noite anterior, mas ao contrário de Akemi, que batera palmas de alegria, Okoo demonstrara claros indícios de apreensão.

E o fato de Okoo continuar apreensiva e sombria à beira do fogo não só irritava Matahachi como também o intrigava.

— Que se passa? — perguntou. Aceitou o chá que Akemi lhe servia e sentou-se cruzando as pernas. Okoo sorriu de leve, com jeito de quem inveja a rudeza e a inexperiência da gente jovem.

— Veja bem, Mata-san, Tsujikaze Tenma era o líder de uma centena de bandoleiros.

— Ah, já entendi: a senhora receia que o bando volte para se vingar. Ora, os bandoleiros não são de nada, eu e o Takezo...

— Deixe disso! — disse Okoo, abanando a mão.

Matahachi aprumou-se:

— Como assim? Pois digo e repito: eles não passam de um bando de vermes, deixe que venham! Ou a senhora julga que não podemos com eles?

— Não vai adiantar, pois vocês são só dois garotos. Tenma tem um irmão mais novo, de nome Tsujikaze Kohei. Se ele aparecer por aqui para se vingar, será impossível vencê-lo, mesmo que vocês o enfrentem juntos.

A observação irritou Matahachi. Ouvindo, porém, as explicações da viúva, aos poucos começou a se convencer. O irmão de Tenma, Tsujikaze Kohei, não só era poderoso na região de Yasugawa, em Kiso, como também exímio em artes marciais e em *shinobi* — a técnica ninja[6] de entrar dissimuladamente nos recintos. Dos homens que Kohei marcara para matar, ninguém até esse dia, dizia-se, morrera de morte natural. Contra um ataque frontal talvez fosse possível defender-se; como, todavia, enfrentar um homem especializado em atacar sorrateiramente as vítimas durante o sono? — perguntava a viúva.

— Para quem tem o sono pesado como eu, a parada vai ser dura! — admitiu Matahachi, apoiando pensativo o queixo na mão. Ao vê-lo assim, Okoo declarou já não haver outra saída: tinham de abandonar a casa e viver em outras paragens; e sendo esse o caso, perguntava o que fariam os dois.

— Vou falar com Takezo. Mas para onde foi esse sujeito?

---

6. Ninja: samurai que, através de artifícios, dominou, entre outras, a arte de se fazer invisível; o ninja dedicava-se basicamente a serviços de espionagem.

Não o vendo ao redor da casa, Matahachi procurou-o longe com a mão em pala sobre os olhos. Avistou à distância, no descampado aos pés do monte Ibuki, a diminuta figura de Takezo cavalgando a esmo o cavalo que surgira de manhã nas proximidades da casa.

— Que sujeito folgado! — murmurou Matahachi. Pôs as mãos em concha e gritou: — Eeeei, venha cá!

V

Deixaram-se cair sobre folhas secas. Não há nada melhor que uma boa amizade ou um agradável papo sobre a relva.

— Está decidido, então: voltamos à nossa terra! — disse Matahachi.

— Vamos embora! É claro que não podemos continuar morando indefinidamente com a viúva e a filha — apoiou-o Takezo.

— Certo.

— Não sei lidar com mulheres — resmungou Takezo, ao que Matahachi replicou:

— Está bem, vamo-nos então.

Matahachi lançou-se de costas sobre a relva, voltando o rosto para o céu:

— De repente, está me dando uma vontade louca de rever a minha Otsu! — exclamou, batendo os pés. — Olhe lá, aquela nuvem me faz lembrar Otsu, de cabelos lavados e escorridos... que inferno!

Takezo fitava distraído as ancas do cavalo, do qual acabara de apear. O gênio dócil dos pacatos homens do campo também está presente no cavalo campeiro: livre, este se afastava espontaneamente, sem nada pedir em troca.

Ao longe, Akemi chamou:

— Venham almoçar!

— Oba! — saltaram os dois em pé.

— Quer ver quem chega primeiro, Matahachi?

— Eu, diabos!

Akemi batia palmas recebendo a dupla que se aproximava levantando poeira.

Mas a pequena Akemi abateu-se de modo repentino ao saber, durante a tarde, que os dois jovens pretendiam retornar às suas terras. Por certo tinha imaginado que continuariam juntos para sempre, perpetuando a vida animada que passara a levar com a inclusão dos dois à rotina da casa.

— Que choradeira é essa, bobinha? — ralhou Okoo, arrumando-se para a noite. Fixava ao mesmo tempo o olhar irado em Takezo pelo espelho.

Este desviou o rosto: acabara de se lembrar dos sussurros da viúva à sua cabeceira na noite anterior e do perfume adocicado de seus cabelos.

Sentado ao lado, Matahachi — muito à vontade, agindo como se a casa lhe pertencesse — retirara um bojudo cântaro de saquê de um dos armários, transferia o conteúdo para uma pequena bilha e comentava:

— Esta noite vamos brindar à despedida e beber até cair.

A viúva Okoo, que se esmerara na maquiagem, apoiou-o:

— Já não vale a pena pouparmos a bebida: vamos esvaziar todos os cântaros.

Okoo apoiava-se em Matahachi e gracejava com vulgaridade, obrigando Takezo a desviar o rosto constrangido.

— Já não aguento mais — disse enfim a viúva, mal conseguindo manter-se em pé; enroscando-se em Matahachi, foi por ele carregada ao quarto. De passagem, lançou maliciosamente:

— Durma por aí, Take-san, já que gosta de dormir sozinho!

Seguindo à risca a recomendação, Takezo deitou-se no mesmo lugar e adormeceu. Estava muito embriagado, a madrugada vinha chegando e, por isso, quando despertou no dia seguinte, o sol já ia alto no céu.

Ao se erguer, um fato chamou-lhe a atenção de imediato: a casa parecia deserta. Não viu a pequena trouxa de viagem preparada na noite anterior por Akemi e sua mãe, os abrigos de viagem, nem as sandálias. Sobretudo, estranhou a ausência de Matahachi.

— Ei, Matahachi!

Não o encontrou nos fundos da casa, tampouco no depósito de lenha. Ao lado da bica, que permanecera aberta, achou apenas o pente vermelho da viúva.

— Cretino!

Levou o pente ao nariz. O perfume fez com que revivesse a terrível cena de sedução de duas noites atrás. Pelo visto, Matahachi entregara-se a essa sedução. Uma indizível tristeza o invadiu.

— E agora, que será de Otsu? — Jogou o pente no chão, com ímpeto.

Mais que a raiva, abalou-o lembrar-se de Otsu, à espera do noivo em sua aldeia.

Ao avistar a figura desanimada de Takezo sentado imóvel por longo tempo na cozinha da casa, o cavalo que rondava a casa desde o dia anterior meteu a cabeça pelo alpendre. Não recebendo o esperado afago nas narinas, pôs-se a comer, conformado, os grãos de arroz que restavam esquecidos sobre a pia.

FLORES PARA O SANTUÁRIO

I

Sucessão ininterrupta de montanhas — eis como se descreveria com propriedade essa região. Já a partir de Tatsuno, em Banshu[7], o caminho torna-se íngreme. A estrada de Sakushu[8] mergulha por entre sucessivas montanhas, leva à crista da serra, passa por trechos onde sobressaem marcos de madeira delimitando fronteiras, por colinas recobertas de pinheiros, e transpõe também o pico de Nakayama. E ao alcançar finalmente o trecho em que breve avistaria a seus pés o desfiladeiro do rio Aida, o viajante quase sempre arregala os olhos admirado:

— Incrível, até nestes ermos existem casas!

É considerável, sobretudo, o número de moradias. Agrupadas ao longo das margens do rio ou nas encostas das montanhas, junto a primitivos roçados, compõem nada mais que um aglomerado de povoados. Ainda assim, quarenta quilômetros rio acima, o suserano Shinmen Iganokami e seus familiares haviam morado num pequeno castelo até pouco antes da batalha de Sekigahara, ocorrida no ano anterior. Nas minas de prata de Shikozaka — divisa com Inshu, no interior dessa área montanhosa — costumam surgir também muitos mineiros à procura de trabalho. Ademais, numerosos estranhos afluem a esta pequena aldeia: são viajantes que partem de Tottori rumo a Himeji, ou trafegam entre Tajima[9] e Bizen[10] transpondo a serra. Por este motivo, mesmo perdida no meio das montanhas, a vila possui estalagens e lojas de tecidos e de vestuário. Vez ou outra, ao cair da tarde, consegue-se até divisar vultos de mulheres servindo às mesas nos alpendres das hospedarias: por baixo dos alvos lenços com que cobrem os cabelos, seus rostos pintados lembram os de morcegos brancos.

Essa é a vila Miyamoto.

Do alpendre do templo Shippoji, de onde se avistam os telhados das casas seguros por pedras, Otsu contemplava as nuvens cismando vagamente:

— Já se passou quase um ano...

Por ser órfã, e talvez por ter sido criada num templo, a jovem Otsu fazia lembrar a chama fria e solitária de um incensório.

---

7. Banshu: antigamente também chamada Harima, província situada a sudoeste do estado de Hyogo.
8. Sakushu: antigamente também chamada Mimasaka, província situada ao norte do estado de Okayama.
9. Tajima: antiga denominação de uma área ao norte do estado de Hyogo.
10. Bizen: antiga denominação de certa área a sudeste do estado de Hyogo.

Completara dezesseis anos no ano anterior, sendo um ano mais nova que Matahachi, seu noivo. E fora este Matahachi que se havia juntado ao amigo Takezo e partira para a guerra no verão anterior, não dando notícias desde então.

— Talvez em janeiro... ou então em fevereiro... — assim pensando, Otsu havia esperado em vão e, ultimamente, a espera a cansara. A primavera avançava e já se estava em abril.

— Ninguém teve notícias deles, nem mesmo na casa de Takezo-san. Será que esses dois morreram de verdade?

Se vez ou outra, entre suspiros, perguntava a alguém, ouvia quase sempre a mesma resposta:

— Claro! A começar pelos familiares do senhor Shinmen Iganokami, ninguém até hoje voltou da batalha, e veja quem ocupa seu castelo depois da guerra: um bando de samurais desconhecidos, todos vassalos de Tokugawa!

"Por que os homens amam tanto as guerras? Bem que eu quis detê-los..."

Acomodada no alpendre do templo, Otsu era capaz de permanecer imóvel durante horas a fio; seu rosto triste traindo o hábito de perder-se em pensamentos.

Cismava também hoje quando alguém a chamou:

— Otsu-san, Otsu-san!

A voz provinha da área externa, próxima à cozinha do templo. Da direção do poço, vinha caminhando um homem nu, exceto por uma tanga, cujo aspecto lembrava uma antiga estatueta de Arahant.[11]

Era um jovem monge zen-budista itinerante, aparentando cerca de trinta anos, originário da região de Tajima e que costumava visitar o templo a cada três ou quatro anos. Com o peito peludo exposto ao sol, comentou feliz:

— Ah, a primavera já chegou!

— Realmente — continuou — estou feliz com a chegada da primavera, mas os malditos piolhos passaram a se comportar como se fossem donos do mundo; por sinal, exatamente como se comportou Fujiwara Michinaga.[12] Resolvi por isso lavar a roupa toda de uma só vez. E agora preciso pôr estes andrajos a secar, mas, veja você, tenho o senso estético razoavelmente desenvolvido. Se quer saber, estou em sérias dificuldades, pois sinto que não é apropriado estendê-los neste pessegueiro em flor, nem naquele arbusto de chá. Você não teria um varal, por acaso, Otsu-san?

Otsu ruborizou-se:

---

11. Arahant: discípulo de Buda que conseguiu atingir o Nirvana.

12. Fujiwara Michinaga: na qualidade de regente (*kanpaku*), governou o Japão de 995 a 1027. Era membro da poderosa família Fujiwara, cujos líderes dominaram por longo tempo o império no período Heian.

— Mas o senhor ficou sem as roupas, monge Takuan... o que vai fazer até que sequem?

— Sempre posso esperar dormindo, ora!

— Que absurdo!

— Pensando bem, devia ter esperado até amanhã, 8 de abril, aniversário de Buda. Aí então, eu ficaria imóvel, assim, e me banhariam com chá de hortênsias... — Juntou os pés e assumiu solenemente a clássica pose de Buda, uma das mãos apontando o céu e a outra, a terra.

II

— Sou o Ser Supremo do céu e da terra...

Vendo Takuan imitar Buda por algum tempo com seriedade e empenho, Otsu não se conteve e riu com gosto:

— Sabe que imita muito bem, monge Takuan?

— À perfeição, não acha? Claro, pois sou, na verdade, a própria reencarnação do príncipe Siddharta.

— Se é assim, já vou banhá-lo com um bom chá de hortênsias, da cabeça aos pés.

— Não, não se incomode, só estava brincando!

De repente, uma abelha surgiu visando o rosto de Takuan. A reencarnação do príncipe Siddharta agitou freneticamente os braços tentando espantá-la. Ao perceber que o cordão da tanga do monge começava a se desatar, a abelha deu-se por satisfeita e fugiu.

Otsu ria a mais não poder, vergada sobre o próprio corpo.

— Ai, como dói! — queixou-se apalpando a barriga.

Apesar da índole melancólica, Otsu não parava de rir durante os dias em que o jovem monge zen-budista, de nome Takuan Shuho, nascido na região de Senba, passava os dias no templo.

— É verdade, ia me esquecendo: não posso ficar assim à toa! — disse Otsu, estendendo os pés alvos na direção das sandálias.

— Aonde vai, Otsu-san? — perguntou o monge.

— Amanhã é 8 de abril, o senhor sabe, mas eu tinha me esquecido por completo das recomendações do nosso abade. Como faço todos os anos, tenho de colher flores e enfeitar o santuário para a comemoração do nascimento de Buda e, à noite, preparar o chá de hortênsias.

— Ah, vai colher flores... E onde há flores nesta região?

— Nas margens do rio, nos povoados rio abaixo.

— Quer que eu a acompanhe?

— De modo algum!

— Mas você não vai conseguir colher tantas flores sozinha. Deixe-me ajudá-la.

— Desse jeito? O senhor vai me envergonhar!

— Ora, que importância tem? Para começar, o homem veio ao mundo nu.

— Não se atreva a me acompanhar!

Otsu correu para os fundos do templo. Com um cesto atado às costas e uma tesoura na mão, tentava escapulir sorrateiramente pelo portão de serviço quando Takuan surgiu logo atrás. Tinha-se enrolado num enorme *furoshiki*[13] — do tipo usado para embalar cobertores — que encontrara em algum lugar.

— Que horror! — disse Otsu.

— Mereço agora a sua aprovação?

— O povo vai caçoar.

— Não vejo por quê.

— Ande bem longe de mim!

— Fingida! Sei que gosta de andar escoltada por um cavalheiro.

— Não fale mais comigo!

Otsu correu à frente. Takuan vinha poucos passos atrás desfraldando ao vento a larga barra do *furoshiki*, qual Shakyamuni descido de píncaros nevados.

— Ora, ora, zangou-se, Otsu-san? — ria Takuan. — Não fique tão nervosa! Com essa cara emburrada, é capaz de espantar o namorado.

Cerca de quinhentos metros rio abaixo, às margens do Aida, milhares de pequenas flores do campo desabrochavam em alegre profusão. Otsu depositou o cesto no chão e, rodeada de borboletas, já dirigia ativamente a tesoura ao caule das flores.

— Quanta paz! — exclamou o jovem Takuan, em pé ao seu lado, dando vazão ao seu caráter sensível, religioso. No entanto, nem mesmo tentava ajudar Otsu, que se atarefava colhendo flores.

— Pequena Otsu, neste momento você é a personificação da paz. Todo homem, seja ele quem for, poderia passar a vida num paraíso como este; no entanto, prefere chorar, prefere sofrer, prefere mergulhar num cadinho onde fervem paixões, luxúria e falsidade, consumindo-se nos tormentos dos oito infernos. Quisera ao menos poupar você de um destino semelhante, Otsu-san.

---

13. *Furoshiki*: quadrado de tecido usado para embalar volumes.

III

Rosas silvestres, papoulas, violetas, crisântemos... Otsu lançava as flores no cesto à medida que as colhia.

— Não perca tempo pregando sermões, monge Takuan. Cuidado com as abelhas, podem picar seu rosto outra vez! — caçoou.

O monge ignorou-a:

— Tolinha, não estou falando de abelhas; neste momento, discorro sobre o destino de certa jovem, segundo os ensinamentos de Buda.

— O senhor é um intrometido, sabia?

— Eis uma declaração acertada! Sem dúvida, nós, os bonzos, somos muito intrometidos. No entanto, nossa profissão existe por ser tão necessária ao mundo quanto a dos carpinteiros, dos samurais, ou a dos comerciantes de arroz e tecidos. É bem verdade também que há três mil anos os ditos bonzos e a espécie feminina da humanidade não convivem em harmonia. De acordo com o budismo, mulheres são a encarnação do diabo, seres demoníacos, mensageiras do inferno. Deve ser por isso que vivemos brigando, eu e você: o carma é antigo.

— Por que as mulheres são consideradas demoníacas?

— Porque enganam os homens.

— E os homens, não enganam também as mulheres?

— Espere aí, essa é um pouco difícil de responder... Ah, já sei!

— Vamos, responda!

— Buda era homem!

— Muito conveniente para os homens, não acha?

— Contudo, presta atenção, ó mulher: não te melindres...

— Ah... chega, monge!

— ...pois se, em sua juventude, Buda desaprovou as mulheres por ter sido atormentado, à sombra de uma figueira, por tentações que assumiam formas femininas, em sua velhice chegou até a admitir discípulos do sexo feminino. O *bodisatva*[14] Ryuju foi outro que detestou, digo, temeu as mulheres tanto quanto o próprio Buda, mas posteriormente tornou-se grande amigo de quatro virtuosas mulheres, que considerou esposas exemplares. Exaltou-lhes as virtudes, dizendo aos homens que as tivessem como modelos quando fossem escolher suas mulheres.

— Está vendo? Como tudo o mais, é muito conveniente para os homens.

— É inevitável, pois na velha Índia, berço do budismo, a supremacia dos homens sobre as mulheres era ainda mais acentuada que em nosso país. Voltando ao nosso *bodisatva* Ryuju, ele dirigiu às mulheres um conselho.

---

14. *Bodisatva* (jap. *bosatsu*): ser iluminado que se dedica a ajudar os demais a alcançarem a libertação.

— Que tipo de conselho?

— Disse: "mulher, não te cases com um homem..."

— Conselho mais esquisito!

— Não brinque, escute até o fim. Ele disse: "não te cases com um homem: casa-te com a verdade".

— ...

— Compreendeu? Em outras palavras, quer dizer: não se apaixone por um homem, mas sim por algo verdadeiro.

— E o que quer dizer "apaixonar-se por algo verdadeiro"?

— Para ser franco, parece que nem eu sei direito.

Otsu riu, mas o monge continuou:

— Bem, trocando em miúdos, quer dizer: case-se com o que é verdadeiro. Isso significa que você não deve correr atrás de ilusões para que não lhe aconteça de acabar carregando no ventre o fruto de uma relação enganosa com algum desconhecido da cidade grande; que deve procurar casar-se com alguém de sua própria terra, merecedor de confiança, e dar à luz filhos sadios.

— Pare com isso! — disse Otsu fingindo bater no monge e acrescentando: — Não disse que ia me ajudar a colher as flores?

— Creio ter afirmado algo parecido.

— Então não fique aí parado falando o tempo todo, e segure o cesto para mim.

— Com todo o prazer.

— Enquanto isso, vou à casa de Ogin-sama[15] verificar se o *obi* que pretendo usar amanhã já está pronto.

— Ogin-sama? Ah, já sei, a jovem que apareceu um dia desses lá no templo... Eu também vou.

— Desse jeito?

— Estou com sede. Quero tomar chá.

IV

Aos 25 anos de idade, bonita e bem nascida, não era por falta de pretendentes que Ogin continuava solteira.

Por outro lado, os pretendentes, a bem da verdade, não eram tantos quanto seria de se esperar, graças à reputação do irmão Takezo, o mais insubordinado das redondezas, sempre citado desde a infância como modelo

---

15. Sama: forma de tratamento que expressa respeito. "Sama" é mais formal que "san" e faz subentender que aquele assim tratado é de um nível social superior, idoso ou merecedor de respeito.

de má-criação, junto com Matahachi. Ainda assim, muitos eram os que insistiam em pedi-la em casamento, encantados com as maneiras modestas e a fina educação da jovem. No entanto, Ogin a todos recusava, dando sempre a mesma razão:

— Quero continuar sendo, para Takezo, a mãe que ele nunca teve, ao menos até que amadureça um pouco mais.

A casa onde morava fora construída nos áureos tempos em que Munisai, servindo a casa Shinmen como instrutor de artes marciais, obtivera permissão para incorporar ao seu nome o sobrenome Shinmen de seu suserano. Por esse motivo, o estilo da ampla mansão construída às margens do rio Aida, com seus muros de pedra e paredes rebocadas, era mais imponente do que se esperaria da casa de um *goushi*. Hoje, envelhecida, ervas daninhas vicejavam em meio à palha do telhado, e as fezes das andorinhas, que se haviam acumulado no decorrer dos anos, manchavam de branco o espaço entre o beiral e a janela alta do recinto onde Munisai mantivera, há tempos, um salão de treinamento de *jitte-jutsu*.[16]

Já não tinha ninguém servindo à família, pois Munisai falecera na miséria após um longo período de desemprego. Os antigos servos, todavia, eram todos moradores da vila Miyamoto e continuavam zelando pela casa. Mesmo após a decadência de Munisai, a velha governanta e os antigos lacaios ainda se revezavam, deixando silenciosamente alguns vegetais na porta da cozinha, limpando e arejando aposentos há muito fechados, ou enchendo a bilha de água fresca.

Certa de que algum desses antigos serviçais entrava naquele instante pelos fundos da casa, Ogin, entretida em seu trabalho, não deteve a mão que guiava a agulha.

— Boa tarde, Ogin-sama.

Ogin levantou o rosto surpresa, pois Otsu sentava-se silenciosamente atrás dela.

— Que susto! É você, Otsu-san? Estou terminando de costurar o *obi* que vai usar amanhã nos festejos do aniversário de Buda.

— Sinto dar-lhe tanto trabalho. Eu mesma poderia costurar meu *obi*, mas andei tão ocupada com as tarefas do templo...

— Ora, não se preocupe, desse modo me entretenho e evito ficar pensando.

Desviando o olhar, Otsu percebeu às costas de Ogin a pequena luz votiva bruxuleante. Coladas no altar budista ali armado, viu duas novas papeletas com a caligrafia de Ogin:

---

16. *Jitte-jutsu*: técnica relacionada ao manejo do *jitte*, instrumento de ferro usado por agentes encarregados do policiamento das cidades.

Pela alma de Shinmen Takezo — aos dezessete anos
Pela alma de Hon'i-den Matahachi — idem

Flores e um pequeno vasilhame com água enfeitavam o altar.

Otsu pestanejou:

— Que é isso? Você recebeu uma notificação confirmando a morte dos dois, Ogin-sama?

— Não, mas só posso pensar que morreram. Já me conformei e resolvi considerar a data da batalha de Sekigahara, 15 de setembro, como a de suas mortes.

Otsu balançou a cabeça em feroz negativa.

— Não acredito! Aqueles dois não podem ter morrido. Tenho certeza de que estarão de volta a qualquer momento.

— Você costuma sonhar com o seu noivo?

— Muitas vezes.

— Então morreram mesmo, pois eu também vivo sonhando com meu irmão.

— Não quero nem saber. Vou arrancar estas papeletas — são de mau agouro.

Os olhos de Otsu já se enchiam de lágrimas. Levantou-se decididamente, apagou a luz votiva do altar e, não satisfeita, apanhou indignada o vaso de flores e o vasilhame de água, levando-os ao aposento contíguo e jogando seu conteúdo no jardim pela varanda. No mesmo instante, o monge Takuan que se sentara a um canto da varanda deu um salto:

— Que água gelada! — berrou.

V

— Otsu, sua bruxa, o que pretende? Eu disse que queria tomar chá nesta casa e não um banho de água gelada! — vociferou Takuan, enxugando-se com o *furoshiki*.

Otsu ria e chorava ao mesmo tempo:

— Desculpe, monge Takuan, me perdoe.

Pediu desculpas, adulou-o, e depois de levar-lhe o tão almejado chá, voltou para junto de Ogin:

— Quem é esse homem? — perguntou Ogin, espiando admirada o canto da varanda.

— É um monge peregrino que está hospedado no templo. Quando você esteve lá, dias atrás, não havia um monge sujo e desleixado, deitado de bruços ao sol do santuário, o rosto apoiado nas duas mãos? Lembra-se que na ocasião eu perguntei a esse monge o que fazia, e que ele respondeu: "estou promovendo uma luta de sumô entre os piolhos"?

— Ah, aquele!
— Ele mesmo: monge Shuho Takuan.
— Excêntrico, não?
— Demais!
— Não é manta, nem veste monástica... eu me pergunto: que é aquilo que ele está usando?
— Um *furoshiki*.
— Espantoso!... Ele me parece novo ainda.
— Trinta e um anos. Mas o nosso abade diz que, apesar das aparências, é uma figura muito ilustre.
— Isso mostra mais uma vez que nunca se deve julgar as pessoas pela aparência.
— Disseram-me que ele nasceu na vila Izushi, em Tajima, e aos dez anos já era noviço; aos catorze entrou para o templo Shofukuji, da seita Rinzai, e foi ordenado pelo Abade Kizen. Andou na companhia de sábios que vieram do templo Daitokuji, de Yamashiro, aperfeiçoou seus estudos em Kyoto e Nara, foi discípulo de renomados monges como Gudo, do templo Myoshinji, e Itto, do templo Sennan, com os quais, diz-se, teve oportunidade de aprofundar seus estudos.
— Bem me pareceu diferente.
— Mais tarde, ao que me contaram, foi nomeado Monge Superior do templo Nansoji, de Izumi e, em outra ocasião, designado Superior do templo Daitokuji por ordem imperial; deste último cargo demitiu-se em apenas três dias. Depois disso, suseranos influentes como Toyotomi Hideyori, Asano Yoshinaga, e Hosokawa Tadaoki, bem como nobres da corte, como Karasumaru Mitsuhiro, lamentando seu afastamento, tentam continuamente atraí-lo a seus feudos com mil ofertas: prometem, por exemplo, que se ele concordar em permanecer em seus feudos mandarão erigir um templo só dele ou dotá-lo com generosa contribuição... Mas o monge Takuan recusa todos os convites, ninguém sabe por quê, preferindo vagar pelas províncias como um mendigo, tendo apenas por companhia seus piolhos de estimação. Ele deve ser meio maluco, não acha?
— Vistas pelo lado dele, nós é que devemos parecer malucas.
— E é verdade, é o que ele diz. Principalmente quando me vê chorando sozinha, preocupada com meu noivo.
— Mas ele é muito divertido.
— Acho até que um pouco demais!
— Quanto tempo pretende ficar no templo?

— Vai-se lá saber. Sempre surge e desaparece quando bem entende. Considera sua todas as casas.

Da varanda, Takuan esticou o pescoço e aparteou:

— Estou ouvindo tudo!

— Não tem importância, não estou falando mal do senhor! — replicou Otsu.

— Pode falar, não me incomodo, mas quero saber onde está o doce que devia acompanhar meu chá.

— Está vendo, Ogin-sama? Ele se considera em casa — queixou-se Otsu.

— Está vendo o quê? Você, com essa carinha de santa incapaz de matar uma barata, é muito mais mal-educada que eu, está me ouvindo, Otsu, sua bruxa? — interrompeu-a Takuan.

— Como assim?

— Onde já se viu me servir chá puro, sem um docinho sequer para adoçar a boca, e ficar aí, despudorada, chorando e alardeando seus amores?

VI

Soa o sino do templo Daishoji. Ecoa o sino do templo Shippoji, desde o amanhecer até o entardecer. Mocinhas solteiras da aldeia, usando quimonos com *obi* vermelho, mulheres de mercadores, idosos levando netos pelas mãos, afluem incessantemente à colina onde se situa o templo.

Rapazes disputam uma espiadela no interior do santuário repleto de fiéis, tentando vislumbrar o vulto de Otsu:

— Lá está ela!

— Mais bonita que nunca! — confidenciam.

Em comemoração ao aniversário de Buda haviam montado no interior do templo um pequeno santuário, cujo teto, de folhas de figueira, era sustentado por colunas recobertas de guirlandas de flores do campo. Dentro dessa miniatura de santuário havia chá de hortênsias em oferenda e uma pequena estátua negra de Buda, de aproximadamente sessenta centímetros, cujas mãos apontavam, uma o céu, e a outra, a terra. Usando uma pequena concha de bambu, o monge Takuan encarregava-se nesse dia de banhar a imagem sagrada com chá de hortênsias e, sempre que solicitado, de encher os vasilhames feitos de gomos ocos de bambu que os fiéis lhe apresentavam.

— Vamos lá, minha gente! Este templo é pobre, sejam generosos em suas oferendas, principalmente os ricos. Para cada concha cheia de chá, ofereçam cem *kan*[17], que eu garanto correspondente alívio de seus males.

---

17. *Kan*: cada *kan* corresponde a 100 *mon*, sendo o *mon* a unidade monetária.

Sentada a uma escrivaninha à esquerda do santuário, usando o *obi* novo, Otsu tinha à frente uma caixa-tinteiro laqueada e escrevia versos em papéis coloridos, simpatias que distribuía entre os fiéis.

> *Neste dia auspicioso*
> *Em que o aniversário de Buda comemoramos*
> *Livrem-nos estes versos*
> *Das pragas que nos atormentam.*

Rezava a tradição local que esses versos, colados no interior das casas, eram poderosas simpatias contra doenças e a proliferação de insetos.

Otsu já preenchera centenas dessas papeletas e, à medida que seu punho se cansava, a caligrafia deteriorava.

— Monge Takuan! — chamou, aproveitando uma pequena pausa no movimento.

— Diga!

— Pare de exigir a contribuição dos fiéis.

— Estou me dirigindo aos ricos, apenas. Aliviá-los de seu dinheiro é praticar a virtude das virtudes.

— Não percebe que, se continuar falando desse jeito, um ladrão é capaz de achar que pode assaltar a casa de um desses ricaços hoje à noite?

— Hum... Aí vem mais gente! Não empurrem... calma! O moço aí, espere a sua vez — disse Takuan a um dos jovens fiéis.

— Oh, monge! — chamou alguém no meio do grupo.

— Quem, eu?

— Quem não respeita a vez é você. Por que é que serve sempre às mulheres primeiro?

— Porque também gosto de um rostinho bonito, ora.

— Esse bonzo é depravado!

— Olhem só quem fala! Sei muito bem que vocês também não estão atrás do chá de hortênsias, nem dos versinhos da simpatia: metade vem adorar Buda, outra metade vem contemplar o rostinho de Otsu-san. Vocês pertencem ao segundo grupo, tenho certeza. Ei, onde está a oferenda? Desse jeito nunca serão populares no meio das meninas.

Otsu sentia o rosto arder de vergonha:

— Pare com isso, monge Takuan — disse. — Se continuar desse jeito, zango-me de verdade com o senhor!

Levantou os olhos cansados, vagando-os ao redor. Repentinamente, seu olhar se deteve por um breve momento num rosto na multidão. Otsu soltou uma curta exclamação, deixando o pincel escapar dos dedos.

No mesmo instante em que se levantava, o rosto vislumbrado ocultou-se como um esquivo peixe em meio à correnteza. Esquecida de tudo o mais, Otsu disparou pelo corredor chamando:

— Takezo-san, Takezo-san!

O POVO DA ALDEIA

I

Os Hon'i-dens não eram simples camponeses: eram *goushi*, orgulhosos de sua condição social.

A velha matriarca da família, Osugi, mãe de Matahachi, geniosa viúva de quase sessenta anos, partia todas as manhãs para os campos à frente de lavradores e arrendatários, arava a terra e ceifava o trigo até o anoitecer. A caminho de casa, depois de um longo e árduo dia de trabalho, carregava ainda às costas um fardo de folhas de amoreira — alimento dos casulos da seda — tão volumoso que chegava a ocultar seu vulto encurvado. Como se não bastasse, era ainda capaz de trabalhar na criação dos bichos-da-seda durante a noite.

— Vó!

Ao avistar o neto ranhento e descalço que se aproximava correndo pelos campos, Osugi endireitou-se no meio das amoreiras:

— Heita, meu neto, foste ao templo?

Heita aproximou-se:

— Fui sim, vó.

— E Otsu-san? Estava lá?

— Sim. E estava muito bonita, sentada no meio das flores do santuário. Usava um *obi* novo.

— Trouxeste o chá de hortênsias e os versinhos contra as pragas?

— Não trouxe.

— E por quê, posso saber?

— Porque a "tia" Otsu disse que não precisava, que era para eu ir direto para casa e avisar você.

— Avisar o quê?

— Sabe o Takezo que morava do outro lado do rio? A tia disse que viu ele hoje andando no meio do povo lá no templo.

— É verdade o que estás me dizendo?

— É verdade, vó!

Osugi procurou ao redor, olhos úmidos como se já houvessem localizado o filho amado.

— Heita, tu ficas aqui, em meu lugar, colhendo as folhas de amora.

— Vó, aonde é que você vai?

— Para casa. Se Takezo voltou para a casa dos Shinmen, então Matahachi também chegou.

— Eu também vou.

— Não carece, pestinha.

A casa de paredes rebocadas erguia-se à sombra de um robusto carvalho. Osugi correu para a porta do celeiro e, dirigindo-se aos arrendatários e à filha que trabalhavam nas proximidades, gritou aflita:

— Sabem se meu filho já chegou?

— Nããoǃ... Todas as cabeças balançaram em negativa, os olhares espantados.

Impaciente, a velha matriarca repreendeu com rispidez os que a olhavam atoleimados, ordenando-lhes que saíssem à procura do filho e o trouxessem de imediato à sua presença, pois se Takezo fora visto na vila, sem dúvida Matahachi estaria em sua companhia.

Também no seio dessa família o dia da batalha de Sekigahara fora considerado o do provável falecimento de Matahachi. Osugi adorava o filho. Ele era o único herdeiro do ramo principal da família Hon'i-den, pois sua única irmã, de acordo com um velho costume em famílias com poucos filhos, recebera o marido em núpcias, dando origem desse modo a um ramo familiar secundário.

— E então, já o encontraram? — perguntava com insistência, entrando e saindo sem parar da casa. Ao escurecer, acendeu uma luz em intenção das almas de seus ancestrais e sentou-se súplice ao pé do pequeno altar.

Sem ao menos jantar, os moradores da casa saíram todos à procura, mas a esperada notícia não chegava, mesmo com o avançar da noite. Osugi permanecia em pé, na escura entrada da casa.

Uma lua velada pairava sobre uma árvore próxima. As montanhas ao fundo e à frente achavam-se envoltas em fina névoa esbranquiçada, e o ar noturno recendia com o perfume das amoreiras em flor.

Da estreita senda que cortava a plantação surgiu um vulto caminhando em direção à velha Osugi. Ao reconhecer a noiva do filho, Osugi levantou a mão.

— É você, Otsu?

— Obaba-sama![18] — Arrastando as sandálias, úmidas e pesadas, Otsu aproximou-se correndo.

II

— Me disseram que você viu Takezo. É verdade?

— Sim, no festival do templo Shippoji. Tenho certeza de que era ele.

---

18. Obaba-sama: vovó (tratamento antigo e respeitoso).

— E quanto a Matahachi? Não soube dele?

— Pois é, eu quis perguntar ao Takezo-san mas, quando o chamei, escondeu-se, não sei por quê. Sempre foi meio esquivo, mas não compreendi por que fugiu de mim daquele jeito.

— Fugiu?

Osugi pendeu a cabeça, cismando.

Esta idosa mãe, que nutria por Takezo um ódio perene, responsabilizando-o por haver aliciado o filho para a guerra, permaneceu em silêncio por instantes alimentando suspeitas infundadas.

— O imprestável... Estou começando a achar que deixou meu filho morrer na guerra e agora, pressionado pelo medo, voltou sozinho para casa, o descarado — resmungou a velha.

— Que é isso? Não acredito. Se assim fosse, por certo faria chegar às nossas mãos uma lembrança do morto — contradisse Otsu.

— Qual o quê! — retrucou a velha com convicção. — Aquele imprestável não seria capaz de tanta consideração! Azar teve meu filho em se meter com tão má companhia.

— Ouça, obaba-sama, de qualquer modo, acho que devemos ir à mansão de Ogin-sama, pois, no meu entender, Takezo-san deverá estar lá esta noite.

— Sem dúvida, já que são irmãos...

— Então, vamos lá juntas fazer-lhe uma visita.

— Pois essa Ogin também me irrita! Sabe que o irmão arrastou meu filho para a guerra e nem por isso vem me visitar para me dar uma satisfação; tampouco se dá ao trabalho de me comunicar o seu retorno. Não acho que a iniciativa deva partir de mim. Quem me deve uma visita é ela.

— Mas este não é o momento para discutirmos minúcias: quero me encontrar com Takezo-san o quanto antes e saber do meu noivo. Quando chegarmos lá, deixe que eu fale e esclareça toda a situação. Por favor, venha comigo!

Osugi concordou com aparente má vontade, embora ansiasse tanto ou mais que Otsu por saber do paradeiro do filho.

A mansão dos Shinmen ficava do outro lado do rio, a uma distância aproximada de um quilômetro e meio. A família Hon'i-den provinha de uma velha linhagem *goushi*; os Shinmen, por seu lado, descendiam da antigamente poderosa casa Akamatsu; separadas pelo rio, não era de hoje que se estabelecera uma velada rivalidade entre as duas famílias.

O portal achava-se fechado e a folhagem das árvores em volta da mansão era densa a ponto de não permitir que se vislumbrasse luz pelo lado de fora. À sugestão de Otsu de passarem pelo portão de serviço nos fundos da casa, Osugi reagiu com altivez:

— A matriarca dos Hon'i-den em visita aos Shinmen não se rebaixa entrando pelos fundos.

Como Osugi não se movia, Otsu viu-se obrigada a procurar sozinha o portão de serviço. Instantes depois, uma luz bruxuleou além do portal e Ogin apareceu.

— Grata por vir receber-me pessoalmente. É tarde, bem sei, porém aqui estou porque o assunto que tenho a tratar não pode ser adiado — disse Osugi, entrando com passos decididos. Seu comportamento era altivo e a linguagem autoritária.

III

A matriarca sentou-se em silêncio no lugar de honra do aposento, solene como se fosse a emissária de alguma divindade. Ouviu arrogante a saudação de Ogin e foi diretamente ao assunto:

— Soube que o imprestável de sua casa está de volta. Queira trazê-lo à minha presença.

A linguagem era afrontosa. Ogin retrucou:

— A quem se refere, senhora, quando diz "o imprestável de minha casa"?

A velha casquinou risinhos debochados:

— Oh, creio que a língua me traiu. Parece que acabei assimilando o linguajar do povo da aldeia. O imprestável a quem me refiro é Takezo. De volta da guerra, deve estar se ocultando em sua casa, pois não?

Ogin mordeu os lábios, ofendida:

— Não é esse o caso — respondeu friamente.

Otsu interveio, penalizada com a situação de Ogin, explicando-lhe que o vira durante os festejos no templo e acrescentou, conciliadora:

— Muito estranho que não tenha aparecido, não lhes parece?

Ogin reafirmou angustiada:

— Não voltou. Mas se o viram, deve aparecer por aqui a qualquer momento.

No mesmo instante, a mão da velha Osugi atingiu o *tatami* produzindo um ruído seco:

— Será que ouvi bem? Que história é essa de "deve aparecer a qualquer momento"? Para começo de conversa, fique sabendo que quem aliciou meu filho e o levou para a guerra foi o imprestável do seu irmão. Para nós, os Hon'i-den, Matahachi é muito, muito precioso, pois é nosso único herdeiro. Seu irmão sabe disso e ainda assim o levou, sem o meu conhecimento, e agora tem o desplante de voltar sozinho, são e salvo. Posso até aceitar tudo isso, mas é imperdoável que nem apareça para me dar uma satisfação! Aliás, vocês dois são impertinentes: não têm consideração por esta velha mãe? Vamos, uma vez que seu irmão Takezo retornou, quero também meu filho de volta. Senão, exijo que me apresente o imprestável para que ele me dê explicações convincentes sobre o paradeiro e a situação do meu filho!

— Mas estou lhe dizendo que Takezo não está aqui...

— Você é muito descarada! Não é possível que não saiba onde ele está neste momento.

— Por favor, seja razoável! — Ogin desfez-se em lágrimas. Tudo seria diferente se o pai, Munisai, fosse vivo e estivesse ali presente, pensava.

Naquele momento, um leve ruído proveio da porta da varanda. Não era o vento, pois, logo a seguir, passos soaram nitidamente.

— Que foi isso? — perguntou a velha Osugi, com um súbito brilho no olhar. Ao mesmo tempo, Otsu se levantou.

Um grito estertorante ecoou em seguida. Entre os sons produzidos pela garganta humana, era o que mais se assemelhava ao urro de um animal. Logo, uma voz bradou:

— Detenham esse homem!

Passos em desabalada carreira soaram ao redor da mansão. O ruído de galhos partindo e de arbustos rompendo não resultava dos movimentos de um único indivíduo.

— É ele, Takezo! — gritou a velha Osugi, levantando-se às pressas. Fixou o olhar rancoroso na nuca de Ogin, que chorava dobrada sobre si mesma, e acrescentou: — Sabia que ele estava aqui. Mas esta mulher é muito cínica: estava tentando escondê-lo de mim. Não sei que razão está por trás disso tudo, mas por essa você me paga!

Caminhou para a porta da varanda e escancarou-a. Ao espiar ao redor, empalideceu de súbito.

O corpo de um jovem usando perneiras ali jazia de costas. O aspecto atroz da vítima — de cujos nariz e boca o sangue gotejava — indicava que fora eliminada com um único golpe de um instrumento sem corte, algo semelhante a uma espada de madeira.

IV

— Que... quem é? Tem um homem morto aqui! — À trêmula e urgente voz de Osugi, Otsu acorreu trazendo uma lamparina. Ogin também veio espiar medrosamente.

O morto não era Takezo, tampouco Matahachi, mas um samurai nunca visto nas redondezas. Embora horrorizada, Osugi pareceu aliviada e sussurrou:

— Quem será que o matou? — De repente, mudou de tom e começou a instar com Otsu para que fossem embora, pois não queria ver-se envolvida no episódio. A jovem, porém, sentia pena de Ogin, maltratada pelas cruéis palavras que a velha matriarca, em seu cego amor pelo filho, lhe dirigira sem parar desde o momento em que haviam chegado à casa. Julgava existir alguma razão por trás dos acontecimentos e queria, ao mesmo tempo, consolá-la. Disse, portanto, que iria mais tarde.

— Faça então como bem entender — respondeu a velha, ríspida, retirando-se sozinha.

— Leve consigo esta lamparina de mão — ofereceu-lhe Ogin por educação.

— Fique sabendo que a matriarca dos Hon'i-den, embora velha, não está caduca a ponto de precisar da ajuda de uma lamparina para caminhar à noite — foi a resposta que obteve. Decididamente, a anciã não se deixava dobrar com facilidade. Uma vez fora da mansão, soergueu, prendeu a barra do quimono e começou a se afastar com passos seguros, trilhando o caminho que desaparecia na densa cerração.

Mal andara alguns passos, uma voz a detêve:

— Espere um pouco, vovó. — O envolvimento que tanto temera já estava acontecendo. O vulto de um imponente *bushi*, desconhecido na região, emergiu da escuridão. Tinha presa à cintura uma espada militar, e braços e pernas protegidos por meia-armadura.

— Você vem da casa dos Shinmen, estou certo?

— Perfeitamente.

— Pertence à família?

— Que ideia absurda! — disse Osugi, agitando a mão em frenética negativa. — Sou a matriarca de uma família *goushi* e moro do outro lado do rio.

— Neste caso, deve ser a mãe de Hon'i-den Matahachi, o que partiu para a guerra em companhia de Shinmen Takezo.

— É como diz. E, deixe-me acrescentar, meu filho não partiu por vontade própria: foi aliciado pelo imprestável.

— Imprestável?

— Esse Takezo.

— É tão mau-caráter quanto reza sua fama na vila?

— Nem me fale! Senhor, o sujeito é tão violento que ninguém consegue pôr-lhe as mãos. Nem sei lhe dizer quanto temos sofrido pelo fato de meu filho haver se envolvido com esse tipo de gente.

— Pelo que consta, seu filho morreu na batalha de Sekigahara. Mas não lamente, sua morte será vingada.

— Posso saber com quem estou falando? — perguntou Osugi, desconfiada.

— Estou a serviço de Tokugawa e, depois da queda do castelo de Himeji, fui mandado para cá para impor ordem; cumprindo determinações de meu suserano, preparei uma barreira de inspeção na fronteira de Banshu e estava conferindo a identidade dos transeuntes quando certo Takezo desta casa (apontou o muro às costas) rompeu a barreira e fugiu. Já sabíamos que o elemento pertencia às tropas do suserano Shinmen Iganokami e que integrava as forças do general Ukita. Em vista disso, partimos em sua perseguição e o encurralamos aqui, na vila Miyamoto. Entretanto, o sujeito é tremendamente combativo. Já estamos há dias no seu encalço, aguardando que a fadiga o domine, mas não está fácil prendê-lo.

— Ah, agora entendi — assentiu Osugi. Enfim descobrira por que Takezo não fizera nenhum contato, tanto no templo Shippoji quanto aqui, em sua própria casa. Ao mesmo tempo, o ressentimento cresceu: seu filho não voltara, mas o outro chegara são e salvo.

— Escute, senhor. Por mais resistente que seja Takezo, acho que existe um modo muito fácil de prendê-lo — disse a velha, tentadora.

— Como vê, disponho de poucos homens. Agora mesmo, acabo de perder mais um nas mãos desse sujeito — justificou-se o comandante.

— Tenho um excelente plano. Escute-me com atenção — disse a velha.

V

— É isso, claro! — O comandante, que viera do castelo de Himeji para vistoriar a fronteira, concordou acenando vigorosamente a cabeça ao plano sussurrado em seu ouvido.

— Espero que seja bem-sucedido — animou-o a velha Osugi, retirando-se em seguida.

Pouco depois o comandante reunia nos fundos da mansão dos Shinmen um grupo de catorze ou quinze homens. Após ouvir algumas instruções dadas em surdina, o grupo transpôs o muro e espalhou-se pela mansão.

Em seu interior, uma lamparina ardia solitária. Num dos aposentos, enxugando lágrimas furtivas, as duas jovens ainda conversavam trocando confidências sobre os infortúnios de suas vidas. E então, afastando com violência as duas folhas da porta corrediça, os homens invadiram inopinadamente a sala com os pés calçados e sujos.

Otsu abafou um grito e imobilizou-se, pálida e trêmula. Ogin, ao contrário, encarou os invasores com severidade, como se esperaria da filha de Munisai.

— Qual das duas é a irmã de Takezo? — perguntou um dos soldados.

— Sou eu! — declarou Ogin, enfrentando-o com altivez. — Como se atrevem a invadir esta mansão sem a minha licença? Moro aqui sozinha, mas saibam que não deixarei impune qualquer insolência!

O comandante do grupo, o que havia pouco andara conversando com a velha Osugi, apontou Ogin para os seus homens e disse:

— É esta!

A lamparina apagou-se em meio ao tumulto que se seguiu. Otsu gritou desesperada e correu, aos tropeções, para o jardim. A ação era violenta demais, ultrajante. Dez ou mais homens tentavam subjugar e amarrar uma única mulher. A brava resistência que Ogin opôs aos atacantes nem parecia partir de uma frágil mulher. Ainda assim, tudo terminou em questão de minutos: os homens a dominaram e a chutavam.

O pior acontecera. Otsu não sabia como tinha chegado até ali, mas, quando se deu conta, corria descalça pelo caminho que levava ao templo Shippoji. Acostumada a um cotidiano pacífico, os acontecimentos a chocavam: parecia-lhe que o mundo inteiro enlouquecera.

Ao chegar ao pé do morro onde se situava o templo, um vulto sentado numa pedra à beira do caminho levantou-se:

— Olá, é a pequena Otsu! — Era o monge Shuho Takuan. — Fiquei preocupado porque não costuma ficar fora até tão tarde e estava procurando por você. Ué, você veio descalça? — perguntou, desviando o olhar para os seus pés.

Otsu jogou-se chorando em seu peito:

— Que horror, monge Takuan, aconteceu uma coisa terrível. Ajude-me!

Como de hábito, Takuan filosofou:

— Coisa terrível? Deve estar exagerando: neste mundo, poucas coisas são terríveis. Vamos, acalme-se e conte-me tudo.

— Prenderam Ogin-sama! Matahachi-san não apareceu e a pobre Ogin-sama, justo ela, sempre tão gentil, foi presa. E agora, o que podemos fazer?

Otsu soluçou longo tempo, aconchegando o corpo trêmulo ao peito do monge.

A ARMADILHA

I

Era uma tarde de primavera silenciosa e ar estagnado. A terra inteira — mata e solo — arfava como uma jovem mulher. Na atmosfera asfixiante, ondas de vapor pareciam se desprender até do suor do rosto. Takezo caminhava solitário. Usava como cajado a espada de carvalho e passeava o olhar irado ao redor: no interior da montanha nada havia que merecesse sua atenção. Aparentava cansaço, e o menor movimento, como o de um pássaro alçando voo, atraía seu olhar penetrante. Do corpo sujo, úmido de suor e orvalho, emanavam selvageria e agressividade.

— Malditos! — disse, entre dentes. De súbito, impulsionada pela raiva, a espada sibilou e atingiu um robusto tronco de árvore.

A seiva branca escorreu do corte e capturou seu olhar. Vagas lembranças do leite gotejando do seio materno vieram-lhe à mente. Takezo imobilizou-se por instantes no local, em muda contemplação. Morta a mãe, os rios e as montanhas de sua terra falavam apenas de solidão.

— Por que me perseguem desse jeito? Se me avistam, correm a me denunciar no posto da montanha; se me encontram, fogem sorrateiros como se topassem com um lobo.

Quatro dias já se haviam passado desde o momento em que Takezo se ocultara na montanha de Sanumo. Além, envolta em névoa, adivinhava a mansão onde agora vivia sozinha a irmã; logo a seus pés, na base da montanha, o telhado do templo Shippoji emergia sereno entre os galhos das árvores.

Mas ele não ousava aproximar-se desses locais. Durante os festejos do aniversário de Buda tentara estabelecer contato com Otsu, mas, ao ser por ela chamado no meio da multidão que lotava o templo, ocultara-se depressa porque receara ser preso ou envolvê-la nos acontecimentos.

À noite, aproximara-se sorrateiro da mansão onde morava a irmã. Por infeliz coincidência, contudo, lá encontrara a mãe de Matahachi. Pelas frestas da porta, espreitara os movimentos da irmã. Enquanto hesitava, imaginando como se desculparia caso a idosa matriarca o censurasse por retornar sem o filho, fora detectado pelo grupo de samurais de Himeji, que mantinham o local sob vigilância, e obrigado, uma vez mais, a retirar-se às pressas, impossibilitado de trocar duas palavras com Ogin.

Desde então, escondido na montanha de Sanumo, percebia que os samurais de Himeji vasculhavam palmo a palmo todas as estradas por onde presumiam que ele passaria; parecia-lhe também que expedições de caça formadas por samurais e moradores da aldeia saíam todos os dias, vasculhando ora uma, ora outra montanha das redondezas.

"Que estará Otsu-san pensando de tudo isso?..." A desconfiança gerava monstros em sua imaginação. Era levado a crer que todos na aldeia, sem exceção, eram seus inimigos e o encurralavam por todos os lados.

"Não tenho coragem de contar a Otsu-san os verdadeiros motivos que levaram Matahachi a não voltar. Já sei, contarei à mãe dele. Cumprida a missão, não ficarei nem mais um instante nesta vila horrorosa!"

Decidida a questão, Takezo pôs-se a caminho. Não podia, porém, descer ao povoado em plena luz do dia. Apanhou uma pedra, mirou um pássaro e lançou-a. Depenou em seguida o pássaro abatido e, rasgando com os dentes a tenra carne ainda morna, mastigou enquanto caminhava.

Repentinamente, vislumbrou um vulto que, mal o avistou, se ocultou esbaforido entre as árvores. Takezo ofendeu-se com a aversão demonstrada por alguém que nem ao menos o conhecia direito.

— Para aí! — Com um salto felino caiu sobre o vulto.

II

Takezo conhecia de vista o homem, um carvoeiro que andava com frequência pela montanha. Agarrou-o pela gola e o interpelou:

— O que há, por que foges de mim, homem? Olha bem para mim, sou Shinmen Takezo, da vila Miyamoto, lembra-te? Não sou um monstro, não tenho por hábito devorar ninguém. Por que foges, sem ao menos me cumprimentar?

— Si... sim, senhor.

— Senta-te aí.

Mal o soltou, o carvoeiro tentou escapar novamente. Desta vez, Takezo chutou suas pernas finas e fingiu descarregar a espada sobre sua cabeça. Com um grito de terror, o homem jogou-se de bruços no chão, protegeu a cabeça com as mãos e imobilizou-se:

— Socorro! — guinchou.

Takezo não compreendia por que o povo da vila o temia tanto.

— Escuta aqui, quero apenas que respondas às minhas perguntas, está bem?

— Respondo, respondo sim, mas não me mate, por favor!

— Quem falou em matar? Quero saber se existem patrulhas na base da montanha.

— Sim, senhor.

— E o templo Shippoji, também está sendo vigiado?

— Está sim, senhor.
— Sabes se hoje o pessoal da vila saiu à minha procura pelas montanhas?
— ...
Algo me diz que fazes parte das patrulhas.
O homem pulou sobressaltado e balançou a cabeça em veemente negativa:
— Não, nunca!
— Espera, fica quieto aí — disse Takezo, agarrando-o pela nuca e imobilizando-o. — O que foi feito de minha irmã?
— Irmã? Que irmã, senhor?
— A minha, imbecil, a senhora Ogin, dos Shinmen. Não posso evitar que o pessoal da aldeia saia à minha caça, aliciado pelo oficial que veio de Himeji, mas espero sinceramente que não estejam ameaçando minha irmã.
— Sei não, sei nadinha a respeito disso, não!
— Ora, malandro! — Takezo levantou a espada, ameaçador. — Estou estranhando teu jeito. Solta a língua de uma vez, ou te arrebento a cabeça com isto!
— Não faça isso, não precisa! Eu falo, eu falo! — suplicou o carvoeiro, juntando as mãos. Relatou então detalhadamente a prisão de Ogin, dizendo também que rodara pela vila uma notificação governamental estabelecendo que era criminoso, e portanto passível de sanção, todo aquele que fornecesse alimento ou concedesse abrigo a ele, Takezo. Contou ainda que todos os dias um homem era recrutado em uma das casas da aldeia e saía à sua procura pelas montanhas guiando o grupo do *bushi* de Himeji.
— Tens certeza, homem? — indagou Takezo, cuja pele se arrepiava de indignação. Seus olhos injetados encheram-se de lágrimas. — Mas de que crime acusam minha pobre irmã? — murmurou.
— A gente não sabe, a gente só tem medo de desobedecer às ordens do suserano.
— Para onde... para onde levaram minha irmã? Em que lugar fica a cela?
— Ouvi o povo da aldeia dizendo que a levaram para o posto de inspeção na fronteira de Hinagura. Foi o que ouvi dizer.
— Hinagura!
Um olhar sombrio carregado de ódio fixou a distante silhueta da montanha em que se situava a fronteira. A crista das montanhas da região Chuugoku projetava-se contra o céu já escuro, coalhado de nuvens cinzentas.
— Então é isso! Vou resgatá-la, minha irmã, espere por mim... — sussurrou Takezo. Escorado na espada de carvalho, desceu em direção ao pântano guiado pelo ruído da água, deixando em seu rastro apenas o farfalhar das folhas.

III

Há pouco silenciara o sino do serviço religioso. O abade do templo Shippoji, que estivera viajando, retornara no dia anterior.

Fora, o negrume não deixava entrever nada além da ponta do nariz. Proveniente do templo, porém, distinguia-se a claridade avermelhada das luzes votivas e do braseiro no alojamento dos monges, o tremeluzir da lamparina nos aposentos do abade e até mesmo o difuso contorno de pessoas.

— Tomara que Otsu-san apareça...

Takezo aguardava imóvel, enrodilhado sob a ponte que servia de corredor de ligação entre o santuário e os aposentos do abade. O aroma do jantar em preparação pairava morno no ar. Sopas e cozidos fumegantes povoaram sua imaginação. Seu estômago, que nada recebera além de raízes e carne crua de pássaros nesses últimos dias, contraiu-se dolorosamente. Takezo gemeu e vomitou, agoniado.

— Que foi isso? — Alguém ouvira.

— Deve ser um gato. — Era a voz de Otsu respondendo. Seu vulto surgiu em seguida, transportando o jantar numa pequena mesa portátil, e atravessou a ponte sob a qual Takezo se enrodilhava.

— Otsu-san! — tentou chamar Takezo, mas a voz falhou em meio à náusea. Felizmente, pois logo atrás surgiu um homem que a acompanhava:

— Onde fica a sala de banho? — perguntou. Vestia quimono cedido pelo templo, um estreito *obi* amarrado à cintura, e levava na mão uma toalhinha. Takezo levantou a cabeça e reconheceu o samurai que viera do castelo de Himeji. Pelo visto, enquanto ordenava a subordinados e camponeses que procurassem por Takezo, dia e noite sem descanso, o líder do grupo recolhia-se ao templo mal caía o sol, banqueteando-se e abusando do saquê que os monges lhe serviam.

— A sala de banho, senhor? — Otsu depôs a pequena mesa que transportava. — Acompanhe-me, por favor. Caminhou pela varanda que circundava a construção, guiando-o aos fundos do templo. Repentinamente o comandante, que ostentava um fino bigode sobre o lábio superior, agarrou-a por trás:

— Que acha de tomarmos banho juntos? — disse.

— Que é isso? — gritou Otsu. Imobilizando seu rosto com as duas mãos, o samurai percorreu suas faces com os lábios:

— Boa ideia, não acha?

— Pare, pare com isso! — A pequena Otsu era frágil, nem conseguia gritar por socorro, pois o samurai tapara sua boca com a mão.

Esquecido de tudo, até mesmo do perigo, Takezo galgou de um pulo a varanda:

— Solte-a! — O soco atingiu a nuca do samurai, que tombou facilmente, ainda agarrado a Otsu. No mesmo instante, Otsu soltou um grito agudo.

Surpreso, o oficial bradou:

— Takezo! Você é Takezo! Às armas, homens, às armas!

Ato contínuo, ruído de passos e gritos cruzaram o ar, e um vendaval pareceu varrer o interior do templo. Alguém tangia o sino, conforme tinham previamente combinado.

— Ao ataque! — Os batedores espalhados pelas montanhas convergiram para o templo. Sem demora, iniciaram buscas pela montanha logo atrás do templo e, em seguida, vasculharam a de Sanumo. A essa altura, todavia, percorrendo caminhos só por ele conhecidos, Takezo já se encontrava na larga entrada da casa dos Hon'i-den:

— Obaba! Obaba! — chamava ele, em direção à luz proveniente da casa.

IV

— Quem me chama?

Osugi surgiu descontraída do interior da casa, trazendo na mão uma vela, cuja chama um protetor de papel encerado abrigava do vento. O rosto cheio de rugas, iluminado de revés pela bruxuleante chama, adquiriu instantaneamente um tom acinzentado:

— Você...

— Duas palavras apenas, obaba. Matahachi não morreu na guerra. Ele está bem e vive numa outra província, junto com uma mulher. É só isso o que eu tenho a dizer. Avise Otsu-san por mim, está bem? — Mal acabou de falar, Takezo empunhou a espada e fez menção de retornar à noite escura.

— Pronto, já cumpri meu dever — murmurou.

— Takezo! — deteve-o Osugi. — Para onde pretende ir?

— Eu? — disse Takezo. A voz vinha carregada de tristeza. — Pretendo romper as barreiras do posto de Hinagura e resgatar minha irmã. Nunca mais voltarei a vê-la, obaba, pois logo depois irei embora para outras terras. Só vim até aqui porque queria informar, a você e a Otsu-san, que não abandonei Matahachi covardemente para voltar sozinho. Agora que já sabe, nada mais me detém neste lugar.

— Sei...

Mudando a vela de mão, Osugi gesticulou chamando-o para perto de si:

— Você deve estar com fome, meu filho.

— Há dias não sei o que seja comer uma refeição decente.

— Pobrezinho... Estava justamente preparando o jantar. Gostaria de oferecer-lhe como presente de despedida. Enquanto cozinho, vá tomar um gostoso banho quente.

— ...

— Vamos, Takezo. Afinal, a sua e a minha são famílias antigas, ambas remontando ao tempo dos Akamatsu. Não quero deixá-lo partir. Faça como estou lhe dizendo, meu filho.

Takezo levou o braço ao rosto e enxugou os olhos. O súbito contato com a bondade derreteu o gelo que desconfiança e cautela haviam formado em seu íntimo.

— Ande logo, dê a volta aos fundos. Não podemos arriscar que alguém o veja. Tem uma toalha? Já sei, enquanto toma seu banho, vou separar para você algumas peças de roupa limpa que eram de Matahachi. E depois vou acabar de preparar o jantar. Aproveite seu banho, não se apresse.

Entregando-lhe a vela, Osugi desapareceu no interior da casa. Passados alguns minutos, um vulto atravessou correndo o jardim da frente e se afastou às pressas: era a filha de Osugi.

Entrementes, a porta da casa de banho fechou-se com ruído. Dentro, a água correu e a luz da vela bruxuleou. Osugi perguntou:

— Como está a temperatura da água?

A voz de Takezo soou abafada:

— Ótima... Puxa, parece que estou renascendo.

— Aproveite seu banho, não tenha pressa. Falta um pouco ainda para o jantar.

— Obrigado, obaba. Se soubesse, teria vindo mais cedo. Achei que você me odiava...

Mais algumas palavras em tom alegre perderam-se em meio ao ruído da água caindo. Não obteve, entretanto, resposta de Osugi.

Momentos depois, a filha de Osugi estava de volta, arfante. Trazia consigo um grupo de aproximadamente vinte homens, entre samurais e batedores de montanha.

Osugi esperava-os à entrada da casa e sussurrou-lhes algumas instruções.

— Como, você o mandou tomar um banho? Excelente ideia! Esta noite ele não nos escapa!

O grupo dividiu-se em dois e avançou rastejando como um bando de enormes sapos em direção à luz da casa de banho, a brilhar vermelha na escuridão.

V

Havia algo, uma sensação indefinível no ar: o sexto sentido de Takezo captou e o pôs em alerta. Instintivamente, o jovem espreitou o exterior pela fresta da porta e, no mesmo instante, sentiu os pelos do corpo se eriçando:

— É uma armadilha! — vociferou.

Nu dentro de um minúsculo compartimento, não dispunha de tempo, nem de capacidade para raciocinar, pois percebera tarde demais. Fora, vultos empunhando bordões, lanças e *jitte* tomavam toda a área. Na realidade, não passavam de duas dezenas de homens, mas aos seus olhos pareciam multiplicados.

Não havia nenhuma alternativa de fuga. Não tinha à mão uma única peça de roupa. No entanto, Takezo não estava com medo. Ao contrário, a raiva que sentia de Osugi excitava seu espírito selvagem.

"Vou mostrar-lhes do que sou capaz!" Nem pensou em estratégias de defesa. Mesmo premido, só conseguia pensar em tomar a iniciativa e atacar.

Takezo escancarou a porta com um chute e saltou para fora enquanto seus captores aglomeravam-se indecisos quanto ao modo de invadir o compartimento.

— Estão à minha procura? — esbravejou. Estava nu e seus cabelos molhados haviam se soltado, caindo em desordem pelo pescoço.

Um homem correu em sua direção empunhando uma lança e investiu apontando-a contra o seu peito. Agarrando a lança pelo cabo, Takezo sacudiu-a e derrubou o homem. Rangendo os dentes, apossou-se da arma e avançou contra o grupo:

— Vermes!

A situação beirava o absurdo. Takezo agitava a lança em todos os sentidos, golpeando o inimigo a torto e a direito. Essa estratégia quase sempre surtia efeito. Na realidade, Takezo aprendera nos campos de Sekigahara a técnica de combater usando o cabo ao invés da ponta da lança.

Fora um erro de avaliação de seus perseguidores. Tarde demais percebiam que deveriam ter tomado a iniciativa do ataque e invadido a casa de banho em grupo de três ou quatro. Arrependidos, gritavam entre si, dando ordens desencontradas.

Entrementes, a lança bateu contra o solo em uma dezena de golpes sucessivos e se partiu. Embaixo do beiral próximo, Takezo notou uma pedra pesada repousando sobre uma enorme tina de picles. Agarrou a pedra, levantou-a e arremessou-a sobre o círculo dos seus perseguidores.

— Ele entrou na casa. Atrás dele! — gritaram os homens. No mesmo instante, a velha Osugi e a filha saltaram de dentro da casa para o jardim, esbaforidas e descalças, tropeçando na pressa.

Takezo vasculhava os aposentos tempestuosamente, provocando à sua passagem estrondos assustadores.

— Onde estão as roupas? Quero as minhas roupas! — esbravejava.

Jogadas pelos aposentos havia roupas que os moradores da casa usavam na lavoura e, caso se desse ao trabalho de procurar, encontraria peças limpas nos armários, mas nem sequer lhes deu atenção. Seus olhos injetados finalmente localizaram, a um canto da cozinha, os andrajos que estivera usando. Takezo agarrou-os e, usando a asa do forno como apoio, saiu pela janela e rastejou pelo telhado.

A confusão se estabelecera no solo: os homens gritavam estupefatos como se uma torrente barrenta, rompendo um dique, os houvesse engolfado. De pé bem no meio do telhado, Takezo vestia-se com toda a calma. Com os dentes rasgou uma tira de seu *obi*; em seguida, juntou os cabelos molhados num feixe e os amarrou tão firmemente à nuca que os cantos dos olhos e as sobrancelhas se ergueram, repuxados.

Sobre a cabeça, estrelas juncavam um céu de primavera.

ESTRATÉGIAS DE GUERRA

I

— Oláááá...
O grito partia de uma montanha.
— Eeeeeeei...
Procedente de outra, soava longe a resposta. A caçada prosseguia diariamente, relegados a segundo plano o cultivo do bicho-da-seda e o trabalho na lavoura.
Imponentes tabuletas pregadas em altas estacas surgiram nas estradas e na porta da casa do líder da comunidade, com o aviso:

Shinmen Takezo — filho do falecido Shinmen Munisai desta aldeia — com prévia ordem de detenção, foi visto transitando pelas estradas serranas desta região. Quem com ele cruzar deverá prendê-lo imediatamente, pois é um criminoso e assassino. Os seguintes prêmios serão concedidos:
— *a quem o capturar* — *10 moedas de prata;*
— *a quem o decapitar* — *10 medidas de terra arável;*
— *a quem denunciar seu esconderijo* — *2 medidas de terra arável.*

No ano VI do Período Keicho faz saber,
                                        Clã Ikeda Terumasa

Era grande o rebuliço na casa dos Hon'i-den, pois correra o rumor de que Takezo retornaria para se vingar. Apavorados, familiares trancavam portas e janelas e reforçavam todas as entradas com barricadas. Ao redor da casa agrupava-se também um considerável número de homens enviados pelo suserano de Himeji. Caso Takezo surgisse, os diversos grupos haviam planejado trocar sinais entre eles, tangendo sinos, tocando búzios e todos os instrumentos sonoros disponíveis para encurralá-lo e, finalmente, prendê-lo. Contudo, apesar de todo o empenho, os resultados até o momento haviam sido nulos.
Pela manhã, um novo grupo de curiosos se formara à beira da estrada e seus integrantes sussurravam aflitos:
— Olhe, mataram mais um!
— Quem é a vítima desta vez?
— Um samurai.

O corpo havia sido encontrado nos limites da aldeia caído de cabeça num arbusto — pés projetados no ar de forma grotesca —, e logo rodeado de gente que espiava, cheia de medo e curiosidade.

O samurai tinha o crânio partido. Ao que tudo indicava, fora atingido com a tabuleta que, fincada no dia anterior em local próximo, estava agora caída, manchada de sangue, às costas do morto.

A face superior da tabuleta exibia o texto da premiação e as pessoas inteiraram-se de seu teor. Esquecidos da atrocidade cometida, alguns riram, ainda que involuntariamente.

— Não vejo graça alguma! — repreendeu alguém.

Otsu retirou-se da roda dos curiosos. Em seu rosto branco, até os lábios tinham perdido a cor.

— Não devia ter olhado... — arrependia-se, correndo para a base da colina do templo, esforçando-se para apagar da memória a cara do morto.

Um punhado de homens veio descendo com estrépito o morro. Avisados da ocorrência, dirigiam-se ao local, liderados pelo comandante, que transformara o templo em acampamento de guerra havia já alguns dias. Ao avistar Otsu, o comandante perguntou, pachorrento:

— Olá, Otsu. Por onde andou?

Desde o desagradável incidente de dias atrás, a simples visão do bigode de arame provocava em Otsu calafrios de repulsa.

— Fui fazer compras. — Lançou a resposta sem ao menos olhar para ele e subiu correndo a longa escadaria de pedra que conduzia ao santuário central.

II

Diante do santuário, Takuan brincava com um cão. Ao perceber que Otsu passava correndo, desviando-se do cachorro, chamou-a:

— Chegou uma carta para você, Otsu-san.

— Para mim?

— Como você não estava, recebi-a em seu lugar.

Tirou a carta de dentro da manga e entregou-a.

— Que aconteceu? Você está pálida! — observou.

— Vi um homem morto à beira da estrada e comecei a passar mal.

— Pois não devia ter olhado... Embora vivamos atualmente num mundo em que não adianta fechar os olhos ou se desviar — há cadáveres em demasia aparecendo por toda a parte. Esperava que ao menos esta vila permanecesse em paz, como um pedaço do paraíso terrestre.

— Diga-me: o que leva Takezo-san a matar tanta gente?

— Se não matar, ele morre. E se nada fez para merecer a morte, não tem por que morrer.

— Estou com medo! — disse Otsu estremecendo. — E se ele aparecer, que faremos?

Nuvens cinzentas flutuavam novamente, baixas, sobre a crista das montanhas. Levando a carta nas mãos, Otsu caminhou absorta e desapareceu no interior do compartimento do tear, ao lado da cozinha.

Uma peça de padronagem masculina estava sendo tecida no tear. Otsu trabalhara incansável na peça desde o ano anterior, concentrando em cada fio todo o anseio pelo noivo ausente. Enquanto tecia, pensava continuamente no prazer que teria em vê-lo usando uma roupa feita com esse tecido.

Sentada junto ao pente, releu o invólucro:

— Quem será o remetente?

Uma órfã é sozinha no mundo — não costuma receber nem enviar cartas. Confirmou uma vez mais o destinatário, pois não conseguia deixar de imaginar que havia algum engano.

O envelope, bastante manuseado, chegara esgarçado e com os dizeres borrados por gotas de chuva, atestando o longo caminho, de posta em posta, percorrido pela carta. Ao rasgar o papel, duas cartas foram ao chão. Tomou uma ao acaso, e leu. A caligrafia feminina era-lhe totalmente desconhecida, e o estilo indicava alguém não muito jovem.

Otsu-sama,

Estou certa de que, ao ler a missiva junto a esta, nada mais terei a acrescentar. Escrevo, no entanto, movida pelo desejo de esclarecer a situação.

Ao sabor do acaso, cujos laços uniram nossos destinos, comunico-lhe que adotei o senhor Matahachi tornando-o meu legítimo herdeiro. Antevejo a inquietação que esta notícia lhe causará e que, a persistir, não lhe trará, nem a ele, proveito algum. Rogo-lhe, pois, esquecer doravante que o senhor Matahachi existe. Encerro aqui minha missiva. Respeitosamente,

Okoo

A outra carta, cuja caligrafia era sem sombra de dúvida de Matahachi, explicava prolixamente os motivos que o levavam a não voltar para casa. Resumindo, pedia a Otsu que esquecesse o passado e se casasse com outro. Dizia também que não tinha coragem de comunicar os fatos à mãe, e que por isso Otsu deveria, quando a encontrasse, dizer-lhe apenas que ele estava bem e que vivia em outra província.

Otsu sentiu um frio mortal invadindo-lhe a mente. Nem chorar conseguia. A cor das unhas nos dedos trêmulos que seguravam a carta pareceu-lhe igual à das unhas do morto entrevisto pela manhã a caminho das compras.

III

Enquanto seus homens se cansavam em incessantes diligências, expostos dia e noite à intempérie, o comandante do bigodinho de arame transformara o templo em quartel-general e, simultaneamente, em refúgio para si próprio, ali pernoitando sossegado. Como resultado, os monges do templo desdobravam-se todas as noites para atendê-lo, aquecendo-lhe a água para o banho, preparando-lhe um bom prato de peixe, buscando saquê de boa qualidade nas casas dos camponeses, os cuidados com a hospitalidade consumindo-lhes boa parte do tempo.

A noite vinha chegando. Em meio à azáfama, Otsu não se mostrara ainda na cozinha e, em consequência, o jantar do hóspede do abade tardava.

Takuan percorria os limites do templo chamando por Otsu como se ela fosse uma criança perdida. Havia passado diversas vezes na frente do abrigo do tear, mas não espiara dentro, pois a porta estava fechada e não ouvira o som do tear em movimento.

— Onde está Otsu? — esbravejava o abade, surgindo repetidamente no corredor em forma de pontilhão. — Em algum lugar tem de estar! Não veem que o nosso hóspede sente falta dos seus serviços e se recusa a tocar no saquê? Andem logo, encontrem-na de uma vez!

Tamanha era a sua aflição que, por fim, o sacristão se viu obrigado a descer até a base do morro, iluminando o caminho com uma lamparina portátil.

Casualmente, Takuan abriu a porta da sala do tear e ali encontrou Otsu. Debruçada sobre o tear, estava envolta em triste silêncio, sozinha no escuro.

Por instantes, Takuan nada disse, pois parecia-lhe que presenciava sem querer uma cena não destinada aos seus olhos. Aos pés da jovem notou duas cartas ferozmente retorcidas e pisoteadas como atormentados bonecos de maldição.[19] Takuan apanhou-as:

— Estas não são as cartas que chegaram hoje cedo, Otsu-san? Por que não as guarda?

---

19. Bonecos de maldição: pequenas figuras em papel ou palha imitando um ser humano, usadas para lançar maldição a desafetos.

Otsu nem sequer as tocou. Apenas balançava de leve a cabeça.

— Estão todos à sua procura. Percebo que não está se sentindo bem, mas vá servir o jantar nos aposentos do abade, vá. Acho que ele está em apuros.

— Estou com tanta dor de cabeça... Deixe-me sozinha, ao menos por esta noite, monge Takuan.

— Se dependesse de mim... Sempre me pareceu um despropósito fazê-la atender à mesa e servir saquê a quem quer que seja. Mas você precisa compreender que, infelizmente, o nosso abade é um mundano sem convicções morais firmes: aprecia demais os prazeres da sociedade e sente-se na obrigação de banquetear e adular o bigodinho de arame. Pensa estar desse modo agradando indiretamente ao seu suserano e não percebe que, agindo assim, compromete a dignidade deste templo. — Acariciou de leve as costas da jovem e acrescentou: — Mas nunca esqueça que quem cuidou de você e a criou desde criança foi o abade. Em ocasiões iguais a esta, tente ser-lhe útil. Basta comparecer, nem que seja por alguns instantes. Compreendeu?

— Sim.

— Então, vamos.

Quando o monge a soergueu, Otsu finalmente levantou a cabeça em meio ao odor acre das lágrimas:

— Eu vou. Mas gostaria que o senhor ficasse comigo nos aposentos do abade, monge Takuan, enquanto sirvo ao nosso hóspede.

— Não me importo; o samurai do bigodinho de arame, porém, parece não gostar muito de mim. E eu, de minha parte, sou tentado a zombar dele toda vez que ponho os olhos naquele bigode. É uma reação infantil, reconheço, mas... sou assim mesmo, que se há de fazer...

— Sozinha não vou.

— Não se preocupe, o abade estará lá.

— Mas sempre que chego, o abade se retira!

— Isso agora é inquietante... Muito bem, eu a acompanho então. Portanto, vá despreocupada preparar o jantar, minha pequena.

IV

Com a chegada de Otsu, o humor borrascoso do hóspede melhorou aos poucos. À medida que as taças de saquê se esvaziavam, acentuava-se a vermelhidão do seu rosto e, contrapondo-se ao bigodinho empinado, os cantos dos olhos descaíam languidamente.

Algo, porém, o impedia de atingir o estado de total bem-aventurança: do outro lado da mesa havia um intruso que se sentava achatando-se contra o *tatami* como um corcunda e lia um livro apoiado sobre as coxas. Era o monge Takuan. Calculou que este fosse um dos muitos funcionários de menor importância do templo e, portanto, dirigiu-se a ele com um agressivo movimento do queixo:

— Ei, você!

Ao notar que, absorto na leitura, Takuan nem sequer erguia a cabeça, Otsu chamou-lhe discretamente a atenção.

— É comigo? — perguntou o monge, procurando ao redor.

— Você mesmo, padreco. Não preciso de você. Pode se retirar.

— Não, muito obrigado.

— Não consigo apreciar devidamente a bebida com você aí lendo um livro! Levante-se! — insistiu o comandante.

— Pronto, pronto, já fechei o livro — retrucou o monge, sereno.

— Só de vê-lo me irrito.

— Então leve o livro para fora, Otsu-san.

— Não estou me referindo ao livro. É você a nota destoante neste ambiente.

— Isto agora é um problema. Evidentemente, não possuo os poderes de Goku Sonja[20]: não sou capaz de me evaporar e desaparecer, ou ainda, de assumir a forma de uma mosca e pousar no canto desta mesa...

— Insolente! Retire-se, já disse! — gritou cada vez mais furioso o comandante.

— Está bem! — respondeu Takuan, parecendo convencido. Tomou a mão de Otsu e acrescentou: — Nosso hóspede aprecia a solidão. Amor ao isolamento: eis o verdadeiro espírito do homem virtuoso! Vamos embora, Otsu-san, estamos estorvando.

— E... eei!

— Pronto?

— Quem lhe disse para levar Otsu? Eu já sabia, já sabia! Desde o princípio você me pareceu um bonzo arrogante e detestável!

— É verdade, não existem, neste mundo, muitos bonzos ou samurais graciosos. Seu bigode, por exemplo...

— Cale a boca e endireite-se! — gritou o oficial, estendendo a mão para a espada que repousava no nicho.

Takuan arregalou os olhos e fixou o bigodinho que, com a fúria, se retesava:

— Endireitar? Endireitar o quê?

— Está ficando cada vez mais insolente! Vou executá-lo, como punição!

— Pretende cortar-me a cabeça? Desista, não vale a pena! — riu Takuan.

---

20. Goku Sonja: personagem do lendário chinês que possuía poderes divinos.

— Repita o que disse!

— Não há nada mais desestimulante que decapitar um bonzo. Esforço perdido se, na cabeça que rolou, a boca de repente se abrir num alegre sorriso...

— Ah, é? Quero ver você dizer alguma coisa quando tiver a cabeça separada do corpo!

— No entanto...

A loquacidade de Takuan só fazia aumentar a ira do comandante. A mão cerrada sobre a empunhadura da espada tremia nervosa.

Otsu interpôs-se entre os dois homens, protegendo Takuan com o próprio corpo e, com voz chorosa, recriminava a verbosidade do monge:

— Não fale assim, monge Takuan! Esta não é a maneira correta de se dirigir a um samurai. Por tudo que lhe é sagrado, peça-lhe desculpas, vamos! E se ele lhe corta a cabeça de verdade?

Mas Takuan continuou irredutível:

— Ora, afaste-se, Otsu-san! Não se preocupe, um homem incompetente como ele, que mesmo contando com a ajuda de um bando de homens leva mais de vinte dias e não consegue capturar um simples fugitivo, não está em condições de cortar a cabeça do monge Takuan. Espantoso será se conseguir! Realmente espantoso!

V

— Não se mexa! — rosnou o comandante, o rosto de lua cheia rubro de raiva, extraindo a meio a espada da bainha. — Afaste-se, Otsu, vou partir em dois esse padreco que já nasceu falando!

Otsu, que continuava protegendo Takuan às costas, prostrou-se aos pés do oficial e suplicou:

— Compreendo que o senhor esteja irritado, mas, por piedade, perdoe o monge Takuan. Ele não faz por mal, esse é o seu jeito de lidar com todas as pessoas. Não é nada pessoal, ele brinca deste modo com todo mundo.

Takuan interveio:

— Que é isso, Otsu-san? Não estou brincando, falo sério. Disse incompetente, porque ele é um samurai incompetente. Que mal há nisso?

— Ainda insiste? — vociferou o comandante.

— Insisto quanto quiser. Por certo não lhe interessa quantos dias leva a tumultuada perseguição movida contra Takezo; mas pense no prejuízo dos camponeses, obrigados a abandonar a lavoura e a auxiliar nos trabalhos de busca, sem remuneração. Pense nos pobres arrendatários; é possível que eles morram de fome.

— Escute aqui, padreco: como se atreve, com a sua insignificância, a criticar a administração de meu suserano?

— Não critico o governo de seu suserano; critico, isto sim, a mentalidade de alguns de seus funcionários que, interpondo-se entre o suserano e o povo, transformam a profissão numa sinecura. Por exemplo, você: o que o faz sentir-se no direito de estar agora nestes aposentos, usando apenas um quimono leve após o banho, regalando-se com um banquete servido por uma linda menina? Quem lhe concedeu tal privilégio?

— ...

— Lealdade ao servir o suserano, humanidade no trato com o povo, não são esses os deveres de um funcionário? Por outro lado, ignorar os entraves à lavoura, desconsiderar a fadiga dos subalternos, roubar horas durante o cumprimento do dever para, sozinho, se banquetear, esbanjar os recursos da população, oculto sob a capa do poder — são procedimentos típicos do mau funcionário.

— ...

— Experimente decapitar-me e levar minha cabeça a Ikeda Terumasa, senhor do feudo de Himeji. Dirá ele, atônito: "Que é isso, Takuan? Aqui vejo só a tua cabeça! Como é que me vens visitar deste jeito? Que foi feito do resto de ti?" Saiba você que o senhor Terumasa e eu somos velhos conhecidos, desde os tempos das cerimônias de chá do templo Myoshinji; encontrei-o ainda diversas vezes na cidade de Osaka e também no templo Daitokuji.

O comandante agora tinha a aparência de uma víbora da qual houvessem extraído a peçonha. A embriaguez refluía lentamente e parecia incapaz de avaliar se o monge falava sério ou não.

— Para começar, acho melhor que se sente — convidou-o Takuan. — Se você acha que minto, posso muito bem ir agora mesmo ao castelo de Himejei e visitar o senhor Terumasa, levando-lhe um pacote de farinha de trigo sarraceno de presente. Mas se existe algo de que eu não goste é de bater à porta de senhores feudais. Por outro lado: se durante a amena conversa com que nos entreteremos à mesa do chá, vier a falar da infrutífera caçada que você promove na vila Miyamoto, é quase certo que o suserano lhe ordenará o *seppuku*.[21] É por isso que eu dizia, desde o princípio: desista de querer decapitar-me. Mas o mal de um samurai é ser incapaz de avaliar as consequências dos seus atos: aí reside o verdadeiro defeito do *bushi*.

— ...

— Devolva a espada ao nicho — continuou o monge. — E aproveitando o ensejo, tenho mais algumas recriminações a fazer: você, com certeza, nunca

---

21. *Seppuku*: suicídio por desentranhamento.

leu a obra de Sun Tzu[22] sobre estratégias de guerra. Pois é uma vergonha que você, um samurai, desconheça as obras de Sun Tzu e de Lu Tzu![23] Com base nesses tratados, vou fazer-lhe agora uma preleção sobre como capturar Takezo sem provocar maiores baixas entre seus soldados. Não tem outra saída senão ouvir-me com atenção, pois disso dependerá sua carreira futura. Sente-se, já lhe disse! Otsu-san, sirva-lhe um pouco mais de saquê, por favor.

VI

Entre Takuan, mal entrando na casa dos trinta, e o comandante do bigode de arame, já passando dos quarenta, havia mais de dez anos de diferença. Entretanto, não é a idade que estabelece a real diferença entre os homens: o que conta é a qualidade desses homens e o aprimoramento dessa qualidade. E se o aprimoramento do caráter se processar de modo contínuo, como no caso do monge, a diferença torna-se imensurável.

— Não, muito obrigado, não creio que deva beber mais — replicou respeitosamente o comandante, esquecido o agressivo ímpeto inicial. — Então sois íntimo de meu suserano Terumasa! Perdoai minhas repetidas ofensas, pois ignorava a circunstância — acrescentou. Seu embaraço era tão evidente que beirava o cômico.

Takuan, no entanto, não se mostrou arrogante:

— Ora, ora, deixemos esse assunto de lado. Como capturar Takezo, eis a questão. Em resumo, esta é a sua missão e de seu bom êxito depende sua honra, não é verdade?

— É como dizeis.

Se bem que, pelo que vejo, você não deve estar se importando muito, pois quanto mais demorar a capturar Takezo, mais tempo lhe sobrará para permanecer indolente no templo, apreciando a farta mesa e perseguindo a pequena Otsu.

— Não, não é bem assim... Quanto a este assunto, muito apreciaria se...

— ...eu não informasse o seu suserano, não é verdade? Pode contar com a minha discrição. Mas por outro lado, se a perseguição a Takezo se prolongar por mais tempo — restrita às buscas pelas montanhas, aliás, de todo infrutíferas — além do sofrimento imposto aos camponeses, há de se considerar o

---

22. SunTzu (jap. Son-shi): estrategista chinês do século VI a.C.; é o autor de *Ping fa* [*A arte da guerra*], o mais antigo tratado chinês sobre estratégias de guerra.

23. Lu Tzu, ou Lu Hsiang Shan (jap. Riku-shi): filósofo chinês (1139-1193) cujo pensamento se opunha ao de Chu Hsi (1130-1200). De acordo com Lu Tzu, não há distinção entre princípio e força material.

desconforto deste povo ordeiro, impossibilitado de se empenhar com tranquilidade em seus afazeres diários.

— Sei disso e, apesar das aparências contrárias, intimamente me impaciento com a situação, noite e dia...

— Falta-lhe apenas um bom plano, não é mesmo? É por isso que lhe digo: você desconhece os rudimentos da arte guerreira.

— Estou envergonhado...

— Tem razão, é uma vergonha. Tem de aceitar quando digo que é um incapaz, um servidor corrupto de vida mansa... Mas não me agrada continuar apenas a humilhá-lo. Prometo-lhe, portanto, capturar Takezo dentro de três dias.

— Que dissestes?

— Pensa que estou mentindo?

— Mas...

— Mas, o quê?

— ...algumas dezenas de soldados trazidos de Himeji, juntamente com algumas centenas de lavradores — perfazendo um total aproximado de duzentas pessoas — estão vasculhando essas montanhas sob as minhas ordens!

— Belo trabalho, sem dúvida...

— Estamos também em plena primavera, e não faltam alimentos nas montanhas: a estação é favorável a Takezo e desvantajosa para nós.

— Espere, então, até as primeiras neves do inverno.

— Creio que isso também...

— ...não seja conveniente, não é mesmo? É por isso que estou lhe oferecendo ajuda: eu porei Takezo a ferros. Posso muito bem dar cabo da missão sozinho; pensando melhor, vou pedir a ajuda de Otsu-san. Nós dois daremos conta do recado.

— Gracejais novamente!

— Não diga asneiras! Pensa você, por acaso, que Shuho Takuan passa seus dias gracejando?

— Na... não, senhor! — retrucou o comandante, perplexo.

— É por isso que lhe disse e torno a repetir: você ignora os rudimentos da arte marcial. Sou um monge, é verdade, mas conheço a essência dos livros do grande estrategista Sun Tzu. Imponho, porém, uma condição antes de aceitar essa missão. Caso você não concorde, pretendo cruzar os braços e esperar como simples espectador a chegada das primeiras neves.

— Qual é a condição?

— Que deixe a meu cargo punir Takezo, depois de capturado.

— Quanto a isso...

O comandante torcia o bigodinho de arame, pensativo. Conjecturava se esse jovem monge desconhecido não estaria apenas tentando enganá-lo com bravatas. Caso se mostrasse firme, talvez se assustasse, revelando sua verdadeira identidade, calculou. Resolveu, portanto, responder com firmeza:

— Aceito. Se vós capturardes Takezo, a punição ficará a vosso cargo. Caso, no entanto, não consigais o intento no prazo de três dias, o que fareis?

— Enforco-me numa árvore deste jardim — disse Takuan, mostrando a língua como um enforcado.

VII

Na manhã seguinte, o sacristão esbravejava ansioso na cozinha:
— O monge Takuan deve estar louco. Ouvi dizer, há pouco, que aceitou uma missão absurda!

Ao ouvir os detalhes, os homens ao redor esbugalhavam os olhos:
— Não acredito!
— Mas de que jeito?

Até o abade, posto a par do assunto, sentenciou:
— Bem diz o ditado: pela boca se fisga o peixe.

Suspirou, meneando gravemente a cabeça.

Uma pessoa, no entanto, preocupava-se de fato com o monge: a órfã Otsu, agora mais que nunca sozinha no mundo, sem ninguém a quem recorrer doravante. Pois a inesperada carta de rompimento que recebera de Matahachi — em quem até então depositara inteira confiança — magoara-a muito, talvez mais ainda do que se por acaso tivesse recebido uma carta comunicando a morte do noivo em campo de batalha; nenhum laço a prendia, por outro lado, à geniosa matriarca dos Hon'i-den, exceto a circunstância de ser ela a mãe de seu ex-noivo.

Nessa situação Takuan era, para a jovem, a única luz em meio ao sofrimento. Quando fora descoberta pelo monge no dia anterior em prantos junto ao tear, cogitava de verdade em matar-se com a mesma lâmina que usara para estraçalhar o tecido, em cuja preparação trabalhara com tanto afinco. Demoveram-na do intento, persuadindo-a até a atender o hóspede, as reconfortantes palavras do monge e o calor de suas mãos. E agora, o querido monge corria perigo.

Esquecida dos próprios reveses, Otsu sofria ante a possibilidade de perdê-lo numa aposta insensata.

O bom senso dizia-lhe ser impossível, a ela e ao monge, prender Takezo em apenas três dias quando um contingente inteiro não lograra deitar-lhe as mãos em mais de vinte dias de perseguição contínua.

Na noite anterior, Takuan se despedira do comandante e regressara ao santuário após jurar, em nome de Yumiya-Hachiman[24], o fiel cumprimento dos termos da aposta. Mal o vira de volta ao alojamento, Otsu não se contivera e pusera-se a recriminar interminavelmente os termos levianos da aposta. Takuan, porém, batera com gentileza em seu ombro, dizendo-lhe que não se preocupasse: que importância tinha a sua vida, dissera, se em troca dela lograssem eliminar a fonte de dissabores do vilarejo, remover o perigo que rondava as estradas de quatro províncias — Inaba, Tajima, Harima e Bizen — e salvar ainda a vida de muita gente? Que descansasse tranquila até a tarde do dia seguinte, deixando o resto por sua conta, acrescentara. A preocupação de Otsu só pôde aumentar.

A tarde já chegara. Ao procurar por Takuan, encontrou-o fazendo a sesta em companhia de um gato, a um canto do santuário.

Todos no templo, a começar pelo abade e incluindo o sacristão e simples funcionários, empenhavam-se agora em fazer Otsu desistir da missão:

— Não vá, Otsu-san!

— Esconda-se em algum lugar!

Passeando vagamente o olhar ao seu redor, Otsu nem por isso se decidia. O sol já caía a oeste. No vale, ocultos entre as pregas formadas pelas montanhas da cordilheira do Chuugoku, o rio Aida e a vila Miyamoto envolviam-se lentamente em sombras sob a tênue luz do sol poente.

Um gato pulou do santuário, sinal de que Takuan se levantara. Em pé na varanda do templo, o monge se espreguiçava.

— Arrume-se que já vamos partir, Otsu-san — disse o monge.

— Já preparei sandálias, cajados, perneiras, remédios e as capas de chuva para a nossa expedição às montanhas.

— Quero acrescentar mais alguns itens.

— Uma lança... ou talvez uma espada?

— Absolutamente! Quero que me prepare comida.

— Um lanche, o senhor quer dizer?

— Não, uma panela, arroz, temperos para sopa, sal... e, se der, um pouco de saquê. Procure na cozinha e acrescente o que mais for possível. Ajeite tudo numa única trouxa: vamos carregá-la juntos, passando-a pelo cajado.

---

24. Yumiya-Hachiman: deus da guerra.

O FEITIÇO DE UMA FLAUTA

I

As montanhas próximas destacavam-se negras, parecendo banhadas em verniz; as distantes mostravam seus contornos pálidos na noite de primavera, de morna brisa.

À beira do caminho, a névoa se aninhava nas pequenas moitas de bambu e nos ramos das glicínias. À medida que se distanciavam do povoado, as montanhas surgiam parecendo molhadas por uma chuva noturna.

— É gostoso andar assim, não acha, Otsu-san? — comentou Takuan, carregando uma das pontas do cajado em que passara o fardo com os mantimentos.

Levando a outra ponta ao ombro, Otsu respondeu, às costas do monge:

— Nem um pouco. Posso saber até onde o senhor pretende ir?

— Bem... — A resposta do monge soou insegura. — Vamos prosseguir um pouco mais, está bem?

— Não me incomodo de andar, mas...

— O que foi, cansou-se?

— Não...

Otsu sentia doer o ombro em que apoiava o cajado e transferia o peso, ora à direita, ora à esquerda.

— Reparou que não encontramos ninguém até agora? — observou Otsu.

— Penso que o comandante do bigodinho de arame recolheu todos os seus homens ao povoado e pretende permanecer de braços cruzados durante os três dias da aposta, pois não o vi hoje nos arredores do templo.

— Depois das bravatas que contou, como, em nome dos céus, pretende o senhor capturar o fugitivo?

— Em algum momento ele vai ter de aparecer.

— Mesmo que apareça, sempre foi uma pessoa muito valente. Além disso, sente-se acuado e desesperado. Neste momento, é o demônio em pessoa. Só de pensar, minhas pernas tremem.

— Olhe aí, bem aos seus pés!

— Ai, que horror! Que susto o senhor me pregou!

— Calma, ainda não é o nosso jovem. Chamei sua atenção porque estenderam cipós e armaram essas barreiras de sarças à beira do caminho.

— Já sei: os homens prepararam armadilhas e esperam que Takezo-san caia nelas.

— Se não tomarmos cuidado, quem vai acabar caindo nelas somos nós — gracejou o monge.

— Por favor, não diga isso! Fico com tanto medo que não consigo dar nem mais um passo!

— Se for para cairmos numa armadilha, serei eu o primeiro. Mas a quanto trabalho inútil se deram esses homens... Ali, nós já entramos um bocado no vale.

— Há pouco, vencemos a montanha Sanumo. Esta área já deve ser Tsuji-no-Hara — disse Otsu, que conhecia bem as redondezas.

— Acho que não vale a pena andarmos a noite inteira. E você, que acha? — perguntou o monge.

— Não adianta me perguntar, não sei de nada! — esquivou-se Otsu, mal-humorada.

— Vamos descansar o fardo por alguns instantes.

— Que pretende fazer, monge?

Takuan caminhou até a beira do penhasco e respondeu:

— Vou fazer xixi.

A seus pés, as águas da cabeceira do rio Aida formavam corredeiras e rugiam enlouquecidas, debatendo-se entre sólidos rochedos.

— Ah, que sensação! Estamos em sintonia: eu e o universo, o universo e eu.

De cabeça erguida, Takuan parecia contar estrelas enquanto uma fina névoa subia da urina expelida.

Ao longe, Otsu reclamou, desamparada:

— Ande logo, monge Takuan! Que demora!

O monge retornou finalmente:

— Pronto! Parado naquele lugar, tive um presságio. Agora podemos ir, pois já tenho uma noção aproximada da direção a seguir.

— Presságio?

— O presságio me veio à mente, ou melhor, à alma: analisei os aspectos da terra, das águas e do céu, ponderei sobre os mesmos e fechei os olhos. Recebi então um sinal que me dizia para ir àquela montanha.

— A de Takateru?

— Desconheço o nome, mas é a que tem uma meseta, desprovida de árvores, bem visível em sua encosta.

— Aquela clareira é o pasto de Itadori.

— Pasto de Itadori! Um pasto que aprisiona![25] Eis um nome de bom agouro. Takuan riu com gosto.

---

25. Trocadilho.

II

A área, um suave declive de esplêndida vista, situa-se na encosta sudeste da montanha de Takateru, a meio caminho de seu pico, e é conhecida pelos habitantes locais como pasto de Itadori.

Se por pasto era conhecida, a área devia servir de pastagem para bois ou cavalos, mas o local estava deserto. Naquele momento, apenas uma leve aragem noturna encrespava a relva, não havendo o menor vestígio dos animais.

— É aqui que vamos acampar. Neste momento, Takezo é o inimigo Gi-no-Souso, e eu sou Shokatsu Koumei.[26]

Otsu descansou o pequeno fardo no chão:

— Que é que vamos fazer? — perguntou.

— Vamos sentar — respondeu o monge.

— E o senhor acha que, sentados, conseguiremos prender Takezo-san?

— Com uma boa rede, consegue-se apanhar até um pássaro em pleno voo. É muito simples!

— Monge Takuan, não estaria o senhor divagando, enfeitiçado por uma raposa?[27]

Vamos acender uma fogueira: pode ser que ele caia na armadilha.

Takuan acendeu a fogueira juntando gravetos secos. Ligeiramente reconfortada, Otsu comentou:

— Como o fogo reanima!

— Estava com medo, Otsu-san?

— Um pouco. Acho que ninguém gosta de passar a noite perdido num lugar como este, no meio de uma montanha. E depois, que pretende fazer se começar a chover, monge?

— Quando vinha para cá, notei que havia uma gruta na estrada logo abaixo. Se chover, nela nos abrigaremos.

— Takezo-san também deve procurar abrigo nesses lugares à noite, ou quando chove. Por que é que os moradores da aldeia o odeiam tanto? Não consigo compreender...

— É desse modo que reagem ao poder. Quanto mais simples o povo, mais teme a autoridade. O medo é tamanho que acabam por expulsar um irmão de suas próprias terras.

---

26. Gi-no-Souso e Shokatsu Koumei: leitura japonesa dos nomes chineses Sun Wu e Chu-ko Liang, figuras históricas que viveram na China no período dos Três Reinos (entre 220 e 280 d.C., aproximadamente). Chu-ko Liang, ao qual Takuan se compara, foi um renomado estrategista e inventor de máquinas de guerra, tendo derrotado Sun Wu em famosa batalha.

27. A raposa, diz uma lenda, tem o poder de enfeitiçar as pessoas, fazendo-as delirar e viver situações ilusórias.

— Em resumo, cada um só pensa em salvar a própria pele, não é isso?

— Considerando-se que o povo não tem meios para se defender, a reação é, até certo ponto, justificável.

— E quanto aos samurais de Himeji: precisam fazer tanto estardalhaço para perseguir um único homem?

— Isso também é inevitável, em nome da segurança pública. Na verdade, tudo começou porque Takezo, sentindo-se constantemente acuado desde a batalha de Sekigahara, rompeu uma barreira na fronteira quando voltava a essa aldeia, abatendo um homem do clã do suserano de Himeji, encarregado de vigiar o posto de inspeção da montanha. Em consequência, viu-se forçado a cometer sucessivos assassinatos para poder preservar a própria vida: ninguém senão o próprio Takezo deve ser responsabilizado por essa desgraça — ela resulta do pouco conhecimento que Takezo tem da vida.

— Também odeia Takezo-san, monge Takuan?

— É claro! Fosse eu o suserano, com toda a certeza iria puni-lo severamente: mandaria esquartejá-lo para que servisse de exemplo a toda a nação. Mesmo que ele tivesse o poder de se ocultar sob a terra, ainda assim o prenderia e o crucificaria, nem que para isso tivesse de abrir caminho entre as raízes das plantas. Se você for liberal e disser: "Ora, para que tanto barulho, é apenas Takezo, um único homem", as rédeas do governo se afrouxarão. E isso é perigoso, sobretudo em nosso mundo atual, tão conturbado.

— Nossa! O senhor na verdade é muito severo, monge Takuan, apesar de ser sempre tão gentil comigo.

— Sou mesmo! Vim para aplicar com imparcialidade severa punição e sábia recompensa. Estou aqui investido desse poder.

— Que foi isso?

Otsu levantou-se de seu lugar ao lado da fogueira com um sobressalto:

— Não ouviu passos lá embaixo, no meio das árvores?

III

— Passos? — perguntou Takuan, apurando também os ouvidos; logo, porém, rompeu em riso, exclamando: — São macacos! Veja, lá vão eles, mãe e filhote, pulando de galho em galho!

Otsu respirou aliviada:

— Ufa! Que susto! — murmurou, tornando a sentar-se.

Fixando as labaredas em muda contemplação, deixaram-se os dois ficar por mais de duas horas, ao sabor da noite que avançava. Quebrando gravetos secos e alimentando a fogueira que se extinguia, Takuan perguntou:

— Em que pensa, pequena?
— Eu?
Otsu desviou o rosto de pálpebras inchadas pelo calor das chamas e fitou o céu:
— Pensava em como é misterioso este mundo. Parada neste lugar, consigo sentir esse monte de estrelas, dentro da noite deserta... isto é, deserta não, pois tudo permanece no mesmo lugar, oculto pela escuridão... Como ia dizendo, consigo sentir as estrelas se mexendo, devagarzinho, num amplo movimento. Não sei como, mas o mundo se move, eu o sinto. Ao mesmo tempo, também eu, esta pequena coisa insignificante, posso estar sendo manipulada por, vamos dizer, algo invisível, meu destino sendo modificado a todo instante, nesta mesma hora em que estou aqui... É nisso que pensava o tempo todo.
— Mentira! Pode até ser que tal pensamento tenha passado por sua mente, mas deve haver algo mais sério a preocupá-la — retrucou o monge.
— ...
— A verdade é que eu li a carta que você recebeu; perdoe-me se isso lhe desagrada.
— A carta?
— Como você só chorava, recusando-se a retomar a carta que apanhei no chão da sala do tear, guardei-a na manga do quimono. O que fiz em seguida não foi muito elegante, reconheço, mas... acabei lendo tudo, tintim por tintim, sentado na latrina, só para fazer o tempo passar.
— Monge! Que feio!
— E então compreendi tudo. Isso que lhe aconteceu, Otsu-san, foi melhor para você, eu acho.
— Melhor por quê?
— Deu para perceber que Matahachi é um homem volúvel; pior seria se ele a afrontasse com uma carta daquele tipo depois de casados. Já que aconteceu antes, foi até melhor, eu penso.
— É difícil para nós, mulheres, raciocinar desse jeito.
— E então, de que jeito raciocinam vocês?
— Acho que fui humilhada! Humilhada! — disse Otsu, mordendo repentinamente a manga do quimono. — Hei de encontrá-lo a qualquer custo e dizer-lhe tudo o que penso a seu respeito, ou não terei paz. E também a essa mulher, Okoo.
Takuan fitava o perfil da jovem que soluçava, cheia de mágoa:
— Pronto, já começou... — murmurou, com certa incoerência. Esperava que ao menos a você, Otsu-san, o destino reservasse uma vida tranquila, sem contato com a maldade do mundo ou a falsidade dos homens; que você cresceria, um dia tornando-se mãe e depois avó, terminando seus dias pura

como a flor da Figueira Sagrada.[28] Mas vejo que os ventos do destino já começam a fustigá-la.

— ...tão humilhada! E agora, o que faço da minha vida, monge Takuan? Sacudida por soluços, Otsu chorou por muito tempo, o rosto oculto nas dobras da manga.

IV

Durante o dia, escondidos na gruta, os dois dormiam o quanto queriam. Comida não lhes faltava.

Todavia, por um motivo qualquer, Takuan não saía à procura de Takezo para tentar capturá-lo, principal objetivo da excursão, tampouco parecendo com isso se importar.

A terceira noite já havia chegado. Sentada ao lado da fogueira, como nas duas noites anteriores, Otsu o alertou:

— O prazo expira esta noite, monge Takuan.

— Expira mesmo.

— Que pretende o senhor fazer?

— Com relação a quê?

— Como? Já se esqueceu que viemos até aqui para cumprir os termos da terrível aposta?

— Hum.

— Se não conseguirmos prender Takezo-san esta noite ainda...

Takuan a interrompeu:

— Já sei, já sei. Se eu falhar, meu corpo penderá de um dos galhos do velho cedro, muito simples. Entretanto, não quero morrer ainda, não se preocupe.

— Nesse caso, que acha de sair à procura dele?

— Não o encontraríamos no meio dessas montanhas, mesmo que o procurássemos...

— Decididamente, não consigo compreendê-lo! O interessante, porém, é que sentada aqui ao seu lado, até eu começo a me sentir confiante e a achar que devemos nos abandonar ao destino.

— Sentir-se confiante, este é o ponto!

— Quer dizer, então, monge Takuan, que aceitou essa missão maluca apenas por confiar em si mesmo?

— Mais ou menos.

— Ai, que desespero!

---

28. Figueira Sagrada: referência à árvore sob a qual, diz-se, nasceu Gautama, o Buda.

A insegurança tomou realmente conta de Otsu, que, no íntimo, vinha acreditando ter o monge algum trunfo escondido.

Seria esse homem um débil mental? Um indivíduo no limiar da demência é, algumas vezes, confundido com um gênio. Talvez esse fosse o caso do monge, conjecturou Otsu.

Takuan, porém, continuava a fitar o fogo, tendo no rosto uma expressão vaga.

— Bem, metade da noite já se foi — murmurou, como se só então se desse conta disso.

— Isso mesmo. Logo, logo, vai amanhecer — enfatizou Otsu, propositadamente seca.

— Estranho... — murmurou o monge.

— O que foi?

— Já deveria ter aparecido.

— Fala de Takezo-san?

— E de quem mais?

— Ninguém é louco de se apresentar voluntariamente a seu algoz — ponderou Otsu.

— Engano seu. No fundo, o espírito humano é frágil. O homem, por natureza, abomina a solidão. Sobretudo aquele que se vê repelido e perseguido por seus semelhantes e que, sozinho, enfrenta o gelo e o aço da sociedade. Impossível que não se sinta atraído pelo calor destas chamas.

— O senhor não está tirando conclusões precipitadas?

— De modo algum! — disse o monge, sacudindo a cabeça com convicção.

Otsu sentiu-se reconfortada com a discordância do monge.

— Segundo meus cálculos, ele já deve estar por perto. Entretanto, não sabe se me considera amigo ou inimigo. Julgo que, miserável e assaltado por dúvidas, não consegue estabelecer contato conosco e nos observa das sombras com olhar furtivo. Já sei: ceda-me por instantes isso que você traz preso ao seu *obi*, Otsu-san.

— A flauta?

— Ela mesma.

— Sinto muito, mas esta flauta não empresto a ninguém.

V

— Por que não? — perguntou Takuan com inusitada insistência.

— Porque não quero — respondeu Otsu, meneando negativamente a cabeça.

— Que mal há nisso? O uso não desgasta uma flauta: pelo contrário, só a aprimora.

— Mesmo assim.

Otsu mantinha uma mão sobre o *obi*, não dando mostras de concordar.

Na verdade, Takuan a compreendia muito bem, pois certo dia em que Otsu lhe contara suas origens, falara-lhe da importância da flauta que sempre trazia consigo; contudo, achava que a jovem podia cedê-la ao menos por alguns momentos e insistiu:

— Tocarei com cuidado, prometo. Empreste-me, só por um instante.

— Não quero.

— De jeito nenhum?

— De jeito nenhum.

— Mas que menina teimosa!

— Sou mesmo.

Takuan, então, cedeu:

— Nesse caso, toque você uma peça.

— Também não quero — disse Otsu, balançando mais uma vez negativamente a cabeça.

— Nem isso?

— Nem isso.

— Por quê?

— Porque começo a chorar quando toco.

— Sei...

Quão empedernido se torna o espírito de um órfão — condoeu-se Takuan. Ao mesmo tempo, ocorreu-lhe de repente que, nesse espírito árido e empedernido, havia um poço sempre vazio, quase seco, sedento de algo que órfão algum possuía. Faltava uma fonte a alimentar o poço, a fonte do amor, graça negada aos órfãos. No íntimo da jovem deviam viver as sombras dos pais desconhecidos, mesmo agora em contínuo contato com ela; mas deles Otsu não conhecia o amor.

Na verdade, a flauta era uma lembrança dos pais, a única imagem concreta que deles possuía. Segundo seu relato, o instrumento estava preso ao *obi* no momento em que, nova ainda, inconsciente do mundo que a rodeava, fora encontrada na varanda do templo Shippoji, abandonada qual cria de gatos.

Assim sendo, a flauta era, por certo, o único meio de que dispunha, caso desejasse um dia descobrir suas origens; até então era, sem dúvida, imagem e voz dos pais.

"Porque começo a chorar quando toco..." O monge calou-se, comovido, pois compreendeu muito bem por que Otsu se recusava a tocar ou a ceder o instrumento.

Nessa noite, a terceira da aposta, uma lua de brancura perolada e vago contorno brilhava por trás de nuvens esgarçadas, uma visão rara nessa época do ano. E os gansos selvagens — aves que arribam no outono e se vão na primavera — também hoje abandonavam as terras japonesas, grasnando no meio das nuvens.

— Veja, o fogo está se apagando de novo. Acrescente essa lenha seca à fogueira, Otsu-san. Ora, o que houve?

— ...

— Você está chorando?

— ...

— Que insensatez a minha, fazê-la rememorar lembranças dolorosas... — disse o monge, arrependido.

— Pelo contrário, insensata sou eu, monge Takuan. Toque-a, por favor — respondeu Otsu, puxando a flauta presa ao *obi* e entregando-a ao monge.

O instrumento vinha num velho saquinho de brocado, tecido com fios de ouro. Embora o pano estivesse esgarçado e o cordão partido, o invólucro tinha um ar refinado que, de antemão, conferia nobreza à flauta em seu interior.

— Ah... você tem certeza?

— Tenho.

— Que acha, então, de tocar você a flauta? Posso ser o ouvinte. Toque, que eu fico aqui apreciando.

Sem ao menos tomar a flauta nas mãos, Takuan virou-se e se quedou silencioso, envolvendo os joelhos com os dois braços.

VI

Longe de se sentir estimulada, Otsu inibiu-se ao perceber que o monge — normalmente o primeiro a caçoar caso alguém se oferecesse a exibir seus dotes musicais — imóvel, cerrara os olhos e apurava os ouvidos.

— Ouvi dizer que o senhor é um exímio flautista, monge Takuan.

— É. Pelo que dizem, não sou dos piores.

— Nesse caso, toque primeiro.

— Para que tanta modéstia? Que eu saiba, você também se dedicou muito.

— Aprendi com um mestre da escola Seigen-ryu que passou quatro anos no templo como nosso hóspede especial.

— Que beleza! Nesse caso, obras primas como Kikkan devem fazer parte do seu repertório.

— Nem pensar!

— Bem, toque qualquer coisa, ou melhor, toque com a intenção de expulsar pelos sete orifícios da flauta tudo o que lhe vai na alma.

— Tem razão. Creio que sentirei alívio se conseguir expulsar, através da flauta, toda tristeza, rancor e amargura da minha alma.

— Exatamente. É importante expurgar a alma. Diz-se que, com seus quarenta centímetros de comprimento, a pequena flauta sintetiza um ser humano e, ao mesmo tempo, todo o universo. *Kan, go, jou, saku, mu, ge, ku* — pelos sete orifícios, pode-se dizer, falam as cinco paixões humanas[29] e respiram os dois sexos, masculino e feminino. Já teve, por acaso, a oportunidade de ler a obra *Kaichikushou*?

— Não me recordo.

— No começo da obra, há um trecho que diz: "a flauta é o receptáculo de cinco vozes e oito sons[30], e a harmonia das quatro virtudes[31] em dois timbres".

— Fala como um mestre, monge Takuan.

— Qual, sou apenas um típico monge de vida mansa. Bem, não me custa nada avaliar a flauta para você.

— Tenha a bondade.

Mal tomou o instrumento nas mãos, Takuan disse:

— Ah, esta é uma flauta rara. Se estava com você quando foi encontrada, é possível inferir-se, a partir disso, o nível social de seus pais.

— Meu professor de flauta também a elogiou. É tão valiosa assim?

— Uma flauta também possui presença e personalidade. Basta tomá-la nas mãos e as sentimos. Sei que antigamente havia instrumentos famosos, como a flauta Semiori, do imperador abdicado Toba, a Koyamaru, do senhor Komatsu, ou a Janigashi que Kiyohara Suketane celebrizou; entretanto, no mundo violento em que hoje vivemos, afirmo nunca ter visto flauta tão preciosa quanto esta — já sinto arrepios antes mesmo de ouvi-la.

— Não fale assim que me deixa ainda mais inibida.

— A flauta tem nome próprio. Não consigo distinguir as letras à luz do luar.

— Está escrito Gin-ryu[32], em letras miúdas.

---

29. Cinco paixões (jap. *go-jou*): prazer, alegria, ódio, desejo, ira e mágoa.

30. Cinco vozes (jap. *go-sei*): as cinco notas musicais que compunham a escala das antigas músicas da corte japonesa; oito sons (jap. *hachi-in*): oito tradicionais instrumentos musicais da antiga China classificados, de acordo com os sons produzidos, em: instrumentos de pedra, metal, seda, bambu, madeira, couro, cuia e terra.

31. Quatro virtudes (jap. *shitoku*): quatro caminhos pelos quais a natureza promove o crescimento de todas as coisas, a saber: primavera (ou bondade), verão (ou correção), outono (ou retidão) e inverno (ou sabedoria).

32. Gin-ryu: dragão prateado.

— Gin-ryu... Realmente — comentou Takuan, devolvendo-a às mãos de Otsu, junto com o estojo e o invólucro.

— Então, vamos à interpretação — disse, solene. Influenciada pela seriedade do monge, Otsu formalizou-se: — Releve a pobreza da execução.

Sentada sobre a relva, endireitou a postura e fez uma reverência à flauta. Takuan nada mais disse. Noite alta, envolviam-nos apenas o céu e a terra.

O monge se anulara — sua negra silhueta assemelhava-se a uma rocha da montanha.

Otsu levou a flauta aos lábios.

VII

Enviesando ligeiramente o rosto de tez alva, Otsu preparou a flauta com calma. Seus gestos, umedecendo o bocal e concentrando-se, em nada se assemelhavam aos habituais. A força da arte lhes conferia dignidade. Dirigiu uma reverência ao monge e escusou-se com modéstia:

— Considere mero passatempo esta tosca interpretação.

Takuan apenas meneou a cabeça em assentimento.

O som da flauta elevou-se no ar. Os dedos de Otsu, delgados e brancos, pareciam pequenos duendes pisando e dançando sobre os orifícios da flauta.

O tom era grave — transportado pela melodia que murmurava como um regato, Takuan sentia-se fluir como águas que ora correm apressadas por vales, ora brincam travessas em remansos. Ao se elevar aguda a melodia, experimentava a alma arrebatada subir ao espaço, brincar entre nuvens; ou então, vozes da terra e ecos do céu compunham novamente uma triste melodia, a canção do vento a sussurrar nos pinheirais lamentando a inconstância das coisas mundanas.

Olhos cerrados, atento e embevecido, Takuan lembrou-se de uma lenda envolvendo outra famosa flauta, esta pertencente ao lorde Sanmi Hiromasa. Certa noite de luar, Hiromasa passeava tocando flauta nos arredores do portão meridional[33] do Palácio Imperial quando, ao passar pelo alto portal de cumeeira dupla, ouviu alguém sobre o portal acompanhando-o com outra flauta. Conversou com o desconhecido, permutaram-se os instrumentos e passaram o resto da noite em animado dueto. Mais tarde, contava a lenda, soube-se que o desconhecido era o diabo que assumira a forma humana.

---

33. Suzaku-mon: nome atribuído ao portão meridional central do Palácio Imperial, que dá para a avenida do mesmo nome.

Dizia-se que a música tinha o poder de comover até mesmo o diabo. Como poderia então um frágil filho de humanos, presa das cinco paixões, resistir à flauta tocada por esta beldade?

Takuan confiava. Ao mesmo tempo, sentiu-se tentado às lágrimas.

Lentamente sua cabeça pendeu de encontro aos joelhos. E mais e mais seus braços os apertaram.

Aos poucos, a fogueira extinguia-se entre os dois, mas a face de Otsu, ao contrário, enrubescia. Absorta, em estado de total concentração, compunha uma unidade inseparável com a flauta.

A melodia tocada por Otsu parecia pairar nas alturas e tocar o infinito, ora clamando pela mãe, ora buscando o pai desconhecido. Ou ainda: parecia denunciar ressentida, ao insensível homem que a abandonara e vivia agora em outras terras, quão feridos se achavam seus sentimentos. Sobretudo, indagava como poderia ela, uma jovem de dezessete anos, magoada, órfã e sem relações, sonhar doravante com uma vida plena.

A flauta exprimia todo o seu desespero. Inebriada pela arte, ou talvez perturbada enfim pela intensidade dos próprios sentimentos, a respiração de Otsu tornou-se ligeiramente ofegante, o suor começou a porejar em sua testa e as lágrimas escorreram por sua face, deixando dois traços brilhantes.

A longa melodia não chegara ao fim. Ora límpida, ora murmurante, soluçante, prosseguia interminável.

Naquele momento, a cinco ou seis metros da tênue claridade da fogueira prestes a se extinguir, ouviu-se um breve rumor junto à relva, semelhante ao de um animal rastejando.

Takuan, que levantara de repente a cabeça e observara por instantes, imóvel, o negro vulto, levantou a mão e disse, calmo:

— Visitante nas sombras, frio é o sereno. Aproxime-se do calor do fogo e venha ouvir.

Otsu imobilizou a mão na flauta e, estranhando, perguntou:

— Está falando sozinho, monge Takuan?

— Não percebeu ainda, Otsu-san? Takezo chegou já há algum tempo e está escondido aí, pertinho de você, ouvindo sua flauta — replicou o monge, apontando com o dedo.

Otsu voltou-se para olhar o local indicado e, ato contínuo, trazida de volta à realidade, soltou um grito de terror, atirando instintivamente a flauta na direção do vulto negro.

VIII

Muito mais que Otsu, que gritara aterrorizada, assustou-se o vulto, até então enrodilhado. Com um ágil movimento, pulou das moitas como uma lebre e ameaçou disparar para longe.

Com o grito intempestivo de Otsu o monge também se perturbou, à semelhança de um pescador que vê escapar o peixe da rede:

— Takezo! — chamou, concentrando no grito uma energia espantosa. Espere!

Também o segundo grito continha incrível força e inibia. A voz do monge era autoritária, impossível de ser ignorada. Takezo voltou-se, parecendo pregado ao solo.

— ...

Olhos flamejantes fixavam as figuras do monge e da jovem — olhos carregados de suspeita, perigosos, sedentos de sangue.

Takuan não disse mais nada — apenas cruzou os braços, sereno, à altura do peito. Enquanto Takezo o fixava, ameaçador, o monge permanecia mudo, fitando-o, parecendo acompanhar o ritmo de sua respiração.

Não se passou muito, pequenas rugas surgiram brandamente ao redor dos olhos do monge, conferindo-lhes indizível expressão afetuosa. Descruzou então os braços e disse, com um aceno de mão:

— Venha cá.

No mesmo instante Takezo pestanejou, deixando aflorar uma estranha expressão ao rosto sujo.

— Por que não se aproxima? Venha e divirta-se conosco.

— ...

— Aqui temos comida e bebida. Não somos seus inimigos, nem procuramos vingança. Que acha de conversarmos um pouco, sentados ao redor deste fogo?

— ...

— Takezo, acho que você está cometendo um grande engano. Neste mundo há fogo, bebida, comida e até mesmo o calor da compaixão, caso você a busque. Não obstante, creio que você, por sua própria vontade, se lançou no inferno e de lá olha o mundo sob um prisma distorcido — não é assim? Bem, não vou discursar mais. Em seu atual estado, razões não devem interessar. Vamos, aproxime-se do fogo e aqueça-se. Otsu-san, junte arroz às batatas que cozinhou há pouco e faça um pirão bem gostoso. Está me dando fome também.

Otsu voltou a panela ao fogo enquanto o monge aquecia o saquê. A pacífica atitude dos dois tranquilizou Takezo que, passo a passo, foi se aproximando;

no entanto, um leve acanhamento o fez parar a poucos passos dos dois. Takuan rolou uma pedra para perto do fogo.

— Pronto, sente-se aí! — ordenou, batendo-lhe no ombro.

Takezo sentou-se, obediente. Otsu, porém, não conseguia encará-lo; sentia-se perto de um animal selvagem livre, perigoso.

— É, parece-me que estão cozidas. — Removendo a tampa da panela, Takuan havia espetado uma batata na ponta de seu *hashi*.[34] Soprou e levou-a então à boca, mastigando ruidosamente:

— Está bem macia. E então, quer um pouco também?

Takezo assentiu em silêncio e, pela primeira vez, sorriu exibindo os dentes brancos.

IX

Otsu encheu uma tigela e entregou-a. Takezo soprava o escaldante cozido e comia.

A mão que empunhava o *hashi* tremia, os dentes batiam ávidos contra a borda da tigela, demonstrando com eloquência sua fome e a degradação em que caíra. Era uma imagem de assustadora intensidade.

— Muito bom! — disse Takuan, pondo de lado o seu *hashi*. — Quer um pouco de saquê?

— Não, obrigado. Não bebo — respondeu Takezo.

— Não gosta? — perguntou o monge, ao que Takezo respondeu sacudindo a cabeça. Em matéria de estímulos fortes não confiava no estômago: os mais de dez dias enfurnado nas montanhas o haviam afetado.

— Sinto-me reconfortado, muito obrigado.

— Não quer mais?

— Não. Estou satisfeito.

Devolveu a tigela às mãos de Otsu e, pela primeira vez, dirigiu-lhe a palavra:

— Otsu-san.

Cabisbaixa, em voz quase inaudível, Otsu respondeu:

— Que é?

— Que faz você por aqui? Ontem pensei ter visto também o clarão de uma fogueira nesta área.

A pergunta assustou a jovem. Enquanto imaginava, trêmula, o que responder, Takuan interveio, dizendo com ousadia e simplicidade:

— Na verdade, viemos capturar você.

---

34. *Hashi*: esguios bastonetes de madeira usados como talher.

Takezo não se mostrou especialmente surpreso. Cabisbaixo, fitava com olhos desconfiados ora um, ora outro. Takuan, sentindo que a ocasião era apropriada, abordou a questão:

— E então, Takezo, já que precisa ser preso, que acha de se entregar à minha justiça? Leis são leis, quer ditadas por soberanos, quer emanadas dos ensinamentos de Buda. No entanto, minhas leis são mais humanas que outras.

— Não, não quero ser preso! — replicou Takezo, sacudindo com vigor a cabeça. Ao perceber que a disposição do jovem se alterava, o monge interveio, apaziguador:

— Escute com calma. Compreendo que queira resistir, mesmo que isso signifique sua ruína. Contudo, eu lhe pergunto: acha que conseguirá vencê-los?

— Vencer quem?

— As pessoas que tanto odeia, as leis dos senhores destes feudos, você mesmo.

— Não consigo! Fui derrotado! Eu... — gemeu Takezo, seu patético rosto distorcendo-se no esforço de conter as lágrimas. — A mim só me resta morrer lutando. Matarei, um por um, todos que odeio, a matriarca dos Hon'i-den, os samurais de Himeji...

— E quanto à sua irmã?

— Quê?

— Que pretende fazer com sua irmã, Ogin, presa neste momento numa cela na montanha de Hinagura?

— ....

— Que acha que acontecerá à gentil Ogin, sempre tão preocupada com o irmão? E quanto ao nome da família de Shinmen Munisai, descendente direto de Hirata Shogen, ramo da veneranda família Akamatsu, de Harima, não lhe importa desonrá-lo?

Takezo cobriu o rosto com as mãos sujas, de unhas longas:

— Na... não quero saber, nada disso importa mais! — gritou Takezo, agora chorando abertamente, os ombros magros sacudidos por soluços.

Repentinamente Takuan cerrou o punho e atingiu o rosto de Takezo com um soco:

— Imbecil! — trovejou.

Sobrepondo-se ao corpo de Takezo que, atônito, cambaleava, o monge deu-lhe mais um soco, esbravejando:

— Infeliz, filho ingrato, em nome de seus pais e ancestrais, eu, Takuan, vou dar-lhe mais um soco. Como é, doeu?

— Doeu... — disse Takezo com um gemido.

— Se doeu, é porque ainda lhe resta algo humano. Otsu-san, passe-me a corda ao seu lado. Por que hesita? Não percebe que Takezo já resolveu entregar-se a mim? Os laços com que vou amarrá-lo não são os laços da lei: são os laços da misericórdia. Não tem por que sentir medo ou pena. Vamos logo, passe a corda para cá.

Amarrado e jogado ao chão, Takezo cerrara os olhos. Nada lhe teria sido mais fácil que repelir o monge — um safanão, e o corpo de Takuan rolaria como uma bola. No entanto jazia sobre a relva, inerte, pernas e braços estendidos, lágrimas correndo copiosas pelos cantos dos olhos.

O CEDRO CENTENÁRIO

I

Amanhece. O som do sino, grave e pausado, ecoa pelo morro do templo Shippoji. Não anuncia as horas, como de hábito — anuncia a manhã do terceiro dia. O povo da aldeia galga o morro correndo, ansioso por notícias.

— Olhem lá! Pegaram Takezo!
— É verdade!
— De quem foi a façanha?
— Do monge Takuan-sama!

Uma pequena multidão comprimia-se na frente do santuário. Preso ao corrimão da escadaria achava-se Takezo, amarrado como um animal selvagem. Ao se defrontarem com ele, os aldeões engoliam seco, como se vissem o diabo em pessoa:

— Ah!

Sentado nos degraus da escadaria, o monge Takuan declarou, disfarçando o riso:

— Muito bem, de agora em diante vocês poderão dedicar-se à lavoura despreocupados, minha boa gente!

O povo passou imediatamente a reverenciar o monge como a um herói ou ao santo padroeiro. Alguns se prostravam no chão, outros se ajoelhavam e tentavam levar sua mão à testa, adorando-o.

— Que é isso? Poupem-me!

O monge abanava a mão, aborrecido com as demonstrações de cega veneração.

— Ouça com atenção, povo da aldeia: o fato de ter prendido Takezo não faz de mim um herói. A natureza seguiu um curso lógico, foi isso. Ninguém é capaz de vencer ignorando as leis da sociedade. O mérito é da lei — esclareceu Takuan.

— Como é modesto! Vê-se logo que é um herói de verdade! — louvou-o alguém.

— Bom, se fazem tanta questão, concordo. Mas chamei-os aqui porque gostaria de trocar ideias com vocês — disse o monge.

— Sobre o quê, por favor?

— Sobre a punição a ser imposta a Takezo, nada mais, nada menos. Prometi ao vassalo do suserano Ikeda Terumasa que se não o capturasse em três dias, me enforcaria; caso, porém, o capturasse, prometeu-me ele que a punição ficaria a meu cargo.

— Sim, sabíamos disso.

— Pois é, que faremos então? O prisioneiro aqui está, mas o que acham vocês, devemos executá-lo ou poupar-lhe a vida e libertá-lo?

— Que ideia absurda! — gritaram unanimemente. — É claro que ele tem de ser executado! Não vale a pena soltar um homem tão perigoso, só nos trará aborrecimentos!

— Sei. — Takuan calou-se, pensativo. Impacientes, os que se postavam mais atrás começaram a se agitar:

— Acabem com ele de uma vez!

Aproveitando o clima hostil que se havia instalado, uma anciã adiantou-se, e aproximando-se de Takezo, fitou-o ferozmente: era a matriarca dos Hon'i-den, a velha Osugi. Bateu em Takezo com o cajado de amoreira que tinha nas mãos e gritou:

— Miserável, asqueroso! E acham que me dou por satisfeita só de matá-lo? Monge Takuan! — disse a velha Osugi, desta vez voltando o rosto irado em direção ao monge.

— Que quer, obaba?

— Meu filho Matahachi teve a vida destruída por obra deste miserável. Por causa dele, a casa Hon'i-den perdeu seu precioso herdeiro.

— Ah, sei, Matahachi. Bem, ele não me parecia grande coisa como filho; talvez fosse melhor você adotar outro. Que acha da ideia, obaba? — perguntou Takuan.

— Que está dizendo, monge? Bom ou mau, é meu filho. E este homem o traiu; tenho, portanto, o direito de vingar meu filho. Peço que deixe a meu cargo a punição deste miserável.

Nesse momento, uma voz arrogante por trás da multidão interrompeu as palavras da anciã:

— Nada feito!

O povo, atemorizado e pressuroso, deu passagem ao comandante das caçadas, o bigodinho de arame.

II

O comandante parecia extremamente irritado.

— Que querem aqui? Isto não é uma exibição. Ordeno que lavradores e mercadores se retirem! — gritou ele.

Mas Takuan aparteou:

— Nada disso! Não há por que se retirar, minha gente. Eu os convoquei aqui para discutirmos o destino de Takezo. Tenham a bondade de ficar.

— Calai-vos! — ordenou o comandante, alteando os ombros com arrogância, fixando ferozmente o monge e transferindo o olhar, em seguida, para a velha Osugi e a multidão. — Este homem, Takezo, é um criminoso contumaz que violou as leis do Estado; além disso, é fugitivo da batalha de Sekigahara. Não lhes compete, de modo algum, decidir o destino dele: a decisão cabe à Sua Senhoria, o suserano.

— Ah, pare com isso! — disse Takuan, meneando a cabeça, determinado. — Não foi isso que você me prometeu!

Pressentindo que o monge arruinaria sua carreira, o comandante insistiu freneticamente:

— Monge Takuan, o prêmio pela captura de Takezo vos será concedido por Sua Senhoria, conforme prometido. Portanto, chamo a mim a responsabilidade da guarda de Takezo.

Mal o ouviu, Takuan pôs-se a rir, alto e zombeteiro. Ria apenas, sem nada dizer. O comandante do bigodinho de arame empalideceu:

— Qual é a graça? Não me ofendais!

— Não me ofenda, digo eu! Escute aqui, senhor Bigodinho: pretende voltar atrás com a palavra? Muito bem, quebre a promessa e verá: desfaço neste instante as amarras que prendem Takezo e liberto-o!

O povo recuou, assustado.

— Concorda?

— ...

— Não só o liberto, como o instigo a atacá-lo. Quero ver você lutar com Takezo, de homem para homem; vença e prenda-o então, por sua própria conta e risco, se for capaz!

— Um momento, um momento — interveio o comandante.

— Que é, agora? — retrucou Takuan, impaciente.

— Já que o homem está preso, não vale a pena soltarmos as amarras e provocar novos tumultos. Assim sendo, posso deixar a execução a vosso cargo — mas me entregareis sua cabeça, espero.

— A cabeça? Ora, não brinque. Enterros são o ofício de um monge. Como pode um templo se manter, se abre mão de seus defuntos?

O monge ridicularizava-o, tratando-o como uma criança. Virou-se então de novo para os aldeões e disse:

— Bem, parece-me que, se espero por uma opinião, esta conferência nunca chegará ao fim. Ainda mais que me apareceu até uma anciã dizendo-se insatisfeita com a simples execução do criminoso... Tive então uma ideia: que acham se eu dependurasse Takezo por quatro ou cinco dias no galho mais alto deste velho cedro, mãos e pés firmemente atados, e ali o deixasse ficar, fustigado por chuva e vento até que um corvo lhe arranque os olhos?

Talvez por achar o castigo severo demais, a multidão não se manifestou. A velha Osugi disse, então:

— Brilhante ideia, monge Takuan. Vamos deixá-lo pendendo dos galhos deste cedro, não apenas quatro ou cinco, mas dez ou vinte dias. E no fim, eu me encarrego de lhe aplicar o golpe de misericórdia.

Takuan concordou depressa:

— Então, assim será!

O monge agarrou-o pela gola. Calado e cabisbaixo, Takezo caminhou em direção ao cedro.

Alguns aldeões sentiram pena, eventualmente, mas a indignação dos últimos dias falou mais alto: emendando cordas de linho, içaram-no depressa a uma altura aproximada de seis metros e ali o deixaram pendendo, como um boneco de palha.

III

Terminada a missão nas montanhas, Otsu voltou ao templo e, ao entrar em seu quarto, a vida solitária que levava tornou-se insuportável.

"Por quê?", indagava-se Otsu.

Sempre fora sozinha no mundo; além disso, em oposição à negra solidão das três noites passadas na montanha — tendo apenas o monge por companhia —, no templo havia presença humana, luzes e o calor aconchegante do fogo. Apesar disso, por que se sentia mais solitária aqui que nas montanhas?

Sentada à janela, cotovelos fincados sobre a pequena escrivaninha e rosto apoiado nas mãos, a jovem permaneceu imóvel metade do dia, parecendo sondar seu coração.

— Já sei!

Finalmente, Otsu sentiu que vislumbrara a natureza de seus sentimentos. A solidão era uma sensação semelhante à fome, nada tinha a ver com fenômenos externos — invadia o ser quando havia insatisfação íntima.

Sim, no templo havia animação, pessoas em movimento, luz e um bom fogo, realmente; tais fenômenos externos, porém, não tinham o poder de mitigar a solidão.

Nas noites passadas na montanha houvera apenas árida escuridão, o sereno e as silenciosas árvores ao redor; todavia, o monge, com quem partilhara as noites, não fora uma simples presença externa: suas palavras tiveram o poder de invadir-lhe o ser e, levadas pelo sangue, alcançar seu coração, aquecendo-o e alegrando-o muito mais do que o fogo e a luz.

"É porque sinto falta do monge Takuan!" Otsu soergueu-se.

Mas o monge, após decidir o destino de Takezo, estava em conferência com os vassalos do suserano de Himeji no aposento destinado às visitas. De volta à vila e premido por compromissos, Takuan não teria tempo para lhe dispensar a mesma atenção que lhe dispensara nas montanhas.

Mal tomou consciência do fato, Otsu tornou a se sentar. Ansiava por amigos. Não precisava de muitos: bastava-lhe apenas um. Queria desesperadamente alguém que a conhecesse, que a amparasse, em quem pudesse confiar. Ah, como queria!

A flauta — única recordação dos pais. Oh!, sim, na verdade ela a possuía e a tinha consigo; mas, aos dezessete anos, surgem no íntimo de uma jovem anseios que uma simples e fria flauta já não consegue satisfazer. Necessitava com urgência de algo bem próximo, real.

E então lembrou-se, com raiva, de Matahachi e de sua ultrajante conduta: "Que desgosto, que desgosto..."

Lágrimas mancharam a escrivaninha de laca; impelido pela emoção, o sangue circulava rápido, as veias das têmporas se intumesciam e latejavam, a cabeça inteira doía.

Às suas costas, a porta corrediça moveu-se em silêncio e se entreabriu. Sem que Otsu tivesse percebido, o crepúsculo se adensara no alojamento dos monges. Pela fresta da porta, o fogo brilhava avermelhado na cozinha.

— Ah, enfim a encontrei! E eu, desperdicei meu dia!

Era a velha Osugi que, assim reclamando, entrava em seu quarto.

— Seja bem-vinda, obaba-sama.

Otsu ofereceu-lhe uma almofada às pressas. A matriarca recebeu-a sem agradecer e sentou-se rigidamente.

— Minha nora — iniciou, em tom severo.

— Sim, senhora — respondeu Otsu, fazendo uma reverência e tocando o *tatami* com as duas mãos, encolhendo-se de medo.

— Estou aqui para certificar-me de sua disposição e, em seguida, trocar ideias com você. Estive até agora conversando com o bonzo Takuan e os vassalos do senhor de Himeji. Mas o mal-educado sacristão nem ao menos se deu ao trabalho de me oferecer um chá. Estou sedenta. Sirva-me primeiro uma taça de chá.

IV

Mal tomou o chá, a velha aprumou-se e disse:

— Vamos ao que nos interessa. A informação provém do imprestável Takezo e, portanto, não merece crédito total; mas diz ele que Matahachi está vivo e mora em outra província.

Otsu comentou friamente:

— Não me diga!

— Mas ainda que estivesse morto, você, Otsu, foi escolhida para ser a mulher de Matahachi; o abade deste templo, substituindo seus pais, deverá entregá-la à família Hon'i-den, e assim a tornará minha nora. Não há dúvidas quanto a esse ponto, há?

— Bem...

— Alguma dúvida?

— ... Não, senhora.

— Muito bem! Esclarecido esse ponto, já me sinto mais tranquila. Prosseguindo: a língua do povo tende a ser maldosa; por outro lado, já estou velha e preciso de alguém que cuide de mim, principalmente se Matahachi tardar a voltar. Não posso permanecer para sempre na dependência de minha filha — ela, afinal, já tem sua própria família para cuidar. Assim sendo e aproveitando este ensejo, quero que saia do templo e se mude para a minha casa.

— Eu... Tenho de me mudar para sua casa? — perguntou Otsu, incrédula.

— E sabe de mais alguém que esteja sendo cogitado para ser minha futura nora? — respondeu Osugi, rispidamente.

— Mas...

— Pretende insinuar que não gostaria de viver comigo?

— Não, não é isso.

— Então arrume suas coisas.

— E... se esperássemos a volta de Matahachi-san?

— Nada de esperas! — impôs Osugi. — Não quero correr o risco de vê-la caindo na boca do povo, enquanto aguarda meu filho. Cabe a mim controlar seu comportamento. Você deverá permanecer ao meu lado, pois quero lhe ensinar a costurar, a trabalhar na lavoura, as regras de etiqueta e as técnicas da criação do bicho-da-seda. Entendeu?

Otsu ouviu sua própria voz chorosa respondendo sem convicção:

— Si... Sim, senhora.

— Passemos agora a outro assunto — comandou Osugi. — Por mais que tente, não consigo perceber quais são as reais intenções do monge Takuan com relação a Takezo. Felizmente, você ainda mora neste templo; quero, portanto, que se mantenha sempre alerta e vigie esse bonzo até Takezo morrer. Pode-se esperar tudo do monge Takuan, em especial na calada da noite.

— Quer dizer então que... não preciso mudar-me de imediato?

— É óbvio, pois não poderá fazer as duas coisas ao mesmo tempo. Sua mudança para a família Hon'i-den ocorrerá no dia em que a cabeça de Takezo rolar. Entendeu?

— Sim, senhora.

— Espero que minhas instruções tenham sido bem claras — frisou Osugi, retirando-se.

No mesmo instante, uma sombra que parecia aguardar esse momento surgiu na janela e chamou em voz baixa:

— Otsu! Otsu!

Ao espiar, Otsu deparou com o comandante, em pé sob a janela. Tomando repentinamente as mãos da jovem entre as suas, o comandante apertou-as com força e disse:

— Recebi uma intimação do clã e sou obrigado a partir, de volta a Himeji. Vim agradecer sua hospitalidade.

— Ora, sinto muito — disse Otsu, tentando retirar as mãos. O comandante, porém, deteve-as com firmeza e continuou: — Parece-me que rumores referentes à prisão de Takezo chegaram aos ouvidos de Sua Senhoria, e vai haver um inquérito. Se eu pudesse ao menos entregar a cabeça de Takezo a Sua Senhoria, não só salvaria minha honra, como ainda conseguiria justificar-me perfeitamente. Mas por mais que explique ao maldito bonzo, ele se recusa a me entregar o criminoso. Não quer ceder. Gostaria de acreditar, porém, que ao menos você é minha aliada. Tome esta carta: leia-a mais tarde, quando estiver sozinha.

Passou às mãos de Otsu um pequeno volume e afastou-se apressadamente, morro abaixo.

V

Não era uma simples carta: junto vinha também um pequeno embrulho pesado.

Otsu conhecia muito bem o caráter traiçoeiro do comandante. Sentiu repulsa, mas abriu com cuidado o embrulho. O brilho dourado de uma moeda de ouro feriu seus olhos. A carta dizia:

> *Pelos motivos que já lhe expliquei pessoalmente, peço-lhe um grande favor: mate Takezo e faça com que me entreguem sua cabeça discretamente na cidade casteleira de Himeji dentro dos próximos dias.*
>
> *Acredito que já tenha percebido quais são as minhas intenções com relação a você. Todos conhecem este seu humilde servo, Aoki Tanzaemon, vassalo de lorde Ikeda, com soldo de mil* koku.[35] *Estou firmemente resolvido a tê-la como esposa e, na qualidade de mulher de um*

---

35. *Koku*: unidade de medida correspondente a aproximadamente 200 litros; na época, os soldos eram pagos em fardos de arroz. Mil *koku* correspondiam, portanto, a 200 mil litros de arroz.

funcionário de nível mil koku, *a fortuna lhe sorrirá. Conserve esta carta como prova da promessa de casamento — conclamo Hachiman, deus da guerra, por testemunha.*

Entrementes, não se esqueça: faça tudo que lhe for possível e me mande a cabeça de Takezo, para o bem de seu amado esposo.

Despeço-me com estas poucas linhas, pois o tempo urge.

Tanza

— Já jantou, Otsu-san?

Ao ouvir a voz de Takuan chamando-a, Otsu calçou as sandálias e saiu:

— Não consigo comer: estou indisposta, com dor de cabeça — respondeu Otsu.

— Que é isso em sua mão? — perguntou o monge.

— Uma carta.

— De quem?

— Quer ler?

— Se não se importa...

— Nem um pouco.

Tomando a carta que Otsu lhe entregava, Takuan passou os olhos rapidamente e gargalhou:

— Quer então dizer que, premido pelo desespero, nosso comandante lança mão de promessas amorosas e ouro para tentar comprá-la? E o nome do senhor Bigodinho é Aoki Tanzaemon! Não tivesse lido a carta, jamais saberia. Mas que beleza! Este mundo está repleto de samurais dignos de louvor!

— Pouco me importa, monge! Mas ele me deu também esta moeda de ouro. Que faço com ela?

— Puxa, é uma moeda valiosa!

— Não gosto nada disso.

— Se quer se livrar dela, deixe por minha conta.

Segurando a moeda, Takuan caminhou para o santuário e fez menção de depositá-la na caixa de oferendas; porém mudou de ideia e, levando-a à testa, fez uma reverência e devolveu-a a Otsu:

— É melhor ficar com ela, Otsu-san; não vejo nenhum inconveniente.

— Mas não gostaria que, mais tarde, o comandante usasse essa moeda como pretexto para me comprometer.

— Esta moeda já não pertence ao senhor Bigodinho: foi dada em oferenda à Nyorai-sama, que a purificou. Nada receie: leve-a como um amuleto, se preferir — disse o monge, introduzindo-a no *obi* de Otsu.

— Vamos ter ventania esta noite — reparou Takuan, olhando para o céu.

— É verdade, não tem chovido ultimamente — observou Otsu.

— A primavera chega ao fim; uma boa chuvarada há de livrar a terra dos restos podres das flores e da estupidez dos homens.

— Mas se a chuva for muito forte, o que acontecerá a Takezo-san, monge Takuan?

— A ele?

Dois rostos se ergueram, simultaneamente, fitando o topo do cedro centenário. No mesmo instante, um brado proveio dos altos ramos agitados pelo vento:

— Takuan! Takuan!

— Olá! É Takezo! — murmurou o monge, perscrutando a ramagem.

— Takuan, bonzo dos infernos, monge hipócrita! Quero falar com você. Chegue aqui embaixo!

Fustigando os ramos das árvores, o vento interferia na voz, fazendo-a soar estranhamente. Uma chuva brilhante de agulhas do cedro caiu sobre o rosto de Takuan e no chão ao seu redor.

VI

— Ora, ora, vejo que ainda lhe sobra muita energia, Takezo! — riu Takuan, arrastando as sandálias e aproximando-se da árvore. — Só espero que esse surto de energia não tenha como causa o medo da morte que se aproxima.

O monge parou a uma distância conveniente e ergueu o olhar.

— Cale a boca! — berrou Takezo. Muito mais que surto de energia, era acesso de raiva. — Pensa que se tivesse medo da morte me entregaria a você daquele jeito, sem resistir?

— Você se entregou porque eu sou forte e você, fraquinho.

— Como se atreve, bonzo maldito!

— Quanta valentia! Se não gostou, posso retificar: você se entregou porque eu sou sábio, e você, um asno.

— Ah, se eu estivesse aí...

— Escute aqui, macaquinho: você está bem preso, amarrado a esta árvore. Não adianta se debater: está dando um espetáculo pouco digno.

— Takuan! Cale a boca e ouça!

— Que é? Fale!

— Se eu quisesse lutar, teria acabado com você naquela hora. Para mim teria sido muito fácil esmagar um frouxo como você!

— Sinto muito, agora é tarde!

— Sabe muito bem disso, e ainda assim você... Eu me deixei prender porque fui enganado por sua fala macia de monge virtuoso. Acreditei que, mesmo que me prendesse, você seria incapaz de me humilhar desse jeito, expondo-me à execração pública.

— E daí? — disse o monge, com indiferença.

— Quero saber o porquê, qual o motivo disso tudo! Por que não acaba comigo de uma vez? Eu não queria ser morto pelas mãos de meus inimigos, ou dos aldeões. Já que não podia evitar, pensei que teria morte mais digna em suas mãos, monge, um indivíduo que parecia compreender o código de honra de um *bushi*. Eis porque me entreguei a você — e esse foi o meu erro!

— Foi o seu único erro? Não percebe que seus atos passados estão repletos de erros? Enquanto aí está, medite sobre o seu passado.

— Não me amole! Não me envergonho de nada que fiz. A velha Osugi me insultou, me chamou de traidor; mas eu nada mais fiz que vir trazer-lhe notícias do seu filho Matahachi, pois acreditava firmemente ser esse o meu dever, a verdadeira lealdade para com um amigo. Foi por isso que forcei passagem por uma barreira nas montanhas e voltei para esta vila. Por acaso contrariei em algum ponto o código de honra de um *bushi*?

— Esses pequenos detalhes não importam. Basicamente, o que importa é o seu íntimo; por exemplo, a sua obstinação. Existem erros fundamentais no seu modo de pensar; por esse motivo, um ou dois atos de bravura dignos de um samurai que você possa ter realizado nada significam; pelo contrário, quanto mais você se agita, alardeando lealdade, justiça, mais problemas cria para si próprio e para os outros, fazendo com que se enrede cada vez mais na teia que você mesmo teceu, compreende? E então, Takezo, que tal a paisagem vista aí de cima?

— Você ainda me paga, bonzo!

— Antes que se transforme em arenque seco, veja se percebe como é vasto o mundo das Dez Regiões[36] — observe das alturas o mundo dos homens e reconsidere sua vida. E quando se apresentar a seus ancestrais, no além, conte-lhes que em seus últimos momentos na Terra, esse conselho lhe foi dado por um certo Takuan. "Que belo discurso fúnebre tiveste!", dirão eles satisfeitos, tenho certeza.

Otsu, que até então se mantivera poucos passos atrás, petrificada, repentinamente aproximou-se correndo e gritou:

— Assim já é demais! Acompanhei o diálogo desde o começo e acho que não tem o direito de falar desse jeito com uma pessoa indefesa, monge Takuan! Afinal, o senhor é ou não um monge? Takezo-san tem razão: ele se entregou sem resistir porque confiava no senhor.

— Que os deuses me protejam! É um motim! — protestou o monge.

---

36. Dez Regiões (jap. *Jippou*): incluem todo o cosmos. Além dos mundos do norte, sul, leste e oeste, e os quatro pontos intermediários, abrangem o zênite e o nadir, constituindo assim dez pontos de referência ao todo (Philip Kapleau, *Os três pilares do Zen*, Belo Horizonte, Itatiaia, 1978).

— É muita crueldade! Se continuar a falar desse jeito, passarei a odiá-lo. Se acha que ele deve ser executado, tenha ao menos a decência de matá-lo de uma vez: ele está pronto para receber o castigo.

Pálida de indignação, Otsu desafiava o monge.

VII

Otsu avançou, tentando agarrar o monge: seu olhar, no rosto pálido molhado de lágrimas, traía a revolta de uma alma sensível.

— Cale a boca! — replicou Takuan, com inusitada severidade. Esse não é assunto para mulheres. Não se meta!

— Não! Não me calo! — respondeu Otsu, meneando freneticamente a cabeça. A jovem também não estava em seu estado normal. — Eu também tenho o direito de opinar sobre este assunto, pois fiz minha parte no pasto de Itadori por três dias e três noites.

— Não lhe reconheço o direito! Sobre o destino de Takezo decido eu, aconteça o que acontecer.

— Mas não percebe que não estou tentando interferir? Se quer executá-lo, mate-o de uma vez, é só o que estou procurando lhe dizer. Por que deixá-lo pendendo do galho, mais morto que vivo, exposto à crueldade do povo? O senhor parece estar se divertindo com essa atrocidade!

— Pois é, reconheço que estou.

— Monstro insensível!

— Saia da minha frente.

— Não saio!

— Outro acesso de teimosia, menininha birrenta? — disse Takuan, desvencilhando-se da jovem e empurrando-a com força. Otsu cambaleou e, lançada contra o cedro, agarrou-se ao tronco, desfazendo-se em lágrimas.

Nunca imaginara que até o monge pudesse ser tão cruel. Achara que, em consideração ao povo da aldeia, castigaria Takezo amarrando-o à árvore, mas, no último momento, tomaria medidas punitivas bastante humanas. No entanto, o monge dizia que se comprazia com o sofrimento dele, que se divertia com isso! A jovem estremeceu de horror.

Se até o monge, em quem vinha depositando total confiança, era na verdade um ser tão desprezível, todo o mundo deveria ser igualmente desprezível. Se não podia confiar em mais ninguém, no mundo inteiro, então... Otsu submergiu, chorando, num mar de desespero.

Mas repentinamente o áspero tronco em que apoiava o rosto molhado de lágrimas despertou em Otsu uma estranha emoção. Parecia-lhe que o sangue de Takezo, o jovem atado nos ramos mais altos — o mesmo que lhes lançava das alturas palavras ardentes — pulsava no interior da árvore, cujo grosso tronco dez pessoas de mãos dadas não lograriam abarcar.

Digno filho de um *bushi*! Que comportamento viril! Sobretudo, que caráter leal! Refletindo sobre o modo como se deixara capturar pelo monge e o que dissera há pouco, tornava-se evidente que aquele era, afinal, um jovem sensível, capaz de derramar lágrimas e — quem diria — até bondoso!

Otsu percebeu que se equivocara com relação a Takezo, influenciada pela opinião corrente. Por que odiá-lo como a um monstro? Onde estava o temível selvagem que necessitava ser caçado?

Ombros sacudidos por sucessivos soluços, Otsu abraçou firmemente o velho cedro, molhando a áspera casca com suas lágrimas.

O topo da árvore gemeu, como se Tengu[37], o duende das florestas, balançasse os ramos mais altos. Um grosso pingo de chuva atingiu a nuca de Otsu, outro, a face de Takuan.

— Aí vem chuva! — disse o monge, levando a mão ao rosto. — Ei, Otsu-san.

— ...

— Ó chorona! Está vendo, tanto choraminga que até o céu se pôs a chorar. Vamos bater em retirada, que a ventania está forte e logo vai cair uma tempestade. Venha, não perca tempo com quem está para morrer.

Cobrindo a cabeça com a veste, Takuan correu a se refugiar no santuário.

A chuva desabou violenta e branca, esfumaçando a orla escura da noite.

Otsu permanecia imóvel, deixando a chuva fustigar-lhe as costas. Imóvel também permanecia Takezo, amarrado no topo da árvore.

VIII

Otsu não conseguia se afastar. Em instantes a chuva encharcou suas roupas, mas ela ignorou o desconforto, imaginando o sofrimento de Takezo; não lhe sobrava, porém, tempo nem serenidade para analisar por que tentava partilhar esse sofrimento.

Apenas percebia que se defrontava, pela primeira vez em sua vida, com uma soberba figura masculina. Ao mesmo tempo em que nele reconhecia o verdadeiro homem, crescia também em seu íntimo uma ânsia real por salvar-lhe a vida.

---

37. Tengu: duende que vive escondido no fundo das matas, diz a lenda. Tem forma humana, rosto avermelhado, nariz anormalmente proeminente e asas, sendo dotado de poderes extraordinários como o de se locomover livremente no ar. Possui também um leque de penas.

— Pobrezinho! — Otsu rodeava tontamente o tronco do cedro. Por mais que tentasse, o vento e a chuva não lhe permitiam sequer distinguir os contornos do jovem atado no alto da árvore.

— Takezo-saaan! — chamou, mas não obteve resposta. Sem dúvida ele a julgava tão insensível quanto um membro da família Hon'i-den ou um dos aldeões.

"Se ficar uma noite inteira exposto a esta tempestade vai morrer, com certeza. Oh, céus! Não haverá um único ser humano, neste mundo cheio de gente, disposto a salvar a vida deste homem?"

Repentinamente Otsu arremeteu em meio à chuva. O vento parecia perseguí-la, fustigando seus calcanhares.

As portas da cozinha e do alojamento do abade, bem como de todos os aposentos do templo, achavam-se hermeticamente fechadas. A água que transbordava da calha caía como uma catarata e cavava um buraco no chão.

— Monge Takuan! Monge Takuan! — A porta em que Otsu batia, frenética, era a do quarto destinado ao monge.

— Quem é?

— É Otsu, monge!

— Quê, você ainda está na chuva? — disse o monge, abrindo a porta no mesmo instante e perscrutando a névoa. — Que aguaceiro horroroso, menina! Entre de uma vez que está ficando tudo alagado!

— Não vou entrar. Vim apenas fazer-lhe um pedido. Por tudo o que lhe é sagrado, monge Takuan, permita que o retirem da árvore.

— Retirar quem?

— Takezo-san!

— Nem pensar!

— Serei eternamente grata ao senhor — implorou Otsu, ajoelhando-se na lama sob a chuva inclemente e suplicando de mãos postas. — Faça de mim o que quiser, mas, por favor, por favor, salve-o, eu lhe suplico!

A chuva encobria a voz chorosa da jovem. Como um estoico asceta que busca aperfeiçoar-se sob as águas de uma cachoeira, Otsu permanecia imóvel na tempestade, mantendo as mãos firmemente unidas.

— Não tenho mais a quem recorrer, monge Takuan! Prometo fazer tudo o que estiver ao meu alcance, mas solte-o, eu lhe imploro!

A chuva batia com violência no rosto de Otsu e penetrava em sua boca enquanto chorava e clamava.

Takuan permanecia mudo e imóvel como uma rocha; suas pálpebras vedavam os olhos com firmeza, como portas de um santuário a guardar relíquias sagradas. Depois de instantes, suspirou profundamente — e então duas fendas surgiram sob as pálpebras e se alargaram de súbito, revelando um olhar pétreo:

— Recolha-se e vá dormir, é o meu conselho. Você tem a saúde delicada; sabe muito bem que banhos de chuva não lhe fazem bem.

— Mas...

Otsu tentou agarrar-se à porta; o monge, porém, fechou-a com firmeza, dizendo:

— Vou dormir. E aconselho-a a fazer o mesmo.

Otsu, no entanto, não desistiu. Como em todos os edifícios, havia sob o templo um vão razoável entre o assoalho e o solo; nele a jovem mergulhou. Otsu parou acocorada sob o ponto em que, assim julgava, o monge preparara as cobertas para dormir e pôs-se a gritar a plenos pulmões:

— Por favor! Está me ouvindo, monge? Terá minha eterna gratidão! Não está me ouvindo, monge malvado? Desalmado! Demônio! Não tem sentimentos, monge Takuan?

O monge suportou os gritos por algum tempo em estoico silêncio. A certa altura, porém, percebendo que não conseguiria conciliar o sono, perdeu a paciência e levantou-se de um salto, esbravejando:

— Alguém me acuda! Tem um ladrão embaixo do meu quarto! Peguem o ladrão!

O DIÁLOGO DA ÁRVORE E DA PEDRA[38]

I

A chuva da noite anterior se fora e levara consigo os últimos traços da primavera. Nessa manhã, o sol brilhava inclemente, queimando rostos. Mal o dia amanheceu, a velha Osugi surgiu no templo e espiou pela porta do alojamento dos monges: tinha o aspecto alvoroçado de alguém que espera uma diversão.

— Takezo ainda vive, monge?

— Olá, obaba — disse Takuan, surgindo na varanda — que chuva horrorosa a de ontem, não?

— Que chuva e que vento, sim, senhor. Bem-feito para Takezo!

— Contudo, ninguém morre só por ficar uma ou duas noites exposto à chuva, por mais inclemente que ela seja — advertiu o monge.

— Será que não? — disse a velha, perscrutando os ramos superiores; ofuscada, apertou os olhos no rosto cheio de rugas até transformá-los em duas finas lâminas. — Parece um monte de trapos enxovalhados — nem se mexe!

— Mesmo assim, não está morto. Basta ver que os corvos ainda não pousaram em sua cabeça.

— Obrigada pela informação — disse Osugi. Espiou o interior do templo e pediu: — Não vejo minha nora em parte alguma. Poderia chamá-la para mim?

— Que nora?

— Otsu, está claro!

— Que eu saiba, Otsu não é sua nora, pois não se casou com ninguém da família Hon'i-den — disse o monge.

— Mas em breve casará — retrucou Osugi secamente.

— E com quem, se o noivo está ausente?

— Você não passa de um monge peregrino: cuide de sua própria vida. Onde está Otsu, se me faz o favor?

— Acho que ainda dorme.

— Ah, é verdade — disse, tirando conclusões apressadas. Ela está com sono porque mandei-a vigiar Takezo durante a noite, é lógico. O turno do dia é seu, monge Takuan.

---

38. Árvore e pedra (jap. *juseki*): fazem parte da expressão *juka sekijou*, isto é, "debaixo das árvores e sobre pedras", ou seja, dormir ao relento, à beira de estradas ou em meio à natureza; simboliza a sina de eremitas e monges peregrinos.

Osugi parou sob a árvore e quedou-se por instantes, contemplando o topo. Desceu em seguida laboriosamente para a vila, apoiada no bastão de amoreira.

Takuan trancou-se em seu quarto e lá ficou até o anoitecer. No decorrer do dia, um garoto da vila subiu o morro até o templo e pôs-se a jogar pedras nos ramos do velho cedro. Só então, por uma única vez, a porta de correr do quarto se abriu e o monge surgiu:

— Sai já daí, moleque! — trovejou. Em seguida, a porta tornou a se fechar.

A alguma distância do quarto do monge, na mesma ala do templo, ficava o quarto de Otsu, cuja porta também permaneceu cerrada nesse dia. Apenas o sacristão ia e vinha, levando-lhe infusões e papa de arroz em pequenas panelas de ferro.

No auge da tempestade, na noite anterior, Otsu fora descoberta por um funcionário do templo e arrastada contra a vontade para o quarto, não sem antes ouvir severa reprimenda do abade. Pior ainda, pegara um forte resfriado e mal tinha forças para erguer a cabeça do travesseiro, segundo dizia o sacristão.

A noite vinha chegando. Contrastando com a anterior, a lua brilhava branca no céu sem nuvens. Quando todos no templo se aquietaram adormecidos, o monge, cansado dos livros, calçou as sandálias e saiu.

— Takezo! — chamou. Um leve frêmito agitou os ramos, no topo do velho cedro. Gotas de sereno caíram ao seu redor formando uma chuva tênue e brilhante.

— Pobrezinho, já nem tem forças para responder. Takezo, ei, Takezo! Na mesma hora, um berro possante se fez ouvir:

— Que quer, monge dos infernos? — Era a voz estrondosa de Takezo, cujo ânimo nada lograva abater.

— Ora, ora... — disse o monge, elevando uma vez mais o olhar. Vejo que ainda não perdeu a voz. Nesse passo, creio que é capaz de durar mais cinco ou seis dias. E então? Está com fome, Takezo?

— Não me faça perder tempo com conversa fiada, bonzo. Ande logo, corte a minha cabeça de uma vez!

— Nada feito, não ouso cortá-la descuidadamente. Do jeito como você é atrevido, sua cabeça é capaz de pular e morder meu pescoço, mesmo depois de separada do corpo. Bem, vamos apreciar o luar.

Takuan sentou-se sobre uma pedra próxima.

II

— Espere aí que já lhe mostro...
Concentrando toda a força do corpo, Takezo pôs-se a sacudir o galho em que se achava amarrado.
Folhas e fragmentos de casca choveram sobre o rosto de Takuan. O monge os removeu, limpou os ombros e o peito, e voltou uma vez mais o rosto para o alto:

— Isso, assim é que se faz, gostei de ver! É preciso sentir raiva, muita raiva para que realmente venham à tona a verdadeira força e o caráter de uma pessoa. Nestes últimos tempos, anda na moda rotular de intelectual e magnânimo o indivíduo imperturbável, que oculta sua raiva. Que jovens se ponham a imitar tal atitude, supostamente adulta, constitui indizível absurdo. Gente jovem não deve conter a raiva. Tem de expô-la! Vamos, ranja os dentes, sinta raiva, muita raiva, Takezo!

— Ah, não perde por esperar, bonzo maldito! Eu ainda vou conseguir desgastar essas cordas e rompê-las, e então aterrissarei ao seu lado e o matarei a pontapés!

— Palavras promissoras! Sinto-me orgulhoso! Até que isso aconteça, aqui permanecerei, à espera. Contudo, pense bem: até quando será capaz de aguentar? Sua vida não terá se acabado muito antes de a corda arrebentar?

— Como é?

— Céus, que força impressionante! Você está conseguindo balançar até a árvore! Mas veja a terra: nem se abala, reparou? Sabe por quê? Porque não há força em seu ódio — seu ódio é pequeno, é privado, tem origem em rancores pessoais. A indignação de um homem deve ser desprovida de interesses pessoais, devotada à causa pública. Encolerizar-se levado por mesquinhas emoções pessoais é histeria feminina.

— Continue tagarelando à vontade; já vai ver o que lhe acontecerá!

— Não adianta, Takezo, desista! Desse jeito, só vai conseguir cansar-se. Por mais que se debata, nunca conseguirá abalar a terra, nem sequer partir esse galho.

— Maldição!

— Se empregasse toda essa energia a favor, já não diria da pátria, mas ao menos de terceiros, você conseguiria mover céus e terra, até mesmo os deuses, sem falar nos simples mortais!

Nesse ponto, Takuan passou a usar o tom que empregava em seus sermões:

— É lamentável, lamentável! Nasceu de humanos, e no entanto é uma fera: e selvagem como uma fera, sem progredir um passo sequer em direção à condição humana, este jovem tão formoso está condenado a terminar seus dias.

— Cale a boca! — gritou Takezo. Lançou na direção do monge uma cusparada que se pulverizou antes de atingir o solo.

— Agora escute, Takezo, preste atenção: sua força física tornou-o bastante presunçoso, não é verdade? Acreditava não haver no mundo ninguém mais forte que você, estou certo ou não? E agora, que tem a dizer do seu atual estado?

— Você não me derrotou pela força: nada tenho de que me envergonhar.

— Não importa se fiz uso de expedientes ou de palavras, o fato é que o derrotei. Prova disso é que, por mais que se mortifique, aqui estou sentado numa pedra como vencedor e você exibe sua triste figura, dependurado num galho de árvore. Tem ideia do que provocou esta situação?

— ...

— Se considerarmos apenas a força física, você é mais forte do que eu, tem toda a razão. Um homem não pode lutar com as mãos limpas contra um tigre, é claro. Mas um tigre é sempre um tigre, um animal inferior ao homem, não se esqueça.

— ...

— O mesmo se dá com a sua coragem: todas as suas ações, até agora, demonstraram temeridade, uma falsa coragem que deriva da ignorância. Não são atos de um ser humano, nada têm a ver com a verdadeira força de um *bushi*. O homem, o verdadeiro bravo, teme o que tem de ser temido, poupa e resguarda a vida — esta pérola preciosa — e procura morrer por uma causa digna. Percebe agora o que há de tão lamentável em tudo isso? Você veio ao mundo possuindo força física e firmeza de caráter, mas é inculto; aprendeu apenas o lado sombrio da arte guerreira, não procurou cultivar a sabedoria e a virtude. "Aperfeiçoar-se no duplo caminho das letras e das armas" — conhece a expressão? Mas que significa "duplo caminho"? Sem dúvida não significa que dois são os caminhos a serem percorridos em busca do aperfeiçoamento; significa, isto sim, que os dois caminhos, das letras e das armas, estão juntos e perfazem um único caminho. Compreendeu, Takezo?

III

Calou-se a voz sobre a pedra, nada mais disse o vulto sob a árvore — a noite permaneceu negra e serena. Por instantes, reinou o silêncio.

Então, com um movimento deliberado Takuan levantou-se da pedra e disse:

— Medite por mais uma noite sobre tudo o que lhe disse, Takezo. Só então, atendendo a seu pedido, cortarei sua cabeça.

O monge afastou-se entre dez a vinte passos em direção ao santuário, dando as costas ao velho cedro. Nesse instante, a voz de Takezo soou do alto:
— Espere um pouco!
O monge voltou-se e perguntou, de longe:
— Que foi?
— Volte aqui embaixo da árvore mais uma vez, por favor!
— Está bem... assim?
Repentinamente o vulto no alto bradou, em desespero:
— Salve-me, monge Takuan! — Abruptamente, os galhos do cedro ondularam, parecendo soluçar. — A partir deste instante, quero refazer minha vida. Percebi agora que assumi uma missão, ao vir ao mundo como um ser humano. No entanto, mal percebo o valor da vida, vejo-me amarrado no topo de uma árvore. Estou arrependido, monge Takuan!
— Muito bem, vejo que compreendeu! Só agora, pode-se dizer, sua alma tornou-se digna de um ser humano.
— Ah, mas não quero morrer! Quero assumir minha vida mais uma vez! Quero recomeçar deste ponto. Por tudo o que lhe é sagrado, monge Takuan, salve-me!
— Impossível! — disse o monge, indiferente ao apelo. — Nada na vida pode ser refeito. As armas, nas batalhas da vida, são reais. Se o inimigo cortou-lhe a cabeça, você não pode pretender repô-la sobre os ombros e sair andando. Não se retoma a vida depois de perdê-la. Tenho muita pena, porém não posso desfazer os nós que o prendem. Reze e medite devidamente neste momento em que vaga entre a vida e a morte; só assim enfrentará com calma a morte que se aproxima.
O ruído das sandálias apagou-se ao longe. Takezo também se calou. Conforme aconselhara o monge, cerrou os olhos à espera da divina iluminação, perdida a vontade de viver ou de morrer. Assim permaneceu longo tempo entre miríades de estrelas, fustigado pelo vento que varava a noite, gelando a alma.
Debaixo da árvore surgiu então um vulto que voltava o rosto para o topo. Passados instantes; agarrou-se ao grosso tronco, tentando desesperadamente atingir os ramos mais baixos. Quem quer que fosse, não sabia subir em árvores, pois, mal galgava uns poucos centímetros escorregava e vinha ao chão arrastando fragmentos da casca.
Mesmo assim, com persistência e decisão, à custa de inúmeras tentativas que lhe deixaram as mãos esfoladas e ardentes, o vulto afinal conseguiu tocar no primeiro ramo: desse ponto em diante alcançou com facilidade os demais ramos e logo atingiu uma grande altura, chamando ofegante:
— Takezo-san, Takezo-san!
Takezo voltou o rosto, uma caveira em que só os olhos brilhavam vivos:
— Quem...

— Sou eu.
— Otsu-san?
— Você disse, há pouco, que queria refazer sua vida, não disse? Vamos então fugir daqui!
— Fugir?
— Isso mesmo. Eu também tenho motivos para não querer ficar nesta aldeia. Se continuar por aqui... Ah, não suporto nem pensar nisso. Vou salvá-lo, Takezo-san. É o que você quer, não é?
— Claro, corte logo, corte rápido estas cordas!
— Espere só um instante.

Otsu viera inteiramente preparada para partir em longa jornada. Uma estreita faixa de tecido cruzava-lhe as costas prendendo uma minúscula trouxa de viagem. Dela retirou uma adaga curta e cortou as cordas. Takezo tinha perdido a sensibilidade nas pernas e braços e Otsu, embora tentasse ampará-lo, também perdeu o equilíbrio. Juntos despencaram do topo do cedro, ganhando impulso conforme caíam.

IV

Takezo aterrissou sobre os próprios pés. Mesmo de uma altura superior a seis metros, logrou cair em pé e, estonteado, pisou firmemente a terra.

Um gemido abafado soou junto ao solo. Ao baixar os olhos, percebeu que Otsu jazia ao seu lado, mãos e pés rígidos e distendidos. Abaixou-se depressa e soergueu-a em seus braços:
— Otsu-san! Otsu-san!
— Ai, está doendo!
— Está ferida?
— Não sei ainda... Mas acho que consigo andar. Não se preocupe.
— Não deve ter se machucado muito: a queda foi amortecida pelos galhos do cedro.
— E você, Takezo-san, está bem?
— Eu... eu estou vivo! — constatou Takezo, maravilhado.
— Sem dúvida, está! — disse Otsu radiante.
— No momento, é só isso que me importa.
— Temos de fugir o mais rápido possível. Se alguém nos descobre, aí então estaremos perdidos para sempre — apressou-o Otsu.

Mancando, Otsu pôs-se a caminho. Takezo acompanhou-a. Como dois insetos miseráveis e mutilados que se arrastam sobre a terra, perderam-se lenta e silenciosamente na névoa.

— Veja, o céu ao longo do mar de Harima está começando a clarear — disse Otsu.

— Onde estamos, Otsu-san? — perguntou Takezo.

— No pico Nakayama. Já atingimos o cume — respondeu Otsu.

— Já nos distanciamos tanto assim?

— É incrível o que se consegue com determinação. É verdade, ia-me esquecendo: faz dois dias e duas noites que você não come absolutamente nada! — disse Otsu.

De repente, Takezo percebeu que estava com sede e fome. Otsu desfez o pequeno fardo que levava às costas e ofereceu-lhe bolinhos de arroz. Os dedos de Takezo tremeram ao sentir a doçura do creme espalhando-se em sua boca:

— Estou vivo! — pensou, e com renovada convicção. — De agora em diante, vou refazer minha vida!

O sol da manhã refletia-se rubro nas nuvens, tingindo de vermelho o rosto dos dois jovens. As feições de Otsu surgiram vivas à frente de Takezo, que, maravilhado, tomou súbita consciência de sua presença: vivia um momento de sonho.

— Bem, de agora em diante teremos de redobrar os cuidados, pois o dia já clareou — observou Otsu. — Além disso, estamos perto da fronteira.

Ao ouvir a palavra fronteira, os olhos de Takezo de repente brilharam:

— Lembrei-me! Tenho de ir agora ao posto de Hinagura!

— Onde? Hinagura?

— Minha irmã está presa numa cela, no posto de Hinagura. Vou deixá-la agora porque preciso salvar minha irmã.

Por instantes, Otsu fixou em silêncio no rosto de Takezo um olhar amargo.

— Então, eram essas as suas reais intenções... — murmurou. — Se era para nos despedirmos aqui, deste modo, não teria partido da vila Miyamoto.

— Que mais posso fazer, diga-me?

— Takezo-san — disse Otsu. Seu olhar pressionava. Estendeu a mão e estava a ponto de tocar as de Takezo, mas não completou o gesto, trêmula e rubra de emoção. — Quando surgir uma boa oportunidade, pretendo expor-lhe meus sentimentos. Por ora, desejo apenas deixar bem claro que não quero me separar de você deste modo. Leve-me com você, para onde quer que seja.

— Mas...

— Por favor! Aliás, mesmo que recuse, pretendo seguir com você. Se quer salvar Ogin-sama e acha que estou estorvando, posso seguir sozinha daqui para a frente, chegar primeiro na cidade casteleira de Himeji e ficar esperando por você.

— Combinado! — Takezo já se erguia a meio.
— Tenho a sua palavra, não tenho?
— Claro.
— Espero você na ponte Hanadabashi, na entrada da cidade, ouviu? Mesmo que você demore cem, ou mil dias, lá estarei à sua espera!

Takezo apenas meneou a cabeça, assentindo, enquanto se distanciava correndo pela encosta da montanha, ao longo do desfiladeiro.

A CASA DE CHÁ MIKAZUKI

I

— Obaba! Obaba!

Heita, o neto dos Hon'i-den, entrou descalço e esbaforido pela porta e, esfregando com as costas das mãos o ranho verde que lhe escorria do nariz, gritou em direção à cozinha:

— O que você está fazendo? Aconteceu uma coisa muito grave!

A velha Osugi, acocorada na frente do fogão, atiçava o fogo soprando por um tubo de bambu:

— Mas que exagero, Heita! Que foi agora?

— A aldeia está em rebuliço e você aí, cozinhando? Não ouviu dizer que Takezo fugiu?

— Quê? Fugiu?

— Dizem que quando o dia amanheceu já não encontraram Takezo no topo do velho cedro.

— Tens certeza?

— E ainda tem mais! O pessoal do templo também está em polvorosa porque a "tia" Otsu desapareceu.

A notícia abalou a avó muito mais do que Heita havia esperado. O menino mordia nervoso a ponta do dedo.

— Heita, meu neto!

— Senhora.

— Dá uma corrida e vá chamar meu genro. Aproveita e passa pela casa do velho tio Gon, na beira do rio, e pede a ele que venha também, imediatamente — disse a velha, com voz trêmula.

No entanto, muito antes que Heita saísse da casa, um pequeno e ruidoso grupo de parentes e arrendatários já se havia formado à entrada, avistando-se entre eles os vultos do velho Gon e do genro de Osugi.

— Deve ter sido obra da sem-vergonha Otsu.

— O monge Takuan também não foi encontrado.

— Por certo os dois estão juntos nisso.

— Que medidas vamos tomar?

Tanto o velho Gon como o genro de Osugi já vinham armados, cada qual com sua lança, herança das respectivas famílias; todos os olhares convergiam, intensos, para a entrada da casa.

— Você já está sabendo, obaba? — perguntou alguém, espiando o interior da casa.

Como uma verdadeira *goushi*, a velha Osugi, ao perceber que a notícia tinha fundamento, havia se sentado na frente do altar budista e ali permanecia, controlando a crescente ira.

— Calem-se e aguardem um pouco. Logo estarei com vocês — disse.

Ofereceu por instantes uma silenciosa prece aos ancestrais; abriu com calma o armário das armas, trocou-se, calçou grossas meias e sandálias de viagem e, finalmente, surgiu junto ao grupo.

Ao notar que prendera uma espada curta em seu *obi* e tinha os cordões das sandálias enrolados e atados às canelas — claro sinal de que se preparara para uma longa jornada — o grupo reunido deduziu o que pretendia a geniosa matriarca.

— Não se exaltem; eu, a matriarca dos Hon'i-den, sairei à procura dessa nora desavergonhada e farei justiça com minhas mãos. — Assim dizendo, a velha pôs-se a caminho.

Parentes e arrendatários seguiram no seu encalço, exaltados, cada qual armado de bordões e lanças de madeira:

— Se obaba vai, também vamos! — diziam. O grupo liderado pela sinistra figura de Osugi rumou para o desfiladeiro de Nakayama.

No entanto, quando o grupo atingiu o cume do Nakayama, o dia já ia a meio e era tarde demais.

— Nós os perdemos! — Os homens rilhavam os dentes, mortificados.

Pior ainda: quando o grupo tentou passar pelo posto da fronteira, o oficial encarregado aproximou-se e o impediu de prosseguir.

— Não permitimos a passagem de grupos numerosos, compondo facções — disse.

Representando o grupo, o velho Gon adiantou-se, explicou a situação pormenorizadamente e procurou negociar:

— Se desistirmos a esta altura, a honra de nossos ancestrais estará arruinada e seremos motivo de chacota na vila, tornando impossível nossa permanência nestes feudos. Assim sendo, gostaria de solicitar licença para prosseguir até alcançar e capturar os três indivíduos, a saber, Takezo, Otsu e Takuan.

Apesar da insistência, o oficial manteve a proibição. Dizia, impassível, que compreendia muito bem os motivos, mas que os regulamentos eram inflexíveis. Havia, é verdade, o recurso de se mandar um mensageiro ao castelo de Himeji solicitando permissão especial para a passagem do grupo, mas nesse caso, quando o mensageiro retornasse com a permissão, os fugitivos já se teriam distanciado e saído dos domínios do clã.

— Se é assim — disse Osugi, dirigindo-se ao oficial após consultar o grupo — apenas eu e o velho tio Gon prosseguiremos. Não há objeções quanto a isso, há?

— Não há restrição alguma quanto à passagem de até cinco pessoas — explicou o oficial.

Osugi assentiu e convocou o exaltado grupo para uma reunião em um descampado próximo:

— Meus amigos! — disse, iniciando um curto e patético discurso de despedida.

II

— Não têm por que se sentirem frustrados. Eu já sabia que enfrentaríamos dificuldades deste tipo desde o momento em que partimos de casa.

Enfileirados, os membros do clã ouviam solenes as palavras da velha Osugi, olhos fixos na boca de lábios finos que mal ocultavam os dentes proeminentes e boa parte das gengivas.

— Saibam que, antes de me armar com esta espada, há gerações em posse de minha família, prestei as devidas homenagens aos nossos ancestrais e deles me despedi, fazendo-lhes duas promessas: primeiro, que punirei devidamente essa mulher de conduta vergonhosa, que desonrou o nome Hon'i-den; segundo, que procurarei descobrir o paradeiro de meu filho Matahachi. Se na verdade continua entre os vivos, eu o trarei de volta a esta vila, nem que seja arrastado por uma corda atada ao seu pescoço. Cumpridas as promessas, farei com que Matahachi assuma sua posição de herdeiro único e escolherei para ele outra mulher, cujos dotes hão de superar, e muito, os de Otsu. Só assim conseguirei limpar o nome Hon'i-den, e mostrar minha cara na vila uma vez mais.

— Sábia decisão! — exclamou um dos parentes.

Transferindo o olhar penetrante para o rosto do genro, Osugi prosseguiu:

— Continuando: tanto eu como o tio Gon somos velhos e praticamente já nos retiramos da condução ativa dos negócios familiares. Assim sendo, pretendo peregrinar até conseguir realizar essas duas grandes missões, mesmo que isso consuma três ou quatro anos de minha vida. Durante minha ausência, meu genro estará à frente dos negócios: não negligenciem os cuidados com a criação do bicho-da-seda e não permitam que o mato tome conta dos campos e das plantações. Espero que tenham compreendido bem minhas palavras.

Tio Gon já beirava os cinquenta anos; Osugi há muito passara dos cinquenta. Era óbvio que, se chegassem a um confronto com Takezo, os justiceiros seriam justiçados. Os parentes dos dois velhos, preocupados, sugeriam que talvez fosse melhor levarem mais três jovens robustos em sua companhia.

— Não é preciso — redarguiu Osugi, sacudindo a cabeça. — Falam dele como do diabo, mas não passa de um garoto crescido: não há o que temer, meus amigos. O que me falta em força física, talvez me sobre em astúcia. Contra um ou dois adversários, isto — disse, apontando os próprios lábios com um gesto misterioso e confiante — é tudo que preciso.

— Sabemos que será inútil tentar detê-la. Siga em frente, então, com a nossa bênção — disseram os homens.

— Adeus!

A velha Osugi e o tio Gon afastaram-se lado a lado, descendo o desfiladeiro de Nakayama rumo ao leste. Do topo da montanha, o grupo acenava, gritando em despedida:

— Que os deuses a acompanhem, obaba!

— Se adoecer, mande alguém nos avisar imediatamente, ouviu?

— Volte logo!

Quando as vozes aos poucos diminuíram, a velha Osugi comentou:

— Ora, somos ambos velhos: nosso destino é morrer primeiro. De minha parte, parto com o coração leve. E você, tio Gon?

— Eu também — respondeu o velho Gon.

Embora vivesse atualmente da caça, tio Gon era um sobrevivente das batalhas do período Sengoku, um *bushi* que na mocidade havia conhecido um mundo sangrento. Seus ossos eram rijos e a pele tinha sido curtida em campos de batalha. Comparados aos de Osugi, seus cabelos não eram tão brancos. Seu nome era Fuchikawa Gonroku e era tio de Matahachi, o que explicava seu interesse pelo caso.

— Obaba?

— Que é, tio Gon?

— Acho que vou ter de parar em alguma loja e comprar ao menos umas sandálias apropriadas para a jornada porque, ao contrário de você, não tive tempo de me preparar.

— Tem uma casa de chá na descida do monte Mikazuki, tio Gon.

— É verdade, acho que lá encontrarei sandálias e sombreiros.

III

Se conseguissem descer até a base da montanha chegariam a Tatsuno, na província de Banshu, não muito distante de Ikaruga. Mas o dia, embora longo pela proximidade do verão, já chegava ao fim. Osugi descansava no alpendre da casa de chá e, ao pagar as despesas, comentou:

— Acho que não conseguiremos alcançar Tatsuno antes do anoitecer. Pelo visto, teremos de pernoitar em alguma hospedaria barata nos arredores de Shingu.

— Bem, vamos andando, então — disse Gonroku, levantando-se. Tinha nas mãos um sombreiro que acabara de comprar.

— Espere um pouco, obaba.

— Que foi agora?

— Vou encher o cantil[39] com a água fresca do poço lá dos fundos.

Gonroku contornou a casa e encheu o cantil. Estava para retornar quando uma janela lhe chamou a atenção. O velho parou e espiou por ela. Tinha alguém deitado numa esteira e o quarto, escuro, recendia a remédios.

— Alguém está doente — murmurou Gonroku. Uma esteira cobria o rosto do doente, deixando apenas cabelos negros à mostra sobre o travesseiro.

— Ande logo, tio Gon! — reclamou a velha Osugi.

— Já vou, já vou! — respondeu Gonroku, correndo a alcançá-la.

— Por que demorou tanto? — implicou Osugi, mal-humorada.

— Parece que tem alguém doente na casa — justificou-se tio Gon, andando ao lado da velha.

— Grande novidade! Não perca tempo com bobagens — ralhou Osugi.

Tio Gon, incapaz de enfrentar a matriarca da família, ignorou a reprimenda com uma sonora gargalhada.

Da casa de chá em diante, o declive se acentuava rumo às terras de Banshu. A estrada apresentava profundos sulcos produzidos em dias de chuva por patas de cavalos e pelas rodas dos pesados carroções das minas de prata, que por ali trafegavam com frequência.

— Cuidado, não me vá tropeçar e cair, obaba.

— Cuide-se você! Não estou velha a ponto de precisar de apoio para andar por estradas iguais a esta.

Repentinamente, uma voz acima de suas cabeças os interpelou:

— Que dupla de idosos bem disposta!

Os dois velhos ergueram a cabeça e depararam com o dono da casa de chá, montado num cavalo.

— Olá! Para onde vai você? — perguntou Gonroku.

— Estou indo para Tatsuno — respondeu o homem.

— Não é um pouco tarde para isso?

— E que só em Tatsuno consigo encontrar um médico. Partindo agora, só conseguirei estar de volta no meio da noite, mesmo andando a cavalo.

— O doente é pessoa de sua família?

— Pois não é — disse o homem com um suspiro resignado. — Se fosse minha mulher ou um dos meus filhos, não estaria aqui reclamando, mas

---

39. Os cantis eram feitos de gomos de bambu com tampa e alças adaptadas.

acontece que a doente é uma viajante desconhecida que parou para descansar por instantes em minha casa. Má sorte a minha.

— Na verdade, eu a vi pela janela do seu quarto, há pouco. Quer então dizer que é uma viajante?

— Isso mesmo, uma jovem. Começou a sentir calafrios enquanto descansava no alpendre de minha casa. Como não podia deixá-la abandonada, cedi-lhe o quarto dos fundos, mas a febre começou a subir cada vez mais e seu estado passou a inspirar cuidados.

Osugi estacou instantaneamente e perguntou:

— Não era por acaso uma jovem esguia, aparentando uns dezessete anos?

— Isso! Disse que vinha da vila Miyamoto.

— Tio Gon! — disse Osugi fazendo um sinal com os olhos, enquanto apalpava seu *obi*. — Que estupidez a minha!

— Que foi?

— Parece que esqueci meu terço no alpendre da casa de chá!

— Mas que pena! Deixe que eu vá buscá-lo — ofereceu-se o estalajadeiro.

— De modo algum! Você está indo buscar o médico e, quanto mais cedo voltar, melhor será para a doente. Siga em frente, não se preocupe. — Assim dizendo, o velho Gon já refazia em largas passadas o caminho percorrido. Despachando o estalajadeiro, Osugi foi atrás. A respiração dos dois velhos tornara-se ofegante:

— É Otsu, com certeza!

IV

Otsu pegara um resfriado por causa da noite passada ao relento no meio da tempestade, mas nem se lembrara da febre até o momento em que se separara de Takezo, no pico de Nakayama. Ao ficar sozinha e encetar a jornada, no entanto, havia passado a sentir dores pelo corpo inteiro e, não suportando o terrível mal-estar, tinha parado na casa de chá Mikazuki e aceitado o pouso oferecido pelo dono do estabelecimento.

— Quero água, por favor, água... — murmurava, delirando.

O estalajadeiro fechara a loja e saíra para buscar um médico. Antes de partir, o bondoso homem dissera que aguentasse um pouco mais, pois logo voltaria com o médico, mas a febre estava tão alta que Otsu já não se lembrava disso.

Com a boca seca parecendo repleta de espinhos, Otsu continuava pedindo:

— Por favor, dê-me um pouco de água...

Levantou-se por fim e, localizando a pia, arrastou-se penosamente nessa direção. No momento em que estendia a mão para a cuia, ouviu a porta sendo arrombada.

A casa rústica no meio da montanha não possuía trancas. Osugi e o velho Gon entraram com cuidado.

— Está escuro, não, tio Gon?

— Espere um pouco — disse o velho, aproximando-se do fogareiro. Ateou fogo num feixe de gravetos e à sua luz exclamou: — Ela não está mais aqui, obaba!

— Como? — disse Osugi. Notou em seguida a porta ao lado da pia entreaberta e gritou: — Ela saiu por ali!

Nesse momento, alguém lhe lançou a água de uma cuia no rosto: era Otsu, que se afastou correndo ladeira abaixo agitando as mangas e a barra do quimono, como um passarinho a voar cego no meio da ventania.

— Maldita! — praguejou Osugi, perseguindo-a. — Venha logo, tio Gon!

— A menina fugiu, obaba?

— Ainda pergunta? Graças à sua estupidez, ela percebeu a nossa aproximação. Faça alguma coisa, depressa!

— É ela quem vai lá? — perguntou Gonroku, apontando o vulto ligeiro como uma corça no fundo da ladeira. — Não se preocupe, não pode ir longe com aquelas pernas finas, e doente, além de tudo. Logo a alcançarei e então, um golpe só e ela estará liquidada — disse, começando a correr.

Osugi acompanhou-o de perto, gritando:

— Preste atenção, tio Gon! Você pode golpear apenas uma vez, porque quem vai lhe cortar a cabeça sou eu, ouviu bem? Mas antes ela vai ter de ouvir umas verdades!

Nesse instante, Gonroku, que corria à frente, parou e se voltou:

— Maldição! — gritou.

— Que aconteceu? — quis saber Osugi.

— Ela mergulhou no bambuzal...

— Nesse barranco?

— É. O barranco não é fundo, mas o problema é que é escuro. Temos de voltar para a casa de chá e pegar uns archotes. — Hesitante, Gonroku tinha parado à beira do bambuzal quando Osugi o alcançou:

— Ande logo, molenga! — gritou, dando-lhe um empurrão nas costas.

Pego desprevenido, Gonroku cambaleou alguns passos para frente e, pisando em folhas secas, escorregou barranco abaixo com um grito de susto. Quando o ruído da queda cessou no escuro fundo do vale, sua voz indignada se fez ouvir ao longe:

— Velha desgraçada! Olhe só o que fez! Agora, veja se desce até aqui de uma vez!

O MEDO

I

O ponto havia surgido no dia anterior e ainda permanecia no mesmo lugar.

Imóvel ao lado do proeminente rochedo sobre o platô de Hinagura, o ponto escuro poderia ser um pedaço do próprio rochedo que se destacara e rolara até ali.

— O que será aquilo? — perguntavam-se os guardas do posto de inspeção, mãos em pala sobre os olhos.

A luz iridescente do sol impedia que examinassem melhor o objeto. Um dos guardas sugeriu a esmo:

— Deve ser uma lebre.

— É maior do que uma lebre. Deve ser um cervo — disse outro.

— Não, lebres ou cervos nunca ficariam imóveis por tanto tempo, deve ser uma rocha mesmo, disse um terceiro.

— Ora, onde se viu rocha ou tronco de árvore surgir do nada, de um dia para outro? — contrariou alguém.

— Como não? Rochas podem perfeitamente surgir da noite para o dia. Chamam-se meteoritos e costumam cair do céu — replicou um dos homens, do tipo falador, tumultuando a discussão.

— Ah, tanto faz! — interveio outro homem do grupo, do tipo tranquilo, tentando dar novo rumo à conversa, o que irritou mais alguém:

— Tanto faz, não! O que acha que estamos fazendo aqui, neste posto de Hinagura? Nossa missão é vigiar o trânsito das estradas e as fronteiras de quatro províncias, a saber, Tajima[40], Inshu[41], Sakushu e Harima. Isso não significa ganhar o soldo tomando banhos de sol.

— Está bem, está bem, já entendi.

— E se aquilo não for lebre nem cervo, e sim um homem? — insistiu.

— Não está mais aqui quem falou. Vamos acabar com isso — disse o tranquilo, pensando ter finalmente encerrado a discussão, quando outro a recomeçou:

— Mas aquilo pode muito bem ser um homem.

— Acho que não.

---

40. Tajima: antiga denominação da área setentrional do estado de Hyogo.
41. Inshu: província também conhecida como Inaba.

— Não podemos ter certeza. Lance uma flecha de longo alcance e tente acertá-lo.

O guarda que correu apressado para dentro do posto e trouxe de lá um jogo de arco e flecha parecia ser um bom atirador: desnudou rapidamente um ombro, armou a flecha, retesou o arco e disparou. O alvo visado era o ponto negro no topo de um suave aclive que se destacava solitário contra o céu azul, do outro lado do profundo vale que se interpunha entre o posto e o aclive em questão.

A flecha voou como um rouxinol, cruzando o vale em linha reta.

— Muito baixo! — disse alguém às costas do atirador.

Uma segunda flecha partiu zumbindo.

— Errou de novo! — Outro atirador se adiantou e, tomando o arco, disparou outra flecha que mergulhou no vale e se perdeu.

— Que balbúrdia é essa? — perguntou um *bushi*, o oficial encarregado do posto, surgindo no meio do grupo. — Muito bem, deixem por minha conta — disse, ao se inteirar dos fatos, tomando o arco em suas mãos.

Obviamente, a habilidade do oficial era superior. Armou a flecha e retesou ao máximo o arco, fazendo a corda gemer nos entalhes, mas logo a devolveu à posição inicial e observou:

— É melhor não atirar.

— Por quê? — indagou alguém.

— Porque aquilo só pode ser um ser humano. E nesse caso, tanto pode ser um eremita como um espião de outra província ou um suicida tentando pular no precipício para acabar com a vida. Seja qual for o caso, não podemos matá-lo: capturem-no e tragam-no até aqui — ordenou o oficial.

— Viu? Bem que eu disse! — gabou-se o guarda que primeiro aventara a hipótese de o ponto ser um homem, fremindo as narinas de importância. — Vamos logo!

— Ei, espere aí... De que jeito vamos chegar àquele pico?

— E se formos pelo vale?

— É um precipício!

— Não tem jeito, temos de dar a volta pelo desfiladeiro de Nakayama.

Imóvel, braços cruzados sobre o peito, Takezo fixava com olhar feroz o telhado do posto de inspeção de Hinagura, do outro lado do profundo vale.

Embora soubesse que sua irmã Ogin estava presa numa das alas daquela construção, Takezo havia permanecido o dia anterior inteiro sentado, imóvel, e mesmo agora não parecia querer se levantar.

II

Há poucos dias, Takezo não teria hesitado ante a perspectiva de enfrentar eventuais cinquenta ou cem guardas de um posto qualquer. Mas agora...

Sentado em local estratégico, conseguia divisar de um golpe todo o posto e analisava o terreno: de um lado, o posto de inspeção era resguardado por um profundo vale, o acesso sendo portanto obrigatoriamente pelos portões duplos.

A área onde se encontrava era um platô e, até onde a vista alcançava, não havia árvores ou ondulações de terreno atrás das quais pudesse se ocultar. Nessas situações, devia-se normalmente agir protegido pelas sombras da noite; no entanto, muito antes que as sombras se adensassem, as duas barreiras do posto já estariam fechadas, e os alarmes soariam a qualquer emergência.

— Não vou conseguir me aproximar sem ser notado! — gemeu Takezo. Acomodado aos pés do proeminente rochedo durante dois dias, tentara em vão desenvolver um plano de ataque e, enfim, concluiu:

— É impossível! — Aparentemente, fora-se o impulso de arriscar a vida na empreitada.

"Ora essa, quando foi que me tornei tão medroso?", indagava-se Takezo impaciente, certo de que nunca fora um covarde.

A tarde já caía sem que Takezo se movesse: era inexplicável, mas sentia medo, um medo agudo de se aproximar do posto.

"Estou com medo — não sou o mesmo de dias atrás, sem dúvida. Será isso covardia? Absolutamente não!", negou Takezo, meneando a cabeça.

O medo que sentia não era covardia, mas consequência das ideias que o monge introduzira em sua mente. Levantara-se o véu da cegueira e ele passara a enxergar.

As palavras do monge voltaram-lhe à lembrança: "A coragem de um homem difere da coragem de um animal selvagem; a coragem do bravo nada tem a ver com a temeridade do rufião."

Seu espírito enfim despertara e passara a perceber vagamente o medo, devolvendo-o à normalidade:

"Sou um homem e não um animal selvagem", voltou a assegurar-se Takezo, "e no instante em que me conscientizei dessa verdade, minha vida tornou-se preciosa." Pois enquanto não soubesse até onde conseguiria aprimorar-se como ser humano, enquanto não lograsse concluir esse aprimoramento, não se sentia disposto a abrir mão da vida.

"É isso!", concluiu Takezo, erguendo o olhar para o céu: enfim descobrira o que lhe ia no íntimo.

Entretanto, não poderia deixar de salvar a irmã, mesmo que a empreitada significasse enfrentar o medo recém-descoberto e arriscar a vida, agora tão preciosa.

"Esta noite descerei pelo precipício, atravessarei o vale e galgarei o penhasco", pensou Takezo. O acesso por ali parecia simples porque o posto de inspeção não tinha cercas na parte dos fundos, uma vez que o penhasco constituía uma barreira natural inexpugnável.

No momento em que chegava a essa decisão, uma flecha cravou-se no terreno a uma pequena distância de seus pés. De repente, tomou consciência de um grupo de homens àquela distância, pequenos como formigas, aglomerados nos fundos do posto, provavelmente alvoroçados porque o haviam descoberto. Momentos depois, todavia, os homens se dispersaram.

"Lançaram uma flecha como teste", concluiu Takezo com acerto, mantendo-se imóvel de propósito. Alguns instantes mais e o sol descambou majestoso atrás da cordilheira de Chuugoku. A noite se aproximava.

Takezo levantou-se e apanhou uma pedra: seu jantar voava. Lançou o pedregulho e logo um pássaro caiu a seus pés. Depenou-o e, enquanto mastigava a tenra carne, um grupo de guardas surgiu de súbito e cercou-o com alarido.

III

— Takezo! Este homem é Takezo, da vila Miyamoto! — gritavam os homens, identificando-o afinal. Um segundo clamor elevou-se:

— Cuidado! Ele é perigoso! Não se descuidem! — advertiam-se mutuamente.

Reagindo à ameaça, o olhar de Takezo inflamou-se, perigoso.

— Tomem! — berrou. Tinha erguido uma pesada rocha com as mãos e lançou-a contra a roda dos guardas.

A rocha tingiu-se de sangue. Saltando como uma lebre pela brecha aberta no cerco, Takezo distanciou-se correndo. Não fugia dos perseguidores — pelo contrário, disparava rumo ao posto, os cabelos eriçados como juba.

— Aonde vai ele? — gritavam os homens, atônitos, pois Takezo corria cegamente em direção ao posto como uma mariposa atraída pela luz.

— Enlouqueceu! — gritou alguém. Com um novo alarido, o grupo partiu em sua perseguição. Quando os homens alcançaram enfim o posto, Takezo já tinha mergulhado nele pelos portões duplos.

Caíra em pleno território inimigo onde a morte o aguardava com a boca escancarada, mas passou pelas armas solenemente enfileiradas, pelas cercas e pelo oficial sem ao menos notar-lhes a presença.

— Espere, quem é você? — gritou o oficial, tentando agarrá-lo. Sem sequer dar-se conta disso, Takezo derrubou-o com apenas um soco.

Ao passar pelo segundo portão, agarrou uma das pilastras, arrancou-a do chão e girou-a. Não lhe importava quantos eram os guardas — sabia apenas que a massa escura à sua frente representava o inimigo. Brandiu a viga na direção do grupo e imediatamente espadas e lanças se quebraram, indo com estrépito ao chão.

— Ogin! — gritou Takezo, contornando o posto. — Minha irmã!

Com os olhos injetados investigou a esmo o interior das dependências.

— Ogin, sou eu, Takezo! — Ao deparar com uma porta cerrada, arrombava-a com a pesada viga de mais de quinze centímetros de largura, levada sob o braço.

As galinhas criadas no posto voavam alvoroçadas e cacarejavam como se o mundo estivesse acabando, pousadas no telhado.

— Ogin, onde está você?

Gradativamente a voz de Takezo foi ficando rouca, semelhante à das aves, e seus apelos cada vez mais desesperados. Apesar disso, ele não foi capaz de encontrar Ogin.

Das sombras de um casebre fétido, a estrebaria, surgiu um criado tentando esgueirar-se como uma fuinha.

— Para aí! — gritou Takezo, lançando aos pés dele a viga, agora viscosa de sangue. Agarrou-o pela gola e esbofeteou o rosto do homem que, acovardado, choramingava.

— Diz-me em que cela prenderam minha irmã ou acabo contigo! — gritou.

— Não está mais aqui, senhor. Foi transferida ontem para o castelo de Himeji por ordens do clã, senhor.

— Tu disseste Himeji?

— Sim, senhor — respondeu o homem apavorado.

— Estás dizendo a verdade?

— Sim, senhor, é verdade.

Takezo lançou o criado sobre o grupo de guardas — que, refeitos, voltavam ao ataque — e com um rápido movimento, ocultou-se atrás da estrebaria.

Cinco ou seis flechas caíram em torno dele, uma delas atingindo a manga do quimono. Por um breve segundo Takezo permaneceu imóvel mordendo a unha do polegar, observando as flechas. Repentinamente disparou para a cerca e saltou, mergulhando para a liberdade.

O estampido de um mosquete[42] reboou às suas costas. O eco reverberou no fundo do vale e sacudiu as montanhas.

---

42. Mosquete: em 1543, uma tempestade desviou de sua rota um navio português que se destinava à China, lançando-o na pequena ilha de Tanegashima, no extremo sul de Kyushu. Os visitantes, os primeiros europeus a pisar terras japonesas, traziam consigo armas de fogo, à época desconhecidas no Japão. Os mosquetes foram rebatizados *Tanegashima teppo* e manufaturados no país, seu uso popularizando-se posteriormente.

Takezo já ia muito além, com a mesma rapidez de uma rocha que rola ladeira abaixo.

"Aprenda a temer o que deve ser temido!"

"Violência é sinal de imaturidade, é ignorância, é força de besta-fera."

"Tenha a bravura de um verdadeiro guerreiro!"

"A vida é uma pérola preciosa!"

Takezo fugia ligeiro como a brisa; na mesma velocidade, fragmentos dos conselhos de Takuan giravam em sua mente.

A CELA DA LUZ

I

Ponte Hanadabashi, limites da cidade casteleira de Himeji. Conforme prometera, Takezo esperava já há alguns dias por Otsu, ora sob a ponte, ora nos arredores.

"Que lhe teria acontecido?", perguntava-se preocupado. Decorridos sete dias, não vira Otsu em lugar algum, muito embora a jovem lhe houvesse prometido ali esperar por ele cem ou até mil dias. Takezo impacientava-se, mas uma vez que empenhara a palavra, nem sequer cogitava em abandonar o local.

Ao mesmo tempo, procurava descobrir onde teriam confinado a irmã Ogin, de cuja transferência para a cidade soubera pelo guarda do posto. Quando não vagava pelas vizinhanças da ponte, seu vulto envolto em esteira de palha e disfarçado de mendigo era visto percorrendo diversos pontos da cidade.

— Takezo! Finalmente o encontrei!

Com esta súbita exclamação, um monge aproximou-se repentinamente.

Takezo sobressaltou-se, pois julgara-se seguro, irreconhecível sob o disfarce.

— Acompanhe-me!

O monge que o agarrara pelo pulso era Takuan.

— Deixe de me dar tanto trabalho e venha de uma vez! — intimou o monge, arrastando-o. Takezo acompanhou-o em silêncio, pois Takuan era o único homem contra quem se sentia incapaz de reagir: seu destino seria novamente o topo de uma árvore ou então a cadeia do clã, imaginou.

Ogin também deveria estar presa num ponto qualquer da cidade. Breve estaria em sua companhia, ambos sentados sobre a mesma flor de lótus.[43]

"Que ao menos nos permitam morrer juntos", rezava Takezo.

A gigantesca muralha de pedra e as paredes brancas do castelo Hakurojo surgiram à sua frente. Takuan já cruzara a ponte sobre o fosso externo e dirigia-se ao portão central com passos decididos. À sombra dos grossos portões

---

43. Flor de lótus: de acordo com o budismo, uma flor de lótus serve de assento aos que renascem no paraíso budista. No budismo, o lótus é o símbolo da pureza e perfeição da natureza búdica, inerente a todas as pessoas. "Assim como o lótus brota de dentro da escuridão da lama para a superfície da água, florescendo somente depois que se elevou acima da água e permanece imaculada sem se contaminar nem com a terra nem com a água que o nutriram, da mesma forma a mente, nascida no corpo humano, desabrocha suas verdadeiras qualidades (pétalas) depois que se elevou acima das torrentes lodosas da paixão e da ignorância, e transforma as forças obscuras das profundezas em brilhante e puro néctar da consciência iluminada." (*Govinda*, p. 89, in: Philip Kapleau, op. cit.).

de ferro reforçados com rebites, Takezo notou lanças enfileiradas e, apesar de toda a sua coragem, angustiou-se.

— Ande, venha de uma vez! — chamou Takuan, acenando. Já tinha passado pelo portão central e estava a caminho do segundo portão, além do fosso interno.

O suserano do recém-tomado castelo Himeji ainda não estava seguro de havê-lo conquistado definitivamente. Seus soldados mostravam-se tensos, prontos a entrar em combate a qualquer momento.

Takuan convocou um funcionário à sua presença:

— Aqui está ele — disse, entregando o jovem — deixo-o aos seus cuidados.

— Muito bem, senhor — respondeu o funcionário.

— Mas muita atenção: o pequeno tigre tem presas afiadas e ainda não foi totalmente domesticado. Trate-o com jeito, senão é capaz de morder, entendeu? — disse por cima do ombro, rumando do segundo pátio fortificado para o pátio principal, onde se situavam os aposentos do suserano. Movia-se com desembaraço, como um homem acostumado ao ambiente.

— Acompanhe-nos, por favor — disseram os guardas a Takezo, mas sem tocá-lo, lembrando-se da advertência de Takuan.

Seguindo na companhia dos guardas, Takezo viu-se repentinamente numa sala de banho, onde o convidaram a se banhar. O convite era inesperado. Além disso, desde que caíra na armadilha preparada pela velha Osugi, as salas de banho haviam passado a lhe inspirar uma antipatia instintiva. Takezo cruzou os braços e parou, pensativo.

— Há roupas limpas aqui ao lado. Vista-as quando sair do banho, por favor — disse-lhe um servo, apontando um conjunto de quimono e *hakama*[44] de algodão preto. Admirado, reparou dispostos sobre o conjunto um leque, lenços de papel[45] e, embora rústicas, duas espadas, a longa e a curta.[46]

II

A torre Tenshu — fortaleza e quartel-general — e o torreão que abrigava os aposentos do suserano compunham a um canto do vasto castelo Hakurojo

---

44. *Hakama*: peça semelhante a um culote de pernas largas, usada sobre o quimono.

45. Leque e lenço de papel: fazem parte do vestuário formal completo.

46. *Daisho*: desde a era Momoyama (segunda metade do século XVI), uma espada longa de mais de 60 centímetros (*daitou*) e uma curta (*wakizashi* ou *kogatana*) eram levadas à cintura de um *bushi*, o conjunto sendo chamado *daisho*. Por volta do período Edo (1613-1860) tornaram-se acessórios formais dos *bushi*.

o pátio fortificado principal, tendo como pano de fundo o verde da montanha Himeyama. O senhor do castelo, Ikeda Terumasa, era baixo, tinha a cabeça raspada e o rosto coberto de escuras marcas de varíola. Ligeiramente recostado num apoio para o braço, lançou o olhar sobre o pátio e disse:

— E então, Takuan, é esse o nosso homem?

— Sim. É ele. — Sentado ao seu lado, o monge confirmou, solenemente.

— Tens razão, é um jovem de aparência destemida. Fizeste bem em salvá-lo.

— Pelo contrário, ele deve a vida à vossa clemência, senhor.

— Ambos sabemos que não foi assim. Sinto que se tivesse entre meus servidores um funcionário com o teu discernimento, outros jovens poderiam ser poupados e, mais tarde, prestar relevantes serviços à nação; o problema é que a maioria dos meus servidores imagina ser seu único dever mandá-los para a prisão.

Além do extenso avarandado sentava-se Takezo, diretamente na relva do jardim. Vestia um sobretudo de algodão preto sobre o conjunto de roupas que lhe fora oferecido e aguardava, mãos pousadas sobre as coxas e olhos baixos.

— Teu nome é Shinmen Takezo? — perguntou Terumasa.

— Sim — respondeu Takezo, alto e claro.

— Os Shinmen são, originariamente, um ramo do clã Akamatsu. E Akamatsu Masanori foi, há tempos, senhor deste castelo. Talvez devamos ao destino a tua presença aqui, neste momento — disse Terumasa.

Takezo permaneceu em silêncio, pois sentia-se culpado de denegrir o nome dos ancestrais. Não se sentia humilde perante Terumasa, mas em relação aos seus próprios antepassados.

— Mas — disse o suserano, alteando a voz severamente — teu comportamento tem sido inaceitável!

— Sim, senhor.

— Vou submeter-te a severa punição — disse. Virando-se, falou ao monge: — Takuan. Soube que um vassalo meu de nome Aoki Tanzaemon prometeu, sem ao menos me consultar, deixar a teu cargo a punição deste jovem, caso tu lograsses prendê-lo: tal fato se deu realmente?

— Sim. Interrogai Tanza e ele lho dirá — respondeu o monge.

— Na verdade, já o interroguei.

— Sabeis que de minha parte não tenho motivos para mentir ou dissimular.

— Muito bem, as duas versões então coincidem. Tanza é meu vassalo: sua palavra tem o mesmo peso da minha. Embora seja eu o suserano, reconheço já não ter autoridade para punir este jovem. Contudo, é impossível deixá-lo partir livremente. Assim sendo, a punição dele está a teu cargo, Takuan.

— Era o que este humilde monge esperava, senhor.

— E então, que pretendes, Takuan?

— É verdade que na torre deste castelo existe um aposento selado onde nunca penetra a luz do dia e que, dizem, é mal-assombrado?

— Sim, é verdade.

— O aposento continua selado até hoje?

— Não houve nenhum motivo para abri-lo até agora; além disso, meus vassalos evitam o local, de modo que as portas e as janelas do aposento continuam fechadas.

— Nunca vos ocorreu que a existência desse único aposento totalmente às escuras na fortaleza do bravo senhor Terumasa, o mais valoroso aliado de Tokugawa, empanaria vosso prestígio?

— A ideia não me ocorreu.

— Mas certamente o povo é capaz de medir, até por esses pequenos detalhes, o prestígio de um suserano. Proponho, portanto, que se introduza uma luz nesse local.

— Como assim?

— Peço que me cedais esse aposento: ali Takezo deverá ser mantido em confinamento até o dia em que eu, Takuan, julgar pago o seu crime. — E voltando-se para o jovem: — Takezo, esse será o seu castigo — determinou o monge.

— Muito bem! — disse Terumasa, rindo.

Era verdade o que um dia Takuan dissera ao comandante do bigodinho, Tanzaemon, no templo Shippoji: o suserano Terumasa e o monge eram companheiros na prática do zen.

Apareça mais tarde na sala de chá, Takuan — convidou o suserano.

— Para suportar vosso medíocre desempenho na cerimônia do chá, senhor? — perguntou o monge, troçando.

— Não digas asneira, fiz grandes progressos ultimamente. Hoje, vou te mostrar que não sou apenas um rude guerreiro. Estarei à tua espera, não te esqueças.

Assim dizendo, Terumasa retirou-se. Sua extraordinária figura, que mal atingia um metro e meio de altura, pareceu preencher todo o castelo Hakurojo.

III

Aposento no alto do torreão, conhecido como "quarto selado". Escuridão total.

Aqui não existem calendários, a primavera e o outono se confundem, o silêncio impera absoluto, todos os sons do cotidiano foram eliminados.

Uma única luz proveniente do pavio de uma lamparina ilumina o vulto de Takezo e seu rosto pálido de faces encovadas.

A viga escura que cruza o teto, bem como a madeira do assoalho estão geladas. À luz da lamparina, a respiração forma uma névoa branca ao redor da boca de Takezo evidenciando que, lá fora, o inverno é rigoroso.

O livro de Sun-tzu sobre estratégias de guerra está sobre a escrivaninha, aberto no capítulo referente à configuração do solo:

> *Sun-tzu disse:*
> *Por suas características topográficas,*
> *Certos terrenos conduzem,*
> *Outros são hostis,*
> *Outros mantêm o inimigo à distância,*
> *Outros não dão passagem,*
> *Outros são inexpugnáveis,*
> *Outros ainda são distantes.*

Ao deparar com um trecho de seu agrado, Takezo lia-o repetidas vezes, em voz alta.

> *Por conseguinte,*
> *Aquele que conhece seus soldados movimenta-os*
> *e não se desnorteia,*
> *Unifica-os e não se deixa encurralar*
> *Consequentemente, diz Sun-tzu,*
> *Aquele que conhece a si mesmo e ao inimigo,*
> *Vence — ou seja, não se arrisca;*
> *Aquele que conhece céu e terra*
> *Vence — ou seja, se realiza.*

Se acaso sentia os olhos cansados, aproximava o vasilhame de água e banhava-os; se a lamparina bruxuleava, espevitava-a.

Pilhas de livros rodeavam a escrivaninha. Havia desde literatura japonesa e chinesa até tratados zen e história do Japão. Os livros soterravam a sala.

Todas as obras provinham da biblioteca do clã. No momento em que, condenado ao confinamento, fora encerrado na sala do torreão, Takuan lhe dissera:

— Leia tudo o que lhe for possível. Diz-se que certo renomado monge chinês encerrava-se periodicamente numa enorme biblioteca e lia milhares de livros. E a cada vez que de lá saía, diz a lenda, aos poucos seus olhos espirituais se abriam. Quanto a você, encerrado neste escuro recinto, considere-se dentro do ventre materno, preparando-se para o nascimento. Aos olhos da carne, este recinto nada mais é que um escuro quarto selado. No entanto, olhe com atenção e medite: a sala está repleta de luz, luz que todos os tipos de sábios da China e do Japão ofereceram à civilização. Tanto poderá viver enclausurado num escuro quarto selado, ou passar os dias numa sala cheia de luz — a escolha é sua e cabe ao seu espírito decidir.

Com esse conselho, Takuan se retirara. Desde então, muitas vezes as estrelas haviam se apagado no céu. Totalmente esquecido da passagem dos dias, Takezo apenas sabia que o inverno chegava quando sentia frio, e que era primavera quando o ambiente esquentava. Entretanto, supunha que o próximo retorno das andorinhas a seus ninhos construídos nas frestas do torreão indicaria a chegada da primavera do terceiro ano.

— E então, já terei 21 anos — murmurou cabisbaixo, avaliando seu passado. — Que fiz eu nestes 21 anos de vida?

Envergonhado de si mesmo, perdido em remorsos, havia dias em que passava imóvel, os cabelos das têmporas eriçados, em silenciosa agonia.

As andorinhas chilreavam do lado de fora, sob o beiral. Através dos mares, a primavera finalmente chegara.

E foi então que, de repente, num certo dia do terceiro ano, ouviu uma voz:
— Como vai você, Takezo?
Era Takuan que vinha subindo as escadas.
— Ah!
Uma onda de alegria o engolfou. Incapaz de proferir palavra, Takezo apenas reteve em suas mãos a manga da veste do monge.

— Acabo de chegar de viagem, sabe? Três exatos anos se passaram. Calculei que, a esta altura, seu crescimento dentro do ventre materno já deveria ter se completado — disse o monge.

— Não tenho palavras para expressar minha gratidão por toda a sua bondade.

— Gratidão? — repetiu o monge, rindo com alegria. — Sem dúvida você aprendeu a falar uma nova linguagem, Takezo. Vamos, vamos, hoje você sairá deste lugar, levando com você a luz do saber, e retornará ao mundo dos homens.

IV

Ao sair do quarto selado do torreão, Takezo foi uma vez mais conduzido à presença do suserano Terumasa, como há três anos.

Naquela ocasião fora-lhe indicado um lugar sobre a relva, no meio do jardim. Hoje, porém, seu lugar estava reservado sobre o assoalho de madeira, no vasto avarandado do torreão que abrigava os aposentos do suserano, e ali Takezo sentou-se.

— E então, que achas de servir à minha casa, Takezo? — perguntou Terumasa.

Takezo agradeceu o honroso convite, mas respondeu que não tinha, no momento, intenção de servir a nenhum suserano, acrescentando:

— Caso, porém, eu resolvesse servir neste castelo, é muito provável que os espíritos, sobre os quais tanto fala o povo, passassem a assombrar realmente o quarto selado do torreão, noite após noite.

— Por quê? — indagou Terumasa.

— Ao examinar o interior do torreão à luz da vela, notei que havia manchas negras brilhantes como laca aderidas a vigas e portas. Observando-as melhor, descobri que eram sangue humano. Imagino que seja o sangue derramado por meus ancestrais, membros da família Akamatsu, em seus trágicos momentos finais.

— Sim, é provável.

— Senti a pele arrepiar e o sangue revoltar-se num indescritível ressentimento. Que fim tiveram meus ancestrais membros da família Akamatsu, que nesta região de Chuugoku um dia reinaram supremos? Seu destino é vago — como a brisa do outono que se vai; seus dias, efêmeros, terminaram em ruína. Mas o sangue, embora outros sejam os corpos, ainda vive em seus descendentes. E minha humilde pessoa, Shinmen Takezo, é um deles. Por conseguinte, caso aceitasse vosso convite e passasse a servir neste castelo, é possível que os espíritos que habitam o quarto selado tentassem se sublevar, iniciando uma rebelião. Caso a rebelião se concretizasse e um descendente dos Akamatsu retomasse este castelo, um novo quarto selado teria de surgir aqui. O massacre de mais seres humanos tornaria a unir as almas em um novo círculo de transmigração.[47] E isso não deverá nunca mais ocorrer em consideração ao povo que, neste momento, tenta fruir um pouco de paz.

— Tens toda razão — concordou Terumasa. — E então, é tua intenção voltar à vila Miyamoto e terminar teus dias como um *goushi*?

Por instantes, Takezo, calado, apenas sorriu. Em seguida, respondeu:

— Ambiciono uma vida nômade, senhor.

— Sei... — Voltando-se então para o monge, disse Terumasa: — Providencia-lhe roupas civis e dinheiro para as despesas de viagem.

— Agradeço vossa grande bondade, senhor — respondeu Takuan.

— Ora, é a primeira vez que ouço um agradecimento tão formal da tua boca, Takuan — admirou-se o suserano.

---

47. Transmigração (jap. *rinne*): metempsicose ou palingênese; teoria da transmigração das almas, ou renascimento pelo carma.

— Realmente... — disse Takuan, rindo. Terumasa voltou-se então para Takezo:

— Uma vida errante durante a mocidade não deixa de ser interessante. Apesar disso, para que nunca esqueças tuas origens e tua terra natal por onde quer que andes, vou dar-te um novo sobrenome: Miyamoto, em homenagem à tua vila natal. A partir de hoje, passarás a te chamar Miyamoto, pois eu assim te nomeio: Miyamoto! — disse Terumasa.

— Assim me chamarei — acedeu Takezo. Curvou-se em profunda mesura, as duas mãos tocando o assoalho.

A seu lado, Takuan acrescentou:

— Nesse caso, vamos mudar também a leitura de seu nome: conservando-se as mesmas letras, que sejam lidas de um novo modo — Musashi. Saído do ventre da escura cela, hoje é o seu primeiro dia no mundo da luz. Melhor será que se renove inteiramente.

— Muito bem, muito bem! — apoiou-o Terumasa, cada vez mais entusiasmado — Miyamoto Musashi! Gostei deste nome! Bebamos a ele. Providencia saquê! — ordenou a um vassalo.

Transferiram-se todos para outro aposento, onde Takuan e Takezo, daquele momento em diante rebatizado Musashi, tiveram a honra de entreter o suserano até tarde da noite. Logo Takuan levantou-se em meio aos vassalos convidados para a reunião e pôs-se a executar um bailado medieval.[48] Mesmo embriagado, o monge conseguia compor um ambiente de puro divertimento ao seu redor. Musashi contemplava discretamente o alegre Takuan, entretido em sua dança.

O dia já amanhecia quando os dois saíram do castelo.

Por um bom tempo não haveriam de se encontrar, pois Takuan pretendia seguir caminho, seu destino era tão incerto quanto o "das nuvens ou das águas"[49], que se vão sem dizer para onde. Musashi, por seu lado, preparava-se

---

48. *Engaku-mai*, no original: farsa medieval, precursora do nô.

49. Nuvens e água: nos mosteiros zen os noviços são chamados *unsui* (lit. "nuvem-água") e as decorações do templo zen comportam frequentemente desenhos de nuvens e água. As nuvens movem-se livremente, formando-se e reformando-se em conformidade com as condições externas e sua própria natureza, que não é tolhida por obstáculos. "A água é submissa, mas tudo conquista. A água extingue o fogo ou, diante de uma provável derrota, escapa como vapor e se refaz. A água carrega a terra macia, ou quando se defronta com rochedos, procura um caminho ao redor. A água corrói o ferro até que ele se desintegra em poeira; satura tanto a atmosfera que leva à morte o vento. A água dá lugar aos obstáculos com aparente humildade, pois nenhuma força pode impedi-la de seguir seu curso traçado para o mar. A água conquista pela submissão; jamais ataca, mas sempre ganha a última batalha." (Tao Cheng de Nan Yeo, um estudioso taoísta do século XI, citado por Blofeld em seu *The Wheel of Life*). Essas virtudes da água são as do homem zen perfeito, cuja vida se caracteriza pela liberdade, espontaneidade, humildade e força interior, além da capacidade de adaptar-se às circunstâncias mutáveis sem tensão ou ansiedade. (Philip Kapleau, op. cit.).

para dar o primeiro passo no árduo caminho de adestramento e disciplina ascética, rumo à sua formação pessoal e guerreira.

— Façamos aqui as despedidas — disse Musashi, ao atingirem a cidade casteleira.

— Um momento — interveio o monge, retendo-o pela manga — não existe ainda uma pessoa com quem você gostaria de se encontrar?

— Quem?

— Sua irmã, Ogin.

— Ogin... Então, ela ainda vive?

Mal disse, desviou o olhar: nem por um momento, mesmo em sonhos, havia deixado de pensar na irmã.

A PONTE HANADABASHI

I

Segundo Takuan, quando Musashi atacara o posto de Hinagura, havia três anos, Ogin já não se encontrava no local e, por isso, não sofrera sanções posteriores. Ogin não retornara à vila Miyamoto por diversas razões e hoje — informava o monge — levava uma vida tranquila junto a parentes, em Sayogo.

— Não quer ir vê-la? — convidou-o Takuan. — Sei que sua irmã deseja muito revê-lo. No entanto, consegui dissuadi-la durante os últimos anos, dizendo-lhe: "Faça de conta que seu irmão morreu. Isso mesmo, a esta altura, ele já deve ter realmente morrido. Dentro de três anos, porém, prometo que trarei à sua presença um novo Takezo, diferente daquele que você conheceu."

— Quer dizer então que lhe devo não só a minha vida, como também a de minha irmã? Não tenho palavras para agradecer. No momento, posso apenas expressar minha gratidão deste modo — disse, juntando as duas mãos à altura do peito e sobre elas curvando a cabeça, num gesto de adoração.

— Vamos, vamos, eu o levarei a ela — disse Takuan, apressando-o.

— Agradeço, mas já não é preciso: sinto-me feliz, como se de fato a tivesse visto. Não devo ir ao seu encontro.

— Por quê?

— Porque hoje, enfim, sou um novo homem: passei pela experiência da morte, renasci e, neste exato instante, estou decidido a dar o primeiro passo no longo e difícil caminho dos que buscam aperfeiçoar-se.

— Não diga mais nada: já compreendi.

— Sabia que compreenderia.

— Percebo o quanto mudou, e só posso me alegrar com isso. Você me deixa muito feliz, Musashi. Será como quer, então, meu jovem.

— Neste caso, aqui me despeço; ver-nos-emos algum dia, se me for dado viver até então.

— Muito bem. De minha parte, meu rumo é incerto: como uma nuvem ou como a água, assim corro o mundo... Encontrar-nos-emos de novo em algum lugar, se for possível.

As palavras do monge eram serenas. Ia afastar-se, mas voltou:

— É verdade, ia me esquecendo. Saiba que a matriarca dos Hon'i-den e o tio Gon estão por aí procurando você e Otsu, jurando matá-los ou nunca mais voltar às suas terras. Talvez venham a importuná-lo, mas não lhes dê atenção. Quanto ao comandante do bigodinho, Aoki Tanza, não que eu o tivesse denunciado, mas... foi sumariamente demitido em consequência do seu mau comportamento, e também ele deve estar vagando por essas estradas. Ande, portanto, com muita cautela: inúmeras são as ciladas na estrada da vida.

— Sim, senhor.

— Isso é tudo. Adeus — disse Takuan, caminhando rumo ao oeste.

— Felicidades! — disse Musashi às suas costas. Parado no meio da estrada, observou por longo tempo o vulto do monge que se afastava. Finalmente sozinho, tomou a direção leste.

Apenas uma espada! Seu único amparo e proteção repousava junto ao quadril... Musashi pousou a mão nela levemente.

"A espada será minha vida. Ela representa meu espírito: vou procurar aperfeiçoar-me incessantemente no manejo da espada, e ver até onde consigo aprimorar minha personalidade. Takuan segue o caminho zen. Meu caminho será a espada e por ela hei de um dia alcançar a grandeza do monge."

Vinte e um anos, plena juventude — havia tempo ainda!

Seus passos eram vigorosos. Os olhos brilhavam, cheios de esperança. Vez ou outra erguia a larga aba do sombreiro, de fibra de bambu trançada, e lançava um olhar vivo à estrada sem fim que se abria à sua frente.

No momento em que, deixando para trás a cidade de Himeji, começava a atravessar a ponte Hanadabashi, uma mulher correu no seu encalço e, agarrando-o pela manga, disse:

— Espere um pouco, por acaso você não seria...

— Otsu-san? — espantou-se Musashi.

A jovem fixou nele um olhar carregado de censura:

— Não quero sequer pensar que tinha se esquecido desta ponte e de que nela prometi esperar por cem ou mil dias, Takezo-san...

— Você ficou aqui me esperando durante estes três últimos anos?

— Com certeza! Fui perseguida pela matriarca dos Hon'i-den e quase morri nas mãos dela, mas consegui salvar-me por um triz. E desde então, isto é, desde quase vinte dias depois de nos despedirmos no desfiladeiro de Nakayama até hoje, estive trabalhando naquela casa — disse Otsu, apontando uma pequena loja de artefatos de bambu, na base da ponte — à sua espera. São passados exatos 970 dias: agora, espero que cumpra a promessa e me leve com você.

II

"Não é possível!", pensou Musashi, desesperado. Na verdade, fora com muito custo que mantivera a resolução de não rever Ogin e dera com decisão os primeiros passos que o levavam para longe dela. E agora, isto! "Como posso levar comigo uma mulher, se estou começando agora uma árdua viagem de aprendizado?", pensou.

De mais a mais, esta não era uma mulher qualquer: embora por pouco tempo, fora noiva de Hon'i-den Matahachi. Segundo dizia Osugi, mesmo ausente o noivo, era a "minha nora Otsu".

Incapaz de disfarçar a expressão aborrecida que lhe aflorou ao rosto, Musashi perguntou bruscamente:

— Levá-la comigo aonde?

— Aonde quer que você vá...

— Saiba que tenho um duro caminho de privações pela frente. Não viajo por prazer.

— Sei muito bem. Asseguro-lhe, apesar disso, que não pretendo estorvá-lo e estou pronta para enfrentar qualquer privação.

— Nunca se ouviu falar de um *bushi* em jornada de aprendizado com uma mulher. Serei alvo de zombaria. Por favor, solte-me.

Otsu agarrou-se com mais força à manga do quimono:

— O que está me dizendo? Quer dizer que me enganou?

— Como posso tê-la enganado? Diga-me!

— Pois você parece ter se esquecido da promessa que me fez no pico de Nakayama.

— Aquilo... foi impensado de minha parte. E se bem me lembro, naquela ocasião, eu estava com muita pressa e apenas acenei concordando com o que você me dizia.

— Não, de jeito algum! Você distorce a verdade! — revoltou-se Otsu. Musashi tentava se afastar, mas a jovem o seguia de perto, prensando-o contra a balaustrada da ponte: — Você se esqueceu também do que me disse no alto do velho cedro, quando lhe perguntei se fugiria comigo?

— Solte-me, estamos chamando a atenção dos transeuntes.

— Que olhem, não me importo! Naquela noite, eu lhe perguntei se fugiria comigo e você respondeu: "Claro, corte estas cordas, depressa!" — lembra-se?

Otsu tentava discutir racionalmente, mas seus olhos cheios de lágrimas eram poços de emoção.

Musashi não tinha palavras para enfrentar a argumentação racional de Otsu, muito menos a emoção e o calor envolvente de seu olhar: de súbito, sentiu os próprios olhos umedecendo.

— Solte-me, Otsu-san. É dia claro, as pessoas estão se voltando para nos olhar.

Otsu soltou a manga, obediente, e debruçando-se sobre o parapeito pôs-se a soluçar mansamente.

— Perdoe-me, comportei-me com vulgaridade. Não tenho nenhum direito de exigir sua gratidão: esqueça o que eu disse há pouco, por favor.

— Otsu-san — disse Musashi, curvando-se sobre o parapeito e espreitando seu rosto — deixe-me explicar: na realidade, durante mais de novecentos dias, ou seja, durante todos os dias em que você me esperou nesta ponte, estive encerrado no alto de uma torre do castelo Hakurojo, impedido de ver a própria luz do dia.

— Sei disso.

— Sabia?

— Sim. O monge Takuan me contou.

— Quer dizer que está a par de tudo que me aconteceu?

— Ele me salvou quando caí desacordada num denso bambuzal no fundo de um vale, perto da casa de chá Mikazuki. E foi ele também quem me arrumou este emprego na loja de artefatos de bambu. Ainda ontem, passou por aqui e... não entendi bem, mas me disse enquanto tomava chá: "Problemas entre um homem e uma mulher não são o meu forte. Daqui para a frente, lavo minhas mãos."

— Foi isso o que ele disse? — perguntou Musashi, voltando-se na direção em que o monge se fora. Quando tornaria a vê-lo?

Sentiu mais uma vez a grandeza do amor de Takuan, ao mesmo tempo em que percebeu como fora limitado o seu discernimento ao se julgar único objeto do interesse dele. O monge tinha estendido a mão não só a sua irmã, Ogin, como também a Otsu e a todos os que dele haviam necessitado, distribuindo imparcialmente o seu amor.

III

"Daqui para a frente, lavo as mãos porque nada entendo desses problemas envolvendo um homem e uma mulher."

Ao ouvir de Otsu que o monge assim dissera antes de se ir, Musashi sentiu subitamente que lhe punham sobre os ombros uma carga cujo peso não estava preparado para carregar.

Em meio à fabulosa coleção de livros chineses e japoneses que tivera a oportunidade de conhecer durante os novecentos dias que passara confinado no quarto selado, não se lembrava de haver lido uma única linha sobre tão importante tópico do relacionamento humano. Takuan também parecia não querer se envolver com problemas dessa natureza, pois fugira alegando não serem de sua alçada.

"Problemas entre um homem e uma mulher só podem ser resolvidos entre eles." — Era isso que o monge tentara sugerir? Ou será que ele o desafiava: "É tão simples! Tente resolver sozinho ao menos este problema!"

Perdido em pensamentos, Musashi contemplava fixamente as águas do rio sob a ponte.

Foi a vez de Otsu debruçar-se no parapeito e espreitar o rosto de Musashi:

— Posso ir com você, não posso? — insistiu. — O proprietário da loja concordou em me dispensar quando eu quisesse. Vou até lá, explico a situação, arrumo minhas coisas e volto em seguida. Ficará à minha espera, não ficará?

— Por favor, Otsu-san! — interrompeu-a Musashi, prensando a mãozinha branca da moça contra a balaustrada. — Reconsidere, eu lhe peço!

— Por quê? — tornou a insistir Otsu.

— Como já tentei explicar-lhe há pouco, estive encerrado durante três anos num quarto escuro e, à custa de muito sofrimento, consegui vislumbrar o caminho a seguir. Acabo de renascer e este é o primeiro dia em que Miyamoto Takezo — não, Miyamoto Musashi, pois até meu nome foi mudado — dará o primeiro passo no longo caminho rumo ao aperfeiçoamento. Em minha mente não há lugar para nada além de dedicação a esse aprendizado. Você percebe que não será absolutamente feliz compartilhando o caminho de um indivíduo assim resolvido, não percebe?

— Quanto mais o ouço, mais me sinto atraída por você. Não vê que, para mim, é o único homem digno desse nome sobre a face da terra e que, agora que o encontrei, não posso deixá-lo?

— Não importa o que disser, não a levarei comigo!

— Mesmo assim, eu o acompanharei por onde for. Basta que eu não atrapalhe o seu treinamento, não é verdade? É isso, não é?

— ...

— Prometo não estorvá-lo!

— ...

— Olhe, preste bem atenção: não vá embora sem mim, pois me zangarei, realmente. Espere-me aqui. Volto em seguida.

Assim dizendo, Otsu afastou-se em direção à loja na base da ponte, sem perceber que a conversa se transformara, nos últimos momentos, em monólogo.

Musashi pensou em aproveitar o momento e fugir em direção contrária, deixando tudo para trás. O pensamento apenas aflorou, mas seus pés permaneceram imóveis, pregados à ponte.

Otsu voltou-se mais adiante, insistindo:

— Não se afaste daí, ouviu?

Em resposta ao rostinho sorridente e às duas covinhas, Musashi assentiu com um involuntário movimento de cabeça. Tranquilizada, Otsu desapareceu no interior da loja.

Se pretendia partir, a oportunidade era única. Musashi travava uma surda batalha com os próprios sentimentos. Em suas pálpebras queimava, imobilizando-o, a última visão de Otsu, os tocantes olhos repletos de doçura.

Adorável Otsu! Além de Ogin, não acreditava haver no mundo ninguém que o amasse com tanto desprendimento. De mais a mais, estava longe de ser-lhe indiferente.

Contemplou o céu, contemplou o rio e, em agonia, debruçou-se sobre o parapeito: não conseguia decidir-se. Dentro de instantes, minúsculas lascas de madeira começaram a cair do corrimão onde Musashi repousava braços e rosto, precipitaram-se no rio e foram levadas pela correnteza.

Otsu surgiu usando sandálias novas com cordões de um amarelo vivo, e um sombreiro com fita vermelha que lhe realçava a beleza.

No entanto, Musashi havia desaparecido.

Com um gritinho desesperado, Otsu procurou ao redor, quase em prantos.

Perto do local onde há pouco o deixara, algumas lascas de madeira espalhavam-se sobre a ponte. Ao dirigir casualmente o olhar para o parapeito, Otsu notou entalhes na madeira, feitos com o auxílio de uma adaga.[50] Os entalhes formavam palavras que se destacavam, brancas, na madeira queimada do corrimão. Diziam:

"Perdoe-me. Perdoe-me."

---

50. *Kozuka,* no original: pequena adaga, muitas vezes embutida na empunhadura da espada.

A ÁGUA

A ACADEMIA YOSHIOKA

I

"Da vida, ninguém sabe o amanhã" (Dito popular).
E Oda Nobunaga[1] também costumava declamar:

No mundo em contínua transição,
Cinquenta anos e uma vida
São meros sonho ou ilusão.

O poema e o dito popular expressam certo tipo de pensamento daqueles tempos, comum a todas as classes sociais, desde as mais baixas até as intelectuais. Realmente, as guerras haviam chegado ao fim e as luzes das cidades de Osaka e Kyoto brilhavam tão intensas quanto no auge do período Muromachi.[2] O povo, porém, vivia apreensivo, em contínua expectativa de que, mais dia, menos dia, as luzes se apagariam de novo e o caos voltaria a reinar: o pessimismo, consequência dos longos e turbulentos anos de guerra em que o país vivera mergulhado nos últimos tempos, não podia ser facilmente erradicado.

Corria o décimo ano do período Keicho (1605). A batalha de Sekigahara já era acontecimento do passado, episódio ocorrido havia cinco anos, apenas relembrado em conversas.

Tokugawa Ieyasu se retirara da posição de xogum[3], havendo rumores de que, em março, durante a próxima primavera, seu sucessor, o terceiro filho Hidetada, partiria de Edo e chegaria a Kyoto para prestar as devidas homenagens ao imperador. Na cidade imperial, os negócios prosperavam.

---

1. Oda Nobunaga (1534-82): famoso comandante militar, o primeiro a tentar a unificação do país. Surgindo num período de especial turbulência política do Japão, aos poucos dominou feudos ao redor do seu com a ajuda de Tokugawa Ieyasu, ampliando o poder com hábil uso de novas técnicas e armas de combate. Foi responsável pela deposição do último xogum da família Ashikaga, do período Muromachi. No auge da carreira, viu-se encurralado, em manobra militar traiçoeira, por um de seus próprios generais e suicidou-se aos 48 anos de idade.

2. Período Muromachi (1336-1573): corresponde ao domínio da família Ashikaga na posição de xogum, tendo sido a capital do país novamente transferida de Kamakura para Kyoto, e o quartel-general estabelecido no distrito de Muromachi. Durante o xogunato dos Ashikaga, o país viveu um período turbulento e confuso, tendo havido duas cortes: a do imperador Godaigo e seus seguidores, em Nara, o qual alegava origem imperial divina, e a dos xoguns Ashikaga.

3. Xogum: general-comandante. O título governativo, no Japão medieval, era concedido pelo imperador, que assim transferia para um favorito a incumbência de governar a nação. O cargo foi criado em 1192, quando o imperador Takaira escolheu o generalíssimo de seu exército, o cortesão Minamoto,

Todavia, o povo não conseguia acreditar que esse surto de prosperidade — consequência do fim das guerras — fosse indício de paz duradoura. Embora Tokugawa Hidetada já tivesse se estabelecido no castelo de Edo como segundo xogum, no castelo de Osaka continuava entrincheirado Toyotomi Hideyori[4] vivo e gozando de boa saúde. Hideyori não só gozava de boa saúde, como também representava uma contínua ameaça ao segundo xogum Tokugawa Hidetada, pois muitos senhores feudais ainda lhe eram fiéis. Como se não bastasse, Hideyori havia herdado do pai, a par da desmedida ambição, imensa fortuna e o vasto castelo, suficientes para pagar e abrigar todos os *rounin* do país.

— Logo vai haver outra guerra, estejam certos.

— É apenas uma questão de tempo.

— Aproveitem, que as luzes da cidade não vão brilhar para sempre, logo começará outra guerra. Quem falou em viver cinquenta anos? Você pode morrer amanhã!

— Por que me preocupar? Melhor beber enquanto posso.

— É verdade! Viva a vida cantando!

O mesmo tipo de pensamento norteava a vida daqueles samurais que haviam emergido em grupo da rua Shijo, no bairro Nishi-no-Touin, da cidade de Kyoto. Ao lado, corria o muro branco de uma construção, nele se destacando um imponente portal. Uma velha placa de madeira enegrecida

---

dando-lhe carta branca não só para o comando supremo do exército, como também para controlar a administração e a economia do país. Desse modo, o imperador ficava investido de um cargo decorativo e solene, ligado a uma concepção religiosa, enquanto o poder político era desempenhado por um áulico. Essa situação deu lugar a grande anarquia e frequentes lutas civis, provocadas por disputas entre famílias rivais da aristocracia. Os xoguns chegaram a tomar o cargo hereditário, constituindo novas dinastias paralelas à reinante e, por vezes, destituindo imperadores a fim de colocar no trono pessoas de sua escolha. O regime dos xoguns terminou somente com a revolução de 1868, através da qual o imperador enfeixou novamente o poder em suas mãos.

4. Resumo:
1336-1573 — Xogunato dos Ashikaga ou Período Muromachi.
1573 — Ascensão de Oda Nobunaga, que depôs o último xogum Ashikaga.
1582 — Suicídio de Oda Nobunaga.
1536-1598 — A liderança passa para Toyotomi Hideyoshi, o mais bem sucedido general de Nobunaga; Hideyoshi prossegue com a política de unificação do país iniciada por Oda Nobunaga, transferindo a sede do poder para Osaka. Considerado inelegível para o posto de xogum graças à sua origem humilde, Toyotomi Hideyoshi planeja passar bens e poder a Hideyori, seu segundo filho, nomeando cinco vassalos como guardiões durante a sua minoridade.
1598 — Morre Hideyoshi.
1600 — Os cinco guardiões lutam entre si na famosa batalha de Sekigahara (que determinou os rumos políticos do Japão nos 250 anos seguintes), com a vitória de um dos guardiões, Tokugawa Ieyasu, que anteriormente também servira a Oda Nobunaga.
1603 — Ieyasu é nomeado xogum e transfere a capital para Edo, atual Tóquio, dando início ao Período Tokugawa, que terminou em 1868, com a ascensão do imperador Meiji ao trono e consequente restauração do poder imperial no Japão.

pelo tempo, nem por isso menos majestosa, ostentava um letreiro meio apagado, somente legível a curta distância:

YOSHIOKA KENPO (Heian)
Academia de Artes Marciais por
Indicação da Casa Xogunal Muromachi

Quando se aproxima a hora em que as luzes da cidade se acendem, pelos portões da academia se retira uma horda de jovens samurais. Alguns levam três espadas — a longa, a curta e mais uma, de madeira, usada em treinos — presas à altura do quadril esquerdo; outros carregam lanças nos ombros. Não há um único dia de folga nas atividades. Parecem exímios em suas especialidades: havendo outra guerra, tipos como estes serão, certamente, os primeiros a tombar. Todos, sem exceção, parecem perigosos como pequenos vulcões prestes a entrar em erupção.

Um grupo de quase dez discípulos da academia passou naquele momento:

— Mestre, jovem mestre! — chamava um deles, cercando um homem — desculpe-me, mas hoje não volto à casa em que estivemos ontem à noite. Concordam comigo, senhores?

— Plenamente! As mulheres só tinham olhos para o senhor, jovem mestre. Nem notaram a nossa presença.

— É verdade. Que tal se procurássemos, esta noite, uma casa onde as mulheres não nos conheçam, nem ao nosso mestre?

O grupo todo concordou, com gritos entusiásticos ecoando pela rua.

Nesta área, à margem do rio Kamogawa, as luzes brilhavam numerosas. Com a valorização gradual das terras, pequenas casas precariamente construídas, quase barracos, haviam começado a surgir nos terrenos que, incendiados em sucessivas guerras e posteriormente tomados pelo mato, tinham permanecido abandonados por longo tempo como verdadeiros símbolos dos conturbados anos do período Sengoku. Nas portas dessas casas pendiam, até meia altura, cortinas vermelhas ou da cor do trigo anunciando os nomes dos estabelecimentos, e mulheres de vida fácil procedentes da província de Tanba, com os rostos cobertos com uma maquiagem branca malfeita, emitiam assobios curtos e característicos, convidando os incautos. Prostitutas compradas em levas na província de Awa tocavam *shamisen*, um instrumento de cordas que surgira recentemente, o melodioso som em *stacatto* acompanhando as atrevidas canções em voga.

Ao se aproximar da zona do meretrício, Yoshioka Seijuro, o homem a quem chamavam jovem mestre e que vestia sobretudo marrom-escuro com o emblema da família — três pequenas espirais no interior de um círculo — estampado nas mangas, voltou-se para o grupo e disse:

— Um sombreiro, Toji. Providencie um sombreiro.

— Que tipo de sombreiro? Daqueles em forma de cesto, que cobrem o rosto todo? — perguntou Gion Toji, um dos discípulos.

— Exatamente.

— Mas para que ocultar o rosto, jovem mestre?

— Nenhum motivo especial. Apenas não quero que as pessoas me apontem e digam: "Olhe, ali vai o primogênito da família Yoshioka."

II

— Ah, não quer se expor andando pelas ruas da zona alegre! — zombou Toji. — É esse jeito fidalgo do nosso mestre que faz com que todas as mulheres se sintam atraídas por ele, para o nosso desespero. — Toji misturou habilmente gracejos e lisonja; voltou-se em seguida para um dos homens e ordenou:

— Vá comprar um sombreiro, rápido.

O homem afastou-se em direção à casa de chá onde vira expostos os sombreiros, mergulhando entre os alegres transeuntes, alguns embriagados, outros meras silhuetas de teatro de sombras recortadas contra as luzes das casas.

De posse do sombreiro, Seijuro cobriu a cabeça e caminhou agora abertamente:

— Pronto, deste modo não serei reconhecido.

Às suas costas, Toji o adulava:

— Está realmente um dândi. Mais elegante, impossível!

Os demais o ajudavam:

— Vejam as mulheres, vieram todas à porta, interessadas!

As palavras dos discípulos não eram pura lisonja. Seijuro — beirando os trinta anos e no apogeu da virilidade — era alto, e seu porte aristocrático condizia com o de um herdeiro de família tradicional; brilhavam as espadas curta e longa que trazia à cintura.

Por trás das cortinas cor-de-trigo e das treliças vermelho-ocre as mulheres se alvoroçavam, trinando como aves engaioladas:

— Olá, bonitão!

— Ó do sombreiro! Que elegância!

— Venha cá, entre um instante.

— Levante o sombreiro um pouquinho e deixe-me ver seu rosto.

Seijuro empertigou-se, envaidecido. Na verdade, o herdeiro dos Yoshioka passara a frequentar a zona alegre apenas recentemente. Era presunçoso por ser filho do famoso Yoshioka Kenpo e por ter sido criado em ambiente farto, ignorando o lado amargo da vida — em suma, um típico herdeiro de aristocratas. Não era de estranhar, portanto, que as lisonjas de seus discípulos e as provocações das mulheres agissem em seu espírito como um doce veneno, levando-o à embriaguez.

Naquele instante, a voz esganiçada de uma mulher partiu do interior de uma das casas:

— Mas vejam quem vai lá: é o jovem mestre da rua Shijo! Sei que é, não adianta esconder o rosto!

Seijuro tentou disfarçar o olhar triunfante e, aparentando surpresa, estacou na frente da janela de onde provinha a voz, perguntando ao discípulo:

— Toji, como foi que esta mulher descobriu?

— Muito estranho! — disse Toji, fitando o rosto sorridente por trás da treliça e, a seguir, o de seu mestre; virou-se então para os colegas e perguntou em voz alta: — Senhores, eis que deparamos com um fato deveras suspeito.

O grupo inteiro parou e instigou, alvoroçado:

— Que foi, qual é o mistério?

— Nosso querido jovem mestre, que todos julgávamos tão ingênuo, era um lobo em pele de cordeiro: pois não é que ele já conhecia esta mulher? — disse Toji, apontando a mulher e gesticulando comicamente.

— É mentira! — disse a mulher, ao que Seijuro acrescentou, com fingida indignação:

— De que fala, Toji? Nunca pus os pés nesta casa!

Toji sabia disso perfeitamente, mas retrucou zombeteiro:

— Como acontece, então, jovem mestre, que esta mulher tenha adivinhado a sua identidade, apesar do sombreiro que esconde seu rosto? Isso é ou não suspeito, senhores?

— Muito suspeito! — agitou-se o grupo enquanto a mulher, encostando na treliça o rosto coberto por pesada pintura branca, ria e negava:

— Não, não é bem assim! Cavalheiros, não sobrevive em nosso meio quem não sabe dessas coisas.

— Ora, ora, ela se faz de entendida! Diz então como fizeste para saber! — replicou Toji.

— Muito simples: o tom marrom-escuro do seu sobretudo é o preferido dos gentis-homens que frequentam a academia da rua Shijo. O "matiz Yoshioka", como é conhecida essa tonalidade especial de marrom, está na moda até em nosso meio — respondeu a mulher.

— O "matiz Yoshioka" não é exclusivo do nosso mestre: muitos o usam.

— Mas vejam o emblema das três espirais! — acrescentou a mulher.

— Que distração! — disse Seijuro. Enquanto fitava a própria manga, uma mão branca surgiu por trás da treliça e agarrou-a rapidamente.

III

— Esta é impagável: preocupado com o rosto, esqueci-me de esconder o emblema. Dou-me por vencido! — exclamou Seijuro.
— Agora já não tem como recusar: terá de favorecer esta casa, jovem mestre — disse Toji.
— Está bem, está bem. Mas, primeiro, faça com que esta mulher solte minha manga — pediu Seijuro, embaraçado.
— Mulher, nosso mestre concorda em entrar. Larga a manga! — ordenou Toji.
— De verdade? — alegrou-se a mulher, soltando-a.
O grupo afastou o cortinado e invadiu a casa ruidosamente.
Seguindo o padrão geral, esta era também uma construção barata, feita às pressas. O recinto em que se encontravam, longe de oferecer conforto, era decorado com quadros vulgares e arranjos florais malfeitos. Excetuando Seijuro e Toji, no entanto, aqueles homens eram insensíveis a tais pormenores.
— Tragam saquê! — gritou alguém.
— Tragam petiscos! — gritou outro.
— Tragam mulheres, e depressa! — gritou Ueda Ryohei, discípulo que se comparava a Gion Toji em destreza, na academia.
O grupo explodiu em gargalhadas:
— Tragam mulheres, essa foi boa! Ordens do velho Ueda: tragam logo as mulheres! — gritaram, imitando os modos de Ryohei.
— Como se atrevem a me chamar de "velho"? — reclamou o velho Ueda, o rosto meio oculto por trás de uma taça, fuzilando com o olhar os jovens companheiros. — Concordo, sou veterano na academia, mas, como podem ver, minhas têmporas continuam negras.
— Você deve tê-las tingido, como Sato Sanemori! — caçoou um dos homens.
— Gracejos têm hora: quem foi o engraçadinho? Apresente-se, vai ter de beber, como castigo! — retrucou Ueda, fingindo-se ofendido.
— Fico aqui mesmo: jogue a taça para cá!
Uma taça foi pelos ares:
— Aí vai.
Outra retornou:
— Devolvo.
— Quero ver alguém dançando — comandou Toji.
Seijuro, levemente embriagado, sugeriu:
— Ueda, mostre-nos sua juventude.
— Se é para mostrar como sou jovem, não posso recusar: aceito o desafio — disse Ueda; saiu do recinto e, dirigindo-se a um canto da varanda, retor-

nou com um avental vermelho atado à cabeça e uma flor de ameixeira enfiada no cordão. Agarrou então uma vassoura, dizendo:

— Atenção, homens, dança folclórica da província de Hida. Toji, comece a cantar!

— Muito bem, todos cantando! — ordenou Toji.

A canção elevou-se ao ritmo de *hashis* batendo nas bordas de pratos e fogareiros:

>   *Além da sebe, além da sebe*
>   *Em meio à neve*
>   *Entrevi linda menina,*
>   *As mangas do quimono*
>   *Agitando em meio à neve.*

Ruidosamente o grupo aplaudiu Ueda, que se retirou. As mulheres então o substituíram, acompanhadas por instrumentos de percussão:

>   *Quem eu ontem conheci,*
>   *Hoje não vejo mais.*
>   *Quem eu hoje encontrei,*
>   *Amanhã aonde andará?*
>   *Sou um pobre coitado*
>   *Que não sabe do amanhã.*
>   *Deixe então que eu cante hoje,*
>   *Meu amor por você.*

A um canto, um homem empunhava uma funda taça cheia de saquê e desafiava outro:

— Não me diga que não aguenta beber esse pouquinho...

— Desisto...

— Belo exemplar de *bushi* é você!

— Está bem, eu bebo, contanto que você também beba...

— Trato feito!

O grupo considerava ponto de honra beber como um boi. Suportavam a custo o mal-estar e apostavam entre si, emborcando de uma só vez grandes quantidades de saquê, deixando o excedente escorrer pelos cantos da boca.

Com o tempo, alguns começaram a vomitar, outros, a fitar tristonhos os rostos dos companheiros. A bebida deixou-os cada vez mais presunçosos e alguém gaguejou, entre arrotos:

— Afora o nosso jovem mestre Yoshioka, instrutor do estilo Kyohachi, existe mais alguém no mundo que entenda de esgrima? Se existe, que se apresente!

IV

Naquele momento, um homem sentado do outro lado do jovem mestre e que, também farto e embriagado, não parava de soluçar, começou a rir:

— Pare com essa bajulação barata só porque está na presença do mestre. O estilo Kyohachi de esgrima não é o único do país. Tampouco a Academia Yoshioka é, necessariamente, a melhor. Veja, por exemplo, que só aqui, em Kyoto, existem a Academia de Toda Seigen, em Kurotani, e a de Ogasawara Genshinsai, em Kitano; e em Shirakawa, embora não admita discípulos, mora o famoso Ito Ittosai.

— E daí, que tem isso a ver? — tornou o primeiro, agressivamente.

— Daí estou dizendo que esse tipo de presunção é inaceitável.

— Como é? — o presunçoso, sentindo-se ferido em seu orgulho, avançou o rosto e provocou: — Venha até aqui e sustente o que disse, se for capaz!

— Assim? — replicou o outro, também avançando o rosto.

— Qual é a sua intenção? Você frequenta a Academia Yoshioka e mesmo assim pretende desacreditar o estilo Yoshioka?

— Longe de mim a intenção! Estou apenas dizendo que hoje — ao contrário dos tempos do nosso velho mestre, quando títulos como "Instrutor do Clã Xogunal Muromachi" ou "Academia de Artes Marciais, por Indicação Xogunal" eram sinônimos de excelência reconhecidos por todos —, hoje vivemos numa época em que sobram aspirantes à nossa carreira e não são poucos os companheiros desse ramo que se destacam tanto em Kyoto como nas cidades de Edo, Hitachi, Echizen, Chuugoku, e até nos confins de Kyushu. Eu apenas quis dizer o seguinte: o fato do nosso velho mestre, Yoshioka Kenpo, ter sido um dos melhores de sua época, não transforma necessariamente seu filho nem seus discípulos nos melhores de nossos dias. Acho que esse tipo de convencimento é um grande erro. Não estou certo?

— Errado: você é um covarde, está com medo dos outros guerreiros!

— Quem disse que sou covarde? Só estou advertindo que é perigoso vangloriar-se.

— Advertindo? E quem é você para advertir alguém? — O presunçoso não se conteve, e com um seco empurrão no peito do seu opositor derrubou-o sobre pratos e taças.

— Ah, quer briga?

— Quero!

Os veteranos Gion Toji e Ueda intervieram apressadamente, apartando os dois que se haviam engalfinhado:

— Parem com essa demonstração barata de força!

E oferecendo nova rodada de saquê, tentavam acalmar os ânimos exaltados:

— Calma, calma!

— Está certo, entendi perfeitamente seu ponto de vista.

Um continuou a gritar cada vez mais alto, enquanto o outro se punha a chorar copiosamente, agarrado ao pescoço do velho Ueda.

— Veja se me entende, velho Ueda: disse o que disse, sem rodeios, porque na verdade prezo demais o bom nome da Academia Yoshioka. Por obra desses bajuladores vulgares, o nome do nosso velho mestre, Yoshioka Kenpo, poderá ser arrastado na lama um dia desses... Escute o que estou dizendo, Ueda.

As mulheres haviam se dispersado e os instrumentos musicais achavam-se espalhados pela sala. Irritado, alguém andava pelos aposentos contíguos, praguejando:

— Onde estão as mulheres? Malditas mulheres!

Um homem vomitava ajoelhado à beira da varanda, e outro o confortava massageando-lhe as costas.

Seijuro não conseguia descontrair-se. Toji percebeu rapidamente o humor de seu mestre e sussurrou:

— Creio que não está conseguindo divertir-se, jovem mestre.

— Fico pasmo com o comportamento dos meus homens: é isso que chamam de diversão? — espantou-se Seijuro.

— É bem assim que se divertem, infelizmente.

— Que maneiras!

— Não gostaria de se transferir para um ambiente mais calmo, jovem mestre? Eu o acompanharei.

Seijuro aceitou grato o oferecimento, dizendo:

— Quero voltar à casa onde estivemos ontem.

— À Hospedaria Yomogi?

— Lá mesmo.

— O nível daquele estabelecimento é muito superior. Eu já sabia que o senhor preferia a Hospedaria Yomogi, mas... com esses baderneiros nos acompanhando, seria impossível. Foi por isso que entrei de caso pensado nesta casa barata.

— Vamos embora, Toji. Deixe o resto por conta do velho Ueda.

— Finjo ir ao banheiro, e vou ao seu encontro em seguida.

— Muito bem, espero-o lá fora.

Assim dizendo, Seijuro esgueirou-se habilmente, deixando para trás seus discípulos embriagados.

LUZ E SOMBRA

I

Levantando os calcanhares brancos, ela se equilibrava na ponta dos pés. A mulher de meia-idade; os cabelos lavados e escorridos sobre os ombros; reacendera a lanterna cuja chama o vento apagara e, com dificuldade, tentava devolvê-la ao prego sob o beiral. No alvo braço erguido, as sombras projetadas pela luz da lanterna moviam-se misturadas às mechas dos cabelos negros. Tocada pela brisa noturna de fevereiro, pairava no ar leve fragrância de flor de ameixeira.

— Quer ajuda, Okoo? — disse repentinamente uma voz às suas costas.
— Oh, é você, jovem mestre?
— Espere um pouco.

Quem assim falou surgindo ao seu lado, no entanto, não foi o jovem mestre Seijuro, mas seu discípulo, Gion Toji.

— E então, está bem assim? — perguntou.
— Muito obrigada — disse Okoo.

As letras na lanterna anunciavam: *Hospedaria Yomogi*.

Observando cuidadosamente o efeito, Toji murmurou: — Está meio torto — e refez o serviço. Era interessante como certos homens, intolerantes e exigentes em seus lares, tornavam-se prestimosos e diligentes ao pôr os pés em casas da zona alegre, oferecendo-se para abrir janelas e ajeitar almofadas.

— Finalmente, um pouco de paz — disse Seijuro, assim que se acomodou. — Que silêncio agradável!
— Quer que abra? — disse Toji, dirigindo-se a uma porta corrediça.

A porta dava para um estreito avarandado protegido por um corrimão. Além dele, murmuravam as águas do rio Takasegawa. Do outro lado da pequena ponte da rua Sanjo, sobre o rio, avistava-se na direção sul apenas o vasto pátio de Zuisen'in, a escura rua dos Templos e um campo de choupos. Nas proximidades ficava também o outeiro maldito, onde Toyotomi Hidetsugu, conhecido como Regente Cruel, havia se suicidado em companhia de suas concubinas e filhos, cumprindo ordens do tio, o general Toyotomi Hideyoshi. O episódio ainda permanecia vivo na lembrança do povo.

— O silêncio é meio opressivo: onde estarão as mulheres? Maldita Okoo que não aparece, nem nos serve o chá. Por que demora tanto, se não há outros clientes esta noite?

Toji era irrequieto, do tipo incapaz de ficar parado por longo tempo.

Levantou-se e dirigiu-se a um estreito corredor que conduzia ao interior da casa, pensando em mandar apressar o serviço. Mal saíra do quarto, esbarrou num vulto.

— Oh! — ouviu Toji, juntamente com o tilintar de um guizo e o barulho de porcelana chocando-se sobre uma bandeja de laca dourada. Em pé à sua frente estava uma jovem e o guizo soava junto à manga de seu quimono.

— Olá, Akemi! — disse Toji.

— Cuidado, vou acabar derramando o chá! — advertiu-o Akemi.

— Deixe o chá para lá! Então não sabe que o senhor Seijuro, de quem você tanto gosta, está à sua espera na outra sala? — retrucou Toji.

— Viu o que fez? Acabei derramando o chá! Vá buscar um pano para mim, que a culpa é sua — ordenou Akemi, petulante.

— Onde está Okoo? — quis saber Toji.

— Arrumando-se.

— Ainda?

— O movimento foi muito grande durante o dia.

— Quem esteve aqui?

— Ninguém que lhe interesse! E veja se me deixa passar — disse Akemi, entrando na sala e cumprimentando o hóspede: — Seja bem-vindo.

Seijuro, que se fingia absorto na paisagem, voltou-se:

— Ah, é você... Quero agradecer a atenção com que nos atendeu a noite passada — disse, algo embaraçado.

Akemi retirou da prateleira uma pequena caixa, semelhante às usadas para guardar incenso, e colocando sobre ela um cachimbo com boquilha de porcelana, ofereceu-o dizendo:

— Quer fumar, jovem mestre?

— Pensei que fumar fosse proibido! — admirou-se Seijuro.

— Mas todos fumam escondido — riu Akemi.

— Nesse caso, vou experimentar também.

— Deixe-me preparar o cachimbo.

Akemi retirou folhas de tabaco da pequena e elegante caixa de madrepérola e apertou-as com o dedo esguio e branco no fundo do fornilho de porcelana, oferecendo-o em seguida a Seijuro:

— Por favor — disse, voltando a boquilha em sua direção.

O herdeiro dos Yoshioka, manipulando desajeitadamente o cachimbo, comentou:

— É ardido!

A jovem riu alegremente.

— Onde está Toji? — perguntou Seijuro.

— Deve estar no quarto de minha mãe, como de hábito — respondeu Akemi.

— Acho que Toji gosta de Okoo. É, estou quase certo disso. Sem dúvida, o malandro frequenta a casa escondido de mim.

II

— Acertei? — insistiu Seijuro.
— Não seja indiscreto! — riu Akemi.
— Aposto que sua mãe também tem uma queda por Toji. Não é verdade?
— Nada sei sobre isso — esquivou-se Akemi.
— Tem sim, tenho certeza. Vem a calhar, pois assim formamos dois pares: Toji e Okoo, eu e você. — Aparentando indiferença, Seijuro cobriu com a sua a mão da jovem.
— Não toque em mim! — gritou Akemi, e com súbito e vigoroso movimento afastou a mão que repousava sobre a sua. O movimento de repulsa excitou-o. Seijuro abraçou o frágil corpo de Akemi, que tentava se levantar, e imobilizou-o:
— Aonde vai, minha pequena?
— Saia! Largue-me!
— Fique aqui, pertinho de mim.
— Tenho... tenho de lhe servir saquê.
— Não quero saquê.
— Mas minha mãe mandou! Ela vai se zangar!
— Não vai, não. Okoo está se divertindo com Toji na outra sala.
Seijuro forçou o rosto de encontro ao de Akemi que, no mesmo instante, desviou a cabeça freneticamente e, com as faces rubras, gritou a plenos pulmões:
— Alguém me acuda! Mãe! Mãe!
Aproveitando a momentânea desorientação de Seijuro, Akemi escapou de seus braços e, mal se viu livre, voou da sala como um pássaro assustado, fazendo tilintar o guizo na manga do quimono. Segundos depois, risadas ecoaram da direção em que a jovem, chorosa, correra a se esconder.
Frustrado e abandonado, o herdeiro dos Yoshioka estalou a língua, impaciente. Em seu rosto sombrio transpareciam amargura e tristeza.
— Vou-me embora — murmurou. Saiu para o corredor e deu alguns passos, furioso.
No mesmo instante viu-se envolvido por dois braços que o retiveram:
— Que é isso, Sei-sama! Aonde vai? — Era Okoo que, assim dizendo, acudia bem a tempo de impedir que Seijuro se retirasse. Havia arrumado os cabelos e pintado cuidadosamente o rosto. Toji, instado por ela, também o consolava:

— Vamos, vamos, não se aborreça com a menina!

À custa de muita adulação, Seijuro foi reconduzido à sala. Okoo serviu prontamente o saquê e procurou acalmá-lo, enquanto Toji trazia Akemi de volta para o aposento.

Ao ver o rosto desanimado de Seijuro, Akemi virou-se rapidamente ocultando um súbito sorriso matreiro.

— Sirva saquê ao nosso jovem mestre, Akemi! — ordenou Okoo.

— Claro! — respondeu a jovem, empurrando bruscamente o pequeno pote de saquê em sua direção.

— Está vendo, Sei-sama? Esta menina não tem modos, parece que nunca amadurece! — comentou Okoo.

Toji logo apartou:

— Mas aí reside todo o seu encanto: sempre fresca, como a primeira flor de cerejeira.

— Mas já vai fazer 21 anos! — replicou Okoo.

— Vinte e um? Não parece. É tão miúda que aparenta quando muito dezesseis ou dezessete anos.

Akemi reagiu com a vivacidade de um pequeno esquilo:

— Acha mesmo, Toji-san? Que bom! Gostaria de ter dezesseis anos para sempre. Algo maravilhoso me aconteceu quando eu tinha dezesseis anos.

— O quê?

— Algo maravilhoso, que não posso contar a ninguém... Quando eu tinha dezesseis anos! — disse Akemi com ar sonhador, cruzando as mãos sobre o peito. — Sabe onde eu morava nessa época? No ano da batalha de Sekigahara...

Okoo interrompeu-a repentinamente, com expressão de desagrado:

— Não fique aí tagarelando e vá buscar o *shamisen*.

A jovem levantou-se abruptamente e afastou-se sem responder. Ao retornar, abraçou o instrumento e pôs-se a cantar, sonhadora, mais disposta a se perder em agradáveis lembranças que em entreter os hóspedes.

Se acaso esta noite
Nuvens cobrirem o céu
Deixe que cubram, não faz mal,
Já que lágrimas me embaçam os olhos,
E a lua... que importa a lua?

— Compreendeu o sentido da canção, Toji-san? — perguntou Akemi sonhadora.

— Perfeitamente. Cante mais uma, Akemi.

— A noite inteira, se quiser...

Pode a noite ser escura,
Nunca perco o meu rumo,
Mas, ah, confesso, estou perdida,
Perdida por você.

— Está certo: ela tem mesmo 21 anos! — murmurou Toji.

III

Seijuro, que até então permanecera acabrunhado, mãos na cabeça, por alguma razão animou-se repentinamente e disse, oferecendo-lhe a taça cheia de saquê:
— Beba você também, Akemi.
— Ora, com prazer — respondeu Akemi com desembaraço. Tomou a bebida e devolveu a taça: — Obrigada.
— Já? Você vira rápido, Akemi! — Seijuro por sua vez esvaziou a taça e tornou a enchê-la, oferecendo de novo: — Beba mais uma.
— Obrigada.
Akemi bebia rapidamente, sem pausas. Seu ritmo não esmoreceu mesmo depois que a taça foi trocada por outra maior. Era do tipo franzino, aparentava apenas dezesseis ou dezessete anos, tinha lábios puros que homem algum jamais tocara e uma timidez de gazela no olhar. No entanto, misteriosamente, aquele corpo esguio absorvia toda a bebida.
— Melhor desistir, Sei-sama. Conheço bem a filha que tenho: nunca se embriaga. Deixe-a tocando *shamisen*, será mais proveitoso — disse Okoo.
— Não importa, estou me divertindo — retorquiu Seijuro, enchendo outra taça com determinação.
Preocupado com o rumo dos acontecimentos, Toji interveio:
— Que houve, mestre? Está se excedendo um pouco na bebida esta noite.
— Deixe-me em paz!
Conforme temia Toji, havia algo errado, pois logo Seijuro declarou:
— Toji, talvez eu não vá para casa esta noite.
— Isso mesmo, durma em minha casa quantas noites quiser. Não é mesmo, Akemi? — incentivou-o Okoo.
Fazendo um sinal com os olhos, Toji conduziu Okoo a outro aposento e sussurrou-lhe que estavam com um problema. Toji achava que seu mestre, apaixonado como parecia, só sossegaria quando Akemi fosse persuadida a aceitá-lo, muito embora o procedimento pudesse parecer censurável. No entanto,

dizia ele, muito mais que a opinião de Akemi, importava a permissão da mãe; assim sendo, queria saber quanto queria Okoo para dar o consentimento.

— Bem, deixe-me ver... — disse Okoo na penumbra do quarto, levando pensativa o indicador à bochecha coberta por pesada maquiagem.

— Vamos, dê um jeito — insistiu Toji, aproximando-se. — Veja bem: o mestre é instrutor de artes marciais, e a família Yoshioka possui grande fortuna. O arranjo será proveitoso para as duas, pois o falecido mestre Yoshioka Kenpo foi, durante longo tempo, instrutor dos xoguns Muromachi e sua academia é uma das maiores do país em número de discípulos, senão a maior. Além disso, o senhor Seijuro ainda é solteiro: não vejo como a história possa ser desvantajosa para Akemi.

— Eu não me importo — disse Okoo.

— Se você concorda, ninguém mais pode reclamar: o acordo está feito. Nós dois, o jovem mestre e eu, vamos passar a noite em sua casa.

O quarto não tinha iluminação. Ousadamente, Toji passou o braço pelos ombros de Okoo. Naquele instante, do outro lado da fina divisória que separava o quarto do aposento contíguo, ouviu-se o ruído de um baque.

— Você tem outro hóspede? — espantou-se Toji.

Sem nada dizer, Okoo assentiu, meneando a cabeça. Aproximou a seguir os lábios úmidos do ouvido de Toji e sussurrou:

— Mais tarde!...

Os dois afastaram-se negligentemente. Quando retornaram à sala, Seijuro já se havia deitado bastante embriagado. Toji também se deitou partilhando o mesmo quarto e permaneceu a noite inteira, em estado de semivigília, à espera. Em vão, pois a madrugada avançava sem que nada se movesse nos aposentos dos fundos — o tão esperado roçar de sedas não se fez ouvir.

No dia seguinte Toji levantou-se tarde, aborrecido e frustrado. Seijuro já havia acordado e bebia novamente, sentado na sala junto ao rio. Entretinham-no Okoo e Akemi, ambas imperturbáveis.

— Promete que nos leva realmente? Que bom! — dizia Akemi.

Falavam de uma apresentação de *Okuni Kabuki*, montada às margens do rio.

— Aprontem logo as caixas de lanche e não se esqueçam de levar saquê — ordenou Seijuro.

— Então preciso aquecer a água do banho — disse Okoo, atarefada.

— Que bom! — exclamou Akemi.

Apenas as duas mulheres, mãe e filha, pareciam entusiasmadas naquela manhã.

IV

Ultimamente ferviam na cidade comentários sobre o balé das virgens xamânes do templo de Izumo, conhecido como Dança de Okuni.

O grupo de bailarinas fizera grande sucesso em Kyoto e, na esteira da fama, entrara em voga uma nova moda, o teatro feminino, ou *Okuni Kabuki*. Disputando o recém-descoberto filão de apreciadores de espetáculos frágeis e delicados, inúmeros grupos teatrais armavam palcos suspensos nas ribanceiras próximas à rua Shijo, apresentando danças folclóricas como o *Nembutsu-mai*, ou o *Yakko-mai*, cada grupo tentando ser original e criar um estilo próprio. Nos últimos tempos, atrizes saídas da classe das cortesãs, travestidas de homens e com pseudônimos artísticos masculinos, eram vistas frequentando as casas nobres.

— Ainda não se aprontaram? — reclamava Seijuro.

O sol já passava do meridiano. Enquanto Okoo e Akemi se arrumavam meticulosamente, o humor de Seijuro, cansado da espera, começava a se deteriorar. Toji, incapaz de esquecer a frustração da noite anterior, não conseguia recuperar a verve que lhe era típica e resmungava:

— O que nos irrita, a nós, homens, é a capacidade que as mulheres têm de resolver, na última hora, que não gostam do próprio penteado ou do *obi*...

— Estou com vontade de desistir... — resmungou Seijuro.

Contemplou o rio. Uma mulher alvejava tecidos no rio, debaixo da ponte da rua Sanjo. Sobre a ponte, um homem passava a cavalo. Seijuro lembrou-se das aulas da academia, negligenciadas: em seus ouvidos ecoavam o ruído das espadas de madeira e dos cabos das lanças entrechocando-se. Que estariam pensando de sua ausência os muitos discípulos? Por certo o irmão Denshichiro estaria impaciente à espera.

— Que acha de irmos embora, Toji? — perguntou Seijuro.

— A esta altura, vai ser meio difícil... — respondeu Toji, hesitante.

— Mas...

— Okoo e Akemi ficarão furiosas, jovem mestre! Elas estão muito entusiasmadas. Por favor, aguarde só mais um instante que vou apressá-las.

Toji saiu da sala. Espiou um aposento: vazio, exceto por um espelho e pelas roupas espalhadas no chão.

— Onde será que se meteram? — murmurou Toji, procurando na sala contígua. Não as encontrou, também ali. Chegou a um aposento sombrio e mal arejado, com péssima iluminação, onde o cheiro das cobertas se acumulara. Abriu uma porta sem pensar, e foi recebido com um berro em pleno rosto:

— Que você quer?

Atônito, afastou-se um passo e fitou o escuro interior do quarto forrado de *tatami* desgastados e úmidos, em contraste gritante com os das salas destinadas aos hóspedes. Um *rounin* aparentando vinte e poucos anos, indisfarçavelmente um malandro, achava-se deitado no chão com as pernas e braços espalhados. Os calcanhares sujos apontavam em sua direção. Da cintura, emergia o cabo de uma espada que ele não se dera ao trabalho de tirar, ao se deitar.

— Ah, desculpe-me. Não sabia que havia outro hóspede... — disse Toji.

— Não sou hóspede! — berrou de volta o homem, ainda deitado e fixando o teto com olhar irado.

Um cheiro acre de bebida provinha de seu corpo. Toji não sabia quem era, mas achando prudente não se envolver, disse:

— Nesse caso, desculpe-me — e tentou se afastar. O homem sentou-se abruptamente e gritou:

— Feche a porta!

Espantado, Toji obedeceu. Mal se afastou, Okoo, que estivera alisando os cabelos de Akemi no pequeno aposento contíguo à sala de banho, entrou no quarto: arrumara-se com tanto esmero que ninguém diria ser ela simples proprietária de uma pequena hospedagem.

— Que é agora? — disse ela ao homem ali deitado, com o tom que usaria para repreender uma criança.

Às suas costas, Akemi perguntou:

— Não quer vir conosco, Matahachi-san?

— Aonde? — perguntou Matahachi.

— Assistir a um espetáculo de *Okuni Kabuki*.

— Bah! — disse Hon'i-den Matahachi, contraindo os lábios como se fosse cuspir. — Marido algum andaria na companhia do homem que corteja sua mulher!

V

Ao se arrumar para sair, a animação toma conta de uma mulher, que se esmera na maquiagem e na escolha das roupas. A observação de Matahachi sem dúvida perturbou a alegria de Okoo, que se voltou com um brilho furioso no olhar:

— Que disse? — perguntou. — Está sugerindo que existe algo entre mim e Toji-sama?

— Ninguém disse isso — retrucou Matahachi, agora na defensiva.

— Acabou de sugerir, neste instante! — tornou Okoo.

— ...

— Nem é homem o bastante para sustentar o que diz... — continuou Okoo, fixando o olhar feroz no rosto do outro, que mergulhara em sombrio mutismo. — Estou cansada de suas crises de ciúmes. Akemi, deixe esse louco para lá e vamos embora! — chamou, afastando-se raivosamente.

Matahachi estendeu o braço para a barra do seu quimono:

— Louco? Quem é louco? Como ousa falar assim do próprio marido?

— Que marido? — tomou Okoo. — Se pretende ser meu marido, comporte-se de acordo. Não se esqueça que está comendo e dormindo à minha custa.

— Quê?!

— Desde o momento em que saímos de Goshu até hoje você não conseguiu ganhar nem míseros cem *mon*. Vive do dinheiro que eu e Akemi ganhamos com o nosso suor. Você não tem o direito de reclamar, pois andou esse tempo todo na vida mansa, bebendo sem parar.

— Eu... eu quis trabalhar, quis carregar pedras em obras por aí. Mas *você* não me deixou, dizendo que não suportava comida barata, que não queria viver em cortiços. E no fim, acabou entrando para esta profissão suja. Abandone-a!

— Abandonar o quê?

— Esta maldita profissão.

— E viver do que a partir de amanhã?

— Já disse que vou carregar pedras no pátio de obras do castelo: ganharei o suficiente para nos sustentar, você vai ver. Não é difícil sustentar duas ou três pessoas.

— Se gosta tanto de carregar pedras ou andar por aí arrastando pranchas de madeira, saia desta casa e vá viver sozinho trabalhando nessas obras. Acho que tem afinidade com esse tipo de profissão, afinal, você é um interiorano de Sakushu. Fique sabendo que ninguém o obriga a viver nesta casa. Portanto, se não gosta, esteja à vontade: vá embora quando quiser.

Okoo e Akemi desapareceram da frente de Matahachi, que, humilhado, tinha os olhos cheios de lágrimas. Furioso, Matahachi continuou fixando o olhar num canto da sala.

As lágrimas finalmente caíram sobre o *tatami*, saltando dos olhos como água em ebulição. Era tarde, mas Matahachi agora se arrependia. Quando vagara como fugitivo da batalha de Sekigahara e fora acolhido na solitária casa dos pântanos de Ibuki, chegara momentaneamente a achar que fora uma grande sorte ter encontrado aquela gente amável, e não hesitara em se aquecer ao calor de sua hospitalidade. Mas, avaliando as consequências agora, achava que poderia muito bem ter sido capturado pelas tropas inimigas porque, na verdade, acabara prisioneiro do mesmo modo. A levar esta vida indigna, servindo de consolo a uma viúva volúvel, suportando recriminações e a agonia de uma vida inteira nas sombras, talvez tivesse sido melhor ter sido capturado e arrastado de cabeça erguida ao quartel inimigo. E aqui estava ele, o começo da vida destruído por essa mulher que por certo aprendera de uma sereia o segredo da eterna juventude, essa mulher monstruosa e vulgar, cujo incansável apetite sexual transparecia na carne branca e na maquiagem perfumada!

— Maldita! — murmurou Matahachi. Seu corpo inteiro tremia. — Mulher maldita! — As lágrimas enchiam novamente os olhos. Queria chorar até não poder mais.

Por quê? Por que — recriminava-se — não retornara à vila Miyamoto? Por que não voltara para o seio de sua pequena Otsu? O seio puro de Otsu...

Vila Miyamoto — lá onde viviam sua mãe, a irmã, o cunhado, o velho tio Gon... Gente tão querida!

O sino do templo Shippoji, onde Otsu morava, estaria agora ecoando gravemente pelas montanhas. As águas do rio Aida estariam murmurando, as flores desabrochando nas ribanceiras, os pássaros cantando naquele dia de primavera.

— Idiota! Cretino! — Matahachi socou a própria cabeça. — Grande idiota!

VI

Vozes e passos indicavam que estavam de saída afinal. Okoo, Akemi, Seijuro e Toji — mãe e filha, e a dupla desde o dia anterior hospedada na casa. Conversavam animadamente:

— Ah, a primavera chegou mesmo! Aqui fora percebe-se bem! — disse Seijuro.

— Claro, pois já estamos quase em março — replicou Okoo.

— Há boatos de que, em março, o xogum Tokugawa e sua comitiva virão de Edo para esta cidade. Creio que vocês duas terão oportunidade de ganhar um bocado de dinheiro — comentou Seijuro.

— Não acredito — disse Okoo.

— Por quê? Os samurais do leste não gostam de se divertir? — perguntou Toji.

— São muito grosseiros — respondeu Okoo.

— Escute, mãe, é a banda de *Okuni Kabuki*, não é? Escute, são tambores e flauta — interrompeu-a Akemi.

— Mas que coisa! Essa menina só pensa no espetáculo! — irritou-se Okoo.

— Não posso evitar, mãe.

— Esqueça um pouco o teatro e encarregue-se do sombreiro do jovem mestre, Akemi — sugeriu Okoo.

— Que belo par formam esses dois! — disse Toji, insinuante.

— Pare com isso, Toji-san — reclamou Akemi, voltando-se para a dupla às suas costas. No mesmo instante, Okoo retirou apressadamente a mão que Toji retinha na sua.

Os passos e as vozes passaram ao lado do quarto onde se deitava Matahachi. Apenas uma parede o separava da rua.

O olhar furioso de Matahachi acompanhou o grupo pela janela do quarto. O ciúme envolvia seu rosto como uma máscara esverdeada.

— Que há comigo? — gritou. Sentou-se de novo pesadamente no quarto escuro. — Por que estou chorando? Sou um idiota!

Chamou-se de covarde, desprezível, irritante, num acesso de indignação.

— Aquela bruxa mandou-me embora? Muito bem, saio de cabeça erguida! Não tenho de continuar por aqui suportando os desaforos dessa megera! Sou jovem, tenho apenas 22 anos... e a vida inteira pela frente! — gritou para a casa repentinamente silenciosa.

— É isso mesmo! Mas...

Por quê... por quê? O ressentimento confundia seu raciocínio. A vida que levara nesses últimos anos perturbara-lhe a mente, reconhecia. Mas como manter a sanidade, quando sua mulher derrama sobre outros sorrisos e coqueteria outrora usados para seduzi-lo? À noite, não conseguia dormir de preocupação, de dia não ousava afastar-se da casa. E assim prosseguia, debatendo-se naquele quarto escuro, afogando-se em saquê.

E tudo por causa dessa maldita velha!

Conhecia muito bem essa revolta. Sabia ainda que, embora tardia, a única solução para o seu problema seria chutar para bem longe a vergonhosa vida que levava e ir embora, dando asas ao vigoroso anseio que queimava em seu jovem peito.

Porém, um estranho feitiço o retinha. E que atração! Ela devia ter parte com o demônio. Suas imprecações, seus gritos agudos chamando-o de parasita, expulsando-o, transformavam-se misteriosamente em doce atração sensual na calada da noite. Lábios rubros, que nada ficavam a dever aos da jovem filha Akemi...

Eis uma das razões; porém, outras havia.

Por exemplo, Matahachi percebia que não estava preparado para carregar pedras sob os olhares sarcásticos de Okoo e Akemi. Cinco anos nessa vida dissoluta com certeza o tinham deixado indolente. A pele conhecera e se habituara à fina seda, o paladar se aprimorara: já conseguia distinguir o fino sabor do saquê proveniente da região de Nada. Agora, o jovem Matahachi da vila Miyamoto já não era aquele rapaz rústico, simplório e destemido do passado. E porque levava — desde muito antes de completar os vinte anos — uma vida devassa com uma mulher bem mais velha, a juventude se fora, distorcida e maculada por tantos erros.

Hoje... hoje, no entanto, seria diferente.

— Maldita! Como gostaria de ver sua cara arrependida quando percebesse que me fui! — disse Matahachi, levantando-se furiosamente.

VII

— Vou-me embora, ouviram? — berrou.

A casa vazia não o deteve.

Ajeitando à cintura a espada, objeto que apesar de toda a degradação ainda valorizava, Matahachi apertou os lábios:

— Sou homem, afinal!

Podia ter saído com altivez pela porta da frente. O hábito, porém, falou mais alto: calçou as sandálias sujas à porta da cozinha e saiu abruptamente pelos fundos da casa.

Uma vez do lado de fora, parou abrupto como se os pés tivessem encontrado um obstáculo invisível: na fria brisa que vinha do leste anunciando a primavera, Matahachi pestanejou, indeciso.

— E agora, para onde?

O mundo de repente lhe pareceu um vasto oceano, sem um porto seguro onde atracar. Conhecia apenas duas porções da sociedade: a vila Miyamoto, sua terra natal, e os arredores da área onde ocorrera a batalha de Sekigahara.

— É verdade! — disse, voltando atrás. Entrou em casa pela cozinha, furtivo como um cão em busca de restos. — Preciso de dinheiro!

Foi ao quarto de Okoo. Remexeu a esmo gavetas, caixas, o espelho, mas não encontrou o que procurava. Sem dúvida, era o tipo de precaução que uma mulher como Okoo tomaria. Decepcionado, Matahachi sentou-se pesadamente entre as roupas que espalhara.

Seda vermelha, tecidos procedentes de Nishijin, matiz Momoyama, o perfume de Okoo se desprendia das peças, quase tangível. Naquele exato momento, Okoo estaria no teatro improvisado — um barraco à beira do rio — assistindo à dança de *Okuni* ao lado de Toji. Matahachi evocou sua pele branca, seus gestos de flerte.

— Bruxa!

As recordações que povoavam sua mente tinham o gosto amargo do arrependimento.

Tarde demais vinha-lhe com dolorosa intensidade a lembrança de Otsu, a noiva que abandonara em sua terra natal. Matahachi não conseguira se esquecer de Otsu. Ao contrário, o tempo se encarregara de lhe mostrar, claramente, a pureza ímpar daquela que um dia prometera esperar por ele em sua terra distante. Tinha vontade de se ajoelhar ali mesmo e pedir-lhe perdão, tamanho anseio sentia por ela.

Mas rompera os laços que o prendiam a Otsu. Não tinha o direito de lhe impor a sua presença.

— E por culpa dessa bruxa!

De nada adiantava àquela altura, mas percebeu que errara ao confessar honestamente a Okoo que tinha uma noiva, de nome Otsu, em sua terra natal. Na ocasião, Okoo apenas sorrira, encantadora, com forçada indiferença: em seu íntimo, no entanto, o ciúme a devastara. Certo dia, enquanto falava de trivialidades com o amante, Okoo inopinadamente exigira que Matahachi escrevesse uma carta a Otsu, desfazendo o compromisso; não satisfeita, anexara ainda uma carta humilhante escrita de próprio punho, e as remetera à desprevenida Otsu.

— Otsu, minha Otsu... Como teria ela reagido? — sussurrou, quase enlouquecido.

O arrependimento trouxe-lhe à mente a imagem de Otsu, seu olhar repleto de censura.

A primavera estaria chegando também à vila Miyamoto. Ah! Os rios, as eternas montanhas...

Matahachi conteve a custo o impulso de gritar, de chamar a mãe, os parentes, todos tão queridos! A própria terra da vila parecia aguardar calorosamente por ele.

— Nunca mais vou poder pisar aquelas terras, por culpa dessa megera!

Arrebentou o cesto onde Okoo guardava suas roupas e rasgou-as indiscriminadamente, espalhando as tiras por toda a casa.

Naquele instante, percebeu um vulto em pé, à entrada da casa.

— Com licença. Sou mensageiro da casa Yoshioka, da rua Shijo, e gostaria de saber se nosso jovem mestre e o senhor Gion Toji não estariam aqui — disse o estranho.

— Sei lá! — replicou Matahachi, grosseiro.

— Perdoe-me, mas tenho certeza de que se encontram nesta casa. Sei que minha pergunta é inoportuna pois ambos pretendiam divertir-se em segredo. No entanto, o que me traz a esta casa é de suma importância para a academia; até para a honra da família Yoshioka, eu diria.

— Não amole!

— Insisto que ao menos lhes transmita um recado. Diga-lhes que voltem o mais rápido possível, pois surgiu-nos hoje na academia certo Miyamoto Musashi, da província de Tajima, um samurai errante em jornada de aprendizado; e como o homem não encontrou entre nós ninguém à altura de sua habilidade, mostra-se firmemente decidido a esperar pelo mestre: ninguém conseguiu demovê-lo do intento — disse o mensageiro rapidamente.

— O que disse? Miyamoto? — gaguejou Matahachi.

A RODA DA FORTUNA

I

Que dia infeliz fora aquele para o clã Yoshioka!

Alguns discípulos mais conscientes achavam que a data deveria ficar gravada na memória de todos como aquela em que a academia de artes marciais tivera seu nome maculado por vergonha jamais experimentada desde a sua fundação na rua Shijo, no bairro Nishi-no-touin. Usualmente, àquela hora do crepúsculo, todos os alunos começavam a dispersar-se pelas ruas rumo às respectivas casas. Naquele dia, porém, ninguém se retirara: presas de dolorosa comoção, os discípulos ainda ali permaneciam, silenciosos, agrupados na antessala e nos aposentos. A situação de extrema gravidade que atravessavam refletida em seus rostos.

Ao menor ruído proveniente da entrada e que lembrasse o de uma liteira estacionando, todos faziam menção de se levantar e perguntavam, rompendo o pesado silêncio:

— Será o jovem mestre?

— Ele chegou?

O homem que, desalentado, permanecia recostado no pilar da entrada, respondia meneando pesadamente a cabeça:

— Ainda não.

E os discípulos caíam outra vez num sombrio silêncio. Alguém estalou a língua, impaciente, outro suspirou alto, dardejando o olhar na semiescuridão do crepúsculo.

— Por que demora tanto?

— E justo hoje!

— Descobriram ao menos o paradeiro dele?

— Ainda não; mas diversos grupos de busca saíram à sua procura — logo estará de volta.

— É bom que o encontrem depressa!

Saindo de um dos quartos internos, um médico passou em silêncio à frente deles e se dirigiu para a porta, acompanhado de alguns discípulos. Tendo-se ido o médico, os homens tornaram a se recolher, em silêncio, para o interior de outro aposento.

— Até a luz esqueceram-se de acender. Ei, por que não acendem a luz?

— gritou alguém, exasperado, externando a irritação que todos sentiam ante a própria incapacidade de enfrentar o infortúnio que repentinamente desabou sobre suas cabeças.

A luz votiva do altar em homenagem ao Bodisatva Hachiman, na entrada da academia, brilhou de repente. No entanto, mesmo a luz não tinha o brilho costumeiro: lembrava uma luz de velório e parecia envolta em estranha auréola agourenta.

Pensando bem, talvez a academia Yoshioka houvesse trilhado um caminho demasiado suave nesses últimos dez anos, consideravam alguns dos discípulos mais antigos.

O falecido Yoshioka Kenpo, fundador da academia, sem dúvida fora um homem de grande valor, diferente dos filhos, os irmãos Seijuro e Denshichiro. A princípio simples artesão especialista em tingir tecidos, Kenpo descobrira uma nova técnica de esgrima ao manipular vezes sem fim a goma usada para fixar a matriz no pano. Naquela época, tomara lições de um monge de Kurama, exímio no manejo da *naginata*[5], dedicara-se ao estudo do estilo Hachiryu de esgrima e, por fim, conseguira criar um estilo próprio: o estilo Yoshioka para a espada curta. Finalmente, Yoshioka Kenpo fora agraciado com o título de instrutor de artes marciais da casa xogunal Ashikaga, e seu estilo adotado pelos xoguns.

"Yoshioka Kenpo foi, sem dúvida, um homem de valor", pensavam os atuais discípulos, que não se cansavam de louvar o falecido mestre, exaltando-lhe a personalidade e a virtude. Os herdeiros, os irmãos Seijuro e Denshichiro, haviam recebido um treinamento que nada ficava a dever ao do pai; no entanto, haviam também herdado fama e fortuna, aliás nada modestas.

— E nelas está a causa da sua ruína!, diziam alguns.

Não fora a personalidade do primogênito Seijuro que atraíra os atuais discípulos da academia, mas a virtuosidade do falecido Kenpo e a fama que ainda gozava o estilo Yoshioka. Afinal, frequentar a academia Yoshioka abria-lhes as portas da sociedade.

A academia, hoje nas mãos de Seijuro, não possuía mais elos com o xogunato depois da queda da casa Ashikaga; todavia, a grande fortuna da família já havia se acumulado durante a vida do sóbrio Kenpo. Ocupando uma vasta mansão, a academia Yoshioka era, em número de alunos, a maior de Kyoto, por sua vez a maior cidade do Japão. Merecimentos à parte, à primeira vista dominava no mundo dos que viviam da esgrima e pela esgrima.

E enquanto no interior da academia os orgulhosos membros do clã se vangloriavam, e se divertiam, o tempo passara fora daqueles extensos muros brancos e operara uma invisível transformação. Foi assim que, despertados do

---

5. *Naginata*: espada longa montada com cabo comprido. Desmontada de seu cabo e reduzida no tamanho de sua lâmina, frequentemente era transformada em espada comum (Prof. Benedicto Ferri de Barros).

glorioso sonho em que a presunção os havia mergulhado, tinham ido naquele dia ao encontro do desastre pela espada de um obscuro provinciano de nome Miyamoto Musashi.

II

O incidente tivera início do seguinte modo:

— Sou um *rounin* e venho da vila Miyamoto, província de Yoshino, em Sakushu: meu nome é Miyamoto Musashi.

Com essas palavras se identificou um provinciano à entrada da academia — veio comunicar o porteiro nesse dia. Os discípulos ali presentes acharam graça e pediram maiores detalhes. Em resposta, o porteiro informou que o provinciano aparentava 21 ou 22 anos, tinha quase um metro e oitenta de altura e parecia obtuso como um boi trazido repentinamente do escuro para a luz; seus cabelos, emaranhados, maltratados e vermelhos do sol, pareciam não ver pente há mais de ano, e estavam enfeixados com displicência; de tão encardidas, tornava-se impossível distinguir se suas roupas eram de tecido liso ou estampado, marrom ou preto, nelas havendo até uma sugestão de mau cheiro. Apesar de tudo, o fato de estar carregando às costas uma sacola feita de fios de papel torcido e curtido, própria para transportar miudezas e muito usada por samurais peregrinos, indicava que o jovem tinha a pretensão de ser um dos muitos *rounin* em jornada de aperfeiçoamento; de qualquer modo, ele tinha uma aparência aparvalhada — completara o atendente.

Até aí, nada havia de extraordinário. Mas ao saberem que em vez de pedir humildemente um pouco de comida na cozinha — como seria de se esperar de uma pessoa com o seu aspecto — o jovem parado na majestosa entrada da academia solicitava, justo ele, um duelo com o mestre da academia, Yoshioka Seijuro, o representante do estilo, os discípulos explodiram em gargalhadas.

— Enxote-o, ordenou alguém;

— Calma! Calma! Vamos saber de que escola é, e quem é seu mestre, disseram outros.

Em consequência, o atendente, antecipando uma diversão, afastou-se para perguntar e voltou comunicando que a resposta do jovem fora ainda mais extraordinária, pois dissera:

— Aprendi, em criança, a manejar o *jitte* com meu pai. Depois disso, obtive orientação de alguns poucos guerreiros que passaram por minha vila; aos dezessete anos, parti de minha terra e, dos dezoito aos vinte anos, por motivos que não vêm ao caso, devotei-me apenas ao estudo das letras; durante todo o ano passado encerrei-me sozinho nas montanhas e me apliquei, tendo por mestres as árvores e os espíritos das montanhas. Assim sendo, não tenho ainda mestre ou um estilo estabelecido. Pretendo, no futuro, seguir os passos do lendário Kiichi Hogen e, adotando como modelo o espírito do famoso estilo Kyohachi da escola Yoshioka, almejo, embora consciente de minha inexperiência, empenhar-me para criar, assim como o fez mestre Kenpo, um estilo próprio: o estilo Miyamoto de esgrima.

Ao serem informados que o jovem assim respondera de modo franco, é verdade, mas ingênuo e titubeante, com um forte sotaque interiorano — que o atendente imitou — os discípulos desataram em gargalhadas outra vez.

Só o fato de surgir maltrapilho nos portões da academia considerada a melhor do país já demonstrava falta de *savoir-faire*, achavam; mas pretender estabelecer estilo próprio, como o mestre Kenpo, demonstrava tamanha ignorância das próprias limitações que chegava a ser cômico. Alguém sugeriu, em tom de troça, que o atendente fosse perguntar-lhe a quem deveriam entregar seu corpo em caso de morte.

— Com relação a este meu corpo, que o joguem — se for o caso — no monte Toribe ou o lancem com os dejetos no rio Kamo: não haverá ressentimentos — fora a resposta inesperadamente elegante para alguém tão desengonçado, segundo o atendente.

— Está bem: deixe-o entrar! — disse alguém após curta hesitação, dando início a todo o infortúnio. Pretendiam admiti-lo no salão de treinos, talvez aleijá-lo, e expulsá-lo em seguida. Todavia, já no primeiro duelo, aleijado ficara um dos discípulos da academia, cujo braço fora quebrado pela espada de madeira usada em treinos. O braço não fora apenas quebrado, mas quase arrancado: a mão do homem pendia, presa apenas à pele do pulso.

Um após outro, os que se levantavam acabaram recebendo ferimentos semelhantes e de igual gravidade, ou foram implacavelmente derrotados. Embora a espada fosse de madeira, gotas de sangue manchavam o assoalho. Uma sinistra ameaça pairou então no ar: não se poderia permitir que esse jovem interiorano totalmente desconhecido fosse embora, vivo e vitorioso, mesmo que, para detê-lo, até o último discípulo da academia tivesse de tombar.

— Vejo a inutilidade de prosseguirmos com estes duelos, pois não há ninguém à minha altura. Só me baterei, agora, com o próprio mestre Seijuro.

Com esta mais que justificada alegação, Musashi sentou-se, em determinado momento, e ninguém mais conseguiu demovê-lo. Relutantes, introduziram-no numa sala e mandaram mensageiros à procura de Seijuro, enquanto um médico atendia os feridos nas salas do fundo.

Mal o médico se retirou, gritos irromperam chamando repetidas vezes por um dos feridos; ao acorrerem, os demais discípulos viram que dois dos seis ali deitados já estavam mortos.

III

— Não podemos fazer mais nada...

Os rostos dos discípulos sentados à cabeceira dos companheiros mortos destacavam-se pálidos de tensão.

Nesse momento, passos apressados soaram na entrada da academia, percorreram o salão de treinamento e irromperam afinal pelas salas do fundo: eram o jovem mestre Yoshioka Seijuro e Gion Toji. Seus rostos esverdeados tinham a expressão aturdida dos que foram, de súbito, trazidos de volta à realidade.

— Que houve? Que confusão é essa?

Toji era o guarda-costas da família Yoshioka e também um dos mais antigos membros da academia. Por conseguinte, suas palavras eram sempre imperiosas, não importando a ocasião.

No mesmo instante, o discípulo, que sentado à cabeceira do companheiro pranteava sua morte, levantou o olhar, ofendido:

— Que houve, pergunto eu! Desta vez você foi longe demais, Toji: como se atreveu a sumir desse jeito, levando o jovem mestre?

— Sumir? Quem sumiu?

— Nos tempos do falecido mestre Kenpo, deslizes desse tipo nunca foram permitidos.

— Levei nosso jovem mestre para assistir a um espetáculo de *kabuki*, pois ele quase nunca se distrai. Que mal há nisso? E como se atreve a nos falar dessa maneira? Não se esqueça de que está na presença do seu mestre!

— Ausentes uma noite inteira só para assistir a um espetáculo de *kabuki*? O espírito de nosso mestre Kenpo deve estar lamentando em seu altar, lá dentro.

— Cale-se! Nunca mais repita o que disse!

Alguns discípulos tentaram apartar os dois homens e a balbúrdia se generalizou. Naquele instante, no escuro quarto ao lado, alguém gemeu:

— Parem! Tenham um pouco de consideração!

— O momento não é de brigas internas: já que o nosso mestre está de volta, quero que ele nos vingue! Não deixem esse maldito *rounin* sair vivo dos portões da academia, entenderam? — gritou outro sob as cobertas, batendo a mão contra o *tatami*, revoltado. Os dois, embora derrotados pela espada de Musashi, tinham apenas braço ou mão fraturados e, por não estarem mortalmente feridos, agitavam-se loucos de raiva.

Os gritos dos companheiros feridos tiveram o efeito de uma reprimenda:

— Têm razão! — reconheceram.

Nos tempos que corriam, a casta dos samurais ou *bushi*, superior na escala social à dos agricultores, artesãos e mercadores, preocupava-se sobremaneira com a honra. Homens dessa classe preferiam muitas vezes morrer a ter seus nomes maculados. Os governantes da época, até então premidos por incessantes guerras, não haviam ainda traçado uma política adequada para os tempos de paz; os cidadãos da cidade de Kyoto — e com eles todos os outros — viviam sujeitos às leis da própria província, vagas e inadequadas. Todavia, o zelo dos *bushi* em preservar sua honra levava lavradores e mercadores a também valorizar a força do caráter, o que, em última análise, contribuía para a preservação da paz social. Deste modo governava-se o povo, compensando e até superando a legislação inadequada.

Sem fugir à regra, os homens da academia Yoshioka, no momento em que se recuperaram da consternação provocada pela derrota, reagiram com fervor ao pensamento da honra ultrajada, o primeiro a lhes aflorar à mente.

"A honra do mestre foi maculada!" A reflexão fez com que todos esquecessem pequenas rivalidades e se unissem em torno de Seijuro no amplo salão de treinamentos.

Contudo, o próprio Seijuro aparentava insegurança, justamente nesse dia. O cansaço da noite mal dormida pairava como sombra em seus olhos.

— Onde está esse maldito *rounin*? — perguntou, enquanto passava uma longa tira de couro pelos braços e prendia as mangas do quimono, preparando-se para o duelo. Escolheu uma entre as duas espadas de madeira que lhe apresentava um discípulo, e empunhou-a.

— Nós os deixamos aguardando naquela sala porque o sujeito insistia em esperar sua volta — disse um dos homens, apontando um pequeno quarto anexo à sala de estudos.

IV

— Tragam-no aqui — disse Seijuro, movendo os lábios ressequidos. Estava pronto a aceitar o desafio. Sentado numa plataforma destinada aos instrutores, empunhava a espada de madeira.

— Imediatamente! — responderam em uníssono três ou quatro discípulos. Desceram ao jardim, calçaram as sandálias e se preparavam para atravessar correndo o pátio em direção à varanda oposta onde ficava a sala de estudos quando Gion Toji, Ueda e outros veteranos os detiveram, agarrando-os pelas mangas:

— Calma, calma, não se afobem!

Os apressados sussurros trocados em seguida não chegaram aos ouvidos de Seijuro, que a tudo assistia um pouco afastado. Homens do clã Yoshioka, parentes e veteranos passaram a formar o núcleo de diversos grupos. Os homens juntaram as cabeças e confabularam alvoroçados, divergindo em alguns pontos ou enfatizando outros.

A conferência logo terminou. Segundo a opinião dos muitos que conheciam perfeitamente a capacidade de Seijuro e se preocupavam com o destino do clã Yoshioka, não era recomendável permitir que o jovem mestre aceitasse sem reservas o desafio lançado pelo desconhecido *rounin*, à espera na outra sala. Muitos já haviam sido mortos ou mutilados: se além deles também Seijuro fosse eventualmente derrotado, o acontecimento teria sérias repercussões e representaria um risco muito grande para o clã, temiam eles.

Não haveria com que se preocupar caso estivesse ali presente o irmão mais novo, Denshichiro. Infelizmente, porém, até ele se ausentara desde cedo nesse dia. Segundo a opinião geral, o segundo filho, Denshichiro, herdara o talento do falecido pai Kenpo, sendo muito mais habilidoso que o primogênito. Entretanto, sempre levara uma vida despreocupada, acomodado na posição de segundo filho, longe das responsabilidades inerentes à primogenitura. Denshichiro saíra de casa pela manhã dizendo que planejava ir ao santuário de Ise em companhia de amigos e nem sequer comunicara quando pretendia voltar.

— Ouça, jovem mestre — disse Toji aproximando-se de Seijuro e sussurrando algo em seu ouvido. A face de Seijuro contorceu-se, como se acabasse de ouvir uma afronta insuportável:

— Uma cilada? — arquejou.

— Silêncio! — disse Toji, prendendo com o seu o olhar de Seijuro.

— Uma ação tão covarde não é digna de meu nome. O homem não passa de um *rounin* provinciano. Não quero que se diga por aí, mais tarde, que me acovardei e mandei matá-lo com a ajuda de muitos.

— Não se preocupe — disse Toji, atropelando as palavras de Seijuro, cuja valentia soava forçada — deixe tudo por nossa conta.

— Que há? Pensam por acaso que serei derrotado por esse tal Musashi?

— Absolutamente não, jovem mestre; mas vencê-lo não lhe trará prestígio algum. Além disso, todos nós achamos que esse homem não merece a honra de duelar com o senhor. Este incidente é insignificante, não comprometerá sua reputação. Mas se permitirmos que escape com vida, aí sim, corremos o risco de ter a honra desta casa denegrida por esse sujeito — respondeu Toji.

Enquanto discutiam, o número de homens que até então lotava o salão de treinos se reduzira à metade. Através do jardim, pelos fundos, pela porta da frente e rodeando a casa, vultos se esgueiravam e se dissolviam como sombras na noite.

— Veja, não há tempo para mais nada, jovem mestre! — disse Toji, e com um sopro apagou a luz da lamparina. Desatou em seguida o cordão que prendia a espada e arregaçou as mangas.

Seijuro continuou sentado, observando. Sem dúvida alguma, sentia certo alívio, mas não estava feliz. Percebia claramente que os discípulos haviam menosprezado sua capacidade. Após a morte do pai, negligenciara os treinos e as consequências aí estavam. Seijuro deixou-se abater, melancólico.

O pequeno exército de discípulos e membros do clã havia se ocultado — somente ele restara no salão. A academia parecia envolta em uma manta escura, silenciosa e opressiva como o fundo de um poço.

Uma irreprimível inquietação compeliu-o a se levantar. Ao espiar pela janela, nada viu na escuridão além de uma única sala iluminada — aquela em que o aguardava Musashi, o desafiante.

V

O reflexo da luz no *shoji* bruxuleava às vezes, lentamente.

Exceto por aquela sala onde a luz tremia, a escuridão toldava o corredor, o vão abaixo do avarandado e a sala de estudos ao lado. Dezenas de pares de olhos semelhantes aos de rãs passaram aos poucos a perscrutar as trevas. Os homens prendiam a respiração, imobilizavam as espadas e tentavam adivinhar, imóveis, qualquer indício de movimento no interior da sala iluminada.

— Que estará acontecendo? — perguntou-se Toji, hesitante. Os demais discípulos também hesitavam. Embora ainda fosse desconhecido na cidade de Kyoto, o homem que se anunciara Miyamoto Musashi possuía indiscutível habilidade. Por que então permanecia em silêncio total? Qualquer guerreiro conhecedor dos rudimentos da arte marcial detectaria sem dúvida a aproximação de tantos inimigos do lado de fora de uma sala, por mais silenciosos que fossem. Nos tempos que corriam, um guerreiro que não possuísse ao menos esse dom em pouco tempo perderia cem vezes a vida.

"O homem acabou adormecendo", pensaram, pois havia muito fora posto nessa sala, aguardando.

Por outro lado, caso fosse mais esperto do que supunham, talvez já houvesse pressentido a armadilha e estivesse bem preparado, à espera do ataque, com as mangas presas e as barras do *hakama* arregaçadas, mantendo de propósito a luz do candeeiro acesa.

— É isso, com certeza! — imaginaram rígidos de tensão, vítimas da atmosfera ameaçadora criada por eles mesmos, espreitando-se mutuamente à espera de um voluntário que invadisse a sala. Alguém engoliu em seco.

— Senhor Miyamoto! — disse Toji. Tivera uma súbita inspiração e o chamara do lado de fora, sem abrir a porta — desculpe-nos a demora, mas gostaria que se apresentasse.

O silêncio persistiu. "Tudo leva a crer que o inimigo já percebeu a cilada", pensou Toji.

— Cuidado! — advertiu Toji com o olhar aos companheiros de ambos os lados e, dando um violento chute, desmontou a porta corrediça de seu encaixe. Contrariando as próprias expectativas, todos recuaram no mesmo instante. Alguém gritou uma ordem e, ato contínuo, outras divisórias foram derrubadas, levando os móveis da sala na queda.

— Desapareceu!
— Como?
— Para onde foi?

Vozes que repentinamente recuperavam a coragem explodiram à luz bruxuleante do candeeiro. Na sala restava apenas uma almofada, sobre a qual Musashi estivera corretamente sentado quando um dos discípulos da academia trouxera o candeeiro, há pouco. Restavam também o pequeno braseiro portátil e o chá, intacto e já frio.

— Ele escapou! — gritou outro na direção do pátio, saindo à varanda. Os homens que surgiram do jardim e dos vãos sob o avarandado espumavam de raiva, impotentes, maldizendo o descuido das sentinelas. Por seu lado, os encarregados da vigilância afirmavam unânimes: era impossível que Musashi tivesse escapado. Protestavam que o haviam visto afastar-se uma única vez, em direção ao banheiro, mas que ele logo retornara à sala e de lá não saíra mais.

— Mas não pode ter se evaporado... — retrucavam outros, impacientes. Nesse momento, gritou um dos homens que abrira um armário e espiara:

— Olhem! Foi por aqui! — Apontava algumas tábuas deslocadas e o buraco aberto no assoalho.

— Se o homem escapou depois que trouxemos o candeeiro, não deve ter ido muito longe!

— Atrás dele!

Um sopro de valentia percorreu o bando, que repentinamente se deu conta do que parecia ser uma demonstração de fraqueza do inimigo. Os homens arremessaram-se na rua pelo portão de serviço, pelos fundos e pelas pequenas portas laterais.

Na mesma hora, uma voz gritou:

— Lá vai ele! — Nesse instante, todos viram um vulto saltar das sombras do portão principal e cruzar a rua, mergulhando na viela do outro lado.

VI

O vulto fugia rapidamente. Sua sombra resvalou como um morcego contra o muro no fundo da viela e desviou-se para um dos lados.

Passos desencontrados das dezenas de homens perseguindo a sombra ecoavam na noite silenciosa. Grupos menores davam a volta por outras ruas e tentavam cercá-la pela frente. Gritos soavam de permeio. Ao atingirem enfim o trecho pouco iluminado entre Kuyado e as ruínas incendiadas do templo Honnoji, um alarido se fez ouvir:

— Covarde!

— Cadê a valentia?

Preso pelos perseguidores que gritavam e o chutavam sem dó, o homem soltou um urro e, desistindo da desenfreada fuga, enfrentou-os ferozmente, derrubando com um único movimento os três que o haviam agarrado pela gola.

— Você me paga! — berrou alguém, pronto a transformar a rua em palco de sangrenta carnificina, quando outro gritou:

— Espere! Este não é o nosso homem!

Alguns logo o apoiaram:

— Tem razão!

— Não é Musashi!

Enquanto os homens contemplavam o prisioneiro, estupefatos e desapontados, Gion Toji finalmente alcançou o grupo e perguntou:

— Pegaram-no?

— Pegamos, mas...

— Ora, mas esse homem... — disse Toji.

— Você o conhece?

— Vi-o na Hospedaria Yomogi, ainda esta manhã — respondeu Toji.

Dezenas de pares de olhos desconfiados analisaram em silêncio da cabeça aos pés a figura de Matahachi, que se ocupava em recompor as roupas e os cabelos desalinhados.

— É o dono da hospedaria?

— Não, a proprietária disse que não; deve ser o gerente — respondeu Toji.

— A atitude dele é suspeita. Por que estaria espionando a academia, escondido atrás do portão?

Repentinamente, Toji afastou-se dizendo:

— Enquanto perdem tempo com esse indivíduo, Musashi vai longe. Tratem de se espalhar e descobrir ao menos onde se hospeda.

— É isso mesmo! Procurem onde ele se hospeda — ecoaram os homens.

Matahachi continuou cabisbaixo, voltado para o lado do fosso do templo.

De súbito, voltou-se para os homens que se afastavam correndo e chamou:

— Um momento, por favor!

O último estacou e voltou-se:

— Que houve?

Matahachi aproximou-se e perguntou:

— Quantos anos aparentava esse tal Musashi, que apareceu hoje na academia?
— Como vou saber? — retrucou o homem.
— Não tinha quase a minha idade? — insistiu Matahachi.
— Mais ou menos.
— Disse que era originário da vila Miyamoto, em Sakushu?
— Isso mesmo.
— Escreve-se Musashi com as mesmas letras com que se escreve Takezo, não é verdade?
— Para que quer saber? Por acaso é conhecido seu?
— Não, não é isso.
— Pois se não quiser passar por maus bocados, iguais aos que passou há pouco, aconselho-o a não ficar perambulando por aí — disse o homem, desaparecendo em seguida na noite. Matahachi afastou-se lentamente, caminhando pela margem escura do fosso. Vez ou outra parava e erguia o olhar para as estrelas. Seus passos eram indecisos, não tinham destino certo.

"Acho que era ele mesmo. Deve ter trocado de nome e viaja para se aperfeiçoar. Imagino que tenha mudado bastante. Se o encontrasse agora, talvez nem o reconhecesse."

Introduzindo as duas mãos no *obi*, chutou pedregulhos com a sandália. Cada pedra trazia-lhe à lembrança o rosto do amigo.

"Não adianta, este não é o momento certo para um reencontro. Estou atravessando um período difícil e não quero que ele me despreze. E o meu orgulho — como fica? Mas se os discípulos da academia Yoshioka o encontrarem, acabará morto. Gostaria de poder avisá-lo da cilada..." — murmurou Matahachi.

A LADEIRA

I

À margem da ladeira forrada de pedregulhos que conduz ao templo Kiyomizudera, velhos casebres se sucedem, mal alinhados como dentes em certas bocas, seus telhados de madeira cobertos de musgo.

Um cheiro forte e rançoso de peixe assado impregnava o ar quente do meio-dia. Repentinamente, a voz aguda de uma mulher soou no interior de um dos casebres:

— Velho bêbado, imprestável! Abandonas mulher e filhos, quase nos matas de fome e tens a coragem de voltar para casa com essa cara-de-pau, sem-vergonha?

Um prato voou pela porta aberta e se espatifou no chão, os cacos brancos espalhando-se na rua. No instante seguinte, um homem aparentando cinquenta anos, tipo comum entre artesãos, espirrou porta afora, aos tropeços.

Uma mulher descalça e desgrenhada, seios à mostra pendendo como os de uma vaca, surgiu em sua perseguição, gritando:

— Aonde pensas que vai, sem-vergonha?

Ato contínuo, a mulher agarrou-o pelo topete e atacou-o com socos e mordidas. O choro estridente de uma criança fez coro com o ladrar de um cão e os vizinhos acorreram.

Musashi voltou-se para contemplar o tumulto e sorriu sob o sombreiro. Parado havia já algum tempo na frente da modesta oficina de cerâmica, anexa ao casebre em questão, estivera observando longamente os movimentos do torno e da espátula, absorto como uma criança que contempla um brinquedo.

Logo seu olhar foi outra vez atraído para o interior da oficina. Mas os dois artesãos que ali trabalhavam em total concentração nem sequer haviam erguido as cabeças, seus espíritos parecendo presos ao barro que moldavam.

Contemplando o trabalho dos homens, em pé no meio da rua, Musashi sentiu-se, também ele, tentado a moldar aquela argila. Sempre tivera gosto por esse tipo de trabalho, desde a infância. Achou-se capaz de moldar algo simples, como uma tigela.

Contudo, ao observar com atenção o trabalho de um dos artífices — um homem de quase sessenta anos que, naquele instante, com a espátula e a ponta dos dedos moldava uma tigela — repreendeu-se pela presunção:

"Quanta habilidade! É preciso muita dedicação para se chegar a este ponto!", reconheceu.

Ultimamente, o respeito que lhe inspirava qualquer obra superior, fruto do trabalho e da arte alheia, despertava com frequência reflexões dessa natureza no espírito de Musashi. Compreendeu então com clareza que não era capaz de fazer nada sequer semelhante.

Observando melhor, notou que os dois homens haviam exposto sobre uma prancha de madeira, a um canto da oficina, diversos tipos de porcelana como pratos, vasilhames, cabaças e jarras, e neles haviam afixado etiquetas de preços, aliás módicos, com o intuito de vendê-los aos romeiros que transitavam por aquela rua. A consciência de que até mesmo a fabricação de porcelanas baratas como essas exigia tanta técnica e concentração fez com que Musashi percebesse quão longe ainda estava de atingir sua meta na longa caminhada que iniciara rumo à própria formação guerreira.

A bem da verdade, Musashi havia andado bastante orgulhoso de si, pois nesses últimos vinte dias viera desafiando algumas academias mais famosas da cidade — entre elas, a de Yoshioka Kenpo — e, como resultado, havia percebido que sua habilidade como espadachim, contrariando a própria expectativa, estava longe de ser desprezível.

Viera a Kyoto — cidade que abrigava o castelo imperial, a antiga sede de inúmeros xogunatos — certo de que ali encontraria os melhores guerreiros e de que para ali convergiriam os generais mais hábeis, os soldados mais valentes do país; nenhuma academia por ele visitada, porém, fora capaz de lhe inspirar respeito, de levá-lo a curvar-se com deferência ao se retirar.

Pelo contrário: cada vitória sobre seus oponentes provocava em Musashi indizível tristeza, levando-o a afastar-se dessas academias desiludido.

— Não entendo: ou sou muito mais hábil do que imaginava, ou eles muito ineptos.

Se os guerreiros com quem se batera nas academias visitadas até aquele dia eram considerados os melhores da atualidade, quais seriam então os atuais valores da sociedade? Musashi não conseguia discernir claramente.

Mas nesse instante os ceramistas lhe haviam mostrado que não poderia se dar ao luxo da presunção: até mesmo um velho artesão, de cujas mãos saíam rústicas peças de porcelana valendo apenas alguns trocados — descobrira Musashi depois de atenta observação —, possuía essa aterradora capacidade de concentração, base de toda a sua técnica e arte. E o que ganhava o velho homem em troca dessa habilidade? Mal tinha o que comer, e vivia num miserável barracão. A vida não podia ser tão fácil quanto chegara a pensar, com certeza.

Mentalmente, Musashi dirigiu uma respeitosa reverência ao ancião sujo de barro, absorto em seu trabalho, e afastou-se em silêncio. Ergueu a cabeça e fixou o olhar na íngreme ladeira que conduzia ao templo Kiyomizudera.

II

— Senhor... ei, senhor *rounin*!

No instante em que Musashi recomeçou a subir a íngreme ladeira, uma voz o deteve.

— É comigo? — indagou Musashi, voltando-se. Um homem de barba cerrada vinha no seu encalço empunhando um bastão de bambu. Usava quimono de algodão, curto e acolchoado, que lhe deixava à mostra coxas e pernas.

— Seu nome é Miyamoto-sama? — perguntou.

— Sim.

— Musashi é o seu primeiro nome? — insistiu.

— É.

— Obrigado — disse o homem, virando-se abruptamente e afastando-se rumo à ladeira Chawanzaka.

Musashi acompanhou-o com o olhar e o viu desaparecer sob o toldo de uma casa de chá. Ao passar por ali, há pouco, notara descansando ao sol um grupo numeroso de carregadores de liteira parecidos com aquele barbudo que o detivera. Quem estaria interessado em saber seu nome? Quem quer que fosse, por certo surgiria em seguida. Musashi parou por um instante, aguardando, mas não avistou mais ninguém. Retomou então a caminhada e atingiu o topo da ladeira.

Visitou os santuários Senjudou e Higan-in, nas proximidades, e sob cada teto rezou com fervor:

"Protegei minha irmã, que vive longe e solitária em minha terra: concedei-lhe saúde e longa vida."

"A mim, Musashi, obscuro e ignorante, submetei à provação e fazei de mim o melhor espadachim da face da terra; ou senão, deixai-me morrer."

Takuan ensinara não por palavras, mas pela vivência, e posteriormente Musashi confirmara nos livros, que a oração tem o poder de lavar a alma, purificando-a.

Lançou o sombreiro à beira do barranco e jogou-se sobre a relva. Daquele local avistava toda a cidade de Kyoto. Ao redor de seu corpo, brotos de cavalinha despontavam do solo.

"Já que me foi dado o privilégio de nascer como um ser humano, quero viver uma vida gloriosa!"

A chama pura da ambição ardia em seu jovem peito.

Ali, recostado na relva, Musashi acalentava sonhos bem diferentes dos de romeiros e visitantes que transitavam ao seu redor, na morna tarde de primavera.

No distante período Tengyou (938-944), dizia a lenda que dois malucos ambiciosos, Taira-no-Masakado e Fujiwara Sumitomo, haviam sonhado conquistar o Japão, dividi-lo em dois e partilhar o domínio do país, caso a conquista se concretizasse. Ao ler a respeito num manuscrito qualquer, Musashi achara cômicas a estupidez e a temeridade dos dois personagens. Hoje, porém, já não se sentia tão propenso a rir. Os objetivos divergiam, é verdade, mas havia pontos semelhantes em seus sonhos. Também sonhava — prerrogativa dos jovens — em abrir caminho no mundo.

"Vejamos Oda Nobunaga...", pensou, "ou Toyotomi Hideyoshi..."

Mas as guerras eram sonhos de gerações passadas. A geração atual há muito ansiava por paz. E para corresponder a esse anseio, Tokugawa Ieyasu tivera de se empenhar por longos anos, o que mostrava como era difícil sonhar.

Ainda assim...

"Hoje estamos no período Keicho e aqui estou eu, com toda a vida pela frente. Um pouco tarde para almejar uma existência como a de Nobunaga, e impossível viver como Hideyoshi. Mas posso sonhar. Tenho essa liberdade. Até o filho do carregador de liteiras que há pouco me deteve tem o direito de sonhar."

Ainda assim...

Musashi tornou a analisar seus sonhos.

A espada.

Por ela se abria seu caminho.

Nobunaga, Hideyoshi, Ieyasu, eram excelentes modelos. À margem do caminho percorrido por esses admiráveis homens, a sociedade progredira e florescera. Todavia, a obra realizada por este último, Tokugawa Ieyasu, fora tão completa que hoje já não havia lugar para reformas violentas e agressivas.

Considerando tudo isso, a cidade de Kyoto — que agora avistava do morro Higashiyama — já não oferecia, como nos tempos da batalha de Sekigahara, tantas oportunidades para o nascimento de um herói.

"Não. O mundo mudou. Esta geração não está mais à procura de guerreiros como Nobunaga e Hideyoshi."

Musashi passou então a relacionar seus sonhos com a realidade:

A espada e a sociedade atual.

A espada e a vida.

Nesse instante, o rosto barbudo do carregador de liteiras emergiu à beira de um barranco.

— Olhem, lá está ele! — disse, apontando-o com a vara.

III

Musashi franziu o cenho e fixou os homens sob o barranco. O grupo de carregadores de liteira agitou-se:

— Ele está olhando feio para a gente!

— Atenção, ele vai embora!

Musashi deu alguns passos e afastou-se tentando ignorá-los, mas os homens puseram-se a acompanhá-lo, alguns pela beira do barranco, outros lhe interceptando o caminho e postando-se mais adiante, de braços cruzados ou apoiados nos bastões. Logo se viu preso no centro de um largo cerco formado pelos carregadores de liteiras.

Musashi parou e voltou-se em silêncio. No mesmo instante, o grupo também parou. Alguns riam mostrando os dentes brancos e comentavam:

— Olha lá, ele agora resolveu ler a tabuleta!

Realmente, Musashi havia parado em frente à escadaria do santuário Hongando e erguia o olhar para uma velha tabuleta que pendia da viga-mestra do templo.

Irritado, pensou em gritar com o grupo e dispersá-lo, mas se conteve: não valia a pena envolver-se com insignificantes carregadores de liteira. De mais a mais, deveria estar ocorrendo algum engano que cedo ou tarde se esclareceria. Assim pensando, suportou em silêncio a presença dos homens, fixando um olhar feroz nos dois ideogramas da tabuleta: *Hon-gan*.

Nesse momento, o grupo de carregadores começou a se agitar:

— Estão chegando!

— Eles vêm vindo!

Musashi deu-se conta de que o portão leste do templo Kiyomizudera estava repleto de gente: romeiros, monges e até vendedores ambulantes postavam-se lado a lado formando cerco duplo e triplo por trás dos carregadores de liteira, todos acompanhando o desenrolar dos acontecimentos com os olhos brilhando de expectativa.

Foi então que gritos vigorosos e cadenciados de carregadores marcando a marcha se fizeram ouvir da base da colina e se avizinharam rapidamente. Em pouco tempo um carregador aproximou-se de um dos extremos do cerco. Acavalada em suas costas vinha uma anciã aparentando seus sessenta anos. Logo atrás surgiu um velho *bushi* com jeito interiorano, nada garboso, também este parecendo, havia muito, ter passado dos cinquenta.

— Basta, basta! — gritou a velha às costas do carregador, batendo palmas vigorosamente.

O carregador de liteiras dobrou os joelhos e se acocorou.

— Obrigada — disse a velha, pulando com agilidade das costas do homem. Virou-se então para o velho *bushi* logo atrás e lhe disse, enérgica:

— Não se descuide, tio Gon!

Lá estavam a velha Osugi e tio Gon, e pelo aspecto de suas roupas e calçados, havia muito andavam longe de suas casas.

— Onde está ele? — disse Osugi. Cuspiu e umedeceu a empunhadura da espada, rompeu o cerco e penetrou no círculo formado pela multidão.

Os carregadores aglomeraram-se ao seu lado, externando preocupação ou solidariedade:

— Olhe ali o seu adversário, velha senhora.

— Não se apresse, senhora.

— Cuidado, o rapaz tem cara de poucos amigos!

— Prepare-se com muito cuidado.

Os espectadores se admiravam:

— Como? Essa velhinha está querendo desafiar aquele moço?

— Assim me parece.

— Mas até o padrinho do duelo parece vacilante! Deve haver alguma razão por trás disso.

— Com certeza!

— Olhem lá, ela está gritando com o velho! Ela é durona!

Osugi bebeu um gole de água do cantil que um dos carregadores se apressara em ir buscar. Entregou-o a seguir ao velho Gon e lhe disse:

— Para que a pressa? Nosso adversário, afinal, é um simples moleque que mal saiu das fraldas. Pode ter até aprendido a manejar um pouco a espada, mas não há de ser grande coisa, tenho certeza. Calma!

Dirigiu-se diretamente à escadaria do santuário Hongando, dobrou os joelhos e sentou-se no chão. Do regaço retirou um velho terço e, ignorando por completo Musashi, o inimigo, que se mantinha em pé à distância — e também os olhares da multidão —, rezou por alguns instantes em silêncio, apenas movendo os lábios.

IV

Levado pela atitude fervorosa de Osugi, tio Gon também juntou as mãos em uma prece. A situação, ultrapassando o trágico, tornara-se cômica, e alguns na multidão não conseguiram conter o riso.

— De que estão rindo? — gritou um dos carregadores, encolerizado. — Não tem graça alguma! O caso é bastante sério, fiquem sabendo. Esta velha senhora vem de muito longe, da província da Sakushu, atrás de um sem-vergonha que roubou a noiva do filho e fugiu. Por causa disso, há cinquenta e tantos dias tem feito peregrinações diárias ao templo Kiyomizudera. E então hoje, por acaso, viu esse sujeito aí, o sem-vergonha ladrão de noivas, passando pela ladeira Chawanzaka.

Outro carregador logo interveio, explicando por sua vez:

— Mas esses descendentes de samurais são mesmo impressionantes: pois não é que esta senhora, velha desse jeito, em vez de ficar descansando e levar uma vida boa com os netinhos em sua terra, resolveu sair no lugar do filho para se vingar do sujeito que desonrou o nome da família? É de pasmar!

Outro ainda continuou:

— E não é porque a velha senhora nos paga uma rodada de bebida todos os dias, nem porque ela é nossa freguesa, que estamos aqui lhe dando auxílio: nossa ajuda é desinteressada. O que nos comoveu demais foi sua fibra, desafiando na sua idade um *rounin* jovem e forte. Qualquer homem de bom coração toma o partido dos mais fracos. Se a velha senhora for derrotada, nosso grupo vai se unir e pegar esse *rounin*. Não é, gente?

— É óbvio!

— Ninguém vai ficar parado olhando uma anciã sendo maltratada.

Ao ouvir as explicações do grupo de carregadores de liteira, e contagiada pelo seu ardor, a multidão começou a se agitar também:

— Vai, pega o moço! — incentivou alguém.

— Mas onde está o filho dessa velha? Que aconteceu que não tenta ele mesmo se vingar? — perguntava outro.

— Ah, o filho...

Do filho, nem os carregadores pareciam saber. Alguns achavam que tinha morrido, outro dizia, dando-se ares de entendido, que a velha estava exatamente procurando saber se ele ainda vivia ou se morrera.

Em meio a tudo isso, a velha Osugi terminara a prece e guardava o terço em seu regaço. A multidão se aquietou.

— Takezo! — interpelou a velha, pousando de leve a mão esquerda no cabo da espada curta que sobressaía à sua cintura.

Mudo, Musashi continuava de pé no mesmo lugar. Imóvel como um pilar, interpunha entre ele e a velha uma distância de mais de cinco metros.

Tio Gon postou-se rente à velha Osugi e espichou o pescoço, gritando por sua vez:

— Você mesmo!

Musashi permanecia em silêncio, parecendo perdido.

Estava se lembrando da advertência que lhe fizera o monge Takuan, no momento em que dele se despedira na cidade de Himeji. Ao mesmo tempo, considerava mortificante a versão dos fatos que os carregadores haviam apresentado à multidão e não conseguia aceitar o ódio a ele devotado pela família Hon'i-den.

Tudo não passava de uma questão de orgulho e rivalidade de pessoas vivendo em um acanhado pedaço de terra. Se Hon'i-den Matahachi estivesse ali ao seu lado, todo o desentendido se esclareceria, tinha certeza.

Naquele instante, porém, Musashi estava perplexo. Que fazer com aquela situação? O desafio lançado pela velha decrépita e por seu companheiro, um trôpego e idoso *bushi*, deixava-o atônito. O rosto de Musashi e seu rígido silêncio eram a pura expressão do aborrecimento.

Interpretando erroneamente seu silêncio, os carregadores gritavam:

— E agora, covarde?!

— Perdeu a fala, moleque?

— Anda, mostra que é homem e deixa que a velha acabe contigo!

A velha Osugi piscou várias vezes e sacudiu a cabeça com força, demonstrando seu temperamento irascível. Virou-se então de repente para os carregadores e gritou:

— Calem a boca! Quero vocês como testemunhas, e só! Prestem atenção: se ele nos matar, quero que mandem nossas cinzas para a vila Miyamoto, entenderam? Este é o meu único pedido. O resto é balela. E também não quero a ajuda de ninguém.

Puxou a espada curta e se aproximou mais um passo de Musashi, fitando-o ferozmente.

V

— Takezo! — gritou novamente a velha Osugi. — Soube que mudou de nome e, agora, diz que se chama Miyamoto Musashi. Ah, que nome imponente! Mas nos velhos tempos, em nossa terra, todos o conheciam por Takezo. Quanto a mim, também o chamava de "imprestável", lembra-se?

Soltou uma risadinha debochada e moveu o pescoço cheio de rugas: muito antes de desembainhar a espada, agredia-o com palavras.

— Que é isso? Pensou que mudando de nome conseguiria esconder-se de mim? Tolo! Como vê, os deuses clareiam os caminhos por onde foge e os mostram a mim. Agora, exijo uma definição: ou corta-me a cabeça, ou mato-o eu! Vamos, eu o estou desafiando.

Tio Gon emendou logo atrás, esforçando-se ao máximo por elevar a voz rouca:

— Cinco anos já se passaram desde o dia em que você saiu fugido da vila Miyamoto. Procuramos por você todos os dias, sem descanso, e não faz ideia do trabalho que tivemos. Mas os deuses nos recompensaram das peregrinações diárias ao templo Kiyomizudera e, para nossa alegria, aqui o achamos afinal. Mesmo velho, eu não serei batido por um moleque da sua laia. Ponha-se em guarda!

Desembainhou a espada longa fazendo cintilar a lâmina e disse, protegendo a velha Osugi:

— Cuidado, obaba! Fique atrás de mim.

Longe de se esconder, Osugi rebateu impetuosamente:

— Nada disso: quem deve se cuidar é você, tio Gon! Não se esqueça que está convalescendo de uma paralisia. Olhe bem onde pisa!

— Qual o quê, não se preocupe: todos os santos budistas estarão conosco.

— Quanto a isso, é verdade, tio Gon: até os espíritos de nossos ancestrais estarão velando por nós. Coragem!

— Em guarda, Takezo!

— Em guarda!

Os dois velhos desafiavam Takezo apontando-lhe de longe as espadas. No entanto, Takezo, o desafiado, não só se mantinha imóvel, como também não dizia palavra.

— Que foi, acovardou-se, Takezo? — gritou a velha Osugi e, impaciente, correu a passos miúdos aproximando-se de um dos lados, tentando um golpe lateral. Porém, tropeçou numa pedra e caiu de quatro aos pés do jovem.

— Cuidado, cuidado, ele vai matá-la! — agitou-se prontamente a multidão.

— Ela precisa de ajuda! — gritavam. Tio Gon, no entanto, parecia paralisado, apenas fitando boquiaberto o rosto de Takezo.

Mas a velha era corajosa: recuperou num abrir e fechar de olhos a espada que deixara escapar das mãos, pôs-se de pé sozinha e, correndo de volta para o lado de Gonroku, apontou de novo a espada para Musashi:

— Estúpido! Para que serve essa sua espada? É enfeite, por acaso? Não vai usá-la? — berrou.

O rosto de Musashi — tão rígido que parecia esculpido em madeira — moveu-se nesse instante pela primeira vez e ele gritou:

— Não!

A seguir, caminhou a passos largos na direção dos dois velhos que, assustados, saltaram um para cada lado, abrindo caminho.

— Aonde pensa que vai, Takezo?

— Não vou usar a espada! — gritou Musashi.

— Pare aí, seu... Pare, já disse!

— Não vou usar a espada!

Musashi negou três vezes, seguindo sempre em frente sem ao menos olhar para os lados. Atravessou a multidão e continuou a caminhar.

— Vai fugir! — berrou Osugi, alarmada.

— Segurem o homem! — gritaram os carregadores. O grupo todo moveu-se como uma torrente e, passando à frente de Musashi, fechou o cerco.

— Ora...

— Onde está ele?

O cerco estava formado, mas Musashi já não se encontrava em seu interior.

Muito mais tarde, em meio à multidão que se dispersava pelas ladeiras Chawanzaka e Sannenzaka, algumas pessoas faziam circular um boato: naquele momento crucial, diziam, haviam visto Musashi saltar e elevar-se no ar mais de dois metros, atingindo com a agilidade de um gato o topo do muro ocidental do templo e, ato contínuo, desaparecer. Ninguém no entanto acreditou, muito menos tio Gon e a velha Osugi, que continuaram em frenética busca até escurecer, vasculhando o vão embaixo do templo e as matas ao redor.

O DUENDE DAS ÁGUAS

I

O ruído surdo e compassado de um pilão socando trigo sacode um grupo de casebres. A chuva, copiosa e atípica naquela primavera, mais parecendo chuva de outono, apodrece casebres onde vivem criadores de bois de carga e papeleiros. Esta é uma área pobre na periferia de Kitano, a noroeste de Kyoto: o reduzido número de chaminés expelindo fumaça naquela hora do entardecer indica que poucos são os lares onde se prepara a refeição noturna.

Debaixo de um beiral pende um sombreiro, à guisa de cartaz; nele, letras rústicas anunciam: "Estalagem". Agarrado a um pilar da varanda, do lado de fora da cozinha de terra batida, o entregador de saquê da taberna local, um garoto de cerca de dez anos, espreita o interior da casa e grita com voz viva, mais forte do que se pode esperar de seu corpo franzino:

— Ó de casa! Ó vô! Não tem ninguém na estalagem?

Os cabelos, crescidos e em desordem, brilham molhados e aderem às orelhas, transformando o menino num retrato vivo do *kappa*[6], o duende das águas. Veste um quimono curto, de mangas estreitas, e usa uma corda em lugar do *obi*. Por ter corrido em meio à lama da rua, nódoas de barro salpicam-lhe as costas até a altura dos ombros.

— É você, Jou? — perguntou o estalajadeiro, do interior da casa.

— Eu!

— Não quero saquê hoje. Meu hóspede ainda não voltou, Jou.

— Mas vai querer, quando seu hóspede chegar, não vai? Então! Vou em casa e trago o mesmo tanto de sempre, está bem?

— Não! Se meu hóspede pedir, então eu mesmo vou até lá buscar um pouco.

— Que é que você está fazendo aí, vô?

— Estou tentando escrever uma carta que vou mandar para Kurama, pela carroça que segue amanhã para aquelas bandas. O diabo é que não me lembro direito dos caracteres e estou quebrando a cabeça. Cale a boca, se me faz o favor, e não me perturbe, está bem?

---

6. *Kappa*: figura do folclore japonês; é um duende das águas do tamanho de uma criança de quatro ou cinco anos. No rosto que lembra o de um tigre, a boca forma uma protuberância que se assemelha a um bico; o corpo é revestido de escamas e leva às costas uma couraça semelhante à da tartaruga. O cabelo, sempre molhado, é curto e adere ao rosto. No topo da cabeça possui uma concavidade onde armazena água: enquanto houver água nessa concavidade, sua força se mantém mesmo fora da água, possibilitando-lhe arrastar um animal para dentro do rio e sugar-lhe o sangue.

— Que coisa! Velho desse jeito e ainda não aprendeu a escrever direito?

— Pirralho impertinente! Se não calar essa boca, vai levar uma paulada na cabeça. Quer?

— Dê aqui que eu escrevo para você.

— Ah! Até parece!

— Não estou brincando, não. Ai, ai... Não é assim que se escreve "batata", vô. Do modo como está, você escreveu "vara"[7]!

— Não me amole!

— Não adianta se enfezar, vô! Está errado, de verdade. Você está mandando uma vara ao seu amigo de Kurama?

— Não, estou mandando batatas.

— Então, não fique aí teimando e escreva direito: batata.

— Falar é fácil! Se eu soubesse, já tinha escrito.

— Ei! Espere aí... Acho que, desse jeito, só você e mais ninguém será capaz de ler esta carta, vô.

— Escreva você então, quero ver — disse o velho, empurrando o pincel em direção ao menino.

— Está bem, deixe comigo. Vá falando!

Sentando-se na entrada do aposento, Joutaro, o menino de recados e entregador de saquê da taberna local, empunhou o pincel.

— Tonto! — exclamou o velho estalajadeiro.

— O quê! Nem sabe escrever direito e eu é que sou tonto? — replicou Joutaro, petulante.

— Não está vendo que sujou o papel com o ranho do nariz, moleque?

— Epa, que coisa! Esta fica por conta da casa — disse Joutaro; rasgou o papel com um gesto vivo e com ele assoou o nariz. Jogou fora a folha e disse, retomando o pincel:

— Agora dite; que eu escrevo.

Realmente, empunhou o pincel com segurança e escreveu com movimentos fluidos as palavras ditadas pelo velho estalajadeiro.

Nesse exato momento, o tão falado hóspede da estalagem, que saíra desprevenido pela manhã, retornou pelo caminho enlameado, as sandálias molhadas e pesadas da chuva. Jogou num canto do alpendre o saco de carvão que usara para se proteger da chuva e murmurou:

— Que pena! É o fim das flores.

Fitava uma ameixeira cujas flores costumava apreciar todas as manhãs, à entrada da estalagem, e ao mesmo tempo torcia, distraído, as mangas molhadas do quimono.

---

7. Os ideogramas *imo* (batata) e *sao* (vara) são muito parecidos.

Era Musashi. Hospedado nessa estalagem havia mais de vinte dias, quando a ela voltava sentia a reconfortante sensação de estar retornando ao próprio lar.

Entrou pela cozinha e seus olhos caíram sobre o menino de recados da taberna e o velho estalajadeiro, que, cabeças juntas, pareciam absortos em alguma tarefa. Curioso, espiou em silêncio sobre os ombros dos dois. No mesmo instante, Joutaro percebeu o rosto de Musashi por trás deles e exclamou:

— Ei, isso não se faz! É feio espiar!

Ocultou então rapidamente o pincel e a carta às suas costas.

II

— Mostre! — mandou Musashi, caçoando.

— Nada feito! — respondeu Joutaro, meneando a cabeça. Pensou um pouco e acrescentou vivamente:

— O que me dá em troca, se eu mostrar?

Musashi sorriu. Despiu as roupas molhadas, entregou-as ao estalajadeiro e respondeu:

— Ora, não tente bancar o espertinho!

— Está bem. Não quero nada. Mas que tal um pouco de saquê? Vou buscá-lo para você.

— Enfim, conseguiu o que queria. Parece-me que vou ter de comprar seu saquê mais uma vez — riu Musashi, descontraído.

— Dois quartilhos? — insistiu Joutaro.

— É muito.

— Um quartilho, então.

— Não aguento tudo isso.

— Que pão-duro! Diga então quanto quer.

— Você é impossível, Joutaro. Vou falar a verdade: não tenho muito dinheiro. Não sou pão-duro, sou apenas um samurai peregrino pobre.

— Nesse caso, deixe que eu mesmo medirei o seu saquê e acrescentarei um pouco mais, certo? Em troca, conte-me uma daquelas suas histórias interessantes, está bem, tio?

Joutaro disparou alegremente na chuva. Musashi voltou o olhar para a carta, largada ao seu lado, e disse:

— Estalajadeiro, foi o menino quem escreveu esta carta?

— Sim, senhor. É de assustar como esse garoto é esperto.

Musashi leu por instantes a carta com admiração, pedindo entrementes:

— Empreste-me uma muda de roupa, faça-me o favor. Se não tiver, contento-me com roupas de dormir.

— Separei essas que estão ao seu lado, pois imaginei que o senhor voltaria molhado — respondeu o velho estalajadeiro.

Musashi dirigiu-se ao poço e banhou-se em água fria. Vestiu a seguir as roupas secas e sentou-se à beira do fogo.

Um cozido fora posto no gancho sobre o braseiro, picles e tigela dispostos para a refeição.

— Moleque danado! Que andará fazendo que demora tanto? — murmurou o estalajadeiro.

— Quantos anos tem o menino? — perguntou Musashi.

— Diz que tem onze, senhor.

— É maduro para a idade!

— Não é para menos: trabalha desde os sete naquela taberna e vive no meio dos condutores de cavalo, dos papeleiros das redondezas e viajantes de passagem. Já viu e ouviu muita coisa na vida, senhor.

— Mas onde aprendeu a escrever tão bem, vivendo nesse meio?

— Sua caligrafia é realmente tão boa? — indagou o estalajadeiro, admirado.

— Existe boa dose de imaturidade em sua caligrafia. Claro, não passa de uma criança. No entanto, há ingenuidade, ou melhor, se transposto para a esgrima, diria que é uma pessoa com poderosa força interior. Talvez venha a ser algo na vida.

— Algo como quê, senhor?

— Como um homem, por exemplo.

— Há? — fez o estalajadeiro, sem compreender nada. Destampou a panela e espiou seu conteúdo, resmungando:

— Como demora! Vai ver, anda zanzando de novo por aí.

Desceu à cozinha e dispunha-se a calçar as sandálias quando uma voz viva o interrompeu:

— Cheguei, vô.

— Por que demorou tanto, moleque? Meu hóspede está há muito à sua espera.

— Não foi minha culpa. Quando cheguei à taberna, tinha um freguês lá me esperando. O homem estava bêbado e começou a me fazer um monte de perguntas, e não queria me soltar.

— Que tipo de perguntas?

— Sobre o seu hóspede.

— Aposto que andou dando com a língua nos dentes.

— Não precisou. Mesmo que eu não dissesse nada, todo mundo por aqui já sabe do que aconteceu anteontem, lá no templo Kiyomizudera. A mulher da casa ao lado e a filha do laqueador do outro lado da rua tinham ido ao templo nesse dia e viram o apuro em que o tio se meteu quando se viu cercado pelos carregadores de liteira.

III

Musashi, sentado em silêncio à beira do fogo, virou-se nesse instante e disse, como que implorando:

— Está bem, garoto, deixe esse assunto para lá.

O olhar vivo de Joutaro percebeu num átimo o desagrado no rosto de Musashi; disse, portanto, atropelando as últimas palavras do jovem:

— Posso passar a noite aqui com você, tio? — e sem esperar resposta, foi lavar os pés.

— Por mim, tudo bem... desde que o pessoal da taberna não esteja precisando de você.

— Já terminei o serviço lá em casa.

— Então venha cá e jante comigo.

— Vou amornar o saquê para você, tio. Disso eu entendo — disse Joutaro, enterrando o pote nas cinzas do braseiro. Logo o retirou e ofereceu:

— Está no ponto, tio.

— Está bom, realmente! — admirou-se Musashi.

— Gosta de saquê, tio?

— Gosto.

— Pena que você seja pobre e não possa beber muito.

— Sim.

— Mas não é verdade que os grandes guerreiros são geralmente sustentados por senhores feudais e recebem vultosos estipêndios? Uma vez, um freguês lá da taberna me contou que, antigamente, estrategistas como Tsukahara Bokuden se faziam acompanhar por um séquito de setenta a oitenta pessoas, quando viajavam, e ainda levavam parelhas de muda e falcões pousados nos braços dos pajens.

— Isso mesmo.

— Já o estrategista Yagyu-sama, que foi tomado a serviço de Tokugawa-sama em Edo, dizem que recebe 11.500 *koku*; é verdade?

— É verdade.

— E então, por que você é tão pobre, tio?

— Porque ainda estou em aprendizagem.

— Mas então, quando é que você vai andar acompanhado por um grande séquito como o lorde Kamiizumi Ise ou como Tsukahara Bokuden?

— Quem sabe? Talvez eu nunca venha a ser um grande senhor como os que você mencionou.

— Você não é um guerreiro forte, tio?

— Você ouviu o povo que me viu no templo Kiyomizudera. Seja lá como for, o fato é que eu fugi, naquele dia.

— Pois é. É por isso que o pessoal da vizinhança vive falando que o samurai peregrino hospedado nesta estalagem é um poltrão. Morro de raiva!

— Ora, por que se incomoda? Falam de mim e não de você! — riu Musashi.

— Mesmo assim. Tio, faz-me um favor? Tem um bando de moços, condutores de bois e fabricantes de tinas, que se junta nos fundos da casa do laqueador para praticar esgrima. Vá lá um dia desses, desafie-os para um duelo e dê uma surra neles por mim.

— Está bem, está bem!

Musashi era incapaz de recusar um pedido de Joutaro: sua afeição pelo garoto era patente. Acrescia-se a isso o fato de ser ele próprio ainda muito jovem e, portanto, facilmente contagiado pelo entusiasmo do menino. Outros motivos ainda o aproximavam de Joutaro, como, por exemplo, o fato de não ter tido irmãos ou um ambiente familiar aconchegante em sua infância: sem que disso se desse conta, estava sempre à procura de um lenitivo para a sua solidão, uma oportunidade para extravasar seu amor.

— Mudando de assunto, vamos falar de você agora. De onde vem?

— Himeji.

— Quê, da província de Banshu?

— Isso. Você é de Sakushu, não é, tio? Seu sotaque é de lá.

— É verdade. Então somos quase vizinhos. E que fazia seu pai, em Himeji?

— Era samurai. Meu pai era um samurai!

— Vejam só!

Claro! Apesar da surpresa estampada no rosto, Musashi sentiu que apenas se confirmava o que no íntimo sempre suspeitara. Em resposta às perguntas de Musashi, Joutaro respondeu:

— Meu pai se chama Aoki Tanzaemon, e recebia um estipêndio de 500 *koku*, imagine você. Mas quando fiz seis anos, ele foi despedido e se tornou um *rounin*. Então viemos a Kyoto e fomos ficando cada vez mais pobres. Foi quando me entregou na taberna e ele mesmo se tornou um monge *komuso*.[8] É por isso que eu quero ser samurai — acrescentou. — E para me tornar um samurai, é preciso antes de mais nada, que eu me torne um bom espadachim. Tio, você não gostaria de me ter como seu discípulo? Faço qualquer coisa, se você me aceitar.

O pobre garoto implorava; o olhar brilhante e obstinado. Muito antes de se decidir a aceitar ou a rejeitar o pedido de Joutaro, Musashi se viu, compassivo, a pensar na ruína daquele que um dia fora o comandante do bigodinho de arame, Aoki Tanzaemon. Na condição de guerreiro, estava acostumado

---

8. *Komuso*: monge zen da seita Fuke que vive de caridade e em peregrinações, tocando uma flauta de bambu, ou *shakuhachi*.

à inconstância da sorte, a sua própria um contínuo jogo de vida e morte. Ainda assim, quando as voltas da fortuna lhe eram assim cruamente apresentadas, não conseguia evitar que uma indizível tristeza pesasse em seu coração, amargando-lhe a bebida.

IV

Joutaro revelou-se um garoto tremendamente obstinado: nada era capaz de demovê-lo de seu propósito. Quanto mais o velho estalajadeiro ralhava ou adulava, tentando fazê-lo desistir da ideia, mais o menino persistia, retrucando com malcriadez. Agarrava Musashi pelo pulso, abraçava-o, implorava, rompia em choro, por fim. Sem saber o que mais fazer, Musashi acabou concordando:

— Está bem, está bem, aceito-o como meu discípulo. Mas preste atenção: terá de voltar à taberna esta noite e falar com o seu amo. Só depois deverá retornar aqui, compreendeu?

Afinal tranquilizado, Joutaro se foi.

Cedo, na manhã seguinte, Musashi disse:

— Obrigado pela longa hospedagem, estalajadeiro, mas pretendo seguir para Nara. Prepare um lanche para mim, por favor.

— Como? Já vai partir? — disse o estalajadeiro, espantado com a súbita resolução de Musashi, acrescentando: — Sei, é por causa desse pestinha com seu pedido intempestivo...

— Absolutamente, não é por causa do garoto. Há muito desejava conhecer os lanceiros do famoso templo Hozoin em Nara, e creio que é chegada a hora. Pode ser que mais tarde o menino apareça por aqui e lhe crie problemas quando descobrir que me fui, mas...

— Ora, quanto a isso não se preocupe: como toda criança, vai chorar por algum tempo, mas logo se esquecerá por completo, tenho certeza.

— De mais a mais, creio que o taberneiro não concordará com a sua partida — disse Musashi, afastando-se da estalagem.

Pequenas ameixas vermelhas rolavam em meio à lama da estrada. A chuva se fora e o céu amanhecera lavado, sem nuvens: até o vento que roçava a pele vinha carregado de um novo frescor.

As chuvas haviam aumentado as águas do rio que agora corriam barrentas sob a ponte de madeira, à entrada da rua Sanjo. Ao pé da ponte, um numeroso grupo de *bushi*, todos a cavalo, detinha e examinava os transeuntes que por ali passavam. Em resposta às suas indagações, Musashi foi informado que o xogum, ora residindo em Edo, estava para chegar em breve a Kyoto para prestar homenagens ao Imperador. Na vanguarda de sua comitiva, diversos *daimyo*, senhores de grandes e pequenos feudos, já estavam chegando à cidade nesse dia; procediam portanto a um controle local, investigando os suspeitos, principalmente os *rounin* arruaceiros.

Musashi respondeu às perguntas dos oficiais com simplicidade e passou por eles sem dar grande importância ao fato. Repentinamente, porém, percebeu que se tornara um homem apartidário, sem convicções políticas: não era simpatizante da causa dos Toyotomi, de Osaka, nem dos Tokugawa, de Edo. Hoje, era apenas um *rounin* solitário.

Ao se lembrar de como partira para a batalha de Sekigahara, impetuoso e inconsequente, levando consigo apenas uma lança, achou graça.

Se hoje lhe perguntassem que partido tomaria, de Osaka ou de Edo, sabia que algo em seu íntimo o faria responder instintivamente: o de Osaka. Pois seu pai, Munisai, servira à casa Shinmen, partidária dos Toyotomi de Osaka. Além disso, as façanhas do poderoso herói Toyotomi Hideyoshi — um simples soldado da infantaria que ascendera à posição mais alta de regente do país — povoam a mente de todos os *goushi*. Seus grandes feitos, que Musashi ouvira na infância, sentado à beira do fogo, não o deixavam esquecer a existência e a importância desse herói.

No entanto, Musashi aprendera uma lição: a lança que brandira em Sekigahara junto com os soldados daquele grande exército não lograra mover uma pedra sequer no enorme tabuleiro do destino, nem prestara um valioso serviço à casa Shinmen.

Teria feito sentido se tivesse entrado naquela guerra pronto para morrer, e lutado lealmente rezando pelo sucesso de seu suserano. Mas a bem da verdade, naquela ocasião um motivo muito diferente da lealdade os movia, a ele e a Matahachi: a sede de fama. Em resumo, tinham entrado naquela guerra pensando em lucro fácil sem grandes investimentos.

Mais tarde, porém, Takuan lhe ensinara: a vida é uma pérola preciosa. Hoje, percebia o tamanho do erro cometido: longe de dispensar grandes investimentos, a aventura em que se lançara exigira o empenho do maior bem do ser humano — a vida — em troca de um lucro irrisório — a fama —, e caso a sorte o ajudasse, além de tudo. Musashi achou cômica a própria ingenuidade daqueles tempos.

Sentindo o suor umedecer-lhe a testa, Musashi descansou por instantes, pensando:

— Já devo estar chegando à cidade de Daigo...

Sem que disso tivesse consciência, a estrada o levara a considerável altura da montanha. De repente ouviu uma voz ao longe:

— Tiiiio!

Uma pequena pausa, e outra vez:

— Espere por mim!

Ao mesmo tempo, veio à mente de Musashi a imagem de um menino parecido com um *kappa*, o duende das águas, correndo a toda a velocidade contra o vento.

Acertara. Em instantes o vulto de Joutaro surgiu no extremo da estrada.

— Mentiroso! Você é um mentiroso!

Joutaro esbravejava, a boca escancarada, o rosto contraído prestes a irromper em choro, e se aproximava ligeiro, arfando ruidosamente.

V

"Aí vem ele, finalmente!", pensou Musashi, nada surpreso. Com um ligeiro sorriso, voltou-se à espera.

O menino vinha chegando com uma velocidade espantosa. O vulto de Joutaro, que agora voava certeiro em direção a Musashi, fazia lembrar vagamente um filhote híbrido de corvo e *tengu*. Com a aproximação, Musashi logrou discernir claramente sua indumentária extravagante e não conseguiu evitar que um novo sorriso lhe surgisse nos lábios. Suas roupas não eram as mesmas do dia anterior: tinha se trocado por outras melhores, especiais, usadas nas ocasiões em que saía a recados. Não obstante, continuavam curtas demais tanto na altura quanto no comprimento das mangas. À cintura, carregava uma espada de madeira maior que ele e trazia nas costas um sombreiro enorme. Mal o alcançou, Joutaro mergulhou nos braços de Musashi e, agarrando-se a ele, gritou:

— Você mentiu!

No mesmo instante irrompeu em choro.

— Que é isso, garoto? — disse Musashi, envolvendo-o em seus braços com carinho. Joutaro, contudo, não diminuiu o berreiro, ao que parecia tirando proveito do fato de estarem a sós numa estrada no meio das montanhas.

— É feio chorar. Pare com isso! — disse Musashi.

— Não quero saber! — gritava Joutaro, balançando-se nos braços de Musashi. — Você que é um adulto enganou uma criança: isso é mais feio ainda. Ontem você me prometeu que eu seria seu discípulo e depois me largou e foi embora. Não está certo!

— Tem razão. Me perdoe — pediu Musashi. Ao ouvir isso, o choro mudou de tom, tornando-se sentido e dengoso. O muco escorria livremente do nariz.

— Pare de chorar, já lhe disse. Não tive a intenção de enganá-lo, mas você tem pai e um amo para quem trabalha. Mandei-o consultar seu amo porque sem o seu consentimento, não posso levá-lo comigo.

— Mas então, por que é que não me esperou chegar com a resposta, hein? — insistia Joutaro.

— É por isso que estou lhe pedindo desculpas. E você, falou com seu amo?

— Falei — respondeu Joutaro, parando enfim de chorar e arrancando duas folhas de uma árvore próxima. Ante o olhar admirado de Musashi, Joutaro levou-as ao nariz e assoou-se com estardalhaço.

— E então, que disse ele? — perguntou Musashi.

— Disse: "Vá".

— Sei!

— Disse também: "Um pirralho maluco como você nunca será admitido como discípulo de um bom guerreiro ou em uma boa academia. Mas o hóspede da estalagem é famoso por ser um poltrão. Deve formar uma boa dupla com você. Vá e peça que o empregue como carregador ou pajem." E me deu esta espada de madeira, como presente de despedida.

Musashi gargalhou e disse:

— Tem opiniões interessantes, esse seu amo.

— Passei em seguida pela estalagem, mas o vô tinha saído e não estava lá. E então, peguei para mim este sombreiro que estava dependurado no alpendre da casa.

— Mas este sombreiro fazia as vezes de um cartaz. Está escrito: "Estalagem", não percebeu?

— Que importa? Melhor que ficar todo molhado na primeira chuva que vier — replicou Joutaro.

Parecia confiante outra vez, seguro de que já fora admitido como discípulo. Musashi resignou-se quando percebeu que não tinha como recusar. Ao pensar, porém, nas circunstâncias em que Aoki Tanzaemon caíra em desgraça e no encontro fortuito com seu filho, na estalagem, Musashi começou a considerar se não seria seu dever adiantar-se e assumir o futuro da criança.

— Ah, tinha me esquecido. Sabe que mais, tio? — disse Joutaro. Finalmente tranquilizado, lembrara-se, e tirou de dentro do quimono uma carta.

— Achei. É isto — acrescentou, entregando-lhe. Musashi tomou-a, estranhando:

— Que é isto?

— Ontem à noite, quando fui à estalagem para lhe entregar saquê, eu lhe falei de um *rounin* bêbado que estava na taberna e fez perguntas sobre você, lembra-se?

— Sim. Lembro-me de algo parecido.

— Pois esse *rounin* estava mais bêbado do que um gambá quando voltei à taberna, e me fez ainda mais perguntas. É um desses beberrões incorrigíveis: virou quase quatro litros de saquê, imagine! E depois de tudo, escreveu esta carta e foi-se embora, me pedindo que lhe entregasse.

Intrigado, Musashi procurou o remetente no avesso do invólucro.

VI

Ao ler o nome do remetente, Musashi teve uma surpresa: era de Hon'iden Matahachi. A caligrafia era rude e até os ideogramas pareciam dançar ébrios.

— Matahachi! — exclamou Musashi, rompendo apressadamente o invólucro. Agitado por confusos sentimentos que iam da saudade à tristeza, leu com dificuldade os ideogramas mal escritos. A caligrafia desordenada era justificável, levando-se em conta que fora escrita depois de quase quatro litros de saquê, mas o próprio teor da carta era confuso e, com muita dificuldade, Musashi por fim conseguiu decifrar seu sentido. Dizia:

> *Depois que nos separamos no sopé da montanha Ibuki, vivo com saudades de minha terra natal e de você, velho amigo. Por acaso, ouvi seu nome há alguns dias na academia Yoshioka. Será que o procuro? Será que não? Em dúvida e confuso, aqui estou nesta taberna, bebendo como um boi.*

Até aqui, Musashi leu com certa facilidade. A partir deste ponto, as letras tornaram-se quase ilegíveis.

> *Cinco anos já se passaram desde que nos separamos. Levo uma vida indolente, preso à gaiola dourada da sedução, desperdiçando tempo e juventude.*
> *Viva! Seu nome começa a despontar finalmente em Kyoto.*
> *Dizem alguns: Musashi é fraco, um covarde, especialista na arte da fuga. Outros dizem: Musashi é magistral, sua habilidade é incomparável. — Tanto faz, pois conseguiu enlamear alguns nomes de Kyoto, famosos no mundo das artes marciais. Saúdo apenas a façanha.*
> *Penso: você é inteligente. Com certeza será um guerreiro bem sucedido. Em contrapartida, olho para mim agora, e que vejo? Como sou estúpido! Não sei como não morro de vergonha ao me comparar com você, meu sábio amigo.*
> *Mas espere, vamos com calma: a estrada da vida é longa, nada está definido para sempre. Isso mesmo. Não quero vê-lo agora. Dia virá em que serei capaz de olhá-lo nos olhos, penso eu. Rezo pelo seu bem-estar.*

Mas não era tudo. Havia ainda um longo pós-escrito, onde Matahachi expunha de maneira prolixa um assunto que parecia considerar urgente. Dizia que os quase mil discípulos da academia Yoshioka, profundamente despertados com o episódio de há dias, procuravam por ele freneticamente e que, portanto, devia se cuidar. Prosseguia dizendo que Musashi não podia morrer agora, já que conseguira com tanto custo tornar-se conhecido no mundo das artes marciais e que também ele, Matahachi, esperava de algum modo alcançar o sucesso na vida; que quando esse dia chegasse, procurá-lo-ia e passariam momentos agradáveis rememorando os velhos tempos. Em consideração a esse seu sonho e como um incentivo a ele, Matahachi, Musashi deveria cuidar-se e preservar sua integridade física.

Esse era em linhas gerais o teor da carta. Matahachi dava a entender que escrevia movido pela amizade, mas Musashi sentiu nas entrelinhas o seu despeito.

"Por que não me deteve simplesmente dizendo: 'Quanto tempo! Que prazer em revê-lo, meu amigo!'", pensava Musashi.

— Joutaro, você perguntou a essa pessoa onde ela morava? — indagou Musashi.

— Não — respondeu Joutaro.

— Será que sabem, na taberna?

— Acho que não.

— É freguês assíduo?

— Não, foi a primeira vez que o vi.

Era uma pena. Se soubesse onde morava, pensava Musashi, podia retornar a Kyoto, mas, sem saber, não valia a pena.

Tinha ganas de sacudir Matahachi e corrigir seu caráter distorcido. Ainda conservava o velho sentimento fraternal com relação ao amigo, e estava ansioso por arrastá-lo de volta ao bom caminho, resgatá-lo da sua atual vida desregrada. E também por desfazer o mal entendido com Osugi, a idosa mãe de Matahachi.

Em silêncio, Musashi seguia em frente. A estrada entrou em declive na entrada de Daigo e logo abaixo surgiu a encruzilhada de Rokujizo.

Repentinamente, Musashi dirigiu-se ao menino:

— Joutaro, gostaria que se encarregasse de uma tarefa, sem perda de tempo.

VII

— Que tipo de tarefa? — perguntou Joutaro.

— Quero que me leve um recado — respondeu Musashi.

— Até onde?

— A Kyoto.

— Ah, mas então... tenho de voltar atrás? Por quê?

— Quero que entregue uma carta minha na academia Yoshioka, da rua Shijo.

Joutaro não respondeu. Cabisbaixo, chutava pedregulhos com a ponta dos pés.

— Não quer? — perguntou Musashi, curvando-se e espreitando seu rosto.

— Não, não é isso... — respondeu Joutaro, balançando a cabeça sem muita convicção. — Por acaso não é uma desculpa para me deixar de novo para trás?

Fixou em Musashi um olhar repleto de desconfiança. Quem plantara a desconfiança na mente do menino? Musashi sentiu-se constrangido.

— Esqueça o que aconteceu ontem e me perdoe. Um *bushi* não mente jamais.

— Está bem. Então vou.

Em Rokuamida pararam numa casa de chá e compraram lanches embalados em pequenas caixas. Enquanto descansavam, Musashi redigiu a carta. Em linhas gerais, dizia:

> *Mestre Yoshioka Seijuro,*
>
> *Chega a meus ouvidos a notícia de que está à minha procura por intermédio de seus discípulos. Neste momento, estou viajando pela estrada Yamato e pretendo passar quase um ano peregrinando por Iga, Ise e outras localidades com o intuito de aprimorar minha técnica, não estando em meus planos alterar o itinerário. Do mesmo modo que V. S., lastimo o fato de não nos termos conhecido por ocasião de minha visita à sua academia, há alguns dias. Dou-lhe, portanto, minha palavra: tornarei a visitá-lo em janeiro ou fevereiro do próximo ano. Estou certo de que, até lá, V. S. estará preparado para o encontro. De minha parte, adianto que tenciono enfrentá-lo depois de aprimorar ainda mais minha habilidade no decorrer deste ano. Rezo do fundo do meu coração para que uma derrota tão formidável quanto a que sofreu há alguns dias não venha a se repetir e que o glorioso nome do velho mestre Kenpo seja preservado.*
>
> *Shinmen Miyamoto Musashi Masana*

Embora polida, era uma carta altiva. No invólucro, escreveu: "Destinatários: Mestre Seijuro Yoshioka e Dignos Discípulos."

Joutaro recebeu a carta e tornou a frisar:

— Levo isto até a academia da rua Shijo e jogo-a lá dentro, certo?

— Nada disso. Entre pelo portão principal e entregue-a em mãos ao atendente, compreendeu?

— Já sei. Já sei.

— E aproveitando, gostaria que se encarregasse de mais uma missão. Esta talvez seja um pouco difícil para um menino da sua idade. Aceita?

— O quê? Que missão?

— O bêbado que lhe deu a carta ontem à noite é um velho amigo meu chamado Hon'i-den Matahachi. Quero que o encontre para mim.

— Essa é muito fácil.

— E de que jeito vai achá-lo?

— Pergunto nas tabernas.

— Bem pensado — riu Musashi. — Mas acho que existe um meio mais fácil. Entendi pela carta que me escreveu que Matahachi conhece alguém da casa Yoshioka. Pergunte por ele na academia.

— E depois?

— Depois, vá ao encontro de Matahachi e transmita-lhe o seguinte recado: "A partir do primeiro até o sétimo dia de janeiro do próximo ano, vou estar todas as manhãs sobre a ponte Oubashi da rua Gojo. Escolha uma manhã de sua conveniência e venha ao meu encontro, sem falta. Estarei à sua espera." Diga-lhe que foi isso o que eu falei.

— É só?

— Somente. Insista que quero vê-lo sem falta. Entendeu?

— Está bem. E até eu voltar, onde é que você me espera, tio?

— Façamos assim: sigo viagem para Nara e, lá chegando, escolho uma hospedaria e espero por você. Quando terminar a sua missão, vá a Nara e procure o porteiro do Templo Hozoin. Deixarei com ele o nome da hospedaria que eu escolher.

— Promete?

— Ainda desconfia? — riu Musashi. — Se quebrar a promessa desta vez, eu o deixo cortar minha cabeça.

Rindo ainda, afastaram-se da casa de chá, Musashi rumo a Nara, Joutaro retornando a Kyoto. A encruzilhada fervilhava de viajantes com sombreiros; relinchos de cavalos e andorinhas em voos rasantes cortavam o ar. Joutaro, um pequeno vulto no meio da multidão, voltou-se. Musashi continuava em pé no mesmo lugar. Sorriram um para o outro e cada qual seguiu seu caminho.

NAS ASAS DO VENTO

I

Brisa do amor,
Brinca brejeira nas mangas do quimono.
Ó brisa, como pesam minhas mangas!
Pesaria o amor?

Cantarolando a canção que aprendera no dia em que assistira ao Okuni Kabuki, Akemi desceu às margens do rio Takasegawa, nos fundos da casa de chá, para lavar algumas peças de roupa em suas águas. Flores caídas no rio giravam lentamente ao seu redor e eram atraídas quando a jovem recolhia as peças da água.

Finjo indiferença,
E não mostro o que sinto.
Não o enganem, porém, seus olhos:
Quanto maior a indiferença
Mais profundo é o amor.

— Você canta muito bem, tia! — disse uma voz sobre o barranco.
Akemi voltou-se:
— Quem é você? — perguntou.
Um garoto com uma enorme espada de madeira à cintura e gigantesco sombreiro atado às costas estava parado na margem do rio. Lembrava um anão. Ao perceber que Akemi o fitava agressivamente, girou as pupilas nos olhos redondos e sorriu com intimidade exibindo os dentes.
— De onde vem você? E não sou "tia" coisa nenhuma. Nem sou casada! — disse Akemi, mal-humorada.
— Está bem. Senhorita, então.
— Ora, que pirralho atrevido! Mal saiu das fraldas e já aprendeu a mexer com as mulheres. Trate de assoar o nariz, primeiro.
— Bem, é que preciso de uma informação.
— E essa agora! Viu o que fez? Você me distraiu e o rio me levou uma peça — irritou-se Akemi.
— Eu pego para você — disse Joutaro, correndo rio abaixo atrás da roupa arrastada pela correnteza. Alcançou-a usando a longa espada de madeira, útil nessas emergências, e retornou para perto de Akemi.

— Obrigada. Mas o que queria saber? — perguntou.
— Sabe se há por aqui uma casa de chá chamada Hospedaria Yomogi?
— Ora, a Hospedaria Yomogi é nossa. É essa aí — disse Akemi, apontando às costas.
— Até que enfim! Procurei um bocado! — animou-se Joutaro.
— De onde vem você? — quis saber Akemi.
— Lá de trás.
— Bela resposta! Explicou tudo.
— É que nem eu sei direito de onde vim.
— Moleque mais esquisito! — murmurou Akemi.
— Quem? Quem é esquisito?
— Ninguém — replicou Akemi rindo disfarçadamente. — Mas que quer você em minha casa?
— Tem um homem chamado Hon'i-den Matahachi morando aí, não tem? Pelo menos foi a informação que os homens da academia Yoshioka, lá da rua Shijo, me deram. "Pergunte lá que eles sabem", foi o que me disseram.
— Não mora, não.
— Mentira!
— É verdade, não mora mais. Antigamente morava.
— Para onde foi, então?
— Não sei.
— Vá ver lá dentro se alguém sabe, vá.
— Mas se nem minha mãe sabe! Ele fugiu de casa.
— E esta, agora!
— Quem foi que o mandou aqui à procura dele?
— Meu mestre.
— E quem é seu mestre?
— Miyamoto Musashi.
— Trouxe uma carta ou uma encomenda?
— Nada — respondeu Joutaro, balançando a cabeça negativamente. Parecia perdido, fitando os pequenos redemoinhos que se formavam no remanso.
— Você é um mensageiro bem estranho, reconheça. Não sabe de onde vem e não traz nenhuma carta.
— Mas trago um recado.
— Que recado? Se por acaso Matahachi-san voltar — por mim acho que não volta nunca mais... mas se voltar —, eu mesma lhe dou o recado.
— Até que a ideia é boa, não acha?
— Eu é que sei? É você quem tem de decidir.
— Então está decidido. Olhe, ele disse que quer se encontrar sem falta com esse tal Matahachi.

— Ele quem? — perguntou Akemi impaciente.

— Meu mestre, Miyamoto-sama, ora! É o seguinte, preste atenção: meu mestre mandou dizer a esse homem, Matahachi, que entre os dias primeiro e sete de janeiro do próximo ano estará todas as manhãs sobre a ponte Oubashi da rua Gojo, esperando por ele. Pediu para ele escolher um dia e comparecer sem falta — explicou Joutaro.

Akemi rolava de rir.

— Mas vejam só que recado. O homem vai esperar sete dias! Que sossego! Esse seu mestre é quase tão excêntrico quanto você. Ai, estou com dor de barriga de tanto rir — gemeu Akemi, entre acessos de riso.

II

— Que é, hein? Está rindo de quê? Tontona! — interrompeu-a Joutaro, furioso.

Akemi parou de rir abruptamente, espantada com a zanga do menino.

— Você se ofendeu? — perguntou.

— É claro! E eu, que pedi com tanta educação.

— Desculpe. Prometo não rir mais. E também que passo o recado sem falta a Matahachi-san, caso apareça por aqui.

— De verdade?

— De verdade — assegurou Akemi. Careteou, tentando disfarçar um novo acesso de riso. — Como é mesmo o nome da pessoa que mandou o recado?

— Miyamoto Musashi. Você se esquece fácil, hein?

— Como se escreve? — quis saber Akemi.

Joutaro apanhou um galho de bambu caído nas margens do rio e curvando-se, escreveu na areia:

— Assim.

Akemi contemplava fixamente os ideogramas traçados na areia.

— Ah... mas então ele se chama Takezo, não é verdade? — perguntou hesitante.

— Não, não, ele se chama Musashi — retorquiu Joutaro, categórico.

— Mas Musashi e Takezo se escrevem com os mesmos ideogramas — insistiu Akemi.

— Mas lê-se Musashi, teimosa! — contradisse Joutaro.

A vareta que Joutaro furiosamente lançara no rio flutuava e ia sendo pouco a pouco arrastada pela correnteza. O olhar de Akemi, no entanto, continuava preso ao nome traçado na areia. Perdida em pensamentos, nem sequer pestanejava. Momentos depois seu olhar transferiu-se para os pés de Joutaro, percorreu seu pequeno corpo e subiu devagar ao seu rosto. Parecia ver o menino pela primeira vez ao lhe perguntar, quase num sopro:

— Por acaso esse seu mestre, Musashi-sama, não vem de Yoshino, na província de Mimasaka?

— Isso. Eu sou de Banshu, meu mestre é da vila Miyamoto. Nossas terras são vizinhas.

— É um homem alto, viril... Ele não usa os cabelos raspados na frente, usa?

— Ué, como é que você sabe? — perguntou Joutaro, desconfiado.

Um dia, ele me contou que teve um furúnculo na testa, em criança, e não raspava o cabelo porque tinha uma cicatriz feia no lugar.

— Quando foi isso?

— Há quase cinco anos — no outono do ano da batalha de Sekigahara.

— Puxa, você conhece meu mestre há tanto tempo assim?

Akemi não conseguiu responder. Perdera a fala, pois as lembranças daqueles dias turbilhonavam em seu íntimo como uma sonora melodia, descompassando seu coração. "É ele, Takezo-san!", pensava. No decorrer de todos esses anos viera observando o comportamento da mãe, a transformação por que passara Matahachi. Como resultado, aprofundava-se cada vez mais em seu íntimo a certeza de que acertara ao escolher Musashi entre os dois. "Eu sabia" — dizia para si mesma —, "ele é muito diferente de Matahachi-san." Tinha certeza de que seu destino não se prendia a nenhum dos muitos homens que frequentavam a casa de chá. Tratava com frio desprezo os homens afetados que a procuravam, pois somente a imagem de Takezo, que conhecera há cinco anos, povoava os sonhos dessa jovem ainda virgem. Refugiada nas canções que entoava, cultivava com carinho os sonhos de um futuro que, assim esperava, não estaria muito distante. E secretamente orgulhava-se da vida solitária que levava.

— Se você encontrar esse tal Matahachi, passe-lhe o recado sem falta. Combinado?

Dando por encerrada a missão, Joutaro subiu às carreiras o barranco, apressando-se em seguir caminho.

— Espere um pouco, menino! — gritou Akemi, correndo no seu encalço e detendo-o pela mão. A intensidade do rosto afogueado de Akemi, desesperada à procura de palavras, fazia-a tão bela que Joutaro desviou o olhar, deslumbrado.

III

— Como você se chama? — perguntou Akemi febrilmente.

— Joutaro — respondeu o menino, contemplando com uma careta a jovem que, presa de intensa comoção, lhe parecia tão sedutora.

— Quer então dizer que você vive com Takezo-san, Joutaro? — perguntou Akemi.

— Musashi-sama, já disse! — replicou Joutaro, enfático.

— Isso, com... Musashi-sama — repetiu Akemi.

— Isso mesmo.

— E onde é que ele mora? Tenho de vê-lo, custe o que custar.

— Mas ele não tem residência fixa.

— Como assim?

— Ele é um samurai peregrino. Viaja por todos os lados para aprimorar sua técnica.

— Mas então, onde está hospedado neste momento?

— Ficou combinado que ele me deixaria um recado no templo dos lanceiros Hozoin, em Nara.

— Ah, mas então não está em Kyoto!

— Mas volta no ano que vem. Lá pelo mês de janeiro.

Akemi parecia refletir, perdida em pensamentos. Nesse instante, uma voz que vinha da janela da cozinha às suas costas disse:

— Por que tanto demora, Akemi? Não fique dando trela a esse filhote de mendigos e termine o serviço de uma vez! — ordenou Okoo.

Nessas ocasiões, Akemi mal continha a revolta contra a mãe, reprimida no cotidiano.

— Não vê que estou tentando compreender direito o recado que esse menino trouxe para Matahachi-san? E não sou sua empregada — respondeu, malcriada.

Os ombros tensos de Okoo, visíveis da janela, estremeceram de ira contida. Estava num de seus dias. Lançou a Akemi um olhar malévolo que parecia dizer: "E quem foi que sustentou você até hoje, sua grosseira?"

— Matahachi? Que tem o menino a ver com Matahachi? Diga-lhe que Matahachi já não faz parte de nossa família e mande-o embora. No mínimo mandou esse pirralho mendigo com algum recado porque não tem coragem de aparecer na minha frente. Não perca tempo com isso — ordenou Okoo.

Joutaro abriu a boca, estupefato:

— Está pensando o quê? Não sou mendigo, não — murmurou.

Da janela, Okoo observou os dois atentamente e tornou a mandar:

— Entre de uma vez, Akemi.

— Mas sobraram algumas peças por lavar na beira do rio — insistiu Akemi.

— Deixe o resto por conta da serviçal. Imagine se Seijuro-sama aparece de repente e a vê nesse estado! É capaz de sair correndo. Vá se banhar e se arrumar logo.

— Grande coisa! O nojento... Vou ficar muito feliz se ele sair correndo — retrucou Akemi, correndo para casa a contragosto, o aborrecimento transparecendo em sua fisionomia. No mesmo instante, Okoo também se retirou da janela. Joutaro ergueu a cabeça e falou, fixando os olhos na janela agora fechada:

— Feiosa! Velha desse jeito e com a cara toda pintada! Há, há!

A janela tornou a se abrir no mesmo instante e Okoo gritou:

— Que foi que disse? Repita!

— Ih, a velha escutou! — disse Joutaro, batendo rapidamente em retirada. Não conseguiu evitar, porém, que o conteúdo de uma panela com os restos de uma sopa rala atingisse sua cabeça. Jotaro sacudiu-se todo, como um cachorro molhado. Pinçou com dois dedos um pedaço de verdura que aderira ao seu pescoço e contemplou-o com uma careta. Saiu correndo então, cantando a plenos pulmões uma modinha insolente, extravasando a raiva:

Numa viela escura
Do templo Honnoji
Mora uma bruxa velha
De cara branca empetecada,
Que pariu um filho loiro,
Que pariu outro ruivo.
Trololó, trololó, trololó.

CAMINHOS QUE SE CRUZAM

I

A parelha de bois arrasta uma carreta com fardos de arroz, ou talvez de feijão *azuki*, empilhados a grande altura. Uma placa de madeira fincada no topo da pilha anuncia em nítidos caracteres negros a dádiva de algum abastado paroquiano:

DOAÇÃO AO TEMPLO KOUFUKUJI

O templo Koufukuji situa-se em Nara. Ao mencionar Nara, qualquer um se lembra do templo Koufukuji. Joutaro também se lembrou e sorriu feliz:

— Aí vai uma carreta, bem para onde eu quero. Tá no jeito.

Correu a alcançá-la e num pulo sentou-se em sua traseira. Ajeitou-se confortavelmente, dando as costas para a frente. Conseguiu até se recostar nos fardos.

Morros cobertos de arbustos de chá arredondados e cerejeiras em início de floração ladeavam a estrada. Nos arrozais, lavradores aravam a terra rezando por mais um ano de paz no país e pela preservação dos brotos de arroz, longe dos pés dos soldados e das patas de seus cavalos. Mulheres de lavradores lavavam verduras nas águas de um riacho. Reinava uma quase tediosa paz na estrada Yamato.

— Assim é que eu gosto! — observou Joutaro, contente. Talvez pudesse tirar uma soneca. Quando acordasse, estaria em Nara, imaginou otimista. Às vezes, as rodas do carroção passavam sobre pedras que preenchiam, aqui e ali, os profundos sulcos deixados por outras carretas na estrada. Nesses momentos, o carroção gemia e estremecia, mais um motivo de alegria para o menino, já satisfeito pelo simples fato de estar repimpado num veículo em marcha. Seu pequeno coração batia acelerado e feliz.

"Ei, tem uma galinha cacarejando alto em algum lugar. Cuidado, tia, acho que tem uma doninha roubando seus ovos. Quem será o menino chorando na beira da estrada? Mas também, que tombo ele levou! Aí vem um cavalo a galope."

Todos os acontecimentos que desfilavam perante seus olhos eram motivo de especulação. A vila ficou para trás, e agora trafegavam por um trecho ladeado de árvores. Joutaro arrancou uma folha de camélia e, levando-a aos lábios, dela extraiu um agudo assobio. Satisfeito, pôs-se a cantar, entremeando assobios à canção:

> *Se o cavalo leva às costas*
> *Um valente general,*
> *'Ikezuki' ou 'Surusumi'*[9] *tem de ser seu nome,*
> *E seus arreios são dourados.*
> *Se o cavalo vem dos campos,*
> *Ou da lama do arrozal,*
> *É pobreza o ano inteiro:*
> *Marcha mais, carrega mais,*
> *É pobreza o ano inteiro.*

— Que foi isso? — estranhou o condutor que ia à frente da parelha. Voltou-se, mas como nada viu, seguiu caminho.

Um assobio agudo, cadenciado, tornou a soar. Dessa vez, o condutor abandonou as rédeas e deu volta ao carroção. Repentinamente, um soco acertou em cheio a cabeça de Joutaro.

— Moleque malandro! — esbravejou o condutor da parelha.

— Ai-ai! — berrou Joutaro.

— Quer dizer que pegavas carona na traseira da carroça, moleque?

— Que tem? Não posso?

— Claro que não.

— Mas se não é você que puxa o carroção, tio!

— Não banques o engraçadinho.

No instante seguinte Joutaro foi desalojado e lançado ao solo. Seu corpo rolou e parou de encontro às raízes das árvores, na beira da estrada. A carroça se afastou. Aos olhos do menino, parecia sacolejar zombeteira pelos sulcos da estrada. Joutaro ergueu-se, massageando as coxas. De repente, fez uma careta e seus olhos passaram a examinar os arredores.

— Ih, será que perdi? — murmurou. Dera por falta da resposta à carta de Musashi que os homens da academia Yoshioka lhe haviam entregue quando passara por lá. Joutaro a introduzira num tubo de bambu protegendo-a cuidadosamente e, a partir de determinado trecho, andara com ele pendurado ao pescoço por um barbante.

— E agora... e agora? — Seus olhos passaram a vasculhar uma área que aos poucos se ampliava. Nesse momento, uma jovem viajante aproximou-se e perguntou-lhe gentilmente:

— Perdeu alguma coisa?

---

9. Referência aos cavalos de dois generais que lutaram em uma famosa batalha travada em 1184, no episódio Ujigawa no Senjin.

Joutaro lançou um rápido olhar de esguelha ao rosto sorridente sob o sombreiro e grunhiu inseguro:

— Hu-hum. — O menino logo voltou para o chão o olhar que percorria a área ao redor, enquanto balançava a cabeça sem parar.

II

— Dinheiro? — perguntou a jovem.

— Não — respondeu Joutaro mecanicamente, perturbado. A jovem sorriu de novo e disse:

— Não seria por acaso um tubo de bambu de uns trinta centímetros, com um barbante na ponta?

— Isso mesmo! — concordou Joutaro ansioso.

— Você passou há pouco pelo templo Manpukuji e andou mexendo com uns cavalos de carga amarrados no moirão, lembra-se? O condutor até se zangou e gritou com você...

— Há...

— Você saiu correndo, o barbante se partiu e vi o tubo cair. Nesse momento, um senhor, um samurai que conversava com os condutores dos animais, apanhou-o. Volte atrás e pergunte a ele.

— Está me dizendo a verdade?

— Claro!

— Muito obrigado! — disse Joutaro, pronto a refazer correndo o percurso.

— Espere um instante — deteve-o a jovem — não precisa retornar. Está vendo esse homem sorridente vestindo um fino *hakama* que se aproxima? É ele.

— Tem certeza? — quis saber Joutaro, fixando com firmeza o vulto que vinha chegando.

Era um homem excepcionalmente robusto, aparentando cerca de quarenta anos. Alto, de ombros e tórax bem mais largos que o padrão, tinha uma barba negra e cerrada que lhe envolvia o queixo. Os pés, protegidos por macias meias de couro, calçavam sandálias de palha e pisavam o solo com visível firmeza, dignamente. Era sem dúvida um respeitável *karô*, ou seja, o súdito mais graduado de algum famoso *daimyo*, avaliou Joutaro, sentindo-se incapaz de dirigir-se a ele com sua costumeira familiaridade. Por sorte, o próprio samurai dirigiu-lhe a palavra:

— Menino!

— Sim, senhor! — acudiu Joutaro prontamente.

— Não foi você que deixou cair há pouco este porta-correspondências perto do templo Manpukuji? — perguntou o samurai desconhecido.

— Que sorte! Achei! Achei! — exclamou Joutaro, aliviado.

— Em primeiro lugar, agradeça, pois quem o achou fui eu — ralhou o homem.

— Obrigado! — disse o menino, bem depressa.

— Um mensageiro portando uma resposta importante como esta não deve andar mexendo com cavalos ou pegando carona em traseira de carroções. Não é assim que se serve a um amo, certo?

— Andou lendo a carta? — indagou Joutaro, desconfiado.

— Quando se acha um objeto como este, em primeiro lugar verifica-se o seu conteúdo. Esse é o procedimento correto. No entanto, nunca se deve violar o lacre de uma carta que se achou. Quanto a você, ao receber de volta o que perdeu, verifique também a integridade do conteúdo. Compreendeu?

Joutaro tirou a tampa do tubo de bambu e espiou o interior. A carta da academia Yoshioka estava lá. Enfim tranquilizado, repôs o laço no pescoço e murmurou baixinho:

— Nunca mais a perco.

Vendo a alegria do menino, a jovem — que a tudo assistia em silêncio — alegrou-se também e, dirigindo-se ao samurai, externou o agradecimento que o garoto estouvado não fora capaz de expressar:

— Muito obrigada por sua consideração.

O samurai barbudo acertou o passo com o da jovem e do menino e perguntou:

— Este moleque está em sua companhia, minha jovem?

— Não, ele me é completamente desconhecido — esclareceu ela.

— Bem vi que não combinavam — riu o homem. — Tem um jeito peculiar, o garoto, não acha? É impagável esse sombreiro com o anúncio "Estalagem".

— Sua simplicidade é comovente. Fico imaginando até onde irá desse jeito — comentou a jovem.

Ladeado pelos dois adultos, Joutaro recuperara a animação e a verve:

— Quem, eu? Vou até o templo Hozoin, em Nara — interveio prontamente. Seus olhos fixaram-se num gasto invólucro de brocado que despontava entre as pregas do *obi* da jovem.

— Ora, vejam só, você também está levando uma carta num porta-correspondência? Tome cuidado para não deixar cair — aconselhou Joutaro.

— Que porta-correspondência? — indagou a jovem.

— Isso que você tem em seu *obi*, ora — replicou o menino.

— Mas isto não é um porta-correspondência, — riu a jovem — é uma flauta transversal.

— Flauta, é? — disse Joutaro, os olhos brilhando de curiosidade, aproximando o rosto audaciosamente da cintura da jovem. De súbito, seu olhar fixou-se em seus pés e depois percorreu todo o seu corpo, de baixo a cima, analisando-o com cuidado.

III

Embora fosse uma criança, seus olhos sabiam reconhecer uma mulher bonita. E se competência lhe faltava para avaliar plenamente a beleza, sobrava-lhe sensibilidade para captar, com a ingenuidade típica das crianças, a pureza de uma jovem. De repente, Joutaro sentiu-se muito feliz por estar viajando em companhia de uma pessoa tão bela. Seu pequeno coração disparou e tinha a sensação que pisava em nuvens.

— Está certo... uma flauta! — murmurou para si mesmo, admirado. — Você sabe tocar flauta, tia? — perguntou.

Num instante, Joutaro lembrou-se da garota da Hospedaria Yomogi e de como ela se zangara ao ser chamada de "tia". Confuso, atropelou suas últimas palavras com a primeira pergunta que lhe veio à cabeça:

— Como você se chama, senhorita?

A intempestiva pergunta, feita com toda a simplicidade, provocou o riso da jovem que, sem responder, voltou o rosto sorridente e fitou o samurai, do outro lado de Joutaro. O samurai, cujo rosto barbudo lembrava um urso, gargalhou mostrando dentes brancos e saudáveis:

— Não tem nada de bobo, esse moleque! — comentou. — Preste atenção, meu filho: faz parte da etiqueta anunciar primeiro o próprio nome antes de perguntar o dos outros, entendeu?

— Eu sou Joutaro — disse ele prontamente.

A jovem tornou a rir, divertida com os seus modos.

— Ah, assim não vale! Eu já disse o meu nome, mas você não diz o seu. Já sei: diga o seu primeiro, obuke-san.[10]

— Meu nome? — repetiu ele, um tanto embaraçado. — Shoda — acrescentou rápido.

— Shoda-san. E seu prenome?

— Não vem ao caso — atalhou Shoda.

— Está bem. Agora é a sua vez, senhorita. Dois homens já deram os seus nomes. Se não revelar o seu, estará contrariando as regras da cortesia, acho eu — insistiu Joutaro.

---

10. Obuke-san: tratamento respeitoso dado aos samurais.

— Eu me chamo Otsu — disse a jovem.
— Otsu-sama. Está bem! — entusiasmou-se o menino. Satisfeita a curiosidade, passou sem pausa para outro assunto:
— E por que anda com uma flauta enfiada no meio do seu *obi*?
— Porque é um objeto precioso. Dele depende minha subsistência — explicou Otsu.
— Então você é flautista, Otsu-sama?
— Isso mesmo. Nem sei se existe essa profissão, mas é graças a ela que tenho viajado por tanto tempo. Acho, portanto, que pode me chamar de flautista.
— Sua flauta é do tipo usado pelos músicos que tocam *kagura*, as melodias sagradas do xintoísmo, como nos templos de Gion e Kamo? — perguntou Joutaro.
— Não.
— É igual à dos flautistas das bandas que acompanham bailados, nesse caso — insistiu.
— Também não.
— Qual o tipo, então?
— Uma simples flauta transversal — respondeu Otsu.
Shoda fitou a longa espada de madeira de Joutaro e perguntou:
— E que faz você com isso, Joutaro?
— Ora, não sabe para que serve uma espada de madeira, *obuke-san*?
— Estou lhe perguntando qual o sentido disso, moleque.
— É para eu aprender a esgrimir, naturalmente.
— Já tem um mestre?
— Claro!
— Que deve ser o destinatário da carta dentro desse tubo. Acertei?
— Isso mesmo.
— Imagino que seu mestre seja um espadachim bastante habilidoso.
— Nem tanto.
— É ruinzinho?
— Parece. O povo assim diz.
— Que azar o seu.
— Não faz mal. Eu também não sou de nada.
— Aprendeu alguma coisa?
— Mas ele ainda não me ensinou nada.
Shoda riu das respostas do menino e disse:
— Andar com este menino quebra a monotonia da viagem. E quanto a você, minha jovem? Até onde pretende seguir?
— Não tenho um destino fixo. Na verdade, estou há alguns anos à procura de certa pessoa que desejo rever a qualquer custo. Como soube que ultimamente

muitos *rounin* têm convergido para a cidade de Nara, para lá me dirijo na esperança de encontrar essa pessoa, embora não tenha uma pista concreta.

IV

A ponte Ujibashi despontava adiante.

Um velho de fina aparência, tendo ao lado uma bojuda chaleira de ferro, havia se instalado na varanda da casa de chá Tsuen, e servia o chá com elegância aos viajantes que paravam para descansar sob seu teto. A beleza da paisagem realçava o seu serviço, e disso sabia tirar partido o idoso homem. Ao perceber o vulto de Shoda que nesse momento se aproximava da casa de chá, dirigiu-lhe a palavra com a familiaridade de velhos conhecidos:

— Bem-vindo seja, senhor. Terei a honra de receber em minha casa o súdito do venerando suserano de Koyagyu?

— Por certo. Quero descansar um pouco. E dê alguns doces ao menino que aí está — pediu Shoda ao velho.

Mal ganhou os doces, Joutaro escolheu uma colina próxima e a escalou correndo, esquecido de que haviam parado para descansar os pés.

Otsu sorveu o chá apreciando seu delicado aroma e perguntou:

— Estamos muito longe de Nara, ainda?

— Sim. Mesmo um andarilho muito rápido não consegue chegar além de Kizu antes do anoitecer. Uma mocinha como você conseguirá no máximo chegar a Taga ou Ide, onde terá de pernoitar — respondeu o velho. O barbudo samurai, Shoda, interveio:

— Esta mocinha diz que está indo a Nara à procura de alguém que tenta encontrar há alguns anos. Que acha da ideia de uma garota sozinha em Nara, hoje em dia? Eu não gosto disso.

O ancião arregalou os olhos, assustado:

— Nem pensar! — exclamou, abanando a mão. — Não a deixe ir, senhor. Se ao menos soubesse com certeza onde encontrar a pessoa que procura, seria diferente. Mas se esse não for o caso, para que se aventurar numa área tão perigosa?

O velho dono da casa de chá citou a seguir diversos casos verídicos para ilustrar a má fama da cidade. Explicou, servindo-se também de uma chávena, que à menção da cidade de Nara vem à mente do cidadão comum a pacífica imagem de antigos templos azul-turqueza e dos meigos olhos dos cervos que abundam em seus pátios. A tranquila paisagem da velha cidade, que antigamente sediara a capital do país, não seria jamais tocada por fome ou guerras, acreditavam todos. A realidade, contudo, era bem outra.

Logo após a batalha de Sekigahara, um incalculável número de *rounin* saídos dos exércitos derrotados havia buscado esconderijo no trecho compreendido entre a cidade de Nara e a montanha Kouyasan. Eram todos partidários da casa Toyotomi, de Osaka, e haviam integrado as forças militares da coalizão ocidental. Já não recebiam estipêndios, tampouco estavam capacitados para outras profissões. Na atual situação de franca expansão do xogunato Tokugawa, cujo poder se centralizava em Edo, a leste do país, esses homens não tinham sequer o direito de andar pelas ruas em plena luz do dia.

Uma teoria, aceita de um modo geral, calculava que a batalha de Sekigahara fora responsável pelo surgimento, nesses últimos cinco anos, de cerca de 120 a 130 mil samurais destituídos de suas funções.

Dizia-se também que, depois da referida batalha, o xogunato Tokugawa confiscara feudos que respondiam pela colheita de 6.600.000 *koku*, ou seja, de 33 milhões de alqueires de arroz, cada alqueire correspondendo a 180 litros do cereal. Encerrado o confisco, é verdade que alguns *daimyo* haviam conseguido permissão para restaurar seus feudos. Mesmo subtraindo-se o número destes, porém, ainda restavam quase oitenta *daimyo* proscritos, cujas terras somadas respondiam pela produção de vinte milhões de alqueires de arroz. Calculando-se que cada 100 *koku* confiscados tenham dado origem a três *rounin*, dizia-se que os *rounin* surgidos nas diversas províncias e que haviam mergulhado no submundo, somados ao número de seus familiares e pessoal dos feudos de origem, totalizavam no mínimo cem mil.

Áreas ao redor da cidade de Nara e da montanha Kouyasan, em particular, onde se erguiam inúmeros templos historicamente refratários ao controle militar, transformavam-se em potenciais esconderijos para tais *rounin*. Assim era que se conseguia rapidamente enumerar, logo de cabeça, Sanada Yukimura, oculto na montanha Kudoyama; o *rounin* do norte Kita Juzaemon, nas florestas da montanha Kouyasan; Sengoku Souya, nas proximidades do templo Houryuji; Ban Dan'emon, nas vielas de estreitos geminados do templo Koufukuji; sem falar em Goshuku Manbei ou em sicrano e beltrano das tropas do general Konishi, algures. Eram, todos eles, bravos e temidos guerreiros que, inconformados com a própria situação de clandestinidade, rezavam com fervor pelo retorno dos tempos de guerra, como rãs chamando chuva em dia de sol.

Ainda que na clandestinidade, esses renomados *rounin* tinham meios — embora modestos — para se manter, e certa dignidade em seu comportamento. O mesmo não se podia dizer dos samurais sem destino que infestavam as estreitas vielas da periferia de Nara e que, para sobreviver, haviam chegado ao ponto de vender as próprias espadas. Desesperados anarquizavam a sociedade, agora sob o regime Tokugawa, enquanto esperavam, dia após dia, por um eventual indício de um levante dos derrotados correligionários ocidentais, cujo poder centralizador era representado pelo castelo de Osaka.

Sendo esta a atual situação da área, uma mocinha de sua beleza dirigir-se para lá seria o mesmo que uma mosca rumar direto para uma teia de aranha, dizia o velho proprietário da casa de chá, tentando insistentemente dissuadi-la.

V

Ao ouvir os detalhes, ir para Nara pareceu a Otsu uma ideia tenebrosa. A jovem permaneceu em silêncio, pensativa.

Se ainda tivesse uma pista, por mais tênue que fosse, não teria hesitado em enfrentar qualquer tipo de perigo. Infelizmente, não contava no momento com nenhuma indicação. A partir da ponte Hanadabashi, à entrada da cidade de Himeji, Otsu andara apenas vagando sem destino, dia após dia, de um lugar a outro, anos a fio. E agora estava no meio de outra dessas viagens sem fim.

— Otsu-san — disse o barbudo Shoda, espiando o rosto tenso da jovem. É assim que se chama, não é? Pois bem, Otsu-san, tenho algo que estava querendo lhe propor há algum tempo: que acha de desistir da viagem a Nara e me acompanhar a Koyagyu?

O samurai revelou a seguir sua verdadeira identidade, dizendo:

— Meu nome é Shoda Kizaemon e sou súdito da casa Yagyu. Pois meu idoso suserano, que já está na casa dos oitenta, anda ultimamente bastante debilitado. O tédio o atormenta. Ao saber há pouco que você ganha a vida tocando flauta, ocorreu-me que talvez pudesse distraí-lo com a sua arte. Gostaria muito que aceitasse minha proposta e me acompanhasse.

Ao lado, o velho proprietário da casa de chá apoiou a ideia com veemência, dizendo:

— Siga na companhia deste senhor, mocinha. Talvez já tenha ouvido falar dele, mas trata-se do velho suserano de Koyagyu, Yagyu Muneyoshi-sama. Retirou-se da vida ativa há algum tempo e adotou o nome Sekishusai. Seu filho, o jovem suserano Munenori-sama, foi oficialmente convocado a Edo logo após a batalha de Sekigahara, e serve agora ao clã do xogum Tokugawa como instrutor marcial. Não achará com facilidade uma casa tão ilustre quanto essa para servir, senhorita. Acompanhe-o, insisto, pois poderá nunca mais ter a sorte de ser convidada a servir numa mansão como essa.

Ao saber que seu companheiro de viagem era o vassalo mais importante de uma casa famosa no meio militar, Otsu viu suas suspeitas confirmadas: os finos modos de Kizaemon só podiam indicar alguém de posição superior.

— Não lhe agradou a proposta? — indagou Kizaemon.

— Muito pelo contrário, nada seria melhor para mim, senhor. Uma coisa, no entanto, me preocupa: minha flauta estaria à altura do gosto de tão ilustre suserano? — disse Otsu.

— Que tolice. Existe uma grande diferença entre o idoso suserano Yagyu e os *daimyo* comuns. Como acabou de ouvir, meu amo até mudou seu nome para Sekishusai, e pretende gozar o restante de seus dias de um modo simples, como um velho apreciador da arte do chá. Ao contrário do que se espera, esse tipo de constrangimento é até capaz de aborrecê-lo.

Otsu sentiu então nascer uma esperança: a casa Yagyu, surgida depois da casa Yoshioka, era a mais ilustre da atualidade graças ao seu poder militar. Em consequência, samurais peregrinos de diversas províncias para lá deveriam acorrer em busca de aprimoramento. Imaginou então que talvez houvesse um livro em sua academia registrando o nome dos que lhe batiam à porta, e como ficaria feliz, caso entre eles encontrasse o nome Miyamoto Musashi Masana que há tanto tempo procurava. Seu rosto repentinamente iluminou-se:

— Aceito então com grande prazer o seu convite.

— Consente, então? Pois acaba de me dar uma grande alegria! — entusiasmou-se Kizaemon. — Resolvido este assunto — prosseguiu —, devemos retomar imediatamente a viagem. Contudo, uma mocinha frágil como você não terá condição de chegar à província de Koyagyu antes do anoitecer. Importa-se de andar a cavalo, Otsu-san?

— Nem um pouco — respondeu Otsu.

Kizaemon afastou-se da varanda, levantou a mão para a base da ponte Ujibashi e fez um sinal. Um dos muitos condutores de cavalo que se agrupavam na área acorreu. Kizaemon acomodou Otsu na sela e prosseguiu a pé, a seu lado.

Joutaro, que havia subido no morro por trás da casa de chá, descobriu os dois nesse instante e aproximou-se correndo:

— Já vão embora? — perguntou de longe.

— Estamos de partida, menino! — confirmou Kizaemon.

— Esperem por miiim!

Joutaro alcançou-os no meio da ponte. Quando Kizaemon lhe perguntou que andara fazendo, Joutaro respondeu que estivera espiando um grupo de adultos que se divertia com um jogo interessante no bosque do morro onde subira.

O condutor de cavalos riu e disse:

— Patrão, isso que ele viu foi um grupo de *rounin* jogando *bakuchi*, um jogo de azar. As coisas andam muito feias, pois esses *rounin* esfaimados atraem os transeuntes e, depois de lhes roubar até a roupa do corpo, os põem a correr.

VI

Sobre o dorso do cavalo seguia a bela jovem, o rosto protegido por um sombreiro; acompanhavam-na de cada lado Joutaro e Shoda Kizaemon e, à frente, o condutor do animal.

O grupo atravessou a ponte e aproximou-se do barranco do rio Kizu. Centenas de andorinhas esvoaçavam sobre a planície de Kawachi, enevoando o céu. Por instantes, o grupo pareceu caminhar dentro de uma pintura.

— Quer dizer então que esses *rounin* se dedicam habitualmente ao *bakuchi*? — perguntou Kizaemon ao condutor, retomando o assunto.

— Se isso fosse tudo, até que não seria tão mal. Mas costumam também praticar extorsões, raptar mulheres... O pior é que são muito fortes, invencíveis.

— E que faz o suserano deste feudo?

— O suserano até que os prenderia, se fossem apenas algumas dezenas deles. Mas se os *rounin* de Kawachi, Yamato e Kigawa se juntarem, acabarão enfrentando o exército do suserano.

— Ouvi dizer que estão também em Koga...

— Esses são os *rounin* de Tsutsui. Estão todos inconformados e, se não houver uma nova guerra, acho que não será possível acabar com eles.

Joutaro, que ouvia a conversa calado, interrompeu-os bruscamente:

— Só ouço falar mal dos *rounin*, mas há gente séria no meio deles, não há?

— Claro que sim — respondeu Kizaemon.

— Não se esqueçam que meu mestre também é um *rounin* — salientou o menino agressivamente.

Kizaemon riu, divertido:

— Então é esse o motivo do seu ar amuado. Muito bem, garoto, mostrou lealdade ao seu mestre. Por falar nisso, disse há pouco, se não me engano, que seguia para o templo Hozoin. Por acaso seu mestre pertence ao templo?

— Nada disso. Ele vai apenas me deixar um recado no templo, dizendo onde estará hospedado — esclareceu Joutaro.

— Qual o seu estilo?

— Não sei.

— Belo discípulo esse que não sabe o estilo adotado por seu mestre.

O condutor interrompeu-os de novo:

— É que hoje em dia a esgrima está em voga, patrão. Qualquer pé rapado escolhe esse caminho. Se se der o trabalho de contar, só neste trecho da estrada vai ver de cinco a dez samurais peregrinos por dia.

— Tantos assim? — perguntou Kizaemon, surpreso.

— Acho que é consequência desse aumento geral de *rounin* — observou o condutor com ar entendido.

— Talvez tenha razão.

— E sabe por que toda essa popularidade da esgrima, patrão? Porque os bons são muito requisitados: os *daimyo* logo oferecem 500 a 1.000 *koku*. Deve ser por isso que escolhem essa carreira.

— Sei... um atalho para o sucesso.

— Veja o senhor, por exemplo, esse moleque aí, com a espada de madeira à cintura. Está achando que basta apenas aprender a descer a espada nos outros para ser grande coisa. Que os deuses nos protejam! E se o número de gente como ele aumentar daqui para a frente, nem sei como vão conseguir se sustentar.

Joutaro enfezou-se:

— Repita o que disse, condutor de meia tigela! — gritou.

— Aí está: mais parece uma pulga carregando um palito, mas já fala como se fosse um grande samurai.

Kizaemon aparteou, rindo da fúria do menino:

— Calma, Joutaro, calma. Vai perder de novo a carta em seu pescoço.

— Não vai acontecer outra vez — resmungou Joutaro amuado.

— Ah, estamos chegando à balsa sobre o rio Kizu, Joutaro, e teremos de nos separar agora. Começa a escurecer: siga direto para o seu destino, não perca tempo perambulando por aí, compreendeu? — recomendou Kizaemon.

Joutaro voltou-se para Otsu:

— E você, Otsu-san? — perguntou.

— Também me despeço de você, pois resolvi seguir com Shoda-san para o castelo do feudo Koyagyu. Prossiga com cuidado, está bem, Joutaro?

— Ah, mas nesse caso vou ter de seguir sozinho?

— Não fique triste. Um dia, se o destino assim quiser, nós nos encontraremos em algum lugar, porque a estrada é o seu lar, e também o meu até que eu encontre a pessoa que procuro.

— Mas quem é que você procura, Otsu-san?

Otsu não respondeu. De cima do cavalo, seus olhos apenas sorriram com gentileza. Joutaro disparou pela margem do rio e pulou para dentro da balsa. A barcaça deslizou mansamente até o meio do rio, seu contorno debruado de vermelho contra o sol poente. Joutaro voltou-se. As silhuetas de Otsu, sobre o cavalo, e de Kizaemon, a pé ao seu lado, afastavam-se passo a passo pela estrada do templo Kasagi, na altura em que o rio Kizu se torna bem mais estreito e passa a correr entre altos barrancos. Os dois vultos de contornos imprecisos, já envoltos na penumbra que avançava com rapidez pela montanha, distanciavam-se lentamente precedidos pela trêmula luz de uma lamparina.

OS LANCEIROS DO TEMPLO HOZOIN

I

O templo Hozoin era famoso entre os praticantes de artes marciais, numerosos como moscas ou abelhas nessa época. Tão grande era a sua fama que, caso um praticante de artes marciais durante uma conversa se referisse ao Hozoin como a um simples templo e deixasse transparecer sua ignorância, era imediatamente visto como um impostor.

Sua fama era maior ainda na cidade de Nara. Nessas terras, era quase certo que a maioria ignorava, por exemplo, a existência do templo Shossoin, famoso depositário de relíquias budistas, mas saberia indicar prontamente a localização do templo Hozoin ao estrangeiro em busca de informações.

— Fica no morro Abura — diriam de imediato.

O referido morro localiza-se a oeste de um bosque de altíssimos cedros, tão denso como as florestas onde — segundo diz o povo — vive Tengu, o lendário duende. As ruínas do famoso templo Ganri-in — testemunha de passadas glórias da época Nara (710-784) — bem como as de Hiden-in e Seyaku-in — extensas casas de banhos erigidas pela devota imperatriz Komyo (701-760) com a intenção de lavar e purificar os corpos de mil fiéis — também se localizam nas proximidades, as pedras de suas construções originais mal despontando em meio ao musgo e ao mato.

Musashi parou por instantes e procurou ao redor. Se a informação que lhe haviam dado era correta, ele estava no morro Abura. Já passara por diversos templos, mas em nenhum dos portais encontrara a placa com o nome Hozoin.

Os cedros, saídos do rigor do inverno, banhavam-se agora na morna luz da primavera, seus troncos exibindo a coloração mais escura do ano. Além e acima de suas copas surgia — plácida e gentil nessa época do ano — a montanha Kasugiyama: a silhueta da montanha, de ampla fralda, lembrava a de uma formosa cortesã com as muitas camadas do longo quimono espalhadas ao seu redor. O crepúsculo já envolvia em sombras os pés de Musashi, mas na crista da montanha ainda brilhavam os raios do sol poente.

Musashi andava olhando para o alto em busca de telhados que lembrassem um templo e parou abruptamente. Dera com os olhos numa placa que, à primeira vista, parecia anunciar: "Hozoin". Examinando melhor, porém, leu: "Ozoin". Os nomes, muito parecidos, diferiam apenas no ideograma inicial.

Espiou pelo portão e a construção que avistou lembrava as da seita Nichiren. Musashi nunca ouvira dizer que o templo Hozoin pertencesse a essa seita; concluiu portanto não ser esse o templo que procurava, apesar dos nomes semelhantes.

Por alguns instantes permaneceu indeciso na entrada do templo. Nesse momento, um noviço, talvez retornando de uma missão, passou ao seu lado encarando-o com suspeita. Musashi removeu o sombreiro e dirigiu-lhe a palavra educadamente:

— Uma informação, por favor.

— Sim? Que quer saber?

— Este é o templo Ozoin?

— Isso mesmo. Bem como diz a placa à sua frente.

— Disseram-me que o templo Hozoin também se situa neste morro. Pode informar-me onde fica?

— Os fundos deste templo se ligam aos do Hozoin. Por acaso vai em busca de um duelo?

— Sim.

— E que tal desistir? Ainda é tempo.

— Como disse?

— Se vai ao templo em busca de alívio ou cura para um aleijão, é perfeitamente compreensível. Mas não vale a pena vir de longe só para aleijar braços e pernas que recebeu inteiros ao nascer — advertiu o jovem bonzo, fitando-o com certa arrogância. Diferente de um simples monge Nichiren, este era de compleição bastante robusta.

É certo que as artes marciais estão na moda hoje em dia, continuou ele. No entanto, quando os aprendizes começavam a bater sem parar à porta, como ocorria nos últimos tempos, tornavam-se um incômodo. Pois o Hozoin, como o próprio nome indicava, era um templo dedicado ao estudo das leis luminosas do budismo, não sendo absolutamente uma academia destinada a ministrar aulas para lanceiros. Se transposto para o mundo dos negócios, poder-se-ia dizer que o ramo principal do templo era ensinar religião, lancear sendo um ramo secundário. Mas tudo começara quando o antigo abade do Hozoin, Kakuzenbo In'ei, assíduo frequentador do castelo de Yagyu Muneyoshi e íntimo de lorde Kami-izumi Ise, este último um profundo conhecedor da religião budista, começou, graças a esses relacionamentos, a se interessar pouco a pouco pelas artes marciais e a praticá-las para se distrair. Com o tempo, aperfeiçoou-se a ponto de criar novas técnicas de lancear, técnicas estas posteriormente denominadas estilo Hozoin, e que acabaram por tornar o templo famoso. E esse excêntrico abade Kakuzenbo In'ei iria completar 84 anos nesse ano. Já senil, recusava-se a falar com estranhos e, quando obrigado a isso, apenas mexia molemente a boca desdentada, nada falando e nada compreendendo do que lhe era dito, tendo-se esquecido por completo de tudo que se relacionasse com o manejo da lança.

— Portanto, está perdendo seu tempo indo até lá — disse o jovem bonzo rudemente a Musashi, com a óbvia intenção de expulsá-lo.

II

— Estou bem a par dessas circunstâncias pelos boatos — replicou Musashi, ciente de estar sendo menosprezado. — Mas os mesmos boatos dizem que, mais tarde, os segredos da técnica foram transmitidos a certo monge de nome Inshun, e que este atua no momento como mestre-sucessor, continuando não só a se dedicar ao aprimoramento da técnica, como também a cuidar de numerosos discípulos, não se recusando a ministrar ensinamentos a qualquer um que bata à sua porta — acrescentou.

— Ah, mas esse monge Inshun é, por assim dizer, um discípulo do superior do meu templo, o templo Ozoin. O fundador do estilo Hozoin, Kakuzenbo In'ei, transmitiu os segredos da técnica ao superior do meu templo e este, por sua vez, retransmitiu-os a Inshun, do templo Hozoin, quando In'ei ficou caduco, por considerar uma lástima que um estilo tão famoso se perdesse.

Musashi compreendeu instantaneamente o motivo da má vontade do noviço do templo Ozoin. Por trás de seu tortuoso modo de se exprimir, escondia o desejo de insinuar aos ignorantes forasteiros que o atual sucessor do templo Hozoin fora, na verdade, elevado a esse posto pelo superior do seu templo, o Ozoin, da seita Nichiren; insinuava também que, por esse motivo, era o seu superior quem possuía os segredos da técnica original, sendo o genuíno sucessor do estilo.

— Ah, compreendi — respondeu Musashi. Agora satisfeito, o noviço do Ozoin perguntou, curioso:

— Pretende ir até lá assim mesmo?

— Uma vez que já estou aqui... — disse Musashi.

— Tem razão — concordou o noviço.

— Disse há pouco que os dois templos estão ligados pelos fundos. Devo então seguir em frente por este caminho e depois dobrar à esquerda ou à direita? — perguntou Musashi.

— Se está mesmo resolvido a ir, siga por dentro do nosso templo e corte o caminho para os fundos do Hozoin. É muito mais rápido — explicou o noviço.

Musashi agradeceu e seguiu em frente, conforme lhe fora explicado. Passou rente à cozinha e encaminhou-se para os fundos do templo. Ao lado, viu um depósito de lenha, uma despensa e uma pequena horta de alguns ares que lembrava o quintal de algum abastado agricultor. A um canto da horta surgiram os contornos de outro templo.

"Esse deve ser o templo Hozoin", pensou Musashi, pisando a terra macia e passando entre as fileiras de viçosas hortaliças, nabos e cebolinhas.

Repentinamente, deparou com um velho monge que, empunhando uma pequena foice, cuidava da horta. Trabalhava em silêncio, curvado sobre a foicinha, suas costas formando uma corcunda rígida como madeira. Nessa posição, seu rosto era invisível, notando-se apenas parte da testa de onde emergiam as pontas das sobrancelhas, brancas e eriçadas. Apenas o som metálico do instrumento batendo ocasionalmente contra um pedregulho e quebrando o silêncio reinante acompanhava o movimento do idoso monge revolvendo a terra. "Este monge idoso também deve pertencer ao templo Ozoin", pensou Musashi. Quis dirigir-lhe algumas palavras amáveis, mas foi contido pela profunda concentração do monge, totalmente dedicado a cuidar da horta. Prosseguiu portanto em silêncio, passando rente a ele. De súbito, Musashi sentiu, com um agudo sobressalto, que as pupilas do velho monge curvado sobre a foice acompanhavam fixamente pelo canto dos olhos o movimento de seus pés. Uma sensação aterradora e indefinível, sem forma ou voz — algo que não parecia provir de um corpo ou espírito humano, mais lembrando um raio prestes a romper as nuvens —, percorreu instantaneamente todo o seu corpo.

Alarmado, imobilizou-se por uma fração de segundo e, no instante seguinte, tomou consciência de si próprio voltando-se para observar o pacífico vulto do idoso monge de uma distância de quase quatro metros. Seu coração batia acelerado, como se tivesse acabado de se desviar de um rápido golpe de lança com uma larga passada. A posição do velho não se modificara: agora de costas para Musashi, continuava curvado sobre a terra, o ruído metálico do metal contra a pedra cortando pausadamente o silêncio.

"Quem será esse ancião?", pensou. Ainda intrigado e perseguido pela dúvida, Musashi viu-se afinal à entrada do templo Hozoin. "A crer no que dizem, Inshun, o sucessor, é ainda jovem, e o seu antecessor, In'ei, é um velho caduco, segundo acabo de saber..." Enquanto esperava o atendente, não conseguia apagar da mente a imagem do idoso monge. Anunciou-se duas vezes em voz bem alta, tentando espantar a incômoda questão, mas não obteve resposta, sua voz apenas ecoando pela floresta. Do vasto interior do templo ninguém apareceu.

III

Ao desviar o olhar, notou um gongo num dos lados. Musashi usou-o e logo ouviu uma voz distante respondendo das entranhas do templo.

O atendente, um enorme bonzo, lembrava um líder dos antigos monges guerreiros do monte Hiei. Examinou Musashi da cabeça aos pés com o olhar farto dos que lidam com visitantes iguais a ele todos os dias.

— Estudante de artes marciais? — perguntou.

— Sim — respondeu Musashi.

— Que quer?

— A honra de algum ensinamento — respondeu Musashi conciso.

— Entre — disse o atendente, indicando uma tina à direita. A água vinha por uma tubulação de bambu. Obviamente, aconselhava-o a lavar os pés antes de entrar. Uma dezena de par de sandálias gastas espalhava-se ao redor da tina.

Musashi seguiu o atendente por um longo corredor de tábuas negras. Introduzido num aposento de cujas janelas se avistavam os arbustos de um jardim, aguardou por alguns instantes. Excetuando a atitude agressiva do bonzo que o atendera, era um templo como outro qualquer, sob todos os aspectos, havendo até um forte cheiro de incenso no ar. O robusto monge retornou e empurrou rudemente em sua direção um caderno e uma caixa contendo pincel e tinta:

— Escreva aí seu nome e com quem estudou. — Parecia estar lidando com uma criança.

Musashi tomou o caderno nas mãos e leu em sua capa:

"Registro dos Nomes dos Dignos Visitantes

Secretaria do Templo Hozoin".

Ao folheá-lo, viu registrados os nomes de inúmeros estudantes e, ao lado, as datas das respectivas visitas. Musashi registrou também o seu, deixando em branco o espaço destinado à identificação do estilo.

— Quem é seu mestre de artes marciais? — perguntou o monge.

— Sou autodidata — respondeu Musashi. — Em criança, tive algumas aulas de *jitte-jutsu* com meu pai, mas confesso que não me empenhei nos estudos. Mais tarde, com a maturidade, passei a considerar mestres todos os seres do mundo e todos os guerreiros veteranos do país, deles extraindo diversos ensinamentos.

— Sei... Bem, como já deve ser do seu conhecimento, o nosso é o famoso estilo Hozoin, conhecido em todo o país desde os tempos do nosso antigo mestre. Nossa lança é agressiva, violenta, e não perdoa ninguém. Antes de nos desafiar, aconselho-o a ler o que está escrito na primeira página desse

Registro. Musashi tornou a folhear o caderno ao lado e leu o termo de compromisso que lhe escapara anteriormente:

> *Aceito o ensinamento ministrado por este templo e prometo que ninguém apresentará queixa caso eu venha a ficar aleijado ou até mesmo a morrer.*

— Estou ciente — disse Musashi devolvendo o caderno com um rápido sorriso. O termo de compromisso era familiar a qualquer samurai peregrino. Musashi já o vira em muitos lugares.

— Muito bem, acompanhe-me então — ordenou o atendente, conduzindo-o mais além, para o interior do templo.

A sala de treino — ao que tudo indicava, um salão de conferências reformado — era espantosamente vasta. Nunca vira em outras academias pilares de madeira tão grossos. As bandeiras das portas — com seus entalhes folheados a ouro e demãos de alvaiade já descascados — também eram típicas de um templo, mas inusitadas numa academia. Musashi verificou que se enganara ao julgar-se o único desafiante desse dia: mais de uma dezena de aprendizes aguardava sua vez, em fila. Além deles, havia ainda uma dezena ou mais de discípulos, monges do templo, e um grande número de samurais que ali estavam apenas para assistir às lutas.

No centro do salão um duelo acontecia nesse instante, e uma dupla cruzava as lanças. Os presentes estavam absortos, observando em tenso silêncio. Ninguém se voltou para olhar quando Musashi se sentou calmamente num dos cantos.

Um aviso na parede ao lado dizia: "Atendemos a pedidos de duelo com lanças reais." A dupla em questão usava apenas longos bastões de carvalho. Mesmo assim, o efeito era devastador quando o golpe atingia o alvo: o desafiante, que voara e fora ao chão atingido nesse momento, voltou ao seu lugar arrastando-se penosamente. Sua coxa havia inchado como um barril e, incapaz de se sentar, estirara um dos pés e se apoiava num dos cotovelos, quase deitado. Ao que parecia, suportava em silêncio uma intensa dor.

— O seguinte! — disse o monge mestre, com arrogância. Tinha as mangas da veste contidas por tiras que se cruzavam às suas costas, os volumosos músculos formando nodosidades nas coxas, braços, ombros e fronte. Segurava em posição vertical uma lança de mais de três metros de comprimento e, do centro do salão, examinava os espectadores.

IV

— Apresento-me, nesse caso — disse um deles, levantando-se. Ajeitou as tiras que continham suas mangas e adiantou-se para o centro do salão. Em pé, o bonzo o aguardava imóvel, ainda empunhando verticalmente sua lança. Mas no momento em que o novo desafiante, escolhendo uma *naginata* entre as armas enfileiradas na parede, a empunhou e com ela investiu, o bonzo rosnou como um lobo e avançou, descarregando seu bastão na cabeça do adversário.

Segundos depois, o monge já havia voltado à posição anterior e, recomposto e impassível, convocava, mantendo a lança em pé:

— O próximo!

O desafiante derrotado não se mexia mais. Parecia vivo ainda, mas incapaz até de erguer a cabeça. Alguns discípulos se adiantaram e o arrastaram pela gola para a área onde os demais aguardavam. Um rastro de saliva misturado com sangue sujou as tábuas do salão.

— Mais ninguém? — tornou a chamar o bonzo, cada vez mais arrogante. Musashi imaginou que esse fosse o monge Inshun, o sucessor do estilo Hozoin, mas em resposta à sua pergunta seu vizinho informou-o que se tratava de Agon, o discípulo mais graduado de Inshun. Foi informado também que havia sete discípulos graduados no templo, cognominados "Os Sete Pilares do Templo", que se encarregavam da maioria dos duelos, sendo portanto muito rara a presença de Inshun nesses acontecimentos.

— Ninguém mais se apresenta? — insistiu o bonzo, empunhando agora a lança em posição horizontal. O monge atendente surgiu então com o registro na mão, e comparando nomes com os rostos ao redor, perguntava apontando uns e outros:

— Você?

— Não... Talvez em outra ocasião.

— O outro ao lado?

— Hoje não, não estou realmente disposto.

Pareciam todos intimidados. Algumas recusas depois o atendente virou-se para Musashi e perguntou:

— E você, que decide?

Musashi curvou-se educadamente e disse:

— Por favor.

— Por favor o quê? — insistiu o atendente.

— Por favor, aceite meu desafio — respondeu Musashi, levantando-se. Todos os olhares convergiram em sua direção.

O arrogante bonzo Agon já se havia retirado para um dos lados e, rodeado por outros discípulos, gargalhava em resposta a alguma observação. Voltou-se, porém, ao perceber que havia mais um desafiante no centro do salão. Aparentando tédio, relutava em retornar, reclamando com displicência:

— Ninguém quer me substituir?

Os demais contemporizavam:

— É só mais esse. Já que começou, acabe.

Demonstrando má vontade, Agon voltou ao centro do salão. Ajeitou nas mãos o longo bastão de carvalho que usava em lugar da lança, lustroso e negro por anos de uso. Inopinadamente deu as costas a Musashi, deitou a lança e soltou uma série de gritos agudos semelhantes aos de um pássaro alvoroçado, arremetendo-a contra uma parede afastada de todos. Sua lança bateu com estrondo na parede de aspecto recém-reformado e que parecia ser usada como alvo durante os treinos, pois nela haviam fixado uma prancha de madeira resistente de quase dois metros quadrados. A lança, simples bastão de madeira sem ponta, rompeu a madeira e atravessou a prancha com a mesma facilidade das providas de ponteiras.

Agon soltou um novo e estranho grito, recolheu a lança e voltou-se em seguida para Musashi, aproximando-se com passos que lembravam um bailado. O corpo musculoso e destemido parecia envolto em tênue vapor. Fixou em seguida com intensa ferocidade o vulto de Musashi, que, algo admirado, permanecia em pé e imóvel à distância:

— Em guarda! — advertiu.

No instante em que se preparava para investir com o mesmo ímpeto com que investira contra a prancha de treino, uma voz do lado de fora da janela o interrompeu:

— Tolo! Agon, és um grande idiota! Abre os olhos e vê: tens pela frente algo um tanto diferente de uma prancha de madeira.

A voz vinha entremeada de risos mal contidos.

V

Mantendo a lança na mesma posição, Agon voltou o rosto para o lado e esbravejou:

— Quem está aí?

Do lado de fora da janela ainda se ouvia o riso abafado. Um rosto idoso, que se assemelhava a uma máscara de madeira lustrada pelas mãos de algum antiquário, surgiu à janela. Nele emergiam sobrancelhas brancas, eriçadas.

— Desiste do duelo, Agon. É inútil. Transfere-o para depois de amanhã. Espera a chegada de Inshun — aconselhou-o o idoso monge.

Musashi teve um pequeno sobressalto ao reconhecer o monge corcunda que cuidava da horta quando, havia pouco, passara por ela.

Uma fração de segundo depois a cabeça desapareceu da janela. Prevenido pelo ancião, Agon relaxou a mão que empunhava a lança. Mal se defrontou com o olhar de Musashi, porém, as palavras de advertência do velho monge foram varridas de sua mente.

— Tolices! — gritou Agon, ciente de que o velho monge já não se achava à janela.

— Preparado? — perguntou Musashi, confirmando a intenção do adversário.

Foi o suficiente para que Agon se inflamasse, indignado. Cerrou a mão, segurando a lança com maior firmeza, e pareceu crescer sobre o assoalho. O musculoso e pesado corpo de Agon adquiriu momentaneamente a leveza de uma pluma. Seu vulto tornou-se impreciso como o reflexo da lua nas águas encrespadas de um lago, não se podendo afirmar com certeza se seus pés tocavam ou não as tábuas do assoalho.

Musashi dava a impressão de estar pregado ao chão. Empunhava a espada de madeira com ambas as mãos, apontando-a diretamente à frente. Nada havia de especial na posição em que se guardava. Ao contrário, com sua altura excepcional, chegava quase a parecer desengonçado. Não era também tão musculoso quanto Agon. De especial havia apenas seus olhos, arregalados como os de um pássaro. O sangue parecia ter afluído para o interior de suas pupilas, que, de negras, tinham adquirido uma tonalidade âmbar translúcida.

Agon sacudiu a cabeça com um brusco repelão, tentando talvez livrar-se de uma importuna gota de suor que lhe escorria pela testa. Ou talvez procurasse afastar do espírito as incômodas palavras do velho monge. Seja como for, era óbvia a sua irritação. Em contraste com o adversário que se mantinha totalmente imóvel, movimentava-se sem cessar, provocando-o, sem deixar de observá-lo o tempo todo à procura de uma brecha em sua defesa.

Inesperadamente Agon investiu, lança em riste. Quase ao mesmo tempo, um urro cortou o ar e seu corpo foi ao chão. Musashi, com a espada agora erguida acima da cabeça, já havia saltado para longe na mesma fração de segundo.

Os monges companheiros de Agon acorreram e apinharam-se ao redor do seu corpo, gritando:

— Que aconteceu? Como está ele?

De tão consternados, houve até quem caísse, tropeçando na lança que rolara das mãos de Agon.

— Tragam linimentos, rápido! — gritou alguém desesperado, mãos e vestes manchadas de sangue.

O velho monge que há pouco se afastara da janela havia dado a volta ao redor do templo, entrara pela porta da frente, chegara ao salão e assistia agora

à cena, visivelmente desgostoso. Suas palavras detiveram o homem que tentava às pressas afastar-se em busca dos remédios:
— Imbecis! Para que linimentos, a esta altura? Por que acham que o aconselhei a desistir?

VI

Musashi viu-se sozinho, esquecido de todos e, sentindo-se de repente embaraçado, retirou-se.

Ninguém o deteve. Sentou-se à beira da varanda e calçava as sandálias quando o idoso monge o alcançou.

— Jovem — chamou ele.

— Pois não? — disse Musashi, voltando o rosto e fitando o monge por cima do ombro.

— Gostaria de conhecê-lo melhor. Retome ao interior do templo, por favor — convidou o monge.

Musashi acompanhou-o. Dessa vez, foi conduzido para além do salão de treinamentos, nas profundezas do templo, e introduzido num aposento quadrado fortemente protegido, quase uma cela, com acesso por uma única porta.

O velho monge sentou-se e disse:

— Na verdade, o monge superior deste templo deveria recebê-lo em pessoa; faço, no entanto, as honras da casa, porque ele partiu ontem em viagem para Settsu, sendo esperado apenas para daqui a três dias.

— Agradeço a gentileza — respondeu Musashi, com uma ligeira mesura.

— Hoje, recebi inesperadamente uma valiosa lição; entretanto, lastimo que, em consequência, seu discípulo Agon tenha se ferido — acrescentou.

— Não lastime — disse o velho monge —, tais acontecimentos são comuns em duelos marciais. Muito antes de se posicionar na arena, um combatente tem de estar preparado tanto para a vitória como para a derrota. Não se preocupe com isso.

— E como está ele? — perguntou Musashi.

— Teve morte instantânea.

As palavras do monge tiveram o efeito de uma lufada de vento gelado no rosto de Musashi.

— Morreu, então...

E eis que mais uma vida se apagava sob o golpe de sua espada de madeira. Musashi cerrou os olhos por um breve momento recitando intimamente uma invocação sagrada, como era seu hábito quando tais notícias chegavam ao seu conhecimento.

— Jovem — tornou o ancião.

— Sim, senhor.

— Disse chamar-se Miyamoto Musashi. Estou certo?

— Esse é o meu nome.

— Com quem aprendeu sua arte?

— Com ninguém em particular. Em criança, Munisai me ensinou a arte do *jitte-jutsu*; posteriormente, vaguei por diversas províncias, aprendendo com todos os veteranos com quem cruzei; até os rios e as montanhas me ensinaram durante minhas peregrinações.

— Louvo sua atitude. No entanto, meu jovem, você é muito forte, direi até forte demais.

Tomando as palavras do ancião como um elogio, Musashi sentiu o rosto abrasar-se e disse com modéstia:

— Pelo contrário, tenho certeza de que sou ainda imaturo, tendo muito a aprender.

— Concordo; eis porque tenha talvez de aprender a conter um pouco a sua força. Terá de aprender a ser um pouco mais fraco.

— Como disse? — perguntou Musashi, admirando-se com a inesperada observação.

— Lembra-se de haver passado ao meu lado, há pouco, enquanto eu revolvia a terra da horta? — perguntou o velho monge.

— Sim.

— No momento em que passou por mim, você deu um prodigioso salto de três metros de altura e aterrissou mais à frente.

— É possível.

— Por que agiu de maneira tão estranha?

— Porque senti que a foice que manejava poderia a qualquer momento desviar-se e atingir meus pés. E também porque, curvado como estava, seu olhar parecia percorrer agudamente meu corpo inteiro, procurando com força letal uma brecha por onde me atacar.

O idoso monge riu com franqueza:

— Mas foi exatamente o contrário — salientou, divertido. — Quando você se aproximou a uma distância de quase vinte metros, senti essa força letal a que se referiu atingindo como um raio a ponta da minha foicinha. Seus passos estão carregados de ímpeto combativo, meu jovem, de um violento impulso de dominação. Em resposta, armei-me intimamente, como seria de se esperar. Se um simples lavrador tivesse passado por mim naquele instante, haveria ali um velho curvado sobre a foice dedicando-se ao cultivo de suas hortaliças, e nada mais. A atmosfera mortífera que diz ter sentido não passou de um reflexo de sua própria energia. Isso significa que você saltou três metros, assustado com o próprio reflexo, meu jovem — concluiu o velho monge, rindo ainda.

VII

Musashi percebeu que seus pressentimentos estavam certos e congratulou-se por sua própria perspicácia: o monge corcunda não era um indivíduo comum. Mas ao mesmo tempo percebeu que, muito antes de trocar com ele as primeiras palavras de apresentação, o idoso homem já o havia derrotado. Como um calouro na presença de um respeitável veterano, Musashi ajeitou-se, rígido de constrangimento.

— Acato seu ensinamento com deferência, senhor. Agradeço-lhe. Perdoe a rudeza, mas gostaria de saber: qual o seu cargo no templo Hozoin? — perguntou.

— Engana-se, não pertenço ao templo Hozoin. Meu nome é Nikkan, e sou o monge superior do templo Ozoin, cujos fundos dão para os fundos deste templo.

— Ah, o superior do templo Ozoin — repetiu Musashi.

— In'ei, o antigo superior do templo Hozoin, e eu somos velhos amigos. Quando In'ei começou a lidar com a lança, também quis aprender. Por motivos que não vêm ao caso, porém, hoje em dia não toco mais em lanças.

— Quer dizer então que o monge Inshun, o sucessor atualmente encarregado deste templo, foi seu discípulo e aprendeu de suas mãos a manejar a lança, estou certo? — confirmou Musashi.

— Acho que sim. Não acredito que faça parte dos deveres de um monge saber manejar uma lança; no entanto, o templo Hozoin adquiriu uma estranha fama por causa dessa arte e, levado pela opinião geral de que era uma lástima que essas técnicas se perdessem, transmiti a Inshun, e apenas a ele, os segredos da arte.

— E eu poderia me abrigar num canto qualquer do templo, enquanto aguardo o retorno do monge Inshun? — quis saber Musashi.

— Pretende desafiá-lo? — perguntou Nikkan.

— Vim de muito longe e gostaria de aproveitar esta oportunidade para observar a sua técnica, mesmo que a demonstração se resuma a apenas um golpe.

— Não faça isso — disse Nikkan com um toque de reprovação na voz, balançando negativamente a cabeça. — Não vejo que proveito poderá tirar disso.

— Por quê?

— Porque ao ver o desempenho de Agon, já deve ter apreendido, em linhas gerais, a técnica dos lanceiros do Hozoin. Que há para ser visto além do que já viu? Todavia, se quer algo mais, olhe para mim, para os meus olhos — disse Nikkan, aprumando-se e aproximando o rosto do de Musashi. Nos olhos encovados de Nikkan, os globos pareciam prestes a saltar. Musashi contemplou-os fixamente e pareceu-lhe que mudavam de cor, de uma tonalidade âmbar cambiante para um azul índigo profundo. Sentiu os próprios olhos arderem e acabou desviando primeiro o olhar.

Nikkan soltou uma risadinha seca. Despercebido, um monge havia se aproximado por trás de Nikkan e lhe fazia uma pergunta. Nikkan aprumou-se de novo e respondeu:

— Traga-a aqui.

Uma pequena mesa portátil posta para uma refeição ligeira foi-lhe apresentada. Nikkan encheu a tigela com uma generosa porção de arroz e apresentou-a a Musashi dizendo:

— É costume deste templo oferecer uma refeição ligeira a todos os que o visitam. Sirva-se. Os picles que acompanham o arroz são uma especialidade do templo. O pepino é posto em conserva com pimenta vermelha e ervas. Experimente, é saboroso.

— Obrigado — disse Musashi. Ao erguer o *hashi*, sentiu uma vez mais o duro brilho do olhar de Nikkan. Não conseguiu perceber, porém, se a agressiva energia partia do próprio Nikkan ou se era novamente o reflexo de sua própria agressividade. A origem dessas intensas vibrações espirituais era uma sutileza que lhe escapava. Sentia-se inquieto, com a vaga sensação de que se se distraísse apreciando com tranquilidade o sabor dos picles, poderia a qualquer momento ser atingido por um soco, como já lhe ocorrera certa vez, quando partilhara uma refeição com o monge Takuan. Ou então, que a lança sobre a cornija poderia desabar sobre ele.

— Não quer repetir? — perguntou Nikkan ao ver a tigela vazia.

— Estou bem satisfeito, obrigado — respondeu Musashi.

— E o que achou do famoso picles do templo Hozoin?

— Muito saboroso.

Uma vez fora do templo, Musashi percebeu que, apesar do que respondera, não conseguia se lembrar que gosto tinham as duas fatias dos famosos picles Hozoin. Em sua língua restava apenas o ardido da pimenta.

UMA ESTALAGEM EM NARA

I

— Perdi este duelo — murmurava Musashi enquanto se retirava caminhando pelo escuro bosque de cedros. Vez ou outra uma rápida sombra cruzava seu caminho: eram cervos que fugiam céleres, espantados por seus passos.

"Sou superior fisicamente, sei disso, mas saí do templo com a nítida sensação de ter sido derrotado. Isso não prova que, apesar da vitória formal, na verdade fui derrotado?", perguntava-se. Longe de sentir-se satisfeito com o próprio desempenho, caminhava cabisbaixo e absorto, censurando a cada passo o seu despreparo.

Com um súbito sobressalto, parou e olhou para trás. As luzes do templo ainda eram visíveis à distância. Musashi refez depressa o caminho e, parando uma vez mais à entrada do templo, disse ao porteiro que o atendeu:

— Meu nome é Musashi. Estive aqui há pouco.

— Esqueceu alguma coisa? — perguntou o porteiro.

— Certa pessoa deverá aparecer por aqui dentro de um ou dois dias, perguntando por mim. Diga a ela que me procure nas estalagens à beira do lago Sarusawa, por favor. Estarei à espera numa delas.

— Está bem — concordou o porteiro, distraído. Inseguro com o tom da resposta, Musashi frisou:

— A pessoa a quem me refiro chama-se Joutaro, e é apenas um menino. Tenha a gentileza, portanto, de lhe transmitir o recado corretamente.

Dadas as instruções, Musashi retornou, a passos largos, pelo mesmo caminho. Em seu íntimo, crescia a certeza de que fora de fato derrotado pelo velho Nikkan, pois saíra do templo perturbado a ponto de se esquecer do recado a Joutaro.

Uma ideia apenas o perseguia, dia e noite, obsessivamente: como atingir a imbatível posição de melhor espadachim do país? Numa espada, numa única espada concentrara toda a sua ansiedade.

Mas se deixava o templo como um vencedor, por que, continuava a perguntar-se, não conseguia se livrar da amarga sensação de não estar à altura da vitória? Por que não conseguia sentir-se realizado? Continuou a caminhar, desconsolado e perplexo, logo percebendo que já havia chegado às margens do lago Sarusawa.

Casas populares novas — que haviam começado a multiplicar-se a partir da era Tenshou (1573-1592) — apinhavam-se agora desordenadamente ao redor do lago e espalhavam-se pela vertente do rio Saigawa. O centro administrativo da área, havia pouco estabelecido por Oukubo Nagayasu sob o governo Tokugawa, ficava nas proximidades, assim como a casa do vendedor de *manju*[11], um chinês que se naturalizara japonês e que se dizia descendente de Lin Ho-ching. Seus negócios pareciam prosperar, pois expandira a loja em direção ao rio.

Musashi tinha de procurar uma hospedaria e parou indeciso no meio das luzes que começavam a se acender com o crepúsculo. Pelo visto, muitas eram as hospedarias na região, mas, como estava longe de ser rico, tinha de se preocupar com as despesas. Uma das opções seriam as estalagens baratas das áreas mais afastadas ou das vielas transversais, mas temia que Joutaro, não o encontrasse caso se decidisse por uma delas.

Ao passar em frente à casa dos *manju*, sentiu uma pontada de fome, apesar da refeição no templo. Sentou-se num dos bancos e pediu um prato de *manju*. Na macia casca de cada doce vinha estampado o ideograma Lin, queimado a ferro. Ao contrário do que lhe acontecera quando experimentara os picles do templo, desta vez sentiu o sabor dos *manju*.

Uma mulher serviu-lhe o chá e perguntou:

— Onde pretende passar a noite, senhor?

Musashi aproveitou a oportunidade e sondou-a com relação ao seu pequeno dilema. A mulher respondeu de pronto que, nesse caso, a pensão mantida por um parente dos proprietários daquele estabelecimento era o que buscava, e que ele deveria se hospedar nela sem falta, já que ela iria de imediato buscar o dono. E sem esperar a resposta, correu para os fundos, voltando acompanhada da proprietária, mulher ainda jovem cujas sobrancelhas raspadas indicavam a condição de casada.

II

Musashi foi conduzido a uma residência em uma tranquila rua lateral, não muito longe da confeitaria. A mulher bateu levemente à porta e, ao ouvir alguém respondendo, voltou-se para Musashi e explicou com delicadeza:

— Esta é a casa de minha irmã mais velha. Não se preocupe, portanto, com gratificações de qualquer espécie e fique à vontade.

A garotinha que os atendeu parecia habituada a receber estranhos: trocou algumas palavras sussurradas com a mulher e juntas conduziram Musashi ao andar superior. Depois de introduzi-lo num quarto, a doceira desejou-lhe bom descanso e se foi.

---

11. *Manju*: espécie de pãozinho doce recheado com geleia de feijão *azuki*. Trazido da China, foi introduzido inicialmente no Japão pela cidade de Nara por Rin Soin durante o período Ryakuou (1338-1342).

A casa era elegante, os aposentos e mobília finos demais para uma pensão. Longe de estar à vontade, Musashi sentiu-se algo constrangido.

Como já havia jantado, tomou banho e, nada mais lhe restando a fazer, preparou-se para dormir. Mas continuava inquieto, sem compreender como os proprietários — abastados, pelo que deduzia do aspecto da casa — ocupavam-se em hospedar estranhos. A menina, quando sondada, apenas sorrira sem nada dizer.

Cedo, na manhã seguinte, Musashi comunicou à menina:

— Gostaria de continuar hospedado por mais alguns dias porque estou à espera de um companheiro.

— À vontade — respondeu a garota, descendo a seguir para avisar. Instantes depois, a dona da casa subiu ao aposento de Musashi para cumprimentá-lo. Era uma mulher bonita, de pele suave, e aparentava trinta anos. Musashi procurou de pronto esclarecer suas dúvidas. Em resposta às suas perguntas, a mulher sorriu e explicou que, na verdade, era a viúva de um músico do teatro nó, de nome Kanze. Segundo ela, a cidade de Nara andava ultimamente repleta de *rounin* de origem duvidosa que tornavam precária a segurança local. Por causa desses homens, prostíbulos e tabernas suspeitas haviam surgido em quantidade assombrosa pelos becos, mas esse tipo de diversão não satisfazia os referidos proscritos. Em companhia de alguns jovens da localidade, passaram então a tramar, todas as noites, assaltos às casas onde sabiam não haver homens, dando a isso o nome de "ronda às viúvas".

Desde a batalha de Sekigahara, o país atravessava um aparente período de paz, mas as guerras dos anos anteriores tinham provocado o surgimento de *rounin* em todas as localidades, e seu número assustava. Em consequência disso, as casas de diversão noturna viviam cheias, ladrões e chantagistas pululavam em todos os feudos. Essa deterioração dos costumes era um fenômeno posterior ao episódio da guerra contra a Coreia e — a viúva assim ouvira dizer — muitos atribuíam a responsabilidade a Toyotomi Hideyoshi, o antigo *kanpaku*. O fato era que uma onda de imoralidade afogava atualmente o país, dizia a viúva. A situação fugia ao controle do recém-empossado administrador nomeado por Tokugawa, mormente porque, ao caos já reinante na cidade de Nara, se somaram os numerosos *rounin* saídos dos campos de Sekigahara.

— Ah, quer dizer que hospeda estranhos como eu para atuarem como espantalhos! Agora entendi — disse Musashi.

— Como vê, não há homens nesta casa — disse a viúva, rindo. Musashi também sorria, achando graça na engenhosidade da mulher.

— Por esse motivo, insisto: permaneça o tempo que quiser, sem se preocupar com nada — tornou a viúva.

— Compreendi. Enquanto aqui permanecer, esteja tranquila: nada acontecerá a ninguém desta casa. Mudando de assunto, estou à espera do meu pajem, que deverá chegar por estes dias. Quero que anuncie minha presença em sua casa afixando um aviso na porta — pediu Musashi.

— Perfeitamente — disse a mulher. Preparou uma papeleta e nela escreveu em letras graúdas:

"Esta Casa hospeda Miyamoto-sama."

Colou-a em seguida na entrada da casa, à semelhança de um amuleto contra pragas.

O dia se passou sem que Joutaro aparecesse. E então, no dia seguinte, surgiu na hospedaria um grupo de três samurais:

— Queremos entrevistar-nos com o mestre Miyamoto — disse um deles. Ao saber que os homens eram do tipo belicoso, daquelas que não aceitam uma recusa simples, Musashi pediu que os mandassem subir. Os samurais, participantes do grupo de ociosos que havia assistido ao seu duelo no templo Hozoin, sentaram-se à vontade ao seu redor:

— Olá! — cumprimentaram com familiaridade, como se o conhecessem de longa data.

III

— Foi simplesmente fantástico! Estamos abismados! — disse um deles, mal se acomodando e logo passando a desfiar um rosário de elogios com a óbvia intenção de lisonjear Musashi.

— Não deve constar dos registros nenhum outro nome que tenha batido às portas do Hozoin e derrotado de um só golpe um dos Sete Pilares, os discípulos mais graduados do templo. Melhor ainda porque se tratou do arrogante Agon: o homem soltou um gemido apenas e caiu babando sangue!

— O episódio está sendo muito comentado em nosso círculo. Onde quer que se junte um bando de *rounin* desta região, o assunto é sempre o mesmo: "Quem será esse desconhecido Miyamoto Musashi?" Dizem por aí, também, que a fama do templo está em baixa.

— Pode-se afirmar, sem medo de erro, que não há rivais à sua altura.

— E você é jovem ainda, tem todo o futuro pela frente.

— Prevejo para você uma carreira brilhante.

— Como pode ser um *rounin* desempregado, com todo o seu talento? Com o perdão da palavra, acho um desperdício.

Sorviam ruidosamente o chá, comiam os confeitos que lhes haviam sido servidos espalhando farelos sobre as coxas, e continuavam a elogiar Musashi de modo exagerado, a ponto de deixá-lo constrangido. Musashi deixou-os falar, esperando que se cansassem. No entanto, ao notar que a ladainha era interminável, interrompeu-os:

— E quem são vocês? — perguntou.

— Ora, que distração a minha! Deixe-me apresentar: sou Yamazoe Danpachi, antigo vassalo do suserano de Gamo — disse um deles.

— Eu aqui me chamo Otomo Banryu. Domino o estilo Bokuden e tenho uma algo exagerada ambição de vencer no mundo atual.

— E eu sou Yasukawa Yasubei. Sou *rounin*, e filho de *rounin*, desde a queda de Oda Nobunaga — disse o terceiro, rindo abertamente.

Estavam estabelecidas, em linhas gerais, as identidades dos três *rounin*. Não obstante, continuavam tagarelando, sem se preocupar em esclarecer por que ocupavam o precioso tempo de Musashi, desperdiçando também o deles. Aproveitando uma brecha, Musashi interrompeu-os de novo:

— E o que os traz à minha presença?

— Ah, é verdade! — disse um deles, só então parecendo lhe ocorrer a ideia de explicar. No mesmo instante os três aproximaram suas cabeças para expor que ali estavam porque desejavam consultá-lo com relação a um empreendimento. O referido empreendimento, um espetáculo, estava sendo montado no sopé do monte Kasuga. Quando falavam em espetáculo, não se referiam ao teatro nó ou a uma exibição qualquer, como Musashi poderia muito bem imaginar. Não, senhor: o espetáculo a que se referiam tinha por finalidade difundir no meio do povo a verdadeira natureza das artes marciais, associando duelos a apostas. Estavam no momento mandando erguer um galpão para abrigar o número, e os prognósticos eram muito bons. Mas os três talvez não dessem conta do recado; além disso, sempre havia a possibilidade de perderem para algum valentão todo o dinheiro das apostas, amealhado com tanto custo. Eis porque tinham vindo consultá-lo: não gostaria Musashi de participar do empreendimento? Caso aceitasse, o lucro seria naturalmente dividido em partes iguais e as despesas de hospedagem e refeições do período correriam por conta deles. Que achava ele de ganhar algum dinheiro para as despesas antes de seguir viagem? — perguntavam os homens.

Musashi escutava em silêncio o insistente convite, sorrindo com ironia, mas se aborreceu afinal e interrompeu-os:

— Se o motivo que os trouxe aqui é esse, não se detenham mais: não aceito a proposta.

Os três homens mostraram-se admirados com a recusa sumária e insistiram:

— Por quê?

Musashi sentiu uma irritação juvenil contra o sórdido esquema dos homens e respondeu:

— Porque não sou um jogador. Além do mais, faço as refeições com o *hashi*, nunca com a espada: ela não se presta a isso.
— Que quer dizer?
— Ainda não entenderam? Embora pobre, eu, Musashi, sempre serei um *bushi*. Retirem-se, idiotas!

IV

Um sorriso gelado subiu aos lábios de um deles, que deixou escapar uma risada maldosa entre os dentes cerrados. O outro ficou rubro de raiva:
— Não pense que esqueceremos — lançou o terceiro sobre os ombros, afastando-se. Os três homens tinham plena consciência de que, mesmo juntando suas forças, não venceriam Musashi. Retiraram-se então com estrépito do aposento, demonstrando raiva apenas nas atitudes e nos passos irados, mas deixando no ar uma ameaça: o episódio não estava encerrado.

As noites andavam mornas e nevoentas nos últimos tempos. A jovem viúva, feliz com a proteção que a presença de Musashi lhe garantia, preparava jantares esmerados. Pela segunda noite consecutiva Musashi fora convidado a jantar no andar térreo e, com o espírito leve graças ao saquê que tomara com moderação, retornou ao seu aposento, deitou-se no escuro sobre o *tatami* e espreguiçou-se ao máximo.
— Que agonia! — murmurou. As palavras de Nikkan, o velho monge do templo Ozoin, vieram-lhe outra vez à mente.

Os homens derrotados por sua espada eram rapidamente varridos da memória: suas imagens, mesmo as dos que deixara para trás semimortos, desfaziam-se como bolhas. Em contrapartida, não conseguia livrar-se da lembrança dos que o haviam sobrepujado, mesmo por pouco, e em cuja presença se sentira inferiorizado. Como vencê-los? O pensamento não lhe saía da mente, possuindo-o como uma maldição.
— Que agonia! — gemeu de novo.

Agarrou uma mancheia dos próprios cabelos, ainda estirado sobre o *tatami*, e puxou-a. Como suplantar Nikkan? Como tornar-se imune ao extraordinário poder que emanava daqueles olhos sinistros?

Por dois dias Musashi se debateu, sem conseguir afastar o pensamento mortificante. A bem dizer, gemia lastimando a própria incapacidade.

Por vezes, uma dúvida quanto à própria aptidão o assaltava: talvez nunca alcançasse o sucesso. Toda vez que se defrontava com um adversário do calibre de Nikkan vinha-lhe a mesma dúvida: chegaria algum dia à sua altura? Não era capaz de avaliar-se corretamente, pois nunca tivera um mestre, nem sua aprendizagem seguira uma metodologia.

Não podia esquecer também que Nikkan lhe dissera: — Você é forte demais. Aprenda a conter um pouco a sua força.

Musashi não conseguira ainda compreender plenamente o sentido de suas palavras. Ser forte era uma das condições primordiais de um guerreiro superior. E então, por que seria isso um defeito? Calma, talvez as palavras do velho monge corcunda não devessem ser tomadas a sério. Talvez estivesse rindo a esta altura, vangloriando-se de ter mistificado e se livrado de um jovem ingênuo com meia dúzia de palavras ditas como se fossem a quintessência da verdade. Improvável não era.

"Malditos livros!", pensou. "Quem me assegura com certeza se são benéficos ou nocivos?"

Não era a primeira vez que o pensamento lhe ocorria. Desde que fora encerrado no torreão do castelo de Himeji e obrigado a ler livros durante três anos, nunca mais voltara a ser o mesmo. Diferente do que fora, tempos atrás, habituou-se a interpretar os acontecimentos à luz da razão, transformando-se numa pessoa que só conseguia aceitar por completo um fato depois de analisá-lo friamente e aprová-lo racionalmente. Tinha plena consciência de que a transformação ocorrera não apenas em relação ao modo como encarava a esgrima, mas também quanto à sua visão da sociedade em geral, e dos homens em particular.

Em consequência, podia considerar que a temeridade dos tempos de infância já estava bastante contida. Nikkan, porém lhe dizia que sua força ainda era excessiva, e Musashi compreendia muito bem que o monge não se referia à força física, mas à sua natureza selvagem e impetuosa.

"O conhecimento dos livros é desnecessário a um guerreiro. Meu progresso se retarda porque me tornei em parte sensível às emoções e pensamentos alheios. Talvez devesse ter cerrado os olhos e golpeado de uma só vez o velho Nikkan: quem sabe ele não se desfaria facilmente como um boneco de argila?", pensou Musashi.

Foi então que sentiu a vibração produzida por passos na escada.

V

O rosto da menina surgiu no vão da entrada. Logo atrás vinha Joutaro. Seu rosto queimado de sol parecia mais escuro ainda pela sujeira acumulada durante os dias em que estivera viajando. Os cabelos, que o tornavam tão semelhante a um *kappa*, estavam duros e brancos de pó.

— Olá, até que enfim! Estava à sua espera — disse Musashi, abrindo os braços para recebê-lo. Joutaro ajeitou-se entre eles e sentou-se estirando os pés sujos.

— Ufa, estou cansado! — reclamou.

— Você me achou com facilidade? — perguntou Musashi.

— Nada disso! Andei um bocado à sua procura — disse Joutaro em tom de queixa.

— Não perguntou por mim no templo Hozoin?

— Mas o bonzo do templo disse que não sabia de nada! Aposto que se esqueceu de me deixar o recado.

— De modo algum! Não só deixei o recado como pedi ao bonzo uma atenção especial. Bem, já não importa, pois aqui está você. Cumpriu as tarefas?

— Esta é a resposta da academia Yoshioka — disse Joutaro retirando a carta do canudo que levava ao pescoço e entregando-a. Acrescentou em seguida: — Quanto à outra tarefa, não consegui achar o tal Hon'i-den Matahachi. Deixei então um recado com as pessoas da casa onde ele morava e vim-me embora. Está bem assim?

— Excelente. Muito obrigado. Agora, vá tomar um bom banho quente, e depois jante no andar de baixo — instruiu Musashi.

— Isto aqui é uma pensão?

— Quase isso.

Musashi esperou o menino se afastar para abrir a resposta que lhe mandava Yoshioka Seijuro. Em linhas gerais, dizia que esperava com igual ansiedade por uma nova oportunidade de duelo. Por outro lado, caso Musashi não comparecesse à academia até o próximo inverno conforme prometia, se arrogaria o direito de considerar que, de puro medo, desaparecera sem deixar vestígios. Nesse caso, Musashi deveria se preparar, pois a academia Yoshioka se encarregaria de divulgar por todo o país a sua covardia, transformando-o em alvo de deboches.

A caligrafia grosseira e o tom afetado da carta sugeriam que alguém menos culto que Seijuro a escrevera em seu nome. Musashi rasgou-a em tiras e as queimou. Cinzas negras que lembravam borboletas queimadas esvoaçavam e se contorciam sobre o *tatami*. O intercâmbio de cartas estabelecera as bases de um desafio, mais do que isso, de um duelo de vida e morte. Uma das partes acabaria transformada em cinzas iguais a essas.

A vida de um guerreiro tem início a cada amanhecer, mas nada garante sua continuidade até o anoitecer. Musashi sempre soubera quão precária era a vida que levava. Teoricamente, compreendia e aceitava a iminência da morte. Mas... e se sua vida durasse de fato apenas até o próximo inverno? Surpreso, percebeu não estar pronto a enfrentar uma morte tão próxima.

"Quanta coisa a realizar! O aprimoramento da minha técnica marcial é uma delas, mas, além disso, não concretizei nenhum dos muitos sonhos de um homem, como, por exemplo, andar pelas estradas do país, à semelhança de Bokuden ou Kamiizumi Ise, acompanhado de um numeroso séquito, um falcão pousado no braço do pajem, e parelhas de muda puxadas por servos; ou ter uma casa famosa de que pudesse me orgulhar e nela abrigar uma bela mulher, sustentar filhos e vassalos, tornar-me bom pai e esposo, constituir um lar enfim, o lar que nunca tive."

Que dizia! Muito antes de se enquadrar em qualquer desses modelos, queria passar pela experiência de se apaixonar por uma mulher. Até esse dia mantivera a castidade sem muito esforço, pois apenas um pensamento ocupava a sua mente, aperfeiçoar suas habilidades marciais. Ultimamente, porém, ao andar pelas ruas de Kyoto e Nara, de súbito lhe ocorria notar, ou melhor, sentir como uma pontada a beleza física de certas mulheres com quem cruzava. Era nessas ocasiões que uma imagem lhe vinha à mente, impetuosa: Otsu.

Sua imagem parecia provir de um passado longínquo; ao mesmo tempo, porém, ela lhe parecia extremamente próxima. Quantas e quantas vezes a lembrança não lhe suavizara a solitária vida nômade, embora disso não tivesse consciência.

Repentinamente Musashi se deu conta de que Joutaro já havia retornado ao aposento. Depois do banho e do jantar, e satisfeito com a missão cumprida, o menino afinal se descontraíra. Sentado sobre o *tatami*, mãos metidas entre as pequenas pernas cruzadas, cabeceava vencido pelo cansaço. Um fio de saliva escorria pelo canto de sua boca.

VI

Amanheceu.

Joutaro pulara cedo das cobertas com os primeiros trinados dos pássaros. Conforme já havia avisado à sua hospedeira na noite anterior, Musashi também se levantou cedo e se arrumava, pois pretendia partir de Nara nessa manhã.

— Para que tanta pressa? — disse a viúva surgindo nesse instante, com uma ponta de ressentimento na voz. Sobraçava uma pequena trouxa que depositou à frente de Musashi.

— Não se ofenda, mas estive preparando este conjunto de colete e meia-casaca desde ontem com a intenção de oferecer-lhe como presente de despedida. Talvez não seja do seu gosto, mas me faria muito feliz se o usasse — afirmou ela.

— Um presente para mim? — disse Musashi surpreso. Constrangido, verificou que se tratava de um fino conjunto de seda e, não compreendendo o sentido do presente, recusou-o. Mas a viúva insistiu:

— Não se constranja, pois não me custou nada. É que tenho, guardadas, roupas do teatro nô usadas pelo meu falecido marido, assim como coletes. Vai me fazer muito feliz se as usar, pois já não têm serventia para mim. Se recusar, ninguém mais poderá usá-las, pois ajustei-as às suas medidas — disse ela. Parando às costas de Musashi, fez com que passasse as mãos pelas mangas da casaca.

O conjunto era luxuoso — em particular a casaca —, confeccionado em tecido importado de padronização viva, com barra de brocado, entremeado de fios de ouro. O forro era de seda *habutae*, e até os cordões, feitos de couro e tingidos de roxo, haviam sido caprichosamente trabalhados.

— Perfeito! Fica-lhe muito bem.

Joutaro, que ao lado da viúva admirava até então o seu mestre, voltou-se para a hospedeira e disse impertinente:

— E eu, oba-san, que ganho?

— Mas você é um simples pajem: está muito bem assim — retrucou a mulher, sorrindo.

— E quem disse que eu quero uma roupa nova? — redarguiu Joutaro.

— Se não é roupa, que quer então? — indagou a hospedeira, ainda sorrindo.

— Isto aqui! — disse Joutaro, retirando da parede do aposento vizinho uma máscara que vinha cobiçando desde a hora em que nela pusera os olhos, na noite anterior. Aproximou a máscara do próprio rosto e insistiu:

— Dê-me esta máscara!

Musashi espantou-se com a sagacidade do menino. Ele próprio se sentira atraído pela máscara desde a primeira noite em que ali dormira. Era uma obra de autoria desconhecida, anterior ao período Muromachi, no mínimo do período Kamakura. Usada, ao que tudo indicava, em números de nó, a goiva do artista esculpira fundo na madeira um impressionante rosto demoníaco feminino.

Mas o que mais chamara a atenção de Musashi fora a curiosa expressão entranhada na máscara. Sem dúvida, as tradicionais máscaras nô representando mulheres demoníacas, em geral pintadas de azul-índigo, possuíam uma expressão misteriosa. Mas o rosto branco, extraordinariamente gracioso e refinado esculpido nessa máscara em particular era sem sombra de dúvida o de uma bela mulher.

O único detalhe que transformava esse belo rosto feminino no de um horrível ser demoníaco era a boca sorridente. A linha dos lábios, esculpidos em forma de crescente, subia vertiginosamente em direção à orelha esquerda, compondo uma expressão medonha e indescritível, fruto da cuidadosa contemplação de um magistral artista. Pois tornava-se evidente — assim julgava Musashi — que o artista transportara para a máscara o riso ensandecido de uma mulher real.

— Ah, não! Essa máscara, não! — disse aflita a jovem viúva, estendendo as mãos e tentando reavê-la. Pelo visto, a peça tinha um valor muito grande para a família. Joutaro ergueu-a acima da cabeça e escapuliu.

— Por que não? Para que serve isto? E de qualquer modo, é meu, é meu — gritou Joutaro dançando pelo quarto, sem mostrar qualquer intenção de devolvê-la.

VII

É difícil conter uma criança alvoroçada. Musashi, solidário com a aflita viúva, disse com severidade:

— Pare com isso! Que há com você, Joutaro?

O menino, porém, continuou a dançar sem lhe dar atenção. Por fim, escondeu a máscara nas dobras do quimono e fugiu escada abaixo, dizendo:

— Vai me dar, não vai, oba-san? Já é meu, está certo?

A hospedeira correu atrás, ainda dizendo:

— Nada disso! Nada disso!

Sem se mostrar particularmente nervosa — afinal, Joutaro era apenas uma criança —, a mulher desapareceu no andar térreo. Instantes depois passos na escada indicaram que Joutaro vinha subindo devagar, sozinho.

Musashi sentou-se voltado para a entrada do quarto, o rosto severo. Pretendia repreender o menino com rigor quando, inopinadamente, a máscara do riso ensandecido surgiu no vão da entrada e Joutaro gritou:

— Buuu!

Musashi sentiu seus músculos se contraindo num ato reflexo e suas coxas chegaram até a se mover. Não conseguia compreender a razão do próprio choque. No entanto, ao observar com atenção a demoníaca máscara sorridente que ocultava o rosto de Joutaro — sentado no escuro topo da escada —, compreendeu num átimo: a máscara absorvera a poderosa energia do artista desconhecido, oculta no traçado desse sorriso em forma de crescente, na aterradora beleza desses lábios que, a partir do alvo queixo, subiam vertiginosamente em direção à orelha esquerda.

— Vamos, tio, vamos embora! — disse Joutaro, ainda sentado no mesmo lugar.

Musashi não se levantou.

— Por que não a devolveu ainda? Nunca peça um objeto tão valioso, Joutaro.

— Mas ela me deu! Me deu de verdade!

— Estou certo que não. Devolva-a, já lhe disse.

— Mas é verdade! Eu a devolvi, lá embaixo; mas então, foi ela quem me disse que eu podia ficar com a máscara — já que a queria tanto —, mas com uma condição: que cuidasse dela muito bem. E eu prometi que a conservaria muito bem. É verdade, ela me deu mesmo!

— Você é impossível, Joutaro — suspirou Musashi. Sentia-se constrangido de partir levando um objeto que sabia precioso, além do caro conjunto de roupas. Tinha vontade de deixar uma lembrança, como agradecimento. Dinheiro estava fora de cogitação, pois a família parecia em boa situação financeira. Uma vez que não possuía nenhum objeto de valor, desceu ao térreo, desculpou-se pelos maus modos de Joutaro e tentou devolver a máscara. A viúva contudo lhe disse:

— De modo algum. Pensei melhor e concluí que a casa ficará melhor sem a máscara. De certa forma, me sentirei livre sem ela. Além disso, o menino a quer tanto! Deixe-o tê-la, não o censure por isso.

As palavras da viúva fortaleceram as suspeitas de que havia uma história vinculando a peça àquela família e Musashi sentiu-se ainda mais constrangido. Joutaro, ao contrário, exultava: já calçado, aguardava fora dos portões.

A hospedeira parecia sentir muito mais a partida de Musashi que a perda da máscara, pois repetiu diversas vezes que a casa estaria à sua inteira disposição sempre que viesse a Nara, e que ficaria feliz em hospedá-lo pelo tempo que quisesse.

Finalmente convencido, Musashi agradeceu e dispôs-se a partir. Sentado à beira da varanda, amarrava os cordões da sandália quando ouviu uma voz ofegante dizendo:

— Ah, ainda bem que o alcancei a tempo!

A proprietária da casa dos *manju*, a irmã de sua hospedeira, surgira esbaforida à entrada e, lançando um olhar também à irmã, dirigiu-se a Musashi dizendo:

— Nem pense em partir agora, senhor! Volte uma vez mais para o seu quarto; do contrário, vai se envolver em sérias dificuldades! — Estava nervosa, encolhida e quase batia os dentes de medo.

VIII

Musashi terminou de atar os cordões de ambas as sandálias e só então ergueu calmamente o rosto.

— Que quer dizer com isso? — perguntou.

— São os monges lanceiros do templo Hozoin, senhor. Quando souberam que estava de partida esta manhã, mais de dez deles pegaram suas lanças e se dirigiram para o morro Hannya.

— Ah...

— Todos na cidade ficaram surpresos quando avistaram no meio deles o monge Inshun, o atual mestre dos lanceiros de Hozoin. Assim que o viu, meu marido percebeu que algo muito grave devia estar ocorrendo, e como conhecia um dos monges do grupo, perguntou-lhe o que acontecia. Qual não foi seu espanto quando soube que eles se dirigiam ao morro Hannya para armar uma emboscada a certo homem chamado Miyamoto, que se hospedava há quatro ou cinco dias na casa de minha irmã, e de cuja partida tinham sido informados nesta manhã.

A mulher, transida de medo, explicava que partir de Nara agora seria o mesmo que jogar sua vida fora, e insistia que ele se ocultasse no andar superior da casa da irmã e aguardasse a chegada da noite, para depois escapar, protegido pela escuridão.

— É isso, então... — disse Musashi. Ainda sentado à beira da varanda na entrada da casa, não fazia menção de partir, tampouco de voltar para o andar superior.

— Disseram que pretendiam me esperar no morro Hannya? — procurou confirmar.

— Não sei exatamente onde, mas se dirigiram para aqueles lados. Meu marido, assustado, informou-se melhor e soube não serem só os monges do Hozoin os interessados em sua pessoa. Há boatos de que em algumas encruzilhadas estariam se agrupando alguns *rounin* da região. Esses homens estariam dizendo que hoje vão prender certo homem chamado Miyamoto e entregá-lo aos lanceiros. Por acaso andou difamando o nome do templo, senhor? — perguntou a mulher.

— Não que me lembre.

— Mas dizem que os monges do Hozoin estão furiosos porque o senhor teria escrito versinhos satíricos, mandando pregá-los pelas ruas da cidade.

— Nada sei sobre isso. Deve haver algum engano.

— Mais uma razão para não partir hoje. Não vale a pena perder a vida por causa de uma bobagem.

Musashi não respondeu. Absorto, fitava o céu que se avistava além do beiral.

Evocara as figuras dos três *rounin* que há dois ou três dias — já nem se lembrava direito quando, pois lhe parecia um acontecimento tão distante — tinham vindo procurá-lo convidando-o a integrar o espetáculo que estariam armando aos pés do monte Kasuga. Um deles se chamava Yamazoe Danpachi, se bem se lembrava, e os outros dois Yasukawa Yasubei e Otomo Banryu.

Desconfiava que a expressão desagradável dos seus rostos, no momento em que se retiravam, escondera a intenção de se vingarem numa próxima oportunidade. Partira deles, talvez, os boatos de que andara difamando o nome do templo e colando versinhos pejorativos pelas ruas da cidade, bem como a iniciativa de transmitir esses boatos aos monges.

— Parto assim mesmo — disse Musashi. Levantou-se, atou sobre o peito as tiras que prendiam a pequena trouxa de viagem levada às costas, apanhou o sombreiro e, dirigindo-se às duas mulheres, agradeceu sinceramente o interesse e a atenção com que o haviam cercado e afastou-se do portão.

— Nada o fará mudar de ideia? — disse a jovem viúva, quase em lágrimas, acompanhando-o à rua.

— Se espero o anoitecer, receio atrair a desgraça para a sua casa. Depois de toda a consideração que tiveram por mim, não é justo que as envolva em meus problemas.

— Não por isso. Eu não me importo nem um pouco — disse a viúva.

— Sei disso, mas sigo viagem do mesmo modo. Joutaro — chamou Musashi —, agradeça mais uma vez e despeça-se.

Joutaro fez uma rápida mesura e disse apenas: "Oba-san!" com voz desanimada. O desânimo nada tinha a ver com a despedida, era óbvio. Joutaro apenas não conhecia o verdadeiro Musashi. No que lhe concernia, seu mestre era um guerreiro fraco, pois em Kyoto assim ouvira dizer, e sentia o pequeno coração oprimido ante a perspectiva de um bando dos famosos lanceiros do Hozoin emboscado no seu caminho, lança em riste.

O MORRO HANNYA

I

— Joutaro! — chamou Musashi. Havia parado por instantes e se voltara.
— Pronto — respondeu o menino. Suas sobrancelhas tremeram.

A cidade de Nara ficara para trás, assim como o templo Todaiji. A estrada de Tsukigase atravessava nesse trecho um bosque de cedros, e pelos espaços entre as árvores avistava-se uma paisagem em estrias: campos banhados pela luminosa claridade da primavera e um suave aclive conduzindo ao já próximo morro Hannya. À direita, os mesmos campos estendiam-se até a base do monte Mikasa, bem próximo, sua silhueta lembrando seios recortada contra o céu.

— Que é? — disse Joutaro. Durante os quase trinta quilômetros até agora percorridos, viera no rastro de Musashi totalmente mudo, sem um sorriso. O menino sentia que cada passo o aproximava de um mundo horrível e sombrio. Estava tão tenso que quase gritara ao passar, havia pouco, ao lado do escuro templo Todaiji, quando uma gota de orvalho caíra do alto de uma árvore, atingindo-lhe de súbito a nuca. Tudo lhe parecia agourento, até os bandos de corvos que encontrava pelo caminho e não se dispersavam à sua aproximação. A todo instante fixava o olhar nas costas de Musashi, mas o vulto, longe de tranquilizá-lo, transmitia insegurança.

Joutaro não conseguia compreender por que Musashi não se escondia nas montanhas, no interior de um templo, tantas seriam as possibilidades! Podia ainda fugir, se quisesse, impossível não era. Não obstante, seu mestre caminhava com decisão, por sua própria vontade, na direção do morro Hannya, onde o aguardava o grupo de lanceiros. Para o menino, a atitude era incompreensível.

— Será que pretende se entregar? — perguntava-se. Porque, nesse caso, também se entregaria, decidiu Joutaro. Não lhe importava qual lado tinha razão.

Foi exatamente quando chegou a essa decisão que Musashi parou, voltou-se e o chamou. Sem saber por que, sentiu uma ponta de culpa e se sobressaltou. Adivinhava a própria palidez e, para disfarçar, voltou o rosto buscando o sol.

Musashi também ergueu o rosto. Uma sensação de miséria e desamparo envolveu o menino.

Inesperadamente, as palavras seguintes de Musashi foram pronunciadas no tranquilo tom habitual:

— Viajar nesta época do ano é sempre um prazer. Até parece que os rouxinóis acompanham nossos passos com seus trinados, você não acha?

— Como?

— Eu disse rouxinóis, Joutaro.

— Ah, é mesmo... — respondeu o menino, distraído.

Musashi percebeu a perturbação de Joutaro por seus lábios pálidos. Sentiu súbita pena do menino, pois talvez esse fosse o momento da despedida final.

— Notou que já estamos perto do morro Hannya? — perguntou.

— É. A ladeira de Nara ficou para trás... — murmurou Joutaro.

— E por falar nisso...

Joutaro imobilizou-se, em silêncio. O límpido canto de um rouxinol ressoou em seus ouvidos. Erguera a cabeça e fitava vagamente o rosto de Musashi com olhos vidrados. O olhar mortiço nem de longe lembrava o do garoto travesso e alegre que, nessa mesma manhã, havia corrido de um lado para o outro com uma máscara nas mãos.

— ... está chegando a hora. Aqui nos despedimos.

— ...

— Quero que se afaste de mim. Você nada tem a ver com isso, mas, se ficar por perto, poderá ser atingido de modo acidental.

As lágrimas jorraram enfim e escorreram pelo rosto do menino deixando rastros brancos. Seus punhos foram delicadamente de encontro às pálpebras e no mesmo instante um soluço sacudiu os pequenos ombros. Em seguida, seu corpo inteiro estremeceu, agitado por sucessivos soluços.

— Não chore: você é discípulo de um guerreiro. Preste atenção: se perceber que abri caminho entre os homens com minha espada e corri para um dos lados, fuja também na mesma direção. Mas se o pior acontecer e eu cair morto, varado por uma lança, volte à taberna de Kyoto e retome seu emprego. Quero que observe os acontecimentos de algum ponto alto, a uma distância segura. Está me ouvindo, Joutaro?

II

— Pare de chorar! — ordenou Musashi. Joutaro ergueu o rosto inchado, agarrou a manga do quimono de seu mestre e puxou-a com violência dizendo:

— Vamos fugir, tio!

— Um samurai não pode fugir, Joutaro. E você quer ser um samurai também, não foi o que disse?

— Estou com medo! Tenho medo de morrer! — insistiu o menino, estremecendo e puxando para trás com força a manga de Musashi. — Tenha pena de mim e fuja comigo, por favor! — implorou.

— Ah, não me tente com esse argumento. Tenho pena de você, sem dúvida, pois também fui um menino solitário: como você, nunca tive um lar acolhedor. Gostaria de poder fugir para não ter de deixá-lo de novo sozinho no mundo, mas...

— Vamos, vamos logo enquanto é tempo!

— ... sou um samurai. E você é filho de um samurai, Joutaro.

Exausto, Joutaro acabou sentando-se no chão. Lágrimas, quase pretas por causa das mãos sujas, pingavam do seu rosto.

— Mas não se preocupe: pretendo vencer esse duelo. Aliás, tenho certeza de que vou vencer. E se vencer, tudo ficará bem, concorda? — consolou-o Musashi.

Mas Joutaro não acreditava. Sabia que havia mais de dez lanceiros emboscados à espera. O pobre mestre, nada hábil em sua opinião, com certeza não ganharia, mesmo que os enfrentasse um a um separadamente.

Ao caminhar para o ponto onde sabia que a morte espreitava, Musashi tinha, por seu lado, de estar preparado tanto para a vitória como para a derrota: espiritualmente pronto a enfrentar a morte, começou a se cansar e a se irritar com o menino, apesar de amá-lo e de se condoer do seu destino.

— Vá-se embora, Joutaro! Um choramingas como você nunca poderá ser um *bushi*. Volte para a taberna de onde veio! — gritou com rispidez. As palavras, duras, eram dirigidas ao menino e a si mesmo.

Mortalmente ofendido, Joutaro parou de soluçar no mesmo instante e ergueu a cabeça, fitando atônito o vulto de Musashi, que já se afastava com passadas largas e decididas. Quase disse: "tio!", mas se conteve, e apoiando-se no cedro mais próximo, enterrou o rosto nas mãos

Musashi não se voltou, mas a imagem do infeliz pequeno, perdido, sozinho no mundo, não lhe saía da mente. Seus soluços o perseguiam. "Como foi que me envolvi nessa situação absurda?", perguntava-se, arrependido. Mal conseguia cuidar de si próprio, despreparado como era, sua vida dependendo unicamente de uma espada! Um guerreiro que vaga sem destino, em plena aprendizagem, tinha de ser solitário, era óbvio.

Nesse momento, uma voz o despertou:

— Olá! Senhor Musashi!

Deu-se conta de que já atravessara o bosque de cedros e cruzava agora uma ampla campina. A área não era bem uma planície: o terreno tinha ondulações que corriam enviesadas desde o sopé da montanha. Ao que parecia, o homem que o chamara viera da estrada do monte Mikasa, e alcançou-o correndo. Logo ajustou os passos aos de Musashi e perguntou com familiaridade:

— E então, como vai?

Era Yamazoe Danpachi, o homem que há alguns dias surgira à sua procura na estalagem de Nara, em companhia de outros dois *rounin*.

"Vai começar," pensou Musashi. Fingindo indiferença, no entanto, replicou:

— Bem, obrigado. Vimo-nos em Nara, não foi?

— Isso mesmo. E, por favor, esqueça aquele incidente desagradável — desculpou-se com exagerada polidez, lançando um olhar de esguelha ao rosto de Musashi.

III

Danpachi temia a competência da espada de Musashi, que tivera a oportunidade de testemunhar havia poucos dias no templo Hozoin. Contudo, não reconhecia plenamente sua superioridade e o via como um *bushi* provinciano jovem, em início de carreira.

— E então, para onde vai agora? — perguntou Danpachi.

— Para além de Iga, pegar a estrada de Ise. E você?

— Vou a Tsukigase. Tenho alguns assuntos a resolver por lá.

— O vale Yagyu fica por lá, se não me engano.

— Ouyagyu fica a uma distância aproximada de dezesseis quilômetros e Koyagyu, quatro quilômetros mais além.

— E onde fica o castelo do famoso suserano Yagyu? — quis saber Musashi.

— Não fica muito longe do templo Kasagidera. Por sinal, não deve deixar de passar por esse castelo. Se bem que, hoje em dia, o velho suserano Muneyoshi já tenha se retirado da vida ativa e esteja vivendo de maneira simples numa casa separada do castelo, mais como um apreciador da arte do chá, e que seu filho, Munenori, more em Edo, convocado pela casa Tokugawa.

— Acha que se dignará a dar aulas a um simples itinerante como eu?

— É sempre melhor levar uma carta de apresentação. Lembrei-me agora que tenho um conhecido em Sekigase, um armeiro idoso que costuma frequentar a casa Yagyu. Se quiser, posso pedir a ele — ofereceu-se Danpachi, cuidando de se manter sempre à esquerda de Musashi.

O campo estendia-se a perder de vista, pontilhado aqui e acolá por solitários cedros. As ondulações do terreno formavam pequenas colinas e por elas passava a estrada em suaves subidas e descidas.

O morro Hannya estava próximo. Nesse momento, Musashi avistou um fio de fumaça além de uma das colinas, indício certo de fogueira. Musashi parou.

— Estranho! — disse ele.

— Estranho o quê? — perguntou Danpachi.

— A fumaça.

— Que tem a fumaça? — perguntou Danpachi, colando-se firmemente em Musashi. O rosto que espreitava o de Musashi estava tenso.

Musashi apontou o fio de fumo e disse:
— Aquilo me parece suspeito. O que você acha?
— Suspeito como?
— Como, por exemplo — disse Musashi voltando-se devagar e dirigindo o dedo, que apontava para a fumaça, para o centro do rosto de Danpachi —, o brilho estranho que vejo bem aí, nos seus olhos!
— Quê? — gaguejou Danpachi, sobressaltado.
— É disto que estou falando! Viu agora? — explodiu Musashi. No mesmo instante um estranho grito agitou a calma da tarde. Simultaneamente, Danpachi e Musashi saltaram, afastando-se cada qual para um lado.

Uma exclamação horrorizada partiu de algum lugar, e dois vultos que se haviam mostrado num relance e observavam a cena postados sobre uma elevação próxima saíram correndo, agitando os braços e gritando algo que soou como: "Mataram Danpachi!"

Na mão de Musashi, a espada, segura em posição baixa, refletia os raios do sol. Yamazoe Danpachi, que havia saltado e tombado em seguida, jazia agora imóvel à sua frente.

Lentamente, pisando as flores do campo, Musashi começou a se mover em direção ao próximo cômoro atrás do qual se elevava a fumaça da fogueira. O sangue gotejava da lâmina da espada.

IV

A brisa da primavera tocou de maneira suave os cabelos de suas têmporas, acariciante como uma mão feminina, mas Musashi os sentiu eriçarem. Passo a passo seus músculos se contraíam e o corpo enrijecia. No topo da colina, parou e olhou para baixo. Para além de um suave declive, avistou uma larga extensão pantanosa. A fogueira ardia nesse terreno.

— Ele vem vindo!

O grito de alerta não partira de nenhum dos muitos homens que se agrupavam ao redor da fogueira, mas da dupla que vinha acompanhando os passos de Musashi a respeitável distância e que agora corria em direção ao grupo, fazendo um amplo desvio. Àquela distância, Musashi conseguia perceber claramente seus rostos, identificando-os como Yasukawa Yasubei e Otomo Banryu, os dois companheiros de Danpachi, há pouco abatido por sua espada.

Em resposta ao grito, o grupo ao redor da fogueira, bem como os homens refestelados ao sol a certa distância, saltaram simultaneamente, pondo-se em pé e ecoando:

— Ele vem vindo!

Eram quase trinta, ao todo. Metade do grupo era composta de monges e a outra, de uma miscelânea de *rounin*. Ao avistar a figura de Musashi, em pé no topo da colina, despontando pelo caminho que, vindo da colina, cruzava o pântano e conduzia ao morro Hannya, um murmúrio abafado percorreu o grupo.

A agitação era compreensível: a espada nas mãos de Musashi já vinha ensanguentada, significando que a refrega tivera início longe dos olhos deles. Pior ainda, significava que a iniciativa não fora deles, que haviam armado a cilada, mas do homem a quem tocaiavam.

A dupla Yasukawa e Otomo juntou-se ao grupo e explicou em rápidas palavras o destino do companheiro Yamazoe, conforme se deduzia de seus gestos exagerados. O grupo dos *rounin* rilhava os dentes, enfurecido. Os monges lanceiros, por sua vez, lançavam olhares fulminantes e se posicionavam, aprontando-se para a batalha.

Os quase quinze monges do templo Hozoin estavam todos armados de lanças, algumas com pontas em forma de foice, outras, de hastas. Tinham as mangas das vestes negras arregaçadas e presas às costas e, assim perfilados, lembravam sentinelas do inferno. Pareciam firmemente determinados a vingar a morte do companheiro e a lavar a honra do templo.

O grupo dos *rounin*, por sua vez, reunira-se ao lado dos monges e formava um semicírculo para evitar que Musashi escapasse por esse lado. Os *rounin*, ao que tudo indicava, tinham a intenção de permanecer como simples espectadores, alguns até mesmo gargalhando por um motivo qualquer. De todo modo a formação adotada era desnecessária, pois Musashi, o adversário, não demonstrava o menor indício que entraria em pânico e fugiria.

Musashi vinha se aproximando. Pisava com firmeza a relva macia do barranco, passo a passo, como se andasse por um terreno viscoso — mantendo a postura de uma águia pronta a qualquer momento a mergulhar sobre a presa —, lentamente aproximando-se do numeroso bando e das garras da morte.

V

Um só pensamento cruzou o grupo:
— Aí vem ele!

Sem dúvida o lento avanço de Musashi, empunhando numa das mãos a espada, criava nos homens uma apavorante expectativa. O incógnito chegava, ameaçador como uma nuvem negra carregando tempestade. Momentaneamente ambos os lados tiveram aguda percepção da morte se avizinhando, traduzida num sinistro silêncio. O rosto de Musashi era uma máscara esverdeada. A deusa Morte parecia espreitar por seus olhos, convidando com um brilho gelado:

— Venha! Quem é o primeiro?

Nenhum rosto no grupo dos *rounin* ou na fileira dos monges, aliás absurdamente numerosos contra este único adversário, tinha a mesma expressão fria e esverdeada. Confiando na superioridade numérica, os *rounin* pensavam otimistas que a batalha estava ganha, e preocupavam-se apenas em evitar que os olhos da deusa se fixassem particularmente em um deles.

De súbito, a fileira negra dos monges lanceiros gritou em uníssono e se deslocou, sem desfazer a formação, para o lado direito de Musashi, obedecendo a um comando imperceptível do líder postado num dos extremos. O líder tomou a palavra em seguida:

— Musashi! Disseram-me que você surgiu no templo, cheio de empáfia, enquanto eu, Inshun, estive ausente, derrotou meu discípulo Agon e depois saiu por aí difamando o nome do templo Hozoin. Soube ainda que, não satisfeito, mandou colar versinhos satíricos pelas ruas de Nara, transformando-nos em alvo de zombaria. Confirma?

— É mentira! — disse Musashi, acrescentando sucintamente: — Ao avaliar um fato, use olhos, ouvidos e, em especial, a cabeça. Um monge como você devia saber.

— Que disse? — gritou Inshun.

A resposta de Musashi irritou ainda mais os outros monges que, sobrepondo suas vozes à de Inshun, gritaram:

— Chega de conversa. Vamos à ação!

Quase ao mesmo tempo, os *rounin* que se haviam agrupado à esquerda fechando o cerco sobre Musashi, começaram também a gritar, agitando as espadas desembainhadas e instigando os monges à ação:

— Isso mesmo!

— Não percam tempo com conversa mole!

Musashi concluíra com acerto que os *rounin* formavam um grupo desunido, destemido apenas em palavras, e instantaneamente moveu nessa direção o olhar penetrante, dizendo:

— Muito bem, a conversa acabou: quem é o primeiro?

Sentindo sobre si o olhar de Musashi, os *rounin* recuaram alguns passos, desfazendo a formação. Apenas dois ou três permaneceram em seus lugares heroicamente e responderam, mantendo-se em guarda com a espada em posição mediana:

— Eu!

Com um movimento que lembrou o salto de um galo de rinha, Musashi lançou-se de chofre sobre um dos homens. Seguiu-se uma explosão abafada, algo como o destampar de um recipiente sob pressão, e o sangue borrifou em volta.

Um gemido estranho, diferente de um *kiai*[12] ou de um simples grito, costuma irromper da garganta humana no momento em que duas vidas se chocam. O som nada tem a ver com palavras ou qualquer outro tipo de expressão humana, se assemelha ao uivo de feras em florestas virgens.

A cada golpe, a espada nas mãos de Musashi remetia uma forte vibração ao coração e, a cada vez, ossos se partiam. A cada volteio, uma névoa de sangue brotava da ponta de sua espada, espalhando sobre a relva fragmentos de cérebros, dedos e braços brancos que lembravam grossos nabos.

VI

No grupo dos *rounin* pairara, desde o início, certo clima de diversão típico das plateias. Os homens achavam que a briga era com os bonzos, eles mesmos sendo meros espectadores de um assassinato. Era natural e taticamente correto, portanto, que percebendo essa fragilidade, Musashi iniciasse de surpresa o ataque pelo grupo dos *rounin*.

Apesar disso, os *rounin* não se acovardaram, pois em suas mentes havia ainda a certeza de que podiam contar com o sólido apoio dos lanceiros do Hozoin.

Os acontecimentos seguintes, porém, passaram a abalar essa certeza, pois seus companheiros começaram a tombar — dois a principio, cinco, seis a seguir. Mas os monges do Hozoin apenas observavam a cena, imóveis, sem que nenhum sequer ameaçasse uma estocada em direção a Musashi.

Intercalados aos mais diversos sons que explodiam em meio às lâminas desembainhadas, ecoavam pragas, gritos de agonia, instigações. Ante a inesperada imobilidade dos lanceiros, os *rounin* perdiam o ânimo, gritavam queixas e súplicas veementes, mas a rígida formação dos monges não se desfazia. A fileira mantinha-se fria e imóvel como a superfície de um lago.

Aos pobres *rounin* não sobrava tempo sequer para objetar que esse não fora o trato, que não passavam de terceiros nessa briga, e que as posições estavam invertidas, sendo o inimigo não deles, mas dos monges. Ébrios de sangue, suas mentes se toldavam. Suas espadas passaram a ferir os próprios companheiros, seus golpes levando perigo a eles mesmos porque se viam refletidos nos rostos dos seus camaradas, mas não conseguiam enxergar claramente o vulto de Musashi.

A bem da verdade, o próprio Musashi não tinha consciência de seus atos. Todas as faculdades do seu corpo — a estrutura que mantinha sua vida —

---

12. *Kiai*: grito dado junto com um golpe de arte marcial e que tem por objetivo, entre outras coisas, concentrar energia no golpe.

pareciam concentradas na estreita superfície da espada. Tudo que o severo pai lhe ensinara desde os cinco anos de idade, as experiências posteriores nos campos de Sekigahara, o que aprendera sozinho em suas incursões mais recentes pelas florestas tendo árvores como mestres, ou as conclusões teóricas a que chegara depois de visitar as academias das diversas províncias, em suma, todo o treinamento que acumulara até esse dia simplesmente se transformava em ação e explodia do seu corpo numa fração de segundo, sem que disso tivesse consciência. E agora, esse mesmo corpo que pisoteava a relva e o solo parecia neles se dissolver, libertando-se de todos os laços e assumindo o aspecto livre dos ventos.

Vida e morte unificadas — a imagem de um homem que não cogitava, nesse instante, voltar-se nem para a vida, nem para a morte. Musashi percorria o mundo aberto por sua espada.

Os *rounin* brandiam suas espadas à direita e à esquerda, desesperados, tentando ocultar-se por trás dos companheiros para não serem os próximos a morrer. E aquele que assim pensava não só se via incapaz de abater Musashi, como também, ironicamente, estava fadado a ser o primeiro a tombar, golpeado de modo repentino e cego pela espada de Musashi.

Enquanto assistia aos acontecimentos, um dos monges contou a própria respiração e chegou à conclusão de que todo o episódio não levara mais que o tempo necessário para quinze ou vinte inspirações seguidas de expirações, ou seja, alguns segundos.

Musashi estava coberto de sangue, assim como os cerca de dez *rounin* restantes, o solo e a relva. Tudo ao redor havia se transformado num lamaçal vermelho. O cheiro do sangue, nauseante, começou a subir do solo e os *rounin*, ao perceberem que era inútil esperar pela ajuda dos lanceiros, não suportaram mais a situação e debandaram com gritos de pavor, alguns rapidamente, outros, cambaleantes.

Foi esse o exato momento que os lanceiros, até então perfilados com uma expressão satisfeita em seus rostos, escolheram para entrar em ação, todos ao mesmo tempo.

VII

— Deuses! — clamava Joutaro, juntando as mãos, olhando para o alto —, ajudem, por favor! Meu mestre quer enfrentar sozinho este bando inteiro no pântano cá embaixo. Meu mestre é fraco, mas é muito bonzinho, estão me ouvindo?

Apesar de abandonado por Musashi, Joutaro não conseguira ir-se embora e o havia acompanhado à distância até o topo da colina. Ali sentou-se, depositou a máscara e o enorme sombreiro ao seu lado e ficou observando toda a planície e o pântano de Hannya.

— Santos Hachiman e Konpira, todos os deuses do monte Kasuga! Olhem lá, vejam como meu mestre se aproxima cada vez mais de seus inimigos. Ele só pode estar louco! Já não é muito valente em seu estado normal, e acabou enlouquecendo de tanta preocupação, coitado! É por isso que avança daquele jeito, sozinho contra tantos de uma vez. Bondosos deuses, por favor, ajudem meu mestre: é o que está lutando sozinho! — repetia Joutaro inúmeras vezes, ele próprio parecendo um louco. Sua voz foi crescendo aos poucos e por fim pôs-se a berrar:

— Será possível que não existam deuses nesta terra? Prestem atenção: se acaso permitirem que o grupo numeroso vença e o que está sozinho lutando contra tantos perca, ou se deixarem que os maus façam o que bem entenderem e o bom seja morto, vou dizer por aí que essa história do bem vencer o mal é tudo mentira. Muito pior, se isso acontecer eu cuspo em vocês, ouviram?

Os olhos do menino estavam congestionados. Apesar da argumentação infantil, os insultos furiosos que dirigia aos céus — mais veementes que a indignação bem fundamentada de muito adulto — assustavam pela intensidade.

A explosão não o satisfez. Ao notar que o grupo numeroso sobre a relva do pântano aos seus pés aos poucos cercava a solitária figura de Musashi, envolvendo-o num redemoinho de lâminas nuas, Joutaro passou a pular e a gritar, socando o ar com os dois pequenos punhos:

— Animais! Covardes!

Frustrado, batia os pés com impaciência, esbravejando:

— Ah, se eu fosse maior! Idiotas! Cretinos!

O desespero aumentava e Joutaro, incapaz de se manter imóvel, passou a correr em círculos:

— Tio! Tiio! Estou aqui, está me ouvindo?

Finalmente, passou a gritar, rouco de fúria, ele próprio transformando-se em um dos deuses por quem clamava:

— Animais! Animais! Se matarem meu mestre, vão se haver comigo!

E então, apesar da distância, começou a ver jatos de sangue subindo no meio do círculo e um *rounin* após outro tombar e rolar sobre a relva.

— Ei! O tio está ganhando! Meu mestre é forte! — gritou Joutaro. Sem dúvida, era a primeira vez que o menino testemunhava uma cena tão sangrenta, um confronto bestial de homens descrevendo uma dança mortal. Pouco a pouco, Joutaro imaginou-se no centro da roda, o corpo lavado de sangue, e uma incrível excitação apossou-se dele fazendo o coração saltar descontrolado no peito.

— Bem feito! Viram no que deu? Bobões! Maricas! Estão vendo como meu mestre é forte? Lanceiros de Hozoin — grande coisa! Mais parecem um bando de corvos pretos! Para que essas lanças? Aposto que não têm coragem de enfrentar meu mestre.

Nesse instante, porém, o rumo dos acontecimentos alterou-se e os monges lanceiros, até então postados em plácida contemplação, moveram suas lanças inopinadamente, saindo da formação. O menino gritou, desesperado:

— Ah, não! E agora? Vão todos atacar ao mesmo tempo!

O momento crucial, talvez o momento final de seu mestre, havia chegado, percebeu Joutaro. Esquecido de tudo, disparou colina abaixo como uma pedra rolando por um barranco, o pequeno corpo em fogo tomado de fúria impotente.

VIII

Inshun, monge de notória habilidade que tivera o privilégio de aprender do próprio mestre-fundador as técnicas do estilo Hozoin, ergueu então a voz possante e ordenou aos pouco mais de dez discípulos impacientes:

— É agora! Ao ataque!

As lanças partiram em todas as direções zumbindo como abelhas, deixando em seu rastro um brilho prateado. Existe um aspecto particularmente desassombrado e selvagem nas cabeças tosadas dos monges. Brandindo a lança de sua predileção, algumas com pontas em forma de foice, outras de basta ou de cruz, os monges saltaram sedentos de sangue.

Gritos e *kiai* ecoaram pelos campos e, ato contínuo, as pontas de algumas lanças tingiram-se de sangue. Os monges atacavam entusiasmados, dispostos a aproveitar a excepcional oportunidade de treinar com alvos vivos.

Musashi, ao perceber a entrada em cena de um novo inimigo, havia saltado, afastando-se num átimo. Em sua mente enevoada pelo cansaço havia apenas um pensamento: morrer de modo esplêndido. Aguardava empunhando com firmeza a viscosa espada com ambas as mãos, arregalando os olhos molhados de sangue e suor, mas nenhuma lança vinha em sua direção.

O grito de espanto morreu em sua garganta. Uma cena, sob todos os aspectos inesperada, desenrolava-se diante de seus olhos e Musashi apenas assistia, estupefato.

Pois o alvo das investidas das cabeças tosadas eram os *rounin*, seus supostos aliados. Era em seu encalço que agora corriam os monges, como cães de caça perseguindo a presa, trespassando-os com suas lanças.

Até os *rounin* que, um pouco afastados e a salvo da espada de Musashi, começavam a respirar aliviados, eram detidos por uma imperiosa ordem:

— Parem aí!

Surpresos, voltavam-se em dúvida, aguardando, e eram repentinamente fisgados na ponta de uma lança, e projetados no ar:

— Vermes!

— Que é isso? Estão loucos, bonzos dos infernos?! Olhem direito, eu sou seu aliado! — gritavam desesperados, tropeçando e caindo em suas fugas. Um monge corria atrás deles, outros os golpeavam as nádegas ou os trespassavam as costas, outro ainda varara o rosto de um *rounin*, enfiando a lança pela face esquerda e fazendo-a sair pela direita. Este último lanceiro sacudia no ar o *rounin*, preso à lança como um peixe fisgado pela cabeça, e rosnava furioso:

— Solta!

A horrível chacina finalmente terminou e no momento seguinte um indescritível silêncio envolveu a planície como uma sombra. Nuvens cobriram o sol, poupando-lhe a visão do terrível cenário.

Não restara nenhum *rounin* vivo. Os monges não haviam permitido que ninguém do numeroso bando escapasse do pântano de Hannya.

Musashi não acreditava nos próprios olhos. Atordoado, ainda assim não conseguia relaxar os músculos das mãos que empunhavam a espada.

— Como assim? Não eram aliados? — perguntava-se, sem atinar com a resposta. Era certo que Musashi ainda não retornara à normalidade: seu corpo, ao se envolver na disputa sangrenta que o dissociara da condição humana, não despertara por completo do estado febril em que parecera abrigar simultaneamente um *yaksha*[13] e uma fera. Ainda assim, a carnificina, drástica, o aturdira.

Ou, talvez, o atordoamento fosse prova de que fora trazido repentinamente de volta à normalidade ao testemunhar a matança praticada por terceiros, pois no mesmo instante tomou consciência dos próprios pés retesados, rijos como dois troncos enraizados, e de Joutaro agarrado ao seu braço, chorando freneticamente.

IX

— Não nos conhecemos ainda, mestre Miyamoto — disse cortesmente um monge alto, de tez clara, aproximando-se. Musashi voltou a si com um sobressalto e baixou a espada que ainda mantinha em guarda.

— Permita que me apresente. Sou Inshun, do templo Hozoin — disse o bonzo.

— Ah, então é o famoso monge Inshun! — exclamou Musashi.

---

13. *Yaksha*: na mitologia da Índia, espírito maligno que habita matas e florestas, conhecido por molestar e ferir seres humanos, era também adorado por proteger riquezas, posteriormente integrado ao Budismo.

— Foi uma pena eu ter estado ausente quando nos visitou há alguns dias. Na ocasião, soube que meu discípulo Agon portou-se de modo embaraçoso e, como seu mestre, estou envergonhado — acrescentou Inshun.

Musashi permaneceu calado por instantes, duvidando dos próprios ouvidos. Para que pudesse aceitar as palavras educadas e as maneiras finas do monge, Musashi tinha inicialmente de ordenar seus próprios pensamentos. Para tanto, precisava saber em primeiro lugar por que razão os monges do Hozoin, em vez de se lançarem sobre ele, haviam atacado os *rounin*, tão despreparados na certeza de contar com o apoio dos lanceiros. O próprio fato de estar ali são e salvo parecia-lhe um enigma indecifrável.

— Venha limpar o sangue de suas mãos e descansar por instantes. Acompanhe-me, por favor — disse Inshun seguindo na frente e conduzindo Musashi para perto da fogueira.

Joutaro não se desgrudara das mangas de seu mestre.

Os monges rasgavam uma extensa peça de linho que haviam trazido e limpavam as lâminas de suas lanças, não parecendo estranhar o fato de Inshun e Musashi estarem sentados lado a lado, junto à fogueira. Aos poucos foram se aproximando com naturalidade, conversando descontraidamente:

— Olhem, quantos! — disse um dos monges, apontando o céu.

— É mesmo. Os corvos decerto sentiram o cheiro do sangue e vêm chegando, grasnando, atraídos por todos esses cadáveres.

— Mas não estão descendo.

— Estão só esperando. Quando formos embora, vão pousar e disputar os cadáveres.

Musashi percebeu que, nesse andar, ninguém esclareceria sua dúvida caso ele próprio não tomasse a iniciativa de perguntar. Voltou-se então para Inshun:

— Na verdade, monge Inshun, gostaria que me esclarecesse uma dúvida: vim hoje até aqui certo de que os meus verdadeiros oponentes seriam vocês; para ser franco, estava firmemente decidido a levar comigo o maior número de vocês pela estrada por onde trafegam os espíritos dos mortos. E então, por que não só me apoiaram contra os *rounin*, como também me tratam com tanta consideração?

A isso Inshun respondeu, sorrindo:

— Não se trata de ter ou não apoiado sua luta contra os *rounin*. Embora os meios possam ter sido um tanto drásticos, nossa intenção foi apenas a de limpar a cidade de Nara.

— Que quer dizer com "limpar a cidade"?

Inshun indicou um ponto ao longe e disse:

— Quanto a isso, acho que meu mestre Nikkan, que aliás o conhece muito bem, terá muito prazer em esclarecê-lo pessoalmente. Está vendo os pequenos pontos que acabam de surgir na beira do campo? São, com certeza, mestre Nikkan e seus companheiros.

X

Os monges comentavam descontraídos:
— Como é rápido o velho mestre!
— Assim lhe parece, porque você é muito lerdo.
— Anda mais rápido que um cavalo a trote.
— Grande novidade!

No grupo que se aproximava, só o velho monge corcunda Nikkan vinha a pé, deixando para trás muitos cavaleiros. O alvo do pequeno grupo era a fumaça da fogueira que se elevava a um canto da planície Hannya. Com Nikkan vinham, ora passando à sua frente, ora ficando para trás, cinco oficiais a cavalo, os cascos de suas montarias batendo compassados nos pedregulhos do pântano.

Conforme o grupo se aproximava, um murmúrio percorreu a fileira de bonzos:
— Atenção! É o velho mestre!

Levantaram-se todos incontinenti e afastaram-se alguns passos para receber Nikkan e o grupo de oficiais, enfileirando-se solenes como em uma cerimônia religiosa.
— Tudo acabado? — perguntou Nikkan, mal se aproximara.
— Sim, conforme suas instruções — disse Inshun respeitosamente, com uma mesura. Virou-se para os oficiais e disse: — Os cadáveres aí estão para identificação. Sinto dar-lhes tanto trabalho.

Os oficiais saltaram de suas selas e um deles respondeu:
— Ora, maior trabalho tiveram vocês. Vamos só proceder a uma verificação sumária.

Acercaram-se dos quase quinze cadáveres espalhados ao redor, limitando-se a anotar alguns dados num papel.
— As autoridades se encarregarão agora dos corpos. Deixem-nos como estão e podem se retirar — disse o porta-voz do grupo antes de montar outra vez e afastar-se com os outros.

Nikkan virou-se para os monges e, secundando as ordens do oficial, disse:
— Têm minha permissão para se retirar.

Os monges fizeram uma reverência silenciosa e se retiraram. Dirigindo uma mesura final a Nikkan e Musashi, Inshun também os acompanhou.

Mal os homens se afastaram, os corvos alvoroçados pousaram sobre os cadáveres. Banhados de sangue, agitavam as asas loucamente, grasnando alto.

— Que aves barulhentas! — murmurou Nikkan, e aproximando-se de Musashi, perguntou-lhe com amabilidade:
— Como está?
— Senhor! — disse Musashi, ajoelhando-se rapidamente. Suas mãos, seguindo um impulso natural, foram ao chão e Musashi curvou-se, fazendo uma mesura profunda.
— Ora, que é isso? Levante-se! Estamos no meio do campo, tanta formalidade não fica bem.
— Sim, senhor.
— E então? Acha que tirou algum proveito deste episódio?
— Por que instruiu seus homens a agirem daquele modo? Tenha a gentileza de me explicar.
— Tem razão em querer saber. É o seguinte — disse Nikkan. — Os homens que acabam de se retirar — assistentes do magistrado Okubo Choan — foram designados para esta área há bem pouco tempo, assim como o próprio magistrado, e são inexperientes. Valendo-se dessa inexperiência, grupos de *rounin* arruaceiros começaram a perturbar a ordem pública praticando extorsões, raptando mulheres, promovendo jogatinas e as famigeradas "rondas às viúvas". O magistrado já não sabia mais o que fazer. Esse tal Yamazoe Danpachi, juntamente com Yasukawa Yasubei e mais um grupo de quatorze ou quinze *rounin* eram vistos como os líderes dos malfeitores.
— Ah, começo a compreender — disse Musashi.
— E então, parece que essa dupla, Yamazoe e Yasukawa, se indispôs com você. Mas conhecendo sua grande habilidade no manejo da espada, os malandros arquitetaram um engenhoso plano, segundo o qual se vingariam pelas mãos dos lanceiros do Hozoin. Foi assim que, ajudados pelos companheiros, passaram a difamar o nome do templo, pregando em todos os cantos da cidade versos satíricos zombando de nós. Não se esqueceram também de vir ao templo para nos relatar todos esses malfeitos, imputando-os a você. No mínimo, pensaram que sou cego.

Enquanto ouvia atentamente a explicação, a sombra de um sorriso surgiu nos olhos de Musashi.

— Eis aí uma ótima oportunidade para limpar a cidade de Nara, pensei, e dei as devidas instruções a Inshun. Ora, meu plano muito alegrou os discípulos de Inshun e as autoridades de Nara. Ah, e também estes corvos — concluiu Nikkan, gargalhando.

XI

Além dos corvos, havia mais alguém muito feliz: o menino Joutaro, que ouvia com atenção as explicações de Nikkan. Dúvidas e temores completamente varridos da mente, afastou-se correndo, batendo os braços meio doido de alegria, ao mesmo tempo que gritava:

— Limparam a cidade! Limparam a cidade!

Nikkan e Musashi voltaram-se, a atenção atraída pelos gritos do menino. Joutaro havia posto a máscara demoníaca no rosto e sacara a espada de madeira da cintura. Agora, brandia a arma no ar e dançava como um doido ao redor dos cadáveres que se espalhavam pelo campo, recitando um pequeno discurso improvisado e espantando os corvos:

> *Senhores corvos,*
> *É preciso limpar, de vez em quando,*
> *Não só Nara,*
> *Mas todas as cidades.*
> *É a lei da natureza para tudo se renovar*
> *Queimem folhas e campos secos,*
> *Pois verdes brotos vêm por baixo, trazendo a primavera.*
> *Queremos neve, de vez em quando,*
> *E uma boa faxina, de vez em quando.*
> *Senhores corvos,*
> *A festa é sua também.*
> *Mas atenção: o ensopado de olhos,*
> *E esse vinho, vermelho e grosso,*
> *Em excesso embriagam.*

— Atenção, menino! — chamou Nikkan.

— Sim, senhor! — respondeu Joutaro, voltando-se prontamente e parando de dançar.

— Pare de se comportar como um louco. Apanhe algumas pedras e traga-as aqui.

— Esta serve?

— Serve, mas apanhe muitas mais.

— Pronto, pronto.

Enquanto Joutaro apanhava as pedras e as trazia, Nikkan escrevia a invocação sagrada da seita Nichiren, *Namu Myohorengekyo* — Glória ao Sutra Lótus da Lei Suprema — na superfície de cada uma. Ordenou a seguir ao menino:

— Agora, jogue-as em intenção às almas dos mortos.

Joutaro obedeceu e lançou-as em diversas direções, enquanto Nikkan juntava as mãos envoltas nas mangas de sua veste e recitava um sutra.

— Terminamos — disse Nikkan, momentos depois. — Vou retornar a Nara. Sigam seus caminhos também, jovens.

Mal falou, deu as costas encurvadas aos dois e se afastou abrupto, rápido como o vento.

Não houve tempo para agradecimentos ou para assegurar um reencontro. Musashi apenas fixava o olhar nas costas do vulto que se afastava, admirando sua serenidade. Inesperadamente, pôs-se a correr em seu encalço, batendo a mão na empunhadura da espada e gritando:

— Senhor, velho mestre, esqueceu-se de algo!

— Esqueci o quê? — disse Nikkan, parando e voltando-se.

— De me conceder uma lição, uma orientação. O destino nos concede nesta vida raras oportunidades de encontrar alguém como o senhor. Apesar disso, aqui estou, em sua presença. Por favor, senhor! — disse Musashi.

Uma risada brotou da boca desdentada de Nikkan, seca como o próprio ancião:

— Ainda não compreendeu? A única coisa que tenho a lhe dizer é isto: você é forte demais, meu jovem. Mas se começar a se vangloriar, não sobreviverá para ver os trinta anos. Prova disso é o que aconteceu hoje: você quase perdeu a vida. Como pretende continuar desse jeito?

— ...

— O que fez hoje foi lamentável. Está certo, dou um desconto por sua juventude, mas se pensa que valentia e artes marciais são sinônimos, está redondamente enganado. Nesse sentido, eu próprio não estou qualificado ainda, meu filho. É verdade: doravante, aconselho-o a seguir o caminho trilhado por homens como meu mestre, Yagyu Sekishusai-sama, ou o mestre do meu mestre, lorde Kamiizumi Ise. Siga seus passos e compreenderá.

Musashi ouvia, cabisbaixo e em silêncio. Repentinamente, deu-se conta de que Nikkan se calara e ergueu a cabeça. Não havia mais ninguém nas proximidades.

O BERÇO DE UM GRANDE HOMEM

I

Embora se situe aos pés da montanha Kasagi, este vilarejo dela não tomou o nome, sendo conhecido como Vale Yagyu, do feudo de Kanbe.

E o Vale Yagyu, com suas primorosas moradias, tinha certo ar excessivamente civilizado para que se pudesse classificá-lo como simples aldeia; por outro lado, faltavam-lhe brilho e um maior número de casas para merecer o nome de cidade. Lembrava, em seu aspecto geral, as pequenas cidades montanhesas encontradas a caminho de Shoku, na abastada China meridional.

No meio da vila existia uma grande edificação fortificada a que o povo se referia respeitosamente como a "mansão": no interior de suas grossas muralhas, cuidava-se da tranquilidade e do desenvolvimento do vilarejo. As pessoas, antigas nessas terras, tinham aí vivido por mais de mil anos. Quase tão antiga quanto a história do povo era a linhagem do suserano, pertencente a uma poderosa casa guerreira que remontava à época da rebelião de Taira-no--Masakado (939-940), e que vinha, geração após geração, cuidando do desenvolvimento dessa área. Tanto o povo quanto o suserano das quatro herdades que compunham o feudo amavam essas terras, suas e de seus ancestrais, e por elas dariam o sangue se preciso fosse. Nunca, mesmo nos piores conflitos, povo e suserano haviam se desgarrado.

Como se viu, finda a batalha de Sekigahara, *rounin* sem destino tinham invadido a vizinha cidade de Nara, dominando-a e anarquizando-a, empanando a Luz de Buda dos templos. Mas nenhum desses proscritos conseguira infiltrar-se na área compreendida entre o vilarejo Vale Yagyu e a montanha Kasagi. Só esse fato dava uma ideia da firmeza dos hábitos e da organização do Vale Yagyu, e de sua impermeabilidade a elementos nocivos.

Dignos de louvor, porém, não eram apenas o povo e seu suserano, mas também a montanha Kasagi — de incomparável beleza desde o amanhecer até o pôr do sol — e a água dos seus rios, famosa pela pureza e por prestar-se a saborosos chás. Além disso, graças à proximidade com Tsukigase, terra de ameixeiras e morada de rouxinóis, o canto destes pássaros soava incessantemente durante meses — antes mesmo do degelo das neves nas montanhas até a estação dos trovões — seu mavioso trinado rivalizando em pureza com as águas do rio.

Disse certa vez um poeta: "Montanhas puras e rios cristalinos compõem o berço de um grande homem." Portanto, se grandes homens não tivessem nascido nessas terras, o poeta estaria mentindo e as montanhas seriam simples enfeites desprovidos de valor. Pior ainda, dúvidas seriam levantadas quanto à qualidade do sangue que corria nas veias do povo. Mas o poeta estava com a razão: nos últimos tempos, essas montanhas tinham dado grandes homens ao mundo. Provava-o a linhagem do suserano Yagyu e de seus muitos vassalos — homens de valor, estes últimos, por vezes saídos das lavouras e que se haviam destacado nas guerras —, frutos todos eles das montanhas puras, dos rios cristalinos e do mavioso canto dos rouxinóis.

Nesses dias, no interior da propriedade protegida por muralhas, o idoso suserano Yagyu Muneyoshi — que simplificara o próprio nome, fazendo-se chamar Sekishusai — levava uma vida simples, recolhido a uma ermida modesta ligeiramente afastada do castelo. Não se sabia ao certo quem respondia oficialmente pela casa ou cuidava dos interesses da família nesses tempos. Sekishusai, porém, havia sido abençoado, pois tivera filhos e netos notáveis, bem como vassalos leais, merecedores de toda a confiança. Para o povo, portanto, nada havia mudado desde os tempos em que o próprio Sekishusai estivera no comando.

— Surpreendente! — disse Musashi.

Decorridos quase dez dias desde o episódio do morro Hannya, Musashi pisava essas terras pela primeira vez. Visitara os templos próximos de Kasagidera e Joururidera, bem como as ruínas do período Kenmu (1334-1338), reservara um quarto numa estalagem e, descansado tanto física como espiritualmente, saíra para um passeio nos arredores, conforme davam a perceber as roupas simples que vestia, assim como os chinelos de palha do inseparável Joutaro.

Atento, observara as casas, as lavouras, o aspecto das pessoas com quem havia cruzado, e murmurara toda vez:

— Surpreendente!

Estranhando a contínua repetição dessa observação, Joutaro perguntou:

— Que há de tão surpreendente, tio?

II

— Partindo de minha província, já visitei as de Settsu, Kouchi e Izumi, mas nunca suspeitei que existissem terras tão interessantes quanto estas, respondeu Musashi.

— Que têm elas de diferente, tio?

— Árvores nas montanhas.

Joutaro não conseguiu conter um acesso de riso e observou:

— Ora, árvores existem em toda parte, tio!

— Mas essas são diferentes, Joutaro. As árvores que crescem nas montanhas das quatro herdades do vale Yagyu são antigas. Provam que, há muito, essas montanhas não são devastadas pelo fogo das guerras. Provam também que estas terras não sofreram invasões inimigas. Contam também uma história: o povo deste feudo e seu suserano nunca passaram fome.

— Que mais?

— O verde predomina nos roçados. Os arrozais estão bem pisados. O ruído da roca tecendo fios soa por trás de cada porta. Os camponeses não param de trabalhar para olhar com inveja estranhos bem vestidos que passam pela estrada.

— Isso é tudo?

— Ainda há mais. Vejo muitas jovens solteiras trabalhando nas lavouras, paisagem incomum em outros feudos. *Obis* vermelhos nas lavouras mostram, Joutaro, que as jovens desta terra não procuram emigrar para outras províncias, compreendeu? Portanto, este feudo deve estar em boa situação financeira, significando que as crianças são bem cuidadas, os idosos tratados com consideração e os jovens, homens e mulheres, nem pensam em migrar para outras terras e levar uma vida incerta. Por conseguinte, deduz-se que o suserano seja abastado e tenha um bem provido arsenal, dentro do qual lanças e espingardas vivem metodicamente enfileiradas, sempre limpas e prontas para o uso.

— Só isso? Ora, pensei que se tratasse de algo mais interessante replicou Joutaro.

— Talvez o assunto não lhe interesse mesmo — disse Musashi.

— É claro! Pois foi para duelar com alguém da casa Yagyu que viemos até aqui, não foi?

— Preste atenção, Joutaro: a aprendizagem de um guerreiro não deve limitar-se a duelos. Homens que vagueiam pelas províncias com uma espada na mão, batendo-se constantemente em duelos, buscando apenas pouso por uma noite e uma refeição por dia, são simples vagabundos, não podem ser considerados aprendizes de guerreiro. A verdadeira aprendizagem consiste em polir o espírito, mais que as técnicas marciais. Consiste em analisar os aspectos geográficos e hidrográficos de uma terra, seus usos e costumes, os termos em que se relacionam povo e suserano, e ser capaz, enfim, de apreender de tudo isso os mínimos detalhes, tanto da vida dessa cidade quanto do interior do castelo feudal, percorrendo a pé cada canto da terra, sem descanso, e observando com os olhos do espírito. Esta é a verdadeira aprendizagem, entendeu?

Sabia que a explicação estava acima da compreensão do menino, mas Musashi, por índole, era incapaz de meias-explicações. Enquanto caminhava respondia às perguntas por vezes inoportunas de Joutaro, com paciência e em detalhes.

E então, um ruído de cascos soou às costas da dupla e um cavaleiro robusto, de seus quarenta anos, passou a galope ordenando:

— Abram caminho! Afastem-se!

Ao erguer o olhar para o vulto sobre a sela, Joutaro reconheceu de imediato o rosto barbudo que lembrava um urso e deixou escapar um pequeno grito admirado:

— Mas é Shoda-san!

Era o homem que bondosamente recolhera o porta-correspondência perdido na estrada Yamato, a caminho da ponte Ujibashi. Ao ouvir seu nome, Shoda Kizaemon voltou-se na sela e, reconhecendo Joutaro, disse com um sorriso:

— É você, garoto?

Não se deteve, no entanto, e logo seu vulto desapareceu por trás dos muros da mansão Yagyu.

III

— Quem é o cavaleiro que sorriu para você, Joutaro? — perguntou Musashi.

— Shoda-san. Disse que é vassalo do suserano Yagyu — respondeu o menino.

— Como veio a conhecê-lo?

— Ele me ajudou quando me meti em apuros a caminho de Nara.

— Ah...

— Conheci também uma mulher — esqueci o nome dela — e viemos os três andando até a balsa do rio Kizugawa.

Musashi examinou externamente o castelo Koyagyu e seus arredores e, por fim, decidiu:

— Vamos embora, Joutaro.

A hospedaria, ampla, era a única da localidade. Bastante procurada por se situar à beira da estrada de Iga, recebia os viajantes que por ela trafegavam, assim como os peregrinos que se dirigiam aos templos Jorurideira e Kasagidera, sendo comum encontrarem-se, ao cair da tarde, quase dez cavalos de carga amarrados em seu alpendre e nas árvores ao redor. Àquela hora do dia, a lavadura do arroz — preparado em grande quantidade para a refeição noturna dessa gente toda — escorria, branca, da cozinha da estalagem e turvava as águas do ribeirão que corria nos fundos da casa.

— Por onde andou, senhor? — perguntou-lhe uma menina, a criadinha da hospedaria, mal Musashi pôs os pés em seu quarto. Vestia um quimono de mangas estreitas e, sobre ele, um *hakama*. Somente o *obi* vermelho de seu vestuário — quanto ao mais, totalmente masculino — dava a perceber que se defrontavam com uma menina. Em pé na entrada do quarto, aconselhou:

— Tome logo o seu banho, senhor.

Joutaro, feliz por encontrar alguém de sua idade, perguntou:

— Como é o seu nome?

— Sei lá — respondeu a menina, com maus modos.

— Burra! Não sabe o próprio nome?

— Sou Kocha, ora! — replicou a garota.

— Que nome mais estranho — murmurou Joutaro.

— Malcriado! — disse a menina, batendo em Joutaro.

— Ah, é assim? — berrou Joutaro, correndo no seu encalço.

Musashi voltou-se do corredor e os interrompeu:

— Onde fica a sala de banho, Kocha? À direita, lá na frente? Já entendi, obrigado.

Nas prateleiras da estante que guarnecia a antessala, três jogos de roupas depositados indicavam a presença do mesmo número de pessoas na sala de banho. Musashi guardou também as suas, abriu a porta e entrou na sala repleta de vapor. Os hóspedes que o haviam precedido conversavam animadamente mas, erguendo o olhar para o sólido corpo nu de Musashi, fitaram-no com estranheza e calaram-se de modo abrupto.

Com um gemido de prazer, Musashi afundou seu corpo de quase um metro e oitenta na água quente da vasta banheira coletiva. Uma enorme quantidade de água transbordou, quase levando de roldão os três homens que lavavam as finas canelas fora da banheira. Um deles voltou-se com uma interrogação no olhar mas, tranquilizado pelo aspecto descontraído de Musashi — que repousara a cabeça na beira da banheira e cerrara os olhos —, voltou-se para os companheiros e retomou a conversa interrompida:

— Como era mesmo o nome do mensageiro da casa Yagyu que veio há pouco?

— Shoda Kizaemon, creio eu.

— Isso mesmo. E pelo visto, a casa Yagyu não é tudo o que dizem, já que mandaram seu administrador recusar o duelo.

— Será que ultimamente a casa Yagyu usa seu administrador para recusar todo tipo de duelo com a mesma desculpa de há pouco: "Sekishusai-sama retirou-se da vida ativa; seu filho, o senhor de Tajima, foi chamado pelo xogum para servir na capital e não temos no momento ninguém para aceitar o desafio"?

— Não acredito. É muito mais provável que tenham recusado por prudência, ao saber que o desafiante era o segundo filho da casa Yoshioka.

— Mas até que demonstraram cortesia ao nos mandar uma bandeja de confeitos por intermédio de seu administrador, para "amenizar as agruras da nossa viagem", conforme disse o homem, não acham?

As costas brancas e a musculatura flácida dos homens, bem como o diálogo, vivo e até espirituoso, denunciavam sua origem citadina.

"Yoshioka?" Da banheira, Musashi voltou-se com naturalidade ao ouvir o nome familiar.

IV

"Segundo filho dos Yoshioka... Só pode ser Denshichiro!", pensou Musashi, prestando agora atenção ao diálogo.

Quando passara pela academia da rua Shijo, em Kyoto, alguém, talvez o porteiro, lhe havia dito que o mais graduado dos discípulos, mestre Denshichiro, não se encontrava lá no momento, porque peregrinava por Ise em companhia de alguns amigos. Se estivessem retornando dessa peregrinação, os três homens talvez fossem Denshichiro e comitiva.

"Malditas salas de banho...", pensou Musashi. Em sua terra natal, vila Miyamoto, vira-se certa vez cercado de inimigos numa sala de banho porque a matriarca dos Hon'i-den, Osugi, lhe preparara uma armadilha. Agora, via-se novamente nu, encerrado numa pequena sala de banho em companhia de um dos filhos de Yoshioka Kenpo. Mesmo longe de casa, os acontecimentos na academia de Kyoto teriam certamente chegado aos ouvidos de Denshichiro, que, a esta altura, nutria sem dúvida forte ressentimento contra a sua pessoa. Se viessem a saber de sua identidade, transporiam num segundo a fina porta de madeira que os separava da sala contígua e de lá voltariam com suas espadas para tirar satisfação, imaginou Musashi.

No entanto, nada na atitude dos três homens dava a perceber que conheciam sua identidade. Pelo que deduzira do diálogo entremeado de fanfarronices, aqueles homens haviam mandado um mensageiro com uma carta à casa Yagyu, mal pisaram suas terras. A academia Yoshioka fora famosa na época do xogunato Ashikaga, e seu mestre-fundador, Yoshioka Kenpo, tivera algum contato com Sekishusai nos velhos tempos em que este era ainda conhecido como Yagyu Muneyoshi e cuidava, ele próprio, dos interesses de sua casa. Musashi deduziu com acerto que esse fora o principal motivo por que a casa Yagyu se vira forçada, agora, a tomar conhecimento da presença de Denshichiro no feudo e a mandar até a hospedaria seu administrador, Shoda Kizaemon, cumprimentá-lo pessoalmente com um agrado nas mãos. E era a respeito dessa correta prova de consideração que os jovens citadinos comentavam com leviandade: "Até que demonstraram *savoir-faire*", "recusaram porque ficaram com medo", ou "parece que não têm bons elementos por lá". Com essas observações levianas, mimavam o ego e se banhavam, descuidados.

As bravatas e a interpretação conveniente dada ao episódio divertiram Musashi, que acabara de palmilhar o feudo com cuidado, visitar o castelo externamente e avaliar os hábitos e a vida dos habitantes locais.

Um antigo provérbio dizia: "A rã que mora num poço não sabe como o mar é grande." Não era esse o caso desses jovens que viviam na cidade grande — o mar — e que haviam tido a oportunidade de observar de perto o desenrolar dos mais importantes acontecimentos daqueles tempos; no entanto, não lhes passava pela cabeça que, submerso no fundo de um poço, certa rã poderia ter cultivado e acumulado respeitável poder. Enquanto esses três homens imaginavam, descuidados, que lidavam com samurais provincianos afastados do centro decisório do poder — simples rãs vivendo uma vida monótona mergulhadas anos a fio num profundo poço estagnado, no máximo divertindo-se com as folhas mortas que boiavam em suas águas —, esse velho poço, a casa Yagyu, havia remetido nos últimos tempos rãs famosas ao mundo, a começar por Sekishusai Muneyoshi, o idoso patriarca; seu filho, Munenori, senhor de Tajima, escolhido pelo xogum Tokugawa Ieyasu; os irmãos de Munenori, Gorozaemon e Toshikatsu, famosos pela bravura; e finalmente o neto, Hyogo Toshitoshi, criança-prodígio solicitada com insistência por Kato Kiyomasa[14] e levada a Higo em troca de alto estipêndio.

Em certa época, a academia Yoshioka fora incomparavelmente superior à de Yagyu, sem dúvida alguma. Mas essas eram águas passadas, realidade que Denshichiro e seus acompanhantes ainda não haviam percebido.

Musashi achou divertidas as bravatas, e dignas de piedade.

Involuntariamente, um sorriso começou a aflorar em seu rosto. Preocupado em ocultá-lo, dirigiu-se a um canto da sala onde a água para o banho chegava por um cano de bambu. Desfez o laço da tira que prendia seus cabelos e, apanhando um punhado de argila, esfregou-o na raiz dos cabelos, lavando-os pela primeira vez em muito tempo. Enquanto isso, os três homens se enxugaram e saíram da sala do banho, comentando entre si:

— Que banho reconfortante!

— Acho que este momento resume o prazer de uma viagem.

— E que me dizem das mulheres servindo saquê?

— Isso é ainda melhor!

---

14. Kato Kiyomasa: comandante militar e vassalo de Toyotomi Hideyoshi, seus feitos ficaram famosos no período Bunroku e Keicho. No episódio da batalha de Sekigahara, lutou ao lado de Tokugawa e tomou posse das terras de Higo, atual província de Kumamoto.

V

Musashi enfeixou os cabelos lavados, amarrou-os com uma toalha e, ao retornar ao quarto, viu a garotinha vestida de menino chorando a um canto da sala. Musashi perguntou:

— Ora, o que houve?

— É esse seu menino, senhor. Ele bateu em mim! Olhe aqui.

— É mentira! — protestou Joutaro do outro canto do aposento, emburrado.

— Você bateu numa menina, Joutaro? — censurou Musashi.

— É que essa sonsa disse que o tio é fraco — respondeu agressivamente o menino.

— Mentira, mentira! — atalhou Kocha.

— Disse, sim!

— Ninguém disse que seu mestre era fraco! Foi ele quem começou a se gabar, senhor, dizendo que o mestre dele era o guerreiro mais forte de todo o Japão, que tinha abatido dezenas de *rounin* no Morro Hannya e tanto se gabou que eu então disse para ele: o melhor espadachim de todo o país é o nosso suserano Yagyu, e mais ninguém; foi aí que ele berrou: "Cale a boca!", e me deu um tapa no rosto.

Musashi não se conteve e riu:

— Ah, foi assim? Mas ele foi muito malcriado! Pode deixar, Kocha, vou conversar seriamente com ele mais tarde. Perdoe, está bem?

Joutaro parecia infeliz.

— Joutaro! — chamou Musashi.

— Pronto.

— Vá tomar um banho.

— Não gosto de banhos quentes.

— Nisso se parece comigo — murmurou Musashi. — Mas vá assim mesmo. Você está cheirando a suor.

— Vou nadar no riacho amanhã.

Com o passar dos dias, Joutaro familiarizava-se cada vez mais com seu mestre, e a teimosia, traço marcante de sua personalidade, gradativamente se acentuava. Mas Musashi apreciava também esse aspecto de seu discípulo.

Sentaram-se à mesa. Joutaro continuava emburrado. Kocha, que segurava uma bandeja e servia à mesa, também permanecia calada. Os dois trocavam olhares raivosos.

Musashi, com o pensamento preso a uma única ideia nos últimos dias, também se mantinha em silêncio. Um sonho algo exagerado para um guerreiro nômade habitava sua mente e, por acreditar possível sua concretização, deixara-se ficar todos esses dias na hospedaria. Resumindo, o que mais desejava no momento era encontrar-se com Sekishusai Muneyoshi, o venerável mestre da casa Yagyu.

Posto em palavras, em seu jovem peito queimava a seguinte ambição:

"Já que vou duelar, é melhor desafiar alguém de alto nível. Vale a pena arriscar a vida tentando derrotar a famosa casa Yagyu — ou macular o meu nome no processo. Se não conseguir cruzar armas com o grande Yagyu Muneyoshi nem lhe desferir sequer um golpe, terei escolhido esta carreira em vão."

Se alguém pudesse saber o que pensava Musashi nesse momento, riria com certeza, tachando-o de temerário. O próprio Musashi tinha consciência disso.

O adversário que pretendia desafiar era, afinal, o senhor de um castelo; um de seus filhos era instrutor de artes marciais da casa xogunal, em Edo; se isso não bastasse, sobre a família de hábeis guerreiros brilhava ultimamente uma boa estrela que a conduzia pelos caminhos do sucesso nos novos tempos.

"Se esse duelo acontecer, as consequências serão imprevisíveis", reconhecia Musashi, preparando-se para enfrentar qualquer eventualidade. Eram esses os seus pensamentos enquanto jantava.

A MENSAGEM DA FLOR

I

O velho suserano parecia ter a lendária longevidade de um grou.[15] Já alcançara a casa dos oitenta e, com o passar dos anos, seu caráter se refinava. Tinha bons dentes ainda e orgulho de sua vista acurada.

— Chegarei aos cem, sem dúvida — dizia sempre. Costumava enumerar fatos que corroboravam essa certeza: — A longevidade sempre foi uma das características dos descendentes da casa Yagyu. Apenas os que tombaram nos campos de batalha morreram na casa dos vinte ou trinta anos. De morte natural, deitado sobre o *tatami*, nenhum dos meus ancestrais morreu aos cinquenta ou sessenta.

Mas um homem que, como Sekishusai, tivesse se ocupado em conduzir vida e velhice com sabedoria talvez chegasse aos cem anos mesmo sem a ajuda da hereditariedade. Atravessara os especialmente conturbados períodos Kyoroku (1528-1532), Tenbun (1532-1555), Kouji (1555-1558), Eiroku (1558-1570), Genki (1570-1573), Tenshou (1573-1592), Bunroku (1592-1596), até esses dias do período Keicho (1596-1615), e até chegar à idade madura dos 47 anos já havia testemunhado a revolta do clã Miyoshi, a queda do xogum Ashikaga, a ascensão e a queda de Matsunaga e de Oda. Embora vivesse numa pequena província, vira-se tão envolvido em conflitos que nem tivera tempo de depor as armas entre uma guerra e outra. "Não sei como não morri naqueles dias", costumava repetir Sekishusai.

A partir dos 47 anos, no entanto, recusou-se categoricamente a pegar outra vez em armas, ninguém sabia por quê. Foi assim que resistiu aos sedutores apelos do xogum Ashikaga Yoshiaki, aos convites insistentes de Oda Nobunaga, à esplêndida expansão da hegemonia japonesa empreendida por Toyotomi Hideyoshi. E embora seu feudo se situasse a um pulo de Osaka e Kyoto, Yagyu Muneyoshi fez-se surdo e mudo, ignorando qualquer convite, e manteve-se estritamente no anonimato. Assim, como um urso enfurnado na toca, ocultou-se naquelas montanhas protegendo com extremo cuidado seu feudo de 3.000 *koku*.

Posteriormente, diria a conhecidos:

— Até hoje, não sei como consegui sobreviver. Num mundo agitado por guerras e vertiginosas ascensões e quedas no cenário do poder — quando um

---

[15]. No Japão, o grou, ou *tsuru*, e a tartaruga são símbolos de longevidade e, portanto, de bom augúrio. A crença de que um grou vive cem anos, e a tartaruga, mil, provém de um conto de fadas chinês.

homem, ao amanhecer, não sabia se viveria até o entardecer —, pergunto-me se a sobrevivência de um pequeno castelo como este até os dias de hoje não representaria um milagre do período Sengoku.

E tinha razão. Todos os que o ouviam admiravam sua clarividência. Tivesse ele se aliado ao xogum Ashikaga Yoshiaki, teria sido com certeza aniquilado por Oda Nobunaga; se se aliasse a Nobunaga, seu destino, com a ascensão de Toyotomi Hideyoshi, teria sido duvidoso; se tivesse atendido aos insistentes apelos de Hideyoshi, teria sido mais tarde derrotado por Tokugawa Ieyasu nos campos de Sekigahara.

Além disso, se tivesse se envolvido nos inúmeros conflitos daqueles anos, manter sua casa incólume — sem naufragar nos vagalhões provocados por ascensões e quedas de poderosos — teria sido tarefa de difícil execução, demandando muita coragem, um tipo de coragem estranho ao código de honra de um *bushi*. Assim era que, em determinadas situações, teria sido forçado a compor alianças em um dia para vergonhosamente traí-las no dia seguinte, ou ainda, em casos extremos, a contrariar todos os seus princípios e convicções e derramar o sangue dos próprios filhos.

— E esse tipo de coragem não tenho — dizia Sekishusai. Era verdade, provavelmente.

Assim se explicava também o sentido de um verso de sua autoria — escrito em papel especial e emoldurado — que pendia na parede principal do aposento onde Sekishusai realizava as cerimônias de chá:

Pelas trilhas da vida
Não sei me conduzir
Só me resta então buscar refúgio
À sombra das artes marciais.

Todavia, mesmo ele... — um magistral espadachim adepto de Lao Tzu[16] — finalmente capitulou quando Tokugawa lhe ofereceu um posto em seu governo nos termos mais corteses.

— É difícil recusar um pedido tão amigável — murmurara. Abandonou então a singela cabana onde se recolhera por décadas, absorto em meditação taoísta, e entrevistou-se pela primeira vez com Tokugawa nos quartéis de Takagamine, em Kyoto.

Nessa ocasião, levou em sua companhia o quinto filho, Mataemon Munenori, então com 24 anos de idade, e o neto Shinjiro Toshitoshi, de dezesseis anos, ainda

---

16. Lao Tzu: (jap. Roushi) filósofo chinês contemporâneo de Confúcio, considerado o pai do Taoísmo, nasceu aproximadamente no ano 600 a.C., na província de Honan.

em menoridade. E no momento em que recebia das mãos de Tokugawa o certificado que lhe assegurava a manutenção de seus domínios, dele ouviu também um pedido: que o servisse doravante como estrategista da casa Tokugawa. A isso respondeu:

— Considerai a vosso serviço, este meu filho, Munenori.

Retirou-se então novamente à cabana do vale Yagyu. E quando Munenori foi designado instrutor de artes marciais da casa xogunal e, convocado a Edo, levou como parte de sua bagagem uma nova visão, a ele transmitida pelo sábio pai: a da arte marcial não como simples jogo de técnica e força, mas como instrumento para governar um país.

II

Sekishusai via a arte marcial como um instrumento de governo e, simultaneamente, como um caminho para uma vida virtuosa. Com relação a essa sua visão de vida e das artes marciais, dizia sempre:

— Devo-a a meu mestre — nunca se esquecendo de louvar lorde Kamiizumi Nobutsune. — Lorde Kamiizumi é, sem sombra de dúvida, a divindade protetora da casa Yagyu — repetia inúmeras vezes. Corroborando a condição quase divina de lorde Kamiizumi na casa, havia numa prateleira de sua sala, em permanente consagração, um certificado que recebera das mãos do lorde, dando-lhe permissão para praticar o estilo Shinkage de esgrima, e um documento antigo — quatro rolos de papel-pergaminho ilustrados —, reverenciados por Sekishusai. Nos aniversários da morte do seu velho mestre, Sekishusai nunca se esquecia de sentar-se formalizado diante da prateleira e cultuar sua memória.

Os quatro rolos de pergaminho continham a descrição da técnica da Espada Oculta, ou seja, do estilo Shinkage de esgrima, com ilustrações de próprio punho do lorde, acompanhadas de explicações.

Mesmo depois de velho, Sekishusai desenrolava os pergaminhos com frequência e os examinava, perdido em lembranças, comentando:

— Além de tudo desenhava bem, o mestre.

Sekishusai impressionava-se a cada vez com o estranho poder de emocionar das ilustrações. Retratavam indivíduos típicos do período Tenbun (1532-1555) defrontando-se em inúmeras e galantes poses de duelo, as espadas desembainhadas. Ao examiná-las, uma soberba presença parecia descer sobre o ambiente e lentamente envolver em neblina o alpendre da pequena cabana rústica.

Lorde Kamiizumi surgira pela primeira vez no castelo Koyagyu quando Sekishusai era ainda um jovem ambicioso de seus 37 ou 38 anos. Na época, lorde Kamiizumi — em companhia do sobrinho, certo Hikida Bunzagoro, e de um discípulo idoso, Suzuki Ihaku — peregrinava pelas províncias batendo à porta das academias e, certo dia, por apresentação de Kitajima Tomonori, apareceu no templo Hozoin. À época, o abade de Hozoin, Kakuzenbo In'ei, frequentava o castelo Koyagyu e comentou com Sekishusai, ainda conhecido como Yagyu Muneyoshi:

— Surgiu em meu templo um homem com essas qualificações...

Esse foi o começo de uma longa amizade.

Levado ao castelo Koyagyu, lorde Kamiizumi bateu-se em duelos com Yagyu Muneyoshi por três dias consecutivos.

No primeiro dia, Kamiizumi avisou:

— Vejo tal ponto desguarnecido. Vou golpear!

Apesar de avisado sobre o ponto desguarnecido, Muneyoshi não conseguiu defender-se e Kamiizumi atingiu-o precisamente nesse ponto.

No segundo dia, Muneyoshi foi derrotado do mesmo modo.

Com o orgulho ferido, no terceiro dia Muneyoshi se esmerou e, disfarçando o quanto pôde, guardou-se de maneira diferente. Kamiizumi então disse:

— Ah, é assim? Então, vou golpeá-lo deste modo! — e o atingiu novamente, como nos dias anteriores, no ponto anunciado.

Muneyoshi deixou então cair a espada que usara com tanta presunção e declarou:

— Percebo agora, pela primeira vez, o verdadeiro sentido da arte marcial.

A seguir, reteve lorde Kamiizumi em seu castelo por meio ano e empenhou-se seriamente em aprender com ele.

Por fim, lorde Kamiizumi despediu-se, alegando a inconveniência da longa estada e, ao partir, recomendou-lhe:

— Minha técnica está longe da perfeição. Você ainda é jovem. Tente tornar perfeitos os meus pontos imperfeitos.

E antes de ir-se embora, deixou-lhe um *koan* — proposição enigmática para meditação zen:

— Que significa "esgrimir sem a espada"?

A partir desse dia, Muneyoshi meditou sobre o tema anos a fio, obsessivamente, procurando divisar o princípio da esgrima sem espada, perseverando nos estudos a ponto de se esquecer, por vezes, de dormir ou se alimentar.

Anos depois, quando Kamiizumi o visitou novamente em seu castelo, Muneyoshi recebeu-o com o semblante desanuviado. Ao se defrontarem para o treinamento, Muneyoshi perguntou:

— Que lhe parece isto?

Kamiizumi lançou apenas um olhar à sua postura e, com uma exclamação admirada, disse:

— Nada mais tenho a lhe ensinar. Você apreendeu a verdade.

Partira então, deixando-lhe o certificado e os quatro rolos de pergaminho.

Assim se originou o estilo Yagyu da Espada Oculta, e o gosto pelo incógnito desenvolvido por Sekishusai Muneyoshi a partir da idade madura — segredo, aliás, de sua vida bem sucedida — originou-se, por sua vez, nesse estilo.

III

A cabana em que Sekishusai agora vivia situava-se dentro dos muros do castelo, naturalmente. Mandara construir a cabana isolada do castelo porque a arquitetura deste último — uma sólida construção fortificada — não se harmonizava com seu estado de espírito na velhice. Refugiara-se, portanto na singela ermida, vivendo com a simplicidade de um montanhês.

— E então, Otsu, que achas? Esta flor não te parece viva? — perguntou Sekishusai. Lançara um galho de peônia num vaso Iga e, embevecido, contemplava o resultado.

Às suas costas, Otsu, que espiava sobre o ombro, disse:

— Certamente! Pelo visto tivestes excelentes mestres, tanto de *ikebana* quanto da arte do chá, grão-senhor.

— Absurdo! Não sou nenhum cortesão! Nunca tive mestres de arranjos florais ou chá.

— Mas vossas obras dão essa impressão, grão-senhor.

— É muito simples, Otsu: emprego um mesmo princípio, tanto para esgrimir como para arranjar uma flor num vaso — esclareceu o velho suserano.

— Verdade? — admirou-se Otsu. — Pode-se então arrumar uma flor num vaso usando o mesmo princípio da esgrima?

— Claro que se pode. Basta que empenhes teu espírito. Não costumo torcer a flor com os dedos, ou estrangular seu caule. Apanho a flor que viceja nos campos e, sem lhe alterar a aparência, jogo-a na água, assim, empenhando no ato o espírito. E aí a tens: esta flor não morreu, está viva!

Servindo àquele ancião, Otsu tivera a oportunidade de aprender inúmeras lições, embora sua presença no castelo resultasse de um fortuito encontro de estrada com Shoda Kizaemon — o administrador da casa Yagyu —, que a convidara a tocar flauta para amenizar os tediosos dias do idoso amo.

E, ou o velho suserano apreciava as melodias tocadas por Otsu, ou julgava a suave presença da jovem um lenitivo para o frio ambiente da cabana, pois toda vez que Otsu levantava a questão de seguir viagem, interrompia-a dizendo: "Fica mais um pouco!", "Quero te ensinar os rudimentos da cerimônia do chá", ou ainda, "Conheces os poemas clássicos? Ensina-me então alguns versos da coletânea *Kokin*.[17] Gosto também dos versos da antologia *Man'you*[18], mas o ambiente singelo desta ermida talvez combine melhor com o estilo sereno dos versos da coletânea *Sanka*[19], que achas?"

Otsu, a seu turno, tinha para com o idoso suserano demonstrações de delicada atenção, inexistentes ao redor desse homem cercado de rudes guerreiros:

— Grão-senhor, confeccionei este capuz, pois achei que protegeria vossa cabeça do frio. Experimentai-o.

— Mas é muito confortável! — alegrava-se Sekishusai, experimentando o capuz e afeiçoando-se cada vez mais à delicada jovem.

Em noites de luar, o som da flauta tocada por Otsu transpunha os muros do castelo. Nessas ocasiões Shoda Kizaemon sorria intimamente, satisfeito com a esplêndida ideia que tivera de convidá-la.

Nesse instante, Kizaemon, retornando de uma missão ao povoado, saíra do bosque atrás do forte e chegava à cabana de Sekishusai. Espreitou cauteloso a entrada e chamou discretamente:

— Otsu-san!

— Pronto? — respondeu Otsu, abrindo a portinhola. Ao dar com Shoda ali em pé, admirou-se e lhe disse: — Ora, entre, por favor!

— Onde está o grão-senhor?

— Lendo, lá dentro — respondeu Otsu.

— Anuncie-me a ele, por favor. Diga-lhe que Kizaemon acaba de retornar da missão.

IV

Otsu riu, divertida:

— Ora, Shoda-sama, o senhor está invertendo nossas posições!

— Como assim?

— É óbvio! Sou uma simples flautista desconhecida trazida até aqui para tocar para o grão-senhor. E o senhor, Shoda-sama, é o seu administrador e não precisa ser anunciado.

---

17. *Kokinshu*: coletânea de quase 1.100 poemas datada de 914 d.C., aproximadamente. A poesia japonesa *waka* baseia-se no estilo desses versos.

18. *Man'youshu*: antologia que reúne quase 4.500 poemas de diversos estilos, escritos durante um período de aproximadamente 350 anos, os mais recentes datados de 759 d.C.

19. *Sankashu*: coletânea de quase 1.600 versos de autoria do monge Saigyou (1118-1190), muitos com temas budistas.

— Tem razão — disse Shoda, achando graça na própria confusão, porém insistindo:

— Mas me anuncie, assim mesmo. Afinal, esta cabana é domínio do grão-senhor e, portanto, você aqui tem uma posição especial.

— Sim, senhor — concordou Otsu. Retomou em seguida e introduziu-o na casa: — Por favor.

Sekishusai sentava-se na sala de chá e usava o capuz confeccionado por Otsu. Ao ver seu administrador, perguntou:

— Foste até lá?

— Conforme vossas instruções. Transmiti vossas palavras com toda a cortesia e ofereci-lhes os confeitos, dizendo que eram de vossa parte.

— Já se foram?

— Infelizmente, não. Mal retomei ao castelo, mandaram um mensageiro da hospedaria Wataya no meu encalço com uma carta. Dizem que, uma vez que estão nesta região, querem a todo custo aproveitar esta rara oportunidade e visitar o salão de treino, e que virão amanhã sem falta ao castelo. Além disso, dizem que fazem questão de se avistar com Sekishusai-sama e cumprimentá-lo pessoalmente.

— Fedelho impertinente! — murmurou Sekishusai, estalando a língua com impaciência. — Que amolação, Shoda.

Seu rosto se contraiu, mal-humorado.

— Explicaste direito que Munenori se encontra em Edo, Toshitoshi em Kumamoto, e que os demais irmãos estão ausentes?

— Sim, senhor!

— Mas que indivíduo desagradável! Ignorou o fato de eu haver mandado um mensageiro especial com uma recusa muito polida e continua insistindo.

— Sinto muito, senhor...

— Pelo visto, os filhos de Yoshioka Kenpo não são grande coisa, conforme dizem os boatos.

— Vi-o na Hospedaria Wataya. O filho de Kenpo, Denshichiro, que segundo ele próprio diz, está ali hospedado de volta de uma peregrinação a Ise, não me pareceu um indivíduo de caráter, senhor.

— Não me admira. O velho Kenpo era um grande homem. Quando estive em Kyoto em companhia do lorde Kamiizumi, encontrei-me duas ou três vezes com ele e cheguei a beber em sua companhia. Mas ultimamente a casa entrou em decadência, ao que parece. Não posso, porém, fazer pouco e dar com a porta na cara desse insolente, já que é filho de Kenpo. Por outro lado, se o ansioso filhote insistir em duelar, não podemos derrotá-lo e mandá-lo embora sem mais nem menos.

— Esse Denshichiro me parece muito seguro de si e, uma vez que insiste, posso cuidar dele pessoalmente. Que achais, senhor?

— Não, não, deixa isso de lado. Filhinhos de gente famosa costumam ser presunçosos, logo se melindram. Se tu o derrotares e o mandares embora, com certeza sairá por aí falando mal de nós. Eu já estou acima dessas picuinhas, mas Munenori e Toshitoshi ainda são vulneráveis.

— Qual é o vosso plano, então?

— Seja como for, será melhor tratá-lo com o respeito devido a descendentes de casas famosas, adulá-lo e mandá-lo embora. E nesse tipo de missão um mensageiro do sexo masculino sempre desperta antagonismo. — Voltou-se então para Otsu. — Acho que darás uma ótima mensageira. És a que melhor se qualifica para esta missão.

— Sim, senhor, irei com todo o prazer — disse Otsu.

— Mas não convém ir imediatamente. Vai amanhã — recomendou Sekishusai.

Virou-se a seguir e escreveu uma carta com a fluida caligrafia dos praticantes da arte do chá. Dobrou-a então em uma tira fina, retirou do vaso o galho de peônia que acabara de arranjar e nele atou a carta, entregando-os a Otsu:

— Leva isto e diz: Sekishusai acha-se indisposto por ter contraído um resfriado e aqui estou em seu lugar com a resposta. Vejamos como reage.

V

Cedo, na manhã seguinte, Otsu despediu-se do idoso suserano levando na mão sua mensagem. Envolta em um longo véu que a cobria desde a cabeça, dirigiu-se às cocheiras na trincheira externa do castelo e pediu ao encarregado que limpava a área:

— Gostaria que me cedesse um cavalo, por favor.

— Olá, Otsu-san! Aonde vai? — perguntou o cocheiro.

— À Hospedaria Wataya, no povoado, levar um recado do grão-senhor.

— Nesse caso, vou acompanhá-la.

— Não se dê ao incômodo.

— Sabe montar?

— Gosto de cavalgar. Estou habituada aos cavalos, pois me criei no interior e brincava muito com os campeiros.

Envolta em véu rosado, Otsu seguiu cavalgando com naturalidade. Nas cidades grandes, o véu caíra em desuso entre as mulheres da nobreza, mas nas províncias ainda era bastante apreciado pelas mulheres da classe média e das famílias mais finas.

Ao avistar a graciosa figura de Otsu levando numa das mãos a carta atada a um galho de peônia prestes a desabrochar, e com a outra controlando facilmente as rédeas, os homens nas lavouras a acompanhavam com o olhar comentando entre si:

— Ali vai Otsu-sama.

— Então essa é a Otsu-sama!

O fato de em tão curto espaço de tempo seu nome ter-se propagado no meio dos camponeses atestava uma vez mais que entre estes e Sekishusai havia um relacionamento muito cordial, diferente da habitual relação rígida existente entre senhores feudais e lavradores. Ao saber que nos últimos tempos uma linda jovem flautista servia ao velho senhor, os camponeses haviam estendido à pessoa de Otsu a amizade e o respeito que nutriam por seu suserano.

Dois quilômetros adiante, Otsu perguntou a uma camponesa que lavava panelas nas águas de um riacho:

— Onde fica a Hospedaria Wataya?

A mulher, que embalava um bebê atado às costas, abandonou o serviço e disse, tomando a frente do cavalo:

— Wataya? Eu a levo até lá.

Otsu interveio:

— Não é preciso levar-me até lá. Basta que me indique a direção a seguir.

— Que nada! É pertinho! — respondeu a mulher. Mas o pertinho correspondeu a quase um quilômetro, quando enfim a mulher parou e disse:

— É aqui.

Otsu agradeceu e desmontou, atando o cavalo a um mourão perto do alpendre.

— Seja bem-vinda! Vai pousar uma noite? — perguntou Kocha aproximando-se.

— Não. Quero falar com Yoshioka Denshichiro-sama, hospedado nesta casa. Trago uma mensagem de Sekishusai-sama — respondeu Otsu.

Kocha correu a avisar e logo retomou, dizendo:

— Entre, por favor.

Viajantes de partida que se azafamavam à entrada da hospedaria, atando sandálias e ajeitando trouxas às costas, voltavam-se para ver a figura esguia e elegante de Otsu, que seguia Kocha. Seu tipo físico, raramente encontrado no interior, causava admiração. Sussurravam entre si:

— Quem será?

— Quem ela veio ver?

Yoshioka Denshichiro e seus companheiros haviam bebido até altas horas na noite anterior e acabavam de se levantar. Ao saber que havia um mensageiro da casa Yagyu, imaginaram tratar-se do mesmo samurai barbudo do dia antecedente e foram pegos de surpresa quando à entrada do quarto surgiu a delicada figura de Otsu com um galho de peônia na mão.

— Ah, mas o aposento está em desordem — desculpou-se Denshichiro, visivelmente embaraçado. Trataram incontinenti de ajeitar não só o quarto, como também as próprias roupas desalinhadas e, por fim, convidaram:

— Entre, entre. Sente-se, por favor.

VI

— Vim a mando do suserano de Koyagyu — disse Otsu. Depositou cerimoniosamente o galho de peônia diante de Denshichiro e acrescentou:

— Há um bilhete para o senhor. Leia-o, por favor.

Denshichiro desatou a carta murmurando:

— Um bilhete... — A mensagem, escrita em tinta aguada e caligrafia fluida, típicas dos adeptos da arte do chá, dizia:

Ao senhor Denshichiro e comitiva:

Saudações.

Idoso e constantemente atormentado por mazelas, peguei há alguns dias um incômodo resfriado. Mando-lhes escusas e esta flor por intermédio de outra flor, por julgar que a visão de uma singela peônia se preste mais que a do nariz ranhoso de um velho para suavizar as agruras dos cavalheiros em viagem.

Não se riam deste pobre velho que, longe do burburinho do mundo, submergiu em profunda reclusão e não tem ânimo sequer para elevar a cabeça acima das plácidas águas do isolamento em que vive.

Sekishusai

— Só isso? — perguntou Denshichiro, dobrando novamente a carta e fungando para ocultar a frustração.

— O suserano disse-me também que lhe transmitisse verbalmente o seguinte: que gostaria muito de entretê-lo realizando uma cerimônia do chá, mas infelizmente está rodeado de rudes guerreiros e não conta com nenhum mais preparado, pois até seu filho Munenori está em Edo, chamado como foi pelo xogum Tokugawa. Teme, portanto, que ocorra algum deslize, o que seria sem dúvida uma indelicadeza para com os senhores e poderia, além disso, transformar a casa Yagyu em motivo de chacota no meio de tão distintos cavalheiros vindos da capital. Espera ter a honra de encontrar-se com os cavalheiros em uma próxima oportunidade.

Denshichiro olhou-a desconfiado e disse:

— Sei... Mas pelo que ouço, Sekishusai-sama parece ter entendido que estamos pedindo uma demonstração de sua habilidade numa cerimônia do chá. Contudo, a arte do chá não nos interessa, pois somos todos filhos de guerreiros. Estamos apenas pedindo que nos permita brindar à sua boa saúde em sua companhia e que nos dê uma pequena aula de artes marciais, aproveitando o ensejo.

— Sua senhoria compreendeu perfeitamente. No entanto, sua senhoria escolheu passar os últimos anos que lhe restam de vida contemplando a natureza e habituou-se a se expressar usando termos relacionados à arte do chá.

— Nesse caso, não tenho como insistir — replicou Denshichiro, com desagrado. — Transmita-lhe então que quero vê-lo sem falta numa oportunidade próxima — acrescentou, devolvendo rispidamente o ramo de peônia.

— Quanto a esta flor — ressaltou Otsu —, sua senhoria pede que a leve em um canto da liteira ou amarrada à sela do seu cavalo; espera que a visão da mesma amenize o desconforto da viagem de retorno à sua cidade.

— Quê? Ele quer me dar esta flor de presente? — escandalizou-se Denshichiro. Empalideceu de leve e baixou o olhar como se tivesse acabado de ouvir uma reprimenda. — Que tolice! Diga a ele que também temos nossas peônias, em Kyoto!

Impossibilitada de insistir, Otsu apanhou a peônia e replicou:

— Nesse caso, assim transmitirei quando retornar ao castelo.

Apresentou as despedidas com palavras rápidas e cuidadosas para não irritar ainda mais o já melindrado Denshichiro e saiu para o corredor.

Ofendidos — assim pareceu —, nenhum dos homens a acompanhou. Fora do aposento, Otsu não se conteve e sorriu disfarçadamente.

Alguns quartos além, no mesmo corredor, hospedava-se Musashi, havia já quase dez dias no povoado. Otsu lançou um olhar nessa direção pelo longo e brilhante corredor de tábuas escuras, mas voltou-se para o lado oposto e dirigiu-se à saída dos fundos da hospedaria. Nesse instante, um vulto no interior do aposento de Musashi se levantou e saiu para o corredor.

VII

Passos apressados soaram às suas costas e uma voz a interpelou:

— Já vai embora?

Otsu voltou-se e deparou com Kocha, a menina que a havia conduzido à sua chegada.

— Vou. Já cumpri a missão — respondeu Otsu.

— Que rápido! — admirou-se a menina. Espiou a flor em sua mão e falou: — Esse botão vai dar uma peônia branca quando desabrochar?

— Isso mesmo. É do jardim do castelo. Quer? — ofereceu Otsu.

— Quero! — disse Kocha, estendendo a mão.

Otsu pôs a flor em sua mão e se despediu:

— Até logo.

Usando o alpendre, montou com agilidade e envolveu o corpo esguio no véu. Kocha gritou:

— Apareça de novo!

A seguir, circulou orgulhosa pela hospedaria exibindo a flor aos empregados, mas ninguém lhe elogiou a beleza. Desapontada, levou-a ao quarto de Musashi e perguntou:

— Gosta de flores, senhor?

— Flores? — repetiu Musashi, voltando-se. Estava à janela, queixo apoiado na mão, e contemplava o castelo de Koyagyu, o olhar absorto. Pensava nesse exato momento: "Que fazer para me aproximar dessa veneranda figura, Sekishusai? Como me entrevistar com ele? E como golpear o velho dragão sagrado, o magistral esgrimista?"

— Mas é uma bela flor! — observou ele.

— Gostou? — insistiu Kocha.

— Bastante — disse Musashi.

— É um botão de peônia. Uma peônia branca.

— Aproveite e faça um arranjo com ela naquele vaso — pediu Musashi.

— Mas não sei como fazer. Arranje-a o senhor, será melhor.

— Pelo contrário, você, com a sua ingenuidade, obterá um resultado melhor.

— Então vou encher de água a vasilha — disse Kocha, levando o vaso e se afastando.

O olhar de Musashi incidiu casualmente sobre a flor, esquecida ao seu lado e, de súbito, fixou-se na marca do corte feito no galho. Inclinou a cabeça pensativo, sem conseguir desviar o olhar, a atenção retida. Finalmente, estendeu o braço, apanhou a peônia e aproximou-a de si. Examinou com cuidado não a flor, mas a incisão no galho, no ponto em que este fora cortado.

— Ih, ui, ai! — vinha exclamando Kocha pelo corredor, cada vez que a água transbordava e caía do vaso. Entrou no aposento, depôs o vaso no nicho central e nele enfiou a flor descuidadamente.

— Ih, não ficou bom, senhor! — observou Kocha percebendo, apesar de toda a sua ingenuidade, o resultado deselegante.

— Tem razão. É o galho, comprido demais para o vaso. Muito bem, traga-o aqui que o corto no comprimento certo — disse Musashi.

Kocha trouxe a flor e o vaso para perto de Musashi.

— Segure o galho sobre o vaso e mantenha-o na posição em que as flores costumam brotar do chão — ordenou Musashi.

Kocha seguiu à risca as instruções, segurando o galho firmemente com as duas mãos. De repente, soltou um grito agudo, jogou a flor no chão e começou a chorar, atemorizada.

Não era para menos. O recurso empregado por Musashi para cortar o delicado galho fora drástico demais. Num movimento tão rápido e inesperado que Kocha nem chegara a ver, Musashi lançara mão da espada curta presa em seu quadril esquerdo, soltara um *kiai* agudo e repusera instantaneamente a lâmina na bainha, que se ajustara com um estalido; na mesma fração de segundo, um raio prateado passara entre as mãos de Kocha, que sustinha o galho.

Musashi nem se preocupou em consolar a garota que chorava, apavorada. Absorto, comparava no toco as marcas dos dois cortes, o original e este último, feito por ele mesmo.

VIII

Instantes depois Musashi caiu em si e pôs-se a consolar Kocha, que soluçava desconsolada:

— Ora, ora, eu a assustei. Desculpe-me — pediu, acariciando-lhe os cabelos. — Mas me diga: você sabe de onde veio esta flor?

— Eu a ganhei — explicou Kocha, recuperando a calma afinal.

— De quem?

— De uma pessoa que veio do castelo.

— Um vassalo do suserano Yagyu?

— Não, senhor, uma mulher.

— Sei... Nesse caso, deve ser uma flor do jardim do castelo...

— Acho que sim.

— Desculpe a minha brutalidade, Kocha. Mais tarde, eu lhe compro uns doces. O galho agora está no tamanho certo, veja. Ponha-a no vaso — disse Musashi.

— Assim?

— Isso mesmo. Perfeito!

Mal terminou, Kocha desapareceu. Aparentemente, o brilho da espada de Musashi, o "tio" que sempre julgara divertido e bonachão, metera-lhe medo.

O olhar e a atenção de Musashi, indiferentes à flor que agora sorria num vaso no nicho central do aposento, continuavam presos às marcas dos dois cortes no toco de aproximadamente vinte centímetros, caído à sua frente.

O corte original não fora obra de uma tesoura ou de uma adaga, pelo aspecto. Musashi percebia a ação de uma espada de respeitável qualidade na minúscula marca deixada no macio caule da peônia.

Além disso, percebia que a marca não fora produzida por um golpe simples: ali brilhava a magistral habilidade da pessoa que cortara o galho.

Musashi havia tentado imitar usando a própria espada, mas, comparando os dois cortes cuidadosamente, notava diferenças. Nada de concreto que pudesse apontar, mas sentia, com honestidade, algo bem inferior no seu, o mesmo tipo de diferença que poderia notar nas marcas deixadas por uma goiva em diferentes imagens de Buda, uma esculpida por um artista vulgar, e outra por um mestre escultor.

"Se um simples jardineiro do castelo é capaz de um corte como este, a potencialidade real do clã Yagyu talvez seja muito superior ao que se diz por aí", pensou.

Seguindo essa linha de raciocínio, chegou à conclusão de que se superestimava. Sentiu-se humilde por um momento, mas logo superou esse sentimento com outro raciocínio:

— Não pode haver melhor adversário. Se eu for derrotado, resta-me apenas tombar a seus pés. Mas temer o quê, se estou pronto até a dar a minha vida...

O corpo esquentava, pleno de combatividade. Uma grande ambição pulsava no jovem peito.

Faltava-lhe apenas uma estratégia de aproximação.

— Sekishusai-sama não recebe nenhum aprendiz itinerante. Não há qualquer possibilidade de recebê-lo, mesmo que leve uma apresentação — dissera-lhe o dono da hospedaria. O filho Munenori estava em Edo, seu neto Toshitoshi numa província distante. Se quisesse passar por esta província derrotando a casa Yagyu, não lhe restava outra alternativa senão concentrar o alvo em Sekishusai.

"De que jeito?", perguntava-se. Seus pensamentos haviam retornado à primeira questão, ao mesmo tempo que o ímpeto selvagem de domínio se abrandava. Seu pulso recuperou o ritmo normal e o olhar voltou-se para a flor pura no nicho central do aposento.

Enquanto fitava a flor, lembrou-se de chofre de alguém muito parecido com ela: Otsu. Em seu espírito, habitualmente solitário e árido, surgiu o suave rosto de Otsu pela primeira vez em muito tempo.

IX

Otsu cavalgava de volta ao castelo empunhando levemente as rédeas quando uma voz procedente de um matagal num barranco próximo pareceu chamá-la:

— Eeei!

Logo percebeu que se tratava de uma criança, mas estranhou, pois os meninos da região não eram afoitos o suficiente para interpelar jovens mulheres desconhecidas. Intrigada, parou o cavalo e ficou esperando.

— Ainda por aqui, moça da flauta? — perguntou um menino completamente nu, a não ser por uma tanga, que se aproximava. Seus cabelos estavam molhados e trazia as roupas enroladas em pequena trouxa debaixo do braço. Subira correndo o barranco, sem se importar com o umbigo à mostra, e a fitava com certo ar de desprezo, como se a acusasse de estar se exibindo a cavalo.

— Ora... — disse Otsu, surpresa — se não é o menino que vi choramingando na estrada Yamato, há alguns dias... Joutaro, é esse o seu nome, não é?

— Choramingando? Mentirosa! Imagine, eu, choramingando!

— Deixe isso para lá. Quando chegou? — perguntou Otsu.

— Já faz algum tempo — respondeu Joutaro.

— Com quem?

— Com meu mestre, claro!

— Ah, é verdade. Você é discípulo de um espadachim. E como lhe acontece de estar aqui sem as roupas?

— Andei nadando no riacho, logo aí.

— Que ideia! A água deve estar gelada ainda. Vão pensar que você é maluco.

— Não foi por diversão. Fui tomar banho no rio porque meu mestre disse que estou cheirando a suor.

Otsu riu da resposta e perguntou:

— Onde estão hospedados?

— Na Hospedaria Wataya.

— Ah, acabo de sair de lá neste instante.

— Que pena! Você podia ter vindo ao meu quarto e conversado um pouco conosco. Não quer voltar?

— É que estou no meio de uma missão.

— Então até outra hora — disse Joutaro.

Otsu voltou-se e convidou:

— Apareça no castelo, Joutaro-san!

— Posso mesmo?

Otsu arrependeu-se no mesmo instante do convite impensado, feito por simples cortesia, e acrescentou depressa:

— Pode, mas não desse jeito!

— Então não vou. Detesto formalidades. Não vou de jeito nenhum.

Otsu sorriu, tranquilizada, e entrou pelo portão do castelo. Devolveu o cavalo à cocheira e, retornando à ermida de Sekishusai, transmitiu-lhe os acontecimentos de sua missão.

— Então, nosso homem se enfezou? — comentou Sekishusai, sorrindo. Não faz mal. Enfureceu-se, mas não tem como me pegar. A missão foi cumprida a contento.

Momentos depois, em meio a outros assuntos, Sekishusai pareceu lembrar-se de repente e perguntou:

— E a peônia? Jogaste-a fora?

Otsu respondeu que a dera a uma menina na hospedaria. Sekishusai aprovou também esse seu gesto, mas quis saber:

— E esse tal Denshichiro, o rebento dos Yoshioka, pegou a peônia nas mãos e viu-a de perto?

— Sim, senhor, quando entreguei vossa missiva.

— E depois?

— Devolveu-a agressivamente.

— Não deu atenção especial ao corte no caule?

— Não que eu notasse.

— Não olhou cuidadosamente o corte, não comentou nada?

— Não, senhor.

Sekishusai murmurou, como se falasse com as paredes:

— Ainda bem que não o recebi. Não valia a pena perder meu tempo com essa pessoa. Realmente, a casa Yoshioka terminou com o próprio fundador, Kenpo.

QUATRO VETERANOS

I

O salão de treino era quase majestoso e fora construído junto ao fosso externo, tendo seu forro e assoalho, de madeira excepcionalmente resistente, sido reformados quando Sekishusai andava ainda pela casa dos quarenta. Esse salão testemunhara os treinos dos muitos guerreiros que por ali haviam passado aperfeiçoando suas habilidades, e adquirira certo lustro com o passar dos anos. Era também amplo o suficiente para reunir sob seu teto todos os soldados em tempos de guerra.

— Falta empenho! Não use a ponta da espada! Atenção aos quadris! Os quadris!

O administrador Shoda Kizaemon vociferava de cima de um estrado, vestindo apenas um *hakama* sobre uma camiseta de malha.

— Que raios pensa estar fazendo? Comece tudo de novo!

Os discípulos com quem Shoda gritava eram todos vassalos da casa Yagyu. Estonteados e molhados de suor, sacudiam a cabeça vigorosamente e voltavam a defrontar-se em seguida. Na academia, os principiantes não usavam espadas de madeira, mas um instrumento feito de bambu fendido de alto a baixo e envolto em couro. À primeira vista, era um longo bastão de couro, sem empunhadura.

Mesmo assim, quando o golpe atingia o alvo em cheio, orelhas voavam e narizes inchavam adquirindo o grotesco aspecto de enormes morangos. Não havia regras preestabelecidas: qualquer ponto do corpo podia ser golpeado. Não infringia nenhum regulamento aquele que derrubasse o adversário golpeando seus pés lateralmente, bem como o que descarregasse mais dois golpes no rosto do homem já caído diante dele.

— Quê? Já estão pedindo água? Nem pensar! Comecem de novo!

O treino prosseguia até a completa exaustão dos praticantes. Os novatos eram tratados com especial rigor, transformando-se também em alvo de agressões verbais. A maioria dos vassalos comentava não ser fácil servir à casa Yagyu justamente por causa desses treinos rigorosos. A maior parte dos principiantes desistia, e os melhores — ou seja, apenas os poucos que resistiam — tornavam-se vassalos da casa Yagyu.

Todos os membros do clã, aqui incluídos lacaios e cavalariças, possuíam uma noção básica de esgrima. Shoda Kizaemon, atualmente no cargo de administrador do clã, conseguira há muito dominar a técnica do estilo Shinkage.

Tinha ainda conhecimento dos segredos do estilo Yagyu de esgrima, estilo que Sekishusai desenvolvera através de árduos estudos. A esses conhecimentos Shoda Kizaemon acrescentara detalhes e recursos pessoais fundando um estilo próprio, ao qual denominava Shoda Shin-ryu.

Kimura Sukekuro exercia o cargo de chefe da guarda, sendo também exímio esgrimista. MurataYozou ocupava a posição de secretário das finanças. Sua competência no manejo da espada, dizia-se, era tão grande que o qualificara como parceiro de treino do neto de Sekishusai, Hyogo Toshitoshi, atualmente na província de Higo. Debuchi Magobei era um simples funcionário, mas, criado no castelo, possuía também uma técnica esplêndida.

Tão logo a fama dos seus vassalos ultrapassava as fronteiras, Sekishusai via-se assediado:

— Ceda-me este homem, Sekishusai! — insistiam constantemente tanto a famosa casa de lorde Echizen, bem como o ramo Tokugawa de Kishu, ambos ávidos por possuir em seus quadros homens do valor de Debuchi e Murata Yozou.

Ansiosos como pais de donzelas à caça de bons genros, *daimyo* menores de diversas províncias também vinham à procura dos vassalos que se destacavam e os arrebatavam para seus feudos, o que, sem deixar de ser motivo de orgulho para a casa Yagyu, era também causa de aborrecimentos.

— De que se queixa, Sekishusai? Outros bons guerreiros sairão de suas mãos. Matéria prima é o que não lhe falta — diziam os *daimyo* quando Sekishusai relutava em abrir mão de seus melhores vassalos.

Como de uma cornucópia mágica, os mais valorosos guerreiros da época pareciam brotar sem interrupção do salão de treinos da casa Yagyu. Eis porque os vassalos criados sob este teto tinham de ser vigorosamente treinados.

— Que quer, sentinela? — perguntou Shoda, levantando-se e dirigindo-se ao vulto em pé no pátio. Por trás da sentinela estava Joutaro. Shoda arregalou os olhos, admirado.

II

— Bom dia, tio! — cumprimentou Joutaro.

— Que é isso? Quem lhe deu permissão para entrar no castelo? — perguntou Shoda.

— Foi a sentinela quem me trouxe até aqui! — replicou Joutaro. Era óbvio.

— Estou vendo! — disse Shoda, dirigindo-se a seguir à sentinela do portão principal:

— Para que o trouxeste?

— O garoto disse que queria vê-lo, senhor — respondeu a sentinela.

— Não podes levar a sério tudo o que um pirralho diz — ralhou Shoda, voltando-se agora para Joutaro: — Menino!

— Sim, senhor.

— Vá-se embora. Isto aqui não está aberto à visitação.

— Mas não vim visitar. Estou aqui a mando de meu mestre e lhe trouxe uma carta.

— ... do seu mestre? Ah, lembrei-me agora: seu amo era um samurai itinerante.

— Leia a carta, por favor.

— Não vejo necessidade.

— Não sabe ler, tio? — provocou Joutaro.

— Quê? — exclamou Shoda, rindo. — Não diga asneiras.

— Então leia, ora!

— Pirralho impertinente! Digo-lhe que não vejo necessidade de ler porque já tenho ideia do teor da carta.

— Mesmo assim, acho que deve lê-la: faz parte da boa educação.

— Sinto muito, mas não posso pensar em ser educado com todos os samurais itinerantes que enxameiam por aí. Se nos preocupássemos com isso, nós, os vassalos da casa Yagyu, passaríamos os dias servindo somente a eles. Não me agrada desapontá-lo, garoto, mas tenho quase certeza de que a carta que me trouxe diz: "Como aprendiz de artes marciais e em nome da camaradagem que deve existir entre aqueles que trilham o mesmo caminho, peço permissão para visitar ao menos uma vez o salão de treinos do castelo, e o privilégio de receber uma aula do mais famoso mestre de esgrima da atualidade", ou algo muito parecido.

Joutaro rolou os olhos e disse:

— Até parece que está lendo a carta!

— Disse e repito: é o mesmo que ter lido. Mas compreenda bem: não é costume da casa Yagyu simplesmente expulsar os que batem à sua porta — explicou Shoda, paciente. — Samurais itinerantes devem passar pelo portão central e, antes de chegar ao portão interno, vão encontrar à direita uma construção com uma placa de madeira suspensa, onde se lê: "Shin'in-dou". Ali poderão descansar à vontade, assim como pernoitar um ou dois dias, bastando pedir ao encarregado do prédio. Além disso, costumamos doar uma pequena quantia em dinheiro no momento da partida, para ajudá-los nas despesas de viagem. Por tudo isso, é melhor levar esta carta para o funcionário encarregado do Shin'in--dou. Peça as instruções à sentinela, que o levará até ele. Compreendeu?

— Não! — disse Joutaro, sacudindo a cabeça. Ergueu de leve o ombro direito em atitude agressiva e disse:

— Ei, tio!

— O que é agora, garoto?

— Olhe bem com quem está falando. Não sou discípulo de um mendigo, ouviu?

— Ora, vejam só... O menino sabe argumentar!

— E que acontece se o senhor abrir esta carta e descobrir que o conteúdo nada tem a ver com o que disse?

— Hum!...

— Posso pedir sua cabeça, como desagravo?

— Espere um pouco! — interveio Kizaemon, rindo finalmente e mostrando os dentes brancos em meio à barba cerrada.

III

— Nada de cortar cabeças — impôs Kizaemon.

— Então, leia a carta! — insistiu Joutaro.

— Garoto!

— O quê é?

— Vou ler a carta em consideração ao seu empenho em levar a bom termo a missão que seu mestre lhe confiou.

— Não faz mais que a obrigação. Afinal, o senhor é o administrador geral da casa Yagyu!

— Sua língua é bem afiada. Se mostrar a mesma eficiência na esgrima, será um grande espadachim, menino — observou Kizaemon rasgando o invólucro e passando os olhos silenciosamente pela carta escrita por Musashi. Mal terminou, Shoda Kizaemon armou uma carranca e indagou:

— Trouxe algo além desta carta, Joutaro?

— Ah, ia me esquecendo. Isto! — respondeu o menino, retirando o toco de um galho de peônia das dobras internas do quimono.

Em silêncio, Kizaemon comparou os cortes nos dois extremos do toco. Parecia não entender o sentido da carta, pois balançou a cabeça diversas vezes; intrigado.

A carta de Musashi dizia em linhas gerais que ganhara da menina da hospedagem um ramo de peônia procedente do jardim do palácio. Que batera os olhos no caule da planta e percebera de imediato ter sido o mesmo cortado por alguém de excepcional habilidade. E prosseguia:

"Depositei a flor num vaso e, impressionado com as soberbas características do corte, quero a todo custo conhecer seu autor. Perdoe-me se a pergunta lhes soa irrelevante, mas desejo muito saber: o corte é obra de qual vassalo da casa? Caso não lhes seja inconveniente, mandem-me uma resposta por intermédio do portador desta."

A carta terminava nesse ponto. Musashi não se declarava aprendiz de guerreiro, nem ávido por um duelo.

"Que carta mais estranha!", pensou Kizaemon, tentando descobrir a diferença nos dois cortes, reexaminando-os atentamente. Em vão.

— Murata! — chamou, entrando na salão de treinamento, levando consigo a carta e o toco. — Veja estes dois cortes. Você consegue diferenciar, com um simples golpe de vista, qual corte foi executado por um mestre e qual o foi por alguém menos hábil?

Murata Yozou, taciturno, transferia o olhar de um corte para o outro, mas finalmente confessou, exasperado:

— Não consigo. Vamos mostrar para Kimura.

Espiaram o escritório administrativo e, ali encontrando Kimura Sukekuro, fizeram-lhe a mesma pergunta.

— Não vejo diferenças — disse o último, também intrigado. Debuchi Magobei, que por acaso se achava no mesmo aposento, interrompeu-os tentando esclarecer:

— Este galho de peônia foi cortado pelo próprio grão-senhor. Se não me falha a memória, você estava ao lado dele na ocasião, Shoda.

— Está enganado, Debuchi. Eu apenas o vi ajeitando uma flor no vaso — respondeu Shoda.

— Pois este é o caule dessa flor, da peônia que Otsu levou a Yoshioka Denshichiro, com um recado do grão-senhor atado nela.

— Ah! Daquela peônia?

Às palavras do companheiro, Shoda Kizaemon tornou a passar os olhos pela carta e arregalou-os com espanto:

— Escutem os três! A carta está assinada por certo Shinmen Musashi. Mas não se chamava Musashi o homem que há alguns dias liquidou um bando de desordeiros no morro Hannya, com a ajuda dos lanceiros do templo Hozoin? Será o mesmo homem?

IV

Se diz chamar-se Musashi, deve ser o mesmo, sem dúvida. Assim concluindo, Debuchi Magobei e Murata Yozou retomaram a carta e a releram com cuidado.

— A caligrafia é elegante.

— É um homem incomum — murmuravam.

— Mas se esse homem, com apenas um golpe de vista, percebeu algo notável no corte conforme nos diz em sua carta, deve então ter um preparo melhor que o nosso. E pode ser que tenha razão, já que foi o grão-senhor quem cortou o galho.

— Está certo.

Repentinamente, Debuchi disse:

— Gostaria de me encontrar com esse sujeito. Teríamos então a oportunidade de esclarecer a dúvida e, ao mesmo tempo, conhecer os detalhes do episódio do morro Hannya.

Kizaemon lembrou-se de Joutaro:

— O mensageiro, um garoto, está esperando lá fora. Mando chamá-lo?

— E você, que acha? — perguntou Debuchi a Kimura Sukekuro, não querendo arcar com toda a responsabilidade da decisão. Kimura achava que não podiam convidá-lo ao salão de treino, pois a ordem, no momento, era recusar qualquer tipo de aula ou demonstração a itinerantes. Mas por sorte as íris estavam em plena floração e os botões vermelhos dos rododendros também começavam a despontar na beira do lago próximo ao Shin'in-dou, junto ao portão intermediário. E então, se o convidassem a passar uma tarde amena em companhia deles, apreciando um bom saquê enquanto contemplavam a paisagem e conversavam sobre artes marciais, o homem por certo atenderia prontamente. Desse modo, o grão-senhor não se zangaria, mesmo que viesse a saber, achava Kimura.

Kizaemon aprovou com entusiasmo:

— Bela ideia!

Murata Yozou acrescentou, encerrando o assunto:

— Será divertido. Vamos mandar imediatamente uma resposta, convidando-o.

Do lado de fora, Joutaro bocejava de tédio:

— Ah, como demoram!

Nesse instante, um grande cão negro que farejara a presença do menino aproximou-se. Feliz por encontrar uma distração, Joutaro agarrou o cachorro pelas orelhas e o atraiu a si:

— Ei, que tal uma luta de sumô?

Atracando-se com o animal, Joutaro rolou pelo chão. Derrubou-o com facilidade duas ou três vezes e satisfeito com a aparente docilidade do cachorro, agarrou-o pelas mandíbulas, comandando:

— Late bem alto que eu quero ver.

Inesperadamente, o animal irritou-se e, abocanhando a barra do quimono do menino, pôs-se a sacudi-lo, rosnando como um pequeno leão.

— Pare com isso, sabe com quem está lidando? — protestou Joutaro, furioso. Apanhou sua espada de madeira e fez uma pose magnífica. O cão, ao ver isso, enrijeceu o pescoço e pôs-se a ladrar de modo alarmante, como se quisesse convocar todos os soldados do palácio.

A espada de madeira abateu-se sobre a cabeça dura do cachorro provocando um ruído cavo, como se uma pedra a atingisse. No mesmo instante o animal agarrou Joutaro pelo *obi*, sacudiu-o algumas vezes e lançou-o longe.

— Atrevido! — berrou Joutaro, tentando levantar-se. Muito mais rápido, porém, o cachorro saltou e o alcançou. Com um grito de pavor, Joutaro protegeu o rosto com as duas mãos e correu. Os latidos do cão e os gritos de Joutaro em desabalada fuga ecoavam pelas montanhas. O sangue escorria entre os dedos das pequenas mãos que protegiam o rosto.

UMA REUNIÃO INFORMAL

I

— Já levei o recado — disse Joutaro ao retornar, sentando-se rígido e impassível.

Musashi lançou um olhar casual em direção ao menino e espantou-se: riscado por inúmeros arranhões, seu rosto parecia um tabuleiro de xadrez. O nariz lembrava um morango maduro esfolado na areia e sangrava.

Os cortes deviam arder e incomodar um bocado, acreditava Musashi, mas como o menino não tocava no assunto, nada lhe perguntou.

— O homem mandou isto em resposta — disse Joutaro, apresentando a carta de Shoda Kizaemon. Gotas de sangue começaram a escorrer dos ferimentos enquanto relatava alguns detalhes da sua missão ao castelo.

— Bem, isso é tudo. Já posso me retirar? — perguntou.

— Pode. Estou satisfeito — respondeu Musashi, passando os olhos pela carta de Kizaemon. Joutaro levou as mãos ao rosto e saiu precipitadamente.

Kocha seguiu-o apreensiva espiando o rosto ferido:

— Que aconteceu, Joutaro-san? — perguntou.

— Um cão me atacou.

— Nossa! De onde era o cão?

— Do castelo.

— Ah, já sei: deve ser o cão preto, que veio de Kishu. Com ele ninguém pode, nem mesmo você. Ele é feroz e já chegou a matar um homem, um agente secreto de outra província que, um dia, tentou entrar escondido no castelo.

Embora andasse sempre às turras com o menino, Kocha conduziu-o caridosamente ao ribeirão nos fundos da hospedaria, ajudou-o a lavar o rosto, buscou unguentos e aplicou-os nos cortes. Joutaro abandonou-se aos cuidados da menina, esquecido da costumeira malcriadez.

— Obrigado, Kocha. Muito obrigado — repetia contrito, curvando-se repetidas vezes.

— Homem que se preza não se curva volta e meia desse jeito, Joutaro-san. Que coisa! — reclamou Kocha.

— É que...

— A gente vive brigando, mas no fundo, eu gosto de você.

— Eu também gosto de você, Kocha!

— Sério?

O rosto de Joutaro, visível entre emplastros, enrubesceu. Kocha levou as mãos às bochechas em fogo.

Não havia ninguém nas proximidades. Em torno dos dois, o vapor desprendia-se em ondas dos montículos de estrume postos a secar. Pequenas flores de pessegueiro, rubras, pareciam cair do sol.

— Mas seu mestre já vai partir, não vai? — perguntou Kocha.

— Parece que se demora um pouco mais — disse Joutaro.

— Seria tão bom se ele continuasse por aqui mais um ou dois anos...

Jogaram-se de costas sobre o feno do depósito, mãos firmemente entrelaçadas. Joutaro sentiu seu corpo aquecer-se mais e mais. Meio louco, mordeu de súbito o dedo da menina.

— Ai, ai! — gritou Kocha.

— Desculpe, me desculpe. Doeu muito? — arrependeu-se Joutaro.

— Não faz mal. Pode morder mais, eu deixo.

— Posso, de verdade?

— Pode. Mais! Mais forte!

Semiocultos no feno, as duas crianças apenas rolavam abraçadas, como dois cãezinhos brincalhões. Nada mais faziam além de se abraçar e rolar. Nesse instante, um criado idoso que viera à procura de Kocha e que, pasmo, assistia à cena, berrou com ar de virtude ofendida:

— Pilantras! Que pensam estar fazendo? — Agarrou-os pela gola e arrastou-os para fora, aplicando duas vigorosas palmadas no traseiro de Kocha.

II

Durante esse dia e o seguinte Musashi permaneceu de braços cruzados, absorto em pensamentos, lacônico, quase mudo. Joutaro, aflito, lançava olhares de esguelha ao rosto sombrio, imaginando se o episódio do depósito de feno teria chegado a seus ouvidos. Acordara uma vez durante a noite e se esticara para espreitar seu mestre. Deitado sob as cobertas, Musashi arregalava os olhos e fixava o teto com tamanha concentração que chegou a lhe dar medo.

— Joutaro, diga ao caixa que venha cá em seguida — ordenou Musashi, no outro dia. Além da janela, a tarde caía. Joutaro saiu precipitadamente do quarto e, sem demora, surgiu o caixa da hospedaria. Enquanto Musashi fazia os últimos preparativos para a partida, a conta lhe foi apresentada.

— Não vai jantar, senhor? — veio perguntar um criado.

— Não — foi a breve resposta de Musashi.

Kocha, que permanecia em pé a um canto do aposento, o olhar perdido, perguntou de chofre:

— Quer dizer que não vai mais voltar para dormir aqui esta noite, senhor?

— Isso mesmo. Agradeço a atenção que nos dispensou durante todos esses dias, pequena Kocha — respondeu Musashi.

Rígida, a menina dobrou os cotovelos e ocultou o rosto nas mãos. Chorava.

— Volte sempre!

— Boa viagem! — disseram gerente e criados. Enfileirados à entrada da hospedaria, despediam-se do excêntrico hóspede, que, de um modo inexplicável, partia pelas estradas escuras da província montanhosa justo ao cair da noite.

Mal se afastou da hospedaria, Musashi voltou-se e, percebendo que Joutaro não o acompanhara, retornou à sua procura. Encontrou-o na frente de um depósito, junto à hospedaria, despedindo-se de Kocha. Ao ver o vulto de Musashi, os dois se separaram depressa, dizendo um ao outro:

— Adeus!

— Até mais...

Joutaro alcançou Musashi em seguida e o acompanhou, embora se voltasse vez ou outra disfarçadamente, cuidando para não atrair a atenção de seu mestre.

As luzes da vila Vale Yagyu logo ficaram para trás, perdidas no meio das montanhas. Musashi continuava sempre em frente, calado. Sem outra alternativa, Joutaro acompanhava o mestre, desanimado. Por mais que se voltasse, já não conseguia ver o vulto de Kocha. Passados instantes, Musashi indagou:

— Estamos perto?

— De onde?

— Do portão principal do castelo Koyagyu.

— Pretende visitar o castelo?

— Pretendo.

— Vai passar a noite lá?

— Ainda não sei. Depende.

— O portão principal fica logo aí.

— Ah, chegamos! — disse Musashi, parando subitamente e aprumando-se.

Acima da extensa muralha coberta de musgo e além da paliçada, o vento bramia nas copas de gigantescas árvores. A um canto da muralha, um feixe de luz escoava pela janelinha quadrada do alojamento da sentinela, semioculta na escuridão.

Uma sentinela surgiu, em resposta ao chamado. Musashi se apresentou, exibindo a carta de Shoda Kizaemon:

— Sou Musashi e aqui estou atendendo a um convite. Anuncie-me, por favor.

A sentinela, que já estava a par da visita, abriu o portão sem demora, dizendo:

— Entre, por favor. Estão à sua espera. — E, tomando a frente, conduziu o visitante ao Shin'in-dou, na trincheira externa do castelo.

III

Shin'in-dou, o prédio para onde Musashi foi conduzido, era um amplo auditório onde os jovens residentes recebiam aulas de confucionismo. Pelo aspecto, era também a biblioteca do clã, pois prateleiras cheias de livros forravam as paredes dos aposentos ao longo da passagem que conduzia para dentro da edificação.

"Vejo que a casa Yagyu, famosa por seu poder bélico, tem ainda outras qualidades", pensou Musashi. Percebia na casa, ao pôr os pés pela primeira vez no interior do castelo, maior peso e tradição que os inicialmente imaginados. "Faz jus à fama", concluiu, aprovando pequenos detalhes como a ordem e a limpeza da passagem que conduzia do portão principal àquele local, a correção da sentinela, o ambiente harmonioso embora austero do pátio principal, entrevisto à difusa luz dos archotes. Sentia-se como um forasteiro que, ao se descalçar à porta de uma casa que visita pela primeira vez, já consegue captar o ambiente familiar e a personalidade de seus proprietários. Com todas essas impressões na mente, Musashi sentou-se no assoalho do vasto aposento em que foi introduzido.

Nenhum aposento do Shin'in-dou tinha o piso forrado de *tatami*. Sem fugir à regra, este também era assoalhado. O atendente ofereceu à visita um assento de palha, de formato circular, e lhe disse:

— Use-o e esteja à vontade.

— Obrigado — disse Musashi, aceitando-o com naturalidade e acomodando-se. Na qualidade de pajem, Joutaro naturalmente não fora introduzido até ali, tendo ficado à espera em um aposento externo destinado aos acompanhantes.

Passados alguns momentos, o atendente retornou e disse:

— Estamos honrados com sua visita. Os senhores Kimura, Debuchi e Murata já estavam à sua espera. Infelizmente, porém, o senhor Shoda ficou retido por conta de uma repentina missão de caráter oficial e se atrasará. Tenha, portanto, a gentileza de aguardar um pouco mais, pois não deverão tardar.

— Estou aqui em caráter informal. Não se preocupem comigo — respondeu Musashi.

Musashi transferiu sua almofada para perto de um pilar, a um canto do aposento, e nele se recostou.

A luz de uma lamparina alcançava boa parte do pátio. Ao sentir uma fragrância doce e suave, Musashi passeou o olhar ao redor e descobriu glicínias brancas e roxas em plena floração. Havia uma rã coaxando em algum lugar, e seu canto ainda hesitante — o primeiro que ouvia desde que chegara àquele povoado — o surpreendeu agradavelmente.

O burburinho de um riacho próximo chegou-lhe aos ouvidos. A fonte devia passar também sob o assoalho, pois, à medida que se punha à vontade, captava o seu murmúrio sob a esteira. Aos poucos, parede, forro e até a luz da lamparina pareciam juntos murmurar, envolvendo-o num manto gelado.

Em meio ao frio silêncio, porém, o sangue em Musashi fervia de modo quase incontrolável, repleto de combatividade.

"Que venha a casa Yagyu!", dizia o feroz olhar de soslaio, expressando o que lhe ia no íntimo. "Sekishusai nada mais é que um espadachim, assim como eu. Ambos percorremos o mesmo caminho e, nesse sentido, somos pares. Não, esta noite pretendo romper essa paridade, abatendo a casa Yagyu e lançando-a a meus pés", confiava Musashi.

E então a voz de Shoda Kizaemon interrompeu seus devaneios:

— Perdoe-me por tê-lo feito esperar.

Seus três companheiros também surgiram, cumprimentando-o:

— Seja bem-vindo.

A seguir apresentaram-se, um a um:

— Sou Kimura Sukekuro, chefe da guarda.

— Murata Yozou, administrador financeiro.

— Sou Debuchi Magobei.

IV

Em instantes o saquê foi servido sobre antiquadas mesinhas individuais portáteis. A bebida — um produto local caseiro de sabor suave, levemente viscoso, e que se dissolvia no contato com a língua — vinha acompanhada de aperitivos, apresentados em pratos de madeira individuais.

— Como vê, prezado visitante, esta é uma casa perdida no meio das montanhas. Nada temos a lhe oferecer senão uma cozinha simples. Deixe, portanto de lado a formalidade e sirva-se.

— Sirva-se, vamos!

— À vontade.

Os quatro anfitriões atendiam seu único convidado com extrema polidez e cordialidade.

Musashi pouco apreciava o saquê. Não porque não gostasse de beber, mas por ainda desconhecer o sabor real da bebida. Nessa noite, entretanto, disse:

— Aceito. — E, coisa rara, bebeu. Embora o sabor não lhe desagradasse, nada viu nele de extraordinário.

— Vejo que é um bom apreciador — comentou Sukekuro, aproximando novamente da taça o gargalo da pequena bilha. Por estar ao lado de Musashi, dele partia a iniciativa do diálogo:

— Com relação ao galho de peônia, sobre o qual nos inquiriu há alguns dias, soubemos que quem o cortou foi o nosso idoso suserano.

— Está explicado! Eis porque o corte me parecia tão extraordinário! — exclamou Musashi batendo de leve no joelho num gesto espontâneo.

— Mas — tomou Sukekuro, por sua vez avançando um pouco o corpo — há um ponto que gostaria de ver esclarecido: como conseguiu detectar excepcional habilidade no autor do corte apenas examinando as marcas que restaram num caule tão macio e fino? Esse detalhe, para nós, é deveras intrigante.

— ...

Musashi pendeu a cabeça em silêncio, pensativo, parecendo procurar uma resposta. Depois de instantes, respondeu com outra pergunta:

— Será mesmo tão intrigante?

— Claro! — afirmaram ao mesmo tempo três vozes diferentes, de Shoda, Debuchi e Murata.

— *Nós* não conseguimos perceber. Seria este mais um típico caso de um indivíduo extraordinário detectando outro? Aqui o convidamos esta noite para que nos esclareça esse ponto, até para futura referência.

Musashi sorveu mais uma taça de saquê e disse:

— Lisonjeiam-me, senhores.

— Pelo contrário, o senhor é que está sendo modesto.

— Não é modéstia, em absoluto. Francamente falando, nada mais foi que uma sensação.

— Mas que tipo de sensação?

Pelo jeito, os quatro veteranos da casa Yagyu procuravam encurralar Musashi e pô-lo à prova. Para começar, mal o viram, e surpreendeu-os ligeiramente a juventude do convidado. Chamou-lhes a atenção, em seguida, seu físico vigoroso. Não lhes escaparam também o olhar e os gestos, sempre alertas.

Contudo, o modo como levava a taça à boca ou manejava o *hashi* denunciava certa falta de traquejo social.

"É bem um camponês...", pensaram os quatro anfitriões. Sem perceber que o faziam, assumiram a atitude condescendente do veterano diante do novato e, em consequência, uma ponta de desprezo surgiu em suas atitudes.

O rosto de Musashi, depois de apenas três ou quatro taças de saquê, avermelhara como ferro em brasa. Ciente disso, passou a levar a mão ao rosto com aparente embaraço.

O gesto, um tanto efeminado, provocou o riso dos quatro homens.

— Vamos, conte-nos o que sentiu. Este prédio, o Shin'in-dou, foi especialmente construído para o uso de lorde Kamiizumi, senhor de Ise, durante a sua estada neste castelo. É, portanto, uma construção histórica que tem fortes vínculos com a esgrima, local a meu ver mais que apropriado para ouvirmos sua preleção.

— Constrangem-me, senhores — repetia Musashi. — Uma sensação é apenas uma sensação, não há como explicar. Caso, no entanto, lhes interesse verificar efetivamente a natureza dessa sensação, vejo apenas um meio: usem a espada e submetam-me a um teste.

V

Musashi queria de algum modo uma oportunidade para se aproximar de Sekishusai, duelar com ele e forçar o velho dragão sagrado, o grande mestre das artes marciais, a se ajoelhar a seus pés, vencido. Ou seja, acrescentar uma vistosa gema à própria coroa de glórias. Tinha de registrar sua passagem por essas terras de forma memorável: "Musashi aqui esteve."

E ali estava ele sentado, consumindo-se no fogo da própria ambição, mas nada em sua atitude denunciava o que lhe ia no íntimo. A noite permanecia serena, tranquilo o convidado. Vez ou outra, a lamparina expelia uma fumaça negra semelhante à tinta de um polvo em fuga. Em meio à brisa, vibrava ainda o coaxar incerto da rã, anunciando o verão.

Shoda e Debuchi trocaram olhares e sorriram. As últimas e aparentemente serenas palavras de Musashi, "caso lhes interesse verificar efetivamente a natureza da sensação, vejo apenas um meio: usem a espada e submetam-me a um teste", continham um nítido desafio. Dos quatro vassalos, Shoda e Debuchi, os mais velhos e experientes, num instante detectaram, por trás das palavras, o espírito ambicioso daquele que falava.

"Que diz, novato!", pareciam expressar seus sorrisos condescendentes.

A conversa não se restringiu a um único tema, saltando de esgrima a zen, e a rumores de outras províncias. Particular interesse despertou no grupo a batalha de Sekigahara, pois tanto Debuchi como Shoda e Murata Yozou haviam tomado parte dela com seus antigos suseranos, integrantes da coalizão oriental. O assunto também agradava a Musashi, que, na ocasião, lutara pela facção oposta. Assim, visivelmente empolgados, anfitriões e convidado conversaram longamente.

O tempo passava.

"Se não for esta noite, nunca mais terei oportunidade de me aproximar de Sekishusai", afligia-se Musashi. Entrementes, retirado o saquê, serviram-lhe arroz e uma sopa:

— O arroz é integral. Sirva-se — convidou-o Shoda.

Enquanto comia, um só pensamento girava em sua mente: "Como me aproximar de Sekishusai?" Finalmente, concluiu: "Não adianta tentar meios ortodoxos. Muito bem, só me resta um caminho!"

O plano pareceu ineficaz aos próprios olhos, mas era o único. Em resumo, tinha de irritar seus anfitriões e chamá-los à luta. Era difícil, contudo, manter a calma enquanto provocava a ira de seus adversários. Passou então a fazer, de propósito, afirmações absurdas e a se mostrar insolente, mas tanto Shoda Kizaemon quanto Debuchi apenas sorriam, ignorando as provocações. Aqueles quatro vassalos eram experientes e não se permitiriam um descontrole emocional.

Musashi se impacientava. Mortificava-o ter de se retirar sem atingir o objetivo, sabendo além de tudo que os quatro guerreiros veteranos haviam lido seus mais ocultos pensamentos.

Terminada a refeição e servido o chá, os anfitriões transferiram seus assentos para locais de suas preferências, convidando:

— Descansemos.

Alguém cruzou as pernas, outro sentou-se abraçando os joelhos.

Apenas Musashi não se moveu, continuando recostado no pilar, cada vez mais taciturno. O descontentamento pesava como sombra em seu espírito. Talvez tombasse no confronto, pois nada lhe garantia que venceria. Ainda assim, lamentaria pelo resto da vida caso tivesse de se retirar sem ter se batido com Sekishusai.

Foi então que Murata Yozou levantou-se de repente e, saindo à varanda, murmurou perscrutando a escuridão:

— Que é isso?

— É Taro! Mas ladra de forma estranha. Tem algo errado acontecendo.

Taro seria por certo o nome do cão preto, que, realmente, ladrava para os lados do segundo pátio fortificado com ferocidade surpreendente, seus latidos ecoando nas montanhas em torno do castelo.

O CÃO DE KOYAGYU

I

O cachorro não se calava com facilidade. Havia algo errado, sem dúvida alguma, no modo como ladrava.

— Que estará acontecendo? Desculpe, mas terei de me afastar por instantes para verificar pessoalmente. Fique à vontade — disse Debuchi Magobei a Musashi, saindo em seguida. Murata Yozou e Kimura Sukekuro ergueram-se também ao mesmo tempo, dizendo:

— Com sua licença.

Dirigiram uma leve mesura a Musashi e saíram em companhia de Debuchi.

Longe, nas trevas, os latidos do cão persistiam, alertando seu amo de algum perigo.

Com a partida dos três homens, o ladrar distante tomou-se mais nítido e profundo. Uma aura agourenta pairava em torno da luz da lamparina, agora mortiça.

Se o cão de guarda ladrava de um modo tão estranho, era correto deduzir-se que alguma anormalidade ocorria dentro dos muros do castelo. Embora uma relativa paz reinasse em todas as províncias nesses dias, era impossível descuidar dos feudos vizinhos. A qualquer hora, vilões podiam entrar em ação movidos por obscuras ambições, e em todas as cidades casteleiras havia espiões infiltrados à espreita de incautos suseranos.

— Que estará acontecendo?

Shoda Kizaemon, o único anfitrião a restar no aposento, parecia apreensivo. Contemplava em silêncio a chama da lamparina cujo brilho se fora, e ouvia atento, como se contasse cada um dos latidos que ecoavam no escuro.

Momentos depois, um ganido longo e estranho se fez ouvir.

— Ah! — disse Kizaemon, relanceando o olhar para o rosto de Musashi. Este abafou uma exclamação e, com uma leve palmada na coxa, murmurou:

— O cão morreu...

Simultaneamente, Kizaemon disse:

— Alguém matou Taro...

Os dois homens haviam chegado à mesma conclusão. Kizaemon não se conteve mais e, levantando-se, murmurou:

— Não consigo compreender...

De imediato Musashi pareceu dar-se conta de algo e se dirigiu a um jovem vassalo que aguardava num aposento externo:

— Joutaro, o menino que me acompanhava, continua à minha espera?

O vassalo fora talvez procurar nas proximidades, pois alguns minutos se passaram antes que se ouvisse sua resposta:

— Não consegui encontrá-lo, senhor.

Sobressaltado, Musashi murmurou:

— Será possível que...

Virou-se a seguir para Kizaemon e disse:

— Uma dúvida me incomoda e gostaria de ir ao local onde o cão foi abatido. Importa-se de me conduzir até lá?

— Claro que não — respondeu Kizaemon, precedendo-o em direção ao segundo pátio fortificado.

O local, distante cerca de cem metros do salão de treino, foi identificado com facilidade graças às luzes de quatro ou cinco archotes reunidos. Ali já se encontravam Debuchi e Murata, que os haviam precedido. Além deles, soldados rasos, sentinelas e vigias noturnos haviam acorrido e formavam uma pequena multidão agitada.

— Ah! — exclamou Musashi estupefato, espiando por trás da aglomeração a pequena clareira iluminada pelos archotes. Conforme temera, lá estava Joutaro, em pé e sujo de sangue, como um pequeno demônio. Empunhava a espada de madeira e, dentes cerrados, ofegante, fixava com ferocidade os vassalos que o cercavam. Ao seu lado jazia Taro, o cão negro proveniente de Kishu, também este desfigurado, presas à mostra e tombado de lado.

Por instantes, ninguém disse nada. O cão voltava os olhos arregalados para a luz dos archotes mas, a julgar pelo sangue que escorria de sua boca, estava morto.

II

Atônitos, os homens apenas contemplavam a cena quando alguém sussurrou, em tom de lamento:

— O cão de estimação de sua senhoria...

No mesmo instante um dos vassalos aproximou-se do aturdido Joutaro e gritou:

— Miserável! Foste tu que mataste Taro?

Uma mão cortou o ar lateralmente, sibilando. Joutaro desviou-se no momento em que a mão se aproximava do seu rosto e gritou, elevando um ombro, desafiador:

— Eu mesmo!

— Por que o mataste?

— Porque tinha uma boa razão.
— Que razão?
— Vingança!
— Quê?

A reação espantada não foi apenas do vassalo que se dirigia a Joutaro.

— A quem vingaste?

— A mim mesmo. Duas noites atrás, quando trouxe o recado de meu mestre, este cão miserável mordeu meu rosto, como podem ver. Decidi então que esta noite acabaria com ele e, ao procurá-lo, encontrei-o dormindo ali, debaixo do avarandado. Desafiei-o cara a cara e lutei lealmente. E eu venci.

O menino enfatizava, enrubescido, que fora um duelo justo.

Mas os detalhes de um duelo entre um cão e um menino não interessavam nem ao vassalo repreendendo Joutaro, nem aos que, exagerando a gravidade do episódio, ali se reuniam. Estes homens lamentavam e se enfureciam porque Taro era o cão de guarda predileto do jovem amo Yagyu Munenori, Senhor de Tajima, então na cidade de Edo. Munenori havia escolhido Taro entre a ninhada da cadela Raiko — a preferida de Yorinori, senhor de Kishu[20] — e o criara com extremo carinho. O extermínio de um animal com essas características não poderia passar ignorado sem que se originasse um rigoroso inquérito. Digno de nota era ainda o fato de haver dois vassalos especialmente pagos para cuidar do cão.

O homem que, furioso, interpelava Joutaro, devia ser um dos encarregados do animal.

— Cala a boca! — gritou. Sua mão voou de novo para o rosto de Joutaro.

Desta vez, Joutaro não conseguiu desviar-se a tempo. O soco atingiu-o na altura da orelha produzindo um ruído seco. A mão do menino cobriu o local atingido. Os cabelos, na cabeça tão parecida com a de um *kappa*, eriçaram-se de fúria:

— O que é, hein? — gritou.

— Uma vez que mataste o cão preferido do nosso jovem suserano, prepara-te para morrer do mesmo modo.

— Já disse que acertei as contas pelo que ele me fez no outro dia. Você não pode me cobrar nada porque as contas já foram acertadas. Como é que um adulto não vê uma coisa tão lógica?

Joutaro arriscara a vida no ato. Limpara seu nome, já que a maior afronta para um samurai, dizia-se, era ser ferido no rosto. Talvez até imaginasse que merecia elogios.

---

20. Yorinori: décimo filho de Tokugawa Ieyasu e fundador da casa Kishu, na província homônima, uma das três ramificações (*gosanke*) da casa Tokugawa, e que sustentariam seu xogunato.

Eis por que não se amedrontava, por mais que os encarregados do cão o condenassem ou se enfurecessem. Ao contrário, deixava-o possesso aquilo que considerava falta de lógica desses homens.

— Silêncio! És apenas um moleque, mas bastante grande para distinguir um ser humano de um cão. É inconcebível que tentes te vingar de um animal! Vou liquidar-te — ouviste bem? — do mesmo jeito que liquidaste Taro!

Agarrou o menino pela gola e só então o homem olhou em torno procurando a aprovação dos demais. Nada mais fazia que cumprir o seu dever, declaravam seus olhos.

Os membros do clã presentes concordaram em silêncio. Os quatro veteranos, embora constrangidos, mantinham-se calados.

Musashi apenas observava, imóvel.

III

— Ladra, moleque, como um cão!

Suspenso pela gola e sacudido com violência, Joutaro, estonteado, foi em seguida arremessado ao chão.

O guardião do cachorro ergueu acima da cabeça um grosso bordão de carvalho e gritou:

— Levanta-te, moleque: vou matar-te em nome do cão que liquidaste, e do modo como o liquidaste. Gane, ladra, morde, quero ver!

Sem forças para se levantar imediatamente conforme lhe fora ordenado, Joutaro cerrou os dentes apoiado a um dos braços. Aos poucos, ergueu-se empunhando a espada de madeira. Era apenas uma criança, mas a expressão de seu rosto era assustadora: os olhos, repuxados, pareciam antever a morte, e os cabelos avermelhados eriçavam-se de fúria.

Joutaro rosnou como um cão. Não era exibicionismo. "Agi certo, não errei", acreditava firmemente o menino. Um adulto, mesmo furioso, ainda é capaz de refletir. Mas nem a própria mãe por vezes consegue controlar uma criança realmente enraivecida, sobretudo se essa criança vê um bordão ameaçador na sua frente.

— Mate! Mate, se for capaz! — berrou Joutaro.

A voz selvagem nada tinha de infantil. Chorava e amaldiçoava.

— Vai para o inferno! — gritou o guarda. O grosso bordão zumbiu.

Joutaro morrera golpeado. Ao menos, foi o que a multidão intuiu do som cavo que se ouviu em seguida.

Musashi demonstrara, até então, admirável frieza e continuava apenas observando, braços cruzados, indiferente.

Nesse exato momento, a espada de madeira voou das mãos de Joutaro com um zumbido. O menino a usara instintivamente e se defendera do primeiro golpe, mas suas mãos entorpecidas pelo impacto não haviam conseguido reter a arma. No instante seguinte, Joutaro cerrou os olhos e mergulhou visando a cintura do oponente, abaixo de seu *obi*:

— Maldito! — gritou. As unhas e os dentes do menino cravaram-se em desespero na área vital do inimigo, dominando-o. Como consequência, o bordão errou o alvo duas vezes, golpeando o ar em vão. O homem menosprezara Joutaro por ser ele apenas uma criança, e esse fora seu erro. Em contrapartida, era indescritível a ferocidade de Joutaro: seus dentes arreganhados cravavam-se com força na carne do inimigo, e suas unhas haviam perfurado o tecido do quimono.

— Moleque dos infernos! — gritou alguém, ao mesmo tempo que um segundo bordão surgia visando as costas de Joutaro, ainda agarrado ao seu oponente. Só então Musashi descruzou os braços. O abrupto avanço que o destacou do compacto muro humano fora tão rápido que os homens nem chegaram a se sobressaltar.

— Covarde! — disse Musashi. Ato contínuo, duas pernas e um bordão descreveram um arco no ar e uma bola humana foi de encontro ao solo, rolando quatro metros além.

— E agora você, diabrete! — repreendeu Musashi levando as duas mãos ao *obi* de Joutaro e erguendo-o acima da cabeça, momentaneamente a salvo. Voltou-se então para o guardião do cachorro, que se aprumara incontinenti e reempunhava o bordão, e acrescentou:

— Acompanhei os acontecimentos desde o início e me parece que houve falhas na condução deste inquérito. Este, que está aqui, é meu servo. Assim sendo, pergunto: a quem acusam do crime, ao menino ou a mim, seu amo?

O encarregado do cão replicou com veemência:

— Ao amo, sem sombra de dúvida!

— Muito bem: neste caso, amo e servo enfrentarão juntos a acusação. Aí o têm de volta!

Junto com as últimas palavras, Joutaro foi lançado contra o inimigo.

IV

"O homem terá perdido o juízo? Que pretende fazer com o pequeno servo, mantendo-o desse jeito, erguido sobre a cabeça?", haviam se perguntado todos, intrigados, tentando adivinhar-lhe a intenção.

Foi então que Musashi, do alto da sua estatura, arremessou o pequeno corpo de Joutaro contra o guarda. Os homens saltaram para trás com exclamações assustadas, abrindo uma pequena clareira. Atingir um homem jogando sobre ele outro ser humano — a tática de Musashi, imprevisível e totalmente absurda, deixou-os sem ação.

Joutaro, ao ser lançado por Musashi, encolheu braços e pernas e desabou sobre o desprevenido guarda como um pequeno deus do trovão caído das nuvens em dia de tempestade, atingindo-o com um berro assustado na altura do peito.

O homem soltou um grito estranho e tombou para trás, rígido como um tronco de árvore, levando Joutaro na queda. Ao cair bateu a nuca com força contra o solo ou fraturou o crânio no impacto com a cabeça do menino, dura como pedra: qualquer que fosse a hipótese, o guarda do cão soltou apenas um grito e se imobilizou. Um fio de sangue escorria do canto de sua boca. O corpo de Joutaro descreveu uma pirueta sobre o peito do homem e rolou mais alguns metros.

— Maldito!

— *Rounin* dos infernos!

As injúrias agora partiam de todos os vassalos da casa Yagyu ali reunidos, guardas ou não do animal morto. A reação violenta era compreensível, pois poucos sabiam que o *rounin* à frente se chamava Miyamoto Musashi e havia sido especialmente convidado pelos quatro veteranos.

— Muito bem — disse Musashi, recompondo-se. — Senhores.

Os homens haviam parado, à espera de suas palavras. Com uma expressão assustadora, Musashi abaixou-se e apanhou a espada de madeira que Joutaro deixara cair, empunhando-a em sua mão direita.

— O erro de um servo recai sobre seu amo: estou pronto a receber a punição, seja ela qual for. Porém, deixo claro um ponto: tanto eu como Joutaro temos a pretensão de viver pela espada, como dignos samurais. Não podemos permitir, portanto, que nos matem a pauladas, como a um cão. Aviso-os: o mínimo que faremos será opor-lhes resistência.

Suas palavras, longe de um reconhecimento de culpa, eram um desafio.

Se àquela altura Musashi, em nome de Joutaro, se houvesse empenhado em sensibilizar os homens, desculpando-se e explicando a conduta do menino, talvez o incidente tivesse se resolvido a contento. A atitude, além disso, proporcionaria aos quatro veteranos, que hesitavam em intervir, a oportunidade de romper o silêncio e apaziguar os ânimos exaltados dos companheiros. Mas as palavras de Musashi manifestamente recusavam a oportunidade e agravavam o incidente.

— Insolente! — diziam os olhares penetrantes dos veteranos Shoda, Kimura e Debuchi, agrupados imóveis a um canto, contemplando com animosidade sua atitude.

V

Como seria de se esperar, a impertinência de Musashi enfureceu não só os quatro veteranos, mas todos os presentes.

Os homens desconheciam a identidade de Musashi e não tinham meios para avaliar suas intenções. A insolência pôs lenha na fogueira de suas emoções exacerbadas.

— Quê...? Repita! — reagiu alguém.

— Atrevido!

— Deve ser um espião a mando de alguma província: amarrem-no!

— Não, é melhor matá-lo de uma vez! Outra voz interferiu:

— Não o deixem fugir!

Pressionado por todos os lados, Musashi se viu em companhia de Joutaro — agora protegido sob um dos seus braços — prestes a desaparecer numa roda de lâminas nuas.

— Esperem!

A ordem partira de Shoda Kizaemon. No mesmo instante, Murata Yozou e Debuchi Magobei intervieram:

— Cuidado!

— Não toquem nesse homem! — intervieram os vassalos veteranos, falando pela primeira vez desde o início do incidente.

— Afastem-se! Vamos!

— Deixem este caso por nossa conta.

— Retirem-se todos, cada qual para o seu posto.

— Julgo que este homem tem algum plano oculto. Se caírmos em sua armadilha e disso resultarem vítimas, não teremos como nos justificar perante o grão-senhor. Sem dúvida, a morte do cão tem importância, mas uma vida humana é ainda mais importante. Garanto-lhes: nós quatro nos responsabilizaremos pelo incidente e os isentaremos de qualquer culpa. Retirem-se, pois, despreocupados.

Momentos depois restara no local apenas o pequeno grupo composto de quatro anfitriões e um convidado que haviam começado a noite juntos num aposento do Shin'in-dou.

Agora, porém, o relacionamento anfitrião-convidado sofrera drástica transformação, dando lugar à confrontação de um desordeiro com seus captores. Estavam em campos opostos.

— Musashi — se na verdade esse for o seu nome —, para a sua infelicidade, desvendei o seu plano. Depreendo, pelo que vejo, que você se infiltrou em Koyagyu a mando de alguém, com o objetivo de nos espionar ou tumultuar o cotidiano do castelo.

Os olhos dos quatro homens pressionavam Musashi. Todos, sem exceção, eram magistrais espadachins. Musashi, ainda protegendo Joutaro com um dos braços, permanecia imóvel, parecendo ter criado raízes. Percebia que escapar, aproveitando um momento de distração desses quatro, seria quase impossível, ainda que tivesse asas.

— Ouça com atenção, Musashi — disse Debuchi Magobei, que desembainhara a espada alguns centímetros, em guarda. — O valor de um *bushi* se manifesta no momento em que, desmascarado, renuncia à própria vida. Embora você seja um tratante, reconheço-lhe a coragem ao invadir destemidamente o castelo, acompanhado apenas de uma criança. Conto ainda a seu favor as horas agradáveis que há pouco passamos e concedo-lhe a honra do *seppuku*: aguardaremos, enquanto se prepara para o ritual. Mostre-nos a firmeza de caráter de um verdadeiro *bushi*!

Os quatro vassalos imaginavam que assim solucionariam seus problemas. Uma vez que o haviam convidado sem o conhecimento do suserano, esperavam encerrar o incidente sem mais perguntas, enterrando para sempre as questões relativas à identidade e aos desígnios de Musashi.

Musashi, no entanto, estava longe de concordar:

— Como? Pretendem que eu, Musashi, cometa o *seppuku*? Absurdo! Totalmente absurdo! — gargalhou, sacudindo os ombros.

VI

Era óbvio que Musashi provocava seus anfitriões porque queria descontrolá-los.

Os quatro vassalos, que até então haviam conseguido manter-se impassíveis, franziram enfim o cenho:

— Então, é isso! — disse Debuchi. Embora serenas, suas palavras eram resolutas. — Mostro compaixão e recebo insolências em troca!

— Não percam tempo falando! — interrompeu Sukekuro, cercando Musashi pelas costas e empurrando-o. — Ande!

— Para onde?

— Para a cela!

Musashi assentiu e pôs-se em movimento. Contudo, suas pernas obedeceram apenas ao próprio comando e o levaram em largas passadas rumo ao pátio principal.

— Aonde vai? — gritou Sukekuro, colocando-se rapidamente no caminho de Musashi, abrindo os braços e interceptando sua marcha. — A cela não fica nessa direção. Dê meia-volta!

— Não dou!

Musashi voltou-se para Joutaro, que caminhava colado a ele, e sussurrou:

— Abrigue-se junto àqueles pinheiros!

A área em que se achavam parecia fazer parte de um jardim na entrada do pátio central. Robustos pinheiros de galhos bem-formados erguiam-se aqui e ali, e uma brilhante camada de areia, tão fina que se diria peneirada, forrava o chão.

Obedecendo às instruções de seu mestre, Joutaro desprendeu-se do braço que o protegia e correu vivamente. Parou em seguida sob um pinheiro e nele se escudou:

"É agora! Ele vai entrar em ação!"

Em sua mente, ressurgiu a impressionante imagem de seu mestre nos campos de Hannya e, como um ouriço, sentiu os músculos do pequeno corpo se enrijecendo.

Shoda Kizaemon e Debuchi Magobei tinham se posicionado cada qual a um dos lados de Musashi, e o seguravam pelos braços. As mesmas palavras se repetiam:

— Volte atrás!

— Não volto!

— É a sua última palavra?

— É!

— Ora, seu... — finalmente perdendo o controle, Kimura Sukekuro, parado à frente de Musashi, soltou a espada da bainha com um estalido, momento em que os mais experientes Shoda e Debuchi intervieram, acalmando o companheiro e dirigindo-se a Musashi:

— Se não quer retroceder, aqui permaneceremos. Diga-me, porém: aonde ia?

— Ao encontro de Sekishusai, o suserano deste castelo!

— Quê?

Ante a inesperada resposta, os quatro vassalos empalideceram, atônitos.

A nenhum deles ocorrera que o objetivo secreto deste jovem fosse aproximar-se de Sekishusai.

Shoda perguntou:

— Que quer você com nosso amo?

— Sou um inexperiente estudante de artes marciais e desejo obter ensinamentos do fundador do estilo Yagyu, uma orientação que norteie minha carreira.

— Neste caso, por que não os solicitou do modo convencional, declarando-nos sua intenção?

— Porque soube que o grão-senhor recusa qualquer contato com estranhos, e não ministra ensinamentos a estudantes.

— Exatamente!

— Assim sendo, não vi alternativa senão desafiá-lo para um duelo. Mesmo que o desafiasse, porém, era certo que sua senhoria não sairia do refúgio que escolheu para passar os últimos anos de sua vida. Eis porque resolvi desafiá-los a todos, declarando guerra ao castelo.
— O quê? Declarou guerra ao castelo?
Os quatro vassalos o fitaram, boquiabertos. Em seguida, passaram a analisar seu rosto cuidadosamente, em busca de sinais de demência.
Musashi observava agora o céu, abandonando os braços aos seus captores. Partindo da noite, um ruflar de asas chamara sua atenção.
No instante seguinte os quatro vassalos também ergueram o olhar. Nesse exato momento, uma águia destacou-se da escura silhueta da montanha Kasagi e veio voando até pousar nas proximidades do celeiro do castelo, suas asas parecendo momentaneamente roçar as estrelas.

UM CORAÇÃO EM CHAMAS

I

A expressão "declarar guerra" soava exagerada. Ainda assim, não bastava para expressar o que Musashi sentia.

Não queria um duelo simples, uma exibição de habilidades técnicas ou truques baratos. Queria guerra, na acepção da palavra. Uma vez que empenhava toda a sua capacidade física e intelectual na conquista da vitória, Musashi sentia-se verdadeiramente em guerra. A única diferença era que em uma batalha movia-se todo um exército, enquanto Musashi movimentava apenas a própria inteligência e força física.

Guerra movida por um indivíduo solitário contra um castelo inteiro — as pernas retesadas e os calcanhares plantados com firmeza no solo exprimiam a furiosa determinação de Musashi. Ali estava porque deixara tão naturalmente escapar a expressão "declarar guerra".

Naquelas circunstâncias, era compreensível também que os quatro vassalos procurassem no olhar de Musashi sinais de demência.

— Muito interessante! — disse Kimura Sukekuro, feroz. Chutou longe suas sandálias, arregaçou a bainha de seu *hakama* e prendeu-a. — Gostei do que disse. Não haverá soar de gongos nem rufar de tambores, mas em consideração à sua atitude, aceitarei o desafio. Senhores Shoda e Debuchi, empurrem esse indivíduo em minha direção.

Os dois homens interpelados já haviam tentado, àquela altura, acalmar os ânimos inúmeras vezes, e sua paciência havia sido duramente testada. Além disso, havia algum tempo Sukekuro insistia em punir o jovem. Trocaram portanto um olhar de resignado consentimento, dizendo:

— Está bem. Encarregue-se dele.

Soltando ao mesmo tempo os braços de Musashi, os dois vassalos veteranos aplicaram um vigoroso impulso às suas costas. O robusto corpo de Musashi, com seus quase um metro e oitenta de altura, projetou-se para a frente, cambaleando, e em cinco ou seis largas passadas aproximou-se de Sukekuro.

Este, embora estivesse em guarda, recuou um passo incontinenti reavaliando a distância necessária para estender o próprio braço e golpear Musashi, que agora se aproximava com ímpeto.

Sukekuro rilhou os dentes. Seu cotovelo direito já subira à altura da cabeça. No instante seguinte, num único movimento fluido, a espada cortou o ar emitindo um silvo silencioso e visou o vulto cambaleante de Musashi.

Um som áspero partiu da espada: nas mãos de Sukekuro a lâmina pareceu criar vida e reverberar em alguma espécie de manifestação divina.

Um grito ecoou, quase ao mesmo tempo. Mas o grito não partira de Musashi, e sim de Joutaro. Abrigado sob um pinheiro, a curta distância, o menino havia saltado e gritado. O ruído áspero emitido pela espada fora também provocado pelo punhado de areia que Joutaro, ao gritar, lançara sobre Sukekuro. Mas o punhado de areia não teve o poder de alterar a situação, é claro.

Musashi, por seu lado, ao ser empurrado, conscientemente acrescentara impulso ao próprio movimento e arremetera contra o peito de seu adversário, calculando que Sukekuro teria de reavaliar a distância.

Existe uma grande diferença entre as velocidades de aproximação de dois corpos: um, que empurrado se aproxima cambaleando, e outro, que ao ser empurrado se projetou para a frente de propósito, arrostando o perigo. Sukekuro, incapaz de antever essa diferença, não calculou direito o próprio recuo e o ângulo do golpe. A espada de Sukekuro golpeou o ar, errando o alvo por completo.

II

Na fração de segundo em que a espada de Sukekuro debalde cortava o ar e a mão de Musashi se dirigia para a empunhadura da própria espada, os dois homens haviam saltado para trás e aterrissado, deixando entre si um espaço de quase quatro metros. No momento seguinte, os dois vultos se imobilizaram, rígidos, ambos parecendo submergir na escuridão.

— Ora, que espetáculo! — deixou escapar Shoda Kizaemon. Simultaneamente, Debuchi e Murata, sem estar diretamente envolvidos no duelo, moveram-se um pouco, como se cedessem a um impulso. Os três homens deslocaram-se então, cada qual procurando melhor se posicionar e se guardar.

"Cuidado, este é habilidoso!" — diziam seus olhares, analisando o último movimento do jovem e reavaliando-o.

Uma atmosfera opressiva e gelada pareceu concentrar-se rapidamente no local. A ponta da espada de Sukekuro — um vulto escuro de contorno impreciso — imobilizara-se num ponto pouco abaixo do seu peito, e ali permanecia. Musashi, por seu lado, exibindo o ombro direito ao adversário, também se imobilizara, impassível. O cotovelo direito projetava-se alto no ar, seu espírito concentrado na empunhadura da espada, ainda na bainha.

No silêncio reinante, era possível acompanhar a respiração dos dois homens. Observado de perto, no rosto de Musashi — pronto a qualquer momento a romper a noite com um súbito ataque — eram visíveis dois pontos brancos e redondos como duas pedras de *go*[21]: os olhos.

Estranho confronto de duas energias vitais que se consumiam mutuamente. Embora os dois homens não se tivessem aproximado sequer um centímetro, aos poucos foi surgindo uma ligeira oscilação no escuro manto que contornava o vulto de Sukekuro. Nitidamente, sua respiração tornava-se mais rápida e ofegante do que a de Musashi.

Debuchi Magobei gemeu baixinho. Tarde demais percebia o perigo a que se expunham por não terem avaliado corretamente este indivíduo. Sem dúvida, Shoda e Murata também haviam chegado à mesma conclusão: "Este homem é extraordinário!"

Para os três homens, já era evidente o resultado do duelo entre Musashi e Sukekuro. Embora pudesse parecer covardia, só lhes restava uma saída: antes que a situação se agravasse — ou a indecisão provocasse uma inútil baixa em suas fileiras, — tinham de unir forças e eliminar, de uma vez por todas, o misterioso intruso.

Esse pensamento transmitiu-se entre os três homens por intermédio de uma silenciosa troca de olhares. No momento seguinte passaram à ação e tentaram aproximar-se de Musashi por ambos os lados. No mesmo instante, o braço de Musashi se estendeu subitamente, com um movimento semelhante ao de um arco quando a corda se rompe, e golpeou às suas costas.

Um berro possante desabou sobre eles vindo das alturas. Ou assim lhes pareceu porque, melhor dizendo, o grito não partira apenas da boca de Musashi, mas vibrara em seu corpo como em um sino, repercutindo no silencioso ar noturno.

Um silvo agudo como o de alguém que cospe rompeu da boca de Sukekuro. Os quatro homens apontaram as espadas desembainhadas e adotaram uma formação circular em torno de Musashi. Este parecia uma gota de orvalho no centro de uma flor de lótus.

Nesse momento, Musashi tinha uma estranha percepção de si próprio. Seu corpo parecia queimar, como se suasse sangue por todos os poros. Apesar disso, seu espírito permanecia frio como gelo.

"Lótus vermelho"[22] — a expressão usada por budistas talvez se referisse a estados como esse. Frio e calor extremos não são água e fogo: pura e simplesmente, são a mesma coisa. E eram Musashi, agora.

---

21. *Go*: jogo sobre tabuleiro em que se usam pedras redondas brancas e pretas.
22. No original, *guren*: "lótus vermelho", referência ao "inferno do lótus vermelho", o sétimo dos oito infernos gelados. Devido ao intenso frio, os que caem nesse inferno têm a pele gretada e sangram pelos ferimentos, sua imagem tornando-se semelhante à de um lótus vermelho.

III

Nenhum punhado de areia veio desviar outra vez a atenção dos homens, pois Joutaro havia desaparecido.

Do alto da montanha Kasagi, o vento descia em lufadas escuras intermitentes, como fogos-fátuos a agitar o ar noturno, ciciando e resvalando pelas lâminas nuas singularmente imóveis.

Quatro contra um. Mas Musashi não se sentia desesperar pelo fato de ser ele o solitário inimigo.

"Qual!", dizia para si mesmo, consciente apenas das artérias intumescidas.

Morte. A noção que sempre procurava combater de frente, de maneira curiosa não lhe ocorria essa noite. Por outro lado, também não achava que venceria. As rajadas frias que vinham da montanha Kasagi pareciam varar sua cabeça. Seu cérebro era uma tela, porosa e arejada. Acima de tudo, seus olhos viam com impressionante nitidez: o inimigo à esquerda, o inimigo à direita, o inimigo à frente.

Pouco a pouco, a pele de Musashi foi se tornando viscosa. Gotas brilhantes e gordurosas porejaram em sua testa, sinal de que o poderoso coração inchara no interior do corpo imóvel e ardia em febre.

Um breve som rascante chamou sua atenção: os pés do homem à esquerda arrastavam-se de leve sobre a areia. A ponta da espada de Musashi captou o movimento com a aguda sensibilidade das antenas de um grilo. Ciente disso, o adversário não quebrou a própria guarda. O confronto quatro contra um continuou, inalterado.

Não obstante, Musashi sabia que esse tipo de confronto lhe era desvantajoso. Queria de algum modo modificar para uma linha reta a formação em círculo de seus quatro adversários, e eliminá-los um a um, a partir de um dos extremos da linha. Este, porém, não era um bando desordenado, mas sim um grupo de mestres e especialistas, contra os quais a tática não surtia efeito: sua formação em nada se alterava.

Uma vez que o grupo mantinha a formação, nenhum outro plano de ação restava para Musashi. Se o intuito era apenas o de bater-se com um deles e morrer, impossível não era. Não sendo essa a intenção, porém, só lhe restava esperar que a iniciativa partisse de um dos seus inimigos e, na exata fração de segundo em que a unidade do grupo se quebrasse, atacar.

"Um adversário temível!", pensavam os quatro vassalos, reformulando por completo suas opiniões com relação a Musashi, nenhum deles confiando na superioridade numérica. Naquelas circunstâncias, sabiam perfeitamente que se alguém, respaldado na vantagem numérica, se atrevesse a abrir uma brecha mínima em sua guarda, a espada de Musashi por ela penetraria como um raio. "Existem tipos surpreendentes neste mundo, não há dúvida!", consideravam.

Mesmo Shoda Kizaemon, o homem que, assim diziam, apreendera a substância do estilo Koyagyu e, baseado nele, dominara o novo estilo Shoda de esgrima, pensava apenas: "Há algo diferente neste homem!" Imóvel, contentava-se em contemplar fixamente o vulto de Musashi visível do outro lado da ponta de sua espada, nem ele ousando qualquer aproximação ou ataque.

No exato momento em que espadas, homens, terra e céu pareceram congelar para sempre na mesma posição, um som inesperado feriu os ouvidos de Musashi e sobressaltou-o instantaneamente: alguém tocava uma flauta. Procedente do pátio central, não muito longe dali, o som percorria o bosque e chegava até eles, transportado pelo vento.

IV

Uma flauta! O som vibrante de uma flauta! Mas quem?...

Inconsciente de si próprio e do inimigo, varridos da mente os inquietantes pensamentos de vida ou morte, Musashi — que se tornara a perfeita personificação da espada — voltou de repelão a si, ao seu eu físico e aos incômodos pensamentos, quando por seus ouvidos se infiltrou o som como um inesperado intruso a invadir-lhe a mente.

Pois esse som estava profundamente gravado em sua memória, indelével enquanto seu corpo existisse. Na distante província natal, Mimasaka — nas proximidades do pico de Takateru —, quando, após dias e noites de perseguição contínua, se vira com a mente entorpecida de fome e cansaço, não fora esse o som que, inesperado, lhe chegara aos ouvidos?

Naquela distante noite não fora esse o som que o havia tomado pela mão, chamando-o, conduzindo-o — "venha, este é o caminho" — para enfim lhe fornecer a oportunidade de se entregar nas mãos do monge Takuan?

Talvez Musashi pudesse se esquecer, mas naquele dia remoto seu subconsciente sem dúvida alguma recebera um inesquecível impacto.

Pois ali estava o mesmo som.

Não só o som era idêntico ao daquela noite, como também a melodia. Em algum lugar de sua mente trespassada, atônita e perturbada, partiu um brado:

"Otsu!"

Simultaneamente, seu corpo fraquejou e sua guarda ruiu como um paredão numa avalanche.

Impossível que não o notassem. Os quatro vassalos da casa Yagyu perceberam num átimo o agora frágil Musashi, sua defesa permeável como um velho *shoji*[23] esburacado.

---

23. *Shoji*: divisórias da arquitetura japonesa, feitas de papel especial e estrutura de madeira.

Um *kiai* partiu à frente de Musashi e o braço de Sukekuro pareceu alongar-se incríveis dois metros. Musashi respondeu com um quase simultâneo *kiai*, lançado contra a ponta da espada de Sukekuro. Ao mesmo tempo experimentou um súbito aquecimento, como se todos os pelos de seu corpo se incendiassem. Seus músculos se enrijeceram num ato reflexo e o sangue afluiu a todos os poros como uma torrente em busca de saída.

"Me pegaram!", pensou Musashi, notando que a manga esquerda se fendia de alto a baixo, desnudando o braço até a axila. Imaginou que o golpe lhe levara o vestuário e um pedaço da própria carne.

Mas além do *eu* absoluto, havia o poder divino:

— Hachiman! — O grito irrompeu como um relâmpago das ruínas de seu espírito.

Um giro e Musashi deslocou-se. Ao se voltar, avistou as costas e os calcanhares de Sukekuro, que ia, com o corpo tombado para a frente, de encontro ao ponto até havia pouco ocupado por ele.

— Musashi! — bradou Debuchi Magobei.

Murata e Shoda corriam, aproximando-se pelos lados e gritando:

— Bravateiro! Onde está sua coragem?

Em resposta, Musashi bateu o calcanhar contra o solo. Seu vulto elevou-se atingindo a altura dos galhos mais baixos do pinheiro próximo, saltou em seguida a mesma distância mais uma ou duas vezes, correu e se dissolveu na noite sem nunca se voltar.

— Covarde!

— Musashi!

— Não tem vergonha, Musashi?

Um ruído de galhos quebrados, semelhante ao provocado pela passagem de um animal, ecoou no barranco íngreme que descia para o fundo de um fosso seco ao redor do castelo. Quando cessou, o som da flauta voltou a pairar e a brincar no céu repleto de estrelas.

O ROUXINOL

I

Era um fosso seco de quase dez metros de profundidade, mas, na base, invisível no escuro, a água da chuva poderia ter se acumulado.

Deslizando com ímpeto pelo barranco coberto de arbustos, Musashi parou nesse trecho, lançou uma pedra ao fundo do fosso e, ato contínuo, jogou-se no rastro da pedra.

As estrelas agora brilhavam distantes — uma visão de fundo de poço. Musashi atirou-se de costas sobre a vegetação rasteira e ali permaneceu imóvel por algum tempo.

Arfava violentamente. Instantes depois, seu coração e pulmões retomaram o ritmo normal.

— Otsu! Não é possível que esteja no castelo! — O suor secara sobre a pele e a respiração aos poucos se normalizava, mas o espírito, agitado por um turbilhão de sentimentos, não se acalmava com facilidade.

"Foi uma ilusão, meus ouvidos me enganaram..." pensou, e logo: "Mas o destino conduz a inesperadas paragens. Talvez Otsu esteja mesmo por aqui..."

Evocou os olhos de Otsu contra o céu repleto de estrelas. Evocá-los contra o vasto firmamento, contudo, era desnecessário, pois seus olhos e boca habitavam o espírito de Musashi, despercebidos. Doces lembranças o envolveram como um manto, subitamente. As palavras de Otsu, na fronteira de duas províncias, em certo dia distante:

— Exceto você, não existe para mim outro homem neste mundo. Você é o único homem verdadeiro, sem você não posso viver.

Ou o que dissera sobre a ponte Hanadabashi:

— Aqui estive novecentos dias esperando por você.

E ainda, na mesma ocasião:

— Se você não aparecesse, pretendia esperar dez anos, vinte, mesmo que meus cabelos ficassem grisalhos, daqui não me arredaria. Leve-me agora com você. Nada temo, nem as piores provações.

Sentia o peito oprimido.

Naquele dia distante, desesperado de dor, traíra os sentimentos puros que a jovem lhe revelava e, ao ver uma oportunidade, seguira seu caminho sem nunca se voltar. Imaginava agora como Otsu o teria odiado ao descobrir que fora abandonada. Via-a mordendo os lábios em silenciosa censura, amaldiçoando esse ser para ela incompreensível.

— Perdoe-me!

As mesmas palavras que gravara no corrimão da ponte com a ponta da adaga brotaram sem querer da boca de Musashi. Do canto dos olhos, lágrimas correram deixando rastros brancos no rosto.

— Não o vejo por aqui! — disse alguém, de repente, do alto do barranco. Musashi avistou três ou quatro archotes vasculhando entre os arbustos e se afastando a seguir.

Ao notar as próprias lágrimas, Musashi levou o dorso da mão aos olhos e murmurou, impaciente:

— Mulheres!

Levantou-se de um salto, desfazendo bruscamente o doce sonho em que a lembrança de Otsu o mergulhara. Seus olhos voltaram-se para o alto, na direção da negra silhueta do telhado do castelo:

"'Covarde!' 'Sem-vergonha!' Foi o que disseram de mim? Mas eu, Musashi, ainda não me declarei vencido! Não fugi: a retirada é parte da estratégia, entenderam?"

Musashi pôs-se em marcha no fundo do fosso seco. Por mais que andasse, não encontrava saída.

"Enganam-se redondamente se pensam que vou desistir, sem ter desferido um golpe sequer. Esses quatro nem são páreo para mim. Esperem e verão: chegarei ao próprio Sekishusai. Essa batalha vai começar agora!"

Apanhou a esmo galhos caídos ao redor e quebrou-os contra o joelho. Introduziu-os a seguir nos vãos entre as pedras da muralha transformando-os em sucessivos apoios para os pés. Momentos depois, seu vulto saltou para fora do fosso.

II

A flauta se calara. E Joutaro, onde teria se escondido? Mas agora, esses detalhes tinham sido varridos de sua mente. Um espírito vigoroso, sedento de fama, impetuoso — tão impetuoso que se tornava difícil contê-lo —, havia possuído Musashi. Seus olhos ardiam buscando uma brecha por onde extravasar a louca ânsia de conquista.

Uma voz longínqua parecia chamar, perdida na noite:

— Meestre!

Apurou os ouvidos, porém nada mais ouviu. Por momentos, preocupou-se: "Será Joutaro?" Mas logo imaginou que nada de errado poderia estar lhe acontecendo, uma vez que não tornara a ver os archotes havia pouco vislumbrados à meia altura do barranco. Era improvável, portanto, que seus perseguidores ainda continuassem a procurá-los no interior do castelo.

— Este é o melhor momento para tentar aproximar-me de Sekishusai — pensou.

Vagou por florestas e vales, perdido em áreas que lembravam os ermos de uma montanha. Desconfiou algumas vezes que saíra dos domínios do castelo, mas a rápida visão de trechos de muralha e fosso, bem como uma ou outra construção semelhante a depósitos de grãos, asseguravam-lhe o contrário. Ainda assim, não foi capaz de encontrar a ermida onde, diziam, morava Sekishusai.

Pois Musashi ficara sabendo, por intermédio do estalajadeiro de Wataya, que Sekishusai, recusando-se a continuar habitando seus antigos aposentos no pátio central, mandara erguer uma ermida para si em algum lugar da vasta propriedade casteleira, onde esperava viver em paz os anos restantes de sua existência. Uma vez localizada a ermida, Musashi pretendia bater diretamente à sua porta e visitar o ilustre ancião com o risco da própria vida.

"Mas onde fica essa ermida?", queria gritar Musashi, vagando em desespero. Afinal, chegou a um trecho em que a base da montanha Kasagi formava um íngreme paredão de rocha e, mais adiante, foi de encontro a um portão secundário, o que o obrigou a retornar inutilmente.

Premido pela ansiedade, conjurou: "Apareça, Sekishusai, não importa como!" Queria que o ancião lhe surgisse à frente agora, nem que fosse como um espectro. Braços e pernas repletos de energia obrigavam-no a caminhar sem parar noite adentro, como um espírito maligno.

— Mas... espere! Deve ser por aqui!

Musashi atingira o fundo de uma suave ladeira, a sudeste. Na área, belas árvores, de galhos cuidadosamente podados, assim como a relva bem tratada, garantiam a existência de moradia nas proximidades.

E ali estava um portal! Em estilo Rikyu[24], tinha a cumeeira revestida de colmos; trepadeiras subiam por seus braços e, através da sebe, avistou o contorno nebuloso de um bambuzal.

— É aqui! — sussurrou Musashi, espiando. Um caminho entrava pelo bambuzal e rastejava adiante, subindo por uma íngreme colina, compondo uma paisagem que lembrava um templo zen. Musashi pensou em romper a sebe com um chute e invadir sem demora o local, mas se conteve:

— Não, calma!

Algo da personalidade do morador transparecia no elegante ambiente ao redor do portal, limpo e bem cuidado, assim como nas pequenas flores

---

24. Rikyu: título do famoso cultor da arte do chá Sen Soeki (1522-1591). No original, Rikyufu: estilo, formas, cores e texturas apreciadas por Sen Soeki.

de dêutzias[25] brancas caídas aqui e ali. Musashi sentiu seu ânimo belicoso se abrandar e, no mesmo instante, deu-se conta de que tinha os cabelos e roupas em desalinho.

"Não há mais pressa agora", pensou. Lembrou-se do próprio cansaço e da necessidade de se recompor antes de entrevistar-se com Sekishusai.

"Pela manhã, alguém virá abrir o portal, e então posso tentar uma aproximação. Se mesmo assim Sekishusai mantiver a atitude de recusar entrevistas a estudantes de artes marciais, pensarei em outra tática."

Sentou-se sob o portal, ao abrigo da cumeeira, recostou-se no pilar e caiu em confortável sono.

Estrelas brilhavam em silêncio. Tocadas pelo vento, as dêutzias agitavam suas corolas brancas.

III

Uma gota gelada de orvalho atingiu a nuca de Musashi, despertando-o. A manhã chegara sem se anunciar. Depois de uma noite de sono profundo, acordou sentindo-se puro, como se acabasse de chegar ao mundo. Não havia vestígios de cansaço em sua mente, lavada pela brisa da manhã e pelos límpidos trinados dos rouxinóis que penetravam como uma torrente por seus ouvidos.

Ao esfregar os olhos e erguer o olhar, o disco rubro do sol rolava sobre a crista das serras de Iga e de Yamato. Musashi saltou em pé. Os raios solares, incidindo sobre seu corpo plenamente refeito, atearam incontinenti a chama da confiança, despertando seu espírito ambicioso. A energia acumulada em seus braços e pernas pressionava em busca de escape, obrigando Musashi a espreguiçar-se com um gemido.

— Hoje é o dia! — sussurrou e, em seguida, sentiu fome. A fome, por sua vez, o fez lembrar-se de Joutaro com ligeira apreensão.

"Que lhe teria acontecido?"

Sentia que o submetera a uma situação aflitiva na noite anterior, mas agira intencionalmente, certo de que assim concorria para o seu aprendizado. Achou que podia ficar tranquilo, o menino não deveria estar em perigo.

O murmúrio de um regato chegou-lhe aos ouvidos. A corrente descia pela íngreme colina, do outro lado do portal, atravessava veloz o bambuzal e passava sob a cerca para cair nas terras mais baixas ao redor do castelo. Musashi lavou o rosto e tomou a água como refeição matinal. A pureza da água o invadiu e o levou a exclamar:

---

25. No original, *u-no-hana*.

— Excelente!

Concluía agora que Sekishusai escolhera essas terras para construir a ermida porque nelas nascia o regato. Mesmo sem nada entender da arte ou do sabor do chá, Musashi sentiu-se tocado, nessa manhã, pela pureza da água.

Das dobras internas do quimono retirou uma toalha de mão e lavou-a na correnteza. O tecido clareou a olhos vistos.

Esfregou o pescoço com a toalha úmida, lavou mãos e unhas, retirou a adaga e alisou os cabelos. Essa era a manhã da entrevista com Sekishusai, o idealizador do estilo Yagyu, a representação viva de uma faceta da cultura desses tempos, enfim, um homem como poucos. Era esse venerando veterano — tão distante do desconhecido e insignificante Musashi quanto a lua o era de uma minúscula estrela — que ele pretendia visitar. Nada mais natural que se ocupasse em alinhar roupa e cabelos, uma simples demonstração de cortesia.

— Pronto!

Espírito preparado e mente purificada, Musashi, corretamente composto, parou à frente do portal, disposto a bater. Foi quando percebeu que não o ouviriam da distante ermida, no alto da colina. Procurou um sino ou gongo ao lado do portal e descobriu duas placas de madeira afixadas nos pilares à esquerda e à direita. Versos cobriam a superfície das placas e uma tinta composta de anil e pó de prata preenchia os caracteres esculpidos.

À direita, leu:

> *Dignitário que a esta ermida bateis,*
> *Não questioneis por que cerro o portal.*

À esquerda, os versos prosseguiam:

> *Estes montes fúteis armas não abrigam,*
> *Mas seus campos, apenas rouxinóis.*

Imóvel, Musashi fixava o olhar nos caracteres com feroz intensidade, imerso no mavioso canto dos rouxinóis varando montanhas e florestas.

IV

Presos ao pilar do portal, os versos só podiam exprimir o critério do morador da ermida.

Tornou a ler:

> *Dignitário que a esta ermida bateis,*
> *Não questioneis por que cerro o portal.*
> *Estes montes fúteis armas não abrigam,*
> *Mas seus campos, apenas rouxinóis.*

Tranquilo, fisicamente composto e espiritualmente purificado, Musashi compreendeu o sentido desses versos com a singeleza de uma criança e, ao mesmo tempo, conseguiu captar com precisão a imagem de Sekishusai, sua mentalidade, seu modo de vida e personalidade.

"Tenho tanto a aprender!..." Sua cabeça pendeu, involuntariamente.

Não era apenas a estudantes de artes marciais que Sekishusai cerrara o portal, evitando um contato, mas à fama e à fortuna, a mesquinhos interesses pessoais ou alheios. Mesmo aos mais renomados dignitários, Sekishusai implorava: não alimentem suspeitas infundadas quanto aos motivos que me levam a cerrar o portal. A imagem do venerando suserano, que assim vivia longe do mundo, associou-se à da lua, solitária, fulgurando muito acima dos mais altos ramos de árvores.

"Inatingível! Ainda não estou à altura desse homem..."

Perdera por completo a vontade de bater àquele portal. A ideia de romper a sebe com um chute e invadir o jardim o horrorizou. Mais que isso, fez com que sentisse vergonha de si mesmo.

Por esse portal deveriam passar apenas genuínos representantes da terra e do céu: flores e pássaros, a brisa e o luar. Sekishusai já não era nem um famoso espadachim, nem o poderoso suserano de um feudo. Era apenas um velho camponês que se retirara da atividade e retornava à ingenuidade original, buscando folgar no seio da natureza.

Seria desumano demais perturbar a paz de um homem assim decidido. Que fama ou riqueza lhe traria derrotar um homem que se despira de toda fama e riqueza?

"Ah, não fossem estes versos, eu teria feito um papel ridículo perante Sekishusai!"

Aos poucos, o sol subia no firmamento e, talvez por isso, os rouxinóis já não trinavam com a mesma vivacidade do amanhecer.

E então, passos apressados ecoaram no topo da colina, além do portal. Assustados com o ruído, pássaros levantaram voo de todos os lados, produzindo minúsculos arco-íris no ar da manhã.

Pelas frestas da sebe Musashi divisou o vulto que se aproximava e abafou uma exclamação espantada, pois quem descia correndo a colina era uma jovem.

Otsu!...

Lembrou o som da flauta da noite anterior e, alvoroçado, não conseguia decidir-se se iria ou não ao seu encontro. Sua vontade se dividia: por um lado, queria vê-la, por outro, sentia que não devia. Emoções intensas cruzavam seu peito, transformando-o num jovem simples, frágil e tímido na presença de uma mulher.

"Que... que faço?"

Enquanto se debatia em dúvida, Otsu desceu correndo a colina da ermida e parou a poucos passos do portal, voltando-se:

— Ora, mas onde...

Passeou em torno o olhar vivo, repleto de uma alegria secreta e murmurou; como se procurasse alguém:

— Mas eu estava certa de que ele estava atrás de mim...

Levou as mãos em concha à boca e gritou em direção à colina:

— Jouta-san! Jouta-san!

Mal a ouviu e a viu de perto, Musashi enrubesceu e se ocultou atrás de um arbusto.

V

— Jouta-saan! — chamou Otsu de novo, passados alguns instantes. Desta vez, uma voz pachorrenta respondeu do bambuzal:

— Eeei!

— Venha! Você errou o caminho. Isso, desça por aí!

Abaixando-se e passando sob grossos bambus, Joutaro aproximou-se de Otsu momentos depois.

— Ah... você estava aí!

— Está vendo? Quase se perdeu. Foi por isso que lhe disse para vir sempre atrás de mim.

— É que topei com um faisão e resolvi encurralá-lo...

— E isso é hora? Esqueceu que íamos procurar alguém muito importante para nós, assim que o dia clareasse?

— Ah, mas acho que você não tem por que se preocupar: acho muito difícil alguém liquidar meu mestre!

— Não foi isso o que você me disse ontem, quando veio à minha procura. Você chegou berrando que seu mestre corria perigo, e me pediu para interceder por ele junto ao grão-senhor, para que o duelo fosse cancelado, lembra-se? Queria que visse sua cara, naquela hora: você estava quase chorando!

— Ah, mas é porque eu estava muito assustado.

— Susto maior levei eu quando o ouvi dizer que seu mestre se chamava Miyamoto Musashi-sama. Tamanho foi o susto que até perdi a fala!

— Como foi que você conheceu meu mestre?

— É que somos da mesma província...
— E só?
— Só isso.
— Estranho! Se são simples conhecidos de uma mesma província, por que é que você chorou tanto ontem à noite, e agiu como uma barata tonta quando ouviu seu nome?
— Eu não chorei tanto assim, chorei?
— Bonito! Quando a coisa é com os outros você se lembra muito bem, mas quando é com você, se esquece bem depressa... Acontece que ontem me apavorei quando vi meu mestre contra quatro. E não eram quatro quaisquer, eram todos exímios espadachins, pelo que tinha ouvido falar. Imaginei então que se eu não tomasse alguma providência, talvez acabassem com meu mestre daquela vez. Até tentava ajudá-lo jogando areia nos quatro sujeitos, quando de repente ouvi você tocando a flauta em algum lugar. Era você tocando, não era?
— Sim. Eu tocava para Sekishusai-sama.
— Quando ouvi a flauta, logo me veio à cabeça que podia recorrer a você para chegar ao grão-senhor e me desculpar pelo incidente do cachorro.
— Ah, mas então... Musashi-sama também ouviu minha flauta! Nossas almas se encontraram em algum lugar, pois naquele momento eu tocava para o grão-senhor pensando nele.
— Esses detalhes não importam. O importante é que consegui chegar até você seguindo o som da flauta. Saí correndo em direção ao som, desesperado, e cheguei gritando...
— Chegou gritando: é guerra, é guerra! Você espantou o grão-senhor.
— Mas o velhinho até que é bem compreensivo. Não se enfureceu como os seus vassalos, quando lhe contei que matei o cão Taro.

Otsu deu-se conta, de repente, que se deixara uma vez mais empolgar pela conversa do garoto, e que perdera a noção de tempo e lugar. Interrompeu-o, portanto, aproximando-se do portal pelo lado interno e dizendo:

— Deixe a conversa para depois. Antes de mais nada, precisamos encontrar Musashi-sama esta manhã. Até o grão-senhor está à sua espera, declarando que se ele é tudo o que dizem, quebraria o próprio regulamento e se avistaria com ele!

A tramela foi removida com um estalido. As duas folhas do portal em estilo Rikyu se abriram.

VI

Otsu tinha uma aparência esplêndida nessa manhã. A certeza de que em breve se encontraria com Musashi assim como algo semelhante a um secreto prazer pela própria condição feminina transpareciam sensualmente em todo o seu corpo. O sol de quase verão acrescentava à sua face a radiosa suavidade de uma fruta madura.

A brisa que agitava as folhas tenras vinha carregada do cheiro da mata, seu perfume ameaçando impregnar de verde os pulmões. Oculto entre arbustos e sentindo nos ombros o orvalho gotejante, Musashi viu-a bem de perto e reparou num átimo:

"Otsu está com outro aspecto, mais saudável e belo!"

Nos dias agora distantes em que costumava passar longas horas na varanda do templo Shippoji, tristonha e de olhar perdido, a jovem era a própria imagem da órfã solitária, não tinha no rosto e no olhar essa vivacidade.

Pois na vida de Otsu ainda não havia amor. Ou, se havia, não tinha formas definidas. Naqueles dias, Otsu nada mais era que uma mocinha sensível, sempre atormentada pela angústia de ser órfã, revoltada por ter lhe cabido tão triste destino.

A partir do momento em que conhecera Musashi, porém, e que nele vira o verdadeiro homem, o amor dera pela primeira vez sentido à sua vida. Principalmente depois que começara suas jornadas em busca de Musashi, nela surgira a capacidade de suportar qualquer vicissitude, física ou espiritual. Musashi espantou-se ante essa nova beleza burilada e pensou:

"Está diferente!"

Desejou ardentemente poder levá-la para algum canto onde ninguém os visse e confessar-lhe com franqueza seus sentimentos — ou, melhor dizendo, a paixão que o consumia —, a fragilidade por trás de sua aparente fortaleza; talvez devesse também desmentir o sentido quase cruel das palavras que deixara gravadas no corrimão da ponte Hanadabashi. Que lhe importava mostrar fragilidade diante de uma mulher, desde que ninguém o visse? Em resposta à adoração que até agora Otsu lhe dedicara, ele também demonstraria sua paixão. Iria abraçá-la, traria aquele rosto junto ao seu, enxugaria suas lágrimas.

Musashi revolveu diversas vezes os mesmos pensamentos. Teve tempo suficiente para isso. As palavras da jovem, ditas num passado distante, ecoavam em seus ouvidos aprofundando cada vez mais seu sofrimento, e a sensação de que rejeitar aquele singelo amor constituía um crime imperdoável. Mas ali estava ele, cerrando os dentes e resistindo com medonha tenacidade. A personalidade de Musashi se dividira em duas, e enquanto uma lutava por bradar: "Otsu!", a outra o repreendia: "Tolo!"

Ele próprio não saberia dizer qual personalidade lhe era inata, qual a cultivada. Imóvel entre os arbustos, com os pensamentos em turbilhão, Musashi conseguia perceber vagamente que dois caminhos se abriam à sua frente:

o caminho das trevas, pelo qual, presa das paixões sensuais, seria conduzido a um mundo ilusório, e o caminho da luz.

Otsu, que de nada sabia, afastou-se do portal e aproximou-se caminhando cerca de dez passos. Voltou-se em seguida e percebeu que alguma coisa desviara outra vez a atenção de Joutaro.

— Que é isso que você apanhou do chão? Jogue fora e venha de uma vez!

— Espere um pouco, Otsu-san.

— Mas o que pretende você com essa toalha suja?

VII

A toalha, caída ao lado do portal, estava úmida, parecendo torcida havia pouco. Joutaro a pisara ao passar, apanhara-a do chão e a examinava agora.

— Esta toalha pertence ao meu mestre!

Otsu aproximou-se ansiosa:

— Ao seu mestre, Musashi-sama?

Joutaro desdobrou a toalha, erguendo-a por dois cantos e confirmou:

— Isso mesmo, é a toalha que ele ganhou da viúva de Nara. Tem uma folha de boldo estampada. E também o ideograma Lin, dos confeites produzidos pelo cunhado da viúva.

— Mas então, ele pode estar por perto...

Otsu examinava ansiosa ao redor, quando Joutaro se ergueu de súbito na ponta dos pés e berrou, junto aos seus ouvidos:

— Meeestre!

Gotas de orvalho explodiram em cores no bosque ao lado e, ao mesmo tempo, um ruído semelhante ao de cervos em abrupto movimento se fez ouvir. Otsu voltou-se bruscamente em direção ao som e deixou escapar um instantâneo grito de espanto. No momento seguinte, disparou em linha reta, deixando Joutaro para trás.

Correndo no seu encalço, Joutaro gritou ofegante:

— Otsu-san! Otsu-san! Aonde você vai?

— Olhe, lá vai ele! É Musashi-sama!

— Onde? Onde?

— Ali em frente!

— Não estou vendo nada!

— Lá, no bosque!

A breve visão de Musashi provocara em Otsu um misto de desapontamento e alegria. Aliado a esse impacto, o extenuante esforço dispendido para alcançar o vulto que se distanciava com rapidez não permitia à jovem desperdiçar tempo com palavras.

— Mentira! Você se enganou — disse Joutaro, que a acompanhava de perto, mas incrédulo.

— Se era mesmo o meu mestre e nos viu, por que fugiria? Acho que você se enganou, Otsu-san.

— Mas olhe lá!

— Lá onde?

— Ali, ali...

Por fim, quase louca de desespero, Otsu gritou:

— Musashi-samaa!

Tropeçou na raiz de uma árvore à beira do caminho e cambaleou. Virou-se então para Joutaro, que tentava soerguê-la, e disse:

— E você, por que não o chama? Ande logo, chame também, bem alto!

Joutaro não conseguia desviar o olhar aterrorizado do rosto da jovem que assim lhe ordenava. Como se pareciam! A boca não era rasgada, com certeza, mas os olhos injetados, as pequenas veias azuladas da testa, a pele fina e cerosa das narinas e do queixo... pareciam-se, eram idênticos, podia dizer, aos da máscara que ganhara da viúva do músico Kanze, em Nara. Joutaro recuou, retirando as mãos que sustinham Otsu.

Impaciente ante a hesitação do menino, Otsu repreendeu-o

— Depressa, temos de alcançá-lo! Ele não vai voltar atrás. Chame, chame seu mestre o mais alto que puder, eu ajudo!

"Não pode ser", negava Joutaro no íntimo. Mas em vista da seriedade de Otsu, o menino não conseguiu continuar negando e começou a correr cegamente no rastro da jovem, chamando seu mestre o mais alto que podia.

Além do bosque havia uma pequena colina, e em sua base corria uma estrada secundária que levava de Tsukigase a Iga, através das montanhas.

— É ele! Estou vendo! — gritou Joutaro, mal atingiram o topo da colina, enfim avistando com nitidez o vulto de seu mestre. Suas vozes, porém, jamais o alcançariam, pois uma enorme distância os separava. O minúsculo vulto, apenas uma sombra, corria longe sem nunca se voltar.

VIII

— Ali vai ele!

Correram e gritaram quanto pernas e garganta permitiram. A voz repassada de choro da jovem e do menino deslizou pela encosta da colina, percorreu os campos e alcançou o vale ao pé da montanha, despertando ecos em sua passagem. Mas o minúsculo vulto de Musashi, que viam à distância, mergulhou num arvoredo na base da montanha e desapareceu.

Flocos de nuvens, brancos como carneirinhos, coalhavam o céu distante. Em algum lugar, um regato murmurava à toa. Joutaro batia os pés e chorava, desesperado como uma criança brutalmente arrancada ao seio materno.

— Idiota! Cretino! Onde se viu me abandonar num lugar como este... Meestree! Espere por mim! Onde você se meteu?

A poucos passos de distância, Otsu se amparava numa nogueira, apoiando o peito arfante no grosso tronco, apenas soluçando miseravelmente. O intenso amor que lhe devotava e a dedicação de sua vida inteira não seriam ainda suficientes para deter os pés daquele homem? Otsu estava magoada. Desde o incidente da ponte Hanadabashi compreendera muito bem o que Musashi mais ambicionava neste mundo, assim como os motivos que o levavam a abandoná-la de modo tão cruel. Vista pelo seu lado, contudo, a questão era: por que não poderiam os dois se encontrar? Em que isso prejudicaria a concretização dos sonhos de Musashi?

Outra dúvida infiltrava-se em seu espírito. A recusa de Musashi em vê-la talvez fosse apenas uma desculpa: ele, na verdade, não a amava.

Mas Otsu tivera a oportunidade de contemplar durante dias o cedro centenário do templo Shippoji e pensava conhecer a fundo o caráter daquele homem. Não era do seu feitio mentir para uma mulher, tinha certeza. Caso não a amasse, assim declararia com franqueza. Apesar de tudo ele lhe assegurara, na ponte Hanadabashi: não digo que não a amo, absolutamente.

E isso deixava Otsu ressentida.

Pois, se assim era, que poderia ela fazer? Órfãos, de um modo geral, são retraídos e sofrem por se sentirem inferiorizados. Dificilmente confiam em alguém, mas, quando o fazem, tendem a se convencer de que, além do escolhido, mais ninguém no mundo é merecedor de confiança ou afeto. Otsu, em especial, acabara de ser traída por um homem, Hon'i-den Matahachi. O episódio servira para lhe ensinar que homens deviam ser julgados com muita cautela. E Otsu julgara que Musashi era um dos poucos homens dignos desse nome no mundo, e resolvera dedicar-lhe o resto de sua vida, nunca se arrependendo, quaisquer que fossem as consequências.

— Nem assim mereço uma palavra?

As folhas da nogueira estremeciam levemente. "Até uma árvore, ao ouvir tal confidência, é capaz de se comover", pareciam dizer suas folhas trêmulas...

— É demais!

Quanto mais se revoltava, maior era a vontade de revê-lo. Para o espírito delicado de Otsu, a certeza de que jamais se sentiria realizada caso não lograsse unir sua vida à de Musashi representava um sofrimento insuportável, uma angústia maior, talvez, que a de ter de suportar um eventual defeito físico.

— Ah, um monge vem vindo — murmurou Joutaro, que, havia pouco, gritava como um possesso. Otsu, contudo, não ergueu o rosto do tronco da árvore.

O verão já se anunciava nas montanhas de Iga. Com o avançar do dia, o céu se tornara mais azul e translúcido.

Gingando o corpo, o monge vinha descendo pela estrada da montanha. Seu vulto solitário parecia ter brotado de um floco de nuvem, sem nenhum vínculo terreno. Ao passar próximo à nogueira, voltou-se para examinar o vulto de Otsu e deixou escapar uma exclamação admirada:

— Ora essa!

Ao som de sua voz, Otsu também ergueu o rosto. Seus olhos inchados e rasos de lágrimas se arregalaram instantaneamente, ao mesmo tempo que gritava:

— Monge Takuan?

O espanto se justificava. Para a jovem, Shuho Takuan sempre fora uma luz, e seu aparecimento naquele lugar lhe pareceu uma extraordinária coincidência. Otsu achou que sonhava acordada.

IX

Takuan tinha previsto esse encontro, que para Otsu havia sido totalmente inesperado. Para o monge, portanto, o fato de estarem os três retornando juntos à ermida não constituía coincidência ou milagre.

A explicação era a seguinte: a relação do monge Shuho Takuan com a casa Yagyu era antiga, tendo se originado nos velhos tempos em que Takuan, à época ainda um noviço, ajudava na grande cozinha do alojamento Sangen-in do templo Daitokuji, limpando o amplo assoalho com um esfregão nas mãos ou, ainda, amassando soja e transformando-a em missô.

Naqueles tempos, tipos um tanto excêntricos — como samurais empenhados em solucionar o grande enigma da vida e morte, ou guerreiros que haviam despertado para a verdade de que o estudo das artes marciais exigia uma simultânea iluminação espiritual — frequentavam o conjunto denominado Sangen-in, o alojamento de monges também conhecido por Setor Norte do templo Daitokuji. A presença muito maior de samurais que de monges nas sessões de meditação zen daquele setor chegou a levantar suspeitas de uma rebelião em curso.

"Há um clima conspiratório em torno do Sangen-in", sussurrava-se.

No meio das personalidades que frequentavam o setor estavam Suzuki Ihaku, o idoso discípulo de lorde Kamiizumi, senhor de Ise, e dois herdeiros da casa Yagyu, Gorozaemon e seu irmão mais novo, Munenori. Entre este último — jovem ainda, não agraciado com o título de senhor de Tajima — e Takuan surgiu de imediato uma grande amizade, que evoluiu para um relacionamento íntimo. Com o passar dos anos, o monge começou a frequentar o castelo Koyagyu e, aos poucos, passou a considerar Sekishusai um "pai compreensivo" e a ter por ele muito mais respeito do que tinha pelo filho. Sekishusai, a seu turno, admirava Takuan e o via como um "bonzo promissor".

Nos últimos tempos, o monge Takuan, após viajar por Kyushu, chegara à província de Izumi e há algum tempo descansava no templo Nansoji, de onde escrevera aos senhores de Koyagyu, pai e filho, ansioso por saber de ambos. Em resposta, recebeu uma minuciosa carta do idoso suserano, em que este lhe dizia:

> *Ultimamente, a sorte me tem sorrido. Meu filho Munenori, senhor de Tajima, está desempenhando a contento sua função junto ao xogunato, em Edo; meu neto, Hyogo, embora tenha deixado a casa Kato, em Higo*[26]*, e esteja agora viajando pelo país a estudos, tem à frente um futuro promissor. Além disso, está comigo, nestes últimos dias, uma jovem flautista de delicada beleza que não só cuida do meu conforto como também participa de minhas cerimônias de chá, sessões de ikebana e serões de poesia. Sua presença nesta ermida, cuja atmosfera tende por vezes a se tornar fria e tediosa, alegra meus dias como a visão de uma bela flor. Ao saber que a referida jovem se criou no templo Shippoji de Mimasaka, província próxima à sua, imaginei se não teria afinidades com você, caro monge. Ao cair das tardes, saquê ao som de uma flauta constitui um prazer diferente daquele proporcionado pelo chá ao som dos trinados de rouxinóis. Já que está nas proximidades, reserve-me ao menos uma noite e venha visitar a ermida deste velho.*

Ao recebê-la, Takuan viu-se compelido a visitá-lo, principalmente porque a jovem flautista de delicada beleza mencionada pelo idoso suserano só poderia ser Otsu, cujo destino já o vinha preocupando havia algum tempo.

Eis porque não se surpreendeu quando, andando despreocupado pela área, descobriu Otsu numa colina próxima ao Vale Yagyu. No entanto, estalou a língua, suspirou e murmurou impaciente: "Que lástima!", ao saber que Musashi acabara de se afastar correndo em direção à estrada de Iga.

---

26. Higo: antiga denominação da atual província de Kumamoto.

A ENCRUZILHADA

I

Deixando para trás a colina da nogueira, Otsu, desanimada, refez o caminho até a base do morro onde se situava a ermida de Sekishusai em companhia do monge e do menino. Uma vez que o monge gozava de sua inteira confiança, é fácil deduzir que, durante o percurso e questionada por ele, a jovem nada ocultou, contando-lhe sobre suas andanças e os últimos acontecimentos, buscando seus conselhos.

— Sei... Sei... — dizia Takuan meneando diversas vezes a cabeça, ouvindo-a com a mesma atenção com que ouviria as queixas de uma irmã querida. — Ah, então foi assim! Compreendi. Realmente, uma mulher escolhe modos de viver inimagináveis para um homem. Deduzo então que, na encruzilhada a que chegou agora, você quer meus conselhos quanto ao caminho a tomar; não é isso, Otsu-san?

— De modo algum...

— Mas então...

— Imagine se, a esta altura, ainda tenho dúvidas quanto ao caminho a seguir.

Visto de perfil, o rosto da jovem cabisbaixa e desanimada era a própria imagem da desolação. Aos seus olhos, a luz com certeza se fora do mundo, e até a campina deveria lhe parecer um vasto mar negro. Apesar de tudo, suas palavras continham tamanha força que atraíram o olhar admirado do monge.

— Se tivesse alguma dúvida quanto a seguir em frente ou desistir, jamais teria saído do templo Shippoji. Meu caminho já está traçado. Apenas fico me perguntando se esta minha decisão de algum modo prejudicaria Musashi-sama, se a minha própria existência impediria a sua felicidade. Porque, se esse for o caso, só me resta uma alternativa.

— Que alternativa?

— Não posso lhe dizer, por enquanto.

— Cuidado, Otsu-san!

— Com o quê, monge?

— Ela a está atraindo a si, puxando-a por esses seus cabelos. Neste exato instante, debaixo deste sol forte, vejo a Morte puxando seus cabelos.

— Isso não me incomoda.

— Claro, quem tem a Morte ao seu lado nada teme! Mas nada mais tolo que o suicídio, principalmente por causa de uma paixão não correspondida... — disse Takuan, rindo às escâncaras.

Otsu irritou-se com as observações do monge, a seu ver impiedosas. Como compreenderia seus sentimentos alguém que nunca amou? Tinha certeza de que se Takuan tentasse explicar os princípios do zen a um débil mental se frustraria do mesmo modo. Se o zen-budismo encerrava a verdade da vida, no amor também existia vida, uma vida ardente. Pelo menos, achava Otsu, do ponto de vista de uma mulher, seus problemas eram cruciais, tinham importância muito maior que as divagações filosóficas de insossos monges zen-catequistas em torno de proposições enigmáticas[27] do tipo: "Qual o som de uma única mão batendo palmas?"

"Não digo mais nada", decidiu-se Otsu. Ao notar que a jovem se calava, lábios firmemente cerrados, Takuan retomou o tom sério e disse:

— É pena, Otsu-san, você deveria ter nascido homem. Um homem de propósitos tão firmes no mínimo prestaria relevantes serviços à nação.

— E que há de errado com uma mulher de propósitos firmes? Prejudico de algum modo a vida de Musashi-sama, sendo como sou?

— Não fique tão ressentida, Otsu-san. Não foi isso o que eu quis dizer. Mas de que adianta dedicar-lhe tanto amor se Musashi foge dele? Desse jeito, nunca o alcançará.

— Não é por prazer que sigo este caminho, pode crer.

— Ora, veja. No pouco tempo em que não nos vimos, você aprendeu a argumentar como qualquer mulher.

— É que... Não, vamos parar por aqui! É óbvio que um monge, famoso como o senhor, jamais entenderia o que vai no coração de uma mulher.

— Mulheres não são o meu forte, também confesso. Não sei que resposta lhes dar.

Otsu deu abruptamente um passo para o lado e chamou:

— Venha, Jouta-san!

E abandonando Takuan, tomou outro caminho.

II

Takuan se deteve. Franziu levemente o cenho, pesaroso, mas percebendo que nada poderia fazer, disse:

— Pretende então seguir o caminho que escolheu, sem ao menos se despedir do velho suserano, Otsu-san?

---

27. No original, *koan*: formulação que, em linguagem desconcertante, insinua a verdade suprema. Os *koan* não podem ser solucionados pelo recurso ao raciocínio lógico, mas somente pelo despertar de um nível mais profundo da mente, além do intelecto discursivo. (Philip Kapleau, op. cit.)

— Pretendo. Ao grão-senhor, apresento minhas despedidas aqui mesmo, em meu coração. Na verdade, nunca foi minha intenção me deter tanto tempo em sua ermida.

— Não gostaria de reconsiderar?

— Como assim?

— Acho que o templo Shippoji, no interior de Mimasaka, é sem dúvida um bom lugar para se viver, mas este feudo de Yagyu nada lhe fica a dever. A vida aqui é pacífica e singela. Se tivesse em mim esse dom, gostaria de resguardar belezas como você, Otsu-san, em recantos pacíficos como este, para sempre longe das tempestades mundanas, como esses rouxinóis que gorjeiam pelos campos.

Otsu riu:

— Ora essa, muito obrigada, monge Takuan!

— É inútil! — suspirou Takuan, dando-se conta de que todas as suas considerações não deteriam essa jovem resolvida a ir cegamente ao encontro do seu destino. — Mas, Otsu-san, cuidado: o caminho por onde você pretende seguir é o das trevas.

— Caminho das trevas?!

— Por certo conhece o termo, criada como foi num templo. Sabe, com certeza, quão longo é o caminho das trevas — o caminho das paixões sensuais —, como é triste vagar por ele e difícil dele se salvar.

— Mas se nunca existiu um caminho da luz para mim!

— Claro que existe! — disse Takuan com ênfase, agarrando a tênue esperança que se apresentava. Aproximou-se da jovem com os braços estendidos, convidando-a a neles se amparar, e tomou-lhe a mão. — Vou interceder por você junto a Sekishusai-sama e pedir-lhe que cuide de seu futuro, que lhe arrume um meio de vida. Permaneça neste feudo, escolha um bom homem, case-se com ele e tenha bons filhos. Apenas cumprindo seu papel de mulher contribuirá para o fortalecimento deste feudo, e você mesma será mais feliz, não percebe?

— Compreendo e agradeço a sua bondade. Mas...

— Então, faça isso! — disse o monge, puxando-a involuntariamente pela mão. E acrescentou: — Venha também, moleque!

Joutaro, no entanto, meneou a cabeça negativamente:

— Nada feito! *Eu* vou atrás do meu mestre!

— Está bem, se quer ir, vá. Mas antes, volte à ermida e despeça-se de Sekishusai-sama.

— É verdade! Larguei a máscara no castelo. Vou buscá-la! — disse Joutaro, pondo-se a correr. À sua frente não se abriam caminhos das trevas ou da luz.

Mas Otsu, parada na bifurcação dos dois caminhos, não se movia. Retomando o tom bondoso dos velhos tempos, Takuan tornou a explicar, com paciência, que o tipo de vida por ela escolhido ocultava inúmeros perigos e que a felicidade não se encontrava apenas nesse tipo de vida, mas suas palavras não conseguiram demovê-la.

— Achei! Achei! — veio gritando Joutaro, descendo pela colina da ermida com a máscara no rosto. Ao olhar casualmente a máscara, Takuan estremeceu. Pois esse talvez fosse o rosto de Otsu quando, num futuro distante, a encontrasse vagando pelo caminho das trevas, a sanidade perdida.

— Adeus, monge Takuan — disse Otsu, afastando-se um passo. Joutaro, agarrado à sua manga, insistia:

— Vamos! Vamos logo!

Takuan, lamentando a própria impotência, ergueu o olhar para as nuvens:

— É inútil! Já disse Gautama: difícil é a salvação de uma mulher!

— Adeus. Rezo pela saúde do grão-senhor do fundo do meu coração. Diga-lhe isto, monge, quando o vir.

— Cada vez mais sinto a inutilidade da minha profissão. Onde quer que eu vá, só deparo com almas que rumam direto para o inferno. Otsu-san: se andando por um dos seis caminhos da vida, um dia se vir perdida na encruzilhada dos três infernos, grite por mim! Lembre-se de mim, e me chame bem alto, entendeu? Siga em frente, então, até onde puder.

O FOGO

A MELANCIA

I

As águas do Yodogawa — rio que em Kyoto corre por terras de Fushimi-Momoyama, sede do castelo Fushimi — seguem seu curso e vêm, algumas dezenas de quilômetros adiante, banhar também as pedras da muralha do castelo de Osaka, na baía de Naniwae[1], constituindo uma ligação natural entre os dois castelos. Talvez seja esse o motivo por que qualquer medida política tomada em Kyoto chegue ao conhecimento do castelo de Osaka instantaneamente e, em contrapartida, qualquer movimentação militar nos arredores de Osaka alcance com incrível precisão os ouvidos dos senhores do castelo Fushimi.[2]

Em torno desse extenso rio, que atravessa as províncias de Settsu e Yamashiro, a sociedade japonesa passava, nesses dias, por uma revolução cultural em que duas correntes se mesclavam. No castelo de Osaka, Toyotomi Hideyori e sua mãe, Yodo-gimi — a dama de Yodo — lançavam mão de todos os recursos na tentativa de ostentar um poder que já não detinham depois da morte de Toyotomi Hideyoshi, mas seus esforços constituíam um melancólico espetáculo, semelhante ao do sol que aos poucos descamba no ocaso. O castelo Fushimi, por seu lado, estava ocupado por Tokugawa Ieyasu, desde a batalha de Sekigahara, que se empenhava em traçar novos rumos políticos e econômicos para o país, reformulando radicalmente as diretrizes governamentais anteriores estabelecidas pelo falecido Toyotomi Hideyoshi. A mistura das duas correntes envolvendo dois polos de poder — um em declínio representado pelo castelo de Osaka, e outro em ascensão, representado pelo castelo Fushimi — era patente em toda parte, como, por exemplo, nos barcos que singravam as águas do rio Yodo, em homens e mulheres caminhando pelas margens, nas canções populares, em rostos de *rounin* à procura de emprego.

— E agora, o que acha que vai acontecer? O assunto vinha sempre à baila, pois interessava a todos.

— Acontecer onde?

— No país, ora!

— Muita coisa vai mudar, isso é certo. Aliás, desde os tempos de Fujiwara Michinari, nem um dia sequer se passou sem mudanças. E depois que as casas

---

1. Naniwae: antiga denominação de área da baía de Osaka, próxima à cidade homônima.

2. À época, os castelos Fushimi e Osaka simbolizavam os dois polos de poder do Japão, o primeiro representado por Tokugawa, no poder desde a vitória da coalizão oriental na batalha de Sekigahara, e o segundo, a casa Toyotomi, derrotada por Tokugawa.

Genke e Heike entraram em disputa pelo poder, as mudanças passaram a acontecer com maior rapidez.

— Isso quer dizer que teremos guerra de novo.

— As coisas tomaram tal rumo que já não há caminho de volta possível. Não há força capaz de conduzir o país pacificamente.

— Dizem que em Osaka estão arregimentando *rounin* de outras províncias.

— Com certeza. Que ninguém nos ouça, mas soube que Tokugawa-sama também está comprando uma montanha de rifles e pólvora dos navios mercantes bárbaros.

— Mas se é assim, por que é que ele deu em casamento sua neta, Senhime, a Toyotomi Hideyori?

— Nossos grandes líderes são sábios; nós, do povo, é que somos incapazes de compreender suas razões.

Sob o sol inclemente, as rochas ardiam, o rio fervia. O outono já se aproximava, mas o calor, nesse fim de estação, tornara-se ainda mais intenso que durante o auge do verão.

À beira do rio Yodo, na cabeceira da ponte Kyobashi, chorões esbranquiçados de calor pendiam seus ramos. Uma cigarra cruzou o rio e voou cegamente, desaparecendo entre as casas da vila. Àquela hora do dia a vila perdera a feérica beleza que as luzes noturnas costumavam lhe emprestar. Brancas, queimadas de sol, as telhas de madeira pareciam cobertas por fina camada de cinza. A montante e a vazante do rio, havia um considerável número de barcaças atracadas, todas elas carregadas de pedra. Onde quer que a vista alcançasse, viam-se apenas pedras: sobre o rio, pedras nas margens.

As pedras em questão eram blocos de rocha, na maioria grandes, suas superfícies medindo aproximadamente quatro metros quadrados. Era hora do almoço. Indiferentes ao calor, carregadores — homens contratados para arrastar os blocos de rocha — gozavam momentos de descanso, alguns sentados sobre as rochas escaldantes, outros deitados de lado ou de costas. Nas proximidades, bois de carga dos carroções que transportavam toras mantinham-se imóveis, baba escorrendo de suas bocas e enxames de moscas cobrindo seus corpos.

Estava em curso a reforma do castelo Fushimi.

Contrariamente ao que parecia, no entanto, Tokugawa Ieyasu — então se fazendo chamar *Ogosho* ou Grande Líder — não se hospedava ali. As reformas casteleiras simplesmente faziam parte do programa de governo Ieyasu, no período pós-guerra.

Obrigando os suseranos das diversas províncias a reformar seus castelos, Ieyasu mantinha os *fudai daimyo* — senhores feudais de sua confiança — sempre ocupados, em constante estado de alerta, ao mesmo tempo que dilapidava as posses dos *tozama daimyo*³ — suseranos que não gozavam de sua total confiança —, levando-os a se exaurir financeiramente.

Uma outra razão ocultava-se por trás da política de reconstrução castelar: as grandes obras de construção civil eram o meio mais eficiente de distribuir renda pelas camadas sociais mais baixas e promover a rápida e entusiástica aceitação popular do governo Tokugawa. Eis por que as reformas dos castelos se sucediam em todo o país. Entre as maiores estavam as dos castelos de Edo, Nagoya, Sunpu, Echigo-Takata, Hikone, Kamiyama, Otsu, etc.

II

Cerca de mil homens vinham diariamente em busca de trabalho a dia, apenas nas obras do castelo Fushimi. A grande maioria deles era empregada na construção da nova muralha. Em consequência do espantoso afluxo de trabalhadores, a cidade de Fushimi viu de pronto crescer sua população de prostitutas, vendedores ambulantes e moscas, as últimas atraídas pelo excessivo número de cavalos e bois de carga.

— Tudo prospera, graças a Tokugawa-sama — dizia o povo, louvando as medidas adotadas pelo governo Ieyasu.

Ao mesmo tempo, oportunista e interesseira como sempre, a classe mercantil especulava febrilmente, ábaco em punho aferindo cada fenômeno social:

— Se estourar outra guerra... será a minha oportunidade de lucrar.

Mercadorias trocavam de mãos em silêncio — suprimentos militares na sua grande maioria, era óbvio.

As pessoas abandonavam o saudosismo e a lembrança dos gloriosos dias do domínio Toyotomi, e já começavam a preocupar-se: como lucrariam na nova ordem política estabelecida pelo governo Tokugawa? Não lhes importava quem detinha o poder. Bastava-lhes apenas que seus insignificantes desejos fossem atendidos e a subsistência assegurada.

E Ieyasu não traiu os anseios da plebe rude. Satisfazer o povo foi para ele, com certeza, tarefa mais agradável que distribuir doces entre criancinhas, mormente porque os recursos financeiros não provinham da casa Tokugawa, mas

---

3. *Tozama daimyo* e *fuzama daimyo*: depois da batalha de Sekigahara e da queda do castelo de Osaka (1615), Tokugawa Ieyasu compôs feudos à sua vontade, e os concedeu a: *fudai daimyo* ou vassalos hereditários da família Tokugawa, que inicialmente somavam 145; *shinpan*, ou *daimyo* ligados à casa Tokugawa por laços de família, dos quais havia 23; e 98 *tozama daimyo*, ou suseranos fora desse círculo de vassalos e parentes, que se haviam submetido ao governo Tokugawa após a batalha de Sekigahara. No grupo dos *shinpan*, três casas — Owari, Mito e Kii — tinham a incumbência de prover um herdeiro caso o xogum não tivesse filhos. (*Enciclopédia Britânica*).

dos gordos cofres dos *fuzai daimyo*, cujas finanças Ieyasu solapava enquanto aumentava a própria popularidade.

A par dessas medidas na área urbana, na área rural o governo Tokugawa passou a exercer um controle rigoroso sobre a produção agrícola, impedindo a requisição aleatória da safra e negando o direito de cada feudo a ela, como era costume até então. Desse modo, Ieyasu lentamente estabelecia as bases da política feudal Tokugawa.

"Não explique medidas políticas à plebe, imponha-as" e "Quanto aos agricultores, constitui ato de caridade conceder-lhes apenas o suficiente para viver, sem lhes permitir extravagâncias" eram princípios da política centralizadora do governo de Ieyasu.

Essa política — condição prévia do estado feudal controlador — traria consequências que se fariam sentir indiscriminadamente sobre toda a população, desde os mais ricos senhores feudais aos mais humildes lavradores, e acabaria por imobilizá-los, amarrando-lhes mãos e pés por mais de três gerações. Mas, nesse momento, ninguém pensava num futuro cem anos distante. Aliás, nem no amanhã pensavam os trabalhadores que vinham ganhar o dia erguendo e arrastando blocos de rocha.

Saciada a fome do meio-dia, o máximo que podiam desejar era a rápida chegada da noite. Ainda assim, em vista da atual situação, perguntavam-se incessantemente:

— Vai haver outra guerra?

— Quando?

Ninguém, no entanto, se preocupava com a situação política ou se detinha questionando os rumos da paz, uma vez que esses homens tinham apenas uma certeza: "Para nós, pior do que está não há de ficar, mesmo que venha uma nova guerra."

— Quem quer melancias?

Como sempre acontecia na hora do descanso, uma jovem, filha de lavradores, surgiu carregando um cesto de melancias e as ofereceu aos trabalhadores. Um grupo que jogava *bakuchi* à sombra de algumas rochas comprou duas.

— E vocês, não querem melancia? Quem me compra uma melancia? — repetia a jovem andando de grupo em grupo, mas as respostas eram quase sempre as mesmas:

— E eu lá tenho dinheiro, sua idiota?

— Só se for de graça!

Nesse instante, um jovem trabalhador, pálido e solitário, que se acomodara entre duas rochas abraçando os joelhos, levantou o olhar mortiço e murmurou:

— Melancia...

Magro, queimado de sol, olhos fundos e faces encovadas, quase irreconhecível, o jovem carregador era Hon'i-den Matahachi.

III

Matahachi contou sobre a palma da mão algumas moedas, sujas de terra. Entregou-as à vendedora e comprou uma melancia. Em seguida, ajeitou a fruta no colo; recostou-se molemente nas pedras e permaneceu alguns minutos imóvel e cabisbaixo.

De súbito, curvou-se para a frente e, apoiando-se numa das mãos, vomitou saliva ruidosamente sobre a relva, como um boi. A melancia rolou do seu colo, mas Matahachi não tinha sequer ânimo para recuperá-la. Pelo visto, não tivera a intenção de comê-la quando a comprara. Seu olhar mortiço apenas fixava a melancia. Seus olhos eram duas esferas de vidro vazias, sem vontade ou esperança. Seus ombros ondulavam a cada respiração.

"Malditos..."

Em sua mente surgiam apenas vultos odiosos: a face branca de Okoo, a imagem de Takezo. "Ah, se não fosse Takezo... se não tivesse conhecido Okoo", não podia deixar de pensar, ao retraçar desde a origem o caminho que percorrera até a sua atual e degradante situação.

A batalha de Sekigahara fora o primeiro passo em direção ao desastre. O segundo, a sedução de Okoo. Não fossem esses dois fatores, ainda estaria em sua terra natal. Seria hoje o líder de seu clã, estaria casado com uma linda mulher, seria sem dúvida alvo de inveja dos aldeões.

"Otsu deve me odiar tanto! Como estará ela?"

Ultimamente, pensar em Otsu era o seu único consolo. Mesmo no tempo em que vivia com Okoo, o coração de Matahachi voltara-se para Otsu a partir do momento em que percebera a verdadeira personalidade da viúva. Mais tarde partira ou, melhor dizendo, fora expulso da Hospedaria Yomogi — a casa dirigida por Okoo —, quando então passara a pensar em Otsu com mais frequência ainda.

Nessa época, Matahachi sentira o brio ferido ao saber que Miyamoto Musashi — o jovem espadachim em ascensão cujo nome andava na boca dos samurais em Kyoto — era, na verdade, seu amigo de infância Takezo.

"Muito bem: se ele pode, eu também posso!" Parou de beber, chutou longe a indolência e procurou mudar de vida. "Vai ver quanto eu valho, Okoo. Espere só!"

Não achou, contudo, um emprego conveniente de uma hora para outra. Tarde demais percebeu, com amargura e nitidez, o tamanho do erro que cometera ao se alhear de tudo e viver cinco anos à custa de uma mulher mais velha.

"Qual o quê, ainda há tempo. Tenho apenas 22 anos. Hei de vencer, custe o que custar."

Era o tipo de conclusão exaltada a que qualquer um chegaria, mas procurar emprego no canteiro de obras do castelo Fushimi exigira de Matahachi um tocante esforço e representara um verdadeiro salto de olhos vendados sobre um precipício que o destino — achava ele — abrira por engano à sua frente. E foi assim que — nem ele sabia de onde tirara tanta resistência — viera se dedicando àquele trabalho braçal sob o sol escaldante ao longo de todo o verão e o começo do outono.

"Ainda serei famoso. Por que não, se Musashi conseguiu? Nada disso, serei ainda mais famoso que ele e então me farei respeitar. Nesta hora me vingarei de Okoo também. Esperem mais dez anos..."

Mas — repentinamente lhe ocorreu — que idade teria Otsu daqui a dez anos? Ela era um ano mais nova que Takezo e ele. Dentro de dez anos, Otsu teria 31!

"Otsu continuaria solteira até lá, à minha espera?" Matahachi ignorava os recentes acontecimentos de sua terra. Concluiu, então, que dez anos era tempo demais, tinha de ser dentro de cinco ou seis anos, no máximo. Precisava retornar à vila nesse ínterim, pedir perdão a Otsu e casar-se com ela. "É isso! Tenho cinco ou seis anos, no máximo!"

O olhar mortiço que fixava a melancia brilhou discretamente. E então, do outro lado de uma volumosa rocha, um dos seus companheiros voltou-se apoiado sobre o cotovelo e disse:

— Ei, Matahachi, está falando sozinho? Ué, que cara verde, você está muito abatido! Que foi? A melancia estava podre e lhe deu dor de barriga?

IV

Matahachi forçou um sorriso e, na mesma hora, sentiu uma desagradável tontura. Cuspiu sobre a relva e balançou a cabeça negativamente:

— Não... Não é nada, deve ser o calor... Preciso de um descanso no turno da tarde. Vocês me cobririam?

— Olhem só o molenga! — disse o robusto companheiro, lançando-lhe um olhar que continha um misto de desprezo e piedade. — E essa melancia, para que a comprou se nem consegue comê-la?

— Pensei em oferecê-la a vocês, companheiros, para compensar o trabalho que lhes dou a mais.

— Ora, muito amável de sua parte. Pessoal, é um presente de Matahachi, venham comer! — disse o homem, pegando a melancia e quebrando-a contra a quina de uma pedra. Os homens próximos acorreram de imediato como formigas e, ávidos, disputaram os suculentos e doces nacos vermelhos.

— Ao trabalho, homens, ao trabalho! — gritou o chefe do grupo, subindo numa pedra. O samurai supervisor saiu de um abrigo, empunhando um chicote. Um odor acre de corpos suados impregnou o ambiente e até as moscas se alvoroçaram. Gigantescos blocos de rocha adiantaram-se devagar, uns após outros, rolando sobre toras de madeira, impulsionados por alavancas e tracionados por cordas da grossura de um punho, compondo um cenário fantástico semelhante a uma majestosa parada de nuvens cúmulos-nimbos.

A onda reformista trouxera em seu bojo um novo tipo de música folclórica, a "moda do arrasto"[4], entoada em todo o país por homens que ganhavam a vida movimentando grandes blocos de rocha. A cantiga que se ouvia agora era uma delas. A nova tendência popular chegou a ser registrada por Hachisuka Yoshishige, senhor do castelo de Awa, em carta que remeteu à sua terra. Yoshishige, designado a supervisionar a reforma de diversos castelos, vistoriava a do castelo de Nagoya na ocasião, e assim escreveu:

> *Encontrei-me ontem com certa pessoa que me ensinou uma modinha cantada por arrastadores de Nagoya, cuja letra mandei anotar e aqui transcrevo:*
>
> *Nosso amo, glória a ele,*
> *É Tougoro-sama.*
> *Ele quer que a gente arraste*
> *Pedras de Awataguchi.*
> *Eia, arrastem, eia, pedras,*
> *Eia, eia, sem descanso.*
> *Só de ouvir a sua voz*
> *Eia, arrastem, eia, pedras,*
> *Tremo inteiro, pernas, braços!*
> *Eia, arrastem, eia, pedras,*
> *Se mais tenho que arrastar,*
> *De morrer eu sou capaz.*
>
> *A canção está na boca de todos, velhos e moços. A meu ver, nada expressa melhor a triste realidade deste nosso mundo transitório.*

---

4. No original, *shihiki-uta*.

Pelo que se depreende da carta, a rude canção dos trabalhadores havia se transformado em música de salão e vinha sendo cantada ao som de instrumentos musicais no decorrer das alegres noitadas de importantes *daimyo* da época, como Hachisuka Yoshishige.

Indiscutivelmente, o hábito de cantar se popularizara nas cidades no auge do domínio de Toyotomi Hideyoshi, cognominado Taiko. Embora também se cantasse durante o período Muromachi (1392-1573) dos xoguns Ashikaga, as letras desses tempos tinham um teor decadente, e o cantar era restrito aos salões. Nessa época, até as cantigas infantis tinham um tom sombrio e sentido. Sob o regime de Hideyoshi, porém, o cancioneiro popular se enriqueceu e se encheu de cantigas alegres, repletas de esperança. O povo gostava de cantar enquanto trabalhava ao ar livre.

Encerrado o episódio da batalha de Sekigahara, e conforme a sociedade aos poucos se tingia com as cores da civilização Tokugawa, as cantigas também sofreram ligeira modificação, esmaecendo o tom vigoroso e liberal de suas letras. No período Hideyoshi as canções brotavam espontâneas do seio do povo, mas, durante o regime Ieyasu, cantigas aparentemente compostas por músicos pagos pela casa Tokugawa passaram a ser oferecidas às pessoas.

— Que mal-estar! — murmurou Matahachi, segurando a cabeça febril. A cantilena a plenos pulmões de seus companheiros zumbia em seus ouvidos como uma incômoda nuvem de moscas e o irritava. "Cinco anos... Cinco anos! Que será de mim se tiver de continuar cinco anos nesta vida? Num dia de trabalho ganho apenas o suficiente para comer. Se não trabalho, nem tenho o que comer!" Pendeu a cabeça, o rosto pálido, a boca seca de tanto cuspir.

Foi então que notou a pouca distância um *bushi* alto e jovem, cuja aproximação não havia percebido. O homem usava um sombreiro de palha grosseiramente urdido, que enterrara quase até os olhos; trazia, além disso, presa à cintura e sobre o *hakama*, uma pequena trouxa típica dos samurais peregrinos. Abrira um leque metálico sobre a pala do sombreiro e examinava atentamente a topografia do castelo Fushimi, bem como o andamento das obras.

SASAKI KOJIRO

I

Inesperadamente, o samurai peregrino sentou-se diante de uma pedra chata de quase três metros quadrados de superfície. Uma vez sentado, a pedra — por sua altura conveniente — serviu-lhe de mesa e de apoio para os cotovelos.

Com dois vigorosos sopros, removeu a areia depositada na superfície quente da rocha e, de quebra, uma fileira de laboriosas formigas. Apoiou os cotovelos na mesa improvisada e repousou por alguns momentos sobre as duas mãos a cabeça protegida pelo sombreiro. As rochas ao redor refletiam o sol a pino, e um asfixiante mormaço subia da relva, bafejando-lhe o rosto. O calor era quase insuportável, mas o homem mantinha-se imóvel, absorto na contemplação da obra.

Tudo indicava que nem notara a presença de Matahachi, a poucos passos de distância. Este, zonzo e com náuseas, pouco se importava se havia ou não um samurai agindo de modo estranho ao seu lado: de costas para o forasteiro, Matahachi descansava, vez ou outra cuspindo sobre a relva. Nesse momento, sua respiração ofegante atraiu talvez a atenção do samurai desconhecido, pois o sombreiro se moveu e uma voz disse:

— Que há contigo, carregador?

—- É o calor, acho... — respondeu Matahachi.

— Estás com náuseas?

— Melhorou, mas ainda estou, um pouco.

— Vou te dar um bom remédio — disse. Apanhou uma pequena caixa de remédios[5], abriu-a, espalhou sobre a palma da mão alguns grãos escuros, levantou-se e, aproximando-se de Matahachi, despejou-os em sua boca, dizendo:

— Daqui a pouco te sentirás melhor.

— Muito obrigado.

— Amargo o remédio?

— Nem tanto.

— Vais continuar aí descansando por algum tempo, suponho.

— Sim, senhor.

---

5. Caixa de remédios: (jap. *inrou*) três a cinco minúsculas caixas retangulares achatadas e sobrepostas, finamente trabalhadas, o conjunto sendo preso ao *obi* por barbantes. Era originariamente usada para guardar carimbos e almofadas de tinta. A partir da era Edo, passou a ser usada para guardar remédios.

— Fica então vigiando e me avisa se alguém se aproximar. Chama-me, ou então joga alguns pedregulhos em minha direção. Combinado?

Assim dizendo, o samurai peregrino voltou ao seu lugar e sentou-se uma vez mais. Retirou em seguida um pincel de um estojo portátil, abriu sobre a pedra uma caderneta e concentrou-se em anotar alguma coisa.

Sob a pala do sombreiro seu olhar se transferia sem cessar do castelo para a sua área externa, ou ainda para a silhueta das montanhas ao fundo, o rio e o torreão. Pelo visto, o pincel esboçava a topografia do castelo, bem como aspectos internos e externos da sua muralha.

Pouco antes da batalha de Sekigahara, o castelo Fushimi havia sofrido o assédio das tropas dos suseranos Ukita e Shimazu — da coalizão ocidental posteriormente derrotada — e tivera duas de suas áreas fortificadas tomadas, bem como diversas trincheiras destruídas. As atuais reformas, porém, vinham acrescentando inexpugnabilidade e nobreza à sua primitiva estrutura. Majestoso, o castelo Fushimi contemplava agora de esguelha seu rival, o castelo de Osaka, situado no outro extremo de uma estreita faixa prateada, o rio Yodogawa.

Ao espiar sobre o ombro do samurai o esboço que ele atentamente tracejava, Matahachi percebeu que, em algum momento anterior, o homem deveria ter estado no topo da montanha Fushimi e no vale Taikyuu por trás do castelo, de onde obtivera uma vista aérea dos portões traseiros, e que compunha agora uma planta bastante precisa e detalhada.

— Ih!... — exclamou Matahachi baixinho, dando-se conta com um sobressalto de que, por trás do homem absorto na elaboração do esboço, havia surgido um *bushi* — vassalo talvez do suserano local ou do *daimyo* designado pelo governo Tokugawa para vistoriar a reforma do castelo. Calçando sandálias de palha e vestindo meia-armadura, o *bushi* carregava uma espada presa às costas por uma tira de couro e, mudo, aguardava em pé, por trás do samurai peregrino, que este percebesse sua presença.

"Que distração a minha!", pensou Matahachi, sinceramente arrependido de não cumprir o prometido; porém, tarde demais. Já não adiantava chamá-lo ou avisar jogando pedregulhos.

Momentos depois, o samurai peregrino espantou com a mão a mosca que lhe sugava o sangue do pescoço suado, e se voltou. No mesmo instante esbugalhou os olhos, surpreso, e abafou uma exclamação. O supervisor de obras devolveu o olhar fixamente e, em silêncio, estendeu a mão protegida por armadura ao esboço sobre a rocha.

II

Ao perceber que a planta, ciosamente elaborada sob o sol impiedoso e em difíceis condições, lhe seria arrebatada e amassada pela mão que surgira de maneira inesperada por cima do seu ombro, o samurai peregrino explodiu como um punhado de pólvora pegando fogo.

— Largue! — berrou, agarrando o pulso do *bushi*. O supervisor de obras, por sua vez tentando evitar que o caderno de esboços lhe fosse arrebatado, levantou-o bem alto, ordenando:

— Quero ver esta planta!

— Insolente!

— Cumpro o meu dever.

— Isso não justifica sua atitude.

— Por que reluta em mostrá-la?

— Porque não lhe interessa. Você nem a compreenderia!

— De qualquer modo, confisco esta planta.

— Nem pensar!

O caderno, puxado pelos dois lados, partiu-se, ficando cada metade na mão de um homem.

— É melhor que se comporte, ou o levarei preso.

— Para onde?

— Ao posto do magistrado.

— E você, por acaso, é um oficial?

— Exatamente!

— De que posto e a serviço de quem?

— Não lhe interessa. Basta saber que sou o supervisor desta obra e que o estou detendo para investigações porque o considero suspeito. Quem lhe deu permissão para elaborar a planta topográfica e os detalhes da reforma deste castelo?

— Sou um samurai peregrino e viajo pelas províncias observando os detalhes topográficos e arquiteturais dos castelos, para posterior estudo. Que mal há nisso?

— Espiões enxameiam por aí com essa mesma desculpa. De qualquer modo, a planta está confiscada. E você também será submetido a interrogatório. Acompanhe-me.

— Até onde?

— À presença do magistrado.

— Pretende me tratar como um simples criminoso?

— Cale-se e venha.

— Escute aqui, oficial. Pelo que vejo, costuma fazer o povinho tremer de medo com sua carranca, mas comigo não é tão fácil.

— Ande de uma vez!

— Tente fazer-me andar — disse o samurai peregrino, decidido a não sair do lugar. O oficial por fim se enfureceu. Lançou ao chão a metade do caderno de esboços que tinha arrebatado, pisoteou-a, e extraiu da cintura um longo *jitte* de quase 60 centímetros. Retraiu um dos pés e se posicionou, pronto a aplicar um golpe de *jitte* no cotovelo do seu adversário, caso este levasse a mão ao cabo da espada, mas como não o viu reagir, ordenou outra vez:

— Ande ou o levarei amarrado!

Nem tinha o oficial acabado de falar quando o samurai peregrino deu um passo à frente. No mesmo instante ouviu-se um grito e o oficial, ato contínuo, foi agarrado pelo pescoço. A outra mão do samurai voou ao *obi* da armadura:

— Verme! — rosnou, erguendo o oficial do solo e lançando-o contra o canto de uma volumosa rocha.

O corpo do fiscal espatifou-se no chão como a melancia partida há pouco por um dos carregadores, e se imobilizou, molemente.

— Ugh! — exclamou Matahachi, cobrindo o rosto com as mãos, pois algo rubro e pastoso espirrara para o seu lado. Digna de admiração era a calma do samurai peregrino, a poucos passos de distância. Talvez porque estivesse acostumado a lidar com oficiais e situações semelhantes, ou porque a súbita explosão de raiva o houvesse acalmado — o fato era que o homem não dava mostras de fugir apressado. Ao contrário, juntava a metade da planta pisoteada, além de outros papéis espalhados ao redor, e procurava com olhos calmos o sombreiro que voara longe, pois a corda havia se rompido quando lançara o oficial contra a rocha.

Matahachi estava horrorizado. Assistira a uma aterrorizante demonstração de habilidade que o deixara arrepiado. Viu que o samurai peregrino, agora sem o sombreiro, não devia ter trinta anos ainda. O rosto forte e queimado de sol tinha leves marcas de varíola e faltava-lhe um quarto da face, a partir do canto inferior da orelha até o queixo. Ou melhor, talvez desse essa impressão porque havia no local uma cicatriz feia de um antigo corte que repuxara a carne dessa parte do rosto. Outra cicatriz escura era visível por trás da orelha e mais uma no dorso da mão esquerda. Aquele era um rosto selvagem, repelente, e fazia supor que, por baixo das roupas, o homem tivesse outras marcas espalhadas pelo corpo.

III

Apanhando o sombreiro, o samurai peregrino cobriu a cabeça e, ocultando o rosto desfigurado, apressou-se em fugir, rápido como o vento. Naturalmente, muito pouco tempo se passara. Nem as centenas de carregadores que trabalhavam nas proximidades, nem os supervisores que, *jitte* e chicote em punho, gritavam ordens aos suados homens, sequer perceberam.

No entanto, instalado num torreão alto feito de toras, havia um par de olhos especialmente designado para vistoriar o local — o do inspetor-chefe de carpinteiros e policiais. De lá partiu um grito e, no momento seguinte, alguns soldados rasos que, suados, se ocupavam em preparar um enorme caldeirão de chá no interior de um cercado próximo à base do torreão correram para fora gritando:

— Que foi?

— Que houve?

— Outra briga?

Mas a essa altura uma pequena multidão vociferante envolta numa nuvem de poeira amarelada já se juntara na porteira, aberta na paliçada de bambu, que separava a obra da área urbana do povoado:

— É um espião de Osaka!

— Nunca aprendem?

— Acabem com ele!

Esbravejando, pedreiros, trabalhadores e encarregados do policiamento acorriam, zelosos como se a questão afetasse cada um diretamente.

O samurai da feia cicatriz no queixo fora pego. Tentara escapar ocultando-se com agilidade atrás de um carroção que saía pela porteira nessa hora, mas os vigias, desconfiados de seu comportamento, tinham-no derrubado, atingindo-lhe os pés de chofre com um *sasumata* — instrumento de cabo longo semelhante a um forcado com dois dentes cravejados de pregos.

Ao mesmo tempo, uma voz esbravejara de cima do torreão:

— Prendam o homem do sombreiro!

Bastou para que vigias e policiais caíssem sobre ele, sem perguntar por quê. O samurai se recompôs e, em desespero, enfrentou-os como um animal acuado. O primeiro a tombar foi o vigia do forcado: arrancando o instrumento de suas mãos, o samurai peregrino com ele enredou os cabelos do vigia e lançou-o ao chão. Derrubou em seguida mais quatro ou cinco homens, e logo fez cintilar a lâmina de uma comprida espada que levava à cintura. A arma, muito mais robusta do que uma espada convencional, era apropriada para situações de combate. Extraiu-a portanto da cintura, ergueu-a com os dois braços acima da cabeça e vociferou:

— Vermes!

Foi o suficiente: os homens recuaram, formando uma clareira no cerco por onde avançou o samurai, disposto a abrir caminho para a liberdade. Fugindo do perigo, a multidão dispersou-se gritando, mas, nesse instante, pedras provenientes de todos os lados choveram sobre o peregrino.

— Acabem com ele!

— A pauladas!

Eram pedreiros e serventes que, ao perceberem o recuo dos samurais encarregados do policiamento, extravasavam desse modo o antagonismo que nutriam no cotidiano por samurais peregrinos em geral, a quem consideravam excêntricos eremitas ou, pior, um bando de desocupados, arrogantes e exibicionistas, dados a andar pelo mundo vangloriando-se do pouco que sabiam.

— Mata! Mata!

— Liquida de uma vez! — gritavam os homens.

— Patifes! — rosnou o samurai peregrino avançando contra a multidão, que a cada avanço recuava gritando. Seus olhos já não buscavam um caminho de fuga, mas procuravam os homens que lhe lançavam as pedras, perdidos o discernimento e a prudência.

IV

Apesar dos muitos feridos e alguns mortos que o episódio produzira, a área retornou à normalidade momentos depois, cada homem de volta ao seu trabalho como se nada houvesse acontecido.

Impassíveis, carregadores ocupavam-se em arrastar pedras, serventes em transportar terra, pedreiros em talhar rochas com seus formões.

Com a chegada da tarde, o calor nesse fim de verão tornou-se insuportável, intensificado pelo ruído quente dos formões arrancando faíscas das pedras e pelo relinchar enlouquecido dos cavalos afetados pela excessiva exposição ao sol. Não se moviam sequer as nuvens encadeadas que se estendiam desde o castelo Fushimi até o rio Yodo.

— Homem, fica aí e toma conta deste, ouviste? Já está praticamente morto, mas vou deixá-lo do jeito que está, até a chegada do magistrado. Se morrer morreu, não precisas te incomodar — lembrava-se Matahachi vagamente de ter ouvido as recomendações de um mestre de obras e de um samurai supervisor, antes de se retirarem. Entrara em estado de choque, talvez, pois desde a cena de há pouco, parecia-lhe viver um pesadelo. Vira e ouvira o oficial, mas nada se registrara claramente em seu cérebro.

"A vida não tem sentido. Este estava aí agora mesmo, fazendo a planta do castelo." Havia já algum tempo, o olhar opaco de Matahachi prendia-se na forma estendida no chão, a dez passos de distância, enquanto divagava sobre a futilidade da vida. "Parece que já morreu. Nem trinta anos devia ter o coitado."

Amarrado com uma grossa corda, o samurai do rosto desfigurado jazia no chão deixando à mostra um dos lados do rosto escuro, sujo de terra e sangue, contraído num esgar atormentado. A outra ponta da corda achava-se presa a uma enorme rocha. "Para que amarrar desse jeito um homem incapaz até de gemer, quanto mais de se mover?", pensava Matahachi enquanto o contemplava. Na perna quebrada, que emergia em curioso ângulo de seu *hakama* rasgado, um pedaço de osso, branco, rompera a pele da canela e estava à mostra. Seus cabelos empastados de sangue já haviam atraído moscas e sobre seus pés e mãos caminhavam formigas.

"Quantos sonhos não devia acalentar este homem, ao sair peregrinando pelo mundo em busca de aperfeiçoamento. De onde viera, quem seriam seus pais?"

Enquanto lamentava a sorte do homem, a depressão tomou conta de Matahachi, que não sabia mais se pensava no desconhecido ou no próprio destino.

— Deve haver um caminho mais inteligente para o sucesso — murmurou.

Os tempos eram de transição para uma era de realizações, em que se conclamava a juventude a aspirar por um futuro melhor: "Erguei-vos, jovens!" "Sonhai!" Nos tempos que corriam, um indivíduo qualquer podia sonhar em ascender à posição de proprietário e senhor de um castelo. Até Matahachi sentira-se afetado por esse clima social.

Levados pela ambição, moços abandonavam suas terras, lares e laços familiares, a maioria tornando-se samurais peregrinos. Para estes, em suas andanças país afora, sempre haveria um meio de obter comida e roupa onde quer que fossem, pois mesmo o mais simplório dos interioranos desses tempos se interessava por artes marciais e se mostrava disposto a pagar para obter informações. Os templos representavam outro meio de subsistência; com um pouco de sorte um samurai peregrino poderia até cair nas graças de um poderoso clã provinciano, tornando-se seu hóspede permanente. Além disso, caso a sorte de fato lhe sorrisse, poderia vir a receber de algum *daimyo* poderoso uma taxa de vassalagem, módico estipêndio pago a tais indivíduos por prudentes suseranos, que, desse modo e sem um sério comprometimento de suas finanças, os mantinham sempre à mão para alguma emergência militar.

Mas no meio dessa multidão de samurais peregrinos, sem dúvida poucos eram os contemplados pela sorte. Apenas dois ou três em dez mil obtinham sucesso e fama, e um bom estipêndio. Mesmo para estes, o aprendizado continuava árduo e o progresso difícil, pois a carreira não oferecia um diploma final, uma garantia de sucesso permanente.

— É um absurdo! — murmurou Matahachi, sentindo pena do seu amigo de infância, Musashi, e do caminho por ele escolhido. "Dia chegará em que o contemplarei do alto da minha posição bem-sucedida, mas não cometerei a tolice de seguir o seu caminho", pensou. A visão do samurai morto reforçou sua resolução.

— Que é isso? — disse Matahachi repentinamente, esbugalhando os olhos e saltando para trás. Pois a mão cheia de formigas do samurai que considerara morto se contraíra de repelão. A mão e o punho emergiram em seguida, como a cabeça de uma tartaruga, para fora das cordas que envolviam seu tronco. A mão tocou o chão, e então o samurai nela se apoiou para erguer o tronco e a cabeça. Aos poucos, começou a rastejar, avançando em sua direção.

V

Apavorado, Matahachi engoliu a saliva que se juntava na boca e recuou ainda mais. Seu susto foi tão grande que perdeu a voz. Conseguia apenas fixar, de olhos esbugalhados, a cena à sua frente.

Um som sibilante escapava da boca do homem, que parecia querer falar. Por homem subentende-se o samurai peregrino do rosto deformado. Matahachi o havia dado por morto, mas ele ainda vivia.

O som sibilante continuava a soar em sua garganta, intermitente. Seus lábios já estavam escuros e ressequidos, incapazes de pronunciar qualquer palavra. Mas o desesperado esforço que fazia para falar, apesar de tudo, interferia na respiração provocando o som que lembrava o de uma flauta rachada.

Não era pelo fato do homem ainda estar vivo que Matahachi se espantara, mas porque ele vinha rastejando, apesar das cordas que prendiam os braços ao corpo. Só esse esforço já era assombroso, porém, mais impressionante ainda: o moribundo mortalmente ferido vinha arrastando consigo, enquanto avançava centímetro a centímetro, uma pesada rocha de algumas dezenas de quilos atada à outra ponta da corda.

Sua força era descomunal, sobrenatural. Alguns trabalhadores musculosos da obra gabavam-se de ter a força de dez ou vinte homens juntos, mas nenhum chegaria aos pés desse monstro.

Além de tudo, o samurai peregrino agonizava. Só o fato de estar vagando no limiar da morte explicaria, talvez, sua força sobre-humana. E Matahachi imobilizou-se de pavor porque o homem vinha se aproximando cada vez mais, fixando-o com olhos esbugalhados, quase saltando das órbitas.

— Po... Por favor! — gaguejou o homem palavras quase ininteligíveis junto com mais alguns sons estranhos. A única coisa significativa eram os olhos — olhos de alguém ciente de que vai morrer — congestionados, um tanto úmidos, chorosos.

— ... peço! — A cabeça pendeu bruscamente: desta vez, o homem morrera de verdade. A pele do seu pescoço escureceu num instante diante do olhar de Matahachi. As formigas já se apinhavam em seus cabelos, brancos de pó. Uma espreitava o buraco do nariz, onde o sangue coagulara.

— ...?

Matahachi apenas olhava, aturdido, sem compreender. Em seu íntimo, no entanto, começava a formar-se uma certeza: o último pedido do homem seria uma carga em seus ombros e o perseguiria por toda a vida, como uma maldição. Parecia-lhe que a bondade do samurai — ao lhe dar remédio quando percebera seu mal-estar — bem como a própria incompetência, não notando a aproximação do supervisor e não avisando o peregrino a tempo, transformavam-se em elos de uma cadeia que o destino preparara para amarrá-lo ao desconhecido.

A cantoria dos carregadores de pedra soava agora abafada, distante. A névoa esfumaçava lentamente o contorno do castelo. Sem que Matahachi se desse conta, a noite vinha caindo. As primeiras luzes na cidade casteleira de Fushimi já se acendiam, trêmulas.

— É verdade... Talvez haja alguma coisa aqui.

Matahachi tocou de leve a pequena trouxa que o morto trazia à cintura: dentro encontraria informações sobre sua procedência ou dados familiares, com certeza. "Talvez quisesse me pedir para entregar uma lembrança à família," pensou.

Removeu do cadáver a trouxa e a caixa de remédios e guardou-as em suas próprias roupas. Pensou também em cortar uma mecha de seus cabelos para remetê-la à sua gente, mas, ao ver o rosto do morto, desistiu horrorizado.

Um ruído de passos chegou aos seus ouvidos. Espiou por trás de uma rocha e avistou diversos samurais do posto do magistrado aproximando-se. Ao se dar conta de que retirara objetos pessoais do morto sem pedir permissão e os tinha agora em seu poder, Matahachi percebeu o perigo que corria e a necessidade de fugir o mais rápido possível. Curvado para a frente, esgueirou-se pulando de pedra em pedra, ligeiro como uma lebre.

VI

A brisa da tarde trouxe consigo o outono. Buchas amadureciam numa cerca viva. À sombra dela, a mulher do confeiteiro, que tomava banho numa tina de água quente, voltou-se ao ouvir ruídos no interior da casa e perguntou, exibindo um palmo da pele branca por trás da cerca:

— Quem está aí? É você, Matahachi-san?

Matahachi era um dos pensionistas do casebre. Mal chegara, revolvera freneticamente o armário, retirara um quimono e uma espada, trocara-se, cobrira a cabeça com uma toalha, e se apressava agora em calçar outra vez as sandálias.

— Está escuro aí dentro, não está, Matahachi-san? — disse a mulher.
— Nem tanto.
— Já vou acender uma luz.
— Não se incomode com isso, já estou saindo.
— Não vai tomar banho?
— Não.
— Passe um pano úmido pelo corpo, ao menos.
— Não é preciso.

Mal respondeu, Matahachi saiu apressado pela porta dos fundos. Simples, pois não havia portão ou cerca, a porta dos fundos dando diretamente para uma extensa campina. Quase no mesmo momento, vindo do extremo da campina, um grupo de homens se aproximou do casebre do confeiteiro e entrou pela porta da frente. Alguns samurais da construção estavam entre eles.

— Esta foi por um triz! — murmurou Matahachi.

O fato de alguém ter roubado a trouxa e a caixinha de remédios do samurai da feia cicatriz no queixo logo fora descoberto, é claro. Mais claro ainda é que a suspeita recaíra sobre ele, Matahachi, que vigiava o morto.

"Mas eu não a roubei. Apenas fiquei, a contragosto e provisoriamente, com os pertences do morto, em atenção ao seu pedido."

Matahachi não sentia a consciência pesada. Os objetos estavam guardados nas dobras internas de seu quimono, mas apenas por algum tempo.

"Não posso mais voltar a trabalhar na obra", pensou. Não tinha a mais remota ideia de aonde ir, a partir do dia seguinte. Sentiu, porém, até certo alívio: não fosse pelo acontecido, talvez tivesse continuado a arrastar pedras por muitos anos.

O mato chegava à altura dos ombros, carregado de sereno. Não corria o risco de ser visto de longe, o que lhe facilitava a fuga. E agora, para onde? Qualquer que fosse o destino, nada tinha além do que levava no corpo. A sorte espreitava, assim lhe parecia, oferecendo-lhe tanto boas oportunidades como desgraças. A direção que tomasse agora teria o poder de mudar para sempre o seu destino. Não acreditava que pudesse haver uma vida predestinada, inevitável. Tinha apenas de andar ao sabor do acaso.

Osaka, Kyoto, Nagoya ou Edo — para onde iria? De qualquer modo, não tinha conhecidos em lugar nenhum. O futuro abria-se à sua frente, tão incerto quanto a sorte nos dados. E tanto quanto a sorte nos dados, incerta era a vida de Matahachi. Deixaria que algum acontecimento fortuito guiasse seus passos, decidiu ele.

Mas, por mais que andasse, nenhum acontecimento se lhe apresentou na extensa campina das terras de Fushimi. Apenas os grilos cricrilavam cada vez mais alto, e mais pesado caía o sereno. Encharcada de orvalho, a barra do quimono tolhia seus passos e as sementes das plantas nela aderidas provocavam comichões em seus tornozelos.

Matahachi esquecera o mal-estar que o atormentara durante o dia, mas, em contrapartida, sentia-se faminto. Seu estômago estava completamente vazio. A caminhada tornara-se penosa desde o momento em que tivera certeza de não estar sendo seguido.

"Preciso achar um lugar para dormir", pensou.

E esse desejo o levara inconscientemente àquele local no extremo da campina, onde avistara a cumeeira de uma casa solitária. Ao se aproximar, percebeu que o portal e o muro ao redor da casa estavam inclinados por obra de alguma tempestade. Com toda a probabilidade, o telhado também estaria avariado. Mas era uma construção elegante que, em dias mais felizes — assim imaginou Matahachi —, deveria ter sido a casa de veraneio de algum fidalgo. Sofisticadas mulheres provenientes da capital, reclinadas em coloridas liteiras puxadas por parelhas de bois, teriam frequentado a casa, passando entre arbustos de trevo. Matahachi cruzou o portal — de onde as portas há muito haviam desaparecido — e, contemplando a casa principal e suas dependências quase ocultas pelo mato, lembrou-se prontamente de certa passagem da coletânea *Gyokuyo*[6], de autoria do monge poeta Saigyo:

> *Fui à procura de alguém que conheci outrora e que, assim me dizem, mora hoje em Fushimi. Encontro uma casa abandonada, cujo jardim ervas daninhas invadiram, ocultando as passagens. Ouço apenas o cricrilar dos grilos.*

> *No devastado jardim a que chego*
> *Do mato rompendo o cerco,*
> *Por mim choram, desolados,*
> *Grilos e o orvalho a gotejar.*

Matahachi, imóvel e tiritando de frio, rememorava as palavras do poeta e examinava a casa quando, atiçada pelo vento, viu romper uma língua de fogo num braseiro dentro da construção que julgara desabitada. Instantes depois, o som de uma flauta *shakuhachi* vibrou no ar.

---

6. *Gyokuyo* (ou *Gyokuyo wakashu*): coletânea de poemas em vinte volumes, reunida por ordem imperial em 1312 e completada no ano seguinte.

VII

Pelo visto, era um monge mendigo *komuso* que aproveitava a casa vazia para passar a noite. A sombra do monge, projetada na parede, dançava conforme as chamas avermelhadas se elevavam. O monge tocava sozinho. Não pensava em distrair alguém ou a si próprio. Apenas tentava concentrar-se na melodia e alhear-se do mundo para que a solitária noite de outono passasse despercebida. Ao terminar a melodia, o monge suspirou:

— Ah!...

Ciente de que essa era a única casa no meio da campina, iniciou um despreocupado monólogo:

— Quarenta anos, dizem, é a idade da razão. Mas, no meu caso, já tinha quarenta e mais sete quando cometi o deslize que me fez perder o estipêndio e o bom nome; além de tudo, acabei abandonando meu único filho em terras estranhas... Que vergonha, que vergonha! Nem sei como me explicar à minha mulher, no outro mundo, ou ao meu filho... Quando analiso o meu caso, concluo que quarenta anos é a idade da razão só para sábios. Para gente comum, como eu, não há idade mais perigosa que a dos quarenta. É como andar por uma ladeira: qualquer descuido é fatal. Principalmente quanto a mulheres.

Cruzou as pernas e, com a flauta *shakuhachi* fixada à frente, apoiou ambas as mãos no seu bocal.

— Muita besteira andei fazendo nos meus vinte e trinta anos por causa de mulheres, mas, nessa idade, o mundo tende a ser benevolente com os nossos pecados, e nada parece nos marcar para sempre... Mas depois dos quarenta, as aventuras amorosas vão ficando cada vez mais ousadas e em casos como aquele, com Otsu, o mundo não perdoa. Aquilo se transformou num formidável escândalo, graças a que perdi casa, estipêndio e até meu filho... Aos vinte ou trinta anos, ainda há chances de recuperação, mas um erro aos quarenta não tem conserto.

Cabisbaixo como um cego, o monge falava sozinho.

Matahachi entrou na casa e, silenciosamente, aproximou-se do aposento em que o indivíduo se achava. Quando viu, porém, o rosto cadavérico, os ombros magros como os de um cachorro do mato, os cabelos secos e emaranhados realçados pelas chamas, e ouviu o monólogo enlouquecido do monge *komuso*, arrepiou-se de horror e perdeu a coragem de lhe dirigir a palavra, pois o homem lembrava um demônio das trevas.

— Ah, mas que bobagem fui fazer!

O monge agora erguia o rosto e fitava o teto. Suas narinas, dois grandes buracos como os de uma caveira, eram visíveis do local onde estava Matahachi.

Vestia um quimono simples e encardido, como o de um *rounin* qualquer, e usava na altura do peito uma estola budista, única evidência de que era um dos mais humildes monges zen da seita Fuke. A esteira sobre a qual se sentava era o seu único bem. Ele a enrolava e a levava na mão a todos os lugares, era o seu leito e o seu abrigo contra a chuva e o sereno.

— A esta altura, não adianta ficar falando, mas nenhuma fase na vida de um homem é mais perigosa que a dos quarenta anos. A gente acha que já viu o mundo, conhece a vida, e tende a se supervalorizar só porque conquistou uma pequena posição. É quando se perde a vergonha e se corre o risco de cometer desatinos no campo amoroso, como aconteceu comigo. O destino me aplicou um golpe traiçoeiro e me jogou ao chão... Castigo pela sem-vergonhice!

Curvou-se uma vez, como se pedisse desculpas a alguém, tomou a se curvar mais uma vez.

— Talvez eu tenha merecido: não reclamo por mim. A natureza me concedeu abrigo em meu arrependimento, e um meio de vida — disse, derramando algumas lágrimas repentinas. — Mas, e meu filho, como vou compensá-lo? O castigo pelos meus pecados recaiu com maior força sobre os ombros do pobre Joutaro. Tivesse eu conservado meu posto no clã Ikeda de Himeji, o menino seria o respeitável herdeiro de um samurai com 1.000 *koku* de estipêndio. Mas hoje, o pobrezinho está longe de sua terra e do pai, sozinho no mundo... E imagine só se ele, mais tarde, na idade adulta, vier a saber que o pai foi banido do clã porque se envolveu com uma mulher e prevaricou depois dos quarenta! Nunca mais poderei olhá-lo de frente.

Por instantes, cobriu o rosto com as mãos e assim permaneceu. E então, levantou-se repentinamente e se afastou do braseiro, dizendo:

— Chega! Já ia recomeçar minhas lamúrias... Ah, olhe a lua aí. Acho que vou sair para a campina e tocar até não mais poder. Boa ideia: vou me livrar das queixas e da luxúria que ainda queimam em meu peito, lançando-as ao vento da campina.

Saiu, levando consigo a flauta de bambu.

VIII

"Monge estranho", pensou Matahachi que, oculto, espreitava enquanto o homem se levantava e se afastava cambaleando. Imaginou ter visto um ralo bigodinho no rosto emaciado. Não parecia tão velho, mas seu andar era trôpego.

O monge *komuso* se fora bruscamente e demorava a voltar. Matahachi achou que o homem não estava em seu juízo perfeito, o que lhe inspirou, junto com certa dose de horror, um pouco de compaixão. Quanto a isso nada podia fazer, mas o que o perturbou a seguir foi o fogo no braseiro, queimando vivamente, atiçado pelo vento noturno. E uma tora em chamas se partira e já começava a queimar o assoalho.

— Mas que perigo, que perigo! — disse Matahachi, aproximando-se e despejando sobre as brasas a água de uma bilha. A casa era uma construção abandonada, perdida no meio do mato, é verdade. Mas imagine que desgraça não seria se se tratasse de um daqueles magníficos templos das eras Kamakura ou Asuka, cuja reconstrução seria para sempre impossível!

— Gente como esse monge é responsável pelos incêndios que assolam Kamakura e Kouyasan — resmungou Matahachi, levado por inesperado espírito cívico, indignado, sentando-se ao fogo no lugar anteriormente ocupado pelo monge. Vagabundos não têm casa ou família; por isso mesmo, não têm noção de civismo. Nem lhes passa pela cabeça que o fogo represente perigo. Eis porque, imperturbáveis, acendem fogueiras em santuários de paredes finamente trabalhadas, forradas de ouro. Ao calor das criminosas chamas, vidas desprovidas de sentido aquecem suas carcaças.

"Mas a culpa não é só dos vadios", pensou Matahachi, lembrando-se de que ele próprio agora era um deles. Em nenhuma outra época houvera tantos desocupados no país. E na origem desse fenômeno social estavam guerras que, se por um lado eram vantajosas para muitos, por outro provocavam o surgimento de um número assustador de pessoas marginalizadas, descartadas como refugo pela sociedade. Que esses elementos se tornassem pesos mortos a sustar o progresso da próxima geração era natural, um *carma* inevitável. Mas ainda assim a quantidade de monumentos — verdadeiros tesouros nacionais — que essa escória descuidada queimava e destruía por onde passava era bem menor que aquela arrasada por profissionais da guerra em incêndios planejados, como, por exemplo, os incêndios que haviam devastado os santuários dos montes Kouyazan e Hieizan, ou a cidade imperial.

— Ah, olhem só que coisa interessante temos aqui! — disse Matahachi, ao se virar casualmente para um dos lados. Em exame mais cuidadoso, tanto o braseiro quanto o nicho central do aposento em que se encontrava revelavam linhas elegantes. A sala talvez tivesse sido usada para cerimônias do chá em sua origem. E numa prateleira do pequeno nicho central, bem característico, algo chamara a sua atenção.

Nada que se assemelhasse a um caro vaso de flores ou a um fino incensório, mas uma bilha de saquê, de gargalo quebrado, e uma panela preta, de ferro. Dentro da panela restava ainda um bocado de arroz com legumes cozidos; a botelha, ao ser sacudida, gorgolejou; deixando escapar um aroma de saquê pelo gargalo quebrado.

— Que bom!

Nessas circunstâncias, o estômago assumia o comando, não dando tempo à razão de tecer considerações sobre eventuais direitos alheios à propriedade.

Matahachi bebeu o saquê da botelha e esvaziou a panela:

— Ah, finalmente satisfeito! — disse, deitando-se e apoiando a cabeça no braço.

O fogo queimava lentamente, deixando-o sonolento. O cricri dos grilos aos poucos tomava conta da campina, parecia chuva caindo de mansinho, embalando o sono. Devagar o som invadiu a casa, ressoando nas paredes, no teto e no *tatami* puído do aposento.

— É verdade! — disse Matahachi de repente, lembrando-se de algo e aprumando-se. Enquanto ali estava sem nada para fazer, era melhor passar os olhos pelo conteúdo da pequena trouxa que escondera nas dobras internas do quimono, atendendo ao pedido do samurai moribundo. Examinou a trouxa. O tecido vermelho estava encardido. Em seu interior havia roupas de baixo bastante usadas e objetos pessoais de um viajante comum. Ao desdobrar as roupas, no entanto, dois objetos pesados caíram à sua frente: um pequeno cilindro, envolto com cuidado em papel encerado — um rolo de papel pergaminho, talvez um documento precioso — e uma pequena bolsa contendo dinheiro para as despesas de viagem.

IX

A bolsa, de couro, era roxa. Dentro havia urna razoável quantia em ouro e prata. A visão das moedas despertou cobiça em Matahachi. Com medo de si próprio, murmurou por prevenção:

— Isto não é meu, não é meu.

Abriu o papel encerado que envolvia o outro volume e descobriu, conforme previra, um rolo de papel pergaminho. Na extremidade interna do papel, um bastão feito de madeira fina servia de eixo ao rolo; a ponta externa começava numa espécie de capa de brocado, entremeado de fios de ouro. O elegante conjunto pedia para ser aberto.

"Que será isto?", pensou Matahachi. Não tinha ideia do conteúdo. Depositou o volume no chão, desenrolou-o pouco a pouco e leu:

AUTORIZAÇÃO

Para a Prática do Estilo Chudoryu

Princípios Explícitos:
Relâmpago, Roda, Círculo, Barco Flutuando

Princípios Ocultos:
Indestrutível, Superior, Ilimitável

Perante os deuses, atesto por este documento que os sete princípios acima foram transmitidos verbalmente ao mestre SASAKI KOJIRO.

Vila Jokyoji, Feudo de Uzaka, na Província de Echizen

> *No mês ... do ano ...*
> *Ass.: Kanemaki Jisai (Da Escola Toda Nyudo Seigen).*
> *Ao mestre Sasaki Kojiro.*

Em papel diferente havia sido acrescentado ao documento um pós-escrito com a chave dos princípios secretos do estilo em forma de versos:

> *Na água que não se juntou,*
> *De um poço que não se cavou,*
> *Brilha a lua.*
> *Um homem sem forma ou sombra*
> *A água tira.*

"Ah, isto é um atestado de plena proficiência", logo compreendeu Matahachi. Contudo, nada sabia sobre esse personagem, Kanemaki Jisai, que assinava a autorização. Mas se o nome em questão fosse Ito Yagoro, mesmo o ignorante Matahachi saberia prontamente responder: é um famoso mestre, também conhecido como Ittosai, fundador do estilo Ittoryu. Pois esse Kanemaki Jisai havia sido o mestre do famoso Ito Ittosai. Mestre Jisai — que por sua vez herdara os ensinamentos de Toda Nyudo Seigen, já caído no ostracismo — vivia atualmente em algum canto de uma província afastada, numa idade próxima à velhice. Mas Matahachi não tinha meios de saber tais detalhes.

Muito antes de especular sobre a identidade de Kanemaki Jisai, Matahachi se viu perguntando:

"E quem seria Sasaki Kojiro? Ali, deve ser o nome do samurai peregrino, assassinado hoje de modo tão brutal no pátio de obras do castelo Fushimi." Convicto de que acertara, balançou a cabeça afirmativamente. "Está explicado por que era tão forte! Esta autorização mostra que ele tinha o diploma de proficiência do estilo Chujoryu. Mas que jeito lamentável de morrer! Deve ter deixado muita coisa por fazer. A expressão de seu rosto, em seus últimos momentos, mostrava claramente quanto lhe custava morrer. E, com certeza, seu último pedido referia-se a este documento: queria que eu o entregasse a conhecidos em sua terra, sem dúvida."

Matahachi recitou mentalmente uma oração pela alma do morto, mais que nunca decidido a levar os pertences à terra dele.

Deitou-se de novo e, como o frio aumentava, lançou vez ou outra um graveto no braseiro. Embalado pelo calor das chamas, cochilou por alguns instantes.

Longe, proveniente da campina, vinha o som de uma flauta, tocada sem dúvida pelo estranho monge *komuso,* que havia pouco deixara a casa. Que pedia, que buscava? Incessante, atormentado, o som — impregnado talvez pelo desejo de expulsar queixas e luxúria, conforme dissera o monge ao partir — vagou noite afora pela campina. Mas Matahachi, exausto pelos acontecimentos do dia, caiu em sono profundo, indiferente ao cricrilar dos grilos e à melodia da flauta.

O MONGE *KOMUSO*

I

A campina amanheceu envolta num véu cinzento. O ar frio lembrava o auge do outono. Gotas de orvalho brilhavam em tudo.

Na cozinha, cuja porta a ventania derrubara, pegadas de raposa se entrecruzavam. A noite se fora, mas os esquilos ainda se demoravam nas proximidades.

— Brrr... que frio! — disse o monge, despertando e sentando-se no assoalho da ampla cozinha. Voltara de madrugada, exausto, deixara-se cair ali mesmo e adormecera, empunhando a flauta de bambu.

A estola e as roupas encardidas estavam ainda mais sujas em consequência das andanças noturnas. As manchas de orvalho e as sementes agarradas em suas roupas emprestavam ao monge o aspecto desfeito dos que — assim diz o povo — caem no feitiço da raposa e passam a noite ao relento vivendo situações ilusórias. O monge certamente se resfriara, já que a temperatura, naquela manhã, nem de longe lembrava o calor do dia anterior. Franziu tanto o nariz que quase juntou sua ponta às sobrancelhas, e soltou um sonoro espirro. O ranho aderiu ao bigode de arame, agora ralo, apenas uma sombra. Indiferente, nem tentou limpá-lo.

— É verdade, ainda tenho um pouco de saquê sobrando — murmurou. Levantou-se, passou por um corredor em que mais pegadas de raposas e texugos se entrecruzavam, e saiu procurando o aposento do braseiro.

À luz do dia, a mansão abandonada revelou-se grande a ponto de obrigá-lo a procurar o aposento, mas, claro, nem tanto que impossibilitasse sua localização.

— Ora essa... O monge olhava ao redor com ar perdido. A botelha de saquê não estava onde deveria. Logo a encontrou, caída perto do braseiro. Ao mesmo tempo, junto ao vasilhame vazio, descobriu um homem desconhecido que dormia a sono solto, babando de boca aberta.

— Quem é este homem? — perguntou em voz alta, espiando o vulto que não despertava. Roncava tão alto que nem um soco conseguiria acordá-lo. "Foi ele quem bebeu todo o meu saquê", pensou o monge, irritadíssimo agora com o ronco.

Mas as descobertas não pararam aí. Pois não é que não restara nenhum grão do arroz com legumes que deixara reservado para a refeição matinal?

O monge empalideceu. A questão envolvia sua sobrevivência.

— Malandro! — disse, dando-lhe um chute.

— Uh... uh! — exclamou Matahachi, erguendo a cabeça.

— Acorde de uma vez! — voltou a dizer o monge com um novo chute.

— Que é isso?! — gritou Matahachi levantando-se. Uma veia pulsava em seu rosto mal desperto. — Você me chutou!

— E ainda acho pouco! Quem lhe deu licença para comer o meu ensopado e beber o meu saquê?

— Ah, eram seus?

— Claro que eram!

— Ora essa, me desculpe, então.

— Vejam só, "me desculpe", diz o homem, "me desculpe"!

— Perdoe-me.

— Pensa que basta pedir perdão?

— Que mais quer você que eu faça? Me diga!

— Devolva!

— Devolver de que jeito, se já comi e se já sustentam meu corpo?

— Eu também tenho de me sustentar, não lhe parece? Toco flauta o dia inteiro pelas portas das casas e o máximo que consigo é um punhado de arroz e esmola suficiente para um gole de saquê. E não estou para distribuir o que ganho com tanto custo entre estranhos como você. Devolva, já disse, devolva!

O monge *komuso* com seu bigodinho de arame esbravejava imperioso, o rosto magro e esfaimado contorcendo-se de raiva. A voz tinha um quê infantil.

II

— Deixe de ser mesquinho — disse Matahachi, fitando o monge com desprezo. — Não vejo por que se enerva desse jeito por causa de um resto de arroz e de um gole de saquê barato.

O monge retorquiu, furioso:

— Como é?! Resto ou não, para mim é o sustento de um dia, com isso sobrevivo mais um dia. Devolva, ou então...

— Então o quê?

Com um urro, o monge agarrou o pulso de Matahachi e gritou:

— Você me paga!

— Deixe-se de besteiras! — disse Matahachi. Livrou-se das mãos do monge e agarrou-o pela nuca, magra como a de um gato abandonado. Pretendia derrubá-lo com um golpe e subjugá-lo de uma vez, mas o monge reagiu com inesperada tenacidade, atacando o pescoço de Matahachi.

— Ora, seu!... — rosnou Matahachi, retesando-se. Mas seu adversário tinha uma espantosa força nas pernas, de modo que, queixo erguido e gemendo de modo estranho, era Matahachi agora quem se via empurrado em direção ao outro aposento, aos trambolhões, lutando por recuperar terreno. Tirando proveito da resistência que encontrava, o monge lançou-o de encontro à parede com um súbito movimento.

A velha mansão já tinha os pilares e as juntas do assoalho apodrecidos. A parede ruiu sem resistência, lançando uma chuva de barro seco sobre Matahachi.

O jovem levantou-se, cuspindo furiosamente. Mudo de raiva, desembainhou a espada e lançou-se sobre o monge mendigo. Este parecia já esperar por isso e, *shakuhachi* em punho, enfrentou-o. O pobre homem, porém, logo pôs-se a ofegar, seu peito esquálido chiando ruidosamente em contraste com o vigoroso corpo de Matahachi.

— Viu no que dá? — disse este último, atacando o adversário com sucessivos golpes que não lhe davam tempo para respirar. O monge tinha agora o aspecto de uma alma penada. Perdera a agilidade e desequilibrava-se volta e meia, prestes a cair. E, de cada vez, soltava um estranho grito agonizante. Apesar de tudo, fugia de um lado para o outro, não se deixando pegar com facilidade.

Por fim, a presunção de Matahachi foi a causa do próprio desastre. Ao ver que o monge pulava para o jardim como um gato, correu afoito no seu encalço e, mal pisou o corredor, sentiu que a tábua da varanda, havia tempos exposta à chuva e apodrecida, cedia com um estalo. Seu pé afundou no vão aberto e Matahachi caiu sentado. Ao ver isso, o monge saltou de volta sem perda de tempo, agarrou o jovem pelo peito e distribuiu violentos socos no rosto e nas têmporas, indiscriminadamente.

Com o pé preso, Matahachi não conseguia se defender. Na mesma hora sentiu que o rosto inchava como uma barrica. E enquanto se debatia, grãozinhos de ouro e prata rolaram das dobras internas do quimono. A cada soco, caíam tilintando pelo chão, espalhando-se ao redor dos dois.

— Que é isso? — disse o monge, abrindo a mão. Enfim livre, Matahachi saltou para longe.

Depois de dar vazão à raiva com tanta violência que até lhe doíam os punhos, o monge arfava, olhos presos nos grãozinhos espalhados à sua volta.

— Está vendo, cretino! — disse Matahachi, cobrindo com a mão uma das faces inchadas, a voz trêmula. — Para que brigar por causa de um resto de arroz e de um gole de saquê barato? Pode ser que não pareça, mas dinheiro é o que não me falta, seu morto de fome! Se é isso que quer, pode pegar, eu lhe dou. Mas em troca, prepare-se que vou lhe devolver, um por um, todos os socos que me deu. Vamos, venha e ponha a cabeça aqui! Quero lhe devolver com juros o arroz e o saquê!

III

Por mais que Matahachi esbravejasse, o monge *komuso* nada dizia. Calmo afinal, Matahachi observou-o melhor e, surpreso, verificou que o homem chorava, o rosto premido contra as tábuas do avarandado.

— Idiota, bastou ver a cor do ouro para ficar choramingando — disse Matahachi venenosamente. Mas o monge perdera o ânimo por completo e não reagiu à humilhação.

— Ai de mim, que vergonha! Como sou desprezível!

Já não falava com Matahachi, fazia apenas uma sentida autocensura. E a veemência com que se condenava também era anormal:

— Idiota, idiota! Quantos anos tens, afinal? Caíste tão baixo na vida, vives na maior degradação e ainda não aprendeste? Já não tens salvação!

O monge batia a testa contra uma coluna de madeira escura e lamentava, batia e lamentava:

— Para que tocas o *shakuhachi*? Para expulsar a estupidez, as paixões, a ilusão, o egoísmo e a luxúria pelos seis orifícios, não é? Mas em vez disso, o que fazes? Te envolves numa luta mortal com um homem que tem idade para ser teu filho, por um pouco de arroz e um gole de saquê!

O estranho homem ora se queixava, chorando, ora batia a própria testa contra o pilar com força. Pelo jeito, só desistiria quando partisse em dois a própria cabeça.

O autoflagelo era muito mais violento que os socos aplicados em Matahachi. Este, aparvalhado, contemplava a cena. Mas ao notar que o sangue começava a escorrer da testa roxa e inchada do monge, viu-se compelido a intervir:

— Ei, ei... Pare com isso! Não faz sentido.

— Me deixe em paz, por favor.

— Mas o que tem você?

— Nada.

— Está doente?

— Não estou.

— Que tem, então?

— Tenho raiva de mim. Devia limpar o mundo livrando-o desta minha carcaça com estas mãos e dá-la de comer aos corvos. Mas me exaspera ter de morrer estúpido como sou agora. Quero progredir um pouco, chegar a um padrão razoável para então apodrecer em algum canto da campina, porém, não consigo... Pensando melhor, acho que você está com a razão: é uma espécie de doença, isso que tenho.

Repentinamente Matahachi sentiu pena do monge. Juntou as pepitas espalhadas ao redor e introduziu algumas em sua mão, dizendo:

— Eu também errei. Tome, e me desculpe.

— Não quero! — disse o monge, retirando a mão bruscamente. — Não quero seu ouro, não quero!

Para um homem que se enfurecera tanto por causa de um resto de arroz no fundo de uma panela, o monge reagia com estranha repulsa, sacudindo a cabeça com força e se afastando:

— Você é bem esquisito, reconheça.

— Nem tanto.

— Ah, mas que tem algo estranho em você, isso tem...

— Que lhe importa? Me deixe em paz!

— *Komuso*, você tem um sotaque da região de Chugoku.

— Claro, sou de Himeji.

— Ora essa... E eu sou de Mimasaka.

— Da província de Sakushu?... — disse o monge, olhando-o fixamente.

— E onde, de Sakushu?

— Yoshino.

— Yoshino? Mas que coincidência... Pois eu conheço muito bem a área, porque trabalhei algum tempo como chefe dos guardas no posto de Hinagura.

— Ah, então você era um vassalo do senhor de Himeji!

— Isso mesmo. Apesar da minha aparência, já fui um *bushi*, de nome Aoki... — começou a dizer o monge, mas calou-se de modo abrupto, consciente de sua decadência e envergonhado. — Mentira, é tudo mentira. Bem, acho que vou à vila esmolar.

Levantou-se repentinamente e saiu para a campina.

A TENTAÇÃO

I

As pepitas de ouro eram uma tentação muito grande, maior ainda por Matahachi saber que não devia gastá-las. Por fim chegou à conclusão de que tomar emprestadas algumas — não muitas, é claro — e usá-las, não constituiria crime.

— Se tenho de viajar para entregar as coisas do morto em sua terra atendendo a um pedido dele mesmo, é certo que terei despesas. Nesse caso, é natural que as pague com o seu dinheiro.

Depois de chegar a essa conclusão, Matahachi sentiu certo alívio. A essa altura, já havia começado, pouco a pouco, a gastar o dinheiro.

Mas de onde era esse indivíduo, Sasaki Kojiro, em cujo nome fora expedido o diploma do estilo Chujoryu, em seu poder juntamente com o dinheiro?

Estava quase convencido de que Sasaki Kojiro deveria ser o samurai peregrino morto, mas não tinha a mínima ideia de seus antecedentes — se era *rounin* ou avassalado —, nenhum ponto de referência.

A única pista era o mestre de esgrima que assinava a permissão, Kanemaki Jisai. Se conseguisse chegar a ele, num instante saberia desse Kojiro. Pensando nisso, viera perguntando pelas casas de chá, restaurantes e hospedarias desde Fushimi até Osaka, toda vez que uma oportunidade se apresentava:

— Já ouviu falar de certo Kanemaki Jisai, exímio mestre de esgrima?

Mas a resposta era sempre a mesma:

— Nunca.

— É um ilustre representante do estilo Chujoryu, estilo que por sua vez deriva do de Toda Seigen — acrescentava Matahachi. Mas ninguém os conhecia.

E então, certo dia, um samurai razoavelmente bem informado que conhecera na estrada, lhe disse:

— Esse homem, Kanemaki Jisai, deve estar hoje bem velho, se é que já não morreu. Se não me engano, mudou-se para a região de Kanto e, com o avançar da idade, retirou-se para um vilarejo na área de Joshu, evitando aparecer em público. Mas se quer saber dele, acho que deve dirigir-se ao castelo de Osaka e procurar por Toda Mondonosho.

Quando Matahachi lhe perguntou quem seria Toda Mondonosho, o homem respondeu que, segundo se lembrava, era parente certo Toda Seigen — originário da vila Jokyoji, feudo de Uzaka, na província de Echizen — e um dos instrutores de artes marciais de Toyotomi Hideyori, herdeiro do antigo *kanpaku* Hideyoshi.

A informação era meio vaga, mas Matahachi ia mesmo a Osaka. Reservou portanto um quarto numa estalagem da rua principal, mal chegou à cidade, e tentou saber se havia ou não um samurai com esse nome servindo no castelo de Osaka.

— Sim, senhor — disse o estalajadeiro —, houve antigamente um homem de nome Toda Mondonosho, que, assim dizem, era neto de Toda Seigen-sama. Não era instrutor de lorde Hideyori, mas costumava dar aulas de artes marciais aos vassalos no castelo de Osaka. Contudo, há alguns anos se mudou para a província de Echizen.

Embora fosse um simples mercador, o homem servia ao castelo de Osaka e a informação merecia, portanto, maior crédito do que a do samurai que encontrara na estrada. Era opinião do estalajadeiro, além disso, que "não vale a pena deslocar-se até a província de Echizen, já que não se tem certeza da permanência do senhor Mondonosho nessa cidade. Em vez de procurar um desconhecido em terras tão distantes, é mais prático procurar mestre Ito Yagoro, homem muito conhecido atualmente. Se não me engano, mestre Ito Yagoro também praticou sob a supervisão desse Kanemaki Jisai — que o senhor procura — e, mais tarde, criou um estilo próprio a que chama Ittoryu".

Ali estava um conselho bastante razoável.

Mas ao procurar informar-se do endereço de Ito Yagoro, soube que o homem vivera até havia pouco em Shirakawa, na periferia da cidade de Kyoto, mas — todos assim lhe diziam — ninguém mais o vira nem dele ouvira falar em Kyoto ou Osaka, sendo muito provável que tivesse partido para uma viagem de estudos.

— Isto está ficando muito confuso! — disse Matahachi, abandonando a procura. — Também, não é nada que tenha de ser resolvido com urgência — acrescentou.

II

A cidade de Osaka teve o efeito de despertar, no espírito do jovem Matahachi, a ambição adormecida. Havia ali uma intensa demanda por guerreiros talentosos.

No castelo Fushimi lutavam por implantar o sistema de vassalagem e a nova política do governo Tokugawa, mas no castelo de Osaka arregimentavam-se homens de talento e organizava-se um exército de *rounin*, extraoficialmente.

— Dizem que lorde Hideyori paga em segredo uma ajuda de custo aos ex-comandantes Goto Matabei, Sanada Yukimura, Akashi Kamon, e também ao senhor Chosokabe Morichika[7] — era o comentário insistente dos mercadores. A vida para os *rounin* era, portanto, mais fácil, e sua presença mais apreciada na cidade casteleira de Osaka do que em qualquer outra cidade.

Chosokabe Morichika, por exemplo, alugara uma casa numa ruela nos arrabaldes da cidade e, apesar da pouca idade, raspara os cabelos e mudara o nome para Ichimusai — o Homem de Um Sonho Só. Disfarçado de boa-vida, perambulava pela zona alegre cultivando os prazeres refinados com o ar distante dos que dizem: "Nada tenho a ver com as mazelas deste mundo." Mas Matahachi ouvira também dizer que, se a ocasião chegasse, um exército inteiro composto de setecentos a oitocentos *rounin* se ergueria a um simples gesto seu, sob a bandeira dos que desejavam ver ressuscitado o domínio da casa Toyotomi. Hideyori, segundo os boatos, sustentava também com dinheiro do próprio bolso a aparentemente alegre vida de Morichika.

Nos dois meses que passara observando a cidade de Osaka, Matahachi, entusiasmado, chegara à conclusão de que ali estava o elo inicial da corrente que o conduziria ao sucesso.

A ambição, o mesmo sentimento puro que o levara, com uma lança nas mãos, a se aventurar pelos campos de Sekigahara em companhia de Takezo, seu amigo de infância, ressuscitava em seu corpo outra vez em forma.

O dinheiro do samurai morto aos poucos minguava, mas Matahachi passava os dias alegre e feliz, pois sentia que enfim o destino começava a lhe sorrir. Tinha a nítida impressão de que a sorte o esperava, à espreita até por baixo da pedra em que acabara de tropeçar.

"Em primeiro lugar, tenho de cuidar da minha apresentação", decidiu, comprando um bom par de espadas. Como o tempo esfriava com a chegada do outono, comprou também um quimono forrado e uma casaca, apropriados para a estação.

A estada em estalagens era cara. Alugou portanto um quarto nos fundos da casa do seleiro e passou a fazer as refeições em tabernas. Fazia apenas o que lhe agradava, retornando ao quarto alugado quando bem entendesse. Enquanto vivia a seu gosto, esperava que uma boa ideia ou um incidente qualquer o conduzisse ao tão almejado emprego.

Do ponto de vista de Matahachi, levar a vida desse modo exigia um bocado de autodisciplina e fazia-o sentir-se um novo homem, de hábitos regrados.

"Está vendo, lá na frente, aquele homem que passa precedido por um lanceiro, e que se faz acompanhar por um séquito de vinte samurais e um cavalo

---

7. Esses personagens, em sua maioria comandantes militares, participaram da coalizão ocidental, derrotada por Ieyasu na batalha de Sekigahara. Terminada a batalha, passaram a viver clandestinamente. Partidários de Hideyori, foram derrotados por Tokugawa Ieyasu e morreram na batalha que culminou com a queda do castelo de Osaka, em 1615.

de reserva? É o inspetor-chefe da ponte Kyobashi, à entrada do castelo de Osaka, mas já foi um simples *rounin* e chegou a trabalhar transportando terra na limpeza do fosso Junkei, há pouco tempo."

Histórias invejáveis como essa chegavam constantemente aos ouvidos de Matahachi. Pouco a pouco, porém, Matahachi começou a achar que o mundo parecia uma muralha de pedras firmemente encaixadas, onde não havia lugar para pedras retardatárias. Começou a sentir um leve desânimo, mas combateu-o dizendo para si mesmo: "O mundo assim me parece porque ainda não encontrei quem me dê o empurrão inicial. O difícil é encontrar uma brecha; uma vez encontrada, basta agarrar-me a ela e me firmar." Pediu também ao fabricante de selas que o informasse, caso viesse a saber de algum emprego.

— Ora, o senhor é jovem ainda e muito competente, ao que me parece. É só avisar o pessoal do castelo que logo surgirá alguém lhe propondo emprego — respondeu o seleiro, pressuroso. Apesar das palavras promissoras, nenhuma proposta chegou ao seu conhecimento. Enquanto isso, o inverno avançava, dezembro ia a meio e metade do dinheiro se fora.

III

Numa área baldia da próspera cidade, a geada branqueia a relva todas as manhãs. Com o avançar do dia, quando a geada desfeita torna as ruas barrentas, gongos e tambores começam a soar nesse local.

É dezembro e o povo corre apressado com a aproximação do fim do ano, mas nesse lugar a pequena multidão que se aglomera sob o frio sol de inverno tem um ar ocioso. Vistosas bandeiras de papel e borlas coloridas em pontas de chuços chamam a atenção desses desocupados para seis ou sete funções montadas por trás de precários cercados — rústicas paliçadas rodeadas de esteiras de palha que impedem a visão dos transeuntes. A preferência do público é disputada seriamente numa verdadeira luta pela sobrevivência.

Um odor acre de *shoyu* barato infiltra-se no meio da multidão. Homens de peludas pernas à mostra relincham como cavalos e apregoam espetos de legumes cozidos exibidos entre os dentes. Com a chegada da noite, mulheres de pesada maquiagem branca, afinal liberadas de seus deveres, passam umas após outras como um bando de ovelhas, mastigando ruidosamente salgadinhos feitos de grãos de arroz torrados.

No local em que um vendedor de saquê juntara alguns banquinhos e armara sua taberna a céu aberto, um grupo de homens acabava de brigar. Sem vencedores ou vencidos, o pequeno agrupamento afastara-se rumo à cidade em ruidoso torvelinho, largando em seu rastro uma trilha de sangue.

— Muito obrigado, senhor. Graças à sua presença, salvei toda a minha louça — repetia o vendedor de saquê inúmeras vezes, curvando-se na frente de Matahachi. — Acho que consegui aquecer esta dose de saquê a seu gosto, senhor — dizia o homem, servindo também uma porção de aperitivos por conta da casa.

Matahachi estava satisfeito. A briga não fora perigosa, pois envolvera simples mercadores. Assim sendo, Matahachi armara uma feia carranca e observara o desenrolar dos acontecimentos, pronto a intervir caso ameaçassem prejudicar o pobre vendedor de saquê. Mas, para satisfação sua e do vendedor, tudo se resolvera sem maiores complicações para ambos.

— Quanta gente, não, taberneiro? — comentou Matahachi.

— É verdade. Todo o mundo sai à rua com a chegada do fim de ano, mas pouca gente para — disse o taberneiro em tom de queixa.

— E o tempo continua firme. Ainda bem!

Um milhafre alçou voo no meio da multidão e ganhou altura, carregando algo em seu bico. Matahachi sentiu o rosto em brasa e pensou, distante como quem pensa num estranho: "Ora, eu tinha jurado nunca mais beber quando comecei a trabalhar na reforma do castelo Fushimi! Desde quando comecei a beber de novo?" E em seguida: "Mas um homem tem, pelo menos, de beber um pouco."

— Mais uma bilha, taberneiro! — ordenou, voltando-se.

Nesse instante, um homem se aproximou e sentou-se num banquinho ao lado. Pelo aspecto, era um *rounin*. Suas duas espadas, a longa e a curta, sobressaíam impressionantes e ameaçadoras, mas, de resto, vestia-se pobremente: o quimono forrado tinha a gola encardida, e sobre ele não trazia nem um simples colete.

— Ei, taberneiro, um gole para mim também. Quente e bem rápido, ouviu? Sentou-se cruzando as pernas e lançou um olhar avaliador em direção a Matahachi. Seu olhar percorreu-o dos pés à cabeça e, quando encontrou o do jovem, o homem riu bobamente, dizendo:

— Olá!

Matahachi devolveu o cumprimento e convidou:

— Tome um pouco do meu enquanto o taberneiro amorna o seu, se não se importa por já estar começado.

— Aceito — disse o desconhecido, estendendo a mão imediatamente. — Na verdade, estava de passagem, e quando o vi aí bebendo, não consegui resistir. O cheiro da bebida parece tomar conta do nariz da gente e nos arrastar.

O homem bebia com muito gosto. Matahachi julgou que o desconhecido tinha um jeito aberto e valente.

IV

O estranho era um bom copo. Enquanto Matahachi bebia um quarto de litro, o homem já esvaziara mais de um litro sem se alterar.

— Quanto costuma beber, em média? — perguntou Matahachi.

— Dois litros, brincando. Agora, se me ponho a beber de verdade, nem sei quantos.

Comentando o quadro político atual, o homem aprumou-se e expôs sua opinião com veemência:

— Esse Ieyasu não é de nada! Pôs de lado o herdeiro Hideyori e se faz chamar de *Ogosho*, o Grande Líder. É um absurdo. Se você afastar dele homens como Honda Masazumi e todo o seu generalato composto de fiéis vassalos, que lhe sobra? Esperteza, sangue frio e um pouco de habilidade política, nem sempre condizentes com o perfil de um verdadeiro *bushi*. Como eu gostaria que Ishida Mitsunari[8] tivesse vencido! Para nossa infelicidade, o homem era exigente demais e de baixa extração para liderar tantos *daimyo*.

A certa altura, perguntou de chofre:

— E se uma ruptura entre Ieyasu e os partidários de Toyotomi Hideyori se tornar iminente, que partido você tomará?

Ao ouvir de Matahachi a pronta resposta: "de Osaka!", o homem levantou-se sobre o banquinho, empunhando a taça:

— Brindo a mais um partidário da nossa causa. E então, a que clã você pertence? — No momento seguinte pareceu cair em si e disse: — Perdoe a grosseria. Eu me apresentarei primeiro. Meu nome é Akakabe Yasoma e sou *rounin* de Gamo. Já ouviu falar em Ban Dan'emon? Pois ele e eu somos íntimos, ambos à espera de dias melhores. E em companhia de Susukida Hayato Kanesuke — o famoso general atualmente em vertiginosa ascensão nos quartéis de Osaka —, cheguei a perambular por muitas províncias. Encontrei-me também umas três ou quatro vezes com Ono Shurinosuke, mas não gosto muito do seu gênio retraído; contudo, ele é mais poderoso que Kanesuke.

Percebendo que já falara demais, o homem voltou à questão inicial:

— E quanto a você?

Matahachi duvidava que a história fosse inteiramente verdadeira. Apesar disso, sentiu-se um tanto inferiorizado e resolveu também vangloriar-se:

---

8. Ishida Mitsunari: um dos cinco magistrados e protegido de Toyotomi Hideyoshi; destacou-se nas áreas econômica e financeira. No confronto das coalizões ocidentais e orientais, a primeira, de partidários da casa Toyotomi, e a segunda, comandada por Tokugawa Ieyasu, ergueu Hideyori (o herdeiro da casa Toyotomi) em seus braços e levantou um exército de fiéis. Derrotado na batalha de Sekigahara, foi decapitado em Kyoto (1560-1600).

— Já ouviu falar em mestre Toda Nyudo Seigen, da vila Jokyoji, do feudo de Usaka, na província de Echizen, o fundador do estilo Toda?

— Sim, ouvi falar.

— Pois esse mestre, Toda Seigen, transmitiu os segredos do seu estilo a meu mestre, Kanemaki Jisai, fundador do estilo Chujoryu e grande espadachim, que hoje vive recluso, longe das coisas mundanas.

O homem não manifestou nenhum espanto ante a informação. Inclinou-se para servir mais uma dose a Matahachi e comentou:

— Isso quer dizer que você é um espadachim.

— Exato.

Matahachi achou graça ao perceber como era fácil mentir. Contadas com convicção, as mentiras melhoravam o gosto da bebida, como um delicioso aperitivo. Seu rosto enrubescia cada vez mais.

— Bem que eu desconfiava. Acertei em cheio! Eu o vinha observando há algum tempo e havia notado que seu físico, por exemplo, é forte, mostra um preparo incomum... E então, é discípulo de Kanemaki Jisai. Se não se importa, gostaria de saber seu nome.

— Eu me chamo Sasaki Kojiro. E Ito Yagoro Ittosai é meu colega, veterano da academia.

— O quê? — exclamou o outro, assustado. O espanto do seu interlocutor chocou Matahachi, que na mesma hora pensou em se retratar, dizendo: "Isso foi uma brincadeira!" Mas ao ver que Akakabe Yasoma pusera abruptamente um joelho em terra e se curvava respeitoso à sua frente, percebeu que era tarde demais para desmentir.

V

— Perdoe-me se não o reconheci a tempo — repetia Yasoma diversas vezes. — Sasaki Kojiro é um espadachim magistral, um nome bastante conhecido em nosso meio. É inconcebível que não o tenha reconhecido. Perdoe-me se fui insolente.

Matahachi sentiu um indizível alívio: se o homem conhecesse ou já houvesse alguma vez encontrado Sasaki Kojiro, a impostura teria sido descoberta e ele estaria a essa altura suando para se explicar.

— Ora — disse — levante-se, por favor. Tanta formalidade me constrange.

— Constrangido estou eu, que, sem saber com quem falava, andei me gabando. Espero não tê-lo irritado.

— De modo algum. Pois tenho a consciência de que sou ainda jovem, com pouca experiência do mundo: nem sequer sirvo a um clã.

— Mas sua habilidade como espadachim é indiscutível! Já ouvi mencionarem seu nome em muitos lugares... Sasaki Kojiro, ora, vejam só! — murmurou Yasoma, fixando em Matahachi os olhos de bêbado, turvos e remelentos. — Mas que lástima não estar a serviço de ninguém, com toda a sua habilidade!

— É porque, até hoje, minha vida inteira foi dedicada ao aprimoramento de minha técnica. Eis porque não conheço nada do mundo.

— Mas é claro! Quer dizer que não descartou a ideia de servir a um amo.

— Basicamente. Imagino que algum dia terei de servir a alguém.

— Mas isso é muito simples, com toda a sua habilidade. Mesmo assim, se não apregoar sua competência, nunca será descoberto. Veja, por exemplo, o que aconteceu comigo: estava o tempo todo à sua frente, e me espantei sobremodo quando soube quem era — adulou-o Yasoma, oferecendo-se em seguida: — Eu intermediarei um bom serviço para você.

— Para dizer a verdade — continuou Yasoma —, eu mesmo confiei o meu futuro a um amigo, Susukida Kanesuke. No momento, não estão questionando os antecedentes das pessoas que contratam, no castelo de Osaka. Além disso, se eu recomendar uma personalidade como você posso afirmar com segurança que o senhor Susukida se interessará de imediato. Deixe que eu me encarregue de seu futuro.

Pelo visto, Akakabe Yasoma se entusiasmara com a perspectiva de lhe arrumar um emprego. Matahachi estava bastante ansioso por aceitar a oportunidade, mas, tarde demais, sentia que cometera um erro irreparável ao fazer-se passar por Sasaki Kojiro.

Por outro lado, caso tivesse dito a verdade, isto é, que era Hon'i-den Matahachi, um *goushi* da província de Mimasaka, e contado a história de sua vida, tinha certeza de que Yasoma não teria se interessado. Quando muito, fungaria com desprezo. O que atraíra sua atenção fora, sem sombra de dúvida, o nome Sasaki Kojiro.

"Calma", disse Matahachi com seus botões. "Não tenho por que me preocupar tanto. Pois esse indivíduo, Sasaki Kojiro, está morto, linchado no canteiro de obras do castelo Fushimi. Provavelmente mais ninguém além de mim sabe que o homem morto era Sasaki Kojiro. E como o diploma de esgrima, único documento que o identificava, está agora em meu poder a pedido do morto, não há como começar uma investigação. Além do mais, as autoridades jamais perderiam tanto tempo procurando identificar um homem violento, linchado por uma multidão indignada. Já desistiram. Jamais serei descoberto!"

Um plano ousado, ardiloso, começou a se formar na mente de Matahachi, que tomou uma súbita decisão: assumiria por completo a personalidade de Sasaki Kojiro.

— Taberneiro, a conta! — pediu, retirando certa quantia da carteira e levantando-se. Akakabe Yasoma levantou-se também e interveio, precipitadamente:

— E nossa conversa, como fica?

— Conto com a sua ajuda. Mas aqui é impossível conversar com calma. — Quero ir para algum lugar onde haja um pouco mais de privacidade.

— Está certo! — concordou Yasoma satisfeito, observando com naturalidade Matahachi pagar até a sua conta.

VI

Na viela, na periferia da cidade, viviam mulheres suspeitas, usando pesada maquiagem branca. Matahachi pretendia ir a um lugar mais fino, mas Akakabe Yasoma dissuadiu-o, dizendo:

— Para que gastar em casas elegantes? Conheço um lugar bem melhor, acompanhe-me.

Levado pela conversa de Yasoma, que insistentemente apregoava as qualidades dessa área na periferia da cidade, Matahachi descobriu, ali chegando, que o ambiente até lhe agradava.

A área, esclarecera Yasoma, era conhecida como Viela das Monjas.[9] Os quase mil casebres geminados que ali se erguiam eram, com ligeiro exagero, todos ocupados por prostitutas. Juntos, os lampiões das casas consumiam impressionantes 100 *koku*[10] de óleo por noite, sinal evidente de que os negócios prosperavam.

Próximo à área corria um fosso escuro por onde o mar entrava na maré enchente. Por esse motivo, um exame cuidadoso das lanternas vermelhas e das treliças das janelas revelava a presença de inúmeros piolhos do mar e caranguejos, semelhantes a repelentes escorpiões, venenosos e mortais. No meio da multidão de rostos pintados, porém, um ou outro rosto jovem e bonito, bem como mulheres de quase quarenta anos, com os dentes tingidos de preto, cabeças envoltas em coifas de monja[11] e olhar queixoso no frio ar noturno, constituíam visões capazes de provocar até em devassos frequentadores da zona sentidos reflexões sobre a impermanência das coisas terrenas.

— Quantas! — suspirou Matahachi.

---

9. No original, Bikuni Yokocho. A palavra *bikuni* (*bhiksuni*) designa monjas budistas. Durante o período Kamakura e Muromachi, significou também certa classe de mulheres artistas que peregrinavam vestindo hábitos de monja. Com o tempo, tais artistas passaram a fixar residência e, no período Edo, *bikuni* passou também a indicar prostitutas não licenciadas que comercializavam o corpo vestidas de monjas.

10. Cada *koku* corresponde a 180 litros.

11. As monjas budistas (*bikuni*) usavam cabelos curtos e coifas.

— Está vendo? E são muito melhores que essas cantoras ou mulheres das casas de chá. Pensando bem, são prostitutas, ideia nada agradável. Mas se você passar uma noite de inverno com elas, ouvindo-as falar do passado e das histórias de suas famílias, descobrirá que não nasceram prostitutas.

Andando no meio da multidão que se comprimia na rua, Yasoma dava explicações com ar entendido.

— Muitas dessas mulheres que hoje se vestem como monjas foram acompanhantes de grandes damas do xogunato Muromachi, outras são filhas de vassalos que serviam a generais famosos como Takeda Shingen, ou têm parentesco com Matsunaga Hisahide. Histórias como essas eram comuns nos dias que se sucederam à queda da casa Heike[12], mas passados os períodos Tenbun (1532-1555) e Eiroku (1558-1570), mudanças muito mais violentas no cenário do poder vieram se repetindo. Em consequência, essas flores caídas juntam-se como lixo nas sarjetas deste nosso mundo efêmero. Que se há de fazer?...

Entraram a seguir numa casa, onde Matahachi deixou Yasoma encarregar-se da diversão. Especialista no assunto, Yasoma foi perfeito na escolha das bebidas e no tratamento com as mulheres. Na verdade, era um prazer passar a noite na viela, pensou Matahachi.

Nessa noite, os dois homens dormiram na área, naturalmente. O dia raiou, sem que Yasoma desse mostras de se cansar do local. Matahachi, que na Hospedaria Yomogi administrada por Okoo vivera sempre se escondendo, cumprindo o papel de marido de mulher-dama, pareceu afinal se livrar da frustração acumulada durante todos esses anos, pois disse, a certa altura:

— Chega! Estou farto de bebida. Vamos embora!

— Que é isso? Faça-me companhia até a noite! — respondeu Yasoma, irredutível.

— Posso fazer, mas o que pretende depois?

— Marquei um encontro com Sussukida Kanesuke, em sua mansão, logo mais à noite. Há tempo de sobra... E, pensando bem, você tem de me explicar em detalhes as suas pretensões para que eu possa expô-las a Kanesuke.

— Não acho conveniente impor o valor do estipêndio, já a esta altura.

— Errado, não subestime seu próprio valor. Preste atenção: você, Sasaki Kojiro, um samurai qualificado, com autorização para praticar o estilo Chudoryu de esgrima, não pode chegar dizendo que quer um cargo no oficialato, não importa

---

12. Heike (ou Casa Taira): poderosa família de linhagem imperial. Sua história, desde o auge até a queda e ruína total, é contada em famosa crônica militar intitulada *Heike Monogatari* (a primeira versão foi escrita entre 1219 e 1243, aproximadamente). A relação cármica de causa e efeito, bem como a noção de impermanência das coisas terrenas pregada pela religião budista, são temas recorrentes nessa obra, escrita em forma de versos.

quanto paguem. Esse tipo de atitude só provoca desprezo. Acho que vou iniciar negociações pedindo 500 *koku* de estipêndio. Normalmente, quanto mais confiante se mostra o samurai, melhor o tratamento e maior o estipêndio. Deixe o orgulho de lado.

VII

À sombra da muralha, o crepúsculo caía cedo como num vale ao pé de montanhas, pois a gigantesca silhueta do castelo de Osaka vedava o sol.

— Aquela é a mansão de Susukida — disse Yasoma.

Dando costas para as águas geladas do fosso em torno do castelo, os dois homens permaneciam em pé, tremendo de frio. A bebedeira do dia se dissipara num instante mal se viram na beira do fosso. A água escorria do nariz de Matahachi e congelava ao chegar à ponta.

— A do portal?

— Não, a da esquina, ao lado.

— Que bela mansão!...

— O homem fez uma linda carreira. Antes dos trinta, ninguém conhecia Susukida Kanesuke. E de repente...

Matahachi não prestava muita atenção ao que Yasoma lhe dizia, não porque duvidasse de suas palavras. Ao contrário, àquela altura depositava tanta confiança no companheiro que não achava necessário analisar com cuidado tudo o que ele lhe dizia. Contemplando as dezenas de mansões que se erguiam em torno do castelo, de suseranos de maior ou menor importância, Matahachi mal conseguia conter a ambição em seu jovem peito.

— Esta noite, quando me encontrar com Kanesuke, farei com que ele aceite cuidar do seu futuro, você vai ver — disse Yasoma, acrescentando casualmente: — E quanto àquele dinheiro?

— Ah, é verdade — disse Matahachi, retirando a carteira de couro das dobras internas do quimono. Pensara de início gastar com moderação, mas, sem que se desse conta, dois terços do dinheiro já se tinham ido. Raspando o fundo da carteira, Matahachi entregou tudo a Yasoma, dizendo: — Isto é tudo. Acha suficiente?

— É mais que suficiente.

— Já que é um presente, será mais delicado apresentá-lo dentro de um envelope.

— Que é isso? Kanesuke e outros como ele aceitam abertamente, hoje em dia, o que chamam de contribuição ou taxa de recomendação. Não é preciso disfarçar, estou lhe dizendo. Deixe por minha conta.

Ao ver que todo o seu dinheiro se ia, nas mãos de Yasoma, Matahachi sentiu uma ponta de insegurança e correu no seu encalço, dizendo:
— Veja se leva a missão a bom termo, Yasoma!
— Confie em mim. Se Kanesuke não se mostrar receptivo, pego o dinheiro e o trago de volta, muito simples. Afinal, Kanesuke não é o único homem influente na área de Osaka. Existem outras pessoas a quem posso recorrer, como Ono, Goto, e muitos mais.
— Quando é que vou saber a resposta?
— Você poderia ficar aí mesmo, mas não me parece boa ideia esperar em pé nesse vento, à beira do fosso. Além do que, pode parecer suspeito. Vamos nos encontrar amanhã.
— Amanhã? Onde?
— Lá onde montaram aqueles espetáculos.
— Combinado.
— Espere-me sentado num dos banquinhos do vendedor de saquê, onde nos encontramos a primeira vez. É mais seguro.

Depois de combinar o horário, Akakabe Yasoma passou pelo portal da mansão com passos decididos e desapareceu no seu interior. Matahachi observou atento o seu jeito seguro e descontraído de cruzar o portal e pensou: "Realmente, Yasoma mostra familiaridade com o ambiente da mansão: tudo indica que conhece Susukida Kanesuke há muito tempo, conforme disse".

Naquela noite, por fim tranquilo, Matahachi dormiu embalando sonhos de grandeza e, no dia seguinte, dirigiu-se ao terreno baldio no horário combinado, pisando a relva coberta de gelo.

Como sempre, uma pequena multidão se juntava sob o fraco sol de inverno, indiferente ao vento frio de fim de ano.

VIII

Akakabe Yasoma não apareceu nesse dia, inexplicavelmente.
"Deve ter tido algum contratempo", pensou Matahachi de boa fé.
No dia seguinte, se sentou mais uma vez, simplório, num banquinho da taberna ao ar livre, ficando a examinar a multidão que se juntava na área. Mas a tarde caiu sem que Yasoma surgisse.
Um pouco constrangido, Matahachi disse ao vendedor de saquê:
— Cá estou eu de novo, taberneiro!
Já estavam no terceiro dia. Ao se sentar outra vez num dos banquinhos, o vendedor de saquê, que intimamente vinha estranhando o comportamento de Matahachi, perguntou-lhe por quem esperava todos os dias. Matahachi

então lhe explicou que por tais e tais motivos, combinara encontrar-se ali com Yasoma, o *rounin* que conhecera nesse lugar havia alguns dias.

— Quê? Com aquele homem? — exclamou o vendedor de saquê, atônito. — Quer então dizer que ele lhe prometeu agenciar um emprego e lhe roubou o dinheiro?

— Não roubou, não. Fui eu que lhe pedi para interceder junto ao senhor Susukida, e lhe confiei o dinheiro destinado a promover a aproximação. E se fico aqui todos os dias é porque tenho pressa em saber a resposta.

— Ora essa, senhor! — disse o taberneiro com expressão penalizada. — Nem que espere cem anos, o homem não vai aparecer.

— O que... O que disse? Como não?

— Aquele indivíduo é um vigarista famoso. Malandros iguais a ele enxameiam por aqui e, se topam com algum ingênuo, logo se aproximam e armam o bote. Pensei em adverti-lo do perigo, sinceramente, mas tive medo do que me poderia acontecer mais tarde. Além disso, achei que o senhor logo perceberia, só de ver seu jeito. Então... o homem levou todo o seu dinheiro? Que absurdo!

Ultrapassando os limites da simpatia, o taberneiro parecia agora sentir pena da ignorância de Matahachi. Mas este, pelo jeito, não tinha consciência do papel de trouxa que representara. O prejuízo e a perda de todas as esperanças deixaram-no trêmulo, o coração acelerado. Bestificado, contemplava a multidão.

— É quase certo que não vai adiantar, mas em todo o caso, pergunte por ele na tenda do ilusionista. Ali costuma se juntar um grupo de malandros para jogar. Pode ser que Yasoma esteja por lá tentando a sorte, já que conseguiu tanto dinheiro.

— Entendi — disse Matahachi, levantando-se do banquinho precipitadamente. — E qual das tendas é a do ilusionista?

Na direção apontada pelo taberneiro havia uma tenda grande, a maior do terreno, onde se exibia um bando de mágicos. Espectadores amontoavam-se na porta. Chegando perto, Matahachi viu diversos nomes famosos em bandeirolas afixadas ao lado da entrada e ouviu, por trás das esteiras e cortinados que vedavam o extenso cercado, uma estranha música, misturada a gritos dos mágicos e aplausos do público.

IX

Ao dar a volta aos fundos do cercado, Matahachi encontrou outra porta diferente daquela usada pelo público. Espiou, e um vigia lhe perguntou:

— Vai jogar?

Matahachi balançou a cabeça positivamente. Como o olhar que o vigia lhe devolveu pareceu consentir, Matahachi entrou. No interior do cortinado, um grupo de quase vinte *rounin* sentava-se formando uma roda ao ar livre e jogava *bakuchi*. À sua chegada, os olhares hostis de todos convergiram em sua direção. Um dos jogadores à sua frente se levantou e lhe cedeu o lugar. Matahachi então disse, precipitadamente:

— Vocês viram Akakabe Yasoma por aqui?

— Yasoma? Por falar nisso, faz alguns dias que o Yasoma não aparece por aqui. Que lhe terá acontecido?

— Acha que ele virá? — tornou a perguntar Matahachi.

— E como vou saber? Sente-se aí, de qualquer forma.

— Não, não vim jogar. Estou aqui à procura dele.

— Não me venha com gracinhas. Se não pretendia jogar, o que faz aqui?

— Me desculpe!

— Quer levar um chute na canela?

— Já estou de saída, desculpem — repetiu Matahachi, escapulindo apressado. Nesse instante, um dos jogadores veio atrás dele esbravejando:

— Samurai provinciano, nós aqui não temos o costume de aceitar desculpas. Espertinho! Se não vai jogar, pague a entrada!

— Não tenho dinheiro.

— Não tinha dinheiro, mas veio espiar! Queria ver se nos pegava distraídos para roubar nosso dinheiro, não é, ladrãozinho?

— O que disse? — gritou Matahachi, agarrando o cabo da espada nervosamente. Ao ver isso, o homem riu, disposto a comprar a briga.

— Idiota! É preciso muito mais do que uma simples ameaça para assustar alguém como eu, acostumado à vida de uma cidade grande como Osaka. Vá, use a espada, se for capaz!

— Eu... eu o mato!

— Mate! Que está esperando?

— Sabe com quem está falando?

— Sei lá!

— Sasaki Kojiro é meu nome e sou discípulo do famoso Toda Gorozaemon, originário da vila Jokyoji, do feudo de Uzaka, na província de Echizen, fundador do estilo Toda de esgrima, ouviu bem?

Matahachi imaginou que o nome o poria em fuga, mas, pelo contrário, o homem explodiu em gargalhadas e, dando as costas a Matahachi, chamou os demais no interior do cercado:

— Venham ver, companheiros! O nosso homem acabou de dar um nome pomposo e parece querer se bater conosco. Vamos ver até onde vai a sua habilidade, que acham?!

Mal acabou de falar, o homem soltou um berro agudo e pulou, golpeado nas nádegas por Matahachi, que o atacara de surpresa.

— Cão! — gritou o homem. Logo a seguir, um alarido fez-se ouvir às costas de Matahachi, que agora fugia misturando-se à multidão, levando na mão a espada ensanguentada.

Matahachi procurava se esconder no meio do povo, mas todos os rostos ao redor se pareciam com o de um dos baderneiros e ele se sentia em perigo. Repentinamente, notou diante dele num cortinado estampando um gigantesco tigre, na entrada de uma barraca. Ao lado da porta havia uma lança com ponta em forma de foice e, numa bandeirola, um emblema representando o olho de uma serpente. De pé, em cima de um caixote vazio, um velho mercador cantarolava em voz roufenha uma ladainha para atrair curiosos:

— É o tigre, é o tigre! Venham ver o tigre. Sem sair de casa, viaje quatro mil quilômetros de ida e quatro mil quilômetros de volta. Venham ver, venham ver, o tigre veio da Coreia, caçado por Kato Kiyomasa!

Matahachi jogou uma moeda e mergulhou no interior da barraca. Um pouco mais calmo, passeou o olhar em volta à procura do tigre. À sua frente, haviam levantado duas ou três folhas de madeira, uma ao lado da outra e, pregada a elas, haviam esticado uma pele de tigre, seca e dura como uma peça de roupa lavada e exposta ao sol.

X

O público contemplava comportadamente a pele do tigre: ninguém se revoltava pelo fato de estarem exibindo um tigre morto.

— Ah, então isso é um tigre!

— Como é grande, não?

O povo, admirado, continuava a desfilar, entrando por uma porta e saindo por outra. Matahachi queria matar o máximo de tempo possível e ali se deixou ficar, apenas olhando a pele do tigre. De súbito, percebeu à sua frente um casal idoso, em trajes de viagem.

— Veja só, esse tigre está morto, tio Gon — disse a velha. O velho samurai introduziu a mão pela grade de bambu e tocou a pele, respondendo:

— Claro que está, pois se isto é a sua pele!

— Mas o homem que apregoava na entrada deu a entender que era um tigre vivo, não deu?

— É mágica, obaba, é mágica! — respondeu o samurai idoso, rindo em tom de troça. Mas a anciã, irritada, voltou o rosto e, formando um bico com a boca enrugada, disse:

— Bela porcaria! Se era um número de mágica, que anunciassem na bandeirola. A ver uma pele de tigre morto, prefiro vê-lo vivo numa gravura. Vá até a entrada e mande o homem devolver nosso dinheiro!

— Obaba, obaba! Vão todos rir da gente. Pare de reclamar tão alto!

— Que me importam os outros? Se você tem vergonha de reclamar, vou eu!

Assim dizendo, começou a retroceder no meio da aglomeração quando percebeu alguém gritar de leve e se esconder. O idoso samurai a quem a anciã chamava de tio Gon soltou um berro no mesmo instante:

— Matahachi!

A velha Osugi, que não enxergava muito bem, perguntou ansiosa:

— Que disse, tio Gon?

— Não o viu, obaba? Era Matahachi, em pé logo atrás de você!

— Quê?! Verdade?

— Está fugindo!

— Para que lado?

Os dois anciãos rolaram pela porta. Fora, a tarde caíra e a penumbra já cobria a multidão apressada. Matahachi esbarrou inúmeras vezes em transeuntes e, a cada vez, girava tontamente, fugindo sempre em direção à cidade, sem nunca se voltar.

— Pare, pare aí, filho!

Matahachi voltou-se e viu que a velha Osugi corria no seu encalço como uma louca. Tio Gon também vinha atrás, levantando a mão e gritando:

— Matahachi! Tonto, do que foge?

Ao perceber que nem assim Matahachi se detinha, a velha Osugi espichou o pescoço enrugado e berrou:

— Ladrão! Pega o ladrão! Pega!

Os homens próximos reagiram sem demora, e usando longas varas de bambu que serviam de suporte a cortinados, abateram Matahachi como fariam a um morcego.

— Peguei! Peguei!

— Malandro!

— Bate mais!

— Mate de uma vez!

Mãos e pés emergiram da multidão, castigando-o impiedosamente, cusparadas o atingiram.

Ao ver a cena, a velha Osugi, que, esbaforida, acabava de alcançá-los em companhia de tio Gon, empurrou a multidão a cotoveladas, levou a mão ao cabo de sua espada e arreganhou os dentes, gritando feroz:

— Miseráveis, parem com essa crueldade! Que pretendem fazer a este jovem?

A turba, sem nada compreender, explicava:

— Velha senhora, este homem é um ladrão!

— Ladrão coisa nenhuma, este homem é meu filho!

— Seu filho?!...

— Exato! E quem foi o desgraçado que o chutou? Quem foi o miserável mercador que ousou chutar este filho de samurais? Repita a insolência de novo, que esta velha ficará muito contente em dar o troco!

— Deus nos livre! Mas quem foi que berrou há pouco: "Ladrão, ladrão!"?

— Quem gritou fui eu, esta velha aqui presente! Mas ninguém pediu que gentinha como vocês o chutassem! Gritei pensando em deter meu filho, isso foi um ato de amor materno. E se não sabiam do que se tratava, como é que se põem a chutar e a bater, bando de trapalhões?

AMOR E ÓDIO

I

O bosque ficava no centro da cidade. A luz bruxuleante de um archote fazia as vezes de iluminação pública e clareava fracamente a área.

— Venha cá! — disse a velha Osugi, agarrando Matahachi pela nuca e arrastando-o da rua para dentro do bosque. Assustada com a fúria da idosa senhora, a turba desistira de acompanhá-los. O velho Gon, que ficara sob uma arcada *torii*[13] próxima protegendo o flanco posterior, logo os alcançou.

— Não bata nele, obaba. Lembre-se que Matahachi já não é uma criança — disse, tentando soltar a mão de Osugi do pescoço de Matahachi.

— Não se intrometa! — disse a velha, afastando-o com uma brusca cotovelada. — Eu sou a mãe, e estou castigando meu filho. Quem interfere, se intromete. Cale a boca, se me faz o favor. E você, Matahachi!

Em momento digno de lágrimas de alegria, a velha mulher, revoltada, agarrava a nuca do filho e pressionava sua cabeça contra o solo. Diz-se que a velhice transforma as pessoas, tornando-as impacientes e simplórias. Ou talvez os complexos sentimentos que assaltavam agora a velha Osugi representassem carga excessiva para seu espírito exausto. Senão, como classificar sua reação, misto de choro, raiva e louca manifestação de alegria?

— Que história é essa de sair correndo, mal vê a própria mãe? Você nasceu de mim e não da forquilha de uma árvore! Esqueceu que é meu filho, hein, hein?! Paspalho! — dizia Osugi, aplicando vigorosas palmadas em suas nádegas, conforme fazia quando o castigava na infância. — Enquanto eu sofria, achando que já não pertencia a este mundo, você vivia tranquilamente em Osaka! Que ódio, que ódio! Explique por que não voltou à sua terra para prestar homenagem às almas ancestrais, nem se preocupou em vir ver esta sua velha mãe. E não lhe ocorreu que todos os nossos parentes pudessem estar aflitos por sua causa?

— Me perdoe, mãe, me perdoe! — gritava Matahachi como uma criancinha, entre palmadas da mãe. — Sei que agi mal, sei disso. Exatamente por isso não consegui voltar para casa. Quando a vi, há pouco... foi tão inesperado que saí correndo como um doido, nem sei por quê. Que vergonha, ai, que vergonha! Tio Gon, mãe, senti tanta vergonha! — disse, ocultando o rosto nas mãos.

---

13. *Torii*: arcada, à entrada de templos xintoístas.

Ao vê-lo arrependido, a velha Osugi enrugou ainda mais os olhos e o nariz no rosto idoso e pôs-se também a soluçar. Mas, valente como era, logo se recuperou e, combatendo resolutamente a própria fraqueza, voltou a falar:

— Você é a desgraça dos nossos ancestrais! E se confessa que está com vergonha, boa coisa não há de ter praticado!

Tio Gon, incapaz de se conter por mais tempo, interveio:

— Já basta, obaba, desse jeito, vai acabar deformando o caráter do menino.

— Vai se intrometer de novo? Aliás, você é indulgente demais, tio Gon, nem parece homem! Matahachi não tem pai e eu tenho de fazer o papel de mãe e de pai severo, ao mesmo tempo. Entendeu por que o castigo tanto? E nem pense que já acabei. Matahachi, sente-se aí! — disse Osugi, reaprumando-se ela própria e apontando o chão à sua frente.

— Sim, senhora. — Matahachi levantou o peito sujo de terra e formalizou-se, sem ânimo algum.

II

Osugi era uma mãe temível. Em certos aspectos era complacente, muito mais que a maioria das mães, mas tinha o hábito de trazer à baila a honra dos ancestrais por qualquer motivo, o que deixava Matahachi submisso como um cordeirinho.

— Não me esconda nada, ou será pior para você. Começando da hora em que partiu para a batalha de Sekigahara, o que foi que esteve fazendo? Conte tudo detalhadamente, até que me dê por satisfeita.

— Vou contar, vou contar.

Não ocorreu a Matahachi esconder o que quer que fosse. Contou como escapara vivo dos campos de Sekigahara em companhia do amigo Takezo; como se ocultara nas proximidades do pântano de Ibuki; como fora seduzido por Okoo, uma mulher mais velha, e como a vida em sua companhia se transformara em amarga experiência, da qual agora se arrependia. Quando acabou, sentiu um grande alívio, como se acabasse de vomitar algo podre há muito retido no estômago.

— Que coisa! — gemeu tio Gon.

— Você me espanta! — disse Osugi, estalando a língua impaciente. — E que anda fazendo ultimamente? Até que está bem vestido. Como é, conseguiu entrar para o serviço de algum suserano? Já recebe um estipêndio?

— Sim! — disse Matahachi sem querer, ansioso por agradar a mãe. Mas o medo de ser pego mentindo o fez emendar depressa:

— Mas ainda não consegui emprego.

— E então... de que vive?
— Da esgrima; dando aulas de esgrima.
— Verdade? — disse Osugi bem-humorada, relaxando pela primeira vez. Aulas de esgrima? Muito bem! Apesar da vida difícil que levava, vinha se dedicando à esgrima. Mostra que é meu filho. Este é bem meu filho, não é mesmo, tio Gon?

Tio Gon concordou meneando com energia a cabeça diversas vezes, ansioso por mudar o humor da velha Osugi:

— É claro, tem de haver nele um pouco do sangue de nossos ancestrais. Embora tenha perdido o rumo momentaneamente, não perdeu o espírito.

— E então, Matahachi?
— Senhora?
— Com quem estudou, nesta cidade?
— Com o mestre Kanemaki Jisai.

— Ouça, discípulo do famoso mestre Kanemaki! — disse Osugi, seus olhos e nariz enrugados demonstrando tanta satisfação que Matahachi se viu tentado a aumentar sua alegria. Retirou então das dobras internas do quimono o diploma de esgrima, desenrolou-o e, ocultando apenas a última linha que dizia: "Ao mestre Sasaki Kojiro", mostrou-o à luz dos archotes:

— Veja, minha mãe, aqui está!

— Deixe-me ver! — disse Osugi, estendendo a mão. Mas Matahachi não lhe entregou o documento, dizendo apenas:

— Leia e tranquilize-se, minha mãe.

— Tem razão! — disse a velha, sacudindo a cabeça. — Veja, tio Gon, que beleza! Não é à toa que sempre foi mais inteligente e também muito mais hábil que Takezo, desde pequeno.

Osugi quase babava de orgulho, mas, instantes depois, seus olhos caíram na última linha do documento que Matahachi sem querer deixara à mostra, enquanto enrolava o diploma.

— Espere, espere um pouco: aqui diz Sasaki Kojiro. Que é isso?

— Ah... isso? Isso é um pseudônimo.

— Pseudônimo? E por que o pseudônimo, meu filho, justo você que tem um belo nome, Hon'i-den Matahachi?

— É que, como levava uma vida vergonhosa nos últimos tempos, não quis sujar o nome de nossos ancestrais.

— Ah, então foi isso! Muito bem, mostra um caráter louvável, meu filho! E agora, preste bastante atenção, pois vou lhe contar o que vem acontecendo em nossa terra, fatos que você por certo desconhece.

Com esse prólogo, e sempre pensando em incentivar e meter o filho em brios, a velha senhora pôs-se a contar os últimos acontecimentos da vila

Miyamoto desde a partida de Matahachi, os motivos que levaram tio Gon e ela, como representantes da casa Hon'i-den, a partir juntos da vila e a peregrinar por diversas províncias durante os últimos anos, com o intuito de encontrar e matar a dupla Takezo e Otsu. Sem a intenção de exagerar, mas ainda assim exagerando, Osugi contou minuciosamente a sua história com os olhos úmidos, interrompendo-se diversas vezes para assoar o nariz.

III

Matahachi ouvia, imóvel e cabisbaixo, o emocionado relato da idosa mãe. Agora ele se comportava como um dócil e bom filho.

Mas os aspectos ressaltados pela velha mãe em sua arenga, como a preservação do bom nome familiar e da moral samuraica, não comoveram o filho tanto quanto aquela única notícia: Otsu amava outro!

— Mãe, isso aconteceu de verdade?

Ao perceber a comoção no rosto do filho, a velha senhora imaginou que enfim conseguira, com seu discurso, despertar-lhe o brio e disse:

— Se pensa que minto, pergunte aqui ao seu velho tio Gon. Otsu, aquela relapsa, o abandonou para correr atrás de Takezo, essa é a verdade. Aliás, se você pensar mais um pouco, pode até ser que Takezo, sabendo que você não retornaria tão cedo, tenha seduzido Otsu e fugido, roubando-a de você. Não é, tio Gon?

— Isso mesmo, pode-se esperar qualquer coisa dessa dupla. Afinal, Takezo escapou do cedro centenário no templo Shippoji — onde o bonzo Takuan o havia amarrado para pagar seus pecados — com a ajuda da Otsu. Com certeza existe algo mais que simples amizade entre esses dois.

Ao ouvir isso, Matahachi por fim se encolerizou. Sobretudo porque nutria ultimamente contra o velho amigo Takezo um inexplicável antagonismo.

A idosa mãe espicaçou ainda mais o orgulho do filho:

— Entendeu agora, Matahachi, o espírito que nos move, a mim e o tio Gon, quando continuamos nossas buscas país afora? Sem trazer comigo a cabeça desses dois — de Takezo, o homem que fugiu levando a noiva de meu filho, e de Otsu, a mulher que sumiu jogando o honrado nome Hon'i-den na lama —, nunca mais terei coragem de comparecer perante o altar de nossos ancestrais ou o povo de nossa aldeia.

— Entendi.

— Nem você está em condição de voltar a pisar sua terra natal na atual circunstância, concorda?

— Agora não posso mais.

— Destrua esses seus odiosos inimigos.
— Certo.
— Que resposta desanimada! Acha, por acaso, que não é hábil o suficiente para matar Takezo?
— Não é isso.
Tio Gon interferiu:
— Não se preocupe Matahachi, estou do seu lado.
— E também esta sua velha mãe.
— Ainda haveremos de voltar para casa carregando orgulhosamente as cabeças de Otsu e Takezo, não é mesmo, Matahachi? E depois, você escolherá uma linda noiva e herdará a casa Hon'i-den. Neste dia, nossa honra de *bushi* estará salva. Nosso nome gozará merecido reconhecimento nas províncias vizinhas e, sobretudo, não restará em Yoshino nenhuma linhagem comparável à nossa — concluiu tio Gon.
— Vamos, anime-se, Matahachi. Acha que é capaz de cumprir a missão?
— Sim.
— Você é um bom filho. Ele merece elogios, tio Gon. Acabou de jurar que matará Takezo e Otsu — disse Osugi, finalmente em paz. Moveu-se então de leve, tentando levantar-se, pois havia já algum tempo que suportava em silêncio o enregelante frio que vinha do chão.
— Ai, ai, ai!
— Que foi, obaba?
— Acho que foi o frio, tio Gon. Sinto uma dor terrível nos quadris e não consigo me aprumar.
— Isso é mau! É aquela dor crônica de novo.
Matahachi voltou as costas para a mãe e disse:
— Suba em minhas costas, mãe, eu a levo.
— Você vai me levar... me levar em suas costas, filho? — disse Osugi, passando os braços pelos ombros de Matahachi. — Quando foi a última vez que me levou a cavalo em suas costas? Veja, Tio Gon, Matahachi está me levando! — maravilhou-se a anciã, derramando lágrimas de alegria.
Quando as lágrimas quentes atravessaram a roupa e atingiram a pele de Matahachi, este sentiu uma indizível satisfação:
— Tio Gon, onde estão hospedados? — perguntou.
— Íamos procurar ainda. Qualquer lugar serve, vá andando.
— Está bem! — disse Matahachi, caminhando e balançando alegremente o corpo da idosa mãe nas costas. — Puxa, como você é leve, mãe! Muito mais leve que pedras!

UM BELO JOVEM

I

Fardos de papel e folhas de indigueiro constituíam a maior parte da carga. Além disso, o navio transportava também clandestinamente em seu porão fardos de tabaco, cuja comercialização fora proibida. A princípio, esta última carga era secreta, mas o cheiro a denunciava.

Algumas vezes por mês o navio trafegava entre a província de Awa[14] e a cidade de Osaka, interligando as duas localidades. Setenta a oitenta por cento dos passageiros que haviam embarcado com a carga eram mercadores que se dirigiam a Osaka ou para lá retornavam, conversando animadamente:

— Como vão os negócios? Rendosos?

— Qual! Mas ouço dizer que em Sakai[15] as coisas andam de vento em popa.

— Dizem que a demanda por armas de fogo é tão grande que faltam artesãos nessa área.

Outro mercador interveio:

— Eu, por exemplo, trabalho com material bélico — suportes de bandeiras e armaduras —, mas esse tipo de comércio já não rende o que costumava.

— Realmente?

— É que os samurais aprenderam a fazer cálculos...

— Ah!...

— Tempos atrás, costumávamos comprar dos bandoleiros o material pilhado por eles, pintar ou dar-lhe uma demão de laca, e o vendíamos de novo nos quartéis. Vinha então uma nova guerra, os bandoleiros tornavam a pilhar o mesmo material que a gente tornava a restaurar. Era um tipo de comércio rotativo de boa rentabilidade, ainda mais porque ninguém se incomodava em pesar com rigor o ouro e a prata na hora do pagamento.

A conversa girava quase sempre em torno do mesmo assunto.

— Hoje em dia, não existe comércio que se possa chamar de verdadeiramente rendoso no país. O negócio agora é arriscar tudo e sair pelo mar, como

---

14. Awa: antiga denominação da atual província de Tokushima, na ilha de Shikoku.
15. Sakai: bairro no lado ocidental da cidade de Osaka, situado na margem oriental da baía de Osaka, adjacente à foz do rio Yamato. Durante o período Muromachi e visando à autoproteção, mercadores fundaram essa comunidade, transformando-a em colônia independente que eles próprios governavam e cujos limites, por motivos de segurança, eram defendidos por fossos. À época, a cidade de Sakai prosperava como parceira da China no comércio exterior, seu porto desempenhando importante papel.

fizeram Ruson Sukezaemon[16], ou Chaya Sukejiro — disse alguém fitando o mar alto, apregoando a riqueza de países distantes.

— Comparados aos samurais, porém, nós, os mercadores, vivemos muito melhor, apesar das queixas. Esses samurais, coitados, não têm a mesa tão variada quanto a nossa; em minha opinião, a tão propalada vida luxuosa dos *daimyo* deixa muito a desejar; e, acima de tudo, na hora do perigo, têm de se pôr em armas e partir para a guerra, prontos para morrer. Sem falar que, no dia a dia, o famoso código de honra dos *bushi* os amarra, impedindo-os de agir como bem entendem. É de dar pena, sem dúvida — disse outro.

— Isso quer dizer que, apesar das dificuldades, é melhor ser mercador?

— Claro que é! Pelo menos, vivemos do jeito que nos agrada.

— Basta nos mostrarmos humildes perante a classe guerreira. E um bom lucro compensa qualquer humilhação.

— Nada melhor do que viver bem a vida.

— Sem dúvida! De vez em quando, encontro uns coitados a quem fico com vontade de perguntar: "Para que vieram ao mundo?"

Pelo aspecto, esses homens — embora simples mercadores — eram ricos e haviam estendido sobre o convés um amplo tapete importado, estabelecendo para si uma área de primeira classe.

Realmente, examinando-se com cuidado o grupo, chegava-se à conclusão de que o luxo — prerrogativa da classe samuraica durante o período Momoyama[17] — talvez houvesse migrado para a classe mercantil depois da morte de Hideyoshi. Os finos copos, os deslumbrantes apetrechos e as roupas de viagem, assim como a luxuosa bagagem desses homens mostravam que o estilo de vida de um mercador — apesar de sua natural parcimônia — ainda era muitíssimo superior ao de um samurai com 1.000 *koku* de estipêndio.

— A viagem está ficando monótona.

— Que tal um passatempo?

— Boa ideia. Vamos fechar essa cortina à nossa volta.

O grupo começou a jogar baralho, recentemente introduzido no país por navios mercantes espanhóis e portugueses. Concubinas e serviçais foram encarregados de manter os copos sempre cheios. Os homens se divertiam apostando

---

16. Ruson Sukezaemon: originário da cidade comercial de Sakai. Em 1593 atravessou o oceano e chegou à ilha de Luzon, nas Filipinas, de onde voltou com mercadorias integralmente compradas por Toyotomi Hideyoshi, obtendo fabuloso lucro nessa transação.

17. Período Momoyama: em uma das diversas maneiras de se classificar os períodos históricos japoneses, corresponde à segunda metade do século XVI, mais especificamente aos quase vinte anos do domínio de Toyotomi Hideyoshi, o Taiko. Caracterizou-se pela expansão, na área da construção, de luxuosos palácios, mansões e templos, bem como pelas vistosas decorações de suas paredes e divisórias internas. Digno de atenção foi também o progresso na área artística, destacando-se a pintura, com ênfase no retrato do cotidiano do povo, e o artesanato em geral (cerâmica, laca, técnicas de tingimento e tecelagem).

quantias tão elevadas que apenas um punhado desse ouro impediria uma aldeia inteira de morrer de fome.

Dez por cento do total de passageiros que haviam embarcado com os mercadores eram monges itinerantes, *rounin*, estudiosos do confucionismo, bonzos e samurais, gente a quem os mercadores gostariam de perguntar: "Para que vieram ao mundo?" Agrupados a um canto junto aos fardos, fitavam com olhar ausente o mar de inverno.

II

Em meio a esse grupo de passageiros de expressão enfarada estava um jovem.

— Quieto! — ordenou, a certa altura. Apoiado a um fardo e voltado para o mar, abrigava em seu colo algo redondo e peludo.

— Ora... é um macaquinho! — exclamou alguém, espiando. — Parece domesticado.

— E é.

— Você o tem há muito tempo?

— Não. Peguei-o há pouco, quando transpunha as montanhas, vindo de Tosa[18] em direção a Awa.

— Você mesmo o pegou?

— Isso. Mas passei maus bocados, perseguido por seus pais e pelo bando.

Embora não se recusasse a conversar, o jovem não levantava os olhos, continuando diligentemente a caçar pulgas pelo pequeno corpo preso entre as pernas. Os cabelos estavam cortados à moda dos adolescentes — longos, presos em rabo no alto da cabeça por uma faixa roxa e aparados em franja na testa — e vestia um vistoso e colorido conjunto de quimono acolchoado e *hakama* de seda, usando sobre ele um longo e folgado colete de lã vermelha que lhe chegava abaixo dos quadris. A aparência era a de um adolescente, mas não havia como garantir que realmente o fosse.

A dúvida era razoável: estilos vistosos como o desse jovem eram herança do período Momoyama, de rica influência sobre os usos e costumes, quando a moda impusera seus caprichos até sobre cachimbos, popularizando os assim chamados "cachimbos Taiko" em homenagem a Toyotomi Hideyoshi, cognominado Taiko. E assim, persistia ainda no país a moda surgida no auge do período Momoyama, quando jovens de vinte anos, muito além da maioridade, tinham evitado raspar os cabelos, conservando a franja característica dos adolescentes até bem depois dos 25 anos, usando roupas de tecidos

---

18. Tosa: antiga denominação da província de Kouchi, na ilha de Shi*koku*.

vistosos bordados de ouro e prata e fazendo questão de aparentar a pureza e o frescor de um adolescente.[19]

Por esse motivo, não se poderia afirmar de maneira categórica, com base apenas em sua aparência, que o jovem fosse na verdade um adolescente. No aspecto físico, por exemplo, era alto e imponente, tinha a pele clara, lábios vermelhos e olhos brilhantes. Ademais, as extremidades das sobrancelhas escuras afastavam-se dos cantos externos dos olhos e subiam em direção às têmporas, emprestando ao rosto uma expressão bastante agressiva.

Não obstante, o tom com que disse ao macaco: "Por que tanto se mexe?", aplicando-lhe um ligeiro tapa na cabeça, ainda absorto em caçar pulgas, continha grande dose de ingenuidade juvenil. Nenhum motivo especial existe para tanta especulação sobre sua idade, mas somando-se os indícios e tirando-se a média, estimava-se que o jovem teria seus dezenove ou vinte anos.

Quanto à sua identidade, nada se poderia deduzir dos trajes de viagem e das macias meias de couro e sandálias de palha. Contudo, seus modos descontraídos em meio ao grupo composto por monges itinerantes, bonequeiros, samurais andrajosos como mendigos e plebe malcheirosa, faziam imaginar que não pertencia a nenhum clã, havendo muito maior probabilidade de que fosse um *rounin*.

No entanto, levava consigo um objeto valioso demais para um simples *rounin*: uma espada do tipo usado em batalhas[20], longa, que trazia enviesada às costas, presa por uma tira de couro por cima do colete vermelho. A espada era reta, sem a curvatura característica da espada comum, mais parecendo uma longa vara.

O tamanho e a qualidade da espada, cujo cabo emergia sobre um dos ombros do jovem, atraíam imediatamente o olhar das pessoas.

— Que bela espada! — pensou Gion Toji, que, a poucos passos de distância, havia já algum tempo a contemplava embevecido. — Nem em Kyoto se veem muitas iguais a essa.

A qualidade excepcional da arma fez com que especulasse sobre o dono, sua carreira e seu passado. Gion Toji esperava uma oportunidade para se aproximar do belo jovem e entabular diálogo.

---

19. O costume aqui citado refere-se ao *genbuku*, ou ainda *genpuku*, cerimônia com que se indicava e festejava a maioridade de um adolescente, atingida entre onze e dezessete anos. Na ocasião, o jovem mudava o estilo da indumentária, que passava a ter cor e padrão sóbrios; dependendo da época e do lugar, os cabelos, desde a testa e uma boa área do topo da cabeça, eram raspados, sendo os da parte posterior, enfeitados e torcidos para frente, compondo os chamados *mage*, ou topetes. Na classe dos *bushi*, o jovem passava a usar um pequeno chapéu (*koburi*) sobre a cabeça, abandonava seu nome de infância, sendo-lhe indicado um novo nome e, algumas vezes, um posto ou posição.

20. No original, *jintozukuri*.

Em meio à névoa gelada que pairava sobre o mar, a ilha Awaji, de vagos contornos, refletia os raios solares e aos poucos se distanciava à popa.

Sobre a cabeça dos passageiros, o ruído da larga vela desfraldada sobrepunha-se ao rugido do mar.

III

Gion Toji, cansado da monótona viagem, abafou um bocejo. Nada como uma jornada tediosa para despertar no viajante a sensação de ser um estranho em terra desconhecida. Toji tomara o barco no fim de uma dessas cansativas viagens, que já durava quatorze dias.

"Será que o mensageiro expresso chegou a tempo? Se chegou, ela deve estar à minha espera no cais do porto de Osaka", pensou, evocando a figura de Okoo como único consolo para o tédio.

Pois a casa Yoshioka, que obtivera fama e invejável situação financeira ao ser apontada instrutora de artes marciais pelo xogunato Ashikaga do período Muromachi, via agora sua fortuna comprometida na geração de Seijuro por causa da vida desregrada que este levava. Nos círculos mais íntimos comentava-se que até a academia da rua Shijo estaria hipotecada e que muito provavelmente passaria às mãos de mercadores nesse fim de ano. A situação era negra. Mesmo que Seijuro juntasse o restante da fortuna amealhada pelo pai Kenpo e se mudasse levando apenas a roupa do corpo, o valor levantado não daria para cobrir as contas que vinham sendo cobradas com insistência por credores de todos os tipos, aglomerados à sua porta nos últimos dias.

— E agora?

À pergunta de Seijiro, Gion Toji, ciente de que os convites à farra feitos por ele próprio ao mestre eram a causa parcial do problema, disse:

— Deixe por minha conta. Vou lhe mostrar como pôr as contas em ordem. Toji empregou toda a sua astúcia e elaborou um projeto, segundo o qual dariam início à construção de uma nova academia denominada Shinbukaku na área ocidental do bairro Nishi-no-touin, atualmente desocupada.

Dando seguimento ao plano, Toji fez com que Sejuro escrevesse uma circular com o seguinte teor:

> *Em razão da atual conjuntura, cresce a cada dia a popularidade das artes marciais, assim como a demanda por praticantes dessas artes pelos senhores feudais. Em vista disso, e com o objetivo de treinar um número cada vez maior de seguidores do nosso estilo, surge a necessidade de se ampliar a academia hoje existente para que assim possamos*

> *dar continuidade à obra do nosso fundador, celebrizando-a em todo o país. A realização dessas metas é sem dúvida um dever de todos nós, antigos discípulos do falecido mestre.*

Com a circular nas mãos, visitou um a um os diversos discípulos formados pela academia Yoshioka Kenpo espalhados pelas áreas de Chugoku, Kyushu e Shikoku. O objetivo das visitas era, evidentemente, solicitar uma contribuição para a construção do referido Shinbukaku.

Muitos dos antigos discípulos do falecido Kenpo serviam a clãs em várias localidades e haviam ascendido a altos cargos. Contrariando as expectativas de Toji, porém, poucos foram os que, lendo a circular explicativa, se animaram a assinar o livro de ouro.

"Mandarei em breve, por carta", ou "Contribuirei em outra oportunidade, quando for a Kyoto", eram as desculpas mais frequentes, e Toji acabou, afinal de contas, angariando apenas uma pequena parcela do que planejara.

Uma vez que o patrimônio em jogo não era dele, pensava Toji, otimista que o problema seria contornado de algum modo, empenhava-se havia algum tempo em trazer à lembrança não o rosto de seu mestre, Seijuro, mas o de Okoo, a quem já havia algumas semanas não via. Mas como para tudo há um limite, também disso se aborrecera e, abafando um novo bocejo, não sabia mais o que fazer para aplacar o tédio.

Nesse momento sentiu inveja do bem-apessoado jovem, que, havia algum tempo, se entretinha em caçar pulgas pelo corpo do seu macaco. Aquele, sim, achara um bom passatempo. Toji não resistiu e, por fim, aproximou-se do rapaz e entabulou conversa:

— Está indo para a cidade de Osaka, jovem?

Ainda segurando a cabeça do macaco, o jovem voltou-se e os olhos grandes lançaram um olhar pouco amistoso ao rosto de Toji.

— Isso mesmo. Vou a Osaka — disse.

— Sua família reside em Osaka, por acaso?

— Não é esse o caso.

— Mora em Awa, então.

— Também não.

O jovem era seco, sem dúvida. Em seguida, voltou a se absorver na tarefa de repartir com os dedos, cuidadosamente, os pelos do pequeno macaco.

IV

  Toji não viu como continuar a conversa e calou-se durante alguns momentos para logo voltar a falar.
  — Bela espada a sua — disse, agora elogiando a longa espada às costas do jovem. Quanto a isso, respondeu ele:
  — É verdade. Está há gerações em minha família. — Satisfeito com o elogio, voltou-se então inteiramente para o lado de Toji e continuou: — Esta espada foi feita para ser usada em campo de batalha, de modo que penso em entregá-la a algum bom mestre armeiro em Osaka e pedir que a refaça, a fim de poder levá-la à cintura.
  — Ela me parece um tanto longa para ser levada à cintura.
  — Tem apenas três *shaku*[21] de comprimento.
  — Muito longa, repito!
  — Espero ser capaz disso... — retrucou o jovem. Um sorriso confiante surgiu em seus lábios.
  — Claro que você é capaz de levá-la à cintura; em vez de três, a espada poderia ter até quatro *shaku* e ainda seria possível. Mas o importante é saber se você é bom o suficiente para manejá-la com desembaraço na hora da necessidade — enfatizou Toji em tom de censura ante o que considerou fanfarronice do jovem. — Um homem que se pavoneia levando à cintura uma espada longa o suficiente para ser confundida com uma tramela de porta pode ter um ar bem provocante. Mas são justamente esses os tipos que, na hora azada, arrancam-na da cintura, atrapalhados, e fogem carregando-a nos ombros. Desculpe a indiscrição, mas... que estilo você pratica?
  Em se tratando de esgrima, Toji não podia deixar de mostrar condescendência diante daquele rapaz mal saído das fraldas. O jovem lançou um rápido olhar ao rosto arrogante de seu interlocutor e disse:
  — Estilo Toda.
  — O estilo Toda foi idealizado para espadas curtas, se não me engano.
  — É para espadas curtas. Mas não existe lei alguma que me obrigue a usar a espada curta só porque pratico o estilo Toda. Detesto imitar os outros. Assim, ao contrário do que meu mestre preconizava, divisei um meio de usar a espada longa. Quando meu mestre descobriu, irritou-se e me expulsou da academia.
  — É típico dos jovens vangloriar-se desse tipo de rebeldia. E depois?
  — Em seguida, deixei para trás a vila Jokyoji, na província de Echizen, desliguei-me do estilo Toda e procurei certo mestre Kanemaki Jisai, fundador do estilo Chujoryu. Quando soube do que me acontecera, esse mestre mostrou-se

---

21. Aproximadamente 91,5 centímetros.

compreensivo e me admitiu como seu discípulo. Depois de quatro anos de intensos estudos, atingi afinal um estágio que foi considerado satisfatório pelo meu mestre.

— Esses mestres provincianos costumam conceder diplomas a troco de quase nada, pelo que sei.

— Ao contrário, mestre Jisai não concede diplomas com facilidade. Ouvi dizer que, antes de mim, ele concedera a apenas uma pessoa — Ito Yagoro Ittosai, meu colega veterano — a autorização para praticar o estilo. E como eu também queria o diploma, submeti-me a um treinamento severíssimo, suportando inomináveis sofrimentos e provações. Nesse ínterim, minha mãe faleceu e tive de retornar à minha terra, interrompendo os estudos.

— De onde você é?

— Venho da vila Iwakuni, na província de Suo.[22] Depois de retornar à minha terra, não me descuidei um dia sequer: à beira da ponte Kintai, pratiquei sozinho, cortando chorões e abatendo andorinhas — usando esta espada, forjada por Nagamitsu[23], a mim entregue por minha mãe em seu leito de morte com a expressa recomendação de cuidar dela com carinho. Esta arma é um tesouro da família.

— Forjada por Nagamitsu!

— O nome do forjador não está gravado na lâmina, mas assim reza a tradição. É famosa em minha terra, tendo até sido carinhosamente batizada de "varal" por causa do seu inusitado comprimento.

Contrariando a impressão de reserva que transmitia ao primeiro contato, o atraente jovem pôs-se a dar informações não solicitadas quando a conversa passou a girar em torno de assuntos de seu interesse. E uma vez que se punha a falar, a reação do interlocutor não lhe interessava. Tanto por esta última particularidade como pelos detalhes da carreira que há pouco relatara, o rapaz parecia bastante voluntarioso, bem diferente da sua aparência.

V

O jovem calou-se por alguns minutos, parecendo imerso em emocionantes recordações. Suas pupilas refletiram uma rápida sombra de nuvens.

---

22. Suo: denominação antiga da região oriental da atual província de Yamaguchi.
23. Nagamitsu: Renomado forjador dos últimos anos do período Kamakura. Autor da famosa espada Daihannya Nagamitsu, de estimação do xogum Ashikaga. Existiram diversas gerações de forjadores com o mesmo nome. O termo "varal", usado a seguir para designar esta espada, corresponde ao termo japonês *monohoshizao*, longa vara de bambu usada para secar roupas, equivalente ao nosso varal.

— Mas mestre Kanemaki também adoeceu e morreu no ano passado, completando uma longa vida de realizações — murmurou, quase sussurrando. — Eu ainda estava em Suo quando Kusanagi Tenki, um colega da academia, me transmitiu a notícia do falecimento do mestre; chorei, emocionado. Pois meu mestre deixou de conceder o diploma a Kusanagi Tenki — que sempre se manteve ao seu lado e que o acompanhou em seus últimos momentos, que entrara para a sua academia muito antes de mim e que, além de tudo, era seu sobrinho — preferindo dá-lo a mim, que nos últimos tempos vivia tão longe. Segundo soube, mestre Kanemaki havia preparado o diploma havia algum tempo e lamentou muito não poder me rever em vida e me entregá-lo pessoalmente.

Seus olhos encheram-se de lágrimas que quase rolaram.

Gion Toji ouvia as reminiscências emocionadas do jovem, mas não se sentiu nem de longe solidário. Ainda assim, achou preferível conversar com ele a ter de passar mais algumas horas de tédio, de modo que fingiu genuíno interesse e murmurou:

— Ah... entendo.

O jovem continuou, quase como se desabafasse:

— Eu devia ter ido imediatamente, na ocasião, mas ainda estava em Suo, e meu mestre em Joushu[24], no meio das montanhas. Algumas centenas de quilômetros nos separavam. Por uma infeliz coincidência, minha mãe também faleceu nessa época, de modo que não consegui chegar a tempo de ver meu mestre.

O navio começou a jogar. Nuvens ocultaram o sol e o mar adquiriu um tom acinzentado, produzindo vagalhões que lançavam uma espuma gelada sobre a amurada.

O jovem continuou seu relato em tom emocionado. Resumindo, ele havia fechado a propriedade onde a mãe vivera e partido ao encontro de Kusanagi Tenki — seu colega e sobrinho de seu falecido mestre —, com quem ficara de se reunir em algum lugar.

— Meu mestre Jisai não tem nenhum parente vivo. Por isso, legou ao sobrinho, Tenki, certo valor que, assim presumo, não deve ter sido muito grande e, para mim que estava em terras distantes, o diploma do estilo Chujoryu. Tenki está de posse desse diploma e neste momento está percorrendo diversas províncias a estudo. Combinamos então, por correspondência, que nos encontraremos no equinócio da primavera[25], data em que ambos subiremos ao monte Houraiji, na província de Mikawa[26], situada a meio caminho entre

---

24. Joushu: antiga denominação da atual província de Gunma.
25. Data que corresponde ao dia 21 de março.
26. Mikawa: antiga denominação da região oriental da província de Aichi.

as regiões de Joshu e Suo. Lá, receberei das mãos de Tenki o legado de meu mestre. De modo que, até lá, pretendo percorrer com tranquilidade as áreas próximas ao castelo imperial e conhecê-las.

Terminado o relato, o jovem voltou-se enfim para Toji e perguntou:

— E o senhor: é de Osaka?

— Não, de Kyoto — respondeu Toji. Permaneceu por instantes calado, atento ao marulhar das ondas. Perguntou em seguida: — De modo que você também pensa em viver das artes militares? — Havia algum tempo Toji o escutava com ar de desprezo e, nesse momento, pareceu visivelmente enfarado. Aos seus olhos, jovens que andavam por aí falando de diplomas e proficiência, como este, eram pretensiosos.

E desde quando, pensava Toji, pululavam no mundo espadachins hábeis ou até magistrais? Ele próprio, por exemplo, era discípulo dos Yoshioka havia quase vinte anos e só nos últimos tempos conseguira chegar àquele nível. Tomando a si próprio como base, de que pretendiam viver esses jovens daqui para a frente?

O jovem, que estivera fitando o mar em silêncio envolvendo os joelhos com os braços, murmurou então:

— De Kyoto? — Voltou-se, uma vez mais para Toji e perguntou: — Em Kyoto, ouvi dizer, vive o herdeiro de Yoshioka Kenpo, certo Yoshioka Seijuro. Sabe se ele ainda atua?

VI

"Basta dar-lhes corda para que comecem a falar de assuntos que não entendem. Fedelho impertinente", disse Toji para si, irritado. Mas pensando bem, o jovem ainda não sabia que se achava cara a cara com Gion Toji, o mais graduado dos discípulos da Academia Yoshioka. Imaginava o espanto e o constrangimento do rapaz quando descobrisse a verdade. Em parte para dissipar o tédio, resolveu divertir-se um pouco à custa dele:

— Na verdade, a Academia Yoshioka me parece próspera como sempre. Já esteve na academia, por acaso?

— Nunca. No entanto, quando chegar a Kyoto, pretendo me bater com Yoshioka Seijuro ao menos uma vez, só para sentir o seu nível.

— Uff! — disse Tojiro, contendo o riso. Careteou e, disfarçando o desprezo o melhor que pôde, falou:

— Tem certeza de sair incólume dos portões da academia?

— Que é isso! — rebateu o jovem. Em seguida, pôs-se a rir, divertido com a pergunta. — A academia é superestimada por causa de sua estrutura, que é muito grande. Seu fundador, Kenpo, foi um exímio esgrimista, sem dúvida alguma, mas tanto o mestre atual, Seijuro, como o irmão dele, Denshichiro, não são grande coisa. Ao menos assim me parece.

— Como pode saber, se nunca se bateu com nenhum deles?

— Mas o boato corre em todas as províncias, entre praticantes de artes marciais. Realmente, um boato não merece crédito total. Ainda assim, ouve-se com frequência falar que o estilo Yoshioka, de Kyoto, está com os dias contados.

"Vamos parando por aí", tinha vontade de dizer Toji. Pensou em revelar de uma vez a própria identidade, mas encerrar o assunto àquela altura dos acontecimentos daria a impressão de que o jovem se divertira à sua custa, e não o contrário. Além do mais, faltava ainda um bocado para o navio atracar em Osaka. De modo que ironizou:

— Sei. E como no mundo não faltam convencidos, assim me dizem, pode ser que tal boato esteja de fato correndo. Mudando de assunto, você falou há pouco que, na época em que esteve em sua terra natal, longe de seu mestre, procurou aperfeiçoar o manejo da espada longa abatendo andorinhas em pleno voo à beira da ponte Kintai, não foi?

— Falei.

— Nesse caso, você por certo é capaz de abater com sua espada essas aves marinhas que vez ou outra se aproximam do barco em voo rasante, não é mesmo?

— ...

Enfim percebendo a animosidade nas palavras de seu interlocutor, o jovem contemplou fixamente os lábios escuros de Toji por alguns segundos, e afinal respondeu:

— Sou, mas não tenho nenhuma vontade de fazer uma exibição tão tola. Parece, porém, que você quer me obrigar a isso!

— Mais do que justo, já que se sente autorizado a fazer pouco do estilo Yoshioka.

— Pelo que vejo; minhas referências pouco elogiosas à Academia Yoshioka o ofenderam. Você é discípulo ou parente dos Yoshioka?

— Nem um, nem outro. Mas como cidadão de Kyoto, não me agrada ouvir falarem mal da Academia Yoshioka.

— Ora, são apenas boatos — riu o jovem. — Não fui eu quem disse isso.

— Jovem!

— Pois não?

— Sabe o que é uma pessoa mal informada? Pois então, ouça meu conselho: nunca subestime ninguém, pois desse jeito não irá muito longe. E pare de se vangloriar dizendo que tem diploma do estilo Chujoryu e que aperfeiçoou o uso da espada longa abatendo andorinhas em pleno voo. Não pense que todo mundo é cego. Mas se insiste em se vangloriar, veja antes com quem fala.

VII

— Está me chamando de fanfarrão, por acaso? — quis saber o jovem.

— Exato. E daí? — disse Toji, empinando o peito e aproximando-se de propósito. — Foi para o seu bem, e porque penso em seu futuro. Um pouco de fanfarronice pode até ser atraente num jovem, mas, em excesso, é repulsivo.

— ...

— Acho que minha atitude complacente levou-o a se gabar. Mas agora, quero que saiba: eu, na verdade, sou Gion Toji, o mais graduado discípulo de Yoshioka Seijuro. E se ouvir de sua boca mais uma palavra desabonadora com referência ao estilo Kyoryu Yoshioka, terá de se haver comigo!

Sentindo que atraía os olhares curiosos dos passageiros próximos, Toji manifestou apenas sua posição e autoridade, e afastou-se em direção à popa do navio, resmungando:

— Bando de convencidos!

Mas o jovem das belas feições o seguiu, em silêncio.

"As coisas vão ficar sérias", pressentiram os demais passageiros, mantendo-se distantes, mas voltando-se para acompanhar os acontecimentos.

Toji não desejara de modo algum um confronto. Uma vez no porto de Osaka, Okoo estaria esperando-o no cais. Não convinha envolver-se numa briga com um moleque, momentos antes de se encontrar com uma dama, pois chamaria a atenção para a sua pessoa e as consequências seriam imprevisíveis. Aparentando indiferença, Toji debruçou-se na amurada e, apoiando os cotovelos no gradil, observou as águas escuras que redemoinhavam sob o leme de popa.

— Senhor — disse o jovem, batendo levemente no ombro. Estava claro que era do tipo persistente. O tom das palavras, porém, era tranquilo, não tinha nenhum indício de descontrole emocional.

— Escute, mestre Toji.

Impossibilitado de continuar fingindo ignorância, Toji voltou o rosto e disse:

— Que quer?

— O senhor acabou de me chamar de fanfarrão em público, ferindo-me o orgulho. Assim sendo, vou realizar, a contragosto, a exibição que há pouco exigiu de mim. Venha testemunhar, por favor.

— Que foi que exigi? Me diga!

— Não posso acreditar que já tenha se esquecido. Pois quando soube que para me aperfeiçoar eu matava andorinhas em pleno voo com esta espada longa, junto à ponte Kintai, na província de Suo, o senhor riu e exigiu que eu abatesse uma dessas aves que se aproximam do convés em voos rasantes, tenho certeza.

— Quanto a isso, confirmo.

— Então, se eu derrubar uma dessas aves, perceberá que não sou um mentiroso contumaz.

— É verdade.

— De modo que farei a demonstração.

— Está bem! — respondeu Toji, com um sorriso gelado. — Tome cuidado, porém, para não prometer demais e cair no ridículo.

— Farei a demonstração, de qualquer modo.

— Longe de mim detê-lo.

— Nesse caso, servirá de testemunha?

— Muito bem, vou acompanhá-lo.

Ao ouvir a vigorosa resposta de Toji, o jovem parou no centro do convés da popa, retesou os pés sobre as tábuas e levou a mão ao cabo da espada excepcionalmente longa conhecida como Varal, às costas, e falou:

— Mestre Toji, mestre Toji!

Toji, que de longe olhava fixamente a pose do jovem, perguntou-lhe o que queria.

E então, com toda a seriedade, o jovem respondeu:

— Sinto incomodá-lo, mas gostaria que convencesse alguns desses pássaros a descer até aqui, quando então abaterei quantos quiser.

VIII

Pelo visto, o jovem respondia ao desafio de Toji apelando para um dos famosos recursos espirituosos do monge Ikkyu[27], cantados em verso e prosa.

Toji fora claramente ridicularizado e, é natural, ficou furioso. Para tudo havia um limite:

— Cale a boca! Qualquer um abateria uma estúpida ave se fosse possível fazê-la descer!

Mas o jovem respondeu:

— O mar mede milhares de léguas, a espada nem mesmo um metro: se o pássaro não se aproxima, nem eu consigo abatê-lo.

Toji adiantou-se com dois ou três passos agressivos e disse; triunfante:

— Está vendo? Isso é uma desculpa. Se não consegue, reconheça o fato com franqueza e peça desculpas!

— Ora, se pretendesse pedir desculpas, não me poria jamais nesta posição. Em vez de pássaros, porém, abaterei algo um tanto diferente.

---

27. Ikkyu: famoso monge superior do templo Daitokuji de Kyoto. Compositor de poemas cômicos e satíricos, era também um bom pintor. Sua vida foi contada em romances e peças teatrais (1394-1481).

— Quê?

— Mestre Toji, importa-se de se aproximar mais cinco passos?

— Que quer?

— Sua cabeça. A mesma que acaba de exigir: prove se é ou não apenas um bravateiro. É mais justo que abater essas aves inocentes.

— Que besteira é essa? — gritou Toji, retraindo involuntariamente a cabeça. No mesmo instante, o jovem sacou a espada que levava às costas, seu braço distendendo-se como um arco cuja corda se rompe. A lâmina sibilou. A longa espada de quase um metro moveu-se tão rápido que mal se percebeu um risco prateado cortando o ar.

— Que é isso! — gritou Toji, cambaleando e levando a mão ao pescoço. A cabeça continuava ali, e não sentiu qualquer anormalidade.

— Compreendeu, senhor? — disse o jovem, afastando-se entre os fardos do convés.

Toji não conseguiu disfarçar a palidez do próprio rosto, mas ainda não havia percebido que algo muito importante lhe tinha sido cortado. O jovem já tinha desaparecido quando o olhar foi por acaso atraído para um objeto estranho sobre as tábuas do convés, no trecho iluminado por pálidos raios solares. Parecia um pincel, um pequeno maço de pelos escuros. Com uma exclamação de susto, Toji levou a mão ao topo da cabeça e percebeu que o topete se fora.

— Que aconteceu?

Enquanto alisava o topo da cabeça, espantado, o laço que prendia os cabelos na nuca se desfez e os cabelos das têmporas, finalmente livres, caíram espalhando-se por ambos os lados do rosto.

— Como se atreveu, fedelho? — disse Toji, quase sufocando com a indignação que lhe subia das entranhas, dura como pedra. No mesmo instante, percebeu com nitidez quase dolorosa que tudo que o jovem lhe dissera estava longe de ser mentira ou bravata. Que técnica assombrosa, incompatível com a idade! Tarde demais Toji descobriu que, neste mundo, podiam existir jovens realmente habilidosos!

Mas vai grande a distância entre a admiração, produto da mente, e a indignação, que tem origem nas entranhas. Quando Toji se voltou, verificou que o jovem havia retornado ao seu lugar e procurava algo, examinando o chão ao redor. Toji visualizou uma esplêndida brecha em sua guarda. Umedeceu, portanto, o cabo da espada com uma cusparada e empunhou-o com firmeza. Curvou de leve o próprio corpo e pensou em aproximar-se sorrateiramente pelas costas para cortar, por sua vez, os cabelos do jovem.

Mas Toji duvidava que fosse capaz de cortar apenas os cabelos de seu adversário de forma espetacular. Com toda certeza acabaria cortando o topo do crânio ou o rosto. Não que isso tivesse importância.

O sangue afluiu-lhe à pele, os músculos se retesaram e um rugido surdo lhe escapou da boca. Nesse exato momento, iniciou-se um tumulto no interior da área cercada por cortinas visível à distância, onde havia algum tempo se entretinham os mercadores de Awa, Sakai e Osaka, jogando baralho e apostando alto.

— Faltam algumas cartas!
— Será que voaram?
— Procure desse lado.
— Não estão aqui.

Os mercadores se agitavam e batiam o tapete quando, repentinamente, alguém ergueu a cabeça e berrou, espantado:

— Olhem o macaquinho, onde foi parar!

Apontava a ponta do mastro.

IX

Era verdade: o macaco lá estava, na ponta de um mastro de quase dez metros de altura. No convés, os demais passageiros, a essa altura bastante entediados com a longa viagem marítima, voltaram os rostos para o alto, entusiasmados com a distração:

— Olhem, ele tem alguma coisa na boca.
— São cartas do baralho.
— Ah, entendi! Ele as arrebatou daqueles ricaços.
— Vejam só: o macaquinho manuseia o baralho, imitando os gestos daqueles homens.

Uma carta veio flutuando e caiu no meio dos rostos erguidos:

— Desgraçado! — murmurou um mercador de Sakai, recolhendo apressadamente a peça. — Continua faltando. Ele deve ter mais algumas nas mãos.
— Quero as cartas do macaco. Sem elas não posso continuar jogando.
— De que jeito? Quem vai subir àquela altura?
— E o capitão?
— Só se for ele.
— Que se pague ao capitão, nesse caso, e se peça a ele que as recupere.

Devidamente recompensado, o capitão aceitou a incumbência. Fez questão, porém, de mostrar que, na posição de capitão de um navio em pleno mar e, portanto, de comando, precisava averiguar a responsabilidade do incidente. Subiu, pois, numa pilha de fardos e disse:

— Senhores passageiros: afinal, de quem é o macaco? Peço ao dono que se adiante.

Ninguém se apresentou dizendo: "O macaco é meu." Mas todos que haviam estado na área sabiam. Involuntariamente, os olhares convergiram na direção do belo jovem.

O capitão também devia saber. Em consequência, sentiu-se afrontado com o silêncio. Ergueu ainda mais a voz autoritária e disse:

— O macaco não tem dono? Se não tem, acabo com ele. E não quero ver ninguém reclamando depois.

Dono, o macaco tinha. Mas reclinado contra um fardo, o jovem parecia perdido em pensamentos.

— Que descarado! — sussurrou alguém. O comandante contemplava com ferocidade o rosto do jovem. Os membros da rica classe mercantil, cuja diversão o macaco interrompera, agitaram-se de modo visível, trocando entre si comentários mordazes: "Que cara-de-pau!", "É surdo!", "Ou então mudo!"

Mas o jovem apenas ajeitou os pés e se acomodou melhor, continuando indiferente.

— Estou vendo que, além de peixes, o mar dá macacos também, pois hoje me pulou um para dentro do barco. Já que não tem dono, posso acabar com ele do jeito que quiser. Ouçam todos: depois de tudo o que eu, como capitão, já disse, o dono não se apresentou. Mais tarde, se alguém aparecer dizendo que é meio surdo, que não escutou, vocês serão testemunhas.

— Fique tranquilo, comandante: nós somos testemunhas — berraram os mercadores, completamente enfurecidos.

O comandante desceu a escada que conduzia ao fundo do navio. Quando retornou, trazia nas mãos um mosquete e uma mecha acesa.

"Está furioso!", pensaram todos. Ao mesmo tempo, curiosos quanto à reação do jovem dono do macaco, voltaram-se em sua direção.

X

O único a mostrar total despreocupação era o macaco no alto do mastro, examinando as cartas em meio à brisa marinha. Seus gestos pareciam uma deliberada zombaria.

De súbito, porém, o animal entrou em pânico e exibindo os dentes brancos pôs-se a guinchar, a correr pela verga e a saltar para o topo do mastro.

No convés, o comandante, imóvel, com a mecha fumegante rente ao nariz e o mosquete apontando o céu, mirava o macaquinho fixamente.

— Bem-feito! Agora ele se assustou — comentou um dos mercadores, aparentando embriaguez pelo aspecto.

— Silêncio! — atalhou o mercador de Sakai, puxando-o pela manga. Pois o jovem que, mudo, estivera contemplando o outro lado até esse momento, erguera o corpo de chofre e se voltara, interpelando:

— Comandante!

Agora, era a vez do comandante fingir-se surdo. Uma faísca saltara da mecha para a pólvora da trava. Quase ao mesmo tempo, o comandante gritou:

— Ah!

A arma estrondeou, desviada, e arrancada das mãos do capitão, já estava nas do jovem. Os passageiros haviam se jogado no convés, tapando os ouvidos. O mosquete voou por cima de suas cabeças e caiu no mar além da amurada.

— Que é isso?! — berrou o capitão indignado, e com razão. De um salto, agarrou o jovem pela gola e nele se dependurou. Literalmente, pois, frente a frente com o atarracado capitão, o jovem era bem maior tanto em altura como no porte.

— Que é isso digo eu! Que pretendia? Matar um animal inocente com arma de fogo?

— Exato!

— Isso é um ultraje!

— Não sei por quê! Eu avisei muito bem!

— Avisou como?

— Você não tem olhos nem ouvidos?

— Cale a boca! Não se esqueça de que sou seu passageiro e um *bushi*. Como espera que um samurai se digne a responder a alguém do nível de um simples comandante de navio e que se põe a berrar ordens de pé, em posição mais alta que a de seus próprios passageiros? Insolente!

— Não me venha com desculpas. Foi para evitar este tipo de confusão que eu avisei, e avisei muito bem. Pode ser que meu jeito de falar não lhe tenha agradado. Mas como é que não disse nada e fingiu nem escutar quando aqueles senhores passageiros lá adiante começaram a se queixar do seu macaco, muito antes de eu dizer qualquer coisa?

— Que senhores passageiros lá adiante?... Ah, refere-se àquele bando de mercadores no interior do cortinado, entretidos em jogatina há algum tempo?

— Não fale grosso! Aqueles senhores pagaram passagens três vezes mais caras que as dos passageiros comuns.

— Bando de insolentes, é o que são. Eu os vinha observando enquanto bebiam e apostavam altas somas em público, agindo como se o barco inteiro lhes pertencesse, e não gostei do que vi. Se o macaco fugiu levando o baralho, com certeza não fui eu quem mandou. Ele apenas imitava o mau comportamento daquele bando. Não vejo por que me desculparia por isso.

Enquanto falava, o jovem voltou o rosto afogueado em direção aos mercadores de Sakai e Osaka aglomerados adiante e sorriu com ostensiva ironia.

A CONCHA DO ESQUECIMENTO

I

As luzes do porto de Kizugawa tremem à distância, avermelhadas em meio ao crepúsculo e ao marulhar das ondas. A brisa traz um leve cheiro de peixe, indicando a aproximação da costa. Aos poucos, diminui a distância entre os gritos no barco e o alvoroço em terra firme.

Um estrondo — e a âncora é lançada à água, levantando uma nuvem de espuma branca. Amarras são atiradas, a prancha de desembarque posicionada.

— Alguém para a Hospedaria Kashiwaya?
— Veio no barco o filho do sacerdote xinto do templo Sumiyoshi?
— Correio expresso! Quero um mensageiro expresso!
— Senhor! Meu senhor!

Sobre o desembarcadouro, uma agitada multidão aguardava e um mar de lanternas cercou a lateral do barco. O jovem de belas feições desembarcou, premido pela multidão. Ao vê-lo passar com o macaco empoleirado no ombro, dois ou três aliciadores de clientes das inúmeras hospedarias locais lhe gritaram:

— Senhor, não cobramos pelo pernoite do macaco! Gostaria de se hospedar conosco?
— Quer visitar o Templo Sumiyoshi? Estamos instalados bem na frente do portão do templo e os aposentos têm uma vista maravilhosa!

Sem lhes lançar sequer um olhar, mas também sem ter ninguém a aguardá-lo, o jovem foi o primeiro a desaparecer rapidamente do porto, sempre com o macaco agarrado ao ombro.

Um pequeno grupo comentou, enquanto o acompanhava com o olhar:
— Sujeito arrogante! Só porque maneja a espada um pouco melhor que os outros!
— É verdade. Ele conseguiu estragar metade da nossa viagem.
— Não fôssemos simples mercadores, ele jamais sairia impune do navio.
— Ora, deixe que os samurais continuem se pavoneando. É fácil lidar com eles: deixe-os pensar que são os tais e eles se darão por satisfeitos. Nós, os mercadores, lhes oferecemos as flores, mas comemos os frutos. Esse é o nosso estilo. Paciência, aborrecimentos iguais aos de hoje precisam ser tolerados.

O grupo numeroso e carregado de bagagens que desembarcou em fila trocando comentários era o dos comerciantes de Osaka e Sakai. À espera de cada mercador havia uma pequena multidão portando lanternas e acompanhada de liteiras, notando-se em seu meio alguns rostos femininos.

Gion Toji desembarcou por último, furtivamente.

Seu rosto tinha uma expressão indescritível. Toji com certeza nunca passara por uma experiência tão desagradável. Para disfarçar a ausência do topete, envolvera a cabeça com um capuz, mas nada podia ocultar a expressão sombria que lhe pairava ao redor dos olhos e da boca.

— Olá! Toji-sama! Estou aqui! — disse alguém. A mulher também cobria a cabeça com um lenço. O rosto, exposto por longo tempo ao vento frio do atracadouro, enrijecera deixando à mostra as rugas por baixo da pesada maquiagem branca.

— Ah, Okoo! Você veio!

— Como assim? Você não me mandou uma carta, pedindo que o esperasse no atracadouro?

— Sei disso. Mas não sabia se a carta teria chegado a tempo.

— Que lhe aconteceu? Você não me parece bem.

— Não é nada. Acho que estou mareado. De qualquer modo, vamos seguir para Sumiyoshi e procurar uma boa hospedaria.

— Está bem. Deixei uma liteira à espera, logo aí.

— Ótimo! E quanto à hospedaria, já fez a reserva?

— Sim, estão todos à sua espera.

— O quê? — disse Toji, surpreso. — Espere aí, Okoo. Planejei este encontro no cais porque pretendia passar dois ou três dias a sós com você, em algum lugar calmo. Que história é essa de "todos"? Quem são eles?

II

— Não! Mande embora a liteira!

Furioso, Gion Toji se recusava a entrar na liteira e se afastava, deixando Okoo para trás. A cada vez que Okoo tentava falar, interrompia-a com um grito:

— Cale a boca, sua burra!

O motivo da ira residia, sem dúvida, na notícia que Okoo lhe dera. Não se podia negar, porém, que a explosão resultava também da raiva acumulada no decorrer da viagem de barco.

— Vou passar a noite sozinho! Dispense a liteira! Você não me compreende mesmo, sua burra! Burra, burra! — esbravejou Toji, afastando Okoo com um safanão.

À beira do rio, todas as lojas do mercado de peixes já haviam cerrado suas portas. Nas escuras entradas dos barracos, escamas de peixes espalhadas pelo chão luziam como conchas. Chegando àquela área e aproveitando a ausência de transeuntes, Okoo abraçou Toji e disse:

— Pare com isso, você está fazendo um papelão!
— Solte-me!
— Se passar a noite sozinho, não vai ter aquilo que tanto quer...
— Não importa mais!
— Não diga isso...

A face fria de Okoo roçou o rosto de Toji, trazendo o perfume de seus cabelos e da maquiagem. Toji sentiu que se libertava parcialmente da fria solidão da viagem.

— Venha, por favor! — insistiu Okoo.
— Estou desapontado.
— Sei disso. Mas nós dois teremos outras oportunidades.
— Quando desembarquei, vinha sonhando em passar dois ou três dias a sós com você, em Osaka.
— Pensa que não sei?
— Se sabe, para que trouxe os outros? Isso acontece porque você não gosta de mim tanto quanto eu de você — acusou Toji.
— Lá vem você de novo! — disse Okoo com olhar de censura, fingindo chorar.

Okoo explicou: ao receber a carta de Toji por um mensageiro expresso, pretendera, é claro, seguir para Osaka sozinha. Infelizmente, porém, Yoshioka Seijuro surgira nesse dia na Hospedaria Yomogi para beber, como sempre em companhia de seis ou sete discípulos, e acabara sabendo da viagem por Akemi. "Se Toji vai desembarcar em Osaka, vamos lá recebê-lo!", dissera Seijuro. Com o apoio dos bajuladores do grupo, a ideia tomou corpo e logo alguém sugeriu que Akemi também fosse. Impossibilitada de recusar — dizia Okoo —, ela se juntara ao grupo de quase dez pessoas, hospedara-se numa estalagem de Sumiyoshi e, enquanto o grupo se divertia, arrumara uma liteira e viera ao cais esperá-lo.

Depois de ouvi-la, Toji concluiu que Okoo não tivera como evitar a situação, mas isso não o impediu de sentir-se deprimido. Este dia não pressagiava nada de bom, chegou a pensar Toji, rememorando os aborrecimentos anteriores e antevendo os próximos.

Para começar, era-lhe penoso ter de enfrentar Seijuro e os colegas, mal punha os pés em terra firme, e relatar o resultado de suas andanças. Pior ainda seria remover o capuz. "Como é que vou me explicar?", perguntava-se com relação ao fato de ter perdido o topete. Ele também tinha o seu orgulho de samurai. Uma humilhação sem testemunhas era suportável, pensava ele, mas o fato assumiria graves proporções se se tornasse público.

— Está bem, paciência. Chame a liteira e vamos a Sumiyoshi — resolveu Toji afinal.

— Vamos? Que bom! — exclamou Okoo, afastando-se depressa rumo ao cais.

III

Okoo, que partira há pouco para buscar Toji no atracadouro, ainda não retornara. Enquanto isso, seus companheiros de viagem haviam tomado banho e, aconchegados em grossos quimonos acolchoados cedidos pela hospedaria, aguardavam sua volta.

— Okoo e Toji já devem estar chegando. Mas esperar à toa também cansa.

Muito naturalmente, o grupo concluiu que seria melhor esperar bebendo.

E bebiam apenas para esperar a chegada de Toji. Com o correr das horas, no entanto, a embriaguez tomou conta de todos, fazendo-os esquecer por que bebiam.

— Alguém sabe de cantoras profissionais em Sumiyoshi?

— Vamos contratar algumas beldades para animar a reunião. Que tal, companheiros?

O velho hábito se manifestava. "Deixe disso!" era o tipo de intervenção que jamais partiria da boca de um desses homens. Apenas a presença do mestre, Yoshioka Seijuro, deixava-os ligeiramente constrangidos, mas até isso contornaram, dizendo:

— Nosso jovem mestre tem a companhia de Akemi e ficará melhor num aposento separado. Vamos pedir-lhe que se mude.

Seijuro sorriu a contragosto com o descaramento de seus discípulos. No entanto, o arranjo lhe convinha. A perspectiva de passar algumas horas a sós com Akemi em outro aposento, mergulhados sob a coberta de um *kotatsu*[28], lhe era muito mais agradável do que a de beber com seus homens.

— É agora, pessoal! — disse um dos discípulos mal se viram sozinhos.

Não demorou muito, surgiu no jardim um grupo de cantoras de aspecto duvidoso que se autodenominava "A Atração do Rio Tosama", carregando flautas e *shamisen* surrados.

— Afinal, o que querem vocês: brigar ou beber? — disse rudemente uma mulher do grupo, com forte sotaque interiorano.

Um dos homens, a essa altura bastante embriagado, respondeu de pronto:

— Idiota! Pagar para brigar não faz o nosso estilo. Já que as contratamos, pretendemos beber e nos divertir à vontade!

— Nesse caso, que tal se aquietarem um pouco mais?

— Está bem, está bem! Vamos cantar...

---

28. *Kotatsu*: pequeno fogareiro portátil sobre o qual é estendido um cobertor. Em noites frias, os japoneses costumam sentar-se em torno dele para se aquecer, mergulhando mãos e pés debaixo da coberta.

Levados pela mulher, os homens cobriram as peludas pernas que emergiam dos quimonos desfeitos ou se ergueram de suas posições quase deitadas e se aprumaram. E no momento em que a festa atingia o auge, uma jovem surgiu, anunciando:

— A pessoa que aguardavam desembarcar já chegou e está vindo para este aposento, junto com a senhora que o foi buscar.

— Que disse a garota? O que é que vem aí?

— Ela disse Toji.

— Toooji, Toooji, lembranças ao Tooji...

À entrada do aposento, Gion Toji e Okoo contemplavam os companheiros embasbacados. Ao que parecia, ninguém no grupo estava à espera de Toji. Para que, perguntava-se Toji, seus companheiros haviam vindo de tão longe à cidade de Sumiyoshi em meio à azáfama que precedia a chegada do ano-novo? Segundo Okoo, eles ali estavam para recebê-lo, mas, pelo visto, ninguém se lembrava de sua existência. Irritado, Toji interpelou a serviçal que o conduzira até ali:

— Menina!

— Senhor?

— Onde está o jovem mestre? Leve-me ao seu aposento.

— Sim, senhor.

Mal Toji deu alguns passos pelo corredor, e uma voz o interrompeu:

— Olá, meu estimado companheiro e veterano! Bem-vindo de volta! Que é isso? Então, deixou-nos aqui à sua espera e deu uma escapada com Okoo, não foi? Malandro!

Completamente embriagado, o homem se levantou e lançou o braço ao redor do pescoço de Toji. Seu hálito era terrível. Toji tentou escapulir, mas seu companheiro bêbado o arrastou à força para dentro do aposento. Durante a breve refrega, o homem embriagado pisou involuntariamente nos pés de alguém e, desequilibrando-se, caiu sobre a mesa ainda agarrado a Toji, espalhando pratos e taças.

— Meu capuz! — exclamou Toji levando a mão à cabeça, porém tarde demais: seu companheiro havia se agarrado ao capuz e caíra sentado para trás.

IV

— Ué!! Que é isso?!

A estranheza tomou conta de todos no aposento e seus olhares convergiram para a cabeça sem topete de Toji.

— Que aconteceu com seu cabelo?

— Ora essa, que penteado mais estranho!
— Que foi que lhe aconteceu?

Alvo do olhar fixo dos companheiros que o examinavam sem cerimônia, Toji enrubesceu e, vestindo novamente o capuz, disfarçou:

— Nada, é que me surgiu uma ferida na cabeça.

O grupo explodiu em gargalhadas:

— Trouxe uma ferida como lembrança da viagem!
— Quem com o ferro fere, com ferro será ferido.
— Não procure pelo em casca de ovo.
— Pelos cabelos se agarra uma oportunidade.

Ao sabor de associações que vinham às mentes embriagadas, os homens citavam ditos populares pilheriando às custas de Toji, mas ninguém levou a sério sua desculpa.

A noite se foi, afogada em bebida. No dia seguinte, porém, os homens mudaram radicalmente de atitude e, agrupados numa praia nos fundos da hospedaria, falavam do episódio com a mesma seriedade com que discutiriam os rumos do país:

— Isso não pode ficar assim!

Pinheiros de pequeno porte se erguiam na área. Sentados em círculo sobre a areia, os homens empinavam o peito, enrijeciam os braços e falavam com sofreguidão, cuspindo para todos os lados.

— E quanto a essa história — têm certeza que é verdadeira?
— Eu mesmo a ouvi, com estes meus ouvidos. Ou acha, por acaso, que estou mentindo?
— Calma, calma, não se irrite tanto. Aliás, nem adianta.
— Como não adianta? Esse episódio não pode ser ignorado. Na melhor das hipóteses, é uma afronta à honra da Academia Yoshioka, a mais famosa do país em artes marciais. Isso não pode, de modo algum, ficar assim.
— Nesse caso, o que faremos?
— Ainda está em tempo. Procurem esse jovem samurai peregrino que anda em companhia de um macaco, custe o que custar! E cortem seu topete! E restaurem a dignidade de Gion Toji, ou melhor, da Academia Yoshioka!

O homem que na noite anterior parecia mais bêbado que um gambá, nessa manhã se transformara em afoito leão e, tomado de fúria, rugia a plenos pulmões.

O motivo de toda essa comoção era o seguinte: nessa manhã, os colegas de Gion Toji haviam encomendado à hospedaria que lhes preparassem especialmente um banho matinal. Enquanto se aqueciam na vasta banheira coletiva e se livravam dos últimos vestígios da ressaca, um homem, também hóspede e que se dizia mercador de Sakai, lhes viera fazer companhia. Entre uma conversa e outra, o mercador lhes havia contado que presenciara um acontecimento deveras divertido no dia anterior, a bordo do barco que fazia regularmente a ligação entre Awa e Osaka. Falou-lhes então a respeito do rapaz bem apessoado que andava com um macaquinho e, quando chegou ao trecho em que Gion Toji perdia o topete, o mercador, entusiasmado, imitou gestos e até expressões faciais.

— Pois o samurai que perdeu o topete disse que era um dos discípulos mais graduados da Academia Yoshioka, de Kyoto. Se isso for verdade, grande coisa não há de ser essa academia! — completou o mercador, divertido, enquanto se aquecia na água quente.

A partir desse incidente, a indignação tomou conta do grupo. Revoltados com Gion Toji, cuja atitude no episódio consideravam imperdoável e dispostos a interrogá-lo minuciosamente, foram informados, ao procurá-lo, que o mesmo estivera confabulando com Yoshioka Seijuro bem cedo, mas que, mal terminara a refeição matinal, partira para Kyoto em companhia de Okoo sem se despedir de ninguém.

Os fatos pareciam comprovar a história do mercador. Correr no encalço de um veterano tão covarde era perder tempo. Melhor seria correr atrás do jovem desconhecido que usava os cabelos cortados à moda dos adolescentes e andava em companhia de um macaco, agarrá-lo e limpar o nome da Academia Yoshioka.

— Alguém se manifesta contra?
— Naturalmente não!
— Nesse caso...

Traçados os planos, os discípulos de Seijuro se ergueram, espanando a areia de seus *hakamas*.

V

Até onde a vista alcançava, a enseada de Sumiyoshi se estendia plácida, a orla espumante das ondas que corriam pela areia lembrando uma infinita sucessão de pequenas rosas brancas murmurantes. Esquecido do inverno, o sol brilhava na areia da praia impregnada de maresia.

Akemi molhava as pernas brancas na água e andava pela praia, catando algo da areia que logo tornava a lançar ao mar. Observou por momentos os discípulos da Academia Yoshioka, que, aparentando preocupação, se dispersavam cada qual para um lado, carregando à cintura espadas cujas bainhas projetavam as pontas agressivamente para o alto.

— Ora essa, que terá acontecido? — perguntou-se Akemi em pé à beira da arrebentação, acompanhando seus movimentos com os olhos arregalados.

Nesse instante, o último dos discípulos passou correndo bem ao seu lado.

— Aonde vão? — perguntou Akemi.

— Ah, Akemi! — disse o homem, parando. — Não quer vir também? Nós nos separamos para procurá-lo.

— Procurar o quê?

— Um jovem samurai que ainda usa os cabelos cortados como um adolescente e anda com um macaquinho.

— Que tem esse homem?

— Ele não pode andar solto por aí porque pode até prejudicar o bom nome de mestre Seijuro.

O homem contou a história da absurda "lembrança" que Gion Toji trouxera da viagem, mas Akemi apenas comentou, em tom de censura:

— Vocês vivem procurando briga!

— Não é que apreciemos particularmente brigar, mas você não percebe que deixar um fedelho desses impune pode prejudicar o bom nome do estilo Kyoryu Yoshioka, reconhecido em todo o país?

— E daí? Que prejudique, ora!

— Não diga asneiras!

— Vocês, homens, passam o dia inteiro correndo atrás de besteiras!

— E você? Faz algum tempo que a vejo vagando por aí, mas está à procura do quê?

— Eu? — disse Akemi, baixando o olhar para a areia clara a seus pés. — Eu... procuro uma concha.

— Uma concha? Está vendo? Vocês, mulheres, gastam o dia de um jeito ainda mais inútil! Para que procurar uma concha? Olhe quantas caídas por aí, mais numerosas que estrelas no céu.

— A que procuro não é uma concha comum, como essas. É a concha do esquecimento.

— Concha do esquecimento? Nunca ouvi falar. Nem deve existir.

— Nas outras praias, não. Dizem que ela existe só aqui, na enseada de Sumiyoshi.

— Não existe!

— Acontece que existe! — teimou Akemi. — Se acha que estou mentindo, venha comigo que lhe mostro.

Akemi arrastou a seguir o relutante discípulo até um bosque de pinheiros, não longe dali, e apontou um marco no chão. Na pedra havia sido gravado um antigo poema da coletânea *Shin Chokusen-shu*[29]:

---

29. *Shin Chokusen-shu*: uma das 21 coletâneas da coleção Chokusen Waka-shu, composta de vinte volumes. Mandada compilar por ordem do imperador Go Horikawa, seus poemas foram selecionados por Fujiwara Sadaie e publicados em 1235.

> *À enseada Sumiyoshi um dia irei*
> *Em busca de certa concha que em suas areias bate.*
> *Suave concha, concha do esquecimento,*
> *De um antigo amor frustrado a lembrança apaga.*

Akemi exibiu-o orgulhosamente e perguntou:
— E agora? Continua dizendo que não existem?
— Isso é uma lenda, bobagem de um poeta qualquer que não merece crédito.
— Em Sumiyoshi ainda existem uma fonte e uma flor que também trazem esquecimento.
— Está bem, está bem, façamos de conta que existem. Mas para que servem?
— Servem para fazer esquecer. Se você levar uma dessas conchas em seu *obi* ou na manga do quimono, passará a se esquecer de tudo com facilidade.
— Quer ficar mais desmemoriada do que já é?
— Quero! Quero me esquecer de tudo! E como não consigo, ultimamente tenho passado dias em tormento e noites sem dormir... É por isso que a procuro. Me ajude a encontrá-la, por favor.
— E eu lá tenho tempo? — disse o homem, lembrando-se de repente de sua missão e partindo às carreiras em outra direção.

VI

"Como seria bom esquecer!", chegava a pensar Akemi, quando o sofrimento se tornava insuportável. Por outro lado, também pensava: "Não quero esquecer!" Braços cruzados sobre o peito, Akemi hesitava entre dois sentimentos contraditórios.

Se existia de verdade uma concha mágica que proporcionava esquecimento, melhor seria introduzi-la sorrateiramente na manga de Seijuro. E então ele a esqueceria, pensava, suspirando.
— Que homem insistente!
Só de lembrar, Akemi sentiu o coração pesando. Chegava até a supor que Seijuro viera ao mundo apenas para tornar malditos os dias de sua juventude.
Quando a insistente paixão de Seijuro a deixava desgostosa, Akemi sempre trazia à lembrança, num canto da mente, a imagem de Musashi. A presença dele em seu coração lhe dava alívio e sofrimento ao mesmo tempo. Pois Akemi sentia então uma avassaladora vontade de fugir de sua atual situação e mergulhar num mundo de sonho.
"Mas..."

Akemi hesitava inúmeras vezes. Tinha certeza absoluta quanto aos próprios sentimentos, mas não quanto aos de Musashi.

"Ah... queria antes esquecer!"

O mar verde de súbito lhe pareceu tentador. Contemplando-o, Akemi sentiu medo de si própria. Via-se capaz de correr nessa direção em linha reta, sem hesitar.

Mas ninguém, nem mesmo a madrasta, Okoo, tinha conhecimento da intensidade dos seus sentimentos. Muito menos Seijuro. Todos que a conheciam de perto julgavam-na extremamente alegre, sapeca e imatura, infantil a ponto de não conseguir corresponder às investidas amorosas dos homens.

Em seu íntimo, Akemi considerava simples estranhos esses homens e até a madrasta. Não se constrangia em se divertir às custas deles. Andava por todo lado agitando o guizo preso à manga do quimono, sempre agindo como uma criança irrequieta, mas, ao se ver sozinha, não conseguia impedir que um suspiro quente lhe escapasse dos lábios.

— Senhorita! Senhorita! O jovem mestre há tempos a procura! Está preocupadíssimo, querendo saber aonde foi a senhorita.

Era o empregado da hospedaria, que, ao descobri-la junto ao marco de pedra, se aproximara correndo e gritando.

Akemi encontrou Seijuro num aposento cujas portas cerradas deixavam de fora o sibilar do vento no pinheiral. Com as mãos metidas sob a coberta vermelha do *kotatsu*, Seijuro parecia solitário. Mal a viu, perguntou:

— Onde andava neste frio?

— Frio??? Que horror! Não está nada frio! A praia está toda ensolarada!

— Que fazia na praia?

— Catava conchas.

— Você parece criança!

— Mas sou uma criança.

— Já pensou quantos anos fará no próximo ano?

— Quero continuar criança para sempre, não importa a idade. Alguma objeção?

— Muitas. Tenha um pouco de pena de sua mãe, que vive preocupada com você.

— Minha mãe? Ah, essa não se preocupa nem um pouco comigo, tenho certeza. Claro, ela própria se acha muito jovem ainda.

— Está bem. Venha então se aquecer junto ao *kotatsu*.

— Detesto fogareiros. Me provocam calor e mal-estar. Não se esqueça que não sou velha.

— Akemi... — Seijuro agarrou-a pelo pulso e a atraiu para si. — Parece que hoje estamos sozinhos. Sua madrasta teve a consideração de partir para Kyoto.

VII

De súbito, Akemi deu-se conta do fogo no olhar de Seijuro e enrijeceu de pavor. Tentou afastar-se instintivamente, mas a mão de Seijuro não soltou o pulso. Agarrando-o com dolorosa firmeza, disse em tom acusador:

— Por que foge, Akemi? — Veias azuis sobressaíam nas têmporas.

— Não estou fugindo.

— Não há ninguém por perto neste momento. Esta é uma oportunidade rara. Concorda, Akemi?

— Concordar com o quê?

— Não seja tão ríspida. Já nos conhecemos há quase um ano e, a esta altura, deve saber muito bem o que sinto por você. Okoo há muito já me deu o consentimento. Disse que você não me obedece porque não sou hábil o suficiente. Se é assim, hoje...

— Não! — disse Akemi dobrando o corpo e jogando-se contra o *tatami*. Solte. Solte a mão, a minha mão!

— Nunca!

— Eu não quero! Não quero!

O pulso avermelhado parecia prestes a se quebrar, mas Seijuro não afrouxava a mão: o estilo Kyohachi, empregado numa ocasião como esta, tornava inútil qualquer resistência por parte de Akemi. Além disso, havia nele algo diferente nesse dia. Nas ocasiões anteriores, Seijuro tinha bebido furiosamente e importunado com insistência, mas agora não havia traço de embriaguez em seu rosto pálido.

— Akemi, você me deixa neste estado e ainda quer me humilhar?

— Que me importa! — gritou Akemi, lançando mão de um último recurso. — Se não me soltar, eu grito. Vou chamar todo mundo!

— Experimente! Este aposento fica longe da ala central da hospedaria. Além disso, deixei instruções para que ninguém se aproximasse.

— Vou-me embora!

— Não permito.

— Não sou propriedade sua!

— Tolinha! Já dei a Okoo uma soma tão grande que me deixa na situação de dono de seu corpo! Pergunte à sua madrasta e ela lhe dirá.

— Pode ser que rainha madrasta tenha negociado meu corpo, mas *eu* não me lembro de tê-lo vendido. Não me entrego a um homem que não amo, nem morta!

— Que disse?

O cobertor vermelho do *kotatsu* foi repentinamente lançado contra o rosto de Akemi, sufocando-a. Akemi gritou com toda a força, o coração quase parando no esforço.

Mas por mais que chamasse, ninguém a acudiu.

Na superfície do *shoji*, iluminado por um frio sol de inverno, as sombras dos pinheiros se agitavam impassíveis, apenas reproduzindo o marulhar distante das ondas. Alheio à crueldade humana, um pássaro chilreava alegremente em algum lugar.

Minutos se passaram. Por trás do *shoji* explodiu o choro de Akemi. Seguiram-se alguns minutos de silêncio em que não se ouviu voz ou movimento no interior do quarto. E então a porta corrediça se abriu abruptamente e Seijuro surgiu, pálido, cobrindo com a mão direita as marcas sangrentas deixadas pelas unhas de Akemi no dorso da mão esquerda.

No mesmo instante a porta se afastou uma vez mais com violência e Akemi correu para fora.

— Akemi! — Seijuro empertigou-se e fez menção de detê-la, mas apenas observou-a se afastar, segurando a mão ferida envolta numa toalha. Não tivera tempo de impedi-la, porque Akemi corria como louca, totalmente descomposta.

Seijuro pareceu um pouco apreensivo, mas não foi no seu encalço. Ao notar que o vulto de Akemi se afastava do jardim, mergulhava num dos aposentos da hospedaria e se ocultava; sentiu alívio e, ao mesmo tempo, certa dose de satisfação. Seu rosto se contorceu num frio sorriso.

DA IMPERMANÊNCIA DA VIDA

I

— Tio Gon! Oh, tio Gon!
— Que foi obaba. Fale!
— Não se cansou ainda?
— Estou começando a sentir moleza nas pernas.
— Foi o que pensei. Eu também enjoei de andar. Mas a arquitetura do templo Sumiyoshi é mesmo uma beleza, faz jus à fama! Ah, quer dizer que esta laranjeira é a árvore sagrada de Wakamiya Hachiman?
— É o que parece.
— Diz a lenda que, quando a imperatriz Shingu cruzou os mares e foi à Coreia, trouxe oitenta navios repletos de presentes, sendo este o primeiro deles.
— Veja, obaba, o cavalo sagrado preso no estábulo é uma beleza! Ganharia o páreo, sem dúvida alguma, se corresse em Kamo!
— Hummm... É malhado, cinza e creme!
— Olhe, tem alguma coisa escrita na placa.
— Diz que se você fizer um chá com as sementes desta manjedoura e o der de beber, obterá cura para o choro noturno de recém-nascidos e para o rilhar de dentes durante o sono. Beba, tio Gon!
— Não diga bobagens!
Rindo, os dois velhos passearam o olhar ao redor.
— Ué?!... Onde está Matahachi?
— É verdade. Onde se meteu?
— Ah, lá está ele, descansando na entrada do teatro *kagura*.
— Matahachi, eeei, filho! — chamou a velha Osugi, levantando a mão. — Se você for por esse lado, vai dar de novo na grande arcada Torii. A intenção é seguir para os lados do farol do templo!

Matahachi se aproximou, relutante. Andar a esmo todos os dias junto com os dois velhos transformara-se em considerável provação. Até suportaria, se fossem apenas cinco ou dez dias visitando pontos turísticos. Mas deprimia Matahachi a ideia de que teria de continuar na companhia dos dois até encontrar seu odiado inimigo, Miyamoto Musashi, e dele se vingar.

Considerava inútil andarem os três juntos e propusera separarem-se, para sair sozinho à procura de Musashi, mas Osugi respondera:

— O ano-novo se aproxima e há muito não comemoramos juntos sua passagem. Em vista das circunstâncias, pode ser que este seja nosso último ano juntos neste mundo; vamos ao menos comemorar este começo de ano em companhia um do outro.

Incapaz de ignorar o desejo da velha mãe, Matahachi continuava a acompanhá-la, mas pretendia deixá-la um ou dois dias depois do ano-novo. Tanto Osugi quanto o velho tio Gon não podiam passar por um templo budista ou xintoísta sem parar para oferecer algumas moedas e rezar demoradamente aos deuses, levados talvez pela proximidade do fim de suas vidas ou por um exacerbado sentimento religioso. Naquela ocasião, por exemplo, haviam passado quase o dia inteiro no templo Sumiyoshi.

— Ande mais depressa! — disse a velha Osugi com descabida impaciência ao ver Matahachi aproximando-se molemente.

— Olhem só quem fala!— respondeu Matahachi mal-humorado, sem dar mostras de se apressar. — Esquecem-se de quanto *eu* esperei por vocês.

— Isso é coisa que se diga? Qualquer pessoa pararia para adorar os deuses se pusesse os pés em terras sagradas. Por falar nisso, nunca o vi adorando Buda ou os deuses xintoístas. Sua atitude me deixa muito apreensiva quanto ao seu futuro.

Matahachi voltou-se para o outro lado e replicou:

— Estou cansado dessa ladainha.

A resposta do filho irritou Osugi ainda mais:

— Ladainha?

Durante os primeiros dois ou três dias, mãe e filho transbordavam de amor um pelo outro e o relacionamento fora mais doce do que mel. Passada a novidade, porém, Matahachi começou a se rebelar, zombando a cada passo da idosa mãe. Em consequência, a velha Osugi fazia o filho sentar-se à sua frente todas as noites e lhe pregava longos sermões quando retornavam à hospedaria.

E ali estavam todos os indícios de que teria início uma nova sessão. Tio Gon, prevendo aborrecimentos, interveio acalmando um e outro e pondo-se a andar:

— Vamos, vamos, parem com isso os dois!

II

"Mas que dupla!", pensava tio Gon da mãe e do filho.

Andava atento, procurando a todo custo resgatar o bom humor da velha senhora e remover a expressão amuada do rosto de Matahachi.

— Ah... Estão vendendo ostras assadas na brasa naquela barraquinha perto da praia. Bem que eu senti um cheirinho gostoso! Vamos lá, obaba, tomar um trago!

Lá estava a barraca, com seus estores de fibra de bambu trançada, perto do farol. Arrastando atrás de si a dupla pouco entusiasmada, tio Gon entrou primeiro e disse:

— Queremos saquê. — Voltou-se em seguida para o sobrinho e acrescentou: — Vamos, Matahachi, ânimo. E quanto a você, obaba, implica demais.

Ofereceu-lhe uma taça, mas a velha Osugi voltou o rosto para o lado e respondeu secamente:

— Não quero!

Constrangido, tio Gon ofereceu a mesma taça, desta vez para Matahachi:

— Você então, Matahachi.

Sombrio, Matahachi logo esvaziou duas a três bilhas de saquê, o que naturalmente irritou ainda mais a velha Osugi.

— Mais uma! — gritou Matahachi pedindo a quarta bilha, sem esperar pela iniciativa do tio.

— Você está se excedendo! — repreendeu-o Osugi. — O objetivo desta viagem não é passear ou beber. E você também, tio Gon, acho bom parar por aí. Apesar da idade, age como uma criança, igualzinho a Matahachi.

Repreendido, tio Gon enrubesceu violentamente como se tivesse bebido todo o saquê sozinho e, sem saber para onde se voltar, disfarçou o constrangimento alisando o próprio rosto e saiu da barraca:

— Tem razão, tem toda razão! — resmungou.

E foi depois de sua saída que a velha Osugi começou uma paciente admoestação ali mesmo, na barraca de moluscos. Quando a ansiedade e o amor maternal despertavam, a idosa senhora não conseguia se conter e aguardar o retorno à hospedaria para iniciar sua arenga. Pouco se importava também que houvesse estranhos por perto. Quanto a Matahachi, fixava o rosto da mãe, taciturno e petulante. A princípio, deixou-a falar à vontade e só depois começou, por sua vez:

— Mãe, quer então dizer que, afinal, você me acha um filho ingrato, um fraco, um poltrão, certo?

— E não é?! Afinal, não consigo ver um traço de honradez em tudo o que você fez até hoje!

— Mas também não sou de jogar fora. Você simplesmente não me entende.

— Como, não entendo?! Ninguém melhor que uma mãe para conhecer o próprio filho. E ter um filho como você representou a ruína da casa Hon'i-den.

— Espere. Espere e verá, eu ainda sou jovem. Continue desprezando seu filho, velha rabugenta! Um dia vai se arrepender, dentro do seu túmulo!

— Ótimo! Quero mil arrependimentos iguais a esse. Mas isso não acontecerá, mesmo que se passem cem anos. Que lástima!

— Já que sou um filho digno de lástima, por que me espera? Melhor ainda, eu lhe faço o favor de ir embora.

Matahachi levantou-se indignado e afastou-se abruptamente, em largas passadas.

A velha Osugi, alarmada, chamou-o com voz trêmula:

— Espere, filho!

Matahachi, contudo, não se voltou. Tio Gon, o único que poderia ter intercedido para reter Matahachi, contemplava imóvel o mar, olhos arregalados e fixos num ponto.

Ao ver isso, a velha Osugi voltou a sentar-se no banquinho da barraca, gritando:

— Tio Gon, não o detenha! Não o chame de volta, ouviu bem, tio Gon?

III

Ao ouvir a voz de Osugi, tio Gon voltou-se e disse:

— Obaba! — Mas as palavras seguintes nada tinham a ver com o que Osugi esperara ouvir. — Estou estranhando a atitude daquela mulher. Espere-me aí mesmo.

Mal disse, tio Gon lançou o sombreiro em direção à barraca e disparou em linha reta para o mar.

Osugi espantou-se:

— Tonto! Aonde pensa que vai? Estamos em apuros! Olhe lá, Matahachi!...

Gritando, a idosa mulher correu alguns metros no seu encalço, mas as plantas rasteiras à beira-mar lhe tolheram os pés. Osugi caiu de bruços, estirando-se em cheio sobre a areia.

— Idiota, cretino!

Rosto e peito cheios de areia, a velha pôs-se de quatro e se levantou. Os olhos que raivosamente procuravam o vulto do tio Gon de repente se arregalaram. Osugi gritou:

— Maluco! Maluco! Está louco? Aonde pensa que vai? Tio Gon!

A própria Osugi parecia doida, correndo desvairada atrás do velho Gon em direção ao mar.

Pois nesse instante Tio Gon já entrava na água. Por causa de um baixio existente na área da costa, a enseada mantinha-se rasa por muitos metros, de modo que a água lhe chegava ainda na altura das canelas. O idoso homem, porém, continuava a correr cada vez mais para o fundo, a espuma levantada por seus passos formando uma fumegante cortina branca ao seu redor.

Um quadro ainda mais espantoso desenrolava-se, porém, à frente de tio Gon: outro vulto, este o de uma mulher, corria também com terrível ímpeto mar adentro.

Tio Gon a notara pela primeira vez na praia, parada à sombra dos pinheiros e contemplando imóvel a superfície verde do mar. No instante seguinte, o vulto, de cabelos negros soltos, corria em linha reta para dentro da água, chapinhando.

Graças ao banco de areia que, conforme já foi dito, mantinha a água rasa por cerca de quinhentos metros, a mulher também continuava com a água pela metade das canelas. Em meio aos respingos, brilhavam a gola vermelha do quimono e o ouro do brocado de seu *obi*, lembrando a cena em que Taira-no--Atsumori[30] avança mar adentro cavalgando o próprio ginete.

— Mulheer! Pare, mulher! — gritou tio Gon, conseguindo enfim se aproximar. Mas o banco de areia devia terminar abruptamente nesse local, pois no momento seguinte, a mulher afundou tragada por uma onda, voltando um estranho gemido na superfície da água.

— Desmiolada! Pretende se matar de verdade? — esbravejou tio Gon, continuando a segui-la decidido, ele próprio submergindo logo atrás.

Na praia, a velha Osugi corria de lado, rente à água, em desespero. Ao ver que com um último espadanar desapareciam os vultos da mulher e de tio Gon, pôs-se a gritar:

— Acudam, acudam de uma vez! Não estão vendo que os dois vão morrer?

A voz acusadora parecia culpar os pescadores próximos pelo que estava ocorrendo.

— Que estão esperando, homens? Acudam rápido, vamos! — berrava Osugi, caindo, erguendo-se e correndo, abanando as mãos em desespero, como se ela própria estivesse prestes a se afogar.

IV

— Será que tinham um pacto de morte?
— Não pode ser...

Os pescadores riam, reunidos ao redor dos dois corpos estendidos na areia. A mão do idoso tio Gon segurava com firmeza o *obi* da jovem mulher. Nenhum deles respirava.

A jovem desgrenhada parecia viva, e em seu rosto destacavam-se o branco da maquiagem e o carmim do *rouge*. Mordia levemente o lábio arroteado e sorria.

---

30. Taira-no-Atsumori (1169-1184): filho de Taira-no-Tsunemori, membro da casa Heike. A cena referida faz parte de uma das batalhas em que, em busca de supremacia, se envolveram duas grandes casas, Heike e Genke, na era Helan, episódio aqui já mencionado.

— Ah, mas eu conheço esta mulher!
— Eu a vi catando conchas na praia!
— Isso mesmo! Ela está hospedada naquela estalagem!

Não houve necessidade de ir avisar, pois quatro ou cinco serviçais da hospedaria surgiram correndo. E entre eles estava Yoshioka Seijuro, pálido ao notar a aglomeração na praia, tivera um mau pressentimento e acorrera ofegando:

— É Akemi!

Ciente, porém, da presença de estranhos e temeroso do que poderiam pensar, parou ao lado dos corpos, imóvel.

— Senhor samurai, esta moça está em sua companhia?
— Está.
— Faça com que ela vomite a água, depressa.
— Será que se salva?
— Não perca tempo falando.

Os pescadores dividiam as atenções entre os corpos de tio Gon e de Akemi, pressionando-lhes a boca do estômago e batendo em suas costas.

Akemi logo voltou a si. Seijuro fez com que um serviçal da hospedaria a carregasse às costas e retirou-se rapidamente, fugindo dos olhares curiosos.

— Tio Gon! Ei, tio Gon!

Osugi chorava, pressionando o rosto contra o ouvido do idoso homem. A jovem Akemi logo se recuperara. Tio Gon, porém, em razão da idade ou talvez da bebida que ingerira momentos antes de entrar no mar, havia morrido. Seus olhos, por mais que Osugi o chamasse, não voltaram a se abrir.

Os pescadores, que até esse momento haviam se empenhado em reanimá-lo, por fim desistiram, dizendo:

— Não adianta mais.

Ao ouvir isso, Osugi parou de chorar instantaneamente e, virando-se para os homens que se haviam mostrado tão solidários, gritou:

— Quem disse que não adianta? Se a menina voltou a si, por que ele não voltaria?

Furiosa, a velha Osugi empurrou os homens que cuidavam do tio Gon, esbravejando:

— Eu vou reanimá-lo!

Desesperada, Osugi lançou mão de todos os recursos. O empenho da velha senhora era até comovente, mas seu jeito autoritário — tratando as pessoas ao redor como se fossem seus empregados, ora reclamando do modo como apertavam a barriga, ora protestando que desse jeito não surtiria efeito, ou ainda suas impertinências exigindo que acendessem uma fogueira na praia e fossem buscar remédios — irritou os pescadores, que, afinal, não eram seus parentes e nem sequer a conheciam.

— O que essa velha ranzinza pensa que somos?

— Não percebe a diferença entre um homem morto e um desmaiado? Quero ver se é capaz de ressuscitar o velho!

Sussurrando entre si, aos poucos foram se afastando do local.

Na praia, a tarde começava a cair. Uma fina cerração vinha do mar e, no céu, nuvens douradas refletiam fracamente a luz do sol poente. Osugi ainda não desistira. Acendeu uma fogueira, abraçou o corpo do velho Gon e, mantendo-o perto do fogo, continuava a clamar:

— Oh, tio Gon! Escute, tio Gon!

As ondas quebravam cinzentas.

Por mais lenha que jogasse na fogueira, o corpo do idoso homem não se aquecia. Mas Osugi aparentemente acreditava que, a qualquer instante, seu velho Gon voltaria a falar; mascando remédios retirados de seu estojo, continuava a transferi-los diretamente de sua boca para a boca do morto, a abraçá-lo e a sacudi-lo:

— Abra os olhos só mais uma vezinha, tio Gon, fale alguma coisa!... Que é isso, tio Gon? Não pode me abandonar aqui e partir primeiro, onde já se viu? Pois se nem acertamos as contas com Musashi ou com a bruxa Otsu!

UM INIMIGO QUE SURGE DO PASSADO

I

Fora do aposento, a tarde avançava em meio ao marulhar das ondas e ao rumor do vento nos galhos dos pinheiros. Akemi caíra em sono agitado. Mal fora acomodada nas cobertas, a febre subira e a jovem passara a delirar.

À cabeceira, Seijuro, o rosto mais pálido que aquele sobre o travesseiro, sentava-se em desanimado silêncio. Por mais genioso que fosse, a dolorosa agonia da flor que ele próprio pisoteara devia pesar em sua consciência, pois ali estava ele, cabisbaixo e angustiado.

Seijuro era, sem dúvida alguma, o homem que se satisfizera transformando à força uma alegre jovem em presa de seus instintos bestiais. Mas o homem consciencioso que, com o rosto enrijecido e solene, velava imóvel à cabeceira da jovem ressuscitada, preocupando-se com o seu pulsar e respirar, também era Yoshioka Seijuro.

Trazendo à tona dois aspectos tão contraditórios da personalidade no curto período de um dia, Seijuro nem por isso parecia desnorteado. Seu rosto apenas espelhava dor e vergonha, aparentes nas sobrancelhas contraídas e na boca crispada.

— Acalme-se, Akemi, por favor. A maioria dos homens age dessa maneira, não só eu... Compreendo que se tenha assustado com a violência do meu amor, mas um dia você vai me entender...

Sentado à cabeceira de Akemi, Seijuro repetia as mesmas palavras inúmeras vezes, tentando consolar a jovem ou, talvez, a si próprio.

Um negrume denso como tinta envolvia o aposento. Vez ou outra a mão branca de Akemi se soltava das cobertas e batia com um ruído seco sobre o *tatami*. Seijuro a repunha sob as cobertas, mas Akemi o afastava, irritada.

— Que dia é hoje? — perguntou a jovem subitamente.

— Como?

— Quantos dias faltam... para o ano-novo?

— Apenas sete. Até lá, você já estará boa. Vamos passar o ano-novo em Kyoto, Akemi — respondeu Seijuro, aproximando o rosto do de Akemi.

— Não! — gritou ela de súbito, quase chorando, batendo no rosto que se aproximava do seu. — Vai embora!

As imprecações saíam de sua boca em voz fina e desvairada:

— Porco! Animal!

— ...

— És um animal!
— ...
— Não suporto nem te ver!
— Perdoe, Akemi.
— Cala a boca, cala a boca, cala a boca!

A mão branca se agitava no escuro, em desespero. Seijuro continha a respiração e, sombrio, sofria enquanto contemplava seus modos loucos. Devagar, Akemi se acalmava para voltar a perguntar:

— Que dia é hoje?
— ...
— Falta muito para o ano-novo?
— ...
— Sete dias; durante sete dias, a partir do primeiro dia do ano, ele disse que estará todas as manhãs sobre a ponte da rua Gojo. Foi esse o recado de Musashi-sama. Ah... como eu queria que o ano-novo chegasse de uma vez! Quero voltar a Kyoto! Musashi-sama vai estar sobre a ponte da rua Gojo.
— Que disse? Musashi?
— ...
— Que Musashi? Fala, por acaso, de Miyamoto Musashi?

Atônito, Seijuro procurou confirmar espreitando o rosto de Akemi, mas não obteve resposta. Cerrando firmemente as pálpebras azuladas, a jovem dormia profundamente.

Agulhas de um pinheiro caíram mansamente e resvalaram na superfície do *shoji*, iluminado pela claridade proveniente do mar. Um cavalo relinchou ao longe. Instantes depois, a luz de uma lamparina varou o *shoji* e um visitante surgiu, precedido por uma serviçal da hospedaria.

— Mestre! Está aí, jovem mestre?

II

— Olá, quem é? Estou aqui! — disse Seijuro, fechando precipitadamente a divisória dos dois aposentos e aparentando displicência.

— Sou eu, Ueda Ryohei.

Um homem vestindo imponentes roupas de viagem e coberto de pó entreabriu o *shoji* e sentou-se num canto do aposento.

— Olá, Ueda! — saudou Seijuro, perguntando-se o que o traria à sua presença. Ueda Ryohei pertencia, junto com os veteranos Gion Toji, Nanbou Yoichibei, Miike Jurozaemon, Kobashi Kurando e Otaguro Heisuke, ao grupo que se autointitulava "Os Dez Mais da Academia Yoshioka".

Para aquela pequena viagem recreativa, Seijuro não trouxera nenhum desses auxiliares diretos e Ueda Ryohei deveria ter permanecido na academia da rua Shijo. Não obstante, ali estava Ryohei vestindo roupas de montar e mostrando todos os sinais de urgência em seus modos. Era verdade que Seijuro deixara para trás diversos problemas que o preocupavam, mas, sem dúvida, a emergência que fizera Ryohei vir de tão longe à sua procura, fustigando um cavalo, não haveriam de ser os problemas financeiros ou as dívidas cobradas com insistência por mercadores, com a aproximação do fim de ano.

— Que foi? Algo importante aconteceu durante a minha ausência?

— Vou transmitir-lhe as notícias de uma vez, pois preciso pedir seu retorno imediato.

— Estou ouvindo.

— Ora, onde é que...

Ueda Ryohei introduzira ambas as mãos nas dobras de seu quimono e apalpava perplexo o próprio corpo quando um grito ecoou do outro lado da divisória:

— Nãão! Porco! Sai, sai de perto de mim!

Mesmo no sono, os acontecimentos do dia deviam perseguir Akemi como um pesadelo, pois a jovem amaldiçoava com vivacidade; as palavras, pronunciadas claramente, em nada lembravam um delírio.

— Que foi isso? — perguntou Ryohei, assustado.

— Nada!... É Akemi... está um pouco indisposta desde que chegamos, e delira por causa da febre.

— Ah, Akemi!

— Deixemos isso de lado. Preocupa-me muito mais o motivo de sua vinda até aqui. Fale de uma vez.

— Aqui está — disse Ryohei, retirando uma carta que por fim achara nas dobras do seu *obi*. Apresentou-a a Seijuro, aproximando dele a lamparina deixada pela mulher da hospedaria.

Seijuro lançou um olhar casual à carta e exclamou:

— Ah... Mas é de Musashi!

Ryohei assentiu com firmeza:

— Isso mesmo!

— Já a abriram?

— As pessoas que a receberam em seu lugar decidiram abri-la de comum acordo, uma vez que nela está escrito "urgente".

— Que... que manda ele dizer?

Seijuro não conseguia tomar a carta em suas mãos de imediato. Por que perguntar, se o assunto era seu e se Miyamoto Musashi devia estar sempre em sua mente? Mas a bem da verdade, até esse dia Seijuro estivera certo de que jamais voltaria a ter notícias de Musashi. Traído em sua expectativa, sentiu um frio na espinha e, momentaneamente abalado, contemplou a carta, sem ânimo para abri-la.

Apertando os lábios, Ryohei respondeu nervoso:

— A carta chegou, afinal. Apesar das bravatas que andou contando antes de partir na primavera passada, pensávamos que esse homem jamais voltaria a pôr os pés na cidade de Kyoto. Mas — que presunçoso — "conforme prometi", diz ele... Veja, ele teve ainda a ousadia de endereçar a carta a "Mestre Yoshioka Seijuro e Dignos Discípulos", fazendo constar apenas o próprio nome, Miyamoto Musashi, como desafiante!

III

A carta não registrava o endereço do remetente, não sendo possível portanto saber por onde andava Musashi.

Mas seu paradeiro não importava. O fundamental era que, cumprindo estritamente a promessa, Musashi remetera a carta desafiando mestre e discípulos da academia Yoshioka. A partir desse momento a casa Yoshioka e Musashi estavam em guerra: no final, um dos lados eliminaria o outro.

Aquilo era um duelo — e mortal. Em lutas desse tipo, um samurai aposta a vida por sua honra e espada. O duelo deixa de ser verbal ou uma simples demonstração de floreios técnicos de esgrima e passa a exigir o empenho da vida.

E para Yoshioka Seijuro, o desafiado, constituía um incrível fator de risco continuar desconhecendo os termos do desafio. Além disso, não deveria ter permanecido ocioso à espera deste dia, era óbvio.

Em Kyoto, alguns bravos discípulos de Seijuro mostravam-se revoltados com o comportamento de seu mestre e reclamavam:

— Desta vez, as coisas foram longe demais!

Outros choravam amargurados ou rilhavam os dentes lembrando a humilhação que haviam sofrido nas mãos de um simples guerreiro itinerante e diziam:

— Como gostaria que mestre Kenpo estivesse agora entre nós!

E assim, com o respaldo dos colegas, que, unânimes, achavam importante "pôr o mestre a par do assunto e trazê-lo incontinenti de volta a Kyoto", Ueda Ryohei cavalgara até ali. Mas Seijuro apenas contemplava a carta de interesse vital depositada à sua frente, sem dar mostras de querer abri-la.

— Seja lá como for, leia-a, por favor! — instou Ryohei, um tanto irritado.

— Ah... a carta — murmurou seu mestre, por fim tomando-a nas mãos e passando os olhos.

Conforme prosseguia na leitura, Seijuro não conseguia ocultar o ligeiro tremor que lhe surgia na ponta dos dedos. Não porque a caligrafia ou o estilo da carta de Musashi fossem particularmente agressivos, mas porque nunca se sentira tão frágil espiritualmente. O murmúrio delirante de Akemi soando através da divisória, no aposento contíguo, abalava por completo a postura samuraica que Seijuro costumava manter no cotidiano. Sua segurança se desfazia como espuma na areia.

A carta de Musashi, por outro lado, vinha escrita com muita simplicidade:

Senhores,

Esperando que estejam todos em plena forma, escrevo-lhes esta carta conforme prometi.

Estou certo de que V. S.^{as} obtiveram um notável progresso técnico no transcorrer desses últimos meses, mas previno-os que também consegui considerável aperfeiçoamento de minhas habilidades.

Informem onde, em que dia e a que horas terei a oportunidade de demonstrá-lo. Não faço qualquer exigência específica. Desejo unicamente realizar o duelo, há muito prometido, de acordo com os critérios que V. S.^{as} estabelecerem.

Tomo apenas a liberdade de solicitar-lhes uma resposta pública, escrita em placa que deverá ser afixada no meio da ponte da rua Gojo, entre o 1º e o 7º dia do ano.

Aos ... dias do mês ....
Shinmen Miyamoto Musashi Masana

— Vou-me embora imediatamente! — disse Seijuro levantando-se, amarfanhando a carta e metendo-a na manga do quimono. Emoções diversas tumultuavam o espírito, tornando-lhe impossível permanecer por mais um instante que fosse.

O encarregado da hospedaria foi chamado às pressas à sua presença. Ao lhe ser solicitado que, em troca de pagamento, cuidasse de Akemi até a sua total recuperação, o estalajadeiro aceitou a incumbência a contragosto.

Nesse momento, Seijuro desejava mais que tudo afastar-se daquela casa e daquela noite desagradável.

— Levo seu cavalo! — gritou a Ryohei quando terminou apressadamente de se preparar para a viagem. Saltou para a sela e partiu, quase fugindo. Ueda Ryohei também disparou atrás do cavalo pela escura estrada arborizada de Sumiyoshi.

A VARAL

I

— Ah-há, claro que vi! Fala de um jovem vestindo roupas vistosas, levando um macaquinho no ombro, estou certo? Pois alguém que corresponde a essa descrição acabou de passar por aqui há pouco — informou um homem.
— Onde, onde? Que diz? Desceu pela ladeira Shingonzaka de Kozu e se dirigiu à ponte Noujin-bashi... Mas não cruzou a ponte, pois foi também visto à entrada da loja do armeiro, à beira do fosso oriental? Finalmente! Encontramos a pista! É ele, é ele, não tem erro!
— Atrás dele, homens!
Atraindo a atenção dos pedestres nesse entardecer, ali ia um grupo de homens correndo precipitadamente, tentando alcançar um indivíduo de cuja existência não tinham certeza.
Àquela hora do crepúsculo, os estabelecimentos comerciais à beira do fosso oriental já haviam cerrado suas portas, mas um dos homens entrara na loja e questionara com rispidez o mestre armeiro. Instantes depois, saiu porta afora e, pondo-se a correr, disse:
— A Tenma! Vamos para Tenma!
O resto do grupo o acompanhou, tentando confirmar a boa notícia:
— Descobriu? O líder respondeu com vivacidade:
— Descobri para onde foi!
Desnecessário dizer, aqueles eram os discípulos da academia Yoshioka, que, desde cedo, vasculhavam a área central de Sumiyoshi em busca de um jovem e seu macaquinho de estimação, desaparecidos na noite anterior mal desembarcaram no porto.
A informação obtida no morro Shingonzaka tinha fundamento, conforme vieram a saber na loja do armeiro. Dizia o mestre armeiro que, realmente, a certa hora daquela tarde, quando já pensavam em cerrar as portas, surgira um jovem samurai de cabelos cortados à moda dos adolescentes. O jovem largara na entrada da loja um macaquinho que levava ao ombro e sentara-se para descansar.
"Está aí o mestre armeiro?", perguntara. Mas como infelizmente ele, o armeiro, havia se ausentado e o empregado assim informara ao jovem, este dissera: "Trouxe uma arma muito valiosa que gostaria de ver afiada, mas a ausência do mestre armeiro me deixa em dúvida. Antes de confiá-la a vocês, quero saber, de um modo geral, até que ponto são competentes no serviço de reforma

e afiamento de espadas. Se existe na casa alguma arma afiada pelo mestre armeiro, mostre-me". Em vista disso, foram-lhe formalmente apresentadas algumas espadas, às quais o jovem lançara um olhar casual para depois comentar: "Parece-me que este estabelecimento só trabalha com armas rústicas. Não me agrada deixar a minha aos cuidados de uma casa desta categoria. A espada que quero ver, afiada, é esta às minhas costas, apelidada de 'varal': é histórica e está há gerações com a minha família. Nela não consta o nome do forjador, mas, como pode ver, é uma obra-prima original, cunhada em Bizen, sem qualquer vestígio de ter sido encurtada."

Desembainhara a seguir a brilhante espada e a exibira, vangloriando-se o tempo todo das suas qualidades, ao que o empregado do armeiro, julgando ridícula a atitude do jovem, murmurara que "varal" era um nome bem apropriado para aquela espada sem curvatura, cujo único mérito aparente era o seu comprimento. Ao ouvir isso, o jovem se aborrecera um pouco, levantara-se de modo abrupto e perguntara o caminho para Tenma, de onde deveria partir o barco que subia o rio rumo a Kyoto. Depois, dissera fingindo indiferença: "Vou mandar afiá-la em Kyoto. Em todas as lojas de Osaka por que passei só vi espadas de soldados rasos, vulgares, afiadas sem técnica alguma. Obrigado pela informação." Afastara-se a seguir rapidamente, contou o armeiro.

Quanto mais os discípulos de Seijuro ouviam a respeito do jovem, mais se reforçava neles a impressão de arrogância. Decepar o topete de Gion Toji com certeza aumentara-lhe ainda mais a presunção. Era bem provável que o jovem estivesse agora mesmo caminhando pela estrada cheio de si, sem saber que o mensageiro da morte, na pessoa dos discípulos, se aproximava cada vez mais de suas costas.

— Vai ver agora, novato fanfarrão!

— Já o temos em nossas mãos. Não há mais pressa.

O grupo andara o dia inteiro sem descanso, e a última observação partiu do mais fatigado. A isso, o que corria à frente respondeu:

— Pelo contrário, temos de nos apressar! O último barco a subir o rio Yodo parte por volta desta hora, se não me engano.

II

Mal avistou a margem do rio, perto de Tenma, o líder do grupo gritou:

— Irra! E agora?

— Que foi? — gritou o que lhe vinha logo atrás.

— Já estão empilhando os bancos da casa de chá, no atracadouro. Além disso, não vejo o barco no rio.

— Partiram?

Agruparam-se todos ruidosamente, contendo a respiração ofegante e, por alguns momentos, quedaram-se mudos e um tanto desapontados contemplando a superfície do rio. Logo abordaram o empregado que fechava a casa de chá e este os informou que, sem dúvida, um samurai de cabelos cortados à moda adolescente levando um macaco havia embarcado. Acrescentou também que o barco — aliás, o último do dia — acabara de zarpar havia pouco, mas, com toda a probabilidade, ainda não chegara ao porto seguinte, Toyosaki, bem perto dali. Era muito provável que conseguissem alcançá-lo caso corressem pela margem, pois um barco navegando contra a correnteza rio acima se desloca muito lentamente, ao contrário dos que deslizam a favor da corrente, completou o homem.

— Isso mesmo! Nada de desânimo. Já que o perdemos aqui, não há mais pressa. Descansemos um pouco.

Assim dizendo, os discípulos de Seijuro tomaram chá e comeram rapidamente alguns confeitos antes de prosseguir às carreiras pela escura estrada margeando o rio.

Além da vasta área escura à frente, o rio se bifurcava formando duas faixas brilhantes que lembravam cobras prateadas. Estavam no ponto em que o rio Yodo se separa formando os rios Nakatsu e Tenman e, próximo a essa área, viram surgir um instável ponto de luz.

— É o barco!

— Nós o alcançamos.

Os sete homens alvoroçaram-se, entusiasmados.

As folhas secas dos juncos à beira-rio brilhavam como lâminas de espadas ao luar. Nos roçados próximos não restara sequer uma folha verde. Um vento gelado soprava pressagiando geada, mas nenhum dos homens sentia frio.

— Perfeito!

A distância diminuía gradativamente. Mal se assegurou de que aquilo era sem dúvida o barco, um dos homens gritou, sem pensar direito no que fazia:

— Eeeei! Parem o barco!

Uma voz pachorrenta respondeu:

— Para quêêê?

Na margem, o homem que gritara antes da hora levava uma repreenda dos companheiros. Por que gritar desse jeito justo ali? Alguns quilômetros além havia um porto onde o barco forçosamente teria de atracar, pois haveria passageiros embarcando e desembarcando. Mas o berro acabara proporcionando ao inimigo dentro do barco condições para se pôr em guarda, reclamavam alguns de seus colegas.

— Ora, isso também não tem tanta importância, pois o adversário está só. Já que você o alertou, é melhor nos identificarmos de uma vez e cuidar para que ele não fuja pelo rio.

— Isso mesmo! Bem observado!

Graças à judiciosa intervenção de um dos homens, a discussão se encerrou.

Os sete homens, unidos uma vez mais, ajustaram o passo à velocidade do barco noturno que subia o rio Yodo e tornaram a gritar:

— Eeeei!

— Que queeerem?

Não era um passageiro, aparentemente, mas o capitão que assim perguntara.

— Chegue o barco à margem!

— Está louco?

Ruidosas gargalhadas no interior da embarcação acompanharam a resposta.

— Recusa-se? — gritou um dos discípulos, em tom ameaçador. A isso, respondeu desta vez um dos passageiros, imitando o tom da pergunta:

— Recuso-me!

No ar frio, o hálito dos sete homens em terra firme formava uma nuvem branca ao redor das cabeças, dando a impressão de que literalmente fumegavam de raiva.

— Muito bem! Se não vão chegar à margem, esperaremos no próximo atracadouro. Mas entre os passageiros deve haver um novato levando um macaco. Digam a ele que, se tem noção de honra, adiante-se e fique em pé próximo à amurada. E se vocês lhe derem cobertura para fugir, avisamos: arrastaremos um a um para a margem e os trataremos como cúmplices. Ouviram?

III

A balbúrdia estabelecida no pequeno barco era nitidamente perceptível para os que o contemplavam da margem. E agora? — pareciam todos perguntar-se.

Se o barco acostasse, algo desagradável sem dúvida aconteceria: os sete samurais que caminhavam pela margem tinham prendido as mangas com tiras de couro e moviam ostensivamente suas espadas.

— Não lhes dê resposta, capitão!

— Digam o que disserem, não responda.

— Não acoste até chegarmos a Moriguchi. Lá recorreremos aos oficiais do posto policial.

Os passageiros sussurravam conselhos, assustados. O audacioso que se manifestara primeiro emudecera e apertava os olhos. Parecia rezar para que a distância — garantia única de segurança — entre a margem e o barco se mantivesse.

Os sete da margem continuavam incansáveis a acompanhar a embarcação. O momentâneo silêncio indicava que aguardavam a reação dos passageiros. Contudo, cansados de esperar, voltaram à carga:

— Ouviu bem, *bushi* que cheira a fralda e anda com um macaco? Venha à amurada! Vamos!

Repentinamente, uma voz ergueu-se no meio dos passageiros que vinham aconselhando a nada responder:

— É comigo?

No mesmo instante, um vulto jovem surgiu na amurada.

— Você mesmo!

— Até que enfim!

— Fedelho!

Os sete homens da margem dirigiam olhares raivosos e apontavam o vulto, ameaçando atravessar o rio a nado caso fosse menor a distância.

Com a longa espada apelidada de "varal" às costas, o *bushi* de aparência juvenil parou na amurada e ali permaneceu, imóvel. A luz do luar batia na água a seus pés, logo abaixo da amurada, e refletia em seus dentes brancos e pontiagudos.

— Novato em companhia de um macaco e cabelos cortados como um adolescente não existe outro, além de mim. Quem são vocês? Bandoleiros sem meios para sobreviver, ou uma trupe mambembe morta de fome?

Mal a voz fluiu sobre o rio, e os alcançou, os sete voltaram-se simultaneamente, rilhando os dentes:

— Que disse?

— Como ousa, amestrador de macacos?!

As ofensas partiam da boca dos sete homens e ricocheteavam na superfície da água, uma a uma:

— Olhem só quem fala! Daqui a pouco vai enrolar o rabo entre as pernas e pedir perdão.

— Que disse? Somos discípulos da academia Yoshioka. Sabia disso ou não, quando há pouco nos dirigiu as palavras ofensivas?

— Já que está sobre o rio, estique o braço, lave esse pescocinho mimoso e prepare-o para a degola.

O barco aproximava-se do dique de Kema.

No local erguiam-se mourões de atracação e um casebre. Ao perceber que chegavam ao atracadouro da aldeia, os sete homens espalharam-se pela doca, fechando a saída.

Mas o barco permanecia parado à distância, no meio do rio, dando voltas no mesmo lugar. Tanto o capitão quanto os passageiros, assustados com a grave situação, insistiam que seria mais seguro não atracar. Ao perceber a manobra, os sete discípulos da academia Yoshioka tornaram a gritar:

— Vocês aí: por que não atracam?

— Quero ver se se aguentam dois ou três dias sem aportar. Ainda vão se arrepender!

— Se não atracarem, passaremos todos no fio da espada!

— Podemos pegar um bote e chegar até aí, não se esqueçam!

Parados na margem, os homens lançavam as ameaças quando afinal o pequeno barco virou a proa em direção a eles e, simultaneamente, uma voz penetrante cortou a água gelada do rio:

— Calem a boca! Atendendo ao seu desejo, farei o favor de me aproximar. Preparem-se e aguardem!

Era o jovem que, assim dizendo, empunhara a longa vara usada para conduzir o barco em águas rasas e, ignorando por completo as aflitas admoestações do capitão e dos demais passageiros, vinha impelindo a embarcação vigorosamente rumo à margem.

IV

— Aí vem ele!

— O atrevido!

Com as mãos nas empunhaduras das espadas, os sete formavam um semicírculo, cercando a área que a proa apontava, e onde provavelmente acostaria o barco.

A quina da proa era uma lâmina cortando a correnteza. Conforme se aproximava, o vulto do jovem agigantava-se aos olhos dos sete homens, que, em terra, continham a respiração e o aguardavam. E no momento em que a proa avançou pela área pantanosa coberta de juncos secos, vindo de encontro ao peito dos homens — ou assim lhes pareceu, pois inconscientemente seus calcanhares moveram-se para trás —, a forma arredondada de um pequeno animal lançou-se do barco, vencendo os quase dez metros de pântano e juncos secos que o separavam da margem, e agarrou-se no pescoço de um dos homens.

— Ahhh!... — gritou o homem. Ao mesmo tempo, sete raios prateados partiram das bainhas das espadas e cortaram o ar.

— É o macaco!

Mas a percepção chegou-lhes apenas depois que as espadas haviam desferido golpes inúteis no ar. Cientes agora de que haviam confundido o salto do pequeno animal com o do próprio inimigo, reconheciam o erro e admoestavam-se mutuamente:

— Não se afobem!

A essa demonstração de pânico e confusão, os demais passageiros — que, temendo ser envolvidos, se haviam agrupado a um canto do barco — sentiram diminuir a tensão, mas ninguém se atreveu a rir. Apesar de tudo, alguém ainda gritou: "Ei!" Pois o jovem, que até esse momento vinha impulsionando o barco com a longa vara, de repente a enfiara no meio dos juncos e, com um ligeiro impulso, saltara com destreza maior que a do macaco, lançando sem nenhum esforço aparente o próprio corpo a uma curta distância dos homens.

— Ora! Os sete homens voltaram-se simultaneamente para o local onde o jovem aterrissara, um pouco distante daquele previsto por eles. Os músculos repuxados de seus rostos provavam que a situação lhes era inesperada, muito embora tivessem tido a oportunidade de se preparar. Agora, porém, não lhes sobrava tempo para compor uma estratégia de aproximação. Dispararam portanto pela margem, um atrás do outro, em direção ao jovem. Como resultado, a formação circular de combate se desfez e se transformou em fila indiana, dando ao jovem que os aguardava a uma curta distância condições de fechar a guarda por completo.

O homem que liderava a coluna já alcançara uma posição em que retornar seria impossível. Instantaneamente, seus olhos se congestionaram e seus ouvidos nada mais ouviram. As táticas de combate treinadas até a exaustão no cotidiano nem sequer afloraram à sua mente. Com os dentes arreganhados, o homem avançou contra o jovem como se pretendesse mordê-lo, apontando-lhe a espada.

No mesmo instante, o jovem samurai projetou o peito para a frente e deu a impressão de que se punha na ponta dos pés. O corpo, naturalmente avantajado, pareceu crescer ainda mais e a mão direita subiu até a altura do ombro: o jovem acabava de empunhar o cabo da espada que levava às costas.

— São discípulos da academia Yoshioka? Bem a calhar! Do outro, apenas aparei o topete e o perdoei, mas, pelo visto, isso não os satisfez. Aliás, nem a mim.

— Bra... Bravateiro!

— Já que penso mandar polir este "varal", não vou poupá-los: preparem-se!

Apesar de alertado, o homem da frente parecia hipnotizado e, em rígida pose, não conseguiu se afastar. A longa espada "varal" partiu-o em dois com a mesma facilidade com que partiria uma pera.

V

As costas do que ia à frente pressionaram os ombros do que lhe vinha logo atrás. Ao ver o cabeça da fila ser eliminado com facilidade por um rápido golpe da longa espada inimiga, os seis companheiros restantes desequilibraram-se mentalmente e perderam a unidade de ação.

Nessas condições, um grupo transforma-se em alvo mais fácil que um único homem. O jovem samurai, entusiasmado pelo êxito do primeiro golpe, usou a Varal — espada longa que lhe possibilitava alcançar uma extraordinária distância — e golpeou de lado o homem seguinte.

O golpe não teve êxito completo, mas o homem fora atingido duramente: com um estranho uivo, pulou para dentro de uma moita de juncos.

— O próximo!

Quando o jovem os fitou com seu olhar penetrante, os discípulos que restavam perceberam, apesar de todo o despreparo, a gravidade do erro cometido e mudaram a formação rodeando o inimigo como cinco pétalas em torno de um miolo, ao mesmo tempo que se instigavam:

— Não recuem!

— Não recuem, ouviram?

Encorajado pela momentânea perspectiva de vitória que a nova formação proporcionava, um dos homens avançou gritando:

— Fedelho insolente!

Não era coragem, era o ato inconsciente de um indivíduo que havia perdido a noção do medo. Este era o tipo de ocasião em que palavras eram desnecessárias, mas o homem tornou a gritar:

— Vou lhe ensinar agora!

No mesmo instante, saltou em direção ao adversário. O golpe, desferido de cima para baixo, deveria ter penetrado fundo na defesa inimiga, achava o homem. Sua espada, porém, cortou inutilmente o ar a quase sessenta centímetros de distância do peito do jovem samurai.

A ponta da espada manejada com excessiva confiança bateu num pedregulho, como seria de se esperar. O discípulo dos Yoshioka viu-se, ato contínuo, na posição de alguém que voluntariamente mergulha de cabeça no escuro poço da morte: com a planta de um pé e a extremidade da bainha da espada apontando para o alto, expôs-se inteiro ao golpe adversário.

Mas em vez de abater o inimigo que tinha a seus pés, o jovem samurai se esquivou e, acrescentando um rápido impulso ao movimento, saltou sobre o homem ao lado.

Outro urro ecoou de súbito, indicando que mais um fora mortalmente ferido. Ao ver isso, os três restantes, incapazes de voltar à formação circular de combate, iniciaram uma precipitada fuga em fila indiana.

A fuga atiça no homem o instinto predatório. Agarrando com ambas as mãos a longa espada, o jovem gritou, enquanto lhes corria atrás:

— É isso o que ensinam na academia Yoshioka? Isso é sujeira! Quero suas cabeças de volta!

Gritando e correndo, continuou a persegui-los:

— Parem! Parem aí! Vocês me detiveram, fizeram-me perder o navio e depois fogem, largando-me aqui? Isso não é digno de um samurai! Estou avisando: se continuarem a fugir, vou espalhar esta história por todo o país e transformar o estilo Kyohachi da casa Yoshioka em motivo de escárnio.

Transformar um samurai em alvo de zombaria é, para ele, a maior ofensa, mais humilhante ainda que cuspir-lhe no rosto. Mas aos ouvidos dos homens em fuga, até isso perdera importância.

Mais ou menos à mesma hora soava sobre o dique de Kema o tilintar gelado dos sinos de um arreio. A geada e o reflexo do luar nas águas do rio Yodo clareavam a paisagem, tornando desnecessário o uso de lanternas. Tanto o vulto a cavalo quanto o vassalo que corria a pé junto às ancas da montaria expeliam um hálito branco e, esquecidos do frio, apressavam-se em seguir caminho.

— Ah!

— Desculpe!

Os três perseguidos, quase se chocando contra as narinas do cavalo, rodopiaram algumas vezes para se desviar e voltaram-se para olhar.

VI

Repentinamente contido pela rédea, o cavalo empinou e relinchou alto. O vulto sobre o cavalo espiou os três rostos confusos à sua frente e exclamou:

— Ora, se não são os meus discípulos!

Por alguns instantes, olhou-os com estranheza, mas logo se irritou e os repreendeu:

— Idiotas! Por onde andaram o dia todo?!

— Ah, jovem mestre!

No mesmo instante, Ueda Ryohei surgiu de trás do cavalo e se adiantou, dizendo:

— Que tipo de comportamento é esse? Vieram acompanhando o jovem mestre e nem estavam ao seu lado no momento de sua partida? No mínimo andaram se envolvendo em outra briga de bêbados! Para tudo existe um limite, ouviram?

Ter a luta classificada como outra briga de bêbados era insuportável. Os três homens ultrajados contaram que, muito pelo contrário, lutavam para preservar a autoridade do estilo e o bom nome de seu mestre, e que isso trouxera tais e tais consequências. Apavorados e com as línguas secas, expuseram a situação com incrível rapidez, concluindo:

— Aí vem... Aí vem ele!

E trepidantes de pavor, voltaram os olhares na direção dos passos que se aproximavam.

Ao ver a atitude covarde de seus discípulos, Ueda Ryohei se agastou:

— Que gritaria é essa, bravateiros inúteis? Do modo como agem, em vez de limpar o nome do estilo, tornam a sujá-lo com uma nova camada de lama. Deixem comigo, eu o enfrentarei.

Assim dizendo, Ryohei, protegendo atrás de si os três discípulos e Seijuro, adiantou-se cerca de dez passos.

— Vai ver agora, novato! — disse Ryohei, aguardando os passos que se aproximavam.

Sem saber o que o aguardava, o jovem samurai vinha em disparada, agitando a longa espada:

— Eeei, parem aí! Não me digam que a fuga é o princípio secreto do estilo Yoshioka! Não sou particularmente a favor de matanças, mas este meu "varal" não se contenta com pouco, e quer mais sangue, muito mais! Deem-me aqui suas cabeças! Devolvam! Se querem fugir, fujam, mas deixem aqui suas cabeças!

Gritando a plenos pulmões, o jovem corria pelo dique de Kema, seu vulto voando em linha reta em direção aos homens.

Ueda Ryohei cuspiu nas mãos e empunhou a espada com maior firmeza. O jovem samurai, correndo como um vendaval, talvez não tivesse percebido o vulto à sua frente, pois prosseguiu com passadas tão largas que, naquele ritmo, passaria pisando a cabeça de Ryohei.

Com um poderoso *kiai*, Ryohei, que aguardava contraindo os fortes músculos braçais, distendeu-os de súbito. A espada descreveu um movimento de varredura, a princípio paralelo ao chão e depois ascendente. Na extensão das mãos entrelaçadas que seguravam o cabo, a ponta da espada prosseguiu seu trajeto ascendente e o golpe pareceu visar as estrelas. O jovem parou com um pé no ar, girou uma vez rigidamente sobre o próprio eixo e voltou-se outra vez, quando o ouviram murmurar:

— Ora, ora, um novo adversário!

Num átimo, desfechou um contragolpe, movendo a Varal lateralmente em direção a Ryohei, que, desequilibrado e com o corpo tombado para diante, prosseguia em linha reta, cambaleando.

O golpe fora de indescritível violência. Ryohei jamais conhecera um indivíduo com esse nível de destreza. Logrou esquivar-se, mas acabou rolando do dique para dentro das plantações à sua margem. Por sorte, o dique era baixo e a plantação, um arrozal congelado. Estrategicamente falando, porém, ficava claro que ele perdera sua oportunidade e, quando conseguiu enfim voltar para cima do dique, o vulto do jovem agitava-se furiosamente. Sua longa e cintilante espada, a Varal, já rechaçara os três discípulos que restavam e, avançando, aproximava-se agora do homem a cavalo, Yoshioka Seijuro.

VII

Seijuro estivera tranquilo, certo de que a contenda se resolveria muito antes de chegar até ele. Mas o perigo se aproximou com rapidez.

O jovem tinha um estilo extremamente violento. A ponta da longa espada avançou em direção a Seijuro, visando o ventre do seu cavalo.

— Ganryu, espere! — gritou Seijuro nesse instante, de modo inesperado. Ao mesmo tempo, retirou com incrível rapidez um dos pés do estribo, transferiu-o para o alto da sela e, acrescentando ao movimento um impulso semelhante a um chute, levantou-se sobre a sela. Enquanto o cavalo saltava sobre a cabeça do jovem e disparava como uma flecha, Seijuro, num ágil movimento contrário, aterrissava quase cinco metros atrás.

— Formidável!

O elogio não partira de nenhum dos discípulos de Seijuro, mas do seu adversário, o jovem samurai. Reempunhando a espada, aproximou-se de um salto e disse:

— Essa foi uma linda demonstração de agilidade, tenho de reconhecer. Eis aqui uma bela oportunidade, pois presumo estar na presença de Yoshioka Seijuro. Em guarda!

A ponta da espada voltada na direção de Seijuro era a imagem da agressividade. O sucessor de Yoshioka Kenpo merecia o título: seu corpo demonstrara preparo suficiente para enfrentar o ataque.

— Sua sagacidade merece aplausos, Sasaki Kojiro, da província de Iwakuni. Tem razão, sou Yoshioka Seijuro, mas não me agrada cruzar armas com você sem motivo. Esta disputa pode ser resolvida a qualquer tempo. Abaixe a guarda, portanto, e vamos tirar a limpo esta confusão, em primeiro lugar.

O jovem talvez não o tivesse ouvido de início, quando Seijuro o chamara "Ganryu", mas desta vez a denominação Sasaki da província de Iwakuni não poderia passar despercebida. Absolutamente surpreso, exclamou:

— Quê? Como sabe que sou Ganryu Sasaki Kojiro?

Seijuro bateu de leve na própria coxa:

— Quer então dizer que é realmente Sasaki Kojiro? — Assim dizendo, adiantou-se. — Esta é a primeira vez que o vejo em pessoa, mas ouço sempre falar a seu respeito.

— Quem estaria falando de mim? — quis saber Kojiro, com ar ligeiramente atordoado.

— Seu colega veterano, mestre Ito Yagoro.

— Ora, que surpresa! Então conhece mestre Ittosai?

— Até a altura do outono deste ano o senhor Ittosai morava nas proximidades do morro Kaguraga, em Shirakawa. Eu mesmo o visitei ali algumas vezes, e o próprio mestre me honrou procurando-me em casa, à rua Shijo.

— Ora, ora! — disse Kojiro, sorrindo. — Isso quer dizer que é como se já nos conhecêssemos!

— Mestre Ittosai referia-se com frequência a você. Dizia ele que em Iwakuni havia um jovem de nome Ganryu Sasaki que, como ele, seguira os ensinamentos de Toda Gorozaemon sob a orientação do mestre Kanemaki Jisai. Disse também que era o mais jovem dos seus discípulos. Num futuro próximo, contudo, só você poderia disputar com ele a posição de melhor espadachim do país.

— Mas como deduziu instantaneamente que eu era Sasaki Kojiro, com base apenas nessas informações?

— Mestre Ittosai havia-me falado da sua juventude e descrito sua pessoa. Sei também em detalhes o motivo por que é conhecido como Ganryu. Ao notar que manejava com desembaraço essa espada longa, logo me veio à mente o nome e assim o chamei. Adivinhei apenas.

— Mas é extraordinário! Que encontro inesperado! — exclamou Kojiro, satisfeito. Seu olhar caiu em seguida sobre a espada sangrenta que tinha nas mãos e, no momento seguinte, perguntou-se de que jeito acertariam essa conta.

VIII

Ao conversar, aparentemente se entenderam. Passados instantes, o grupo prosseguiu pelo dique de Kema rumo à cidade de Kyoto, tendo à frente Sasaki Kojiro e Yoshioka Seijuro lado a lado, como velhos amigos, seguidos de perto por Ueda Ryohei e três friorentos discípulos.

— Aliás, deixe-me esclarecer um ponto: quem começou esta briga não fui eu. Pelo contrário, fui insistentemente provocado — explicava Kojiro.

Seijuro tornou a ouvir da boca de Kojiro detalhes da conduta de Gion Toji no barco que interligava a ilha de Awa a Osaka. A isso juntou o que agora se lembrava de seu comportamento posterior e concluiu:

— Que vergonha! Assim que retornar, vou chamá-lo à minha presença e submetê-lo a interrogatório. Longe de mim guardar-lhe rancor. Pelo contrário, peço-lhe que me desculpe o fato de não conseguir controlar devidamente meus discípulos.

Ao ouvir as escusas, Kojiro viu-se obrigado a aparentar modéstia:

— Não se desculpe. Como vê, eu também sou um bocado genioso e gosto de falar com certa arrogância; além disso, nunca recuso uma boa briga e estou sempre disposto a enfrentar qualquer um. De modo que a culpa não é só de seus discípulos: ao contrário, os homens que hoje agiram em defesa do bom nome do estilo Yoshioka e de seu mestre, embora deixem muito a desejar no aspecto técnico, estavam bem intencionados, os coitados.

— A culpa é minha — disse Seijuro, caminhando com uma expressão sombria no rosto.

Ao ouvir de Kojiro que, se não se opunha, gostaria de deixar para trás o incidente e esquecer tudo, Seijuro concordou:

— Isto vai além de minhas expectativas. E aproveitando o feliz acaso que o pôs em meu caminho, gostaria de convidá-lo a dar-nos algumas aulas na academia.

Vendo a cordialidade reinar entre os dois homens, os discípulos os acompanharam aliviados. E quem haveria de adivinhar que o belo jovem de ar adolescente, à primeira vista um simples garoto mimado grande demais para a idade, era Ganryu Sasaki Kojiro, "o jovem prodígio da província de Iwakuni" tão exaltado por mestre Ito Yagoro Ittosai? Era-lhes perfeitamente compreensível que Gion Toji não o tivesse levado a sério e se metido em maus lençóis.

Esclarecidos os fatos, admirados e assustados estavam Ueda Ryohei e os demais discípulos, salvos por um triz da mortífera ação da Varal, a espada de estimação do jovem Kojiro.

— Então, este é Ganryu! — pensavam, fitando de soslaio as largas costas do indivíduo que lhes ia à frente. Agora que sabiam, percebiam algo invulgar em sua aparência e se recriminavam pela falta de discernimento.

Logo se aproximaram outra vez do atracadouro de Kema. Ali jaziam as vítimas da Varal, já rijas. Ueda Ryohei determinou aos três discípulos restantes que cuidassem dos companheiros mortos e foi buscar o cavalo que havia pouco disparara, trazendo-o de volta pela rédea. Quanto a Sasaki Kojiro, assobiou diversas vezes chamando o macaco de estimação.

O macaquinho reapareceu em resposta aos assobios e saltou-lhe ao ombro. Seijuro ofereceu o cavalo a Kojiro, ao mesmo tempo que o convidava com insistência a se hospedar na academia da rua Shijo. Sasaki Kojiro balançou negativamente a cabeça e respondeu:

— Não concordo. Eu ainda sou um novato desconhecido, enquanto o senhor é, para se falar pouco, o sucessor de Yoshioka Kenpo, de uma casa famosa desde o período Heian, o líder de algumas centenas de discípulos.

Tomou a seguir das rédeas e acrescentou:

— Monte e não se preocupe comigo. No entanto, gostaria de me apoiar na rédea enquanto ando, pois isso me facilitará o caminhar. Aceito de bom grado o convite e passarei algum tempo hospedado em sua academia. Viajaremos deste modo até Kyoto e conversaremos pelo caminho.

Kojiro era por vezes insolente, mas também sabia ser educado. Seijuro, cujo destino era bater-se com Musashi no começo do ano seguinte, não podia deixar de sentir certa animação por ter encontrado Sasaki Kojiro, um exímio espadachim, e pela perspectiva de tê-lo em sua academia.

— Muito bem! Nesse caso, cavalgarei no primeiro trecho. Quando você se cansar, revezaremos.

Assim dizendo, Seijuro montou.

RIOS E MONTANHAS ETERNOS

I

Durante o período Eiroku (1558-1570), quando Tsukahara Bokuden e Kamiizumi Ise eram considerados os melhores espadachins do leste japonês, a eles se opunham dois outros nomes no oeste: a casa Yoshioka, da cidade de Kyoto, e a casa Yagyu, da região de Yamato.

Mais digna de menção, porém, era uma casa da mesma época: a do suserano Kitabatake Tomonori, senhor supremo de Ise em Kuwana. Diz a lenda, que Tomonori foi um marco no mundo da esgrima e bom governador, razão pela qual muito depois de sua morte seu nome ainda era lembrado com carinho pelos habitantes da cidade casteleira, saudosos da boa administração e da prosperidade experimentada pela província de Kuwana daqueles tempos.

E por ser tão virtuoso, Kitabatake Tomonori mereceu a confiança de Bokuden, o exímio espadachim do leste, que lhe ensinou os segredos do seu *Ichi-no-tachi* — ou "Espada Primordial" —, o genuíno estilo Bokuden florescendo consequentemente em Ise e não no leste japonês, como seria de se esperar.

Bokuden tinha um filho, Tshukahara Hikoshiro, que herdou integralmente os bens familiares depois da morte do pai, exceto os preciosos segredos da Espada Primordial. Inconformado, Hikoshiro saiu da terra natal Hitachi logo após o falecimento do pai, rumou para Ise, avistou-se com Tomonori e lhe declarou:

— Meu pai, Bokuden, ensinou-me há algum tempo os princípios secretos da Espada Primordial. Antes de morrer, porém, disse-me ele que os havia também confiado ao senhor, o que me despertou a vontade de saber se os segredos a nós transmitidos seriam idênticos. Que tal compararmos as diferenças e as semelhanças dos princípios que nos foram legados dentro da mais estrita confidência e assim aprimorarmos o estilo Bokuden?

Tomonori percebeu de imediato que Hikoshiro ali estava com o intuito de apoderar-se dos segredos da Espada Primordial. Mesmo assim, respondeu-lhe:

— Muito bem, eu os mostrarei a você.

E de pronto exibiu todas as poses secretas do estilo.

Graças a isso, Hikoshiro foi capaz de reproduzir as diversas posições da Espada Primordial. Como, porém, não tinha a necessária qualificação, conseguiu apenas imitá-las e, por conta disso, o verdadeiro estilo Bokuden de esgrima difundiu-se muito mais na área de Ise, terra até hoje considerada berço de muitos guerreiros habilidosos.

Esse tipo de história gabando as qualidades da província de Kuwana chega obrigatoriamente aos ouvidos de qualquer visitante ao pisar essas terras pela primeira vez. Comparadas, contudo, à conversa inútil mesclada de bravatas que certos guias impingem a turistas, tais histórias são mais toleráveis, tendo ainda o mérito de ser instrutivas. Eis porque, movendo a cabeça vez ou outra em concordância, o viajante — que havia partido da cidade casteleira de Kuwana e agora se aproximava a cavalo pela estrada que leva ao morro Tarusaka — ouvia sem interromper o condutor do cavalo exaltar a própria terra, murmurando apenas:

— Interessante. Muito interessante.

O clima da região de Ise é quase sempre ameno, mas dezembro já ia a meio: proveniente da enseada de Nako, um vento gelado, cortante, atingia o desfiladeiro. Apesar disso, o homem escanchado sobre o cavalo de carga alugado por alguns trocados usava roupas de baixo de cânhamo e, sobre elas, um simples quimono forrado. É verdade que vestia ainda sobre o quimono uma meia casaca sem mangas, mas o conjunto encardido era sumário, pouco agasalhador.

O rosto escuro, queimado de sol, transformava o sombreiro em inutilidade. Mesmo assim ele o tinha sobre a cabeça, mas tão velho e surrado que não atrairia a atenção de ninguém caso o deixasse cair no meio do caminho. Os cabelos, que havia muito não viam água, estavam enfeixados de forma displicente e lembravam um ninho de ratos.

"Será que tem com que me pagar?", preocupara-se o condutor no momento em que aceitara levá-lo. Outro problema havia afligido o dono do cavalo: seu passageiro dirigia-se para um local distante, no meio de uma área montanhosa, sendo remota a probabilidade de conseguir um cliente para o caminho de volta.

— Patrão?

— Hum?

— Vamos parar em Yokkaichi para um almoço antecipado, passar por Kameyama ao entardecer e, se depois disso prosseguirmos sem descanso até a vila Ujii, lá chegaremos bem depois do anoitecer.

— Hum...

— Continuamos assim mesmo?

— Hu-hum.

O lacônico passageiro com tudo concordava e, do lombo do cavalo, apenas contemplava com interesse a enseada de Nako.

O cavaleiro era Musashi.

Ninguém sabia por onde andara perambulando desde o fim da primavera anterior até os primeiros dias desse inverno. A pele curtida por ventos e chuvas tinha textura e cor de papel pardo. No rosto, destacavam-se apenas os olhos, cada dia mais claros e penetrantes.

II

O condutor tornou a perguntar:

— Patrão, a vila Ujii, nas terras de Ano, fica quase oito quilômetros além da base do monte Suzuka. Que vai fazer nessas lonjuras?

— Procuro alguém.

— Mas lá só tem lenhador e lavrador morando, que eu saiba.

— Mora também um exímio manejador de *kusarigama*, a corrente com foice. Foi o que me disseram em Nara.

— Ah, fala de Shishido-sama?

— Isso, Shishido...

— Baiken.

— Ele mesmo.

— Esse homem é forjador de foices e, dizem, maneja bem o *kusarigama*. Vejo que o senhor, patrão, é um estudante de artes marciais.

— Hu-hum.

— Nesse caso, é melhor ir a Matsuzaka. Lá tem um homem cuja habilidade é notória em Ise.

— Quem?

— Certo Mikogami Tenzen.

— Ah... Mikogami!

Musashi assentiu e nada mais perguntou, dando a entender que já o conhecia. Oscilando sobre o lombo do cavalo, contemplou em silêncio os telhados das hospedarias de Yokkaichi que despontavam a seus pés, no fundo da ladeira. Mal entrou na cidade, desmontou e acomodou-se a um canto da barraca de um vendedor de lanches para almoçar.

Enquanto andava na direção da barraca, tornou-se evidente que Musashi tinha um dos pés envolto num pedaço de pano e mancava levemente. Um ferimento na sola do pé havia inflamado, sendo esse o aparente motivo pelo qual viajava a cavalo.

Nos últimos tempos, Musashi viera dispensando contínuos cuidados ao próprio corpo, mas a despeito disso acabara pisando um prego cravado numa tábua de engradado enquanto andava no meio da multidão do porto de Narumi. O ferimento havia infeccionado no dia anterior e o peito do pé inchara e avermelhara, como um caqui maduro.

"Será que eu poderia ter me esquivado desse inimigo?", perguntava-se Musashi, pensando na situação em termos de combate. Na qualidade de guerreiro, era-lhe humilhante ser derrotado por um simples prego.

"O prego jazia com a ponta para cima, bem visível, e eu o pisei. Isso prova que os olhos me traíram e o espírito não se distribuía igualmente por todas as partes do meu corpo. Além de tudo, pisei no prego até o fim, permitindo que ele penetrasse fundo na planta do pé. Isso prova que meu corpo não estava livre para reagir de pronto. Se naquela hora nada me tolhesse, o prego teria sido detectado no instante em que sua ponta tocou a sola da sandália e eu teria retirado o pé a tempo."

Refletiu sobre o próprio despreparo e concluiu: "Desse jeito, nunca chegarei a ser alguém."

Espada e corpo não formavam ainda uma unidade. Irritava-o perceber em si essa espécie de deformação: sua habilidade no manejo da espada progredia, mas corpo e espírito ficavam para trás.

Um fato no entanto o consolava: não havia desperdiçado tempo nos quase seis meses transcorridos desde o momento em que deixara para trás o feudo de Yagyu, na primavera anterior, até o presente dia. Disso Musashi se orgulhava.

De Koyagyu alcançara Iga, e de lá descera à estrada de Oumi.[31] Passara em seguida por Mino[32], Owari[33] e finalmente chegara a Ise. E em todas as cidades casteleiras, montanhas e pântanos por que havia passado, procurara obcecado o verdadeiro sentido da esgrima.

Aos poucos, Musashi chegara à pergunta crucial:
"No que consiste a essência da esgrima?"

Mas a esperada resposta "Esta é a verdade!" não fora encontrada nas cidades, nos pântanos ou nas montanhas. Nos últimos seis meses, tivera a oportunidade de se avistar com algumas dezenas de guerreiros, entre eles alguns espadachins hábeis e famosos, embora o fossem apenas por suas técnicas.

III

Difícil era encontrar um homem. O mundo abundava de seres humanos, mas custoso era achar entre eles um homem verdadeiro.

Musashi deu-se conta dessa dolorosa verdade durante suas andanças pelo país. E a cada nova e lamentável constatação, ressurgia-lhe no peito a imagem de Takuan, o homem tão genuinamente humano.

"Sou um privilegiado, pois o destino me concedeu a maravilhosa oportunidade de cruzar com ele bem cedo na vida. Não posso deixar passar em branco este privilégio."

Ao pensar em Takuan, Musashi era capaz de sentir ainda hoje uma dor aguda partindo dos punhos e invadindo o corpo inteiro. Era uma sensação

---

31. Oumi: antiga denominação da província de Shiga.
32. Mino: antiga denominação da área meridional da província de Gifu.
33. Owari: antiga denominação da região ocidental da província de Aichi.

estranha, uma lembrança fisiológica daquele dia distante, quando fora atado a um galho no alto do cedro centenário.

"Espere e verá, Takuan! Dia virá em que *eu* o suspenderei num galho do cedro centenário e lhe pregarei a verdade", prometia sempre Musashi, não porque sentisse raiva ou quisesse vingança. Longe disso. Apenas considerava maravilhosa a missão que estabelecera para si, qual seja, a de um dia alcançar um modo de vida superior, que superasse o do zen, almejado pelo monge.

E se um dia Musashi obtivesse um incrível progresso e simbolicamente amarrasse Takuan no alto do cedro para lhe dar sábios conselhos destinados a iluminar-lhe a vida, que responderia o monge lá de cima?

Ali estava algo que Musashi gostaria muito de saber.

Era provável que Takuan lhe dissesse:

— Que situação gratificante! Estou feliz!

Não! Sendo o que era, o monge jamais externaria sua alegria com tanta franqueza. Riria de modo seco e diria talvez:

— Nada mal para um novato!

Mas esses detalhes pouco importavam, achava Musashi. O importante era superar algum dia o monge de forma inequívoca e assim patentear sua gratidão.

Louca fantasia! Pois Musashi havia começado a compreender cada vez mais a extensão e a dificuldade do caminho que se abria à sua frente, principalmente agora que nele dava os primeiros passos.

"Nunca chegarei aos pés de Takuan", desesperava-se, o sonho de superá-lo desabando ruidosamente.

E por mais penoso e frustrante que isso lhe parecesse, a noção da própria inexperiência e despreparo acentuava-se ainda mais quando se comparava a Sekishusai, o grande mestre do feudo de Yagyu, com quem afinal acabara não conseguindo avistar-se. Sentia-se então insignificante, incompetente até para tocar em assuntos como artes marciais ou caminhos. De súbito, o mundo, que até então lhe havia parecido repleto de gente sem valor, tornava-se imenso e temível.

"Não posso perder tempo teorizando. A esgrima não é lógica, nem a vida uma teoria: elas têm de ser praticadas, vividas!"

Embrenhava-se então com ímpeto em montanhas e florestas. Ao emergir desses lugares tempos depois e surgir em um vilarejo qualquer, seu aspecto dava uma ideia do tipo de vida que havia levado.

No rosto magro, as faces vinham encovadas, e pelo corpo espalhavam-se inúmeros cortes e hematomas. A longa permanência sob cachoeiras, em exercícios ascéticos, havia-lhe ressecado e desgrenhado os cabelos. Apenas os dentes destacavam-se incrivelmente brancos no corpo escurecido pelo contato com a terra sobre a qual havia dormido. E assim, altivo e confiante, descia ele das montanhas para as vilas dos homens em busca de oponentes de seu nível.

Era em busca de um tal oponente — cujo nome obtivera em Kuwana — que Musashi andava nesse exato momento. Sobravam-lhe ainda quase dez dias para o começo da primavera, quando teria de estar em Kyoto. No caminho para essa cidade, pretendia descobrir se Baiken, o especialista em *kusarigama*, era um dos raros homens deste mundo dignos desse nome ou se não passava de mais um inútil, como tantos outros.

IV

A noite já ia a meio quando Musashi alcançou a localidade pretendida. Pagou o condutor, agradeceu-lhe o serviço e completou:

— Podes ir, estás dispensado.

Pretendia afastar-se quando o condutor o deteve: não tinha como retornar de tão longe àquela hora, dizia ele. Preferia passar a noite sob o alpendre da casa que Musashi procurava, e retornar pela manhã, quando talvez conseguisse um passageiro na descida do desfiladeiro de Suzuka. Além disso, acrescentou, não tinha vontade de andar nem um quilômetro a mais nesses ermos, com o frio que fazia.

O homem tinha razão. Afinal, a região em que se encontravam situava-se aos pés das montanhas Iga, Suzuka e Ano, e para onde quer que se voltassem avistavam-se apenas montanhas, cujos topos a neve branqueava.

— Estás disposto a procurar a casa comigo?

— A de Baiken-sama?

— Exato.

— Procurarei, como não!

O referido Baiken era, conforme lhe haviam dito, lavrador e ferreiro nesse lugarejo. De dia, achariam a casa facilmente, mas àquela hora da noite não se via nenhuma luz no povoado adormecido.

Um único som — o de um malho[34] socando pano — ecoava a intervalos regulares no gelado céu noturno. Buscando a procedência do som, os dois homens avistaram enfim um ponto de luz.

Por feliz coincidência, a casa de onde provinha o som era a do agricultor e ferreiro Baiken: provava-o a pilha de ferro velho sob o alpendre, assim como o beiral preto de fuligem.

— Bate à porta e confirma para mim — pediu Musashi ao condutor.

---

34. No original, *kinuta*: bancada de pedra ou madeira sobre a qual tecidos grosseiramente urdidos eram malhados com o intuito de dar-lhes maior maciez e brilho. A tarefa era realizada por mulheres nas longas noites de outono e inverno.

— Sim, senhor — respondeu o homem, empurrando a porta e entrando na casa. A porta se abria para um amplo aposento de terra batida. O fogo ardia rubro ao redor da forja, mas não havia ninguém trabalhando nela no momento. E ali estava uma mulher, de costas para o fogo, entretida em malhar um pedaço de pano.

— Boas-noites! Com sua licença, faz o favor! Ah... que belo fogo! Isto é irresistível!

Ao ver que um desconhecido lhe entrava porta adentro e se agarrava à beira da forja, a mulher parou de malhar e indagou:

— De onde és tu, homem?

— Já vou explicar, senhora. Sou condutor de cavalos, e venho de Kuwana. A verdade é que acabo de chegar trazendo uma pessoa que vem de muito longe, dona, só para ver seu marido.

— Ora essa — resmungou a mulher, erguendo a cabeça e fixando em Musashi um olhar pouco amigável. O cenho franzido e a óbvia contrariedade indicavam que ali deviam surgir com frequência samurais peregrinos e que ela já estava acostumada a lidar com esses tipos incômodos. Devia ter cerca de trinta anos, era de certa forma bonita e disse a Musashi em tom autoritário, como se falasse a uma criança: — Feche a porta! Não vê que o meu bebê é capaz de se resfriar com o vento frio?

Com uma ligeira mesura, Musashi fechou a porta às costas:

— Sim, senhora.

Sentou-se em seguida num cepo próximo à forja e abrangeu com o olhar a pequena oficina enegrecida pela fuligem, assim como a área habitável da casa, de quase cinco metros quadrados, forrada de esteiras. E lá estavam, realmente, dependurados em ganchos a um canto da parede, cerca de dez exemplares de *kusarigama*, arma que ele ainda desconhecia.

"São elas!", pensou Musashi. Seu olhar cintilou, pois o que o trouxera de tão longe até ali fora a certeza de que conhecer tão inusitadas arma e técnica concorreria para o seu adestramento.

Largando o malho de madeira, a mulher levantou-se abruptamente, subiu para a área forrada de esteiras, mas não foi preparar-lhes o chá, como esperavam os dois homens. Em vez disso, mergulhou nos cobertores ali estendidos, no meio dos quais dormia um bebê. Repousou em seguida a cabeça sobre o próprio braço e deu o seio à criança:

— Você aí, samurai. Quer dizer que veio de longe em busca do meu homem só para cuspir sangue? Mas está com sorte, porque meu marido viajou... Acaba de poupar a própria vida!

V

Musashi irritou-se. Será que viera até esses ermos só para ser zombado pela mulher do ferreiro?

É verdade que mulheres em geral tendem a exagerar a importância social de seus maridos. Mas esta, em especial, era um caso sério: acreditava firmemente não existir no mundo homem mais ilustre que o seu.

Discutir com ela estava fora de cogitação. Musashi apenas indagou:

— Viajou? É uma pena. Aonde foi ele?

— Foi ver Arakida-sama.

— Arakida-sama?

— Veio a Ise e nem sabe quem é Arakida-sama? — caçoou a mulher de novo.

A criança ao seio pôs-se a choramingar. De súbito, a mulher pareceu esquecer-se por completo de que havia estranhos no aposento e pôs-se a cantar uma canção de ninar com forte sotaque regional:

> *Dorme, nenê,*
> *Dorme de uma vez.*
> *Tu que és lindo quando dormes,*
> *Feio ficas ao chorar.*
> *Dorme, dorme,*
> *Não me faças chorar também.*

Musashi teve de conformar-se com a situação, já que viera até ali por livre e espontânea vontade. O único consolo era o gostoso calor proveniente do fogo na forja.

— Senhora: essas, na parede, são as correntes usadas por seu marido? — perguntou a certa altura, disposto ao menos a vê-las de perto para futura referência. Pediu permissão para examinar uma delas. A mulher resmungou algo ininteligível entre sonolentos refrões da canção de ninar e concordou vagamente.

— Com sua licença — disse Musashi, estendendo o braço e retirando uma das armas da parede. Tomou-a nas mãos e examinou-a com cuidado.

"Ah, isto é o *kusarigama*, tão popular nos últimos tempos!", admirou-se o jovem.

Era um simples bastão medindo pouco mais de quarenta centímetros e que podia ser levado à cintura. Numa das pontas havia uma argola e, presa a ela, uma longa corrente. Na extremidade da corrente havia uma bola de ferro que, rodada, servia para atingir um crânio inimigo e arrebentá-lo.

"E daqui sai uma foice!"

Havia uma fenda ao longo do bastão, e embutida nela uma foice, cujo dorso azulado e brilhante era visível. Musashi extraiu-a com a unha. A lâmina armou-se lateralmente, e tinha o comprimento apropriado para decepar cabeças.

"Hum! Isto deve ser usado assim..."

Empunhando a foice com a mão esquerda e segurando com a direita a corrente com a bola de ferro, Musashi posicionou-se contra um inimigo imaginário.

Foi então que, erguendo de súbito a cabeça, a mulher voltou-se e disse:

— Ora, mas que pose horrorosa! — Guardou o seio e desceu ao aposento de terra batida. — Desse jeito, a espada do seu adversário o cortará em dois num piscar de olhos! É assim que se maneja um *kusarigama*!

Arrebatando a arma das mãos de Musashi, a vulgar mulher do camponês ferreiro empunhou-a e imobilizou-se por um breve segundo na posição correta.

Musashi arregalou os olhos e deixou escapar uma exclamação abafada.

Deitada no meio das cobertas, seio à mostra, a mulher mais lembrava uma vaca leiteira, mas ao empunhar o *kusarigama* e se posicionar para a luta, ela se transformava: seu aspecto agora era magnífico, solene, belo até.

Na lâmina da foice, de um preto azulado que lembrava o dorso de uma cavalinha, via-se nitidamente gravado: Estilo Shishido Yaegaki.

VI

No instante em que o olhar de Musashi, atônito, cravou-se no vulto, a mulher do ferreiro desfez a pose, suprimindo do corpo todos os vestígios da forma.

— É isso, mais ou menos — disse ela, enrolando ruidosamente a corrente no bastão e devolvendo o conjunto ao prego na parede.

Musashi lastimou não ter tido tempo para memorizar a pose. "Queria poder observá-la outra vez!", pensou. A mulher, no entanto, não parecia disposta a uma nova demonstração: recolheu pano e malho, preparou a lenha para a refeição da manhã seguinte e foi arrumar a cozinha, batendo em pratos e panelas.

"Se até a mulher tem tanto preparo, a habilidade do próprio Baiken deve ser extraordinária!"

Ato contínuo, Musashi sentiu-se tomado de uma doentia necessidade de conhecê-lo. Mas a crer no que lhe dizia a mulher, o marido fora visitar certo Arakida, em Ise.

"Veio a Ise e nem sabe quem é Arakida-sama?", rira a mulher havia pouco. Pondo de lado o orgulho, Musashi perguntou ao condutor quem era Arakida-sama.

— É o guardião do grande templo xintoísta Daijingu, de Ise — respondeu o já sonolento condutor, recostado à parede próxima à forja, confortavelmente aquecido.

"Ah, é o supremo sacerdote do Daijingu! Ótimo! Se Baiken está na casa dele, será fácil encontrá-lo", imaginou de pronto Musashi.

Nessa noite, dormiram sobre esteiras. Mas o sono foi curto pois, bem cedo, um rapaz, o ajudante do ferreiro, acordou e abriu as portas da oficina.

— Já que estás aqui, não queres aproveitar e me levar a Yamada em teu cavalo, condutor? — perguntou Musashi, levantando-se.

— A Yamada? — admirou-se o condutor. Uma vez que recebera na noite anterior os trocados combinados, o homem concordou. E assim, depois de passar por Matsuzaka, lá ia ele outra vez conduzindo Musashi, despontando ao entardecer do mesmo dia pela longa estrada arborizada frequentada por romeiros, a se estender por quilômetros até o grande templo Daijingu.

As barracas de chá à beira da estrada estavam desertas: o movimento era fraco, mesmo considerando-se que estavam em pleno inverno, estação desfavorável ao turismo. Numerosas árvores haviam sido derrubadas por tempestades e jaziam abandonadas à beira da estrada, e raros eram os viajantes ou o som de relinchos de cavalos.

Da hospedaria em Yamada, onde se recolheu, Musashi mandou um mensageiro à casa do guardião Arakida para saber se ali se hospedava Baiken. Logo, o mensageiro retornou com um bilhete escrito pelo mordomo do guardião dizendo que devia haver algum engano, pois não havia ninguém com esse nome hospedado na casa.

Musashi sentiu-se frustrado, e o pé ferido passou de súbito a incomodar. O inchaço, comparado ao de dois dias atrás, tinha aumentado.

Na hospedaria, recomendaram-lhe lavar o ferimento com a água morna restante da produção de tofu, o queijo de soja. Musashi passou o dia seguinte inteiro repetindo o tratamento.

"E já estamos em meados de dezembro", pensou Musashi, cada vez mais irritado com o cheiro de tofu na água da tina. A carta de desafio à Casa Yoshioka já tinha sido remetida por mensageiro expresso quando passara por Nagoya. Por nada no mundo poderia, àquela altura, solicitar adiamento do duelo, alegando que tinha ferido o pé.

Tinha de estar sobre a ponte da rua Gojo no primeiro dia do ano de qualquer maneira, pois deixara a cargo do desafiado estabelecer a data do duelo. Além disso, havia também assumido outros compromissos.

"Devia ter seguido direto para Kyoto, sem fazer este desvio por Ise", arrependia-se Musashi, contemplando o próprio pé de molho na água morna. Aos seus olhos, o pé parecia inchar e crescer como um tofu.

VII

Prestimosas, as pessoas da estalagem aconselhavam diversos tratamentos:
— Este remédio caseiro é usado há gerações em minha família.
— Tente tratar com este linimento — diziam-lhe.

Os dias se passavam e o pé inchava cada vez mais, pesando como uma tora. Ao cobri-lo à noite com as cobertas, a febre e a dor tornavam-se insuportáveis.

Até onde a memória alcançava, Musashi não se lembrava de ter estado de cama sequer por três dias seguidos. Em sua infância, tivera um furúnculo no topo da cabeça numa área que usualmente é raspada por ocasião da maioridade. A ferida lhe deixara uma marca escura no local, razão por que, contrariando usos e costumes, decidira nunca raspar os cabelos. Afora esse episódio, jamais sofrera de um mal mais sério.

"Doenças são afinal um dos mais temíveis inimigos do homem. Que armas existem para combatê-las?"

Seus inimigos não eram obrigatoriamente externos, pensava Musashi. Meditou sobre o assunto durante os quatro dias em que permaneceu deitado.

"Quantos dias me restam ainda?" Voltou o olhar para o calendário, contou os dias até o final do ano e concluiu: "Não posso continuar nesta inatividade." O coração passava então a bater rápido contra as costelas, o tórax se expandia e abaulava, rijo como uma armadura, obrigando-o a chutar as cobertas com o pé ferido e a sentar-se de repelão.

"Como vencer a academia Yoshioka se não posso nem dominar este mal?"

Tentou subjugar a infecção sentando-se formalmente sobre as pernas dobradas. Doía! Tanto, que quase desfaleceu.

Musashi cerrou os olhos, o rosto voltado para a janela. As faces rubras aos poucos retomaram a cor normal. Dominado pela vontade férrea, o mal pareceu ceder e a mente clarear.

Abriu os olhos e avistou pela janela, diretamente à frente, as árvores do bosque sagrado ao redor dos templos Geku e Naiku.[35] Sobre elas, a montanha

---

35. Geku e Naiku: dois templos que compõem o grande templo xintoísta Daijingu de Ise, o mausoléu ancestral da família imperial situado na província de Mie.

Maeyama e, um pouco mais a leste, a montanha Asamayama. Entre as duas e interligando uma encosta à outra, sobressaía altaneiro um pico que lembrava uma espada, seu topo dominando os das demais montanhas da cadeia.

— O Pico da Águia!

Musashi encarou a formação com olhar feroz. Deitado, ele a havia visto todos os dias da janela do quarto. Não sabia bem por quê, mas o pico lhe espicaçava a combatividade, a vontade de dominar. A arrogância da montanha o irritava, mormente agora que o pé, inchado como uma barrica, tanto o atormentava.

O altivo cume, que se elevava acima das nuvens e das demais montanhas, trazia à mente de Musashi, inevitavelmente, a imagem de Yagyu Sekishusai. O velho devia ter esse aspecto, imaginava. Aos poucos, a montanha passou a encarnar o próprio Sekishusai, rindo e escarnecendo das fraquezas de Musashi a partir de sua privilegiada posição.

Enquanto desafiava a montanha com o olhar, Musashi havia se esquecido da dor, mas de súbito deu-se conta de que o pé ardia como se o tivesse metido na forja do ferreiro. Com um gemido involuntário, afastou-o para o lado. Franziu o cenho e fitou o tornozelo inchado, grosso, que não lhe parecia pertencer.

— Alguém pode me atender? — gritou de repente, como se quisesse expulsar a dor lancinante.

Como nenhuma das serviçais apareceu de pronto, esmurrou duas ou três vezes o *tatami* e esbravejou:

— Não tem ninguém nesta casa? Quero partir agora, neste exato momento. Encerrem a conta! Preparem-me um lanche e mais uns três pares de sandálias resistentes!

A FONTE SAGRADA

I

De acordo com a obra *Hogen Monogatari*[36] o vilarejo de Furuichi, por onde Musashi passava nesse instante, havia sido o berço de Tairano-Tadakiyo, um bravo guerreiro da Antiguidade. Em pleno período Keicho, no entanto, mulheres das casas de chá espalhadas pela alameda arborizada davam o tom da época ao vilarejo.

As referidas casas de chá eram precárias barracas feitas de estacas de bambu amarradas umas às outras, cercadas por esteiras de palha trançada e vedadas por desbotadas cortinas de enrolar. Quanto às mulheres, usavam pesada maquiagem branca e espalhavam-se pelas ruas, tão numerosas quanto as árvores das alamedas, abordando os transeuntes noite e dia sem cessar:

— Entre um instante.
— Venha tomar um chá.
— Olá, moço!
— Senhores!

Para alcançar o templo Naiku, o viajante é obrigado a caminhar no meio dessas barulhentas mulheres, expondo-se aos seus olhares, cuidando para que elas não lhe batam a carteira. Musashi, que havia deixado para trás a hospedaria de Yamada, passou também entre elas com jeito decidido, cenho e boca franzidos em feia carranca, mancando e arrastando o pé dolorido.

— Alô, samurai peregrino.
— Que houve com seu pé?
— Venha cá que eu cuido dele.
— Faço uma massagem, quer?

As mulheres obstruíam sua passagem, agarravam-no pela manga do quimono, pelo sombreiro, pelo pulso.

— Desmanche essa carranca! Não fica bem num moço tão bonito.

Musashi enrubescia e perdia a fala, totalmente constrangido. Despreparado para enfrentar esse tipo de inimigo, desculpava-se sem cessar provocando o riso das mulheres: suas desculpas eram ingênuas e ele era adorável, tímido e selvagem como um filhote de leopardo, diziam as desavergonhadas. As atrevidas

---

36. *Hogen Monogatari*: Romance militar em três volumes do início do período Kamakura (1185-1333). Sua autoria é atribuída ao escritor desconhecido do romance *Heiji Monogatari*. Em estilo que mescla os antigos estilos literários chineses e japoneses, relata a revolta de Hogen e tem como personagem central Minamoto-no-Tametomo (1139-1170).

mãos brancas não o largavam. Cada vez mais desconcertado, Musashi pôs de lado o orgulho e fugiu, abandonando o sombreiro.

Tinha a impressão de que o riso das mulheres ecoava sobre a sua cabeça e continuava a acompanhá-lo ao longo da estrada arborizada. Não sabia o que fazer para acalmar as batidas do coração, aceleradas pelo contato das mãos brancas.

Musashi, como qualquer homem normal, não conseguia manter-se impassível perante o sexo oposto, e havia passado por inúmeras situações aflitivas durante suas andanças pelo país. Noites houvera em que mal havia conseguido dormir, obrigado a exercer um violento esforço para conter o sangue tumultuado. Diferente de enfrentar um adversário posicionado além de sua espada, Musashi sentia-se impotente nessas situações: o corpo queimava de desejo, e ele se debatia, insone, valendo-se até de imagens da pura Otsu para satisfazer suas fantasias lascivas.

Por sorte, uma dor inominável o atormentava nessa noite, desviando-lhe a atenção das mulheres. A corrida forçada havia provocado um intenso ardor, semelhante ao de pisar sobre ferro em brasa. A cada passo, a dor lancinante partia da sola do pé, percorria o corpo e lhe varava pelos olhos.

Ele sabia que tinha de enfrentar essa agonia desde o momento em que deixara a hospedaria, e estava preparado. Cada vez que erguia o pé ferido, volumoso como uma barrica, tinha de concentrar toda a força do corpo, mas isso lhe serviu para afugentar da lembrança os lábios vermelhos, as mãos pegajosas como mel e os cabelos perfumados, e para devolvê-lo mais depressa à normalidade.

"Maldição! Maldição!"

Cada passo o levava por um campo de argila fervente. O suor porejava em sua testa. Os ossos do corpo inteiro pareciam desarticular-se.

Contudo, no momento em que cruzou as águas do rio Isuzu e pôs um pé nas terras sagradas do templo Naiku, percebeu uma súbita mudança. A simples visão da relva fê-lo sentir a presença divina. Não sabia a que devia essa impressão, mas até o ruflar das asas de um pássaro tinha uma qualidade extraterrena.

Ao atingir a área do Kazano-miya, o Templo do Vento, Musashi finalmente rendeu-se à dor: com um gemido, desabou sobre a raiz de um grosso cedro e, abraçando a perna inchada, imobilizou-se.

II

Musashi permaneceu longo tempo imóvel. Parecia morto, petrificado. Por dentro, sentia ondas de fogo partindo do pé infeccionado e percorrendo o corpo; por fora, o gelado vento noturno mordia-lhe a pele.

Musashi perdeu a consciência. Para que fora ele chutar as cobertas e abandonar de súbito o quarto da hospedaria? Ele devia saber que agonias o esperavam...

Se partiu porque o irritava esperar indefinidamente o pé sarar — irritação, aliás, típica dos que se veem presos à cama —, a atitude era absurda, uma violência praticada contra si. Geraria apenas sofrimento, e o quadro tenderia a piorar depois.

Seja como for, ele devia estar muito tenso, pois, passados instantes, ergueu a cabeça de repelão e cravou no céu um olhar agudo, feroz.

No amplo espaço negro acima dele, copas de gigantescos cedros do jardim sagrado rugiam incessantemente ao vento. Mas o som que nesse instante feriu seus ouvidos e lhe chamou a atenção foi o de pífaros, flautas e flajolés acompanhando uma melodia antiga.

Apurou os ouvidos e conseguiu discernir delicadas vozes infantis em coro.

> *Batam palmas, batam palmas,*
> *O meu pai mandou dizer*
> *Para todos: batam palmas!*
> *Se a manga do quimono se rasgou,*
> *Não a quero aproveitada*
> *Nem em* obi, *nem em faixa.*
> *Palmas, palmas, palmas.*

— Maldição! — explodiu Musashi novamente, mordendo os lábios, erguendo-se a custo. Mas o corpo, mole, não lhe obedecia. Agarrou-se com ambas as mãos ao muro do Templo do Vento e arrastou-se lateralmente, como um caranguejo.

A melodia celestial provinha da porta treliçada logo em frente. Uma réstia de luz coava por ela. A casa, conhecida como "Mansão das Crianças", abrigava graciosas virgens que serviam ao templo Daijingu. Acompanhadas de pífaros e flajolés, as pequenas ensaiavam uma canção, encenando um quadro que com toda a probabilidade vinha se repetindo desde o antigo período Tenpyou (729-749).

O portão a que Musashi chegou rastejando como um inseto era o dos fundos da mansão. Espiou por ele mas não viu ninguém, o que pareceu agradá-lo. Retirou as duas espadas da cintura e a pequena trouxa das costas, amarrou-as num único volume e confiou-as à guarda do templo, dependurando-as num dos muitos ganchos existentes na parede e que sustinham capotes de palha contra chuva e neve.

Mal se viu livre do peso, Musashi levou as mãos aos quadris e afastou-se coxeando.

Algum tempo já se tinha passado quando um homem nu surgiu às margens rochosas do Isuzu a quase um quilômetro dali, quebrou a crosta de gelo superficial e, espadanando ruidosamente, começou a banhar-se nas águas do rio.

Nenhum sacerdote testemunhou a cena, o que foi uma sorte para o homem. Se tivesse sido surpreendido, ele teria ouvido sem dúvida uma ríspida reprimenda:

— Estás louco?

A cena do homem nu banhando-se nas águas geladas do rio pareceria realmente coisa de louco aos olhos de qualquer um. De acordo com um antigo romance, o *Taiheiki*[37], certa vez, num distante passado, havia vivido nas imediações de Ise um arqueiro de nome Nikki Yoshinaga. O homem — um tolo baderneiro, segundo o livro — invadiu as sagradas terras do templo e profanou-as: pescou os peixes do rio Isuzu, falcoou os pássaros do monte Kamiji, assou-os e comeu-os. E enquanto assim agia, exaltando a força guerreira bruta, aos poucos foi sendo tomado de loucura. Pois o espírito desse guerreiro louco parecia ter se apossado do banhista noturno.

Passados instantes, o homem saiu da água e como um pássaro aquático subiu numa rocha, enxugou-se e se vestiu. O homem era Musashi.

Os cabelos das têmporas estavam congelados e eriçavam-se, fio a fio, como agulhas.

III

De que jeito venceria seus adversários daqui para a frente se não conseguia sequer superar este sofrimento físico? — admoestava-se Musashi duramente. Dentro de alguns dias, aliás, teria de se bater contra um poderoso adversário: Yoshioka Seijuro e seus discípulos. A situação entre ele e os Yoshioka havia se tornado complexa, mortal. Dessa vez, seus adversários fariam questão de jogar contra ele toda a competência e o prestígio da academia. Com toda a certeza eles já haviam montado uma estratégia mortífera, e esperavam impacientes pelo dia do confronto.

---

37. *Taiheiki*: O romance militar em quarenta volumes, cuja autoria é atribuída a Kojima Hoseki, foi escrito em etapas entre 1368 e 1381. Em estilo literário misto (chinês e japonês), descreve numa linguagem rica as batalhas ocorridas entre os anos 1336 e 1392.

Musashi considerava simples jogo de palavras destituído de sentido certas expressões como "lutar com unhas e dentes" e "estar pronto para morrer" que alguns samurais bravateiros usavam com a mesma facilidade com que invocavam seus santos. Musashi achava que qualquer guerreiro, ao se ver numa situação igual à sua, tinha de "lutar com unhas e dentes": isso não passava de uma reação instintiva, comum a todos os animais. Quanto a "estar pronto para morrer", subentendia-se um preparo espiritual mais elevado, é verdade, mas ainda assim nada extraordinário numa situação em que a morte fosse inevitável.

Seu problema era vencer, e não estar ou não "pronto para morrer". Queria de algum modo conseguir a firme crença de que ia vencer.

A distância física que o separava de seus inimigos não era grande: cerca de 160 quilômetros. Se andasse rápido, alcançaria Kyoto em menos de três dias. Mas o preparo espiritual, este não podia ser alcançado num prazo preestabelecido de dias.

A carta de desafio para os Yoshioka já tinha sido remetida de Nagoya, mas Musashi vinha se perguntando nos últimos dias:

"Estou pronto para a luta? Tenho certeza de vencer?"

Reconheceu então, com pesar, que havia em seu espírito uma ponta de insegurança, decorrente da admissão do próprio despreparo. Musashi sabia perfeitamente que lhe faltava amadurecer, que não pertencia ainda ao círculo dos peritos ou à categoria dos grandes mestres.

De nada adiantava tentar valorizar-se, pois logo lhe vinham à mente Nikkan, do templo Ozoin, ou as imagens de Yagyu Sekishusai e do excepcional monge Takuan, a mostrar-lhe o próprio despreparo e fraqueza, a obrigá-lo a rever por completo o conceito que fazia de si próprio.

E imaturo e despreparado como se sentia, tinha de adentrar um terreno dominado por hábeis e letais guerreiros. E vencer. Pois por mais bravamente que lutasse, lutar apenas não fazia dele um bom guerreiro. Para poder enquadrar-se na definição original de guerreiro, tinha de vencer! Vencer, vencer sempre até o fim da vida que lhe fora reservada e deixar vigorosas marcas de sua passagem pelo mundo. Só assim diriam que vivera em toda a plenitude a vida de um guerreiro.

Musashi estremeceu.

— Eu vou vencer! — gritou, começando a caminhar pelo bosque sagrado, rumo à nascente do rio Isuzu.

Como um primitivo habitante das cavernas, Musashi avançou rastejando pela áspera superfície de rochas sobrepostas. Na milenar floresta da ravina, que machado algum jamais tocara, uma cascata emudecera: suas águas tinham se imobilizado em plena queda, transformadas em colunas e pingentes de gelo.

IV

Aonde ia Musashi à custa de tanto esforço, e com que objetivo?

Talvez tivesse realmente enlouquecido — castigo divino por ter se banhado nas águas sagradas do rio Isuzu, profanando-as. Seu rosto contorcia-se de forma diabólica enquanto murmurava:

— Eu consigo! Eu consigo!

Só mesmo uma vontade férrea era capaz de levar um indivíduo a galgar rochedos agarrado a ramos de glicínias e vencer passo a passo gigantescas rochas e pedras. Musashi tinha de ter um objetivo específico em mente para justificar tanto esforço, porque aqueles com certeza não eram atos de um homem normal.

Além do passo Ichinose, nem mesmo um *ayu* — vigoroso peixe capaz de enfrentar fortes correntezas na piracema — é capaz de subir o rio Isuzu. O trecho rochoso de quase um quilômetro é escarpado, com violentas corredeiras. Depois do passo, havia apenas um íngreme paredão de rocha, por onde só macacos e Tengu, o duende das florestas, ousariam passar.

— Ali está o Pico da Águia! — murmurou Musashi. Obstáculos intransponíveis pareciam não existir em seu atual estado de espírito.

Ao que tudo indicava, o jovem havia largado na Mansão das Crianças as duas espadas porque já pensava em escalar esse paredão. E ali estava ele, galgando-o centímetro a centímetro, agarrando-se a delgados ramos de glicínias. Sua força parecia sobrenatural. Algo semelhante a uma força gravitacional exercida a partir do espaço parecia sugá-lo da face da terra.

E pouco depois, em pé sobre o paredão finalmente conquistado, Musashi soltou um grito triunfante.

Daquele ponto, já conseguia avistar à distância, muito abaixo, as águas leitosas do rio Isuzu, assim como toda a orla marítima de Futamigaura.

Musashi voltou o olhar penetrante em direção ao Pico da Águia, em cuja base havia uma floresta rala, envolta em fina névoa noturna. Agora ele tinha conseguido aproximar-se muito mais do irritante pico, avistado todos os dias do quarto da hospedaria entre gemidos de dor.

— Este pico é Sekishusai! — exclamou convicto.

E era essa convicção que o havia arrastado até ali. O olhar fulgurante revelava enfim a razão da sua abrupta partida da hospedaria, do banho no rio sagrado e dessa escalada. Tudo levava a crer que Musashi sentia o grande mestre Yagyu Sekishusai como uma incômoda presença a pairar continuamente sobre ele, uma sombra a lhe empanar o espírito, combativo como poucos.

Eis por que a altiva montanha lhe havia lembrado Sekishusai, e por que o irritara tanto sentir-se contemplado por ela.

— Detesto essa montanha! — havia pensado Musashi sem cessar.

Ao mesmo tempo, imaginara que alívio não sentiria se pudesse galgar de mãos nuas a montanha, pisar o cume com os pés sujos, e gritar: "E agora, que me diz, Sekishusai!" Além disso, precisava superar este desafio e restabelecer a confiança em si se esperava entrar em Kyoto e vencer o clã Yoshioka.

Relva, árvores ou gelo — tudo o que seus pés pisavam representava, sem exceção, inimigos vencidos. Cada passo levava-o para mais perto da definição final — a vitória ou a derrota. O sangue, que gelara durante o banho no rio sagrado, fervia agora, e o suor evaporava por todos os poros.

Musashi agarrou-se à áspera superfície do Pico da Águia: estava agora numa área à qual nem ascetas conseguiam chegar. Tateava em busca de pontos de apoio e a cada vez que seus pés se firmavam na superfície rochosa, pedregulhos dela se desprendiam e caíam, ressoando no bosque abaixo.

De metro em metro Musashi distanciava-se da terra, e seu tamanho aos poucos diminuía. Nuvens brancas surgiam, envolviam-no, e quando se dissipavam, o vulto havia ascendido um pouco mais, cada vez mais perto do céu.

O pico, um gigante, apenas observava, indiferente, seus movimentos.

V

Como um caranguejo colado à rocha, Musashi se agarrava à superfície da montanha: oito décimos da encosta já tinham sido vencidos.

Um movimento em falso, e ele despencaria vertiginosamente com os pedregulhos, em queda livre até o fundo do precipício.

Musashi respirava por todos os poros. O esforço até ali fora excruciante e o coração parecia prestes a saltar pela boca. Galgava alguns poucos centímetros e logo parava para descansar. Voltava-se então, quase sem querer, para observar o trecho vencido.

O bosque do milenar jardim sagrado, a fita prateada do rio Isuzu, os cumes dos montes Kamiji, Asama e Maeyama, assim como Toba, a aldeia de pescadores e o mar ao longo da costa de Ise — tudo se estendia agora a seus pés.

— Nove décimos vencidos!

Morno e acre, Musashi sentiu o cheiro do próprio suor chegar-lhe às narinas vindo das dobras do quimono. De súbito, teve a inebriante sensação de haver mergulhado o rosto entre os seios maternos, ao mesmo tempo que a áspera superfície da rocha lhe pareceu uma extensão da própria pele. Uma irresistível vontade de dormir o invadiu.

Um rascar metálico — e a rocha, no ponto em que apoiava o polegar de um dos pés, esfarelou-se e ruiu. A vida, latente em meio à letargia, manifestou-se de súbito com um pulsar mais forte: automaticamente o pé procurou um novo ponto de apoio. O esforço final era extenuante, inexprimível em palavras. Assemelhava-se ao do esgrimista tentando dar o decisivo golpe final contra um adversário do mesmo nível.

— É agora! Estou quase lá!

Musashi tornou a se mover, dilacerando a superfície rochosa com mãos e pés. Se não tinha força física e espiritual para vencer este obstáculo, cedo ou tarde seria derrotado por outro guerreiro, isso era uma certeza.

— Maldita montanha!

O suor molhava a rocha, quase o levando a escorregar em diversas ocasiões. Seu corpo fumegava e o fazia assemelhar-se a um floco de nuvem. Repetia sem cessar, como numa fórmula mágica:

— Maldito Sekishusai! Maldito Nikkan, maldito Takuan!

Passo a passo, continuou a galgar, sempre imaginando pisar a cabeça de gente que vinha considerando superior a ele nos últimos tempos. A montanha e ele já constituíam um único ser. A montanha por perto se espantava por se ver tão firmemente agarrada. E então, repentinamente, o pico uivou, jogando areia grossa e pedregulhos contra o rosto de Musashi.

Uma enorme mão pareceu tapar-lhe a boca, asfixiando-o. Apesar de agarrado à rocha, sentiu que o vento ameaçava arrastá-lo com incrível força. Musashi cerrou os olhos e permaneceu de bruços, imóvel por algum tempo.

Não obstante, uma canção triunfal se elevava do seu coração. Pois no instante em que se jogara de bruços, Musashi havia vislumbrado o infinito, o mundo das Dez Regiões. Além do mais, ele também tinha visto que a noite lentamente se retraía e a aurora se anunciava em suaves cores no imenso oceano de nuvens que o rodeava.

— Venci!!

Como uma corda excessivamente retesada, a férrea vontade de Musashi tinha se partido no momento em que havia pisado o cume da montanha e que desabara. Incessante, o vento soprava pedregulhos sobre suas costas.

Caído de bruços, o espírito vagando no limiar da consciência, sentiu o corpo inteiro perder peso, invadido por uma indescritível sensação de prazer. Molhado de suor e preso à superfície do cume, Musashi experimentou um estranho êxtase — como se ele próprio e a montanha executassem um sublime ritual de procriação em meio ao despertar da natureza — e dormiu por muito tempo.

De súbito, ergueu a cabeça sobressaltado. A mente era um cristal, límpido, transparente. Sentiu vontade de mover o corpo, saltitar como um peixe no meio da correnteza.

— Não existe mais nada sobre mim! Estou em cima do Pico da Águia!

O sol matinal, deslumbrante, coloria o pico e o próprio Musashi. Ele ergueu para o alto os dois braços, musculosos como os de um homem primitivo, e contemplou os próprios pés, assegurando-se de que pisavam efetivamente o cume da montanha.

E foi então que se deu conta: um líquido esverdeado — pus em quantidade suficiente para encher um copo — havia escorrido do pé sobre a rocha, liberando no límpido ambiente um estranho odor humano e a leve fragrância de um espírito afinal liberto de toda a angústia.

A MIRAGEM

I

As pequenas xamãs que viviam na Mansão das Crianças eram naturalmente todas virgens. As mais novas teriam seus treze ou quatorze anos, mas havia também algumas mais velhas, de quase vinte anos.

As roupas formais — quimono de seda branca forrado, e *hakama* vermelho — eram usadas durante as cerimônias musicais, ou *kagura*. Para as atividades normais do dia a dia, como estudar ou arrumar a casa, as xamãs usavam folgados *hakama* de algodão vermelho sobre quimonos de manga curta. Terminadas as tarefas matinais, as meninas costumavam carregar seus respectivos livros e dirigir-se à sala de estudos do sacerdote xintoísta Arakida para as aulas de língua pátria e poesia.

— Oh, que será isso? — espantou-se uma menina no meio do grupo que passava pelo portão dos fundos, rumo à sala de aula. De um gancho na parede destinado a capas de palha pendiam as duas espadas e a pequena trouxa que Musashi ali havia deixado na noite anterior.

— De quem é isto?
— Como vou saber?
— É de algum *osamurai-sama*, com certeza.
— Até aí eu também sei. Mas quem seria esse samurai?
— Eu acho que foi um ladrão! Ele deve ter roubado essas coisas e as esqueceu aí!
— Credo! Melhor nem mexer.

Agrupadas em torno do volume, entreolhavam-se arregalando os olhos, assustadas como se tivessem surpreendido o próprio ladrão, enrolado em peles e tirando a sesta em pleno dia.

Não demorou muito, e uma das meninas propôs:
— Vamos avisar Otsu-sama!

Correu para dentro da casa e gritou pela grade da varanda:
— Mestra, venha ver uma coisa! Rápido!

Otsu largou o pincel sobre a escrivaninha, abriu a janela do aposento na ala dos hóspedes e espiou:
— Que foi?
— Um ladrão largou duas espadas e uma trouxa ali — apontou a pequena xamã.
— Entreguem tudo a Arakida-sama.

— Mas a gente está com medo de mexer naquelas coisas.

— Nossa, que confusão vocês estão fazendo! Se estão com medo, deixem as coisas aí mesmo que eu as apanho mais tarde e as levo a Arakida-sama. E vocês, não percam tempo com bobagens e sigam de uma vez para a sala de aula.

Instantes depois, quando Otsu saiu de seu quarto, não viu mais ninguém nas proximidades: as obedientes meninas já tinham desaparecido. Na mansão subitamente silenciosa haviam ficado apenas uma mulher idosa, encarregada das tarefas domésticas, e uma pequena xamã doente, descansando num dos aposentos.

— Não tem ideia de quem seja o dono destas coisas, vovozinha? — perguntou Otsu antes de retirar do gancho as armas e a trouxa.

O fardo pesava como chumbo e Otsu, desprevenida, quase o deixou cair. "Como conseguiam os homens andar com naturalidade levando objetos tão pesados à cintura?", perguntou-se Otsu.

— Vou até os aposentos de Arakida-sama — avisou Otsu à velha serva, e saiu carregando o pesado embrulho com ambas as mãos.

Dois meses já se haviam passado desde que Otsu e Joutaro tinham sido acolhidos no templo Daijingu, de Ise. Depois dos últimos acontecimentos, os dois haviam percorrido as estradas de Iga, Oumi e Mino procurando desesperadamente por Musashi. Com a chegada do inverno, Otsu percebeu que não suportaria os rigores de uma jornada por estradas serranas cobertas de neve e decidiu parar na região de Toba. Para prover o próprio sustento, a jovem dava aulas de flauta nessa localidade quando notícias sobre sua pessoa chegaram aos ouvidos do sacerdote xintoísta Arakida, que a convidou então a ensinar sua arte às pequenas virgens da Mansão das Crianças.

Otsu aceitou sem restrições o convite, atraída pela oportunidade de conhecer as antigas melodias tradicionalmente executadas no templo Daijingu, assim como pela ideia de conviver por algum tempo com as pequenas virgens na floresta sagrada.

Nessa altura, Joutaro transformou-se numa inconveniência: por ser menino, ele não podia hospedar-se na mansão das pequenas xamãs. Como não havia outra solução, encarregaram-no então de ajudar na manutenção do jardim sagrado durante o dia, instruindo-o a se recolher à noite ao depósito de lenha do sacerdote Arakida para dormir.

II

Na fria manhã de inverno, as árvores nuas do bosque sagrado gemiam ao vento e o som era quase sobrenatural.

Um fio de fumo — a própria fumaça lembrando algo místico, da idade dos deuses — subia no meio do bosque ralo. Na origem da fumaça devia estar Joutaro, empunhando uma vassoura junto a um monte de folhas secas. Otsu parou por instantes e pensou:

"Ele está trabalhando ali."

Sorriu ao pensar em Joutaro.

O diabrete!... O pequeno traquinas!...

Até que o garoto vinha se comportando bem nos últimos tempos, obedecendo às suas ordens e trabalhando em vez de brincar, pensou Otsu.

Em algum lugar ecoavam estampidos secos — como se alguém estivesse quebrando galhos. Apesar do pesado volume nos braços, Otsu enveredou por uma trilha no bosque, chamando:

— Jouta-saaan!

A resposta, viva como sempre, soou ao longe:

— Eeeei!

Logo, passos aproximaram-se correndo, e em seguida o próprio Joutaro lhe surgiu à frente:

— Olá, Otsu-san!

— Que é isso? Você não devia estar trabalhando na manutenção do jardim? Como pode andar por aí com essa espada na mão se é um servidor do templo, de uniforme branco e tudo?

— Eu só estava treinando um pouco! Praticava sozinho contra as árvores.

— Pode treinar quanto quiser, mas em outro lugar! Onde você pensa que está? Este é o nosso jardim espiritual, é a expressão da pureza e da harmonia espiritual da nossa gente. Estas terras são sagradas, pertencem à deusa-mãe da nação japonesa. Você leu os avisos espalhados por aí, não leu? Eles dizem: "Não quebre as árvores do jardim sagrado." "É expressamente proibido matar pássaros e animais." E justo você, o encarregado da manutenção deste jardim, não devia andar por aí quebrando galhos com uma espada!

— Sei disso! — replicou Joutaro. O olhar petulante acrescentava: pensa que sou bobo?

— Sabe e continua fazendo? Se Arakida-sama o vê, é sermão na certa.

— Mas eu estou quebrando galhos de árvores mortas! Ou será que nem essas posso quebrar?

— Não pode.

— Que conversa boba é essa? Deixe-me então perguntar-lhe uma coisa, Otsu-san!

— Diga.

— Se este jardim é tão precioso, como você diz, por que é que o povo não cuida melhor dele, hein?

— É uma vergonha, concordo. É como deixar que ervas daninhas tomem conta de nosso espírito.

— Antes fossem só ervas daninhas! Olhe só essas árvores secas, atingidas por raios! Além delas, outras dezenas foram derrubadas por tempestades e apodrecem com as raízes expostas. Pelo jeito, há beirais quebrados e goteiras em diversos santuários, resultantes das bicadas dos pássaros; e há também lanternas de pedra fora do prumo nos jardins. E aí, pergunto eu: como é que isso pode acontecer num jardim tão precioso, hein, Otsu-san? Enquanto isto aqui permanece abandonado, o palácio de Osaka resplandece, todo dourado! E dizem por aí que Tokugawa Ieyasu está mandando reconstruir ultimamente mais de dez castelos em diversas províncias, a começar pelo de Fushimi. Enquanto as mansões dos *daimyo* e ricaços de Kyoto e Osaka chegam a brilhar de limpeza, este jardim continua em estado precário! Nos jardins desses ricaços — em "estilo Rikyu", ou "estilo Enshu", ou sei lá mais o quê — não se vê nenhum cisco, porque isso pode arruinar o "sabor do chá", dizem eles. Você tem ideia de quantas pessoas trabalham na conservação desta enorme propriedade sagrada? Três a quatro homens, incluindo eu e um velhinho surdo!

III

Com um súbito encolher de ombros Otsu conteve o riso e disse:
— Mas você está repetindo textualmente o sermão que Arakida-sama fez há alguns dias, Jouta-san!
— Ah... Você esteve lá também?
— Claro que estive.
— Hum, bem, acho que você me pegou!
— Você não entende nada do assunto e é feio repetir a opinião dos outros fingindo que são suas, Jouta-san. Mas voltando ao que comentávamos, acho que Arakida-sama tem toda a razão de se enfurecer com o que acontece por aqui.
— É isso! Depois de ouvir o sermão de Arakada-sama, comecei a achar que Nobunaga, Hideyoshi e Ieyasu não são grandes homens coisa nenhuma. Talvez até sejam, mas não é nada bonito dominar o país e depois posar de único herói todo poderoso.
— Nobunaga e Hideyoshi ainda passam: apesar de tudo, providenciaram a construção do palácio imperial de Kyoto e, de um modo geral, preocuparam-se com a felicidade do povo, embora eu desconfie que tenham feito tudo isso não por clarividência, mas porque queriam justificar-se aos olhos do

povo. Muito pior foram as administrações dos xoguns Ashikaga, nos períodos Eikyou (1429-1441) e Bunmei (1469-1487).

— É mesmo? Como assim?

— Nesse período aconteceu a revolta de Ounin (1467-1477).

— Ah, sei.

— Por causa da incompetência dos xoguns Ashikaga, o país se viu convulsionado por constantes lutas internas. Numa época em que poderosos lutavam contra poderosos, tentando impor-se pela força, o povo não conseguia gozar um dia sequer de paz e é claro que não havia quem se preocupasse seriamente com os rumos do país.

— Você está falando da briga que envolveu as casas Yamana e Hosokawa, não está?

— Isso mesmo. Guerras eclodiam porque todos pensavam apenas em defender seus próprios interesses. Esse foi um período negro, em que interesses mesquinhos alimentaram conflitos. E nesse período conturbado, um certo Arakida Ujitsune — ancestral do atual Arakida-sama — ocupava o cargo de sacerdote-mor do templo de Ise, como vinham fazendo sucessivas gerações de sua família. Cansado de ver, desde a época da revolta de Ounin, que antigos ritos assim como o serviço divino caíam no esquecimento porque todos estavam ocupados em defender os próprios interesses, o sacerdote Arakida Ujitsune solicitou às autoridades inúmeras vezes — 27 ao todo, para sermos exatos — verba para recuperar este jardim em ruínas. Mas a corte se esquivava, o xogunato não tinha recursos e os gananciosos guerreiros estavam empenhados apenas em disputas territoriais. Ninguém queria ajudar. Em meio a tudo isso, Ujitsune-sama, lutando contra os poderosos da época e a falta de recursos, convenceu diversas personalidades a aderirem à sua causa. E finalmente, no ano VI do período Meiou (1492-1501), conseguiu verba para reformar o templo.[38] Não é de pasmar que ele tenha tido de lutar tanto? Mas, pensando bem, todos nós tendemos a esquecer a importância de certos valores: quem, depois de adulto, se lembra por exemplo que deve seu crescimento ao leite materno?

Joutaro deixou Otsu terminar o seu emocionado discurso e então saltou, bateu palmas e riu:

— Ah, peguei você! Peguei você! Estou aqui calado, fingindo que não sei de nada, só para ver você também se fazendo de entendida e repetindo tintim por tintim o sermão de Arakida-sama!

---

38. A reforma de templos xintoístas se processa a cada vinte anos da seguinte maneira: um novo templo idêntico ao antigo é construído em local próximo, o corpo do santuário é transferido com festas comemorativas para a nova edificação e, posteriormente, o antigo é desmontado. Vinte anos depois o processo se repete com inversão de locais.

— Ora essa! Você também tinha ouvido este sermão, pestinha? — disse Otsu, movendo a mão como se fosse bater em Joutaro, mas vendo-se tolhida pelas pesadas armas que carregava. Aproximou-se então um passo do menino e o olhou com fingida zanga.

— Ué?! — exclamou Joutaro, chegando-se ainda mais. — De quem são essas espadas, Otsu-san?

— Não sei de quem são. Não mexa nelas!

— Deixe-me ao menos ver de perto: prometo que não as toco. Nossa, como são grandes! Parecem pesadas!

— Está vendo? Seus olhos já estão brilhando de cobiça!

IV

Um ruído apressado de sandálias aproximou-se às costas dos dois: era uma das pequenas xamãs que, havia pouco, tinha saído da Mansão para estudar com o sacerdote Arakida.

— Mestra! O sacerdote a está chamando. Disse que quer lhe pedir um favor — anunciou. Ao ver que Otsu a ouvira e se voltava, a pequena retornou às carreiras por onde viera.

Joutaro aprumou-se de repente e passeou o olhar inquieto pelas árvores próximas.

O sol de inverno coava por entre folhas agitadas pelo vento, produzindo trêmulas ondas luminosas no chão. Joutaro imobilizou-se no meio das manchas irrequietas. Seu olhar parecia perseguir uma miragem.

— Que foi? Que procura, Jouta-san?

— Nada... — respondeu Joutaro, triste, mordendo a ponta do dedo. — Há pouco, quando aquela menina disse "Mestra!", me lembrei de repente... Foi um choque!

— Lembrou-se de Musashi-sama?

— Hum? Hu-hum! — grunhiu Joutaro vagamente.

No mesmo instante Otsu sentiu um bolo quente lhe chegando aos olhos e ao nariz, dando-lhe vontade de soluçar.

"Para que você foi me lembrar?", queria gritar Otsu, ressentida com Joutaro por sua observação impensada.

Não conseguir passar um dia sequer sem pensar em Musashi já era uma carga pesada demais para Otsu. Mas então, por que não se desfazia desse peso incômodo e não procurava estabelecer-se num lugar tranquilo, não procurava casar-se e constituir família? — logo diria o monge Takuan, o insensível. Otsu era capaz de sentir pena do pobre monge zen budista por ele jamais ter conhecido o amor, mas nunca, nem em sonhos, seria capaz de abrir mão daquilo que sentia nesse exato instante.

O amor era como uma cárie: doía de modo insuportável. Quando absorta em alguma tarefa, Otsu conseguia esquecê-lo e agir normalmente. Mas quando se lembrava, a dor a espicaçava, obrigando-a a vagar a esmo por províncias e estradas desconhecidas em busca de Musashi, sentindo uma vontade louca de enterrar o rosto em seu peito largo e chorar.

— Ai!...

Otsu começou a andar silenciosa. Onde, onde, onde andaria ele? Das agonias experimentadas por um ser humano durante a vida, nenhuma é mais exasperante, depressiva e ao mesmo tempo tão sem remédio que a de procurar alguém em vão.

Uma lágrima escorreu pelo rosto de Otsu enquanto andava, mãos cruzadas sobre o próprio peito. Entre as mãos e o peito aninhava-se uma trouxa que exalava um cheiro acre e um par de espadas, de empunhaduras cobertas por fios gastos, quase podres.

Mas Otsu não sabia, não podia imaginar que o suor e a sujeira impregnados nesses objetos provinham do corpo de Musashi. O coração inteiramente tomado pela imagem do jovem, Otsu quase nem se lembrava que os levava ao colo, exceto pela sensação de peso.

— Otsu-san! — disse Joutaro às suas costas, seguindo-a com expressão contrita. Deu um salto e agarrou-lhe a manga no instante em que a triste jovem ia desaparecendo no interior da mansão do sacerdote Arakida.

— Você se zangou, Otsu-san? Está sentida comigo?

— Não... Não se preocupe...

— Desculpe. Me desculpe, está bem?

— Não é culpa sua, Jouta-san. Eu é que sou chorona. Agora, tenho de entrar para saber o que Arakida-sama quer de mim. Quanto a você, volte para o jardim e trabalhe direitinho, ouviu?

V

O sacerdote Arakida Ujitomi tinha transformado sua mansão em escola e a denominava Casa do Saber. Com ele estudavam as pequenas xamãs e mais quase sessenta crianças de vários níveis sociais provenientes dos três distritos que compunham as terras sagradas.

Ujitomi ministrava o estudo dos clássicos às suas pequenas alunas, matéria não muito popular nesses dias, tanto mais desprezada quanto mais elevado o nível cultural de um centro urbano.

De um ponto de vista puramente local, era bastante apropriado que Ise, com seus templos e bosques sagrados ricos de tradição, desse a conhecer os clássicos às meninas ali nascidas, pensava Ujitomi. De um ponto de vista mais amplo, que englobava o país, Ujitomi julgava estar plantando, com suas aulas, sementes culturais no espírito do povo, rezando para que num futuro próximo delas brotasse, verdejante como os bosques do templo, um novo jeito de pensar, diferente do predominante no momento, em que todos exaltavam a classe guerreira, tendendo a confundir sua grandeza com a do próprio país, esquecidos de que deixando degradar o campo contribuíam para o declínio desse mesmo país. Esse era um tocante empreendimento privado do sacerdote.

Assim, Ujitomi explicava diariamente às suas crianças, com infinitos amor e paciência, complexas obras como *Kojiki* — histórias e lendas do Japão Antigo — e as obras clássicas do confucionismo chinês, adaptando-as aos ouvidos infantis.

E talvez os incansáveis esforços educativos empreendidos por Ujitomi ao longo dos últimos dez anos tivessem frutificado, pois ao contrário do povo das demais províncias, todos em Ise — até mesmo uma criança de três anos — tinham senso crítico suficiente para não serem ofuscados pelos feitos do *kanpaku* Toyotomi Hideyoshi, nem pela exibição de força de Tokugawa Ieyasu, jamais confundindo o brilho dessas estrelas guerreiras com o verdadeiro esplendor do sol.

Nesse instante, Ujitomi saiu da ampla sala de estudos da Casa do Saber com o rosto ligeiramente suado.

Finda a aula, suas alunas dispersavam-se como um bando de abelhas de volta às colmeias, mas uma delas parou ao seu lado e observou:

— Sacerdote, Otsu-sama o espera lá fora.

— É verdade! — exclamou Ujitomi. — Como fui me esquecer? Onde está ela?

Em pé do lado de fora da sala de aula, Otsu, ainda carregando as duas espadas, estivera havia algum tempo ouvindo a ardente exposição que Ujitomi fizera às crianças.

— Estou aqui, Arakida-sama. Desejava falar comigo?

VI

— Desculpe-me se a fiz esperar. Venha cá, entre.

Ujitomi conduziu-a aos seus aposentos, mas antes ainda de se sentar, filou admirado as espadas que Otsu carregava e indagou:

— Que é isso?

Otsu explicou-lhe que, de manhã, as duas espadas de procedência desconhecida pendiam de um suporte para capas de chuva no interior da Mansão das Crianças e que as pequenas xamãs haviam ficado horrorizadas, razão por que ela própria as havia trazido até ali.

— Ora essa! — exclamou Arakida Ujitomi, juntando as sobrancelhas brancas e contemplando os objetos com estranheza. — Não são de nenhum dos nossos devotos, são?

— Por que motivo um devoto iria até lá? De mais a mais, não havia nada no local até ontem à noite, donde se conclui que essa pessoa deve ter entrado na mansão tarde da noite ou durante a madrugada, horário improvável para a visita de um devoto.

— Sei — murmurou Ujitomi aborrecido, franzindo o cenho. — Acho que alguém, talvez um proprietário rural descontente, fez esta brincadeira de mau gosto com a intenção de me dar a conhecer seu descontentamento.

— Alguém em particular?

— Sim. Na verdade, foi para falar sobre isso que mandei chamá-la.

— Quer dizer que o descontentamento relaciona-se à minha pessoa?

— Não vá agora se ofender com o que vou lhe dizer, Otsu-san, mas... É o seguinte: certo *goushi* destas terras se diz contrário a que você permaneça na Mansão das Crianças e, tão preocupado está com a minha reputação, que me vem advertindo com muita rispidez.

— Ele o está agredindo por minha causa?

— Espere um pouco, também não precisa ficar tão abalada. É que, aos olhos do povo — não vá se ofender, Otsu-san... — você já não deve ser virgem; e permitir a permanência de uma mulher maculada na Mansão das Crianças seria o mesmo que profanar as terras sagradas do templo. É assim que pensam.

Ujitomi falava serenamente, mas os olhos da jovem logo se encheram de lágrimas de humilhação. Ela se sentia exasperada por não poder, aos gritos, lançar contra uma pessoa específica a sua revolta. Por outro lado, reconhecia que o povo talvez tivesse razão em pensar desse modo, já que ela era uma mulher vivida e viajada, temperada no convívio com estranhos, uma nômade a vagar pelo mundo carregando no coração um amor velho, entranhado como o pó de muitos anos... Apesar de tudo, ela era virgem, se sentia insultada e tremia de indignação por duvidarem disso.

Ujitomi parecia não estar dando importância à questão, mas também não podia ignorar a opinião pública. E uma vez que a primavera se aproximava, o sacerdote comunicava à jovem que as aulas de flauta estavam suspensas e lhe pedia para abandonar a Mansão das Crianças.

Otsu concordou imediatamente, pois nunca tivera a intenção de prolongar sua estada no templo, muito menos agora, que sabia estar trazendo aborrecimentos ao sacerdote. Agradeceu, portanto, os pouco mais de dois meses de hospitalidade e lhe disse que se punha a caminho nesse mesmo dia. A isso, Ujitomi replicou:

— Também não precisa partir com tanta pressa.

Apesar de tudo o que dissera, Ujitomi sentia muita pena da jovem, de cujo passado se havia inteirado em linhas gerais. Sem saber como consolá-la e perdido em pensamentos, aproximou de si uma pequena caixa de aspecto despojado, retirou algo de dentro e o embrulhou num pedaço de papel.

Nesse instante, Joutaro — a sombra constante de Otsu —, que se havia aproximado da varanda sem ser notado e parara às costas da jovem, espichou o pescoço e sussurrou:

— Vai partir de Ise, Otsu-san? Vou com você, não se preocupe. Já não era sem tempo: trabalhar na conservação do jardim estava começando a me cansar. Não fique triste, Otsu-san, partimos em boa hora.

VII

— É pouco, mas prova a minha gratidão. Aceite e use este dinheiro para pagar as despesas de viagem — disse Ujitomi, entregando à jovem uma quantia modesta retirada do magro cofre.

Otsu nem sequer tocou no dinheiro, a expressão do rosto dizendo claramente que considerava um absurdo ser paga. Dera aulas às pequenas virgens da Mansão das Crianças, era verdade, mas em troca o templo a acolhera e a sustentara por mais de dois meses. Se era para aceitar o dinheiro, ela também teria de pagar por sua estada, argumentou Otsu. A isso Ujitomi respondeu:

— Pois em vez disso, quero que me faça um favor, quando passar por Kyoto.

— Farei o que quiser, mas não aceito o dinheiro: a sua intenção para mim vale mais que qualquer pagamento — replicou Otsu decidida, devolvendo o pequeno embrulho. Ujitomi então olhou para Joutaro, às costas da jovem:

— Hum... Você então, garoto: vou dar isto a você. Gaste-o no que quiser durante a viagem.

— Muito obrigado! — disse Joutaro, estendendo a mão de imediato e apanhando o pequeno embrulho. Só então voltou-se para Otsu e procurou sua aprovação:

— Posso ficar com isso, não posso, Otsu-san?

Uma vez que o menino já se apossara do dinheiro, a jovem pôde apenas agradecer, constrangida:

— Agradeço, em nome do menino.

Satisfeito enfim, Ujitomi disse:

— O favor a que me referi há pouco é o seguinte: gostaria que me entregassem isto na residência de lorde Karasumaru Mitsuhiro, em Horikawa, quando vocês passarem por Kyoto.

Assim dizendo, o idoso sacerdote retirou de uma prateleira na parede dois rolos de papel.

— Isto é o fruto do meu modesto trabalho. Nestes rolos pintei gravuras que me foram encomendadas por lorde Mitsuhiro há quase dois anos. Eu as terminei há apenas alguns dias. Sei que o lorde pretende dá-las de presente ao Imperador depois de lhes acrescentar notas explicativas de seu próprio punho. Eis por que não me sinto bem mandando-as por mensageiros ou estafetas. Será que vocês não poderiam encarregar-se de levá-las com todo o cuidado, não deixando que se sujem ou se molhem na chuva?

Otsu pareceu momentaneamente aturdida pela inesperada responsabilidade, mas, impossibilitada de recusar, aceitou a missão. Ujitomi aproximou então de si uma caixa e algumas folhas de papel encerado que já tinham sido preparadas de antemão e, antes de nelas guardar seus desenhos, ofereceu, em parte movido por orgulho e em parte porque queria contemplar uma vez mais sua obra antes de se desfazer dela:

— Querem ver?

Abriu os rolos e estendeu-os sobre o *tatami* na frente dos dois.

— Oh! — exclamou Otsu involuntariamente. Joutaro também arregalou os olhos e esticou o pescoço, quase se debruçando sobre os desenhos. Era impossível saber que história contavam as gravuras, pois nelas ainda faltavam as notas explicativas. Mas a vida e os costumes do período Heian — retratados nas minúsculas pinceladas e no rico colorido do estilo Tosa[39] — desenrolavam-se numa sucessão de cenas maravilhosas perante o extasiado olhar dos dois jovens.

Embora nada entendesse de pintura, Joutaro exclamou admirado:

— Veja este fogo! Parece real, parece quente!

— Olhe, mas não toque em nada — sussurrou Otsu. Enquanto os dois continham a respiração e contemplavam embevecidos a pintura, um funcionário do templo, que surgira pelo jardim interno, trocava algumas palavras com o sacerdote.

Ujitomi assentiu e disse:

— Entendi. Pelo visto, não é um bandido. Mas por via das dúvidas, exija um recibo desse indivíduo antes de devolvê-las.

---

[39]. Estilo Tosa: surgido na Idade Média, é até hoje considerado um dos mais representativos da pintura japonesa.

Entregou a seguir ao funcionário as duas espadas e a pequena trouxa, trazidas havia pouco por Otsu.

VIII

Ao saber que a professora de flauta estava de partida, as meninas da mansão ficaram tristes.

— Vai partir de verdade?

— Vai mesmo?

Agrupadas ao redor de Otsu, já pronta para a viagem, as meninas mostravam-se pesarosas, como se estivessem prestes a perder uma irmã muito querida.

Joutaro gritou do outro lado do muro, fora da mansão:

— Já estou pronto, Otsu-san!

Havia despido o uniforme branco dos servidores do templo e vestia agora o costumeiro quimono de mangas curtas. Levava a espada de madeira nos quadris e, numa trouxa enviesada às costas, os rolos de pintura — acondicionados numa caixa embrulhada em diversas folhas de papel encerado — que Arakida Ujitomi lhe confiara, recomendando muito cuidado.

— Já? Que rapidez! — disse Otsu da janela.

— Claro! E você, Otsu-san, não está pronta ainda? É nisso que dá andar com mulheres: demoram demais para se aprontar.

Em vista do regulamento que proibia a entrada de homem — adulto ou criança —, Joutaro aquecia-se ao sol e bocejava do lado de fora da mansão havia já algum tempo, contemplando a silhueta enevoada da montanha Kamiji. Irrequieto por natureza, a inatividade, mesmo momentânea, o aborrecia.

— Não está pronta ainda, Otsu-san?

Do interior da mansão, Otsu respondeu:

— Estou indo!

Realmente, a jovem já estava pronta havia muito, mas fora retida pelas pequenas virgens. Tristes, as meninas não queriam se apartar da jovem mestra, a quem haviam aprendido a amar como a uma irmã nos curtos dois meses de convivência.

— Prometo que virei vê-las. Cuidem-se e sejam felizes! — disse Otsu. Mas será que voltaria para vê-las de verdade? A jovem duvidava.

Algumas pequenas começaram a soluçar, uma delas sugeriu que fossem todas juntas até a base da ponte sagrada sobre o rio Isuzu para vê-la partir, e foi prontamente apoiada pelas demais. Saíram portanto da mansão agrupadas em torno de Otsu, mas pararam em seguida, do outro lado do muro.

— Ué! — exclamaram as pequenas xamãs, admiradas: Joutaro, que tanto havia reclamado da demora, não estava ali.
— Jouta-saan! — chamaram, levando as mãos em concha às pequenas bocas.
Conhecendo Joutaro muito bem, Otsu não se preocupou e disse às meninas:
— Acho que se cansou de tanto esperar e seguiu adiante sozinho.
— Que menino rabugento! — observou uma delas. Outra ergueu o olhar para Otsu e indagou:
— Ele é seu filho?
Otsu não conseguiu rir da ingênua pergunta e rebateu com súbita seriedade.
— Vocês estão achando que ele é meu filho? Como, se ainda vou fazer 21 anos na próxima primavera? Será que pareço tão velha?
— É que eu ouvi alguém dizer...
Otsu lembrou-se dos boatos a que Ujitomi se referira e sentiu raiva de novo. Mas logo se acalmou: que lhe importava a opinião do mundo? Se Musashi acreditava nela, nada mais lhe importava. A ela bastava apenas ter a confiança desse único homem.
— Ei, Otsu-san! Você me deixa esperando todo esse tempo para depois ir-se embora sem mim? Isso não se faz! — berrou Joutaro nesse instante, alcançando-a às carreiras.
— Mas não o vi em lugar algum! — justificou-se Otsu.
— Podia ao menos ter tido a consideração de me procurar! Acontece que levei, há pouco, o maior susto da minha vida: vi alguém muito parecido com Musashi-sama seguindo em direção à estrada de Toba e fui atrás para verificar.
— Alguém parecido com Musashi-sama?
— Mas não era ele. Corri até a alameda e percebi, mesmo vendo-o de costas e à distância, que o sujeito era coxo. Que decepção!

IX

No decorrer das jornadas que juntos vinham empreendendo, Otsu e Joutaro haviam experimentado diariamente amargas decepções semelhantes. Os dois tinham perdido a conta das vezes que se sobressaltaram porque o homem que acabava de cruzar com eles na estrada parecia-se com Musashi, ou porque o aspecto do outro que ia adiante lhes era familiar, quando então corriam até ultrapassá-lo, para depois voltar-se e olhá-lo de frente. Quantas e quantas vezes seus corações não se tinham acelerado por causa de vultos entrevistos à janela de uma casa num centro urbano qualquer, a bordo da balsa que acabava de zarpar, no interior de uma liteira, ou andando a cavalo, só porque lembravam de leve o homem que tanto procuravam. Já nem sabiam quanto esforço inútil tinham despendido de cada vez na frenética tentativa de ver a esperança confirmada, e de quantas vezes tinham depois, abatidos, trocado tristes olhares.

Joutaro parecia agora bastante abalado pela experiência por que acabara de passar, mas Otsu, calejada por seguidas decepções, não deu muita importância ao fato.

Sobretudo depois de saber que o samurai em questão era coxo, Otsu desatou a rir e tentou consolar o menino:

— Coitadinho! Esforçou-se tanto por nada! Vamos, deixe a tristeza de lado, pois dizem que não é bom começar uma jornada de mau humor.

— E essas meninas? — disse Joutaro, examinando abertamente as pequenas xamãs. — Por que estão nos seguindo, hein?

— Não seja tão malcriado. Elas estão com pena de me ver partir e querem me acompanhar até a ponte Ujibashi sobre o rio Isuzu.

— Coitadinhas! Estão com pena de me ver partir! — disse Joutaro, imitando Otsu e fazendo as meninas rir.

A chegada de Joutaro animou o grupo até então lacrimoso e uma das pequenas gritou vivamente:

— Otsu-sama! Mestra! Não é por aí!

— Eu sei! — respondeu Otsu, mesmo assim seguindo em frente até alcançar o portal sagrado Tamagoshi. De lá, voltou-se para o distante templo Naigu, bateu palmas de acordo com o ritual xintoísta e, mãos postas, curvou a cabeça e rezou em silêncio.

Joutaro murmurou:

— Ah, agora entendi. Foi se despedir da deusa.

Como, porém, não dava mostras de querer fazer o mesmo, as pequenas xamãs espetaram-lhe ombros e costas com seus dedinhos e reclamaram:

— E você, Jouta-san, não vai rezar à deusa?

— Eu não!

— Nossa, não fale nesse tom que a deusa vai entortar sua boca.

— Não gosto de rezar. Tenho vergonha.

— Vergonha de quê? Você não vai rezar a uma deusa desconhecida de um templo qualquer, mas à nossa deusa-mãe. Ela é a mãe de todos nós, não se esqueça!

— Sei disso!

— Se sabe, não precisa ter vergonha. Vá rezar!

— Não vou.

— Teimoso!

— Cale a boca, sua metida! Enxerida!

— Credo!

As outras xamãs, que tinham estado quietas apenas ouvindo os dois discutirem, arregalaram os olhinhos todas ao mesmo tempo e ecoaram em uníssono:

— Credo!

— Que menino bravo!

Otsu chegou nesse instante junto ao grupo e perguntou:

— Que está acontecendo, meninas?

A resposta veio instantânea, já que as pequenas esperavam uma oportunidade para se queixar:

— Jouta-san disse que somos enxeridas! E disse também que não quer rezar à deusa, imagine!

— Que feio, Jouta-san! — repreendeu Otsu brandamente.

— Grande coisa!

— Você me contou certa vez que, ao ver Musashi-sama lutando contra os monges lanceiros de templo Hozoin e correndo perigo de vida, juntou as mãos, ergueu-as para o alto e rezou: "ó deuses!" Então, qual o problema? Vá até ali e reze.

— Mas todo mundo fica olhando!

— Nesse caso, deem-lhe as costas, meninas. Eu também me viro. — Enfileiradas, deram as costas para Joutaro. — Está bem assim? — perguntou Otsu. Como não recebeu resposta, voltou-se mansamente e espiou. Joutaro corria em direção ao portal sagrado. Uma vez lá, Otsu o viu parar e fazer uma rápida reverência.

O CATA-VENTO

I

Sentado no banco em frente à barraca do vendedor de ostras assadas, Musashi desatava as sandálias voltado para o mar.

— Patrão, restam ainda dois lugares no barco que excursiona pelas ilhas. Não quer completar o grupo? — oferecia um barqueiro, em pé à sua frente.

Duas mergulhadoras, cada qual levando no braço uma cesta cheia de moluscos, vinham insistindo havia já algum tempo:

— Senhor, leve moluscos frescos para casa.

— Compre meus moluscos, compre.

Musashi removia em silêncio os trapos manchados de sangue e pus que envolviam seu pé ferido. A área inflamada desinchara, a febre se fora e agora a pele no local estava esbranquiçada e macerada, cheia de rugas.

— Não quero, não quero! — recusou Musashi abanando a mão para afastar tanto o barqueiro como as mergulhadoras. Pisou a areia, caminhou até a beira da arrebentação e mergulhou o pé rugoso na água salgada.

O pé doía tão pouco desde a manhã que Musashi quase o esquecera. Sentia-se saudável, cheio de vitalidade e, em consequência, muito mais confiante em si mesmo. Musashi acreditava, porém, que essa autoconfiança não era fruto apenas da saúde recuperada. A confiança, reconhecia ele, lhe vinha de saber que havia crescido como ser humano de ontem para hoje, e isso o enchia de alegria.

Mandou a filha do vendedor de frutos do mar comprar-lhe meias de couro, calçou-as com um par de sandálias novas e pisou o chão com firmeza. Do ferimento restara-lhe apenas uma leve dor ao caminhar e o hábito de mancar um pouco.

— Senhor, o barqueiro está gritando lá do atracadouro. O senhor não está indo para Ouminato[40] nesse barco? — perguntou-lhe o dono da barraca, sem desviar os olhos dos mariscos sobre a brasa.

— Isso mesmo. De Ouminato partem navios que fazem regularmente a ligação com Tsu, não partem?

— Sim, senhor. Com Yokkaichi e Kuwana também.

— Que dia é hoje, vendeiro?

---

40. Ouminato: denominação antiga de área a nordeste da província de Aomori, parte da atual cidade de Mutsushi.

— Ora, perdeu a noção de quantos dias faltam até o fim do ano, senhor? — riu o homem. — Que vida boa! Estamos no dia 24 do último mês do ano.

— Ainda? Pensei que estávamos muito mais perto do fim de ano!

— Ah, como é bom ser jovem!

Musashi caminhou rapidamente, quase correndo, até o atracadouro da praia de Takashiro. Sentia vontade de correr muito mais.

A barcaça que levava a Ouminato, na margem oposta do rio, logo ficou lotada. Mais ou menos na mesma hora, Otsu e Joutaro atravessavam a ponte Ujibashi sobre o rio Isuzu, abanando as mãos e despedindo-se com pesar das pequenas xamãs.

As águas do rio Isuzu desembocam no porto de Ouminato, mas, insensíveis, deixaram que o barco se fosse, velas ao vento, levando Musashi.

Em Ouminato, Musashi baldeou imediatamente para outro barco, cujos passageiros eram, em sua maioria, viajantes. As grandes velas capturavam suavemente o vento e a embarcação prosseguiu ao longo do mais plácido trecho da costa de Ise, tendo à esquerda as cidades de Furuichi e Yamada, e a estrada arborizada de Matsuzaka.

Pela estrada de Matsuzaka iam andando Otsu e Joutaro, seus passos e o barco seguindo simultaneamente na mesma direção, quase à mesma velocidade.

II

Musashi sabia que em Matsuzaka morava certo Mikogami Tenzen, um espadachim originário da região de Ise considerado um gênio da atualidade, mas abandonou a ideia de ir vê-lo e desceu em Tsu.

No momento em que desembarcava no porto de Tsu, um bastão de aproximadamente sessenta centímetros à cintura do homem que lhe ia à frente chamou repentinamente sua atenção.

O bastão tinha uma corrente enrolada. Na extremidade da corrente, havia uma bola de ferro. Além dessa arma, o homem, que teria cerca de 42 ou 43 anos, levava também uma espada rústica em bainha de couro. Seu rosto tinha marcas de varíola e a pele era escura, tão queimada de sol quanto a de Musashi; seus cabelos, avermelhados, eram inusitadamente crespos.

Pelo aspecto, qualquer um diria que o homem era um bandoleiro, se o jovem que lhe vinha no encalço não o tivesse chamado neste instante:

— Patrão, patrão!

O rapazote, de dezesseis ou dezessete anos, que ficara para trás no momento do desembarque, era um ajudante de ferreiro, conforme atestavam as manchas escuras de fuligem nas abas do nariz e o malho de cabo longo levado ao ombro.

— Me espere, patrão!
— Anda logo!
— Tinha esquecido o malho no barco.
— Esqueceste a ferramenta de trabalho, o teu ganha-pão?
— Mas já peguei.
— É claro! Faltava só não o teres pego. Partia-te a cabeça!
— Patrão?
— Não amola!
— Não íamos passar a noite em Tsu?
— O sol ainda vai alto. Passaremos por Tsu sem parar.
— Bem que eu gostaria de dormir uma noite em Tsu. Já que estivemos viajando a trabalho, um pouco de conforto ia bem.
— Não me venhas com gracinhas!

A rua que ligava o atracadouro à cidade fervilhava de gente: aliciadores de hospedarias e vendedores de lembrancinhas estavam alerta como sempre à procura de fregueses, obstruindo o caminho dos passageiros desembarcados.

Quando alcançaram esse trecho, o ajudante de ferreiro, ainda com o malho ao ombro, já tinha perdido de vista o seu patrão uma vez mais e o procurava aflito no meio da multidão. Passados instantes, porém, o patrão lhe surgiu à frente, segurando um pequeno cata-vento de papel comprado numa loja de brinquedos próxima:

— Iwa-kou! — chamou o patrão.
— Senhor?
— Leva isto para mim.
— Um cata-vento!
— Não o leves na mão, porque podes te chocar com alguém no meio da multidão e quebrá-lo. Enfia-o na gola do quimono, junto à tua nuca.
— Ah, vai dá-lo de presente!
— Hum...

O homem devia ter um filho pequeno e, pelo jeito, voltava para casa de uma longa viagem, ansioso por rever o rostinho sorridente do pimpolho.

Andando sempre alguns passos à frente, o patrão se voltava vez ou outra, preocupado com o cata-vento a girar espetado na gola do ajudante Iwa-kou. Coincidência ou não, ia na mesma direção de Musashi.

Ali estava o homem que tanto procurara, concluiu Musashi por tudo que via.

O mundo, porém, estava repleto de ferreiros e não eram poucas as pessoas que andavam levando à cintura uma corrente com foice. Para se certificar,

Musashi o acompanhou ora passando-lhe à frente, ora ficando para trás, observando atentamente. Notou então que o caminho por eles tomado cruzava a cidade casteleira de Tsu e aos poucos enveredava em direção à estrada de Suzuka. Além disso, o diálogo que lhe chegava aos ouvidos truncado pela distância varreu-lhe as últimas dúvidas da mente. Musashi abordou o ferreiro:

— Está indo para Umebata, senhor?

Interpelado, o homem respondeu bruscamente:

— Estou. Por quê?

— O senhor não seria por acaso mestre Shishido Baiken?

— Isso, sou Baiken. E você, quem é?

III

Embora já tivesse percorrido havia bem poucos dias esse mesmo caminho, Musashi optara por ele porque transpor o monte Suzuka e entrar por Minaguchi em Kusatsu, na província de Goshu[41], era o percurso mais lógico para chegar a Kyoto, cidade onde queria festejar a passagem do ano.

Já tinha decidido que se bateria numa outra oportunidade com Baiken, pois tinha perdido a vontade quase obsessiva de enfrentá-lo. Mas topar com ele acidentalmente no meio do caminho era muita sorte.

— Acho que nós dois estávamos destinados a nos conhecer. Na verdade, estive há poucos dias em sua casa, na vila Ujii e falei com sua mulher. Meu nome é Miyamoto Musashi, e sou um samurai peregrino.

— Ah, sei... — respondeu Baiken, como se estivesse a par disso. — Você deve ser o homem que se hospedava na estalagem de Yamada e que queria me desafiar para um duelo.

— Ficou sabendo que eu o procurava?

— Pois você não mandou um mensageiro à mansão de Arakida-sama perguntar se eu não estaria hospedado com ele?

— Mandei.

— Realmente, fui fazer um serviço para Arakida-sama, mas nunca me hospedaria em sua mansão. Usei a oficina de alguns colegas, na cidade sagrada, e fiz um trabalho que só eu sei fazer.

— Ah, foi por isso que não o encontraram na casa do sacerdote.

— Soube ali que um samurai peregrino hospedado numa estalagem de Yamada procurava por mim, mas não dei importância, pois tudo isso me pareceu uma grande amolação. O samurai era você?

---

41. Goshu ou Oumi: antiga denominação da atual província de Shiga.

— Isso mesmo. Tinha ouvido dizer que o senhor era um exímio manejador da corrente com foice.

— Ora essa, deve ter falado com minha mulher — disse Baiken, gargalhando.

— Sua mulher fez-me a gentileza de mostrar rapidamente a posição de guarda do estilo Yaegaki.

— E isso não bastou? Para que correr atrás de mim e me desafiar, então? Posso lhe mostrar pessoalmente a posição de guarda, mas vai ver a mesma coisa. Posso até lhe mostrar um pouco mais, mas no mesmo instante, você terá ido para o outro mundo.

A mulher de Baiken era convencida como poucos, realmente, mas o próprio Baiken não lhe ficava atrás. Arrogância e artes marciais andavam sempre de mãos dadas e eram insuportáveis em qualquer circunstância. Mas, pensando bem, um homem talvez precisasse de boa dose de confiança em si para conseguir um lugar ao sol, acima de todos os arrogantes guerreiros que enxameiam pelo mundo.

Musashi já havia no íntimo começado a desprezar Baiken. Era, no entanto, incapaz de mostrar desprezo a quem quer que fosse apenas baseado em impressões superficiais. Isso porque, ao dar o primeiro passo no caminho da vida, Takuan lhe mostrara de modo doloroso e inesquecível que no mundo havia muita gente bem preparada. Acresciam-se a isso as lições aprendidas no templo Hozoin e no castelo Koyagyu.

Portanto, muito antes de tratar com desprezo um desconhecido, Musashi se habituara a avaliá-lo com cuidado até ter certeza do seu valor real, mantendo sempre uma atitude humilde e quase nunca reagindo com fervor a provocações, o que o fazia parecer por vezes subserviente, ou até mesmo covarde num primeiro momento.

— Tem razão — respondeu, com a atitude reverente do jovem ante alguém mais velho. — Como o senhor mesmo disse, a demonstração feita por sua mulher me foi valiosa. Mas já que tive a oportunidade de encontrá-lo aqui, gostaria muito de obter mais algumas informações sobre o uso do *kusarigama*.

— Informações? Se quer apenas conversar, posso muito bem atendê-lo. Você vai passar a noite em alguma estalagem de Seki?

— Essa era a intenção inicial, mas... Sem querer ser inconveniente, o senhor não me daria abrigo em sua casa por mais uma noite?

— Minha casa não é estalagem, você sabe, e não tenho cobertores para hóspedes. Se não se importa em partilhar o cubículo do meu aprendiz, Iwa-kou...

IV

Entardecia quando chegaram.

O sol avermelhava as nuvens e, sob elas, o pequeno povoado na base da montanha Suzuka se estendia, plácido como um lago de águas claras.

Em pé a um canto do distante alpendre, Musashi avistou um vulto que reconheceu como sendo o da mulher do ferreiro. Alertada por Iwa-kou, que correra à frente para anunciar o retorno do patrão, a mulher esperava o marido erguendo nos braços a criança e o cata-vento, repetindo:

— Olha, estás vendo? Ali vem teu pai. Estás vendo? É o teu pai!

Baiken, o monstro arrogante, já de longe derreteu-se inteiro ao avistar o filho. Levantou a mão, agitou os cinco dedos e gritou:

— Aqui, filhinho! Teu papai está aqui!

Instantes depois, pai e mãe entraram na casa e, sempre em companhia da criança, sentaram-se a um canto, entretidos em animada conversa, ignorando por completo Musashi e seu pedido de pernoite. A atitude era até compreensível, levando-se em consideração que Baiken acabava de chegar de uma longa viagem. Perto da hora do jantar, Baiken pareceu finalmente dar-se conta e, apontando para Musashi, que, sem se descalçar, ainda permanecia no aposento de terra batida aquecendo-se ao fogo da forja, disse para a mulher:

—- Ah, ia me esquecendo. Dá de comer também a esse samurai peregrino.

A mulher retrucou, sem vestígios de amabilidade na voz:

— Mas esse homem já dormiu uma noite aqui, na tua ausência.

— Sei disso. Põe o homem a dormir com Iwa-kou.

— Da outra vez, ele dormiu numa esteira, perto da forja. Que durma hoje também.

— Você aí, jovem — disse Baiken. Um pote de saquê amornava nas cinzas do braseiro à sua frente. — Gosta de saquê? — perguntou, oferecendo uma taça.

— Um pouco — respondeu Musashi.

— Então beba!

— Sim, senhor.

Musashi sentou-se na beira da área mais elevada, na divisa com o aposento de terra batida. Agradeceu com uma ligeira reverência e levou a taça à boca. A bebida produzida na região era ácida.

— Um brinde — disse Musashi, devolvendo a taça.

— Não sei dessas coisas. Eu bebo em outra taça. Mudando de assunto, jovem, quantos anos tem você? Me parece novo ainda.

— Faço 21 no ano que vem.

— Onde é a sua terra?
— Mimasaka.
No mesmo instante Baiken voltou-se. Seu olhar penetrante percorreu Musashi de cima a baixo.
— O que me disse, há pouco? Estou falando do seu nome.
— Miyamoto Musashi.
— Musashi... Como se escreve?
— Do mesmo jeito que se escreve Takezo.
A mulher do ferreiro surgiu trazendo tigelas de sopa, arroz, picles e *hashi*.
— Coma — disse com rudeza, largando as coisas diretamente sobre a esteira.
— Sei! — murmurou Baiken, retomando a conversa interrompida e sacudindo a cabeça depois de um longo silêncio. Retirou a bilha das cinzas, sentiu sua temperatura.
— Está no ponto! — observou, despejando saquê na taça de Musashi, para de súbito, tornar a perguntar:
— Quer então dizer que, em criança, você se chamava Takezo?
— Isso mesmo.
— E assim se chamava quando tinha cerca de dezessete anos?
— Sim.
— E você não teria por acaso tomado parte da batalha de Sekigahara com essa idade, em companhia de outro jovem, de nome Matahachi?
Musashi, ligeiramente admirado, perguntou:
— Como sabia, senhor ferreiro?

V

— Muito simples: eu também lutei na batalha de Sekigahara.
A coincidência aproximou-os, e Baiken, mudando repentinamente de atitude, disse em tom cordial:
— Bem achei que já o tinha visto em algum lugar. Devo ter me encontrado com você em Sekigahara, no meio da batalha.
— Não me diga que também fazia parte do exército Ukita?
— Naquela época eu morava em Yasugawa, na província de Goshu, e em companhia de alguns *goushi* da área estive na frente nessa batalha.
— Realmente? Então nos cruzamos, com certeza.
— Que foi feito de seu companheiro, Matahachi?
— Nunca mais o vi, desde então.

— Desde então, quando?

— Com o fim da guerra, fomos acolhidos numa casa nos pântanos de Ibuki, onde permanecemos até nos recuperarmos dos ferimentos. Matahachi e eu nos separamos logo depois e desde então...

— Ei! — gritou Baiken para a mulher, que já se havia deitado com a criança — o saquê acabou.

— Paciência! Não temos mais.

— Mas eu quero outro tanto.

— Estou dizendo que acabou. Por que insistes, justo hoje?

— É que a conversa está ficando cada vez melhor.

— Não tem mais, já disse.

— Iwa-kou! — berrou Baiken, voltando-se para um canto da oficina. Do outro lado de uma fina divisória de madeira algo moveu-se entre palhas. Logo, o aprendiz de ferreiro entreabriu um postigo e disse, mostrando apenas a cara:

— Que quer, patrão?

— Vai à casa de Onosaku-san e pede dois litros de saquê emprestados.

Musashi apanhou a tigela de arroz e disse:

— Vou jantar primeiro, com sua licença.

— Espere, espere um pouco! — interveio Baiken, agarrando o pulso de Musashi. — Não está vendo que mandei buscar mais saquê?

— Se era para mim, chame seu ajudante de volta. Não consigo beber mais.

— Deixe disso! — insistiu Baiken. — E depois, você não disse que queria informações sobre o uso da corrente com foice? Posso lhe ensinar tudo que sei, com certeza, mas tenho de molhar a garganta enquanto falo.

Iwa-kou retornou quase em seguida.

Baiken despejou um pouco da bebida numa bilha pequena e, enquanto a aquecia no braseiro, começou a expor seus conhecimentos, enfatizando as vantagens da sua arma numa luta.

Diferente da espada, a corrente com foice não dava tempo para o oponente se defender, sendo esse um dos seus aspectos mais atraentes. Além disso, a corrente possibilitava ao seu manipulador enredar e arrebatar a arma das mãos do inimigo, antes mesmo de entrar em confronto direto com ele.

— Suponhamos que você esteja assim, com a corrente na mão esquerda e a bola de ferro na direita — disse Baiken sem se levantar, mostrando a posição. — Se o adversário atacar, apare o golpe com a foice e, ao mesmo tempo que apara, lance a bola no rosto dele. Este é um dos golpes.

Mudou a seguir a posição e disse:

— Se você estiver deste jeito, isto é, se existe uma distância maior entre você e seu adversário, seu objetivo será enredar e arrebatar com a corrente a arma do outro, seja ela uma espada, lança ou bordão. Isso funciona com qualquer tipo de arma.

Baiken explicou também que havia mais de uma dezena de técnicas secretas diferentes de lançar a bola de ferro, técnicas estas transmitidas de mestre a discípulo apenas verbalmente. Quando usada alternadamente com a foice, informou ainda Baiken, a corrente movia-se como uma cobra, emitindo reflexos que iludiam o inimigo por completo, inibindo-lhe os movimentos, imobilizando-o e transformando-o num alvo perfeito. E ali estava outro modo de usar com vantagem a corrente com foice.

Musashi o ouvia com toda atenção.

Conversas desse tipo transformavam-no na personificação do interesse: literalmente todo ouvidos, Musashi mergulhou nas explicações de Baiken.

Uma corrente... Uma foice...

E duas mãos.

Enquanto ouvia, Musashi desenvolvia seu próprio raciocínio.

"A espada é manejada com uma mão. Mas o homem possui duas mãos..."

VI

Sem que disso se dessem conta, os dois homens tinham esvaziado também o segundo cântaro. Baiken bebeu bastante, mas se empenhou muito mais em fazer Musashi beber. Este ultrapassara involuntariamente o seu limite habitual e chegou a um estado de embriaguez nunca antes experimentado.

— Mulher, vamos dormir nos fundos. Cede tuas cobertas ao nosso hóspede e arruma outras para a gente lá dentro — disse o ferreiro a certa altura.

A mulher tinha, ao que parecia, o hábito de dormir nesse aposento e, sem se importar com o hóspede, já havia estendido as cobertas e se deitado com a criança enquanto Baiken e Musashi bebiam.

— Anda, sai da cama de uma vez e deixa nosso hóspede dormir! Ele me parece muito cansado — insistiu o homem.

A mulher de Baiken já tinha percebido que o marido mudara de atitude havia algum tempo e tratava seu hóspede com repentina cordialidade, mas relutava em se levantar. Primeiro, porque não conseguia compreender por que o marido queria obrigá-la a ceder as cobertas e transferir-se para o outro quarto, e segundo, porque no momento seus pés já estavam começando a esquentar.

— O hóspede ficou de dormir no quarto de ferramentas junto com Iwa-kou, não ficou? — reclamou ela.

— Idiota! — gritou o marido, furioso, olhando feio para a mulher deitada no meio das cobertas. — Manda-se um hóspede dormir com Iwa-kou dependendo da importância dele, entendeu? Para de reclamar e arruma nosso canto nos fundos.

A mulher ergueu-se bruscamente e foi em silêncio para o outro quarto. Baiken tomou em seus braços a criança adormecida e disse:

— Jovem, estes cobertores não são de primeira, mas aqui pelo menos você está perto do braseiro. Se sentir sede no meio da noite, achará água quente na chaleira para um chá. Estique-se à vontade e durma tranquilo.

Retirou-se a seguir. Instantes depois, a mulher voltou para trocar o travesseiro. Seu humor havia melhorado e falou com gentileza:

— Meu marido disse que pretende dormir até mais tarde amanhã porque bebeu além da conta e está cansado da viagem. Descanse você também à vontade, não precisa acordar cedo. Pela manhã, eu lhe preparo uma boa refeição.

— Ora essa, muito obrigado — disse Musashi a custo. Estava tão embriagado que mal teve ânimo de remover as sandálias e despir o sobretudo. — Boa-noite! — disse e mergulhou nas cobertas ainda mornas. Parada à porta que levava ao quarto do fundo, a mulher, atenta, observou-o por alguns minutos.

— Boa noite! — disse por fim com suavidade. Soprou a lamparina e se foi mansamente:

Musashi sentia um aro de ferro comprimindo-lhe cada vez mais o crânio, a anunciar uma forte ressaca. As têmporas latejavam de modo audível.

"Ora, como foi que passei da conta, justo hoje?", perguntava-se Musashi, o mal-estar provocando-lhe um leve arrependimento. Talvez porque Baiken tivesse oferecido com tanta insistência. Mas o que havia por trás da súbita mudança de atitude de seus anfitriões? Por que o desdenhoso Baiken resolvera mostrar-se tão hospitaleiro de uma hora para outra, e mandara seu empregado buscar-lhe mais saquê? Por que a mulher, sempre tão rude, se mostrava agora tão amável? Por que lhe haviam cedido as cobertas neste local privilegiado?

Era suspeito, ocorreu de súbito a Musashi, mas muito antes de conseguir raciocinar com clareza, o sono o envolveu como uma pesada neblina. Fechou os olhos, deu dois suspiros profundos e puxou o cobertor cobrindo-se até a altura dos olhos. Agora, sentia calafrios.

Das brasas, quase extintas, erguia-se vez ou outra uma tênue língua de fogo, cujo reflexo bruxuleava na testa de Musashi. Logo, um profundo ressonar se fez ouvir.

A mulher de Baiken — apenas um rosto branco no escuro espiando em silêncio pela porta do quarto — voltou nesse momento furtivamente para perto do marido, seus pés descalços produzindo um leve chape-chape no contato com a esteira.

VII

Musashi sonhava. O mesmo sonho se repetia em retalhos continuamente. Na verdade, não podia chamar aquilo de sonho. Era quase uma alucinação, como se uma lembrança dos tempos de infância por alguma razão houvesse aflorado e rastejasse agora semelhante a um inseto sobre o cérebro adormecido, suas patas largando atrás de si um rastro de letras fosforescentes.

Seja como for, uma canção soava em seu sonho:

Dorme, nenê,
Dorme de uma vez.
Tu que és lindo quando dormes,
Feio ficas ao chorar
Dorme, dorme,
Não me faças chorar também.

Musashi tinha ouvido essa canção de ninar na anterior visita à casa: a mulher de Baiken a cantara enquanto dava o seio ao filho. E no sonho essa mesma canção com o forte sotaque regional de Ise soava nas terras de Yoshino, onde Musashi havia nascido.

O sonho prosseguia.

Ele era ainda um bebê e estava no colo de uma mulher de rosto alvo, de mais ou menos trinta anos. O pequeno Musashi sabia que a mulher era sua mãe. Agarrada ao seio da mulher, a criança erguia os olhinhos para o rosto branco.

Feio ficas ao chorar.
Dorme, dorme,
Não me faças chorar também.

Era a mãe que cantava e o embalava. O rosto delicado e abatido lembrava em sua palidez uma flor de pereira. Pequenas flores de musgo pontilhavam o extenso muro de pedras; o céu, acima da casa e das copas das árvores, tinha as cores do entardecer; havia luz no interior da mansão.

Lágrimas brotavam dos olhos da mãe. Admirado, o bebê Musashi as observava.

— Saia daqui!

— Vá embora para a casa de seus pais!

A voz severa do pai, Munisai, ecoava no interior da mansão, mas Musashi não o via. Sabia apenas que a mãe fugia desnorteada ao longo do extenso muro de pedras da mansão, chegava às margens do rio Aida e, chorando, avançava agora para dentro da água.

— Cuidado! Cuidado! — queria dizer o pequeno Musashi debatendo-se em seu colo, tentando alertá-la do perigo que corriam.

Mas a mãe seguia cada vez mais para o fundo, contendo nos braços de forma quase dolorosa a criança agitada, pressionando o rosto molhado de lágrimas contra o do filho:

— Takezo, Takezo! Você é meu? Ou é de seu pai?

Nesse instante, Munisai gritou alguma coisa da margem. Ao ouvir-lhe a voz, a mãe submergiu nas águas crespas do rio Aida e o pequeno viu-se jogado sobre os seixos da margem, chorando a plenos pulmões no meio das prímulas.

— Ah!

Musashi despertou: sabia que estivera sonhando e tornou a cair em leve modorra. Logo, o rosto da mulher — a mãe ou uma estranha? — o espreitou no sonho e tornou a despertá-lo.

Musashi não se lembrava das feições daquela que o trouxera ao mundo. Pensava sempre nela, mas seria incapaz de descrevê-la. Conseguia quando muito imaginar se não teria a aparência de uma ou outra pessoa conhecida.

— E por que sonho com ela justo esta noite?

A embriaguez se fora e, desperto enfim, Musashi abriu os olhos e viu o teto. No forro preto de fuligem bruxuleavam reflexos avermelhados do fogo quase extinto.

Foi então que notou o cata-vento flutuando bem em cima de seu rosto, preso ao teto por um fio.

Era o presente que Baiken havia trazido para o filho. Além disso, deu-se conta de que havia um forte cheiro de leite na borda do cobertor que o cobria quase até os olhos. E tinham sido eles — objetos e cheiros ao seu redor — os responsáveis pelo inesperado sonho com a mãe, achou Musashi, seu olhar cravando-se no cata-vento, intenso como o de alguém que enfim encontra um ente querido.

VIII

Musashi vagava entre a vigília e o sono, olhos semicerrados fitando o teto. Repentinamente, o brinquedo sobre o rosto causou-lhe estranheza — o cata-vento tinha começado a girar.

Nada devia haver de extraordinário nisso, já que o brinquedo tinha sido projetado para girar, mas Musashi enrijeceu-se de súbito e quase se ergueu:

— Que é isso?

Apurou os ouvidos.

Em algum lugar, uma porta deslizava mansamente, quase sem ruído. Cerrada a porta, as pequenas pás foram aos poucos parando e de súbito imobilizaram-se.

Havia algum tempo pessoas entravam e saíam sem cessar pela porta dos fundos da casa. Os pés se moviam com extremo cuidado, em silêncio, sem provocar o menor ruído, mas a ligeira corrente de ar, que se formava a cada vez que a porta se abria, passava pela cortina à entrada do aposento e alcançava instantaneamente o fio do cata-vento. Ato contínuo, as cinco pétalas da flor de madeira criavam vida e se agitavam, tremiam e revoluteavam, com a leveza de uma borboleta, para em seguida voltar a imobilizar-se quando a porta se fechava.

Mansamente, Musashi tornou a pousar no travesseiro a cabeça e, imóvel, procurou sentir com todo o corpo a atmosfera da casa. À semelhança de um inseto que oculto sob uma folha tenta perceber os mistérios do tempo, Musashi tinha agora os nervos aguçados e espalhados por todo o corpo, captando sinais.

Aos poucos, começou a dar-se conta da natureza do perigo que o rodeava, muito embora continuasse sem saber por que o proprietário da casa, Baiken, um completo estranho, queria tirar-lhe a vida.

"Será que estou num covil de ladrões?", pensou.

Mas um ladrão tem a capacidade de avaliar de golpe o grau de riqueza de sua possível vítima, bem como o valor dos seus pertences, e saberia de imediato que nada lucraria eliminando-o.

"Baiken me odiaria?"

Também não parecia ser o caso.

Por mais que pensasse não atinou com a resposta, mas a sensação de ameaça à sua vida aumentava cada vez mais. E agora, essa ameaça já se havia aproximado o suficiente para exigir a imediata escolha de uma entre duas estratégias: esperar imóvel por ela, do jeito como estava, ou tomar a iniciativa e se levantar.

Musashi desceu a mão até tocar o piso do aposento de terra batida, um nível abaixo. Seus dedos tatearam pelo chão, procurando as sandálias. As sandálias escorregaram, uma após outra, suavemente, para dentro das cobertas.

De súbito, o cata-vento pôs-se a girar com rapidez. Revoluteava como uma flor encantada à tênue luz que provinha do braseiro.

Passos soaram, agora nítidos, nos fundos e em torno da casa, formando um cerco ao redor das cobertas onde dormia Musashi. Instantes depois, dois olhos brilharam sob a meia-cortina à entrada do aposento. Um homem se aproximou de joelhos, trazendo uma espada desembainhada na mão; outro avançou rente à parede empunhando uma lança, e acercou-se cautelosamente das cobertas pelo lado dos pés.

Os dois homens observaram em silêncio o volume sob as cobertas, atentos ao ressonar. Um terceiro vulto, saído das cortinas como fumaça, tinha-se materializado em pé ao lado da cama. Era Baiken. Empunhava a corrente com a mão esquerda e a bola de ferro com a direita.

Três pares de olhos fitaram-se. Alcançado o consenso, o homem à cabeceira tomou a iniciativa e chutou o travesseiro. O segundo, aos pés da coberta, saltou prontamente para o aposento de terra batida e assestou a lança.

— Acorda, Musashi! — gritou Baiken, recuando a mão que empunhava a bola de ferro.

IX

Debaixo das cobertas, não houve reação.

A foice aproximou-se ameaçadora, a lança tocou os cobertores, os homens berraram — mas nada se moveu, pois Musashi já não estava mais ali.

O homem que tinha removido o cobertor com a ponta da lança gritou:

— Ei! Ele sumiu!

Baiken, confuso, examinou ao redor e só então se deu conta do cata-vento que girava no ar à altura do seu rosto.

— Tem uma porta aberta em algum lugar! — berrou, saltando para o aposento de terra batida.

No mesmo instante, o outro homem exclamou:

— Com os diabos!

No extremo mais afastado da parede da oficina havia uma porta que dava para a cozinha e para uma passagem lateral: a porta tinha sido corrida e apresentava agora uma abertura de quase um metro.

Fora, a geada branqueava a paisagem como em noite de luar. O descontrolado revolver do cata-vento fora provocado pelo vento cortante que entrava por essa abertura.

— Foi por aqui, o maldito!

— Que faziam os homens de guarda lá fora? Onde estão? Baiken, agitado, gritou:

— Ei, ei, ei! Homens!

Debaixo do alpendre e das sombras próximas vultos indistintos surgiram devagar, rastejando. Alguém perguntou quase num sussurro:

— Patrão?... Correu tudo bem, patrão?

Baiken gritou furioso:

— Que idiotice é essa? Que vigiavam, parados aí? O maldito já fugiu!
— Como é? Ele fugiu? Mas... quando?
— É a mim que perguntam?
— Essa não entendi...
— Parvos!

Baiken entrava e saía pela porta, irritado, mas logo disse:
— Ele tem apenas duas opções: ou vai transpor Suzuka, ou vai retornar pela estrada que leva a Tsu. Não deve ter ido longe. Procurem-no!
— Para que lado?
— Eu sigo na direção de Suzuka. Vocês descem para Tsu.

Juntando os de dentro da casa com os de fora, eram dez os homens, alguns armados de *kusarigama*.

O grupo não tinha um aspecto homogêneo. Um dos homens empunhando a corrente com foice parecia um caçador, e outro que levava uma espada rústica à cintura tinha jeito de lenhador. Os demais eram aparentemente de profissões semelhantes, mas o brilho sinistro de seus olhos e a obediência cega às ordens do homem a quem chamavam patrão contradiziam as aparências. O próprio Baiken nunca poderia ser um simples lavrador e ferreiro.

Baiken dividiu seus homens em dois grupos:
— Quem o achar primeiro dispara o mosquete; os demais devem acudir de pronto.

Dispersaram-se em seguida às pressas no encalço do fugitivo.

Contudo, quinze minutos de perseguição e correria haviam tido o poder de desanimar os homens, que retornaram trocando observações frustradas.

O medo de levar uma reprimenda em regra do patrão revelou-se também infundado, pois Baiken, que já havia retornado, estava sentado em sua oficina, cabisbaixo e sem ânimo.
— Não deu certo, patrão!
— Que lástima!

Às palavras em tom consolador de seus homens, Baiken respondeu:
— Que se há de fazer!

Para dar vazão à raiva, quebrou gravetos no joelho e gritou:
— Mulher, quero beber! Serve saquê para todos!

Remexeu o fogo quase extinto e lançou com raiva um monte de gravetos no braseiro.

X

Com a balbúrdia em plena madrugada, o bebê acabou acordando e chorava sem parar. Deitada com ele, a mulher de Baiken retrucou que já não tinham mais saquê. Ao ouvir isso, um dos homens logo se ofereceu para trazer um pouco da própria casa e saiu.

Pelo jeito, moravam todos nas cercanias, pois a bebida logo chegou. Sem se preocuparem em amorná-la, os impacientes homens despejaram-na em chávenas e beberam em grandes goles.

— Que coisa irritante!

— Rapazola atrevido!

— Sujeitinho de sorte! Escapou por um triz da morte certa.

Os homens repetiam frases de efeito destinadas a melhorar o gosto da bebida.

— O jeito é se conformar, patrão. Foi asneira do pessoal que montava guarda lá fora.

Estavam todos empenhados em embriagar o patrão e pô-lo a dormir o mais rápido possível. Baiken, por seu lado, não tentou incriminar seus homens.

— Parte da culpa foi minha — observou. A expressão sombria em seu rosto dizia que a bebida tinha um gosto amargo nessa noite. — Eu devia ter feito o trabalho sozinho. Para que convocar a ajuda de tanta gente e fazer esse estardalhaço todo por causa desse novato, um rapazola comum... O problema é que eu não queria dar um passo em falso já que, quatro anos atrás, quando o sujeito tinha somente dezessete anos, teve a capacidade de liquidar o meu irmão, Tsujikaze Tenma.

— Mas o patrão tem certeza de que o samurai errante que se hospedava aqui é o mesmo de quatro anos atrás — o que procurou abrigo na casa de Okoo, a vendedora de moxa de Ibuki?

— Foi o espírito do meu falecido irmão Tenma que o trouxe aqui, com certeza. A princípio não tive a mais leve desconfiança. Mas depois de uma ou duas doses de saquê e a partir de um assunto qualquer, o sujeito começou a falar espontaneamente que havia participado da batalha de Sekigahara, que à época se chamava Takezo, mas que hoje usa o nome Miyamoto Musashi. Ele não fazia a menor ideia de que falava com Tsujikaze Ryohei, bandoleiro de Yasugawa, o irmão mais novo de Tsujikaze Tenma. Ele é Takezo, o jovem que matou meu irmão com uma espada de madeira, tenho certeza. A idade e o físico coincidem.

— Quanto mais penso, mais lastimo tê-lo deixado escapar.

— Os tempos são de paz, e ultimamente não há mais lugar para bandoleiros neste mundo. Se meu irmão fosse vivo hoje, acho que estaria sem meios para se sustentar, em apuros como eu. Teria de se transformar em lavrador-ferreiro, ou até em assaltante de estradas, para sobreviver. Ainda assim, acho uma pena ele ter morrido golpeado pela espada de madeira de um soldado raso, sem eira nem beira, fugitivo do campo de Sekigahara. E cada vez que me lembro disso, sinto uma coisa ferver dentro do peito.

— Naquela ocasião, havia mais um rapazola com esse Takezo, não havia, patrão?

— Matahachi.

— Isso mesmo. Esse tal Matahachi fugiu naquela mesma noite em companhia de Okoo e da filha dela, Akemi. Por onde andará ele a esta hora?

— Meu irmão Tenma danou-se porque andava enrabichado por Okoo, não se esqueçam. Estejam todos alertas porque pode ser que deem de cara com ela em algum lugar, do mesmo jeito que me encontrei com Takezo.

Lentamente, a embriaguez tomou conta de Baiken, que, sonolento, cabeceava contemplando as chamas do braseiro.

— Deite-se, patrão.

— É melhor dormir de uma vez, patrão.

Solícitos, os homens o acomodaram nas cobertas até há pouco ocupadas por Musashi e ajeitaram-lhe a cabeça sobre o travesseiro, apanhado no chão da oficina. No mesmo instante Baiken esqueceu a raiva e começou a roncar.

— Vamos embora, pessoal.

— Vamos dormir!

Ali estava o remanescente dos bandos de Tujikaze Tenma, da região de Ibuki, e de Tsujikaze Ryohei, de Yasugawa, homens que, tempos atrás, andavam pelo mundo declarando-se orgulhosamente bandoleiros. Transformados agora em lavradores e caçadores por força das circunstâncias, os antigos bandoleiros nem por isso tinham perdido as presas. Instantes depois saíram da oficina do ferreiro e desapareceram em meio à névoa da madrugada, seus olhos penetrantes movendo-se inquietos no escuro.

XI

Depois disso, a casa se aquietou, como se nada tivesse acontecido. Apenas o ressonar pausado dos moradores e o barulho dos ratos roendo em algum lugar faziam-se ouvir.

O bebê ainda choramingou por algum tempo, mas quando o escuro interior da casa cheirando a corpos adormecidos se aqueceu, também aquietou-se.

E então...

A um canto do aposento de terra batida, entre a oficina e a cozinha, havia uma pilha de lenha armazenada ao lado de um forno de barro. Sombreiros e capas de palha pendiam de um prego na parede rústica. E das sombras do forno, rente à parede, uma capa de palha moveu-se de súbito.

A capa pareceu criar vida e ergueu-se sozinha no ar, voltando ao prego da parede. Logo, um vulto esfumaçado pareceu destacar-se da parede e materializou-se em pé ao lado do forno.

Era Musashi.

O jovem não se havia afastado sequer um passo da casa. Quando se esgueirara para fora das cobertas, havia pouco, ele tinha aberto a porta para de imediato cobrir-se com a capa e ocultar-se junto à pilha de lenha.

Musashi andou pela oficina em silêncio. Baiken brincava no mundo dos sonhos, e os seus possantes roncos davam a perceber que tinha problemas no nariz. A situação pareceu divertir Musashi: no escuro, seu rosto contorceu-se num meio sorriso involuntário.

Atento aos roncos, Musashi parou para refletir.

"Eu já venci Baiken", pensou. Não tinha dúvidas quanto a isso.

Mas a crer na história que ouvira há pouco, Shishido Baiken era o nome recentemente adotado por Tsujikaze Ryohei, o bandoleiro de Yasugawa. E Baiken se dispusera a matá-lo nessa noite movido pelo amor fraterno, pela vontade de consolar o espírito do irmão, Tenma, disposição aliás digna de louvor num bandoleiro.

Se o deixasse viver, Musashi não teria sossego: o homem o perseguiria e tentaria matá-lo na próxima oportunidade. O melhor seria eliminá-lo já, para sua própria segurança, mas... valeria a pena?

O jovem ponderou a questão em silêncio. Instantes depois, pareceu chegar a uma resolução: dirigiu-se à parede próxima à cabeceira de Baiken e retirou um dos *kusarigama* do prego.

Baiken continuava dormindo.

Musashi espiou o rosto adormecido. Com a unha, extraiu a lâmina embutida no bastão. A foice se armou e formou um gancho, a brilhar azulado no escuro.

Musashi envolveu a lâmina numa folha de papel umedecida e apoiou-a suavemente na curva do pescoço do homem adormecido.

"Pronto!"

Suspenso do forro o cata-vento também dormia. Se Musashi não envolvesse a lâmina, talvez encontrassem, com o raiar do dia, a cabeça deste pai rolando no chão, decepada. E então, o pequeno cata-vento giraria enlouquecido, imaginava Musashi.

O jovem tinha tido seus motivos para matar Tsujikaze Tenma; além de tudo, na época ele estava ainda sob os efeitos da sangrenta guerra. Mas tirar a vida de Baiken agora não fazia sentido. Não só não fazia sentido, como também o envolveria numa nova relação cármica com certa criança, que sairia pelo mundo procurando vingar o pai. A ideia o horrorizou.

E justo nessa noite a lembrança dos falecidos pais voltava com persistência à mente de Musashi. Invejou as pessoas adormecidas na casa às escuras cheirando a sono e leite, sentindo-se quase pesaroso de partir. Dirigiu-se aos moradores da casa, em pensamento:

"Obrigado por tudo. Descansem tranquilos até o dia raiar."

Abriu a porta, cerrou-a atrás de si com todo o cuidado e partiu para uma nova jornada. O sol ainda não havia despontado.

UM CAVALO SEM FREIOS

I

Os primeiros dias de uma jornada são sempre cheios de animação, o cansaço nem chega a incomodar.

A dupla havia chegado tarde na noite anterior às hospedarias situadas na encruzilhada do posto de inspeção, mas hoje bem cedo, enquanto uma densa névoa ainda cobria a paisagem, já tinha passado pela montanha Fudesute e se encontrava perto de Yonken-chaya. Foi só então que o sol começou a despontar no horizonte às costas dos dois viajantes.

— Que coisa mais linda!

Os dois tinham-se voltado e contemplavam, imóveis e embevecidos, a beleza solene do disco solar em ascensão.

Os raios rubros refletiam no rosto de Otsu, cujos olhos fulguravam cheios de vida. Não só ela como a fauna e a flora, toda a natureza ao redor, constituíam nesse momento orgulhosas gemas a adornar a terra.

— Não vejo ninguém subindo a estrada, Otsu-san. Hoje, somos os primeiros a passar por aqui — disse Joutaro.

— Você se orgulha de cada coisa! Que diferença faz se somos os primeiros ou os últimos a passar pela estrada?

— Claro que faz diferença!

— Quer dizer que uma estrada de quarenta quilômetros passa a ter apenas trinta só porque passamos primeiro?

— Não estou falando desse tipo de diferença. Mas é sempre mais agradável caminhar à frente dos outros por uma estrada, concorda? Muito melhor que andar chocando ancas de cavalos ou ir na rabeira dos carregadores de palanquim!

— Quanto a isso, concordo. Mas que esse seu jeito orgulhoso de falar é estranho, lá isso é!

— É que, quando ando por estradas desertas, sinto como se tudo ao redor me pertencesse e eu estivesse percorrendo meus domínios.

— Nesse caso, façamos de conta que você é um suserano e eu sou o arauto que vai à frente do seu cavalo, abrindo caminho e anunciando a passagem do senhor das terras. Aproveite e ande com bastante imponência.

Otsu apanhou um galho de bambu à beira da estrada e começou a brincadeira anunciando em tom cantado:

— Curvem-se todos! Curvem-se todos! Deem passagem ao senhor destas terras!

Um rosto espiou pelo alpendre da casa de chá Yonken-chaya, cujas portas, Otsu acreditara ainda fechadas àquela hora matinal.

— Ai, que vergonha! — sussurrou a jovem, enrubescendo e fugindo constrangida.

— Otsu-san! Otsu-san! — gritou Joutaro indo-lhe atrás. — Você não pode abandonar seu suserano e sair correndo desse jeito. É execução na certa!

— Não quero mais brincar!

— Mas foi você quem começou!

— A culpa é sua: você sempre consegue me tirar do sério. Credo, o homem da casa de chá continua olhando para cá. Na certa pensa que sou louca.

— Vamos voltar até lá.

— Para quê?

— Estou com fome.

— Já?

— Vamos comer a metade do lanche que trouxemos para o almoço.

— Pare com isso. Nem andamos dez quilômetros ainda! Se deixo por sua conta, você é capaz de fazer cinco refeições por dia!

— Em compensação, não ando de liteira, nem a cavalo, como você.

— O que aconteceu ontem foi excepcional. Era tarde e eu queria alcançar o posto de inspeção para o pernoite. E já que reclama, não vai se repetir.

— Hoje é a minha vez de andar a cavalo!

— Que é isso? Onde se viu um garoto forte como você andando a cavalo?

— Mas eu quero experimentar. Deixe, Otsu-san, deixe!

— Que menino impossível! Só hoje, entendeu?

— Eu vi um cavalo de carga preso ao mourão da casa de chá. Vou pegá-lo.

— Nada disso! Ainda é cedo, mal começamos a jornada!

— Está querendo me levar na conversa, é?

— Mas você nem está cansado, está? É um desperdício!

— Se for esperar até me cansar, nunca chegarei a cavalgar! Sou capaz de caminhar léguas sem sentir o mínimo cansaço. Deixe-me montar agora, enquanto a estrada está vazia. Será mais seguro!

Embora tivessem começado a jornada cedo, não iriam muito longe naquele andar. Sem esperar pelo consentimento de Otsu, Joutaro disparou alegremente em direção à casa de chá, voltando atrás pelo caminho já percorrido.

II

Yonken-chaya significa literalmente "quatro casas de chá". Mas isso não quer dizer que as quatro casas se enfileirassem uma ao lado da outra, como lojas de roupas usadas. O nome serve para designar uma extensa área próxima às encostas das montanhas Fudesute e Kutsukake, por onde se espalham quatro casas de chá para o descanso dos viajantes.

— Ó tio! — berrou Joutaro, em pé, diante de uma das referidas casas de chá. — Me prepara o cavalo!

O estabelecimento tinha acabado de abrir. O dono, ainda sonolento, voltou um olhar mal-humorado para examinar o menino cheio de energia que o despertara de vez com seu berro e disse:

— Que foi? Não sabes falar baixo?

— O cavalo! Prepare logo o cavalo! Quanto quer para me levar até Minakuchi? Se não for muito caro, posso seguir até Kusatsu montado nele!

— Garoto, cadê teus pais? Tu és filho de quem?

— Filho de gente!

— Ah, bom! Pensei que fosses cria do Trovão.

— Trovão é você, tio!

— És bem respondão, hein, garoto!

— Me aluga o cavalo!

— Pensas que aquele cavalo é para montar? Pois não é e não posso alugá-lo para vossa senhoria, entendeste?

— Não pode alugar ele para vossa senhoria, é? — arremedou-o Joutaro.

— Peste dos infernos!

O dono da casa de chá apanhou um toco em brasa do fogão, onde alguns *manju* cozinhavam no vapor, e o lançou em direção a Joutaro. O tição não atingiu o alvo, mas a barriga do cavalo, preso ao alpendre a alguma distância.

O animal, velho, de pestanas quase brancas e que, desde potrinho, trabalhara todos os dias sem reclamar carregando no lombo fardos de *miso* e trigo, havia muito tempo não se espantava tanto. Relinchando alto, pôs-se a corcovear em desespero, suas costas chegando a bater no teto do alpendre.

— Aaah, danado! — gritou o velho, acorrendo. Podia estar xingando tanto o cavalo como Joutaro. — Ôôôôôa, ôôôa!

Segurou o animal pelas rédeas e pretendia conduzi-lo para baixo de uma árvore, ao lado da casa, quando Joutaro tornou a interromper:

— Me aluga, vai, tio!

— Já disse que não!

— Por que não?

— Não tenho condutor.

A essa altura Otsu já se encontrava ao lado dos dois e sugeriu que, se o homem não dispunha de um condutor, pagaria a viagem, adiantado, e, chegando a Minakuchi, entregaria o cavalo a um condutor ou viajante que se dirigisse para os lados da casa de chá. Os modos finos de Otsu pareceram despertar a confiança do taberneiro, que lhe entregou as rédeas. Nesse caso, Otsu poderia levar o cavalo até a hospedaria de Minakuchi, ou até Kusatsu se quisesse, disse o homem.

Joutaro estalou a língua, irritado:

— Olhem só para isso, o homem mudou de atitude só porque você e bonita.

— Não fale mal do taberneiro que o cavalo pode se ofender e jogá-lo no chão no meio do caminho, Jouta-san.

— Até parece que um cavalo caduco como esse é capaz de me derrubar.

— Por falar nisso, você é capaz de montar?

— Claro! Só que ele é meio alto...

— Não adianta você se agarrar desse jeito às ancas dele!

— Me pega no colo e me põe em cima, Otsu-san!

— Quanto trabalho você me dá!

Otsu ergueu-o pelas axilas e o pôs sobre a sela. Joutaro sentiu-se imediatamente com vontade de seguir caminho olhando o mundo do alto e pediu:

— Vamos, faça-o andar!

— Você me parece prestes a cair...

— Não tem perigo!

— Nesse caso, aqui vamos nós.

Otsu tomou as rédeas, voltou-se e se despediu do taberneiro, pondo-se a caminho.

Mal dera cem passos quando alguém, invisível na espessa névoa matutina, gritou às suas costas:

— Eeeeei!

Ao mesmo tempo, passos apressados aproximaram-se rapidamente.

III

— Quem será?

— É conosco?

Parados, voltaram-se. No meio da densa névoa branca, surgia um vulto humano cujos contornos gradativamente se definiam. Logo, a distância se reduziu possibilitando-lhes perceber formas, cores, e até a aparência do indivíduo.

Fosse noite, os dois talvez tivessem pensado em fugir antes de ser alcançados, pois o homem tinha um olhar agressivo, carregava uma espada rústica — cujo cabo sobressaía quase perpendicular à cintura — e à frente, introduzido no *obi*, um bastão com corrente.

O estranho chegou como um vendaval trazendo consigo uma atmosfera de violência e parou abrupto ao lado de Otsu. Ato contínuo, arrebatou as rédeas de suas mãos e ordenou, voltando-se para Joutaro:

— Desce!

O velho cavalo assustou-se outra vez e deu alguns passos para trás batendo os cascos. Joutaro, desequilibrado, agarrou-se às crinas e gritou:

— Pare com isso! Tá pensando o quê? Esse cavalo é meu, eu o aluguei.

— Cala a boca! — esbravejou o homem sem prestar a mínima atenção ao que o menino dizia. — Mulher! — disse então, voltando-se para Otsu.

— Que é?

— Sou Shishido Baiken e moro na vila Ujii, pouco além do posto de inspeção. Por motivos que não vêm ao caso, estou no encalço de certo Miyamoto Musashi, que deve ter passado bem cedo por esta estrada, fugindo de mim. A esta altura, ele já deve ter deixado para trás as pousadas de Minaguchi há muito tempo. De modo que preciso deitar a mão nele de qualquer jeito em Yasugawa, na entrada de Goshu, porque depois desse ponto ele me escapa. Me dê o cavalo.

Falava tão rápido que chegava a ofegar. A manhã estava gelada a ponto de transformar a névoa retida nas copas das árvores em flores de gelo. Apesar disso, gotas de suor brilhavam no pescoço de Baiken, tornando sua pele semelhante à de um réptil, com suas artérias intumescidas.

Otsu empalideceu a olhos vistos, como se a terra lhe tivesse sugado todo o sangue, e perdeu a fala: os lábios arroxeados tremiam, tentando fazer perguntas ao homem para compreender melhor o que acabara de ouvir, mas nenhum som deles saía.

— Mu... Musashi? — gaguejou Joutaro, ainda sobre o cavalo. Agarrado à crina, seus braços e pernas também tremiam.

Baiken, desesperado por seguir viagem o mais rápido possível, não chegou a perceber o inusitado espanto dos dois e gritou:

— Vamos lá, moleque! Desce, desce! Anda logo ou te parto a cara! Ameaçou chicoteá-lo com a ponta da rédea, mas Joutaro sacudiu a cabeça com força e gritou:

— Não desço!

— Quê?

— O cavalo é meu. Desista de querer alcançar alguém com ele!

— Moleque atrevido! Estou tentando ser razoável porque vocês são afinal apenas uma mulher e uma criança, e recebo malcriadez em troca!

— Otsu-san! — gritou Joutaro, fitando-a por cima da cabeça de Baiken. — Não podemos emprestar o cavalo, podemos? Não devemos, não é verdade?

Otsu tinha vontade de aplaudir Joutaro por suas corajosas palavras. O cavalo não podia seguir viagem, muito menos o homem, com toda a certeza!

— Isso mesmo! — respondeu. — Talvez o senhor esteja com pressa, mas nós também estamos. Espere mais um pouco e não faltarão cavalos e liteiras cruzando as montanhas. Como acabou de dizer o menino, seu pedido é absurdo e não vamos atendê-lo!

— Eu não desço. E não entrego o cavalo, nem morto!

Unânimes, os dois rejeitaram com firmeza a exigência de Baiken.

IV

Baiken estranhou um pouco a firme recusa, mas a seu ver a situação inteira era risível, não merecia que perdesse tempo com ela.

— Quer dizer que não vão me ceder o cavalo?

— É óbvio! — disse Joutaro, seguro como um adulto.

— Vai pro inferno, então! — explodiu Baiken, esquecendo-se, até certo ponto compreensivelmente, que lidava com uma criança.

No instante seguinte saltou, tentando alcançar e jogar ao chão o menino, agarrado como uma pulga à crina da montaria. A mão de Baiken fechou-se sobre a perna apoiada à barriga do cavalo.

Joutaro não se lembrou, pelo visto, que esse era o momento exato de arrancar a espada da cintura. Ao se ver agarrado pelo tornozelo por um adversário indiscutivelmente mais forte do que ele ficou frenético:

— Cão danado! — disse, lançando sucessivas cusparadas que atingiram o rosto de Baiken.

Desastres costumam chegar sem se anunciar na vida das pessoas. Dois jovens que havia pouco tinham contemplado o nascer do sol e sentido a alegria de viver, viam-se agora envolvidos num perigoso conflito. Otsu não queria, a essa altura, entrar em luta com um desconhecido e sair ferida, muito menos morrer. O medo ressecou-lhe a boca e trouxe um gosto amargo.

No entanto, pedir desculpas e entregar o cavalo estava fora de cogitação, pois seria o mesmo que lançar a fúria assassina deste sinistro homem no rastro de Musashi, o qual, segundo acabara de ouvir, tinha passado por ali poucas horas atrás. Musashi corria grande perigo, disso a jovem tinha certeza. Se lograsse atrasar Baiken por algumas horas, estaria dando ao jovem tempo para escapar.

Otsu apertou com firmeza os lábios rubros e decidiu: jamais emprestaria ao homem as velozes patas do cavalo, mesmo que a distância entre ela e Musashi instantaneamente aumentasse por causa dessa decisão.

— Pare com isso! — gritou Otsu empurrando com força o peito do homem, surpresa com a própria coragem, ou temeridade. Baiken, que ainda limpava o cuspe do rosto, espantou-se um pouco com mais esta demonstração de força dos seres que julgara frágeis. Como se não bastasse, a mão de Otsu, que acabara de empurrar Baiken, agarrou na fração de segundo seguinte a empunhadura da espada rústica que lhe sobressaía do *obi*, mostrando uma vez mais que a coragem de uma mulher é muito maior do que imagina o homem.

— Vagabunda! — vociferou Baiken, pensando em segurar o pulso de Otsu, mas na realidade fechando a mão sobre a espada que já começava a deixar a bainha, puxada pela mão da jovem. No instante em que a mão direita de Baiken tocou a lâmina, seus dedos mínimo e anular pareceram criar vida, saltaram e foram ao chão, ensanguentados.

Com um grito de dor, Baiken pulou para trás involuntariamente, segurando os dedos restantes da mão direita. A reação fez com que a espada, cujo cabo permanecia na mão de Otsu, acabasse desembainhada tão seguramente quanto se ele próprio o fizesse. Um corisco prateado partiu das mãos de Otsu, correu pelo chão e se escondeu às costas dela.

Baiken, o mestre em artes marciais, acabava de cometer um erro ainda maior que o da noite anterior: menosprezara a capacidade de seus adversários, levado pela impressão de que não passavam de uma frágil mulher e um inofensivo menino, e se equivocara.

No momento em que, maldizendo a própria inépcia, tentava reaprumar-se, a espada — agora nas mãos de alguém que tinha esquecido o sentido da palavra medo — veio em sua direção num golpe lateral. Mas a arma, de lâmina grossa e quase um metro de comprimento, era pesada, e a maioria dos homens consideraria difícil manejá-la. De modo que, quando Baiken se esquivou, Otsu foi arrastada pelo peso da espada, e acabou cambaleando.

A jovem sentiu um impacto no braço, como se tivesse atingido o tronco de uma árvore e, no mesmo instante, viu uma nuvem rubra esguichando na sua direção. Uma leve tontura a invadiu. A espada tinha atingido a anca do cavalo, a cuja crina Joutaro continuava agarrado.

V

O cavalo tinha passado por muitos sustos desde cedo e estava agitado. O corte era superficial, mas o relincho, quase um berro de agonia, foi espantoso. Com o ferimento vertendo sangue, o animal pôs-se a debater.

Baiken berrou algo indistinto e estava prestes a agarrar o punho de Otsu para arrancar de suas mãos a espada, quando as patas traseiras do cavalo, que se agitava louco de medo, atingiram os dois. O animal empinou, relinchou alto mais uma vez, narinas frementes, e disparou pela estrada como uma flecha.

— Ôôôôa! Ôôôa! — gritou Baiken, investindo contra o rastro de areia e pó do cavalo em fuga, quase tombando para a frente na pressa, mas sem conseguir alcançá-lo.

Foi então que voltou os aterrorizantes olhos injetados de sangue na direção de Otsu, e... não a achou.

— Quê?!

Àquela altura, as veias azuladas nas têmporas de Baiken tinham engrossado ainda mais. Procurou ao redor e encontrou a espada aos pés de um pinheiro, na beira da estrada. Apanhou-a de um salto, espiou por cima do barranco raso, logo adiante, e avistou o telhado de uma casa de lavradores bem aos seus pés.

Tudo indicava que Otsu, atingida pelas patas do cavalo, havia rolado pelo barranco. Nesse ponto, Baiken já havia começado a achar que devia existir algum tipo de vínculo entre a jovem e Musashi. O ferreiro tinha pressa em prosseguir viagem, mas a ideia de deixar Otsu escapar o exasperava.

Baiken desceu correndo o barranco.

— Onde é que ela se meteu? — gemeu ele, rodeando a casa dos camponeses em largas passadas. — Onde se escondeu?

Apenas um velho lavrador corcunda, rígido de pavor, observava semioculto por uma roca, os modos loucos de Baiken espreitando debaixo do alpendre, abrindo portas de celeiros e espiando o interior.

— Lá vai ela! — gritou Baiken, localizando-a afinal.

No brejo de ciprestes, no fundo do vale, a neve ainda se acumulava. Otsu corria como um faisão pela íngreme encosta coberta de ciprestes rumo ao fundo do vale.

— Agora te achei! — berrou Baiken de cima, fazendo Otsu voltar-se involuntariamente. Seu vulto aproximou-se, mais rápido que os torrões de terra, que se soltavam à sua passagem e rolavam barranco abaixo. A mão direita empunhava a espada que acabara de apanhar do chão, mas Baiken parecia não ter a intenção de usá-la. Na certa imaginava que se a jovem era a companheira de Musashi, poderia usá-la como isca ou para descobrir seu paradeiro por intermédio dela.

— Vagabunda!

Baiken estendeu a mão esquerda e as pontas dos seus dedos tocaram os cabelos de Otsu.

A jovem encolheu-se e abraçou o tronco de uma árvore. Ato contínuo, perdeu o pé, e se viu balançando como um pêndulo, rente ao barranco. Torrões de terra e pedregulhos caíram sobre sua cabeça e escorreram pelas mangas para dentro da roupa. E durante o tempo todo os olhos arregalados de Baiken e sua espada brilhavam sobre ela.

— Idiota! Que pretende? Fugir? Daí para baixo é um precipício, direto para dentro do rio no fundo do vale!

Otsu voltou o olhar para os pés e viu, algumas dezenas de metros abaixo, a faixa verde do rio abrindo caminho pela neve do fundo da ravina. A vista, longe de apavorá-la, prometia salvação. Sentiu que era capaz de soltar os braços e lançar-se no espaço a qualquer momento.

Mal pressentiu a morte, e mais rápido que o medo dela, Musashi lhe veio à mente. Na cabeça de cabelos eriçados, a imagem do jovem surgiu, clara como a lua entre nuvens de tormenta, tão nítida quanto lhe permitiam memória e imaginação.

— Patrão! Patrããão! Ecos da montanha repetiram nesse momento uma voz distante, desviando a atenção de Baiken.

VI

Rostos surgiram no topo do barranco. Eram dois ou três homens.

— Patrão! — gritava um deles. — Ainda por aqui? Vá em frente sem perda de tempo. Interrogamos o dono da casa de chá e acabamos de saber que um samurai passou por lá essa madrugada, mandou preparar um lanche e se afastou correndo em direção ao vale Koga. Sabia disso?

— Em direção ao vale Koga?

— Sim. Mas tanto faz que tenha ido pelo vale Koga, ou transposto o monte Tsuchiyama para sair em Minaguchi: os caminhos acabam se juntando nas pousadas de Ishibe. Se a gente chegar primeiro em Yasugawa e armar uma cilada, o sujeito cairá em nossas mãos com certeza.

Baiken ouvia as vozes distantes, mas o olhar feroz continuava fixo em Otsu, amarrando-a.

— Quero-os todos aqui embaixo! Desçam! — ordenou Baiken.

— Descer até aí?

— Rápido!

— Mas se continuarmos nessa lengalenga, Musashi vai acabar passando por Yasugawa e...

— Calem a boca e desçam.

— Certo, certo!

Os homens eram os mesmos que na noite anterior haviam se esforçado em vão para alcançar Musashi e, pelo jeito, estavam habituados a andar pelas montanhas, pois desceram a íngreme escarpa em linha reta, correndo como um javali. Ao depararem com Otsu, entreolharam-se admirados.

Baiken inteirou os companheiros dos acontecimentos em rápidas palavras e confiou-lhes Otsu, ordenando-lhes que a trouxessem mais tarde até Yasugawa. Os asseclas concordaram e amarraram a jovem cabisbaixa, lançando olhares furtivos ao rosto assustadoramente pálido, com pena de apertar o laço.

— Entenderam as instruções? E não se atrasem!

Com esta última recomendação, Baiken correu obliquamente pela encosta da montanha, ágil como um macaco e logrou alcançar o fundo do vale Koga e a beira do rio, de onde se voltou e olhou para cima.

O minúsculo vulto parado à distância levou a mão à boca e gritou:

— Encontro-os em Yasugawa. Vou cortar caminho. Quanto a vocês, sigam pela estrada principal, redobrando a atenção. Entendeeeram?

De cima do barranco, veio o eco das vozes dos homens:

— Entendeeemos!

Baiken se afastou então pelo vale pontilhado de neve, saltando de rocha em rocha como um galo silvestre.

O cavalo estava velho e alquebrado, mas em pânico era ainda capaz de criar problemas para o cavaleiro. Mormente sendo o cavaleiro o despreparado Joutaro.

Com o corte na anca aberto e sangrando, a velha montaria parecia estar sentindo o rabo em chamas e disparou pela estrada, venceu a encosta Happyakuya do monte Suzuka num piscar de olhos, transpôs o morro Kani, embarafustou-se pelo posto de descanso dos liteireiros no morro Tsuchiyama, e chispou pela vila Matsuo e pela base da montanha Nunobiki, sem jamais parar.

Digno de admiração era o fato de Joutaro ainda estar sobre a sela.

— Cuidado-cuidado-cuidado!

De olhos fechados, e agarrado agora ao pescoço do cavalo uma vez que as crinas já não lhe davam apoio suficiente, berrava ele sem parar como se repetisse uma fórmula mágica capaz de frear o cavalo.

Quando as ancas do cavalo saltavam inopinadamente, o traseiro de Joutaro dançava no ar criando uma situação perigosa que, muito mais que o próprio cavaleiro, afligiu aldeões e liteireiros a observar boquiabertos sua passagem.

Se nem montar soubera, desmontar não saberia, e muito menos parar o animal.

— Cuidado! Cuidado-cuidaaado!

Pobre Joutaro, que há tempos vinha atormentando Otsu, insistindo em cavalgar ao menos uma vez na vida para correr como o vento! O desejo tão longamente acalentado tinha sido com certeza atendido, mas a voz pouco a pouco estava tornando-se chorosa: a fórmula mágica freneticamente repetida não queria surtir efeito.

VII

Aos poucos, viajantes haviam começado a surgir na estrada, mas ninguém queria deter um cavalo desenfreado e correr o risco de se ferir, metendo-se além do mais em assunto que não lhe dizia respeito.

— Que é isso, gente? — dizia um, acompanhando-os com o olhar.

— Maluco! — xingava outro, desviando-se para a beira da estrada.

Num piscar de olhos cavalo e cavaleiro passaram pela vila Mikumo e pela parada de Natsumi.

Fosse aquele o lendário macaco Son Goku cavalgando sua nuvem mágica[42], teria posto a mão em pala sobre os olhos e, de sua privilegiada posição, apreciado a paisagem matinal dos vales e serras de Iga e Koga, louvado a esplêndida vista das montanhas de Nunobiki e do rio Yokota, assim como a do lago Biwa-ko, que surgia ao longe, semelhante a um espelho incrustado na terra ou a um floco de nuvem roxa pousado no solo. Joutaro, porém, embora cavalgasse um cavalo de rapidez talvez comparável à da nuvem mágica, não estava em condições de lançar sequer uma olhadela para os lados.

Seus berros "Cuidado-cuidado-cuidado!" mudaram para "Segura o cavalo! Segura o cavalo! Segura o cavalo!" e tornaram a mudar para "Socooorro!" ao atingir o topo da íngreme ladeira Koji-zaka.

O menino saltava como uma bola sobre o dorso do animal, que agora se precipitava de cabeça ladeira abaixo, fazendo antever que desta vez lançaria sua carga ao chão.

Mas quase no final da ladeira, o galho de um gigantesco carvalho à beira da estrada atravessava o caminho como se quisesse obstruí-lo de propósito. Quando Joutaro sentiu as folhas atingindo-lhe o rosto, acreditou encontrar

---

42. Son Goku: macaco dotado de poderes extraordinários — um dos quais o de controlar a nuvem Kinto-un, sobre a qual cavalga —, é o personagem principal de uma longa história chinesa, *Seiyuki*. Castigado por perturbar a ordem celeste, Son Goku obteve o perdão servindo ao monge Genjo Sanzou, auxiliando-o no árduo processo da autoiluminação.

a mão salvadora dos céus, a resposta às suas preces, e agarrou-se instantaneamente ao galho como um sapo.

Enfim livre da carga, o cavalo desembestou ladeira abaixo e Joutaro, abraçado ao galho, viu-se repentinamente balançando nas alturas.

A altura nem era tanta, pois do galho ao chão devia haver pouco menos de três metros. Se largasse a árvore de uma vez, Joutaro voltaria ao solo sem maiores problemas. Mas para provar que um ser humano não é um macaco, ali estava o menino, aferrando-se com unhas e dentes ao galho, ora abarcando-o com as pernas, ora mudando de posição as mãos quase dormentes, frenético como se estivesse dependurado num penhasco e correndo perigo de vida. O choque lhe afetara o raciocínio, normalmente tão vivo, fazendo-o debater-se de um jeito cômico e ao mesmo tempo comovente.

Logo, um sonoro estalo anunciou que o galho se partia. "Xiii!", pensou o menino, mas no minuto seguinte ele se viu sentado no chão, sem dano algum. Joutaro olhou ao redor, apatetado.

— Puxa!

Não viu o cavalo. Mesmo que o visse, não tornaria a montá-lo por nada neste mundo.

E estatelado deixou-se ficar por instantes, mas logo saltou em pé, como que impelido por uma mola:

— Otsu-saan! — gritou ele para o topo da ladeira

De súbito, disparou pelo caminho anteriormente percorrido. Suas feições estavam tensas, e desta vez o menino empunhava com firmeza a espada de madeira.

— Que lhe poderá ter acontecido? Otsu-saan!

Ao alcançar o topo da ladeira, cruzou com um homem de rosto oculto num sombreiro. Usava um quimono escuro e um *hakama* de couro, sem sobretudo. À cintura, levava um par de espadas.

VIII

— Menino! Ei, menino! — disse o homem, erguendo a mão ao passar por Joutaro, analisando o pequeno com atenção, da cabeça aos pés. — Que houve?

Joutaro voltou alguns passos e perguntou:

— O senhor veio lá de trás, tio?

— Isso mesmo.

— Não viu por acaso uma moça bonita, de uns vinte anos?

— Vi, sim.

— Onde?

— Em Natsumi, a curta distância daqui, um grupo de bandoleiros a trazia amarrada à ponta de uma corda. Estranhei, mas como não era de minha conta, passei por eles sem nada lhes perguntar. Acho que os homens eram asseclas de Tsujikaze Ryohei, o bandoleiro que se fixou no vale Suzuka.

— São eles! — disse Joutaro.

Ao ver que o menino ia sair correndo de novo, o homem o deteve:

— Espere! A moça está com você?

— Está! Ela se chama Otsu-san.

— Se você não souber lidar com a situação, esses homens são capazes de matá-lo. Conte-me toda a história enquanto aguardamos a passagem deles, já que serão obrigados a vir por este caminho. Talvez eu tenha uma boa ideia.

Joutaro confiou de imediato no desconhecido e contou-lhe com detalhes tudo o que lhes havia acontecido nessa manhã. O homem balançou diversas vezes a cabeça coberta pelo sombreiro e depois disse:

— Ah, agora entendi. Mas, por mais que se esforcem vocês dois não são páreo para os asseclas de Tsujikaze Ryohei, que agora diz chamar-se Baiken. Muito bem, eu recuperarei essa jovem Otsu-san das mãos do bando.

— E eles a entregarão?

— De graça talvez não, mas eu cá tenho algumas ideias. Esconda-se no meio desses arbustos e fique quieto.

Mal Joutaro se ocultou, o homem prosseguiu a passos largos para o fundo do vale. Inquieto, Joutaro pôs a cabeça para fora da moita e espiou. "E se o homem disse tudo aquilo apenas para me consolar e foi-se embora?", pensou ele.

De repente, ouviu vozes no topo da ladeira e escondeu-se depressa outra vez: a voz era de Otsu. Com as mãos atadas às costas e cercada pelos três bandoleiros, a jovem veio andando e passou momentos depois na frente da moita onde se escondia Joutaro.

— O que tanto procura? Pare com isso e ande ligeiro!

— Ande logo! — gritou outro, empurrando-lhe o ombro.

Otsu cambaleou.

— Estou procurando o menino que estava comigo. Que lhe teria acontecido? Jouta-saan!

— Cale a boca!

Havia sangue no pé branco da jovem. Joutaro pensou em saltar da moita, gritando: "Estou aqui!". Mas no mesmo instante, viu surgir o samurai do quimono escuro. O homem tinha se livrado do sombreiro, e vinha agora subindo o morro quase às carreiras com expressão preocupada no rosto moreno. Aparentava 25 ou 26 anos, e murmurava consigo mesmo, assustado, sem sequer olhar para os lados:

— Céus! Que confusão!

Os três bandoleiros, que tinham entreouvido suas palavras, pararam no meio da ladeira e voltaram-se para acompanhar com os olhos o homem que acabara de cruzar por eles com um brusco "Deem-me licença!". Sem conseguir conter-se, um deles o interpelou:

— Ei, você não é o sobrinho dos Watanabe? De que confusão está falando?

IX

Deduzia-se dessas palavras que o homem do quimono escuro era sobrinho de Watanabe Hanzou, o representante de uma tradicional família *ninja*, bastante respeitada nas cercanias do vale Iga e do vilarejo Kouga.

— Não sabem ainda? — perguntou o sobrinho dos Watanabe.

— De quê? — indagaram de volta os três bandoleiros, aproximando-se. O sobrinho dos Watanabe disse, apontando à frente:

— Certo Miyamoto Musashi está lá embaixo, de espada em punho bloqueando a estrada. O homem preparou-se dos pés à cabeça para a luta, e está examinando com olhar assustador todos os viajantes que passam pelo local, um por um.

— Que disse? Musashi?

— Quando fui passar, o homem aproximou-se de mim agressivamente e me perguntou o nome. Respondi-lhe que sou Tsuge San-no-jou, sobrinho do *ninja* Watanabe Hanzou, do bando Iga. No mesmo instante ele se desculpou e disse-me calmamente que se não sou asseclade Tsujikaze Ryohei, do vale Suzuka, podia passar.

— E?

— Perguntei-lhe então o que estava acontecendo, e ele me respondeu que ouvira rumores na estrada dando conta de que certo bandoleiro de nome Tsujikaze Ryohei — hoje vivendo sob o pseudônimo Baiken — planejava assassiná-lo com a ajuda de alguns asseclas. Se esse era o caso, continuou o sujeito, em vez de se deixar apanhar facilmente na cilada que lhe haviam preparado, preferia estabelecer sua base de ação naquele lugar e lutar até o fim.

— Isso é verdade, San-no-jou?

— E por que haveria eu de mentir? De mais a mais, de que jeito haveria eu de conhecer esse nome, Miyamoto Musashi?

Nos rostos dos três homens surgiram nítidos sinais de apreensão. "Que faremos?", pareciam perguntar-se, trocando olhares de esguelha.

— Prossigam com cuidado — recomendou San-no-jou, dando mostras de querer afastar-se, quando um dos homens o reteve, ansioso:

— Sobrinho dos Watanabe!
— O que foi?
— Estamos numa enrascada, homem! Até o patrão comentou que esse homem era absurdamente forte.
— Ele é muito competente, com certeza. Quando se aproximou de mim lá embaixo, empunhando numa das mãos a espada desembainhada, até eu, que nada tenho a ver com o caso, me senti mal.
— Que acha que devemos fazer? Porque, na verdade, estávamos arrastando esta mulher para Yasugawa a mando do patrão.
— Eu não tenho nada a ver com isso.
— Não banque o indiferente e dê-nos uma mãozinha.
— Nem pensar! Se meu tio vier a saber que os ajudei a fazer qualquer tipo de serviço, levo uma reprimenda colossal, com certeza! Mas conselhos, posso até lhes dar, se quiserem ouvir.
— Claro que queremos! Vão ajudar muito!
— Em primeiro lugar, livrem-se dessa mulher que levam na ponta da corda: soltem-na no meio do mato ou, melhor, amarrem-na provisoriamente no tronco de uma árvore.
— Sei. E depois?
— Vocês não podem passar por esta ladeira. Vão ter de andar um pouco mais, atravessar o vale por caminhos secundários e levar quanto antes a notícia a Yasugawa. Passem à frente do tal Musashi, fechem o cerco à distância pelo outro lado, e só depois caiam em cima dele.
— Ah, entendi.
— Acho melhor agirem com prudência, pois o sujeito está pronto para tudo. Sinto que poderá haver muitas mortes, mas não gostaria de ver isso acontecer.

Os três homens aprovaram o plano de imediato:
— Isso mesmo! Vamos seguir seus conselhos.

Depois, arrastaram Otsu para dentro das moitas, amarraram-na ao tronco de uma árvore e começaram a se afastar, mas um deles logo retornou para amordaçá-la, dizendo:
— Assim está melhor.
— Ótimo!

Afastaram-se a seguir pela mata e desapareceram.

Joutaro, que estivera imóvel acocorado no meio das folhas e dos arbustos secos, espichou então o pescoço e olhou em torno com cuidado, imaginando se já podia sair.

X

Não havia ninguém à vista, nem viajantes, nem o sobrinho dos Watanabe, San-no-jou.

— Otsu-san! — gritou Joutaro, pulando e chegando perto dela por dentro da mata. Desatou os nós e arrastou-a pela mão para o meio da estrada.

— Vamos fugir!

— Como é que você veio parar aqui, Jouta-san?

— Não importa! Temos de fugir! É agora ou nunca!

— Espere, espere um pouco!

Otsu parou para ajeitar os cabelos desalinhados, a gola do quimono e a faixa sobre o *obi*, o que impacientou Joutaro:

— Isto não é hora de perder tempo se arrumando! Deixe para se pentear depois, Otsu-san!

— Mas o homem que passou há pouco disse que Musashi-sama está lá embaixo, na base da ladeira.

— E é para ele que você está se arrumando?

— Não, não! — replicou Otsu, tentando justificar-se com uma seriedade quase cômica. — Mas é que encontrando Musashi-sama, nada mais teremos a temer. E como acho que nossas dificuldades acabaram e estou me sentindo bem mais tranquila...

— Mas será que Musashi-sama está mesmo lá embaixo?

— Por falar nisso, aonde foi o homem que conversava com os três bandoleiros?

— Não o vejo em lugar algum! — constatou Joutaro, olhando em tomo. — Que sujeito mais estranho!

Mas uma coisa era certa: Tsuge San-no-jou os havia salvado das garras da morte.

E Otsu já começava a achar que nunca seria capaz de lhe agradecer o suficiente se além de tudo lograsse reencontrar Musashi na base do morro.

— Vamos, vamos logo! — disse a jovem.

— Ué! Já acabou de se arrumar?

— Está zombando de mim, Jouta-san?!

— Você está com um ar tão feliz, que não resisti.

— Olhe só quem fala! Você também está!

— Claro que estou! Só que eu não escondo minha alegria, como você. Sou até capaz de gritar. Quer ver? Estou feliz, estou feliz! — Joutaro agitou braços e pernas. — Mas... E se meu mestre não estiver lá embaixo? Otsu-san, vou correndo na frente para verificar, está bem?

Dito isto, disparou ladeira abaixo. Otsu o seguiu sentindo que o coração corria direto para a base do morro, mais depressa ainda que o menino; suas pernas, porém, arrastavam-se morosamente.

"Estou toda desarrumada!", lamentou-se Otsu, fitando o pé ensanguentado e as mangas sujas do contato com a terra e o mato.

E na manga havia uma folha seca. A jovem a apanhou e andava brincando com ela quando percebeu que um inseto nojento saíra de um casulo branco e rastejava agora pelo dorso da mão.

Otsu tinha-se criado nas montanhas, mas não gostava de bichos. Horrorizada, agitou a mão freneticamente.

— Ande logo! Que moleza, Otsu-san! Venha de uma vez! — gritou Joutaro vivamente da base da colina. O tom era alegre, e sugeria que o menino tinha enfim encontrado Musashi.

— Finalmente, finalmente! — pensou Otsu.

Sentiu-se consolada de toda a miséria, e orgulhosa de si mesma ante os deuses por ter conseguido realizar esse seu mais caro desejo. O coração palpitava de alegria.

Mas Otsu sabia muito bem que essa alegria era só dela, um prelúdio tocado apenas para os seus ouvidos. Quem lhe garantia que Musashi corresponderia ao seu amor? O coração já lhe começava a doer num misto de felicidade e agonia.

XI

A terra continuava congelada nas áreas sombrias à beira da estrada, mas no fim da ladeira havia uma casa de chá num trecho de terra tão ensolarado que moscas voejavam em torno apesar do intenso frio desses dias de inverno. Voltada para os arrozais da base da montanha, a casa comercializava protetores de pata para bois, feitos de palha, e confeitos baratos. E ali, parado na frente da loja, estava Joutaro esperando por Otsu.

— Onde está ele? — perguntou a jovem, seu olhar percorrendo com cuidado a pequena multidão barulhenta à entrada da casa de chá na parada dos liteireiros.

— Não o encontrei — disse Joutaro, com ligeiro desapontamento, acrescentando: — O que será que aconteceu?

— Como? — exclamou Otsu, incrédula. — Não pode ser!

— Mas ele não está em lugar algum! Perguntei na casa de chá, mas ninguém viu um samurai que correspondesse à descrição. Estou achando que houve um mal-entendido — disse o garoto, sem se mostrar especialmente frustrado.

Otsu sabia que a culpa era dela por ter se alegrado antes da hora, mas achou revoltante a rapidez com que Joutaro se dispunha a liquidar a questão.

"Que menino!", pensou Otsu, furiosa com a quase indiferença do garoto.

— Você o procurou ali adiante?

— Procurei.

— E atrás desse marco?

— Não está.

— Atrás da casa de chá?

— Não está, já disse! — replicou Joutaro, ligeiramente aborrecido com a insistência.

Otsu voltou o rosto para o lado num brusco movimento.

— Está chorando, Otsu-san?

— Que lhe importa?

— Não consigo entender você às vezes, sabia? Sempre a achei uma moça muito inteligente, mas em alguns aspectos você parece criança! Pense bem: para começar, aquela notícia não tinha fundamento algum. Mas você acreditou piamente nas palavras do homem, ficou feliz e agora começa a choramingar porque não encontrou Musashi-sama. Você não regula bem! — disse Joutaro, começando a rir abertamente, sem consideração alguma.

Otsu sentiu vontade de se sentar ali mesmo, no meio da estrada. A luz do mundo inteiro tinha-se ido repentinamente e o habitual pesar — não, muito mais que isso, uma decepção profunda, jamais experimentada — invadiu-lhe o coração. Os dentes cariados na boca escancarada em riso lhe pareceram odiosos, irritantes. Por que tinha de andar com esse pestinha? Ai! Se pudesse, abandoná-lo-ia por aí e seguiria chorando sozinha pela estrada! — considerou Otsu.

Pensando bem, apesar de estarem os dois andando em busca de Musashi, as reações eram diferentes porque Joutaro procurava apenas seu mestre querido, enquanto Otsu tentava encontrar o homem da sua vida. Além disso, episódios desse tipo não costumavam abater Joutaro: o menino logo recuperava o bom humor porque tinha, no íntimo, a certeza de um dia reencontrar seu mestre. Mas Otsu, ao contrário, não conseguia ser tão otimista e perdia o ânimo durante dias, chegando até a imaginar para si um futuro dos mais sombrios.

"Pode ser que eu esteja destinada a nunca mais vê-lo!", pensava ela.

Quem ama quer ser correspondido, mas também anseia por privacidade. Otsu, principalmente, órfã desde pequena e afeita à solidão, ressentia-se da presença de estranhos com muito mais intensidade do que a maioria das pessoas.

Ligeiramente amuada e fingindo-se ofendida, a jovem pôs-se a caminho em silêncio quando uma voz a chamou às suas costas:

— Otsu-san!

Não era Joutaro. A jovem voltou-se e viu um homem sair de trás do marco de pedra e se aproximar abrindo caminho na relva seca. As bainhas das espadas, longa e curta, brilhavam úmidas de orvalho.

XII

Era Tsuge San-no-jou.

Otsu e Joutaro tinham pensado que San-no-jou prosseguira ladeira acima havia pouco, mas eis que o homem reaparecia num lugar inesperado. O comportamento era estranho.

Além disso, não era correto chamá-la "Otsu-san", pensou a jovem: demonstrava uma intimidade que não tinham. Joutaro reagiu com agressividade:

— Tio, o senhor mentiu para nós.

— Como assim?

— O senhor disse que Musashi-sama estava aqui, com uma espada na mão! Onde está ele? O senhor mentiu!

— Idiota! — ralhou San-no-jou. — Não percebe que graças à mentira sua amiga conseguiu escapar daqueles três? Você não tem nada a cobrar de mim. Muito pelo contrário, acho que me deve agradecimentos.

— Quer dizer que a lorota foi para engabelar os três homens?

— É óbvio!

— Agora entendi! Está vendo, Otsu-san? Era lorota mesmo! — disse Joutaro.

Otsu foi obrigada a reconhecer que fizera um triste papel. Irritar-se com Joutaro era uma coisa, mas chamar San-no-jou de mentiroso era outra, totalmente desprovida de sentido. Com uma delicada mesura, a jovem agradeceu San-no-jou por sua providencial intervenção.

Este, enfim satisfeito, disse:

— Os bandoleiros de Yasugawa andam bem menos ativos nos últimos tempos. Ainda assim, acho que vocês não conseguirão escapar ilesos destas montanhas com esse bando nos seus calcanhares. Quanto a esse Miyamoto Musashi, por quem tanto se preocupam, não vai cair na armadilha dos bandidos se for tão bom guerreiro quanto afirma o menino.

— Sabe se existem outras estradas além desta que levem à de Koshu? — perguntou Otsu.

— Claro que existem. — San-no-jou ergueu o olhar e contemplou o límpido perfil das montanhas cobertas de neve. — Se chegar ao vale de Iga, tem a estrada que vem de Ueno; se alcançar o vale Ano, tem a estrada que vem de Kuwana e Yokkaichi, além delas, devem existir ainda mais alguns atalhos e picadas que cortam florestas. Acho que esse tal Miyamoto Musashi deve ter tomado um desses caminhos.

— Espero que sim, sinceramente.

— Maior perigo correm vocês dois. De nada valerá tê-los salvo das garras desse bando de cães selvagens se continuarem a andar calmamente por esta estrada, pois acabarão chegando a Yasugawa e às mãos dos bandidos outra vez. Pode ser que achem o caminho um pouco íngreme, mas será melhor me acompanharem: vou levá-los por um atalho que ninguém conhece.

San-no-jou os conduziu por uma picada que cortava as montanhas acima da aldeia de Koga e levava ao estreito de Outsu pelo passo Makado, local onde parou e explicou minuciosamente o caminho a seguir, acrescentando:

— Daqui para frente não têm mais nada a temer. Tratem de chegar cedo às pousadas e depois prossigam com cuidado.

Otsu agradeceu novamente e ia se afastar quando San-no-jou a deteve:

— Otsu-san, estamos nos despedindo, percebeu? — Fixou um olhar intencional no rosto da jovem e acrescentou, quase com raiva: — Durante todo o percurso esperei que me perguntasse, mas acabei não tendo esse prazer.

— Perguntar o quê?

— Meu nome.

— Mas eu o ouvi, na ladeira Koji-zaka.

— E lembra-se dele?

— O senhor é Tsuge San-no-jou-sama, sobrinho de Watanabe Han-zou-sama.

— Que bom! Longe de mim querer me impor, mas você não vai se esquecer, vai?

— Nunca me esquecerei do quanto lhe devo.

— Não é nada disso. Espero que não se esqueça de que ainda sou solteiro. Se meu tio não fosse tão implicante, eu a levaria à minha casa, mas... Bem, deixe isso para lá. Na vila, existe uma pequena hospedaria, cujo dono me conhece. Dê-lhe o meu nome e hospede-se com ele. Adeus!

XIII

Otsu sabia que devia muito a San-no-jou, mas quanto mais gentil se mostrava o homem, mais ele lhe repugnava.

Desde o início, a jovem tivera a impressão de que San-no-jou era falso porque mentia com muita facilidade, o que a impediu de agradecer-lhe sinceramente e a fez sentir certo alívio no momento da despedida, como se estivesse escapando das garras de um lobo.

O mesmo parecia estar sentindo Joutaro, habitualmente tão receptivo, pois murmurou enquanto atravessavam o passo:

— Que sujeito desagradável!

Otsu também não conseguiu conter-se e sussurrou:

— Concordo com você. E que terá ele querido dizer quando enfatizou que ainda era solteiro?

— Na certa quis dizer que vai aparecer um dia para lhe pedir a mão.

— Que os deuses me livrem!

A partir desse ponto, a jornada transcorreu sem incidentes, o único fato a lamentar sendo o de que não tinham conseguido saber de Musashi nem à beira do lago de Oumi, nem ao cruzar a ponte Karabashi, em Seta, ou ainda no posto de inspeção da ladeira Ou-saka.

Na cidade de Kyoto, arranjos festivos de pinheiro e bambu já adornavam os portais, anunciando a aproximação do ano-novo. E ao ver a cidade enfeitada à espera da primavera, o coração de Otsu parou de lamentar a oportunidade perdida para se encher uma vez mais de esperanças.

Manhã do primeiro dia do ano, na boca da ponte da rua Gojo. Ou senão, do segundo, terceiro ou quarto dia... Ele estaria ali esperando todas as manhãs até o sétimo dia, Otsu ouvira Joutaro dizer. Pena que Musashi não esperava por ela. Mas não tinha importância: se viesse a encontrá-lo, seus sonhos estariam quase todos realizados.

"Mas e se...?"

E eis que de súbito uma nova sombra vinha toldar sua alegria: Hon'i-den Matahachi. Pois todas as sete manhãs Musashi estaria esperando por Hon'i-den Matahachi!

Joutaro lhe havia dito que o recado tinha sido transmitido verbalmente a Akemi, não sendo certo que Matahachi o recebera.

"Que Matahachi não venha e só Musashi-sama esteja sobre a ponte", rezava Otsu. De Keage chegou à entrada da rua Sanjo e misturou-se ao turbilhão humano, agitado com a aproximação do fim de ano. Matahachi podia estar andando no meio daquela gente, sentiu ela com súbita apreensão. Musashi também era capaz de estar por ali. E se a mãe de Matahachi, a velha Osugi, pessoa a quem mais temia neste mundo, lhe surgisse agora pelas costas?

Joutaro, porém, parecia não ter uma única preocupação no mundo: de volta à cidade grande depois de longa ausência, parecia excitado com as cores e a balbúrdia reinante.

— Já vamos para a hospedaria, Otsu-san?

— Ainda não.

— Será uma pena nos fecharmos numa hospedaria com esta claridade. Vamos andar mais um pouco. Parece que tem uma feira lá adiante.
— Deixe a feira para lá porque temos algo muito mais importante a fazer.
— O quê?
— Você já se esqueceu do pacote que carrega às costas desde Ise, Jouta-san?
— Ih, é verdade!
— Nada de passear por aí antes de entregar a lorde Karasumaru Mitsuhiro a encomenda que Arakida-sama nos confiou.
— Podemos pousar na mansão dele esta noite, não podemos?
Otsu transferiu o olhar para as águas do rio Kamogawa e sorriu:
— Como poderia haver um quarto na nobre mansão do conselheiro imperial para Jouta-san, o pobre menino piolhento de beira-estrada?

BORBOLETA NO INVERNO

I

Quando a cama da jovem doente deixada aos cuidados da hospedaria foi encontrada vazia, a direção do estabelecimento achou que poderia ser acusada de negligência e se ver envolvida numa situação nada agradável.

Mas o hospedeiro de Sumiyoshi tinha uma vaga ideia das razões por trás da doença da jovem, e resolvendo que ela não tentaria afogar-se outra vez, remeteu apenas uma nota a Yoshioka Seijuro por estafeta, não se dando a desnecessários trabalhos, como o de mandar alguém do estabelecimento no encalço da fugitiva.

E foi assim que Akemi se viu repentinamente livre como um passarinho saído da gaiola. Mas a jovem havia passado por uma experiência que quase a matara e não estava em condições de bater as asas com vigor. Além de tudo, os profundos ferimentos físicos e emocionais resultantes da violência praticada por Seijuro não eram do tipo que cicatrizavam em dois ou três dias.

"Que ódio!"

A bordo do barco que cruzava regularmente o Yodo, Akemi contemplava a correnteza, sentindo a revolta crescer no peito tão turbulenta quanto as águas do rio.

O ódio que nutria por Seijuro não era também um ódio qualquer. O sentimento era complexo, já que Akemi amava outro homem, e seu sonho de uma vida feliz ao lado desse homem havia sido destruído por Seijuro e sua violência.

Pelas águas do rio Yodo navegavam ligeiro barcos transportando arranjos para portais com vistas ao ano-novo e à primavera.

"E agora, valerá a pena encontrar-me com Musashi-sama no primeiro dia do ano?"

A dúvida trouxe lágrimas que lhe escorreram pelo rosto.

Como Akemi havia esperado a manhã do ano-novo, dia em que Musashi viria à ponte sobre a rua Gojo para encontrar-se com Matahachi!

Desde o momento em que começara a se sentir atraída por Musashi até hoje, Akemi se mantivera fiel a ele, não dando a menor atenção aos homens que chegara a conhecer mais tarde em Kyoto. Comparava Musashi ao inútil Matahachi, em eternas brincadeiras frívolas com a madrasta Okoo, e seu amor só fazia crescer.

Se saudade pudesse ser comparada a um fio, achava Akemi, então o amor era um novelo a enrolar o fio e a crescer dia a dia dentro do coração. Os anos podiam se passar longe da pessoa amada, mas o amor alimentava-se de lembranças e notícias distantes e encarregava-se de alongar o fio da saudade, nele se enrolando e crescendo cada vez mais.

E até poucos dias atrás Akemi assim se sentira, conservando o puro perfume dos lírios de campo que vicejam aos pés da montanha Ibuki. Mas agora, a pureza se fora.

Ela tinha certeza de que ninguém sabia, mas parecia-lhe que todo mundo a olhava com outros olhos.

— Ei, moça! Ó moça!

A voz despertou Akemi, que pela primeira vez tomou consciência das árvores secas e dos pagodes ao seu redor, e de si própria, andando no crepúsculo por Teramachi, nas proximidades da rua Gojo, como uma friorenta borboleta num dia de inverno.

— Você está arrastando um pedaço de faixa ou *obi*. Quer que eu arrume para você?

A abordagem tinha sido grosseira, mas as duas espadas à cintura indicavam que homem era um *rounin*. Akemi não o conhecia, mas o samurai era Akakabe Yasoma, sempre a perambular pelas ruas mais movimentadas do centro de Kyoto ou pelos subúrbios da cidade.

Raspando no chão as sandálias rotas, o homem aproximou-se de Akemi e apanhou a ponta do cordão que a jovem arrastava atrás de si.

— Está parecendo a louca de uma peça nô! As pessoas vão rir de você. E por que é que não ajeita esse cabelo? Você não é feia.

II

Aborrecida, Akemi fingiu não ouvir e continuou andando. Akakabe Yasoma tomou seu silêncio por timidez e insistiu:

— A moça parece ser da cidade. Que lhe aconteceu? Fugiu de casa? Ou do marido?

— ...

— Cuidado! Uma menina tão bonitinha não devia perambular por aí com esse ar perdido É verdade que hoje em dia não temos mais o difamado portal Rashomon[43], nem bandidos habitando a montanha Oue, mas em compensação a cidade anda cheia de bandoleiros, *rounin* e mercadores de mulheres, que babam por um rostinho bonito, sabia?

---

43. Rashomon: antigo e famoso portal de entrada da cidade de Kyoto que o tempo se encarregou de arruinar. No período Heian, transformou-se em abrigo de ladrões e ponto preferido para abandonar cadáveres.

Como Akemi não se dignava a responder, Yasoma continuou a falar sozinho e a segui-la:

— Que coisa! — comentou, a respeito da própria observação. — Ouvi dizer que ultimamente mulheres de Kyoto estão sendo vendidas em Edo e alcançam um bom preço. Antigamente, quando o terceiro Fujiwara fundou a cidade de Hiraizumi na província de Oushu[44], muitas mulheres de Kyoto foram vendidas para lá, mas hoje em dia é a cidade de Edo que se transformou num mercado promissor porque Hidetada, o segundo xogum da dinastia Tokugawa, está se empenhando seriamente em estabelecer ali a base do xogunato. Casas de prostituição famosas de Fushimi, Sumi, Sakai e Sumiyoshi estão abrindo filiais em Edo, a oitocentos quilômetros de distância daqui.

— ...

— E sua beleza, menina, chama a atenção de qualquer um. Tome muito cuidado para não ser vendida, ou para não cair nas garras de algum bandoleiro sem escrúpulos.

— Xôô, passa — gritou Akemi de repente. Agitou a manga do quimono como se enxotasse um cão vira-lata, voltou-se e olhou feio para o homem. — Passa, passa!

Yasoma gargalhou e observou:

— Esta é meio louca mesmo!

— Não amole!

— Ou será que não?

— Idiota!

— O que disse?

— Louco é você!

— Ih, é maluca mesmo, não tem dúvida! Coitadinha! — gargalhou Yasoma de novo.

— Não lhe interessa, ouviu? — replicou Akemi, empinando o nariz. — Vou acertar uma pedra em você!

— Ora, o que é isso! — disse Yasoma sem se abalar, continuando a persegui-la.

— Espere um pouco, moça!

— Não enche! Passa, cachorro, passa!

Na verdade, Akemi morria de medo. Desvencilhou-se das mãos de Yasoma e disparou em linha reta, mergulhando num denso matagal próximo à área

---

44. Oushu: engloba as atuais províncias de Fukushima, Miyashiro, Iwate, Aomori e parte da província de Akita.

onde, dizia-se, antigamente existira a mansão de Komatsu-dono[45], fugindo entre as longas e ondulantes hastes do capim.

— Eei, moça! — Yasoma a seguiu como um cão de caça, dançando no meio do mato alto.

Uma lua crescente lembrando o sorriso da louca em máscara nô surgira no céu para os lados do monte Toribe. Por infelicidade, essa era uma área normalmente deserta e o sol já começava a descambar. Muito embora, nesse momento, a duzentos metros dali, havia um punhado de gente descendo a montanha a passos lentos, mas essa gente — terços nas mãos, vestida de branco e envergando sombreiros atados com cordão branco — não acorreu aos gritos de Akemi porque fazia parte de um cortejo fúnebre e ainda chorava pelo morto que acabava de enterrar.

III

Um violento empurrão de Yasoma jogou Akemi no meio do mato.

— Nossa, desculpe! — disse Yasoma. Pura zombaria. O homem lançou-se sobre Akemi, envolveu-a nos braços e a imobilizou. — Você se machucou?

Akemi esbofeteou o rosto barbudo com raiva, duas, três vezes. Mas Yasoma parecia nem sentir. Pelo contrário, estava gostando: semicerrando os olhos, o homem deixava-se bater sem nunca afrouxar o abraço, esfregando com persistência o rosto barbudo no de Akemi. A barba picava como se fossem agulhas e era um tormento para a jovem, que nem conseguia respirar.

Akemi o arranhou com vontade.

As unhas feriram as narinas, que imediatamente se tingiram de vermelho e incharam, como as do leão das danças folclóricas. Mas Yasoma não a largava.

Do santuário dedicado a Amida[46], no monte Toribe, um sino dobrava anunciando o anoitecer e a transitoriedade das coisas terrenas. Mas a voz de Buda admoestando: "A matéria é vã. Tudo é vaidade neste mundo!"[47], não encontrava eco no coração desse homem que vivia de cometer excessos. As longas hastes do capim seco em torno dos dois vultos ondulavam violentamente.

— Fique quieta.

---

45. Komatsu-dono: nome pelo qual foi também conhecido o comandante militar Taira-no-Shigemori (1138-1179).

46. Amida: adaptação japonesa do sânscrito *amitabha*, "luz ilimitada", ou *amitayus*, "vida infinita". Amida é o mais extensamente venerado dos Budas não históricos. Na verdade, nas seitas da Terra Pura (Jodo), ele sobrepuja tanto Birushana quanto o histórico Buda Shakyamuni. (Philip Kapleau, op. cit.).

47. No original, *Shikizokuzeku* — expressão budista que significa: "toda matéria é nada". A matéria pode assumir infinitas formas, mas qual é a sua verdadeira natureza? Nada.

— ...
— Não tenha medo.
— ...
— Você vai ser minha mulher. Que tal?
— Prefiro morrer!... — gritou Akemi. O berro tinha uma vibração de dor tão intensa que Yasoma se espantou:
— O quê? Mas por quê, hein, menina?

Juntando braços e joelhos ao peito, Akemi tinha-se fechado como um botão de camélia. Yasoma tentava vencer com palavras a barreira dos músculos. Ao que parecia, além de já ter tido experiências semelhantes anteriores, o homem divertia-se até nesse tipo de situação, zombando com toda a calma da presa, sem se importar com sua fúria.

— Para que chorar? Não tem motivo algum para chorar! — sussurrava rente aos ouvidos de Akemi. — Nunca esteve com um homem, mocinha? Não pode ser! Com a sua idade...

Akemi lembrou-se do incidente com Yoshioka Seijuro e de como lhe fora difícil respirar então. Contudo, comparado àquele outro momento crucial em que não conseguira sequer enxergar as divisórias do shoji, hoje se sentia muito mais calma.

— Espere! Espere um pouco, já disse! — berrou Akemi sem sentido algum, enrolada sobre si mesma como um caracol.

Convalescente ainda, sentia-se arder em febre. Mas pela cabeça de Yasoma nem sequer passava a ideia de que o calor fosse febre.

— Esperar? Tudo bem, espero, claro que espero! Mas nem tente fugir, porque aí vou perder a paciência!

Akemi sacudiu violentamente os ombros e livrou-se das persistentes mãos de Yasoma. Levantou-se a seguir, olhando feroz para o homem que finalmente se afastara um pouco:

— Que pretende?
— Você sabe muito bem!
— Não se iluda comigo: sou mulher, mas sei me defender, está ouvindo?

Havia sangue em seus lábios, cortados no contato com a borda de uma folha. Akemi mordeu o lábio ferido e no mesmo instante, lágrimas escorreram pelo queixo alvo misturadas ao sangue.

— Ora, você diz coisas interessantes! Estou começando a achar que não é louca, não.

— Claro que não sou!

Empurrou de súbito o peito do homem e correu em direção à lua, tropeçando e gritando no meio do mato ondulante que se estendia a perder de vista:

— Socorro! Assassino!

IV

Momentaneamente, Yasoma pareceu muito mais louco que Akemi.

Excitado, esqueceu por completo a pose de homem experiente e despindo a pele humana, revelou a besta sob ela.

— Socorro!

Nem correra cem metros na trilha azulada do luar quando a besta a abocanhou.

Com as pernas brancas impiedosamente desnudadas, Akemi caiu de bruços, sujando de terra o rosto parcialmente coberto por mechas de cabelos desgrenhados.

A primavera se aproximava, mas o vento que descia uivando pela encosta do monte Kacho ainda ameaçava congelar o campo. O peito arfante desnudou-se, expondo ao vento frio os seios brancos de Akemi, transformando os olhos de Yasoma em duas janelas de fogo. Nesse instante, Yasoma foi atingido com um objeto extremamente duro na altura da orelha. O homem sentiu o sangue juntar-se momentaneamente no local e uma bola de fogo ali explodir.

— Aaah! — gritou Yasoma.

A perturbação fê-lo voltar-se, ainda gritando, e cometer um novo erro. Pois no mesmo instante um berro o atingiu, em cheio, no rosto:

— Animal!

Uma grossa flauta de bambu rasgou o ar silvando e golpeou o topo da sua cabeça.

Yasoma não teve tempo de sentir este último golpe. Os cantos dos seus olhos descaíram, os ombros arriaram, e o homem tombou para trás, balançando a cabeça como um tigre articulado de papel.

— Foi mais fácil do que eu esperava!

Parado com a arma — uma flauta de bambu *shakuhachi* — na mão, o monge *komuso* espiava a cara de Yasoma, desmaiado de boca aberta a seus pés. Mesmo que recuperasse a consciência, o homem ia ficar abobado, já que os dois golpes haviam atingido o cérebro. "Que crueldade! Teria sido melhor se o tivesse matado de uma vez...", parecia considerar o monge *komuso*, fitando Yasoma com ar compenetrado.

Akemi contemplava estupefata o rosto do monge: ele tinha sob o nariz um bigode ralo, como se tivesse plantado ali alguns cabelos de milho. Por causa da grossa flauta de bambu, o homem de cerca de cinquenta anos podia ser um monge *komuso*, mas por suas roupas encardidas e pela única espada à cintura, podia tanto ser um mendigo como um samurai.

— Está segura agora! — disse Aoki Tanzaemon, abrindo a boca num riso que expôs ainda mais os grandes incisivos superiores.

Akemi finalmente recuperou-se e disse:
— Muito obrigada.
Arrumou os cabelos, ajeitou as roupas desalinhadas e, ainda receosa, passeou o olhar ao redor.
— Onde fica a sua casa? — perguntou Tanza.
— Minha casa? A casa, a casa...
Akemi escondeu o rosto nas mãos e começou a chorar. Incapaz de responder com franqueza, contou meias-verdades e chorou de novo.
Falou da mãe — madrasta, na verdade — e de como ela tentara vendê-la, e de como viera até ali fugida de Sumiyoshi. Ao chegar nesse ponto, declarou:
— Nunca mais volto para casa, nem morta. Ninguém sabe o quanto sofri até hoje! Tenho até vergonha de contar, mas quando eu era pequena, minha madrasta me obrigava a roubar os pertences dos soldados mortos nos campos de batalha!
Mais que os nojentos Seijuro e Akakabe Yasoma, Akemi odiava Okoo nesse instante. O ódio tomou conta de seu corpo e fê-la chorar de novo, com o rosto oculto nas mãos.

TENTAÇÕES ADORMECIDAS

I

O pequeno vale ficava bem aos pés do pico Amida, e por ele ressoava o sino do templo Kiyomizudera. Cercado também pelos montes Uta-no-naka e Toribe, o vale era tranquilo e aconchegante, protegido dos frios ventos de inverno.

E ao chegar ao referido vale Komatsu-dani, Aoki Tanzaemon disse:

— Esta é a minha casa provisória. Bem informal, não acha?

Sorriu arreganhando os lábios sob o bigodinho ralo e voltou-se para Akemi.

— Isto aqui?! — exclamou Akemi. Sabia que estava sendo grosseira, mas não conseguiu se conter.

Pois a "casa" era apenas um pequeno santuário devastado. Se aquilo podia ser considerado uma casa, muitas havia nas imediações, pois santuários e templos abandonados por ali não faltavam: as cercanias do vale até a região de Kurotani e Yoshimizu eram consideradas o berço da seita Nenbutsu — cultores de Amida —, e muitas eram as ruínas históricas relacionadas a Shinran, o fundador da seita, e a Hounen[48], o fiel iluminado que se tinha despedido em lágrimas de seus muitos discípulos e seguidores, atendentes, nobres da corte, beatos e beatas num santuário deste mesmo vale Komatsu-dani, na noite anterior ao do seu desterro para Sanuki.

Mas tudo isso tinha acontecido numa longínqua primavera do período Jogen (1207-1211). A noite agora era de fim de inverno, nenhuma flor havia nos arredores a estiolar mansamente.

— Entre... — convidou Tanza. Subiu na frente para a varanda do santuário, empurrou uma porta de treliça e acenou, chamando Akemi.

A jovem hesitava, sem saber se aceitava a oferta ou se saía andando sozinha pela noite em busca de outro lugar para dormir.

— Apesar das aparências, isto aqui é bem aconchegante. Está forrado, de esteira, é verdade, mas assim fica mais quentinho que com o piso nu. Por que hesita? Está com medo de que eu possa ser um bandido igual ao outro? — indagou Tanza.

Akemi balançou a cabeça, negando em silêncio.

Sentia que Aoki Tanzaemon era um homem bom, e estava tranquila quanto a esse aspecto. Além do mais, ele era velho, parecia já ter passado dos

---

48. Hounen Shonin: fundador da seita Jodo.

cinquenta. O que a fazia hesitar eram a sujeira do santuário que ele chamava de casa e o mau cheiro proveniente das roupas e da pele encardida dele.

No entanto, não sabia para onde ir e tinha medo do que lhe poderia acontecer desta vez, caso voltasse a topar com Akakabe Yasoma. Sobretudo sentia-se febril, sem forças e com muita vontade de se deitar.

— Posso mesmo? — perguntou, começando a subir para a varanda pela curta escada.

— Claro que pode. Fique quantos dias quiser, pois aqui ninguém virá incomodá-la.

O interior do santuário estava tão escuro que Akemi receou ver morcegos saindo por ali a qualquer momento.

— Espere um pouco — disse Tanza de um canto, batendo com a pederneira. Instantes depois, a luz bruxuleou numa lamparina, provavelmente achada em algum lugar.

A luz revelou panelas, tigelas, travesseiro de madeira, esteiras: o básico havia sido juntado. Dizendo que lhe prepararia uma papa de trigo sarraceno, Tanza despejou carvão num fogareiro de porcelana desbeiçado, juntou gravetos e soprou, atiçando o fogo.

"Que homem bondoso", pensou Akemi. Mais calma, a sujeira deixou de incomodá-la e, do mesmo jeito que o homem, começou a sentir-se à vontade nesse meio.

— Você me disse que estava com febre e que sentia moleza no corpo, certo? Deve estar resfriada. Deite-se aí enquanto preparo o mingau.

Uma cama fora arrumada num canto com esteiras e a palha das embalagens de arroz. Akemi forrou o travesseiro de madeira com um lenço de papel que tinha consigo e logo se deitou.

Em vez de cobertor, havia um pedaço de mosquiteiro feito de papel encerado, outro dos achados de Tanza.

— Vou dormir um pouco se o senhor me der licença — disse Akemi.

— E não se preocupe com nada.

— Muito obrigada.

A jovem juntou as mãos e agradeceu. No momento em que foi cobrir-se com o mosquiteiro, um animal de olhos faiscantes saltou debaixo dele e transpôs sua cabeça. Com um grito agudo, Akemi jogou-se de bruços no chão.

II

Susto maior levou Aoki Tanza, que deixando escapar das mãos o pacote de trigo sarraceno, gritou:

— Que foi isso?
Seus joelhos ficaram brancos da farinha derramada.
Dobrada sobre si mesma, Akemi disse, ofegante:
— Um bicho... Maior que um rato... Ele pulou desse canto.
— Deve ser um esquilo — observou Tanza, olhando ao redor. — Esses danados surgem sempre por aqui, farejando a comida. Mas não estou vendo nada em lugar algum.
Akemi ergueu a cabeça cautelosamente e exclamou:
— Olhe, lá está ele!
— Onde?
Tanza levantou-se a meio e voltou-se para olhar às suas costas. Com efeito, sobre a cerca em torno do santuário central — há muito despojado das imagens sagradas e dos objetos de adoração — estava parado um pequeno animal que, ao perceber o olhar de Tanza sobre si, encolheu-se assustado.
Era um macaco, e não um esquilo.
Tanza o contemplou, desconfiado. Talvez o macaco tivesse então decidido que era fácil comunicar-se com o homem à sua frente, pois percorreu agilmente a balaustrada duas ou três vezes, sentou-se de novo no mesmo lugar, ergueu o rosto peludo cor de pêssego e pestanejou, como se quisesse dizer alguma coisa.
— Danadinho, por onde terá entrado? Bem vi que tinha grãos de arroz espalhados por todo lado. Foi você?
O animal pareceu compreender o sentido das duas últimas palavras, pois antes que Tanza se aproximasse, escondeu-se de um salto no santuário.
— Até que ele é simpático — riu Tanza. — Acho que não nos incomodará se lhe dermos um pouco de comida. Vamos deixá-lo em paz.
Limpou a farinha dos joelhos e ajeitou-se perto da panela.
— Não tenha medo, Akemi. Durma.
— Tem certeza?
— Pelo visto, não é selvagem. Deve ser um animal de estimação fugido de algum lugar. Não se preocupe com ele. Está com frio?
— Não.
— Durma, durma. Nada melhor que um bom sono para curar um resfriado.
Despejou a farinha na panela, juntou água e mexeu, fazendo movimentos circulares com o *hashi*.
O carvão queimava vivamente no fogareiro desbeiçado. Tanza deixou a panela no fogo e começou a picar cebolinha verde.
A tábua era uma mesinha velha encontrada no santuário; a faca, uma adaga enferrujada. Sem ao menos lavar as mãos, Tanza transferiu a cebolinha

picada para um prato de madeira. Enxugou a tábua improvisada, que logo se transformou em mesa.

Com o borbulhar da água, o ambiente se aqueceu gradativamente. Abraçando as pernas semelhantes a gravetos secos, Tanza observava com olhar faminto a espuma sobre a água fervente. Parecia feliz, como se todo o prazer da vida se concentrasse no interior da panela.

Para os lados do templo Kiyomizudera um sino soou, como todas as noites. A primavera estava próxima e os exercícios ascéticos de inverno já haviam terminado, mas a chegada do fim do ano tinha por certo o poder de despertar a ansiedade no coração dos homens, fazendo os sofredores tocarem o gongo em busca de alívio, e os fiéis em retiro rezarem, incansavelmente, noite adentro.

"Em troca de meus erros, aqui estou eu, pagando os pecados. Mas... E Joutaro, por onde andará? Que a culpa do pai não recaia sobre o filho, que somente o pai pague pelos próprios pecados. *Namu-kanzen bosatsu*, gloriosos santos budistas, voltai vosso misericordioso olhar para Joutaro, velai por ele", rezava Tanza.

De repente, Akemi gritou no sono:

— Não! Não!

A jovem parecia sufocar em sonhos.

"Cachorro!"

Respirando pausadamente, olhos cerrados e rosto contra o travesseiro, a jovem chorava.

III

Akemi despertou com os próprios gritos e perguntou:

— Eu disse alguma coisa enquanto dormia?

— Você me assustou, menina!

Tanza aproximou-se da sua cabeceira e, enxugando-lhe o rosto molhado de suor, comentou:

— Deve ser a febre. Você está suando muito.

— O que eu disse?

— Muita coisa.

— Que tipo de coisa?

Enrubescendo ainda mais o rosto já vermelho de febre, Akemi puxou o mosquiteiro que lhe servia de cobertor e cobriu a cabeça.

— Existe um homem a quem você odeia profundamente, não é, Akemi?

— Eu disse isso?

— Disse. Que aconteceu? O homem a abandonou?

— Não.
— Ele a enganou?
— Também não.
— Ah, já entendi — disse Tanza, tirando suas próprias conclusões. Repentinamente, Akemi soergueu-se e perguntou:
— E agora, que faço de minha vida?

A raiva e a tristeza acumuladas forçaram-na a contar em meio a soluços o vergonhoso episódio ocorrido na praia de Sumiyoshi, agarrada aos joelhos de Tanza.

"Sei, sei..."

O ar saía das narinas de Tanza, quente de emoção. O nariz lhe ardia, excitado por um perfume que havia muito não sentia: o cheiro de um corpo feminino. Nos últimos tempos, ele se acreditara seco e murcho como uma árvore velha, para sempre livre das vulgaridades inerentes à condição humana. Mas eis que de repente se sentiu intumescer, como se lhe houvessem despejado sangue muito quente nas veias: Tanza lembrou-se pela primeira vez em muito tempo que por baixo das costelas ainda tinha pulmões e um coração batendo.

— Ora, ora! Não sabia que Yoshioka Seijuro era um homem tão desprezível! — explodiu Tanza, sentindo intenso ódio do herdeiro dos Yoshioka. Contudo, o que fazia o sangue do idoso Tanza ferver a esse ponto não era tanto a indignação dos justos, mas ciúme, um ciúme estranho, como o do pai que teve a filha violentada. Seus ombros tremeram de ira mal contida.

Aos olhos de Akemi, no entanto, Tanza era um homem digno de confiança, a quem tudo podia contar.

— Quero morrer, tenho vontade de morrer! — gemeu ela, contorcendo-se e apertando o rosto lavado em lágrimas contra os joelhos magros do homem.

Um tanto perplexo pelas inesperadas sensações que esse contato despertava em seu corpo, Tanza disse:

— Não chore, não chore. Você não está maculada, asseguro-lhe, já que as coisas aconteceram sem o seu consentimento. No caso da mulher, a pureza é muito mais uma questão espiritual do que física, não é mesmo? A castidade é, portanto, uma questão espiritual. É sabido que, se uma mulher trai seu homem em pensamento, perde a castidade, pelo menos durante o tempo em que pensa no outro.

Mas essa arenga conformista não consolava Akemi, que continuou a chorar e a lamentar, suas lágrimas quentes chegando a varar a roupa de Tanza:

— Tenho vontade de morrer, de morrer — desabafou ela.
— Não chore, menina, não chore — repetia Tanza, acariciando-lhe de leve as costas, mas sem conseguir sentir total simpatia pelo corpo trêmulo nos

seus joelhos. Saber que aquela pele macia e perfumada já tinha pertencido a outro homem o irritava.

O macaco, que dissimuladamente havia se aproximado da panela, abocanhou algo e fugiu. Ao perceber o movimento, Tanza deixou a cabeça de Akemi escorregar-lhe dos joelhos e, agitando um punho fechado, gritou para o macaco:

— Maldito!

A comida falava mais alto ao coração de Tanza do que lágrimas de uma mulher, era óbvio.

IV

O dia raiou.

Quando o sol surgiu, Tanza disse para Akemi:

— Vou à cidade esmolar. Cuide da casa para mim na minha ausência. No caminho de volta, vou-lhe comprar remédios, comida quente, temperos e arroz.

Vestiu a estola dos *komuso*, mais encardido do que pano de chão, apanhou a flauta e o sombreiro e deixou o santuário.

Seu sombreiro, diferente dos usados pelos monges *komuso*, era do tipo comum, feito de fibra de bambu trançado. Com ele na cabeça e arrastando as sandálias rotas, Tanza saía a esmolar pela cidade todos os dias, exceto quando chovia. Parecia um espantalho ambulante, o bigodinho ralo piorando ainda mais seu aspecto miserável.

Nessa manhã, particularmente, Tanza sentia os olhos enevoados: não tinha dormido bem na noite anterior, ao contrário de Akemi, que depois de chorar e se lamentar tomara o mingau quente, transpirara bastante e acabara caindo em sono profundo.

A razão da insônia ainda persistia em sua mente, recusando-se a dissipar mesmo debaixo do sol claro e morno.

"Tem mais ou menos a idade da Otsu", pensava. "Elas são de temperamento bem diferentes, e Akemi é mais engraçadinha. Otsu é refinada, porém fria. Akemi é toda sedução, rindo, chorando ou se zangando."

E essa sedução tinha o efeito de fortes raios solares sobre o corpo de Tanza, rejuvenescendo suas células murchas. Mas Tanza não podia esquecer a própria idade: virando-se inquieto durante a longa noite perturbada pela presença de Akemi, ele se admoestara, severo:

"Como posso ser tão desprezível? Eu tinha um honroso cargo hereditário na vassalagem da casa Ikeda, mas destruí a linhagem, fui expulso do clã

Himeji, tomei-me um nômade e caí no submundo, por quê? Por causa de uma mulher. Porque fiz a besteira de sentir por Otsu a mesma paixão que me queima agora!"

"Será que ainda não aprendi a lição?", perguntava-se. "Ando com a flauta e a estola budista, mas estou longe do límpido caminho dos que abraçam a seita *fuke*! Quando poderei atingir a iluminação dos santos monges peregrinos?"

Envergonhado, ele havia cerrado os olhos e se esforçado para dormir até a madrugada. E o cansaço resultante da noite agitada aderia agora como uma sombra ao pobre vulto trôpego.

"Vou livrar-me desses pensamentos impuros. Mas que menina engraçadinha. E que golpe sofreu! Vou consolá-la. Vou lhe ensinar que nem todos os homens do mundo são bestas lascivas. Além do remédio, que mais vou lhe comprar no caminho de volta? É estimulante pensar que o resultado da mendicância vai se transformar em conforto para Akemi! Não devo desejar nada além disso."

E foi quando, à custa de muito esforço, conseguiu afinal acalmar o tumultuado coração, que Tanza ouviu um súbito ruflar de asas sobre o barranco, e um falcão interpôs-se momentaneamente entre ele o sol.

Tanza ergueu o rosto. Da copa de um carvalho desfolhado, penas cinzentas, leves como flocos de algodão, vieram flutuando sobre sua cabeça.

Com um pássaro preso nas garras, o falcão alçou voo mostrando o lado interno de suas asas.

— Ele pegou! — gritou alguém e, em seguida, um silvo agudo chamou o falcão.

V

Instantes depois dois vultos em trajes de caça vieram descendo a ladeira atrás do templo Ennenji e se aproximaram de Tanza.

Um deles tinha um falcão pousado sobre o punho esquerdo. À cintura, do lado oposto ao das duas espadas, trazia um saco para guardar a caça. Atrás dele vinha um cão de caça castanho, de aspecto ágil.

O homem era Yoshioka Seijuro.

Seu companheiro era bem mais jovem: de físico másculo, usava um quimono vistoso, do tipo usado por adolescentes, e trazia enviesada às costas uma comprida espada de quase um metro de comprimento. Os cabelos, longos, estavam amarrados em rabo. Descrito assim, não será preciso explicar mais: o homem só podia ser Ganryu Sasaki Kojiro.

— Estou certo de que foi por aqui! — disse Kojiro, parando e examinando em torno. — Foi bem nesta área que meu macaco se desentendeu com o seu cão de caça, ontem à tarde, e levou uma mordida no rabo. Acho que não gostou da experiência, pois desapareceu e não voltou mais. Pode ser que ainda esteja escondido no topo de alguma árvore.

— Por que haveria de estar? O macaco tem pernas, não se esqueça observou Seijuro, secamente. — Para começar, não devia tê-lo trazido quando saímos a falcoar! — acrescentou, sentando-se numa pedra próxima.

Kojiro também acomodou-se num toco de árvore e replicou:

— Não é verdade que o trouxe comigo. O que posso fazer, porém, se o bicho me segue por todos os lados? Não posso negar também que sinto sua falta quando não o tenho por perto.

— Sempre julguei que dar carinho a macacos e cachorros fosse coisa de mulheres e homens desocupados, mas quando vejo um jovem estudante de artes marciais tão afeiçoado a um macaquinho, percebo que não se pode generalizar.

Seijuro, que já havia visto Kojiro lutando no dique Kemazu, respeitava-o como espadachim, mas ao observar-lhe gostos e comportamento no cotidiano não podia deixar de considerá-lo bastante imaturo. Os três ou quatro dias de convivência haviam sido suficientes para mostrar-lhe que, apesar de sua grande habilidade guerreira, Kojiro tinha ainda muito a crescer.

A constatação de que o jovem não era perfeito teve, porém, o efeito de deixar Seijuro mais à vontade, facilitando-lhes o convívio e aprofundando a familiaridade.

Kojiro riu:

— Devo isso ao meu lado infantil. Mas deixe estar: vou me esquecer de macacos quando aprender a me divertir com mulheres.

Enquanto o jovem conversava descontraidamente, Seijuro, ao contrário, dava sinais de inquietação cada vez mais claros, seus olhos brilhando impacientes como os do falcão pousado no punho.

— Que quer esse monge mendigo? Já faz algum tempo que nos espreita — resmungou Seijuro de repente, em tom reprovador. Kojiro voltou-se para olhar.

O homem que Seijuro fitava com feroz desconfiança era naturalmente Aoki Tanza, que ao ouvir o comentário, deu as costas aos dois e começou a se afastar lentamente.

— Vamos embora — disse Seijuro, erguendo-se de repente. — Já estamos no dia 29 de dezembro e, por mais que pense, este momento não é propício para falcoar. Vamos voltar para a academia.

Kojiro apenas sorriu com frieza, como se já estivesse esperando o repente.

— Já? Mas só pegamos uma rolinha e dois tordos até agora! Isso não compensa o trabalho de chegar tão longe com o falcão. Vamos subir mais um pouco a montanha.

— Não, eu vou desistir. O falcão também parece perceber meu desânimo e não desempenha seu papel a contento. É melhor retornar à academia e treinar, treinar bastante!

Seijuro disse as últimas palavras mais para si mesmo num tom vibrante, diferente do usual, e ergueu-se, disposto a ir se embora sozinho.

VI

— Se vai para casa, também vou — disse Kojiro algo descontente, começando a acompanhá-lo. — Sinto haver insistido contra a sua vontade, mestre Seijuro.

— Ora, não precisa se desculpar.

— Afinal, fui eu quem insistiu em falcoar, tanto ontem como hoje.

— Compreendi muito bem que você visava o meu bem. Não obstante, já estamos no fim do ano e, conforme lhe contei, aproxima-se o dia do duelo com esse indivíduo, Miyamoto Musashi.

— Por isso mesmo encorajei-o a falcoar e a distrair-se um pouco, para fortalecer-se espiritualmente. Acho, no entanto, que isso não é do seu feitio.

— Compreenda: quanto mais boato ouço, mais me parece que não devo subestimar esse tal Musashi.

— Maior motivo ainda para não se precipitar, nem se deixar pressionar. Tem de se disciplinar espiritualmente.

— Não estou de modo algum me sentindo pressionado; mas subestimar um inimigo é um dos erros estratégicos mais graves. Preciso treinar até o dia do duelo, dedicar-me inteiro a isso. Se apesar de tudo eu for derrotado, significará que ele era mais hábil, e não me restará alternativa senão conformar-me.

Kojiro valorizava a honestidade de Seijuro, mas também notava com clareza como era limitada a sua visão. Sentia, não sem uma dose de piedade, que o homem não estava qualificado para carregar por muito mais tempo a fama e a academia a ele legadas pelo pai, Yoshioka Kenpo.

"Denshichiro, o irmão mais novo, tem mais nervos", pensava.

Mas este era um estroina incorrigível: embora mais hábil que Seijuro com a espada, seguira o modelo dos segundos filhos e era irresponsável; segundo diziam, não dava a mínima importância ao famoso nome paterno.

Kojiro já havia sido apresentado a esse irmão, mas não conseguira sentir simpatia por ele. E logo uma estranha animosidade tinha surgido entre os dois.

"Seijuro é honesto, mas limitado. Vou tentar ajudá-lo", decidira Kojiro. Eis por que procurara fazê-lo esquecer o duelo, e o trouxera a falcoar. Mas, ao que parecia, o homem era incapaz de manter-se impassível ante a aproximação da grande data e queria retornar à academia para treinar. A seriedade com que encarava o assunto era digna de louvor, mas Kojiro tinha vontade de perguntar quantos dias ainda lhe restavam para treinar.

"Não adianta, isto é de seu temperamento", percebeu Kojiro, pesaroso.

E assim iam eles quase chegando ao caminho da casa, quando repentinamente se deram conta de que o cão de caça castanho, ao pé de ambos havia bem pouco, tinha desaparecido e seus latidos selvagens soavam agora a distância.

— Acho que acuou uma caça — disse Kojiro com os olhos brilhando de excitação. Seijuro, porém, pareceu irritar-se com isso e disse:

— Deixe-o. Vamos embora que ele virá atrás.

— Mas é uma pena — disse Kojiro. — Vou dar uma olhada. Espere-me aí mesmo, por favor.

O jovem correu na direção dos latidos e descobriu o cão na entrada de um santuário Amida, saltando furioso contra uma janela de treliça, arranhando com violência as colunas laqueadas e as juntas das paredes.

VII

Que teria farejado o cão para agir desse jeito? Kojiro aproximou-se de uma abertura longe da janela visada pelo cão.

Achegou o rosto à porta de treliça do santuário e espiou, mas nada conseguiu ver: dentro estava tão preto quanto o fundo de um pote de laca negra. O jovem agarrou a porta com ambas as mãos e a afastou com estrépito. A esse ruído o cão acorreu, saltando e abanando o rabo.

— Passa! — ordenou Kojiro, chutando-o. Mas o cão, excitado, não recuou e, no instante em que Kojiro entrou no santuário, passou-lhe à frente por baixo das pernas.

Ato contínuo, um grito feminino feriu os ouvidos de Kojiro. O berro agudo, no auge do pavor, misturou-se ao ladrar selvagem do cão e criou instantaneamente uma balbúrdia infernal. O santuário inteiro estremecia com os ecos dos latidos e gritos, de tal modo que as vigas do teto ameaçavam partir-se.

— Que é isso? — exclamou Kojiro, acorrendo, para no mesmo instante descobrir o alvo das investidas do cão, assim como a mulher que gritava frenética.

Akemi havia estado deitada sob o mosquiteiro de papel encerado, quando o macaco, cujo rastro o cão farejara, entrou pela janela e se escondeu atrás dela.

O cão veio no encalço do macaco e ameaçou morder a jovem.

Com um grito agudo, Akemi tombou de costas. Quase simultaneamente um ganido forte soou aos pés de Kojiro.

— Ai! Ai-ai! — gritou Akemi, debatendo-se. O cão havia-lhe abocanhado o antebraço esquerdo.

— Solta, danado! — gritou Kojiro para o cachorro, dando-lhe um segundo chute nas costelas. O cão já havia morrido no primeiro pontapé, mas a bocarra continuava cerrada sobre a presa.

— Solta, solta! — debatia-se Akemi, enquanto o macaco saltava de sob seu corpo.

— Cão danado!

Kojiro agarrou cada uma das mandíbulas do animal e logo soou um ruído seco — como o de laca se rompendo. A cabeça do cão pendeu com a cara quase partida ao meio. Kojiro agarrou-o pelo rabo e lançou-o para fora pela porta.

— Pronto, acabou! — disse, sentando-se perto de Akemi.

O braço da jovem estava em estado lastimável. O sangue escorria sobre a pele branca desenhando um padrão que lembrava pétalas de peônia. A visão foi capaz de provocar calafrios de dor até em Kojiro.

— Saquê! Saquê para lavar o ferimento! Você tem? É, acho um pouco difícil que o tenha neste lugar. E agora?

O sangue escorria morno pela mão que apertava com firmeza o braço de Akemi.

— Há dias o cão vinha agindo de modo estranho. Se ele estava louco e o veneno lhe entrar no sangue, você também poderá ficar louca — murmurou Kojiro, procurando divisar um tratamento emergencial.

— Louca? Posso ficar louca? Verdade? Ah, como eu gostaria! Eu quero ficar louca, louca!

— Não diga tolices!

De chofre Kojiro aproximou o rosto ao antebraço da jovem, cobriu o ferimento com a boca e sugou o sangue. Sentiu a boca cheia quando cuspiu, logo tornando a aproximar o rosto da pele alva.

VIII

Ao entardecer, Tanza retornou lentamente depois de um dia de mendicância.

Abriu a porta do santuário, já envolto em penumbras, e disse:

— Estou de volta, Akemi. Sentiu minha falta?

Depositou a um canto remédios, mantimentos e o pote de óleo e acrescentou:

— Espere um pouco. Já vou acender a luz para você.

A luz da lamparina clareou o ambiente, mas, no mesmo instante, Tanza sentiu o coração encher-se de sombras.

— Onde está você, Akemi? Akemi, Akemi! — chamou, mas não a encontrou.

Seu amor transformou-se em raiva incontida, toldando-lhe a vista e escurecendo o mundo inteiro. Quando a raiva se foi, a tristeza caiu sobre Tanza: mais jovem não haveria de ficar com o passar dos anos, seguramente, e em glória e ambição já não podia cogitar. Imaginou sua solitária velhice e contorceu o rosto, quase em lágrimas.

— Como é que ela se foi sem ao menos se despedir de mim depois que eu lhe salvei a vida e a tratei com tanto carinho? Ah, o mundo é assim mesmo. Acho que as jovens são assim, hoje em dia. Ou será que ela tinha medo de mim? — disse Tanza em tom queixoso, examinando desconfiado o lugar onde Akemi havia estado deitada. Descobriu então um pequeno retalho de tecido, uma ponta de *obi* rasgado. Havia manchas de sangue nele. Uma suspeita sem fundamento cresceu-lhe no peito, assim como um estranho ciúme.

Impaciente, chutou a cama de palha e lançou fora o remédio que havia comprado. Estava faminto depois de um dia inteiro esmolando, mas sem vontade de preparar o jantar, apanhou a flauta e saiu gemendo à varanda do santuário.

Depois disso, Tanza percorreu o vale tocando a flauta por mais de uma hora, tentando expulsar a paixão desenfreada que lhe ia na alma. A melodia anunciava aos quatro ventos que o desejo continua a existir como um elemento latente, fogo fátuo a irromper de vez em quando na vida do homem até que ele repouse para sempre em seu túmulo.

"Para que passei a noite inteira me debatendo insone, contido por um falso moralismo, se aquela menina está destinada a ser abusada por outros homens?"

Inúmeros e confusos sentimentos que iam desde arrependimento a autocensura turbilhonando no sangue sem levar a lugar algum — aquilo era a pura expressão da paixão carnal. Tanza tocava esforçando-se por livrar-se desse lodaçal e purificar-se. O pobre homem, contudo, devia ter nascido sob um signo muito forte do pecado, pois o som que conseguia extrair da flauta não alcançava o límpido timbre zen, que almejava.

— Monge *komuso*, que lhe deu para ficar tocando flauta sozinho esta noite? Se conseguiu boas esmolas na cidade e comprou um bocado de saquê, dê-me um pouco e deixe-me embebedar com você — disse um mendigo, espichando o pescoço de sob a varanda do santuário. Por ser aleijado, o homem só conseguia morar debaixo das construções e contemplava com inveja o cotidiano de Tanza no espaço acima, achando sua vida digna de príncipes e reis.

— Ei! Você talvez tenha visto. Diga-me, que foi feito da menina que eu trouxe ontem comigo?

— Como é que você deixa escapar uma beldade daquelas? Hoje cedo, logo depois que você partiu, um jovem guerreiro, de cabelos compridos e espada enorme às costas, veio até aqui, pegou o macaco, pôs a menina nos ombros, e os levou embora.

— Quê? Um rapaz de cabelos compridos?

— E mais bonitão que você ou eu, pelo menos — disse o aleijado. Riu, achando graça da própria piada.

O DESAFIO

I

— Leva o falcão à gaiola — ordenou Seijuro a um discípulo, mal chegou à academia da rua Shijo, descalçando-se em seguida.

Seijuro estava visivelmente aborrecido, e a irritação aflorava-lhe à pele, cortante como navalha.

Os discípulos, aflitos com o seu mau humor, ofereciam-lhe água para lavar os pés e, pressurosos, tomavam o sombreiro.

— E mestre Kojiro, que saiu em sua companhia, senhor?

— Deve vir logo mais.

— Separaram-se enquanto percorriam as matas em busca da caça?

— Não. Ele me deixou esperando e demorava a voltar, de modo que vim embora primeiro.

Seijuro foi para o seu aposento, trocou-se e veio sentar-se em sua saleta. Além do pátio interno, havia um vasto salão de treino. A academia tinha fechado no dia 25 para o fim de ano, e só reabriria na primavera.

A casa pareceu de súbito deserta sem o contínuo vai-e-vem dos quase mil discípulos e o som das espadas de madeira entrechocando-se.

Do seu aposento, Seijuro passou a perguntar repetidas vezes a um discípulo:

— Ele ainda não voltou?

— Ainda não, senhor.

"Quando Kojiro chegar, vou usá-lo como parceiro e treinar como se estivesse lutando contra o próprio Musashi", decidiu Seijuro. A tarde caiu e a noite chegou sem que Kojiro aparecesse, o mesmo se dando no dia seguinte.

Implacável, o último dia do ano chegou, e ao meio-dia, uma pequena multidão de cobradores aglomerou-se na sala de espera da mansão Yoshioka:

— Deem um jeito, não queremos saber — gritavam os sempre servis mercadores, agora impacientes. — Dizer que o encarregado saiu e que o patrão também saiu não resolve nada!

— Quantas vezes teremos de vir até aqui?

— Eu podia até me retirar sem reclamar se fossem só as contas deste último meio-ano. Afinal, esta casa sempre me prestigiou, desde os tempos do falecido mestre Kenpo. Mas olhem aqui: são contas acumuladas desde os festejos de finados do ano passado, e mais todas deste ano — gritava um mercador, indignado a ponto de quase esfregar o caderno de contas no nariz do atendente.

Eram marceneiros e estucadores, até então prestigiados pela casa Yoshioka, fornecedores de arroz e saquê, negociantes de tecidos, e cobradores de diversas casas de chá por onde Seijuro andara divertindo-se ultimamente.

Essas ainda podiam ser consideradas dívidas pequenas. Piores eram as contraídas por Denshichiro junto a agiotas, a juros altíssimos, sem o conhecimento do irmão mais velho.

— Já vi que não adianta discutir com vocês. Vamos, deixe-nos falar com mestre Seijuro.

Cinco ou seis haviam até se sentado, resolvidos a não sair do lugar.

Até pouco tempo atrás, as despesas da academia e da casa Yoshioka haviam estado a cargo de Gion Toji. Mas esse importante personagem volatilizara-se havia alguns dias em companhia de Okoo, a proprietária da Hospedaria Yomogi, levando consigo todo o dinheiro arrecadado durante a campanha pelo interior.

Os discípulos não sabiam mais o que fazer.

Oculto no interior da mansão, Seijuro respondera lacônico, ao ser consultado:

— Digam que não estou.

O irmão mais novo, Denshichiro, não era tolo: ele jamais se aproximaria da casa na véspera do ano-novo, um dia perigoso para devedores em geral.

Nesse instante, um grupo de seis a sete homens arrogantes entrou pela porta: eram Ueda Ryohei e seus companheiros, do bando que se autodenominava "Os Dez Mais" da academia Yoshioka.

Ryohei percorreu o olhar hostil pelo grupo de cobradores.

— Que eles querem aqui? — perguntou, contemplando-os com desdém.

O discípulo designado a atendê-los explicou em poucas palavras a óbvia situação.

— Ah, são cobradores! Vocês querem receber, não é mesmo? Nesse caso, esperem até que a situação desta nobre casa melhore. E quem não quiser esperar, pode me acompanhar até o salão de treino: eu pago de outro modo — disse Ryohei.

II

A solução violenta apresentada por Ryohei indignou os mercadores. Que significava isso, esperar até que a situação da nobre casa melhorasse? Pior ainda, que história era essa de chamar os descontentes à sala de treinos para ouvir a voz da razão? Afinal, se haviam servido àquela gente com tanta presteza, adulando-os, vendendo fiado, sempre sorridentes — "Volte-amanhã!", "Sim-senhor!", "Volte-depois-de-amanhã", "Sim-senhor!" —, era porque tinham confiado no prestígio do instrutor de artes marciais do xogum Muromachi, o falecido Kenpo. Para tudo tinha um limite, até para a arrogância daquela gente. No dia em que um mercador desistisse de cobrar com medo de ameaças, a classe não sobreviveria! E se os samurais se achavam capazes de tocar o mundo sozinhos, que experimentassem! — diziam as expressões rancorosas nos rostos afogueados.

Ryohei passeou o olhar pelos mercadores, que confabulavam unidos, e decidiu que eram um bando de idiotas:

— Vão embora, vão! Não adianta continuarem aí sentados.

Os mercadores calaram-se, mas não se arredaram do lugar. Ryohei então disse para um dos discípulos:

— Bote-os para fora!

Ao ouvir isso, os cobradores, que até então vinham se contendo, explodiram:

— Isso agora é demais, não acha patrão?

— O que é demais? — retrucou Ryohei.

— Essa falta de consideração!

— Que falta de consideração?

— Como é que pode mandar botar-nos para fora?

— Nesse caso, por que não se retiram ordeiramente? É véspera de ano-novo!

— Por isso mesmo! Nós também estamos preocupados, sem saber se conseguiremos ou não nos manter até o próximo ano! É por isso que pedimos encarecidamente: saldem suas dívidas!

— A casa Yoshioka tem mais o que fazer.

— Isso não é desculpa.

— Não me diga que está descontente!

— Não é isso. Basta pagar que não reclamo mais!

— Venha cá um instante.

— Aonde?

— Está com medo, insolente?

— Que jeito mais tolo de resolver as coisas!

— Tolo? Me chamou de tolo?

— Não disse isso do patrão. Quis dizer que isso não está certo.

— Cale a boca!

Ryohei agarrou o homem pela gola, arrastou-o à varanda e lançou-o para fora. O grupo de cobradores que se aglomerava no local saltou para trás, mas dois ou três não conseguiram esquivar-se a tempo e foram arrastados pelo homem.

— Quem mais quer reclamar? Como é que se aglomeram à entrada da nobre casa Yoshioka para cobrar ninharias? Isso é um ultraje! E agora, se o nosso jovem mestre se dispuser a pagar, *eu* não permitirei. Vamos, botem a cabeça aqui, um por um.

Ao verem a mão fechada de Ryohei erguida em posição ameaçadora, todos se ergueram e saíram disputando a dianteira. No entanto, uma vez fora dos portões, e já que não dispunham de força física, aguçaram as línguas e xingaram:

— Vou rir muito no dia em que vir uma placa na frente desta casa anunciando: vende-se!

— E esse dia não vai demorar!

— Se depender de nossos votos!

Dentro da mansão, Ryohei ouviu os comentários dos ressentidos mercadores e riu a mais não poder. Seguiu então em companhia dos demais para os aposentos de Seijuro e o encontrou sozinho perto do fogareiro, aquecendo-se.

— Isto aqui está quieto demais, jovem mestre. O senhor está bem?

— Claro! — respondeu Seijuro, sentindo novo ânimo ao ver seus melhores homens aproximando-se num grupo compacto. — Está chegando o dia, Ryohei!

— É verdade. E foi para falar a respeito disso que viemos. Que resolvemos quanto ao dia, hora e local do duelo com Musashi?

— Que resolvemos?... — repetiu Seijuro, pensativo.

III

Na carta mandada tempos atrás, Musashi deixara a cargo dos Yoshioka a escolha da data, horário e local do duelo, exigindo, porém, que os detalhes constassem numa placa que devia ser erguida nos primeiros dias de janeiro sobre a ponte da rua Gojo.

— Primeiro, vamos decidir o local — murmurou Seijuro. — Que acham da campina do templo Rendaiji, ao norte da cidade? — sondou.

— Boa escolha. E quanto ao dia e a hora?

— Primeira semana do ano, ou logo depois.

— Quanto antes, melhor. Assim Musashi não terá tempo de planejar nenhuma estratégia covarde.

— Nesse caso, dia 8.

— Dia 8? Não convém. É o aniversário de falecimento do nosso velho mestre.

— Ah, é o dia em que meu pai morreu, ia me esquecendo. Vamos então escolher outro. Manhã do dia 9, último terço da hora do coelho[49]... É isso, está resolvido!

— Nesse caso, farei constar os dados no aviso e o erguerei ainda esta noite à beira da ponte, na passagem do ano. De acordo?

— Sim.

— Pronto para o duelo, jovem mestre?

— Claro!

A situação exigia essa resposta.

Pela cabeça de Seijuro nem sequer passava a ideia de perder para Musashi. A técnica que lhe fora cuidadosamente ensinada na infância pelo pai, Kenpo, jamais fora superada por nenhum dos discípulos ali presentes em todas as ocasiões que com eles se batera, e muito menos haveria de ser por um jovem interiorano em começo de carreira, como esse Musashi, confiava Seijuro.

E se apesar de tudo nos últimos dias sentia súbitas incertezas que lhe perturbavam o equilíbrio emocional, era porque enfrentava diversos problemas pessoais e não porque negligenciara os treinos, acreditava ele.

Seu caso com Akemi podia ser considerado o maior desses problemas: ele se aborrecera muito com o episódio. E quando retornara às pressas para Kyoto, depois de receber a carta de Musashi, Gion Toji tinha fugido com o dinheiro, a situação financeira deteriorou-se ainda mais, cobradores passaram a acuá-lo todos os dias — e não tivera tempo de preparar-se espiritualmente.

E desde que retornara a Kyoto quase não havia visto o jovem Sasaki Kojiro, em quem tinha depositado tanta esperança. Quanto ao irmão, Denshichiro, este nem se aproximava da academia. E apesar de Seijuro não ter Musashi em tão alta conta a ponto de achar que precisaria da ajuda desses dois para derrotá-lo, sentiu-se só e abandonado: o fim do ano prometia ser bastante triste.

— Veja jovem mestre. Acho que ficou bom — disse Ueda Ryohei vindo com os companheiros de uma sala anexa e apresentando-lhe uma placa de madeira que acabara de ser aplainada e aprontada. As letras ainda brilhavam, úmidas da tinta fresca:

---

49. Hora do coelho: compreendia aproximadamente o período das cinco às sete horas da manhã. As 24 horas de um dia, por este sistema, eram divididas em doze partes e a cada uma delas era atribuído um signo do calendário chinês, havendo portanto a hora do rato, do boi, tigre, coelho, dragão, cobra, cavalo, carneiro, macaco, ave, cachorro e javali. Cada hora era ainda dividida em três partes, para melhor aproximação.

CARTA ABERTA AO *ROUNIN* DE SAKUSHU
MIYAMOTO MUSASHI

Atendendo ao vosso pedido, estabeleço as seguintes condições para o duelo:

Local: Campina do templo Rendaiji,
setor norte da cidade.

Data e hora: 9º dia do primeiro mês,
último terço da hora do coelho.

Juro, em nome dos deuses, o fiel cumprimento do acima estabelecido. Caso V. S.ª não cumpra estas condições, será ridicularizado publicamente.

E que os deuses me castiguem, caso eu não as cumpra.
No último dia do ano IX do período Keicho (1605), faz saber
Yoshioka Seijuro, Herdeiro de Yoshioka Kenpo

— Acho que está bom — disse Seijuro, acenando gravemente e parecendo enfim acalmar-se.

Com a placa debaixo do braço, Ueda Ryohei seguiu a passos largos em companhia dos demais para a ponte da rua Gojo no anoitecer do último dia do ano.

SOLIDÃO

I

Na área ao pé do monte Yoshida moravam muitos vassalos da nobreza, samurais de vida monótona ganhando módicos estipêndios.

Casas pequenas de portais modestos, de aspecto tão conservador que denunciavam logo à primeira vista a classe social dos seus habitantes, ali se enfileiravam, tranquilas.

— Não é esta, nem esta outra.

Examinando um a um os nomes nos portais das casas, Musashi andava pela rua.

— Talvez tenham se mudado.

Desanimado, parou.

Lembrava-se da área muito vagamente em meio à névoa que toldava suas lembranças infantis, já que vira a tia pela última vez no enterro do pai, Munisai. Como, porém, ela era a única parente consanguínea que lhe restava no mundo, além da irmã Ogin, Musashi sentiu-se subitamente tentado a procurá-la ao chegar a Kyoto no dia anterior.

Se bem se lembrava, o marido da tia era um samurai em posto subalterno na casa nobre Konoe e vivia de um modesto estipêndio. Imaginara localizar a casa com facilidade na base do monte Yoshida, mas, ao chegar ali, eram tantas as casas parecidas — todas pequenas, ocultas atrás de árvores e de portais hermeticamente fechados, encerradas em si como caramujos, algumas com placas de identificação, outras sem elas — que logo viu a dificuldade de descobri-la ou mesmo de pedir informações sobre sua localização.

— Desisto. Acho que já se mudaram mesmo.

Musashi começou a retornar para a cidade. Sobre o centro urbano, a névoa noturna começava a se acumular, refletindo as luzes vermelhas das casas em festa à espera do ano-novo.

O último dia do ano vinha chegando ao fim e havia no ar um vago burburinho. Nas ruas, as pessoas tinham um jeito diferente de andar e olhar, mais animado que o habitual.

— Ah! — exclamou Musashi, voltando-se para olhar a mulher com quem acabara de cruzar. Fazia sete ou oito anos que não a via, mas essa devia ser a irmã da mãe, que saíra de Sayogo, na província de Banshu, para casar-se e viver em Kyoto.

"Parece-se com ela!", pensou Musashi de imediato. Para ter certeza, seguiu-a durante algum tempo e notou que a mulher, miúda, de quase quarenta anos, levando junto ao peito as compras para os festejos da passagem do ano, encaminhava-se para a viela deserta, havia pouco exaustivamente percorrida por Musashi.

— Senhora! Minha tia!

A mulher voltou-se desconfiada e examinou com cuidado o rosto e o corpo inteiro do jovem. Aos poucos, um brilho de surpresa alarmada surgiu em seus olhos, em torno dos quais a vida monótona e parcimoniosa havia se encarregado de juntar pequenas rugas precoces.

— Ora... Você é Musashi, filho de Munisai, não é?

Ser chamado de Musashi em vez de Takezo pela tia que não via desde a infância era surpreendente e ao mesmo tempo triste.

— Sim, senhora, sou Takezo, dos Shinmen — retificou Musashi.

A tia continuou apenas a olhá-lo, sem dizer: "Como você cresceu!", ou "Está tão mudado que nem o reconheci!", como esperava Musashi. Afinal, falou em tom frio, quase reprovador:

— E então? O que o traz aqui?

Enquanto conversavam, e por não se lembrar da mãe que lhe havia faltado bem cedo na vida, Musashi procurava algo desta última no contorno dos olhos e no jeito dos cabelos da tia, perguntando-se se ela teria tido em vida essa mesma altura, ou esse timbre de voz.

— Nada em especial, senhora. Quis apenas saber como estariam passando meus tios, uma vez que estou em Kyoto.

— Ia à minha casa?

— Sim. Espero não estar sendo inconveniente com esta visita repentina.

— Então, considere feita a visita. Já que nos encontramos, não tem mais por que ir à minha casa. Vá-se embora, vá! — disse a mulher abanando a mão, dispensando-o.

II

Como uma mulher podia ser tão fria com o sobrinho que não via há tanto tempo?

Um estranho não seria mais indiferente, considerou Musashi. Censurou-se pela ingenuidade de ter pensado nela como uma segunda mãe, mas não se conteve e perguntou:

— Por quê, minha tia? Se não me quer ver, eu me vou, não tenha dúvida. Não consigo entender, porém, por que me manda embora, mal nos encontramos no meio da rua. Se, tem algo a me censurar, diga-me, senhora.

A franqueza pareceu constranger a tia, que disse:

— Entre um pouco, então, e venha cumprimentar seu tio. Mas sabe como ele é. E se eu disse tudo aquilo é porque não gostaria de vê-lo desiludido com seus modos bruscos. Afinal, você não nos visita há tanto tempo...

Um pouco mais consolado, Musashi seguiu a mulher para dentro da casa.

Logo ouviu do outro lado de uma divisória a voz de Matsuo Kaname, o marido da tia. O sussurro contrariado, asmático, fez Musashi sentir-se malquisto uma vez mais e se remexer constrangido.

— Que disse? Musashi, o filho de Munisai, está aí? Ele tinha de vir justo hoje? E que fez você? Quê? Está aí, no quarto ao lado? Como é que o deixou entrar sem me avisar, mulher tola?

Incapaz de suportar por mais tempo, Musashi chamou a tia e se preparava para apresentar as despedidas quando Kaname correu a porta do quarto e, cenho franzido, espiou pela abertura:

— Então, você está aí!

Parecia estar vendo sobre o seu *tatami* um imundo protetor de cascos bovinos. "Camponês malcheiroso!", dizia seu olhar.

— Que veio fazer aqui?

— Vim apenas saber como estão, uma vez que certos assuntos me trouxeram a esta cidade.

— Não minta!

— Como disse?

— Eu sei muito bem, não adianta esconder! Você andou aprontando em sua terra, comprou o ódio de muitos de seus conterrâneos, maculou o nome de sua família e agora está foragido, não está?

— ...

— E ainda tem a coragem de dizer que veio apenas para saber como estamos?

— Perdoe-me. Ainda pretendo voltar à minha terra e me justificar perante meus antepassados e o povo de minha aldeia.

— Mas neste momento não está nem em condições de voltar à sua terra, não é verdade? Bem diz o ditado: quem semeia vento, colhe tempestade. Munisai deve estar chorando no seu túmulo.

— Sinto ter lhes imposto minha presença. Aqui me despeço, minha tia.

— Espere um pouco, rapaz! — interrompeu-o o tio, repreensivo. — Não fique andando a esmo perto da minha casa porque se meterá em sérios apuros. Pois a matriarca dos Hon'i-den — essa velha obstinada de nome Osugi — apareceu-me aqui há coisa de meio ano e diversas outras vezes nos últimos dias. Ela se senta aí na entrada, furiosa, querendo saber se você esteve nesta casa e insiste conosco para que lhe forneçamos informações sobre o seu paradeiro.

— Ah, a velha senhora tem aparecido também por aqui?
— E fiquei sabendo de tudo por intermédio dela. Se laços de sangue não o ligassem à minha mulher, eu o entregaria a ela amarrado; mas sei que não posso fazer isso. Descanse um pouco e depois parta, ainda esta noite, antes que nos envolva em seus problemas e acabe prejudicando-nos também.

Era decepcionante: seus tios já o haviam julgado com base na versão apresentada pela velha Osugi.

Musashi permaneceu cabisbaixo, em sombrio silêncio: uma tristeza sem tamanho tinha agravado sua natural introversão.

A atitude pareceu finalmente comover a tia, que o convidou a descansar um pouco no aposento ao lado. Mais do que isso ela não lhe ofereceria, pelo jeito. Musashi levantou-se em silêncio e foi para a outra sala. O cansaço dos últimos dias e a necessidade de estar no dia seguinte, o primeiro do ano, sobre a ponte da rua Gojo, levou-o a deitar-se imediatamente com a espada nos braços. Era a própria imagem do homem solitário, ciente de que só podia contar consigo mesmo em todo o mundo.

III

Tentando ver o lado positivo do episódio, Musashi considerou que não devia ofender-se tanto. A atitude fria, as palavras ásperas tinham uma explicação: aqueles eram seus verdadeiros tios, não necessitavam tratá-lo cerimoniosamente.

De tão irritado com eles, chegara a pensar em cuspir na entrada da casa e partir, mas sentiu que tinha de se esforçar por interpretar positivamente suas atitudes. Como pessoa a eles ligada por fortes laços de sangue, Musashi gostaria de ajudá-los ou de ser por eles ajudado em situações adversas.

Mas esse sentimentalismo era típico de um jovem ignorante. Musashi era imaturo, infantil até, em sua visão do mundo e das pessoas. Esse tipo de relacionamento com parentes só seria possível se ele já fosse rico e famoso, mas não agora, que lhes surgira à porta numa noite fria, sujo e mal vestido, além de tudo na véspera do ano-novo.

O erro de julgamento logo se evidenciou.

Confiante nas palavras da tia que o convidara a descansar um pouco, Musashi havia se deitado no escuro, faminto, à espera da refeição. No entanto, apesar dos aromas de cozidos e do barulho da louça provenientes da cozinha desde o anoitecer, ninguém lhe surgiu à porta para convidá-lo a jantar.

No pequeno fogareiro portátil restava apenas uma fraca brasa brilhando como um vaga-lume. Mas fome e frio eram secundários: descansando a cabeça sobre o braço dobrado, Musashi dormiu profundamente por quase quatro horas.

— Sinos da passagem do ano!...

Musashi ergueu-se de repente: o cansaço dos últimos dias havia desaparecido como por encanto e a mente estava lúcida e serena. Sinos de todos os templos, dentro e fora da cidade, repercutiam gravemente anunciando o fim das trevas e a chegada da luz.

Os 108[50] toques do sino conclamavam a humanidade a despertar das paixões terrenas, instigavam os homens a refletir sobre a transitoriedade das coisas materiais.

— Eu estava certo.
— Fiz tudo que tinha de ser feito.
— Não me arrependo do que fiz.

"Quantas pessoas no mundo haveria capazes de pensar assim neste momento?", indagava-se Musashi. A cada toque de sino, remorsos agitavam-se em seu íntimo, fatos passados de que agora se arrependia amargamente.

E isso acontecia não só nesse ano. No anterior, e no anterior a esse, não se lembrava de haver passado um ano, ou um dia sequer, sem lamentar alguma coisa.

O ser humano parece propenso a fazer alguma coisa e arrepender-se logo depois. Mesmo em matérias como a escolha da parceira, a grande maioria dos homens arrasta vida afora um irremediável arrependimento. Que mulheres se arrependam ainda é perdoável. No entanto, é difícil ouvi-las queixando-se. O mesmo não acontece com os homens: eles falam das próprias mulheres com agressividade, no mesmo tom com que se refeririam a sandálias velhas e gastas — uma atitude patética e desprezível.

Musashi não tinha problemas conjugais, mas isso não o impedia de ter outras coisas a lamentar. Agora, por exemplo, já se arrependia de ter vindo àquela casa.

"Continuo confiando demais em coisas como laços sanguíneos. Vivo dizendo a mim mesmo que sou só no mundo, que posso contar apenas comigo mesmo, e quando menos espero, cá estou eu, tentando depender de alguém. Sou tolo, muito ingênuo, tenho de crescer!" Sentia-se humilhado, desprezava a própria imagem humilhada e envergonhava-se cada vez mais de si próprio.

— É isso: vou deixar escrito!

---

50. 108 toques de sino: (*hyakuhachi no kane*): os templos budistas tocam 108 vezes o sino ao amanhecer e ao anoitecer (simplificados para dezoito vezes no cotidiano) para despertar os seres humanos das 108 paixões carnais. O número 108 adviria, segundo outra explicação, da harmonia ou soma dos números que representam um ano, ou seja, da soma de 12, dos meses, de 24, dos *ki* e de 72, dos *ko*, estes dois últimos do antigo calendário solar chinês, em que cinco dias correspondiam a um *ko*, três *ko* a um *ki*, seis *ko* (ou dois *ki*) a um mês.

Movido por um repentino impulso, desfez a pequena trouxa de viagem. Nesse mesmo instante, uma mulher idosa em trajes de viagem parava à porta da casa e nela batia resolutamente.

IV

Musashi retirou da trouxa um caderno rústico — feito de folhas de papel dobradas em quatro e costuradas num dos lados — e tomou do pincel.

Ali ele anotara impressões colhidas durante as viagens, conceitos zen, detalhes geográficos interessantes, palavras de incentivo dirigidas a si mesmo, e aqui e ali, paisagens em pinceladas rápidas.

Musashi contemplou a página em branco. As 108 badaladas continuavam a repercutir, ora à distância, ora próximas. Escreveu:

"De nada me lamentarei."

Fazia parte de seu hábito registrar palavras de autocensura toda vez que descobria pontos fracos em si mesmo. Mas escrever apenas não fazia sentido: as palavras tinham de ficar gravadas em seu espírito e, para tanto, deviam ser cantadas a cada manhã e noite como um sutra. Por conseguinte, o fraseado tinha de ser melódico, fácil de ser recitado, como um poema.

Depois de refletir alguns instantes, reescreveu:

"Não lamentarei meus atos passados."

Repetiu a frase baixinho, para si mesmo. Mas ainda parecia haver algo que não lhe agradava, pois recompôs a frase:

"Jamais me arrependerei de meus atos."

A frase inicial: "Nada lamentarei", não era forte bastante. Tinha de ser "arrependerei", e definitivo como "jamais". "Jamais me arrependerei de meus atos."

— É isso!

Satisfeito, jurou a si mesmo que assim seria doravante. Tinha de progredir muito, forjar corpo e espírito o tempo todo para alcançar um dia o ponto de não precisar mais arrepender-se de suas ações.

"A meta é distante, mas ainda chegarei lá", prometeu a si mesmo.

Foi então que a porta do *shoji* às suas costas correu silenciosamente e o rosto friorento da tia espiou:

— Musashi — sussurrou, com voz trêmula, contida. — Está vendo? Algo me dizia para não deixá-lo entrar em casa! Pois aí está Osugi, a matriarca dos Hon'i-den, batendo à minha porta bem na passagem do ano! Ela deu com os olhos nas sandálias que você descalçou na entrada da casa e está esbravejando, enfurecida: "Musashi tem de estar aqui! Traga-o à minha presença!" Escute, escute só como ela grita! Que horror! E agora, Musashi?

— Como? A velha Osugi?

Efetivamente, a voz ríspida da obstinada matriarca alcançava-o junto ao vento frio que entrava uivando pelas frestas.

Os sinos da passagem de ano acabavam de se calar e a tia estava se preparando momentos atrás para tomar um copo de água pura, o primeiro do ano que começava, e chamar os bons augúrios. E que seria da casa se neste momento místico nela ocorresse derramamento de sangue? Sem dar-se ao trabalho de disfarçar o desagrado, a tia lhe disse:

— Fuja, Musashi, por favor! A fuga é o caminho mais seguro. Como você deve estar ouvindo, seu tio tenta impedir a entrada da velha senhora, afirmando que não hospeda você. Aproveite e fuja pelos fundos!

Ainda falando, juntou ela própria os pertences e o sombreiro do sobrinho, e levou-os até a porta dos fundos, para onde também trouxe um par de meias de couro e as sandálias do tio.

Musashi as calçou atendendo aos insistentes apelos da tia, mas disse, bastante constrangido:

— Sei que estou sendo inconveniente, minha tia, mas lhe serei muito grato se me der algo para comer. Uma tigela de arroz e picles serão suficientes. Não como nada desde a tarde passada.

A tia reagiu indignada:

— Isso é hora de falar em comida? Tome! Leve isto e vá embora de uma vez!

Assim dizendo, trouxe-lhe cinco nacos de *mochi*[51] envoltos em um pedaço de papel. Musashi os aceitou, levou-os à testa com as duas mãos em sinal de agradecimento e despediu-se:

— Adeus!

Saiu a seguir para o mundo ainda escuro apesar da chegada do novo ano, e seguiu caminho cabisbaixo, pisando a fina crosta de gelo que recobria a terra, um vulto triste e friorento lembrando um pássaro sem penas vagando no inverno.

V

Musashi sentia cabelos e unhas prestes a congelar na fria madrugada. Tinha apenas uma percepção aguda do próprio hálito branco contrastando com a escuridão, mas o frio era tão intenso que até mesmo esse bafo morno ameaçava transformar-se em gelo antes ainda de alcançar a barba em torno da boca.

---

51. *Mochi*: bolo feito de arroz especial cozido e sovado.

— Que frio! — disse alto, involuntariamente. Nem nos oito infernos gelados sentiria tanto frio, imaginou Musashi, perguntando-se o motivo dessa desconfortável sensação justo nessa manhã.

— É porque o frio está no coração, e não no corpo — descobriu Musashi. — Para começar, tenho ainda em mim essa carência que me leva às vezes a ansiar por afeto, como se eu fosse um bebê e buscasse o calor materno. Isso me leva a sentir solidão, a invejar o calor que coa pelas janelas dos lares alheios. Por que não me orgulho desta solidão e desta vida nômade que me foram concedidas? Por que não as considero ideais e não agradeço aos céus por elas?

Os dedos dos pés, congelados e doloridos, tinham repentinamente se aquecido até as pontas. Agora, o hálito branco era vapor a abrir caminho no escuro, varrendo o frio.

— Um nômade solitário que não tem ideais nem sente gratidão por sua vida independente nada mais é que um mendigo. O que diferencia o monge poeta nômade Saigyou de um reles mendigo é a existência desse sentimento no seu coração.

De súbito, Musashi ouviu um estalo seco e, simultaneamente, um raio branco partiu de sob a planta dos pés e correu pelo chão. Observou melhor e percebeu que pisava uma fina crosta de gelo. Sem que se desse conta, ele havia descido para a beira do rio Kamogawa e andava por sua margem oriental.

Não havia vestígios de aurora no céu ou nas águas do rio. Ele viera andando sem hesitar desde a base da montanha Yoshida, em meio a uma escuridão negra como o breu, mas agora, ao perceber que estava na beira do rio, imobilizou-se, incapaz de dar mais um passo.

— Vou acender uma fogueira! — decidiu-se.

Aproximou-se do barranco e juntou gravetos, pedaços de madeira e outros materiais de fácil combustão. Bateu a pederneira. Precisou de paciência e empenho para conseguir uma minúscula chama.

Finalmente, os gravetos pegaram fogo. Sobre eles empilhou cuidadosamente, como uma criança construindo um castelo de brinquedo, pequenas aparas fáceis de queimar. O fogo adquiriu intensidade, cresceu de súbito e, atiçado pelo vento, estendeu labaredas que ameaçaram lamber-lhe o rosto.

Musashi retirou das dobras internas do quimono o pequeno embrulho contendo os nacos de *mochi* e os assou na fogueira. Observando os bolinhos que tostavam, cresciam e rompiam a crosta externa, lembrou-se dos ano-novo da sua infância. A tristeza dos que cedo perderam o lar lhe aflorou na alma como uma bolha, refletindo a luz da fogueira.

Musashi comeu em silêncio. Os *mochi* não tinham gosto de nada, mas o jovem neles sentiu o sabor do mundo.

— Uma comemoração somente minha.

No rosto abrasado pelo calor da fogueira, os cantos dos lábios ergueram-se num sorriso, como se repentinamente se lembrasse de algo divertido.

— E que bela comemoração! Pelo visto, o céu concede a todos o direito de festejar a entrada do ano, já que nem a mim recusou estes cinco pedaços de *mochi*. Farei um brinde ao ano-novo com as águas do rio Kamogawa, e terei os 36 picos da cadeia Higashiyama para enfeitar o meu portal. E agora, vou me purificar e aguardar o raiar do primeiro dia do ano.

Aproximando-se de um remanso, Musashi desatou o *obi*. Largou quimono e roupas de baixo na margem do rio e mergulhou.

Lavou-se inteiro chapinhando na água como um pássaro e, instantes depois, enquanto se secava com vigorosos movimentos, a luz da manhã rompeu as nuvens e começou lentamente a iluminar-lhe as costas.

Foi então que um vulto se aproximou da beira do rio atraído pelo clarão da fogueira, e parou em pé sobre o barranco. Embora totalmente diferente de Musashi tanto no físico como na idade, o vulto era o de outro andarilho perdido no mundo, ali conduzido pelo carma, ou seja, o de Osugi, a matriarca dos Hon'i-den.

A AGULHA

I

"Finalmente o achei, fedelho!", gritou Osugi no íntimo.
Alegria e temor confundiam-se no peito agitado.
— Ah, maldito!
Tinha vontade de agir de imediato, mas o corpo vacilante se opôs e lhe tirou o equilíbrio: Osugi cambaleou e caiu sentada rente ao tronco de um pinheiro.
— Que alegria! Finalmente o encontrei! Isso só pode ter acontecido por obra do espírito de Tio Gon, morto de maneira tão inesperada na praia de Sumiyoshi.

A velha Osugi tinha, nesse exato momento, um pedaço de osso e uma mecha dos cabelos do velho guardados na pequena trouxa de viagem atada à cintura. Nunca se separava dessas lembranças e com elas conversava durante suas longas jornadas: "Tio Gon: você pode ter morrido, mas não acho que estou sozinha. Afinal, partimos juntos de nossa terra jurando juntos retornar depois de justiçar Musashi e Otsu... Sei que seu espírito permanecerá comigo sobre este meu velho ombro até cumprirmos a promessa! E eu lhe prometo que vou me empenhar para liquidar Musashi o mais breve possível. Espere e verá, tio Gon."

Osugi não se cansava de repetir noite e dia as mesmas palavras, como um sutra. Sete dias haviam se passado desde a morte do tio Gon. E nesses sete dias a velha Osugi procurara Musashi com o mesmo intenso desespero da deusa Kishimojin[52] em busca do filho perdido. E agora, finalmente o encontrara.

A primeira pista viera na forma de um boato entreouvido nas ruas de Kyoto, dando conta de um provável duelo entre Yoshioka Seijuro e Musashi, nos dias seguintes.

A segunda havia sido uma placa, afixada na tarde anterior por alguns discípulos da academia Yoshioka na ponte Oubashi da rua Gojo, em meio a um intenso tráfego.

"Mas é muito atrevido, esse Musashi! Tanta petulância é digna de riso! Está claro que Yoshioka Seijuro vai liquidá-lo, mas... Nesse caso, não posso

---

52. Kishimojin: filha de uma *raksha* da Índia. Diz-se que deu à luz mil (ou 10 mil!) filhos. Como castigo por ter raptado e comido uma criança que não era sua, Buda submeteu-a ao sofrimento ocultando-lhe o filho caçula, o preferido. Depois disso, Kishimojin transformou-se em deusa protetora do Budismo, atendendo aos rogos dos que sofrem em decorrência de problemas envolvendo seus filhos.

cumprir a promessa feita a meus conterrâneos. Haja o que houver, tenho de agir antes para conseguir a cabeça desse amaldiçoado, erguê-la pelos cabelos e mostrá-la ao meu povo", pensava Osugi, frenética depois de ler o aviso.

Conclamando a ajuda dos deuses ancestrais, e apertando junto ao corpo o osso do velho Gon, ela havia tomado a decisão de encontrar Musashi, mesmo que para isso tivesse de afastar com as mãos uma a uma todas as moitas sobre a face da Terra.

E foi assim que, pela enésima vez, havia batido nessa noite à porta de Matsuo Kaname. E depois de ter questionado os tios de Musashi sem resultado e destilado veneno pela boca, vinha ela retornando desanimada pelo barranco do rio nas proximidades da rua Nijo quando avistara um clarão nos baixios à beira do rio. Osugi havia parado sobre o barranco e espiado, imaginando tratar-se de um mendigo aquecendo-se ao calor de uma fogueira. E então avistou, nas águas rasas do rio, a quase dez metros de um fogo vivo, um homem saindo do banho: ignorando o frio intenso, o homem enxugava o corpo musculoso.

"Musashi!"

Mal o identificou, a velha caiu sentada, incapaz de se erguer por alguns instantes. Seu adversário estava nu. Era uma oportunidade única para aproximar-se correndo e abatê-lo de golpe, mas o idoso e murcho coração não lhe permitia. As emoções, cada vez mais confusas com o avançar da idade, assumiram o comando da situação e a velha, agitada, só sabia dizer, como se já tivesse efetivamente a cabeça de Musashi em suas mãos:

— Gloriosos deuses, agradeço-vos a ajuda! Quanta alegria! Não posso ter encontrado Musashi por mera coincidência: minhas preces fervorosas dos últimos dias devem ter vos comovido, ó deuses, e vós me proporcionastes a oportunidade de me vingar com estas mãos!

E ali se deixava ficar, Osugi, mãos postas agradecendo aos céus com uma tranquilidade comum em idosos, mas incomum em se tratando dela.

II

Uma por uma, as pedras do baixio emergiam das trevas revelando seus contornos úmidos e brilhantes à luz da aurora.

Depois de enxugar o corpo, Musashi vestiu-se, introduziu as duas espadas no *obi* firmemente atado à cintura e ajoelhou-se, curvando a cabeça em silenciosa prece aos deuses.

— É agora! — decidiu Osugi, frenética. Mas nesse mesmo instante Musashi saltou de súbito uma poça de água e pôs-se a caminho. Temendo vê-lo fugir se o chamasse daquela distância, a velha Osugi, alarmada, seguiu pelo barranco para a mesma direção.

O primeiro alvorecer do ano aos poucos revelou vagos e harmoniosos contornos de telhados e pontes da cidade, mas estrelas ainda brilhavam no céu e a noite se demorava, escura, na base do monte Higashiyama.

Passando sob a ponte da rua Sanjo, Musashi abandonou o baixio e emergiu sobre o barranco, sempre caminhando a passos largos.

A velha Osugi pensou em detê-lo diversas vezes, ordenando:

"Pare, Musashi!"

Buscando, porém, com a sagacidade dos velhos, a condição mais favorável para efetuar o ataque — uma brecha na guarda, a distância ideal —, acabou por andar-lhe à cola algumas centenas de metros.

Musashi já tinha percebido a presença de Osugi havia algum tempo e não se voltara de propósito: no instante em que se voltasse e seus olhos se encontrassem, a velha lhe saltaria em cima, tinha certeza. Embora idosa, Osugi estava armada e desesperada, e Musashi teria de reagir, ao menos para evitar ferir-se.

"Aí está uma adversária temível!", considerou Musashi seriamente.

Fosse aquele o Takezo dos tempos da vila Miyamoto, teria repelido-a com um murro, lançando-a no chão a cuspir sangue. Mas agora, não se sentia propenso a isso.

Na verdade, Musashi é quem devia odiá-la, e não Osugi a ele. O ódio que Osugi lhe devotava — intenso a ponto de fazê-la jurar-lhe inimizade por todas as sete reencarnações a que uma alma está destinada — tinha origem em mal-entendidos e em confusas emoções, que uma vez esclarecidos, deveriam promover o entendimento. Mas Musashi poderia explicar-lhe as razões um milhão de vezes e ainda assim não lograria fazê-la esquecer a vingança cuidadosamente planejada e levá-la a dizer:

— Ah, então foi isso? Agora entendi!

No entanto, mesmo se o próprio filho Matahachi ali estivesse para lhe explicar como haviam os dois partido para a batalha de Sekigahara e o que lhes havia sucedido depois da guerra, essa obstinada anciã ainda assim não deixaria de achar que ele, Musashi, era o pior inimigo de quantos havia da família Hon'i-den, muito menos que fugira raptando a noiva do filho.

"Esta é uma boa oportunidade para promover o encontro dela com Matahachi. Se chegarmos à ponte da rua Gojo, talvez já o encontre lá, à minha espera", imaginou Musashi, certo de que o recado havia sido transmitido ao amigo.

E a base da referida ponte Oubashi estava próxima. A região, populosa e de intenso tráfego de pedestres, ainda conservava, mesmo depois das inúmeras batalhas do período Sengoku, a magnificência dos áureos tempos da casa Taira, como as grandes mansões e o jardim de rosas de Taira-no-Shigemori. Nessa manhã, porém, todos os portais ainda estavam fechados.

Marcas deixadas na noite anterior por ancinhos continuavam inalteradas na frente das casas adormecidas e aos poucos se definiam na luz branca do alvorecer.

Os contornos das grandes pegadas de Musashi também passaram a definir-se ao olhar de Osugi. "Como odiava essas pegadas!" — pensou a velha.

Pouco menos de cem metros separava agora os dois da boca da ponte.

— Musashi! — gritou Osugi, a voz rouca, como se expelisse catarro da garganta. Punhos cerrados e pescoço esticado, ela aproximou-se correndo.

III

— Carcaça humana à minha frente! É surdo, por acaso?

Era óbvio que Musashi a ouvira. Os passos de Osugi correndo-lhe no encalço podiam não ser vivazes como os de um jovem, mas soavam determinados, como os de alguém preparado para morrer.

Costas voltadas para ela, Musashi continuava a caminhar.

"E esta agora!", pensava. Não lhe ocorria estratégia alguma para livrar-se dessa emergência.

Entrementes, Osugi passou-lhe à frente e ordenou:

— Pare, já lhe disse!

A velha senhora barrou a passagem de Musashi, ofegando como um asmático, empenhando-se em normalizar a respiração e juntar saliva na boca.

Incapaz de ignorá-la por mais tempo, Musashi dirigiu-lhe a palavra a contragosto:

— Ora, se não é a matriarca dos Hon'i-den! Que encontro inesperado!

— Petulante como sempre, não é, Musashi? Inesperado digo eu! Você me escapou lindamente na ladeira Sannen-zaka, de Kiyomizu. Mas hoje, essa cabeça é minha! — gritou, esticando o corpo inteiro e mais o pescoço fino e enrugado semelhante ao de um galo de rinha em direção ao alto Musashi. Para o jovem, a anciã de lábios arreganhados a berrar indignada, quase cuspindo os salientes incisivos superiores, era mais temível do que um robusto guerreiro furioso.

Boa parte do temor lhe fora incutido na infância. Naqueles distantes dias — Matahachi, um menino ranhento, e Musashi, um garoto levado de quase nove anos — ele costumava sentir um nó nas tripas, encolhia-se de medo e fugia em disparada toda vez que cruzava com a velha Osugi nas plantações de amora ou na cozinha da sua casa e a ouvia esbravejar: "Moleque!"

E o berro trovejante continuava, pelo jeito, a soar em algum canto da sua mente, pois Musashi encarou nesse momento a velha que sempre considerara antipática e rabugenta com uma quase resignação, apesar do ódio profundo que lhe devotava agora em decorrência do que havia sofrido em suas mãos depois da batalha de Sekigahara.

Osugi, por seu lado, não conseguia esquecer-se de Takezo, o fedelho traquinas. Para ela, Musashi continuava o mesmo moleque ranhento cheio de caspas, quase monstruoso com suas pernas e braços compridos demais. Podia até admitir que ela própria envelhecera e que ele se tornara adulto, mas não conseguia alterar o conceito que fazia dele.

E sentir-se tratada desse jeito pelo homem que ainda considerava um moleque era-lhe insuportável por causa da palavra empenhada junto ao povo de sua terra e, mais que tudo, do ódio que lhe devotava. Osugi não podia deixá-lo impune: tinha de levar Musashi ao túmulo junto com ela.

— Não precisa dizer mais nada. Ou me deixa cortar sua cabeça sem resistir, ou luta contra mim. Resolva, Musashi!

Assim dizendo, a velha levou os dedos da mão esquerda à boca — aparentemente para umedecê-los — e apoiou-os em seguida no cabo da espada curta em seu quadril, avançando para Musashi.

IV

"Um louva-a-deus contra um tanque de guerra." A frase, usada nessas situações, escarnece do louva-a-deus raquítico, no caso a matriarca dos Hon'i-den, armando sua pata em forma de foice e investindo contra um ser humano.

O olhar de Osugi tinha na verdade algo da fúria do louva-a-deus. A cor de pele e a aparência geral eram, além disso, idênticas ao do inseto.

Musashi — com seu peito volumoso e ombros largos, a acompanhar impassível, os movimentos de aproximação da anciã como se observasse uma criança brincando — era a própria imagem do tanque de guerra a contemplar desdenhoso a investida do louva-a-deus.

A situação beirava o cômico, mas Musashi não tinha vontade de rir.

Subitamente, sentiu pena, uma intensa simpatia e vontade de confortar essa anciã que se havia tornado sua inimiga.

— Obaba, obaba! Espere um pouco! — disse, segurando-a levemente pelo cotovelo.

— Como se atreve! — berrou Osugi, fazendo tremer o cabo da espada seguro na mão, e os protuberantes incisivos. — Co... Covarde! Não adianta querer me tapear, fedelho inexperiente! Esqueceu-se de que esta velha já viu no mínimo quarenta Anos Novos mais que você? Ademais, não tenho tempo para conversa mole. Vamos, deixe-me acabar com você de uma vez!

A cor da velha Osugi já se havia tornado cadavérica e o tom de sua voz era desesperado.

Musashi assentiu:

— Eu a compreendo... Compreendo muito bem. Mostra a fibra de um Hon'i-den, valorosos vassalos de Shinmen Munetsura.

— Refreie a língua, moleque insolente. Engana-se se pensa que vou me derreter ouvindo lisonjas de um fedelho que tem idade para ser meu neto.

— Não distorça o sentido do que lhe falo e escute sem prevenções o que eu tenho a lhe dizer, obaba.

— Seu testamento, por acaso?

— Não, explicações.

— Covarde! — berrou Osugi indignada, pondo-se na ponta dos pés, como se quisesse alongar o pequeno corpo, e gritando: — Não quero ouvir, não quero ouvir! Não tenho ouvidos para explicações, a esta altura!

— Nesse caso, deixe sua espada sob minha guarda momentânea. E então, daqui a pouco, quando Matahachi aparecer na ponte Oubashi, tudo se esclarecerá.

— Você disse Matahachi?

— Isso mesmo. Mandei-lhe um recado na primavera do ano passado.

— Que recado?

— Prometi que me encontraria com ele aqui, esta manhã.

— Mentiroso! — esbravejou Osugi, sacudindo a cabeça, frenética.

Se fosse verdade, Matahachi naturalmente teria lhe falado a respeito quando tinham se encontrado na cidade de Osaka, havia pouco. Matahachi não recebera recado algum de Musashi. Só por isso, Osugi decidiu serem mentiras tudo que Musashi lhe dizia.

— Você não tem vergonha, Musashi? É filho de Munisai ou não? Seu pai não lhe ensinou que um homem deve morrer com dignidade quando chega a sua hora? Cansei-me desse jogo de palavras. Quero ver se é capaz de defender-se deste golpe guiado pela mão dos deuses, o mais ansiado da minha vida!

A velha Osugi encolheu repentinamente o braço, livrou o cotovelo, empunhou a espada com as duas mãos e arremeteu em linha reta contra o peito de Musashi, gritando:

— *Namu*! Que assim seja!

Musashi bateu-lhe de leve nas costas com a palma da mão e esquivou-se.

— Calma, obaba! — disse.

— Oh, todo misericordioso, todo compassivo! — invocou Osugi frenética, voltando-se, e repetiu: — *Namu Kanzeon Bosatsu*! Glória a Kanzeon misericordiosa!

O golpe foi violento, mas Musashi esquivou-se, agarrou-lhe o pulso e a atraiu a si, dizendo:

— Desse jeito você vai acabar se queixando de cansaço mais tarde, obaba. Vamos, é logo aí, acompanhe-me sem discutir até a ponte Oubashi!

Com o braço torcido e imobilizado, Osugi voltou o rosto para Musashi, nele fixando o olhar feroz. Franziu então os lábios como se fosse cuspir. O ar saiu de sua boca com um silvo.

— Aah!

Musashi afastou-a com um empurrão e saltou para trás, levando a mão ao olho esquerdo.

V

O olho ardia, como se uma brasa o houvesse atingido.

Musashi retirou a mão da pálpebra e a examinou, mas nela não viu vestígios de sangue. Não conseguia, porém, sequer entreabrir o olho esquerdo.

Ao perceber a perturbação do adversário, Osugi exultou:

— Glória a Kanzeon Bosatsu!

Sem lhe dar trégua, atacou-o com dois, três golpes seguidos de espada. Algo desnorteado, Musashi esquivou-se enviesando o corpo. No mesmo instante sentiu a espada de Osugi atravessar-lhe a manga do quimono e roçar-lhe o antebraço na altura do cotovelo. Pelo rasgo da manga, o tecido branco do forro surgiu manchado de sangue.

— Acertei! — gritou Osugi louca de alegria, golpeando a esmo. Parecia estar atacando uma árvore, sem sequer notar que seu adversário não reagia. Chamava à terra a misericordiosa deusa Kanzeon Bosatsu de Kiyomizudera, e saltitava ao redor de Musashi uivando ruidosamente:

— *Namu! Namu!*

— Musashi apenas acompanhava seus movimentos, esquivando-se quando necessário. Mas o olho ardia violentamente, como se acabasse de levar um soco, e o cotovelo esquerdo, embora o ferimento fosse insignificante, sangrava tanto que chegava a manchar a manga do quimono.

"Que descuido!", pensou Musashi, tarde demais. Nunca, até esse dia, ele havia passado pela experiência de ceder a iniciativa a um oponente e, sobretudo, de ferir-se em consequência disso. Musashi não tinha querido revidar os golpes desferidos por essa anciã de agilidade física comprometida porque a situação não era de duelo: ele com certeza não se sentia combativo com relação à velha Osugi, e nem lhe passara pela cabeça a ideia de vencê-la ou de ser por ela derrotado.

E não seria essa atitude um genuíno descuido? Do ponto de vista tático, a situação evidenciava a derrota de Musashi, sua imaturidade exposta de modo insofismável pela fé e pela espada da velha Osugi.

Musashi percebeu a própria falha com um sobressalto:

"Cometi um erro!"

Ato contínuo, descarregou com toda a força uma palmada no ombro da matriarca, que, empolgada, continuava a atacar.

— Ah!

Osugi caiu de quatro: a espada lhe escapou da mão e voou longe.

Musashi apanhou a arma com a mão esquerda, e com o braço direito, enlaçou a cintura da velha Osugi, que lutava por erguer-se.

— Ai, que ódio! — gritou Osugi suspensa no ar sob o braço de Musashi, debatendo-se como uma tartaruga. — Onde estão os deuses? Onde estão os santos que não me vêm ajudar? Logo agora que já tinha conseguido golpeá-lo uma vez! Ai, que faço? Musashi! Não me humilhe mais! Corte-me a cabeça de uma vez, vamos!

Musashi cerrou os lábios com firmeza e pôs-se a andar em largas passadas.

E durante todo o tempo, Osugi não parou de gritar com voz rouca que parecia vir das entranhas:

— Estava escrito que assim seria: a sorte na guerra é imprevisível. Se estes são os desígnios divinos, por que lamentar? Quando Matahachi souber que seu tio Gon morreu sem completar a missão e que sua mãe tombou pelas mãos do homem a quem jurou matar, com certeza se erguerá indignado, disposto enfim a vingar-se. E agora, minha morte não terá sido em vão! Ao contrário, servirá de estímulo! Musashi! Ande logo, acabe comigo! Aonde é que você vai? Pretende me humilhar antes de me matar? Corte-me a cabeça, já lhe disse!

VI

Musashi não lhe deu ouvidos e, com a velha Osugi debaixo do braço, aproximou-se da boca da ponte Oubashi:

"E agora, onde a deixo?", pareceu perguntar-se, percorrendo o olhar ao redor em busca de um lugar apropriado. "Já sei!"

Desceu uma vez mais do barranco para a margem do rio e depositou a anciã cuidadosamente no fundo de um bote atado ao pilar da ponte.

— Fique aqui por algum tempo, obaba. Dentro em breve, seu filho há de vir.

— Que pretende? — berrou Osugi, repelindo com violência as mãos de Musashi e algumas esteiras ao seu redor. — Matahachi não vai aparecer por aqui. Ah, agora começo a compreender: não contente em matar-me, você pretende ainda me expor ao olhar dos que trafegam pela ponte, me humilhar em vida, e só depois liquidar-me!

— Ora, continue pensando o que quiser. Logo compreenderá.

— Mate-me, Musashi!

— Ah-ah! — riu Musashi alegremente.

— Está rindo de quê? Não tem sequer coragem de passar a espada por este pescoço fino e velho? — esbravejou Osugi.

— Isso mesmo: não tenho.

— Covarde!

Osugi mordeu a mão do jovem, que, como último recurso, tentava amarrá-la e prendê-la ao fundo do barco.

Abandonando o braço para que a velha o mordesse à vontade, Musashi acabou de atá-la tranquilamente. Devolveu em seguida a espada curta à bainha, e a introduziu de novo na cintura de Osugi. Ia se afastar quando a velha tornou:

— Musashi! Musashi! Você desconhece o código de honra dos *bushi*? Volte aqui que eu lhe ensino!

— Mais tarde, obaba.

Fez uma ligeira mesura e apoiou um dos pés no barranco. Como, porém, a velha Osugi não parava de esbravejar, voltou atrás e lançou sobre ela as esteiras existentes no barco.

Nesse exato momento, o sol mostrou de súbito a borda do seu disco em chamas sobre a crista da montanha Higashiyama: o primeiro dia do ano raiava.

Parado na boca da ponte Gojo Oubashi, Musashi contemplou extasiado o magnífico espetáculo. Os raios rubros pareciam penetrar-lhe o corpo, tingindo de vermelho o âmago do seu ser.

Lamúrias que vicejam o ano inteiro em meio a pensamentos mesquinhos dissipam-se ante esse radioso brilho: Musashi sentiu-se purificado, o coração repleto da alegria de viver.

— Além de tudo, sou jovem!

A energia contida nos cinco nacos de *mochi* percorria-lhe o corpo e lhe chegava até os calcanhares. Musashi voltou-se:

— Pelo jeito, Matahachi ainda não chegou — murmurou, examinando a ponte. E então deixou escapar uma súbita exclamação: o que já o aguardava sobre a ponte desde a noite anterior não era Matahachi nem qualquer outra pessoa, mas o aviso afixado por Ueda Ryohei e alguns discípulos da academia Yoshioka.

Local: campina do templo Rindaiji.
Dia nove, último terço da hora do coelho.

Musashi arrepiou-se inteiro, aproximou o rosto e observou com cuidado a placa recém preparada e a tinta ainda fresca. Só de ler sentia-se enrijecer como um porco-espinho, o sangue quente e o espírito combativo estufando-lhe o corpo.

— Ah, como dói!

Incapaz de suportar o violento ardor no olho esquerdo, Musashi levou novamente a mão à pálpebra e, ao baixar a cabeça, descobriu horrorizado uma agulha espetada no quimono, logo abaixo do queixo. Observou com atenção e percebeu de imediato mais quatro ou cinco na gola e nas mangas, brilhando como agudas farpas de gelo.

VII

— É isso, então!

Extraiu uma delas e examinou-a cuidadosamente. Tinha tamanho e grossura aproximados de uma agulha comum, mas nela não havia o orifício para a passagem da linha. Além disso, era triangular e não cilíndrica.

— Velha bruxa! — murmurou Musashi espiando o baixio e arrepiando-se de horror. — Isto aqui deve ser uma agulha de sopro. Já ouvi falar delas, mas nem em sonho podia imaginar que a velha possuísse esse tipo de habilidade secreta. Que perigo!

Interessado, recolheu uma a uma as agulhas e as prendeu na gola, em segurança, com o intuito de estudá-las mais tarde.

Segundo o que já ouvira dizer em sua curta vida de guerreiro, existiam duas correntes entre os praticantes de artes marciais, uma defendendo a existência da técnica de soprar agulhas guardadas na boca, e outra negando-a.

De acordo com os que a defendiam, essa era uma técnica tradicional de autodefesa muito antiga. Inicialmente empregada como simples passatempo por costureiras e tecelãs chinesas naturalizadas que haviam trabalhado nos departamentos têxteis do governo japonês, a técnica evoluíra aos poucos, vindo até a ser aproveitada na arte militar. Embora não constituísse por si só uma arma, a referida técnica seria um recurso refinado que antecedia o próprio ataque, tendo existido até o período Ashikaga, diziam os defensores, convictos.

Os que negavam sua existência rebatiam:

— Não digam asneiras. A própria discussão em torno da existência ou não de algo tão primário quanto isso já representa uma vergonha para a classe guerreira.

Esta corrente, que dizia interpretar corretamente a teoria da arte guerreira, afirmava:

— Tecelãs e costureiras vindas da China talvez passassem o tempo brincando desse jeito, mas uma brincadeira é sempre uma brincadeira, e não uma arte marcial. Além de tudo, no interior da boca humana existe a saliva, que pode se encarregar de saturar e anular devidamente estímulos quentes, frios, ácidos ou picantes. Mas a saliva não seria capaz de envolver a ponta da agulha de modo a não ferir a boca.

Seus oponentes argumentavam:

— Mas é aí que se enganam: isso é possível. Naturalmente exige treino, mas gente existe capaz de envolver algumas agulhas em saliva e conservá-las na boca, lançando-as com o uso da língua e de uma sutil técnica respiratória contra os olhos do adversário.

A corrente contrária insistia: mesmo assim, aquilo era afinal uma simples agulha e tinha como alvo um único ponto do corpo humano, o olho. E mesmo que as agulhas atingissem o alvo, não teriam efeito algum se a área atingida fosse o branco dos olhos. Elas seriam capazes de cegar um homem apenas se atingissem a pupila com precisão, mesmo assim provocando um ferimento não mortal. E de que modo uma técnica tão insignificante, destinada a frágeis mulheres e crianças, poderia ter evoluído a ponto de ser aproveitada militarmente? Questionavam.

A isso, replicavam os defensores:

— Por isso mesmo ninguém está afirmando que evoluiu tanto quanto qualquer arte marcial, mas é verdade que esse tipo de técnica secreta ainda subsiste até os dias de hoje.

Musashi ouvira de passagem um grupo discutindo algo semelhante havia algum tempo, mas como ele próprio não reconhecia a técnica como arte marcial, não lhe parecera possível existir alguém que a dominasse. Agora, porém, percebeu dolorosamente que sempre haveria uma informação útil no meio de qualquer conversa, por mais tola que ela parecesse.

Sentia o canto interno do olho queimar e pulsar, provocando lágrimas, mas por sorte a pupila não fora atingida.

Musashi apalpou o próprio corpo, à procura de um pedaço de pano para enxugar as lágrimas. As mãos tateavam indecisas sem saber de onde destacar um pedaço, mangas ou gola.

Nesse instante, ouviu às costas o silvo de seda rasgando. Ao se voltar, notou uma mulher aproximando-se às carreiras com uma tira vermelha de quase trinta centímetros na mão. A mulher havia estado observando-o e rasgara com os dentes um pedaço da barra da própria roupa de baixo.

O SORRISO

I

Era Akemi.

Seus cabelos desgrenhados nem de longe lembravam os elaborados penteados femininos das datas festivas. Estava descalça e tinha as roupas desalinhadas.

— Ora! — exclamou Musashi sem intenção alguma, apenas arregalando os olhos. Achou que a conhecia, mas ao contrário de Akemi, não a identificou de pronto.

A jovem sempre imaginara que Musashi também pensava nela, ao menos um pouco. Não sabia por quê, mas acabara acreditando nisso no decorrer dos anos.

— Sou eu, Takezo-san, isto é, Musashi-sama!

Aproximou-se algo hesitante com o retalho vermelho na mão.

— Que aconteceu com seu olho? Não o esfregue, pode piorar. Limpe-o com isto.

Musashi aceitou em silêncio o trapo e com ele comprimiu o olho, voltando a examinar cuidadosamente o rosto de Akemi.

— Esqueceu-se de mim? — perguntou a jovem.

— ...

— Sou eu...

— ...

— Não se lembra de mim? — insistiu, Akemi.

Seu amor, preservado com tanto zelo, vacilava agora ao enfrentar o rosto destituído de expressão à sua frente. Akemi tivera certeza de que ao menos uma coisa existia no fundo do seu coração ferido: seu amor por Musashi. E ao perceber de súbito que até esse sentimento era pura ilusão, a jovem sentiu algo duro como uma bola de sangue subir-lhe ao peito. Trêmula, levou as duas mãos ao rosto e conteve o soluço que lhe irrompia pelo nariz e boca.

— Ah! — lembrou-se Musashi. Aquele último gesto reavivara uma centelha, talvez porque nele visse a singeleza da menina que conhecera nos pântanos de Ibuki, sempre a andar com um guizo tilintando na manga do quimono.

Repentinamente, dois braços robustos envolveram os magros ombros de Akemi.

— É você, Akemi-san?... É isso mesmo, você é Akemi-san! Como fui encontrá-la aqui? Explique-me!

As perguntas encadeadas aumentaram a tristeza da jovem.

— Você já não mora na região de Ibuki? E sua mãe, como vai?

Ao perguntar por Okoo, Musashi naturalmente lembrou-se da ligação dela com Matahachi:

— Vocês ainda vivem com Matahachi? Na verdade, Matahachi devia estar aqui esta manhã... Você veio a pedido dele?

Cada palavra o distanciava dela. Rosto enterrado em seu peito, Akemi apenas chorava e sacudia a cabeça.

— E Matahachi: ele não vem? Que houve? Pare de chorar e me explique, pois não consigo entender nada desse jeito.

— Ele não vem. Não recebeu o recado e não vem — foi tudo o que conseguiu dizer a jovem, trêmula, o rosto molhado ainda apoiado ao peito de Musashi.

Tudo que havia planejado falar-lhe desfazia-se como uma espuma bruxuleante a flutuar no sangue em tumulto. Não conseguia sequer pensar em contar-lhe como fora forçada pela própria madrasta a um destino cruel, ou o que lhe acontecera desde o maldito dia na praia de Sumiyoshi até hoje.

Sobre a ponte iluminada por serenos raios solares já começavam a circular vultos esparsos. Eram mulheres em quimonos floridos rumando para o templo Kiyomizudera, ou samurais em trajes formais iniciando a ronda de visitas aos superiores para cumprimentá-los pelo ano-novo.

E no meio dos pedestres surgiu de repente uma figurinha de cabelos revoltos semelhantes aos de um *kappa*: era Joutaro, a quem fim de ano ou ano-novo não interessavam. Ao chegar ao meio da ponte, deu com Musashi e Akemi.

— Ué?! Pensei que fosse Otsu-san, mas não é!

Joutaro estacou. Parecia chocado, como se acabasse de surpreender um casal em atitude indecorosa.

II

"Como podiam os dois permanecer tão próximos um do outro, imóveis na beira do caminho? Por sorte, ninguém os observava, mas... Que diabos, afinal eram um homem e uma mulher adultos!" — Não podia deixar de pensar o menino, surpreso.

E justo seu mestre, a quem tanto respeitava!

"A culpa é dessa mulher!", resolveu Joutaro.

O pequeno coração pulsava forte, sentia ciúmes, um misto de tristeza e irritação, ganas de apanhar uma pedra e jogar nos dois.

— Imagine se essa não é Akemi, a mulherzinha que ficou de passar o recado do mestre para o tal Matahachi! Ali, ela tem por que ser assanhada: afinal, trabalhava numa casa de chá! E desde quando ficou tão íntima do meu mestre? E o mestre, então! Vou contar tudo para Otsu-san!

Examinou a rua de cima a baixo, espiou sob a ponte, mas não viu Otsu em lugar algum.

— Que lhe teria acontecido?

Pois Otsu tinha saído primeiro da mansão Karasumaru, onde se hospedavam havia alguns dias.

Certa de que iria encontrar-se com Musashi, Otsu havia lavado os cabelos no dia anterior e perdido um tempo enorme num trabalhoso penteado, dormira mal, e hoje, ainda de madrugada, vestira o caro quimono de vistoso padrão primaveril — um presente da casa Karasumaru — e aguardara ansiosa o dia raiar.

— Em vez de ficar aqui sem fazer nada, apenas esperando o dia raiar, vou aproveitar para visitar o santuário Gion e o templo Kiyomizudera. Depois disso, irei à ponte Gojo Oubashi — havia decidido Otsu a certa altura.

E quando Joutaro propusera: "Então, vou junto!", fora repelido.

— Não — havia explicado a jovem. Joutaro era boa companhia em qualquer ocasião, mas hoje ela precisava de um pouco de privacidade, como toda mulher apaixonada. — Quero conversar a sós com Musashi-sama por alguns momentos. Venha mais tarde, Jouta-san, depois que o dia clarear, com toda a calma. Prometo esperar por você na ponte, com seu mestre. De lá não vou sair até você aparecer.

Foi o que a jovem havia dito antes de partir da mansão bem cedo nessa manhã.

O arranjo não deixara Joutaro nada feliz, mas ele não se havia ofendido ou zangado. Já tinha idade suficiente para compreender o que se passava no coração de Otsu, a quem pensava conhecer bem depois de todos esses dias e noites de convivência. Desde o dia em que rolara sobre o feno com a pequena Kocha da hospedaria do feudo Yagyu ele se tornara capaz de intuir que tipo de emoção provocam mutuamente um homem e uma mulher.

Ainda assim não compreendia certas atitudes de Otsu — seus recorrentes ataques de choro e depressão —; elas lhe davam vontade de rir ou deixavam-no constrangido. Nesse instante, porém, ao perceber que a mulher chorosa agarrada ao peito de Musashi era Akemi, uma estranha total para os dois, sentiu-se tomado de repentina raiva. Leal a Otsu pensou: "Mulherzinha insuportável!", e logo depois, como se fosse ele o traído: "Muito bonito, hein, mestre!", e na continuação, irritado: "Onde está Otsu-san? Preciso contar para ela."

E ali estava o menino, procurando-a impaciente em cima e embaixo da ponte, quando percebeu que os dois à sua frente haviam se movido — aparentemente para não chamar atenção dos transeuntes — e tinham se aproximado do corrimão próximo à boca da ponte. Rostos voltados para baixo pareciam agora contemplar o baixio, Musashi com os braços sobre o parapeito e debruçado sobre ele, Akemi, rente ao seu lado.

Os dois não perceberam quando Joutaro passou às suas costas, rente ao parapeito do outro lado da ponte.

— Mas Otsu é folgada mesmo! Como é que ela perde tanto tempo rezando para a deusa Kanzeon nessa emergência? — resmungou Joutaro, esticando-se inteiro tentando visualizar seu vulto na ladeira da rua Gojo.

A quase dez passos de onde estava o menino erguiam-se quatro ou cinco grossos chorões desfolhados. Bandos de garças brancas eram vistos com frequência pescando ao seu redor, mas nesse dia, no lugar das aves havia um jovem de cabelos longos atados à nuca em rabo: recostado a um tronco que se contorcia rente ao solo à semelhança de um dragão rastejante, o jovem contemplava um ponto fixamente.

III

Musashi, braços sobre o parapeito ao lado de Akemi, balançava levemente a cabeça em resposta aos seus murmúrios ansiosos. No entanto, sua atitude não dava a perceber se as intensas palavras que Akemi — trêmula e pondo de lado a natural inibição feminina — lhe sussurrava ultrapassavam ou não a fronteira dos seus ouvidos.

A razão da dúvida estava no olhar de Musashi, desviado — apesar dos frequentes meneios da cabeça em sinal de compreensão — para um ponto totalmente inesperado, criando um clima bem diferente daquele de dois jovens apaixonados olhando para os lados enquanto falam de amor. Em poucas palavras, seu olhar era uma chama fria, incolor, verrumando um ponto sem pestanejar.

A Akemi não sobrava senso crítico suficiente para estranhar esse olhar. Soterrada nas próprias emoções, continuava a falar entre soluços:

— Agora já lhe contei tudo que me aconteceu. Não escondi nada! — disse, aproximando-se furtivamente do braço sobre o parapeito. — Já se passaram cinco anos desde a batalha de Sekigahara. E no decorrer desses cinco anos, as circunstâncias... Meu corpo... Tudo mudou.

Soluçou de novo e prosseguiu:

— Mas não! *Eu* não mudei, nem o amor que sinto por você, isso eu lhe garanto. Entende o que eu estou lhe dizendo, Musashi-sama? Entende?

— Hu-hum.

— Por favor, compreenda. Ponho de lado a vergonha para lhe falar abertamente: esta já não é mais a Akemi, a flor imaculada que você conheceu nos pântanos de Ibuki. Violentada por um homem sem escrúpulos, transformei-me numa mulher vulgar. Mas seria a castidade uma questão física ou espiritual? Se uma mulher é virgem, mas impura em pensamentos, também perde a castidade, não perde? Eu perdi minha virgindade para certo *bushi*, cujo nome não posso revelar. Mas meu coração continua puro porque meus sentimentos são castos.

— Hu-hum.

— Você sente pena de mim, Musashi-sama? Eu não podia esconder essas coisas da pessoa a quem pretendo dedicar a vida inteira. Quantas noites não passei pensando: que direi quando o vir? Será que conto tudo ou não? E cheguei afinal a uma resolução: não ter segredos para você. É capaz de me compreender? É capaz de achar que tenho razão? Ou me vê com repugnância?

— Hu-hum. Sei...

— Fale francamente, fale. Ai! Morro de ódio quando penso no que me aconteceu. — Deitou o rosto sobre o parapeito. — Hoje não estou mais em condições de lhe pedir que me ame, não estou apta fisicamente. Mas, como acabo de lhe dizer, Musashi-sama, esse sentimento... virginal... a chama pura do primeiro amor... Isso eu não perdi. Nem perderei, aonde quer que vá, leve a vida que levar.

Cada fio de seus cabelos parecia tremer e soluçar, mas sob o parapeito molhado de lágrimas, o rio corria cintilando à luz da primeira manhã do ano, murmurando interminavelmente rumo a um futuro promissor.

— Hum. Hu-hum.

O sofrimento da jovem impelia Musashi a acenar seguidamente, mas o olhar estranho, brilhante, continuava preso num ponto inesperado. Quem acompanhasse a direção desse olhar veria traçada no ar uma linha reta que, juntada à da ponte e à da margem do rio, fechava um triângulo imaginário.

E ali, na ponta da linha, estava Ganryu Sasaki Kojiro, havia tempos recostado ao tronco do chorão, imóvel na margem do rio.

IV

Em sua infância, Musashi ouvira certa vez de Munisai: "Você não se parece comigo; como vê, minhas pupilas são negras, enquanto as suas são castanhas. Reza a lenda que seu bisavô, Hirata Shogen-sama, tinha aterrorizantes olhos castanho-escuros. Com certeza você herdou dele a cor dos seus."

Talvez fossem os brilhantes raios matinais atingindo-lhe os olhos de viés, mas o fato era que as pupilas de Musashi se assemelhavam nesse momento a duas límpidas gotas de âmbar, perfeitas e de brilho penetrante.

"Ah, este deve ser o nosso homem!", pensou Sasaki Kojiro, vendo diante de si pela primeira vez aquele a quem chamavam Miyamoto Musashi.

Por seu lado, Musashi observava Kojiro, sem se descuidar um instante sequer:

"Ora, quem é ele?"

E assim os olhares dos dois já havia algum tempo chocavam-se no espaço compreendido entre o parapeito da ponte e o chorão da margem, sondando em silêncio as respectivas profundidades.

Transposta para uma situação de luta, este assemelhava-se ao instante em que dois esgrimistas contêm a respiração e observam imóveis os respectivos adversários, posicionados além da ponta das suas espadas, procurando avaliar-lhes a capacidade.

Tanto Musashi quanto Kojiro nutriam desconfianças um pelo outro.

Kojiro pensava:

"Que relação pode haver entre esse Musashi e Akemi — a quem salvei das garras do cão de caça no santuário do vale Komatsu-dani e agora mantenho às minhas custas — para trocarem confidências com tanta intimidade?"

E logo:

"Que sujeito desagradável! Deve ser mulherengo. E essa Akemi, então? Estranhei que saísse de manhã sem me avisar, vim atrás e o que vejo? Chorando no ombro desse sujeitinho."

O descontentamento fervia, a boca se enchia de saliva.

Aos olhos de Musashi esse antagonismo e, mais ainda, certo tipo de hostilidade eram tão evidentes no olhar de Kojiro, que o levou a indagar-se:

"Quem será este homem?"

Logo, avaliou a competência do outro como guerreiro:

"Ele é habilidoso, bastante habilidoso!"

Em seguida, tentou descobrir:

"Qual o sentido desse olhar malévolo?"

E cauteloso, concluiu:

"Não posso me descuidar!"

Musashi analisava Kojiro com seus olhos espirituais e não físicos, de modo que não seria exagero afirmar que os olhares dos dois jovens soltavam faíscas.

Talvez Musashi fosse um ou dois anos mais novo, talvez não. Seja como for, ali estavam dois indivíduos em plena idade da presunção, seguros de si, certos de que sabiam tudo, desde assuntos relacionados às artes marciais até questões políticas e sociais.

Como animais selvagens que rosnam quando se avistam, Kojiro e Musashi experimentavam nesse instante uma sensação de pelos se eriçando.

Momentos depois Kojiro desviou o olhar abruptamente.

Musashi percebeu em seu perfil a sombra de um sorriso desdenhoso, mas assim mesmo divertiu-se, considerando que o próprio olhar — o poder da sua vontade — havia pressionado o adversário, obrigando-o a desviar os olhos primeiro.

— Akemi-san — disse Musashi, pousando a mão de leve no ombro da jovem que chorava com o rosto apoiado ao gradil da ponte. — Quem é ele? Você deve conhecê-lo. Quem é esse samurai peregrino que se arruma como um adolescente?

— ...

Akemi aprumou-se e só então se deu conta da presença de Kojiro. Seu rosto inchado registrou confusão:

— Ele... por aqui?

— Quem é esse homem?

— Ele... ele... — hesitou Akemi.

V

— Ele me parece um indivíduo bastante seguro de si com aquela espada magnífica às costas e roupas vistosas que chamam a atenção. Que tipo de relacionamento existe entre vocês?

— Nada demais. Nem somos tão íntimos assim.

— Mas você o conhece, não é verdade?

— Sim — admitiu ela, mas logo esclarecendo, temerosa de ser mal interpretada: — Há alguns dias, um cão de caça invadiu um santuário no vale Komatsu-dani, me mordeu e o sangue não parava, de modo que fui à estalagem onde ele se hospedava e lá ele chamou um médico para mim. E acabei vivendo estes últimos três ou quatro dias à custa dele, quase sem querer.

— Ah! Quer dizer que vocês vivem juntos.

Na realidade, Musashi não estava tentando saber se havia alguma relação especial entre os dois, mas a jovem assim o interpretou.

— Vivemos, mas nada temos em comum — reforçou ela.

— Sei. Nesse caso, você não deve saber muito sobre ele. Mas conhece o nome dele, ao menos?

— Conheço. Ele se chama Sasaki Kojiro, Ganryu de apelido.

— Ganryu.

Não era a primeira vez que ouvia o nome. Embora não chegasse a ser famoso, era mencionado com frequência no meio guerreiro de diversas províncias.

Naturalmente essa era a primeira vez que o via em pessoa, e Musashi surpreendeu-se com sua juventude, pois de tudo o que ouvira até então, ele havia imaginado que Kojiro fosse mais velho.

"Então, esse é o homem."

E no instante em que Musashi se voltou para encará-lo uma vez mais, um sorriso contorceu de súbito os lábios de Kojiro.

Musashi devolveu-lhe o sorriso.

A eloquência muda desses sorrisos nada tinha, porém, da luz e do mistério daqueles trocados entre Shakyamuni e seu dileto discípulo Ananda na cena em que se contemplam com uma flor nas mãos.

O sorriso de Kojiro era uma complexa mistura de ironia e desafio zombeteiro.

Consciente disso, o que Musashi lhe devolvia continha uma agressiva provocação.

Presa entre os dois homens, Akemi procurou ainda esclarecer seus motivos, mas Musashi a interrompeu:

— Nesse caso, será melhor voltar à hospedaria em companhia desse jovem, Akemi-san, ao menos por hoje. Um dia nos veremos de novo, está bem? Um dia...

— Virá me ver sem falta?

— Irei, sim.

— Estou hospedada no Zuzu-ya, não se esqueça. Fica bem na frente do templo da rua Rokujou.

— Hu-hum.

A resposta, vaga, incomodou Akemi, que agarrou a mão de Musashi sobre a balaustrada e, ocultando-a sob a manga, apertou-a com força, insistindo:

— Sem falta! Prometa! Prometa!

Repentinamente alguém riu — uma gargalhada longa e estrondosa, de pura diversão. Era Sasaki Kojiro, que, dando as costas aos dois, se afastava nesse momento, ainda gargalhando.

Ao ouvir o riso exagerado, Joutaro voltou-se indignado. Mas muito mais indignado estava ele com seu mestre, e irritado com Otsu, que não aparecia.

— Que lhe terá acontecido?

Batendo os pés com impaciência, começou a andar em direção à cidade, quando vislumbrou, por trás das rodas de um carroção de boi estacionado no cruzamento próximo, o rosto branco de Otsu.

ONDULAÇÕES NA ÁGUA

I

— Ah, achei, achei! — gritou Joutaro, como se acabasse de descobrir o diabo em pessoa e pondo-se a correr.

Otsu estava agachada atrás do carroção.

Nessa manhã, a jovem parecia particularmente atraente com seus cabelos arrumados e lábios pintados, aliás amadoristicamente, diga-se de passagem. O quimono que havia ganhado da casa Karasumaru, com bordado de flores nas cores branca e verde sobre fundo vermelho, padrão Momoyama, salientava ainda mais sua frágil beleza.

E tinham sido exatamente esse quimono vermelho e o pescoço branco da jovem entre as rodas do carroção que haviam chamado a atenção de Joutaro, levando-o a passar raspando pelo nariz do boi e se aproximar aos pulos.

— Que é isso? Otsu-san, Otsu-san, que faz você aí?

Esquecido de que podia arruinar o penteado e a maquiagem da jovem, que de braços cruzados se agachava rente ao carroção, Joutaro pulou-lhe ao pescoço, abraçando-a por trás.

— Que você faz aqui? Não faz ideia do quanto esperei por você! Ande, venha comigo!

— ...

— Ande logo, Otsu-san! — berrou Joutaro, sacudindo-a pelo ombro, — Musashi-sama está logo aí, você o vê daqui mesmo, não vê? Então! Mas eu estou morrendo de raiva! Venha, Otsu-san, já lhe disse! Você tem de vir de uma vez!

Agarrou-a pelo pulso e a puxou tanto que quase lhe arrancou o braço. De repente, deu-se conta de que o pulso estava úmido e Otsu não erguia o rosto.

— Ora, ora, você estava chorando, escondida neste canto, Otsu-san?

— Jouta-san...

— Que é?!

— Esconda-se comigo atrás do carroção para que Musashi-sama não o veja também, está certo?

— Mas por quê?

— Porque sim.

— Irra! — exclamou Joutaro outra vez irritado, sem saber onde descarregar a insatisfação. — É por isso que não gosto de mulheres. Onde já se viu coisa tão absurda?! — explodiu. — Ela veio esse tempo todo chorando e procurando Musashi-sama feito louca, e quando o encontra, o que faz? Não só se esconde, como me manda esconder também! Quá-quá! Essa é demais, é tão bobo que nem consigo rir!

Otsu sentia-se fustigada por cada palavra do menino. Ergueu de manso os olhos vermelhos e inchados e disse:

— Jouta-san! Não fale desse jeito! Por favor, não judie de mim você também, eu lhe imploro!

— E quando foi que eu judiei?

— Fique quietinho, por favor. Agache-se aqui do meu lado, e fique quieto.

— Deus me livre! Não está vendo que tem cocô de boi pertinho de você? Ademais, dizem que até os corvos riem dos que choram no primeiro dia do ano.

— Nada mais importa para mim.

— Pois então eu vou rir! Vou bater palmas e gargalhar bem alto, como o moço que foi para lá há pouco, quer ver?

— Ria, ria bastante se tem vontade!

— Não consigo — respondeu Joutaro esfregando o nariz, contorcendo o rosto, quase chorando. — Ah, agora entendi. Você está com ciúmes, porque Musashi-sama está conversando com uma mulher estranha, não é isso?

— Não, não é nada disso!

— É sim, é isso mesmo! E você não percebeu que também estou morrendo de raiva por causa disso? E não vê que por isso mesmo tem de ir até lá? Que mulher teimosa!

II

Por mais que Otsu insistisse em permanecer agachada, não conseguiu resistir aos puxões de Joutaro, que lhe tinha agarrado a mão.

— Ai, você está me machucando. Jouta-san, não faça isso, por favor! Você me chamou de teimosa, mas teimoso é você, que não consegue me compreender!

— Compreendi muito bem: você está com ciúmes!

— Não é só isso. O que eu sinto, neste instante, não é nada tão simples!

— E daí? Venha comigo de uma vez!

Otsu começou a ser lentamente arrastada de trás do carroção. Pés fincados na terra e puxando como num cabo de guerra, Joutaro se esticava todo, tentando ver Musashi:

— Ah, ela foi-se embora! Akemi já foi embora!

— Akemi! Quem é Akemi?

— A mulher que estava com Musashi-sama. Ih, até ele começou a andar agora. Se você não vier de uma vez, ele vai sumir!

Joutaro começou a correr sozinho, disposto a não perder mais tempo com mulheres, quando Otsu pediu:

— Espere por mim, Jouta-san!

Otsu ergueu-se e examinou por sua vez com cautelosos olhares a boca da ponte Oubashi, certificando-se de que Akemi realmente se fora.

Otsu descontraiu então o cenho tenso, como se afinal visse a sombra de uma temível ameaça afastar-se. Ato contínuo, sobressaltou-se e correu a ocultar-se outra vez atrás do carroção para enxugar as pálpebras molhadas e inchadas, arrumar os cabelos e ajeitar o quimono.

Joutaro apressou-a:

— Ande logo, Otsu-san! Parece que Musashi-sama desceu para a beira do rio. Isso é hora de arrumar-se de novo?

— Para a beira do rio?

— É! O que será que ele foi fazer, hein?

Lado a lado, os dois correram para a boca da ponte.

Uma pequena multidão já se apinhava, pescoços esticados, em torno da placa afixada pelos discípulos da academia Yoshioka. Alguns a liam em voz alta, outros indagavam às pessoas ao lado quem seria o desconhecido de nome Miyamoto Musashi.

— Licença, por favor! — disse Joutaro, esbarrando em alguns curiosos para poder espiar por cima do parapeito o rio logo abaixo.

Otsu também estava certa de que lhe bastaria olhar embaixo da ponte para encontrar Musashi. O tempo transcorrido era mínimo, mas Musashi já não se encontrava ali.

Aonde teria ele ido, então?

A explicação era simples: havia pouco, Musashi tinha se desvencilhado das mãos de Akemi, forçando-a a ir-se embora. E uma vez que não lhe adiantava esperar por Hon'i-den Matahachi, já lera o aviso da academia Yoshioka e nada mais lhe restava a fazer ali, saltara o barranco agilmente e correra para o barco atado ao pilar da ponte.

Debaixo das esteiras e amarrada no fundo do barco, a velha Osugi havia muito debatia-se em vão.

— Obaba, sinto muito, mas Matahachi não vai aparecer. Ainda hei de encontrar-me com ele e incentivar aquele espírito indeciso a firmar-se. Enquanto isso não acontece, esforce-se também por achá-lo, obaba, e viva em paz com ele. Asseguro-lhe que dará assim maior alegria aos seus espíritos ancestrais do que cortando-me a cabeça.

Apanhou a adaga, introduziu a mão entre as esteiras e cortou as cordas que a prendiam.

— Cale a boca, fedelho de fala emproada! Em vez de se meter em assuntos que não lhe dizem respeito, decida-se de uma vez: corte-me a cabeça, ou deixe-me cortar a sua! — esbravejou Osugi, pescoço esticado emergindo de sob as esteiras e face riscada de veias intumescidas. Mas então Musashi já tinha vadeado o rio Kamogawa saltando pelos bancos de areia e de rocha em rocha, ágil como uma ave ribeirinha, e galgava o barranco na margem oposta.

III

Otsu não o viu, mas Joutaro talvez tivesse vislumbrado o vulto distante, na outra margem do rio, pois saltou para o baixio, berrando:

— Lá vai ele! É meu mestre! Meestre! Naturalmente, Otsu o acompanhou.

O que os levara a escolher esse caminho em vez de andar um pouco mais e atravessar o rio pela ponte Oubashi? Otsu havia sido compreensivelmente arrastada pelo ímpeto de Joutaro, mas esse único passo em falso traria consequências muito mais graves que o simples adiamento do seu encontro com Musashi.

Para as vigorosas pernas de Joutaro, rios ou montanhas não constituíam obstáculos. Mas Otsu, vestida com um caro quimono, estacou repentinamente ao se defrontar com as águas impetuosas do Kamogawa correndo em faixas entre bancos de areia e rochas.

Musashi já havia desaparecido por completo e Otsu, ao dar-se conta de que as águas constituíam um obstáculo intransponível, gritou como se agonizasse:

— Musashi-sama!

E então, uma voz lhe respondeu:

— Ei!

Era a velha Osugi, em pé sobre o barco, desvencilhando-se das esteiras.

Otsu voltou-se casualmente e no momento seguinte soltou um grito de pavor, cobriu o rosto e fugiu.

Os cabelos brancos da velha Osugi esvoaçavam ao vento.

— Otsu, sua vadia!

As palavras seguintes soaram desafinadas pelo esforço de gritar e repercutiram agudas na superfície da água:

— Pare! Tenho contas a ajustar com você!

Na visão distorcida de Osugi, os últimos acontecimentos tinham o seguinte significado: Musashi a cobrira com as esteiras porque tinha um encontro marcado com Otsu naquele local e não queria que ela, Osugi, o testemunhasse. Os dois, porém, deviam ter se desentendido por algum motivo e, em consequência, Musashi abandonara a jovem e se afastara. E fora então que a vadia, desesperada e em prantos, chamara por seu homem. E no instante em que essa ideia lhe ocorreu, Osugi considerou-a verdade absoluta.

"Maldita vagabunda!"

Agora seu ódio por Otsu era ainda maior que o dedicado a Musashi, pois a velha, que sempre a havia considerado sua nora, tomava os acontecimentos como desprezo pelo filho e afronta pessoal.

— Alto aí, estou mandando!

Quando o segundo berro ecoou, a velha matriarca já corria no encalço da jovem como uma desvairada, boca rasgada de orelha a orelha no esforço de gritar.

Espantado, Joutaro disse, saltando para agarrá-la:

— De onde saiu esta velha maluca?!

Osugi o repeliu, esbravejando:

— Sai, pirralho!

Seus braços não tinham muita força, mas eram duros e sabiam rebater.

Joutaro não tinha a mais remota ideia de quem poderia ser essa anciã, e nem por que Otsu se apavorara tanto e fugira desesperada.

Apesar disso, compreendia que a situação era grave. Além disso, como poderia Aoki Joutaro, o primeiro discípulo de mestre Musashi, resignar-se docilmente em ser posto de lado por uma cotovelada de uma velhota raquítica?

— Ah, então é assim, velha?

Alcançou Osugi, que lhe ia quase dez metros à frente, e saltou-lhe às costas. A matriarca o agarrou pelo pescoço como fazia quando queria castigar o neto e, imobilizando-o debaixo do braço esquerdo, aplicou-lhe alguns tapas na cabeça:

— Fedelho! É assim que castigo moleques que me atrapalham. Tome, tome!

Com o pescoço esticado, Joutaro engasgava, mas conseguiu empunhar sua espada de madeira.

IV

Triste, ou talvez dura — essas podiam ser a impressão que as pessoas tinham da vida que Otsu levava. Mas a própria Otsu não a sentia assim, absolutamente.

A vida para ela era um jardim de esperanças, cada dia trazendo uma nova alegria. Nele havia também tristezas e aflições, naturalmente, mas Otsu não conseguia concebê-lo repleto apenas de felicidade.

Mas hoje! Hoje, esse modo de encarar a vida e que a vinha sustentando até agora ameaçava abandoná-la. Seu amor puro pareceu partir-se de cima a baixo, e isso a tinha entristecido.

Akemi... e Musashi.

No instante em que seus olhos tinham caído sobre os dois vultos distantes, reclinados lado a lado sobre o corrimão da ponte, indiferentes aos olhares estranhos, Otsu sentiu as pernas tremerem. A tontura, tão forte que quase desmaiou, obrigou-a a se agachar atrás do carroção.

Para que viera até ali?

Sabia que de nada adiantava lamentar ou chorar. Num curto espaço de tempo chegou a pensar em morrer, resolveu que os homens eram a mentira personificada: ódio e amor, ira e tristeza, e até desprezo por si própria mesclaram-se em seu íntimo, fazendo-a sentir que simples lágrimas jamais aplacariam a dor aguda em seu coração.

Não obstante...

Otsu era do tipo que jamais se apresentaria para reivindicar direitos enquanto a outra permanecesse ao lado de Musashi. O sangue lhe fervia de ciúme, mas com o pouco de racionalidade que lhe restava, admoestava-se frenética:

"Não seja vulgar!", "Controle-se! Controle-se!", dizia a si mesma, anulando a vontade de agir, contendo-a com a força de vontade cultivada no cotidiano.

Quando Akemi se afastou, no entanto, Otsu pôs de lado toda a contenção. Agora, ela ia abrir-se com Musashi. Não teve tempo para pensar no que diria, tinha apenas certeza de que revelaria a Musashi tudo o que lhe ia no peito.

Nos caminhos da vida, cada passo tem sua sutil importância. Além disso, coisas perfeitamente compreensíveis com um pouco de bom senso podem ser mal interpretadas pela conjugação de diversos fatores, transformando esse único passo em grave erro, cujas consequências se farão sentir por mais de dez anos.

Por ter perdido Musashi de vista, Otsu acabara topando com a velha Osugi. Naquele festivo primeiro dia do ano, só lhe aconteciam desastres: no jardim de Otsu surgiam serpentes.

Desesperada, a jovem fugiu por algumas centenas de metros: Osugi, o vulto temível que lhe surgia habitualmente nos pesadelos, vinha-lhe agora no encalço, não em sonhos, mas na realidade!

A respiração começou a lhe faltar.

Otsu voltou-se para olhar e, ato contínuo, respirou aliviada: a velha Osugi havia parado quase cem metros atrás, apertando o pescoço de Joutaro.

Este, embora sacudido de um lado para o outro, agarrava-se a ela com unhas e dentes, tenazmente.

Não demoraria muito, Joutaro arrancaria sua espada de madeira da cintura, era quase certo. E se isso acontecesse, com certeza, a velha também sacaria da sua e o enfrentaria.

Otsu já sentira na própria pele como a velha senhora podia ser impiedosa. Dependendo das circunstâncias, Joutaro podia tombar morto.

— Que faço, que faço?

Já estavam próximos à rua Shichijou. Espiou sobre o barranco, mas não viu ninguém.

Aflita por salvar Joutaro, e apavorada pela ideia de se aproximar de Osugi, Otsu conseguia apenas andar a esmo.

V

— Velha nojenta! Bruxa! — berrou Joutaro, arrancando a espada de madeira da cintura.

É verdade que a arrancara, mas que fazer se a velha o tinha debaixo do braço firmemente seguro pelo pescoço e, por mais que se debatesse, não o soltava? Chutou o chão, golpeou o ar a esmo, e quanto mais se debatia mais deixava sua inimiga exultante.

— Moleque! Que pensa estar fazendo? Papel de sapo?

A velha Osugi, exibindo os incisivos superiores tão longos que lembravam os de um coelho, avançou triunfante pelo baixio arrastando o menino, mas ao avistar Otsu parada à distância, veio-lhe de súbito à mente uma ideia, astúcia que só aos idosos costuma ocorrer, e sussurrou no íntimo:

"Espere, vamos com calma!"

Não estava agindo de modo correto, pensou. Ela não conseguia progressos porque tentava correr com as pernas velhas e disputar à força com os braços raquíticos. Era difícil engabelar um oponente do nível de Musashi, mas estes eram dois tontos, uma jovem e um menino sensíveis a palavras doces. Nada melhor do que usar a língua, enredá-los e depois... saboreá-los à vontade.

E assim, a velha matriarca mudou de tom:

— Otsu, Otsu! — chamou, erguendo o braço e acenando para o vulto distante. — Otsu, minha bruxinha, por que foge mal me vê? Isso já aconteceu uma vez na ladeira da casa de chá Mikazuki, e torna a acontecer hoje: por que foge de mim como se eu fosse o próprio demônio? Não consigo entender o que lhe passa pela cabeça. Ainda não compreendeu meus verdadeiros sentimentos? Você está vendo maldade onde não existe! Esta velha não lhe quer mal.

Otsu ainda permanecia longe, desconfiada, mas Joutaro, preso ao braço de Osugi, perguntou no mesmo instante:

— Verdade? Verdade mesmo, obaba?

— Claro! Essa menina não me entende. Pensa que sou uma velha horrorosa!

— Nesse caso, vou até lá chamar Otsu-san. Solte-me!

— Mas nessa não caio eu: você está pensando em me golpear com sua espada de madeira e fugir assim que o soltar, não está?

— Acha que sou capaz de tamanha covardia? Eu apenas acho uma pena estarmos brigando por causa de um mal-entendido, só isso!

— Então, vá até a bruxinha Otsu e diga-lhe que eu, a matriarca dos Hon'i-den, vago pelo mundo desperdiçando o pouco tempo de vida que me resta levando comigo um osso do velho tio Gon, que morreu em terras estranhas. Agora, porém, diferente de anos atrás, meu ressentimento abrandou-se. Diga-lhe que por algum tempo odiei até a sua sombra, mas hoje nada mais resta em mim desse sentimento... A Musashi talvez não importe, mas diga-lhe que até hoje eu a tenho como minha nora. Que não estou lhe pedindo para reatar o compromisso com meu filho, mas pergunte-lhe se não quer ao menos ouvir minhas lamúrias, se não me aconselharia quanto ao que fazer com o resto da minha vida e se não teria também um pouco de pena desta velha.

— Obaba, não sei se consigo passar um recado tão comprido.

— Então vou parar por aqui.

— Nesse caso, solte-me.

— Transmita direitinho tudo que lhe disse, ouviu?

— Já sei!

Joutaro correu para perto de Otsu e pareceu repetir palavra por palavra o recado da anciã.

Osugi sentou-se numa rocha na beira do rio e manteve o olhar desviado de propósito. Pequenos cardumes de peixe provocavam ondulações nas águas rasas próximas à margem.

"Será que ela vem ou não?" Lançando olhares de soslaio mais rápidos que os brilhantes e minúsculos peixes, Osugi avaliava com cuidado a atitude de Otsu.

VI

Otsu, bastante desconfiada, continuava sem querer se aproximar, mas Joutaro devia ter insistido muito, pois momentos depois veio chegando temerosamente perto de Osugi.

A matriarca, era claro, regozijou-se: "Esta já está no papo!"

Um lento sorriso lhe entreabriu os lábios, expondo ainda mais seus longos incisivos superiores:

— Otsu!

— Obaba-sama.

Agachando-se na beira do rio, Otsu tocou o solo com a ponta dos dedos e curvou-se:

— Perdoe-me. Perdoe-me. A esta altura não quero mais tentar justificar-me.

— Ora, o que é isso, menina? — replicou Osugi. Suas palavras soaram bondosas como antigamente aos ouvidos da jovem. — Para começar, a culpa é toda de Matahachi; mas ele vai ter sempre raiva de você porque você o abandonou. Eu também a odiei por algum tempo, é verdade, mas agora... Tudo isso são águas passadas.

— Quer então dizer que perdoa minha atitude egoísta?

— No entanto...

Sem se definir claramente, Osugi agachou-se junto a Otsu na margem do rio. Otsu cavava a areia com a ponta dos dedos. Uma água morna, com cheiro de primavera, minava incessante do buraco aberto na camada superficial e gelada da areia.

— A resposta a essa sua pergunta bem poderia ser dada por mim, que sou a mãe de Matahachi. Você, porém, que já foi noiva oficial do meu filho, não me faria o favor de avistar-se de novo com ele? Na verdade, foi meu próprio filho que, por livre e espontânea vontade, a trocou por outra mulher. Ele com certeza não vai, a esta altura dos acontecimentos, pedir-lhe que reate a relação. E mesmo que queira, esta velha aqui não concordará com um pedido tão absurdo.

— Sim, sei.

— E então, Otsu, concorda em falar com ele? Ponho-os lado a lado na minha frente, e deixo as coisas bem claras para o meu filho. Que acha disso? Falo o que penso, dou conselhos e cumpro meu papel de mãe. Sobretudo, salvo as aparências.

— Sim, senhora.

Um pequeno caranguejo emergiu da límpida areia do baixio e, deslumbrado com a luminosa primavera, correu a ocultar-se debaixo de uma pedra.

Joutaro pinçou o caranguejo com dois dedos, deu a volta às costas da matriarca e o derrubou no topo de sua cabeça.

— Mas baba-sama, acho melhor não me encontrar com Matahachi-san nas atuais circunstâncias...

— Eu vou estar do seu lado. É pensando no seu bem e no seu futuro que insisto em esclarecer essa situação definitivamente.

— Mesmo assim...

— Faça isso. Eu a aconselho a agir desse modo porque penso no seu futuro.

— Mesmo que eu concorde, não sabemos onde anda seu filho... Ou será que a senhora sabe onde ele está, obaba-sama?

— Logo saberemos, ou acho que saberemos. Digo isso porque o encontrei na cidade de Osaka não faz muito tempo. Como sempre, fez o que lhe deu na telha e sumiu de Sumiyoshi, largando-me para trás. Mas acredito que se arrependeu e que a esta altura anda à minha procura nos arredores da cidade.

Mal ouviu isso, Otsu sentiu-se arrepiar. Apesar de tudo, os conselhos de Osugi lhe pareceram corretos e sentiu súbita pena dessa velha, tão infeliz na relação com o filho.

— Muito bem, obaba-sama, eu a ajudarei então a procurar seu filho — disse a jovem impulsivamente.

Osugi agarrou as mãos geladas que ainda remexiam a areia e as apertou entre as suas:

— De verdade?

— Sim, senhora...

— Então, antes de mais nada, acompanhe-me à estalagem em que me hospedo, está bem?

Assim dizendo, a velha começou a erguer-se. Levou a seguir a mão à gola do quimono e apanhou o caranguejo.

VII

— Irra, que coisa mais nojenta!

Ao ver os cômicos trejeitos da velha senhora, a sacudir com um arrepio de nojo o caranguejo dependurado na ponta de seus dedos, Joutaro, escondido atrás de Otsu, levou a mão à boca e riu.

O gesto não escapou à matriarca:

— Foi você o autor dessa brincadeira de mau gosto? — disse, fixando um olhar furioso em Joutaro.

— Eu? Eu não, não fui eu! — gritou Joutaro, galgando o barranco às pressas para fugir. Uma vez em cima, gritou:

— Otsu-san!

— O que é?

— Você vai acompanhar obaba até a hospedaria dela?

Sem esperar pela resposta de Otsu, a velha interveio:

— Isso mesmo. A hospedaria fica pertinho daqui, no fim da ladeira Sannenzaka. Sempre paro nela quando venho a Kyoto. Não preciso mais de você: vá-se embora!

— Está bem. Vou então retornar à mansão Karasumaru. Quando terminar o que tem a fazer, volte para lá o mais rápido que puder. Combinado? — disse Joutaro, quase se pondo a correr. Otsu sentiu-se de repente desamparada e o deteve:

— Espere, Jouta-san!

Subiu o barranco, alvoroçada, com a velha Osugi em seus calcanhares, temerosa de que ela lhe escapasse.

E no breve intervalo a sós, os dois conversaram:

— Você entendeu, Jouta-san? Por causa do que aconteceu hoje, sou obrigada a ir com essa velha senhora à hospedaria dela, mas prometo que vou vê-lo na mansão Karasumaru quando for possível. Conte tudo o que aconteceu aqui às pessoas da mansão e fique com elas até eu terminar esta minha missão.

— Está bem. Eu a espero o tempo que for preciso, fique sossegada.

— E enquanto isso, você não quer descobrir para mim onde Musashi-sama se hospeda? Eu também procuro... Por favor!

— De que adianta eu descobrir se você se esconde atrás de um carroção? Está vendo por que insisti tanto, naquela hora?

— Sou uma tonta, mesmo.

Osugi logo os alcançou e se meteu entre os dois. Embora já confiasse na anciã, Otsu achou pouco delicado falar de Musashi na presença dela e calou-se.

As duas mulheres saíram andando lado a lado aparentando tranquila camaradagem, mas os olhos finos como agulhas da velha Osugi dardejavam constantemente em direção a Otsu. Embora já não a tivesse como sogra, Otsu seguia rígida e constrangida ao seu lado, sem perceber as artimanhas da anciã, nem os perigos que o destino lhe reservava.

E quando alcançou outra vez a ponte Gojo Oubashi, uma multidão azafamada já cruzava por ela e o sol brilhava com todo o esplendor sobre ameixeiras e chorões.

— Musashi, ora essa...

— Já ouviu falar em algum samurai chamado Musashi?

— Nunca!

— Deve ser um guerreiro e tanto para desafiar os Yoshioka publicamente.

Em torno da tabuleta, a multidão aumentara. Otsu parou, sobressaltada.

A velha Osugi e Joutaro também haviam parado para observar. Como peixes em cardume, pessoas afluíam em torno do aviso e se dispersavam, tornavam a afluir para logo dispersar-se uma vez mais, deixando no ar um rastro que sussurrava: Musashi, Musashi.

O VENTO

NUM CAMPO SECO

I

Olhe na direção que o dedo aponta e verá, distante, a estrada de Tanba começando em longa subida. As tênues linhas prateadas visíveis entre árvores e que ferem a vista como raios rasgando o céu são pregas cheias de neve nas encostas das montanhas que circundam a região suburbana a noroeste de Kyoto, seus espigões estabelecendo as fronteiras da província de Tanba.

— Acendam uma fogueira! — ordenou alguém.

Era o nono dia do primeiro mês do ano, e a primavera tardava. O vento cortante que descia do alto do monte Kinugasa perturbava os pássaros e seu chilrear soava débil e friorento aos ouvidos dos homens. As espadas que levavam às cinturas estavam geladas e o frio atravessava as bainhas, insinuando-se por seus quadris.

— Belo fogo!

— Cuidado com as fagulhas. Podem provocar um incêndio e se alastrar pela campina.

— Pare de se preocupar: esse fogo nunca chegará à cidade!

A um canto da campina seca, uma fogueira crepitava queimando os rostos dos mais de quarenta homens agrupados em torno dela, as labaredas alongando-se e tentando lamber o sol.

— Ufa! Que calor! — reclamou agora alguém, em voz baixa.

— Basta! — disse Ueda Ryohei, contraindo o rosto por causa da fumaça, irritado com o homem que continuava a alimentar a fogueira com folhas secas.

Nesse ínterim, mais uma hora se passou.

— Já passa da hora do coelho, não lhes parece? — comentou um dos homens.

— Será? — Todos os olhares voltaram-se instintivamente para o sol.

— Devemos estar no terço final da hora do coelho[1] — afirmou alguém.

— Que teria acontecido ao jovem mestre?

— Já deve estar chegando.

— Com certeza! Está na hora.

Aos poucos, a tensão insinuou-se nos rostos dos homens, silenciando-os. Ansiosos, a custo suportando a longa espera, concentravam os olhares numa estrada secundária que levava à cidade.

---

1. Segunda metade da hora do coelho: período compreendido entre seis e sete horas da manhã.

— Que lhe teria acontecido?

Um boi mugiu ao longe, longa e preguiçosamente. No passado, a campina havia sido propriedade imperial destinada à criação de gado leiteiro e, ao que tudo indicava, ainda restavam alguns animais vivendo soltos nos arredores: com o sol alto, um sufocante cheiro de estrume e de folhas mortas começava a subir do chão.

— Musashi já não terá chegado à campina do templo Rendaiji?

— Pode ser.

— Alguém devia ir ver. A distância daqui até lá é de apenas meio quilômetro.

— Só para ver se Musashi já chegou?

— Sim.

— ...

Nenhum voluntário apresentou-se. Sufocados pela fumaça, os homens franziam o cenho e mantinham-se em sombrio silêncio.

— Acho melhor esperarmos um pouco mais. Lembrem-se do que ficou acertado: antes de se dirigir ao templo Rendaiji, nosso jovem mestre passará por aqui e se aprontará para o duelo.

— Têm certeza de que esse foi o trato?

— Absoluta. Essas foram as exatas instruções que mestre Ueda recebeu do nosso jovem mestre, ontem à noite. Não pode haver engano.

Confirmando as palavras do discípulo, Ueda Ryohei afirmou:

— Exato! Pode ser que Musashi já esteja no local combinado, mas pode também ser que nosso mestre Seijuro esteja se atrasando de propósito, para irritar o adversário. Se um movimento afobado de nossa parte der origem a comentários de que ajudamos nosso mestre, será a ruína da academia Yoshioka. O adversário é apenas Musashi, um *rounin* sem eira nem beira. Vamos esperar, serenos como essas árvores, até que nosso mestre surja com o garbo costumeiro.

II

Manhã do duelo.

Os homens agrupados por tácito acordo naquela campina constituíam apenas a minoria dos alunos da academia. Ali, porém, achava-se representado o esteio da academia da rua Shijo, nas pessoas de Ueda Ryohei e de metade do grupo de discípulos mais graduados de Seijuro, "Os Dez Mais" do estilo Kyohachi, conforme se faziam chamar.

Era sabido que na noite anterior Seijuro havia recomendado categoricamente a todos, sem distinção:

— Proíbo-os terminantemente de me prestar qualquer tipo de ajuda.

Seus discípulos estavam longe de considerar Musashi um adversário insignificante, mas nem por isso lhes passava pela cabeça que seu jovem mestre pudesse precisar de ajuda ou ser derrotado.

"É óbvio que nosso mestre vencerá!", pensavam eles, mas ali estavam por cautela, para o caso de algum remoto imprevisto. Um segundo motivo os reunia naquele campo a algumas centenas de metros da campina Rendaiji: já que o desafio fora público, anunciado em placa sobre a ponte Gojo Oubashi, os discípulos aproveitavam a natural repercussão do caso para também exibir suas imponentes figuras, contribuindo indiretamente para projetar o nome de seu mestre e o da academia por todo o país.

Todavia, Seijuro não aparecia.

O terço final da hora do coelho tinha-se ido, conforme lhes dizia a posição do sol.

— Que estranho!

Mais ou menos no momento em que, quebrando a serenidade preconizada por Ryohei, os quase quarenta discípulos começavam a resmungar, pessoas começaram a aglomerar-se em torno deles, levados a concluir por suas presenças que era ali o local do duelo.

— E esse duelo? Acontece ou não?

— Onde está o tal Yoshioka Seijuro?

— Não o vejo em lugar algum.

— E qual deles é Musashi?

— Esse também não está por aqui, ao que parece.

— E o que fazem esses samurais?

— Devem estar ali para ajudar um dos dois.

— Essa é boa! A ajuda já veio, mas nem sinal de Seijuro ou Musashi?

Uma aglomeração tem o poder de atrair mais gente. Curiosos juntavam-se a curiosos, aumentando o burburinho:

— Quando começa esse duelo?

— Ainda não começou?

— Qual deles é Musashi?

— Onde está Seijuro?

As perguntas se repetiam. Cabeças espiavam entre arbustos e de cima das árvores, muito embora ninguém ousasse aproximar-se da área onde os discípulos se agrupavam.

E no meio dessa multidão andava Joutaro. Levando à cintura a espada de madeira maior do que ele e observando inquieto os rostos ao redor, o menino rondava a extensa campina arrastando enormes sandálias pela terra seca, largando uma nuvem de poeira em seu rastro.

— Não está aqui! Não está! — murmurava. — Que lhe poderia ter acontecido? Não é possível que não saiba do duelo. E desde o dia em que nos separamos não me procurou uma única vez na mansão Karasumaru.

A pessoa procurada por Joutaro no meio do povo não era Musashi, mas Otsu: a jovem tinha de estar ali, ansiosa por saber o resultado do duelo, achava o menino.

III

Um simples ferimento no dedo mínimo é capaz de deixar uma mulher lívida; não obstante, cenas sangrentas e brutais parecem fasciná-las.

Kyoto inteira apurava olhos e ouvidos para os detalhes do duelo. E no meio da multidão heterogênea que comparecera para assistir ao espetáculo havia muitas mulheres, algumas até chegando de mãos dadas, despreocupadas como se estivessem à caça de diversão.

No meio delas, porém, Joutaro não achou Otsu, por mais que a procurasse.

— Que estranho! — murmurou o menino, cansado de percorrer os limites da campina.

"Será que adoeceu depois que a gente se separou na ponte Gojo?", conjeturava. "A velha Osugi parece boa de bico. E se ela engambelou Otsu-san com aquela conversa doce e fez sei lá o que com ela...?"

Essa suspeita o estava deixando quase frenético.

O não comparecimento de Otsu o afligia muito mais que o resultado do duelo desse dia.

Pois Joutaro acreditava na vitória de Musashi com a mesma firmeza com que a quase totalidade dos mais de mil curiosos espalhados pela campina à espera do embate acreditava na de Yoshioka Seijuro. "Meu mestre vencerá!", dizia-se convicto.

A confiança em Musashi crescia no peito do menino a cada vez que evocava sua vigorosa imagem lutando contra os lanceiros do templo Hozoin nos campos de Hannya. "Podem vir todos juntos de uma vez, e ainda assim ele os vencerá!", acreditava o menino, incluindo no duelo os discípulos da academia agrupados no extremo da campina.

Ao contrário dessa segurança, a ausência de Otsu, muito mais do que decepcioná-lo, estava lhe causando uma vaga sensação de que algo errado lhe acontecera. Pois Otsu, no momento em que dele se despedira na ponte Gojo Oubashi para seguir em companhia da velha Osugi, lhe dissera:

— Não se preocupe: assim que surgir uma oportunidade, irei vê-lo na mansão Karasumaru. Quanto a você, explique as circunstâncias e peça abrigo na mansão por algum tempo, está bem?

Essas haviam sido suas palavras, o menino tinha certeza.

Apesar delas, Otsu não viera vê-lo nenhuma vez nos últimos nove dias — nem nas datas festivas do terceiro e do sétimo dia do primeiro mês do ano.

"Que lhe estaria acontecendo?", era a pergunta aflita que Joutaro vinha repetindo havia já dois ou três dias, embora até aquele instante tivesse alimentado a esperança de encontrá-la ali.

Joutaro contemplou o centro da campina. Cercados pelos olhares de milhares de curiosos cautelosamente distantes, os pomposos discípulos da academia Yoshioka continuavam reunidos em torno da fumarenta fogueira, mas havia uma sombra de desânimo em suas atitudes, talvez porque Seijuro tardasse a chegar.

— Estranho! Será que o duelo vai acontecer neste campo? Mas o aviso dizia: campina do Templo Rendaiji!

O detalhe que a todos vinha escapando começou a causar estranheza a Joutaro. E então, no meio da corrente humana que se movia sem cessar à sua esquerda e direita, uma voz o chamou:

— Moleque! Ei! Você mesmo, moleque!

Joutaro voltou-se e viu Sasaki Kojiro, o jovem que nove dias atrás lançara uma ofensiva gargalhada na direção de Musashi e Akemi na ponte Gojo, e depois se afastara.

IV

— É comigo, tio?

Já que o havia visto uma vez, Joutaro sentiu-se no direito de tratá-lo com intimidade.

Kojiro aproximou-se. Antes de mais nada, examinou o menino dos pés à cabeça com um olhar depreciativo, como era seu hábito.

— Já nos vimos uma vez na rua Gojo, se não me engano.

— Ah, também se lembrou de mim, tio?

— Você estava em companhia de uma mulher.

— Isso mesmo, estava com Otsu-san.

— Otsu-san... Então esse é o nome dela. Musashi e ela têm algum tipo de relação especial?

— Acho que sim.

— São primos?

— Não.
— Irmãos?
— Não.
— O que são, nesse caso?
— Se gostam.
— Quem?
— Ora, Otsu-san gosta de meu mestre.
— São namorados?
— Parece.
— E quanto a Musashi: é seu mestre?
— Isso mesmo. — A última resposta soou clara e veio acompanhada de um orgulhoso aceno.
— Ah, isso explica a sua presença neste local. Veja, a multidão está aflita porque tanto Seijuro como Musashi ainda não apareceram. Mas você deve saber: Musashi já partiu da estalagem onde está hospedado, não partiu?
— Acontece que não sei. Não vê que eu também o estou procurando?
Duas ou três pessoas aproximaram-se correndo pelas costas dos dois. Agudo como o de um falcão, o olhar de Kojiro voltou-se nessa direção.
— Ora, quem eu vejo! Mestre Sasaki Kojiro!
— Olá, Ueda Ryohei!
— Que houve? — disse Ryohei aproximando-se e prendendo entre as suas as mãos de Kojiro. — Nos últimos tempos nosso jovem mestre vivia perguntando o que lhe teria acontecido, preocupado por não o ver mais na academia desde o final do ano passado.
— Acho que a minha presença aqui, nesta manhã, mostra cabalmente a minha consideração por ele; não importa se voltei ou não à academia nos últimos dias.
— Deixemos isso de lado, por enquanto, e dê-nos o prazer de sua companhia junto ao fogo — disse Ryohei, conciliador, cercando-o com os demais discípulos e conduzindo-o quase à força ao centro da campina onde se reunia o grupo.
Ao descobrir o vistoso vulto de Sasaki Kojiro caminhando com a longa espada enviesada às costas, a multidão alvoroçou-se:
— É Musashi! É Musashi!
— Musashi chegou!
— Ah, então esse é o tal?
— Puxa! É um bocado janota, mas não me parece dos mais fracos.
Joutaro, abandonado por Kojiro, havia ficado para trás com ar perdido, mas ao perceber que os homens ao redor levavam a sério os boatos, tratou de esclarecer:

— É mentira, é mentira! Esse aí não é Musashi-sama. Imagine se ele se vestiria desse jeito ridículo, como um ator de teatro *kabuki*!

Os curiosos que, longe do menino, não haviam conseguido ouvir seus desmentidos, também tinham começado a achar que aquele não era Musashi e diziam com ar de dúvida:

— Que estranho!

Quanto a Kojiro, tinha parado no centro da campina, e contemplando os quase quarenta discípulos da academia Yoshioka, com a habitual arrogância fazia-lhes uma preleção.

E a começar por Ueda Ryohei, todos do grupo dos "Dez Mais" da academia — como Miike Jurozaemon, Otaguro Hyosuke, Nanbo Yoichibei e Obashi Kurando — pareciam não estar gostando do que ouviam, pois contemplavam sisudos o rápido movimento dos lábios de Kojiro.

V

Sasaki Kojiro dizia:

— Senhores, considerem providencial o fato de tanto Musashi quanto Seijuro não estarem aqui ainda. Organizem-se em grupos, procurem mestre Seijuro antes que ele apareça e conduzam-no de volta à academia. Este é o meu conselho.

Aquele prólogo já seria suficiente para enfurecer os homens, mas, não satisfeito, Kojiro continuou:

— Minhas palavras são o máximo em matéria de ajuda ao seu mestre. Nada pode ser melhor do que o meu conselho. Sou o profeta mandado pelos céus para salvar a casa Yoshioka. E nessa condição, predigo claramente: se o duelo se realizar, mestre Seijuro será derrotado. Musashi o matará, sem sombra de dúvida.

Impossível esperar que tais palavras fossem bem recebidas pelos discípulos da academia Yoshioka. Ueda Ryohei, por exemplo, havia ficado com o rosto cor de terra e dardejava olhares furiosos em direção a Kojiro.

Miike Jurozaemon, outro do Grupo dos Dez, não conseguiu conter-se por mais tempo. Peito empinado, aproximou-se de Kojiro, que ainda tentava falar, e esbravejou:

— Que pretende dizer com isso?

O cotovelo direito de Miike, erguido à altura do rosto em óbvia posição preliminar de ataque, e a mão próxima ao cabo da espada ameaçando arrancá-la num átimo da bainha, desafiavam: "Quer verificar de perto minha habilidade?"

Inesperadamente, Kojiro sorriu. Muito mais alto que seu interlocutor, o jovem contemplou Miike de cima para baixo, a expressão risonha fazendo-o parecer ainda mais atrevido.
— Minhas palavras o irritaram?
— É óbvio!
— Nesse caso, peço desculpas — disse suavemente — e desisto de ajudá-los. Só me resta dizer-lhes: façam o que bem entenderem.
— E quem disse que queremos ajuda de um sujeito da sua laia?
— Ora, não digam isso! Lembro-me muito bem que foram vocês e seu mestre que me conduziram, desde o dique de Kema até a academia da rua Shijo, e tudo fizeram para me agradar.
— Simples cortesia para com um visitante. Presunçoso!
Kojiro gargalhou:
— Vamos parar por aqui. Não vejo sentido algum em iniciar outro duelo a esta altura, mas cuidem-se para que minha profecia não se transforme em lágrimas de arrependimento! Estes meus olhos viram e compararam os dois: eu avalio que mestre Seijuro tem 99 por cento de probabilidade de perder o duelo. Na manhã do primeiro dia do ano avistei recostado no parapeito da ponte da rua Gojo esse indivíduo a quem chamam Musashi, e no mesmo instante concluí: esse duelo não deve acontecer. Aos meus olhos, o aviso que vocês ergueram na base da ponte pareceu um anúncio fúnebre escrito por suas próprias mãos, lamentando a morte da casa Yoshioka. Mas faz parte da natureza humana não enxergar a própria decadência, que se há de fazer!
— Cale a boca! Para que veio até aqui? Para agourar a casa Yoshioka?
— Para começar, essa incapacidade de ouvir um conselho amigo é típica dos fadados à destruição. Continuem pensando o que quiserem. Gostem ou não, verão com os próprios olhos que minha profecia se confirmará, não amanhã, mas dentro de uma hora.
— Atrevido! — gritaram vozes ameaçadoras, cuspindo as palavras. A ameaça dos quase quarenta discípulos pareceu escurecer a campina.
Situações como essa não constituíam, contudo, novidade para Kojiro. Afastou-se com um súbito salto e posicionou-se, deixando entrever uma disposição sanguinária de comprar qualquer briga. Desse jeito, os conselhos que dera, segundo ele com a melhor das intenções, só serviriam para alimentar a fúria dos discípulos Yoshioka. Negativamente interpretado, o brilho beligerante no olhar de Kojiro podia significar que o jovem tentava polarizar o interesse da multidão, ali reunida para assistir ao duelo entre Musashi e Seijuro.

VI

E no instante em que, percebendo a comoção, a turba distante começou a se agitar, um macaco rompeu o cerco e disparou para o centro da campina, saltando como uma bola. Mas à frente do macaco corria também uma jovem com tanta pressa que parecia prestes a tropeçar e ir ao chão. A jovem era Akemi.

A atmosfera pesada que envolvia Kojiro e os discípulos da academia Yoshioka a um passo de um desfecho sangrento desfez-se de modo instantâneo ante os gritos de Akemi:

— Onde está ele, Kojiro-sama? Onde está Musashi-sama? Não o estou vendo!

— Quê?! — exclamou Kojiro, voltando-se.

Do lado dos Yoshioka, Ueda Ryohei e alguns companheiros também resmungaram, admirados:

— Ora, se não é Akemi!

Por um breve momento a jovem e o macaco atraíram a atenção e os incrédulos olhares de todos os presentes.

— Akemi! Que faz aqui? Não a proibi de vir? — repreendeu Kojiro com rispidez.

— O corpo é meu e faço com ele o que bem quiser! Não pode me impedir!

— Pois eu a estou proibindo! — enfatizou Kojiro, empurrando-a de leve. — Vá-se embora!

Akemi sacudiu a cabeça, frenética:

— Não vou, não vou! Você cuidou de mim, é verdade, mas não sou sua, entendeu?

Sua voz tremeu de repente. O choro sentido que se seguiu teve o efeito de uma ducha fria no ânimo dos homens. Contrariando porém a impressão inicial de fragilidade, o que disse a seguir era tão violento quanto o mais violento dos homens:

— E como é que você se atreveu a me deixar amarrada no quarto da hospedaria?! E vem me maltratando só porque me preocupo com Musashi-sama? Você é desumano! Quando me viu chorando por causa dele, na noite passada, você começou a me atormentar dizendo que ele com certeza seria derrotado por Seijuro e que, caso não o fosse, você ajudaria a matá-lo porque devia favores ao jovem mestre! E não contente com isso, me amarrou e me prendeu no quarto antes de ir-se embora esta manhã!

— Está louca, Akemi? Isso é assunto para ser tratado em público, em plena luz do dia?

— Eu tenho razão de sobra para estar louca! Musashi-sama é o homem de minha vida, ele vive em meu coração. Não pode esperar que eu fique parada naquele quarto enquanto matam o homem que eu amo. Gritei o mais alto que pude até que os vizinhos acudiram e me desamarraram. Depois, corri para cá. Preciso encontrar Musashi-sama. Tenho de vê-lo. Onde está ele?

A invectiva da jovem fez com que Kojiro se calasse, aborrecido. Akemi estava fora de si, mas parecia não estar inventando. E se tudo o que ela dizia era verdade, Kojiro podia estar cuidando da jovem com carinho ao mesmo tempo em que se divertia, torturando-a tanto física quanto moralmente.

Ver tais detalhes virem a público sem reservas — pior ainda, numa ocasião como aquela — era extremamente embaraçoso para Kojiro, sem dúvida alguma, não sendo portanto de admirar que ele a encarasse furioso.

Esse foi o instante que Tamihachi, um dos servos e acompanhante de Seijuro, escolheu para surgir correndo como um gamo pela estrada arborizada, agitando os braços e esbravejando:

— Socorro! Acudam! Venham todos, por favor, me ajudem! Nosso jovem mestre foi derrotado por Musashi!

VII

Os berros de Tamihachi tiveram o poder de empalidecer todos os discípulos. A terra de repente pareceu faltar-lhes sob os pés.

— O que... que disse? — exclamaram diversas vozes em uníssono. — O jovem mestre... por Musashi?

— Mas onde?

— Quando?

— Tem certeza, Tamihachi?

Perguntas esganiçadas espocavam no ar. Os homens não conseguiam ainda aceitar o que Tamihachi lhes dizia: como poderia mestre Seijuro, que havia prometido passar por ali para se aprontar, já ter realizado o duelo com Musashi sem que nenhum deles sequer o tivesse visto?

Tamihachi apenas conseguia balbuciar:

— Rápido! Rápido!

E sem se deter um instante para respirar, disparou de volta, retornando aos trambolhões pelo caminho que viera.

Ainda incrédulos, mas também sem poder imaginar que se tratava de engano ou mentira, Ueda Ryohei, Miike Jurozaemon e os restantes quarenta discípulos ergueram-se e saíram correndo atrás do servo, impetuosos como animais selvagens saltando barreiras de fogo, levantando poeira na estrada arborizada.

Seguindo pouco mais de meio quilômetro pela estrada de Tanba, surgia rente às árvores que margeiam o lado esquerdo do caminho outra campina seca, vasta e silenciosa sob os tímidos raios solares dessa primavera.

Tordos e picanços ali chilreavam como se nada houvesse acontecido, mas alçaram voo alarmados com a chegada dos homens. Tamihachi mergulhou no mato seco, correndo como um louco. Ao se aproximar de um cômoro, marco talvez de um túmulo antigo, o homem caiu de joelhos e lançou-se no chão como se o fosse abraçar.

— Mestre, jovem mestre! — gritou ele desesperado.

Os homens que lhe vinham no encalço estacaram, pregados ao solo:

— Ah!

— Que... que é isso?

— É o nosso jovem mestre!

Como um sólido paredão, a realidade veio ao encontro dos homens. Seus incrédulos olhares fixaram-se num samurai caído de bruços, rosto enterrado no mato. Ele vestia quimono azul índigo cujas mangas estavam contidas por uma tira de couro. Uma faixa de algodão branca atada com firmeza à testa prendia-lhe os cabelos das têmporas.

— Jovem mestre!

— Seijuro-sama!

— Reaja, por favor!

— Estamos aqui, jovem mestre!

— Somos nós, seus discípulos!

Quando lhe soergueram o corpo, Seijuro deixou a cabeça tombar para trás pesadamente, como se tivesse o pescoço fraturado.

Não havia sequer uma gota de sangue na faixa branca da testa, nem nas mangas do quimono, no *hakama* ou nas moitas ao seu redor. Seijuro, porém, tinha os lábios roxos, da cor de uvas silvestres, e continuava de olhos fechados e sobrancelhas dolorosamente crispadas.

— Vejam se ele ainda respira!

— Quase imperceptivelmente.

— Vamos, alguém tem de levá-lo!

— Carregado?

— Claro!

Um dos homens voltou as costas para o ferido, tomou seu braço direito, passou-o sobre o ombro, e tentou erguer-se. No mesmo instante, Seijuro deixou escapar um agoniante grito de dor.

— Uma prancha, uma porta! — disseram três ou quatro homens, pondo-se a correr pela estrada arborizada. Instantes depois, retornavam com uma porta, arrancada da casa de um camponês nas proximidades.

Seijuro foi acomodado de costas sobre a prancha. A partir do momento em que recuperara os sentidos, o ferido passara a se debater, desesperado de dor. Sem alternativa, os discípulos desataram o *obi* e com ele o prenderam à prancha, iniciando a caminhada de retorno em fúnebre silêncio, como se transportassem um esquife.

Seijuro continuava agitado, batendo os pés com tanta força que ameaçava partir a prancha, e esbravejava:

— Onde está Musashi?... Ele já se foi?... Aaah... Que dor insuportável..., meu ombro direito. Ele moeu meus ossos... Não consigo suportar! Alguém!... Qualquer um! Decepem meu braço direito na altura do ombro! Isto é uma ordem! Cortem-me o braço!

Olhos fixos no céu, Seijuro clamava sem descanso.

VIII

Tamanho escarcéu fazia o ferido que os quatro carregadores da prancha desviaram os olhares constrangidos, mormente porque a reação de fraqueza partia do homem a quem chamavam de mestre.

— Senhores Miike e Ueda! — chamaram, parando por momentos e voltando-se para consultar os veteranos. — A dor deve estar insuportável, pelo jeito que ele grita. Se lhe cortassem o braço de uma vez não lhe proporcionariam alívio?

— Estão loucos? — repreenderam Ryohei e Jurozaemon. — A dor não mata ninguém, por mais intensa que ela seja. Mas se lhe amputarmos o braço e sobrevier uma hemorragia, aí sim, ele pode morrer! A primeira providência será levarmos nosso mestre o quanto antes de volta à academia; só depois de examinarmos cuidadosamente a extensão do dano infligido por Musashi é que se pensará em amputá-lo, tomando os devidos cuidados para evitar a hemorragia. Por falar nisso, quero que alguém corra à frente e deixe um médico de prontidão na academia.

Alguns homens partiram correndo para tomar providências.

Na beira da estrada, a multidão inicialmente reunida no primeiro pasto tinha-se juntado agora entre os pinheiros e espiava, cheia de curiosidade.

Ueda Ryohei irritou-se e ordenou aos companheiros que acompanhavam o ferido em soturno silêncio:

— Homens, corram à frente e espantem a gentalha. Não tenho a mínima intenção de expor nosso mestre à curiosidade do povo.

— É para já! — responderam os discípulos entusiasmados, finalmente encontrando uma brecha por onde extravasar a fria cólera de sua alma.

Ao notar que os homens da academia vinham em sua direção, o povo, desconfiado por natureza, debandou levantando poeira.

— Tamihachi! — chamou Ryohei, canalizando agora sua raiva para o choroso servo ao lado da maca. — Vem cá um instante!

— Pro... pronto, senhor! — respondeu Tamihachi, batendo os dentes de medo ao ver a chama fria no olhar de Ryohei.

— Tu acompanhavas o jovem mestre desde o instante em que ele saiu da academia, hoje cedo?

— Si... sim, senhor!

— E onde foi que nosso mestre se preparou para o duelo?

— Na própria campina do templo Rendaiji, senhor, depois que lá chegou.

— Nosso mestre sabia com certeza que o aguardávamos no outro pasto. E por que, apesar disso, acabou vindo diretamente para cá?

— Não faço a mínima ideia, senhor.

— E quanto a Musashi: já estava aqui quando o jovem mestre chegou, ou apareceu depois?

— Já se encontrava aqui, em pé na frente daquele túmulo antigo.

— Sozinho?

— Sim, senhor, estava só.

— Como foi o duelo? Tu apenas assististe, sem nada fazer?

— O jovem mestre me disse: "Se por acaso Musashi me derrotar, encarrega-te de levar meu corpo. No antigo pasto reúne-se um grupo de meus discípulos, alvoroçados desde a madrugada, mas estás proibido de avisá-los até que o duelo com Musashi chegue ao fim. Para um guerreiro, a derrota é por vezes inevitável. Não quero vencer a qualquer custo e sujar meu nome, lançando mão de recursos covardes. Estás terminantemente proibido de me socorrer, seja lá de que forma for!" E com estas palavras, afastou-se de mim e avançou na direção de Musashi.

— Hu-hum!... E depois?

— Consegui ver, além do jovem mestre, o rosto de Musashi. Ele sorria de leve. A mim me pareceu que os dois se cumprimentavam calmamente quando de súbito um grito agudo ecoou pela campina. No instante em que me sobressaltei, parece que vi a espada de madeira do jovem mestre voando pelos ares. E então, em pé nesta vasta campina restava apenas Musashi, com sua faixa alaranjada na testa e seus cabelos eriçados.

IX

Na estrada arborizada, os curiosos pareciam ter sido varridos por uma ventania, deles não restando nem sombra.

Os quatro homens carregando a prancha, e Seijuro, gemendo sobre ela, lembravam um punhado de soldados batidos, cercando seu general e fugindo para suas terras. Atentos à dor do ferido, os discípulos caminhavam devagar, acabrunhados.

— Que foi isso?

O homem que ia à frente parou de repente e levou a mão à nuca. Os que lhe vinham atrás voltaram os rostos para cima.

Agulhas secas de pinheiros caíam agora também sobre a prancha: no alto de uma árvore, um pequeno macaco olhava estupidamente para baixo, fazendo poses indecentes.

— Ai! — exclamou um dos homens, atingido na cara por uma pinha. — Maldito! — gritou, levando a mão ao rosto. Extraiu uma adaga da cintura e a lançou contra o macaco. A arma varou brilhando pelas finas agulhas do pinheiro e perdeu-se no espaço.

No mesmo instante soou um assobio.

O pequeno macaco saltou para o chão com uma pirueta e, ato contínuo, pulou agilmente do peito para o ombro de Sasaki Kojiro, em pé à sombra de algumas árvores.

— Ora!

Os discípulos Yoshioka sobressaltaram-se por terem só então percebido a presença de Kojiro e de mais alguém ao seu lado: Akemi.

Kojiro contemplou em silêncio o homem ferido sobre a maca, mas não havia traços de desprezo em seu rosto. Ao contrário, sua atitude era respeitosa, chegando até a contrair as sobrancelhas ao ouvir os gemidos, solidário com a dor do homem derrotado. Os discípulos, porém, lembraram-se no mesmo instante das últimas palavras do jovem, o que os levou a imaginar: "Veio para se divertir à nossa custa!"

Alguém, talvez Ueda Ryohei, disse, apressando a maca:

— Vamos embora! É um macaco e não um ser humano: não percam tempo com os atos de um animal.

— Um momento! — interrompeu-os Kojiro, aproximando-se e dirigindo abruptamente a palavra a Seijuro: — Que lhe aconteceu, mestre Seijuro? Musashi o feriu? Onde? No ombro direito? Ah... Isto é grave! Os ossos estão esfarelados, seu ombro mais parece um saco cheio de pedriscos. Mas é perigoso transportá-lo de costas e sacudi-lo. O sangue pode afluir aos órgãos internos e também ao cérebro.

E dirigindo-se aos discípulos com a habitual arrogância, ordenou:

— Baixem a prancha. Que estão esperando? Vamos, depositem-na no chão sem discutir!

Voltou-se então uma vez mais para Seijuro, que parecia quase morto a essa altura:

— Levante-se, mestre Seijuro! Nada o impede. O ferimento não é grave, afetou apenas sua mão direita. Segure-a com a esquerda e conseguirá caminhar, não tenha dúvida. Se espalhar-se a notícia de que Seijuro, o herdeiro do grande mestre Kenpo, retornou pelas avenidas de Kyoto carregado numa prancha, o nome do falecido mestre será lançado à lama, sem falar no seu. Não consigo imaginar desonra maior.

Os olhos de Seijuro fixavam Kojiro duramente, sem pestanejar.

Com um movimento abrupto, Seijuro levantou-se. Comparado ao esquerdo, o braço direito parecia quase trinta centímetros mais longo e pendia inerte, como um objeto estranho ao corpo.

— Miike! Miike!
— Senhor?!
— Corte!
— Cortar o que, senhor?
— Idiota, quantas vezes tenho de repetir? Corte meu braço direito!
— Mas senhor...
— Covarde, poltrão!... Ueda, encarregue-se disso! Ande logo!
— Si...sim, sim, senhor.

Abrupto, Kojiro interrompeu-os:

— Se não se incomoda, posso me encarregar disso.
— Finalmente alguém! Faça-me o favor! — gritou o ferido.

Kojiro aproximou-se, segurou a mão que pendia inerte e a ergueu bem alto, extraindo ao mesmo tempo a espada curta da cintura. Um som abafado e estranho chegou aos ouvidos dos presentes e, num momento de pasmo, todos viram o sangue esguichar e o braço ir ao chão, amputado na altura do ombro.

X

Seijuro cambaleou, aparentando ter perdido o equilíbrio. Seus discípulos o ampararam, tentando tamponar o ferimento.

— Quero caminhar. Vou-me embora andando!

Seijuro mais parecia um cadáver falando. Cercado pelos discípulos, chegou a dar dez passos. Em seu rastro, gotas negras de sangue eram absorvidas pela terra.

— Mestre...

— Jovem mestre!

Os discípulos cercaram-no e pararam, formando uma paliçada humana ao seu redor, reclamando da ação que consideraram irresponsável.

— Teria sido tão mais fácil para ele ser levado na prancha. Mas não, esse Kojiro tinha de se intrometer e fazer o que não devia.

— Quero andar! — disse Seijuro depois de descansar alguns minutos, caminhando outros vinte passos, movido por pura força de vontade.

Mas a determinação logo se foi: cinquenta metros adiante, desabou nos braços dos discípulos.

— Depressa, um médico!

Jogando aos ombros o inerte Seijuro, já incapacitado para opor qualquer resistência, os apavorados discípulos dispararam desordenadamente, como se levassem um cadáver.

Kojiro os acompanhou com o olhar até desaparecerem e voltou-se para Akemi, em pé e imóvel sob as árvores.

— Prestou atenção? O espetáculo deve ter sido gratificante para você, não? — perguntou.

Pálida, Akemi fitava o rosto sorridente de Kojiro.

— Aquele era Seijuro, o homem que você amaldiçoava noite e dia sem parar, e aí está a vingança por sua virgindade perdida! Que tal, Akemi?

Aos olhos da jovem, Kojiro pareceu no mesmo instante odioso, temível e ainda mais repulsivo que Seijuro.

O herdeiro dos Yoshioka a degradara, é verdade, mas não era perverso. Comparado a ele, Kojiro era mau, do tipo degenerado, incapaz de se alegrar com a felicidade alheia, mas que contempla indiferente o sofrimento e o infortúnio alheios, disso extraindo prazer. Esses tipos eram dissimulados, bem mais perigosos que ladrões ou larápios comuns.

— Vamos embora — disse Kojiro, levando o macaco no ombro. Akemi queria poder fugir dele, mas não tinha coragem, algo a detinha.

— Não adianta continuar procurando Musashi. Ele não permaneceria à toa nesta área por tanto tempo — observou, começando a andar.

"Por que não consigo me afastar deste bandido? Por que não aproveito e fujo agora?", pensava Akemi, amaldiçoando a própria insensatez, mas acompanhando Kojiro.

O macaquinho sobre o ombro de Kojiro voltou-se e guinchou, mostrando-lhe os dentes, rindo.

O macaco e eu partilhamos o mesmo destino, pensou Akemi.

Repentinamente, sentiu pena de Seijuro, de seu corpo desfigurado. Excluindo Musashi, um caso à parte, Akemi percebia em si sentimentos que iam do amor ao ódio tanto por Seijuro como por Kojiro: sua visão dos homens tinha-se tornado complexa nos últimos tempos.

XI

"Venci!"
Musashi louvou-se intimamente.
"Derrotei Yoshioka Seijuro, o representante do estilo Kyoryu, o herdeiro de uma casa famosa desde os tempos dos xoguns Muromachi!"
Mas eis que não conseguia alegrar-se. Musashi caminhava cabisbaixo pela campina.

Um pássaro passou por ele em voo rasante, exibindo o ventre como um peixe no meio da correnteza. Musashi prosseguia passo a passo, afundando os pés nas macias folhas secas.

Só mentes guerreiras mais evoluídas são capazes de sentir tristeza depois de uma vitória. Principiantes, estudantes de artes marciais, desconhecem esta sensação. Musashi, caminhando agora sozinho pela campina sem fim, sentia uma opressiva tristeza a envolvê-lo.

Voltou-se de repente. O raquítico pinheiro da colina do templo Rendaiji, onde havia pouco se batera com Seijuro, era visível à distância.

"Evitei golpeá-lo uma segunda vez. Espero que ele não esteja correndo perigo de morte..." Estava preocupado com o estado de saúde do adversário que havia vencido e deixado para trás. Tornou a examinar a espada de madeira que ainda tinha na mão, mas nela não viu vestígios de sangue.

Nessa manhã, viera para o local do duelo preparado para morrer. Seu oponente, achara ele, traria ajuda, ou pior, podia até ter-lhe armado uma cilada covarde. Musashi branqueara os dentes com sal e lavara os cabelos para que o rosto, na morte, tivesse um aspecto digno.

E então, ao defrontar-se com Seijuro, achou-o tão diferente do que imaginara que chegou a se perguntar: "Mas este é realmente o filho de Kenpo?"

Musashi não conseguia acreditar que estava frente a frente com o representante do estilo Kyoryu. O homem era um típico morador dos grandes centros urbanos, um delicado descendente de fidalgos. Tinha consigo apenas um servo e não havia trazido ajudantes ou capangas. No instante em que se apresentaram mutuamente e cruzaram as armas, Musashi pensou arrependido: "Este duelo não devia acontecer!"

Pois Musashi, que sempre buscara adversários superiores, descobriu ao primeiro olhar que não precisaria ter-se empenhado tanto durante todo o ano anterior para vencer este.

Além disso, não viu resquícios de confiança nos olhos de Seijuro. Um orgulho selvagem costuma surgir no olhar do mais despreparado guerreiro no instante em que entra em duelo. Em Seijuro, porém, não havia vivacidade, não só no olhar como em todo o corpo.

"Para que veio, despreparado desse jeito? Ter-lhe-ia sido melhor cancelar o compromisso!", pensou Musashi, sentindo simpatia e pena do adversário. Mas Seijuro era o herdeiro de uma casa famosa, a quem cancelar um duelo publicamente assumido seria impossível. Triste sina de um homem que herdara do pai mais de mil discípulos, pelos quais era respeitado e chamado de mestre, mas que não possuía competência para merecer o título.

Para o bem mútuo, Musashi desejou encontrar um pretexto qualquer para recolher as armas, repô-las nas respectivas cinturas. Não houve oportunidade.

"Foi uma pena."

Voltou-se uma vez mais e contemplou o cômoro do duelo com seu delgado pinheiro. Intimamente, rezou para que Seijuro se recuperasse logo.

XII

Seja como for, o episódio estava encerrado. Vencendo ou perdendo, ater-se ao assunto longamente não era digno de um guerreiro, demonstrava imaturidade.

Ao dar-se conta disso, Musashi apressou o passo.

E foi nesse instante que, entre as moitas secas da campina, uma idosa mulher, que havia estado cavando a terra rasa, ergueu o rosto espantada ao ouvir seus passos e, arregalando os olhos, exclamou:

— Oh-ooh!

A mulher vestia um quimono da cor de folhas secas. Sobre ele, usava um agasalho grosso, recheado de macio algodão, preso por um cordão roxo, único detalhe de cor viva em suas roupas comuns. Mas uma coifa cobria-lhe a cabeça indicando que a mulher de compleição miúda e ar fino, beirando os setenta anos, era uma monja.

— ...?

A bem da verdade, Musashi também se espantara. Não havia veredas cortando o terreno e com mais alguns passos distraídos pisaria na idosa monja, camuflada nas cores da campina.

— Que procura na terra, senhora? — perguntou Musashi, ansioso por contato humano, em tom que pretendeu gentil.

— ...

A velha monja apenas tremia olhando para Musashi, que se havia agachado ao seu lado. Um terço feito com contas de coral lembrando frutos de nandina espiava pela boca de uma das mangas. Nas mãos, tinha um pequeno cesto com brotos de astérias silvestres, ervas e plantas medicinais, colhidos laboriosamente entre as raízes dos arbustos secos.

A ponta dos dedos e as contas vermelhas do terço tremiam de leve, levando Musashi a perguntar-se o que a velha senhora tanto temia. Imaginando que talvez o tivesse tomado por bandoleiro, aproximou-se, espiou o interior do cesto e demonstrando maior gentileza ainda tornou:

— Ora, que beleza! Quantos brotos já surgiram por baixo destes arbustos secos! Não é para menos, a primavera já está aí. Vejo filipêndulas, brotos de nabo e de cotonárias em seu cesto. Para que as ervas, senhora?

A velha monja, apavorada, deixou o cesto cair e afastou-se correndo, chamando:

— Koetsu!

Atônito, Musashi ficou olhando o delicado vulto da monja em fuga.

À primeira vista, a campina era uma vasta extensão plana, mas uma observação cuidadosa mostrava ondulações em meio à planície. O vulto da idosa monja ocultou-se por trás de uma dessas ondulações.

Musashi deduziu que havia outras pessoas em sua companhia. De fato, viu vestígios de fumaça elevando-se das proximidades.

— Deixou cair as ervas, colhidas com tanto custo! — murmurou o jovem, recolhendo os brotos verdes e juntando-os no cesto. E com o intuito de provar a pureza de suas intenções, apanhou o pequeno cesto e seguiu a velha monja.

Logo a reviu. Como previra, não estava sozinha: duas outras pessoas a acompanhavam.

Os três eram por certo membros de uma única família e haviam escolhido um suave declive que os protegia do frio vento setentrional para estender um tapete ao sol. Sobre ele havia apetrechos para a cerimônia do chá, um cântaro e uma chaleira sobre um pequeno fogareiro. Aquelas pessoas tinham transformado o céu azul e a campina em aposento e a natureza em jardim para neles realizar um cerimonial do chá muito especial, demonstrando um gosto refinado.

UMA LIÇÃO DE VIDA

I

Dos dois homens ali presentes, um parecia ser o servo da família e o outro, o filho da idosa senhora em roupas de monja.

Por filho não se subentenda um adolescente: o homem teria seus 47 ou 48 anos. Tinha a aparência de um opulento fidalgo de pele branca luzidia, rosto rechonchudo e ventre roliço que ceramistas de Kyoto costumam reproduzir em seus bonecos. Koetsu[2] devia ser seu nome, já que a velha senhora havia pouco assim o chamara ao fugir esbaforida.

E por falar em Koetsu, havia um indivíduo com esse mesmo nome morando na rua Hon-ami, cuja fama estava por todo o país nos últimos tempos.

Boateiros diziam com inveja que tal homem recebia 200 *koku* de ajuda de certo conselheiro imperial, o *dainagon* Toshiie. Vivendo numa simples casa de mercador e recebendo extraoficialmente ajuda de custo tão vultosa, o homem tinha, só com isso, condições de viver em grande estilo. Mas Koetsu gozava ainda da consideração especial de Tokugawa Ieyasu, tinha trânsito livre pelo palácio imperial e pelas mansões da nobreza e, dizia-se, era tão respeitado nos meios políticos que mesmo os mais poderosos *daimyo*, ao passarem pela porta de seu estabelecimento, desmontavam para não parecer arrogantes.

Hon-ami Koetsu — assim o chamava o povo porque morava na rua Hon-ami — era descendente de uma antiga e tradicional família de polidores, afiadores e avaliadores profissionais de espadas. As três especialidades haviam feito a fama da família no início do xogunato Ashikaga e se perpetuou durante o período Muromachi, rendendo-lhe as boas graças das casas regentes Imagawa, Oda e Toyotomi, sucessivamente.

Além de hábil nessas especialidades, Koetsu desenhava bem, era bom ceramista e dominava a tradicional arte japonesa do *makie*.[3] Sobretudo tinha segurança em sua habilidade como calígrafo. No atual cenário em que brilhavam calígrafos — como Shoukado Shojo, da região de Otoyama Hachiman, lorde Karasumaru Mitsuhiro e lorde Konoe Nobutada, o famoso fundador do estilo Sanmyakuin —, Koetsu com eles disputava a primazia.

---

2. Hon-ami Koetsu (1558-1637): famoso artista plástico do início do período Edo. Cidadão de Kyoto, era calígrafo, pintor e também ceramista.

3. *Makie*: técnica artesanal japonesa das mais representativas, surgida no período Nara (710-784), consiste em desenhar espalhando ouro, prata ou corantes em pó sobre uma superfície laqueada.

A honrosa situação, no entanto, ainda não satisfazia por completo o próprio Koetsu. Prova disso era a seguinte história que corria pela cidade: certa vez Koetsu fora visitar lorde Konoe Nobutada, seu amigo íntimo. O referido lorde, um dignitário que exercia o imponente cargo de Ministro da Esquerda, descendia de uma poderosa família que, em tempos idos, detivera o título de Supremo Conselheiro Imperial. Apesar do cargo, o homem não era aparentemente mais um inútil e pomposo oficial como tantos outros. Sobre ele corria ainda uma história relacionada ao episódio da invasão da Coreia pelo Japão, no qual o excêntrico nobre declarara:

— Esta empreitada não pode ser levada a cabo por Hideyoshi sozinho. O destino da nação está em jogo e não posso ficar de fora como um simples espectador.

Em seguida, pedira com insistência ao imperador que lhe permitisse seguir para as linhas de frente.

Quando a história chegou aos ouvidos de Hideyoshi, diz-se que este comentara:

— Nada poderia representar maior desserviço ao país do que a inclusão desse nobre no meu projeto.

Interessante foi verificar que mais tarde o povo considerou a própria invasão da Coreia, levada a cabo por Hideyoshi, um dos maiores desserviços prestados por um líder ao próprio país.

Detalhes históricos à parte e voltando ao momento em que Koetsu visitava Konoe Nobutada em sua mansão, os dois homens trocavam ideias sobre a arte da caligrafia, tão agradável a ambos. Konoe então perguntara:

— Koetsu, se lhe pedissem para citar os três melhores calígrafos da atualidade, quem você elegeria?

Koetsu, com a prontidão dos que têm a resposta na ponta da língua, respondeu:

— Em segundo lugar, Vossa Senhoria. Em seguida, citaria Shoukado Shojo, mais conhecido como bonzo Takimoto, o fundador do estilo Takimoto.

Konoe Nobutada não compreendeu e pediu esclarecimentos:

— Você começou dizendo: "Em segundo lugar..." Mas quem é o primeiro?

Koetsu então respondeu com a maior seriedade, fitando o interlocutor nos olhos:

— Eu.

Assim era Hon-ami Koetsu. No entanto, Musashi duvidava que a dupla, mãe e filho, à sua frente, acompanhada de apenas um servo, fosse a família do famoso Koetsu, da rua Hon-ami: suas roupas, assim como os apetrechos para a cerimônia do chá, lhe pareceram modestos demais.

II

Koetsu segurava um pincel, e tinha sobre os joelhos um bloco com o esboço inacabado do córrego que corria pela campina. Nas folhas espalhadas ao redor havia diversos desenhos retratando a mesma correnteza, mostrando que o artista estivera praticando.

Koetsu voltou-se abruptamente.

— Que houve, senhora? — parecia dizer seu olhar tranquilo, transferindo-se da mãe, trêmula, semioculta atrás do servo, para Musashi, em pé à sua frente.

Tocado por esse olhar calmo, Musashi percebeu que o próprio espírito serenava. No entanto, estava longe de se sentir cordial com relação ao estranho, um tipo desconhecido para ele, inexistente em seu mundo. No entanto, o olhar do homem tinha um brilho profundo, generoso como as proporções do seu ventre, e sorria agora para Musashi com cativante amabilidade, do mesmo modo que sorriria para um velho amigo.

— *Rounin*-sama... — disse o desconhecido para Musashi. — Será que minha mãe cometeu algum deslize? Eu, que sou seu filho, já tenho 48 anos. Digo isso para lhe dar uma ideia aproximada da sua idade. Ela goza de boa saúde, mas nos últimos tempos vem-se queixando que a vista anda embaçada. Em nome dela, peço-lhe sinceras desculpas. Perdoe-nos!

Assim dizendo, Koetsu depositou pincel e bloco sobre o tapete e preparou-se para tocar o chão com as duas mãos numa reverência formal. Constrangido, Musashi viu-se agora forçado a esclarecer os motivos que o fizeram vir no encalço da velha senhora.

— Ora! — disse ele, pondo um joelho em terra e interrompendo rapidamente o cerimonioso gesto de Koetsu. — Então, o senhor é o filho desta anciã?

— Sim.

— Quem lhes deve desculpas sou eu. Embora não compreenda por quê, a senhora sua mãe assustou-se tanto ao me ver que fugiu, abandonando este cesto. Depois que ela se foi, olhei em torno e descobri espalhados no chão os brotos e as filipêndulas por ela colhidos com tanto cuidado. Quando considerei o esforço que ela teria despendido para encontrar estas verduras na campina seca, senti remorsos por tê-la assustado. Apanhei portanto as ervas, tornei a pô-las no cesto e as trouxe até aqui. Por favor, não se desculpe!

— Ah, então foi isso! — riu Koetsu, voltando-se agora para a mãe. — Ouviu, minha mãe? A senhora se enganou, não foi?

A idosa mãe, finalmente tranquilizada, veio saindo devagar de trás do servo e disse:

— Quer dizer, meu filho, que este *rounin*-sama não tinha intenção de nos fazer mal?

— Muito pelo contrário, senhora. Este guerreiro, apesar de sua pouca idade, é muito atencioso: teve a capacidade de comover-se com o esforço de uma pessoa idosa colhendo brotos num campo seco e deu-se ao trabalho de vir devolvê-los, minha mãe.

— Ora, essa! Agradeço a consideração, meu jovem! — disse a velha mãe, arrependida, curvando-se diante do embaraçado Musashi numa mesura profunda, quase tocando o rosto no terço do pulso. Depois riu com alegria, explicando ao filho:

— Pensando nisso agora, percebo que o ofendi. Mas é que, quando pus os olhos neste jovem *rounin*-sama, pareceu-me ver algo com forte cheiro de sangue e me senti arrepiar inteirinha de medo. Agora, porém, olhando bem para ele, vejo apenas uma pessoa normal. Que estranho!

Foi a vez de Musashi sobressaltar-se com a observação casual da anciã. Parecia despertar e se ver pelos olhos de um estranho.

III

Algo com forte cheiro de sangue — esta fora a expressão que a velha mãe de Koetsu usara para se referir à sua pessoa.

Ninguém percebe com clareza o cheiro do próprio corpo. Musashi, porém, deu-se conta subitamente da aura sinistra e do odor sangrento que deviam impregnar a própria sombra. A aguda sensibilidade da anciã levou-o a sentir vergonha de si mesmo, tão intensa como jamais experimentara na vida.

A comoção do jovem não passou despercebida a Koetsu.

— Jovem guerreiro! — disse o homem. Algo no samurai de cabelos secos, revoltos, de olhar penetrante, ferozmente em guarda a ponto de parecer cortante como uma lâmina, começava a despertar sua afeição. — Sente-se e descanse um pouco, caso não esteja com pressa. Isto aqui é realmente tranquilo. Fique em silêncio e será capaz de sentir sua alma dissolvendo no azul do céu.

A idosa mãe ajuntou:

— Vou colher mais algumas ervas e preparar-lhe um delicioso arroz com elas. Se gosta, posso também servir-lhe chá.

Perto desses dois, Musashi sentia-se abrandar: seu corpo parecia perder escamas, livrando-se um a um dos mortíferos espinhos que o cobriam, experimentava uma sensação de aconchego rara no meio de estranhos. Quase sem perceber, Musashi tinha descalçado as sandálias e se sentara sobre o tapete.

Aos poucos, em conversa informal, descobriu que a anciã se chamava Myoshu, dama de uma das mais finas famílias de Kyoto. Seu filho, Koetsu, era realmente o magistral artesão da rua Hon-ami, o famoso Hon'ami Koetsu do mundo artístico.

Hon'ami Koetsu era conhecido por praticamente todos os espadachins do país, mas Musashi descobriu que as pessoas à sua frente não se ajustavam à imagem preconcebida. Ele não conseguia livrar-se da sensação de que essas eram pessoas comuns, com quem cruzara por casualidade no meio de uma extensa campina. Não queria, àquela altura, deixar-se constranger pela consciência da fama, e abandonar o afeto e a familiaridade que começava a sentir por eles.

Myoshu perguntou ao filho enquanto aguardava a água ferver:

— Quantos anos teria esse jovem?

Koetsu respondeu à pergunta da mãe com o olhar voltado para Musashi:

— Aparenta uns 25 ou 26 anos, minha mãe.

Balançando a cabeça negativamente, Musashi o corrigiu:

— Tenho 22 anos.

A idosa mulher arregalou os olhos de espanto e o reexaminou:

— Tão jovem assim? Com essa idade, você poderia ser meu neto!

A seguir, inquiriu-o minuciosamente: de onde vinha? Os pais eram vivos ou mortos? Com quem aprendera a esgrimir?

O carinho e o interesse da anciã tiveram a capacidade de devolver Musashi à infância, transformando-lhe até o linguajar.

A vida de Musashi havia sido, até então, um contínuo perseverar em busca de disciplina, sem espaço para mais nada além de exercícios para tornar-se duro como o aço. Agora, porém, conversando com Myoshu, Musashi sentiu de chofre reviver, dentro do próprio corpo temperado por chuvas e ventos, a vontade de ser mimado, de deitar-se no tapete e apoiar a cabeça nos joelhos da idosa senhora.

Mas como poderia ele?

Tudo sobre o tapete — a começar por Myoshu e Koetsu, e terminando na pequena chávena — parecia pertencer à natureza e se dissolver na imensidão azul, voar com os pássaros da campina, desfrutar esse momento de prazer. Nesse meio, somente ele, Musashi, destoava como um enteado indesejado, relegado a um canto do ambiente familiar, uma presença pouco natural.

IV

O desconforto nem era tanto enquanto conversavam, pois o diálogo o aproximava das pessoas sobre o tapete e o deixava à vontade.

Passados instantes, porém, Myoshu calou-se, atenta à água da chaleira, e Koetsu apanhou o pincel, dando-lhe as costas. Sem ter ninguém com quem conversar e desconhecendo qualquer tipo de entretenimento, restou a Musashi apenas o tédio e a dolorosa consciência da própria solidão.

"Que pode haver de agradável em sair para um campo seco nos primeiros dias da primavera e passar frio?"

O modo de vida da dupla lhe pareceu um enigma.

Se tinham por objetivo colher ervas e brotos, melhor lhes seria esperar um pouco mais: em breve o frio abrandaria, as pessoas sairiam às ruas, a campina se encheria de flores. Se pretendiam apreciar um bom chá, não havia por que transportar chaleira e chávenas para o campo e passar desconforto: afinal, pertenciam à tradicional família Hon'ami e em sua residência haveria com certeza um belo aposento especialmente projetado para cerimônias do chá, com vista e jardim excepcionais.

"Koetsu teria vindo desenhar?", chegou a pensar Musashi, contemplando as largas costas do homem entretido em seu trabalho.

Inclinou-se de leve para um lado e espiou: como há pouco, o artista continuava a esboçar o riacho.

A pouca distância dali, o córrego corria sinuoso entre arbustos secos. Koetsu, esquecido de tudo, tentava representar essa correnteza em traços, mas apesar do esforço a imagem surgida no papel por intermédio da tinta nada havia capturado. Eis porque Koetsu repetia o mesmo esboço dezenas de vezes, decidido a parar somente quando lograsse retratar o regato.

"Ah! Não é nada fácil pintar!", deu-se conta Musashi de repente, fascinado com o trabalho do artista, encontrando um lenitivo para o próprio tédio.

"No momento em que, com o oponente posicionado além da ponta da espada, perco a noção de mim mesmo, quando sinto que o universo e eu perfazemos uma unidade, ou melhor, quando perco a própria noção de sentir alguma coisa, nesse exato instante minha espada terá golpeado o inimigo certeiramente. O senhor Koetsu não consegue desenhar o riacho de modo satisfatório porque ainda contempla a água como um inimigo. Ele próprio tem de ser a água", raciocinou Musashi. Longe da esgrima, nada existia para ele.

Compreendia vagamente as dificuldades da pintura ao compará-las com as da esgrima. Mas o que continuava sem compreender era por que Myoshu e Koetsu pareciam tão satisfeitos. Os dois ainda permaneciam em silêncio, de costas um para o outro, mas o jovem considerava enigmática a aparentemente inesgotável a capacidade dos dois de extrair prazer desse dia.

"É porque não têm mais o que fazer na vida", resolveu Musashi, de modo simplista. "Como pode esta gente passar o tempo apenas desenhando e apreciando o chá numa época tão atribulada quanto a nossa? Essas pessoas pertencem a outro mundo, desconhecido para mim. Fazem parte de uma classe social privilegiada, que consegue viver à margem do tempo, à custa de uma herança administrada com cuidado."

Aos poucos, o tédio convidava à lassidão. Mal detectou seus primeiros sinais, a permanência no local tornou-se insuportável para Musashi, que considerava o ócio um veneno e policiava-se constantemente contra ele.

— Agradeço a gentil acolhida — disse Musashi, começando a calçar as sandálias. O agradecimento, dito no tom de alguém que, de súbito, percebeu ter perdido um tempo precioso, soou forçado.

— Oh, já se vai? — perguntou Myoshu, surpresa. Koetsu voltou-se calmamente e disse:

— Para que tanta pressa? Estamos mal instalados, é verdade, mas, como vê, minha mãe vigia com carinho a água da chaleira porque pretendia oferecer-lhe um chá. Fique um pouco mais. De tudo que o ouvi contando a ela, você deve ser o homem que duelou esta manhã com o herdeiro dos Yoshioka, nos campos do templo Rendaiji. "Nada sabe melhor que o chá depois de uma batalha", diz sempre o *dainagon* Konoe Nobutada, assim como lorde Tokugawa Ieyasu. Chá é o fortificante da alma; nada melhor que o chá para fortalecer o espírito. E eu acredito que a ação tem origem na inação. Fale. Eu lhe faço companhia.

V

Koetsu então sabia do duelo que acabara de travar nessa manhã com Yoshioka Seijuro nos campos do templo Rendaiji! E mesmo sabendo, o homem permanecera tranquilo, como se tudo não passasse de um acontecimento banal!

Musashi considerou mãe e filho com outros olhos, reavaliando-os. Recompôs-se a seguir e disse:

— Nesse caso, aceitarei o chá antes de seguir caminho.

Koetsu, satisfeito, comentou:

— O que tenho a lhe oferecer talvez não valha o seu tempo. Mesmo assim...

Guardou o material de pintura numa caixa, tampou-a e a depositou sobre os papéis desenhados para evitar que voassem.

A caixa recoberta de ouro, prata e madrepérola nas mãos de Koetsu brilhou de repente como o corpo de um besouro, ferindo o olhar de Musashi e fazendo-o curvar-se para observar melhor.

O jovem notou que a caixa em *makie*, agora sobre o tapete, nada tinha de espalhafatoso. O artista havia composto uma delicada miniatura do suntuoso palácio Momoyama, um trabalho sem dúvida gracioso. O que mais chamava a atenção, no entanto, era a pátina aplicada ao trabalho, que lhe dava um aspecto nobre e uma aparência de mil anos de uso.

Musashi não se cansava de contemplar o objeto.

O pequeno artesanato lhe pareceu belo, mais que o céu e a natureza da campina. A simples contemplação exercia um efeito calmante.

— A caixa o agradou? É uma modesta obra minha.

Musashi espantou-se:

— Como? Domina também a arte do *makie*?

Koetsu apenas sorriu em silêncio. Parecia estar zombando no íntimo do jovem que via beleza maior num artefato que na própria natureza. "Mais um provinciano", dizia o sorriso condescendente.

Alheio ao fato de que do alto de sua maturidade Koetsu o julgava com tanto rigor, o jovem Musashi insistiu, incapaz de desviar o olhar:

— É um trabalho maravilhoso!

Koetsu tornou:

— Disse-lhe há pouco que a caixa era uma modesta obra minha. Mas os versos são de autoria de Konoe Nobutada-sama, que os escreveu de próprio punho. De modo que talvez deva defini-la como uma obra conjunta.

— Quando diz Konoe Nobutada-sama, refere-se ao descendente do supremo conselheiro imperial?

— Sim, o filho do famoso lorde Ryuzan.

— Um tio meu, na verdade o marido de minha tia, trabalha há muitos anos para a casa Konoe.

— Como se chama ele?

— Matsuo Kaname.

— Ora, conheço muito bem o senhor Kaname. Vou com frequência à casa Konoe e ele me atendeu em diversas oportunidades. Em outras, teve a gentileza de vir até minha casa.

— Realmente?

— Senhora minha mãe! — chamou Koetsu voltando-se para Myoshu, pondo-a a par do detalhe e acrescentando. — Que mundo pequeno, não é mesmo?

— Não me diga! Então, este jovem é sobrinho do senhor Kaname por parte da mulher! — admirou-se Myoshu. Afastou-se a seguir do fogareiro tipicamente pequeno das cerimônias do chá, aproximou-se dos dois homens e fez uma graciosa reverência dando início à cerimônia.

A anciã de quase setenta anos demonstrava perfeita familiaridade com a etiqueta do chá. Seus gestos eram naturais e tudo em sua pessoa, a começar pelo preciso movimento dos seus dedos, era essencialmente feminino, suave e belo.

Musashi, o provinciano, sentou-se formalmente, imitando Koetsu. Um doce num prato de madeira foi depositado na frente dos rígidos joelhos do jovem. O doce era um simples *manju*, mas repousava sobre uma folha verde, inexistente na campina seca.

VI

Da mesma forma que na esgrima existiam as diversas posições e as regras de procedimento, o cerimonial do chá também era rígido, Musashi ouvira dizer.

E agora, observando Myoshu com atenção, ele considerou suas maneiras soberbas.

"Não vejo brechas em sua postura", pensou Musashi, interpretando-a uma vez mais à luz da esgrima.

Quando um magistral espadachim se põe em pé, empunhando sua espada, sua aparência distancia-o dos simples mortais. E Musashi percebia a mesma impressionante solenidade na figura dessa anciã de quase setenta anos preparando o chá.

"Caminhos... A essência da arte... Todas as coisas assumem idênticas formas quando atingem a excelência", pensou, contemplando embevecido os gestos da idosa mulher.

Logo, porém, caiu em si e percebeu que haviam depositado à sua frente uma chávena sobre um pequeno retalho quadrangular de crepe.[4] Musashi nunca havia participado de uma cerimônia do chá e hesitou, sem saber como segurar a chávena ou beber o chá.

A chávena era tosca, desgraciosa como uma tigela de barro moldada por uma criança. No entanto, dentro dela, a espuma do chá tinha um tom verde escuro mais profundo e sereno que o céu.

Musashi voltou-se em silêncio para observar Koetsu. Este já comia o seu confeito. Apanhou em seguida a chávena, envolveu-a com as duas mãos — como se estivesse aquecendo-as numa noite fria — e esgotou o seu conteúdo com dois ou três goles.

— Senhor Koetsu — disse Musashi, tomando coragem –, sou apenas um rústico guerreiro. Para ser sincero, jamais participei deste tipo de cerimônia. Não conheço as regras e nem sei como tomar o chá.

Ao ouvir isso, Myoshu voltou um olhar gentil em que havia uma leve censura e disse carinhosamente, como se falasse a um neto:

---

4. No original, *fukusa*: retalho de crepe quadrangular medindo 27 x 29 cm, usado durante a cerimônia do chá para limpar os utensílios ou como descanso de chávenas.

— Que é isso! Não existem regras na cerimônia do chá. Falar delas é pura impertinência, é falsa intelectualidade. Se você é um rude guerreiro, tome o chá como um rude guerreiro.

— Realmente?

— A arte do chá não consiste em etiqueta. Boas maneiras são uma questão mental. O mesmo se dá na esgrima, não é verdade?

— Sim, senhora.

— Não desperdice tempo pensando em boas maneiras ou perderá a oportunidade de saborear o chá. Se esta situação fosse transposta para a esgrima, seu corpo se enrijeceria e impediria a livre comunicação do espírito com a espada, não é verdade?

— Sim!

Cabisbaixo, Musashi esperou as próximas palavras da idosa mulher. Myoshu no entanto soltou uma risada cristalina e desculpou-se:

— Que digo eu! Nada sei de esgrima!

— Muito obrigado, senhora! Vou me servir — disse Musashi. Ele desfez a postura formalizada que lhe provocava dores nas pernas e sentou-se como um guerreiro, cruzando os pés. Apanhou a chávena, tomou a infusão de um só gole e repôs o recipiente vazio sobre o retalho, descontraído como se estivesse tomando o chá habitual, depois de uma refeição.

"Amargo!", pensou. Não podia dizer que apreciara o sabor, nem por delicadeza.

— Quer que lhe sirva outra chávena? — perguntou Myoshu.

— Não, muito obrigado.

Tanto alvoroço por aquilo? Que havia de mais nesse líquido amargo? Por que o serviço era objeto de sérias considerações e provocava comentários do tipo "gosto refinado", "requinte da simplicidade", e dava origem a termos como "cerimonial do chá"?

Musashi não conseguia compreender, mas nem por isso se sentia capaz de ir embora desprezando aquelas duas pessoas que desde o início haviam atraído sua atenção pela estranheza do seu comportamento. Se a cerimônia do chá fosse realmente apenas o que ele próprio fora capaz de perceber, não havia razão alguma para que sua prática, iniciada no período Higashiyama[5], houvesse atravessado todos esses anos e se desenvolvido como uma nova expressão

---

5. Período Higashiyama: uma das diversas maneiras de se referir a determinados anos do período Muromachi, quando o país vivia sob o domínio do xogunato Ashikaga. A denominação se deve ao fato de haver o então xogum Ashikaga transferido (1483) sua residência para o monte Higashiyama (atual templo Ginkakuji), passando a ser conhecido como o Senhor de Higashiyama. Neste período historicamente marcante na cultura do país, floresceram diversas artes como o teatro nô, o chá, o arranjo floral, o paisagismo na formação de jardins, etc.

cultural até o presente estágio. Sobretudo, jamais haveria de receber a proteção e o apoio de personalidades como Hideyoshi e Ieyasu.

Yagyu Sekishusai buscara refúgio nesse caminho em sua velhice. Pensando melhor, o próprio monge Takuan referia-se constantemente à cerimônia.

Em silêncio, Musashi voltou a contemplar a chávena sobre o retalho de crepe.

VII

Enquanto contemplava a chávena à sua frente pensando em Sekishusai, Musashi lembrou-se de chofre do galho de peônia cortado pelo idoso suserano.

Não! Não era a flor, a peônia branca — era o corte no galho! O estremecimento, o arrepio que sentira naquele momento!...

"Que é isso?" Partindo da chávena, algo violento atingiu-lhe o espírito, a ponto de fazê-lo imaginar que dissera as palavras em voz alta.

Estendeu a mão, depôs a chávena sobre as pernas dobradas, e contemplou-a de perto, quase a envolvendo nos braços.

— ...?

O jovem já não parecia o mesmo: seu olhar febril examinava minuciosamente o fundo da chávena, os sinais deixados pela espátula no recipiente.

"As marcas que a espada de Sekishusai deixou no galho da peônia — a agressividade destas marcas, deixadas pela espátula do artista quando recortou a argila... São expressões artísticas refinadas, produzidas por pessoas incomuns!"

Seu peito parecia inchar aos poucos e sufocá-lo. Não era capaz de explicar a razão. Quando muito, podia dizer que sentia o poder de uma habilidade magistral ali oculto. Sensações que dificilmente conseguiria exprimir em palavras vinham penetrando em sua alma, silenciosas, comoventes. E Musashi, mais que qualquer um, possuía a capacidade de perceber tais sensações, não restava dúvida.

"Quem terá sido o artesão?"

Tomou-a nas mãos e não se sentiu capaz de separar-se dela. Não se conteve e perguntou:

— Senhor Koetsu: como eu disse há pouco, nada entendo de cerâmica. Mas esta chávena deve ser obra de um grande artesão...

— Acha? Por quê?

As palavras de Koetsu eram suaves, como a expressão do rosto. Seus lábios eram grossos, mas sabiam sorrir, charmosos como os de uma mulher. Os olhos, rasgados, ligeiramente caídos nas extremidades, eram graves, mas apresentavam rugas que lhe imprimiam um ar trocista.

— É difícil explicar. Apenas senti que assim era.

— Mas deve ter visto ou sentido algo. Explique-me isso — disse Koetsu, com maldosa insistência.

— Bem... — disse Musashi, pensativo. — Tentarei explicar, embora não esteja certo de conseguir. Este sinal vigoroso deixado pela espátula na argila...

— Hum! — fez Koetsu, limpando a garganta. O artista, certo de que seu interlocutor pouco entendia de arte, o havia menosprezado. Mas agora percebeu que, contrariamente ao conceito que dele fazia, iria ouvir um comentário nada desprezível. Os lábios grossos, gentis como os de uma mulher, descreveram um brusco movimento e se apertaram, severos:

— E que acha o senhor das marcas deixadas pela espátula? — inquiriu.

— Contundentes!

— Só isso?

— Não, é mais complexo que isso. O artista deve ser um indivíduo audacioso.

— Que mais?

— Esta chávena lembra uma espada saída das mãos de um forjador de Soshu[6]: cortante até o fim, mas ainda assim envolta em graciosidade. De um modo geral, ela transmite a impressão de ser rústica, mas é elegante, tem um ar soberbo, majestoso, parece até desdenhosa em certo aspecto.

— Hum!... Muito interessante.

— De modo que, em minha opinião, o criador desta peça deve ser um indivíduo complexo, difícil de ser decifrado. Seja como for, é, sem dúvida, um artista magistral. Perdoe a indiscrição, mas diga-me: quem foi o artesão que criou esta peça de cerâmica?

Koetsu então descontraiu os lábios que lembravam grossas bordas de uma taça de saquê, e riu, quase babando:

— Fui eu! Eu a fiz, como um passatempo!

VIII

Koetsu era maldoso, sem dúvida: permitira que Musashi criticasse sua obra à vontade, para só então revelar que era ele o autor. Mais maldoso ainda estava sendo por não deixar o jovem perceber que se divertira às suas custas. Levando-se em consideração, porém, que Koetsu tinha 48 anos e Musashi apenas 22, a diferença nas idades em parte explicava por que Musashi nem de leve se sentira testado. Ao contrário, chegou a pensar honestamente

---

6. Soshu: antiga denominação de boa parte da atual província de Kanagawa.

impressionado: "Como? Este homem foi capaz de criar esta obra?! Nunca me passou pela cabeça que ele fosse o autor desta chávena!"

Espantou-o a versatilidade de Koetsu e, mais ainda, chegou a sentir algo inquietante nesse indivíduo de aparência rústica como a da chávena, mas profundamente humano.

Tentou sondar a profundeza dessa personalidade apelando para a lógica da esgrima, de que muito se orgulhava. No entanto, logo percebeu que seus conhecimentos não serviriam de parâmetro.

Quando se sentia assim, Musashi tornava-se totalmente vulnerável. Era de sua natureza curvar-se com humildade, entrevendo a própria imaturidade, transformando-se num simples jovem acanhado, rígido na presença do experiente adulto.

— Vejo que sabe apreciar uma cerâmica. Aliás, é capaz de analisar a fundo uma obra — observou Koetsu.

— Pelo contrário, não entendo absolutamente nada do assunto. Apenas conjecturei a esmo. Desculpe-me se fui impertinente, por favor.

— É natural que não entenda. Esta arte não é simples, exige que o artista empenhe toda sua vida para criar uma única chávena valiosa. Noto, contudo, que você tem uma sensibilidade aguda que o faz compreender a arte. Deve tê-la desenvolvido naturalmente por causa da esgrima.

Musashi também subira no conceito de Koetsu como ser humano.

O tempo passava sem que o jovem disso se desse conta. Logo, o servo retornou trazendo mais algumas ervas da campina. Myoshu preparou o arroz, levou as ervas ao fogo e as temperou, servindo-as em pratos também produzidos por Koetsu, ao que parecia; abriu um pote de saquê fino e deu início a uma frugal refeição campestre.

A refeição, leve como apreciam os cultores da arte do chá, tinha sabor excessivamente suave para o gosto de Musashi. Seu físico robusto pedia alimentos gordurosos e temperos fortes.

Empenhou-se no entanto em apreciar as ervas e o nabo de paladar suave, pois já percebera que tinha muito a aprender, tanto de Myoshu quanto do filho Koetsu.

Em seu rastro, porém, podiam a qualquer momento surgir os discípulos da academia Yoshioka, buscando vingar o mestre. Inquieto, Musashi passou a vigiar com atenção a campina.

— Senhora, apreciei a refeição que me serviu. Sigo porém meu caminho, não por pressa, mas porque os discípulos do meu oponente são capazes de vir ao meu encalço e enredá-los numa situação perigosa. Eu os verei de novo, caso a sorte permita.

Acompanhando Musashi, que já se erguera, Myosbu disse:

— Venha ver-nos qualquer dia à rua Hon'ami.

Koetsu acrescentou, às suas costas:

— Senhor Musashi, espero sua visita em outra ocasião. Conversaremos então com mais calma.

— Irei sem falta — prometeu Musashi.

Na extensa campina não vislumbrou nenhum dos discípulos Yoshioka. Musashi voltou-se uma vez mais e contemplou o pequeno mundo sobre o tapete, onde Myoshu e Koetsu se entretinham.

Seu próprio caminho era árido, estreito, sempre reto. Nem havia como compará-lo ao mundo amplo e luminoso em que Koetsu se divertia.

Musashi prosseguiu em silêncio rumo ao extremo da campina, passo a passo, cabisbaixo, do mesmo modo como chegara até ali.

A VIAGEM NOTURNA

I

— Que papelão fez o herdeiro dos Yoshioka! Bem feito, estou bebendo a isso! Eu o tinha mesmo atravessado na garganta!

A taberna ficava na periferia da cidade, num vilarejo onde viviam criadores de gado. O aposento de terra batida, impregnado de cheiro de cozidos e fumaça, já estava na penumbra, mas do lado de fora o sol poente incendiava o céu e avermelhava a estrada, cada movimento das cortinas da entrada deixando entrever à distância silhuetas de corvos voejando como fagulhas negras em torno da torre do templo Toji.

— Vamos, beba!

O grupo que jantava em torno de uma mesa era composto de três ou quatro pequenos mercadores. Além deles, encontravam-se ali ainda um solitário peregrino *rokubu*[7] comendo em silêncio e um grupo de trabalhadores braçais rodando moedas sobre o balcão e apostando um trago, de modo que o acanhado aposento se achava lotado.

— Taberneiro! Está tão escuro aqui dentro que quase tomei o trago pelo nariz! — reclamou um dos homens.

— Pronto, pronto, já vou! — respondeu uma voz perto do braseiro. Logo, uma labareda se ergueu e clareou a taberna. Contrastando com a noite que aos poucos caía lá fora, o interior do aposento se destacava, avermelhado.

— Sinto raiva só de lembrar! Eles me deviam o carvão, a lenha e os pescados desde o ano retrasado. E não era pouco, já que eu abastecia a academia inteira. Pois no último dia do ano passado, lá fui eu de novo, realmente disposto a cobrar. E não é que os discípulos da academia nos puseram, a mim e aos outros cobradores, para fora dos portões com um monte de explicações esfarrapadas?

— Calma, calma, não se irrite. Aqui se faz, aqui se paga: o episódio de Rendaiji lavou nossas almas, nos vingou.

— Vocês estão enganados: a esta altura, já não estou irritado, estou é muito feliz.

---

7. *Rokubu*: abreviatura de *rokujurokubu*, ou 66 lugares, literalmente. Monge budista andarilho que peregrinava pelo país com o objetivo de depositar uma cópia do Sutra do Lotus Sagrado em 66 locais santos. O hábito tem início no final do período Kamakura. A partir do período Edo, leigos — homens e mulheres estranhos ao mundo religioso — passaram a realizar o mesmo tipo de peregrinação vestidos de modo semelhante ao dos monges, com o objetivo de rezar pela própria felicidade no outro mundo. Tocando gongos e guizos, ou ainda carregando às costas santuários em miniatura, esses fiéis andavam mendigando de casa em casa.

—— Mas, a crer no que dizem, Yoshioka Seijuro sofreu uma derrota vergonhosa!

— Não que Seijuro seja fraco. Pelo jeito, esse tal Musashi é que é bom demais, incrivelmente competente.

— Dizem que com apenas um golpe ele inutilizou um dos braços de Seijuro, não sei se o esquerdo ou o direito. O mais espantoso é que ele se valeu de uma simples espada de madeira.

— Você esteve lá?

— Não pessoalmente, mas foi assim que aconteceu, de acordo com as pessoas que estiveram no local. Seijuro voltou sobre uma prancha, carregado pelos discípulos. Parece que vai se salvar, mas ficará aleijado para o resto da vida.

— E o que vão fazer, daqui para a frente?

— Os discípulos estão furiosos e dizem que vão acabar com Musashi de qualquer jeito, para não ter de fechar a academia. Mas o único capaz de enfrentar um homem que nem Seijuro conseguiu vencer é o mais novo dos Yoshioka, Denshichiro. Dizem os boatos que os discípulos o procuram feito loucos.

— Denshichiro é o irmão mais novo de Seijuro?

— Pelo jeito, ele é muito mais hábil que o mais velho. Mas é caçula, irresponsável. Com ele ninguém pode: enquanto teve dinheiro para gastar nem aparecia na academia. Agora, usa a influência do nome Kenpo, de parentes e amigos, e vive de favor na casa dos outros.

— Os dois se merecem. Como é que um fidalgo ilustre como mestre Kenpo foi ter uma família dessas?

— Prova de que a linhagem não faz o homem.

A claridade que o braseiro provia começou a enfraquecer outra vez. Perto do fogo havia mais um homem que dormitava fazia algum tempo, recostado na parede. O taberneiro evitara incomodá-lo porque o sabia bastante embriagado, mas como as fagulhas lhe alcançavam cabelos e pernas toda vez que alimentava o fogo, advertiu:

— Patrão, afaste o banquinho um pouco, por favor, ou acabará com a barra do quimono queimada.

O homem entreabriu pesadamente os olhos congestionados pelo calor do fogo e da bebida, mas apenas resmungou:

— Huh? Já sei, sei muito bem, mas me deixa em paz!

E ali permaneceu, sem ao menos descruzar os braços ou tentar erguer-se. Estava mal-humorado, com forte ressaca.

Um olhar para o rosto viciado, de têmporas riscadas de veias azuis, revelou: o homem era Hon'i-den Matahachi.

II

O episódio ocorrido no campo do templo Rendaiji era o assunto do momento não só ali, mas em toda parte.

À medida que a fama de Musashi aumentava, Hon'i-den Matahachi sentia-se cada vez mais deprimido. Se possível, queria poder não ouvir o nome do amigo até dar um jeito na própria vida, mas nem lhe adiantava tapar os ouvidos porque o assunto surgia onde quer que se formasse um pequeno ajuntamento. E por mais que bebesse, não conseguia espantar o confuso sentimento, misto de inveja e mágoa, que lhe ia no íntimo.

— Taberneiro, serve-me mais um gole. Não precisa esquentar! E despeja nessa taça grande.

— Tem certeza, senhor? Olhe que já está bastante pálido.

— Deixa de besteira. Sou pálido por natureza!

Quantas vezes havia emborcado a taça? Tantas que Matahachi — e o próprio taberneiro — já tinha perdido a conta.

Esvaziada a taça, tornava a cruzar os braços e a se recostar na parede, em silêncio. Mas apesar da quantidade consumida e do fogo a seus pés, o rosto continuava esverdeado, provando que a bebida lhe fazia mal nessa noite.

"Um dia chego lá, vão ver! Ninguém estabeleceu que a espada é o único caminho para o sucesso. Posso ficar rico, ganhar um título, ou até me tornar um *yakuza*: importa apenas conseguir destaque, ser alguém no ramo que se escolheu. Tanto Musashi como eu temos apenas 22 anos. Poucas são as pessoas que ficam famosas na juventude e continuam a crescer vida afora. Elas acabam ficando convencidas, acham que são geniais, e param de crescer. E quando chegam à casa dos trinta, todos se dão conta de que esses falsos gênios nada mais são do que homens imaturos, que se esqueceram de crescer. Esse é o destino de todos eles."

Embora Matahachi não quisesse ouvir falarem mal do amigo, ele se remoía com seu sucesso. E assim, viera de Osaka a Kyoto logo depois de ouvir os boatos do duelo, não porque tivesse alguma coisa a fazer na cidade, mas porque Musashi o incomodava, e porque queria saber as últimas notícias.

"Deixe estar: ele vai levar o troco qualquer dia desses se continuar a se achar grande coisa. Os Yoshioka também têm discípulos magistrais, como os componentes do grupo que se autodenomina 'Os Dez Mais' da academia, sem falar no irmão mais novo, Denshichiro."

E enquanto rezava para ver o nome de Musashi arrastado na lama, Matahachi procurava no ínterim a estrela da sorte que devia brilhar sobre a própria cabeça.

— Que sede!

Levantou-se cambaleando da beira do fogo e se amparou na parede. Todos na taberna voltaram-se para observá-lo. Matahachi aproximou-se de uma tina de água, encheu uma concha e bebeu avidamente, quase mergulhando a cabeça dentro do recipiente. Em seguida, jogou a concha no chão, afastou as cortinas e foi para fora, trôpego.

O taberneiro, que apenas o contemplara em atônito silêncio, caiu em si assim que o vulto desapareceu além das cortinas.

— Patrão, por favor! — gritou, indo-lhe atrás. — Acho que se esqueceu de me pagar!

Os demais espiavam pela cortina, esticando os pescoços. Matahachi parou e voltou-se, equilibrando-se precariamente:

— Que disseste?

— O senhor se esqueceu, não foi, patrão?...

— Não esqueci nada na taberna.

— A conta, patrão — insistiu o taberneiro, com uma risadinha melíflua. — Ainda não recebi o valor do que bebeu, patrão.

— Ah! A conta...

— Por favor.

— Não tenho dinheiro.

— Quê?!

— Que maçada! Eu o tinha até bem pouco tempo atrás, mas agora, não tenho mais.

— Como é? Não me digas que bebeste tudo aquilo sabendo que não tinhas dinheiro!

— Ca... cala a boca, insolente! — berrou Matahachi. Apalpou as dobras internas do quimono e as mangas, extraiu uma pequena caixa de remédios e a atirou no rosto do taberneiro. — Não reparaste nas duas espadas à minha cintura? Pois fica sabendo que não decaí a ponto de fugir sem pagar uma conta. Isso deve cobrir o que bebi e ainda sobrar. Fica com o troco, desaforado!

III

Ninguém havia conseguido identificar o objeto lançado por Matahachi. Atingido no rosto, o taberneiro o cobriu com as duas mãos e gritou: — Ai!

Os fregueses que espiavam por trás da cortina indignaram-se ao ver isso:

— Sujeitinho sem-vergonha!

— Caloteiro!

— Vamos acabar com ele! — gritaram, saindo todos juntos da taberna. Estavam todos em diferentes graus de embriaguez, e não há quem odeie caloteiros de taberna mais que um beberrão.

— Se não dissermos nada, esse sujeito vai acabar mal acostumado. Ó, estúpido, paga a conta!

Os homens cercaram Matahachi:

— Gente da tua laia deve fazer a ronda das tabernas, aplicando sempre o mesmo golpe. Se não tens com que pagar, bota aqui a tua cabeça para gente poder socá-la, um de cada vez.

Matahachi buscou proteção no cabo da espada e esbravejou:

— Quê? Vão bater em mim? Essa é boa, experimentem! Sabem com quem falam, bando de idiotas?

— Com um rebotalho, um *rounin* sem-vergonha, mais covarde que um mendigo, mais descarado que um ladrão! E daí?

— Ah, é? — disse Matahachi, sobrancelhas crispadas no rosto esverdeado, mirando os homens com ferocidade. — Pois vão cair para trás de espanto quando souberem quem sou.

— Por que acha que nos espantaríamos, homem?

— Porque Sasaki Kojiro é meu nome, Ito Ittosai é meu colega veterano e pratico o estilo Kanemakiryu, ouviram bem?

— Ah-ah, não me faças rir. Para de repetir esse refrão que ouviu não sei onde e passa para cá o dinheiro que deves ao taberneiro — disse um homem, estendendo a mão e aproximando-se.

Matahachi arrancou a espada da bainha e gritou em resposta:

— Se a caixa de remédios não foi suficiente para cobrir a conta, toma isto também!

E decepou de golpe a mão do homem.

Um berro estridente se seguiu. Os frequentadores da taberna — até agora seguros de que as palavras de Matahachi não passavam de simples ameaça — descontrolaram-se ao ver sangue e bateram em confusa retirada, cabeças e traseiros chocando-se na pressa, gritando apavorados:

— Ele sacou a espada!

Matahachi brandiu a arma acima da cabeça e gritou, com um súbito brilho sóbrio no olhar:

— E agora, repitam o que disseram! Voltem cá, vermes! Sasaki Kojiro vai lhes mostrar a habilidade. Voltem cá, que me devem os pescoços!

Sozinho, em pé no lusco-fusco, agitou a espada e continuou por algum tempo a esbravejar que era Sasaki Kojiro, mas já não havia mais ninguém para ouvi-lo. Nem corvos voejavam mais no céu, onde a noite aos poucos se insinuava.

Matahachi voltou a cara para o alto e riu, como se sentisse cócegas, mostrando os dentes brancos. No instante seguinte, um véu de tristeza caiu sobre o seu rosto, deixando-o crispado, prestes a romper em lágrimas. Com gestos inseguros devolveu a espada à bainha e pôs-se a caminho, cambaleante.

A pequena caixa de remédios lançada contra o taberneiro, e por ele abandonada na pressa de fugir, brilhava à luz das estrelas na beira do caminho.

Era uma caixa simples, de ébano com incrustações de madrepérola, e não parecia especialmente valiosa. No escuro, as incrustações faiscavam como um bando de pirilampos de estranha beleza.

— Que é isso? — murmurou o peregrino *rokubu*, saindo da taberna e apanhando a caixinha. Estava com pressa, mas retornou até o alpendre e examinou com cuidado as incrustações e o cordão da caixinha à luz da casa.

— Mas... É a caixa de remédios do meu amo! Faz parte dos pertences de Kusanagi Tenki-sama, que teve uma morte tão indigna no canteiro de obras do castelo Fushimi! Aqui está o nome no fundo da caixa: Tenki.

Ato contínuo, o peregrino correu atrás de Matahachi, ansioso por não perdê-lo de vista.

IV

— Sasaki-sama, Sasaki-sama!

Alguém chamava às suas costas, mas claro, não era com ele. Aos ouvidos do embriagado Matahachi, o nome não despertava lembranças.

Da rua Kujo, Matahachi andou em direção ao fosso do castelo. Era a própria imagem do homem sem rumo.

O peregrino apressou os passos e, aproximando-se de Matahachi, agarrou-lhe a bainha da espada e o deteve.

— Espere um pouco, senhor Kojiro.

Matahachi voltou-se com um sonoro "Eh?", misto de interrogação e soluço:

— É comigo?

— Seu nome é ou não Sasaki Kojiro? — perguntou o peregrino. Havia um brilho severo em seu olhar.

No rosto de Matahachi a embriaguez pareceu aos poucos se dissipar.

— Sasaki Kojiro sou eu — respondeu Matahachi. — E se sou, que quer comigo?

— Quero perguntar-lhe algumas coisas.

— Que... Que coisas?

— Onde obteve esta caixa de remédios?

— Caixa de remédios?

A sobriedade estava voltando, definitivamente. O rosto atormentado do samurai peregrino que morrera linchado no canteiro de obras do castelo de Fushimi surgiu em vislumbres em torno de Matahachi.

— Vamos, diga-me onde a obteve. Como é que a caixinha está em seu poder, senhor Kojiro? — insistiu o peregrino, rígido. Aparentava 26 ou 27 anos e tanto pela idade como pelo aspecto não era um peregrino comum, do tipo conformado que destina o resto da vida a visitar templos.

— Quem é você, afinal? — perguntou Matahachi, um pouco mais sóbrio.

— Isso não importa. Diga-me apenas onde obteve a caixa de remédios.

— Que história é essa de "onde obteve"? Ela sempre foi minha!

— Não minta! — disse o peregrino, que mudou de tom repentinamente. — É melhor dizer a verdade ou poderá sofrer sérias consequências.

— Mas é a pura verdade, asseguro-lhe!

— Quer dizer que pretende prosseguir com a farsa!

— Farsa? Como ousa? — continuou Matahachi a blefar vigorosamente.

— Ainda insiste, falso Kojiro?

Mais ligeiro que as palavras, o bastão de carvalho de quase 130 centímetros empunhado pelo peregrino cortou o ar com um zumbido. Embora precariamente, o instinto funcionou e Matahachi conseguiu esquivar-se. Mas o corpo encharcado de saquê continuava entorpecido, e o levou a dar alguns passos cambaleantes e cair sentado. Ergueu-se contudo com admirável prontidão, deu as costas ao peregrino e saiu correndo. A rapidez da fuga surpreendeu o peregrino: o homem jamais imaginara que Matahachi pudesse reagir com tanta presteza no estado de embriaguez em que se encontrava.

— Miserável! — gritou, pondo-se no encalço e lançando o bastão contra o vulto em fuga enquanto corria.

Matahachi encolheu o pescoço. O bastão passou zumbindo ao lado da orelha. Aquilo já era demais, pensou ele, redobrando a velocidade, saltando como uma bola.

O peregrino apanhou o bastão caído e voou no encalço do fugitivo. A certa altura avaliou a distância, mirou no escuro e arremessou outra vez o bordão.

Matahachi, no entanto, logrou esquivar-se mais uma vez, escapando por um triz. A embriaguez se fora de verdade, com os vapores da bebida escapando por todos os poros.

V

A garganta estava seca, Matahachi queimava de sede.

Os passos do peregrino pareciam ainda soar às suas costas, por mais que a distância entre eles se tivesse aberto. Pelo aspecto das casas ao redor, ele estava perto das ruas Rokujo e Gojo. Matahachi bateu no próprio peito:

— Ui! Esta foi por pouco! Acho que consegui despistá-lo, enfim.

Nesse ponto, espiou uma viela lateral, não à procura de outra rota de fuga, mas de um poço.

E pelo jeito encontrou-o, pois embarafustou-se viela adentro. O poço era de uso comunitário dos moradores da favela.

Matahachi içou o balde e quase mordeu sua borda na pressa de beber. Depôs em seguida o balde no chão e aproveitou a água para lavar o rosto.

"Quem era aquele peregrino?"

Conforme se recuperava, voltava a sentir apreensão.

Os três artigos — a carteira de couro roxo com o dinheiro, o diploma do estilo Chujoryu e a caixinha de remédios em questão — haviam sido retirados do corpo do samurai sem queixo, linchado por uma multidão enfurecida no canteiro de obras do castelo Fushimi durante o verão do ano anterior. Desses artigos, o dinheiro gastara até a última moeda, tendo-lhe sobrado apenas o diploma e a caixinha de remédios.

— O maldito peregrino disse que a caixinha era de seu amo. Nesse caso, o homem seria servo do samurai morto?

O mundo com sua pequenez vivia a atormentá-lo, pensou Matahachi. Quanto mais andava nas sombras, envergonhado da própria degradação, mais coincidências aconteciam, a persegui-lo como vultos demoníacos.

— Não sei se era cajado ou bordão, mas o que o sujeito lançou contra mim era devastador. Se a ponta daquele bordão atingisse minha cabeça... Adeus! É bom não me descuidar.

A consciência o acusava sem parar por haver gasto o dinheiro do morto, e o rosto do samurai linchado naquele dia infernalmente quente lhe surgia cada vez mais em rápidos lampejos.

"Vou trabalhar e a primeira coisa que farei assim que ganhar algum dinheiro será devolver o que gastei. Quando for um homem bem-sucedido, mandarei erguer uma lápide e realizar uma cerimônia em sua memória", vivia prometendo Matahachi à alma do morto.

"Por falar nisso, acho que não devo continuar guardando isto comigo. Pode ser comprometedor. Jogo fora ou não?", pensou ele, apalpando o diploma do estilo Chujoryu junto ao corpo. O rolo, um objeto duro preso à faixa na cintura, era um contínuo estorvo.

Mas Matahachi logo achou uma pena desfazer-se dele. Dinheiro já não tinha, e o diploma era o único bem que lhe sobrava àquela altura. Já não o via como chave para o sucesso, mas continuava a imaginar que poderia usá-lo para conseguir um bom emprego. A sorte um dia lhe sorriria, acreditava ele, mesmo depois de ter caído na esparrela armada por Akakabe Yasoma.

Já sentira em algumas oportunidades a conveniência de se fazer passar por Sasaki Kojiro, o homem cujo nome constava no diploma. Nas academias pequenas e pouco conhecidas, ou entre mercadores interessados em aprender a esgrimir, o nome inspirara grande respeito, que se havia traduzido em oferecimentos espontâneos de refeição e pouso. Podia dizer que vivera à custa do diploma durante a primeira quinzena do ano.

"Não vejo sentido em jogá-lo fora. Acho que estou me deixando intimidar aos poucos. Talvez seja isso o que me impede de atingir o sucesso. Vou tornar-me arrojado como Musashi! Veja o exemplo dos que conquistaram o mundo!"

Estava decidido, mas... Onde passaria a noite? Os casebres ao redor eram feitos de barro e galhos, mal se sustentavam, mas seus moradores ao menos possuíam um teto e uma porta para protegê-los da noite. Matahachi os invejou.

O CONFRONTO DE DOIS KOJIROS

I

Matahachi espiou dentro das casas, todas muito humildes.

Dentro delas, porém, descobriu um casal defrontando-se com uma panela de permeio; mais adiante, dois irmãos e a mãe idosa, absortos num trabalho noturno. Não haviam sido contemplados com bens materiais, é verdade, mas em troca possuíam algo que nem Hideyoshi nem Ieyasu pareciam ter em seus lares: o amor fraternal, tanto mais forte quanto maior a pobreza. E porque nutriam uns pelos outros esse sentimento solidário, seus casebres não se transformavam em morada dos demônios da fome, os *preta* do inferno budista. Ali havia calor humano.

"Mãe!... Eu também tenho mãe. Como estará ela?" — lembrou-se Matahachi de súbito.

Encontrara-a pouco tempo antes, no final do ano anterior, e com ela passara sete breves dias, mas logo os dois geniosos haviam-se desentendido por motivos fúteis. Matahachi então a abandonara e nunca mais dela soubera.

"Agi mal... Sinto pena dela. Nenhuma mulher por quem eu venha um dia a me apaixonar será capaz de me amar como ela."

Matahachi resolveu visitar o templo da deusa Kannon, o templo Kiyomizudera. Não distava muito daquele local e podia dormir sob o beiral do santuário. Tinha também a vaga esperança de ali cruzar com a mãe.

Osugi era muito religiosa. Acreditava cegamente na força divina, não lhe importando se os deuses eram budistas ou xintoístas. Não só acreditava nos deuses, como também, em certa medida, contava com eles para ajudá-la. Um dos motivos por que mãe e filho haviam-se desentendido durante os sete dias em Osaka fora exatamente esse sentimento religioso exacerbado, que levara Osugi a parar em todos os locais sagrados budistas ou xintoístas. Em consequência, Matahachi aborrecera-se e se convencera de que não suportaria por mais tempo a sua companhia.

Naqueles dias, Matahachi cansara de ouvir Osugi dizer-lhe:

— Dentre todos os deuses miraculosos do mundo, nenhum é mais poderoso que a deusa Kannon, do templo Kiyomizudera. Pois ela não me trouxe o maldito Musashi à minha presença depois que eu já tinha feito quase 37[8]

---

8. Trinta e sete: número sagrado do Budismo. São 37 os tipos de prática ascética que conduzem à iluminação.

visitas diárias ao seu santuário? E bem na frente do santuário, além de tudo. Portanto, escute este conselho, meu filho: tenha fé, ao menos na deusa Kannon de Kiyomizu.

Matahachi ouvira ainda inúmeras vezes de sua boca que ela pretendia voltar ao templo para agradecer à deusa e pedir-lhe proteção e bênção para a família Hon'i-den por todos os anos vindouros, assim que a primavera chegasse.

Eis aí por que Matahachi esperava — com certo fundamento, ao que parece agora — encontrar a velha mãe já peregrinando por lá.

Da rua onde se erguia o portal Rokujo, caminhou em direção à rua Gojo. Estava dentro dos limites da cidade, mas a noite nesses lados era escura como breu, e quase o fez tropeçar num cão. E por falar em cães, o número desses vira-latas era espantoso.

Já fazia algum tempo que Matahachi vinha caminhando cercado por latidos. Simples pedradas não logravam aquietar o bando. Mas se havia alguma coisa que não o incomodava mais nos últimos tempos eram latidos: por mais que os cães rosnassem e arreganhassem as presas, ele seguia caminho, tão impassível que os cães acabavam por desanimar.

Perto do bosque de pinheiros da rua Gojo, porém, os cães voltaram-se de repente e dispararam aos pulos em direção a uma árvore à beira do caminho, ali juntando-se com outro bando e pondo-se a uivar em coro para o céu.

Os vultos que pululavam no escuro assemelhavam-se a lobos, e eram tantos que se tornava difícil contá-los. Alguns chegavam a saltar até quase dois metros de altura com a ajuda das garras, rosnando e mostrando as presas, assustadores.

— Que é isso? — murmurou Matahachi, voltando o rosto para o alto da árvore e arregalando os olhos de espanto. No meio das folhagens, um vulto humano havia-se mostrado rapidamente. À luz das estrelas, a manga de um vistoso quimono feminino e um rosto branco tremeram entre agulhas do pinheiro.

II

Era difícil saber se a pessoa subira na árvore acuada pelos cães, ou se fora farejada pelos vira-latas quando já se havia escondido entre os galhos. Seja como for, o vulto trêmulo era, sem dúvida, o de uma jovem mulher.

— Passa! Vão-se embora, vira-latas! — gritou Matahachi, mostrando o punho fechado para os cães. — Danados! — esbravejou, jogando duas ou três pedras.

Sempre ouvira dizer que, para afugentar um cão, bastava pôr-se de quatro e rosnar. Matahachi assim fez, mas a medida não surtiu efeito algum contra esses cães.

Verdade era que não enfrentava apenas três ou quatro animais. Os cães fervilhavam como peixes em cardume, agitando rabos, arreganhando presas, rasgando o tronco com as garras, ladrando enlouquecidos contra o vulto feminino no alto. Era óbvio que um simples mortal como Matahachi, rosnando de quatro à distância, não abalaria o bando enlouquecido.

— Cães dos infernos! — disse Matahachi, levantando-se indignado.

Dera-se repentinamente conta de que ele, um jovem samurai portando duas espadas à cintura, fora visto de quatro, em vergonhosa posição, pela jovem em cima da árvore.

Um ganido assustador ecoou no momento seguinte. Ato contínuo, todos os cães voltaram-se para Matahachi e perceberam a espada desembainhada em sua mão e o companheiro de matilha morto aos pés dele. Juntaram-se então num grupo compacto, as costas magras de vértebras salientes ondulando.

— E agora? — gritou Matahachi empunhando a espada com as duas mãos, erguendo-a bem alto acima da cabeça e correndo para o bando. Os cães jogaram-lhe areia no rosto e debandaram prontamente.

— Mulher! Ei, mulher! Desce daí. Vamos, desce! — gritou Matahachi para o alto. Um som metálico e cristalino soou no topo do pinheiro.

— Ora, essa... Mas é Akemi?! Ei!

O som do guizo lhe era familiar. Claro estava que Akemi não era a única mulher no mundo a andar com um guizo na manga ou no *obi*, mas notara semelhanças no difuso contorno do rosto branco.

Era Akemi, realmente. Bastante assustada, a jovem sussurrou:

— Quem é? Quem é?

— Sou eu, Matahachi! Não me reconhece?

— Quê? Matahachi-san?

— Que faz em cima da árvore? Que eu saiba você não é do tipo que tem medo de cães.

— Não é por isso que estou me escondendo!

— Desça daí, vamos!

— É que... — hesitou ela, examinando do alto, com cuidado, a noite agora silenciosa. — Saia daí, Matahachi-san. Acho que ele vem vindo à minha procura.

— Ele? Ele quem?

— Não posso explicar agora. É um homem perigoso. Eu achei que ele era bom e vivi às suas custas desde o final do ano passado, mas, com o tempo, o homem passou a me maltratar. Esta noite aproveitei um momento de distração dele, pulei do segundo andar do albergue Zuzuya e fugi, mas parece que ele já percebeu e está à minha procura.

— Ora essa! Pensei a princípio que você estivesse fugindo da Okoo...

— De minha madrasta? Imagine!
— Quem é esse homem? Gion Toji?
— E quem teria medo daquilo? Oh, aí vem ele! Não fique parado aí, Matahachi-san, ou ele me acha, e você também é capaz de passar por maus bocados. Esconda-se, vamos!
— Quê? O sujeito vem vindo?
Matahachi parecia perdido, sem saber que atitude tomar.

III

Mulheres comandam com um simples olhar. Tocados por esse tipo de olhar, os homens veem-se repentinamente desembolsando vultosas quantias ou bancando heróis. E Matahachi via-se agora nesse estado de espírito, ainda sentindo a vergonha de ter-se posto de quatro e imitado um cão sob as vistas de Akemi.

Assim, o conselho de Akemi, "esconda-se", ou sua advertência "você também é capaz de passar por maus bocados", não surtiram efeito. Pelo contrário, serviram para despertar-lhe o brio, fortalecer ainda mais a consciência de que era, afinal, um homem. E embora Akemi não fosse sua namorada ou amante, tornou-se impossível para ele, àquela altura, gritar: "Que perigo!", e mergulhar de cabeça numa moita qualquer, exibindo o traseiro para a jovem em cima da árvore.

— "Ei!" "Quem está aí?" — foram exclamações simultâneas que partiram do homem que acabava de surgir a passos rápidos, e de Matahachi saltando para trás, assustado com o súbito aparecimento.

E ali estava enfim o homem perigoso que Akemi parecia tanto temer. Da espada desembainhada nas mãos de Matahachi gotejava o sangue do cão morto. Por causa desse detalhe, o estranho se alarmou e lhe lançou uma mirada feroz, mal parou na sua frente.

— Quem é você? — gritou ele de chofre.

Akemi havia demonstrado tanto pavor que Matahachi tinha-se assustado num primeiro momento. Examinando melhor, porém, notou que o estranho — embora bastante alto e robusto — além de parecer tão jovem quanto ele próprio, ainda tinha os cabelos longos amarrados num rabo, como um adolescente, e vestia um quimono de estampas espalhafatosas, como um delicado rapazinho de boa família, desses capazes de despertar ao primeiro olhar considerações depreciativas do tipo: "Ora, é um fedelho que mal saiu das fraldas!"

Agora tranquilizado, Matahachi riu entre os dentes: esse jovem efeminado que se exibia por aí com roupas e corte de cabelo juvenil jamais o bateria;

ele era capaz de enfrentar um adversário desse calibre a qualquer momento. Já um tipo como o peregrino que havia pouco o perseguira seria bem mais temível.

"Então, é este o sujeitinho que anda incomodando Akemi? Janota arrogante! Ainda não sei por quê, mas no mínimo torna a vida insuportável para Akemi. Muito bem, vai-se haver comigo'"

Assim decidido, Matahachi permaneceu em silêncio, pretendendo demonstrar superioridade. O desconhecido repetiu então pela terceira vez a mesma pergunta:

— Quem é você?

A voz, ao contrário da imagem, era extremamente agressiva. A pergunta pareceu varar a escuridão, mortífera. Matahachi, que já desprezava o adversário por sua aparência, replicou, porém, em tom de troça:

— Eu? Sou um homem!

Ao mesmo tempo, contorceu o rosto e forçou um meio sorriso descabido na situação.

Como era de se esperar, o sangue subiu à cabeça do jovem samurai que reagiu com violenta veemência:

— Quer dizer que não tem nome! Um vagabundo sem nome — é assim que você se declara?

Impávido, Matahachi replicou:

— Tenho um bom nome, mas não o declaro a qualquer um, principalmente a sujeitinhos à toa como você!

— Cale a boca! — gritou o jovem, que levava atravessada às costas uma longa espada de quase um metro. Curvou-se um pouco para frente, e o cabo da espada emergiu ameaçador sobre o seu ombro. — Suspendo momentaneamente esta pendência porque considero prioritário descer a mulher escondida no topo deste pinheiro e levá-la de volta ao albergue Zuzuya, perto daqui. Aguarde-me neste exato lugar: voltarei em seguida.

— Pois quero ver se é capaz de fazer o que diz.

— Como é?

— Esta jovem é filha da mulher com quem eu vivia. Está certo que hoje em dia nada mais tenho a ver com as duas, mas nem por isso posso ir-me embora, deixando Akemi em dificuldades. E se você a tocar, aliás, se você apontar o dedo na sua direção, eu o passarei pelo fio da espada!

IV

Contrariando as expectativas de Matahachi, o jovem samurai não fugiu com o rabo entre as pernas como os cães que havia pouco desbaratara.

— Interessante! — disse o jovem, mostrando inesperada belicosidade. — A despeito de sua aparência, você deve ser um samurai. Há muito não vejo sujeitinhos metidos como você! Em boa hora você me aparece, pois a Varal, esta espada às minhas costas, chora de sede todas as noites. Esta arma preciosa, há gerações em minha família, nunca teve a oportunidade de matar por completo sua sede de sangue desde que chegou às minhas mãos. E já que está começando a ficar enferrujada, aproveito para afiá-la em seus ossos. Mas não me vá fugir na hora azada, ouviu bem?

Antecipando-se à ação, suas palavras já cercavam cuidadosamente o inimigo, fechando-lhe as saídas. Mas Matahachi não era capaz de perceber a intenção oculta nas palavras e precaver-se. Segundo avaliava, não havia o que temer ainda e, portanto, replicou:

— Pare de falar grosso e pense bem: você ainda pode voltar atrás, eu lhe pouparei a vida. Suma enquanto consegue ver onde pisa.

— Posso devolver-lhe os conselhos, integralmente. Mas... esclareça-me um ponto, senhor Homem-Sem-Nome: disse-me há pouco, aliás, com bastante arrogância, que tinha um bom nome, mas não o declarava a sujeitos como eu. Que tal declinar seu digno nome agora, já que este é o procedimento correto antes de um duelo?

— Claro! Mas não me vá cair de costas, quando souber quem sou.

— Muito bem, vou firmar bem os pés! Diga, em primeiro lugar, que estilo pratica?

Nenhum guerreiro realmente bom perdia tempo tagarelando daquele jeito, achava Matahachi. Quanto mais falam, menos hábeis são, decidiu ele, cada vez mais arrogante:

— Tenho o diploma do estilo Chujoryu, que nasceu da cisão do estilo Toda Nyudo Seigen.

— Como é? Do estilo Chujoryu?

Kojiro começava a mostrar surpresa.

Era o momento certo para impressionar mais ainda, pensou Matahachi.

— Vamos agora falar de você: que estilo pratica? Diga-me, já que esse é o procedimento correto antes de um duelo — disse, imitando Kojiro e acreditando que fazia graça.

— Um momento, falarei do meu estilo daqui a pouco. Mas... Mas deixe-me saber um pouco mais de sua pessoa: com quem aprendeu o estilo Chujoryu? Quem foi seu mestre?

Matahachi respondeu prontamente:

— Mestre Kanemaki Jisai.

— Hum?! — fez Kojiro, cada vez mais espantado. — Nesse caso, você deve conhecer mestre Ito Ittosai!

— É claro! — respondeu Matahachi, achando tudo muito divertido. Sua história começava a provocar o costumeiro efeito, imaginou ele. Muito antes de chegar ao estágio de desembainhar a espada, o jovem almofadinha iria procurar uma saída honrosa. Tão certo estava disso, que Matahachi deu ao adversário novas informações:

— Mestre Ito Ittosai e eu somos colegas, não tenho por que ocultar. Em outras palavras, nós dois frequentamos juntos a academia do mestre Kanemaki Jisai. E daí?

— Nesse caso, vou fazer-lhe mais uma pergunta: quem é você?

— Sou Sasaki Kojiro.

— Como é?

— Eu me chamo Sasaki Kojiro — declarou Matahachi por fim, com todas as letras mais uma vez.

A Kojiro só restou contemplar seu oponente boquiaberto, em estupefato silêncio.

V

Logo, Kojiro deixou escapar um gemido. Sorriu, e uma covinha surgiu-lhe no rosto.

Matahachi devolveu, feroz, o olhar fixo de Kojiro que lhe examinava o rosto abertamente.

— Que tanto olha? Aposto que está pasmo de saber quem sou!

— Estou pasmo, realmente!

— Vá-se embora daqui! — ordenou Matahachi com um movimento do queixo e do cabo da espada.

No mesmo instante Kojiro pôs-se a gargalhar, dobrado em dois. Quase sufocando de tanto rir, disse:

— Já deparei com gente de todo o tipo em minhas andanças pelo país. No entanto, ninguém até agora me deixou tão pasmo. E então, mestre Sasaki Kojiro, deixe-me fazer-lhe uma perguntinha: quem sou eu, nesse caso?

— Como é?

— Estou lhe perguntando quem sou eu!

— Não sei e nem me interessa saber!

— Não senhor, nada disso! Acho que sabe muito bem. Perdoe a insistência, mas gostaria de ouvir mais uma vez: como é mesmo o seu nome?

— Ainda não compreendeu? Sou Sasaki Kojiro!

— E eu?

— Um homem, talvez.

— Acertou em cheio. Mas que nome tem esse homem?
— Que é? Está querendo zombar?
— Pelo contrário, isto é sério! Nada poderia ser mais sério que isto. Quem sou eu, Mestre Kojiro?
— Não amole! Pergunte a você mesmo, ora!
— Nesse caso me pergunto e, embora possa lhe parecer atrevido, respondo.
— Isso, fale de uma vez!
— Mas não vá se espantar e cair de costas.
— Pare de brincar e diga de uma vez!
— Muito bem: eu sou Ganryu Sasaki Kojiro.
— O quê?...
— Nasci em Iwakuni, terra que viu nascerem muitas gerações de minha família; sou Sasaki de sobrenome, e meus pais me deram o nome Kojiro. Alguns também me conhecem pelo nome de guerra Ganryu. E então, desde quando passaram a existir no mundo dois Sasaki Kojiro?
— Como é? Nesse caso...
— Como já disse, em minhas andanças país afora encontrei gente de todo o tipo, mas esta é a primeira vez que eu, Sasaki Kojiro, encontro um homem chamado Sasaki Kojiro.
— ...
— Estranho jogo do destino que nos põe assim frente a frente. Prazer em conhecê-lo, mestre Sasaki Kojiro.
— ...
— Ora, que se passa? Noto que começou a tremer de repente...
— ...
— Seja meu amigo — disse Kojiro, aproximando-se. Deu um tapa cordial no ombro do pálido e imóvel Matahachi, que no mesmo instante gritou:
— Aaaah!

Kojiro gritou em seguida, e suas palavras perseguiram como uma lança o vulto de Matahachi em fuga:
— Pare, ou parto-o em dois!

Quase quatro metros de distância pareceram interpor-se num instante entre os dois homens, mas dos ombros de Kojiro sua longa espada Varal coriscou e partiu em direção a Matahachi como uma cobra prateada. Esse foi o único golpe de Kojiro.

Depois de rolar duas ou três vezes no chão como uma taturana derrubada pelo vento, Matahachi imobilizou-se.

VI

Um som metálico — guarda chocando contra a borda da bainha — soou no instante em que a espada de quase um metro desapareceu às costas de Kojiro. Este não se dignou a lançar nem mais um olhar ao corpo inanimado de Matahachi.

— Akemi! — chamou, aproximando-se do pinheiro e erguendo o olhar para a copa. — Desça, Akemi... Prometo não tornar a fazer aquilo. Mas acho que acabei ferindo o homem que diz ter sido marido de sua madrasta. Desça daí e cuide dele.

Esperou, mas não obteve nenhuma resposta. A densa folhagem do pinheiro perdia-se na escuridão. Momentos depois, Kojiro subiu na árvore, mas já não encontrou a jovem: pelo jeito, ela havia aproveitado um momento de distração dos homens para deslizar árvore abaixo e fugir.

Sentando num galho, Kojiro permaneceu imóvel por algum tempo em meio às lufadas que percorriam o bosque, parecendo indagar-se que destino tomara o pássaro fugitivo.

"Por que essa menina tem tanto medo de mim?", pensava, sem atinar com a resposta, já que em seu entender dava a ela todo o amor de que era capaz. Seu jeito de amar talvez fosse um pouco violento, reconhecia ele, sem contudo perceber que esse seu jeito era bem diferente do de outros homens.

No que consistia a diferença? Um exame cuidadoso do seu jeito de esgrimir, ou seja, uma análise do seu estilo de luta, dá a pista para a resolução do enigma.

Muito novo, desde o tempo em que havia sido iniciado no caminho da espada por seu mestre Kanemaki Jisai, Kojiro gozara a fama de criança-prodígio e gênio da esgrima, seu estilo sendo, por isso mesmo, totalmente diferente do das demais pessoas.

Em poucas palavras, ele era tenaz. Seu estilo chamava a atenção pela tenacidade inata. Quanto maior a habilidade de seu oponente, mais tenaz se mostrava Kojiro, aferrando-se ao inimigo pegajosamente.

A esgrima, nessa época, não questionava recursos de natureza tática, de modo que um indivíduo podia aferrar-se ao inimigo e persegui-lo como quisesse, sem que ninguém o chamasse de desleal.

"Não se envolvam com Kojiro, é aborrecimento certo", podiam dizer alguns, acovardados ante o seu estilo, mas ninguém tachava-o de covarde.

Serve de exemplo um episódio ocorrido em sua infância: certo dia, alguns veteranos da academia que detestavam Kojiro haviam-no surrado com espadas de madeira a ponto de deixá-lo desacordado. Percebendo que haviam exagerado, um deles, arrependido, deu água ao menino e manteve-se ao seu lado até vê-lo voltar a si. Diz-se então que Kojiro levantou-se furioso, tomou a espada desse veterano e o golpeou até matá-lo.

Era ainda outra característica de Kojiro nunca se esquecer de um adversário que o derrotasse em duelo: ele o perseguia implacavelmente por toda a parte, tocaiando-o numa noite escura, atacando-o dentro do banheiro ou no sono.

E como pelas regras da esgrima da época não era válido dizer: "Pare com isso, cretino! Um duelo deve ficar restrito ao momento do duelo!", vencê-lo uma única vez era arrumar um inimigo para o resto da vida, afirmavam seus colegas de academia, maldizendo essa sua anormal capacidade de guardar rancor.

E então, a partir de certa época, Kojiro passou a se declarar: "Sou um gênio!"

Na verdade, ele não estava sendo presunçoso, pois tanto o mestre, Jisai, como o colega veterano, Ittosai, concediam: "Esse menino é um prodígio!"

E após ter ele retornado à terra de origem, Iwakuni, e desenvolvido sua técnica única abatendo andorinhas em pleno voo à beira da ponte Kintai, a fama de "menino-prodígio de Iwakuni" tinha-se firmado, tanto na opinião dos outros quanto na dele mesmo.

No entanto, a ninguém era dado saber que forma assumia essa sua singular tenacidade — seu estilo pegajoso de luta — quando transposta para a área amorosa. O próprio Kojiro não via relação entre uma coisa e outra, razão por que ali estava ele, sem compreender por que Akemi o detestava tanto e dele fugia.

VII

De repente, Kojiro deu-se conta de que havia um vulto movendo-se aos pés da árvore. O indivíduo, porém, ainda não havia percebido a presença do jovem no topo do pinheiro.

— Ora, tem um homem caído aqui — murmurou o estranho, aproximando-se de Matahachi, curvando-se e espreitando-lhe o rosto. Logo pareceu absolutamente espantado e exclamou alto a ponto de ser ouvido no topo da árvore:

— É ele!

O recém-chegado, um peregrino *rokubu* que tinha nas mãos um cajado rústico, desvencilhou-se rapidamente do cesto que levava às costas e o depôs no chão.

— Estranho! Não me parece ferido e seu corpo está quente. Por que teria ele desmaiado? — sussurrou enquanto apalpava o corpo inerte. Desenrolou uma corda fina levada à cintura e com ela atou firmemente as mãos às costas de Matahachi, que por estar desfalecido, naturalmente não opôs nenhuma resistência. Depois de vê-lo bem amarrado, o peregrino apoiou um joelho às suas costas e, com alguns *kiai*, aplicou pressão à altura da boca do seu estômago. Mal o ouviu gemer, o homem carregou-o ao ombro e o transportou para perto de um pinheiro com a mesma consideração que teria por um saco de batatas.

— Levanta! Em pé, vamos! — ordenou severamente, chutando-o.

Matahachi, que acabava de voltar da antecâmara do inferno, ainda não se tinha recobrado por completo, mas ergueu-se assim mesmo de um salto, estonteado.

— Isso, continue nessa posição!! — disse satisfeito o peregrino, acabando por amarrá-lo à árvore com voltas de corda em torno do peito e das coxas.

— Ei!... — exclamou Matahachi, só então se assustando. Esperara ver Kojiro diante de si, e não o peregrino.

— E então, falso Kojiro, você me fugiu como um coelho assustado, deu-me um bocado de trabalho, mas aqui o tenho, finalmente. Agora, não me escapa mais — disse, começando a submetê-lo a lenta tortura.

Para começar, deu-lhe uma palmada no rosto. Em seguida, empurrou-lhe a cabeça para trás com toda a força, batendo-lhe a nuca contra o tronco da árvore e provocando um som cavo.

— Diga onde obteve a caixa de remédios. Fala ou não?

— ...

— Não quer falar, hein?

O peregrino apertou-lhe o nariz com força e o sacudiu violentamente de um lado para o outro. No mesmo instante Matahachi gritou algo que soou como "balo, balo!". O homem soltou-lhe o nariz e disse:

— Vai falar?

— Falo! — disse Matahachi claramente desta vez, derramando lágrimas. Não era preciso torturá-lo, já que o jovem não tinha a coragem de esconder o que quer que fosse.

— Foi no verão do ano passado... — começou ele, contando em detalhes as circunstâncias que tinham envolvido a morte do samurai da cicatriz no queixo, a quem conhecera no canteiro de obras do castelo Fushimi. — Fugi levando a carteira, o diploma e a caixa de remédios do morto, não nego. O dinheiro... Já gastei. O diploma está comigo. Se me poupar a vida, prometo trabalhar e devolver o dinheiro não agora, mas num futuro próximo, sim senhor. Posso até firmar um compromisso escrito, caso queira.

Mal acabou de confessar, o jovem sentiu um indescritível alívio, como se o pus de um abscesso, que o vinha atormentando desde o ano anterior, finalmente extravasasse. Agora, já não tinha medo.

VIII

O peregrino o ouviu até o fim e perguntou:
— Essa é toda a verdade?
Matahachi confirmou, cabisbaixo:
— É sim, senhor.
Por instantes, o peregrino permaneceu em silêncio. De súbito, sacou a espada curta da cintura e a aproximou do rosto de Matahachi que, apavorado, esticou o pescoço, desviou a cabeça para o lado, gritou:
— Que é isso? Vai me matar?
— Vou! Eu tenho de matá-lo!
— Mas não lhe confessei tudo honestamente? A caixa de remédios já devolvi, e o diploma lhe entrego a seguir. E se já lhe disse que em breve restituirei também o dinheiro, por que quer me matar?
— Percebi que você foi honesto no relato. Agora, porém, vou pô-lo a par das minhas circunstâncias: eu sou da vila Shimonida, na província de Joshu, e sirvo à família de Kusanagi Tenki-sama, o homem que foi morto por uma multidão enfurecida no castelo de Fushimi, e me chamo Ichinomiya Genpachi.
Face a face com a morte, Matahachi nem ouvia direito a explicação do peregrino, debatendo-se em vão para livrar-se das cordas, apenas procurando um meio para escapar.
— Perdoe-me! Agi mal, sei disso, mas procure compreender: minhas intenções, ao tirar os objetos do morto, eram boas. Eu apenas pretendia entregar aquelas coisas aos familiares do seu amo, atendendo ao seu último pedido. Meu único erro foi gastar o dinheiro quando me vi sem um centavo, e por isso peço desculpas, uma, duas, quantas vezes o senhor quiser e do jeito que quiser, mas me poupe, por favor!
— Nada disso! Prefiro que não se desculpe — replicou o peregrino sacudindo a cabeça com força, lutando contra os próprios sentimentos — porque já investiguei as circunstâncias que cercaram a morte de meu amo na cidade de Fushimi e sei que você está falando a verdade. Mas compreenda você também as minhas razões: as circunstâncias me obrigam a voltar para minha terra levando para os familiares do falecido Kusanagi-sama algo que sirva para lhes aliviar a dor da perda. Por trás disso existem outras razões, a mais importante sendo a inexistência de um algoz, alguém a quem imputar a morte de meu amo. Isso me transtornou por completo.
— Ei!... Não fui eu quem o matou! Ei, ei! Não confunda as coisas, pelo amor dos deuses!
— Sei disso, sei disso! Esse ponto está bastante claro para mim. Mas a família Kusanagi, na distante província de Joshu, não faz ideia de que Tenki-sama

morreu de forma tão infame. A notícia é vergonhosa, difícil de ser dada a parentes e à sociedade em geral. De modo que... Sinto muito, mas gostaria que assumisse o papel de assassino de Tenki-sama e fosse morto por mim, Genpachi, transformando-me no vingador do meu amo.

Aquilo, sim, podia ser chamado de um pedido bem fundamentado, mas ouvi-lo deixou Matahachi frenético.

— Que...quê? Nada disso! Não quero morrer! Não concordo, não concordo!

— Compreendo que não queira. Mas você vive de modo precário, não tem meios sequer para pagar a conta da própria bebedeira, conforme testemunhei há pouco na taberna da rua Kujo! Em vez de passar fome e vagar pelo mundo nestes tempos difíceis, o que acha de ir de uma vez para um mundo melhor? E se dinheiro for o problema, asseguro-lhe que mandarei parte do valor que tenho agora comigo para os seus entes queridos, se você por acaso os tem; ou ainda, se preferir, posso depositar o montante no templo de seus ancestrais para que os monges celebrem missa em sua memória.

— Livrem-me os deuses, nem me fale disso! Quem disse que quero dinheiro? O que eu quero é viver! Não concordo, poupe-me, eu lhe peço!

— É uma pena você não me entender depois de tantas explicações, e não vejo outra saída: você terá de encarnar o algoz do meu amo. Estou firmemente decidido a retornar a Joshu levando sua cabeça. Vou inventar uma história para os familiares do falecido amo Tenki-sama e para a sociedade em geral, só para manter as aparências. Mestre Matahachi, aceite o destino que lhe coube por sorte e conforme-se.

Assim dizendo, Genpachi reempunhou a espada.

IX

— Espere! Espere um pouco, Genpachi! — disse uma voz nesse exato momento.

Certo de que era ainda Matahachi argumentando, e sabendo que cometia uma injustiça, Genpachi enfureceu-se, tentando abafar a própria consciência. Mas no momento seguinte, ergueu o rosto para o céu, contemplou a escuridão, e disse, como se indagasse ao vento:

— Que foi isso?

E então, a voz tornou a dizer, agora vinda do alto:

— Não cometa um assassinato inútil, Genpachi!

— Como é? Quem fala?

— Sou eu, Kojiro!

— Quê?

E eis que lhe surgia um novo Kojiro, desta vez ameaçando desabar do céu. Pouco provável que fosse um *tengu* — a voz era cordial demais. E quantos Kojiros haveria no mundo?

"Nessa não caio de novo!", pensou Genpachi, afastando-se do pinheiro de um salto. Dirigiu a ponta da espada para o alto e disse:

— Que Kojiro? Diga o nome completo e de onde vem.

— Ora... Ganryu Sasaki Kojiro, está claro.

— Pensa que sou bobo? — replicou Genpachi gargalhando. — Conte outra que essa é velha. Tenho neste instante um Kojiro em minhas mãos, passando maus bocados. Ah, começo agora a compreender: você deve ser companheiro deste Matahachi.

— *Eu* sou o verdadeiro. Genpachi: estou pensando em saltar daqui e aterrissar do seu lado, mas já vi que você quer me partir em dois assim que eu fizer isso. Estou certo ou não?

— Certíssimo! Desçam, bando de falsos Kojiros, não importa quantos sejam! Eu os liquidarei!

— Se conseguir, fica provado que sou um embusteiro, já que o real você jamais vencerá! Prepare-se, Genpachi. Vou descer!

— ...

— Vou saltar sobre sua cabeça. Parta-me lindamente em dois, ouviu? Mas preste bem atenção: se não conseguir me pegar em pleno ar, Varal, esta espada às minhas costas, pode pelo contrário partir você em dois, como a um gomo de bambu.

— Um momento! Um momento apenas... Kojiro-sama! Enfim reconheço-lhe a voz. E já que diz possuir a famosa espada Varal, é com certeza o verdadeiro.

— Acredita agora?

— Mas... O que faz aí em cima?

— Depois lhe conto.

Genpachi encolheu-se com um súbito sobressalto: roçando seu rosto erguido, a barra de um *hakama* e um punhado de agulhas secas passaram num torvelinho e aterrissaram às suas costas.

Contrariando suas expectativas, porém, a pessoa agora à sua frente acabou por provocar-lhe sérias suspeitas. Genpachi tinha visto Kojiro diversas vezes na época em que este era ainda aprendiz de Kenemaki Jisai e companheiro de academia de seu amo, Kusanagi Tenki.

Naqueles dias, porém, Kojiro não era belo como o jovem que via agora. Os olhos e boca ainda conservavam o ar voluntarioso, mas como mestre Jisai detestava todo tipo de ostentação, Kojiro, à época um simples ajudante de serviços, parecia um provinciano despretensioso, de pele queimada de sol.

"Está irreconhecível!", pensou Genpachi, contemplando-o fascinado.

— Muito bem, sente-se! — disse Kojiro, acomodando-se por sua vez na raiz de uma árvore.

E assim, conversando, aos poucos tornou-se claro para ambos que Kusanagi Tenki havia partido de sua terra para entregar o diploma do estilo Chujoryu ao colega e, no meio da viagem, fora tomado por espião dos partidários de Osaka e assassinado no canteiro de obras do castelo Fushimi.

Ao mesmo tempo, foi-se tornando claro de que modo o incidente fizera surgir dois Kojiros no mundo, o que, em última análise, divertiu imensamente o verdadeiro Sasaki Kojiro, levando-o a bater palmas e gargalhar.

X

Nesse ponto, Kojiro tornou a frisar: não fazia sentido eliminar um indivíduo pusilânime, que só conseguia abrir caminho no mundo usando o nome dos outros.

Se a intenção era dar-lhe uma lição, outros meios havia. Por outro lado, se a intenção era salvar as aparências, não havia por que inventar um acerto de contas com um algoz inexistente. Dentro em breve, ele, Kojiro, desceria para Joshu e encarregar-se-ia de apresentar a todos os interessados explicações que de algum modo contribuiriam para preservar a dignidade do morto, mandando ao mesmo tempo celebrar uma missa em sua memória.

— Que acha disso, Genpachi?

— Já que se oferece, não discordo — respondeu Genpachi.

— Nesse caso, vou-me embora. E você, faça o mesmo.

— Como assim? Vai-se embora neste instante?

— Na verdade, estou no encalço de uma menina chamada Akemi, que me fugiu. Estou com um pouco de pressa.

— Um momento, por favor! Esquece-se de algo importante.

— De quê?

— Do diploma do estilo Chujoryu ao senhor conferido pelo falecido mestre Kanemaki Jisai, e que lhe seria entregue por Tenki-sama.

— Ah, aquilo!

— Este falso Kojiro disse que o roubou de meu amo e ainda o tem consigo. Chego até a imaginar se não devemos aos espíritos de Jisai-sama e Tenki-sama este nosso encontro fortuito. Vou-lhe entregar em mãos, neste momento, o precioso documento.

Assim dizendo, Genpachi vasculhou o quimono de Matahachi.

A perspectiva de ter a vida poupada fez com que Matahachi não lamentasse nem um pouco a perda do diploma. Ao contrário, sentiu alívio físico e moral quando se viu livre do volume.

— Aqui o tem — disse Genpachi, entregando o diploma em nome de seu falecido amo. Esperara que Kojiro o tomasse respeitosamente nas mãos e chorasse de emoção, mas o jovem nem sequer se moveu, apenas dizendo:

— Não quero!

Surpreso, Genpachi perguntou:

— Por quê?

— Porque não. Porque acho que a esta altura, não preciso mais dessas coisas.

— Mas isso é um desrespeito! Pense bem: mestre Jisai decidiu, ainda em vida, que os dois únicos discípulos dignos de receber o diploma do estilo Chujoryu eram o senhor e mestre Ito Ittosai. Em seus últimos momentos, com certeza ele considerou que mestre Ito Ittosai já havia desenvolvido um estilo próprio, o Ittoryu, e por isso decidiu-se pelo senhor, o mais jovem dos dois. Será possível que não compreenda o real valor deste gesto?

— Devo muito a meu mestre, não discuto. Mas tenho cá outras pretensões.

— Como se atreve?

— Não me entenda mal, Genpachi.

— Afirmo que suas palavras são, no mínimo, uma afronta ao mestre.

— Nada disso. Sob alguns aspectos, acho que minha capacidade supera a do meu mestre, Jisai, razão por que serei mais famoso. Não quero acabar como ele, enterrado num canto esquecido do mundo.

— É isto o que realmente pensa?

— Claro! — respondeu Kojiro inabalável, certo de nada haver de errado em expor suas ambições. — Meu mestre teve a consideração de conceder-me o diploma, mas hoje, eu, Kojiro, tenho a convicção de já ser mais hábil que ele. Além disso, o Chujoryu é um estilo com cheiro provinciano; para um jovem promissor como eu, chega a representar um obstáculo no caminho do sucesso. Já que meu colega Yagoro criou seu estilo, Ittoryu, também criarei o meu, denominando-o estilo Ganryu. Assim sendo, Genpachi, não quero este documento. Leve-o de volta à sua terra e guarde-o junto aos registros do templo.

XI

Não havia traço de modéstia em suas palavras. O homem era realmente presunçoso.

Cheio de rancor, Genpachi olhava fixo para os lábios finos de Kojiro.

— De qualquer modo, Genpachi, faça-me um favor: apresente minhas sinceras condolências à família Kusanagi e diga-lhes que os visitarei sem falta quando for para o oeste — disse Kojiro em tom cortês, sorrindo com ironia.

Nada soa mais sarcástico e maldoso que palavras polidas ditas com arrogância. Indignado, Genpachi pensou em censurar-lhe a irreverência com relação ao falecido mestre, mas desistiu. "Isto é ridículo!", pensou consigo. Afastou-se rapidamente em direção ao cesto depositado a pouca distância dali e nele guardou o diploma.

— Até mais ver! — lançou por cima do ombro e se afastou.

Kojiro o acompanhou com o olhar e gargalhando, comentou:

— Pobre provinciano! Eu o ofendi!

Voltou-se então para o atordoado Matahachi, ainda amarrado ao tronco da árvore e disse:

— Impostor!

— ...

— Responde, impostor!

— Sim, senhor.

— Como te chamas?

— Hon'i-den Matahachi.

— *Rounin*?

— Hum...

— És um poltrão! Espelha-te em mim, que tive a coragem de recusar o diploma concedido por meu mestre. Sabes por quê? Porque para fundar um estilo e uma escola preciso ser muito atrevido. E tu, que fazes? Andas ao léu apossando-te do nome alheio, usando um diploma que não te pertence. Para tudo há um limite, até para a vilania. Não adianta querer ser o que não se é: um gato nunca deixa de ser um gato, mesmo que vista a pele de um tigre. Aprendeste a lição?

— Aprendi.

— Vou te poupar a vida, mas para que nunca mais te esqueças da lição, continuarás amarrado até que consigas te livrar sozinho destas cordas.

Decretada a sentença, Kojiro levantou-se e pôs-se a remover a casca do pinheiro com a ajuda de uma adaga. Fragmentos caíram sobre a cabeça de Matahachi, e lhe entraram pela gola do quimono.

— Ora! Não trouxe o estojo![9] — murmurou Kojiro.

Matahachi acudiu, humilde:

— Se quer, acho que tenho um em minha cintura.

---

9. No original, *yatate*: pequeno cilindro antigamente transportado à cintura, contendo um pote de tinta sumi e pincel.

— Ah, tu o tens contigo? Empresta-me então.

Instantes depois, Kojiro lançou ao chão o pincel e leu o que acabara de escrever.

Ganryu[10] — ali estava um novo jeito de grafar o nome de guerra. A grafia anterior era uma menção aos dias em que treinara abatendo andorinhas à sombra dos chorões da ponte Kintai, na distante província Iwakuni, mas se quisesse transformá-lo em nome de estilo, a nova grafia, uma alusão à firmeza das rochas, era mais apropriada.

— Isso mesmo! — disse alto. — Este será o nome do meu estilo. Muito mais significativo que Ittoryu, do veterano Ittosai.

A madrugada vinha chegando.

No tronco da árvore, de cuja superfície havia sido removida uma fina camada da grossura de uma folha de papel, Kojiro havia escrito com o pincel retirado do estojo portátil:

Atentem todos:
Este homem assumiu minha identidade, usou meu nome de guerra e andou pelo país praticando ações pouco recomendáveis. Aqui o deixo preso a fim de tornar público seu rosto.
Debaixo deste firmamento dois não existem com meu nome e meu estilo.

Ganryu — Sasaki Kojiro

—Pronto!

Uma rajada percorreu o escuro bosque de pinheiros uivando. Alerta, o jovem Kojiro rapidamente decidiu-se por outro tipo de ação e, já esquecido das ambições que havia pouco queimavam em seu peito, exclamou voltando-se para o vento:

— Que foi isso?

Vislumbrara talvez o vulto de Akemi, pois este afastou-se correndo.

---

10. Ganryu — o nome de guerra de Sasaki Kojiro era inicialmente formado por dois ideogramas: Gan (margem) e ryu (chorão), uma evidente menção aos chorões próximos à ponte Kintai, em sua terra de Iwakuni, onde se adestrava abatendo andorinhas. A segunda grafia emprega outros dois ideogramas de mesma leitura, mas de diferente significado: gan (rochedo) e ryu (estilo), ou seja, um estilo sólido, invencível como um rochedo.

O SEGUNDO FILHO DOS YOSHIOKA

I

Gente de certo nível social fazia-se transportar desde a Antiguidade em palanquins rústicos, mas foi somente nesses dias do período Keicho que a liteira surgiu como meio de transporte popular nos centros urbanos e estradas.

Os modernos palanquins nada mais eram que cestos com quatro cabos de bambu adaptados, dois à frente e dois atrás, levados ao ombro dos carregadores. Nos cestos, iam sentados os passageiros, que os liteireiros transportavam com a mesma consideração com que levariam mercadorias, marcando a cadência com gritos: "Ei-hou! Yah-hou!"

Como os cestos eram rasos, o passageiro, para não ser expelido, tinha de se agarrar firmemente a alças instaladas à frente e às costas, atento ao ritmo dos gritos, balançando-se na mesma cadência.

No momento, três ou quatro lanternas e uns oito homens em torno de um desses palanquins surgiram como um torvelinho direção do templo Toji pela estrada que cruza o bosque de pinheiros.

Noite alta, era comum ecoarem por essa estrada açoites de cavalo e gritos dos liteireiros, provavelmente porque o trânsito pelo rio Yodo — principal artéria de ligação entre Kyoto e Osaka — era interrompido durante a madrugada: em situações de emergência, muitos preferiam viajar via terrestre a esperar o amanhecer e o restabelecimento da via fluvial.

— Ei-hou! Yah-hou!
— Ufa!
— Estamos quase chegando!
— Já alcançamos a Rokujo!

Pelo aspecto, o grupo em questão vinha de longe, muito mais que de meros quinze ou vinte quilômetros adiante. Liteireiros e acompanhantes ao redor do palanquim pareciam exaustos e arfavam, os corações prestes a saltar-lhes pelas bocas.

— Isto aqui já é a Rokujo?
— Bosque de pinheiros da Rokujo.
— Falta pouco.

As lanternas traziam emblemas de uma casa da zona alegre de Osaka, mas o passageiro no palanquim, longe de ser uma dama da noite, era um robusto homenzarrão que mal cabia no pequeno cesto, enquanto corriam ao lado os estafados acompanhantes, todos bravos e jovens guerreiros.

— Denshichiro-sama! Já estamos quase na rua Shijo! — gritou um homem para o passageiro na liteira. O gigante no cesto, porém, dormia a sono solto, meneando a cabeça como uma marionete, na cadência da liteira.

— Vai cair! — berrou um dos acompanhantes no momento seguinte, amparando o homem adormecido. O gigante arregalou então os olhos instantaneamente e exclamou:

— Que sede! Quero beber. Passem para cá o cantil de saquê.

O pedido veio no momento em que todos procuravam uma desculpa para descansar.

— Pousem a liteira! — veio a ordem.

Mal ouviram, os liteireiros jogaram o cesto no chão com um gemido e, juntando-se aos demais, lançaram mão das toalhas e enxugaram rostos e peitos molhados de suor.

— Só restou um pouco, Denshichiro-sama — disse alguém, entregando o cantil ao passageiro no cesto.

O homem a quem chamavam Denshichiro apanhou-o, esvaziou-o com um único trago e, enfim desperto, resmungou alto:

— Que bebida gelada! Ardem-me os dentes!

Esticou a seguir o pescoço e, elevando a cabeça acima dos quatro cabos do palanquim, espiou as estrelas, comentando:

— Ora, o dia ainda não raiou? Fizemos o percurso em pouquíssimo tempo!

— O tempo, no entanto, deve estar custando a passar para o seu irmão, ansioso à sua espera, senhor.

— Tomara que ele continue vivo até eu chegar.

— O médico garantiu que ele sobreviverá, mas está muito agitado, e em consequência, o ferimento sangra, tornando o quadro preocupante.

— Sei. Imagino que ele esteja mortificado.

Abriu a boca e nela virou o cantil, mas já não havia sequer uma gota da bebida.

— Maldito Musashi! — esbravejou Yoshioka Denshichiro, jogando o cantil com raiva no chão. — Vamos embora!

II

O homem era um beberrão inveterado, além de temperamental. Mas sua característica mais marcante era a força: por causa dela, o segundo filho dos Yoshioka tornara-se famoso. Extremo oposto do irmão mais velho, ele superara nos velhos tempos o pai, Kenpo, em força física, fato que os atuais discípulos reconheciam.

— Você não tem jeito para isso. Devia desistir de seguir os passos do nosso pai e viver tranquilo, exercendo um cargo remunerado a serviço de alguém — já dissera Denshichiro ao irmão em diversas oportunidades, de onde se deduz que os dois não viviam em bons termos. Ainda assim, ambos haviam frequentado e se adestrado na academia durante a vida do pai. Com a morte deste, porém, Denshichiro passou a treinar de raro em raro na academia — agora nas mãos do irmão –, não provocando portanto estranheza o seu desaparecimento desde o ano anterior, quando partira em companhia de dois ou três amigos declarando que ia visitar a região de Ise e, na volta, passar por Yamato para visitar o idoso Yagyu Sekishusai. A ninguém ocorria preocupar-se se o segundo filho dos Yoshioka estaria ou não passando fome e necessidade só porque não dava notícias há um ano. Ele tinha no sangue a sabedoria dos segundos-filhos, uma capacidade de sobrevivência incompreensível ao homem comum, que ganha a vida trabalhando com honestidade. Voluntarioso, beberrão incorrigível, mesmo assim conseguia manter-se sem nunca trabalhar, apenas falando mal do irmão mais velho e alardeando aqui e ali o nome do pai, Kenpo, sempre com ar de superioridade. "Dizem que se demora ultimamente para os lados de Mikage, em Hyogo, na casa de campo de certo *daimyo*", fora a última notícia que dele haviam tido em Kyoto e a que ninguém dera muita importância.

Este era o quadro, em linhas gerais, no momento do duelo entre Seijuro e Musashi, nos campos do templo Rendaiji.

— Quero ver meu irmão — dissera Seijuro, gravemente ferido, logo depois do episódio. Suas palavras comoveram profundamente os discípulos, mas a bem da verdade, estes já haviam decidido por unanimidade: "Só mesmo o segundo filho será capaz de livrar a academia do opróbrio. Temos de chamá-lo." Denshichiro era o nome que viera à mente de todos no momento em que tentavam compor uma estratégia de ajuste de contas.

Embora a última notícia mencionasse vagamente a área de Mikage, sem maiores detalhes, cinco ou seis discípulos haviam partido para Hyogo no mesmo dia e, com muito custo, haviam descoberto o paradeiro de Denshichiro, embarcando-o na liteira expressa.

Ao saber que o irmão mais velho havia sido mortalmente ferido enquanto defendia o nome Yoshioka e que deixara escapar o desejo de revê-lo, Denshichiro esquecera a rivalidade:

— Muito bem, irei já ao seu encontro! — dissera, embarcando no palanquim.

E tão ansioso se mostrara em rever o irmão que não parara de instigar os litereiros durante todo o percurso, esfalfando-os sem dó e trocando-os por carregadores descansados em três ou quatro estações até chegar àquele trecho do caminho.

A pressa porém não impedira Denshichiro de mandar comprar saquê e encher um cantil a cada parada para troca de liteireiros. Talvez bebesse tanto esta noite para acalmar os próprios sentimentos exaltados, mas a inegável verdade era que Denshichiro bebia o tempo todo. Além do mais, a liteira corria às gélidas margens do rio Yodogawa, exposta ao vento que provinha das plantações da beira do rio, tornando-lhe impossível aquecer-se por mais que bebesse.

Para seu infortúnio, o cantil estava vazio, o que o irritou. "Apressem-se!", ordenara exaltado, ao mesmo tempo em que jogava ao chão o recipiente vazio. Ignorando sua impaciência, porém, seus homens e os liteireiros não se reagruparam em torno do palanquim de imediato: olhos e ouvidos voltados para o escuro bosque varrido pelo vento, eles se questionavam:

— Que será isso?
— Não me parece que sejam só cães latindo!

Denshichiro zangou-se de verdade, e esbravejou, ordenando que partissem de uma vez. Só então sobressaltados, os discípulos voltaram-se:

— Um momento, Denshichiro-sama. Que será aquilo? — perguntaram, chamando a atenção do exaltado segundo filho dos Yoshioka.

III

Na verdade, nada havia de especial acontecendo exceto o ladrar conjunto de dezenas, ou talvez centenas de cães.

O número de animais era considerável, mas eram apenas cães latindo. Já dizia um velho adágio: "Se um cão uiva para a lua, centenas logo o acompanharão", demonstrando a tendência, tanto canina quanto humana, de tumultuar por nada. O fim das guerras escasseara a carne humana nos campos, obrigando os cães a migrar para as cidades, não sendo portanto novidade a presença de grandes matilhas à beira da estrada.

Não obstante, Denshichiro gritara tomando a frente dos homens:
— Vamos verificar!

Se até Denshichiro saía pessoalmente para ver, algo estranho acontecia. Seus homens correram-lhe no encalço, empenhados em não ficar para trás.

— Quê?
— Que...quê?
— Que figura suspeita!

Realmente, a visão que se lhes deparou ultrapassou as expectativas: lá estava Matahachi atado a uma árvore e um enorme bando de cães redemoinhando em torno em círculos concêntricos triplos e quádruplos, exigindo um naco de sua carne.

Se aos cães fosse dado o direito de discutir justiça, talvez dissessem que procuravam vingança: havia pouco, a espada de Matahachi espalhara o sangue de um de seus companheiros nas redondezas e eles deviam sentir-lhe o cheiro entranhado no corpo.

Se, numa outra hipótese, aos cães fosse atribuído um nível mínimo de inteligência, talvez eles estivessem se divertindo à custa de Matahachi, comentando entre si: "Este aqui é um poltrão! Vamos atormentá-lo um pouco..." Ou talvez estivessem simplesmente latindo porque estranhavam o que viam: "Olhem, sujeitinho esquisito! Que faz ele sentado no chão e carregando uma árvore nas costas? Ele roubou a árvore? É aleijado? Você sabe me dizer?"

Pareciam lobos, de barrigas murchas e costelas saltadas, dentes pontudos parecendo afiados, e para Matahachi, pobre cidadela solitária sob assédio, eram motivo de pavor algumas dezenas de vezes maior que o peregrino ou Kojiro, pelo tempo que durava a ameaça.

Impossibilitado de usar mãos e pés, restavam-lhe como recursos defensivos o rosto e palavras. Mas um rosto não é arma, e palavras os cães não entendiam.

Eis por que ele se havia empenhado de corpo e alma durante algum tempo numa tática desesperada: empregar palavras e expressões faciais compreensíveis à espécie canina. Matahachi urrara e rosnara como uma fera.

Os cães, estarrecidos, haviam-se afastado ligeiramente, mas a estratégia deixou de surtir efeito quando, de tanto urrar, o nariz da pobre fera começou a escorrer, fazendo com que os cães imediatamente o vissem como um ser inferior.

Quando a voz deixou de surtir efeito, Matahachi imaginou uma nova tática: assustar os animais com caretas.

Arreganhou, portanto os lábios e escancarou a boca. Os cães se assustaram. Fixou-os ferozmente, sem pestanejar. Franziu os músculos ao redor dos olhos, nariz e boca. Mostrou a língua e espichou-a até alcançar a ponta do nariz.

Aos poucos, porém, havia-se cansado da espalhafatosa pantomima. O mesmo devia ter ocorrido com os cães, pois voltaram a ser agressivos. Matahachi, então, num último e desesperado esforço intelectual, resolveu mostrar que era um deles, e pôs-se a ladrar com os cães numa demonstração de franca amizade.

A medida, infeliz, pareceu despertar desprezo e antagonismo do bando que, ruidosamente disputando a primazia, passou a latir rente ao seu rosto, a lamber-lhe experimentalmente os pés. Certo de que uma demonstração de fraqueza àquela altura seria desastrosa, Matahachi pôs-se a esbravejar a passagem *Ohara-gokou*[11], trecho do épico *Heike Monogatari* transposto para o teatro nô:

---

11. O poema aqui declamado é trecho de uma peça de teatro nô.

E assim,
Na primavera do segundo ano Bunji[12],
O imperador abdicado desejou visitar
O retiro de Kenreimon'in, em Ohara.
Mas o frio era intenso, constantes as tempestades
E a neve branqueava os picos das montanhas
Pois estavam ainda nos primeiros meses do ano.

Olhos firmemente cerrados, músculos faciais contraídos, Matahachi gritava a mais não poder, pouco se lhe dando se acabaria ou não surdo com os próprios gritos.

IV

Felizmente Denshichiro acorrera, e a matilha debandou em todas as direções. Mandando o orgulho às favas, Matahachi suplicou:

— Socorro, ajudem-me, por favor! Me desamarrem!

Dentre os discípulos da academia Yoshioka, alguns o conheciam de vista.

— Ora, já vi este sujeito na Hospedaria Yomogi.

— É o marido de Okoo.

— Marido? Que eu saiba, ela não tinha marido.

— Essa é a lorota que ela contou a Gion Toji. Na verdade, ela sustentava este sujeito.

Penalizado, Denshichiro interrompeu os discípulos que se haviam engajado em mexericos, ordenando-lhes que o desamarrassem. Uma vez libertado, Matahachi, com vergonha de contar a verdade pura, recorreu uma vez mais à criatividade para explicar sua situação.

Quando percebeu que se defrontava com membros da casa Yoshioka, lembrou-se oportunamente de seu velho amigo e atual desafeto, Musashi, e trouxe à baila esse nome, explicando que os dois provinham da mesma vila em Sakushu, mas que Musashi lhe roubara a noiva e fugira da terra natal, enlameando o nome da família Hon'i-den e tornando impossível a ele, Matahachi, encarar novamente o povo da própria vila.

Por esse motivo, continuou ele, sua idosa mãe, Osugi, apesar da idade, partira de sua terra natal jurando não retornar enquanto não matasse Musashi e justiçasse a nora infiel, e estavam atualmente, ele e a mãe, em busca de uma oportunidade para concretizar o juramento.

---

12. Bunji: período em que governou o Imperador Gotoba (1185-1190).

Há pouco, disse ainda Matahachi, ouvira alguém chamando-o de marido de Okoo, mas isso não passava de um terrível engano: vivera momentaneamente na Hospedaria Yomogi, é verdade, mas não tinha nenhum interesse por Okoo. A notória relação de Gion Toji com Okoo, assim como a recente evasão dos dois para terras desconhecidas, provava esse ponto e esclarecia definitivamente o mal-entendido, achava ele.

Mas tais detalhes tanto faziam a ele, Matahachi, sendo sua atual e única preocupação descobrir o paradeiro da mãe e do arquiinimigo, Musashi. Havia poucos dias, ele ouvira em Osaka que o herdeiro dos Yoshioka tinha-se batido com Musashi e perdera. A notícia o afligira muito e o instigara à ação, mas chegando até aqui, havia deparado com uma dezena de bandoleiros que lhe haviam roubado o dinheiro e todos os pertences. Nem pensara em reagir, pois sobre seus ombros pesavam duas grandes responsabilidades: uma idosa mãe e uma vingança. Assim, deixara-se roubar, cerrara os olhos e esperara resignado.

— Agradeço-lhes do fundo do coração por terem me salvado. Tanto para mim como para a casa Yoshioka, Musashi é um inimigo odioso, com ele não podemos conviver debaixo de um mesmo firmamento. E ter sido salvo por pessoas da casa Yoshioka talvez mostre a existência de um elo unindo nossos destinos. Pelo que vejo o senhor é o irmão mais novo de Seijuro-sama. Pois aqui estamos nós, o senhor e eu, decididos a eliminar Musashi. Veremos qual de nós alcançará o objetivo primeiro e, no dia em que isso se concretizar, encontrar-nos-emos novamente.

Pelo jeito, Matahachi achara que a mentira pura e simples não se sustentaria e havia misturado parcelas de verdade na sua história.

Mas apesar de todo o seu descaramento, Matahachi começou a sentir uma ponta de vergonha quase no final do discurso, quando acrescentara um floreio a mais e dissera: "Veremos qual de nós alcançará primeiro o objetivo." Temendo ser desmascarado, juntou depressa:

— Vou agora mesmo ao encontro de minha mãe, Osugi, que está em retiro religioso no templo Kiyomizudera rezando pela concretização da vingança por que tanto sonhou. Nos próximos dias, nós dois iremos especialmente à academia da rua Shijo, para apresentar-lhes nossos agradecimentos. Sinto tê-los atrasado quando sei que estavam com pressa. Até logo, senhores.

Forçoso é reconhecer que, em se tratando do inepto Matahachi, sair rapidamente de cena deixando para trás os atônitos discípulos Yoshioka foi um rasgo de genialidade, muito embora tivesse cheiro de último recurso, ditado pelo desespero.

Enquanto o grupo tentava ainda decidir se o que ele lhes dizia era verdade ou mentira, Matahachi já tinha desaparecido. Denshichiro, cercado pelos atônitos discípulos, sorriu a contragosto e disse:

— Que raios era aquele sujeito?...
Acompanhou com o olhar o vulto que já ia longe e estalou a língua, irritado por ter perdido tempo.

V

Quatro dias já se haviam passado desde que o médico diagnosticou: "Os próximos dias serão cruciais." Realmente, esses haviam sido os piores dias, mas desde a noite anterior Seijuro parecia sentir-se um pouco melhor.

Olhos abertos fitando vagamente o teto, pensava ele nesse momento:

"Estará amanhecendo ou anoitecendo?"

A lamparina à sua cabeceira estava prestes a se apagar. Não havia ninguém no aposento. No quarto contíguo, alguém roncava. Homens cansados da tarefa de velar o enfermo haviam-se jogado no *tatami* sem ao menos desfazer os *obi* e dormiam.

"Um galo cantando..."

Estava vivo ainda, tornou a pensar, desgostoso.

"Sou uma vergonha!"

Seijuro atraiu a si a borda da coberta e cobriu o rosto. As pontas dos dedos tremiam: chorava, talvez.

"E agora, com que cara enfrento o mundo?", tentando conter o soluço que lhe subia à garganta.

A fama do pai, Kenpo, fora excessiva. Seijuro, pobre filho indigno do nome, não só viera até aqui aguentando precariamente o peso da fama e da fortuna do pai, como também fora por elas destruído.

— Acabou-se! É o fim da casa Yoshioka.

Com um último bruxuleio, a lamparina extinguiu-se à sua cabeceira. A luz pálida da madrugada infiltrou-se no aposento. A manhã enevoada na campina do templo Rendaiji tornou a surgir-lhe na cabeça.

O olhar de Musashi, naquele instante!

Só de lembrar, sentia-se arrepiar. Mas por que não lançara ao chão a própria espada, não procurara um meio de preservar o nome da casa? Afinal, Musashi nunca fora seu inimigo no sentido real da palavra.

"Foi muita pretensão de minha parte. Como se a reputação de meu pai pudesse de algum modo ser minha! Pensando bem, que fiz eu para merecer o nome do meu pai, afora ter nascido seu filho? Muito antes de ser derrotado por Musashi, eu já estava destinado à derrota, como homem e como líder de um clã. O duelo com Musashi apenas apressou o desfecho final, a minha destruição. Cedo ou tarde ela viria. Esta academia não poderia continuar sendo a única a prosperar para sempre, à margem da correnteza que assola a sociedade estes dias."

Sobre as pestanas dos olhos cerrados, uma lágrima formou-se e refletiu a luz branca da madrugada. A gota escorreu bordejando a orelha. Seijuro sentiu um aperto no coração.

"Por que não morri na campina do templo Rendaiji? De que me adianta continuar vivo nestas condições?"

Franziu o cenho em agonia, sentindo dor no toco do braço e medo da manhã que se avizinhava.

Nesse instante, ouviu ao longe fortes batidas no portal. Alguém veio avisar aos homens que dormiam no quarto ao lado.

— Como disse? Denshichiro-sama?

— Ele acaba de chegar?

Passos apressados dos que corriam a recebê-lo cruzaram-se com os de outros que vinham em sentido contrário, rumo ao aposento de Seijuro.

— Jovem mestre, jovem mestre! Uma boa notícia! Denshichiro-sama acaba de chegar na liteira expressa e logo estará aqui para vê-lo.

Mal houve tempo de correr e abrir as portas de madeira externas, alimentar o fogo no fogareiro portátil e arrumar uma almofada antes que uma voz perguntasse do outro lado da divisória:

— É este o quarto do meu irmão?

"Denshichiro! Há quanto tempo não o vejo!", pensou Seijuro, sentindo-se, apesar da saudade, acabrunhado ante a ideia de ser visto naquele estado.

— Meu irmão!

Seijuro ergueu o olhar debilitado para o irmão mais novo que entrava pela porta e tentou sorrir, mas não conseguiu.

Um forte cheiro de saquê lhe veio do irmão.

VI

— Que houve, mano?

Denshichiro vendia saúde e sua exuberância pesou como sombra sobre o espírito enfraquecido de Seijuro. Olhos cerrados, nada disse por instantes.

— Viu só? Posso não ser grande coisa, mas sirvo na hora do aperto, não sirvo? Quando o mensageiro me contou a história, larguei tudo e parti incontinenti de Mikage, parei um instante na zona alegre de Osaka, fiz os preparativos para a viagem, abasteci-me de saquê e viajei toda a noite sem descansar. Tranquilize-se agora, meu irmão: estou aqui e não permitirei que mais ninguém se aproxime desta academia ou a prejudique de alguma forma.

Voltou-se a seguir para o homem que entrava trazendo chá e disse:

— Que é isso? E eu lá sou de tomar chá? Prepare-me um bom gole de saquê!

— Sim, senhor.

Mal o atendente se afastou, gritou de novo:

— E que alguém feche estas portas! Não veem que meu irmão pode se resfriar, cretinos?

Mudou de posição sentando-se informalmente, com as pernas cruzadas à frente, abraçou o pequeno fogareiro e espiou o rosto do irmão silencioso:

— Mas me diga: de que jeito vocês se bateram? Miyamoto Musashi é um nome que apenas começa a despontar! Como é que um veterano como você, meu irmão, foi deixar-se aleijar por esse principiante?

Um discípulo chamou-o discretamente da entrada do aposento:

— Denshichiro-sama!

— Que há?

— Seu saquê está pronto!

— Traga-o aqui.

— Está à sua espera no aposento ao lado. Tome um banho, primeiro, e venha servir-se.

— E quem disse que quero tomar banho? Traga-me já o saquê, vou bebê-lo aqui mesmo!

— Mas... à cabeceira do seu irmão acamado?

— Qual é o problema? Há muito não troco ideias com ele. É verdade que não andávamos em bons termos, mas num momento como este, só mesmo um irmão para entender o outro. Bebo aqui mesmo.

Logo, estava tomando duas a três doses seguidas, comentando:

— Ah, isto é bom! Se você não estivesse doente, oferecer-lhe-ia também um trago, meu irmão.

Seijuro olhou de esguelha para o irmão mais novo e disse:

— Denshichiro.

— Hum?

— Não beba à minha cabeceira.

— Ora, por quê?

— Porque me lembra inúmeras coisas desagradáveis, que me deixam ainda mais irritado.

— Que coisas desagradáveis?

— Nosso falecido pai deve estar desaprovando o vício que ambos desenvolvemos. A bebida nos levou, a você e a mim, a praticar atos de que não nos podemos orgulhar, Denshichiro.

— Você está querendo dizer que erramos?

— Você por certo ainda não sentiu na pele a consequência dos seus erros. Mas eu, deitado aqui, estou provando do amargo cálice até a última gota.

— Ah-ah! Quanta besteira! Você, meu irmão, sempre foi um tipo delicado, nervoso, falta-lhe o espírito forte do verdadeiro espadachim. Francamente falando, esse seu duelo com Musashi foi um erro desde o começo. Você não foi talhado para se bater em duelos, seja contra quem for. Veja se aprende a lição e abandona definitivamente a espada. De agora em diante, fique quieto em seu lugar, apenas representando o papel de herdeiro dos Yoshioka. E quando surgir algum valentão que insista em desafiá-lo, eu, Denshichiro, bater-me-ei em seu lugar. Deixe também a academia por minha conta, doravante: prometo-lhe que a farei prosperar muito mais que nos tempos do nosso pai. Isto se você não recusar a ajuda por suspeitar que pretendo usurpar-lhe o lugar.

Despejou as últimas gotas do saquê na taça.

— Denshichiro! — disse Seijuro, tentando erguer-se de repente. A ausência de um dos braços o impediu, porém, até de afastar as cobertas a contento.

VII

— Ouça-me, Denshichiro!

Surgindo das dobras da coberta, a mão de Seijuro agarrou com firmeza o pulso do irmão. O aperto era tão forte que chegava a machucar.

— Eee-pa! Cuidado, meu irmão, quase me fez derramar o saquê! — reclamou Denshichiro, trocando a taça de mão às pressas. — Que é? Você me parece solene demais.

— Posso atender ao seu pedido e lhe ceder a academia. No entanto, preste atenção: ao assumir a academia você estará assumindo também a casa Yoshioka, compreende?

— Claro! Eu assumo!

— Não aceite com tanta facilidade! Pense bem: se é para você seguir os meus passos e tornar a sujar o nome de nosso pai, melhor será extinguir a casa agora.

— Não diga asneiras. Eu não sou você, meu irmão.

— Promete corrigir-se e tentar?

— Espere um pouco! O saquê não largo, por nada no mundo.

— Está bem, mas beba com moderação. Meu erro não foi beber.

— Foram as mulheres, não foram? Seu ponto fraco sempre foram as mulheres. Quando sarar, case-se e sossegue de vez.

— Não. Abandono a carreira de espadachim nesta oportunidade. E não vou me casar também. Apenas... há uma certa pessoa que tenho de ajudar.

Quando a vir feliz, nada mais me restará a desejar. Pretendo acabar meus dias em algum casebre de uma campina qualquer.

— Ora, e a quem você quer ajudar?

— Isso não vem ao caso. Cuide da casa doravante, Denshichiro. Este seu irmão, derrotado e aleijado, ainda tem um resto de orgulho e honra: apesar de tudo, sou um *bushi*. Mas é passando por cima desses sentimentos que lhe peço, com toda a humildade: não siga meus passos, Denshichiro, não trilhe o mesmo caminho que trilhei. Entendeu?

— Entendi! Prometo-lhe que ajustarei contas com Musashi e restaurarei seu bom nome muito em breve. Por falar nisso, onde anda ele ultimamente? Você sabe?

— Ele quem? Musashi? — perguntou de volta Seijuro, olhos arregalados fitando o irmão, como se acabasse de ouvir algo inesperado. — Você não me entendeu, Denshichiro? Mal acabo de preveni-lo e você já quer bater-se com ele?

— Que é isso, meu irmão? É mais do que óbvio que eu queira bater-me com ele, a esta altura dos acontecimentos! E não foi para isso que me mandou buscar? Ainda não se tinha dado conta de que seus discípulos e eu largamos tudo e viajamos incontinenti noite adentro porque queríamos pegar Musashi antes que ele fugisse para outra província? Ora essa!

— Você está enganado, redondamente enganado! — disse Seijuro, sacudindo a cabeça. Seus olhos fitaram o espaço, como se ali vissem o futuro. — Desista! — ordenou, com o tom autoritário de um irmão mais velho.

Denshichiro não gostou.

— E por quê, posso saber? — perguntou agressivamente.

O tom da pergunta fez o sangue voltar a afluir ao rosto pálido de Seijuro.

— Porque nunca o vencerá! — sussurrou com veemência.

— Nunca vencerá quem? — tornou Denshichiro, empalidecendo, ao contrário do irmão.

— Musashi!

— Mas quem não vencerá Musashi? De quem você está falando?

— De você, está claro! Você não será capaz de vencer Musashi! Sua habilidade não é suficiente, é disso que estou falando!

— Absurdo! Totalmente absurdo! — respondeu Denshichiro, sacudindo os ombros e rindo abertamente. Desvencilhou o braço que o irmão ainda retinha e tornou a beber um novo gole.

— O saquê acabou! Tragam mais! — gritou para os discípulos.

VIII

Quando um dos discípulos, atendendo ao chamado, acorreu da cozinha com uma nova dose de bebida, já não encontrou Denshichiro à cabeceira do irmão.

— Ora... — murmurou, depositando a bandeja sobre o *tatami*. — Que aconteceu, jovem mestre? — perguntou em seguida, aproximando-se impetuoso da cabeceira de Seijuro, horrorizado ao vê-lo caído de bruços no meio das cobertas.

— Chame-o! Vá chamá-lo! Quero falar com ele mais uma vez. Traga Denshichiro até aqui, preciso falar com ele de novo!

— Si-sim, senhor, imediatamente! — respondeu o discípulo, aliviado ao ouvir a voz firme de Seijuro, e saindo às pressas para cumprir as ordens.

Denshichiro foi localizado quase em seguida. Ele tinha ido para a academia, local que há muito não visitava, e estava no salão de treinos.

Ao seu redor sentavam-se veteranos como Ueda Ryohei, Nanbo Yoichibei, Miike e Otaguro, gente que também havia muito ele não via.

— Já foi ver seu irmão? — perguntou um deles.

— Acabo de falar com ele — respondeu Denshichiro.

— Ele ficou feliz em revê-lo, não ficou?

— Nem tanto. Eu mesmo estava bastante emocionado até chegar ao seu quarto. Mal o vi, porém... Ele estava carrancudo, e eu acabei dizendo-lhe coisas que não devia. Logo estávamos discutindo, como sempre.

— Discutindo? Mas isso foi imprudente de sua parte, Denshichiro-sama. O estado de saúde de seu irmão estabilizou-se um pouco a partir da noite passada! Como pôde discutir com um homem em tais condições?

— Ei, esperem um pouco!

Denshichiro mantinha com os veteranos um relacionamento cordial, de velhos amigos. Pôs a mão sobre o ombro de Ueda Ryohei, que havia iniciado o sermão, e o sacudiu de leve, patenteando a força dos braços mesmo através de um gesto amistoso.

— Antes de mais nada, escutem só o que meu irmão me disse. "Sei que pretende se bater com Musashi para limpar meu nome, mas você não tem chance alguma de vencê-lo. E se até você for derrotado, será o fim desta academia. A linhagem se extinguirá. Deixe-me assumir sozinho toda a desonra desse episódio, declarar de público que abandono para sempre a espada, e retirar-me do mundo. Você tem de assumir o posto de pilar da academia e recuperar, com esforço e diligência, o bom nome desta casa." Foi isso o que ele me disse!

— Bem pensado...

— Como disse?

— ...

O discípulo que viera à procura de Denshichiro achou oportuno interrompê-los na breve pausa do diálogo:

— Denshichiro-sama: seu irmão pede-lhe que retorne à sua cabeceira.

Denshichiro voltou-se para trás apoiado numa das mãos e fitou com frieza o discípulo:

— Que fez com o saquê?

— Levei-o para o quarto do jovem mestre.

— Traga-o aqui. Quero que todos bebam comigo enquanto conversamos.

— Mas o jovem mestre...

— Não amole! Meu irmão parece doente, doente de medo. Traga o saquê para cá!

Os demais, incluindo Ikeda e Miike, intervieram ao mesmo tempo:

— Não se incomode conosco, Denshichiro-sama, isto não é hora de beber.

Denshichiro irritou-se e bradou:

— Que há com vocês! Não me digam que até vocês têm medo desse Musashi! Ele está sozinho, não se esqueçam!

IX

O episódio abalou muito a casa Yoshioka, exatamente por ser tão famosa.

O único golpe desfechado por Musashi com sua espada de madeira não só aleijara o líder do clã, como também destruíra pela base todo o reconhecido poderio da academia Yoshioka.

A inabalável confiança do grupo, que jamais havia considerado a possibilidade de uma derrota, começava a desmoronar. O clã tinha perdido a coesão até para solucionar problemas que a derrota trouxera.

O choque tinha um gosto amargo e seus traços eram ainda visíveis nas feições desoladas de todos os discípulos, dias depois do episódio. Qualquer tipo de consulta conseguia dividir opiniões e tornava difícil o consenso, porque alguns tendiam a uma atitude negativa, atraídos pela opinião do líder derrotado, enquanto outros assumiam postura positiva e exigiam uma reação radical.

Antes ainda da chegada de Denshichiro, as opiniões já se dividiam:

"Desafiamos Musashi mais uma vez e tentamos um novo acerto de contas?", ou "Adotamos uma estratégia cautelosa para preservar a academia?"

Essas duas correntes digladiavam-se até no meio dos veteranos, sendo visíveis agora nos rostos dos discípulos reunidos em torno de Denshichiro, alguns expressando tácito apoio à opinião dele, outros parecendo secretamente concordar com Seijuro.

Um ponto, porém, parecia claro: nenhum veterano podia compartilhar uma atitude conformista, por mais que com ela concordasse intimamente. "A vergonha que hoje sentimos é passageira; não reajam para não piorar ainda mais a situação", era o tipo de opinião que só Seijuro, o homem que acabava de experimentar a derrota, podia defender.

Sobretudo na frente de Denshichiro e de sua esfuziante vitalidade ninguém conseguia manter-se apático.

— Sei que meu irmão não está em sua melhor condição física, mas como posso compactuar com essa atitude covarde, digam-me? — reclamou Denshichiro, enchendo as taças que lhe haviam sido trazidas e distribuindo-as, dando a impressão de querer implantar na academia recém-assumida um ambiente arrojado tipicamente seu.

— Pois eu lhes juro que vencerei Musashi! Diga meu irmão o que disser, eu o liquidarei. Como pode ele, um *bushi*, dizer-me para deixar Musashi em paz e preocupar-me apenas em preservar o bom nome dos Yoshioka e administrar direito a academia? Esse jeito de pensar foi responsável pela derrota dele, é óbvio! Quanto a vocês, vou prevenindo: não me confundam com meu irmão! Entendido?

— Mas é claro... — respondeu Nanbo Yoichibei, hesitante, para depois acrescentar: — Claro que acreditamos em sua habilidade. No entanto...

— No entanto o quê?

— Seu irmão acha que Musashi é um reles estudante de artes marciais, e que esta é uma casa famosa desde os tempos dos xoguns Muromachi: postos numa mesma balança, percebe-se logo que um duelo só nos pode ser desvantajoso, tão inútil quanto jogar *bakuchi*, ganhemos ou percamos. Acho que foi isso o que ele sentiu, com todo o seu bom senso.

— *Bakuchi*? — repetiu Denshichiro. Um brilho impertinente surgiu-lhe no olhar. Nanbo Yoichibei corrigiu-se depressa:

— A expressão foi infeliz. Retiro essa palavra.

Mas Denshichiro não ouviu até o fim.

— Retire-se, covarde! — disse, agarrando-o pela gola e erguendo-se.

— Desculpe-me, foi um lapso — tornou Yoichibei.

— Cale a boca! Você é um covarde, não merece sentar-se ao meu lado. Saia daqui! — ordenou, empurrando-o com força.

Lançado contra a parede da academia, Yoichibei, pálido, permaneceu por alguns instantes em silêncio. Logo se sentou formalizado e, com calma, disse:

— Senhores, agradeço a consideração com que me trataram durante os muitos anos de convivência.

Curvou-se em direção ao altar central e, levantando-se abruptamente, deixou a mansão.

Denshichiro nem sequer o viu retirar-se.

— Vamos, bebam! — disse, oferecendo saquê a todos. — Depois disso, gostaria que saíssem à procura do local onde Musashi se hospeda. Acho que ele ainda não fugiu para outra província. Pelo contrário, deve andar por aí todo empertigado, alardeando a vitória. Procurá-lo será a primeira providência, prestem atenção. Em seguida, vamos falar da academia: ela não pode continuar deste jeito, abandonada. Os treinos devem continuar diariamente, como de hábito. Vou descansar um pouco agora, mas prometo vir mais tarde participar dos treinamentos. Previno-os, porém, desde já: o meu estilo, diferente do de meu irmão, é mais violento. Levem isso em consideração e treinem os novatos com maior vigor, certo?

X

Sete dias haviam se passado desde os últimos acontecimentos, quando um discípulo entrou gritando na academia:

— Descobri!

Fazia já alguns dias que Denshichiro vinha submetendo os discípulos a um treino brutal, conforme havia anunciado.

No momento, um grupo de discípulos de expressão ressabiada amontoava-se a um canto do salão: cansados da vitalidade do segundo filho dos Yoshioka e com medo de ser convocados a treinar, assistiam ao massacre do veterano Otaguro Hyosuke.

— Espere um pouco, Otaguro — disse Denshichiro, retraindo a espada de madeira e voltando-se para o discípulo que se sentara a um canto do salão de treinos. — Descobriu? — perguntou.

— Sim, senhor!

— E onde estava Musashi?

— Numa rua a leste do bairro Jisso-in, também conhecida como rua Hon'-ami pelos habitantes locais. E, pelo jeito, Hon'ami Koetsu hospedou-o num aposento nos fundos da sua mansão.

— Ele se hospeda na casa de Koetsu? Ora, essa! Como poderia Musashi, um estudante de artes marciais provinciano, conhecer o famoso Koetsu?

— Não sei desses detalhes, mas uma coisa é certa: ele está hospedado em sua casa.

— Muito bem, vamos para lá agora! — disse, indo a largas passadas em direção aos seus aposentos para se preparar. Nesse instante, os veteranos Otaguro Hyosuke e Ueda Ryohei o detiveram:

— Espere! Não podemos chegar de repente e liquidá-lo, pois isso dará a impressão de que estamos envolvidos numa briga de rua e será malvisto pela sociedade, mesmo que a vitória seja nossa.

— Não concordo! Regras podem reger os treinos, mas num duelo real ganha quem vencer.

— Mas não foi assim que procedemos quando do seu irmão. No nosso entender, o senhor fará melhor enviando-lhe primeiro uma carta de desafio, estabelecendo local, dia e hora do duelo, e depois batendo-se abertamente com ele.

— Têm razão. Farei como dizem. Mas no ínterim, não me vão vocês também mudar de ideia por influência do meu irmão e tentar me impedir de duelar!

— Fique tranquilo: todos os ingratos, dissidentes e desertores já se afastaram da academia nestes últimos dez dias.

— E isso acabou fortalecendo-nos, em última análise. Quero que insolentes como Gion Toji e covardes como Nanbo Yoichibei afastem-se voluntariamente da academia.

— E antes de mandarmos o desafio a Musashi, será melhor comunicar o que pretendemos fazer ao jovem mestre.

— Disso me encarregarei pessoalmente. Não confio em vocês para essa missão.

Desde a desavença de dez dias atrás, os dois irmãos continuavam sem se falar. Nenhum dos dois mudara de opinião. Os veteranos rezavam para que não se desentendessem outra vez, mas como não ouviram nenhuma altercação, começaram a estudar os termos do desafio a Musashi, tentando estabelecer dia e local do segundo duelo.

Foi então que, proveniente dos aposentos de Seijuro, ouviram uma voz chamando:

— Ueda, Miike, Otaguro, todo mundo! Venham cá um instante! A voz não era de Seijuro.

No quarto, depararam com Denshichiro, em pé, sozinho, com ar perdido, olhos úmidos. Era a primeira vez que os veteranos o viam nesse estado.

— Leiam isto! — disse ele, em tom raivoso apesar da consternação, passando-lhes a mensagem deixada por Seijuro. — Olhem só o que ele me fez: escreveu-me uma longa carta de despedida e foi-se embora, sem ao menos me dizer para onde!

O BECO

I

A mão que empunhava a agulha deteve-se repentinamente:
— Quem está aí? — perguntou Otsu. — Quem é?
Correu o *shoji* que dava para a varanda e espiou, mas não viu ninguém. Tinha-se enganado, percebeu Otsu desanimada. Faltava-lhe apenas pregar a gola e fazer a barra para completar a reforma do quimono, mas perdeu a vontade.
— Pensei que fosse Jouta-san... — murmurou, contemplando a manhã vazia, ainda expectante. Qualquer indício de presença humana nas proximidades da casa logo fazia Otsu pensar que Joutaro viera vê-la.
A casa ficava ao pé da ladeira Sannenzaka.
A região era densamente povoada, mas bastava entrar uma rua além da principal que logo surgiam matagais, plantações e pessegueiros desabrochando na morna brisa da primavera.
A casinha isolada onde Otsu se encontrava agora tinha ao fundo as árvores de um jardim vizinho e uma horta rústica de aproximadamente trezentos metros quadrados na frente. Logo depois da horta se avistava a cozinha de uma hospedaria, de onde provinha um incessante ruído de pratos e panelas desde as primeiras horas da manhã até tarde da noite. Com efeito, a casinha era parte da hospedaria, e de lá vinham as refeições.
A velha Osugi — ausente no momento — hospedava-se habitualmente nessa estalagem toda vez que vinha a Kyoto, sendo a pequena casa isolada no meio da horta a preferida da "idosa senhora", como era conhecida.
— Otsu-san, está na hora do almoço! Posso levar a bandeja? — gritava uma mulher da porta da cozinha, do outro lado da horta.
Despertando do devaneio, Otsu respondeu:
— O almoço? Não o traga ainda. Vou esperar obaba-sama para almoçar em sua companhia.
A isso, a mulher à porta da cozinha tornou a gritar:
— Quando saiu de manhã, ela disse que só voltaria bem mais tarde. Acho que ela só chega de noite.
— Nesse caso, não vou almoçar. Não estou com fome.
— Como é que você aguenta tanto tempo sem comer? Que coisa!
Uma densa fumaceira cheirando a lenha de pinheiro ocultou os pessegueiros da horta e a hospedaria adiante.

Pelas redondezas havia diversas oficinas de ceramistas, e a vizinhança ficava enfumaçada nos dias em que esses profissionais acendiam seus fornos para queimar a louça. Dispersada a fumaça, o céu luminoso anunciando a primavera ressurgia mais belo do que nunca.

Relinchar de cavalos, passos de romeiros rumando para o templo Kiyomizudera e um burburinho contínuo chegavam da rua principal até a casinha. E no meio dessa balbúrdia urbana Otsu ouvira que Musashi tinha derrotado Yoshioka Seijuro.

Seu coração saltara de alegria enquanto evocava a imagem de Musashi.

"Jouta-san deve ter ido ao campo do templo Rendaiji. Se ele viesse me ver, poderia me contar detalhes..." Tomada de aguda impaciência, esperava por ele.

Mas desde o dia em que se haviam separado na ponte Oubashi, isto é, mais de vinte dias atrás, ela nunca mais vira Joutaro.

"Será que não conseguiu me encontrar? Não é possível: eu lhe disse claramente que estaria numa estalagem no fim da ladeira Sannenzaka. Se ele quisesse me encontrar de verdade, perguntaria de casa em casa e chegaria até aqui...", pensava às vezes. Em outras, preocupava-se: "E se ele adoeceu, ou pegou um resfriado e estiver de cama?"

Impossível! Não dava para imaginá-lo acamado, logo Joutaro! Com certeza passava o tempo soltando pipas nesse lindo dia de primavera. A ideia a irritou.

II

Logo, porém, a jovem imaginou que Joutaro também poderia estar do mesmo modo esperando por ela, pensando: "Ela bem podia vir me ver ao menos uma vez. Afinal, a distância não é tão grande assim. Além disso, ela precisava se lembrar de vir à mansão Karasumaru para agradecer!"

Otsu com certeza dava-se conta de que devia essa visita de cortesia, mas ao contrário de Joutaro, que podia vir vê-la quando quisesse, ela tinha no momento dificuldades para chegar à mansão Karasumaru, proibida como estava de sair de casa por qualquer motivo sem o consentimento da velha Osugi.

"E por que não saía ela agora, aproveitando esse momento de solidão?" — podia pensar alguém que desconhecesse as circunstâncias. Pois a velha Osugi não era nada boba. Olhos vigilantes observavam Otsu o tempo todo, porque a anciã pedira ao pessoal da hospedaria que assim procedesse. Bastava que a jovem saísse um instante à rua, apenas para observar o movimento, para logo alguém da hospedaria vir-lhe perguntar em tom casual:

— Aonde vai, Otsu-san?

Pois Osugi tinha-se tornado bastante conhecida e respeitada na vizinhança do templo Kiyomizudera por conta do patético episódio do ano anterior, em que, velha como estava, desafiara Musashi para um duelo com armas reais. Os acontecimentos ganharam notoriedade pela boca dos liteireiros e carregadores locais, que haviam testemunhado o episódio:

— A velha é durona!

— Ela é muito corajosa!

— Disse que saiu de casa para restaurar a honra da família!

Os boatos haviam aumentado a popularidade da velha Osugi, chegando até a criar um clima de veneração. Por conseguinte, era perfeitamente natural que gente simples, como empregados de hospedaria, se empenhasse em cumprir as ordens da velha senhora ao ouvi-la pedir:

— Essa menina e eu temos um pequeno problema particular. Por favor, não a deixem fugir na minha ausência.

Seja como for, Otsu não podia afastar-se do local sem permissão. Tinha de pedir a ajuda das pessoas da hospedaria até para mandar um bilhete, e assim não lhe deixavam alternativa senão esperar pacientemente pela visita de Joutaro.

Otsu recolheu-se novamente para trás do *shoji* e recomeçou a reformar o traje de viagem da velha Osugi.

Nesse instante, outro vulto surgiu do lado de fora da casa e uma voz feminina desconhecida murmurou:

— Ora! Será que me enganei?

Vindo da rua principal, a mulher tinha entrado pela estreita viela e parara surpresa e algo confusa ante a visão da horta e da casinha isolada no meio do beco.

Esticando o pescoço, Otsu espiou. Debaixo do pessegueiro, junto à estreita passagem entre cebolinhas verdes, havia uma mulher parada. Ao dar com os olhos em Otsu, a mulher disse:

— Por favor...

Baixou a cabeça, parecendo ligeiramente desconcertada.

— Diga-me: isto aqui não é uma hospedaria? Li um anúncio numa lanterna na entrada do beco e entrei, certa de que fosse!

Parecia perturbada, sem saber se ia ou ficava.

Otsu apenas examinava a mulher da cabeça aos pés, esquecida até de responder. O olhar com certeza causou estranheza, pois a desconhecida, cada vez mais confusa, disse:

— Onde é que estou?

Passeou o olhar pelo telhado da casa e tornou a contemplar o pessegueiro em flor.

— Que lindo! — comentou, fingindo-se embevecida para disfarçar o constrangimento.

"É ela! A mulher da ponte Oubashi!", lembrou-se Otsu. Ou será que se enganava? Otsu buscava avivar a memória: manhã do primeiro dia do ano..., boca da ponte Oubashi, e uma bela jovem que chorava reclinada ao peito de Musashi! Na ocasião, Otsu não tinha sido vista pela jovem, mas... esta não seria a pessoa cuja lembrança vinha incessantemente atormentando-a, a inesquecível, odiosa rival?

III

A mulher da cozinha havia por certo avisado a recepção da hospedaria, pois logo um serviçal deu a volta pelo beco e perguntou:

— Senhora! Procura uma hospedaria?

O olhar inquieto de Akemi voltou-se para ele:

— Isso mesmo! Onde fica?

— Logo aí, na entrada do beco. Sim, senhora, na esquina da viela, do lado direito dela.

— Ah, mas nesse caso dá para a rua principal?

— Dá, sim, mas é bem tranquila.

— Eu estava procurando uma estalagem discreta, de onde pudesse chegar e sair sem chamar a atenção, e dei com o anúncio na entrada do beco. Achei que tinha encontrado aquilo que eu procurava aqui no fundo.

Voltou o olhar para a casinha isolada onde estava Otsu e tornou:

— Isto aqui não faz parte da hospedaria?

— Faz, sim. É uma extensão da hospedaria.

— Esta casa seria perfeita para mim. Parece pouco movimentada... e bem escondida.

— Mas temos também ótimos aposentos na construção principal!

— Apesar de tudo, gostaria que me deixasse ficar aqui. Para minha sorte, a outra hóspede é também uma mulher, ao que vejo.

— Acontece que esta jovem está em companhia de outra senhora, idosa e de gênio um tanto difícil.

— A mim isso não incomoda, realmente.

— Nesse caso, perguntarei a essa senhora mais tarde, quando ela retornar, se não se importa de partilhar o alojamento com uma estranha.

— Enquanto isso posso aguardar num aposento qualquer da hospedaria, lá na frente...

— Por favor. Tenho certeza que gostará dos aposentos no prédio principal.

Akemi acompanhou o ajudante e se afastou.

Otsu acabara por não dizer nada até o fim, e arrependia-se agora de não lhe ter feito algumas perguntas. Sempre fora introvertida, era um defeito seu, reconhecia bastante aborrecida.

Que tipo de relação existia entre essa mulher e Musashi? Ao menos disso gostaria de saber.

Sobre a ponte Oubashi, os dois haviam conversado por um tempo considerável. E não fora um diálogo simples: afinal, a mulher acabara chorando e Musashi a abraçara.

Otsu tentava combater uma a uma as suposições que o ciúme engendrava, mas era obrigada a reconhecer que, desde aquele dia, entrevia em seu íntimo sentimentos complexos e dolorosos, até então desconhecidos para ela.

"Uma mulher mais bonita que eu!"

"Tem melhores oportunidades de se encontrar com ele."

"Mais desembaraçada, mais competente para atrair homens."

Otsu, para quem o mundo havia sido só dela e de Musashi, percebeu de súbito a existência de outras mulheres e sentiu-se deprimida com a própria falta de atrativos.

"Não me acho bonita."

"Não tenho um dom especial."

"Não tenho fortuna ou família."

Ao se comparar às outras mulheres do vasto mundo, achou que esperava demais e que seus sonhos eram loucos. Não via em si traços da coragem que muito tempo atrás a fizeram arrostar a tempestade e escalar o cedro centenário do templo Shippoji, mas apenas a fraqueza que a forçara a ocultar-se atrás do carroção, perto da ponte Oubashi.

"Preciso do apoio de Jouta-san!", percebeu Otsu com dolorosa nitidez. "Acho que naquela época tive a coragem de escalar o cedro centenário no meio da tempestade porque ainda possuía um pouco da inocência do pequeno Jouta-san", pensou.

Ficar tão confusa era prova de que se distanciara da pureza dos velhos tempos, começou ela a achar. Uma lágrima correu pelo seu rosto e caiu sobre a costura.

— Você está aí ou não, Otsu? E por que raios não acende a luz?

O crepúsculo havia invadido o alpendre sem que Otsu se desse conta disso, e ali, na penumbra, a velha Osugi gritava rispidamente.

IV

— Já de volta, obaba-sama? Vou neste instante acender uma luz.

Acomodando-se no aposento mergulhado em sombras, Osugi lançou um olhar frio às costas de Otsu, que se dirigia a um cubículo do outro lado de uma divisória.

Otsu depositou a lamparina perto da idosa mulher e sentou-se formalmente.

— Cansou-se, obaba-sama? E aonde foi hoje?

— Que pergunta! — respondeu Osugi em tom severo. — Fui à procura do meu filho, Matahachi, e do esconderijo de Musashi, está claro!

— Quer... que lhe massageie as pernas?

— As pernas até que estão bem. Meus ombros, em compensação, andam rijos nestes últimos quatro ou cinco dias. Talvez seja o calor. Se tem vontade, massageie-os.

Era sempre com essa secura que Osugi reagia aos cuidados de Otsu. Mas ela precisava suportar essa provação por um curto tempo, apenas até encontrarem Matahachi e acertarem o passado, pensou a jovem, aproximando-se mansamente das costas da anciã.

— Realmente, suas costas estão muito tensas e devem ter-lhe causado desconforto, obaba-sama!

— Chego a sentir falta de ar enquanto ando. É a idade, que se há de fazer! Posso cair morta a qualquer momento, vítima de um ataque fulminante.

— O que é isso? Sua saúde é de dar inveja a muita gente nova! Nem pense nisso.

— Mas se até o tio Gon, sempre tão disposto, se foi como num sonho... A verdade é que ninguém sabe do amanhã. O único momento em que me sinto animar é quando penso em Musashi: aí então o ódio contra esse miserável se acende em meu peito, e sinto-me mais viva que qualquer um.

— Musashi-sama não é tão mau quanto a senhora imagina. Está totalmente enganada a esse respeito, obaba-sama.

Osugi riu, sacudindo os ombros.

— É verdade, tinha-me esquecido! Musashi é o homem por quem você abandonou Matahachi! Perdoe-me se falei mal dele.

— Ora, mas não foi por esse motivo que o defendi!

— Não foi? Contudo, tenho certeza de que seu coração bate muito mais forte por Musashi do que por Matahachi. Fale com franqueza, Otsu, seja honesta.

— ...

— Dentro em breve, quando eu localizar Matahachi, mediarei o encontro de vocês dois e esclarecerei toda a situação, conforme você deseja. A partir desse dia, você e eu nada mais teremos em comum, seremos duas estranhas. Com certeza vai correr na mesma hora para junto de Musashi e falar mal de nós, os Hon'i-den.

— E por que faria tal coisa, obaba-sama? Eu não sou desse tipo! Jamais me esquecerei do quanto fez por mim, pode acreditar!

— As mocinhas, hoje em dia, são boas de conversa. Como é que consegue disfarçar tão bem seus verdadeiros sentimentos e falar com tanta gentileza? Esta velha aqui, pelo contrário, é muito honesta: eu não consigo falar bonito como você. A partir do momento em que você se casar com Musashi, eu passarei a ser sua inimiga. É duro ter de massagear os ombros de uma inimiga, não é, Otsu? — disse a velha, rindo.

— ...

— Quer se casar com Musashi, não quer? Pense nisso e a provação se tornará suportável.

— ...

— E agora, por que chora?

— Não estou chorando.

— Que é isso que pingou em meu pescoço, nesse caso?

— Desculpe-me. Foi sem querer.

— Ah, pare de choramingar por causa dele e massageie com mais força! Desse jeito, parece até que tenho insetos rastejando sobre os meus ombros! Que coisa mais desagradável!

A luz de uma lamparina bruxuleou na horta. Era a menina da hospedaria trazendo o jantar, pensaram as duas mulheres.

À beira da varanda, porém, surgiu um homem com trajes de monge.

— Com licença. É aqui o aposento da matriarca dos Hon'i-den? — perguntou.

A lamparina que trazia nas mãos tinha uma inscrição: "Templo Kiyomizudera — Monte Otowayama."

V

— Sou um *doshu* do santuário Koando — disse o monge depositando a lanterna na varanda e retirando uma carta do peito. — Hoje, pouco antes do entardecer, um jovem *rounin* tiritante de frio meteu a cabeça dentro do santuário e perguntou se a velha senhora proveniente da província de Sakushu não tem vindo rezar ali nos últimos dias. Respondi-lhe que sim, que às vezes ela vinha. O jovem *rounin* pediu então que lhe emprestasse um pincel, escreveu esta carta, e me pediu que a entregasse quando a senhora por lá surgisse.

Não sei o que isso possa significar, mas como eu tinha algumas coisas a resolver na rua Gojo, aproveitei para trazer-lhe a carta imediatamente.

— Ora, a quanto trabalho se deu, monge! — agradeceu Osugi, oferecendo-lhe polidamente uma almofada e convidando-o a descansar. O monge, porém, recusou e foi-se embora em seguida.

— Que será isso?

Osugi aproximou-se da lamparina e abriu a carta. Algo em seu conteúdo devia tê-la emocionado, pois empalideceu a olhos vistos.

— Otsu!

— Sim? — respondeu Otsu da beira do braseiro, a um canto do aposento.

— O monge já se foi, não precisa mais servir o chá.

— Já se foi? Nesse caso, levarei o chá para a senhora.

— Pretende dar-me de beber o que outros recusaram? Muito obrigada! Minha boca não é ralo de pia, não está aqui para você escoar sobras. Não perca tempo com besteiras e apronte-se de uma vez!

— Como assim? Eu vou sair com a senhora?

— Isso mesmo. Vou solucionar seu caso ainda esta noite.

— Oh, mas então, a carta de há pouco é de Matahachi-sama?

— Não lhe interessa saber. Cale a boca e me acompanhe.

— Nesse caso, vou à cozinha pedir que apressem o nosso jantar.

— Você ainda não comeu?

— Eu estava à sua espera.

— Você e suas considerações inúteis! Como posso estar sem comer até esta hora, se saí de manhã? Acabo de almoçar e jantar de uma só vez, longe daqui. Se você ainda não jantou, peça para lhe fazerem alguma coisa rápida. Vá de uma vez!

— Sim, senhora.

— De noite, deve fazer frio no topo do Otowayama. Você já acabou de reformar o meu colete?

— Falta só um pouco para terminar o quimono forrado.

— Não estou falando do quimono! Apronte-me o colete. As meias estão lavadas? E acho que o cordão das sandálias está frouxo. Vá até hospedaria e me traga um par de sandálias novas.

As ordens se sucediam com tamanha rapidez que Otsu mal tinha tempo de responder.

A jovem obedecia sem ao menos questionar as ordens, tremendo de medo, só de sentir sobre si o olhar da velha.

Juntou o par de sandálias novas de modo que Osugi pudesse calçá-las com facilidade e disse:

— Está tudo pronto, obaba-sama. Acompanhá-la-ei quando quiser.

— Pegou a lamparina portátil?
— Não, senhora.
— Mas que parva! Pretendia fazer-me caminhar pelos ermos do Otowayama no escuro, sem a ajuda de uma luz? Peça uma na hospedaria, vamos!
— Que distração a minha! Vou até lá.

A Otsu não sobrara tempo para se arrumar.

Osugi dissera: "ermos do monte Otowayama". Onde, especificamente?

A dúvida lhe ocorreu, mas temendo uma resposta áspera, Otsu limitou-se a ir-lhe na frente, iluminando o caminho.

Não obstante, ela própria sentia-se alvoroçada. A carta de há pouco era com certeza de Matahachi. E nesse caso, a velha Osugi, cumprindo a promessa que vinha fazendo à jovem nestes últimos dias, ia tomar as medidas necessárias para solucionar os problemas que tanto a afligiam. Mais alguns momentos de paciência e perseverança, e Otsu se livraria das humilhações e maus-tratos.

"Retornarei ainda esta noite à mansão Karasumaru e verei Jouta-san, assim que eu resolver esta questão", decidiu-se Otsu.

A ladeira Sannenzaka era íngreme e acidentada, cheia de pedregulhos. Vencê-la exigia perseverança. Otsu continuou a caminhar observando as pedras.

AMOR EXTREMADO

I

Uma cascata estrondeava em algum lugar. O volume da água não havia crescido, mas o silêncio da noite aumentava o ruído.

— Tem uma placa nesta árvore que diz: "Cerejeira do santo Jishu." Este deve ser o santuário Jishu Gongen — observou Osugi.

As duas mulheres haviam subido bom trecho pela estrada que passava ao lado do templo Kiyomizudera, mas a velha Osugi sequer se queixara de falta de ar.

— Filho, meu filho! — chamou Osugi voltada para a escura noite, em pé na frente do santuário.

O rosto e a voz trêmula eram puro amor. Para Otsu, parada às suas costas, Osugi parecia uma nova mulher.

— Não deixe a luz se apagar, ouviu, Otsu?

— Sim, senhora.

— Ele não está aqui, não está! — sussurrava a velha, andando a esmo ao redor. — Mas na carta ele me disse para subir até o santuário Jishu Gongen!

— Dizia esta noite?

— Não dizia nem hoje, nem amanhã. Os anos passam, mas ele continua criança! Seria tão mais fácil se ele viesse me ver pessoalmente na hospedaria! Mas acho que o incidente de Sumiyoshi o deixa constrangido.

Otsu puxou Osugi pela manga e disse:

— Vem alguém subindo a montanha. Não será Matahachi-san, obaba-sama?

— Hein? Você o achou?

Espiou a trilha que vinha pelo barranco e chamou:

— Filho!

Mas o homem que instantes depois lhes surgiu à frente nem sequer olhou para elas, e contornou o santuário, dando a volta por trás dele. Veio depois ao lugar onde se encontravam as duas mulheres, parou à frente delas e examinou abertamente o rosto branco de Otsu que a luz da lamparina destacava.

Otsu sobressaltou-se, mas o homem não pareceu tê-la reconhecido: os dois haviam-se visto no primeiro dia do ano nas proximidades da ponte Oubashi.

— Moça! E você aí, obaba. Há quanto tempo estão aí?

— ...

A pergunta fora tão abrupta que as duas mulheres apenas ficaram contemplando em admirado silêncio as espalhafatosas roupas de Kojiro.

Este apontou repentinamente para Otsu e disse:

— Procuro uma mulher que deve ter mais ou menos a sua idade. Chama-se Akemi, tem o rosto mais arredondado que o seu e é um pouco mais franzina, mas parece mais velha porque foi criada numa casa de chá, na cidade grande. Por acaso a viram nas redondezas?

As duas mulheres negaram, balançando a cabeça em silêncio, ao que o jovem tornou:

— Estranho! Alguém me disse que a viu nas proximidades da ladeira Sannenzaka. E nesse caso, ela pretende passar a noite dentro de um destes santuários, com certeza...

A princípio, Kojiro falara com as duas, mas as últimas observações foram para si mesmo. Sem ter como continuar a inquiri-las, o jovem se foi, resmungando.

A velha estalou a língua:

— E quem é esse rapazola? Deve ser um samurai, já que carrega uma espada nas costas, mas não tem ideia de como é ridículo exibindo-se por aí em roupas berrantes, perseguindo mulheres no meio da noite. Irra, deixe isso para lá! Temos coisas mais importantes para resolver.

Otsu, porém, pensava: "É isso! Ele deve estar atrás da moça que apareceu há pouco na hospedaria!"

Perdida em conjecturas, tentando em vão decifrar que tipo de relação que havia entre Musashi, Akemi e Kojiro, Otsu ficou observando vagamente o vulto que se afastava.

— Vamos embora... — disse Osugi desanimada, pondo-se a andar.

"Santuário Jishu", dizia a carta claramente, mas Matahachi não vinha e o reboar contínuo da cascata no escuro a arrepiava.

II

Descendo um pouco mais, as duas mulheres reencontraram Kojiro à entrada do santuário Hongandou, mas cruzaram-se em silêncio, apenas fitando-se mutuamente. Instantes depois Osugi voltou-se e viu o vulto de Kojiro passando perto do santuário Shiandou, para descer em seguida direto pela ladeira Sannenzaka.

— Que olhar implacável tem esse rapaz! Me lembra Musashi — resmungava ainda Osugi quando algo atraiu seu olhar. As costas curvadas estremeceram de chofre. Osugi soltou um pio, imitando uma coruja.

E lá estava ele! À sombra de um grosso cedro, um vulto acenava com a mão.

Mesmo no escuro, os olhos de Osugi jamais deixariam de reconhecer esse vulto. Era Matahachi, sem sombra de dúvida.

"Venha cá!", gesticulava ele. Alguma coisa o impedia de se aproximar dela. "Meu filho querido!", pareciam dizer os olhos brilhantes de Osugi, percebendo num átimo a intenção do filho.

— Otsu! — disse a velha, voltando-se. A jovem esperava por ela, vinte metros à frente. — Siga sozinha um pouco mais. Mas não se afaste muito, ouviu bem? Espere-me perto daquele montinho de lixo. Logo a alcançarei.

Ao ver que Otsu, acenando em sinal de compreensão, seguia adiante, voltou a chamá-la:

— Preste atenção, Otsu. Não tente ir em outra direção ou fugir de mim: lembre-se sempre de que eu a estou vigiando daqui. Entendeu?

Em seguida, saiu correndo em direção ao cedro.

— É você, Matahachi?

— Obaba!

Uma mão ávida surgiu do escuro e agarrou com firmeza a da velha Osugi.

— Que faz encolhido neste canto, meu filho? Mas... Que é isso? Suas mãos estão geladas! — observou a velha mãe instantaneamente comovida, e com os olhos marejados.

Matahachi a fitou, perturbado:

— Sabe o que é, obaba? Ele passou por aqui ainda agorinha, não passou?

— Ele quem?

— Um rapaz de olhar agressivo com uma espada enorme às costas!

— Você o conhece?

— Como não haveria de conhecê-lo? Ele se chama Sasaki Kojiro e me fez passar por alguns maus momentos há poucos dias, no bosque de pinheiros da rua Rokujo.

— Que disse? Sasaki Kojiro? Mas Sasaki Kojiro não é você?

— Co-como assim?

— Pois não era esse o nome que constava no diploma que você me mostrou tempos atrás na cidade de Osaka? Naquela ocasião, você me disse que Sasaki Kojiro era seu nome de guerra, lembra-se?

— Mentira! Era tudo mentira! E esse Kojiro, o verdadeiro, descobriu a brincadeira e me fez suar frio! Na verdade, eu ia me encaminhando para o local de encontro especificado na carta, quando de repente tornei a avistar esse sujeito perto daqui. Com medo de que ele me visse de novo, andei me escondendo aqui e ali, só observando o jeito dele. Será que já se foi? Se ele me aparecer outra vez, estou perdido.

Osugi contemplava o filho em silêncio, abismada, mas ao ler nas feições de Matahachi — mais abatidas do que da última vez — uma franca confissão de desamparo e covardia, seu coração transbordou de amor pelo filho.

III

— Mas deixe isso para lá! — disse Osugi, balançando a cabeça como se não quisesse ouvir mais lamúrias. — Meu filho, você sabia que o velho tio Gon morreu?

— Quê? Tio Gon morreu? Verdade mesmo?

— E quem haveria de contar uma mentira dessas? Ele morreu na enseada de Sumiyoshi, logo depois que você nos deixou.

— Não sabia!

— Mas você com certeza sabe a que devemos a morte trágica do velho Gon, ou o fato de eu, com a minha idade, estar vagando longe dos meus nesta triste jornada, não sabe?

— Nunca mais esqueci o que você me disse naquele dia na cidade de Osaka, quando me fez sentar no chão gelado, asseguro-lhe.

— Quer dizer que se lembra do que lhe disse! Muito bem! Pois então, há de ficar feliz com o que vou lhe contar.

— O que é, obaba?

— É sobre a Otsu...

— Ah!... Então aquela mulher ao seu lado e que acaba de se afastar era...

— Pare! — repreendeu-o Osugi, interpondo-se no caminho do filho. — Aonde vai, posso saber?

— Se era Otsu, deixe-me vê-la, obaba, deixe!

Osugi moveu a cabeça, assentindo:

— Pois foi para isso que a trouxe até aqui. Mas primeiro, Matahachi, diga-me: que pretende fazer quando vir Otsu?

— Vou lhe pedir perdão. Vou lhe dizer: errei, estou arrependido, perdoe-me!

— E depois?

— E depois, obaba, depois... quero que você também me ajude a convencer Otsu de que tudo não passou de um mal-entendido.

— E depois?

— Depois, voltaremos ao que éramos antigamente...

— Como é...?

— Quero voltar à situação antiga e me casar com ela. Você acha que ela ainda me ama, obaba?

— Idiota! — gritou Osugi, batendo-lhe na cara e interrompendo-o.

— Que... que é isso, obaba? — exclamou Matahachi, cambaleando e cobrindo a face com a mão. E pela primeira vez desde o dia em que nascera viu no rosto da mãe uma expressão medonha, assustadora.

— Que foi que me disse há pouco? Afirmou ou não que tudo o que eu lhe disse em Osaka estava gravado para sempre em seu espírito?

— ...

— Quando foi que o mandei ajoelhar-se aos pés de uma devassa como Otsu e pedir-lhe humildemente o perdão? Essa mulher enlameou o nome Hon'i-den e fugiu com Musashi, o homem a quem jurei matar, e que perseguirei por todas as minhas sete reencarnações!

— ...

— Como pode pensar em se pôr aos pés dessa cadela, dessa vadia que abandonou você, o noivo, para se entregar de corpo e alma a Musashi, seu rival e inimigo? Hein, Matahachi? — esbravejou Osugi, agarrando o filho pela gola e sacudindo-o violentamente.

Olhos cerrados, Matahachi ouvia submisso a severa reprimenda, deixando-se sacudir à vontade. Lágrimas escorriam sem parar de suas pálpebras fechadas.

Cada vez mais irritada, Osugi disse:

— E por que chora? Não me diga que não consegue esquecer essa cadela? Ah, maldição! Já não tenho filho neste mundo!

Empurrou-o com violência e o lançou ao chão. Deixou-se cair em seguida de joelhos ao seu lado e pôs-se também a chorar.

IV

— Escute-me — disse Osugi, voltando a ser a mãe severa, sentando-se ao lado do filho. — Este é o momento decisivo de sua vida. Não espere que eu viva mais dez ou vinte anos. Pode ser que não goste do que estou lhe dizendo, mas quando eu morrer nunca mais ouvirá minha voz, mesmo que queira.

É óbvio, dizia a expressão de Matahachi, voltado para o lado em silêncio.

Osugi agora parecia temer a zanga do filho:

— Escute bem, meu filho. Otsu não é a única mulher do mundo. Não se apegue a gente dessa laia. Olhe: se algum dia você encontrar uma mulher que lhe agrade, prometo fazer de tudo para conseguir-lhe a mão, ir à casa dessa jovem tantas vezes quantas forem necessárias para convencê-la a casar-se com você. Mais do que isso, asseguro-lhe que oferecerei minha vida como dote de casamento, meu filho!

— ...

— Mas Otsu, essa você nunca terá, juro pela honra dos Hon'i-den! Pode dizer o que quiser, mas não a terá.

— ...

— Se mesmo assim insiste em se juntar a ela, terá primeiro de passar por cima do meu cadáver. Depois disso poderá fazer o que quiser, mas enquanto eu viver...

— Obaba!

A agressividade na voz do filho irritou Osugi uma vez mais:

— Que modos são esses? Veja como fala à sua mãe!

— Deixe-me perguntar-lhe uma coisa: quem é que vai se casar, eu ou você?

— Você, está claro!

— Ne... nesse caso, é claro também que sou eu quem deve escolher a mulher que vai ser minha esposa! Mas você...

— Vai começar a comportar-se outra vez como um menininho mimado! Quantos anos tem você, afinal?

— Você é que é muito impositiva! Isso que você faz comigo é demais, mesmo para uma mãe!

Esses dois seres desconheciam reservas: por qualquer motivo frívolo suas emoções afloravam e se chocavam, e só depois é que vinham as explicações, tornando difícil a compreensão e frequentes as brigas. Esse comportamento era antigo, e remontava aos tempos em que ambos conviviam sob um mesmo teto.

— Como se atreve a dizer que é demais? Quem é que o pôs no mundo, hein, Matahachi?

— Não adianta vir com essa conversa, obaba. Eu quero me casar com Otsu. Eu gosto dela, obaba! — gemeu Matahachi voltando o olhar para o céu, incapaz de encarar o rosto esverdeado da mãe apesar de toda a indignação.

Os ombros magros de Osugi tremiam, ossos parecendo bater em ossos.

— Essa é a sua vontade, Matahachi? — berrou Osugi.

Ato contínuo, retirou a espada curta do seu *obi* e encostou a ponta no próprio pescoço.

— Que... que é isso? Que pretende, obaba?

— Maldição! Tire suas mãos de mim! Em vez de tentar me deter, por que não diz que se encarrega de me dar o golpe de misericórdia?

— Que absurdo! Como pode um filho assistir indiferente à morte da própria mãe?

— Então, diga que desiste de Otsu e que refará sua vida a partir deste momento.

— Mas explique-me primeiro: para que a trouxe até aqui? Só para que eu a visse, e ficasse ainda mais infeliz, sou capaz de apostar! Eu não a entendo, obaba.

— Eu mesma podia tê-la matado, nada me teria sido mais fácil. Mas essa vadia traiu você: se a trago aqui é porque achei justo dar-lhe a oportunidade de fazer justiça com suas mãos. Isto é mais um ato de amor maternal, mas não o ouvi agradecendo.

V

— Você quer que eu a mate com as minhas mãos, obaba?
— Recusa?

A pergunta soou diabólica.

Matahachi perguntou-se onde sua própria mãe escondia essa faceta aterrorizante.

— Se se recusa, diga com franqueza. Isto requer providências imediatas.
— Mas... obaba!
— Ainda alimenta expectativas, não é? Irra, é intolerável. Um maricas como você não é meu filho, não sou mais sua mãe! Com certeza não tem coragem de cortar o pescoço dessa vadia, mas a minha cortará, sou capaz de apostar! Vamos, encarregue-se do golpe de misericórdia!

Não passavam de ameaças, mas Osugi tornou a firmar a espada contra o próprio pescoço, mostrando estar pronta a suicidar-se.

Os caprichos de um filho levam sofrimento a uma mãe, sem dúvida, mas a rabugice de certas mães também faz sofrer um filho.

Osugi era um exemplo vivo disso, com o agravante de ser imprevisível: seus modos decididos faziam suspeitar que talvez cumprisse a ameaça caso não lhe obedecessem. Ao menos assim pareceu aos olhos do filho.

Matahachi estremeceu, apavorado:

— Obaba! Não se precipite! Está bem, entendi: eu desisto.
— Só isso?
— E vou acertar as contas com minhas mãos, com estas mãos.
— Vai matá-la?
— Sim, vou matá-la.

A velha chorou de alegria e, pondo de lado a espada, tomou nas suas as mãos do filho:

— Muito bem, assim é que se fala! Agora sim, posso dizer que é um digno herdeiro do nome Hon'i-den, um bravo, dirão também nossos ancestrais.

— Será?
— Vá e mate-a. Ela está lá embaixo, esperando na frente do monte de lixo.
— Está bem. Já vou...

— Vou decapitá-la e mandar sua cabeça a Shippoji por correio expresso, com uma carta explicativa. Só com o falatório recuperaremos a meio a honra da casa Hon'i-den. Muito bem, depois dela será a vez de Musashi. Quando ele souber que acabamos com a sua Otsu, será obrigado a aparecer, queira ou não. Vá em frente, Matahachi, vá de uma vez!

— Você vai ficar aqui esperando, obaba?

— Não, eu vou com você, mas me esconderei, porque se ela me vir, berrará que não foi esse o trato, que não foi isso o que lhe prometi, e será aborrecido.

— É apenas uma mulher, não deve ser difícil — murmurou Matahachi, erguendo-se cambaleante. — Obaba: para que vir junto? Fique me esperando aqui mesmo, eu lhe juro que trarei a cabeça de Otsu. Ela está sozinha, não vou deixá-la escapar!

— Mas não se descuide, meu filho. Embora pareça frágil, vai impor forte resistência quando vir o brilho da lâmina.

— Não faz mal! Vai ser moleza!

Instigando-se, Matahachi começou a se afastar. A velha Osugi o acompanhou, apreensiva:

— Não se descuide, ouviu bem?

— Quê? Você vai me seguir, obaba? Fique aí, já disse!

— Mas estamos longe do local!

— Não precisa vir atrás, já disse! — irritou-se Matahachi. — Se é para irmos os dois, vá você sozinha: eu a espero aqui.

— Por que se irrita desse jeito? Desconfio de que você ainda não decidiu matar Otsu de verdade!

— Aquilo também é gente! Não posso matá-la com a mesma facilidade de quem mata um gato.

— Tem razão! Pode ser uma vagabunda, mas já foi sua noiva um dia. Está bem, eu o espero aqui. Pode ir sozinho, meu filho, e cumpra bravamente a sua missão.

Matahachi nem lhe respondeu. Braços cruzados sobre o peito, desceu a passos lentos o suave barranco.

VI

Havia muito que Otsu aguardava em pé a volta de Osugi.

"E por que não fujo agora?", chegou a se perguntar, entrevendo a oportunidade. Mas nesse caso, toda a provação dos últimos vinte dias teria sido inútil. "Um pouco mais de paciência!"

Pensando em Musashi, imaginando como estaria Joutaro, contemplava distraída as estrelas.

Trazer Musashi à lembrança acendia em seu coração milhares de estrelas.

"Um dia, um dia...", pensava Otsu, sonhando de olhos abertos. Repetia no íntimo as palavras que ele lhe dissera no alto de uma montanha, na fronteira de duas províncias, a promessa que lhe fizera na ponte Hanadabashi.

Os anos podiam passar, mas Otsu tinha absoluta certeza de que Musashi jamais trairia aquelas promessas.

Apenas... quando se lembrava de Akemi, sentia um súbito mal-estar, e uma sombra toldava seus sonhos. Confrontada, porém, com a firme confiança que depositava em Musashi, a dúvida logo se desfazia, não chegava a abalá-la.

"Nunca mais pude conversar com ele desde que nos separamos na ponte Hanadabashi. Mesmo assim, sou feliz. Coitadinha de você, disse-me o monge Takuan. Mas por quê, se sou tão feliz?"

Otsu era capaz de sozinha se entreter com pensamentos felizes mesmo enquanto reformava um quimono da velha Osugi, passando por tormentos que a faziam sentir-se numa cama de pregos, ou enquanto aguardava em pé no escuro por um homem a quem não queria esperar. E eram esses momentos — que outros julgariam vazios — os mais gratificantes para Otsu.

— Otsu.

Não era a voz de obaba. Quem a estaria chamando no escuro? Otsu voltou a si dos seus devaneios e disse:

— Quem me chama?

— Eu.

— Eu, quem?

— Hon'i-den Matahachi.

— Como? — gritou Otsu, saltando para trás. — Matahachi-san?

— Já se esqueceu até da minha voz?

— É, realmente, essa é a voz dele... Encontrou-se com sua mãe?

— Deixei-a logo ali, esperando por mim. Você não mudou nada, Otsu, desde os tempos do templo Shippoji.

— Onde está você, Matahachi-san? Não consigo vê-lo no escuro.

— Posso me aproximar? Faz algum tempo que cheguei, mas não tive coragem de me aproximar porque agi mal, sinto vergonha do que fiz. Estive observando-a daqui, no escuro. Em que pensava momentos atrás?

— Em nada...

— Quer dizer que não pensava em mim? Porque eu me lembrava de você todos os dias.

Otsu viu surgir o vulto de Matahachi, que veio se aproximando pouco a pouco. A jovem sentiu-se insegura por não ter a velha Osugi ao seu lado.

— Obaba-sama não lhe disse nada?
— Disse sim, quando a encontrei logo aí em cima.
— Então já sabe tudo a meu respeito?
— Sei.

Otsu respirou aliviada, certa de que, conforme lhe prometera Osugi, Matahachi já estava a par de sua resolução. E nesse caso, ele ali viera sozinho para lhe dizer que concordava com tudo, acreditou a jovem.

— Se já conversou com obaba-sama, estou certa de que compreendeu meus sentimentos. Mesmo assim, aproveito para lhe pedir pessoalmente: por favor, considere que não fomos destinados um para o outro. A partir desta noite, esqueça por completo o nosso passado.

VII

Que tipo de promessa teria feito sua mãe a Otsu? Uma tolice qualquer destinada a engabelar a ingênua jovem, com toda certeza. Assim pensando, Matahachi não tentou esclarecer a natureza dos sentimentos a que a jovem se referia.

— Calma! Espere um pouco — disse, balançando a cabeça. — Não comece a falar do passado que me dói o coração. Foi tudo culpa minha. Nem sei como tive a coragem de lhe surgir na frente desse jeito. Como você mesma disse, acho que gostaria muitíssimo de poder esquecer tudo que se passou. É verdade! Achar, eu acho, mas não consigo desistir de você.

Perplexa, Otsu disse:

— Entre nós, Matahachi-san, existe hoje um profundo abismo que impede nossos corações de se comunicarem.

— Isso mesmo. Mas sobre esse abismo, cinco anos se passaram.

— É verdade. E assim como os anos não voltam mais, nossos sentimentos passados também não podem ser revividos.

— Claro que podem, Otsu! Otsu!

— Não! Não podem!

Matahachi arregalou os olhos de espanto e a contemplou fixamente, como se só então se desse conta da frieza e da reserva de Otsu.

Onde em Otsu — a jovem que ao dar vazão às suas emoções lembrava uma flor rubra debaixo de um ardente sol de verão — se ocultaria essa faceta gelada como mármore, tão cortante que dava a impressão de ferir quem ousasse tocá-la?

A expressão fria trouxe de súbito à mente de Matahachi a varanda do templo Shippoji e a imagem da órfã silenciosa que dali contemplava o céu com olhos úmidos, o dia inteiro absorta em pensamentos. A frieza sem dúvida viera crescendo despercebida desde esses tempos, quando as nuvens eram mãe, pai e irmãos, todos desconhecidos.

Assim pensando, Matahachi aproximou-se de Otsu com o mesmo cuidado com que se achegaria de uma rosa branca cheia de espinhos:

— Vamos tentar mais uma vez! — sussurrou rente ao rosto branco. — De que adianta tentarmos chamar de volta os meses e anos passados? Esqueça isso e vamos começar tudo de novo, a partir de hoje, Otsu!

— Até onde vai o seu equívoco, Matahachi-san? Eu não estou me referindo a anos ou meses, e sim a sentimentos.

— Mas é deles que eu estou falando: vou mudar a partir de hoje, você vai ver! Você pode achar que estou querendo me justificar, mas... Os jovens costumam cometer erros iguais aos meus, Otsu.

— Diga o que disser meu coração não confia mais em você, recusa-se a ouvi-lo com seriedade.

— Estou arrependido! Me desculpe! Veja, Otsu, como eu, um homem, me humilho diante de você! Tenha pena de mim!

— Pare com isso, Matahachi-san! Se você é homem como diz, não deve se humilhar nessas situações! Aceite o que lhe digo com hombridade!

— Mas esta questão é vital para mim, vai influenciar o resto da minha vida. Se quer que me ajoelhe, eu me ajoelho! Se quer que jure, juro qualquer coisa!

— Nada disso me interessa!

— Vamos, não fique tão brava. Aqui não podemos conversar livremente, deixar nossos corações falarem! Vamos procurar um canto tranquilo!

— Não quero!

— Vamos, vamos de uma vez antes que obaba apareça. Como é que eu posso matá-la? Não vou fazer isso de jeito nenhum!

Tomou a mão da jovem nas suas, mas Otsu desvencilhou-se:

— Solte-me! Você pode até me matar, mas eu me recuso a seguir o seu caminho!

VIII

— Você se recusa?

— Isso mesmo.

— Não vai comigo de jeito nenhum?

— De jeito nenhum!

— Isto quer dizer, Otsu, que você pensava em Musashi o tempo todo?

— Eu o amo. Ele é o único homem a quem amarei, nesta e em outras vidas.

— Ora!... — urrou Matahachi, estremecendo. — É isso, então!

— Sua mãe já está a par de tudo isso. E se esperei até hoje por uma oportunidade foi porque ela mesma me disse que lhe comunicaria pessoalmente a minha resolução e poria fim ao nosso compromisso anterior.

— Ah, agora entendi!!! Foi Musashi quem a mandou falar comigo, com certeza!

— De modo algum! Eu não aceitaria ordens, nem de Musashi-sama nem de ninguém, para tomar decisões que vão afetar minha vida inteira.

— Pois agora, estou tão decidido quanto você. Não se esqueça que um homem pode ser muito, muito obstinado. Se é isso o que pretende...

— Que vai fazer?

— Sou homem! E decidi que você nunca há de ser de Musashi. Não permito, ouviu bem? Não permito!

— Será que ouvi bem? Que história é essa de não permitir? E com quem você pensa estar falando?

— Com você mesmo! E com Musashi! Otsu: se eu não me engano, você não era a noiva de Musashi, era?

— Não era mesmo! Mas você não tem mais o direito de me falar desse jeito, tem?

— Claro que tenho! Você, Otsu, sempre foi a noiva prometida para a família Hon'i-den. Enquanto eu, o noivo Matahachi, não der permissão, não tem o direito de se casar com mais ninguém. Muito menos com um sujeitinho como Musashi!

— Covarde! Você não sabe perder! Como é que tem o desplante de me falar desse jeito, a esta altura dos acontecimentos? Há muito tempo recebi uma carta assinada por você e certa Okoo, em que me comunicavam o rompimento do nosso noivado!

— Não sei de nada disso! Eu não me lembro de ter mandado nenhuma carta. Acho que Okoo a mandou por conta dela.

— Não senhor! Na carta você me dizia com todas as letras que considerasse o compromisso desfeito e que me casasse com outro!

— Mostre a carta, nesse caso!

— O monge Takuan, que leu a carta, riu, assoou o nariz com ela e jogou-a fora.

— Não adianta afirmar sem provas, ninguém acreditará. Por outro lado, todos em nossa terra sabem que eu e você somos noivos. Posso produzir tantas testemunhas quantas quiser a meu favor, mas você não tem uma prova para reforçar sua história. Ouça-me, Otsu: para que ir contra o mundo inteiro e se casar com Musashi? Nunca será feliz! Você talvez ainda desconfie de que tenho algo com Okoo, mas eu lhe asseguro: há muito cortei relações com aquela mulher vulgar, nada mais tenho com ela.

— Pode falar o que quiser, não me interessa. Essa história não tem nada a ver comigo.

— Quer dizer que não vai me atender, mesmo depois de eu haver me humilhado tanto?

— Você acaba de dizer: sou homem. Mas não parece! Você não tem um pingo de orgulho! E como poderia uma mulher se apaixonar por um homem sem brio? O que ela procura é hombridade.

— Como disse?

— Pare com isso! Você vai rasgar minha manga.

— Maldita!

— Que é isso? Que pretende?

— Já que você não quer mesmo me atender, vou lançar mão de um último recurso.

— Como é?

— Se tem amor à vida, jure que não quer mais saber de Musashi. Jure!

Matahachi soltou a manga do quimono para sacar a espada da cintura. E no instante em que teve a arma na mão, ela pareceu possuí-lo, mudando-lhe por completo a personalidade.

IX

Um homem empunhando uma espada pode não impressionar muito. Mas um homem possuído pela espada é aterrorizante.

Otsu deixou escapar um grito agudo, muito mais de medo da expressão de Matahachi do que da própria arma.

— Bruxa maldita! — gritou ele. A espada resvalou pelo *obi* da jovem. Açodado, temendo que Otsu lhe escapasse, gritou enquanto lhe corria atrás:

— Obaba! Obaba!

Osugi o ouviu à distância, e logo respondeu:

— Já vou!

Guiada pelo tropel dos passos, acorreu com a espada curta desembainhada e disse, procurando a esmo, esbaforida:

— Você a deixou escapar?

Matahachi lhe gritou, vindo em sua direção:

— Está indo para o seu lado. Segure-a, obaba!

Os olhos da anciã se congestionaram:

— Onde? Onde? — repetia, obstruindo o caminho.

Otsu não apareceu, mas em vez dela surgiu Matahachi, quase trombando com ela.

— E então? Você a matou?

— Ela me escapou!

— Idiota!

— Olhe lá embaixo! Lá está ela!

Otsu, que tinha disparado barranco abaixo, lutava agora por livrar a manga do quimono enredada no galho de uma árvore.

Ela devia estar perto do poço da cascata, pois o rumor da água percorria a noite escura. A jovem enrolou no braço a manga rasgada e saiu correndo outra vez, sem sequer atentar para onde pisava, quase caindo em sua pressa.

Os passos dos seus perseguidores lhe vinham logo atrás.

— Ela não terá como escapar!

Era a voz da velha, às costas dela, bem perto dos seus ouvidos. Otsu começou a achar que já não adiantava fugir. Além disso, o local onde se encontrava era o fundo de um barranco, quase um buraco, com paredões cercando-lhe a frente e os lados.

— Matahachi! Vamos, golpeie de uma vez! A vadia acaba de cair!

Incentivado pelos gritos da mãe, Matahachi, nesse momento completamente possuído pela espada, saltou para frente como uma pantera.

— Maldita! — gritou, baixando com ímpeto a espada contra o vulto de Otsu, que se havia embrenhado no meio de alguns arbustos e folhagens.

Galhos se partiram, um berro de agonia soou, e o sangue espirrou para todos os lados.

—Vadia! Vadia! — gritou, Matahachi, olhos repuxados, ébrio de sangue, descarregando mais três ou quatro golpes violentos no mesmo lugar, cortando simultaneamente arbustos e mato.

— ...

Quando enfim se cansou de tanto golpear, Matahachi, estupidificado e ainda empunhando a espada gotejante, começou aos poucos a despertar da embriaguez do sangue.

Olhou a mão: sangue na mão. Passou a mão no rosto: sangue no rosto.

Morno, viscoso, o líquido espirrara por todo o corpo deixando manchas fosforescentes.

E cada uma dessas gotas era a vida de Otsu, desintegrada. Ao se dar conta disso, Matahachi sentiu uma leve tontura e empalideceu.

— Muito bem! Finalmente você a pegou, meu filho! — disse Osugi, rindo mansamente às costas de Matahachi, espichando o pescoço e contemplando os arbustos completamente estraçalhados. — Bem feito! Ela nem se mexe mais. Congratulações, meu filho. Ah, agora sim, posso dizer que descarreguei metade do peso que trazia na alma. Vou afinal poder encarar a gente da nossa terra. Matahachi? Ei, o que tem você? Vamos, corte a cabeça de Otsu de uma vez!

X

Osugi riu, achando graça na covardia do filho.

— Você é um poltrão, realmente! — reclamou ela. — Onde se viu perder o fôlego só porque matou um ser humano? Se você não tem coragem de decapitá-la, eu o farei! Saia da frente.

No momento em que, assim dizendo, Osugi tentou adiantar-se, Matahachi — que até então havia permanecido em pé, atordoado — moveu repentinamente a mão e bateu com força no ombro da mãe com o cabo da espada.

— Ai! Que...que é isso? — gritou Osugi, quase caindo sentada no meio da confusão de galhos quebrados, mas conseguindo equilibrar-se a tempo. Está louco, Matahachi? Como se atreve a fazer isso comigo?

— Mãe!

— Que foi?

Matahachi gemeu. O som estranho lhe subiu da garganta e morreu a caminho do nariz. Passou as costas da mão ensanguentada nos olhos e balbuciou:

— E...eu... eu... matei Otsu! Matei Otsu!

— E eu por acaso já não o congratulei por isso?! Então, por que chora?

— Como posso deixar de chorar? Velha idiota, idiota, idiota!

— Não me diga que está triste!

— É claro! Não fosse por você, uma velha idiota que a morte esqueceu de levar, eu ainda haveria de reconquistar Otsu, custasse o que custasse! Maldição! Que me importam meu nome ou a opinião da gentinha de nossa aldeia! Mas agora é tarde!

— São águas passadas, não perca tempo lamentando-se. Se gostava tanto de Otsu, por que não me matou para salvá-la?

— Se eu tivesse essa coragem, não estaria aqui chorando e lamentando. Não há maior infelicidade no mundo do que a de ter uma mãe velha e cabeçuda.

— Pare já com isso. Bela figura faz você! E eu aqui, perdendo tempo em elogiá-lo!

— Dane-se! De hoje em diante, vou viver como bem quiser, fazer o que bem entender e dissipar o resto de minha vida, você vai ver!

— Isso! Muito bem! Banque o menino mimado e atormente sua velha mãe! Aí está o maior defeito do seu caráter, com certeza!

— E vou atormentar mesmo! Velha caduca, megera diabólica!

— Isso mesmo! Fale o que quiser! Mas agora, saia da frente, saia. Primeiro, vou decapitar Otsu; depois, você vai me ouvir.

— E quem haveria de querer ouvir sermões de uma megera desalmada?

— Engana-se, meu filho. Far-lhe-á bem contemplar de frente a cabeça decepada de Otsu e meditar. Não há beleza que resista à morte: depois de morta, mesmo a mais linda das mulheres não passa de um monte de ossos. *Shikisokuzeku*: a matéria é nula, tudo é vão neste mundo! Você vai compreender o verdadeiro sentido dessa expressão!

— Não me atormente! Não me atormente! — gritou Matahachi desesperado, sacudindo a cabeça. — Ah! Pensando bem, minha única esperança era Otsu! Os poucos momentos em que buscava um caminho melhor, em que sentia explodir dentro de mim um impulso para a seriedade, eram momentos em que pensava em me casar com Otsu! Nessas horas, eu não pensava em preservar o nome, muito menos em agradar você, velha idiota! Otsu, Otsu era minha única esperança!

— Até quando vai ficar aí chorando? Em vez de ocupar a boca com lamúrias inúteis, use-a para rezar pela alma da Otsu. *Namu-amidabutsu*.

A velha Osugi já havia passado por Matahachi e remexia nos arbustos e folhas secas salpicados de sangue.

Por baixo de tudo, um vulto escuro jazia de bruços.

Osugi cortou e afastou galhos e folhas e, abrindo espaço para si, sentou-se educadamente perto do cadáver.

— Não me odeie, Otsu. Quando nos encontrarmos no outro mundo, também eu já não terei raiva de você. Tudo isto nos havia sido proposto pelo destino. Descanse em paz.

Tateou no escuro e agarrou algo que lhe pareceu serem cabelos.

— Otsu-san! — chamou alguém nesse exato momento de cima do barranco, no topo da cascata Otowa.

Voz das estrelas ou das árvores percorreu a noite escura com o vento e ressoou no fundo do poço.

A COVA

I

Que capricho do destino teria trazido Shuho Takuan até ali?

Não haveria de ser coincidência. Sua presença, sempre tão natural em qualquer ambiente, parece forçada esta noite. O leitor precisa saber, antes de mais nada, os motivos que o trouxeram até ali, mas infelizmente parece não haver tempo para lhe perguntar.

No momento, o sempre fleumático Takuan aparentava, coisa rara, extrema perturbação.

— Eeei, estalajadeiro, encontrou-a?

Um criado da hospedaria, que procurava pouco adiante, acorreu ao chamado.

— Não a vi em lugar algum! — disse, enxugando o suor da testa, cansado de procurar.

— Não acha estranho?

— Sem dúvida.

— Você não está enganado?

— Não, senhor. Tenho certeza de que, hoje de tarde, logo depois que o mensageiro do templo Kiyomizudera se foi, ela apareceu de repente para pedir emprestada uma lanterna da hospedaria, dizendo que tinha de ir ao Jishu Gongen.

— Pois é isso que me soa estranho: que pretendia ela fazer em Jishu Gongen a esta hora da noite?

— Deu a entender que havia alguém esperando por ela naquele local.

— Então, devia estar ainda nestes arredores.

— Mas não tem ninguém...

— E agora? — disse Takuan, cruzando os braços, pensativo.

O ajudante da hospedaria levou as mãos à cabeça e murmurou consigo mesmo:

— O guardião da luz votiva, no santuário Koyasudou, disse que viu a matriarca, em companhia de uma jovem portando uma lanterna, subindo a montanha, não foi? E ninguém as viu descer depois disso pela ladeira Sannenzaka.

— É isso que me preocupa. Talvez tenham se embrenhado mais para dentro da montanha, ou ido para algum lugar longe da estrada.

— E para quê?

— Parece-me que Otsu-san, engambelada por obaba, está rumando a passos firmes para a porta de entrada do outro mundo. Irra, sinto que estou perdendo tempo, parado deste jeito.

— Mas aquela velhinha é tão malvada assim?

— Pelo contrário, ela é boa gente.

— Agora, depois do que o senhor me contou, percebo que havia mesmo alguma coisa estranha nessa velhinha.

— Que tipo de coisa?

— Hoje, por exemplo, essa tal Otsu-san estava chorando.

— Ah, isso não deveria causar estranheza: essa menina vive chorando! Tanto assim que eu a chamo de "chorona". Mas se foi obrigada a conviver com a matriarca desde o primeiro dia do ano até hoje, deve ter sido bastante alfinetada e teve razão de sobra para chorar. Coitadinha!

— Como a velha vivia referindo-se a ela como "a mulher do meu filho", achávamos que era coisa de sogra e nora, e que não podíamos nos meter, mas na verdade a matriarca a odiava por um motivo qualquer e estava acabando aos poucos com ela, não é?

— A velha deve ter se fartado de maltratar a pequena. Mas o fato de tê-la trazido para essa área no meio da noite indica que resolveu realizar aquilo com que sempre sonhou: matá-la. Mulheres são bichos aterrorizantes, não acha?

— Essa matriarca não entra na categoria feminina. As mulheres vão reclamar.

— Não é bem assim. A mim me parece que todas elas possuem uma ponta dessa faceta aterrorizante. A matriarca apenas a tem mais acentuada.

— O senhor, como todo bonzo, parece também não gostar de mulheres, embora tenha afirmado há pouco que a velha era gente boa.

— Ela é boa, não duvide. Pois não é verdade que ela visita o templo Kiyomizudera todos os dias? Então! Nos momentos em que reza para a deusa Kannon com o rosário nas mãos, ela está muito próxima à deusa.

— E ela vivia recitando sutras.

— Acredito. Fiéis iguais a ela existem muitos. Saem por aí praticando vilanias, mas assim que chegam em casa recitam sutras. Esses tipos estão sempre de olho nos atos do demônio, mas rezam a Amitabha mal põem os pés num templo. Matam gente, mas acreditam piamente que basta rezar a Amitabha logo depois para apagar todos os vestígios do crime e renascer no paraíso. Gente como ela é um problema, sem dúvida.

Ainda falando, Takuan pôs-se a procurar no escuro, gritando na direção do poço da cascata:

— Eeei, Otsu-san!

II

— Que foi isso, obaba? — exclamou Matahachi sobressaltado, alertando a mãe.

Osugi também tinha ouvido. Apertou os olhos transformando-os em duas finas lâminas e voltou-os para o alto:

— Quem estaria gritando? — murmurou.

Ainda assim, continuou a segurar com firmeza os cabelos do cadáver e a espada curta, pronta para decepar a cabeça.

— Parece-me que chamam por Otsu. Escute! Estão chamando de novo!

— Que coisa mais estranha! A única pessoa que poderia vir até aqui procurando por ela seria o fedelho Joutaro.

— Mas é voz de adulto.

— Já ouvi essa voz em algum lugar...

— Ih, maldição! Desista dessa história de cortar a cabeça, não dá mais tempo! Alguém vem descendo nesta direção com uma lanterna.

— Quê? Tem gente, vindo para cá?

— São dois! Vamos embora, obaba! Obaba! — apressou Matahachi, preocupado com a pachorra da mãe. A aproximação do perigo fez com que mãe e filho, até há pouco engalfinhados, se unissem outra vez num átimo.

— Irra! Espere um pouco! — replicou a velha, ainda atraída pelo cadáver. — Como posso ir-me embora sem levar a prova do grande feito, agora que o realizamos? Sem esta cabeça, como provar à gente de nossa terra que matei Otsu? Espere um pouco, eu...

— Uh... — fez Matahachi, cobrindo os olhos com a mão.

Pois Osugi, quebrando alguns galhos enquanto se aproximava do cadáver, tinha chegado a lâmina ao seu pescoço. Matahachi não teve coragem de continuar olhando.

Foi então que, de súbito, a velha Osugi deixou escapar algumas palavras sem nexo e, soltando os cabelos do cadáver, recuou alguns passos cambaleando, para logo cair sentada: o susto devia ter sido muito grande.

— Não pode ser! Não pode ser! — balbuciava ela, abanando a mão, tentando erguer-se e não conseguindo.

Matahachi também aproximou o rosto:

— Quê? Na...não pode ser o quê? — gaguejou.

— Olhe para isto!

— Huh?

— Não é Otsu! Isto aqui é um mendigo ou alguém muito doente. E homem, ainda por cima!

— Ei! É um *rounin*! — exclamou Matahachi, ainda mais espantado que a mãe, observando com cuidado o rosto do morto e sua aparência geral.
— Que estranho! Eu conheci este homem!
— Quê? Você o conheceu?
— Ele se chamava Akakabe Yasoma! Enganou-me certa vez e me tomou todo o meu dinheiro. Como é que este malandro, mais esperto que o diabo, foi acabar caído no meio do mato?

É claro que a resposta a esta pergunta jamais ocorreria a Matahachi, por mais tratos que desse à imaginação. Para explicar, ali teria de estar Aoki Tanzaemon, certo monge *komuso* habitando um santuário em Komatsudani, nessas proximidades, ou ainda Akemi, salva pelo *komuso* no momento em que quase se transformava em presa de Yasoma. Além deles, Matahachi podia contar apenas com o céu para fornecer-lhe as explicações. Mas o céu era grande demais, inspirava excessivo respeito para ser chamado a explicar sobre este indivíduo que merecera acabar os dias caído no meio do mato, como um mísero inseto.

— Quem está aí? É você, Otsu-san? — disse o monge Takuan nesse instante, chegando de chofre junto com um jorro de luz, às costas dos dois.
— Ih! — exclamou Matahachi. Para fugir, o jovem era muito mais rápido que Osugi, que precisava ainda erguer-se para começar a correr.

Takuan alcançou-a.
— Ah! Então é você, obaba! — disse, agarrando-a pela gola.

III

— E quem vai fugindo lá na frente deve ser Matahachi! Aonde pensa que vai, poltrão, abandonando a mãe à mercê da própria sorte? Pare aí, estou mandando! — gritou Takuan no escuro, ainda segurando a velha pela nuca e imobilizando-a contra o solo.

Debatendo-se desesperada debaixo do joelho de Takuan, mas ainda assim sem perder a pose, Osugi gritou:
— Quem é o cretino que me segura?

Ao perceber que Matahachi não ia retornar, o monge aliviou de leve a pressão e respondeu:
— Ainda não sabe, obaba? É, acho que você também começa a caducar.
— Ora, ora... Se não é o monge Takuan!
— Surpresa?
— Qual! — gritou Osugi, balançando ferozmente a cabeça de brilhantes cabelos brancos. — Você é Takuan, monge mendigo, que vive a esmo por

mundos perdidos! Quer dizer que acabou batendo com o costado na cidade de Kyoto?

— Isso mesmo! — assentiu Takuan com um súbito sorriso. — Como você acaba de dizer, andei perambulando nos últimos tempos pelo Vale Yagyu e pela província de Senshu[13], mas acabei chegando a Kyoto ontem à noite. E ao passar pela mansão de certa pessoa, ouvi uma notícia que me intrigou deveras. Isto é sério, demanda imediatas providências, pensei eu. Foi assim que me vi procurando por você desde o entardecer.

— E para quê?

— Para poder também encontrar Otsu.

— Ah, é?

— Obaba!

— Quê?

— Onde está Otsu?

— Sei lá!

— Não é possível que não saiba.

— Como vê, não ando por aí com a moça amarrada na ponta de uma corda.

O criado da hospedaria, que continuava em pé atrás dos dois com a lanterna na mão, interveio:

— Ei! Senhor monge! Tem sangue fresco espalhado por todos os lados!

O rosto de Takuan, inclinado para ver melhor à luz da lamparina, crispou-se. Aproveitando a consternação do monge, Osugi ergueu-se de repente e fugiu. Takuan voltou-se e lhe gritou:

— Pare aí, obaba! Você partiu de sua terra dizendo que ia limpar o nome Hon'i-den, e vai-se embora depois de enlameá-lo ainda mais? Partiu porque amava o filho e vai voltar depois de desgraçá-lo?

A retumbante voz do monge não parecia ter-lhe saído da boca, mas provir do céu, e envolveu todo o corpo de Osugi.

A idosa mulher estacou subitamente. Seu rosto enrugado contorceu-se, cheio de animosidade:

— Quê? Ouvi mal ou acaba de dizer que desonrei ainda mais o nome Hon'i-den e que faço a desgraça de meu filho?

— Foi isso mesmo que eu disse!

— Tolo! — sorriu Osugi com desdém. Mas o golpe havia atingido o alvo, pois a idosa mulher respondeu com ardor:

— E desde quando um sujeito como você, que se sustenta de arroz esmolado, que dorme de favor em templos e defeca no mato, seria capaz de

---

13. Senshu: antiga denominação de certa área ao norte da atual cidade de Osaka.

compreender assuntos como honra e amor maternal, as verdadeiras angústias deste mundo? Se quer falar sobre isso, trate de trabalhar como um homem comum e comer o arroz comprado com o suor do seu rosto.

— Essa doeu! Mais ainda porque existem alguns bonzos a quem eu próprio gostaria de dizer o que acaba de me lançar no rosto, obaba. Em matéria de agressividade, sua língua sempre superou a minha, desde a época do templo Shippoji. E vejo agora que ela continua bem ativa, não é mesmo, obaba?

— Ora, se anda! E se pensa que a atividade é só da língua, está muito enganado: tenho ainda disposição suficiente para levar a cabo uma última missão nesta vida.

— Está bem, deixe isso para lá. Águas passadas não movem moinho. Vamos esquecer o passado e conversar um pouco.

— Sobre o quê?

— Obaba: você fez Matahachi matar Otsu neste lugar, não fez? Vocês dois a mataram?

No mesmo instante a anciã espichou o pescoço e riu, como se tivesse estado à espera da pergunta:

— Ó, bonzo: de que lhe adianta andar carregando uma lamparina se não possui olhos para ver? Desse jeito, o mundo continuará escuro como breu. Para que servem esses olhos? Para enfeitar?

IV

Pelo visto, Takuan não era capaz de revidar à altura os insultos da velha Osugi.

A imbecilidade sempre leva vantagem sobre a sabedoria. Essa superioridade evidencia-se sobretudo quando o ignorante ignora por completo o conhecimento do sábio. Não há como ministrar conhecimentos a um tolo que se orgulha da própria tolice.

Takuan examinou cuidadosamente os arredores com os olhos tachados de enfeites pela velha mulher e descobriu que, com efeito, o cadáver não era de Otsu.

Mal viu a expressão de alívio aflorar ao rosto do monge, a velha Osugi tornou:

— Aliviado, monge? Só pode estar, já que você foi o casamenteiro, o idealizador da união de Otsu com Musashi.

Suas palavras não escondiam o antigo rancor.

Takuan, como sempre imperturbável, replicou:

— Continue pensando desse modo, se quer. Mas você é religiosa, sei disso, não vai abandonar o cadáver aí para ir-se embora, vai?

— O estranho já estava caído aí, à espera da morte. Quem o matou foi Matahachi, mas ele não tem culpa: o homem já estava por morrer, de um modo ou outro.

O empregado da hospedaria interveio:

— Por falar nisso, acho que esse *rounin* não regulava bem: lembro-me de tê-lo visto babando e perambulando pela cidade nos últimos tempos. Tinha um ferimento grande no topo do crânio, parecia ter levado uma pancada violenta.

A velha Osugi já se ia, procurando o caminho no escuro, como se o assunto não lhe interessasse. Takuan pediu ao criado que se encarregasse de remover o cadáver e seguiu Osugi.

Incomodada, Osugi voltou-se e estava prestes a lhe dirigir mais algumas observações venenosas quando viu um vulto surgir de trás das árvores e chamá-la:

— Obaba! Obaba!

A velha atendeu feliz: era Matahachi.

Filho querido, não a havia renegado! Em vez de fugir, ficara observando os acontecimentos, preocupado com a velha mãe. Osugi quase sufocava de tanta alegria.

Voltados para Takuan, os dois vultos trocaram algumas palavras sussurradas e, com aparente medo do monge, dispararam ladeira abaixo, suas pernas movendo-se cada vez mais rápido quanto mais se aproximavam da base da montanha.

— É inútil. Do jeito como se comportam esses dois não estão prontos para aceitar o que eu tenho a lhes dizer. Quanto sofrimento não pouparíamos às pessoas se pudéssemos eliminar todos os mal-entendidos do mundo! — murmurou Takuan observando os dois vultos em fuga. Porém, não tentou segui-los, pois antes de mais nada queria encontrar Otsu.

Mas então, o que teria acontecido a ela?

Estava claro que a jovem de algum modo lograra escapar da fúria assassina da dupla. Takuan regozijava-se com essa certeza havia algum tempo.

No entanto, a visão do sangue o deixara apreensivo: não sossegaria enquanto não visse Otsu na sua frente, sã e salva. Iria procurá-la até o dia raiar, decidiu-se.

Enquanto pensava nisso, viu o ajudante da hospedaria — que tinha acabado de subir a montanha — descendo em sua direção, trazendo consigo sete ou oito vigias de santuários.

Pelo jeito, Akakabe Yasoma, *rounin* sem destino, morto acidentalmente no meio do nada, ia ser enterrado ali mesmo, no fundo do precipício. Brandindo sem perda de tempo as enxadas e pás que tinham consigo, os homens começaram a cavar no escuro, fazendo ressoar sinistras pancadas no meio da noite.

E no momento em que a cova já parecia funda o bastante, um dos homens gritou:

— Ei! Tem mais um corpo caído aqui! Desta vez, é uma moça bonita!

O local de onde gritava o homem distava cerca de dez metros da cova. Um ramo da correnteza proveniente da cascata desviava até ali e se transformava num brejo, coberto de folhas e galhos.

— Não está morta.

— É mesmo!

— Só desmaiou!

As luzes das lanternas e a algazarra dos homens haviam chamado a atenção de Takuan, que já retornava correndo quando ouviu o grito do ajudante da hospedaria.

O MERCADOR

I

Poucas casas aproveitariam melhor o potencial da água nas atividades diárias, pensou Musashi, dando-se conta do agradável murmúrio do riacho ao redor da casa.

A casa em questão era a de Hon'ami Koetsu, situada numa esquina a sudeste da parte alta de Kyoto, área onde antigamente existira o templo Jissoin[14], bem perto da campina do templo Rendaiji, de memorável lembrança para Musashi.

E a denominação "rua Hon'ami", dada pelos habitantes locais, originava-se do fato de nela existirem não só a casa simples de Koetsu, como também a de seus sobrinhos, de diversos profissionais do ramo e de membros do clã, todos eles vivendo harmoniosamente em casas vizinhas que davam a frente ou os fundos para a rua, perpetuados num sistema familiar típico da classe mercantil, muito parecido com o das grandes e poderosas famílias guerreiras da Antiguidade.

Para Musashi, revelava-se um mundo até então desconhecido:

"É assim que vivem, então!"

A vida dos pequenos mercadores lhe era familiar por ser semelhante à dele próprio, mas nunca até então havia tido contato com a classe mercantil abastada de Kyoto, gente conhecida e poderosa.

Os Hon'ami haviam sido originariamente *bushi* e vassalos da histórica casa Ashikaga e ainda hoje recebiam 200 *koku* anuais de estipêndio do conselheiro imperial *dainagon* Maeda, gozavam dos favores da casa imperial e de seus familiares, além de merecerem especial atenção de Tokugawa Ieyasu. Assim, Koetsu, amolador e polidor de espadas por ofício, era um profissional na primeira acepção da palavra, mas por causa de sua origem tornava-se difícil defini-lo simplesmente como samurai ou mercador. Uma vez que ele era um profissional, contudo, era mais certo enquadrá-lo na classe mercantil. E por falar em mercadores, a denominação tinha-se tornado pejorativa nesses tempos, disso, porém, só podendo ser culpada a própria classe, que se havia permitido degradar. Assim como a palavra "lavrador" designara uma das classes trabalhadoras mais nobres da Antiguidade — até chamada de "tesouro do

---

14. Jissoin: templo único construído em 1229, posteriormente transferido para o bairro de Iwakura, em Kyoto.

imperador" —, e decaíra com o passar dos anos a ponto de se transformar em insulto, a designação "mercador" não indicara, originariamente, uma classe de malnascidos.

Como prova, ali estavam grandes nomes da classe mercantil como Sumi-no-kura Soan, Chaya Shirojiro, Haiya Shoyu, cujas origens, retraçadas, remetiam a antigas casas guerreiras. Melhor explicando: esses plutocratas de Kyoto haviam sido, em gerações passadas, vassalos dos xoguns Ashikaga, funcionários do seu governo designados a administrar setores comerciais. Aos poucos, porém, as funções que esses homens desempenhavam dentro do governo *bakufu* ganharam vida própria, conquistaram autonomia financeira, afastaram-se das asas do governo e transformaram-se em empreendimentos privados. Com o passar do tempo, interesses de ordem comercial e social fizeram com que esses antigos *bushi* considerassem dispensáveis os privilégios inerentes à classe samuraica e, de geração em geração, se transformassem nessa classe especial de poderosos mercadores.

Eis porque esses plutocratas eram sempre poupados — mesmo quando disputas pelo poder envolviam grandes casas guerreiras — e vinham-se mantendo incólumes geração após geração, apenas encarando a cobrança de empréstimos compulsórios como um inevitável "imposto" destinado a salvá-los do fogo das guerras.

O quarteirão onde certa vez existira o templo Jissoin ficava ao lado do templo Mizuochidera e era cercado por dois riachos: o Arisugawa e o Kamikogawa. Por ocasião da revolta de Ounin[15] a área inteira tinha sido devastada pelo fogo e, mesmo agora, pedaços enferrujados de espadas e copas de elmos surgiam quando a terra era revolvida para a remoção de árvores. A casa dos Hon'ami fora erguida anos depois da revolta de Ounin, naturalmente, mas era uma das mais antigas da área.

As águas claras do rio Arisugawa atravessavam as terras do templo Mizuochidera, passavam murmurando pela casa de Koetsu e juntavam-se mais adiante com o rio Kamikogawa. A corrente percorre inicialmente uma pequena horta de quase mil metros quadrados e esconde-se momentaneamente num pequeno bosque para logo mais surgir num poço à entrada da casa de Koetsu com o ímpeto de uma fonte que brota de trezentos metros de profundidade, parte dela seguindo em direção à cozinha, ajudando no preparo dos

---

15. Revolta de Ounin: (1467-1477): assim chamada por haver se iniciado no período Ounin (1467-1469), envolveu duas poderosas casas de administradores da casa xogunal Ashikaga — Hatakeyama e Konoe — em torno da sucessão. A revolta, liderada de um lado pelo general Hosokawa Katsumoto da coalizão oriental e de outro por Yamana Souzen da coalizão ocidental, teve como palco a cidade de Kyoto e envolveu numerosos *daimyo* em ambos os lados. Kyoto foi completamente tomada pela guerra e o poder *bakufu* ruiu. O episódio foi um divisor de águas, tanto em termos sociais como culturais.

alimentos, parte seguindo para a casa de banho e lavando o suor dos corpos, parte ainda gotejando na sóbria casa de chá, fingindo-se de nascente cristalina a brotar de rochas. E quando finalmente se introduz apressada na "Casa de Polimento" — a oficina de trabalho assim respeitosamente designada pela família, de cuja entrada pende em caráter permanente um festão de palha trançada, símbolo xintoísta de purificação — a corrente ajuda a polir espadas e lâminas famosas saídas das mãos de renomados forjadores como Masamune, Muramasa e Okifune, confiadas a Koetsu por poderosos *daimyo*.

Quatro ou cinco dias já se tinham passado desde que Musashi despiu suas roupas de viagem e se alojou num aposento da casa Hon'ami.

II

Depois de haver fortuitamente encontrado Myoshu e Koetsu dias atrás na campina, e de com eles ter participado de uma cerimônia de chá, Musashi tinha querido reencontrá-los para aprofundar os laços de amizade.

E a sorte lhe sorriu, pois passados apenas alguns dias do primeiro encontro, a oportunidade surgiu.

O reencontro deu-se da seguinte forma:

Entre o Kamikogawa e o Shimokogawa, mais para o lado oriental, situa-se um templo denominado Rakan-ji. Na área vizinha ao templo existira antigamente a mansão dos Akamatsu — os ancestrais de Musashi. Com a queda do xogunato Ashikaga as residências de *daimyo* antigos como os Akamatsu tinham desaparecido sem deixar vestígios. No entanto, Musashi sentiu vontade de procurar a área e, certo dia, viu-se perambulando pelas proximidades.

Em criança, Musashi ouvira muitas vezes da boca do pai:

— Sou agora um decadente *goshi* interiorano, é verdade, mas meu ancestral Hirata Shougen era membro da poderosa casa Akamatsu, de Banshu. Em suas veias, meu filho, corre o sangue de extraordinários guerreiros feudais. Lembre-se sempre disso e dê-se um pouco mais de valor.

O templo Rakan-ji, no Shimokogawa, vizinho à mansão dos Akamatsu, era também o templo do clã. Em seus arquivos talvez encontrasse um registro do ancestral Hirata Shougen, pensou Musashi. Ouvira também dizer que o pai, Munisai, em uma de suas idas a Kyoto, passara pelo templo e mandara celebrar uma missa em memória dos ancestrais. E mesmo que não conseguisse saber dos detalhes de um passado tão distante, achou que faria sentido permanecer alguns momentos em local tão significativo, a lembrar personagens há muito desaparecidos, mas a ele ligados pelo sangue. E assim Musashi procurara nesse dia o templo Rakan-ji persistentemente.

Sobre o Shimokogawa encontrou uma ponte de nome Rakan-bashi, mas nada soube do templo do mesmo nome.

— Será que esta área mudou tanto?

Recostado à balaustrada da ponte, meditava sobre as violentas alterações pelas quais haviam passado grandes centros urbanos no curto espaço de tempo que mediara duas gerações, a dele e a do pai.

As águas limpas e rasas do riacho turvavam-se vez ou outra de branco sob a ponte, como se alguém dissolvesse argila nelas, mas logo voltavam à transparência original.

Musashi observou com cuidado e verificou que no meio de alguns arbustos próximos à ponte, na margem esquerda do rio, um filete de água turva era vez ou outra expelido na correnteza de cada vez formando círculos brancos concêntricos que cresciam e se espalhavam ondulando pelo riacho.

"Ah!... Deve existir um amolador de espadas nas proximidades", concluíra Musashi, nem em sonhos imaginando, porém, que se tornaria hóspede de sua casa, ou que nela permaneceria por cinco dias.

Só havia percebido também que se encontrava perto da rua Hon'ami quando ouviu Myoshu — aparentemente voltando para casa das compras — dizendo às suas costas:

— Ora, mas é o senhor Musashi! Veio nos visitar? Que bom! Por sorte, Koetsu está agora em casa! Venha, venha, não faça cerimônia!

Feliz pelo encontro e certa de que Musashi ali estava especialmente para vê-los, Myoshu guiou-o para dentro do portão da vila onde moravam e mandou um serviçal chamar Koetsu.

Mãe e filho eram realmente pessoas bondosas, achou Musashi, tanto na ocasião em que os encontrara no meio da campina, quanto agora, que os revia em sua casa.

— Fique conversando por algum tempo com minha mãe porque estou neste instante afiando uma preciosa arma. Logo que terminar, porém, virei fazer-lhe companhia — disse Koetsu.

Assim, Musashi se entreteve com Myoshu. Mas a noite avançou rápida demais e os anfitriões instaram com o jovem para que ali dormisse. No dia seguinte, foi a vez de Musashi pedir informações a Koetsu sobre a técnica de afiar e polir lâminas. O anfitrião conduziu-o à oficina de trabalho e lhe deu explicações práticas. Uma coisa levava a outra e, sem que o jovem se desse conta, acabou pernoitando cinco noites na casa.

III

Para tudo havia um limite, sobretudo para abusar da hospitalidade alheia. Assim pensando, Musashi tinha resolvido ir-se embora nesse dia, mas muito antes de trazer o assunto à baila, Koetsu tomou-lhe a frente e disse, logo cedo:

— Sei que é descabido tentar retê-lo quando não estou desempenhando direito o meu papel de anfitrião, mas se não se sente entediado, seja nosso hóspede pelo tempo que quiser. Em meu escritório encontrará obras da literatura clássica e alguns trabalhos artísticos: eles estão ao seu dispor e podem ser examinados quando quiser. Dentro de alguns dias vou acender o forno existente no canto do meu jardim e lhe mostrar como se queima cerâmica. Forjar espadas é uma técnica sem dúvida fascinante, mas a cerâmica não deixa de ter seus encantos. Experimente também moldar algum objeto e queimá-lo.

Assim instado, Musashi acabou deixando-se ficar, ajustando-se com prazer ao tranquilo cotidiano do seu anfitrião.

— Como bem vê, quase nunca tem gente nesta casa: quando se sentir entediado, ou quando se lembrar de alguma coisa para fazer, saia ou volte sem se constranger, não se sinta na obrigação de nos avisar — acrescentara Koetsu, tentando deixá-lo ainda mais à vontade.

Musashi estava longe de se entediar. Na biblioteca, por exemplo, havia obras chinesas e japonesas, pinturas em rolo do período Kamakura, antigos modelos caligráficos importados da China, bastando-lhe abrir um único desses exemplares para que o dia se fosse, despercebido.

Dentre os objetos de arte, um em especial lhe chamara a atenção: a pintura *Castanhas*, do famoso pintor chinês Ryokai[16], que pendia no lugar de honra da sala.

A obra media sessenta centímetros de comprimento por pouco mais de setenta centímetros de largura e era tão antiga que se tornava difícil saber o tipo de papel em que fora pintado. Por estranho que parecesse, Musashi era capaz de permanecer quase meio dia contemplando o desenho sem se cansar.

— Acho que um amador jamais conseguiria fazer desenhos iguais aos seus, mas observando este, tenho a impressão de que até eu conseguiria fazer algo parecido — comentou Musashi em certa oportunidade.

Ao ouvir isso, Koetsu respondeu:

---

16. Ryokai (ch. Ling-k'ai): renomado mestre da pintura chinesa do início do século XIII, é conhecido pelo requinte e precisão dos traços de suas paisagens e figuras santas, assim como pela economia de traços de suas figuras humanas. Exerceu forte influência sobre a pintura sumiê japonesa.

— Ao contrário! Qualquer um pode chegar ao meu nível, mas para alcançar o deste mestre, o caminho é íngreme, não basta estudar ou treinar para chegar a essa fronteira.

— Realmente? — disse Musashi, impressionado com a explicação, desde então contemplando atentamente o desenho cada vez que se lhe apresentava uma oportunidade. E tinha razão Koetsu: a pintura era, à primeira vista, um simples esboço em tinta *sumi* preta, mas aos poucos Musashi foi-se dando conta de sua "complexa simplicidade", isto é, da complexidade oculta na aparente simplicidade.

O quadro mostrava em rústicas pinceladas duas castanhas caídas, uma com a casca partida, a outra ainda hermeticamente fechada, com os espinhos eriçados. E sobre elas, havia se lançado um esquilo.

A vida de um esquilo é por natureza livre: esse pequeno animal é a clara representação da juventude e da ambição a ela inerente. Mas se o esquilo tenta comer a castanha que cobiça, arrisca-se a ferir o nariz no espinho da casca; por outro lado, se teme os espinhos jamais conseguirá comer as castanhas retidas no interior da espessa casca.

A intenção do pintor talvez não fosse o de retratar este tipo de dilema, mas Musashi contemplava o quadro atribuindo-lhe também esse sentido. Talvez incorresse em erro ao tentar ver numa pintura proposições que iam além da própria imagem e devanear, pensou ele. Inevitável, no entanto, já que dentro de sua "complexa simplicidade", o quadro, além da beleza própria do sumiê e das sensações que transmitia, proporcionava também delicados momentos de meditação transcendental.

— Outra vez perdido na contemplação do quadro de Ryokai, mestre Musashi? Parece-me que o aprecia de verdade! Se quiser, enrole-o e leve-o quando partir. Eu o darei com muito gosto — disse Koetsu nesse instante, sentando-se ao lado de Musashi e observando-o. Dava a impressão de que tinha uma proposta a fazer.

IV

Surpreso, Musashi replicou:

— Como? Vai me dar a pintura? Não brinque! Além de lhe dever por todos estes dias de hospedagem, como posso ir-me embora levando esta preciosidade comigo?

— Mas gostou dela, não gostou? — disse Koetsu, sorrindo da sua honesta perturbação. — É isso o que importa: tire-a da parede e leve-a. Pinturas têm de ser sempre possuídas por pessoas que as amem de verdade e lhes compreendam o sentido. Só assim elas encontram a felicidade, assim como os seus autores, no outro mundo. Leve-o.

— Quanto mais me explica, menos sinto estar à altura desta pintura. Quando a contemplo, sinto crescer em mim uma espécie de ganância, a vontade de possuir uma obra-prima como esta, é verdade. No entanto, de que me adiantaria possuí-la se sou um simples guerreiro andarilho, sem residência fixa nem posição social?

— Tem razão. Pensando bem, um presente deste tipo acaba por se transformar em estorvo para quem, como o senhor, vive em constantes viagens. Fico também imaginando como deve ser triste não possuir um canto próprio, por mais humilde que seja. Que acha de construir uma casa rústica em Kyoto?

— Nunca senti falta de uma casa até hoje. Considero muito mais atraente a possibilidade de conhecer os confins de Kyushu, a civilização de Nagasaki, a cidade de Edo que começa a se expandir a leste do país — e que, assim me dizem, será a nova sede xogunal —, bem como os vastos rios e montanhas que cortam a área de Michinoku. Por esses lugares distantes anseia meu coração. Talvez eu seja um nômade nato.

— Somos todos iguais. É natural um jovem sentir-se mais atraído por espaços abertos do que por uma apertada sala de chá. Ao mesmo tempo, um jovem tem o péssimo hábito de achar que não pode realizar seus sonhos no lugar onde está, e de sempre buscá-los por caminhos distantes. Grande parte dos preciosos dias da juventude se perde nessa insatisfação.

Riu, repentinamente constrangido, e acrescentou:

— Não está certo um *bon vivant* como eu pregar sermões a gente jovem... Mas não foi para isso que o vim procurar: eu hoje quero convidá-lo para uma noitada. Já esteve na zona alegre, mestre Musashi?

— Zona alegre? Refere-se à área das meretrizes?

— Isso mesmo. Tenho um bom amigo de nome Haiya Shoyu. Acabo de receber um bilhete dele combinando uma visita à zona alegre da rua Rokujo esta noite. Que tal?

Musashi disse sem hesitar:

— Não, obrigado.

Koestu apenas observou:

— Está bem: se não quer, não insistirei. Mas ainda acho que uma visita a esses lugares, vez por outra, tem seu lado benéfico.

Myoshu, que se havia aproximado despercebida e ouvia com interesse o diálogo, interrompeu-os nesse instante:

— Mestre Musashi, esta é uma oportunidade ímpar, vá com eles. O senhor Haiya é um bom homem, e acho que meu filho quer muito levá-lo para conhecer essa zona. Acompanhe-os, vamos!

A atitude da mãe era muito mais impositiva que a do filho. Myoshu dirigiu-se a uma cômoda próxima e dela retirou quimonos. Apresentou-os a Musashi e ao filho e mandou que se apressassem.

V

A reação de qualquer mãe à notícia de que o filho pretende visitar a zona alegre é sempre de desgosto, esteja ela em presença de estranhos ou não.
— Que vida dissoluta! — gemeria ela.
Outra, mais severa, diria: "Está fora de cogitação!", e provocaria no mínimo uma acalorada discussão. Os Hon'ami, porém, fugiam ao padrão.
Myoshu, parada na frente da cômoda, perguntava com animação, como se ela própria estivesse se preparando para um piquenique:
— Gosta deste *obi*? Qual destes quimonos prefere?
Não só separava as roupas como também os acessórios, tais como carteira, caixa de remédios, espada curta, dando sempre preferência aos mais vistosos. A carteira mereceu especial atenção da senhora, que nela introduziu discretamente uma quantia considerável — a julgar pelo peso e pelo tilintar das moedas de ouro — para que os dois homens pudessem divertir-se sem constrangimentos.
— Pronto, vão, meus filhos. Dizem os entendidos que a zona alegre é linda na boca da noite, quando as luzes começam a se acender, e que a única coisa mais empolgante do que essa vista é o trajeto até lá, no crepúsculo. Vá conferir, mestre Musashi.
Sem que o jovem se tivesse dado conta, Myoshu havia disposto à sua frente um conjunto completo de quimono de algodão, desde as roupas de baixo até o sobretudo, nada muito luxuoso, é verdade, mas limpo.
Musashi começou aos poucos a vencer a repulsa que a ideia de visitar a zona do meretrício lhe tinha inspirado e a achar que frequentá-la não levava necessariamente à perdição, conforme se dizia, já que essa mãe tanto insistia que fosse. Portanto mudou de ideia e disse:
— Nesse caso, vou seguir seu conselho e irei com seu filho.
— Isso! Assim é que se fala! Vamos, troque as roupas.
— Agradeço, mas recuso. Roupas vistosas não me caem bem. Deixe-me ir com estas, aliás, as únicas que tenho, e com as quais me deito ao relento e vou a todos os lugares. Nelas me sinto à vontade.
— Pois com isso não concordo — disse Myoshu, mostrando-se de súbito severa num ponto aparentemente pouco relevante. — O senhor talvez se sinta à vontade desse jeito, mas parecerá um trapo no meio de uma sala

luxuosa. Esqueça todas as misérias e as sujeiras do mundo e deixe-se envolver, nem que seja por uma hora ou por metade de uma noite num ambiente de beleza ilusória, abandone lá todas as suas preocupações. É para isso que servem esses lugares. Raciocine desse modo e perceberá que seu jeito de se vestir e agir comporão esse lindo cenário, e que é um erro considerar tais detalhes matéria que só a você concerne. Mas fique tranquilo — disse Myoshu, rindo alegremente –, estas roupas nada têm de luxuosas, são apenas limpas: mesmo que as vista, nunca chegará a ser um dândi como Date Masamune ou Nagoya Sanza. Vamos, deixe de me dar trabalho e passe os braços pelas mangas.

— Sim, senhora. — disse Musashi compreendendo a situação e trocando-se obedientemente.

— Ora, caiu-lhe muito bem! — exclamou Myoshu, satisfeita com o resultado, feliz com a elegância dos dois homens.

Koetsu entrou por instantes na saleta do oratório e acendeu a luz votiva. Mãe e filho eram fiéis fervorosos da seita Nichirenshu.

Logo, Koetsu saiu do aposento e aproximou-se de Musashi.

— Vamos, eu o levarei — disse ele.

Lado a lado encaminharam-se para a entrada da casa. Myoshu já os havia precedido e disposto dois pares de sandálias com tiras novas sobre o degrau de pedra externo e trocava nesse momento algumas palavras com o empregado da casa, que se preparava para cerrar o portal.

Koetsu fez uma reverência às sandálias e as calçou.

— Vou indo, senhora minha mãe — disse ele em seguida, despedindo-se.

Myoshu voltou-se então e lhe disse apressadamente:

— Espere um pouco, meu filho.

Deteve os dois homens com um gesto e, pondo apenas a cabeça para fora de um postigo, examinou a rua com cuidado.

VI

— Que foi? — perguntou Koetsu, estranhando. Myoshu cerrou de manso o postigo e retornou para perto dos dois:

— Koetsu, acabo de saber que há pouco três samurais aproximaram-se deste portal e abordaram o nosso empregado rudemente... O que você acha disso?

No céu restava ainda um pouco de claridade, mas a idosa senhora franzia o cenho, preocupada com o filho e o hóspede que se preparavam para enfrentar a noite fora dos muros e da segurança da casa.

Koetsu olhou para Musashi em silêncio.

No mesmo instante o jovem pareceu adivinhar quem eram esses samurais, pois respondeu:

— Não se preocupe, senhora. Pode ser que essas pessoas tentem algo contra mim, mas creio que elas não têm ressentimentos contra seu filho.

— Por falar nisso, alguém me disse que aconteceu algo semelhante anteontem. Daquela vez, parece que um samurai entrou sozinho pelo portão, sem se anunciar, abaixou-se por trás de uns arbustos na aleia que dá para a casa de chá e observou com olhar penetrante a saleta em que se hospeda mestre Musashi e, depois de algum tempo, retirou-se.

— Devem ser discípulos da academia Yoshioka — disse Musashi.

— Também acho — concordou Koetsu. Voltou-se para o serviçal e perguntou:

— Que disseram os três de hoje?

Trêmulo, o homem respondeu:

— Senhor, há pouco, depois que os artesãos foram embora, aproximei-me do portal para fechá-lo e esses três samurais, que até então deviam ter estado escondidos em algum lugar, surgiram de súbito e me cercaram. Um deles retirou então das dobras do quimono uma carta ou algo parecido e me disse, com uma carranca terrível: "Entrega isto ao hóspede da casa."

— Sei... Disse apenas hóspede ou mencionou o nome Musashi-sama?

— Mencionou, logo depois. Disse que certa pessoa de nome Miyamoto Musashi devia estar se hospedando nesta casa há alguns dias.

— E então, que lhe respondeste?

— Como o senhor, patrão, já me havia anteriormente instruído, neguei até o fim que tivéssemos tal hóspede em nossa casa. Furioso, o homem da carta começou a gritar: "Não mintas!", quando um samurai mais idoso mandou-o acalmar-se. Este último sorriu em seguida de modo irônico e observou que estava em ordem, nesse caso daria um jeito de encontrar-se diretamente com esse hóspede e de lhe entregar a carta. Afastaram-se depois em direção à outra rua.

Musashi, atento à conversa, interveio:

— Não gostaria de vê-lo envolvido em meus problemas e ferido por causa disso, senhor Koetsu. Faça-me, portanto, o seguinte favor: siga sozinho alguns passos à minha frente.

— Ora, o que é isso! — retrucou Koetsu, rindo. — Agradeço a consideração, mas não vejo necessidade de tanta precaução. Nada receio, principalmente porque sei agora que se trata do grupo Yoshioka. Vamos!

Saiu pelo portão apressando Musashi, mas reintroduziu subitamente a cabeça pelo postigo e chamou:

— Senhora minha mãe!

— Que foi? Esqueceu alguma coisa?

— Não. Mas caso a senhora esteja apreensiva por causa dos últimos acontecimentos, posso muito bem mandar um mensageiro à casa do senhor Haiya desfazendo o compromisso da noitada. Quer?

— De modo algum! Muito mais que a sua segurança, preocupou-me a do senhor Musashi. E uma vez que ele próprio já foi para a rua e está à sua espera, não faz mais sentido detê-los. Além disso, será pouco delicado desfazer o compromisso com Haiya-sama. Não se preocupe e vá se divertir.

Koetsu deu então as costas para o postigo que a mãe acabava de fechar e, ombro a ombro com Musashi, começou a caminhar pela rua que tinha casas de um lado e o rio do outro.

— A mansão do senhor Haiya fica na rua Ichijo, bem no nosso caminho. Combinei de passar por lá, pois mandou-me dizer que estará pronto, à nossa espera — explicou Koetsu.

VII

Restava ainda um pouco de claridade no céu e a caminhada à beira do rio tinha efeito relaxante. A sensação de prazer acentuava-se pela consciência de serem os únicos despreocupados no meio da gente apressada rumando às respectivas casas.

— Parece-me que já ouvi mencionarem o nome do senhor Haiya Shoyu em diversas ocasiões. Quem é ele? — perguntou Musashi.

Acertando o passo ao andar descontraído de Musashi, Koetsu respondeu:

— Com certeza já ouviu. Fez fama como compositor de versos encadeados[17] e é discípulo do poeta Shoha.

— Ah, ele é um poeta!

— Mas não ganha a vida fazendo poesia, e nisso difere de mestres como Shoha e Teitoku. Nossas famílias pertencem ao mesmo meio, são antigas casas mercantis de Kyoto.

— E quanto a esse curioso sobrenome Haiya?

— Define sua profissão.

— Como assim?

— Eles são distribuidores de cinzas.

— Cinzas?

— Para tingir tecido, especialmente de azul-marinho. É um negócio vultoso porque eles abastecem as tinturarias de diversas províncias.

---

17. No original, *renga*: poemas compostos pelo encadeamento de novos versos a outros já existentes.

— Ah, compreendi agora: cinzas são a matéria prima da lixívia, usada em tinturarias.

— Esse comércio movimenta montanhas de dinheiro. Tanto assim que, no início do período Muromachi, esse tipo de atividade comercial era exercido sob a supervisão direta do palácio imperial por um magistrado. A partir de meados do período Muromachi a atividade passou à iniciativa privada, e apenas três casas em Kyoto, ao que me parece, tinham autorização para trabalhar com o material. E uma delas era de um ancestral de Haiya Shoyu. Na geração atual, porém, a família abandonou a atividade e o senhor Shoyu goza tranquilamente sua velhice numa bela casa deste bairro — explicou Koetsu. Apontou a seguir um ponto à distância e disse:

— Está vendo, lá na frente, a mansão com o portal elegante? É a casa do senhor Shoyu.

Musashi assentiu em silêncio, apalpando a manga esquerda do quimono.

— Que será isso? — pensava, atento ainda às explicações de Koetsu.

A manga direita agitava-se levemente ao vento, mas a esquerda, um pouco pesada, pendia imóvel. Havia algo em seu interior.

Os lenços de papel estavam nas dobras internas do quimono na altura do peito e não possuía cigarreira. Não se lembrava de mais nada que pudesse levar na manga. Introduziu a mão furtivamente e retirou o objeto. Era uma tira amarela de couro, enrolada e com as pontas amarradas em laço para facilitar o desatar numa emergência.

Musashi abafou uma exclamação. A tira fora sem dúvida posta ali pela idosa Myoshu. O jovem quase a ouvia dizendo: "Use isto para conter as mangas".

Apertando com firmeza o pequeno rolo na mão, Musashi voltou-se e, sem o querer, exibiu às pessoas que lhe vinham atrás o sorriso de gratidão que lhe subira de repente aos lábios.

O jovem já havia percebido a presença dos três sisudos samurais que o vinham seguindo a uma distância constante desde o momento em que deixara a rua Hon'ami.

Ao darem com o sorridente rosto voltado para eles, os três homens estacaram no mesmo instante, entreolharam-se e trocaram algumas palavras sussurradas. Logo, apressaram o passo e se aproximaram, agora alertas.

A essa altura, Koetsu, que já tinha tocado o sino da mansão Haiya e se anunciado, entrava atrás do serviçal que surgira com uma vassoura na mão para atendê-lo. Ao se dar conta, contudo, de que Musashi não o acompanhara, Koetsu tornou a sair para a rua, dizendo descontraído:

— Entre, entre, mestre Musashi. Não faça cerimônia, esta é uma casa amiga.

VIII

E foi então que Koetsu descobriu, do lado de fora do portal, os três samurais empertigados que, com os cabos das respectivas espadas emergindo agressivamente à altura do peito, cercavam o solitário Musashi e lhe transmitiam alguma coisa com arrogância.

— Devem ser os homens que o procuravam — deduziu Koetsu de imediato.

Musashi disse alguma coisa aos três samurais em tom tranquilo e depois voltou-se para Koetsu:

— Entre, por favor. Logo estarei com o senhor.

O olhar calmo de Koetsu pareceu ler dentro dos olhos de Musashi. O homem aprumou então a cabeça e disse:

— Compreendi. Espero-o lá dentro. Venha, assim que terminar.

Mal o viu desaparecer, um dos samurais disse:

— Não adianta continuarmos a discutir se anda ou não se escondendo de nós. Não foi para isso que viemos. Como acabo de dizer, sou Otaguro Hyosuke, um dos "Dez Mais" da academia Yoshioka.

Afastou bruscamente as mangas, introduziu a mão no quimono à altura do peito e retirou um envelope que exibiu com rispidez a Musashi.

— Entrego-lhe em mãos a carta de mestre Denshichiro, o segundo filho dos Yoshioka. Leia-a agora mesmo, e dê-me a resposta em seguida.

— Bem... — disse Musashi descontraído, abrindo a carta e passando os olhos por ela. Logo, respondeu lacônico:

— De acordo.

No olhar de Otaguro, porém, havia ainda um brilho de desconfiança.

— Tem certeza? — insistiu, examinando com cuidado a expressão de Musashi.

Este apenas assentiu, repetindo:

— De pleno acordo.

Os três homens pareceram finalmente convencer-se.

— Se você quebrar a promessa, espalharei a notícia aos quatro ventos e você será motivo de riso em todo o país.

Em silêncio, Musashi deixou o olhar passear pelos três empertigados homens. Sorriu apenas, mas nada disse.

Essa atitude tornou a levantar as suspeitas de Otaguro, que voltou a insistir:

— Note bem, Musashi: o horário estabelecido não tardará a chegar. Guardou o local? Está preparado para o duelo?

As feições de Musashi não traíram aborrecimento, mas a resposta foi seca.

— Estou — disse. — Até mais ver — acrescentou, e já ia entrando na mansão Haiya quando Otaguro tornou a correr-lhe no encalço, gritando:

— Musashi! Você permanecerá nesta casa até o momento do duelo?

— Pode ser. Meus amigos programaram uma noitada na zona alegre da rua Rokujo. Estarei num desses dois locais.

— Rokujo? Quer dizer que estará lá ou nesta casa... Certo! Se você se atrasar, mandarei alguém vir buscá-lo! E não me venha com uma atitude covarde!

As últimas palavras já soaram às costas de Musashi, que entrando no jardim, fechou o portão. Um passo para dentro dos muros levou-o para outro mundo, a quilômetros de distância do burburinho da cidade. Uma parede invisível parecia defender o universo tranquilo dos moradores.

Pequenos arbustos e bambuzais tão finos quanto o cabo de um pincel sombreavam na medida certa o caminho de pedras, que parecia ali ter brotado naturalmente. Conforme prosseguia, passo a passo iam surgindo a fachada da construção principal, os prédios anexos, o pavilhão, cada volume exibindo a sóbria pátina das antigas mansões. Em torno do conjunto, pinheiros haviam crescido e ultrapassado o telhado da casa, parecendo proclamar pompa e circunstância. Mesmo assim, não pareciam altaneiros aos olhos dos que deles se aproximavam.

IX

Chutavam bola[18] em algum canto da casa. O som, usualmente ouvido fora dos muros das casas nobres, era surpreendente em casa de mercador, pensou Musashi.

— O patrão está se aprontando e logo virá ter com os senhores. Aguardem aqui um instante, por favor — disse uma criada, instalando-os num aposento que dava para o jardim interno, oferecendo-lhes chá e confeites. A discreta movimentação das duas serviçais denotava a disciplina e a educação dessa tradicional família.

— O sol se foi e está esfriando muito depressa — queixou-se Koetsu, pensando em pedir a uma das criadas que fechasse o *shoji*. Ao perceber, porém, que Musashi, atento ao som da bola, contemplava pessegueiros em flor a um canto rebaixado do jardim, desviou também o olhar para o lado externo e comentou:

---

18. No original, *kemari*: diversão apreciada pela nobreza desses tempos, era um jogo em que pequenos grupos de nobres calçando sapatos de couro chutavam bolas feitas de couro de cervos. A bola devia ultrapassar a altura dos galhos mais baixos de árvores plantadas nos quatro cantos de um quadrilátero de 13,5 m de lado, sem nunca bater no chão. Os tipos de árvores eram: cerejeira a nordeste, chorão a sudeste, bordo a sudoeste e pinheiro a noroeste. O jogo tornou-se bastante popular a partir do fim do período Heian, ou seja, do ano 1100 d.C., aproximadamente.

— Veja, o topo da montanha Eizan está ficando encoberto. As nuvens que se formam sobre esse pico provêm do norte. Não sente o frio?

— Nem um pouco — respondeu Musashi com franqueza, sem sequer imaginar que Koetsu queria a divisória fechada.

Sua pele, curtida pelas intempéries, tinha a resistência do couro e não era tão sensível quanto a de Koetsu, macia e delicada. A diferença entre os dois homens não se restringia apenas ao modo como suas peles sentiam o tempo, ela existia em quase todos os aspectos. Em poucas palavras, era a diferença entre um camponês e um homem da cidade.

Aproveitando o aparecimento da criada com o candelabro, e também o fato de que a noite caía rapidamente do lado de fora, Koetsu tentava fechar a divisória quando dois ou três adolescentes de quase quinze anos — provavelmente os que haviam estado chutando bola há pouco — espiaram pelo canto da varanda.

— Não sabia que o senhor estava aí, tio! — disse um deles, largando a bola na varanda. Ao dar com Musashi, conteve-se subitamente. — Vou apressar o vovô, quer?

E ignorando os protestos de Koetsu, os três rapazes dispararam para dentro da casa disputando a dianteira.

Com a divisória cerrada e a luz acesa, os visitantes perceberam mais intensamente o agradável ambiente da casa. As risadas distantes dos familiares aumentavam ainda mais a sensação de aconchego.

O que mais impressionou Musashi favoravelmente, na qualidade de visitante, foi a ausência total de objetos que lembrassem ostentação ou riqueza. Tudo ao redor era simples, como se o proprietário tivesse querido apagar conscientemente os sinais de riqueza. O jovem teve a impressão de estar na sala de visitas de uma espaçosa casa rural.

— Mil perdões pelo atraso — disse de súbito uma voz franca nesse momento, e Haiya Shoyu, o proprietário da casa, entrou na sala.

Contrastando com o roliço Koetsu de fala mansa, o homem era esguio como um grou e de voz muito mais jovial e retumbante, embora parecesse quase dez anos mais velho. Quando Koetsu lhe apresentou Musashi, comentou bem-humorado:

— Muito bem! Quer dizer que é o sobrinho do senhor Matsuo, o administrador da casa Konoe! Conheço muito bem o senhor Matsuo.

Ao ouvir de novo o nome do tio em conexão com o da casa nobre Konoe, Musashi teve uma vaga ideia da intimidade que reinava entre os grandes mercadores e a alta nobreza.

— Partamos sem perda de tempo. Eu pretendia sair mais cedo e seguir a pé pelas ruas apreciando o entardecer, mas já que a noite caiu, vamos de liteira. Acompanha-nos, não é verdade, mestre Musashi?

Ali estava mais um ponto contrastante: Shoyu mostrava uma agitação surpreendente para alguém de sua idade, enquanto Koetsu, acomodado no aconchegante aposento, parecia até ter-se esquecido da noitada programada.

Pouco depois, Musashi prosseguia pela beira do rio Horikawa, sacudido no interior de uma liteira — transporte em que andava pela primeira vez —, atrás das outras duas que levavam seus amigos.

A NEVASCA

I

— Brrr... Que frio!
— O vento está castigando.
— Meu nariz está congelando.
— Vai cair neve ou chuva esta noite, com certeza!
— Nem parece que já estamos na primavera.

Os comentários gritados partiam dos liteireiros que, nesse momento, despontavam perto do hipódromo Yanagi expelindo baforadas brancas.

As três lanternas das liteiras balançavam e bruxuleavam incessantemente. As nuvens que durante o entardecer tinham encoberto o topo do monte Hieizan haviam se espalhado negras e ameaçadoras sobre a cidade. O céu noturno pressagiava algo terrível a partir do meio da noite.

Em compensação, o negrume realçava a feérica beleza das luzes terrestres agrupadas pouco além do prado. Realçados pela ausência de estrelas, os pontos luminosos lembravam frágeis pirilampos soprados pelo vento.

— Mestre Musashi — chamou Koetsu, voltando-se da liteira do meio. — Lá está o bairro Yanagicho. Ultimamente, com o surgimento de casas comerciais nessa área, está sendo também chamada de Misuji-machi.

— Ah, sei, a área iluminada!

— Não acha interessante ver surgirem de repente luzes em local tão distante da cidade, muito além de campos escuros e de espaços amplos como este prado?

— Foi uma surpresa para mim, realmente.

— A zona alegre situava-se antigamente na rua Nijo, próxima ao palácio imperial mas, ao que parece, a cantoria dos frequentadores e os instrumentos musicais tocados pelas mulheres noite adentro eram vagamente audíveis na beira do fosso que cerca o imenso jardim imperial. Por esse motivo, o oficial superintendente[19] Itakura Katsushige mandou transferi-la para cá. Desde então, mal se passaram três anos, mas já se transformou numa cidade, e tende a se expandir cada vez mais.

— Isto significa que, há três anos, esta área era deserta?

---

19. No original, *shoshidai*: cargo criado no xogunato Tokugawa, era exercido somente na cidade de Kyoto e destinado a atender todos os problemas relacionados ao palácio imperial e à nobreza, a supervisionar as delegacias regionais de Kyoto, Nara e Fushimi, a dar seguimento aos processos judiciais das redondezas, estando também os templos sob sua jurisdição.

— Isso mesmo. À noite, a escuridão por aqui era total, trazendo à memória o período Sengoku e os incêndios provocados pelas intermináveis guerras. Hoje, no entanto, pode-se dizer que esse bairro dita a moda e, em termos um tanto exagerados, que é o berço de uma cultura — explicou Koetsu. Apurou por instantes os ouvidos para tornar a dizer:

— Está ouvindo a música?

— Estou, realmente!

— Essas melodias, por exemplo, são adaptações que empregam um novo instrumento, o *shamisen*, recentemente importado de Ryukyu.[20] E baseadas no *shamisen*, sugiram as canções em voga nos últimos tempos, de onde por sua vez derivam o *ryutatsu-bushi*[21], ou o *kamigata-uta*.[22] Pode-se afirmar, sem medo de errar, que o bairro é o berço de todos esses tipos de manifestações culturais. Canções aqui compostas chegam posteriormente às cidades e são popularizadas: veja a profunda relação cármica que existe, do ponto de vista cultural, entre esses bairros e as cidades. Por conseguinte, não se pode admitir que, por ser zona segregada e de meretrício, o bairro se torne decadente.

Nesse instante, a liteira de Koetsu dobrou subitamente uma esquina, interrompendo o diálogo.

A zona do meretrício, no tempo em que existira na rua Nijo, era chamada Yanagimachi, ou Bairro dos Chorões, e a da rua Rokujo herdara o nome. Desde quando chorões e zona alegre passaram a ser correlacionados, eis uma questão que precisa ainda ser esclarecida. Em meio a essas árvores plantadas na beira das calçadas, as luzes do bairro aproximaram-se vivamente dos olhos de Musashi.

II

Ao que parecia, Koetsu e Shoyu eram assíduos frequentadores da casa de Hayashiya Yojibei: mal as liteiras estacionaram sob um chorão à entrada do estabelecimento, empregados acorreram pressurosos e quase os pegaram no colo:

— É Funabashi-sama!

— Em companhia de Mizuochi-sama!

No bairro onde os frequentadores evitavam ter as identidades reveladas, Funabashi era o pseudônimo de Haiya Shoyu, porque morava na área

---

20. Atual Okinawa.
21. *Ryutatsu-bushi*: estilo musical em voga no início do período Edo. Iniciado pelo monge Ryutatsu (1527-1611) da seita Nichiren, foi a base do *kouta*.
22. *Kamigata-uta*: canções acompanhadas de *shamisen*, em voga nas áreas de Kyoto e Osaka, em contraste com as *Edo-uta*, em voga na área de Edo.

Funabashi Horikawa, sendo Mizuochi o de Koetsu, por causa do templo do mesmo nome, próximo à sua casa.

Musashi, o *rounin* errante sem residência fixa, era o único sem pseudônimo no grupo.

O assunto parece estar restrito agora à pesquisa de nomes, mas devo ainda acrescentar que Hayashiya Yojibei era o nome do proprietário do estabelecimento conhecido como Ougi-ya.

E o nome Ougi-ya traz de pronto à lembrança o da primeira Yoshino-dayu[23] — famosa cortesã do bairro Yanagimachi, gueixa de primorosa beleza — assim como o de outro bordel, o Kikyo-ya, faz lembrar o da famosa gueixa Murogimi-dayu.

Os estabelecimentos de primeira classe na zona eram apenas esses dois, e o aposento em que Koetsu, Shoyu e Musashi se acomodaram pertencia ao Ougi-ya.

"Isto mais se parece com um suntuoso palácio!", pensou Musashi, tentando não parecer curioso, mas sem conseguir manter-se indiferente ao teto decorado, ao corrimão da pequena ponte com seus entalhes, ao jardim. Encantado com a pintura no painel de cedro de uma porta, Musashi acabou perdendo de vista seus companheiros e vagava pelo corredor quando percebeu Koetsu mais à frente, acenando:

— Estamos aqui, venha!

Duas grandes portas de correr decoradas e revestidas de folhas de prata emitiam um brilho líquido à luz das lamparinas, e davam para um jardim. Sonho de algum desconhecido paisagista que tentara talvez reproduzir a árida paisagem de Sekiheki[24], o jardim tinha pedras dispostas em estilo Enshu[25] e areia branca como neve espalhada entre elas.

---

23. Yoshino-dayu (1606-1643): no início do período Edo existiram no Japão mais de dez cortesãs finas com o mesmo nome. A que surge neste romance é a segunda da geração, seu nome verdadeiro tendo sido Matsuda Noriko. Filha de um *bushi* da região de Kyushu, foi levada ao bairro alegre Yanagimachi aos oito anos, e promovida de aprendiz a *tayu* (cortesã fina) aos quatorze. Extremamente prendada, destacou-se por seus conhecimentos de poesia, bailado, caligrafia, chá, *go* (xadrez), gamão, aromaterapia, e de diversas outras atividades culturais e artísticas. Sua beleza e graça tornaram-na famosa entre poderosos *daimyo*, nobres e plutocratas da época. Haiya Shoeki e Konoe Nobutada (o quarto filho do imperador Goyozei) disputaram fervorosamente seus favores. Yoshino-dayu, porém, entregou-se a Shoeki, um jovem mercador à época com 22 anos de idade, quatro anos mais novo que ela. Com a morte da primeira mulher, Shoeki fez de Yoshino sua esposa legítima. Yoshino morreu nova, aos 38 anos. Inconformado com a morte da mulher, diz-se que Shoeki moeu seus ossos e os ingeriu, mostrando quão profundo era o seu amor. E tinha sido esse amor que havia levado Yoshino-dayu a preferir o filho de um mercador de cinzas, em detrimento de um membro da influente família Konoe.

24. Sekiheki (ou 'Red cliff'): área à beira do Yangtze. Su Tung P'o (ou Su Shih) (1036-1101), um dos maiores poetas, pintores e mestres da prosa da China, em suas visitas ao local, escreveu um longo poema em forma fu, ao qual provavelmente se refere o autor.

25. Kobori Enshu (1579-1647): mestre da arte do chá, orientou Tokugawa Iemitsu nos caminhos dessa arte, mas destacou-se, também, nos campos da poesia, ikebana, arquitetura e composição de jardins.

— A temperatura está caindo! — disse Shoyu, costas curvadas e já sentado numa almofada, parecendo pequeno e solitário no amplo aposento.

Koetsu sentou-se em seguida e convidou:

— Vamos, sente-se aqui, mestre Musashi — apontando a única almofada vazia que restara no meio da sala.

— Ora, que é isso... — replicou Musashi, recusando o local indicado e sentando-se rigidamente num canto. O lugar indicado pelos dois era o de honra do aposento, diante do seu nicho central. A ideia de se sentar ali como um importante suserano, face a face com a suntuosa construção visível além da porta, o constrangia, desgostava-o até. Mas seus dois companheiros tomaram a recusa por timidez.

— Esta noite o senhor é o convidado de honra — insistiu Koetsu.

— O senhor Koetsu e eu vivemos por aqui matando o tempo, dois velhos amigos que nunca se cansam desta casa e a quem a casa, como vê, sempre prestigiou. Ao senhor, no entanto, não conhecem. Vamos, sente-se no lugar de honra — disse Shoyu, tentando também convencê-lo.

Musashi declinou o convite:

— Não creio que o arranjo seja correto. Sou o mais novo do grupo.

A isso, Shoyu respondeu:

— Que falta de tato! Idade é tabu neste ambiente!

Sacudiu as costas encurvadas e gargalhou.

Serviçais já estavam à entrada, trazendo chá e confeites, e esperavam pacientes que os convidados se acomodassem nos respectivos lugares.

— Nesse caso, eu ocuparei o lugar de honra — disse Koetsu, socorrendo Musashi.

Com ligeiro alívio, Musashi sentou-se no local que Koetsu acabava de desocupar, sem no entanto conseguir livrar-se da incômoda sensação de estar perdendo precioso tempo com futilidades.

III

No aposento contíguo, duas pequenas *kamuro*[26], aprendizes de cortesã, brincavam ao redor de um braseiro:

— Que é isso?

— Um pássaro.

— E isto?

---

26. No original, *kamuro* — ou ainda *kaburo*: meninas de cerca de dez anos de idade que serviam às cortesãs e se adestravam no mesmo caminho.

— Um coelho.
— E agora?
— Um homem de sombreiro.

De costas para os visitantes, as duas entretinham-se entrelaçando os dedos e projetando sombras sobre a divisória próxima.

O braseiro era naturalmente do tipo usado em cerimônias do chá e o vapor que se elevava da chaleira de ferro sobre ele servia para aquecer o ambiente. Absortas na brincadeira, as meninas não haviam notado que no aposento contíguo já havia clientes: o calor de seus corpos e o aroma do saquê logo amenizou o frio.

O fator que mais contribuía para aquecer o ambiente do aposento era sem dúvida alguma o saquê, circulando agora generosamente pelas artérias dos convidados.

— Corro o risco de perder a autoridade se aqui estivessem meus filhos, mas afirmo: não existe nada melhor que o saquê neste mundo. Dizem que o saquê é um veneno, o caminho da perdição, mas isso não deve estar certo! O saquê em si é benéfico; o mal está em quem o toma. Pois os homens têm o hábito de procurar o mal em outros lugares, mas o mal está neles mesmos. E quem sai falado é o saquê, que chega a ser chamado de "bebida que enlouquece" — discorria Shoyu, o mais magro de todos eles e de voz mais possante.

Musashi tomara apenas duas taças e passara a recusar as demais, o que havia levado o idoso homem a discorrer uma vez mais sobre sua tese favorita, a do saquê como uma bebida inofensiva, e que parecia muitas vezes apresentada como o grande vilão.

A prova de que a ladainha nunca se inovava ficava aparente na atitude das três cortesãs que os atendiam, e na das mulheres encarregadas do serviço.

"Lá vem Funabashi-sama outra vez com sua interminável arenga", diziam as expressões entre divertidas e ligeiramente aborrecidas de todas elas, as bocas levemente franzidas reprimindo sorrisos.

Mas Funabashi-sama, ou seja, Shoyu, não se dava conta disso e continuava:
— Se o saquê fosse o vilão que afirmam ser, não haveriam de apreciá-lo os deuses. Mas eles sempre o apreciaram, muito mais que os demônios. Nos tempos em que os deuses reinavam sobre a terra, dizem que o saquê era posto a fermentar depois que o arroz era mascado pelos dentes alvos como pérolas de puras donzelas. Esse detalhe serve para mostrar como a bebida era pura.

— Ora, que coisa nojenta — riu alguém.
— Nojenta por quê?
— Como haveria de ser limpo um saquê feito de arroz mascado por alguém?

— Não diga asneiras. É claro que se o arroz fosse mastigado por gente como vocês, seria mais que nojento, ninguém haveria de querer tomá-lo. Mas não: o arroz era mascado por donzelas puras, na flor da idade, e saía de suas bocas como o mel das abelhas, sendo em seguida juntado em potes para fermentar. Ah! Como gostaria de beber um pouco desse saquê — disse o já embriagado Funabashi-sama, repentinamente enlaçando o pescoço de uma das pequenas *kamuro*, pressionando a face magra contra os seus lábios.

— Ui! Solte-me! — gritou a menina, levantando-se.

A isso, Funabashi-sama voltou-se com um meio sorriso para o seu lado direito e disse, rindo:

— Não olhe feio para mim, minha mulherzinha preferida...

Tomou a mão de Sumigiku-dayu, depositou-a sobre a própria coxa e sobre ela pousou a sua. Suas brincadeiras começaram aos poucos a ficar mais ousadas: juntou o rosto ao da cortesã para beber da mesma taça, agarrou-se com ela, esquecido dos demais.

Koetsu sorria para a própria taça e se divertia tranquilamente, pilheriando ora com as mulheres, ora com Shoyu. Apenas Musashi mantinha-se isolado nesse ambiente. Não tinha a intenção de se mostrar propositadamente severo, mas as mulheres pareciam intimidadas e não se aproximavam.

IV

Koetsu nunca forçava, mas Shoyu lembrava-se vez ou outra de insistir:
— Vamos, mestre Musashi, beba!

Passado algum tempo, a taça com o saquê frio e intocado na frente de Musashi começou a incomodá-lo:

— Que é isso, mestre Musashi? Vamos, jogue fora esse saquê frio e aceite outro quentinho.

À medida que o incidente se repetia, seus modos tornavam-se cada vez mais agressivos.

— Kobosatsu-dayu! — ordenou a uma das cortesãs. — Faça esse jovem beber! Bebe ou não, meu filho?

— Estou bebendo! — respondeu Musashi.

Exceto nessas ocasiões em que era chamado a responder, o jovem não tinha oportunidade de falar.

— Mas nunca vejo sua taça vazia! Você não é nenhum maricas, é?

— Apenas não sou um bom copo.

— Estou começando a achar que você não é bom espadachim! — provocou-o Shoyu.

Musashi apenas riu e disse:

— Talvez...

— O saquê constitui um obstáculo para o adestramento; o saquê perturba a acuidade mental; o saquê debilita a vontade; o saquê ameaça o sucesso. Se é isso que pensa, nunca chegará a ser grande coisa como guerreiro, ouviu?

— Não penso nada disso, mas tenho um pequeno problema.

— Que tipo de problema?

— Fico sonolento quando bebo.

— Se ficar com sono, durma — aqui ou em qualquer lugar! Esta é uma casa onde esse tipo de preocupação é perfeitamente dispensável — replicou Shoyu. — Tayu! — acrescentou, voltando-se para a cortesã Sumigiku —, este jovem está dizendo que tem medo de beber e ficar com sono. Mesmo assim, vou forçá-lo a beber. Faça-me você portanto o favor de pô-lo a dormir, caso ele se queixe de sono.

— Certamente.

As cortesãs todas sorriram, apertando as pequenas bocas brilhantes.

— Vocês se encarregam de acomodá-lo nas cobertas?

— Com certeza!

— E agora, qual de vocês cuidará dele depois disso? Diga-me, senhor Koetsu, qual delas lhe parece mais adequada para a função?

— Não faço ideia.

— Sumigiku é a minha mulher. Se eu indicar Kobosatsu-dayu, sei que o senhor Koetsu não se sentirá feliz...

— Mas Yoshino-dayu logo virá fazer-nos companhia, Funabashi-sama — disse uma das mulheres.

— É isso! — concordou Shoyu, entusiasmado, dando uma leve palmada no joelho. — Yoshino-dayu! Dela, tenho certeza que o nosso convidado não terá queixas. Mas onde anda essa mulher que não deu ainda o ar de sua graça? Quero apresentá-la a este meu jovem protegido o mais rápido possível!

A isso respondeu a cortesã Sumigiku:

— Bem diferente de nós, ela é muito requisitada. Não adianta exigir sua presença imediata.

— Qual o quê! Basta dizer-lhe que eu estou aqui, e ela abandonará no mesmo instante qualquer cliente para me atender. Uma mensageira! Quero uma mensageira! — esbravejou Shoyu, espichando-se em direção às pequenas aprendizes que brincavam ao redor do braseiro. — Rinya, você está aí?

— Estou!

— Venha cá um instante, Rinya. Você é a atendente de Yoshino-dayu, não é? E então, traga-a aqui! Diga-lhe que Funabashi-sama a espera ansiosamente. Se conseguir o grande feito, dou-lhe um prêmio, quer?

V

A referida *kamuro*, Rinya, era uma aprendiz de apenas dez ou onze anos de idade e notável beleza, apontada como provável sucessora de Yoshino-dayu.

— Você me entendeu bem?

Rinya ouviu as recomendações de Shoyu com expressão ambígua, mas aquiesceu prontamente:

— Sim, senhor.

Pestanejou os olhos grandes e saiu para o corredor. Cerrou a porta corrediça atrás de si e, no mesmo instante, bateu palmas e gritou vivamente:

— Venham ver, meninas, venham ver!

As aprendizes que haviam restado no aposento foram todas para o corredor. Em pé, lado a lado, tendo às costas os *shoji* iluminados, passaram todas ao mesmo tempo a bater palmas entusiasmadas:

— Olhe!

— Olhe, olhe!

— Que lindo!

Os passos e os gritos de alegria chamaram a atenção dos adultos que bebiam no interior do aposento. Curioso, quase invejoso, Shoyu ordenou:

— Que algazarra estão fazendo! Vamos, abram a porta, quero saber o que se passa.

As mulheres ergueram-se então e correram os *shoji* para os lados.

— Está nevando! — murmuraram, todas admiradas.

— Não é à toa que faz tanto frio! — murmurou Koetsu, levando uma taça de saquê quente à boca, expelindo baforadas brancas.

Musashi também voltou-se com uma exclamação surpresa.

Além do alpendre, a neve, atípica, caía ruidosa em grandes flocos. E no meio do negrume riscado de branco, quatro pequenas *kamuro* quedavam-se lado a lado, os laços dos *obi* voltados em direção ao aposento.

— Saiam da frente! — repreendeu uma cortesã. Mas as meninas, esquecidas dos clientes, contemplavam encantadas, como se a neve fosse um amante que lhes tivesse surgido inesperadamente:

— Que bom!

— Será que acumula?

— Tomara!

— Como vai estar a paisagem amanhã?

— O monte Higashiyama vai estar branquinho...

— E o templo Toji?

— A torre do templo Toji também.

— E o templo Kinkaku-ji?
— O Kinkaku-ji também.
— E os corvos?
— Os corvos também.
— Mentirosa!

Ao brusco movimento de um braço, uma das meninas rolou da varanda e caiu lá fora.

Normalmente, o episódio acabaria em choro e briga, acontecimento comum entre as pequenas aprendizes. Nessa noite, porém, a pequena *kamuro* que rolara da varanda viu a neve caindo-lhe em cima, levantou-se lépida e saiu para o espaço aberto cantando.

Nevasca, nevisco,
E o monge Honen
Por onde andará?
No meio da neve,
Lendo as preces,
Comendo a neve.

Arqueando o corpo para trás, a menina tentava aspirar os grandes flocos de neve, agitava as mangas e dançava. A menina em questão era Rinya: contendo bravamente a vontade de chorar, ela bailava com tanta graça que recebeu imediatos aplausos dos adultos, que se tinham soerguido para acudi-la.

— Bravo! Bravo!
— Entre, entre, pequenina! — riam, procurando consolá-la.

A essa altura, Rinya já se esquecera por completo da incumbência de buscar Yoshino-dayu e foi levada ao colo como um bebê por uma das serviçais para trocar as meias, molhadas e sujas depois do episódio.

VI

Ante o inesperado incidente que inutilizara a mensageira, uma das mulheres, com certeza ansiosa por não estragar o humor de Funabashi-sama, tinha ido procurar a cortesã Yoshino e retornava agora para junto de Shoyu.

— Trouxe a resposta, senhor — sussurrou ela.

Shoyu, que já havia se esquecido do assunto, estranhou:

— Que resposta?
— A resposta de Yoshino-dayu...

— Ah, é verdade! E ela? Vem?

— Disse que virá sem falta, mas...

— Mas... o quê?

— Não de pronto, pois o convidado que ela atende no momento não quer, de modo algum, dar-lhe a permissão.

— Que atitude deselegante a desse convidado! — resmungou Shoyu, irritado. — Até compreenderia, se fosse com outra *dayu*. Mas como é que a famosa Yoshino-dayu da casa Ougiya não consegue se impor. Tem de se submeter ao gosto de um único cliente? Será possível que Yoshino finalmente se vendeu?

— Absolutamente! Mas o cliente desta noite é especialmente obstinado: quanto mais Yoshino-dayu insiste em deixá-lo, mais ele se aferra a ela.

— É o que qualquer um faria, ora! E quem é esse cliente perverso?

— É Kangan-sama.

— Kangan-sama? — ecoou Shoyu, sorrindo e voltando-se em direção a Koetsu. Este, por sua vez, também sorriu e perguntou:

— E ele, está sozinho, esta noite?

— Não, senhor, ele...

— Está com os amigos de sempre?

— Sim, senhor.

Shoyu deu uma palmada no próprio joelho e disse cheio de entusiasmo:

— Isto agora está ficando divertido! A neve dá um toque poético à noite, o saquê está saboroso: falta apenas a presença de Yoshino-dayu para tornar o ambiente perfeito. Senhor Koetsu, mande uma mensagem. Mulher, aproxime essa caixa-tinteiro — ordenou o ancião, empurrando a caixa e folhas de papel em branco na direção do amigo.

— Que devo escrever? — perguntou Koetsu.

— Um recado em verso... ou prosa. Pensando bem, escreva em forma de verso, pois o destinatário é um grande poeta da atualidade.

— Que maçada! Pelo que entendi, devo pedir que libere Yoshino-dayu e lhe permita atender-nos, certo?

— Exatamente.

— Para comover o nosso rival, a composição terá de ser primorosa, coisa difícil, assim de improviso. E o que acha de o senhor mesmo escrever um poema encadeado, sua especialidade?

— Ah, está fugindo!... Muito bem, vamos colocar um ponto final nisso tudo deste modo — disse Shoyu, empunhando o pincel e escrevendo:

> *À minha ermida fazei transplantar*
> *Certa muda preciosa de Yoshino.*[27]

Ao ver isso, Koetsu aparentemente sentiu seu impulso criativo liberar-se, pois ofereceu:

— Deixe-me então encadear os versos finais.

> *Frágil flor, ela certamente ressente*
> *O frio vento desse cume nublado.*

Shoyu espiou sobre o ombro do amigo e sorriu deliciado:

— Que beleza! "A flor ressente o frio do cume nublado", isto foi muito bem pensado! Nosso rival, o nobre intocável, esse digno representante do "Povo das nuvens"[28], vai com certeza acusar o golpe.

Dobrou a carta e entregou-a a Sumigiku-dayu, dizendo-lhe com teatral formalidade:

— As pequenas *kamuro* ou as serviçais não têm peso, como mensageiras. Faça-me o favor de entregar este recado pessoalmente.

Kangan-sama era o pseudônimo pelo qual Karasumaru Mitsuhiro, filho do antigo conselheiro imperial, era conhecido na zona alegre. Seus companheiros habituais seriam, como de hábito, Tokudaiji Sanehisa, Kasan'in Tadanobu, Ooi Yorikuni, Asuka-i Masakata.

VII

A cortesã Sumigiku trouxe, momentos depois, a esperada resposta e, sentando-se corretamente, aproximou de Koetsu e Shoyu, com todo o respeito, uma caixa para correspondências, finamente trabalhada:

— Eis a resposta de Kangan-sama.

— Ora, quanta formalidade — disse Shoyu forçando um sorriso. A apresentação cerimoniosa da resposta o surpreendeu, pois o bilhete que ele próprio havia mandado seguira dobrado informalmente para dar a entender que se tratava de uma simples brincadeira. Voltou-se para Koetsu e acrescentou:

---

27. Yoshino, como se fazia chamar profissionalmente a cortesã, é ao mesmo tempo a denominação de uma localidade ao sul da província de Nara, famosa por suas cerejeiras. O autor dos versos fala naturalmente da cortesã quando menciona a muda de uma planta dessa região, recurso poético empregado com frequência em composições do tipo waka.

28. A classe especial de nobres que servia ao Palácio Imperial era chamada kumo-no-ue-bito, ou seja, "povo das nuvens", por sua condição intocável, inacessível para o comum dos mortais.

— Tenho certeza de que ficaram admirados ao receber nosso bilhete, já que nossa presença aqui, esta noite, não era do conhecimento deles.

Certo de que lhes passara a perna, Koetsu, empolgado com o jogo, abriu a tampa da caixa e desdobrou a resposta. Surpreso, verificou, porém, que era um papel em branco.

— Ora, essa!... — exclamou, examinando o próprio colo e o fundo da caixa mais uma vez, desconfiado de que deixara cair a resposta em algum momento, mas nada mais encontrou além da simples folha de papel em branco.

— Sumigiku-dayu!

— Senhor?

— Que quer dizer isso?

— Não tenho ideia. Apenas recebi esta caixa das mãos de Kangan-sama, com a expressa recomendação de entregá-la em suas mãos.

— A mim me parece que nosso rival está querendo nos fazer de bobo. Ou será que, confrontado com o nosso primoroso poema, ele não teve inspiração para improvisar uma resposta à altura, e por isso nos manda o papel em branco em sinal de rendição?

Shoyu, ao que parecia, tinha o hábito de interpretar os acontecimentos de acordo com a própria conveniência, e de se divertir com isso. Algo inseguro, no entanto, voltou-se para Koetsu em busca de sua opinião:

— Qual será o sentido desta resposta?

— Quer-me parecer que o missivista sugere: leia isto.

— Ler como, se não há nada escrito?

— Pelo contrário, pode-se ler o que não está escrito.

— E então, caro Koetsu, o que lê?

— Neve. Tudo branco, envolto em neve, seria uma das prováveis leituras.

— Ah, neve. Branco como a neve. Pode ser!

— Já que responde a um recado em que expressamos o desejo de transplantar certa flor de Yoshino para o nosso aposento, talvez ele esteja insinuando: se o que desejam é apenas passar o tempo contemplando uma flor enquanto bebem, existem outras coisas além dela dignas de contemplação. Em outras palavras, está provavelmente nos querendo dizer: lá fora, a neve branqueia a paisagem, visão inesperada para esta época do ano, um verdadeiro presente dos céus. Não sejam tão volúveis, contentem-se em escancarar as portas e contemplar a neve enquanto bebem.

— Ora, o atrevido!... — disse Shoyu. — E quem seria capaz de beber contemplando uma vista tão gelada? Se, é assim que nos responde, não posso deixar barato. Não vou sossegar enquanto não transplantar Yoshino-dayu para o meu aposento, e contemplá-la bem aqui, ao meu lado.

Excitado, o idoso homem pôs-se a lamber os lábios secos. Se Shoyu ainda reagia desse modo nessa idade, quanto trabalho não teria ele dado na juventude...

Quanto mais Koetsu se empenhava em acalmá-lo, instando que aguardasse com paciência, mais o idoso homem insistia com as mulheres, ordenando-lhes que lhe trouxessem Yoshino-dayu. A insistência serviu para animar o ambiente muito mais que a própria cortesã: as pequenas *kamuro* rolavam de rir e a alegria no interior do aposento pareceu atingir o auge, assim como a intensidade da neve, caindo mansa do lado de fora.

Musashi ergueu-se silenciosamente.

A escolha do momento fora apropriada: ninguém notou a almofada vazia restando no aposento após a sua partida.

RASTROS NA NEVE

I

Deixando para trás o alegre ambiente do seu aposento por um motivo ainda não esclarecido, Musashi saiu para o corredor e vagou, perdido nas profundezas da casa Ougi-ya.

Comparados aos aposentos iluminados, repletos de vozes e melodias da área frontal, os depósitos de cobertas e instrumentos musicais da área onde agora se encontrava Musashi eram escuros e chamaram-lhe a atenção pelo contraste. Ele devia estar perto da cozinha, pois o cheiro era típico e parecia brotar das escuras paredes e pilastras ao redor.

— Ora, o senhor não pode andar por aqui — disse uma pequena aprendiz surgindo repentinamente de um aposento escuro, abrindo os braços e obstruindo-lhe a passagem.

A menina, de cujo rosto haviam desaparecido os traços de ingênua beleza exibidos nos aposentos externos, franzia o cenho ofendida, parecendo sentir-se violada em seus privilégios.

— Que coisa desagradável, senhor! Esta área não está aberta a visitantes. Vamos, volte para a sua sala — ordenou a menina em tom de censura, apressando-o.

Apesar de tão nova, ela aparentemente se enfezara com o fato de um estranho haver vislumbrado o feio ambiente onde viviam, por trás do pretenso mundo feérico. Ao mesmo tempo, sua atitude demonstrava uma ponta de desprezo por esse cliente que desconhecia as regras do bom comportamento.

— Ora, quer dizer que eu não devia estar aqui? — perguntou Musashi.

— Não devia! — replicou a menina, empurrando-o pelos quadris e indo-lhe atrás.

Musashi olhou com atenção para o rosto da menina e exclamou:

— Mas você é Rinya, a *kamuro* que caiu há pouco da varanda!

— Isso mesmo! E o senhor se perdeu quando procurava o banheiro, não se perdeu? Acompanhe-me: eu lhe mostrarei onde é — disse Rinya, puxando-o pela mão e arrastando-o agora atrás de si.

— Nada disso, não estou nem bêbado, nem desorientado. Apenas... queria que me servissem uma refeição ligeira em qualquer um desses aposentos vagos. Acha que pode consegui-la para mim, Rinya?

— Uma refeição? — perguntou Rinya, arregalando os olhos de espanto. — Mas o jantar vai lhe ser servido em seu aposento, senhor!

— Veja bem, Rinya: meus companheiros estão ainda bebendo e se divertindo. Não quero estragar o ambiente.

Rinya pendeu de leve a cabeça para um dos lados, pensativa, e concordou:

— Tem razão. Mandarei servi-lo nesta sala, então. Que gostaria de comer, senhor?

— Nada especial. Peça para me servirem apenas dois bolinhos de arroz.

— Só bolinhos de arroz?

Rinya correu para os fundos. A refeição foi trazida momentos depois e Musashi a comeu no aposento vazio, sem luz.

— Deve existir um jeito de alcançar a rua por esse portãozinho, não existe? — perguntou ele à menina, assim que acabou de comer.

Ao ver que ele já se levantava e se dirigia em direção ao degrau de pedra para descer ao jardim, Rinya perguntou, espantada:

— Aonde vai, senhor?

— Volto num instante.

— Mas por que quer sair por aí?

— Estou com preguiça de dar a volta até a frente. Além disso, não quero que os senhores Koetsu e Shoyu percebam e interrompam a diversão, nem tenho tempo para dar explicações.

— Nesse caso, vou-lhe abrir o portãozinho. Mas volte logo, ouviu? Estou começando a achar que vou ser repreendida, se souberem que eu o deixei sair desse jeito.

— Não se preocupe, prometo voltar em seguida. Caso, no entanto, o senhor Koetsu pergunte por mim, diga-lhe que fui para os lados do templo Renge-ou, para me encontrar com conhecidos, mas que pretendo estar de volta logo.

— Nada disso. "Pretendo" não é suficiente. Volte sem falta, senhor, pois a cortesã escalada para lhe fazer companhia esta noite é Yoshino-dayu, a quem eu sirvo. Ouviu bem, senhor?

Abrindo as duas folhas da portinhola sobre as quais a neve acumulara, Rinya o viu sair para a rua.

II

Ao lado do principal portão de acesso ao bairro licenciado havia uma casa de chá denominada Amigasa-chaya. Musashi espiou o interior do estabelecimento e perguntou se vendiam sandálias ali. Era claro que não, já que a casa comercializava sombreiros de palha trançada — *amigasa* — para que os animados boêmios neles ocultassem a cabeça e mantivessem o anonimato.

— Por favor, compre-me um par em outro lugar — pediu Musashi à filha do vendeiro. Enquanto esperava, sentou-se a um canto da loja e se arrumou, refazendo o laço do *obi* e do cordão da cintura.

Despiu a seguir o sobretudo, dobrou-o com cuidado e, pedindo emprestados pincel e uma folha de papel, escreveu um bilhete, que introduziu no meio da roupa dobrada. Dirigiu-se então ao dono da loja enrodilhado à borda de um fogareiro, e lhe pediu:

— Não quero incomodá-lo, mas gostaria que guardasse este volume para mim. Caso não me veja retornar até o último terço da hora do javali [onze horas], entregue este sobretudo e a carta que a acompanha ao senhor Koetsu, que está neste momento na casa Ougi-ya.

— Não será trabalho algum. Pode deixar, senhor, que me encarregarei disso.

— A propósito, que horas serão agora, segunda metade da hora do pássaro [sete horas], ou já estaríamos na hora do cão [oito horas]?

— Não deve ser tão tarde. Hoje escureceu mais cedo por causa da neve.

— Quando saí há pouco da casa Ougi-ya, havia um relógio dando as horas.

— Nesse caso, devia estar marcando a passagem para a hora do pássaro.

— Tão cedo assim?

— A noite acaba de cair. Basta observar o movimento da rua para se ter uma ideia.

Nesse momento, a filha do vendeiro retornou trazendo o par de sandálias. Musashi as calçou sobre as meias de couro, não sem antes examinar cuidadosamente os cordões.

Depois, pagou com generosidade ao vendeiro e dele ganhou um *amigasa*, que levou na mão, apenas segurando-o sobre a cabeça para proteger-se dos flocos de neve, mais suaves do que pétalas ao vento. Seu vulto aos poucos desapareceu no caminho coberto de neve.

Nas áreas próximas ao rio, na altura da rua Shijo, ainda era possível avistarem-se luzes e casas, mas um passo para dentro dos bosques de Gion, com seu arvoredo cerrado, levava a um mundo escuro, onde até a neve rareava.

Os pequenos pontos de luz que surgiam aqui e ali provinham das lanternas de pedra espalhadas pelo bosque ou das luzes votivas dos santuários espalhados por todo o bosque de Gion. Tanto o santuário principal como a casa do sacerdote estavam desertos e silenciosos. Apenas a neve, desabando vez ou outra das copas das árvores, provocava um breve farfalhar, tornando posteriormente o silêncio ainda mais profundo.

— Vamos indo! — disse alguém no meio de um grupo de homens que, curvados, tinham estado até então rezando na frente do santuário Gion. O grupo todo ergueu-se ruidosamente.

Nos muitos templos espalhados pela montanha Kacho-zan os sinos acabavam de bater cinco vezes, anunciando a entrada da hora do cão. O som, talvez por causa da neve, soava límpido justo nessa noite, e parecia perfurar as entranhas dos homens.

— Denshichiro-sama: como andam os cordões das suas sandálias? Mesmo os de melhor qualidade são capazes de se partir repentinamente quando o frio é enregelante, como o desta noite.

— Não se preocupe — respondeu Yoshioka Denshichiro.

Ao redor dele se agrupavam quase dezoito homens, entre parentes e discípulos da academia, pálidos e arrepiados de frio, caminhando em direção ao templo Renge-ou.

Denshichiro acabara de se aprontar da cabeça aos pés diante do santuário de Gion. Ele não se descuidara de nenhum detalhe, e verificara, obviamente, a faixa da testa e a tira de couro que continha as mangas do quimono.

— Nestas situações, sempre uso sandálias com cordões feitos de pano. Aprendam este truque e não o esqueçam, homens — disse Denshichiro aos discípulos, andando no centro do grupo com passos firmes, expelindo bafaradas brancas.

III

Os termos do desafio entregue a Musashi por Otaguro Hyosuke e outros dois discípulos ao entardecer desse dia era o seguinte:

Local: Clareira nos fundos do Templo Renge-ou.
Horário: Segunda metade da hora do cão [9 horas].

Denshichiro, seus parentes e discípulos, tinham optado por não esperar o dia seguinte e escolhido essa hora porque temiam ver Musashi fugir para uma outra província.

E Otaguro Hyosuke, o portador da mensagem, não se encontrava no meio do grupo porque havia permanecido nos arredores da casa de Haiya Shoyu, no bairro Funabashi, e vinha desde então seguindo Musashi.

— Tem alguém lá adiante. Quem será? — disse Denshichiro, descobrindo à distância, nos fundos do templo Renge-ou, um vulto ocupado em alimentar uma fogueira, cuja chama brilhava, vermelha e viva, no meio da neve.

— Devem ser Miike Juroza e Ueda Ryohei.

— Quê? Miike e Ueda também vieram? — disse Denshichiro com uma sugestão de desagrado na voz. — Tem gente demais contra um único adversário. Desse jeito, posso sair falado, mesmo vencendo: vão dizer que contei com a ajuda de um bando inteiro.

— Não se preocupe. Quando chegar a hora, desapareceremos.

O longo corredor do santuário Renge-ou é também conhecido como *Sanjusangen-dou*, ou o "Santuário dos Sessenta Metros", e considerado ideal para a prática do arco e flecha pelo seu comprimento e facilidade de colocação do alvo. Tanto assim que, nos últimos tempos, o local vinha atraindo um número cada vez maior de pessoas vestidas a caráter, que buscavam ali treinar sozinhas.

Esse tinha sido um dos motivos por que lhes ocorrera de súbito escolher o santuário como local do duelo, e o haviam indicado a Musashi. Uma vez lá, porém, os Yoshioka deram-se conta de que, além de conveniente para a prática do arco e flecha, o pátio do santuário era ainda melhor para um duelo.

Não havia nenhuma irregularidade de terreno na vasta clareira de alguns quilômetros quadrados, pois a neve cobrira todos os arbustos e tocos de árvores com seu suave manto. Os pinheiros que se erguiam aqui e ali não chegavam a compor um bosque, apenas serviam para ressaltar a beleza cênica das terras em torno do templo.

— Olá! — gritou um homem, levantando-se da beira do fogo mal avistou Denshichiro e o grupo. — O senhor deve estar com frio. Falta muito ainda para a hora do duelo e terá tempo de sobra para se aquecer e se preparar.

Realmente, as pessoas em torno da fogueira eram Miike Jurozaemon e Ikeda Ryohei.

Denshichiro, que já havia concluído todos os preparativos diante do santuário Gion, sentou-se em silêncio no lugar que Miike acabava de desocupar e aproximou as mãos do fogo, massageando-as e fazendo estalar um a um todos os dedos.

— Cheguei cedo demais — comentou, apertando os olhos que aos poucos começavam a brilhar sinistramente. — A caminho para cá, acho que vi uma casa de chá.

— Já tinham fechado as portas por causa da nevasca — observou alguém.

— Se baterem, alguém virá atender. Qual de vocês vai até lá buscar um pouco de saquê?

— Como? Saquê?

— Isso mesmo: saquê! Sem isso, não aguento o frio — disse Denshichiro, curvando-se para frente como se quisesse abraçar o fogo.

Todos sabiam que Denshichiro sempre cheirava a saquê, fosse noite ou dia, dentro ou fora da academia. Mas as circunstâncias eram outras nessa noite: dentro de instantes, ele estava por se bater em defesa do clã e da subsistência da própria casa Yoshioka. Os homens ali reunidos não conseguiam deixar de ponderar seriamente se o saquê, ingerido pouco antes da chegada do adversário, exerceria efeito benéfico ou maléfico em Denshichiro e em sua capacidade de combater.

IV

A maioria considerava que Denshichiro devia tomar o saquê, desde que em pequena quantidade, para não ter de empunhar a espada com as mãos duras de frio.

— Além disso, será pior contrariar sua vontade a esta altura.

Em obediência à opinião da maioria, alguns discípulos saíram correndo e logo retornaram com o esperado saquê.

— Que bom! Aqui está o meu mais forte aliado — disse Denshichiro, bebendo, deliciado, a bebida que mandara amornar nas cinzas da fogueira, expelindo pelas narinas um ar quente aguerrido.

Para o alívio de alguns que temiam vê-lo exceder-se como sempre, Denshichiro bebeu pouco, por precaução. Afinal, ele teria de lutar pela própria vida dentro de alguns instantes e, embora fosse destemido, sentia a tensão mais que qualquer um dos homens ali reunidos.

— Olhem lá! É Musashi? — gritou alguém de chofre.

— Ele chegou?

Todos os homens ao redor da fogueira ergueram-se simultaneamente, como que impulsionados por uma mola, o brusco movimento das mangas e barras dos seus quimonos provocando fagulhas que subiram rubras no ar.

O vulto escuro que tinha surgido contornando o santuário ergueu a mão e gritou de longe:

— Calma, calma, sou eu!

O *bushi*, de costas encurvadas pela idade, vinha chegando com a barra e as mangas do quimono contidas, garbosamente preparado para a luta. Ao vê-lo, os discípulos se aquietaram, sussurrando com voz respeitosa:

— É Genzaemon-sama! É o patriarca de Mibu!

O homem a quem chamavam patriarca de Mibu era na verdade o irmão mais novo do falecido Yoshioka Kenpo e, portanto, tio de Seijuro e Denshichiro.

— Caro tio! A que devo a sua presença neste local? — perguntou Denshichiro. Ele jamais imaginaria que o idoso homem pudesse vir até ali numa noite tão fria. Genzaemon aproximou-se do fogo e disse:

— Quer dizer, Denshichiro, que você realmente vai duelar com esse sujeito! Só assim, vendo-o com estes meus olhos, sinto-me mais tranquilo!

— Na verdade, pensei em visitá-lo para lhe falar sobre isso, meu caro tio...

— Para quê, meu filho? Mas se acaso você permanecesse indiferente depois de ter o nome dos Yoshioka denegrido e o irmão aleijado, eu é que iria vê-lo para tirar satisfações!

— Fique tranquilo: sou muito diferente do meu tímido irmão.

— Quanto a isso, você merece minha inteira confiança. Nem de longe imagino que possa perder este duelo, mas vim até aqui assim mesmo, para lhe dizer algumas palavras de incentivo. Denshichiro, muito cuidado: não subestime seu inimigo, não vá com muita sede ao pote. Esse sujeito, Musashi, me parece um hábil guerreiro, pelo que ouço dizer.

— Sei disso.

— Não se desespere, não se aflija buscando uma vitória rápida. Deixe que o céu o guie. Se apesar de tudo houver um imprevisto, este seu velho tio, Genzaemon, recolherá seus restos mortais. Que isto não o preocupe.

— Ora, essa! — gargalhou Denshichiro. — Vamos, meu tio, beba para espantar o frio — acrescentou, oferecendo-lhe uma chávena.

O velho bebeu um gole em silêncio para logo voltar o olhar na direção dos discípulos:

— E vocês, o que fazem aqui? Espero que nem estejam sonhando em ajudá-lo! E se não estão, já é hora de se retirarem daqui. O duelo é de um contra um, esta aglomeração pode dar a falsa impressão de que somos inferiores ao inimigo. A hora combinada se aproxima. Vamos, vamos, acompanhem-me. Ocultar-nos-emos em algum lugar, longe daqui.

V

Denshichiro lembrava-se agora de ter ouvido o sino tocar já havia algum tempo.

Anunciava a hora do cão, se bem recordava. Nesse caso, o último terço da hora do cão, o horário combinado já devia estar chegando.

"Ele está atrasado!", pensou Denshichiro contemplando a noite branca, sozinho agora à beira da fogueira quase extinta.

Seguindo a advertência do idoso tio de Mibu, os discípulos haviam todos se retirado. Na neve, tinham restado apenas suas pegadas, escuras e nítidas.

Um sonoro estalo rompia o silêncio noturno vez ou outra: eram pingentes de gelo, que se destacavam do beiral e caíam. Além disso, havia apenas o crepitar de galhos partindo sob o peso da neve. A cada vez, Denshichiro movia os olhos, agudos como os de um falcão.

E então, uma sombra que fazia lembrar um desses falcões surgiu repentinamente em meio às árvores distantes. Era um homem aproximando-se em rápida corrida.

Logo, Otaguro Hyosuke — o veterano que havia ficado para trás acompanhando os movimentos de Musashi desde o entardecer — estava à frente de Denshichiro.

A expressão no rosto de Hyosuke mostrava que a hora da decisão estava bem próxima. Ofegando intensamente como prova de que havia corrido muito, comunicou:

— Ele chegou!

Muito antes de ouvir essas palavras, Denshichiro já tinha entendido e se levantado da beira da fogueira.

— Ele chegou? — repetiu. Quase inconsciente do que fazia, seus pés pisaram a brasa restante, extinguindo a fogueira.

— Depois de sair da casa de chá Amigasa-chaya, na zona alegre, Musashi veio andando lerdo como um boi debaixo dessa nevasca. Ele acaba de subir a escadaria do santuário de Gion e entrar, neste instante, nos limites do santuário. Eu corri o mais rápido que pude, mas como tive de dar a volta para não ser visto, ele já deve aparecer, mesmo andando com aquela pachorra. Prepare-se, senhor!

— Muito bem! Hyosuke!

— Senhor?

— Afaste-se.

— E os outros?

— Sei lá! Mas não me fique por aí. Vamos, vá-se embora!

— Sim, senhor!

Apesar da resposta, Hyosuke não parecia disposto a partir e ficou observando Denshichiro pisar o fogo para extingui-lo na lama, e sair de sob o beiral com um estremecimento excitado. Só depois rasteijou para o vão sob a construção e se agachou no escuro.

Debaixo da varanda soprava um vento gelado, imperceptível em campo aberto. Imóvel, abraçando os joelhos, Hyosuke sentiu o frio penetrando até os ossos. Seus dentes batiam ruidosamente, de modo incontrolável. Era o frio, tentou convencer-se, mas não conseguiu impedir que um estremecimento lhe percorresse o corpo desde o baixo ventre até o topo da cabeça, como quem está desesperado por aliviar a bexiga.

"E agora, onde andará o sujeito?"

Lá fora, a neve deixava a paisagem clara como dia. O vulto escuro de Denshichiro tinha parado a quase cem passos de distância do santuário, junto às raízes de um pinheiro alto, ali estabelecendo sua base. Impaciente, ele aguardava a chegada de Musashi.

O tempo de aproximação calculado por Hyosuke há muito se esgotara, mas Musashi não surgia. Mesmo à distância, o discípulo dos Yoshioka conseguia perceber a impaciência de Denshichiro. A neve caía sobre ele, agora mais branda que ao entardecer. Extinto o fogo e dissipados os vapores do saquê, ele sentia o frio morder-lhe a pele.

Um estrondo repentino pareceu sobressaltá-lo, mas era apenas a neve acumulada na copa de uma árvore, desabando em cascata.

VI

Para quem espera, o tempo passa com lentidão exasperante, quase insuportável.

Pior ainda para Otaguro Hyosuke, que sentia o frio formando uma camada de gelo sobre o corpo, e que, além de tudo, começava a se maldizer pela previsão inexata.

Incapaz de se conter por mais tempo, Hyosuke rastejou para fora do vão e gritou em direção ao distante Denshichiro:

— Que lhe terá acontecido?

— Ainda aí, Hyosuke? — respondeu Denshichiro, parecendo partilhar a impaciência. Os dois aproximaram-se.

— Não o estou vendo! — repetiram a mesma observação inúmeras vezes, quase num gemido, examinando a paisagem noturna que a neve cobrira num único manto branco.

— Acho que o miserável fugiu! — murmurou Denshichiro.

— Não pode ser... — contradisse Hyosuke imediatamente. E enquanto expunha os fatos apurados até o momento para corroborar sua opinião, o olhar de Denshichiro, que o havia estado escutando, voltou-se repentinamente para um dos lados:

— Que é isso?

Hyosuke também voltou-se e, no mesmo instante, viu que tinha surgido uma luz bruxuleante para os lados da cozinha do santuário Renge-ou. Logo foi possível perceber que era uma lamparina trazida por um monge e que, atrás dele, vinha mais uma pessoa.

Os dois vultos precedidos pelo trêmulo ponto de luz abriram uma porta e surgiram a um canto do extenso corredor do santuário Sanju-sangen, onde pararam para conversar em voz baixa:

— Não estou certo, pois, como vê, fechamos cedo todas as portas esta noite. Sei, porém, que um grupo de samurais esteve por aqui na boca da noite, aquecendo-se numa fogueira. Talvez sejam as pessoas que procura, senhor, mas acho que já se foram — dizia o monge.

O outro homem agradeceu educadamente:

— Perdoe-me se interrompi o seu repouso. Parece-me, porém, que vejo dois vultos debaixo de algumas árvores, lá adiante. Um deles talvez seja o que marcou encontro comigo neste lugar.

— Nesse caso, vá até lá e pergunte.

— Daqui para frente não preciso mais que me mostre o caminho. Recolha-se, por favor.

— Os senhores combinaram por acaso apreciar esta paisagem branca?

— Algo parecido — respondeu Musashi, sorrindo levemente.

— Creio ser desnecessário frisar, mas caso venham a acender uma fogueira sob o beiral do templo, como faziam há pouco os homens a quem me referi, peço-lhes encarecidamente que cuidem de apagá-la totalmente antes de se irem.

— Está certo.

— Boa noite — disse o monge, fechando a passagem e retirando-se em direção à cozinha.

O outro homem permaneceu imóvel por algum tempo, observando o distante vulto de Denshichiro da sombra do beiral. A área parecia ainda mais escura em contraste com a paisagem externa branca, iluminada pelo luar.

— Quem está lá, Hyosuke?

— Parece-me que é gente da cozinha.

— Não, ele não parece pertencer ao templo.

— Estranho.

Os dois homens se aproximaram cerca de vinte passos da varanda do santuário, quase inconscientes do que faziam.

Ao ver isso, o vulto no escuro também veio andando até quase o centro do longo corredor, onde parou bruscamente e pareceu amarrar com firmeza perto da axila esquerda as pontas de uma tira de couro para conter as mangas. Do lado de fora, os dois homens, que haviam se aproximado quase casualmente até um ponto em que se tornou possível discernir os movimentos do vulto, repentinamente estacaram, seus pés parecendo pregados na neve.

Denshichiro ofegou duas ou três vezes e gritou:

— É Musashi!

VII

Neste ponto, não podemos deixar de observar que Musashi já estava em posição vantajosa com relação a Denshichiro, desde o instante em que os dois homens haviam se confrontado, e em que Denshichiro gritara: "É Musashi!"

A razão torna-se óbvia quando se analisa a posição dos dois homens: Musashi, sobre a varanda, estava algumas dezenas de centímetros acima de seu adversário. Denshichiro, ao contrário, tinha o adversário em posição superior e suportava sobre si seu olhar feroz.

A vantagem de Musashi não terminava aí, pois ele tinha também suas costas completamente guardadas pela longa parede do santuário, precisando, graças a isso, apenas proteger-se de ataques frontais ou laterais, aliás, dificultados pela altura da varanda.

Denshichiro, ao contrário, tinha às costas um vasto campo aberto, batido pelo vento e pela neve. Ele podia até saber que seu adversário estava sozinho, mas ainda assim a área desguarnecida atrás de si era um ponto preocupante.

Para sua felicidade, no entanto, Otaguro Hyosuke estava a seu lado.

— Afaste-se! Saia de perto, Hyosuke! — gritou Denshichiro nesse instante, movendo o braço ostensivamente como se espantasse algo inoportuno. Com o gesto, o segundo filho dos Yoshioka parecia dizer que não desejava ser ajudado de forma canhestra: ele preferia que o discípulo observasse de longe o desenvolvimento do duelo e lhe garantisse a retaguarda.

— Pronto para o duelo? — perguntou Musashi. A voz era suave, mas teve o efeito de uma ducha gelada em Denshichiro.

"Ah, maldito!", pensou Denshichiro mal pôs os olhos em Musashi, examinando-o com ódio desde o topo da cabeça até a ponta dos pés. Raiva pelo que Musashi fizera ao irmão, irritação pelas vexatórias comparações que circulavam pela cidade, e o desprezo preconcebido pelo "novato provinciano", subiram num átimo à cabeça.

— Cale a boca! — rebateu Denshichiro com previsível violência. — Como ousa perguntar-me se estou pronto? Musashi! O último terço da hora do cão já se foi há muito!

— Não me lembro de ter prometido comparecer na exata hora marcada!

— Não tente se desculpar! Há muito estou aqui, inteiramente preparado, e já cansei de esperar! Desça daí! — berrou Denshichiro, chamando o inimigo para o próprio campo. Seu desprezo pelo oponente não era grande ao ponto de fazê-lo ignorar a própria posição desvantajosa e avançar.

— Já vou... — respondeu Musashi descontraído, mas os olhos pareciam buscar o momento favorável.

Falando em buscar o momento favorável, Denshichiro ainda estava no estágio inicial da batalha, sentindo os primeiros frêmitos percorrerem-lhe o corpo ao pôr os olhos em Musashi; este, porém, já se sentia em guerra muito antes de aparecer diante de Denshichiro e ia agora a meio no caminho da batalha.

Dois fatos provam que Musashi já estava preparado psicologicamente: primeiro, o de ter ele escolhido passar por dentro do templo para chegar até ali; segundo, o de ter acordado um sacerdote do santuário e dele ter-se valido para surgir de repente naquele ponto da varanda, evitando expor-se.

No instante em que chegara à escadaria do santuário Gion, Musashi já deveria ter percebido as numerosas pegadas na neve e por elas inferido o que o aguardava, idealizando rapidamente uma estratégia. Esperou então que sua sombra se afastasse para entrar de propósito pela frente do Renge-ou, quando na verdade precisava estar no pátio ao fundo do santuário.

Musashi soube o que havia acontecido nas redondezas durante a tarde pelo monge, e em sua companhia tomara um reconfortante chá, aquecera-se bem e, plenamente consciente de que estava atrasado, surgiu de súbito na frente do seu inimigo, conforme planejara.

E assim ele tinha criado seu primeiro momento favorável. O segundo era o insistente convite à luta que Denshichiro vinha-lhe fazendo. Aceitá-lo seria uma estratégia; recusá-lo e procurar compor ele próprio um novo momento seria outra. A vitória é como a lua refletida num lago: tentar agarrá-la, confiando excessivamente em sua própria sabedoria e força, significava quase sempre afogar-se nas águas e perder a vida.

VIII

— Além de estar atrasado, ainda não acabou de se preparar?! Saia daí que o local não é apropriado para o duelo! — gritou Denshichiro, irritado. A isso, Musashi respondeu, com toda a calma:

— Estou indo.

Denshichiro sabia perfeitamente que enfurecer-se era meio caminho para a derrota, mas as emoções sobrepujaram a disciplina quando ele se defrontou com Musashi e seu descaso proposital.

— Siga-me para o campo aberto! Quero uma luta limpa e honrada. Eu, Yoshioka Denshichiro, sempre devotei desprezo a contemporizações e procedimentos covardes. Se está com medo desde já, não tem qualificação para se bater comigo! Desça daí imediatamente, Musashi!

Ao vê-lo enfim gritando frenético, Musashi sorriu, mostrando por um breve instante os dentes brancos:

— Ora essa, como pode você dirigir-se a mim nesses termos, Yoshioka Denshichiro, a mim que já o golpeei e parti em dois na primavera do ano passado? E se hoje fizer o mesmo, com esta serão duas vezes!

— Quê? Quando e onde?

— Na província Yamato, no feudo Yagyu.

— Em Yamato?

— Na sala de banhos da hospedaria Wataya.

— Como é?!

— Estávamos ambos nus, completamente desarmados dentro da banheira. Eu, porém, avaliava em meu íntimo se haveria brechas em sua guarda.

E finalmente, eu o golpeei certeiramente com estes meus olhos, senti que o atingi de modo magnífico! Você com certeza não percebeu, já que meu golpe não deixou marcas no seu corpo. Se quer alardear suas qualidades de espadachim, procure outro, mas não o faça na minha frente porque só conseguirá parecer ridículo.

— Olhe quem fala em ser ridículo! Essa lorota nem chega a ser uma boa mentira! Mas isto está começando a ficar divertido. Desça daí e me siga: vou acabar de uma vez por todas com a sua arrogância.

— E que armas escolhe, Denshichiro? Espada de madeira ou real?

— Não veio preparado para um duelo real? E do que está falando, se nem trouxe sua espada de madeira?

— Para que trazê-la? Se meu adversário escolhe lutar com uma espada de madeira, tomo-a dele e com ela o golpeio!

— Chega de bravatas!

— Nesse caso...

— Ande logo!

Denshichiro recuou obliquamente deixando sobre a neve um longo rastro negro de quase três metros, abrindo espaço para Musashi descer. Este, porém, não aceitou o convite e andou de lado pela varanda do santuário cerca de seis metros, para só depois descer sobre a neve.

Os dois homens não se afastaram muito da varanda porque Denshichiro não conseguiu conter-se por mais tempo e soltou um tremendo urro destinado a impressionar o adversário. A espada — longa para se ajustar ao seu físico — parecia leve em suas mãos, e emitindo um leve silvo, veio precisamente em direção a Musashi.

Visar com precisão, porém, não significa necessariamente partir o inimigo em dois: Musashi moveu-se com rapidez maior do que a espada. E mais rápido ainda que tudo, uma lâmina surgiu da altura do seu ventre, desembainhada.

IX

Depois que os dois traços prateados coriscaram no ar, os suaves flocos de neve continuaram a cair, parecendo agora chegar ao solo com estranha lentidão.

Mas a neve tinha ritmo próprio, como uma melodia, e vinha do alto ora *presto*, impelida pelo vento, ora *andante*, redemoinhando, ora *lento*, dançando no ar como plumas de ganso.

Musashi e Denshichiro encaravam-se em silêncio. Na fração de segundo em que as espadas haviam sido sacadas das respectivas bainhas, os dois homens tinham se aproximado tanto que se tornava quase impossível imaginá-los escapando ilesos dessa aproximação. Contudo, a paisagem branca permanecia imaculada mesmo depois que os dois contendores, com um salto, tinham-se separado batendo os calcanhares no chão e espalhando finas partículas de neve, prova de que ambos continuavam miraculosamente inteiros.

Em seguida, as pontas das espadas tinham-se imobilizado no ar, frente a frente, interpondo uma distância de quase vinte metros.

A neve acumulada nas sobrancelhas de Denshichiro derretia e parecia escorrer entre as suas pestanas. Em consequência, Denshichiro contorcia o rosto de vez em quando, os músculos faciais formando inúmeros calombos, e arregalava os olhos em seguida, globos oculares semelhantes a janelas de fornalha ameaçando saltar das órbitas. Ao mesmo tempo, a boca, que deveria estar apenas dando passagem ao ar proveniente do baixo ventre, era fole de ferreiro, expelia um hálito fervente.

"Maldição!", gemeu Denshichiro arrependendo-se intimamente, mal se viu defrontando o inimigo. "Por que, justo hoje, me posicionei deste jeito, apontando os olhos do meu adversário?! Por que não estou em posição de guarda alta, com a espada erguida acima da cabeça?"

O pensamento ia e vinha, continuamente. Isto não queria dizer que ele raciocinasse com calma, como o faria uma pessoa em circunstâncias normais. Apenas assim sentia, nas batidas quase audíveis do coração e no sangue a circular impetuoso por todas as artérias. Seus cabelos, sobrancelhas, todos os pelos do corpo e até as unhas do pé pareciam ter sido mobilizados, crispando-se contra o inimigo.

Guardar-se com a espada naquela posição — isto é, com a ponta voltada para os olhos do adversário — não era sua tática favorita, sabia Denshichiro. Por esse motivo ele vinha tentando, havia já algum tempo, elevar o cotovelo e erguer a espada acima da cabeça, mas não conseguia.

E por quê? Porque os olhos de Musashi aguardavam essa oportunidade.

O próprio Musashi mantinha-se imóvel, cotovelos levemente dobrados, sua espada também apontando os olhos do adversário. Os cotovelos de Denshichiro dobravam-se com tamanha força que pareciam prestes a estalar, mas os de Musashi estavam soltos, parecendo ser possível movê-los para baixo ou para os lados com um simples toque. Havia ainda mais uma diferença: a ponta da espada de Denshichiro, como já foi dito anteriormente, movia-se de leve e parava, tentando inúmeras vezes ir para uma nova posição, enquanto a de Musashi permanecia imóvel a ponto de permitir que a neve se acumulasse no estreito dorso da lâmina, desde a ponta até a empunhadura.

X

"Tomara que Denshichiro cometa uma falha! Tenho de procurar uma brecha em sua guarda, adivinhar sua intenção pelo ritmo de sua respiração! Tenho de vencer, vencer a qualquer custo! Ajudai-me, Hachiman, deus da guerra, eis que estou no limiar da vida e da morte!"

Enquanto essas noções cruzavam como raios pela mente de Musashi, Denshichiro lhe pareceu sólido como uma rocha, fê-lo sentir-se vulnerável à pressão que emanava de sua magnífica figura e duvidar da própria capacidade de derrotá-lo.

"Ele é mais hábil que eu", chegou a pensar Musashi, honestamente.

A mesma impressão de inferioridade ele havia sentido quando se vira cercado pelos quatro veteranos, dentro do castelo Koyagyu. Essa avaliação negativa de si próprio surgia quando enfrentava estilos reconhecidos, como o Yagyu ou o Yoshioka, momentos em que sentia agudamente sua condição de autodidata, praticante de um estilo rústico, sem forma ou fundamento teórico.

Nesse exato momento, Musashi observava a guarda de Denshichiro, e nela percebia claramente um estilo complexo apesar da aparente simplicidade, másculo e preciso, elaborado pelo grande homem Yoshioka Kenpo numa vida inteira de dedicação. Simples força física ou espiritual nada conseguiriam contra isso, percebia Musashi.

E essa percepção o fazia sentir-se totalmente incapaz.

Em consequência, Musashi não conseguia naquela noite a costumeira afoiteza para agir como o jovem selvagem orgulhoso do próprio estilo sem nome ou forma. Nessa noite seus braços recusavam-se a se estender em busca do inimigo, e isso o deixava espantado consigo mesmo. O máximo que conseguia era guardar-se em completa imobilidade, à espera do movimento adversário.

Em virtude disso, por mais que tentasse evitar, sentia os olhos se congestionarem em busca de uma brecha, o espírito se perder em súplicas a Hachiman, e a ansiedade tumultuar no íntimo.

A maioria dos homens, ao se ver nessa situação, é arrastada no torvelinho, apavora-se e se afoga. Musashi, porém, havia-se livrado do seu perigoso atordoamento sem nenhum esforço mental aparente. Esse poder era uma dádiva que lhe adviera de experiências anteriores, em que pisara a tênue linha entre a vida e a morte: quando menos esperava, ele já tinha saído do atordoamento, como se alguém lhe tivesse de chofre tirado a venda dos olhos.

O duelo permanecia imutável, as duas espadas empunhadas em posição mediana, confrontando-se. A neve tinha-se acumulado sobre os cabelos de Musashi e nos ombros de Denshichiro.

Mas Musashi já não via diante de si um inimigo sólido como um rochedo. Ao mesmo tempo, ele tinha também perdido a noção de si. E muito antes que tudo isso acontecesse, ele tinha também varrido por completo da mente a própria ideia de vencer o duelo.

A neve caía mansamente no espaço de quase vinte metros existente entre ele e Denshichiro. Musashi sentia seu espírito leve como os flocos de neve, o corpo amplo como esse espaço, em sincronia com o universo: Musashi existia, mas ao mesmo tempo não existia fisicamente.

E foi então que ele percebeu: um pé de Denshichiro havia avançado, diminuindo o espaço entre eles, e a ponta de sua espada tinha começado a se mover, carregada de intenções.

Um berro medonho ecoou no preciso instante em que a espada de Musashi varreu a área às próprias costas. A lâmina cortou lateralmente a cabeça de Otaguro Hyosuke, que se tinha aproximado furtivamente por trás, e produziu um rangido semelhante ao de uma faca cortando um saco de feijões.

Uma figura humana, cuja cabeça era uma enorme romã aberta, passou rapidamente por Musashi e foi cambaleando na direção de Denshichiro, movendo pernas e braços como se quisesse nadar. Seguindo o cadáver ambulante, Musashi saltou repentinamente, tão alto que parecia querer atingir o peito de seu adversário com os pés.

XI

Um grito esganiçado partiu da boca de Denshichiro e varou o silêncio noturno. Mal o grito, semelhante a um *kiai* subitamente interrompido, perdeu-se num rouco estertor, seu corpo cambaleou e tombou para trás, levantando uma névoa branca.

— Es...espere!... — gemeu Denshichiro, contorcendo-se no chão num espasmo atormentado e enterrando o rosto na neve. Mas então, Musashi ali já não estava para ouvir.

As vozes que responderam eram distantes:
— Que foi isso?
— Era Denshichiro-sama!
— Deuses misericordiosos!
— Vamos!

Vultos negros aproximaram-se em disparada, como um vagalhão.

Desnecessário dizer, era o grupo do idoso Genzaemon e dos discípulos que, até então, haviam estado aguardando em otimista expectativa o desenlace do duelo.

— Ei! Otaguro também foi liquidado!
— Denshichiro-sama!

Logo perceberam que de nada lhes adiantaria chamá-lo ou procurar socorro.

Otaguro Hyosuke havia recebido um golpe lateral que lhe rasgara a cabeça desde a orelha direita até o interior da boca. Denshichiro tinha um corte profundo que partia do topo do crânio, descia em diagonal e se desviava ligeiramente da base do nariz, passando pelo osso da face.

Cada um deles tinha sido eliminado por um único golpe.

— E... ele subestimou o adversário! Eu... eu o avisei, mas ele não me ouviu. De... Denshichiro! Denshichi! — lamentava o idoso Genzaemon abraçando o sobrinho, sacudindo-o, sabendo que era inútil, mas, mesmo assim, tentando reanimá-lo.

Aos poucos a neve ao redor dos corpos foi sendo pisoteada e adquiriu um tom rosado. Genzaemon, que até então só se ocupara com o sobrinho morto, agastou-se repentinamente com os discípulos que, desorientados, apenas tumultuavam ao redor dos dois cadáveres, e gritou:

— E para onde foi o adversário?

Os homens não se haviam esquecido de Musashi, mas já não o viram nos arredores, por mais que o procurassem.

— Desapareceu.
— Não está em lugar algum!

A resposta irritou Genzaemon ainda mais.

— Não pode ser! — gritou o idoso homem, rangendo os dentes. — No momento em que começamos a correr para cá, vi um vulto em pé neste lugar! O sujeito não tem asas, homens! Tenho de lhe dar o troco com a minha espada ou eu, um Yoshioka, perderei o prestígio!

Nesse instante, um dos homens apontou algo com o dedo e soltou um impetuoso grito.

O grito havia partido do seio do próprio grupo, mas ainda assim teve a capacidade de chocar os homens, levando-os todos juntos a dar um passo para trás e olhar na direção apontada.

— É Musashi!
— É ele mesmo!
— Ora!...

Uma atmosfera de pura desolação pairou momentaneamente sobre o grupo. O silêncio que caiu repentinamente sobre o ruidoso grupo trouxe um espírito sinistro, muito diferente da calma de áreas desertas. Nesses momentos, o cérebro, assim como a própria cabeça, parecem esvaziar-se por completo, e os olhos, órgãos destinados a ver, apenas registram as imagens, aparentemente esquecidos de transmiti-las à mente.

Musashi estava em pé sob o beiral do templo, no ponto mais próximo ao local onde abatera Denshichiro.

E então, ainda observando a reação dos seus adversários e mantendo as costas voltadas para a parede da construção, ele pôs-se a andar de lado, pouco a pouco. Galgou em seguida a varanda do lado ocidental do santuário Sanju-sangen, andou com toda a calma até chegar ao meio dela, mais ou menos no ponto onde inicialmente havia feito sua aparição.

De lá, voltou-se e ficou de frente para o grupo aglomerado à distância, parecendo indagar: "Vocês querem me pegar?" Não vendo reação no grupo, Musashi pôs-se a andar de novo rumo ao extremo norte da varanda, para então desaparecer de súbito por trás do santuário Renge-ou.

SEIS POETAS CONTEMPORÂNEOS

I

— Gente irritante! Como ousam mandar um papel em branco em resposta à nossa carta? Se deixarmos passar, esses rebentos da nobreza vão se sentir cada vez mais satisfeitos. Agora, já não me resta outra saída: tenho de ir até lá, negociar pessoalmente, e trazer Yoshino-dayu para os meus aposentos, custe o que custar!

Dizem que um bom jogo de salão entusiasma qualquer um, não importa a idade, e Haiya Shoyu não fugia à regra: embriagado, o homem não conseguia conter-se: dedicava-se inteiro à brincadeira, e não iria sossegar enquanto não visse seus desejos satisfeitos.

— Vamos, leve-me até lá! — exigiu da cortesã Sumigiku, apoiando-se pesadamente em seu ombro para se levantar.

— Ora, deixe disso! — tentou dissuadi-lo Koetsu. Shoyu, porém, o ignorou:

— Não me detenha: estou decidido a ir até lá e tomar Yoshino-dayu. Fiéis vassalos! Erguei-vos e conduzi-me aos aposentos inimigos! Eis que vosso general parte para a guerra: quem de vós for o melhor, que me siga!

Um bêbado andando sozinho inspira cuidados, mas contrariando a expectativa dos que temem vê-lo a qualquer momento cair e se machucar, nada lhe acontece se for abandonado à própria sorte. Por outro lado, se confiando nisso ninguém o acode, o mundo perderia boas oportunidades de rir. Cambalear, simular perigo, acudir e ser acudido — ali estava o segredo de viver com engenho e arte, de fruir as delícias daquele mundo de prazeres.

E coisa mais fácil não deveria haver no mundo do que acudir Shoyu, o típico *bon-vivant* que já tivera sua cota de alegrias e tristezas, o perfeito conhecedor das regras do jogo. Mas as aparências enganavam: o idoso homem se mostrava difícil, cambaleando entre os limites da diversão e da provocação, exigindo dos que o acudiam perfeita harmonia espiritual consigo, a sincronia das vontades do cliente em busca de diversão e do profissional da diversão em seu esforço para entreter.

— Cuidado, Funabashi-sama! Não vá se machucar! — diziam as mulheres alvoroçadas, tentando ampará-lo. A isso, respondia sisudo:

— Machucar-me, eu? Não sejam tolas. Meus pés cambaleiam, admito, pois estou bêbado, mas o espírito permanece firme como uma rocha.

— Nesse caso, não precisa de ajuda: ande sozinho! — replicavam as mulheres, amuadas, parando de sustentá-lo. No mesmo instante o idoso homem sentou-se no meio do corredor, todo queixoso:

— Cansei-me um pouco. Quero ir a cavalo nas costas de alguém.

Levar um tempo infinito para vencer o espaço entre um aposento e outro da casa, atormentando as mulheres, por certo fazia parte do conceito de diversão de Shoyu. Eis porque ali se deixava ele ficar, no meio do corredor, mole como um pedaço de gelatina, causando o maior transtorno às mulheres que o acompanhavam. Apesar de toda a aparente moleza, porém, esse corpo magro, quase um feixe de ossos, guardava em seu interior um espírito bastante resoluto que, estimulado pelas generosas doses de saquê, estava momentaneamente irritado com o grupo liderado por Karasumaru Mitsuhiro, o jovem lorde que há muito retinha triunfalmente a cortesã Yoshino e com isso se divertia.

— Fedelhos nobres, impertinentes!

Em tempos passados, a nobreza tinha representado uma pesada carga e fora temida até pela classe guerreira, mas os atuais plutocratas de Kyoto já não a temiam sequer minimamente. Nos círculos íntimos dessa classe os nobres eram considerados pessoas de boa índole, facilmente manipuláveis, pobres e sempre preocupadas com a sua alta posição social. Por conseguinte, Funabashi-sama, o digno representante da opulenta classe de Kyoto, sabia muito bem que para manipular esses nobres como fantoches bastava proporcionar-lhes diversões caras, conviver com eles obedecendo aos seus padrões de bom gosto e elegância, e, ainda, reconhecer-lhes a superioridade social, preservando-lhes o orgulho.

— E quais são os aposentos em que Kangan-sama e seu nobre grupo se divertem? Estes? Aqueles? — perguntava Shoyu. Tateou o *shoji* de um aposento feericamente iluminado nos fundos da casa e tentava corrê-lo, quando repentinamente a divisória se abriu por dentro.

— Ora, vejam só quem está aqui! — disse alguém. Simultaneamente, a cabeça de um monge — personagem mais que improvável naqueles quarteirões — espiou pela fresta: era Takuan.

II

— Hein? Ora!...

Shoyu arregalou os olhos, feliz com o inesperado encontro, lançou os braços em torno do pescoço do monge e gritou:

— Ora, essa, querido bonzo, quer dizer que também estava aí?

Takuan por sua vez enlaçou o pescoço do idoso homem e, imitando seu tom, repetiu:

— Ora, essa, patrão, quer dizer que também veio?

Os dois bêbados que se haviam esbarrado por acaso juntaram os rostos barbudos, roçando-os um contra o outro, exclamando:

— Como tem passado?

— Muito bem!

— Senti sua falta!

— Sentiu? Fico feliz em saber, bonzo malandro!

Socaram-se mutuamente as cabeças, lamberam-se as pontas dos narizes; quem no mundo é capaz de prever o que dois homens embriagados são capazes de fazer para demonstrar sua alegria?...

Karasumaru Mitsuhiro voltou-se para o companheiro, Konoe Nobutada, e sorriu ao se dar conta de que Takuan, até há pouco ao seu lado, havia-se levantado e saído para o corredor e que, logo a seguir, divisórias estremeciam, e vozes anasaladas lembrando gatas em cio se faziam ouvir de permeio.

— Ah-ah! Conforme previ, o velho maçante se aproxima! — comentou sussurrando.

Mitsuhiro tinha aproximadamente trinta anos. Bem apessoado, a pele imaculadamente branca, típica dos membros da nobreza, fazia-o parecer mais novo do que realmente era. Tinha sobrancelhas bem delineadas, lábios vermelhos e olhos vivos que denotavam seu espírito brilhante.

— Como fui nascer nobre em um mundo onde só os *bushi* parecem contar? — era a queixa constante desse homem de feições suaves e gênio forte, profundamente insatisfeito com o sistema político vigente, de ascendência da classe guerreira.

— Se algum nobre se disser inteligente e satisfeito com os tempos atuais, esse homem só pode ser um idiota — era outra de suas frases prediletas.

Mitsuhiro dizia ainda: "A classe guerreira devia restringir-se à carreira militar. No entanto, o que vemos atualmente? *Bushi* enfeixando nas mãos também o poder político, desequilibrando a harmonia do saber e do poder, da letra e das armas. Hoje em dia, a classe nobre é apenas um enfeite, a ela é permitido apenas representar um papel, o do boneco dos festivais *sekku*; sobre sua cabeça repousa uma coroa que não pode usar um milímetro fora de ângulo. E pôr-me num mundo desses foi um erro dos deuses. Se tenho de terminar meus dias como súdito do Imperador, só tenho duas opções: afligir-me ou beber. Escolho então acabar meus dias bebendo, contemplando a lua e as flores, com a cabeça no colo de alguma beldade."

Tendo sido promovido de encarregado de assuntos palacianos a Ministro da Direita, o jovem lorde exerce no momento o cargo de Conselheiro de Estado, e frequentava assiduamente o bairro licenciado com a desculpa de que só nesse ambiente conseguia esquecer suas frustrações.

No meio desses jovens e frustrados nobres que rodeavam Mitsuhiro havia gente muito mais animada como Asukai Masakata, Tokudaiji Sanehisa, Kasan'in Tadanaga, todos pobres, mas que, diferente dos filhos de *bushi*, de algum modo conseguiam meios para frequentar a casa Ougi-ya.

— Só aqui sou capaz de me sentir humano! — diziam, bebendo e promovendo verdadeiras algazarras.

Nessa noite, contudo, Mitsuhiro estava em companhia de Konoe Nobutada, pessoa muito mais discreta. Ele parecia ser quase dez anos mais velho que Mitsuhiro, tinha feições sóbrias e sobrancelhas escuras e espessas. Em seu rosto moreno de traços generosos havia marcas de varíola, uma deformidade, diria a maioria das pessoas. Marcas de varíola, dizia-se também, tinha Minamoto-no--Sanetomo, o símbolo da masculinidade de Kamakura.

Seja como for, nada na atitude de Konoe Nobutada, filho do antigo Conselheiro Imperial, deixava transparecer sua alta extração. Sentado ao lado da cortesã Yoshino com um sorriso ambíguo no rosto e dando-se a conhecer apenas como o famoso calígrafo Konoe Sanmyaku'in, o rosto marcado pela varíola, longe de ser feio, dava-lhe um ar refinado.

III

Konoe Nobutada voltou o rosto sorridente para a cortesã Yoshino e perguntou:

— É a voz de Shoyu, estou certo?

Yoshino-dayu mordeu de leve os lábios rubros, tentando conter o riso, e disse, aparentando confusão:

— E se ele entrar, que faço?

Karasumaru Mitsuhiro reteve-a pela barra do quimono, ordenando:

— Não se levante!

Voltou-se a seguir na direção da divisória do aposento anexo e gritou em tom propositalmente autoritário:

— Monge Takuan! Que está fazendo aí? Entre ou saia de uma vez, e feche a porta que está frio!

Takuan, ao ouvir isso, disse para Shoyu:

— Vamos, entre!

Arrastado para dentro do aposento, o velho sentou-se imediatamente na frente de Mitsuhiro e Nobutada.

— Ora, ora, quem eu vejo! Eis que a noitada se torna mais interessante ainda! — exclamou, dirigindo-se a Konoe Nobutada. Avançou os joelhos mantendo as roupas impecavelmente alinhadas, apesar da embriaguez, e estendeu a mão:

— Dar-me-á a honra de beber de sua taça? — disse.
Nobutada sorriu, entre divertido e irônico:
— Como vai, ancião Funabashi? Sempre em forma, ao que vejo!
— Nem me havia passado pela cabeça que, esta noite, Kangan-sama tinha sua excelência como companheiro de noitada — disse Shoyu, balançando o pescoço fino e enrugado como um *Taro-kaja*[29], exagerando o próprio estado de embriaguez. — Pe... perdoe se há muito não venho à sua presença apresentar os devidos respeitos, mas... já que estamos aqui todos juntos, deixemos de lado incômodos títulos como Conselheiro Imperial ou *kanpaku*. Concorda comigo, bonzo Takuan?

Enlaçou novamente o pescoço do monge e continuou, apontando os rostos de Nobutada e Mitsuhiro:

— Não existe nada mais digno de comiseração, hoje em dia, do que estas pessoas, os nobres: a eles são dados imponentes títulos, como Ministro da Direita, *kanpaku*, mas nenhuma vantagem. Muito melhor ser um simples mercador. Não acha, bonzo?

Takuan, ligeiramente desconcertado com o rumo da conversa, respondeu:

— Acho, acho — e com um último esforço livrou o pescoço do férreo abraço.

— Não me lembro de ter sido servido por você, monge! — disse Shoyu no mesmo instante, apresentando-lhe a taça vazia. Emborcou-a em seguida de golpe para voltar a dizer:

— E quanto a você, monge, é bem matreiro. Nos tempos que correm, monges são matreiros, mercadores são espertos, *bushi* são fortes e os nobres... tolos. Bem achado, não é? — gargalhou.

— Está bem, está bem...

— Não podem fazer o que bem lhes agrada, foram banidos dos círculos políticos, e só lhes restam, como distração, poesia e literatura: que situação a deles, hein, monge?

Em se tratando de beber e pilheriar, Mitsuhiro não ficava atrás do velho mercador. Nobutada também sabia zombar com classe. Mas a súbita verbosidade do magro intruso pareceu aturdir os dois experientes mundanos: em sombrio silêncio, observavam o idoso homem fazer-lhes sombra, assumir o controle do jogo em seus próprios domínios.

Entusiasmado com o silêncio, Shoyu prosseguiu:

— E quanto a você, *dayu*, diga-me: quem a atrai mais, um nobre ou um mercador?

---

29. *Taro-kaja*: nome usualmente dado ao personagem que encarna o servo de um samurai ou *daimyo*, em peças do teatro *kyogen* ou nô.

— Ora, Funabashi-sama!... — disfarçou Yoshino com um riso cristalino.

— Não ria, é sério! Bato à porta do seu coração com esta pergunta. Ah, estou ouvindo, ouço o seu coração responder: a cortesã Yoshino também prefere um mercador! Pronto, acompanhe-me imediatamente aos meus aposentos. Saibam todos que eu, Shoyu, conquistei Yoshino e a levo comigo!

Assim dizendo, o velho mercador agarrou firmemente a mão da cortesã e, alerta, preparou-se para se erguer.

IV

Mitsuhiro chegou a derramar o saquê de puro espanto e depositou às pressas a taça.

— Brincadeiras têm limite! — exclamou, arrancando a cortesã das mãos de Shoyu e apertando-a bem junto a si.

— Por quê? Por quê? — replicou Shoyu, agora em pé. — Não a estou raptando contra a vontade dela: levo-a comigo apenas porque esse parece ser o seu desejo. Não é verdade, *dayu*?

Presa entre os dois homens, só restava à cortesã sorrir, enquanto Mitsuhiro e Shoyu a puxavam, cada um por uma das mãos.

— Que faço agora? — murmurou, totalmente embaraçada.

Nenhum dos dois homens estava sinceramente empenhado em ganhá-la, mas aparentar empenho e sinceridade, e perturbar a quem de direito, fazia parte das regras do jogo. Mitsuhiro não cedia um passo, nem Shoyu se deixava convencer.

— Vamos lá, *dayu*, só o seu coração pode pôr fim a este cabo de guerra amoroso: qual aposento pretende prestigiar? Siga o que seu coração ordenar!

Insistindo e atormentando, os dois homens divertiam-se.

— Ora, isto está ficando interessante — disse Takuan, acompanhando os acontecimentos. Aliás, não só acompanhou como também contribuiu com a sua quota na perturbação, perguntando enquanto bebia:

— Vamos, *dayu*, qual é a sua preferência?

Foi então que o gentil Konoe Nobutada, fazendo jus à fama de cavalheiro, interveio:

— Vejam só, que clientes mal-educados! Yoshino não pode optar nem por um, nem por outro. Sejam razoáveis: vamo-nos juntar num único aposento e divertir-nos em companhia uns dos outros. Que acham disso? — disse, numa tentativa de salvar a situação. — E por falar nisso, acho que Koetsu ficou sozinho no outro aposento. Vão chamá-lo! — ordenou às demais mulheres.

Shoyu, no entanto, continuou sentado ao lado da cortesã Yoshino, irredutível.

— Nada disso. Não é preciso ir chamá-lo: estou retornando aos meus aposentos neste instante, levando Yoshino comigo — disse.

Mitsuhiro, ao ouvir isso, agarrou Yoshino com maior firmeza ainda.

— Quero ver, quero ver se é capaz! — replicou.

— Ora, essa, fidalgo atrevido! — desafiou-o agora Shoyu abertamente. Voltou para Mitsuhiro o olhar brilhante, de bêbado, e metendo a taça de saquê debaixo de seu nariz, disse:

— Vamos então resolver qual de nós terá a honra da companhia da bela Yoshino, disputando para ver quem bebe mais na frente dela.

— Uma disputa para ver quem bebe mais? Essa é boa! — retorquiu Mitsuhiro, escolhendo uma taça bem maior e depositando-a sobre uma mesinha de apoio entre os dois. — Esqueceu quantos anos tem, vovozinho?

— Suficientes para competir com um fidalgo delicadinho! Vamos, ao desafio!

— Não vejo graça em beber simplesmente alternando as vezes. Vamos incrementar a brincadeira: que regras decidirão a vez?

— Quem rir primeiro numa disputa de carrancas tem de beber.

— Coisa mais sem graça!

— Jogo das conchas?[30]

— Nunca, com um velho malcheiroso.

— Comentário maldoso! E que tal *janken*[31]?

— Concordo. Vamos lá.

— Bonzo Takuan, sirva de árbitro!

— Às ordens.

Os dois homens se encararam seriamente, iniciando a brincadeira. A cada rodada o perdedor era obrigado a virar uma taça de saquê e todos rolavam de rir com os irritados comentários que se seguiam.

Aproveitando esse momento, Yoshino-dayu ergueu-se de manso e arrastando atrás de si com graça a longa cauda do quimono, seguiu pelo corredor e desapareceu no interior do prédio.

---

30. Jogo em que se usam duas metades de conchas, uma virada para cima e outra para baixo. As faces internas das conchas são pintadas, ou têm poemas famosos nelas escritos. Os participantes do jogo devem desvirar as metades voltadas para baixo e tentar acertar o par da metade aberta que lhe for destinada.

31. *Janken*: jogo da tesoura, pedra e papel, também conhecido no Brasil.

V

A disputa tinha tudo para terminar em empate, pois os participantes eram experientes e resistiam muito bem. A contenda parecia nunca chegar ao fim.

Mal a cortesã Yoshino se afastou, Konoe Nobutada murmurou:

—Acho que vou embora também... — e retirou-se. O árbitro Takuan, sonolento, pôs-se a bocejar ostensivamente.

Nem assim os dois homens desistiram de disputar. Takuan os abandonou e se deitou no meio do aposento. Ergueu a cabeça, procurou ao redor e, ao descobrir Sumigiku-dayu ao seu lado, apoiou a cabeça em seu colo sem ao menos lhe pedir licença. Dormitar era bom, mas Takuan lembrou-se de Joutaro e Otsu e pensou: "Pobrezinhos! Devem estar sentindo minha falta. Preciso ir embora."

Os dois estavam nos últimos tempos hospedados na mansão Karasumaru — Joutaro, desde que chegara de Ise com a encomenda do sacerdote Arakida, e Otsu, havia já alguns dias.

Takuan surgira de repente no vale Otowa na noite em que Otsu fora perseguida pela velha Osugi pelas seguintes razões:

O monge e Karasumaru Mitsuhiro eram velhos amigos, gostavam das mesmas coisas — poesia, zen, saquê — e partilhavam frustrações. E aconteceu que o monge tinha recebido em dias recentes uma carta de Mitsuhiro, em que este lhe dizia:

> "E então, velho amigo? Estamos no ano-novo: o que faz você enfurnado num velho templo interiorano? Não sente falta da vida cultural, do fino saquê da província de Nada, das mulheres e dos tordeiros à margem do Kamo? Se está com sono, faça zen por aí, se quer um zen vivo, pratique-o entre nós. E se sente falta da civilização, por que não vem me ver?"

A carta tinha trazido Takuan a Kyoto.

E, chegando à mansão Karasumaru, o monge viu de longe o menino Joutaro, pelo jeito brincando incansavelmente todos os dias no interior da extensa propriedade. Perguntou a Mitsuhiro a razão de sua presença e ouviu uma detalhada explicação. Takuan chamou então o menino e o questionou, inteirando-se de que Otsu sozinha tinha seguido na manhã do primeiro dia do ano em companhia da velha Osugi para a estalagem dela e que lá morava desde então, não tendo retornado nenhuma vez, nem mandado um único bilhete.

— Isso é grave! — comentara Takuan assustado, saindo nesse mesmo dia à procura da hospedaria de Osugi. A noite já caía quando encontrou a estalagem ao pé da ladeira Sannen-zaka. Ao sabê-las ausentes, o monge, cada vez mais aflito, fizera-se acompanhar de um servo do estabelecimento e saíra à procura da jovem no santuário Kiyomizudera.

Naquela noite, Takuan tinha conseguido trazer Otsu ilesa até a mansão Karasumaru. Mas a jovem, que passara por uma experiência aterrorizante nas mãos de Osugi, tivera febre alta a partir do dia seguinte, e não havia ainda conseguido erguer-se da cama até agora. O menino Joutaro velava por ela dia e noite, refrescando-lhe a testa com compressas frias e dando-lhe remédios com tocante zelo.

— Aqueles dois devem estar à minha espera... — afligia-se Takuan, mas seu companheiro, Mitsuhiro, longe de pensar em ir para casa, parecia mais animado que nunca.

Aos poucos, porém, a brincadeira perdeu a graça e a dupla começou simplesmente a beber sem se importar em saber quem vencera ou perdera, logo se enganando em acirrada discussão.

Os temas discutidos eram todos de suma importância: a classe guerreira e o domínio político, a nobreza e o seu valor, a classe mercantil e a expansão além-mar.

Takuan, que tinha saído de perto da cortesã e se recostava agora num pilar, escutava de olhos fechados. Parecia dormir, mas o sorriso com que reagia a certos trechos da discussão mostrava que ele estava alerta.

Pouco depois, Mitsuhiro comentou no tom descontente dos que começam a despertar de uma bebedeira:

— Ora... Quando foi que o senhor Konoe se retirou?

Shoyu também parecia sóbrio ao reclamar:

— Pior ainda, Yoshino desapareceu!

— Que falta de consideração! — tornou Mitsuhiro. Voltou-se para a pequena Rinya que dormitava a um canto e ordenou:

— Vá chamar Yoshino!

Rinya arregalou os olhos e se afastou pelo corredor. Ao passar pelos aposentos anteriormente ocupados por Shoyu e Koetsu, espiou casualmente e se espantou: ali estava Musashi, cujo retorno ninguém tinha percebido, sentado sozinho, frente a frente com uma lamparina.

VI

— Oh! Bem-vindo de volta, senhor. Quando chegou que eu não percebi? — disse Rinya.

— Acabo de chegar — respondeu Musashi.

— Pelo portãozinho dos fundos?

— Sim.

— E onde esteve, senhor?

— Lá fora.

— Aposto que foi se encontrar com alguma mulher! Deixe estar, vou contar tudo à minha *dayu*! — disse Rinya.

Musashi sorriu com o comentário precoce e perguntou:

— Não vejo os meus companheiros: onde estão eles?

— No outro aposento. Juntaram-se ao grupo de Kangan-sama e estão se divertindo junto com o monge.

— E quanto ao senhor Koetsu?

— Não sei...

— Será que já se foi? Porque, nesse caso, eu também me vou.

— Ah, mas quem vem a esta casa não pode ir-se embora sem a autorização da minha *dayu*, não sabia? Se não lhe apresentar as despedidas, vão rir do senhor, e eu serei admoestada.

O inexperiente Musashi ouvia os gracejos da menina com seriedade, acreditando que essas eram as regras da casa.

— Não se vá, portanto, sem me avisar, ouviu, senhor? Fique aqui até eu voltar.

A menina provavelmente anunciara o retorno de Musashi no outro aposento, pois, pouco depois, Takuan entrou:

— E então, Musashi, como vai? — disse, batendo de leve em seu ombro.

— Ah!... — exclamou o jovem, surpreso. E com razão. Rinya lhe havia falado de um monge no outro aposento, mas ele jamais imaginara que se tratava de Takuan.

— Quanto tempo, senhor... — disse, afastando a almofada sobre a qual se sentava, tocando o *tatami* com as mãos e inclinando-se respeitosamente. Takuan, porém, logo tomou as mãos de Musashi nas suas e disse:

— Formalidade não combina com este lugar. Vamos encerrar os cumprimentos por aqui. Ouvi dizer que o senhor Koetsu também veio, mas... Aonde foi ele?

— Com efeito, aonde...

— Vamos procurá-lo e juntar-nos a ele. Tenho muito a conversar com você, mas deixemos isso para mais tarde.

Assim dizendo, Takuan abriu uma divisória próxima. E ali estava Koetsu, mergulhado num *kotatsu* e cercado por um pequeno biombo, dormindo confortavelmente aquecido na fria noite de neve.

Despertá-lo de um sono tão tranquilo era crueldade. Koetsu, no entanto, provavelmente sentindo os olhares próximos ao seu rosto, despertou sozinho. Viu Musashi e Takuan, e logo uma expressão de espanto cruzou-lhe o olhar.

Posto a par das circunstâncias, Koetsu concordou em se juntar com Mitsuhiro no outro aposento.

Mas tanto o fidalgo como Shoyu já pareciam enfadados, e nas fisionomias de todos começava a pairar certo ar de desânimo, indicando que a festa chegava ao fim.

A bebida, a essa altura, passava a ter um gosto amargo, os lábios tinham ficado ressequidos e a água saciava a sede, mas lembrava a todos que era chegada a hora de voltar para casa. Especialmente frustrante era o fato da cortesã Yoshino não ter mais voltado a dar o ar de sua graça.

— Vamos embora! — sugeriu alguém quando todos já tinham se decidido a fazer o mesmo. Os homens ergueram-se prontamente, temerosos, ao que parecia, de ver os últimos vapores da bebida se esvaírem.

Foi então que duas atendentes[32] da cortesã Yoshino, precedidas por Rinya, chegaram às carreiras, e juntas curvaram-se formalmente diante do grupo.

— Desculpem a demora, senhores. Dayu-sama mandou-me dizer que finalmente terminou os preparativos e os está aguardando. Sei que estavam prestes a retirar-se, mas a neve torna a noite luminosa. Por que não passam mais alguns momentos conosco, aquecendo-se antes de enfrentarem o frio do caminho de volta?

Qual o sentido daquilo? Mitsuhiro e Shoyu entreolharam-se, sem saber o que pensar.

VII

O espírito festivo, uma vez perdido, dificilmente seria retomado, principalmente nesse mundo de prazeres efêmeros. Ao perceber que o grupo hesitava, uma das atendentes tornou a insistir:

— Dayu-sama mandou-me também dizer: "Sei que me consideram uma mulher fria, que abandona seus convidados no meio da noite sem avisar. No entanto, nunca passei por momentos tão difíceis quanto os de hoje:

---

32. As grandes cortesãs, à época, eram atendidas por um séquito de prostitutas denominadas *hikibune*.

se atendo os desejos de Kangan-sama, com certeza contrariaria Funabashi-sama. Se, pelo contrário, agisse de acordo com as instruções deste, melindraria Kangan-sama. Por isso retirei-me sem avisar, mas, na verdade, quero entretê--los de modo a não ferir o orgulho de ninguém." Assim me mandou dizer Yoshino-sama, que os está aguardando em seus próprios aposentos para recebê-los como convidados de honra. Por favor, senhores, atendam a esse seu desejo e retardem um pouco mais o retorno a seus lares.

Ignorar o convite e ir embora seria mostrar intolerância. Além disso, Yoshino como anfitriã prometia ser um entretenimento diferente. A perspectiva os animou ligeiramente.

— Vamos?

— Não podemos ignorar um convite tão especial.

Seguiram pois a aprendiz e as atendentes até um canto que dava para o jardim, e lá encontraram cinco pares de sandálias de palha bastante rústicos. Pisada por elas, a neve macia não guardou as pegadas dos convivas.

O detalhe fez com que todos, com exceção de Musashi, imaginassem prontamente:

— Ela está nos convidando para uma cerimônia de chá.

A cortesã Yoshino era uma famosa cultora da cerimônia do chá. Terminar a noite tomando um delicioso chá quente seria muito agradável, pensaram uns e outros. As mulheres, porém, passaram ao lado da casa de chá sem se deter e se aprofundaram cada vez mais no jardim, rumo a uma área que lhes pareceu uma horta rústica.

Um pouco apreensivo agora, Mitsuhiro procurou saber:

— Esperem, meninas, onde pensam levar-nos? Isto aqui é uma plantação de amoras!

A isso, uma das atendentes sorriu e respondeu:

— Isto não é uma plantação de amoras. É um jardim de peônias, onde todos os anos os senhores se sentam e passam momentos agradáveis ao ar livre, no fim da primavera.

Mitsuhiro continuava com expressão infeliz, e o frio o fez reclamar, mais amargo que nunca:

— Amoras ou peônias, tanto faz: tudo se torna igualmente triste debaixo desta neve. Estou começando a achar que Yoshino quer nos fazer pegar um belo resfriado.

— Desculpe-nos. Yoshino-sama, porém, espera-os logo adiante. É só mais um pouco. Siga-nos, por favor.

No canto indicado pela mulher havia uma casinha solitária, com teto de colmo. A construção, uma genuína casa camponesa, devia estar ali muito antes da zona alegre ter sido transferida para a região. Cercada de árvores, constituía uma unidade totalmente à parte do jardim artificial da casa Ougi-ya, mas de qualquer modo era parte da propriedade.

— Entrem, senhores — convidaram as mulheres, passando primeiro para o vestíbulo preto de fuligem da pequena casa. — Os convidados já estão aqui! — anunciaram.

De trás de um *shoji* iluminado pelo fogo de um braseiro veio a voz de Yoshino.

— Bem-vindos. Aproximem-se, por favor.

— Ora, parece até que estou num lugarejo bucólico, bem longe da cidade — murmurou alguém. Todos os olhares convergiram para as capas de palha dependuradas em pregos na parede do vestíbulo, cujo piso era de terra batida. Cheios de expectativa com relação ao tipo de entretenimento que lhes teria preparado a cortesã, os homens entraram um a um no aposento.

LENHA PERFUMADA

I

Yoshino recebeu seus convivas usando um quimono azul claro liso com *obi* preto, e uma leve maquiagem. O penteado, simples, lembrava o de uma dona de casa comum.

— Ora, surpreendente!

— Que beleza!

Entusiasmados, os homens elogiaram-lhe a aparência. A cortesã lhes pareceu muito mais bela ali, no humilde ambiente de uma casa de camponeses, sentada à beira de um rústico braseiro e vestindo um simples quimono de algodão, do que quando se acomodava na frente de um biombo dourado, vestindo uma suntuosa capa de tecido Momoyama, e exibia um sorriso nos lábios de brilho perolado.

— É uma bela mudança, sem dúvida! — disse Shoyu, sempre parcimonioso nos elogios. Sua língua viperina chegou até a perder o veneno. Sem oferecer almofadas, a cortesã os convidou para perto do braseiro rústico.

— Como veem, esta é uma cabana primitiva e não posso recebê-los com um banquete. Mas pensei bem e descobri que posso oferecer-lhes nesta noite de neve algo muito melhor que as mais refinadas iguarias, igualmente apreciado por ricos e pobres: o fogo. De modo que preparei lenha em quantidade mais que suficiente para a noite inteira, como podem ver. Senhores, aqueçam-se, por favor: a noite convida a confidências; podemos aqui permanecer até o dia raiar.

Então, era assim que a cortesã imaginara agradá-los: depois da longa caminhada na neve, nada como o calor de um belo fogo, deu-se conta Koetsu, assentindo com a cabeça.

Shoyu, Mitsuhiro e Takuan acomodaram-se informalmente, cruzando as pernas, e aqueceram as mãos no fogo.

— Aproxime-se também, senhor — disse Yoshino, afastando-se ligeiramente para dar lugar a Musashi, convidando-o com o olhar.

Eram seis pessoas em torno de um braseiro quadrado, e não havia espaço de sobra.

Musashi sentia-se tolhido, todo formal. Estava na presença de Yoshino-dayu, a primeira de uma série de cortesãs com o mesmo nome, quase tão famosa quanto Hideyoshi e Ieyasu. Ela era considerada mais fina que

Izumo-no-Okuni[33], mais bela e espirituosa que Yodo-gimi, a famosa Dama de Yodo do castelo de Osaka, mãe de Hideyori, o herdeiro do falecido *kanpaku* Hideyoshi.

Tanta fama explicava por que os homens que pagavam por sua companhia eram chamados simplesmente de "clientes", enquanto Yoshino, que vendia graça e beleza, era chamada "Dayu-sama". Musashi já tinha ouvido dizer que Yoshino-dayu se valia de sete serviçais para tomar um simples banho e que tinha à sua disposição duas *hikibune* para lhe cortar as unhas. No entanto, indagava-se: que graça viam Koetsu, Shoyu ou Mitsuhiro, os ditos "clientes" da cortesã, na situação atual? Por mais que os observasse, não foi capaz de compreender.

Apesar de tudo, percebia que mesmo nesse tipo de diversão, incompreensível para ele, os clientes obedeciam certas regras de comportamento e Yoshino mantinha a graça feminina, os dois lados compreendendo-se mutuamente. A Musashi, que desconhecia por completo esse universo sofisticado, só restava permanecer rígido, sentindo o rosto em brasa e o coração acelerado cada vez que o luminoso olhar da cortesã recaía sobre ele.

— Por que se retrai tanto, senhor? Aproxime-se!

O insistente convite de Yoshino finalmente o convenceu.

— Sim, senhora. Nesse caso... — disse, chegando-se timidamente para perto da cortesã e aquecendo as mãos no fogo, como os demais.

No momento em que Musashi se acomodou ao seu lado, Yoshino lançou um rápido olhar à manga do seu quimono. Minutos depois, enquanto os demais se engajavam em animada conversa, ela apanhou um lenço de papel e com ele pressionou furtivamente a beira da manga que lhe havia chamado a atenção.

— Ora... Muito obrigado! — disse Musashi, olhando para a própria manga. Tivesse ele ficado quieto, ninguém teria percebido o gesto, mas o agradecimento atraiu os olhares dos demais para a mão de Yoshino.

O lenço de papel na mão da cortesã havia absorvido algo vermelho, viscoso.

Mitsuhiro arregalou os olhos de espanto e deixou escapar:

— Ora! É sangue!

Yoshino sorriu delicadamente e disse, tranquila:

— Não, senhor, era uma pétala de peônia.

---

33. Izumo-no-Okuni: introdutora do nenbutsu-mai em Kyoto, criou posteriormente o teatro *kabuki*. Seu nome torna-se conhecido a partir de 1607 (ano XII do período Keicho).

II

Cada homem tinha na mão uma taça e apreciava o saquê a seu gosto. Os gravetos ardiam no braseiro, e os reflexos do fogo bruxuleavam suavemente nos rostos das seis pessoas que, silenciosas, pensavam na neve a cair lá fora.

Quando o fogo arrefecia, Yoshino apanhava de um cesto gravetos de quase trinta centímetros de comprimento e os lançava no braseiro.

Aos poucos, os homens foram se dando conta de que os referidos gravetos não eram simples galhos de pinheiros ou arbustos secos, mas um tipo de madeira que se consumia vivamente. Além disso, a lenha produzia um fogo claro, realmente belo.

"Ora, que gravetos são esses?"

Apesar da dúvida, ninguém ainda questionara porque a beleza das chamas era intensa a ponto de deixá-los mudos de êxtase.

Quatro ou cinco gravetos tiveram o poder de iluminar o aposento inteiro, deixando-o claro como o dia.

A chama lembrava uma peônia branca ao vento, e a ela mesclavam-se vez ou outra vivas labaredas roxas e douradas.

— *Dayu*! — chamou Mitsuhiro, não conseguindo mais conter-se. — De onde vêm esses galhos que você lança ao fogo? Não me parecem simples gravetos.

A essa altura, o próprio Mitsuhiro, assim como os demais convidados, já tinham começado a perceber uma suave fragrância no aposento agradavelmente aquecido. O perfume provinha do fogareiro, não havia dúvida.

— São galhos de peônia — respondeu Yoshino.

— De peônia?

A resposta intrigou a todos. Sempre haviam pensado na peônia como uma flor ornamental, e essa imagem dificilmente casava com a de uma árvore capaz de produzir galhos dessa grossura. Yoshino passou às mãos de Mitsuhiro o graveto que ia lançar ao fogo e convidou:

— Examine-o bem.

Mitsuhiro passou-o às mãos de Shoyu e Koetsu, e exclamou:

— É verdade, isto é um galho de peônia! Eis porque são diferentes!

Yoshino então explicou a todos que o jardim de peônias da propriedade já existia muito antes da construção do Ougi-ya, e muitos espécimes, com mais de cem anos, eram atacados por insetos, razão por que tinham de ser podados todos os anos no início do inverno de modo a possibilitar o surgimento de novos brotos e botões. A lenha era o resultado dessas podas, mas a quantidade era limitada.

Cortados e lançados ao fogo, os galhos produziam uma chama suave e bela, não fumegavam e chegavam a exalar um leve aroma, provando que a peônia continuava a ser a rainha das flores mesmo depois de seca e transformada em lenha. Por esse exemplo se via a importância da qualidade, tanto de plantas como dos seres humanos. Pessoas havia que davam flores uma vida inteira, mas quantas, depois de mortas, seriam capazes de se transformar em lenha perfumada, como as peônias? — perguntava Yoshino.

— Eu, por exemplo, que lhes falo com tanta sensatez sobre a qualidade das pessoas, sou uma pobre flor apenas admirada no seu auge, destinada a logo murchar e se transformar em ossos, ossos brancos, sem perfume... — acrescentou Yoshino com um triste sorriso.

III

Os galhos de peônia crepitavam e as pessoas à beira do braseiro tinham se esquecido da noite que avançava.

— Nada tenho a lhes oferecer, senhores, mas para compensar, garanto-lhes que o estoque de saquê e de galhos de peônia não se esgotará, mesmo que a noite chegue ao fim.

A hospitalidade de Yoshino foi capaz de comover Haiya Shoyu, o homem afeito a todo tipo de luxo.

— O que nos oferece é um banquete que supera os de reis — disse ele.

— Em troca, peço-lhes a gentileza de registrarem aqui uma recordação deste momento — disse Yoshino, trazendo uma caixa com material para escrever. E enquanto ela preparava a tinta, as pequenas *kamuro* estenderam um tapete no aposento vizinho e depositaram sobre ele algumas folhas de papel.

— Monge Takuan, atenda ao pedido de *dayu* — disse Mitsuhiro, indicando-o no lugar de Yoshino. Takuan balançou a cabeça assentindo, mas replicou:

— Primeiro o senhor.

Mitsuhiro avançou então os joelhos e se posicionou diante das folhas de papel, desenhando um único ramo de peônia.

Takuan escreveu em seguida, acima do desenho:

> *O que lamentas, pobre ser*
> *Sem cor ou fragrância,*
> *Neste mundo de flores*
> *Que lamentando fenecem?*

Ao ver que Takuan escolhia um poema em estilo japonês, Mitsuhiro transcreveu uma poesia do chinês Tai Bunkou.[34]

Descansando, contemplo a montanha.
Trabalhando, a montanha me contempla.
A montanha e eu
Contemplamo-nos semelhantemente,
Mas a semelhança aí termina,
Pois o descanso em tudo supera o trabalho.

Yoshino, instada pelos demais, não se fez rogada e registrou, logo abaixo do poema de Takuan:

A flor em seu auge
Tem certo ar triste:
Talvez pressinta
Seu próximo estiolar.

Shoyu e Musashi apenas observaram em silêncio. O jovem, principalmente, sentiu alívio por não ter sido instado a registrar também um poema.

Momentos depois, Shoyu notou a um canto do aposento vizinho um alaúde *biwa*[35] e pediu a Yoshino que executasse uma peça, sugerindo, ao mesmo tempo, que com isso encerrassem a noite.

Os demais o apoiaram entusiasticamente. Yoshino então apanhou o instrumento com naturalidade, sem mostrar orgulho ou falsa modéstia.

Sentou-se na penumbra do aposento vizinho, longe do fogo. Os demais aquietaram-se em torno do braseiro e ouviram atentos um trecho do épico *Heike Monogatari*.

O fogo se extinguia lentamente, mergulhando o ambiente na penumbra, mas, embevecidos, ninguém se lembrou de lançar mais gravetos ao braseiro. E quando as quatro cordas do instrumento passaram de súbito a vibrar acordes em *adagio*, indicando que a melodia chegava ao fim, o fogo quase extinto do braseiro voltou à vida e lançou uma labareda no ar, chamando os homens de um longínquo mundo de volta à realidade.

---

34. Tai Bunkou: T'sai Weng gong.

35. *Biwa*: instrumento musical semelhante ao alaúde, comumente tocado na China, Coreia e Japão. Seu corpo achatado lembra o formato de uma berinjela, e mede entre 60 e 106 cm. Originário da Pérsia e da Arábia, foi introduzido no Japão durante o período Nara (710-784).

— Relevem a tosca apresentação — disse Yoshino ao terminar. Sorriu de leve e depôs o instrumento, retornando a seguir para o seu lugar.

Era a deixa, e todos se levantaram. Musashi já havia descido antes de todos ao vestíbulo de terra batida com uma expressão de alívio, semelhante ao de um homem que acaba de ser salvo de uma vida vã.

Yoshino apresentou suas despedidas a todos os convidados, um a um, com exceção de Musashi.

No momento em que o jovem, em companhia dos demais, tentava deixar a casa, Yoshino o deteve pela manga:

— Fique aqui comigo, Musashi-sama: sinto que não devo deixá-lo partir esta noite — sussurrou ela.

IV

Musashi enrubesceu como uma virgem. Fingiu não tê-la ouvido, mas parecia desconcertado, e isso chamou a atenção dos demais.

— Não se importará se eu o retiver aqui esta noite, não é, senhor? — disse Yoshino a Shoyu. Este respondeu:

— Claro que não! Trate-o com carinho. Não temos nenhum motivo para levá-lo embora à força, não é mesmo, senhor Koetsu?

Musashi desvencilhou-se das mãos que o retinham e tentou forçar a passagem para fora da casa, dizendo:

— Não, vou embora em companhia do senhor Koetsu!

Koetsu, porém, concordou com Shoyu:

— Não recuse, mestre Musashi. Passe a noite aqui, em companhia de Yoshino, e retorne pela manhã à minha casa. Leve em consideração as palavras da *dayu*: ela se preocupa com você.

Musashi conjecturava se os homens não estariam tramando deixar, a ele, jovem guerreiro ingênuo e inexperiente, sozinho nesse mundo de prazeres e mulheres, para poder rir e transformá-lo em assunto de pilhérias numa nova noitada. No entanto, as expressões sérias nos rostos de Koetsu e Yoshino desmentiam a hipótese.

Excetuando esses dois, os demais se divertiam com o constrangimento de Musashi.

— De que reclama? Você é o homem mais sortudo de todo o país!

— Se não quer, posso substituí-lo!

Momentos depois, no entanto, as brincadeiras e pilhérias dos convidados cessaram abruptamente: um homem entrou correndo pelo portãozinho nos fundos da casa, chamando-lhes a atenção para um detalhe que até então havia passado despercebido.

O homem recém-chegado era um serviçal da casa Ougi-ya que, obedecendo a uma ordem de Yoshino, tinha saído a verificar os arredores. Ninguém sabia quando a cortesã tinha tomado essas providências, e todos se mostraram bastante surpresos. Menos Koetsu. O mercador, que tinha estado em companhia de Musashi desde cedo, havia compreendido tudo no momento em que a cortesã limpara com um lenço de papel a mancha de sangue na sua manga.

— Todos os senhores podem retirar-se, menos Musashi-sama: ele não deverá sair esta noite dos limites desta zona — disse o empregado da casa, ofegante. Ele falava tão rápido que chegava a parecer exagerado. — A esta hora só há um portal aberto na cidade. E, ao redor desse portal, assim como nas proximidades da casa de chá Amigasa e por trás dos chorões das alamedas, existe uma multidão de guerreiros em roupas de guerra, espalhados em grupos de cinco a dez. São todos discípulos da Academia Yoshioka, dizem os taberneiros e lojistas dessas áreas, trêmulos, por trás de portas fechadas, esperando o pior a qualquer momento. Dizem também que há quase uma centena deles espalhados pela área entre o portal e o hipódromo. A situação é realmente grave!

O homem batia os dentes genuinamente apavorado. A situação, conforme o homem dizia, devia ser realmente grave, mesmo descontando-se metade do que ele dizia.

— Obrigada. Pode retirar-se agora — disse Yoshino, afastando-o. Voltou-se então outra vez para Musashi e lhe disse:

— Sei que, depois disso, o senhor se sentirá compelido a partir de qualquer modo, só para não ser tachado de covarde. Peço-lhe, no entanto, que ponha de lado a valentia: deixe que o chamem de covarde esta noite, basta não sê-lo amanhã, não é verdade? Além de tudo, o senhor veio até aqui para se divertir. E se esse era o seu objetivo, acho que um homem demonstra maior grandeza entregando-se de corpo e alma à diversão. Seus adversários aguardam-no armando uma emboscada. Evitá-la não irá manchar seu nome. Ao contrário: saber dela e mesmo assim ir ao seu encontro fará com que o chamem de imprudente. E as consequências de seu ato prejudicarão não só esta cidade como também os seus companheiros: se eles se retiram em sua companhia, poderão ver-se envolvidos na briga e feridos. Pense bem a respeito e entregue-se a mim, só por esta noite. Senhores, Musashi-sama está sob meus cuidados: podem ir despreocupados para suas casas.

UMA CORDA QUE SE PARTE

I

Não havia mais viva alma em pé no bairro. Vozes cantando e sons de instrumentos musicais haviam cessado por completo. O sino acabara de anunciar o último terço da hora do boi[36] e mais de quinze minutos já se haviam passado desde que os convidados tinham-se retirado.

Musashi se sentava sozinho no umbral do aposento à entrada da casa, parecendo disposto a ali ficar até o dia raiar, como um refém mantido a contragosto.

Yoshino permanecia no local ocupado anteriormente à beira do braseiro e continuava a lançar vez ou outra um galho de peônia ao fogo, mesmo depois da partida dos demais convidados.

— Aproxime-se do fogo, senhor. Esse lugar é frio — disse ela. A observação fora repetida inúmeras vezes, mas Musashi respondia, a cada vez, sem encarar o rosto da cortesã.

— Não se incomode comigo e deite-se, pois partirei assim que o dia clarear.

Ao se ver sozinha com o jovem, Yoshino também perdeu a espontaneidade, quase acanhada. "Como pode uma mulher exercer a profissão de cortesã e se acanhar na presença de um homem?", poderia observar alguém habituado a frequentar o mundo das prostitutas baratas e que desconhece a educação e o comportamento das grandes cortesãs, gueixas que chegaram à posição de *dayu*.

Contudo, havia uma grande diferença entre a cortesã Yoshino, acostumada a lidar com homens todos os dias, e o simplório Musashi. Yoshino, além do mais, devia ser um ou dois anos mais velha que Musashi, e em matéria de jogos amorosos, infinitamente mais experiente. Mesmo assim, ao se ver sozinha no meio da noite com um jovem que, deslumbrado, coração palpitante, mal conseguia encará-la, sentiu a pureza renascer-lhe no coração e experimentou a mesma palpitação do jovem companheiro.

As ajudantes *hikibune* e as pequenas aprendizes tinham preparado cobertas dignas de uma princesa, momentos antes de se retirarem. Do travesseiro de cetim pendiam pequenos guizos de ouro que brilhavam vagamente na penumbra do quarto. Para os dois jovens tensos, até esse pequeno detalhe impedia-os de relaxar.

---

36. Terceira hora do boi, ou *ushimitsu*: a hora do boi é dividida em três partes, a terceira correspondendo aproximadamente às duas horas da madrugada.

A neve acumulada sobre o teto e o alpendre desabava vez ou outra, provocando estrondos. O ruído era assustador, fazia imaginar um homem saltando do teto para o chão.

Yoshino voltava-se vez ou outra para observar a reação de Musashi. A sombra do jovem projetada na parede parecia inchar gradativamente, como um porco-espinho ameaçado. Seus olhos eram límpidos e penetrantes, como os de um falcão. Seus nervos pareciam chegar a todos os pontos do seu corpo, até a ponta dos cabelos. Se algo ou alguém chegasse a tocar-lhe o corpo nesses momentos seria estraçalhado, sentia Yoshino.

O silêncio persistia, e a cortesã sentiu um inexplicável arrepio percorrer-lhe o corpo. A madrugada avançava e o frio se intensificava, mas o arrepio nada tinha a ver com esses fenômenos.

Em meio ao silêncio, calafrios e palpitações, os dois corações batiam acelerados. Os galhos de peônia continuavam a arder. A chaleira começou a silvar, deixando escapar vapor pelo bico, e a essa altura Yoshino já tinha recuperado a costumeira serenidade. Com gestos tranquilos, ela se pôs a preparar o chá.

— O dia vai raiar em breve, Musashi-sama. Aproxime-se, tome um pouco de chá e aqueça as mãos.

II

— Obrigado — disse Musashi com uma ligeira mesura, continuando a lhe dar as costas, sem sair do lugar.

— Sirva-se — tornou a oferecer Yoshino. Insistir mais seria importunar. A cortesã calou-se.

O chá, preparado com tanta dedicação, esfriava na chávena sobre um pequeno retalho de crepe. Repentinamente, Yoshino removeu o retalho e jogou o chá num recipiente ao seu lado, irritada ou talvez julgando inútil tanta consideração por um tolo interiorano.

E então, lançou para Musashi um olhar repleto de piedade. De costas, o jovem continuava rígido, parecendo envolto em armadura de ferro. Não havia nenhuma brecha em sua guarda.

— Ouça, Musashi-sama.

— Pois não?

— Contra quem se guarda o senhor desse jeito?

— Não me guardo contra ninguém, mas contra um descuido de minha parte.

— E contra seus inimigos?

— Naturalmente contra eles também.

— Digo-lhe então que se os homens da academia Yoshioka invadissem agora este aposento, o senhor seria golpeado instantaneamente. Não posso deixar de sentir que assim acontecerá. O senhor é digno de piedade.

— ...?

— Ouça-me, Musashi-sama. Sou mulher, não conheço os caminhos da guerra, mas venho acompanhando seus movimentos e olhares desde o começo da noite e tenho a horrorosa sensação de estar vendo um homem prestes a morrer. Em outras palavras, a morte paira em suas feições. Por acaso considera positivo um estudante de artes marciais, um guerreiro, sair pelo mundo nessas condições e enfrentar incontáveis espadas? De que jeito pretende vencer seus inimigos? — disse ela em tom reprovador, sorrindo ao mesmo tempo com ligeiro desprezo.

— Como? — disse Musashi, no mesmo instante. Ergueu-se do seu canto, aproximou-se de Yoshino e sentou-se à sua frente, rígido. — Quer me parecer que você me chamou de imaturo?

— Ofendeu-se?

— Nem tanto, pois quem assim me chama é uma mulher. No entanto, quero saber: o que quis dizer quando afirmou ver em mim um homem prestes a morrer?

Embora tivesse dito que não se ofendera, o brilho no olhar de Musashi estava longe de ser sereno. Sentado ali, à espera do dia raiar, Musashi sentia as imprecações, os estratagemas e as lâminas dos Yoshioka envolvendo-o como um manto invisível. Ele não precisara da ajuda de Yoshino para saber o que o esperava lá fora e estava preparado.

Depois do duelo no templo Renge-ou, a ideia de partir para outras terras e ocultar-se sem dúvida lhe ocorrera, mas se assim procedesse, estaria sendo grosseiro com Koetsu, o companheiro da noitada, e também com Rinya, a quem prometera voltar sem falta. E depois, boatos haveriam de surgir dando conta de que ele fugira com medo da revanche dos Yoshioka, e isso era insuportável. Assim sendo, ele retornara ao Ougi-ya como se nada tivesse acontecido e continuara fazendo parte do alegre círculo daquelas pessoas. Comportar-se desse jeito fora uma dura provação e uma demonstração de largueza de espírito, pensava ele. E então, por que razão Yoshino se ria do seu procedimento, tachando-o de imaturo, por que afirmava que via em suas feições a sombra da morte?

Se a afirmativa não passava de uma simples brincadeira de cortesã desocupada, não merecia que perdesse tempo com isso. No entanto, se Yoshino falava com base em algum tipo de conhecimento, não podia deixar de ouvi-la. Um mar de lanças podia estar cercando a cabana agora, mas valia a pena desafiar a cortesã a se explicar, pensou Musashi, voltando para ela os olhos sérios e brilhantes, inquirindo-a agressivamente.

III

Aquele não era um simples olhar. Cortante, perigoso, quase poderia ser transferido para a ponta de uma espada. E esse olhar fixava de frente o rosto branco de Yoshino, verrumava-o à espera da resposta.

— Disse aquilo por simples capricho? — tornou Musashi com certa violência agora, impaciente com a imobilidade dos lábios da cortesã. Yoshino então tornou a mostrar de relance a sombra de um sorriso, e respondeu.

— Por certo, não! — disse, balançando a cabeça negativamente. — Como poderia eu sonhar em fazer esse tipo de observação por capricho, Musashi-sama, ao senhor, um guerreiro?

— Diga-me então: por que me vê como presa fácil da espada inimiga, um indivíduo fraco e inexperiente? Explique-se!

— Já que insiste tanto, vou explicar. Musashi-sama: o senhor prestou atenção ao som do *biwa* que há pouco toquei para entreter meus convidados?

— O som do *biwa*? E que tem isso a ver comigo?

— Tola fui eu em perguntar. Pois acredito que, tensos em busca de outros sons do começo ao fim de minha apresentação, seus ouvidos não foram capazes de distinguir na melodia a infinita variedade de sons e acordes que esse instrumento é capaz de produzir.

— Está enganada: eu os ouvi! Não estava distraído a ponto de não ouvi-los!

— Diga-me então: como acha que essas quatro cordas foram capazes de produzir com tanta facilidade toda aquela variedade de sons, e tons tão fortes ou por vezes tão suaves? Chegou a pensar nisso enquanto escutava?

— Para que pensaria? Apenas prestei atenção à história da princesa Yuya que você contava. Que mais havia para se escutar?

— Concordo com o que diz, senhor. Neste momento, porém, gostaria de comparar este *biwa* a um ser humano. E agora, mesmo sem pensar muito, não acha intrigante que essas quatro cordas e esse corpo de madeira possam produzir sons tão variados? E, em vez de nomear as notas correspondentes a cada um dos milhares de sons, vou declarar aqui um poema que talvez seja do seu conhecimento: *Biwakou*, de autoria de Hakurakuten[37], em que os sons do *biwa* são descritos com riqueza. Assim diz o poema.

Yoshino franziu ligeiramente as finas sobrancelhas e, em voz baixa, recitou com simplicidade:

---

[37]. Hakurakuten, ou ainda Hakukyou'i: leitura japonesa do nome Po Chü-i (772-846), poeta chinês do período T'ang, autor de suaves baladas e versos líricos.

A corda grossa estrondeia
É aguaceiro batendo no telhado.
A corda fina sussurra
Murmúrios ao pé do ouvido.
E estrondeando e sussurrando,
Grossa e fina juntas,
São pérolas grandes e pequenas
Caindo em travessa de jade,
Ou doce pássaro canoro
Trinando num galho em flor,
Ou regato sob o gelo
Soluçando débil, intermitente.
E eis que o som aos poucos congela
Como as águas do regato...
E congelando e falseando,
Por instantes se cala.
Dor profunda, amargura
Se avolumam então algures!
Ah! Melhor seria agora,
Que as cordas mudas ficassem,
Pois o vaso de prata abrupto se parte
E dele a água esguicha:
Saltam ginetes em armaduras,
Lanças e espadas retinem!...
Extingue-se a melodia,
A palheta no peito descansa,
Quatro cordas que de golpe estridulam,
Seda de alto a baixo rasgada.

— Veja, senhor, a variedade de sons que um *biwa* é capaz de reproduzir. O corpo desse instrumento sempre me intrigou, desde o tempo em que eu era uma jovem *kamuro*. Certo dia, incapaz de me conter, quebrei-o e depois o reconstruí. Ao repetir o processo algumas vezes, até uma pessoa de limitados conhecimentos como eu foi capaz de descobrir o espírito do *biwa*, oculto no seu corpo.

Yoshino interrompeu-se por um instante, ergueu-se suavemente, buscou o instrumento que há pouco havia tangido e voltou a sentar-se no mesmo lugar. Segurou-o a seguir de leve pelo braço e colocou-o em pé entre ela e Musashi, dizendo:

— Ao quebrar este corpo de madeira e espiar o coração do instrumento, descobri que nada havia de extraordinário por trás de seus sons. E agora, vou-lhe mostrar essa verdade.

Sua mão delicada brandiu de repente uma lâmina fina, semelhante a um pedaço de *naginata*. E enquanto Musashi continha a respiração, atônito, a lâmina penetrou fundo na junção das madeiras, rasgando de cima a baixo o corpo do instrumento com três ou quatro golpes seguidos, produzindo um som que o fez imaginar que o alaúde sangrava. Musashi sentiu uma dor aguda, como se a lâmina o houvesse atingido.

Yoshino tinha aberto o instrumento de alto a baixo.

IV

— Observe, senhor — disse a cortesã, ocultando atrás de si a lâmina usada, sorrindo casualmente para Musashi.

O alaúde expunha agora pela fenda o cerne da madeira e a estrutura do corpo.

Em silêncio, Musashi observou o instrumento decomposto e o rosto da mulher à frente, indagando-se onde ocultaria ela um espírito tão violento. Na mente de Musashi, o ruído da lâmina ainda ressoava doloroso, mas no rosto de Yoshino não havia nem sombra de emoção ou rubor.

— Como vê, o instrumento nada tem em seu interior. Onde então se originam todas as variações de som? Simplesmente desta única peça transversal de madeira, que cruza o corpo por dentro. Esta peça é o verdadeiro reforço que mantém o corpo, a estrutura óssea que sustenta o instrumento, suas entranhas, seu coração. No entanto, graça alguma haveria se esta fosse uma simples peça resistente e tesa. Para que produzam variações no som, essas ondulações moduladoras foram propositadamente entalhadas na madeira. Mesmo isso, no entanto, não seria capaz de originar a verdadeira sonoridade. O som verdadeiro do *biwa* surge, na verdade, de um pequeno detalhe nesta peça transversal: seus dois extremos estão aparados na medida certa, provocando uma ligeira folga na rigidez da peça. O ponto que eu, com toda a humildade, gostaria de vê-lo compreendendo é o seguinte: a atitude mental de todos nós, seres humanos, perante a vida não deveria ser semelhante à estrutura de um *biwa*?

O olhar fixo de Musashi não desgrudava um milímetro do alaúde partido.

— Esta verdade simples deveria ser do conhecimento de qualquer um. No entanto, é típico da natureza humana não possuir sequer esta simples peça transversal a suportar-lhe o íntimo... Ao perceber no interior do *biwa* a rigidez e a folga desta peça reguladas na medida certa de modo a produzir, a um golpe da palheta nas quatro cordas, sons fortes que lembram o entrechocar de armas, ou agudos que sobem direto às nuvens, ocorreu-me certo dia se isto não poderia ser transposto para o nosso cotidiano. E ao comparar essa imagem com o que percebi em sua pessoa esta tarde, senti o perigo a que está exposto, pois o senhor, Musashi-sama, é pura rigidez, nada existe em sua pessoa que represente a mínima folga. Se a um *biwa* nessas condições encostássemos a palheta, o instrumento não produziria sons variados; e se mesmo assim insistíssemos em tocá-lo, suas cordas se partiriam e seu corpo se fenderia. Perdoe-me se o ofendo, mas minha alma assim se inquietou quando o conheci. Como vê, minhas palavras não são uma brincadeira de mau gosto. Considere-as preocupações desnecessárias de uma mulher presunçosa e não lhes dê importância, se assim desejar.

Um galo cantava ao longe.

Pelas frestas da porta, a forte claridade matinal infiltrava-se, intensificada pela brancura da neve.

Musashi não ouvia o galo cantando: seu olhar denso estava preso na carcaça do alaúde, com o cerne branco exposto e as cordas partidas. Tampouco percebeu o sol se infiltrando pelas frestas.

— Ah!... O dia já raiou!

Pesarosa pela noite que se fora, Yoshino pensou em lançar mais gravetos ao fogo, mas eles já tinham acabado.

Pássaros chilreavam, portas se abriam, mas os ruídos matinais soavam abafados e distantes, parecendo provir de outro mundo.

Yoshino, no entanto, não dava mostras de querer abrir as portas de seu casebre. Já não havia galhos de peônia para aquecer o ambiente, mas seu corpo continuava quente.

Nenhuma *kamuro* ou *hikibune* se atreveria a entrar sem a ordem expressa de Yoshino.

DOLOROSA PRIMAVERA

I

A neve em plena primavera se foi, tão brusca quanto chegou. Passados dois dias, não havia vestígios dela em lugar algum. Sob os efeitos do sol, repentinamente forte, ninguém conseguia mais suportar sobre a pele as roupas acolchoadas. Trazida pelo vento morno, a primavera parecia chegar a galope, intumescendo os brotos das árvores.

— Ó de casa! Atendam-me, por favor! — gritava havia algum tempo um bonzo zen-budista em trajes de viagem respingados de lama até a altura dos ombros diante do portal da mansão Karasumaru, tentando atrair a atenção de algum morador. Como, porém, ninguém o atendia, o bonzo dirigiu-se à área reservada aos funcionários administrativos e espiava pela janela de um dos aposentos, quando um garoto surgiu repentinamente às suas costas e perguntou:

— O que quer, monge?

O forasteiro voltou-se, mas agora era ele quem contemplava com estranheza o menino mal vestido, parecendo inquirir de volta: e você, quem é?

Um garoto com aquela aparência na mansão do lorde Karasumaru Mitsuhiro? O monge apenas o olhava dos pés à cabeça, sem nada dizer. Segurando com uma das mãos algo volumoso dentro do quimono na altura do peito e carregando à cintura a inseparável espada de madeira, Joutaro disse:

— Se quer sua cota de arroz, monge, tem de bater na cozinha. Você não sabe onde fica o portão de serviço?

— Cota de arroz? Não é para isso que estou aqui — respondeu o jovem monge zen-budista. Indicou com o olhar o porta-cartas que lhe pendia do pescoço e continuou: — Venho do templo Nansoji, na província de Senshu[38], para entregar ao monge Shuho Takuan uma carta urgente. E você, quem é? O moleque de recados da cozinha?

— Eu? Eu sou um hóspede da mansão. Do mesmo jeito que Takuan-sama.

— Realmente? Nesse caso, vá lá dentro e diga-lhe que de Tajima, terra natal do monge Takuan, chegou ao templo Nansoji uma carta aparentemente urgente, e que um mensageiro está aqui para entregá-la.

— Espere, vou chamar o monge para você.

---

38. Denominação diversa da província de Izumi.

Assim dizendo, Joutaro saltou à varanda da mansão. Por onde passava, seus calcanhares sujos deixavam marcas no assoalho. Tropeçou no suporte de um biombo e pequenas tangerinas rolaram de dentro do quimono. Joutaro recolheu-as afobadamente e correu para os fundos da mansão. Passados instantes, o menino retornou e disse para o bonzo do templo Nansoji, à sua espera:

— Ele não está. Pensei que estivesse, mas me disseram que saiu hoje cedo para ir ao templo Daitokuji.

— Não tem ideia de quando ele volta?

— Já deve estar chegando.

— Nesse caso, deixe-me esperá-lo. Sabe de algum aposento tranquilo, onde eu possa ficar sem estorvar ninguém?

— Sei, sim.

Joutaro veio para fora e conduziu o monge, com ares de sabe-tudo.

— Entre, monge. Aqui dentro não vai estorvar ninguém — disse o menino, introduzindo-o no curral.

Palhas, rodas de carroça e excrementos se espalhavam por todos os lados. O monge pareceu espantado, mas o menino já tinha saído e ia longe.

Joutaro correu beirando o jardim da extensa propriedade e dirigiu-se ao quarteirão ocidental. Lá chegando, espiou um quarto bem arejado e disse:

— Comprei as tangerinas, Otsu-san!

II

A febre não cedia apesar dos cuidados e dos remédios, e Otsu não comia nada havia já alguns dias.

— Como emagreci! — espantava-se a jovem contemplando as próprias mãos cada vez que as levava ao rosto.

Não tinha nada que pudesse ser chamado de doença, ela sabia. Seu estado não inspirava cuidados, havia garantido também o médico da família Karasumaru numa de suas frequentes visitas. Se isso era verdade, por que emagrecera tanto? — perguntava-se a jovem, impaciente, sem saber que essa impaciência, aliada à sua natureza delicada e nervosa e às muitas aflições por que passara, contribuía para elevar cada vez mais a febre.

— Queria uma tangerina... — deixara escapar Otsu em dado momento, sentindo a boca febril, seca.

Joutaro, que nos últimos dias andara aflito porque a jovem não se alimentava, tratou de confirmar:

— Tangerina, Otsu-san?

Saíra em seguida às pressas em busca das frutas.

O encarregado da cozinha, questionado, havia-lhe dito que não existiam pés de tangerinas na mansão. O menino percorreu então todos os vendedores de frutas e mantimentos próximos, mas nenhum deles as tinha.

Em um campo, no extremo da cidade, encontrou uma feira.

— Tangerinas, tangerinas... — procurou Joutaro percorrendo-a de ponta a ponta, mas a maioria das bancas vendia linha para pipas, peças de algodão, óleo e peles, e nenhuma tangerina.

Joutaro queria, porém, satisfazer a vontade de Otsu. Vez ou outra, frutas alaranjadas sobre cercas em mansões desconhecidas atraíam-lhe a atenção. O menino então se aproximava disposto a roubá-las, mas logo descobria que se tratava de espécimes ornamentais, azedos e impróprios para o consumo.

Ele já tinha percorrido quase a metade da cidade de Kyoto quando encontrou as tão almejadas frutas no oratório de um templo, dispostas sobre uma mesinha de oferendas, junto a batatas e cenouras. Joutaro pegou só as tangerinas, escondeu-as no peito, dentro do quimono, e fugiu, temendo ouvir às suas costas, a qualquer instante, os gritos do santo a quem havia sido dedicada a oferenda:

— Peguem o ladrãozinho!

"Não me castigue, meu santo, juro que não são para mim! Juro que não vou comer nenhuma", veio implorando o menino no íntimo até alcançar os portões da mansão Karasumaru.

Mas como contar uma coisa dessas a Otsu? Joutaro sentou-se à cabeceira da doente, retirou as frutas uma a uma de dentro do quimono, enfileirou-as à sua frente, escolheu a melhor e a ofereceu, sem perda de tempo:

— Olhe esta, parece bem docinha. Coma, vamos!

Descascou-a e a pôs na mão da jovem. Otsu, porém, virou-se para um dos lados, ocultando o rosto.

— Que foi, Otsu-san? — indagou o menino, espiando. A jovem escondeu-se ainda mais, dizendo baixinho:

— Nada. Não foi nada.

Joutaro estalou a língua:

— Já vai você chorar de novo! Trouxe estas tangerinas pensando em alegrá-la, mas você chora! Que coisa mais chata!

— Me desculpe, Jouta-san...

— Não vai comer?

— Vou, sim. Mais tarde.

— Coma ao menos esta que já está descascada. Deve ser doce.

— Com certeza. Ainda mais dada com tanto carinho... Mas é que, só de ver, já me sinto enfastiada. Sei que é pecado...

— Você não tem fome porque chora demais. Por que você vive sempre tão triste, Otsu-san?

— Estas são lágrimas de felicidade. Seu carinho me emociona.

— Pois pare de chorar! Não vê que me dá vontade de chorar também?

— Não choro mais... Não choro mais... Me perdoe.

— Então coma essa tangerina. Se você continuar desse jeito, vai acabar morrendo.

— Mais tarde. Coma você, Jouta-san.

— Eu, não!

Com medo do santo, Joutaro recusou com veemência.

III

— Você sempre gostou de tangerinas, Jouta-san!

— E ainda gosto.

— E então, por que não come uma?

— Porque não quero.

— Só porque eu não chupo a minha?

— Hum? É, é isso.

— Nesse caso, vou aceitar. Chupe a sua também.

Otsu acomodou-se melhor e começou a limpar os gomos um a um com os dedos magros. Joutaro, embaraçado, afirmou:

— É que eu já chupei muitas pelo caminho. É verdade, Otsu-san...

— Verdade? — repetiu Otsu levando à boca seca o gomo da tangerina, contemplando o espaço com o olhar vago. — Onde está o monge Takuan? — perguntou em seguida.

— Disseram-me que foi ao templo Daitokuji.

— Ouvi dizer que ele se encontrou anteontem à noite com Musashi-sama, na casa de alguém.

— Ah, você também ouviu dizer?

— Ouvi. Você acha que o monge lhe disse que estou aqui?

— Com certeza.

— Ele me disse que qualquer dia desses vai me trazer Musashi-sama até aqui. Ele não comentou nada disso com você?

— Comigo, não!

— Será que se esqueceu?

— Quer que eu lhe pergunte, quando ele voltar?

— Quero! — disse Otsu, sorrindo pela primeira vez. — Mas pergunte longe de mim.

— E por que não posso perguntar na sua frente?
— Porque morro de vergonha.
— Vergonha por quê?
— Porque ele me disse que isso que eu tenho é uma doença, e se chama... "mal de Musashi".
— Olhe, você acabou comendo uma tangerina inteira sem perceber!
— Ah... a tangerina!
— Quer mais uma?
— Não, obrigada. Estava deliciosa.
— Tenho certeza que, de agora em diante, será capaz de comer de tudo. Ah, se Musashi-sama aparecesse agora, você sararia de vez!
— Até você, Jouta-san?

Só assim Otsu era capaz de esquecer a febre e a dor no corpo.

Nesse instante, um serviçal da mansão Karasumaru chamou, do lado de fora da varanda:

— Mestre Joutaro estará aí?
— Sim, senhor — respondeu o menino.
— O monge Takuan o chama. Venha imediatamente — disse o homem, afastando-se em seguida.
— Ora, parece que o monge já chegou de volta.
— Vá lá ver.
— Você não vai se sentir mal quando ficar sozinha, Otsu-san?
— Não vou, não. Vá despreocupado.
— Volto assim que falar com ele, está bem? — disse o menino, erguendo-se.
— Não se esqueça de lhe perguntar sobre aquilo, Jouta-san.
— Aquilo?
— Já se esqueceu?
— Ah, de perguntar quando é que Musashi-sama vem!

As faces magras de Otsu ruborizaram-se de leve. A jovem ocultou o rosto na coberta e frisou:

— Não se esqueça, Jouta-san: pergunte sem falta, ouviu?

IV

Takuan se encontrava na sala de estar da mansão e conversava com Mitsuhiro.

A porta de correr se abriu e Joutaro perguntou, às costas do monge:

— Que quer de mim, monge Takuan?

— Sente-se primeiro, antes de se dirigir às pessoas — repreendeu-o Takuan. Mitsuhiro apenas contemplava sorrindo, sem se ofender com os maus modos do menino.

Joutaro sentou-se obediente ao lado do monge e disse em seguida:

— Ah, é verdade: tem um monge parecido com o senhor querendo lhe falar urgentemente. Disse que veio do templo Nansoji, da província de Senshu. Quer que eu vá chamá-lo?

— Acabo de ser informado a respeito — disse Takuan.

— Já se encontrou com ele?

— Já. Ele se queixou de você. Disse que você é um moleque irritante.

— Ué?! Por quê?

— Pois você conduziu o monge mensageiro cansado da longa viagem para dentro da estrebaria, deixou-o lá esperando e se esqueceu dele, não foi?

— Foi. Mas é porque ele mesmo me disse que queria ficar esperando num lugar calmo, onde não estorvasse ninguém!...

Mitsuhiro ria a mais não poder, sacudindo-se inteiro:

— E por isso você o pôs no estábulo? Que maldade, garoto — gargalhou ele.

Logo, porém, recuperou-se e perguntou a Takuan:

— Você então pretende rumar direto para Tajima, sem passar por Senshu?

Takuan balançou a cabeça, confirmando. Não ia esperar o dia amanhecer porque o teor da carta era preocupante, e queria despedir-se nesse instante. Suas posses eram poucas, e ele já estava pronto para partir.

Joutaro ouviu a conversa dos dois homens e interveio:

— O senhor vai embora, monge Takuan?

— Um assunto urgente me chama de volta à minha terra.

— Que assunto urgente é esse?

— Chegou-me a notícia de que minha mãe adoeceu. Parece que desta vez, seu estado de saúde é grave.

— O senhor também tem mãe, monge? — admirou-se Joutaro.

— Ora essa, garoto! E de onde pensa que nasci, da forquilha de uma árvore?

— E quando pretende voltar para cá?

— Tudo depende do estado da minha mãe.

— Mas então... Que maçada! Que é que vamos fazer, sem o senhor? — disse Joutaro pensando em Otsu, apreensivo com o futuro de ambos. — E nós não vamos vê-lo nunca mais?

— Quem disse? Tenho certeza de que tornaremos a nos encontrar em algum lugar. Já pedi ao lorde Karasumaru que vele especialmente pelo futuro de vocês dois. Faça-me portanto um favor, Joutaro: diga a Otsu-san que não se deixe abater, e sare logo. Faça um esforço para animá-la, Joutaro: o mal que a aflige se cura com carinho e não com remédios.

— Aí é que está o problema: eu não tenho o poder de curá-la. Ela só vai ficar boa quando se encontrar com Musashi-sama.

— Quanto trabalho nos dá esta enferma, não, Joutaro? Bela companheira você foi arrumar para andar pelos caminhos da vida...

— O senhor se encontrou com Musashi-sama na noite de anteontem, não foi, monge?

— Foi — respondeu Takuan, trocando olhares com Mitsuhiro e sorrindo. Parecia temer que o menino indagasse onde o vira, mas felizmente para ele a pergunta seguinte de Joutaro não era sobre detalhes tão insignificantes.

— E quando é que ele vai aparecer por aqui, monge? Quem mandou o senhor prometer a Otsu-san que o traria aqui? Agora, ela só faz esperar por ele todos os dias. Onde está o meu mestre, monge Takuan? — disse Joutaro, dando mostras de querer sair em seguida para buscá-lo.

— Ah... Musashi — murmurou o monge. A resposta era vaga, mas não queria dizer que ele tivesse se esquecido por um momento que fosse da promessa de levá-lo à presença de Otsu. Tanto que, naquele mesmo dia, no caminho de volta do templo Daitokuji, ele tinha passado pela casa de Koetsu para saber do jovem. Desconcertado, Koetsu lhe explicara que fazia já duas noites que Musashi não retornava do Ougi-ya. Acrescentara ainda que acabara de mandar uma carta a Yoshino-dayu pedindo-lhe que liberasse Musashi, pois até Myoshu estava bastante apreensiva.

V

— Como? Quer dizer que o tal Musashi não retornou, desde aquela noite, da casa de Yoshino-dayu? — disse Mitsuhiro, arregalando os olhos de espanto.

O tom, exagerado, devia-se metade ao inesperado da notícia e metade ao ciúme.

Takuan evitou comentar detalhes por causa do menino, mas acrescentou:

— Por fim, ele mostrou que é apenas um jovem como outro qualquer da idade dele. Quanto mais promissores na juventude, menos correspondem às expectativas na idade adulta.

— Admira-me a excentricidade de Yoshino-dayu. Que viu ela de tão atraente nesse caipira encardido?

— Ela e Otsu! Se há algo que não compreendo neste mundo é o coração das mulheres. Aos meus olhos, parecem todas igualmente afetadas por algum tipo de doença comum. Bem, a primavera chegou também para Musashi. Agora começa para ele o verdadeiro aprendizado. Nessa fase, uma mão feminina se torna muito mais perigosa que uma espada. Mas nada do que eu disser lhe adiantará: vamos deixá-lo por conta dele mesmo, é o único jeito — murmurou Takuan quase monologando, voltando a atenção para a viagem que estava prestes a empreender.

Apresentou as despedidas formais a Mitsuhiro, tornou a solicitar benevolência com relação à jovem enferma e ao menino e, instantes depois, saiu apressado pelo portão da casa Karasumaru. A noção de que uma viagem deve sempre começar de manhã, comum às pessoas normais, não ocorria a Takuan, que pouca diferença via em partir de manhã ou à noite. Naquele instante, por exemplo, o sol já começava a descambar no ocidente e uma leve névoa começava a envolver os vultos dos transeuntes e os carroções que passavam pela estrada.

Alguém lhe vinha no encalço, chamando insistentemente: "monge Takuan, monge Takuan!". Deve ser Joutaro, pensou o monge, voltando-se com ligeiro desconforto. O menino se aproximou ofegante e o deteve pela manga, com toda a força:

— Por favor, monge, volte uma vez mais e fale com Otsu-san, eu lhe imploro! Ela desatou a chorar e eu não sei mais o que fazer!

— Você lhe contou a respeito de Musashi?

— Porque ela me perguntou!

— E então, ela começou a chorar. Foi assim?

— Foi! Ela pode até morrer!

— Por quê?

— Porque ela está com essa cara! Ela até disse: "só quero vê-lo uma vez antes de morrer, só mais uma vez!"

— Ah, é? Nesse caso, não se preocupe: ela não corre perigo de morrer. Deixe-a em paz.

— Onde mora essa Yoshino-dayu, monge Takuan?

— Para que quer saber?

— Ora essa, meu mestre está lá! Não foi isso que o senhor e lorde Mitsuhiro conversavam há pouco?

— Contou até isso para Otsu-san?

— Claro!

— Agora entendi porque a chorona quer morrer. Mas não adianta eu retornar, não vejo cura imediata para o caso dela. Diga-lhe apenas o seguinte...

— O quê?

— Que ela precisa comer.

— Até parece que eu não repito isso cem vezes por dia! E adianta?

— Ah, você já disse isso... Suas palavras, Joutaro, são o máximo em matéria de conselho para Otsu-san. Mas se nem elas passam por seus ouvidos, paciência! Não vejo outra solução: conte-lhe tudo.

— Como assim?

— Diga a ela que seu querido Musashi está há três dias enfurnado na casa Ougi-ya, totalmente enrabichado por uma cortesã de nome Yoshino. Só por esse episódio, Otsu-san deveria perceber que o rapaz não se importa nem um pouco com ela. Pergunte à tontinha chorona de que lhe adianta morrer de amor por um sujeito que nem liga para ela.

Joutaro não quis ouvir o resto e sacudiu a cabeça com impaciência:

— É mentira! Meu mestre não é um *bushi* desse tipo! E experimente dizer uma coisa dessas para Otsu-san: ela é capaz de se matar, de verdade! Quer saber? Tonto é você, monge de uma figa!

VI

— Ora, ora! Acho que me repreenderam. Você se ofendeu, Joutaro? — riu Takuan.

— É óbvio! Quem manda falar mal do meu mestre! E Otsu-san não é nenhuma tonta.

— Você é um bom menino, Joutaro — disse Takuan, passando a mão na cabeça do menino.

Joutaro moveu a cabeça e livrou-se da mão que o acariciava.

— Tudo bem. Não peço mais nada a um bonzo de sua laia. Vou procurar Musashi-sama sozinho e trazê-lo para ver Otsu-san, pode deixar!

— E você sabe?

— O quê?

— Onde está Musashi?

— Não sei, mas procuro e acho, não se preocupe.

— Você fala com muita impertinência, mas não vai ser fácil descobrir onde mora Yoshino-dayu. Quer que eu lhe diga onde fica?

— Não vou lhe pedir mais nada! Mais nada!

— Não seja tão implicante, Joutaro. Sabe muito bem que não quero o mal de Otsu-san, nem tenho motivos para não gostar de Musashi. Pelo contrário, nunca me canso de rezar para que os dois alcancem a felicidade nesta vida.

— Mas então, por que está sendo tão malvado?

— Pareço malvado aos seus olhos? Talvez lhe pareça mesmo. Escute, Joutaro: tanto Musashi como Otsu-san estão, neste momento, doentes, de certo modo. Das doenças físicas cuida o médico; das doenças do coração se encarrega um monge — é o que se convencionou. De todas as enfermidades do coração, a de Otsu-san é a mais grave. Musashi deve curar-se sozinho, basta dar-lhe tempo, mas neste momento sinto-me impotente diante do mal que aflige Otsu-san. Já que o dela é um caso perdido, a única solução é dizer-lhe: "De que lhe adianta amar tipos como Musashi sem ao menos ser correspondida? Esqueça-se dele e trate de voltar a comer!" Que mais poderia eu dizer?

— Está vendo? É por isso que eu digo: não vou pedir mais nada para você, bonzo de uma figa.

— Se pensa que minto, vá à casa Ougi-ya, no bairro Yanagimachi, da rua Rokujo, e verifique pessoalmente o que Musashi está fazendo lá. Depois, volte para cá e conte exatamente o que viu a Otsu-san. Ela vai chorar e se desesperar por algum tempo, mas se isso servir para despertá-la, ótimo!

Joutaro enfiou um dedo em cada ouvido e disse:

— Cale a boca, cale a boca, bonzo inútil. Não quero ouvir mais nada!

— Ora essa, foi você quem veio atrás de mim.

— Bonzo, bonzo, esmolas não vou dar./ Se quer ganhar esmola,/ Trate de cantar.

Dois dedos metidos nas orelhas, Joutaro berrava a modinha atrevida no meio da rua para as costas do monge, que já ia distante. Mal, porém, o vulto do monge dobrou uma esquina e desapareceu, os olhos do menino encheram-se de lágrimas. Imóvel, perdido, o menino ali se deixou ficar até que as lágrimas transbordaram e rolaram pelo seu rosto.

Joutaro dobrou um braço e enxugou-as depressa. No momento seguinte, moveu a cabeça e olhou ao redor, como um cachorrinho perdido que de súbito se lembra de algo.

— Oba-san! — gritou ele para uma mulher velada, pelo aspecto uma dona de casa. — Onde fica o bairro Yanagimachi, da rua Rokujo?

— Fala do bairro licenciado? — perguntou a mulher, atônita.

— O que é um bairro licenciado?

— Credo!

— O que fazem nesse bairro?

— Que menino mais inconveniente! — reclamou a mulher, olhando feio antes de ir-se embora.

Joutaro não perdeu tempo tentando compreender por que a mulher se enfezara. Sem se deixar abater, perguntou aos transeuntes, um a um, o caminho para o bairro Yanagimachi e a casa Ougi-ya.

UM LEVE AROMA DE SÂNDALO

I

As lanternas se acendiam feéricas nas três ruas do bairro Yanagimachi. A tarde acabava de cair e ainda não havia clientes andando pelas ruas.

O jovem serviçal da casa Ougi-ya deu com os olhos casualmente no vulto à entrada da casa e teve um sobressalto. Pois o vulto afastara as cortinas da entrada, metera a cabeça para dentro e logo observava tudo com curiosidade. Sob a cortina apareciam duas sandálias sujas e a ponta de uma espada de madeira. A visão perturbou o homem, que já se dispunha a chamar outros em seu socorro, quando ouviu:

— Tio!

Era Joutaro. O menino entrou e perguntou:

— Está aqui um senhor de nome Miyamoto Musashi-sama, não está? Você não poderia me anunciar a ele? Diga-lhe apenas que Joutaro o procura, que ele logo saberá de quem se trata. Musashi-sama é meu mestre. Ou senão, chame-o aqui para mim.

O serviçal respirou aliviado quando descobriu que era apenas um menino. No entanto, seu rosto se contorceu de raiva, porque se lembrou do susto de há pouco.

— Quem é você, moleque? Mendigo? Ou filho de um pé-de-vento? Não temos ninguém com esse nome aqui. Isto é hora de me aparecer aqui com roupas encardidas? Vá-se embora, vamos! — disse o homem, agarrando-o pela gola e tentando arrastá-lo para fora.

Joutaro inchou como um baiacu ameaçado.

— Que é isso?! Eu vim para ver meu mestre! — esbravejou.

— Cale a boca, idiota! Pois por causa desse tal Musashi que diz ser seu mestre, estamos metidos em maus lençóis desde duas noites atrás, ouviu bem? Hoje de manhã, e outra vez há pouco, esteve aqui um mensageiro da academia Yoshioka perguntando por ele. O que disse a ele, repito para você: Musashi não está mais aqui! Foi embora há muito tempo.

— E por que não me disse isso com calma? Para que me arrasta pela gola desse jeito?

— Quem mandou você meter a cara suja pela cortina e espiar com esses modos suspeitos? Não vê que me assustou, moleque irritante?! Pensei que você fosse um dos homens da academia Yoshioka.

— Assustou-se porque quis. Diga-me: quando é que Muasashi-sama partiu e aonde foi ele?

— Moleque dos infernos! Ainda tem a coragem de me pedir informações depois de ter feito tanta malcriadez? E eu lá vou saber desse seu mestre?
— Se não sabe, paciência. Solte minha gola.
— Mas não de graça. Tome isto! — disse o serviçal, agarrando-o pela orelha e sacudindo-o para lançá-lo à rua.
— Ai, ai, ai! — gritou Joutaro. Caiu de joelhos, apanhou sua espada de madeira e desferiu um repentino golpe na cabeça do serviçal.
— Ai, moleque maldito! — gritou o homem. Com os incisivos quebrados e segurando o queixo ensanguentado, saiu atrás do menino para a rua.

Aturdido, Joutaro correu gritando por socorro:
— Alguém me acuda! Este homem é mau!

Desmentindo o sentido das próprias palavras, o menino parou, voltou-se e atacou de novo, descarregando a espada de madeira no topo da cabeça do seu perseguidor com o mesmo ímpeto da ocasião em que havia matado o feroz cão Taro, no castelo Koyagyu.

O homem deixou escapar um gemido fino e desmoronou de encontro ao tronco de um chorão, deitando sangue pelo nariz. No mesmo instante uma aliciadora de fregueses que a tudo assistia pela janela treliçada da casa em frente gritou em direção à janela vizinha:
— Vejam! Esse menino matou um homem da Ougi-ya e fugiu!

E, de repente, a rua até então deserta encheu-se de vultos imprecisos que acudiam.
— Assassino!
— Mataram um homem!

A brisa carregou longe o cheiro do sangue e as vozes.

II

As brigas sucediam-se o ano inteiro no bairro, mas os moradores eram também especialmente hábeis em solucionar casos sangrentos em segredo, com rapidez e eficiência.
— Aonde foi ele?
— Como era o menino?

Homens de aspecto ameaçador vieram para fora e indagavam, mas as buscas ficaram restritas a um breve período. Logo, a pequena multidão alegre, de dândis e homens de sombreiro afluiu às ruas iluminadas como insetos atraídos pela luz, mas ninguém chegou a ouvir qualquer referência ao incidente ocorrido há pouco menos de meia hora.

Com o avançar da noite, as três ruas principais fervilhavam. Um passo além delas, porém, existiam vielas escuras, campos e hortas silenciosas.

Quando percebeu que o perigo havia passado, Joutaro surgiu de um esconderijo qualquer rastejando como um cachorrinho e correu o mais rápido que pôde em direção a essa área escura, não longe dali.

O menino tinha imaginado, em sua ingenuidade, que a área escura o levaria ao também escuro mundo exterior, mas logo se chocou contra uma cerca de quase três metros de altura que rodeava todo o bairro, como num forte. A paliçada era feita de grossos troncos amarrados entre si, com pontas aparadas em forma de lança. Joutaro andou beirando a cerca por bom tempo mas não achou nenhum portão ou brecha por onde sair.

Mais um pouco e acabaria chegando a uma das ruas principais bem iluminadas, no extremo do bairro. O menino voltou atrás, procurando outra vez as sombras. Nesse instante, uma mulher que o vinha seguindo cuidadosamente, observando o seu comportamento, chamou-o, agitando a mão branca:

— Menino! Menino!

Parado no escuro, Joutaro observou-a por instantes com um olhar brilhante de desconfiança. Logo, veio voltando com passos pesados e perguntou:

— É comigo?

Percebeu que não havia maldade no rosto branco da mulher e se aproximou mais um passo.

— Que quer de mim?

A mulher lhe disse bondosamente:

— Foi você que apareceu no começo da noite na porta da casa Ougi-ya, perguntando por Musashi-sama?

— Eu. Eu mesmo.

— Joutaro é seu nome?

— Isso.

— Siga-me então que o levo em segredo até Musashi-sama.

— A...aonde? — disse Joutaro, retraindo-se agora.

A mulher então lhe explicou tudo com calma, para vencer a desconfiança do menino.

— Quer dizer que a tia é atendente dessa tal Yoshino-dayu? — perguntou, o rosto iluminado como o de um pecador que afinal encontra um santo no meio do inferno. Descontraído agora, o menino seguiu a mulher.

Segundo a serviçal, a cortesã Yoshino-dayu, ao ser notificada da confusão daquela tarde, havia ficado realmente preocupada com o que poderia acontecer ao menino e pedira para ser comunicada assim que os homens o encontrassem, pois pretendia interceder em seu favor. E caso algum empregado da Ougi-ya o encontrasse primeiro, essa pessoa devia levá-lo secretamente até o portão dos fundos do estabelecimento e mostrar-lhe a casa rústica onde Musashi se encontrava.

— Está em segurança, agora. Qualquer pedido de Yoshino-sama é uma ordem neste bairro — disse a serviçal.

— Você tem certeza de que meu mestre está lá, tia?

— E por que haveria eu de mentir para você?

— Que faz ele neste lugar estranho?

— Que faz ele? Ora... Se, quer saber, espie pela fresta da porta... Bem, vou-me embora, porque tenho muito a fazer... — completou a mulher, afastando-se discretamente e desaparecendo entre os arbustos do jardim.

III

Será? Ele estaria dentro dessa casa, de verdade?

Joutaro não conseguia acreditar. Procurara tanto por Musashi, e agora não era capaz de acreditar que o encontraria no interior desse casebre bem na sua frente: era simples demais para ser verdade.

Mas a incredulidade não o levou a desistir, pelo contrário: ali estava ele, ansioso, rondando a casa em busca de uma fresta por onde pudesse espiar.

Logo, encontrou uma janela lateral, mas era muito alta para ele. Rolou então uma pedra que achou no meio das plantas, encostou-a na parede da casa e subiu. Com muito custo a cabeça chegou à altura da treliça.

— Ah, mas é ele, o meu mestre!!!

Joutaro absteve-se de gritar de alegria por saber que espionava, mas quase não conseguiu conter a vontade de estender a mão e tocar esse vulto tão querido.

Deitado perto do braseiro, Musashi repousava a cabeça no próprio braço e dormitava.

"Que folgado!", diziam os olhos arregalados do menino, colados ao gradil.

Alguém cuidara de cobri-lo com um sobretudo feminino grosso e longo, em vistoso padrão *momoyama*. O quimono, de estampas graúdas muito ao gosto de dândis, não era o de tecido áspero e padrão discreto que Joutaro se acostumara a ver seu mestre usando.

Um tapete vermelho cobria uma área um pouco afastada e sobre ele se espalhavam pincéis, tinta e papel. Esboços de berinjelas e galos pela metade apareciam entre as folhas de papel.

"Olhem só para isso! Ele estava aqui o tempo todo, dormindo e pintando! E nem sequer sabe que a pobre da Otsu-san está doente!", pensou Joutaro, indignado.

Não gostou do sobretudo feminino que cobria o seu mestre, muito menos do vistoso quimono que ele vestia. Até para um menino de sua idade a atmosfera voluptuosa do ambiente era perceptível.

No primeiro dia do ano, quando enfim descobrira Musashi sobre a ponte Oubashi, havia uma jovem agarrada a ele em plena rua, chorando. E agora isto.

"Tem alguma coisa errada com ele nestes últimos tempos", pensou o menino. Joutaro sentiu o pequeno coração confrangido por uma estranha amargura.

O aborrecimento despertou-lhe a vontade de fazer travessuras.

"Já sei! Vou pregar um susto nele!"

Disposto a pôr a ideia em prática, Joutaro procurava descer de manso da pedra, quando ouviu:

— Quem o trouxe até aqui, Joutaro?

— Hein? — disse o menino sobressaltado, voltando a espiar.

Seu mestre não dormitava: olhos entreabertos, sorridente, ele olhava em sua direção.

Melhor do que responder, Joutaro achou mais rápido dar a volta, abrir a porta da frente e por ela mergulhar direto nos braços de seu mestre.

— Meu mestre!

— Olá! Você chegou, afinal!

Ainda deitado, Musashi estendeu o braço e envolvendo a cabeça empoeirada do menino, trouxe-a para perto do próprio peito.

— Como foi que me descobriu? Na certa foi o monge Takuan quem lhe contou onde me encontrar. Há quanto tempo não o vejo, Joutaro! — disse Musashi soerguendo-se, ainda abraçado ao menino. Feliz como um cãozinho que reencontra seu dono e sentindo enfim junto a si o calor do corpo por que tanto ansiara nos últimos tempos, Joutaro permaneceu longo tempo com a cabeça no colo do seu mestre, enrodilhado junto a ele.

IV

E Otsu estava acamada, neste instante. Musashi não fazia ideia do quanto ela queria vê-lo, a coitadinha! Ela dizia ser só isso o que ela queria: encontrá-lo. Só isso.

Era verdade que ela o tinha avistado no primeiro dia do ano na ponte Oubashi; mas então, uma mulherzinha muito esquisita conversava com Musashi toda melosa, chorando. Vai daí que Otsu se enfezou por completo e Joutaro não tinha conseguido tirá-la do lugar, ela mais parecia um caramujo entocado.

Ele achou que a jovem teve razão de se enfezar, já que ele próprio sentiu muita raiva naquela hora! Mas agora, Musashi devia deixar tudo isso para lá, não tinha mais importância. O que Musashi precisava fazer neste momento era ir com ele, Joutaro, à mansão Karasumaru e dizer para Otsu: olhe, estou aqui. Bastava isso para ela sarar de uma vez, ele tinha certeza.

Esse foi o sentido geral do discurso longo e pueril que Joutaro fez febrilmente, de modo a tentar comover seu mestre.

— Sei, sei!... — repetia Musashi, assentindo com movimentos de cabeça. — Não diga... Foi assim que aconteceu?

Mas a frase mais importante, a essencial, "Está bem, nesse caso vou vê-la", essa ele não dizia.

Quando Joutaro percebeu que, apesar de todas as suas queixas e súplicas, Musashi, inabalável como uma rocha, não o atendia, perdeu por completo o ânimo: de súbito, seu querido mestre, o homem que tanto amava, lhe pareceu um indivíduo bastante desagradável.

"Será que brigo feio com ele?", chegou a pensar.

Mas apesar de toda a sua petulância, não tinha, ao que parecia, coragem de lhe dirigir desaforos: cenho franzido, lábios formando um bico, o garoto permaneceu longo tempo tentando comovê-lo com a careta.

Vendo que o menino se calava, Musashi tornou a empunhar o pincel e a dirigir a atenção para a pintura meio acabada, comparando-a a um modelo. Joutaro fixava um olhar raivoso no esboço de berinjela que seu mestre tentava terminar, dizendo no íntimo: "Bela porcaria!"

Tempos depois, cansado talvez de desenhar, Musashi começou a lavar os pincéis para guardá-los. Era o momento certo para insistir mais uma vez, calculou o menino. Passou a língua nos lábios e ia abrir a boca quando ouviu o ruído de tamancos sobre as pedras da passagem, fora da casa.

— Senhor, suas roupas secaram. Aqui estão elas — disse a serviçal que há pouco trouxera Joutaro, depositando diante de Musashi um conjunto de quimono e sobretudo cuidadosamente dobrado.

— Muito obrigado — respondeu Musashi, examinando gola e punhos da roupa lavada. — Estão limpos.

— Manchas de sangue são realmente difíceis de ser removidas, não é mesmo, senhor?

— Ficou muito bom... Onde está Yoshino-dayu?

— Como de costume, sendo solicitada incessantemente em diversos aposentos.

— Estou aqui há mais tempo do que pretendia e sinto que a minha permanência só poderá trazer aborrecimentos à casa Ougi-ya, como também a

Yoshino-dayu. Assim sendo, pretendo partir ainda esta noite, perto do alvorecer. Transmita à *dayu* os meus sinceros agradecimentos.

Joutaro desfez a carranca no mesmo instante. "Eu estava certo. Meu mestre é um homem muito direito. Ele já tinha há muito resolvido ir ver Otsu-san, com certeza!", pensou ele.

Enfim sorridente, o menino esperou que Musashi se aprontasse, mas este voltou-se assim que a serviçal se afastou, empurrou o conjunto de quimono e sobretudo lavados na sua direção, e lhe disse:

— Você veio em boa hora, Joutaro. Este conjunto foi-me emprestado pela matriarca dos Hon'ami no dia em que vim para cá. Quero que o devolva na casa dos Hon'ami e traga de lá o meu quimono. Faça-me esse favor, Joutaro.

V

— Sim, senhor. Compreendi — respondeu Joutaro, compenetrado. Terminada a missão, Musashi sairia dali e iria ver Otsu, acreditava o menino, muito contente. — Vou neste instante.

Envolveu as roupas lavadas em um *furoshiki*, prendeu dentro dele a carta de Musashi endereçada a Koetsu e arrumava a pequena trouxa às costas quando a já conhecida serviçal surgiu trazendo a refeição noturna. À muda interrogação nos olhos arregalados, Musashi respondeu, explicando-lhe o que pretendia. A mulher então disse assustada:

— Que absurdo! Nem pensar, senhor!

A seguir, explicou-lhes por quê.

— Hoje à tarde, este menino golpeou de mau jeito a cabeça de um empregado da Ougi-ya e o feriu seriamente. O homem está até agora gemendo na cama. O incidente não teve maiores repercussões porque foi considerado simples rixa, uma das muitas que habitualmente ocorrem neste bairro. Além disso, a cortesã Yoshino recomendou segredo tanto à direção da casa quanto aos funcionários. Mas esse garoto andou apregoando aos quatro ventos que era discípulo do senhor Miyamoto Musashi. De modo que, sem que se saiba como, começou a correr no começo da noite o boato de que o senhor ainda continua nos fundos da casa Ougi-ya e, ao que tudo indica, a notícia chegou também aos ouvidos do clã Yoshioka, que o está emboscando do lado de fora do bairro, perto do portão central.

— Ora... — murmurou Musashi, posto pela primeira vez a par do incidente, observando Joutaro de soslaio. Este, ao ver-se denunciado, coçou a cabeça e se encolheu, afastando-se cada vez mais para um canto.

— Imagine agora o que acontecerá se esse menino sair por aí com essa trouxa nas costas! — disse a serviçal, aproveitando a oportunidade para relatar o que ocorria fora dos muros da zona alegre.

Segundo dizia a mulher, nos últimos três dias os homens da casa Yoshioka tinham andado desesperados à procura de Musashi. Tanto a cortesã Yoshino como o dono da Ougi-ya estavam bastante preocupados com a situação. Mesmo que não tivesse havido a estrita recomendação do senhor Koetsu no momento em que se retirava do estabelecimento duas noites atrás, a direção da casa não podia expulsar uma pessoa em situação tão melindrosa. O que mais preocupava, porém, era a vigilância que a casa Yoshioka, seca por vingança, vinha mantendo nos portões de acesso à zona. Homens que se diziam discípulos da academia vinham batendo com insistência à porta da casa, querendo saber se o tinham escondido ali, e haviam sido repetidamente repelidos, mas como não tinham conseguido desfazer por completo a desconfiança, continuavam de tocaia na entrada do bairro, certos de que deitariam as mãos em Musashi assim que ele pusesse um pé para fora dos portões.

— Não sei dos detalhes — completou a mulher —, mas para enfrentar apenas uma pessoa, o senhor, a academia Yoshioka parece ter se preparado para a guerra! Eles estão dizendo que desta vez não o deixarão escapar. Por isso, tanto o nosso patrão como a cortesã Yoshino acham que o senhor deve permanecer mais quatro ou cinco dias escondido nesta casinha. Passado esse tempo, o clã Yoshioka acabará se cansando e retirar-se-á.

Enquanto servia o jantar a Musashi e ao menino, a mulher não parou de falar e aconselhar. Musashi, porém, apenas lhe agradeceu o interesse.

— Tenho uma opinião diferente — disse, sem mudar a intenção de partir nessa mesma noite.

Acatando, porém, os conselhos da mulher na questão relativa às roupas, o jovem pediu a um dos homens do estabelecimento que as levasse à mansão Hon'ami logo em seguida.

VI

Passados instantes, o mensageiro retornou. Na resposta, Koetsu dizia:

Havendo oportunidade, tornaremos a nos ver. A longa estrada da vida por vezes se torna curta demais. Cuide-se. Rezo apenas para que nada de mal lhe aconteça.

Koetsu

A carta era concisa, mas os sentimentos do amigo nela transpareciam. Musashi sentiu também que Koetsu havia compreendido que evitava aproximar-se da casa Hon'ami para não envolver tanto a mãe como o filho na perigosa situação em que se encontrava nesse momento.

— E este é o conjunto que o senhor usava e deixou na casa de Koetsu-sama, há alguns dias — disse o mensageiro, entregando a Musashi o quimono e o *hakama* que tinha recebido em troca das roupas que levara. — A matriarca dos Hon'ami também me pediu com insistência que lhe transmitisse seus votos de felicidade — acrescentou, antes de se retirar para o prédio principal.

Musashi desfez o embrulho. A visão de seu velho quimono o alegrou. Ele sentia-se melhor no conjunto de algodão simples e encardido com que tinha enfrentado chuva e sereno do que nos elegantes trajes emprestados pela bondosa anciã Myoshu, ou do que nestes outros, vistosos, cedidos pela casa Ougi-ya. O seu era apropriado para pessoas como ele, um samurai itinerante, um aprendiz de guerreiro. Musashi não queria nada melhor.

Passou os braços pelas mangas do quimono e vestiu o *hakama*, lembrando-se de que neles havia pontos descosturados e manchas de suor e sujeira. Para sua surpresa, descobriu que o velho conjunto, quase um trapo malcheiroso, havia sido lavado, reformado e passado, e agora parecia novo.

— Ah, se eu ao menos tivesse uma mãe...

Sentindo súbita solidão, Musashi tentou visualizar seu próprio futuro na vida que escolhera para si.

Havia muito ele tinha perdido pai e mãe. Restava-lhe apenas uma irmã, vivendo sozinha em terras que o tinham banido.

Musashi permaneceu, alguns momentos, cabisbaixo e silencioso à luz da lamparina. Da casinha rústica onde agora se encontrava nada mais podia esperar: ela apenas lhe havia dado pouso por três noites.

— E então, vamos?

Apanhou a espada, tão conhecida, e introduziu-a com decisão no *obi* firmemente atado, de encontro às próprias costelas. Quase incontinenti, a tristeza se foi, varrida do espírito, e Musashi viu-se uma vez mais reiterando a antiga resolução: para ele, a espada seria pai e mãe, mulher e irmãos.

— Vamos embora de verdade, mestre? — confirmou Joutaro, feliz, saindo primeiro e erguendo o rosto para o céu cheio de estrelas.

"Partindo a esta hora chegaremos bem tarde à mansão Karasumaru, mas tenho certeza de que Otsu-san nos espera acordada. Ela vai se espantar tanto! Vai ficar tão feliz que vai chorar de novo, com certeza!", pensou o menino.

Desde a noite da nevasca, o céu andava limpo e estrelado. Joutaro só pensava em levar Musashi a Otsu e vê-la feliz. Até as estrelas pareciam piscar, alegres e cúmplices.

— Você entrou pelo portão de trás, Joutaro? — perguntou Musashi.
— Entrei com a mulher por esse portão aí, não sei se é o de trás ou o da frente — disse Joutaro.
— Então saia por ele e me espere lá fora.
— E você, mestre?
— Vou me despedir de Yoshino-dayu e estarei com você em seguida.
— Está bem.
Separar-se do seu mestre, mesmo por breves instantes, deixava-o inseguro, mas Joutaro era nessa noite a personificação da obediência: faria qualquer coisa que lhe dissessem, sem discutir.

VII

Analisando os últimos três dias, Musashi achou que se permitira fazer papel de bobo, e que se divertira muito.

Pensando bem, ele tinha sido até agora uma grossa e rígida camada de gelo, física e espiritualmente. Tinha vivido indiferente ao luar, cego à beleza das flores, insensível ao calor do sol; ele havia sido enfim uma pessoa fria e inflexível.

Musashi considerava correta essa atitude de irrestrita dedicação ao próprio caminho. Ao mesmo tempo, porém, uma ideia estava começando a preocupá-lo: essa talvez fosse a imagem futura de um ser pequeno e mesquinho, um simples obstinado.

Takuan dissera-lhe, havia muito: — Sua força é de besta-fera. — Além dele, Nikkan, do templo Ozoin, também lhe aconselhara: — Aprenda a ser mais fraco. — Juntando as duas advertências, chegou à conclusão: para ele, era realmente importante despender vez ou outra, no futuro, dois ou três dias de pura diversão, iguais a estes últimos.

E agora, no momento em que se dispunha a deixar para trás a casinha rústica perdida no meio de um jardim de peônias, esse novo modo de encarar a vida dava-lhe a certeza de que ali não desperdiçara seu precioso tempo. Mais ainda, ele se sentia grato a todos que haviam proporcionado, a ele e ao seu rígido modo de vida, preciosos momentos de natural sensualidade, assim como meios para beber, dormitar, ler e desenhar a seu bel-prazer, além de bocejar de tédio.

"Devo muito disso a Yoshino-dayu e quero agradecer", pensava Musashi, parado no jardim da casa, contemplando as festivas luzes dos aposentos. Da vasta construção chegaram-lhe aos ouvidos as vozes dos eternos clientes cantando ao som de instrumentos musicais, sinal de que não lhe seria possível avistar-se furtivamente com a cortesã antes de partir.

"Aqui me despeço em pensamentos", disse ele para si mesmo. Agradeceu-lhe também, do fundo do coração, o interesse e os cuidados dos três dias e se afastou.

Saiu pelo portão de trás e ergueu a mão para Joutaro, à sua espera, dizendo:

— Vamos!

Nesse instante, um vulto surgiu por trás dele e lhe veio no encalço. Era a aprendiz Rinya.

— Isto é da parte de Yoshino-sama — disse a pequena, deixando nas mãos de Musashi um pequeno volume e correndo de volta para dentro do portão.

O volume era uma folha de papel, do tamanho usado em dobraduras, e que aberta, desprendeu um leve aroma de sândalo.

Belas flores, colhidas a cada noite, murcham e são facilmente esquecidas; difícil porém se torna esquecer a vossa imagem, lua solitária que por instantes se mostrou no meio da ramagem...

Chega ao fim nosso breve convívio, breve demais para que melhor nos conhecêssemos.

Ouço risos, mãos indiferentes enchem minha taça, mas meu coração lamenta.

Yoshino

— De quem é a carta, mestre?
— Ninguém que você conheça.
— De uma mulher?
— Que lhe importa?
— Que diz aí?
— Não faça perguntas tolas.

Ao ver que Musashi começava a dobrar a carta, Joutaro se esticou todo e observou:

— Que cheirinho bom! Parece de sândalo...

Pelo jeito, até o menino conhecia o perfume.

O PORTAL

I

A casa Ougi-ya ficara para trás, mas os dois continuavam no interior da zona alegre. Que fazer para sair em segurança dessa área confinada para o mundo exterior?

Joutaro estava aflito:

— Mestre, se for por aí, acabará dando no portão principal. Não se esqueça do que lhe disseram na casa Ougi-ya: do lado de fora do portão principal tem um bando do clã Yoshioka emboscando.

— Sei disso.

— Vamos sair por outro lugar.

— Mas todos os portões se fecham à noite, com exceção do central, não é?

— E se pulássemos a cerca?

— Dirão que fugi, e isso é uma desonra para mim. Se eu quisesse fugir sem me importar com o que os outros pudessem pensar, nada me teria sido mais fácil. Mas como não é esse o caso, estive até agora aguardando uma oportunidade. Bem... vou sair abertamente pelo portão principal.

— Vai mesmo? — disse Joutaro com leve preocupação. Não se opôs, contudo, pois conhecia a férrea lei do mundo dos *bushi*: não adiantava continuar vivo quem não prezasse a honra, porque seria um homem inútil, marginalizado.

— Mas você, Joutaro...

— Sim?

— ... É criança, não precisa seguir meus passos. Saia primeiro e espere por mim escondido nalgum lugar.

— E por onde saio eu enquanto você, mestre, sai pelo portão central?

— Pule a cerca logo aí.

— Sozinho?

— Isso mesmo.

— Não quero.

— Por quê?

— Você mesmo acabou de dizer: vão me chamar de covarde.

— Ninguém vai dizer isso. Os homens do clã Yoshioka estão atrás de mim, você nem existe para eles.

— E onde devo esperar por você?

— No hipódromo.

— Virá sem falta?
— Sem falta.
— Não vai sumir de novo sem me avisar, vai? Musashi balançou a cabeça negativamente:
— Não há de ser agora que vou ensiná-lo a mentir. Vamos, pule a cerca antes que surja alguém.

Joutaro examinou os arredores e correu. Mas a paliçada, de grossos troncos lisos, tinha três vezes a sua altura.

"Não vai dar. Nunca vou conseguir saltar por cima disso", pensou, olhando desesperançado para o alto. Foi então que Musashi surgiu trazendo um saco de carvão encontrado em algum lugar, e o depositou sob a cerca.

O menino contemplou seu mestre com expressão cética, quase dizendo: não adianta pisar em cima disso que não alcanço. Mas Musashi espiava o exterior pelas frestas entre os troncos, em silêncio, pensativo.

— Tem alguém do lado de lá, mestre?
— Vejo juncos cobrindo toda a área externa. Pode ser que haja água em torno. Pule com cuidado, Joutaro.
— A água não me preocupa. O problema é a altura da cerca: eu não consigo alcançar o topo dela.
— É quase certo que o bando Yoshioka posicionou vigias em todos os pontos estratégicos, e não apenas no portão principal. Você tem de saltar oculto na escuridão, para não ser repentinamente trespassado por uma espada. Quando eu erguê-lo em meus ombros, suba na paliçada, pare um minuto antes de saltar e examine bem o que o aguarda no chão, entendeu?
— Sim, senhor.
— Vou jogar esse saco de carvão para fora. Veja onde cai e, se não vir nada de anormal, pule em seguida — disse Musashi, pondo o menino sobre os ombros e levantando-se.

II

— Alcançou, Joutaro?
— Ih, está longe!
— Então fique em pé sobre os meus ombros.
— Mas estou de sandálias.
— Não faz mal.

Joutaro, sobre os ombros de seu mestre, mudou de posição e se ergueu.
— E agora, alcançou?
— Ainda não.

— Que trabalho você me dá! Veja se consegue saltar e se agarrar a essa viga transversal da paliçada.

— Não vai dar.

— Bem, não tem outra saída: suba sobre as minhas mãos erguidas.

— Você me aguenta, mestre?

— Cinco ou dez iguais a você, com facilidade! Está pronto?

Musashi juntou as mãos, fez o menino pisar sobre elas, esticou o braço e ergueu-o acima da própria cabeça.

— Alcancei! Alcancei! — gritou Joutaro, agarrando-se ao topo da cerca. Musashi então apanhou o saco de carvão com uma das mãos e o lançou no escuro para o outro lado da paliçada.

O saco caiu com um baque no meio dos juncos. Nada houve de anormal, pelo jeito, pois o menino logo pulou em seu rastro.

— Ora, não tem água nem nada. Isto aqui é apenas um campo aberto, mestre.

— Vá com cuidado.

— Nos veremos então no hipódromo de Yanagi!

Os passos do menino afastaram-se no escuro. Imóvel, rosto colado à cerca, Musashi ali permaneceu até ouvi-los perderem-se na distância. Enfim tranquilizado com relação à segurança de seu discípulo, ele também se afastou a passos rápidos.

Depois de abandonar a escura viela e chegar à rua mais movimentada que conduzia ao portão central, Musashi misturou-se à multidão e caminhou como um dos muitos e alegres gentis-homens.

Contudo... mal pôs um pé para fora do portão central com o rosto descoberto, sem tentar ao menos o artifício de ocultá-lo num sombreiro, diversos pares de olhos ocultos nos arredores convergiram num átimo para o seu vulto:

— Ei! Musashi!

O grito denotava surpresa, como se os homens não tivessem esperado vê-lo.

De cada lado da entrada carregadores de liteira tinham montado áreas de descanso, delimitadas por cercas de esteira, e até dentro dessas áreas havia dois ou três discípulos Yoshioka, aquecendo-se ao fogo e observando o movimento do portão com olhar penetrante.

Além deles, havia grupos nos banquinhos da casa de chá Amigasa e na taberna do outro lado do estabelecimento. Quatro ou cinco revezavam-se para montar guarda ao lado do portão e examinavam sem nenhuma cerimônia as fisionomias dos homens que saíam da zona, erguendo-lhes os sombreiros, removendo capuzes. Se um palanquim passava com os estores abaixados, os homens paravam os carregadores e examinavam o interior da condução.

O procedimento repetia-se havia três dias.

Os homens do clã Yoshioka tinham-se assegurado de que Musashi não saíra da zona desde o dia da nevasca. Tinham também tentado negociar com a casa Ougi-ya e mandado espiões até lá, mas a casa simplesmente não lhes dera atenção, negando a existência de qualquer pessoa com as características de Musashi em seu interior.

Os Yoshioka sabiam que Yoshino-dayu o tinha sob sua proteção, mas não queriam invadir a casa por temerem que a notícia de um bando de *bushi* desafiando ostensivamente a cortesã repercutisse negativamente não só nesse confinado mundo da diversão, como também no seio da aristocracia e da população em geral, já que Yoshino era uma figura idolatrada em todos os meios.

Assim sendo, os homens tinham-se decidido pela estratégia de postergar o conflito, contentando-se em esperar a saída de Musashi vigiando rigidamente o portão, certos de que o descobririam tentando escapulir usando um disfarce, ou oculto numa liteira, ou ainda pulando a cerca.

Mas eis que Musashi surgia impávido pelo portão, expondo-se sem qualquer tipo de camuflagem à luz dos archotes. A visão tinha sido tão inesperada e os espantou tanto que ninguém se lembrou de se adiantar e barrar-lhe o caminho.

III

Uma vez que ninguém o impedia de prosseguir, Musashi também não viu motivos para se deter.

E foi só quando, em largas passadas, já havia deixado para trás a casa de chá Amigasa e se distanciado quase cem passos que um dos homens lembrou-se de gritar:

— Ora, seu!...

No mesmo momento, outras vozes gritaram em coro:

— Ora, seu!...

— Ora, essa...

Repetindo as mesmas palavras, oito ou nove discípulos correram-lhe no encalço, passando-lhe à frente e cercando-o:

— Espere aí, Musashi!!!

E foi só então que se enfrentaram realmente.

— Que querem? — replicou Musashi em tom que soou inesperadamente vigoroso aos ouvidos adversários. Deu alguns passos de lado e se posicionou de costas para um casebre na beira do caminho.

Troncos repousando em cavaletes e serragem acumulada indicavam que o barraco era dormitório de serradores. O barulho do lado de fora atraiu a atenção de um homem, que entreabriu a porta e espiou, perguntando:

— É briga?

Porém, mal deu com os olhos na movimentação externa, soltou um berro de pavor, fechou a porta e a travou pelo lado de dentro com uma grossa tramela, metendo-se debaixo das cobertas. Logo, nada mais se ouviu do lado de fora do casebre que sugerisse presença humana em seu interior.

O clã Yoshioka inteiro acorreu em instantes, atendendo como um bando de cães selvagens ao som de assobios e gritos de alerta. Nessas circunstâncias, a visão costuma pregar peças transformando vinte homens em quarenta, quarenta em setenta. A verdade era, porém, que ali estavam não menos de trinta homens, uma pequena multidão rodeando Musashi. E como este havia se postado de costas para o barraco, a roda dos discípulos Yoshioka acabou por englobar também a construção.

Musashi, imóvel, contava os adversários, tentando ao mesmo tempo antever como se moveria a turba para atacá-lo.

Trinta homens juntos não constituem a reunião de trinta estados mentais diferentes. O grupo tem uma mentalidade única, reage como um conjunto. Prever a sutil alteração desse estado mental e sua consequente movimentação não é tarefa das mais difíceis.

Como Musashi esperava, ninguém se aventurou a desfechar um golpe súbito e solitário contra ele. Até conseguirem coesão, os homens apenas tumultuavam e rodeavam Musashi, a considerável distância, posicionando-se como qualquer grupo. Alguns até xingavam, como simples rufiões, ou lhe dirigiam insultos:

— Desgraçado!

— Poltrão!

Mantendo-se em rígida formação semicircular, os homens rugiam e insultavam, patenteando cada vez mais a fraqueza individual de cada um deles.

Quanto a Musashi, solitário desde o início e, portanto, com um único propósito e uma única linha de ação, estava em momentânea vantagem: seu olhar brilhante analisou cada um dos rostos ao redor, estudou quais seriam os mais perigosos, quais os inofensivos, teve tempo para preparar-se intimamente.

— Quem foi que me disse para esperar? Eu sou Musashi: e então, o que querem? — intimou.

— Quem o mandou esperar fomos nós. Nós todos, aqui presentes, o detivemos.

— Discípulos da academia Yoshioka?

— Ainda pergunta?
— E o que querem?
— Também isso não precisa ser dito: você sabe muito bem. Está pronto, Musashi?

IV

— Se estou pronto? — repetiu Musashi. Seus lábios crisparam-se levemente.

Um sorriso gelado escapou pelos dentes brancos e atingiu os rostos dos que o cercavam como um bafejo capaz de contrair-lhes os poros do corpo inteiro.

— Um *bushi* está sempre pronto, mesmo enquanto dorme — prosseguiu. Acho particularmente ridícula essa imitação barata de postura samuraica nesta briga de rua que vocês armaram. Mas esperem, tenho uma pergunta a fazer: vocês tramaram eliminar-me, ou duelar abertamente comigo?

— ...

— Isto aqui é um acerto de contas ou uma revanche? Esclareçam!

— ...

Se nesse momento Musashi mostrasse uma minúscula brecha nas palavras, ou pior, no olhar e na postura, as espadas inimigas teriam saltado em sua direção com a rapidez de jatos de água. No momento, porém, os homens apenas ouviam, silenciosos, enfileirados como contas de um rosário.

Foi então que uma voz vibrante se fez ouvir no meio do grupo:

— Você, mais que qualquer um, devia saber!

Os olhos de Musashi voltaram-se com um brilho sinistro para o lado de onde provinha a voz. Pela idade e atitude, julgou que seu interlocutor devia ser um dos mais graduados entre os discípulos da academia Yoshioka ali presentes.

E tinha razão: o homem era Miike Jurozaemon. Pelo visto, Miike estava disposto a dar o primeiro golpe e romper a inércia do grupo, pois adiantou-se com um movimento deslizante dos pés:

— Você não pode aleijar nosso mestre Seijuro, eliminar seu irmão mais novo, Denshichiro, e continuar vivo: nós, discípulos da academia Yoshioka, não permitiremos. Por sua causa, o nome Yoshioka foi arrastado na lama, mas os cento e poucos discípulos leais ao seu mestre aqui estão para vingá-lo. Isto não é um acerto de velhas contas promovido por um bando de homens ressentidos, e sim uma guerra de extermínio, destinada a lavar a alma de nosso mestre. Sinto por você, Musashi, mas sua cabeça já nos pertence.

— Enfim ouço palavras dignas de um *bushi*. Se isto é o que realmente desejam, pode até ser que eu lhes entregue minha vida. Mas se é em nome da lealdade de um discípulo a seu mestre, e para reparar uma desfeita, por que não me desafiam frontalmente, não cumprem os ritos do duelo, assim como o fizeram seu mestre Seijuro, ou o irmão dele, Denshichiro?

— Cale a boca! Você, que andou escondido até hoje e que fugiria para outra província, não fossem nossos olhos vigilantes, não está em posição de nos cobrar absolutamente nada!

— Covardes veem covardia até na correção alheia. Eu, Musashi, não me escondi nem fugi. Como prova disso, aqui estou!

— Mas só porque foi descoberto!

— Ora, essa! Se quisesse realmente fugir, nada me teria sido mais fácil!

— Está pensando que nós deixaríamos?

— Pelo contrário: tinha certeza de que ouviria falar de vocês, mais dia, menos dia. Mas nunca pensei que promoveriam este tipo de baderna, ilegal numa área de diversão, ou que perturbariam a ordem pública como um bando de arruaceiros selvagens. Isto é uma vergonha não só para nós, os envolvidos, como também para toda a classe dos *bushi*. Transformará a propalada lealdade em motivo de riso, será o mesmo que enlamear ainda mais o nome Yoshioka! A não ser que os senhores já considerem extintas a casa Yoshioka e a academia, e não se importem mais com questões como honra ou opinião pública. Se este for o caso, nada mais tenho a fazer: minhas duas espadas e eu os enfrentaremos até onde nos for possível. Prometo-lhes que erigirei uma montanha de cadáveres.

— Atrevido! — gritou alguém. Não era Jurozaemon, mas um homem ao seu lado, prestes a sacar a espada. Nesse instante, outra voz esbravejou:

— Atenção! Aí vem Itakura!

V

Itakura Shirouza, senhor de Iga, era a personificação do oficial severo. Na época, seu nome havia se prestado para tema de cantigas e jogos infantis:

Quem é esse que vem pela estrada
Num ginete castanho?
Saiam da frente,
É Itakura Shirouza,
O senhor de Iga.

Ou ainda:

O senhor de Iga,
Tem mais braços do que a deusa
Kannon dos mil braços!
Tem espiões que tudo veem
E a força de cem homens.

A Kyoto desses dias era uma cidade irrequieta por causa do surto anormal de progresso e prosperidade que experimentava. Tanto do ponto de vista político como estratégico, a cidade detinha o importante poder de decidir sobre o próximo destino do Japão.

Em consequência, Kyoto era a cidade culturalmente mais desenvolvida do país, mas também a mais difícil de ser governada, do ponto de vista ideológico.

Sua população era composta dos mais variados tipos. Desde o início do período Muromachi as famílias guerreiras da cidade tinham, em sua grande maioria, abandonado a condição de *bushi* e optado pela de mercadores, de extremo conservadorismo, enquanto a própria classe samuraica se havia separado em dois grandes grupos, de acordo com a cor partidária — pró-Tokugawa ou pró-Hideyoshi —, observando-se, vigilantes e hostis, à espera de um novo tempo.

Além deles, estava ainda disseminada na cidade toda uma categoria de *bushi* de procedência duvidosa e meio de vida desconhecido, sustentando súditos e os respectivos clãs.

A isso somavam-se também *rounin*, numerosos como formigas, perambulando incessantemente pelas ruas, a rezar por um golpe de sorte que lhes melhorasse a vida quando entrassem em choque os dois focos de poder, Tokugawa e Hideyoshi — ocorrência, segundo eles, inevitável.

Associados a esses *rounin*, crescia o número de marginais vivendo do jogo de *bakuchi*, praticando extorsões, falcatruas e sequestros, assim como o número de tabernas e prostíbulos. Eternos libertinos e hedonistas abundavam, crentes de que o princípio "Cinquenta anos e uma vida/São meros sonho ou ilusão", decantado por Nobunaga, era a única verdade da existência, empenhando-se em terminar rapidamente seus dias afogados em bebida e em prazeres carnais.

Não bastasse isso, todos esses niilistas emitiam sua opinião política ou social sem reservas e, com invejável oportunismo, alternavam favoritismos ao sabor das contingências, ora por Tokugawa, ora por Hideyoshi, sempre atentos em busca de uma oportunidade para subir na vida.

Eis porque governar a cidade de Kyoto não era tarefa das mais fáceis e exigia o trabalho de um delegado incomum.

Levando em consideração todos esses fatores, Tokugawa Ieyasu, com sua experiente visão, nomeou o referido Itakura Katsushige magistrado da conturbada cidade de Kyoto.

Por ocasião da nomeação deste homem, no ano VI do período Keicho, à testa de um contingente de trinta homens a cavalo e cem subordinados, correu a seguinte anedota.

Quando a nomeação lhe foi oficialmente anunciada, Itakura não obedeceu de imediato às ordens do superior hierárquico, dizendo apenas:

— Vou para casa e trocarei ideias com minha mulher. Só depois disso poderei dar-lhes minha resposta.

Retornando à sua mansão, Itakura deu à mulher a notícia da nomeação e acrescentou:

— Desde a Antiguidade, a história está cheia de casos de homens que perderam a casa e viram suas vidas destruídas depois de terem sido contemplados com altos postos. Analisei os casos e vi que tiveram como causa desentendimentos surgidos entre as mulheres dos referidos homens e o clã do novo posto. Sendo assim, quero dizer-lhe que só aceitarei o cargo com uma condição: você tem de me prometer jamais interferir em meus atos — os atos do novo prefeito desta cidade. Promete?

A mulher, então, compenetrada, respondeu:

— Para que haveriam de interferir em seus assuntos mulheres e crianças desta casa? O senhor tem a minha promessa.

No dia seguinte, Itakura, preparando-se para se apresentar no castelo, vestiu as roupas de baixo com a gola propositadamente dobrada. Ao notar isso, a mulher procurou endireitá-la e ouviu uma reprimenda do marido:

— Você já se esqueceu do que me havia prometido!

Em seguida, Itakura fez com que a mulher renovasse a promessa do dia anterior.

E porque entrou a serviço imbuído desse espírito, construiu para si uma imagem pública impoluta, de homem justo e ao mesmo tempo severo, diz a lenda. Ter esse magistrado implacável governando-lhes a vida devia ser um constante incômodo, mas com o tempo os cidadãos de Kyoto passaram a respeitá-lo como a um pai, tranquilizados ante a ideia de ter essa zelosa figura velando-lhes as casas.

Devolvendo a história à sua trama original, quem seria então o homem que acabara de gritar: "Aí vem Itakura!"?

Impossível que fosse um dos os homens do clã Yoshioka, pois eles estavam todos ali reunidos, defrontando Musashi.

VI

"Aí vem Itakura!" significava "Aí vêm os guardas de Itakura!"

Era bastante problemático o surgimento de um oficial da lei naquelas circunstâncias, mas como patrulhas costumavam rondar com rigor esses locais de grande afluência pública, não era impossível que a aglomeração tivesse atraído a atenção de uma delas.

A questão, porém, ainda permanecia: quem dera o grito de alerta? Um simpatizante? Ou um transeunte?

No momento em que os olhos de Miike Jurozaemon e dos discípulos Yoshioka se desviaram involuntariamente em direção à voz, um samurai de aspecto juvenil rompeu o cerco e disse:

— Esperem, esperem um pouco!

O recém-chegado adiantou-se e se postou entre os Yoshioka e Musashi.

— Ora, essa!

— Você?

O jovem de cabelos longos presos em rabo enfrentou os olhares surpresos dos discípulos e de Musashi que para ele convergiam e fez uma pose arrogante, como se dissesse: "Sou eu mesmo! Tenho certeza de que vocês todos sabem quem sou!"

— Acabo de me apear de uma liteira diante do portão central e ouvi boatos de um duelo em andamento. Não é possível, pensei, mas contrariamente a todas as minhas expectativas, o que vejo? Senhores, não era isto o que mais temiam que acontecesse? Não sou partidário da casa Yoshioka, muito menos da causa de Musashi. Mas na qualidade de *bushi* e espadachim, e em nome da classe e de todos os *bushi*, tenho o direito de lhes dirigir algumas palavras.

O tom agressivo e eloquente destoava de seu aspecto juvenil. Seu modo de se expressar, bem como o olhar de desprezo, eram a própria imagem da arrogância.

— E agora, deixe-me indagar-lhes: se por acaso surgissem neste local mandatários do magistrado Itakura; se eles os considerassem um bando de marginais envolvidos em rixa e perturbando a paz da cidade; e se acaso fossem intimados a apresentar uma explicação escrita dos acontecimentos, não seria isso bastante desonroso para todos vocês? Se oficiais da justiça forem envolvidos, o episódio será visto como simples briga de rua! O local não é apropriado, a hora inconveniente! Se vocês, *bushi*, perpetram atos que perturbam a ordem pública, estarão envergonhando a classe guerreira inteira. Em nome de todos os *bushi*, digo-lhes: desistam, este lugar é impróprio. Um conflito entre esgrimistas deve ser solucionado em obediência às leis da esgrima, uma solução deve ser buscada por meio de uma nova escolha de horário e local!

Desarmados pelo discurso, os homens do clã Yoshioka ouviam em silêncio. Às últimas palavras de Kojiro, Miike Jurozaemon acrescentou energicamente:

— Muito bem, acho lógico o seu raciocínio, mas pergunto-lhe: você é capaz de me assegurar que Musashi não desaparecerá entre hoje e essa nova data, mestre Kojiro?

— Até posso.

— Não aceito respostas vagas.

— Pensem bem: Musashi é um ser vivo.

— Ora, você pretende ajudá-lo a escapar!

— Não diga asneiras! — rebateu Kojiro. — Se eu mostrar esse tipo de favoritismo, sei que voltarão para mim o rancor que hoje têm por Musashi! Não lhe tenho amizade ou nenhum outro motivo para proteger este homem. Além do mais, acho que, a esta altura, nem ele pretende fugir. E se o fizer, ergam avisos por todos os cantos de Kyoto, exponham-no ao ridículo.

— Nada feito, isso não é suficiente. De nossa parte, só daremos por encerrada a questão neste momento se você nos garantir pessoalmente que se responsabiliza por Musashi, até o dia do novo duelo.

— Esperem, vou saber o que Musashi pensa a esse respeito — disse Kojiro, voltando-se. Devolveu então o olhar feroz que havia muito sentia cravado nas próprias costas e se aproximou de Musashi, estufando o peito.

VII

Muito antes de dizer qualquer coisa, os olhares se chocaram. O mesmo tenso silêncio de uma fera avistando outra reinou entre eles.

Estes dois jovens detestavam-se, temerosos do que reconheciam um no outro. Eram ambos orgulhosos, bastava encontrarem-se para surgirem faíscas.

O mesmo estado de espírito da ocasião em que se haviam avistado sobre a ponte Oubashi quase os levava a se imobilizar de novo em rija guarda. Sem que houvesse necessidade de palavras, os olhares já tinham transmitido integralmente seus sentimentos e já travavam um silencioso combate.

Mas, enfim, Kojiro fez uso da palavra:

— Que acha disso, Musashi?

— Disso o quê?

— Das condições que acabo de propor ao clã Yoshioka.

— Aceito.

— Tem certeza?

— Discordo, porém, das condições que envolvem a sua pessoa.

— Quer dizer que não concorda em se submeter à minha vigilância até o dia do duelo?

— Não houve resquícios de covardia em meu comportamento, tanto por ocasião do duelo com o jovem mestre Seijuro, quanto com seu irmão Denshichiro. Por que haveria eu então de me acovardar perante seus discípulos, quando desafiado às claras, conforme o fazem neste instante?

— Muito digno! Esta sua corajosa declaração mereceu minha aprovação, tenha certeza. E então, Musashi: que dia escolhe?

— Deixo a cargo de meus adversários, a escolha da data e do local do duelo.

— Outra atitude viril, digna de aplausos. Diga-me então agora: onde pretende passar os próximos dias?

— Não tenho residência fixa.

— Mas então, aonde devo mandar o mensageiro com os termos do duelo?

— Estabeleçam os termos aqui e agora, que estarei no local e hora combinados.

— Está bem — respondeu Kojiro com um aceno. Voltou-se a seguir e se afastou para conversar por alguns instantes com Miike e os demais discípulos. Momentos depois, distanciou-se do grupo sozinho e se aproximou de Musashi uma vez mais:

— Seus adversários estabeleceram a data, amanhã, e o horário, o último terço da hora do tigre[39] — disse ele.

— Diga-lhes que estou ciente.

— O local será: estrada do monte Eizan, sopé do morro do templo Ichijoji. Na encosta do morro existe um pinheiro solitário e nesse local vocês deverão se encontrar.

— Pinheiro solitário na vila Ichijoji, certo? Compreendi.

— A casa Yoshioka escolheu para representá-la o menino Genjiro, único filho de Mibu Genzaemon, tio de Yoshioka Seijuro e Denshichiro. A escolha recaiu sobre o menino porque ele é o herdeiro de fato da casa. Contudo, por ser apenas uma criança, alguns discípulos da extinta academia o auxiliarão a desempenhar essa função. Esse ponto tem de ficar claro.

Estabelecidas as condições, Kojiro bateu à porta do casebre de lenhadores e, entrando por ela, ordenou aos dois homens, trêmulos em seu interior:

— Preparem-me um quadro de aviso. Vocês devem ter pedaços de madeira inúteis por aqui. Quero que a serrem no tamanho adequado e a preguem no topo de uma estaca de aproximadamente um metro e oitenta.

---

39. Hora do tigre: entre três e cinco horas da manhã. O terço final da hora do tigre corresponde ao período entre quatro e cinco horas.

Quando os lenhadores lhe trouxeram a madeira preparada, Kojiro mandou que lhe providenciassem pincel e tinta. A seguir, exibindo seus dotes de calígrafo, nela registrou as condições do duelo.

Afixar o aviso na beira da estrada era tornar pública uma promessa, método muito mais eficiente de garantir o cumprimento dos termos que uma troca de juramentos por escrito.

Musashi acompanhou toda a movimentação, e quando enfim viu os Yoshioka afixarem o aviso numa das ruas mais movimentadas do local, afastou-se rapidamente rumo ao hipódromo de Yanagi, como se nada daquilo fosse de seu interesse.

VIII

Sozinho à espera de Musashi no hipódromo, Joutaro examinou a vasta escuridão ao redor e suspirou diversas vezes:

— Que demora!

Ao longe, as luzes de uma liteira passaram correndo. Bêbados se foram cantando e cambaleando.

— Está demorando demais! — resmungou.

"E se..." A dúvida começou a tirar-lhe o sossego. De repente, Joutaro disparou na direção do bairro alegre. Foi então que um vulto lhe disse de longe:

— Ei! Aonde vai?

— Mestre!!! Estava indo ver o que lhe teria acontecido. Você demorou demais!

— É mesmo? Por pouco não nos desencontramos.

— Tinha um bando grande de homens do clã Yoshioka na frente do portão, não tinha?

— Tinha.

— Não lhe fizeram nada?

— Não. Nada.

— Não tentaram prendê-lo?

— Não, não tentaram.

— Não mesmo...?

Joutaro ergueu o olhar e espreitou, tentando ler a fisionomia de Musashi, e insistiu:

— Quer dizer que está tudo bem de verdade?

— Isso mesmo.

— Mas não é por aí que se vai para a mansão Karasumaru. Temos de virar aqui.

— Ah, tem razão.
— Está ansioso por se encontrar com Otsu-san, não está, mestre?
— Estou, sim.
— E Otsu-san, então!... Ela vai ficar tão surpresa!
— Joutaro.
— Que é?
— A estalagem onde você e eu nos encontramos pela primeira vez... Lembra-se dela? Você se recorda em que vila ela fica?
— Kitano, não é?
— É verdade! A estalagem ficava na periferia de Kitano...
— A mansão de Karasumaru-sama é magnífica! Não se parece em nada com aquela estalagem.
— Não deve haver comparação com a estalagem, sem dúvida — riu Musashi.
— O portal da frente já está fechado, mas basta bater no portão dos fundos e eles o abrirão para nós. Acho que até lorde Mitsuhiro é capaz de aparecer quando souber que eu o trouxe comigo. Por falar nisso, mestre, sabe o bonzo Takuan? Pois ele é muito malvado! Estou com muita raiva dele. Sabe o que ele me disse a seu respeito, mestre? Disse: deixe esse sujeito para lá. Ele sabia muito bem onde você estava, mas não quis me contar.

Acostumado ao mutismo de Musashi, Joutaro continuou a falar sozinho.

Dentro de instantes, o portão de serviço da mansão Karasumaru surgiu no campo visual dos dois.

— É ali, mestre! — disse Joutaro apontando com o dedo, indicando o local para Musashi, que tinha parado de repente. — Está vendo a claridade por cima do muro? Essa é a ala norte da mansão, onde fica o quarto de Otsu-san. Talvez seja ela esperando por nós.

— ...

Vamos, vamos logo, mestre. Já vou bater no portão para chamar o porteiro, está bem? — disse o menino, pronto para correr nessa direção, quando Musashi o deteve pelo pulso.

— Não se apresse!
— Por quê, mestre?
— Eu não vou entrar na mansão. Quero que você leve um recado para Otsu-san.
— Quê?! Como é? Mas então, para que veio até aqui, mestre?
— Eu queria apenas me assegurar de que você chegaria são e salvo à mansão.

IX

O receio de que algo poderia subitamente dar errado vinha atormentando Joutaro havia já algum tempo e, ao ver que suas mais negras suspeitas se concretizavam, o menino se afobou:

— Não pode! Não pode fazer isso! — berrou. — Você tem de vir comigo, mestre!

Agarrou-lhe a manga do quimono e tentou arrastá-lo para dentro da mansão, conduzi-lo a força à cabeceira de Otsu, agora num local tão próximo, dentro desses muros,

— Não grite tanto! — repreendeu-o Musashi, considerando a hora e a casa silenciosa. — Escute-me com calma.

— Não quero, não quero ouvir! Você me disse há pouco que me acompanhava.

— E o acompanhei realmente, não acompanhei?

— Mas não disse que era só até o portão! Eu queria dizer que era para vir comigo até perto de Otsu-san. Você está ensinando seu discípulo a mentir, mestre! Isso é certo?

— Joutaro! Não fique tão nervoso e me escute até o fim, com calma. Tem de saber que, muito em breve, estarei outra vez em situação de vida ou morte.

— Mas você mesmo vive dizendo que um samurai tem de acordar a cada manhã preparado para morrer antes do final desse dia! Isso não deve ser nenhuma novidade para você!

— É verdade! São palavras que digo a todo instante, mas soam como uma nova lição quando você as diz. Esta vez, porém, é diferente de todas as outras: conforme você me disse, tenho de estar preparado para enfrentar um duelo em que mal terei uma chance em dez de sobreviver. É por isso que não devo me encontrar com Otsu-san.

— Mas por quê? Por quê, mestre?

— Mesmo que eu lhe dissesse por quê, você não entenderia. Um dia, quando você crescer, compreenderá.

— Tem certeza de que vai enfrentar a morte muito em breve?

— Não diga nada disso a Otsu-san, ouviu bem? Se ela está doente, diga-lhe que Musashi pediu para sarar logo, escolher um rumo na vida e ser feliz... Entendeu, Joutaro? Diga-lhe que foi o que eu lhe disse, antes de partir, mas não conte o resto.

— Nada feito! Nada feito! Vou contar tudo para ela. Como posso não contar? Ah, deixe isso para lá e me acompanhe, mestre!

— Como você é teimoso, Joutaro! — disse Musashi, desvencilhando-se das mãos do menino.

— Mas, mestre... — choramingou — Assim é demais! Tenha pena de Otsu-san! Tenho certeza de que se eu contar o que aconteceu hoje, ela vai piorar! Tenho certeza!

— Então, diga a ela: não adianta nos encontrarmos agora, enquanto eu ainda estou aprendendo a ser um guerreiro, isso apenas nos tornará infelizes. Quando vencemos as adversidades ou buscamos suportá-las com estoicismo, quando nos lançamos voluntariamente num vale cheio de dificuldades, só então o aprendizado se torna significativo. E agora você, Joutaro: não se esqueça que terá também de percorrer esse mesmo caminho para se tornar um guerreiro completo.

— ...

Musashi sentiu súbita pena do menino a soluçar ao seu lado e atraiu-lhe a cabeça para o próprio peito:

— Um guerreiro nunca sabe quando vai morrer, isso é parte do seu cotidiano. Depois que eu me for deste mundo, procure um bom mestre, entendeu, Joutaro? Quanto a Otsu-san... Futuramente, quando ela tiver encontrado a felicidade, há de compreender por que não a procuro agora. Essa luz sobre o muro é a do seu quarto? Ela deve estar se sentindo muito solitária, sem você. Entre, volte para perto dela e trate de dormir também, Joutaro.

X

Embora fosse às vezes obstinado, Joutaro pareceu compreender pelo menos parte dos dilemas de Musashi. Provava-o a sua atitude: de costas, ressentido, soluçava em silêncio. O ressentimento e os soluços vinham da incapacidade de resolver o problema. O pequeno coração se confrangia de pena de Otsu e de saber que era inútil insistir com Musashi.

— Nesse caso — disse o menino, voltando o rosto em lágrimas com uma ponta de conformismo —, quando você terminar seu aprendizado..., nesse dia você virá encontrar-se com Otsu-san, mestre? Quando enfim chegar o dia em que você considerar concluído o seu aprendizado?

— É o que eu mais desejarei quando esse dia chegar.

— E quando será esse dia?

— Como posso saber?

— Daqui a dois anos?

— ...

— Três anos?

— Ando por um caminho sem fim.

— Isto quer dizer que pretende nunca mais se encontrar com Otsu-san?

— Se eu realmente tenho talento, pode ser que um dia obtenha o sucesso. Mas posso não o ter, e nesse caso talvez chegue ao fim da vida como um simplório inútil. Além do mais, estou neste instante face a face com a morte. E como pode um homem nessa situação prometer alguma coisa a uma jovem na flor da idade, que tem o futuro inteiro pela frente?

Joutaro pareceu não compreender direito as explicações quase involuntárias de Musashi, e voltou-se com ar vivo:

— Mas mestre, você não precisa prometer nada a ela, basta apenas que a veja!

Quanto mais explicava, mais Musashi se sentia incoerente e confuso, e sofria com isso.

— Não é tão fácil assim, Joutaro. Otsu-san é uma mulher, eu sou um homem. Sinto-me constrangido em ter de confessá-lo, mas se me encontrar com ela, sei que serei vencido por suas lágrimas, que elas quebrarão a minha firme decisão.

Tanto a fuga empreendida no momento em que vira Otsu no feudo de Yagyu, quanto a atual, eram reações idênticas, mas intimamente Musashi percebia grandes diferenças.

Na ponte Hanadabashi, e também no feudo Yagyu, ele havia rechaçado o amor de Otsu como o fogo repele a água, porque seu espírito aventureiro ansiava por novos horizontes, e também porque se sentira quase melindrado em sua retidão moralista. Agora, porém, à medida que a antiga selvageria começava a ser educada, o jovem Musashi começava a perceber certa dose de fraqueza em si.

Compreender o valor da vida já fora suficiente para ensinar-lhe o medo. Além disso, conhecer pontos de vista de pessoas que trilhavam caminhos diferentes havia-lhe reduzido o orgulho e a presunção.

Com relação às mulheres, especificamente, Musashi havia percebido através de Yoshino como elas podiam ser atraentes e, ao mesmo tempo, quantas paixões diferentes despertavam dentro dele. No momento, Musashi não temia esses objetos tentadores propriamente ditos, mas o próprio coração. E se o objeto tentador era Otsu, ele já não tinha certeza de mais nada. Por outro lado, era-lhe impossível pensar nela como um simples passatempo, desconsiderando seu futuro.

Soluçando, rosto apoiado ao braço, Joutaro ouvira a voz de seu mestre junto ao ouvido, dizendo: — Compreendeu?

Segundos depois, porém, quando ergueu a cabeça num movimento brusco e olhou ao redor, viu apenas neblina e densa escuridão.

— Ah, Mestre! — gritou, correndo até o canto do muro.

XI

Pensou em chamar por Musashi aos berros, mas sabendo que era inútil, Joutaro apoiou o rosto ao muro e rompeu em choro.

Ele agira com tanta boa-fé, empenhara-se tanto em realizar o que seu pequeno coração lhe ordenara, mas Musashi, com sua lógica adulta, o tinha ignorado. E embora acatasse essa lógica, até a entendesse, o menino se sentia magoado.

Chorou muito tempo, até as lágrimas secarem e perder a voz, e deixou-se ficar ainda por ali apenas sacudido por soluços.

Foi então que um vulto feminino, talvez uma serviçal da mansão de volta de alguma missão externa, parou diante do portão de serviço. O vulto, que se cobria com um véu, por certo ouviu os soluços do menino, pois voltou-se e aproximou-se com passos indecisos.

— Jouta-san? — disse uma voz admirada. — É você mesmo, Jouta-san?

Ao segundo grito, Joutaro voltou-se estupefato:

— Ei... Otsu-san?

— Que deu em você? Por que chora?

— Que deu em você, digo eu! Como pode estar aqui fora, doente desse jeito?

— Como posso estar aqui fora? Essa é boa! Nunca vi ninguém dar mais trabalho que você, Jouta-san. Por onde andou até esta hora, depois de sair sem avisar ninguém? Não sabe o quanto me preocupei quando as luzes foram acesas, o portão principal foi fechado e você não voltou!

— Quer dizer que está aqui fora procurando por mim?

— Achei que podia ter acontecido algo errado e não consegui mais continuar na cama.

— Você é tonta, de verdade! Esqueceu que está doente? Que faremos se a febre subir de novo, me diga? Vamos, volte para a cama, rápido!

— Antes de mais nada, quero saber por que você estava chorando.

— Depois eu conto.

— Nada disso. Alguma coisa séria aconteceu. Vamos, fale!

— Vá para a cama primeiro, que eu conto depois. Amanhã, quando você começar a gemer de novo por causa da febre, eu não vou querer nem saber, ouviu?

— Está bem, está bem: volto já para o quarto e me deito. Mas depois, você me conta em linhas gerais o que aconteceu? Você foi atrás do monge Takuan, não foi, Joutaro?

— Fui.

— E perguntou a ele o paradeiro de Musashi-sama?

— Não gosto daquele monge desalmado.
— Quer dizer que não conseguiu saber onde Musashi-sama está?
— Hu-hum.
— Conseguiu?
— Deixe isso para lá e vamos dormir! Vamos dormir! Outra hora eu conto.
— Por que você esconde as coisas de mim? Se não me contar, vou passar a noite inteira aqui fora, sem dormir!
— Droga! — murmurou o menino. Suas sobrancelhas se franziram, e ele pareceu prestes a romper em choro outra vez, mas puxou Otsu pela mão, dizendo: — Primeiro, o meu mestre e, agora, esta moça doente... Porque vocês me dão tanto trabalho, hein? O que eu tenho para contar só pode ser contado depois que eu tiver aplicado uma compressa fria nessa sua testa quente, entendeu? Vá, entre de uma vez! E se não entrar, juro que a carrego nos ombros e a meto na cama!

Puxando Otsu com uma das mãos e com a outra esmurrando a porta de serviço, Joutaro esbravejou:

— Senhor porteiro! A enferma saiu da cama, não percebeu? Abra a porta! Abra a porta de uma vez, que ela é capaz de se resfriar!

UM BRINDE AO AMANHÃ

I

Ajudado por alguns goles de saquê e banhado em suor, Hon'i-den Matahachi veio correndo desde a rua Gojo até a ladeira Sannen-zaka, sem ao menos olhar para os lados.

A meia altura da ladeira cheia de pedregulhos saiu do caminho e, passando por vielas ladeadas por barracos sujos, chegou à conhecida casinha isolada no fundo da horta e espiou o interior.

— Mãe! — chamou. A seguir, estalou a língua e resmungou: — Ora essa, lá está ela cochilando de novo!

Descansou alguns momentos na beira do poço, aproveitou para lavar mãos e pés e entrou na casa, mas a velha Osugi continuava roncando com a cabeça tão enterrada no braço que se tornava difícil distinguir a boca do nariz.

— Irra! Só pensa em dormir! Mais parece uma gata vadia! — reclamou Matahachi.

O sono não era tão profundo, pois a velha entreabriu os olhos e perguntou:
— Que disse?

Em seguida, soergueu-se.

— Hum, pensei que estivesse dormindo — resmungou Matahachi.

— Que jeito é esse de falar da própria mãe? Durmo quando posso para preservar a saúde.

— Faz bem em preservar a saúde, mas enquanto isso, você não me deixa sequer descansar um pouquinho, e logo começa a reclamar: "Deixe de ser preguiçoso, vá saber do paradeiro de Musashi em vez de ficar aí parado..."

— Está bem, está bem. Cochilei sem querer, reconheço. Sou jovem de espírito, mas o corpo não aguenta. E depois, sinto um desânimo tão grande desde aquela noite em que quase acabamos com Otsu... O braço que o cretino do bonzo Takuan torceu ainda dói.

— Eu chego animado e você se mostra abatida; você se recupera e eu fico com vontade de desistir: isso mais parece uma brincadeira de criança!

— Nada disso! Hoje foi especial, tirei o dia para me recuperar, mas não estou velha a ponto de começar a me lamuriar. E então, Matahachi? Soube de algo proveitoso a respeito do paradeiro de Otsu ou do destino de Musashi?

— Nem adianta tapar os ouvidos que se ouve! A cidade está em polvorosa! A única pessoa que não sabe de nada é você, mãe, que fica aí dormindo.

— Que disse? Que notícia deixou a cidade em polvorosa? — disse Osugi, aproximando seus joelhos. — Fale de uma vez, Matahachi!

— Dizem que Musashi vai duelar pela terceira vez com os Yoshioka!

— Ah! Onde? E quando?

— O aviso afixado diante do portão principal da zona alegre dizia apenas: Vila Ichijoji, sem maiores detalhes. A data, madrugada de amanhã.

— ... Matahachi!

— Que é?

— Você leu um aviso afixado perto do portão da zona alegre?

— Isso mesmo. Estava coalhado de gente.

— Presumo então que perambulava desde cedo por essas bandas, no maior descaramento.

— Que... que é isso! — negou Matahachi, abanando freneticamente a mão. — Eu ainda bebo um pouco, de vez em quando, mas levo uma vida bem regrada desde aquele dia horrível, estou me comportando como se tivesse nascido de novo! Além disso, empenho-me seriamente em descobrir o paradeiro de Musashi e Otsu, você sabe disso muito bem! Irra, essa permanente desconfiança me desanima!

Osugi sentiu súbita pena do filho:

— Vamos, Matahachi, não se aborreça. Eu estava apenas pilheriando. E então não sei que você se emendou, e que já não vive farreando? Quanto a esse duelo entre Musashi e os Yoshioka: se ele foi marcado para a madrugada de amanhã, não nos resta muito tempo de sobra.

— Último terço da hora do tigre, dizia o aviso. Isto quer dizer que vai estar escuro ainda.

— Você me disse certa vez que conhecia um dos discípulos da academia, não disse?

— Conhecer, conheço, mas não posso me orgulhar muito das circunstâncias em que o conheci. Por quê?

— Quero que você me leve até essa academia na rua Shijo. Agora! Vamos, arrume-se de uma vez.

II

Idosos são, em geral, impacientes e despóticos. Esquecida de que dormira à vontade a tarde inteira, Osugi franziu o cenho, irritada com o que julgava ser a calma do filho:

— Ande logo, Matahachi!

— Que pressa! Até parece que a casa pegou fogo! Para começar, que pretende batendo à porta da academia Yoshioka?

— Pretendo fazer-lhes um pedido em nosso nome, é óbvio!

— Que pedido?

— Não acaba de me dizer que amanhã de madrugada os homens do clã Yoshioka vão matar Musashi? Pois vou pedir-lhes que nos incluam no grupo que vai duelar amanhã. Quero de algum modo ajudá-los e dar ao menos um golpe nesse maldito Musashi.

Matahachi pôs-se a gargalhar:

— Está louca, mãe?

— Por que ri tanto?

— Porque você diz coisas absurdas!

— Absurdo é você!

— Então vá lá fora e ouça o que diz o povo. Só assim vai saber quem é absurdo, você ou eu. Os Yoshioka perderam Seijuro, para começar, e logo depois, Denshichiro. Esta é uma guerra de extermínio, a última possível para eles. Os homens que estão agora reunidos na academia — por sinal, falida — estão todos de cabeça quente, de puro desespero. Declaram abertamente que, nas atuais circunstâncias, vão eliminar Musashi com a ajuda de muita gente, mesmo que fiquem mal-afamados; alegam que são discípulos vingando o mestre, não têm que se preocupar com regulamentos ou recursos que regem os duelos comuns.

— É mesmo? — disse Osugi apertando os olhos. A notícia era música para seus ouvidos. — Isto quer dizer que, desta vez, Musashi vai acabar em pedacinhos, por mais que se esforce por escapar!

— Quanto a isso, ninguém tem muita certeza. Estão achando que, com toda a probabilidade, Musashi também vai juntar um bando para ajudá-lo: se os Yoshioka são muitos, ele também os enfrentará com outros tantos. Se isso acontecer, a briga vai ser feia, quase uma guerra. Kyoto inteira só fala nisso hoje. E no meio dessa confusão, você acha que alguém vai dar atenção a uma velhinha decrépita que lhes aparece na frente insistindo em ajudá-los?

— Hum!... Pode ser que não. Mas nem por isso podemos ficar apenas contemplando enquanto Musashi, o homem que há tanto tempo procuramos, é liquidado por outras pessoas...

— Acho o seguinte: se estivermos na vila Ichijoji antes do amanhecer, com certeza saberemos o local exato do duelo e os demais detalhes. E então, depois que os Yoshioka liquidarem Musashi, nós nos apresentaremos a eles, faremos uma mesura formal e exporemos nossa saga; depois disso, cada um de nós pedirá licença para golpear o cadáver ao menos uma vez, cortamos uma mecha de seus cabelos ou a manga do seu quimono, e os exibimos ao nosso povo. Desse modo, nossa honra estará salva. Que acha?

— Muito bem, boa ideia! Não vejo outra saída além dessa — observou Osugi, sentando-se agora formalmente. — Depois disso, resta-nos apenas

Otsu. Com Musashi morto, ela estará tão indefesa quanto um macaco caído do galho: vamos acabar com ela com um único golpe, basta apenas encontrá-la.

Murmurando para si, Osugi finalmente se acalmou.

Matahachi voltou-se de repente, como um beberrão que se lembra de um restinho de saquê esfriando no fundo da taça, e disse:

— Uma vez decidido, vamos descansar os ossos calmamente até perto da hora do boi.[40] É um pouco cedo ainda, reconheço, mas que tal pedir saquê para acompanhar o nosso jantar?

— Saquê...? Está bem, vá pedir na cozinha. Eu também vou beber, será uma comemoração antecipada.

— Nesse caso... — disse Matahachi, levando as mãos às coxas e preparando-se com certa má vontade para erguer-se, mas parou e fixou os olhos arregalados na pequena janela lateral.

III

Um rosto branco havia surgido de relance do lado de fora da janela. Para Matahachi, a surpresa não se devia somente ao fato de o rosto entrevisto ser o de uma jovem mulher.

— Mas é Akemi! — disse, correndo para a janela.

A jovem permanecia imóvel sob as árvores, como um gatinho pego de surpresa.

— Ora, essa! Era você, Matahachi-san? — exclamou ela, também surpresa e arregalando os olhos.

Ao mesmo tempo, o tilintar trêmulo de um guizo soou nas dobras do *obi* ou na manga do quimono.

— Que aconteceu? Como é que você apareceu por aqui, assim de repente?

— Mas eu já estou hospedada aqui faz algum tempo...

— Verdade? Não sabia! Junto com Okoo?

— Não.

— Sozinha?

— Isso mesmo.

— Você não vive mais com Okoo?

— Você conheceu Gion Toji, não conheceu?

— Sim.

— Pois minha madrasta fechou a casa de chá no final do ano passado e se evadiu com ele para outra província. Mas, antes disso, eu já não vivia com ela.

---

40. Hora do boi: entre uma e três horas da madrugada.

O guizo tilintou novamente. Akemi chorava com o rosto oculto na manga do quimono. Talvez fosse a luz filtrada pelas copas das árvores, mas Matahachi percebeu diferenças muito grandes tanto na linha do seu pescoço como na mão magra, o viço puro dos velhos tempos do pântano Ibuki ou da casa de chá Yomogi para sempre perdido.

— Quem está aí, Matahachi? — perguntou Osugi, desconfiada.

Matahachi voltou-se:

— Esta é Akemi, a filha da Okoo... Aquela de quem já lhe falei uma vez.

— E a troco de que essa moça ouvia nossa conversa do lado de fora da janela?

— Por que você leva tudo a mal? Ela está hospedada aqui e apenas passou perto da janela. Não foi, Akemi?

— Isso mesmo! Eu nem podia imaginar que você estivesse aqui, Matahachi-san! Ah, pensando bem, um dia, quando eu cheguei até aqui meio perdida, encontrei uma mulher de nome Otsu morando nesta casinha.

— Otsu já foi embora. Você chegou a conversar com ela?

— Não, nada em particular. Mais tarde, porém, me lembrei: aquela moça é a noiva que o esperava em sua terra, não é, Matahachi-san?

— Hum!... Isso foi há muito tempo.

— Você também foi prejudicado pela minha madrasta...

— E você? Continua sozinha? Está tão diferente...

— Eu também sofri muito nas mãos da minha madrasta. Eu tinha de obedecer, já que foi ela quem me criou. E no fim do ano passado, aconteceu uma coisa que eu não consegui suportar... E então saí fugida da Enseada Sumiyoshi, onde fora passar alguns dias.

— Tanto você quanto eu tivemos o início de nossas vidas destruído por obra e graça de Okoo. Maldita! Mas você ainda vai ver: em troca de suas maldades, ela há de ter uma morte horrorosa.

— E agora... Que vou fazer?

— Meu futuro também é negro. Depois de tudo que disse a ela naquele dia, tenho de me tornar alguém na vida e lhe dar o troco, mas... só fico na vontade!

Enquanto os dois jovens lamentavam os destinos semelhantes, Osugi, que juntara seus pertences numa trouxa e se preparava para a viagem, voltou-se impaciente:

— Matahachi! Matahachi! Não perca tempo conversando com uma vadia e venha me ajudar. E prepare-se também para partir. Não se esqueça de que esta é a nossa última noite nesta hospedaria!

IV

Akemi parecia querer dizer-lhe algo mais, mas desistiu por causa de Osugi e se despediu:

— Até mais ver, Matahachi-san. Falo com você depois. — Afastou-se a seguir com passos incertos.

Pouco depois, uma luz se acendeu no interior da casinha.

O serviço de jantar incluía saquê, especialmente encomendado. A conta da hospedaria estava numa bandeja entre a mãe e o filho, entretidos em brindar à partida. Gerente e serviçais revezavam-se, apresentando as despedidas:

— Quer então dizer que parte esta noite definitivamente? Esforçamo-nos ao máximo, mas sei que a nossa hospitalidade não esteve à altura de uma pessoa de seu nível... Gostaríamos, porém, que não se desgostassem, e que nos honrem com sua preferência quando retornarem à nossa cidade.

— Claro, claro! Se voltarmos, passaremos mais alguns dias aqui. Desde o fim do ano passado e esta primavera inteira... Sem querer acabamos ficando quase três meses em sua hospedaria.

— Vamos sentir sua falta, senhora.

— Brindemos à despedida, estalajadeiro.

— De bom grado. E então, volta daqui para sua terra, senhora?

— Nada disso. Aliás, nem sei quando voltarei a pisar minhas terras outra vez.

— Soube que vai partir no meio da noite. Por quê, em hora tão inconveniente?

— É que ocorreu um fato imprevisto, de certa importância. Por falar nisso, vocês não teriam um mapa indicando o caminho para a vila Ichijoji?

— A vila Ichijoji fica muito além de Shirakawa. É um lugarejo solitário, próximo ao monte Eizan. Não faz sentido dirigir-se para esses ermos no meio da noite, senhora.

Matahachi interrompeu o estalajadeiro, dizendo bruscamente:

— Não importa. Faça um esboço do caminho que devemos seguir para chegar a essa vila Ichijoji, por favor.

— Sim, senhor. Por sorte, temos aqui um serviçal que veio dessa vila. Vou perguntar a ele e farei um mapa fácil de entender. Ichijoji, porém, é uma localidade extensa e...

Matahachi, ligeiramente embriagado, começou a se irritar com as demonstrações de cortesia do estalajadeiro e disse:

— Não se preocupe com o local exato para onde nos dirigimos. Queremos apenas saber o caminho até lá.

— Perdoe-me se insisti demais. Prossigam com seus preparativos, senhores... — disse, esfregando as mãos e preparando-se para descer da varanda.

Havia já algum tempo três ou quatro empregados da hospedaria corriam em volta do local e nesse instante o gerente, avistando o estalajadeiro, aproximou-se às carreiras:

— Não viu ninguém fugir para estes lados, patrão? — perguntou o homem.

— Quem?

— Aquela garota que dormia sozinha no quarto dos fundos, faz alguns dias.

— O quê? Ela fugiu?

— Ela estava lá até o fim da tarde, tenho certeza. Mas pelo aspecto do seu quarto, agora...

— Não a acharam em lugar algum?

— Não, senhor.

— Idiotas!

O estalajadeiro fez cara de quem acaba de engolir água fervente e suas feições mudaram instantaneamente. Esquecido da linguagem melíflua de há pouco, o homem começou a despejar injúrias.

— De que adianta trancar a porta depois de arrombada? Pelo jeito da menina, já dava para perceber, desde o início, que tramava alguma coisa. E você só foi perceber que ela não tinha um níquel furado depois de sete ou oito dias? Como pode dirigir uma hospedaria desse jeito, cretino?

— Sinto muito, patrão. Mas era uma menininha tão nova que nem pensamos... Ela nos levou na conversa direitinho!

— Considere perdidas as conta da cozinha e da hospedagem, mas vá pelo menos verificar se não sumiu nada dos demais hóspedes. Bando de incompetentes! — berrou o estalajadeiro, dardejando o olhar ao redor, irado.

V

À espera da meia-noite, mãe e filho brindaram diversas vezes.

Osugi, a certa altura, parou de beber e começou a se alimentar.

— Matahachi! Que tal parar de beber?

— Só mais este trago... — disse o filho, servindo-se de novo. — Eu não vou jantar.

— Coma ao menos arroz e picles. Beber sem comer faz mal.

Empregados da hospedaria portando lanternas iam e vinham pela senda que cortava a horta e pela viela da entrada. Osugi observava o movimento:

— Pelo jeito, ainda não a pegaram — murmurou. — Eu não disse nada porque receava ser envolvida, mas essa menina que desapareceu... Não será essa tal Akemi, que conversava com você esta tarde?

— Talvez.

— Ela não podia ser grande coisa de menina, criada como foi por Okoo, aquela bisca. Trate de não conversar com ela, mesmo que a encontre em algum lugar doravante. Ouviu bem, Matahachi?

— Pensando bem, essa moça é uma pobre coitada.

— Ter pena dos outros é bonito; ruim vai ser se tivermos de pagar a conta dela. Não diga a ninguém que a conhecíamos, até irmos embora daqui.

Matahachi parecia estar pensando em outra coisa. Estirou-se sobre o *tatami*, puxou uma mancheia de cabelos e disse:

— Maldita! Ainda agora, vejo o rosto dela no teto. A culpa do meu fracasso não é de Musashi, nem de Otsu, é daquela megera, Okoo. Ela devia ser o verdadeiro alvo de minha vingança.

Osugi interveio:

— Que bobagem é essa? E de que adiantaria matarmos essa mulher? Ninguém em nossa terra reconheceria o feito, nem a honra da nossa casa se salvaria.

— Estou começando a me cansar da vida.

Nesse instante, o estalajadeiro surgiu na varanda trazendo uma lamparina portátil:

— Velha senhora, acaba de soar a hora do boi.

— Então vamos partir.

— Já? — disse Matahachi, espreguiçando-se. — E então, estalajadeiro, pegaram a fugitiva?

— Não, senhor, não a vimos mais. Desconfiei dela desde o começo, mas como tinha boa aparência, achei que poderia fazê-la trabalhar para mim e assim compensar eventuais dívidas de comida e hospedagem, mas ela nos passou a perna direitinho.

Sentado na beira da varanda, Matahachi amarrava os cordões da sandália e se voltou:

— Mãe, que está fazendo aí? É sempre a mesma coisa: você me apressa e na hora de partir se atrapalha toda.

— Calma! Para que tanta pressa? Escute, Matahachi: será que eu lhe dei aquilo?

— Aquilo o quê?

— A carteira que deixei ao lado desta trouxa. A despesa da hospedaria paguei com o dinheiro que tinha em meu *obi*, e guardei nessa carteira o dinheiro miúdo para as despesas desta viagem.

— Não sei nada a respeito dessa carteira.

— Ei, Matahachi! Venha cá, depressa! Tem uma tira de papel amarrada na trouxa, e nela está escrito: "Para o senhor Matahachi". Mas que descarada! Ela escreveu também: "Levo o dinheiro emprestado, em nome de nossa antiga amizade. Perdoe-me."

— Ora, essa! Então foi Akemi que levou a carteira!

No mesmo instante, o estalajadeiro interrompeu-os:

— Ah!... Quer dizer então que conheciam a fujona! Nesse caso, temos algumas despesas que ficaram pendentes e que gostaríamos de ver acertadas. Que me diz, senhora?

Osugi piscou diversas vezes e sacudiu a cabeça:

— Absurdo! Como haveria eu de conhecer essa ladrazinha? Vamos, vamos, Matahachi! Partamos! Se bobear, os galos vão começar a cantar.

TERRA MORTÍFERA

I

A lua ainda brilhava no céu.

A madrugada vinha chegando, mas era cedo, muito cedo. Os homens observavam as próprias sombras que a lua projetava na estrada branca, estranhamente misturadas umas às outras.

— Não esperava por isso.

— Nem eu! Imaginei que contaríamos com 140 a 150 pessoas, mas está faltando muita gente.

— No passo que vai, seremos apenas a metade disso.

— Incluindo o senhor Mibu Gorozaemon, seu filho e parentes, que ficaram de nos alcançar mais tarde, seremos ao todo cerca de sessenta ou setenta homens, eu acho.

— A casa Yoshioka está decadente, não há mais dúvida! Também, não era para menos: perdemos dois pilares de sustentação, os senhores Seijuro e Denshichiro. É desse jeito que acontece a queda de uma casa tradicional!

Aqui, um grupo sussurrava, sombras juntando-se a sombras. De outro grupo sentado nas ruínas de um muro um pouco mais distante, alguém voltou-se e gritou:

— Não choraminguem. Estamos todos sujeitos a altos e baixos neste mundo.

De um terceiro aglomerado veio outra observação:

— Deixem para lá os que não querem vir! Muitos dentre eles tiveram de procurar outros caminhos, já que a academia fechou as portas. Outros ainda devem estar considerando os prós e os contras pensando no futuro, é mais que natural. Os homens aqui presentes apresentaram-se voluntariamente, e são os de fibra, os que se decidiram por uma vida honrada.

— Cem ou duzentas pessoas seria gente demais, só atrapalharia. Afinal, estamos atrás de um único adversário!

— Olhem aí, tem alguém bravateando! E que me dizem a respeito do que aconteceu no templo Renge-ou? Vocês estavam lá, naquela ocasião, e ficaram olhando Musashi se evadir!

Às costas dos homens, as montanhas Eizan, Ichijoji e Nyoi-ga-take ainda pareciam dormir, envoltas em densa neblina. No ponto onde se encontravam, popularmente conhecido como Encosta do Pinheiro Solitário, a estrada rural que passava pelas antigas ruínas do templo Ichijoji se trifurcava.

Sob a lua do alvorecer, um pinheiro solitário erguia-se com sua copa alta e ramos espalhados. A área, quase uma campina ao pé das montanhas, formava a base do morro Ichijoji e os cantinhos, além de íngremes, eram todos cheios de pedregulhos. Em tempo de chuva, a água costumava descer da montanha formando rios, escavando a terra e expondo ravinas.

Os homens da academia Yoshioka haviam se juntado em torno do pinheiro havia já algum tempo, e vagavam agora ao seu redor como caranguejos em noite de luar.

Atento à topografia local, alguém disse:

— Esta trifurcação cria um problema para nós: não sabemos por qual dos três caminhos chegará Musashi. Acho que a melhor solução será repartir os presentes em três grupos iguais e deixá-los tocaiando nas três sendas, enquanto o representante da casa, o menino Genjiro-sama, o patriarca de Mibu e mais uns dez veteranos da academia, entre eles Miike Juroza e Ueda Ryohei, deveriam permanecer ao redor do pinheiro, os últimos na qualidade de guardiões do menino.

Outro expunha a sua teoria:

— Não, esta área é muito restrita. Juntar muita gente num lugar com estas características será desvantajoso para nós. Acho que devemos esconder-nos a intervalos maiores ao longo do cantinho por onde Musashi virá, deixá-lo passar e depois encurralá-lo pela frente e por trás. Desse modo, ele não nos escapará.

A coragem crescia visivelmente, insuflada pela presença numerosa. Das sombras, que ora se juntavam ora se afastavam, sobressaíam longos cabos de espada e de lanças empunhadas, dando a impressão de que os homens tinham sido trespassados pelas próprias armas. Todos eles pareciam bravos, muito corajosos.

— Estão chegando! Estão chegando!

Ao grito do homem que se aproximava correndo, os homens imobilizaram-se, sobressaltados. Embora soubessem que havia ainda muito tempo para a hora combinada, os homens não puderam evitar que os pelos do corpo inteiro se eriçassem.

— É Genjiro-sama.

— Vem de liteira, pelo jeito.

— Natural, ele ainda é muito novo.

Na direção em que se voltaram todos os olhares, três ou quatro pontos de luz se aproximavam em meio às lufadas frias que desciam do monte Eizan, pelo caminho que o luar tornava ainda mais brilhante que os pontos de luz.

II

— Muito bem! Vocês já estão reunidos! — disse o ancião em tom de aprovação, apeando-se da primeira liteira. Da segunda, desceu um menino aparentando treze ou catorze anos.

Faixas brancas às testas prendiam os cabelos de ambos e as bainhas de seus *hakama* haviam sido arregaçadas e presas. Ali estavam Genzaemon, de Mibu, e seu filho, Genjiro.

— Escute — disse o ancião ao filho. — Você não precisa fazer nada, basta apenas permanecer debaixo desse pinheiro.

O menino acenou em silêncio. O pai acariciou-lhe a cabeça e disse:

— Você é o representante oficial da casa Yoshioka neste duelo, mas, por ser muito novo, estes discípulos lutarão em seu lugar. Fique ali e aguarde.

Genjiro tornou a balançar a cabeça em sinal de concordância e foi no mesmo instante para baixo do pinheiro, ali postando-se garboso como um pequeno príncipe.

— Não precisa ficar aí desde já. Falta ainda um bocado até o amanhecer, disse o velho. Apalpou em seguida as próprias coxas e retirou um cachimbo estilo *Taiko*. Voltou-se então para os homens próximos e perguntou:

— Quem tem fogo?

Passeou o olhar calmo em torno, demonstrando segurança.

— Velho senhor de Mibu, temos pederneiras de sobra por aqui. No entanto, acho mais prudente dividirmos os homens, antes de mais nada — disse Miike Jurozaemon, adiantando-se.

— Tem razão — replicou o ancião.

Laços de sangue o ligavam à casa Yoshioka, realmente, mas ainda assim, oferecer o único filho para representar a casa no duelo era demonstrar genuíno apreço pelo clã. Sem um momento sequer de hesitação, passou ao assunto.

— Vamos decidir imediatamente a estratégia. De que modo pretendem dividir os homens?

— Estabelecendo como base o pinheiro, pretendo posicionar aproximadamente vinte homens em cada um dos três caminhos, ocultos em ambos os lados das estradas a uma distância aproximada de quarenta metros uns dos outros.

— E quanto a este local?

— Perto do jovem Genjiro-sama estaremos o senhor, eu e mais dez, encarregados não só de sua proteção como também de se juntar ao grupo que emboscará a estrada por onde surgir Musashi, assim que ouvirmos o aviso. Juntos, liquidaremos nosso adversário.

— Espere um pouco — disse o ancião, ponderando calmamente, como todo idoso. — Se distribuirmos o pessoal pelas três sendas, isto significa que Musashi, quando aparecer por uma delas, terá pela frente, num primeiro momento, apenas vinte pessoas, mais ou menos.

— Mas se todos eles o cercarem simultaneamente...

— Não, não é tão fácil assim. Para começar, Musashi também trará consigo alguns homens para ajudá-lo. Além disso, naquela noite da nevasca, logo depois do duelo com Denshichiro, percebi muito bem, pelo modo como se evadiu do pátio do templo Renge-ou, que esse Musashi não só é um espadachim muito bom, como também exímio na arte da fuga. Em outras palavras, ele conhece a fundo a estratégia da fuga rápida. É muito provável, portanto, que ele enfrente inicialmente uns três ou quatro dos nossos, golpeie-os e depois fuja rapidamente, para poder sair por aí dizendo que enfrentou sozinho setenta e tantos discípulos da academia Yoshioka e os venceu todos.

— Ah, mas isso não permitiremos que ele diga.

— Negar será inútil, apenas abrirá uma controvérsia sem fim. Musashi poderá trazer um bando inteiro para ajudá-lo, mas, ainda assim, o mundo só vai falar dele. E se a luta for de um contra muitos, o povo sempre tende a falar mal dos que estão em maioria.

— Compreendi, senhor. Isto significa que, haja o que houver, não deveremos permitir que Musashi nos escape com vida. Não desta vez, certo?

— Isso mesmo!

— Sabemos disso, nem era preciso chamar-nos a atenção para o ponto. Se empregarmos a estratégia errada e deixarmos Musashi escapar mais uma vez, nada poderá salvar o nosso nome, por mais que nos justifiquemos. É exatamente por isso que nosso objetivo, hoje, é apenas um: matá-lo, não importa como. Mortos não falam. Basta liquidá-lo que o mundo todo terá de aceitar a nossa versão dos fatos.

A seguir, Miike Jurozaemon examinou os grupos ao seu redor e chamou alguns dentre eles.

III

Três homens portando arcos de pequena envergadura e um homem com uma espingarda adiantaram-se:

— Chamou-nos?

Miike apenas acenou com a cabeça e se voltou para Genzaemon:

— Senhor, estamos preparados para tudo! — disse ele. — Espero que isto o tranquilize.

— Ora, você trouxe arqueiros e atiradores!
— Penso em ocultá-los numa elevação ou no topo de uma árvore.
— Não dirão por aí que isso é covardia?
— Mais que a opinião pública, importa-nos matar Musashi. Se ganharmos, formaremos a opinião. Se perdermos, não adiantará dizer a verdade, pois ninguém acreditará.
— Está bem! Se vocês estão determinados a esse ponto, nada mais tenho a dizer. Com a ajuda de flechas e balas, Musashi não terá chance alguma de escapar, mesmo que traga cinco ou seis homens para ajudá-lo. Cuidado para não serem surpreendidos enquanto ficam conferenciando. Deixo o comando da operação a seu cargo, Miike. Vamos dispor os homens, imediatamente.

Jurozaemon gritou então aos seus homens:
— Escondam-se todos!

Nas três sendas ocultaram-se os homens encarregados de frustrar, logo de partida, o ataque inimigo, e de encurralá-lo por todos os lados. O pinheiro solitário era a cidadela, e seria protegida por dez dos mais valorosos homens da academia.

As sombras correram e se espalharam, mergulhando no mato como gansos em meio a juncos, camuflaram-se atrás de árvores, jogaram-se de bruços nas estreitas sendas que cortavam as lavouras.

Homens carregando às costas arcos e flechas subiram agilmente nas árvores mais altas e melhor posicionadas.

O único homem com a espingarda subiu agarrando-se aos troncos do pinheiro solitário e empenhava-se agora em ocultar-se, evitando o luar.

Agulhas secas e cascas do pinheiro caíram do alto. O jovem Genjiro, mais parecendo um galante boneco de festivais, estremeceu inteiro e levou a mão à gola do quimono.

O idoso Genzaemon percebeu o movimento e disse:
— Que é isso? Está tremendo de medo, meu filho?
— Não é medo! Uma agulha do pinheiro entrou na gola.
— Ah, ainda bem. Isto vai ser uma boa experiência para você. Observe com atenção, porque em breve vai começar a refrega.

Foi então que do caminho mais a leste, o do templo Shugaku-in, um berro retumbante se fez ouvir:
— Idiota!

No mesmo instante as moitas próximas estremeceram e crepitaram.

Movimentos em diversos lugares denunciaram os locais onde os homens tinham-se ocultado. Genjiro, o galante príncipe, agarrou-se ao quadril do pai e deixou escapar:
— Estou com medo!

— Ele vem aí! — disse Miike Jurozaemon, disparando em direção ao tumulto. E mesmo enquanto corria, sentiu que havia algo estranho.

Miike tivera razão de estranhar, pois quem chegava não era Musashi, mas o jovem Sasaki Kojiro que, no dia anterior, havia intermediado os entendimentos para o duelo. Em pé no meio do caminho, ele repreendia os discípulos que o rodeavam com a sua já conhecida expressão desdenhosa:

— Não enxergam? Isso prova que o nervosismo já lhes turvou a vista! Como podem me confundir com Musashi e me atacar? Estou aqui na qualidade de testemunha do duelo. Como é que se atrevem a pular do meio do mato com uma lança e tentar me atingir, idiotas?

IV

Contudo, os nervosos homens do clã Yoshioka também começaram a desconfiar:

— A atitude é estranha...

— Ele deve ter se bandeado para o lado de Musashi, e está aqui para conferir nossas posições.

Embora tivessem desistido de atacá-lo, os discípulos sussurravam entre si e não desfaziam o cerco.

Foi então que Jurozaemon se aproximou correndo. O olhar de Kojiro voltou-se furioso para Miike, que nesse momento vinha abrindo caminho pelo cerco:

— Os Yoshioka encaram a mim, que me dei ao trabalho de vir até aqui para testemunhar o duelo, como inimigo?! Você por acaso os orientou nesse sentido? Porque nesse caso, eu, Sasaki Kojiro, lhes declaro que andei negligenciando minha preciosa espada, a Varal, e que ela está sedenta de sangue. Esta é uma oportunidade de ouro para matar sua sede. Entre mim e Musashi nada existe que me leve a dar-lhe uma mão, mas posso enfrentá-los para salvar minha própria reputação. Que me diz?

A arenga era inflamada, imperiosa.

Essa atitude arrogante era usual em Kojiro, mas constituía uma surpresa para os que viam apenas a aparência bem cuidada e o corte juvenil de cabelos.

Jurozaemon, no entanto, pôs-se a rir. Parecia dizer: nessa não caio!

— Ora, essa, você está muito nervoso! Contudo, deixe-me perguntar: quem foi que o chamou aqui esta manhã para servir de testemunha? Sou do clã, e não me lembro de ter-lhe solicitado nada semelhante. Ou será que o pedido partiu de Musashi?

— Cale-se! Na ocasião em que afixamos o aviso na rua Rokujo, deixei minha posição bem clara para ambos os lados.

— É verdade, lembro-me vagamente de tê-lo ouvido dizer algo a respeito de testemunhar ou não este duelo. Mas tenho certeza de que nenhum de nós afirmou naquele momento que concordava. Isso quer dizer que você, por sua própria conta e risco, está se apresentando para cumprir uma função que ninguém lhe delegou. Aliás, o mundo está cheio de intrometidos iguais a você.

— Como ousa? — replicou Kojiro. A violência agora não era fingida. Jurozaemon, porém, gritou-lhe:

— Retire-se! — E em seguida, como se cuspisse: — Isto aqui não é um espetáculo. Não precisamos de assistência!

— Hum!... — exclamou Kojiro, empalidecendo e contendo a respiração. Voltou-se bruscamente e disse: — Não perdem por esperar.

No momento em que se dispunha a retornar pelo caminho que viera, o velho senhor de Mibu, Genzaemon, surgindo com alguns minutos de atraso, deteve-o apressadamente:

— Ó jovem! Senhor Kojiro! Espere um momento!

— Nada mais quero com vocês! Vou fazê-los engolir as últimas palavras, não perdem por esperar!

— Não diga isso, jovem! Espere, espere um pouco! — insistiu o ancião, barrando a passagem de Kojiro, que se preparava para se afastar, furioso. — Sou o tio de Seijuro. Eu já tinha ouvido meu sobrinho referir-se ao senhor como um jovem bastante promissor. Não sei que mal-entendido pode estar ocorrendo aqui, mas gostaria que perdoasse a rudeza destes discípulos em consideração a mim, um velho.

— Sua cortesia me embaraça, senhor. Veja bem: por causa do meu antigo relacionamento com o senhor Seijuro, eu tinha pela academia a maior consideração. É verdade que não posso tomar abertamente o seu partido neste confronto, mas também não esperava ser recebido com tanta hostilidade.

— Tem razão! Tem toda razão de se indignar. Gostaria que desconsiderasse o que se passou e, em nome de meus dois sobrinhos, Seijuro e Denshichiro, peço que nos honre com sua assistência.

Com toda diplomacia, o velho Genzaemon tratou de acalmar a suscetibilidade do intrépido e orgulhoso guerreiro.

V

O aparato ofensivo de que dispunham tornava a ajuda de Kojiro dispensável. O velho Genza, porém, parecia temer que o jovem espalhasse mais tarde aos quatro ventos a tática covarde que haviam preparado.

— Esqueça o que houve, por favor! — insistiu o idoso homem.

Ante o polido pedido de desculpas, Kojiro mudou radicalmente de atitude.

— Que é isso, senhor? Um idoso veterano não deve reiterar escusas a um jovem inexperiente como eu: o senhor me confunde. Por favor, não se curve — disse, recuperando o bom humor com inesperada rapidez. Voltou-se então para os homens da academia Yoshioka e, com a fluência que lhe era habitual, fez um discurso de encorajamento, ao mesmo tempo em que falava de sua relação com Musashi em termos severos.

— Mantive desde o princípio um relacionamento amistoso com o senhor Seijuro e, como já disse antes, nada me prende a Musashi. Por uma simples questão de amizade, é natural que eu deseje muito mais a vitória do grupo Yoshioka que a de Musashi! Apesar de tudo, deixe-me dizer-lhes: que coisa lamentável foram essas duas derrotas consecutivas! A academia faliu, a casa Yoshioka arruinou-se! Como posso eu permanecer indiferente ante tantas desgraças? Desde a Antiguidade sempre houve duelos envolvendo casas guerreiras, mas nunca vi nem ouvi falar de uma desgraça que se assemelhasse a esta, que desabou sobre a tradicional casa Yoshioka, a instrutora dos xoguns Muromachi, hoje destruída pelas mãos de um guerreiro provinciano e desconhecido.

Kojiro discursava, rubro de emoção. A começar pelo idoso Genzaemon, todos os presentes calaram-se, impressionados com sua veemência. Ao mesmo tempo, pareciam perguntar-se, arrependidos, Jurozaemon mais que todos, como puderam ser tão ríspidos com alguém que mostrava tanto interesse por suas causas.

Ao perceber o ambiente, Kojiro sentiu-se em seu elemento e tornou-se ainda mais eloquente:

— Como homem que, no futuro, pretende também fundar uma casa guerreira, empenho-me em assistir a duelos e disputas com armas reais não por simples curiosidade, mas porque considero educativo o papel de espectador. Até hoje, contudo, na qualidade de espectador, nunca deparei com um conflito que me deixasse mais irritado que este, dos senhores com Musashi. Como foi que deixaram Musashi escapar ileso, tanto no episódio de Rendaiji quanto no de Renge-ou-in, se os senhores dispunham — segundo acredito — de tantos assistentes? Não consigo entender como ficaram quietos mesmo depois que Musashi eliminou seu mestre, e lhe permitiram andar livremente pela cidade!

Lambeu os lábios secos e continuou:

— Musashi é um espadachim capaz, forte demais para ser um simples guerreiro nômade, um homem feroz como poucos, sem dúvida. Com relação a isso, sou capaz de atestar, pois já o encontrei umas duas vezes. E pode até ser que me achem intrometido, mas de um tempo para cá ando investigando seus antecedentes, apesar de minha fonte ser apenas uma mulher com quem deparei por acaso, e que o conhece desde a época em que ele tinha dezessete anos — disse Kojiro, sem mencionar o nome de Akemi.

— De acordo com essa mulher e também com outras fontes, esse sujeito é filho de um *goushi* da província de Sakushu: depois da batalha de Sekigahara, ele voltou à própria terra, andou promovendo distúrbios, foi expulso e acabou por vagar ao léu pelo país. Eis a história desse homem. Ela nos mostra que Musashi nem sequer merece nossa consideração. Não obstante, sua técnica é inata, tem uma força selvagem, é um temerário, enfim. Penso, por isso, que algumas vezes técnicas ortodoxas levam a pior quando confrontadas com a dele, num exemplo clássico da força bruta vencendo a razão. Isto quer dizer que os senhores não conseguirão vencê-lo enfrentando-o com armas normais. Do mesmo modo que só se pega uma fera armando-lhe ciladas, aviso-os que se não empregarem um ardil, serão derrotados uma vez mais. E será que levaram em consideração todos esses aspectos quando compuseram sua estratégia?

O velho Genza agradeceu-lhe o interesse e explicou que não havia falhas na composição do esquema, ao que Kojiro aquiesceu e insistiu:

— Se estão preparados para tudo, creio que não o deixarão escapar desta vez. Penso, porém, que deveriam reforçar o esquema com um novo plano que lhes aumentaria a segurança.

VI

— Novo plano? — ecoou o idoso Genza, analisando o rosto petulante do jovem Kojiro. —Agradeço o seu interesse, mas não creio que precisemos de nenhum plano ou preparativo além dos que já temos.

Kojiro, entretanto, insistiu:

— Não concordo, senhor. Se Musashi aqui aparecer com o descaramento que lhe é característico, aí então o senhor pode considerar que ele efetivamente caiu em sua rede e não terá como escapar. Mas de nada adiantarão todos os preparativos se Musashi vier a saber deles e não aparecer.

— Nesse caso, nós o transformaremos em alvo das maiores zombarias. Ergueremos placas em todas as ruas da cidade de Kyoto, anunciando: Musashi fugiu. Todos rirão dele!

— Com isso, o nome dos senhores estará parcialmente salvo, têm razão. Mas Musashi também anunciará ao mundo a atitude covarde dos senhores, o que de modo algum ajudará a vingar a honra do seu mestre. Precisam, a qualquer custo, eliminar Musashi definitivamente aqui e agora, senhores. Para tanto, creio que precisam de um plano que o atraia a esta cilada mortal, um estratagema que o obrigue a vir até aqui.

— Ora... E existe por acaso tal estratagema?

— Existe! — disse Kojiro, aparentando toda a segurança do mundo. — Estratagemas existem, e muitos.

A seguir, baixou a voz e, com uma expressão cordial, raramente vista em seu rosto arrogante, aproximou a boca do ouvido de Genza e sussurrou algumas palavras.

— Que acha? Agrada-lhe? — perguntou.

— Compreendo!... — disse o velho, piscando muitas vezes. A seguir, achegou por sua vez o rosto ao de Miike e sussurrou algumas palavras.

Dois dias antes Musashi tinha batido à porta da humilde estalagem no meio da noite e deixara o velho estalajadeiro abismado com seu súbito retorno, depois de tanto tempo. Após passar uma noite ali, partira na manhã seguinte dizendo que ia ao templo Kurama-dera e, depois disso, o velho não o vira mais o dia inteiro.

Nessa noite esperara por Musashi aquecendo um cozido, mas ele retornou no dia seguinte, quase ao cair da tarde. Mal chegou, disse: — Trouxe-lhe de Kurama — e entregou um pacote de batatas ao velho estalajadeiro. O outro pacote era um rolo de tecido branco, de algodão, com certeza adquirido numa loja dos arredores, e com o qual ele queria que lhe fizessem um jogo de roupas de baixo, um protetor abdominal e uma faixa para a cintura.

O velho estalajadeiro levou em seguida o tecido para a casa de uma jovem costureira, encomendou-lhe as costuras e, aproveitando, comprou na volta um pouco de saquê da taberna. E enquanto conversavam amenidades, bebiam saquê e comiam as batatas, a jovem costureira trouxe os artigos que lhe haviam sido encomendados.

E assim Musashi tinha-se deitado com as roupas novas dobradas à cabeceira de seu leito. No meio da noite, porém, o velho estalajadeiro acordou com o barulho de água na beira do poço, nos fundos da casa. Estranhou e espiou. Musashi já se havia levantado, tomado um banho de água fria à luz do luar e, vestindo as roupas de baixo recém-costuradas e imaculadamente brancas, tinha enrolado o protetor de abdômen à cintura e estava vestindo por cima de tudo seu quimono usual.

A lua ainda continuava no céu. Aonde ia ele, todo arrumado? — perguntara-lhe o velho, estranhando. A isso, o jovem responderá que nos últimos tempos tinha percorrido a cidade de Kyoto e seus arredores, no dia anterior já subira a Kurama e que se cansara um pouco dessa cidade. Assim sendo, tivera súbita vontade de andar pela estrada àquela hora, sob o luar da madrugada, subir ao monte Eizan, contemplar o sol nascendo no mar de Shiga e, a partir dali, encetar uma nova jornada, desta vez para a cidade de Edo. E no instante em que a inspiração lhe viera, prosseguira Musashi, perdera o sono: com pena de acordá-lo, resolvera separar o dinheiro da hospedagem e da comida e deixá-lo à cabeceira de seu leito. Não era muito, mas queria que o aceitasse. Dentro de três ou quatro anos, quando retornasse a Kyoto, ele prometia voltar a se hospedar naquela estalagem. Depois disso, recomendara:

— Feche a porta depois que eu sair, estalajadeiro!

E com passos decididos, passara pela estreita senda no meio das plantações próximas e se dirigira à estrada de Kitano, coberta de excrementos de gado.

Pesaroso, o velho ficou olhando seu vulto se afastar por uma pequena janela. Cerca de dez passos além, na estrada, Musashi tinha-se abaixado por instantes para reatar os cordões da sandália.

APENAS O LUAR

I

O sono tinha sido breve mas profundo, achou Musashi. Sentia a mente limpa, translúcida como o céu dessa noite, em unidade com o corpo, dissolvendo-se passo a passo em algo místico, indefinível.

"Vou caminhar com calma, aproveitando esta sensação", pensou, reduzindo propositadamente a largura dos passos. "Bem... Esta deve ser minha última noite no mundo dos homens."

Não se sentia surpreso, nem triste, não havia dor nem emoção no pensamento. Ele apenas aflorara no íntimo e viera à boca num murmúrio, sem traço de afetação.

Talvez não sentisse a morte tão próxima porque havia uma considerável distância até os escombros do velho templo Ichijoji, na encosta onde se situava o pinheiro, ou porque era cedo ainda — mal passava da meia-noite.

Musashi havia passado todo o dia anterior num templo no interior da montanha Kurama, sentado em silêncio em meio ao sibilar do vento no pinheiral. Na ocasião, apesar do esforço em esvaziar a mente de pensamentos conscientes e da própria ideia de ser, não conseguira fugir da noção de morte e terminara por descer da montanha sentindo-se infeliz, achando que perdera tempo indo até lá praticar o *zazen*.

Comparando os dois momentos, a sensação revigorante deste era espantosa, reconheceu Musashi, admirado de si próprio. Depois de beber um pouco em companhia do estalajadeiro e dormir um sono reconfortante, ele havia se levantado, tomado um banho frio com a água do poço, e se vestira. E agora Musashi não conseguia imaginar que esse corpo, contido em roupas íntimas imaculadamente limpas, morreria dentro em breve.

"Pensando bem, as estrelas também brilhavam esplêndidas na noite em que me arrastei com o pé inflamado até a montanha por trás do santuário de Ise. Aquilo aconteceu no meio do inverno... A esta hora, os ramos das cerejeiras de onde pendiam pingentes de gelo devem estar cobertos de botões."

Coisas sobre as quais nem queria pensar vinham-lhe à mente com facilidade, enquanto outras mais importantes, como soluções vitais para o problema que o esperava logo adiante, não lhe ocorriam.

Talvez se tivesse empenhado demais em preparar-se para a morte, e agora seu subconsciente já tivesse desistido de tentar solver enigmas como o sentido da morte, a agonia da morte, o que havia depois da morte, questões que não conseguiria resolver mesmo que vivesse cem anos.

Por estranho que parecesse, o som frio de flautas e flajolés partia de algum lugar da estrada e vibrava no ar.

Ao que tudo indicava, provinha de uma das mansões nobres, numa das vielas laterais, mas não se tratava de uma reunião de lordes desocupados, bebendo e divertindo-se, pois a melodia tinha um tom fúnebre, solene. A música evocava ramos de *sakaki*[41] e luzes de velório, vultos em torno de um caixão, guardando um morto à espera da manhã.

"Alguém me precedeu", pensou Musashi. Tinha a sensação de que se encontraria pela manhã com o espírito deste morto no topo da montanha da morte, e que juntos encetariam a viagem para o além. A ideia o divertiu.

Talvez o som dos flajolés já estivesse no ar há algum tempo sem que Musashi se tivesse dado conta. Tinha sido o som desse instrumento que o levara a lembrar-se da Mansão das Crianças, do santuário de Ise e das cerejeiras com pingentes de gelo a caminho do Pico da Águia...

De qualquer modo, como posso estar tão tranquilo neste instante? — indagou-se Musashi. E se esse estado de quase indiferença fosse o reflexo de um imenso pavor inconsciente, provindo das entranhas desse corpo ora caminhando passo a passo em direção à morte certa?

Em dúvida, parou bruscamente, pés plantados com firmeza no solo. Nesse trecho, a estrada já dava numa outra mais larga que conduzia ao templo Shokokuji e, cerca de dois quilômetros adiante, avistou a superfície prateada de um rio, seus fortes reflexos fosforescentes alcançando os muros de mansões próximas.

E no canto de um desses muros, um vulto negro tinha-se imobilizado, voltado para o lado de Musashi.

II

Musashi parou.

O vulto, ao contrário, moveu-se e veio se aproximando. Perto da sombra do homem, uma outra, pequena, pareceu vir rolando pela estrada enluarada. Quando se acercaram, foi possível perceber que a sombra pequena era o cão do homem.

— ...

Desfazendo a tensão acumulada até nas pontas dos pés e mãos, o jovem cruzou com o vulto em silêncio. O viajante noturno, porém, voltou-se de repente e lhe dirigiu a palavra depois de já ter passado por ele:

---

41. *Sakaki*: árvore sagrada, usada em rituais religiosos do xintoísmo.

— *Obuke*-sama!

— É comigo? — disse Musashi, quase dez metros adiante.

— Sim, senhor — respondeu o homem de aparência comum, curvando-se respeitosamente. Usava um *hakama* típico dos artesãos e um pequeno chapéu preto.

— Que quer?

— Desculpe se a pergunta lhe soa estranha, mas a caminho para cá, não deparou, senhor, com uma mansão toda iluminada?

— Não vim prestando atenção, mas me parece que não havia nenhuma casa desse jeito.

— Será que estou na estrada errada?

— Que procura você?

— Uma casa onde velam um morto.

— Acho que havia uma assim.

— O... o senhor a viu?

— Ouvi o som de flautas e flajolés partindo de uma mansão nesta hora tardia a quase dois quilômetros daqui.

— Deve ser ela! O sacerdote xinto ficou de ir à frente.

— Você também está indo para o velório?

— Sou fabricante de caixões do monte Toribe. Por uma estupidez da minha parte, entendi que era para ir à casa de certo senhor Matsuo, em Yoshida; mas ao chegar lá descobri que se haviam mudado para cá havia dois meses... A esta hora da madrugada, não posso bater à porta de ninguém para perguntar. Além disso, esta área me é totalmente desconhecida...

— Matsuo, do monte Yoshida? Você quer dizer: uma família de nome Matsuo, que morava na região do monte Yoshida e se transferiu para cá há poucos meses?

— Isso mesmo, senhor. Mas eu não sabia disso e perdi um bom tempo. Muito obrigado pela informação, senhor.

— Espere! Espere um pouco! — disse Musashi, retornando dois ou três passos. — Você está indo para a casa de Matsuo Kaname, antigo vassalo da casa Konoe?

— Sim, senhor. Esse senhor Matsuo Kaname acaba de falecer, depois de apenas dez dias de enfermidade.

— O chefe da família?

— Ele mesmo.

— Ora essa... — sussurrou Musashi, quase num gemido, pondo-se a andar no mesmo instante. O fabricante de caixões também já se afastava no rumo oposto. O cachorrinho, que ficara para trás, corria-lhe agora no encalço a toda pressa.

— Quer dizer que ele morreu... — pensou, sem nada sentir, apenas constatando o fato. Se nem a ideia da própria morte conseguia emocioná-lo, tanto menos a dos outros.

E assim terminara os dias aquele que fora o marido de sua tia, homem mesquinho e frio que vivera a vida inteira economizando migalhas.

Mais forte que essa lembrança, Musashi tornou a sentir nesse instante o cheiro dos bolinhos de arroz que, trêmulo de fome e frio, assara na manhã do ano-novo na beira do rio Kamo, coberto de gelo.

— Eram deliciosos! — lembrou-se. Pensou na tia, tendo de viver sozinha doravante.

Momentos depois, chegou à margem do rio Kamo, em seu trecho mais próximo à nascente. Do outro lado do rio, os Trinta e Seis Picos pareciam descer do céu e vir em sua direção. Musashi sentiu que cada um deles o hostilizava.

Permaneceu imóvel por algum tempo em muda contemplação. A seguir, balançou a cabeça, como se concordasse em silêncio.

Desceu o barranco, rumo à margem do rio. Uma ponte composta de diversas barcaças acorrentadas umas às outras estendia-se à sua frente.

III

Para quem vinha da área setentrional de Kyoto e queria alcançar o monte Eizan ou o passo de Shiga, aquela passagem era obrigatória.

— Eeeei! — ouviu Musashi alguém gritar quando já havia atravessado a metade da ponte de barcaças.

As águas rápidas do rio murmuravam satisfeitas no luminoso trecho revelado pelo luar. O rio era o caminho dos ventos gelados que percorriam o interior da região de Tanba. No meio da imensidão, era difícil saber de onde partia a voz, ou quem chamava.

— Eeei! — tornou novamente a voz.

Musashi parou duas vezes, mas desistiu de localizar a pessoa que o chamava e acabou por atravessar a precária ponte e saltar para a margem oposta.

Foi então que percebeu alguém acenando e aproximando-se às carreiras a partir da rua Ichijo, ao longo da margem do rio. Teve a impressão de que o vulto lhe era familiar, e não se enganou: o homem que chegou correndo era Sasaki Kojiro.

— Olá! — disse Kojiro com familiaridade. Olhou fixamente para Musashi, observou cuidadosamente o pontilhão de barcaças e depois perguntou:

— Veio só?

Musashi confirmou com um aceno de cabeça:

— Vim — respondeu, como se fosse a coisa mais natural.

A abordagem não fora das mais cortesas. Só depois, Kojiro disse:

— Quando nos encontramos, há poucos dias, sei que me comportei com certa impertinência e agradeço-lhe por ter acatado minhas sugestões.

— Não tem por que me agradecer.

— Está se dirigindo agora para o local do duelo?

— Sim.

— Veio só? — perguntou Kojiro mais uma vez, ciente de que insistia.

— Vim. — A resposta era a mesma, mas agora soou mais nítida.

— Ah, sei. Escute, mestre Musashi: você por acaso não teria entendido mal as condições que escrevi no aviso da rua Rokujo?

— Não creio.

— Eu, porém, insisto: o aviso não estabelecia que este duelo tem de ser de homem contra homem, como o anterior, contra o mestre Seijuro.

— Sei disso.

— O representante dos Yoshioka é apenas um menino, seu papel é formal, e os discípulos da academia constam como demais desafiantes. Discípulos podem significar tanto dez, como cem homens. Acho que você não reparou nesse detalhe.

— Por que diz isso?

— Porque excluindo os incapazes e os covardes, parece-me que todos os discípulos mais valentes estão lá, em torno do pinheiro solitário, aguardando a sua chegada.

— Por acaso já esteve no local?

— Estive, de fato, e quando percebi como a situação era grave para você, retornei até aqui por saber que esta passagem é obrigatória para quem se dirige às ruínas do templo Ichijoji. E aqui permaneci à sua espera porque acredito ser esse o meu dever como intermediador deste duelo.

— Agradeço o seu interesse.

— Os fatos são esses. Ainda assim insiste em ir sozinho? Ou seus assistentes tomaram outra estrada?

— Comigo, tenho só um companheiro, que veio andando ao meu lado.

— Como é? Onde está ele?

Musashi apontou a própria sombra e disse:

— Aqui.

O luar cintilou nos dentes brancos, expostos num sorriso.

IV

A brincadeira e o súbito sorriso, partindo de um homem que dificilmente gracejava, pegaram Kojiro desprevenido. Ligeiramente aturdido, insistiu, com maior seriedade ainda:

— Isso não é hora para brincadeiras, mestre Musashi.
— Não estou brincando.
— Mas só posso tomar como gracejo, e, além disso, menosprezo à minha pessoa, essa história de que veio em companhia da própria sombra para o duelo.
— Nesse caso — replicou Musashi, com súbita seriedade, mais contundente que a de Kojiro — serão simples gracejo as palavras que, se bem me lembro, disse o santo budista Shinran: "O devoto de Amitabha tem sempre um companheiro no caminho da ascese: ao seu lado está Amitabha."
— ...
— Você talvez se preocupe comigo porque o duelo parece impossível, já que os Yoshioka são muitos e eu, como bem vê, estou sozinho, mas peço-lhe: não se inquiete.

As palavras confiantes de Musashi pulsaram na noite.

— Se meu adversário se prepara arregimentando dez pessoas e eu o enfrento com mais dez, é certo que ele logo rebaterá trazendo mais vinte. E se eu torno a enfrentá-los com mais vinte serei, com certeza, contra-atacado com mais trinta ou quarenta, muita gente sairá ferida e perturbaremos a ordem pública. O incidente não só afrontará as leis da sociedade, como também nada de positivo trará para o caminho da esgrima. Ele apenas acarretará centenas de males e nenhum benefício.

— Tem razão. Mas pense bem, mestre Musashi: a arte da guerra nem sequer considera a hipótese de começar uma guerra que já está desde o começo perdida.

— Situações existem em que a hipótese tem de ser considerada.

— Isso não existe! Isso não é estratégia, é erro, é irracionalidade.

— Nesse caso, digamos que a arte da guerra não prevê situações como a minha, e que sou um caso à parte.

— Isso é ilógico.

Musashi não disse mais nada, apenas riu. Kojiro, porém, não desistiu:

— Por que se propõe a fazer uma guerra não prevista na arte guerreira? Por que não procura caminhos alternativos?

— Esta estrada é o meu caminho alternativo!

— Só espero que não seja o que conduz ao além.

— O rio que acabo de cruzar talvez seja o rio da morte; este trecho, o primeiro marco da estrada para o além, e a colina adiante, a montanha de agulhas do inferno. Mas não vejo outro caminho além deste, que me leve a viver.

— A deusa da morte fala por sua boca.
— Tanto faz. Muitos morrem em vida. Outros vivem na morte.
— Pobre coitado!... — riu Kojiro como se falasse consigo.
Musashi então parou e disse:
— Diga-me, senhor Kojiro: aonde leva esta estrada?
— Às vilas Hana-no-ki e Ichijoji. Em outras palavras, leva daqui direto para o passo Kirara, no monte Eizan, passando pela encosta do pinheiro solitário, em breve seu ponto de encontro com a morte.
— Quanto falta até o pinheiro da encosta?
— Mais ou menos dois quilômetros. Mesmo caminhando devagar, você terá tempo de sobra.
— Até mais ver! — disse Musashi, enveredando bruscamente por um caminho lateral.
— Ei, mestre Musashi, esse não é o caminho certo! Você está indo na direção errada! — interveio Kojiro apressado, no mesmo instante.

V

Musashi acenou, mostrando que havia entendido, mas prosseguia pelo mesmo caminho, levando Kojiro a insistir:
— O caminho não é esse!
A resposta veio ambígua:
— Eu sei...
Além das árvores que margeavam a estrada acompanhando a depressão do terreno, avistavam-se plantações em forma de socalcos e telhados de colmo. E era rumo às partes mais baixas do terreno que Musashi tinha se dirigido. A lua iluminava-lhe as costas imóveis entre as árvores esparsas.
Kojiro sorriu de leve:
— Ora, está urinando — murmurou, voltando-se para observar a lua. — Já caiu um bocado a oeste. Quando ela se for, muitas vidas terão ido junto com ela.
Interessado, imaginou diversos cenários. Ele não tinha dúvida de que Musashi acabaria morto e estraçalhado, mas sendo ele o que era, seria divertido verificar quantos homens levaria consigo.
"Isso eu tenho de ver!", pensou Kojiro. Só de imaginar a cena, sentia-se arrepiar inteiro e o sangue circular mais rápido, tamanhas eram a expectativa e a impaciência.
"Acabei topando com um acontecimento raro. No episódio do templo Rendai-ji e mais tarde, no de Renge-ou, acabei não tendo a chance de assistir

aos duelos. Hoje, porém, será diferente. Ora, essa, como ele está demorando!", pensou Kojiro espiando o terreno abaixo, mas não avistou nenhum vulto retornando em sua direção. Considerou que não valia a pena descer para verificar, de modo que se sentou na raiz de uma árvore e perdeu-se em divertidas suposições.

"O jeito dele, tranquilo, seguro de si, mostra que ele está pronto para morrer lutando, o que me leva a concluir que este vai ser um duelo e tanto. Tomara que ele lute, e mate, mate até o último alento! Assim será muito mais divertido. Mas os Yoshioka, pelo que me disseram, trouxeram arcos e armas de fogo. Se ele levar um tiro, adeus diversão! Já sei! Vou preveni-lo secretamente quanto a essas armas."

A névoa noturna envolveu-lhe os quadris, gelando-os. O jovem ergueu-se e chamou:

— Mestre Musashi!

Que estranho! — pensou ele um pouco tarde demais, repentinamente inquieto e ansioso. Desceu a rampa com agilidade e tornou a chamar.

— Mestre Musashi!

A casa de lavradores rodeada por denso bambuzal dissolvia-se nas trevas do fundo do barranco. Um moinho de água gemia em algum lugar, mas Kojiro não conseguiu sequer avistar o riacho que o movia.

— Como fui estúpido!

Vadeou o riacho e subiu às carreiras a ribanceira oposta, mas não avistou ninguém. Diante dele, e para os lados de Shirakawa, Kojiro avistou apenas telhados de templos, um bosque, o adormecido monte Daimonji, o pico Nyoi-ga-take, os montes Ichijoji e Eizan, e uma vasta plantação de nabos.

Além disso, havia apenas a lua.

— Que covarde! Como é que fui deixá-lo escapar!

Kojiro tinha certeza de que Musashi se evadira. Pensando bem, era por isso que se mantinha tão tranquilo, impassível. Era bom demais para ser verdade, pensou.

— É verdade! Tenho de correr!

Voltou-se com um movimento brusco e refez o percurso até a estrada principal, mas também ali não viu Musashi. Seus pés pareciam voar e o levaram direto para o pinheiro solitário, na encosta das ruínas do templo Ichijoji.

O ECO

I

Musashi sorriu e ficou olhando Kojiro afastar-se e seu vulto diminuir com incrível rapidez na distância.

Estava em pé no exato local onde havia pouco estivera Kojiro. Este não o encontrara, apesar de todo o seu empenho, porque procurara longe dali, enquanto Musashi, num movimento contrário, tinha-se aproximado e se escondido atrás das árvores, bem às costas de Kojiro.

Seja como for, saíra-se bem, considerava Musashi.

Kojiro era inescrupuloso, divertia-se vendo outras pessoas morrerem ao seu redor, era capaz de assistir à trágica luta de gente que se viu sem querer envolvida numa luta sangrenta de vida e morte como um espectador ocioso — mãos metidas no *obi*, apenas interessado em colher material para futura referência. Além de tudo, era ardiloso, um leva-e-traz inútil que posava de benfeitor para os dois lados, procurando comprar-lhes a admiração.

"Nessa conversa não caio!", pensou Musashi, achando graça.

Quando avisara com insistência que o inimigo não era nada desprezível, e perguntara se dispunha ou não de assistentes, talvez Kojiro tivesse imaginado que Musashi lhe pediria ajuda de joelhos, em nome da camaradagem que deve existir entre *bushi*. Mas Musashi não se deixara levar.

Ele talvez se sentisse compelido a pedir ajuda se a sua vontade fosse apenas de viver, de vencer. Mas Musashi não achava que venceria o duelo, nem que viveria até o dia seguinte, honestamente falando.

Pelas informações que secretamente havia obtido, chegara à conclusão de que seus inimigos eram mais de cem. Além disso, deduzira que esses homens estavam dispostos a infligir-lhe toda sorte de ferimentos antes de matá-lo. Nessas circunstâncias, não tinha tempo nem disposição para procurar meios de sobreviver.

Em meio a tudo isso, porém, não se esquecera das palavras que, em certo dia distante, Takuan lhe dissera: "O verdadeiro bravo é aquele que ama a vida."

Ainda agora podia sentir viva, no âmago do ser, a noção de que a vida era um bem inestimável, que precisava ser resguardado a todo custo.

Por outro lado, amar a vida não era o mesmo que satisfazer a fome sem nada fazer, ou viver longamente sem nenhum objetivo. Significava, isto sim, esforçar-se para dar sentido a essa inestimável vida no momento em que se via obrigado a dela se despedir, dar-lhe o devido valor, riscar no céu da humanidade, até o último suspiro, o luminoso traço de uma vida plena de significado.

Ali estava o âmago da questão. Comparados às centenas de milhares de anos da humanidade, os setenta ou oitenta anos de duração da vida de um homem não eram mais que um piscar de olhos. Nestas circunstâncias, mesmo que um homem morresse antes de completar vinte anos, sua vida teria sido longa se fosse brilhante. Esse seria também o retrato do homem que verdadeiramente amava a vida.

Dizem que o período mais importante e difícil, em todos os empreendimentos, é o inicial. No caso da vida, porém, o mais difícil é o final, o da despedida. Pois é a partir daí que se estabelece o valor ou a duração de uma existência, daí se sabe se ela havia sido fugaz, como espuma na areia, ou um raio luminoso no céu da humanidade.

Mas cada homem ama a vida diferentemente: o mercador tem o seu modo de viver, o samurai o dele. No caso de Musashi, ele se preocupava naturalmente em como atuar à maneira de um verdadeiro samurai na última cena de sua vida.

II

E agora, se pretendia atingir a encosta do pinheiro solitário nas ruínas do templo Ichijoji, Musashi tinha pela frente três caminhos possíveis.

O primeiro era o que levava ao passo Kirara, no monte Eizan, esse pelo qual Kojiro acabava de se afastar. Era também o mais curto e o menos acidentado até a vila Ichijoji, podendo portanto ser considerado o caminho principal.

Um pouco mais longa era uma segunda rota, que levava por dentro das plantações, beirava o rio Takanogawa, continuava pela estrada de Ohara e saía no templo Shugaku-in, de onde se chegava ao pinheiro solitário.

A última rota seria tomar direto a direção leste a partir do local onde ele se encontrava nesse momento, alcançar a estrada secundária que atravessava a montanha Shiga, e a partir das nascentes do rio Shirakawa bordejar o sopé do monte Uryu e, das proximidades do santuário Yakushi-dou, atingir a encosta do pinheiro.

Qualquer que fosse a opção não havia muita diferença na distância, uma vez que a trifurcação do pinheiro solitário ficava num ponto em que todos os rios pareciam convergir.

Do ponto de vista estratégico, porém, havia uma grande diferença, principalmente para Musashi que, sozinho, ia em breve enfrentar um poderoso exército reunido nessa trifurcação. Seu futuro dependia do caminho escolhido.

Três caminhos. Qual deles tomar?

Ele tinha de avaliar com muito cuidado as opções, mas quem o visse nesse momento saltando para um lado e partindo, não veria nem a sombra de uma dúvida em seu vulto ágil.

Um salto, mais outro, e o vulto se afastou em direção às árvores, vadeou o riacho, pulou para a margem e correu pelas plantações, ora surgindo, ora sumindo na paisagem iluminada pelo luar.

E então, qual dos três caminhos teria ele escolhido? Nenhum dos três, pois ele agora se dirigia para o lado oposto ao do templo Ichijoji, percorrendo picadas estreitas, cruzando hortas, dirigindo-se ninguém sabia para onde no meio dessa área rural.

Era incompreensível, mas deu-se ao trabalho de contornar a base do morro Kagura, saiu por trás da propriedade do imperador Go Ichijo e se achou no meio de um denso bambuzal. Ao deixá-lo para trás, avistou diante de si a faixa prateada de um rio que descia da montanha e corria ao luar rumo a uma vila. A aba setentrional da montanha Daimonji já estava tão próxima que parecia pender sobre sua cabeça.

Silencioso, Musashi embrenhou-se pela densa escuridão que envolvia o sopé da montanha.

Aparentemente, o muro e o telhado que avistara havia pouco entre o arvoredo à direita eram do templo Ginkaku-ji, de Higashiyama. Voltou-se e olhou para trás por um instante e avistou a superfície espelhada de um lago em forma de pera logo a seus pés.

Continuou em frente um pouco mais, subindo o íngreme caminho, e percebeu no momento seguinte que já se havia aproximado tanto da nascente do rio por trás do monte Higashiyama que as águas agora mal se mostravam, ocultas em arbustos, e o traço branco e sinuoso do rio Kamogawa tornava-se visível no distante mundo abaixo dos seus pés.

A vista englobava as cidades alta e baixa de Kyoto, tão próximas que parecia possível abarcá-las com as mãos.

A localização e a altura tornavam possível apontar com o dedo uma área distante e dizer: "O pinheiro de Ichijoji fica nesta direção..."

Cruzando lateralmente as montanhas Daimonji, Shiga, Uryu e Ichijoji, à meia altura de suas encostas rumo ao monte Eizan, era possível, sem muita perda de tempo, chegar por trás do pinheiro solitário, vindo de cima da montanha.

Pelo visto, havia muito que Musashi tinha estabelecido mentalmente a estratégia. Baseado no episódio de Okehazama, protagonizado por Oda Nobunaga, ele não optara por nenhum dos três caminhos obrigatórios para chegar ao local visado, mas escolhera aquele outro, íngreme e de difícil passagem, galgara metade das montanhas e se aproximara por um lado totalmente imprevisto.

— Ah! Senhor... — disse uma voz inesperada. A seguir, passos soaram acima do caminho e um homem vestindo roupas características de um servidor de casa nobre, com a bainha do *hakama* arregaçada e presa, parou na frente de Musashi e aproximou tanto a tocha que levava na mão que quase lhe queimou o rosto.

III

A fumaça oleosa da tocha tinha sujado o rosto desse vassalo, enegrecendo-lhe até os buracos do nariz.

O espanto do homem num primeiro momento fora tão aparente que Musashi o examinou com cuidado. Ato contínuo, o vassalo pareceu receoso e perguntou timidamente, curvando-se:

— Por favor, senhor: seu nome não seria Miyamoto Musashi, por um acaso?

O olhar de Musashi brilhou perigosamente, refletindo a luz avermelhada do archote. A situação, era óbvio, demandava cautela.

— O senhor deve ser mestre Miyamoto, não é certo? — tornou a perguntar o homem, claramente apavorado, prestes a fugir, pois com certeza viu algo incomum no rosto de Musashi.

— E quem é você? — perguntou Musashi de volta.

— Sim, senhor.

— Quem é você?

— Senhor, sou um vassalo da casa Karasumaru.

— Da casa Karasumaru? Ora, sou Musashi realmente. Mas o que procura um vassalo da casa Karasumaru a esta hora da madrugada no meio da montanha?

— Ah, então o senhor é realmente Miyamoto-sama? — mal disse isso, o homem disparou montanha abaixo. A luz do archote deixava um rastro avermelhado e deslizava com rapidez.

Musashi pareceu de súbito dar-se conta de algo e pôs-se a andar rápido, cruzou a estrada de Shiga, e continuou a seguir lateralmente pela vertente da montanha.

Por seu lado, o apressado homem do archote que havia descido num ímpeto a montanha e chegado ao lado do templo Ginkakuji, parou, pôs as mãos em concha sobre a boca e gritou, chamando um companheiro:

— Eeei, senhor Kura!

O companheiro Kura não o atendeu, mas no mesmo instante outra pessoa, que se hospedava havia já algum tempo na mansão Karasumaru, acudiu:

— Que foi? Que aconteceu, hein, tio?

Era Joutaro. Sua voz provinha dos lados do portão principal do templo Saihoji, quase duzentos metros além.

— É você, Joutaro?

— Isso mesmo!

— Venha cá, depressa!

A mesma voz tornou então a gritar de longe:

— Não posso! Otsu-san chegou com muito custo até aqui, mas diz que não consegue dar mais um passo. Não posso ir porque ela está caída aqui!

O vassalo dos Karasumaru estalou a língua e gritou ainda mais alto:

— Se não vierem de uma vez, o senhor Musashi vai acabar se distanciando! Venha depressa, que acabei de topar com ele logo aí!

Dessa vez, não ouviu resposta.

Em compensação, logo viu dois vultos que, amparando-se e formando uma única sombra, aproximavam-se. Eram Joutaro e Otsu.

— Depressa! — disse o homem, gesticulando com o archote. A respiração ofegante de Otsu era audível àquela distância e inspirava piedade.

À medida que se aproximavam surgiu o rosto de Otsu, mais branco que o luar. Os acessórios de viagem em torno dos braços e pernas magros pareciam pesados demais para a debilitada jovem. À luz do archote, porém, seu rosto ruborizou-se de modo surpreendente.

— É verdade o que acaba de dizer? — perguntou a jovem, sôfrega.

— Claro que é! Acabo de vê-lo neste instante — respondeu o homem enfático. — Corram atrás que o alcançarão! Depressa!

Joutaro pareceu totalmente confuso:

— Para que lado? Aonde foi ele? Não adianta me apressar, se você não me diz por onde ele foi! — explodiu Joutaro, em pé entre o atabalhoado vassalo e a jovem doente.

IV

Caminhar até ali havia sido uma inimaginável provação e demandara tremenda força de vontade da parte de Otsu, pois seu estado de saúde não havia melhorado nem um pouco nesses últimos dias.

Otsu ouvira o detalhado relato de Joutaro na noite em que voltara para a cama no interior da mansão Karasumaru, e no mesmo instante começou a dizer: "Se Musashi-sama está resolvido a morrer neste confronto, de nada me adiantará cuidar-me e recuperar a saúde." Mas logo, teve outra ideia: "Quero vê-lo uma vez mais, antes de morrer!"

Movida por esse desejo ardente, a jovem teve forças para remover a compressa fria da testa, erguer-se, arrumar os cabelos e calçar as sandálias nos pés enfraquecidos. Sem dar ouvidos aos conselhos e advertências das pessoas que procuravam detê-la, Otsu finalmente saiu cambaleante, quase rastejando, dos portões da mansão Karasumaru.

As pessoas da casa Karasumaru, até então empenhadas em demovê-la, tiveram então de cooperar, dentro de suas possibilidades, para a realização desse desejo — talvez o último da jovem —, já que não tinham a coragem de abandoná-la à própria sorte.

Era possível também que a história tivesse chegado aos ouvidos de lorde Mitsuhiro e que dele tivessem partido instruções precisas no sentido de levar a bom termo o desfecho daquele triste caso de amor.

Seja como for, enquanto Otsu, com seus passos cambaleantes, chegava até o portão do templo Butsugan-ji, logo abaixo do Ginkaku-ji, os servidores da mansão Karasumaru, ao que parecia, haviam se espalhado por todos os lados onde se presumia que Musashi passaria.

Sabiam apenas que o duelo aconteceria em Ichijoji, mas o local preciso da vasta área era ignorado. Além disso, encontrar Musashi depois que este chegasse ao local do duelo seria tarde demais. Em razão disso, deveria haver um ou dois frenéticos vassalos espalhados por todos os caminhos que possivelmente levassem Ichijoji, procurando pelo jovem.

A intensa busca frutificou, e um dos vassalos localizou Musashi. Dali para a frente, tudo dependeria da própria Otsu.

Ao ouvir que ele acabara de ser visto no meio da estrada de Nyoi-ga-take, e que cruzara a estrada do desfiladeiro de Shiga, descendo rumo à região pantanosa mais ao norte, a jovem já não quis mais depender da boa vontade dos demais súditos e se dispôs a prosseguir caminho sozinha com Joutaro, sem ao menos responder às suas sôfregas perguntas:

— Você está bem, Otsu-san? Vai aguentar?

Aliás, a jovem não tinha forças para responder.

Otsu era apenas um corpo doente, caminhando à força. A boca secava. Os pulmões se exauriam no esforço de respirar. Na testa pálida um fio de suor gelado escorria, vindo da raiz dos cabelos.

— Otsu-san! É este o caminho! Basta seguir por ele sempre lateralmente pela encosta da montanha que se chega naturalmente ao monte Eizan. Daqui para a frente não há mais subidas, é mais fácil andar. Quer descansar um pouco em algum lugar? — perguntou Joutaro.

Otsu apenas sacudiu a cabeça, concordando. Ligados por um único cajado, que agarravam cada qual por uma ponta, ela havia caminhado quase dois quilômetros por vias íngremes, lutando para respirar, como se esse curto trecho de estrada resumisse a provação de sua vida inteira.

— Meeestre! Musashi-samaa! — berrava Joutaro de vez em quando, a plenos pulmões. Aqueles gritos constituíam a única esperança de Otsu.

Breve, porém, até nisso não encontrou mais amparo, pois chamou Joutaro, como se quisesse dizer algo:

— Jouta-san...

Em seguida, largou a ponta do cajado que o menino puxava e tombou molemente de bruços entre as pedras e os arbustos da região pantanosa.

Ao ver que Otsu tampava boca e nariz com as mãos de dedos tão finos que pareciam afiados e que seus ombros estremeciam, Joutaro se apavorou e disse com voz de choro, soerguendo-lhe o corpo magro:

— Ei! Que foi isso? Vo... você não está vomitando sangue, está? Otsu-san! Otsu-san!...

V

Otsu balançou debilmente a cabeça, negando, ainda deitada de bruços.

— Que foi? Que está acontecendo, então? — perguntava Joutaro, atarantado, apenas acariciando-lhe as costas, confortando-a.

— Está-se sentindo mal?

— ...

— Já sei: você quer água! Está com sede, não é isso, Otsu-san?

Otsu concordou, sacudindo a cabeça.

— Espere um pouco!

Em pé novamente, Joutaro procurou ao redor. Estavam numa estrada que descia suavemente em direção a um vale. O ruído da água se fazia ouvir por baixo de moitas e macegas ao seu redor, parecendo chamar: aqui, aqui!

O menino não precisou correr muito: logo encontrou uma fonte brotando debaixo de pedras, entre raízes de árvores e mato. Joutaro acocorou-se e se dispôs a apanhar um pouco de água com as mãos em concha.

A água era límpida, deixando entrever até a rápida sombra dos caranguejos de água doce. A lua já havia descambado no horizonte e não se refletia na água. Em compensação, o céu com suas nuvens brilhantes refletido na superfície líquida era maravilhoso, muito mais bonito do que o real, acima da cabeça do menino.

Sentindo ele próprio súbita sede, o menino deslocou-se cinco ou seis passos para o lado, deitou um joelho por terra na beira da fonte e espichou o pescoço como um ganso. No mesmo instante, soltou um grito admirado: magnetizados, seus olhos permaneciam presos a um ponto, e os cabelos da cabeça parecida com um *kappa* eriçaram-se. O menino encolheu-se, rígido e imóvel, sua cabeça lembrando uma casca de castanha.

As sombras de cinco ou seis árvores do outro lado do riacho eram refletidas na superfície da água, compondo um padrão listrado. E um vulto humano surgira entre as árvores. Os olhos do menino haviam captado a imagem de Musashi nas águas do córrego.

— ...

O susto era justificável, mas não tinha como causa a presença de Musashi. O susto derivava do fato de ter Joutaro interpretado o reflexo na água como uma aparição, brincadeira de espíritos malignos que lhe pregavam uma peça, apoderando-se da imagem que habitava o fundo do seu coração e que tão ansiosamente ele buscava.

Aos poucos, com infinita cautela, o menino ergueu o olhar assustado da superfície da água e o transferiu para o arvoredo do outro lado do córrego. E então, aparvalhou-se de verdade.

Ali estava Musashi, em pé.

— Me... mestre! Meu mestre!

O tranquilo céu enluarado refletido na água tornou-se, ato contínuo, turvo e barrento: Joutaro, em vez de rodear a nascente, lançara-se impetuosamente dentro do riacho e o atravessara correndo. Molhado até a cabeça, saltou e agarrou-se a Musashi.

— Achei você! Achei!

Mal disse, começou a arrastá-lo pela mão como a um criminoso, com toda a força.

— Espere — disse Musashi, desviando de súbito o rosto e levando um dedo às pálpebras —, espere um pouco Joutaro. Não puxe tanto que podemos cair!

— De jeito nenhum! Não o solto nunca mais, por nada no mundo!

— Acalme-se, Joutaro. Estava aqui à espera porque ouvi sua voz me chamando de longe. Leve essa água a Otsu-san de uma vez, não perca tempo comigo!

— Ih, agora turvei a fonte!

— Tem outro córrego logo aí, de águas limpas. Leve isto e vá! — disse Musashi, entregando-lhe o cantil da cintura. Joutaro recolheu a mão de súbito e fixando um olhar intencional no rosto de Musashi, disse:

— Leve a água você mesmo, mestre!

VI

— Tem razão — concordou Musashi, como uma criança obediente. Encheu o cantil pessoalmente e o levou para perto de Otsu.

Soergueu-a, amparou-lhe as costas e lhe deu de beber com suas mãos. Joutaro não parava de dizer, a voz cheia de cuidados:

— Você está vendo, Otsu-san? Quem está lhe dando a água é Musashi-sama!

Ao sentir o primeiro gole descer pela garganta, Otsu pareceu recobrar os sentidos e soltou um profundo suspiro. Seus olhos, porém, estavam vagos, sonhadores, o corpo abandonado nos braços de Musashi.

— Não sou eu que a estou amparando, Otsu-san! Estes braços são do meu mestre, está entendendo, Otsu-san?

A essas palavras, os olhos de Otsu, fixos na distância, encheram-se instantaneamente de lágrimas, lembrando um par de esferas de vidro que aos poucos se turva. Em seguida, duas gotas cristalinas rolaram por suas faces. A jovem balançou a cabeça, em sinal de que compreendia.

— Ah... ainda bem! — disse Joutaro. Uma súbita alegria o invadiu e o levou a completar:

— Está contente agora, Otsu-san? Realizou o seu sonho, não realizou? Sabia, mestre, que depois daquela noite, ela quis porque quis encontrar-se outra vez com você? Enferma desse jeito, não obedeceu a ninguém! Se ela continua assim, acaba morrendo, com certeza. Diga isso a ela você também, mestre, porque a mim ela não escuta de jeito algum!

— Foi assim, então? — respondeu Musashi, continuando a ampará-la. — A culpa é toda minha. Vou pedir-lhe desculpas pelos meus erros e aconselhá-la quanto aos dela agora mesmo, mas, Joutaro...

— Que é?

— Você não poderia se afastar por alguns momentos e deixar-nos a sós? Ao ouvir isso, o menino fez bico e replicou:

— Por quê? Por que não posso ficar perto de vocês?

Aborrecido e desconfiado, Joutaro não saiu do lugar. Musashi não sabia o que fazer. Otsu então interveio, suplicando:

— Por favor, Jouta-san! Afaste-se um pouco e deixe-nos um instante a sós, por tudo que lhe é sagrado!

Embora fosse capaz de se mostrar amuado com Musashi, Joutaro não conseguiu resistir ao sentido apelo de Otsu e concordou.

— Está certo! Já que não tem outro jeito, vou subir este morro. Quando acabarem de conversar, me chamem, está bem?

Ergueu o olhar em direção a uma senda que cortava a área reflorestada e subiu pelo barranco, fazendo farfalhar os arbustos.

Finalmente recuperada, Otsu ergueu-se e, acompanhando com o olhar o vulto do menino a subir o morro como um pequeno cervo, disse:

— Também não é preciso ir tão longe, Jouta-san!

O menino, porém, nem sequer lhe deu atenção.

Otsu não tinha por que voltar as costas a Musashi justo nesse momento, e perder um tempo precioso falando de coisas que nem lhe passavam pela cabeça. A verdade era, porém, que no instante em que se viu a sós com Musashi, sem a conciliadora presença de Joutaro, a jovem sentiu-se oprimida pela emoção. Queria falar, mas não sabia por onde começar e se constrangia, consciente de si mesma.

Além de tudo, uma pessoa enferma torna-se muito mais tímida que uma sadia.

VII

Aliás, Otsu não era a única a sentir timidez. Musashi também tinha voltado o rosto para o lado.

De costas, a jovem permanecia cabisbaixa, enquanto Musashi, rosto voltado para o lado oposto ao dela, fitava o céu. E nisso se resumiu o aconchego dos dois seres que finalmente se encontravam, após anos e anos de intensa busca um pelo outro.

Como começar? Musashi não encontrava as palavras certas. Por mais que pensasse e as escolhesse com cuidado, jamais seriam suficientes para exprimir o que lhe ia no peito.

A noite escura, o vento sibilando entre os galhos do pinheiro centenário... Tudo lhe vinha num átimo à lembrança. Embora não tivesse acompanhado pessoalmente o caminho trilhado por Otsu nos últimos cinco anos, Musashi não era de modo algum indiferente ao sentimento puro que a havia levado a percorrê-lo.

Muitas vezes Musashi se perguntara quem teria suportado até agora maiores amarguras: Otsu, palmilhando um tortuoso caminho, carregando abertamente a chama do amor puro que a consumia, ou ele, que tivera de andar ocultando as labaredas de sua paixão sob um manto inexpressivo, cobrindo-as com uma fria camada de cinzas? E a resposta era sempre a mesma: ele. E nesse momento o jovem tornava a chegar à mesma conclusão.

Sobrepujando porém essas questões pessoais, o que Musashi considerava cada vez mais admirável e comovente era a coragem e a força de caráter desta frágil Otsu, que em nome do amor vinha carregando sobre os delicados ombros uma carga pesada demais até para homens, provendo além disso seu próprio sustento.

"Resta-me apenas mais algum tempo", pensou Musashi. Não parara de observar a posição da lua e de pensar nas poucas horas de vida que lhe restavam. O céu já tinha as cores do alvorecer próximo. A lua já tombara um bocado a oeste e brilhava esbranquiçada, anunciando a madrugada.

E ali estava ele, prestes a cair como a lua por trás da montanha da morte. Era chegada a hora de dizer a verdade a Otsu, nem que fosse apenas por uma palavra.

Seria também a atitude correta para com esta jovem, um modo de compensá-la e a melhor maneira de demonstrar seu interesse por ela — pensou Musashi.

A verdade.

Mas... como dizê-la?

Seu peito estava repleto de verdades, mas quanto mais lutava por expressá-las, mais elas se recusavam a vir à boca. O tempo corria em vão, enquanto ele apenas fitava o céu, longe da jovem.

Otsu também permanecia em silêncio, olhando para o chão, regando-o com suas lágrimas. Até chegar ali, em seu peito também queimara uma chama furiosa, capaz de envolver todas as sete torres de um templo, a chama de um sentimento que era apenas amor, com exclusão de todas as demais considerações, como verdade, deuses e santos, vantagens ou desvantagens, ou mesmo orgulho e aparência, estas duas últimas tão prezadas pelos homens. E acreditara que, com a ajuda dessa chama pura, conseguiria demover Musashi; que com suas lágrimas seria capaz de trazê-lo para um mundo distante deste.

Mas, agora que o tinha na frente, sentia-se incapaz de dizer palavra. E se nem ao menos conseguia falar sobre os amargos momentos passados longe dele, sobre a tristeza dessa sua vida nômade, o labirinto em que se transformara sua vida e a crueldade de Musashi, muito menos seria capaz de falar dessas ardentes esperanças. E no instante em que se decidia a falar sobre os sentimentos que lhe subiam como um bolo quente ao peito, o coração se confrangia e as lágrimas vinham aos olhos, deixando os lábios trêmulos e a boca cerrada. Se Musashi não estivesse ali, e outra fosse a noite, Otsu achava que se teria jogado ao chão e chorado alto, como uma criancinha, denunciando à mãe desconhecida, em pensamentos, toda a miséria que lhe ia na alma.

Que fariam os dois? O tempo corria em vão, e o silêncio prosseguia.

Pressentindo a chegada da manhã, cinco ou seis gansos selvagens cruzaram o céu grasnando desafinado e desapareceram do outro lado das montanhas.

VIII

— Gansos selvagens... — murmurou Musashi. Naquela situação, a observação soaria forçada, ele sabia, mas continuou: — Olhe lá, Otsu-san: os gansos selvagens estão indo embora, grasnando.

Aproveitando a deixa, Otsu também disse:

— Musashi-sama...

Os olhos finalmente se encontraram. As saudosas montanhas da terra natal, cujos céus gansos selvagens cruzavam toda primavera e outono, surgiram de súbito em seus corações.

Tudo era tão simples, naquela época!

Otsu sempre se dera muito melhor com Matahachi e evitara Musashi porque, assim dizia, ele era muito bruto. Quando ele lhe dizia desaforos, Otsu não ficava atrás e revidava. Visões do morro do templo Shippoji, assim como o barranco do rio Yoshino, surgiram em suas mentes.

Mas se continuassem mudos, perdidos em lembranças, desperdiçariam preciosos momentos que jamais se repetiriam. Musashi então disse:

— Como está você, Otsu-san? Ouvi dizer que anda doente.

— Não tenho nada.

— Já melhorou?

— Isso não faz mal. Preocupa-me muito mais saber que se dirige neste instante para o morro Ichijoji, preparado para morrer.

— É verdade.

— Se você morrer, morro também. Não sei se esta resolução me deu alívio, mas o fato é que já não me sinto doente.

Musashi contemplou o rosto sereno de Otsu e sentiu que o seu preparo espiritual não era nada comparado ao daquela jovem.

Para chegar ao atual estágio de firmeza, Musashi sofrera muito, pensara na vida e na morte, e só atingira esta segurança através de muito esforço, sustentado pelo treino de cada dia e pelo seu preparo como samurai. No entanto, esta jovem, sem ter passado por tantas dúvidas e sem nenhum preparo a apoiá-la, dizia, com a maior tranquilidade, sem hesitar:

— Morro também.

Musashi olhou-a dentro dos olhos, fixamente, e foi capaz de perceber que ela não pilheriava nem mentia. Ao contrário, havia até um traço de alegria no brilho de seu olhar, pois ela ia acompanhá-lo. Aqueles olhos contemplavam a morte com uma tranquilidade impressionante, maior até que a do mais bem preparado samurai.

O jovem sentiu vergonha de si próprio, ao mesmo tempo em que se indagava: como podiam as mulheres chegar tão facilmente àquela decisão?

Mas no instante em que compreendeu o sentido do que ela lhe dizia, apavorou-se por ela e perturbou-se por completo:

— Que... que tolice é essa! — gritou, ele próprio espantado com a violência do sentimento que o levara a esbravejar. — Minha morte tem um significado. Quando um espadachim morre trespassado por uma espada, ele está aceitando a morte na forma mais natural para ele, como também está aceitando de bom grado a covardia de seus inimigos, preso nas confusas regras que regem o caminho da espada. E então, você me segue e morre em seguida. Agradeço sua lealdade, mas... Qual o sentido dessa nova morte? Por que existir por um breve instante e morrer, como um mísero inseto?

Otsu havia-se jogado novamente no solo e chorava. Ao ver isso, Musashi percebeu a violência de suas próprias palavras e, arrependido, ajoelhou-se ao seu lado e lhe falou com voz mais calma:

— Pensando bem, Otsu-san... Acho que, sem saber, estive mentindo para você o tempo todo. Tanto no cedro centenário, quanto na ponte Hanadabashi, eu a iludi, embora não tivesse a intenção. E me portei com horrível frieza. Sou um homem que vai morrer daqui a pouco e o que vou lhe dizer agora não é mentira. Eu a amo. Tempos houve em que não pude passar um dia sequer sem pensar em você. Não sabe o quanto me torturei, com vontade de abandonar tudo para apenas viver e acabar meus dias em sua companhia. E teria abandonado de verdade, não fosse por outra coisa que amo, mais que a você: a espada.

IX

Parou por instantes para depois prosseguir:
— Otsu-san!

Sua voz vinha carregada de uma nova energia. Musashi deixava-se levar pela emoção, rompendo o costumeiro mutismo e desfazendo a impassibilidade.

— Palavras de um homem que sabe que vai morrer são sagradas. Acredite, Otsu-san, pois nelas não há sombra de mentira, ou de veleidade. Estou abrindo o meu peito para você, deixo de lado vergonha e orgulho. Eu sonhava com você em pleno dia algumas vezes. Passei noites em agonia, tive sonhos quentes, apaixonados, que quase me enlouqueceram. Você me perseguia, dormisse eu em templos ou em campinas sob um céu estrelado. Desesperado, acabava abraçando a esteira com que me cobria, transformando-a em você, rangia os dentes de agonia, e esperava o dia amanhecer. Você me capturou, Otsu-san, eu estava apaixonado a esse ponto por você. Não obstante... mesmo nesses momentos, quando extraía a espada da bainha e a contemplava, o sangue em tumulto aos poucos se acalmava e se tornava frio como água de um lago, sua imagem se esfumava e se esvaía de minha mente.

Otsu tentou dizer qualquer coisa. Sacudida por soluços, ergueu o rosto branco que lembrava uma flor, mas ao ver as feições rígidas e assustadoramente sérias do jovem, sentiu-se sufocar e jogou-se outra vez ao chão.

— E então, eu tornava a me lançar de corpo e alma no caminho da espada. Essa fronteira sou eu, Otsu-san. Isto quer dizer que, um pé no caminho do amor, outro no dos estudos, vim me arrastando em dúvida e tormento até hoje, sempre pendendo mais para o lado da espada. Ninguém me conhece melhor do que eu mesmo. Não sou nem herói nem gênio. Sei apenas que gosto um pouco mais da espada do que de você. Não sou capaz de morrer de amor, mas estou pronto a morrer pela espada, a qualquer momento.

Musashi tentava desnudar sua alma, revelando com toda honestidade, sem nada esconder, seus verdadeiros sentimentos. Mas as palavras e a emoção o traíam e lhe deixavam a sensação de que havia ainda algo não revelado com franqueza.

— Esse é o real Musashi, Otsu-san, que todos desconhecem. Deixe-me falar com maior franqueza ainda: quando começo a pensar em você, sinto-me queimar, escravizado, mas quando o espírito desperta para o caminho da espada, sou capaz de empurrar sua imagem para um canto da mente num piscar de olhos. Ou melhor, ela desaparece por completo. Por mais que procure, não sou capaz de encontrar nem a sua sombra em meu espírito ou corpo. E era nessas horas que eu me sentia mais feliz, mais realizado como homem. Compreendeu agora, Otsu-san? E é a esse homem que você se dedicou de corpo e alma, por ele você sofreu sozinha até hoje. Eu me recrimino intimamente, mas nada posso fazer, porque sou assim.

A mão magra de Otsu agarrou nesse instante o robusto punho de Musashi. A jovem não chorava mais.

— Sei disso! Como não haveria de saber? Sei que você é assim! Não pense nem por um momento que o vim amando todos estes anos desconhecendo essa sua faceta.

— Nesse caso, deve saber muito bem que não faz sentido morrer comigo. Este homem que aqui está, Otsu-san, é capaz de esquecer-se de tudo e lhe dedicar o corpo e a alma por um breve momento, enquanto você estiver na sua presença; no momento em que você se afastar um passo, porém, ele a esquecerá por completo, nada mais restará de sua imagem. Não percebe como é inútil morrer por um homem desse tipo, acabar com sua vida depois de viver por um curto tempo, como um mísero inseto? Existem outros sonhos para os quais uma mulher deve viver. Estas são minhas palavras de despedida, Otsu-san. Não me resta muito mais tempo: tenho de me ir...

Musashi desvencilhou-se com delicadeza da mão de Otsu e se ergueu.

X

A mão afastada logo voltou a agarrar com firmeza a manga do quimono.
— Espere um pouco, Musashi-sama! — disse Otsu.
Havia tempos a jovem continha os sentimentos, e o peito estava repleto.
Ela queria dizer que Musashi se enganara quando dissera: "Não vale a pena morrer por um amor tão breve e inútil como a vida de um inseto", e também

quando afirmara: "Sou um homem que, mal se afasta um passo de você, é incapaz de lembrar que você existe." Otsu queria lhe dizer que seu amor era sólido, não se baseava em premissas erradas. Mas a ideia de que nunca mais o veria sobrepujava todas as demais e não conseguia dizer nada, nem raciocinar direito.

E assim, apesar de havê-lo retido, ela se viu impossibilitada de falar, apenas conseguindo mostrar-lhe uma imagem chorosa e confusa.

Musashi, contudo, não podia permanecer indiferente ante essa jovem que queria falar e não conseguia, não podia fechar os olhos à beleza frágil, complexa apesar da simplicidade. O lado mais fraco de sua personalidade, a que mais temia, vergava-se agora como uma árvore raquítica, de raízes rasas em dia da ventania. Mais um pouco... e sentia que a firme lealdade ao caminho da espada, por ele mantido até aquele instante, desmoronaria como um barranco ante o ataque dessas lágrimas. A perspectiva o apavorou. Disse, apenas por dizer:

— Compreendeu?

— Compreendi — disse Otsu, com calma. — No entanto, torno a afirmar: se você morrer, morro também. Mais ainda que você, sou capaz de abraçar a morte com prazer, de nela ver um sentido. Asseguro-lhe que não estou sucumbindo a uma momentânea tristeza, como um mísero inseto. Peço-lhe, portanto, que deixe a meu cargo esta resolução — conseguiu ela terminar, sem perder a serenidade. E acrescentou ainda:

— Espero que você me aceite em seu coração como sua mulher. Só isso bastará para satisfazer todos os meus sonhos, plenamente. Essa sensação, essa alegria, é um bem que só eu possuo. Você disse, há pouco, que não me queria ver infeliz, mas eu lhe asseguro: não parto desta vida porque a infelicidade foi um peso excessivo para mim. Eu não sou uma pobre coitada, por mais que as pessoas me vejam assim. Pelo contrário... Ah, nem sei como me explicar... Sinto-me como uma noiva pressurosa às vésperas do seu casamento, e espero o amanhecer com alegria. Vou-me embora deste mundo ouvindo o chilrear feliz dos pássaros.

Pelo visto, o ar lhe faltava quando falava muito, pois cruzou as mãos no peito e se calou, erguendo para o alto um olhar sonhador.

A lua em queda continuava a brilhar, branca, e a névoa começava a se formar em torno das árvores, mas ainda faltava um bocado para o alvorecer.

Foi nesse exato instante que do topo do barranco, para onde Otsu erguera o olhar, partiu um grito estridente semelhante ao de um pássaro assombrado. O grito rasgou o silêncio noturno e despertou as árvores.

A voz era de uma mulher, sem dúvida alguma.

Joutaro subira havia pouco por essa colina, mas a voz não era a dele.

XI

Algo sério estava acontecendo.

Quem gritara? Que se passava?

Otsu fitava o topo do morro coberto de névoa com a expressão aturdida dos que despertam de um sonho. Aproveitando esse momento, Musashi afastou-se do seu lado sem lhe dizer adeus: em largas passadas, apressava-se rumo ao local onde a morte o aguardava.

— Ah!... Já se vai? — sussurrou Otsu, correndo-lhe atrás dez passos. Musashi também se afastou dez passos e se voltou:

— Compreendi muito bem tudo que me disse, Otsu-san. Mas não morra à toa, ouviu bem? Não aja como uma pessoa perseguida que, para escapar, escorrega para dentro do vale da morte. Recupere a saúde e torne a pensar com calma sobre o assunto. Eu também não estou correndo às cegas ao encontro da morte: apenas aceito momentaneamente a morte para poder obter a vida eterna. Em vez de me seguir na morte, preferia que você continuasse a viver e me observasse a longo prazo. Meu corpo pode tornar à terra, mas Musashi viverá, você há de ver!

No mesmo fôlego, acrescentou:

— Preste atenção, Otsu-san: não se precipite na direção errada, pensando que segue os meus passos! Mesmo depois que você me vir morto e transferido para o mundo dos mortos, eu lá não estarei. Cem anos poderão se passar, mas Musashi continuará vivo no seio do povo, no espírito dos que trilham o caminho da espada.

Quando acabou de falar, já havia se distanciado tanto que a voz de Otsu não o alcançava mais.

Atordoada, a jovem ficou para trás. Musashi se afastava cada vez mais, dando-lhe a impressão de que com ele se ia um pedaço dela, destacado do seu coração. A dor surge quando dois seres rompem o relacionamento. Otsu, porém, não sentia esse tipo de dor. As almas dos dois continuavam unidas, mas agora ela sentia um súbito arrepio ante a perspectiva de que a enorme onda da vida e da morte poderia engolfá-los, separando-os cada um para um lado.

Naquele instante, torrões de terra e pedregulhos rolaram do topo do barranco e caíram a seus pés. No rastro dos torrões veio um berro e Joutaro surgiu, abrindo caminho entre arbustos.

— Aaah! — gritou Otsu, assustada.

Pois o pequeno Joutaro aterrissara à sua frente usando a máscara da mulher louca que ganhara da viúva do músico Kanze, de Nara: certo de que não voltaria mais à mansão Karasumaru, o menino a havia trazido junto ao peito, dentro do seu quimono.

— Ai, que susto! — disse ele, caindo de repente em pé na frente de Otsu, e erguendo ambos os braços.

— O que foi isso, Jouta-san?! — gritou a jovem.

— Sei lá — respondeu Joutaro –, eu também não entendi! Mas você também ouviu, não ouviu, Otsu-san? Um berro de mulher, assustador!

— Onde é que você estava com essa máscara no rosto, Jouta-san?

— Subi por esse barranco e encontrei um caminho parecido com este. E um pouco acima dele, vi uma pedra de bom tamanho. Vai daí, subi nela, me sentei e, como não tinha nada para fazer, fiquei olhando a lua cair no horizonte.

— Com isso no rosto?

— Hu-hum! Sabe por quê? Porque ouvi barulho de raposas e texugos nas proximidades, e achei que eles não se aproximariam se eu ficasse com essa máscara no rosto, todo empertigado. E então ouvi uma voz horrível gritando em algum lugar. O que teria sido aquilo, hein, Otsu-san? Parecia uma voz vinda do além!

UM GANSO DESGARRADO

I

Da montanha Higashiyama até o sopé de Daimonji os dois sabiam a direção a tomar, mas depois dessa área tinham errado o caminho em algum ponto, pois estavam agora muito para dentro das montanhas, se é que pretendiam chegar à vila Ichijoji.

— Devagar, devagar! Para que tanta pressa? Espere por mim! Está me ouvindo, Matahachi? Ei, Matahachi! — dizia a velha Osugi, pondo de lado o orgulho, ofegante, toda vez que percebia não lhe ser possível acompanhar os passos do filho.

Matahachi produziu um sonoro estalo com a língua, com a clara intenção de ser ouvido, e disse:

— Olhem só, quem te viu e quem te vê! Aposto que já não se lembra mais do que me disse quando partimos da hospedaria!

Incapaz de ignorar o apelo da mãe, o jovem parava de vez em vez e esperava, mas aproveitava a situação para se vingar e atormentar por sua vez a ofegante Osugi.

— Posso saber por que está tão mal-humorado e descarrega em mim? Não devem existir muitos filhos iguais a você, que se ressentem de cada admoestação que a mãe lhes faz.

Mal a velha mulher parava e secava o suor que lhe escorria no meio das rugas do rosto, Matahachi já começava a andar de novo.

— Espere um pouco! Vamos descansar por aqui!

— Você mais descansa que anda! Desse jeito, vai acabar amanhecendo.

— Qual o quê! Falta muito ainda para o amanhecer. Em condições normais, venceria com facilidade qualquer estrada de montanha igual a esta. O problema é que nestes últimos dois ou três dias andei pegando um resfriado, e estou me sentindo cansada, com falta de ar. Bela hora para ficar doente!

— Você não quer dar o braço a torcer, reconheça! E foi para fazê-la descansar um pouco que decidi bater à porta daquela última taberna por onde passamos e acordar o taberneiro. Mas nessas horas você não quer descansar, reclama que está ficando tarde, que precisamos partir de uma vez, e nem me deixa beber em paz! Isso tudo porque você não quer beber! Sei que é minha mãe, mas nunca encontrei ninguém de convivência mais difícil que você.

— Ah, agora entendi: você está nervoso porque não o deixei beber à vontade naquela taberna...

— Ah, deixe isso para lá!

— Acho que é bom parar de bancar o menino mimado, Matahachi! Não se esqueça da missão que temos pela frente.

— Você vive dizendo isso, mas nós não vamos enfrentar sozinhos um mar de espadas. Está apenas previsto que, depois de terminado o duelo, abordaremos os homens do clã Yoshioka, pediremos permissão para golpear ao menos uma vez o cadáver de Musashi e depois arrancaremos da cabeça de um morto indefeso um punhado de cabelo para levar de presente ao povo de nossa terra. Que há de tão extraordinário nisso?

— Está bem, está bem! Não adianta começarmos uma briga entre nós dois a esta altura, meu filho — disse Osugi, pondo-se a andar.

Matahachi então a seguiu, falando consigo mesmo e reclamando:

— Nunca vi coisa mais boba! Arrancar uma prova de um homem que foi morto por outras pessoas e levar de volta para a própria terra, declarando que realizou assim uma "vingança longamente acalentada"! Nosso povo é daquele jeito, igual a caipiras que nunca saíram de suas terras: vai acreditar piamente e se regozijar, com certeza. Ah, que coisa chata era a vida naquela vila, enterrada no meio das montanhas! Só de pensar, me arrepio!

O sabor do fino saquê procedente de Nada, as mulheres da cidade, a vida que Matahachi conhecera na cidade grande... Tudo conspirava para torná-lo saudoso de antemão. Sobretudo, ele tinha ainda uma ideia fixa: trilhar um caminho diferente do de Musashi e, com sorte, ir de sucesso em sucesso, até satisfazer o sonho de uma vida de luxo e descobrir a vantagem real de ter nascido como um ser humano neste mundo.

— Não quero ir-me embora! As luzes da cidade que eu vejo daqui já me dão saudade!

Sem que se desse conta, Matahachi já tinha deixado Osugi para trás uma vez mais. Pelo jeito, a idosa mulher sentia-se mal realmente, conforme vinha dizendo desde o momento em que haviam partido da estalagem.

— Matahachi! Leve-me nas suas costas por um trecho, eu lhe imploro, meu filho!

Matahachi franziu o cenho.

Emburrado, sem ao menos responder, parou para esperar a mãe. Nesse momento, mãe e filho se entreolharam assustados, aguçando os ouvidos. O mesmo grito estridente que espantara Joutaro e Otsu — um berro de mulher que lembrava um grito maldito — chegou aos ouvidos dos dois.

II

Fora um único grito, e viera de algum lugar que não sabiam precisar. Se ouvissem mais um, poderiam descobrir a procedência. À espera disso, mãe e filho se quedaram imóveis no escuro, olhando vagamente ao redor.

— Quê? — indagou Osugi repentinamente. Não porque ouvisse outra vez o grito apavorante, mas porque percebeu que Matahachi, agarrado na beira do barranco, se preparava para descer por ele.

— A... aonde vai? — perguntou depressa.

— Para a charneca logo aqui embaixo — respondeu Matahachi, prestes a desaparecer no caminho abaixo. — Espere um pouco aí mesmo, obaba. Vou só espiar.

— Idiota! — gritou Osugi, voltando ao seu habitual linguajar. — Vai em busca do quê?

— Como assim? Não ouviu uma mulher gritar, ainda agora?

— E de que lhe adianta ir atrás disso? Ei, você é tolo mesmo, não? Deixe disso!

Enquanto a velha mãe gritava de cima do barranco, Matahachi continuou a descer, agarrando-se às raízes das árvores rumo ao fundo do vale.

— Tolo! Idiota!

Matahachi ergueu a cabeça quando atingiu o vale e entreviu no meio das árvores o vulto da mãe esbravejando.

— Espere-me aí mesmo, ouviu? — gritou. Mas o vale era tão fundo que sua voz já não a alcançou.

— E agora? — pensou ele, ligeiramente arrependido. O grito parecia ter partido desse vale, mas... Se não partira, ele teria perdido tempo e se esforçado em vão.

Matahachi logo descobriu que naquele profundo buraco onde a luz da lua nem sequer chegava havia uma estreita senda. As montanhas dessa área não eram tão altas e quem se dirigia de Kyoto a Sakamoto ou Outsu, em Shiga, costumava cortar caminho por ali, de modo que havia pegadas de gente da cidade por todos os lados.

Matahachi continuou a caminhar, acompanhando o curso de pequenas quedas d'água e de riachos. E então, deparou com um caminho que cruzava uma dessas correntezas e chegava até as montanhas à direita e à esquerda, a meia altura de suas encostas. E ali, bem ao lado do riacho que o caminho cortava, ele encontrou um casebre.

O casebre parecia-se com os usados para pernoite por pescadores de salmão e mal abrigava uma pessoa. Rente a ele, encolhido, vislumbrou um rosto branco e as mãos de alguém.

— Será uma mulher?

Matahachi escondeu-se atrás de uma rocha. Ele estava excitado porque o grito estridente de há pouco havia sido, sem dúvida, de mulher. Fosse de homem, ele jamais teria se dado ao trabalho de descer até o fundo do vale. E agora, ali estava ela: uma mulher, e jovem, ao que parecia.

"O que será que ela está fazendo?" — pensou, a princípio desconfiado. Mas logo suas dúvidas se desfizeram: a mulher tinha-se arrastado até a beira do riacho e, com a mão em concha, bebia água.

III

Com um brusco movimento, a mulher se voltou agressivamente. Ela tinha captado a vibração dos passos como um inseto e parecia prestes a se erguer.

— Ué? — disse Matahachi, ao mesmo tempo em que a mulher exclamava, também espantada:

— Aah!

Sua voz, porém, tinha um quê de pavor.

— Ora, se não é Akemi!

— Hum!... — exclamou ela respirando profundamente, como se só então a água do córrego que acabara de beber estivesse descendo garganta abaixo.

Matahachi pôs a mão sobre o seu ombro ainda trêmulo e disse:

— Que aconteceu, Akemi? — observou-a a seguir dos pés à cabeça. — Vejo que também está preparada para viajar. Mesmo assim, que faz você aqui, a esta hora da madrugada?

— E sua mãe, Matahachi-san?

— Minha mãe? Deixei-a esperando lá no topo do barranco.

— Ela ficou furiosa, não ficou?

— Fala dos trocados?

— Tive de partir imediatamente, mas não tinha dinheiro para pagar a conta da hospedaria, nem para as despesas de viagem. Sabia que era errado, mas não resisti à tentação e roubei uma carteira que vi perto da trouxa de viagem de obaba-san. Perdoe-me, e deixe-me ir embora. Prometo que um dia lhe pago tudo.

Matahachi pareceu até surpreso quando a viu chorando e se desculpando.

— Ei, que é isso? Pare de se desculpar! Já sei! Está pensando que vim atrás de você para prendê-la, não está?

— Eu não pensei direito e cedi a um impulso, é verdade, mas o fato é que roubei e fugi. Se for pega, sei que serei acusada de ladra!

— Isso é o que minha mãe faria. Se você estava precisando de verdade, eu por mim lhe daria aquela mísera quantia antes mesmo de você pedir. Fique calma, eu não estou me importando. Mas o que faz você aqui agora?

— É que ouvi o que você dizia a sua mãe, escondida perto daquela casinha, na hospedaria.

— Ora, a respeito do duelo entre Musashi e o clã Yoshioka, você quer dizer?

— Isso mesmo.

— E foi por isso que resolveu ir a Ichijoji?

Akemi não respondeu. Desde os tempos em que viviam juntos na mesma casa, Matahachi sabia muito bem o segredo que a jovem guardava em seu peito com tanto zelo, de modo que não entrou em detalhes e mudou de assunto no mesmo instante:

— Ah, é verdade! Há pouco, escutei alguém gritando. Era você, por acaso?

— Era — confirmou Akemi com um aceno de cabeça. Ergueu-a em seguida e fixou o olhar para o contraforte da montanha, como se estivesse ainda vendo um pesadelo.

IV

Segundo o relato de Akemi, as coisas haviam se passado da seguinte maneira:

Não fazia muito tempo, a jovem havia cruzado o córrego e, ao atingir o trecho da montanha, logo adiante, avistara uma assombração horrorosa sentada numa rocha, destacando-se da encosta; o espírito maligno contemplava a lua.

A história só podia ser uma brincadeira, mas Akemi a contava com a maior seriedade.

— Só a vi de longe, mas percebi que seu corpo era o de um anão, e o rosto, o de uma mulher adulta. A cara era branca, de uma palidez indescritível, e a boca era rasgada até quase a orelha. Além disso, pareceu-me que ela olhava para mim e ria. Foi então que, sem querer, soltei um berro agudo. Fugi tão desesperada que, quando dei por mim, tinha escorregado e caído neste fundo de vale.

Akemi contava demonstrando tanto pavor que Matahachi não conseguiu se conter e riu.

— Ora, não acredito! Como é que você, uma menina que se criou nos pântanos de Ibuki e não tinha medo de perambular no meio dos fogos-fátuos dos campos de batalha, arrancando espadas e armaduras dos cadáveres, pode ter medo de assombrações? Desse jeito, você vai é espantá-las!

— Mas naquela época eu era muito nova, não tinha medo de nada.

— Não era tão nova assim, pelo que me lembro. Ainda mais quando vejo que não se esqueceu de certos incidentes daquela época, e os tem muito bem guardados em seu peito.

— É claro, ele foi o meu primeiro amor... Mas já desisti dele.

— O que a leva a Ichijoji, nesse caso?

— Nem sei direito. Apenas... achei que talvez pudesse me encontrar com Musashi-sama.

— Esqueça isso.

E então Matahachi contou a Akemi a situação de Musashi, que suas chances de vencer o duelo eram menores do que uma em dez mil, e o que sabia a respeito da ajuda arrebanhada por seu adversário.

A jovem — que já havia passado pelas mãos de Seijuro e de Kojiro, e para quem àquela altura os tempos em que ainda era virgem constituíam uma vaga lembrança do passado — não conseguia mais pensar ou ansiar por Musashi, nem imaginar um róseo futuro em sua companhia. Analisava-se friamente e percebia que fisicamente já não estava apta a viver ao seu lado. Ela havia falhado ao tentar morrer, falhava ainda ao tentar viver, e se assemelhava a um ganso selvagem desgarrado do bando, em busca de outros pousos.

E quando ouviu de Matahachi que Musashi estava nesse mesmo instante aproximando-se pouco a pouco de um perigo mortal, não conseguiu sentir tristeza, nem chorar. Ainda assim, não sabia dizer por que o seguira até tão longe no meio da noite.

Com o olhar vago de alguém que tinha perdido o rumo, Akemi ouvia em silêncio a história de Matahachi. Este contemplava fixamente o perfil da jovem. Ele próprio hesitava, do mesmo jeito que Akemi.

"Esta mulher está procurando um companheiro de viagem", pensou Matahachi, lendo-lhe a fisionomia.

De súbito, Matahachi abraçou-a pelos ombros e aproximou o rosto do dela.

— Akemi, que acha de fugirmos para Edo?... — sussurrou.

V

Akemi prendeu a respiração. Voltou-se e fitou Matahachi, em dúvida:

— Como? Para Edo? — repetiu, como se estivesse acordando nesse momento.

Matahachi pressionou de leve o ombro que envolvia em seu braço.

— Não precisa ser Edo, na verdade. Mas a crer nos boatos, a cidade de Edo transformar-se-á na sede do xogunato, dentro em breve. As grandes cidades como Osaka e Kyoto já são consideradas velhas demais, mas em Edo, nas cercanias do castelo do xogum Ieyasu, dizem que surge uma cidade nova atrás da outra. Se formos espertos e nos infiltrarmos nesses locais, tenho certeza de que faremos um bom negócio. Tanto você como eu somos gansos desgarrados do bando. Vamos! O que acha, Akemi?

A expressão de Akemi, atenta aos sussurros, aos poucos se tornou séria. Matahachi deu ênfase cada vez maior ao fato de que o mundo era vasto e eles, jovens.

— Vamos viver uma vida de prazeres, fazendo só o que nos agrada! Para que viver de outro modo? Temos de ser mais audaciosos! Viver à tripa forra! Quanto mais a gente se empenha em viver honestamente uma vida virtuosa, e luta por melhorar as condições, mais o destino zomba da gente, prega-nos peças e nos deixa chorando, sem nenhuma alternativa. E você também, Akemi: quem manda você se deixar explorar por gente como Okoo e Seijuro? É por isso que você não vai para frente. Você tem de passar para o lado do explorador, ou não conseguirá sobreviver neste mundo!

Akemi estava impressionada. Partindo da Hospedaria Yomogi, haviam ambos caído no mundo, cada um para o seu lado. E o mundo abusara dela, mas com Matahachi as coisas tinham sido diferentes: ele era homem, e parecia-lhe que, diferente daqueles velhos tempos, seu caráter estava agora um pouco mais firme.

Mas em algum lugar da mente, tremia uma miragem, difícil de abandonar: o vulto de Musashi. Aquilo era uma obsessão, como alguém que se sente compelido a ir ver as cinzas de sua casa queimada.

— Não quer?

Akemi sacudiu a cabeça em silêncio.

— Se quer, vamos embora!

— Mas... E a sua mãe, Matahachi-san? Que vai fazer com ela?

— Ah, é verdade! — disse ele, olhando para o alto do barranco. — Minha velha irá embora para a sua terra assim que conseguir uma prova da morte de Musashi. Ela vai ficar furiosa quando descobrir que a abandonei no meio da montanha, como uma daquelas velhas que são jogadas para morrer. Mas não há de ser nada: assim que ela vir o homem bem sucedido em que vou me transformar, perdoará tudo. E uma vez que já decidimos, vamos logo embora!

— Vamos seguir por outro caminho, Matahachi-san! Esse aí... — disse Akemi, encolhendo-se.

— Ora, essa. Por quê?

— Porque se seguirmos por ali, vamos dar de novo naquela pedra...

— Ah!... Está com medo de topar de novo com o anão da boca rasgada? Não tenha medo, eu agora estou com você! — disse Matahachi, rindo abertamente. — Ih, acho que estou ouvindo minha velha me chamando. Tenho muito mais medo dela do que desse seu anão assombrado! Venha logo, Akemi, antes que ela nos encontre!

Enquanto os dois vultos subiam o barranco às carreiras e desapareciam à meia-altura da encosta, a voz de Osugi, cansada de esperar, ecoava pelo vale.

— Matahachiii! Ó, meu fiiilho!

O chamado percorreu em vão as encostas das montanhas por um longo tempo.

VIDA E MORTE

I

Pássaros começaram a chilrear.

Um pé-de-vento fustigou a senda que cruzava pelo denso bambuzal. Levados por ele, aves levantaram voo em diversos pontos. Não obstante, seus vultos nem eram visíveis, pois a noite ainda se demorava.

— Sou eu, Kojiro, o mediador do duelo! — anunciava um vulto, correndo ofegante pela senda que levava ao passo Kirara. Realmente, era Sasaki Kojiro, tornado prudente pela experiência anterior, dirigindo-se com a agilidade de um cervo para a encosta do pinheiro.

— Ora, essa, é o jovem Kojiro! — diziam os homens do clã Yoshioka surgindo de seus esconderijos. Com expressões aborrecidas por causa da longa espera, logo o rodearam, formando um compacto cerco ao seu redor.

— Esse sujeito, Musashi, ainda não apareceu? — perguntou o patriarca de Mibu, o velho Genzaemon.

— Apareceu, sim. Encontrei-me com ele! — respondeu Kojiro, enfático, examinando friamente os olhares agudos que se concentraram em sua pessoa. — Encontrei-me com ele, é verdade; mas o sujeito, não sei por quê, desapareceu de súbito enquanto caminhávamos lado a lado, a cerca de um quilômetro do rio Takano-gawa.

Nem tinha acabado de falar, quando alguém gritou:

— Quer dizer que ele fugiu? — Era Miike Jurozaemon.

— Nada disso! — replicou Kojiro, sobrepondo sua voz ao tumulto que as palavras de Miike haviam provocado. — Ele desapareceu, mas juntando a sua atitude tranquila ao que ele me disse e a alguns detalhes mais, acredito que ele não fugiu. Deduzo que a minha presença tornava difícil pôr em prática o ardil que ele por certo armava, e por isso livrou-se de mim. Não se descuidem!

— Ardil? Que ardil seria esse?

Inúmeros rostos se aproximaram tentando não perder o sentido do que ali se dizia.

— Penso que existe um bando de simpatizantes da causa de Musashi ocultos em algum lugar, e que pretendem avançar até aqui todos juntos.

— É bem possível! — disse o velho Genza, com um gemido.

— Nesse caso, ele vai chegar muito em breve — observou Jurozaemon. Voltou-se no mesmo instante para os homens que haviam abandonado os esconderijos e os topos de árvores, admoestando:

— Voltem, voltem para os seus lugares. Se abrirmos a guarda e ele nos atacar quando estamos desprevenidos, começaremos sofrendo grandes baixas. Não sei quanta ajuda ele conseguiu arregimentar, mas deve ser algo inexpressivo. Não se desviem do plano traçado e matem-no de uma vez, sem cometer erros.

— É isso mesmo!

— Não se descuidem. A espera foi longa e tediosa.

— Voltem a seus postos!

— Muito cuidado!

Incentivando-se, os homens tornaram a se ocultar em moitas, nos topos e nas sombras das árvores.

Kojiro voltou-se de súbito para o menino Genjiro, em pé como um boneco rente ao tronco do pinheiro.

— Está com sono? — perguntou.

— Não! — respondeu Genjiro, sacudindo a cabeça enfaticamente.

Kojiro acariciou-lhe a cabeça.

— Está com frio, então? Seus lábios estão roxos. Você é o representante da casa Yoshioka, o comandante das tropas aqui reunidas: porte-se com bravura, entendeu? Aguente um pouco mais, porque logo terá uma bela diversão. Bem, acho que vou também procurar um bom posto de observação... — disse Kojiro, afastando-se a seguir.

II

Analisando os acontecimentos daquela manhã, chega-se à conclusão de que Musashi, depois de se apartar de Otsu no vale entre os montes Shiga e Uryu, tinha percebido que se atrasara um pouco, e estava mais ou menos àquela hora acelerando os passos para recuperar o tempo perdido.

O encontro sob o pinheiro ficara marcado para o último terço da hora do tigre. O sol ainda não teria surgido, uma vez que nessa época do ano o dia clareava somente depois da hora do coelho. O local escolhido ficava na confluência de três caminhos, na estrada para o monte Eizan: com o raiar do dia, haveria transeuntes nos arredores, e era por causa disso que os Yoshioka haviam marcado o duelo para tão cedo.

"Ah, aquilo deve ser o telhado do templo Kitayama", pensou Musashi. Parou por instantes e contemplou as construções a seus pés, logo abaixo da estrada em que se encontrava. "Já estou bem perto!", concluiu.

Dali até a encosta do pinheiro haveria apenas cerca de um quilômetro. O longo percurso já estava reduzido àquele trecho. Nesse meio tempo, a lua também caminhara em sua companhia e se ocultara, talvez atrás da montanha. As nuvens brancas e pesadas que até então dormiam enrodilhadas no seio da cadeia dos Trinta e Seis Picos pouco a pouco se deslocavam, iniciando seu movimento ascendente, mostrando que, envoltos no silêncio da noite, céu e terra prosseguiam incansáveis em suas formidáveis tarefas.

E como primeira tarefa desse dia, a própria morte: sua vida se iria, mais volátil que um floco de nuvem desaparecendo no ar, pensou Musashi.

Vistas lá do alto, pelo prisma de uma nuvem, as mortes de uma borboleta e de um ser humano não teriam notáveis diferenças. Contemplados da terra pelo prisma humano, porém, um ser, na morte, tinha o poder de influenciar toda a humanidade; podia constituir tanto um bom como um mau registro na longa história da humanidade.

Quero uma morte exemplar, pensara Musashi até agora.

Como morrer de maneira digna? Era agora sua próxima preocupação, a mais importante de todas.

O burburinho de um riacho chegou-lhe aos ouvidos. Viera com tanta pressa que sentiu repentina sede. Agachou-se ao pé de uma rocha e bebeu. O gosto puro da água invadiu-lhe a boca. Por mais esse detalhe percebeu que estava espiritualmente tranquilo, sentiu-se animar ao saber que a aproximação da morte não o intimidara.

Mas enquanto descansava e tomava fôlego, pareceu-lhe ouvir alguém chamando-o: era Otsu, ou seria Joutaro?

"É apenas impressão minha", pensou ele. "Otsu jamais viria no meu encalço; ela me conhece bem demais."

Contudo, a impressão de que a jovem lhe vinha no encalço, chamando-o desesperada, não se desfazia. No percurso até ali havia se voltado muitas vezes para verificar e, nesse momento, tornava a aguçar os ouvidos, tentando ouvir melhor.

Um atraso não só levaria o inimigo a desprezá-lo, como também representava uma desvantagem estratégica. Para lançar-se sozinho no meio de tantos inimigos, a única estratégia vantajosa seria aproveitar a escuridão que precede o raiar do dia, quando até a lua se esconde. A pressa tinha a ver com esse aspecto tático, mas talvez fosse também uma tentativa de livrar-se da imagem de Otsu e do chamado que não existia.

III

"O inimigo externo pode até ser derrotado, mas não há como derrotar o interno."

O antigo provérbio veio-lhe subitamente à lembrança e o fez reagir com vigor:

— Maldição! Não posso me perder desse jeito! Estou sendo um idiota sentimental!

Tentou expulsar Otsu por completo de seu peito. Pois não acabara de dizer, havia pouco, que "o amor não encontra espaço algum na cabeça de um homem que avança ao encontro da morte?"

Apesar do que dissera, teria ele realmente conseguido varrer Otsu por completo de sua mente?

— Que fraqueza é essa?

Musashi agora corria em linha reta.

Foi então que divisou à sua frente a faixa branca de uma estrada que partia do bambuzal a seus pés e mergulhava no meio do bosque, das plantações e das sendas que se espraiavam até o sopé da montanha distante.

Chegara bem perto, agora. Ali estava a estrada que levava à encosta do pinheiro. Acompanhou com o olhar a faixa branca e divisou, quase duzentos metros adiante, um ponto para onde dois outros caminhos convergiam. Ao mesmo tempo, conseguiu discernir também o pinheiro visado e sua copa alta de ramos espalhados em meio às finas partículas de névoa branca que lentamente se moviam no céu.

Com um brusco movimento, Musashi pôs um joelho em terra e se abaixou. Seu corpo se enrijeceu pronto para o combate, como se tudo que tinha à frente e às costas, assim como todas as árvores da montanha, representassem inimigos.

Movendo-se de rocha em rocha, de árvore em árvore como um ágil lagarto, acabou por atingir um ponto alto, bem em cima do pinheiro solitário.

— Lá estão eles!

Do ponto, conseguiu avistar contornos de pessoas agrupadas no caminho. Um grupo de quase dez pessoas rodeava o tronco do pinheiro e permanecia imóvel, lanças em pé.

Uma rajada súbita proveniente do topo das montanhas passou uivando por Musashi, lançando sobre ele gotas de sereno, e seguiu agitando a copa do pinheiro, varrendo o bambuzal, rumo ao sopé da montanha como um enorme vagalhão negro.

Envolto na névoa, o pinheiro da encosta estremecia, parecendo querer denunciar ao céu e à terra algo sinistro que ele pressentia.

Eram poucos os inimigos visíveis, mas Musashi sentia que a terra inteira, assim como toda a montanha, eram esconderijos. Já se sentia dentro do território onde a morte imperava. Até as costas de suas mãos estavam arrepiadas. Sua respiração se tornara profunda e calma, estava pronto para a luta até a ponta dos dedos dos pés, que se agarravam com maior força que os das mãos às fendas das rochas, enquanto subia, passo a passo.

Logo à frente havia um muro de pedra, restos talvez de um forte. Passando pela vertente de uma formação rochosa, Musashi alcançou esse local e viu, voltada para o pinheiro solitário, uma arcada *torii* de pedra. Altas árvores e um bosque circundavam o local, protegendo-o dos ventos.

— Ah, um santuário!

Correu até ele e se ajoelhou. Sem sequer saber a que deus orava, curvou-se profundamente com as duas mãos no chão. Nesse momento, ele não estava conseguindo conter o espírito agitado.

Dentro do escuro santuário uma pequena chama votiva tremulava fustigada pelo vento, prestes a se apagar, mas ainda assim se mantendo.

"Hachidai-jinja", leu ele na fachada, ao erguer o olhar.

"É isso!" — pensou, sentindo de súbito que conseguira um valioso aliado.

A encorajadora certeza de que os deuses estavam com ele, no momento em que se preparava para lançar-se de cabeça no meio do inimigo! A certeza de que eles sempre estariam ao lado dos que agiam corretamente! Lembrou-se então que, antigamente, quando Oda Nobunaga se dirigia Okehazama[42] para a histórica batalha, ele também tinha se curvado numa respeitosa reverência no templo de Atsuta. Encontrar este templo era um bom presságio!

Enxaguou a boca com a água sagrada; tornou a encher a boca de água e pulverizou os fios que revestiam o cabo da espada, assim como as tiras da sandália. Com movimentos ágeis, prendeu firmemente as mangas com uma tira de couro, e os cabelos das têmporas com uma faixa, passando-a em torno da testa. Com passos decididos, voltou uma vez mais para a frente do santuário e segurou a corda do sino votivo.

IV

Segurou a corda e pensou: — Espere um pouco!

Ato contínuo, soltou-a.

Era uma corda antiga, tão envelhecida que tornava difícil distinguir as cores dos fios de algodão entrelaçados. Simples corda que pendia do sino, parecendo convidar:

— Apele a mim! Confie em mim, vamos!

Musashi, entretanto, perguntara em seu íntimo:

---

42. Batalha de Okehazama: histórica batalha ocorrida em 1560, quando Oda Nobunaga derrotou Imagawa Yoshimoto.

— Que pretendia eu pedir agora, neste lugar?

No mesmo instante, retraíra a mão, sobressaltado.

"A esta altura, eu já devia estar em sintonia com o universo!", pensou. "Por todos esses dias passados até hoje, não vinha eu me dizendo que a vida de um guerreiro começa a cada manhã, e que ele deve estar pronto para morrer antes de cada anoitecer? Não vim tentando aprender a morrer, o tempo todo?", admoestou-se.

Não obstante, de um modo inesperado, no momento crucial, o adestramento ruía: ao avistar a luz votiva ele sentira a mesma alegria do viajante que encontra um ponto de luz no meio da noite, e a mão, esquecida de tudo o mais, tinha agarrado o cordão do sino, quase agitando-o em busca da ajuda dos deuses.

Um samurai nunca tem um aliado além dele próprio. A morte era sua aliada constante. Não era fácil aprender a morrer: o preparo para ir-se do mundo a qualquer momento de um modo tranquilo, digno e viril, rápido como um breve suspiro, nunca era obtido por completo, por mais que se treinasse; mas Musashi andara até orgulhoso de si porque acreditara estar sentindo dentro dele mesmo esse preparo desde a noite anterior. Rígido como uma rocha, envergonhado e arrependido, pendeu a cabeça, sem conseguir conter as lágrimas de vexame.

"Cometi um erro!", mortificava-se. "Pensei ter atingido um estágio de frieza total, mas dentro de mim ainda restava a vontade de viver. Otsu, minha irmã, e também a vontade de contar com algo ou alguém, como a do náufrago que se agarra a uma palha, foram elas que me levaram a esquecer tudo e a segurar a corda do sino votivo! Eu ainda pretendia contar com a ajuda divina, a esta altura!"

Lágrimas que não mostrara na frente de Otsu agora caíam copiosas dos olhos de Musashi, lamentando os anos de treino perdidos, o corpo e o espírito que se recusavam a aprender.

"Essa vontade de depender de algo me levou a rezar sem ao menos saber o quê. Meu ato foi inconsciente, e por isso mesmo, mais grave!" Por mais que se recriminasse, nada conseguia abrandar a vergonha. Tinha raiva de si próprio.

"Estúpido!", maldizia-se, com pena dos longos dias de aprendizagem, tão infrutíferos.

Ele já era um corpo vazio! Que havia para desejar ou pedir? Antes ainda de entrar em guerra, já tinha começado a sofrer uma derrota interna. Aquilo jamais seria o coroamento de uma exemplar vida guerreira.

No mesmo instante, porém, Musashi sentiu uma onda de gratidão invadi-lo, e também a presença divina. Pois ele ainda não tinha entrado em combate, faltava um passo ainda para isso! O arrependimento trouxe a oportunidade de corrigir-se. E foram os deuses que lhe haviam oferecido essa oportunidade.

Acreditava em um deus, mas no caminho de um samurai não havia deuses a quem recorrer. Achava que o caminho era absoluto, além do divino. Um samurai não deve depender do poder divino, nem se orgulhar de ser humano. Não deve negar a existência da divindade, mas nela não deve se amparar; ao mesmo tempo, tem de ter a profunda compreensão de que ele próprio é um mísero ser, pequeno e frágil, apenas mais um fenômeno neste mundo efêmero.

Musashi deu um passo para trás e juntou as mãos à altura do peito. Nessas mãos postas havia agora algo diferente, inexistente naquelas que haviam agarrado a corda do sino.

Logo abandonou os limites do templo e se afastou correndo pela estreita senda em acentuado declive. No fim do declive encontrou a estrada que levava à encosta do pinheiro solitário.

V

O declive era acentuado a ponto de quase fazê-lo tombar para a frente. Na superfície da senda, provavelmente o caminho de uma cascata em dias de chuva pesada, pequenas pedras afloradas pela erosão se agarravam a frágeis torrões de terra.

Acompanhando a impetuosa descida de Musashi, pedregulhos e blocos de terra corriam em seus calcanhares, quebrando o silêncio.

Com uma súbita exclamação alarmada Musashi jogou-se para um lado, rolando para dentro da macega.

A relva, carregada de sereno, encharcou instantaneamente suas coxas e peito. Encolhido como uma lebre, observou com atenção a copa do pinheiro.

A distância dali até a árvore podia ser contada agora em dezenas de passos. E uma vez que a trifurcação se situava em terreno um pouco mais baixo, o jovem era capaz de contemplar com relativa facilidade a copa do pinheiro.

E nos ramos da árvore Musashi viu um vulto humano, oculto.

O homem, além de tudo, tinha uma arma de fogo na mão, um mosquete ao que parecia.

"Covardes!" — pensou furioso, e em seguida: "Tudo isso para matar um homem?"

Não podia dizer, contudo, que não esperara por isso. Havia-se preparado intimamente na certeza de que seus adversários estariam prontos para tudo.

Os Yoshioka certamente imaginariam que ele não os enfrentaria sozinho. Nesse caso, seria mais inteligente da parte deles prepararem-se com algumas armas de longo alcance.

De sua posição atual, porém, conseguia divisar apenas a copa do pinheiro. Imaginar que todos os arqueiros e atiradores estariam escondidos nessa copa seria precipitar-se. Arqueiros poderiam estar escondidos atrás de rochas e em lugares baixos; atiradores podiam estar em qualquer lugar naquela mesma área, e conseguiriam atingir o alvo facilmente.

A única vantagem para Musashi era o fato de estarem, tanto o atirador sobre a árvore quanto os homens sob ela, todos voltados, sem exceção, para o outro lado, dando-lhe as costas. Três eram os caminhos que tinham para vigiar à frente deles, fazendo-os esquecer o único às suas costas.

Quase rastejando, Musashi avançou pouco a pouco. Curvou-se, de modo que a cabeça ficou em posição mais baixa que a empunhadura da própria espada, e avançou. Seus passos tornaram-se então visivelmente mais rápidos e, quando se aproximou do pinheiro, estava quase correndo. Cerca de quarenta metros antes de alcançá-la, o homem em seu topo o localizou de súbito, e gritou:

— Ei! É Musashi!

Apesar de ouvir o berro partindo das alturas, Musashi continuou a correr uns bons vinte metros, mantendo a mesma postura.

Ele tinha calculado com segurança que naqueles preciosos segundos nenhuma bala viria em sua direção. Isso porque o homem na copa do pinheiro se posicionara a cavalo sobre um galho, e vigiava a trifurcação com o cano voltado para ela, não lhe sendo fácil mudar agora de posição rapidamente e lidar com a arma ao mesmo tempo, tolhido como estava por ramos e folhas.

— Quê?

— Onde!

As perguntas partiram simultâneas das bocas dos quase dez homens que cercavam a árvore, a cidadela daquele pequeno exército.

No segundo seguinte, o homem de cima do pinheiro berrou:

— Atrás!

O grito soou estridente, como se tivesse rasgado a garganta do homem. Àquela altura ele já havia reempunhado o mosquete e a boca do cano apontava certeiramente a cabeça de Musashi.

Uma fagulha da mecha varou por entre as finas agulhas do pinheiro e brilhou enquanto caía. O cotovelo de Musashi, naquela fração de segundo, descreveu um amplo movimento circular. A pedra, oculta na palma da mão, zumbiu e voou certeira, na direção do minúsculo ponto luminoso, do tamanho da cabeça de um incenso, e que indicava a mecha acesa. O ruído de um galho se partindo e uma exclamação assustada ecoaram juntos, e algo despencou do alto, do meio da névoa para o chão. Naturalmente, era um homem.

VI

— Aaah!
— É Musashi!
— Musashi!

O tumulto era compreensível, uma vez que o ser humano não dispõe de olhos nas costas.

Compreensível também era a consternação dos homens que, espalhados pelas bocas das três sendas e dispostos a não deixar passar nem uma pulga, jamais teriam imaginado que Musashi lhes surgiria, sem qualquer aviso, bem no centro nevrálgico de suas defesas.

Eram quando muito dez os homens reunidos ali, mas estavam perturbados como se tivessem sido sacudidos por um terremoto, e batiam uns contra outros, bainha de espada chocando-se contra bainha de espada, os cabos das lanças que alguns reempunhavam quase derrubando os companheiros próximos. Alguns ainda saltavam de súbito para o lado sem necessidade, ou berravam os nomes de companheiros, sem sentido algum:

— Obashi!
— Miikeee!

Despreparados, ainda assim admoestavam os outros:

— Não se descuidem!

Furiosos, de suas bocas escapavam grunhidos e palavras sem sentido. E quando afinal conseguiram armar um arremedo de defesa, adotando uma precária formação semicircular, e apontaram as brilhantes pontas de lanças e espadas em direção a Musashi, este declarou:

— Conforme os termos do acordo, Musashi, filho único do *goushi* Miyamoto Munisai, originário da província de Mimasaka, aqui se apresenta para o duelo. Onde está Genjiro, o representante da casa Yoshioka? Não cometam os mesmos erros dos antecessores, os mestres Seijuro e Denshichiro! Em consideração à pouca idade desse representante, admito a presença de assistentes em número que lhes convenha. Mas eu, Musashi, aqui vim sozinho, como veem. Deixo também à sua escolha decidir de me enfrentarem um a um, ou todos de uma vez! — Sua voz soava alta e clara.

A saudação, correta, também surpreendeu os homens. Ao mesmo tempo, embaraçou-os profundamente não estarem em condições de responder à altura. Mas, naquela situação, eles só conseguiriam responder se tivessem tranquilidade para elaborá-la. Das bocas ressequidas, sem capacidade de produzir sequer saliva para umedecê-las, só podiam partir frases do tipo:

— Está atrasado, Musashi!

— Ficou com medo?

Ainda assim, suas mentes haviam registrado muito bem as palavras de Musashi: "Aqui vim sozinho." Em consequência, a coragem pareceu voltar. Mas veteranos como o velho Genza e Miike Jurozaemon, experientes, não confiavam nessas palavras, achando que se defrontavam com um ardil. Certos de que os partidários da causa de Musashi se ocultavam nas proximidades, seus olhos procuravam por eles, temerosos e irrequietos.

O silvo agudo de uma flecha partindo de um arco ecoou nesse momento. O som pareceu também ter-se originado na espada de Musashi, que cortou o ar no mesmo instante. Uma flecha, que lhe visava o rosto, foi ao chão partida em dois, caindo metade atrás do ombro, metade na ponta da espada.

Na fração de segundo que o olhar registrava a cena e ali permanecia, Musashi, os cabelos eriçados como a juba de um leão, alcançou num único salto o vulto que se ocultava atrás do tronco do pinheiro.

— Ai, tenho medo! — gritou agarrando-se à árvore o pequeno Genjiro, até então parado no mesmo lugar, obediente às instruções do pai.

Ao ouvir o grito, o velho Genza soltou um urro medonho e saltou, como se tivesse ele próprio sido partido em dois. Simultaneamente, a ponta da espada de Musashi descreveu no ar um risco prateado de cima para baixo e, de algum modo, raspou uma fina lâmina da casca da árvore. Junto com a casca, rolou por terra envolta em sangue a pequena cabeça do menino Genjiro, com seus cabelos aparados em franja.

A NÉVOA E O VENTO

I

A ação nada ficava a dever à de um *yasha*.[43]

Em primeiro lugar, e ignorando tudo o mais, Musashi havia golpeado mortalmente o pequeno Genjiro, mostrando que esse tinha sido desde o início o seu objetivo.

O episódio extrapolava definições como "trágico" ou "brutal". Pois não era Genjiro apenas um menino — o inimigo, sem dúvida — insignificante?

Seu extermínio não diminuiria minimamente a potência inimiga. Pelo contrário, a dor da perda serviria, mais que tudo, para exasperar os membros da casa Yoshioka, levando-os à loucura, transformando-lhes a combatividade em furor.

O idoso Genza, notadamente, quase caindo em prantos, gritou agoniado:

— Aaah! Como se atreve?...

Seu rosto inteiro parecia esbravejar. Brandiu sobre a cabeça uma espada que parecia pesada demais para ele e, mantendo-a nessa posição, investiu contra Musashi como se pretendesse colidir com ele.

O pé direito de Musashi recuou cerca de trinta centímetros. Acompanhando o movimento do pé, seu corpo e ambos os braços giraram instantaneamente para a direita. Ato contínuo, a ponta da espada, que havia percorrido a linha do pescoço do menino Genjiro e acabava de retornar à posição original, tornou a saltar com um zumbido, agora para cima, e seguido de um vigoroso *kiai*, atingiu inicialmente o cotovelo do ancião — que vinha nesse instante descrevendo um movimento descendente — e depois o seu rosto.

Simultaneamente, alguém gemeu. Impossível saber-se quem, pois o homem que investia com uma lança às costas de Musashi também começou a cambalear curvado para frente, tombando em seguida junto com o idoso Genza, ambos sujos de sangue. Além deles, e atingido por um golpe tão rápido que ninguém conseguira acompanhar, uma quarta vítima — esta tinha provavelmente saltado bem à frente de Musashi e sido atingida em cheio no peito — caminhava ainda dois ou três passos, vértebras expostas, cabeça e braços balançando molemente, pernas carregando o corpo já sem vida.

---

43. *Yasha*: na mitologia hindu, *yaksa*, espírito maligno que habita matas e florestas, era conhecido por molestar e ferir seres humanos. Também adorado por proteger riquezas, foi posteriormente integrado ao Budismo.

— Às armas, às armas!

— Acudam! Acudam!

Os seis ou sete homens restantes esbravejavam desesperados, alertando os companheiros. Em vão: espalhados pelas três sendas, os demais continuavam a tocaiar a uma considerável distância da cidadela, totalmente alheios ao desastre que acabara de ocorrer havia apenas alguns segundos. Além de tudo, o vento sibilando nos pinheiros e no cerrado bambuzal abafava seus desesperados apelos, dispersando-os no ar.

Há centenas de anos — desde os períodos Hogen e Heiji (1156-1160), quando os remanescentes do derrotado exército Heike vagavam por essa área tentando transpor o lago Oumi[44], desde os tempos em que Shinran[45] e os monges guerreiros do monte Eizan transitavam por ali a caminho de Kyoto — o velho pinheiro viera gradualmente lançando suas raízes nessa encosta. Agora, despertada da letargia de centenas de anos pela inesperada chuva de sangue humano que encharcava a terra e lhe chegava às raízes, a velha árvore parecia estremecer de alegria, ou talvez gemer angustiada: a copa fremente no alto do grosso tronco agitava-se e atraía a névoa, vibrava ao vento e espargia minúsculas gotas geladas sobre homens e armas à sua sombra.

O cadáver e os três homens mortalmente feridos foram de pronto esquecidos no curto espaço de tempo necessário para respirar uma vez. No instante em que, sobressaltados, todos se refaziam, Musashi já se tinha colado ao robusto tronco do pinheiro. O tronco, tão grosso que somente dois homens de mãos dadas conseguiriam abarcá-lo, constituía excelente escudo para a sua retaguarda. Musashi, porém, não parecia considerar vantajoso permanecer muito tempo imobilizado nessa posição. Seu olhar, duro, brilhava acima do cabo da espada e atraía a atenção dos sete homens posicionados à sua frente enquanto tentava visualizar um novo e vantajoso posto.

Gemer das árvores, farfalhar da macega, sibilar do vento na mata; em meio aos sons que a brisa arrancava, uma voz distante começou a gritar nesse instante:

— Ao pinheiro da encosta! Homens, ao pinheiro da encosta!

O grito partira de Sasaki Kojiro, o homem em pé sobre uma elevação situada num ponto estratégico. Ele ali estivera sentado até esse momento, mas agora alertava os homens do clã Yoshioka espalhados pelas três sendas e ocultos em moitas e arbustos:

— Corram ao pinheiro! Às armas, às armas!

---

44. Oumi (corruptela de Awaumi — ou seja, lago de águas claras): antiga denominação do lago Biwako, na atual província de Shiga.

45. Shinran (1173-1262): famoso monge do início do período Kamakura.

II

Um mosquete detonou, o forte estampido quase ensurdecendo os homens próximos.

Combinado aos gritos de Kojiro, que já haviam alertado uns poucos, o tiro despertou o resto do bando.

— Deuses misericordiosos!

Os membros do clã Yoshioka, emboscados nas sombras do bambuzal, das árvores e das rochas, emergiram das três sendas como uma nuvem de pernilongos alvoroçados.

— Que... que é aquilo?

— Onde?!

— Na encruzilhada! Na encruzilhada!

— Musashi nos passou a perna!

Partindo de três direções diferentes, vinte e tantos homens convergiram desordenadamente para um mesmo ponto chocando-se uns contra os outros como correntes de um rio torrencial.

Ao espocar do mosquete, Musashi moveu-se agilmente em torno do pinheiro, costas roçando o tronco da árvore. A bala atingiu o tronco com um baque, a poucos centímetros de seu rosto. Atraídos pelo movimento de Musashi, os sete homens, espadas e lanças em riste, deram também volta à árvore, arrastando os pés lentamente.

Foi então que Musashi, sempre guardando-se em posição mediana, investiu de súbito contra o homem no extremo esquerdo, apontando a espada diretamente para os seus olhos. O visado era Kobayashi Kurando, um dos "Dez Mais" da academia Yoshioka. A carga, rápida e terrível, assustou Kurando, apesar de toda a sua experiência.

Um grito esganiçado partiu de sua boca. Inconscientemente, Kurando torceu o corpo para desviar-se do golpe, equilibrando-se num só pé. Musashi arremeteu pelo espaço aberto e continuou a correr.

Ao vê-lo pelas costas, o grupo lhe foi atrás:

— Maldito!

Procurando sofregamente alcançá-lo, cair sobre ele e retalhá-lo, o grupo perdeu a unidade de ação. Ao mesmo tempo, os homens negligenciaram a própria guarda.

De modo inesperado, o musculoso corpo de Musashi pareceu ricochetear, descrevendo um agressivo movimento pendular: sua espada golpeou lateralmente o homem que lhe vinha nos calcanhares, Oike Jurozaemon. Este, porém, já havia percebido que Musashi ia tentar uma manobra qualquer e o vinha perseguindo com certa cautela. Em consequência, a espada de Musashi apenas roçou o peito de Oike, que, arqueando-se para trás, acabou por desviar-se do golpe.

Musashi, no entanto, não manejava a espada como a maioria dos esgrimistas. Quando a lâmina era o alvo, o espadachim vê normalmente a força do golpe perder-se no espaço, o que o obriga a voltar à posição inicial e armar o golpe seguinte. No caso de Musashi, seu golpe não era tão lento, isto é, um movimento de sua espada não correspondia a um único golpe.

Musashi nunca tivera um mestre, fato que, sob o ponto de vista do aprendizado, representara boa dose de sofrimento e certo grau de prejuízo; visto de um outro prisma, porém, não ter um mestre havia sido uma vantagem.

A vantagem advinha do fato de nunca ter sido forçado a moldar-se a um estilo pré-estabelecido, o do eventual mestre. Sua esgrima não tinha forma, regras ou princípios secretos. Seu estilo, sem nome ou padrão, nascia no ar, era o produto da sua imaginação e da capacidade de executar o imaginado.

No duelo sob o pinheiro da encosta, por exemplo, essa particularidade evidenciou-se no golpe que Musashi, fingindo fugir, desferiu inesperadamente contra Oike. Este não desmereceu o título de veterano mais graduado da academia Yoshioka e conseguiu sem dúvida desviar-se do rápido golpe. E, fosse aquele um golpe ortodoxo estilo Kyoryu, Shinkage ou outro qualquer, o movimento de Oike teria sido mais que suficiente para salvá-lo.

Mas o estilo único de Musashi não se parecia com nenhum dos que o veterano discípulo da academia Yoshioka havia visto até então. Seus golpes vinham invariavelmente acompanhados de um ricochete, um golpe de retorno. O movimento de sua espada cortando à direita já vinha carregado do impulso para o retorno imediato à esquerda. Observada atentamente, sua espada em movimento deixava um rastro luminoso que descrevia no ar, com incrível rapidez, duas agulhas de pinheiro presas num único pecíolo, ou seja, um V deitado. A espada corria para um lado para instantaneamente voltar e atingir o oponente no retorno.

Enquanto Oike ainda gritava de espanto, a espada de Musashi ricocheteou, riscou no ar o V deitado — o desenho de um rabo de andorinha — e atingiu o rosto do adversário no retorno, abrindo-o como uma romã madura.

III

Dos Dez Mais, grupo que dizia representar o tradicional estilo Yoshioka, Kobayashi Kurando havia sido o primeiro a tombar. Agora, o segundo, Oike Jurozaemon, espadachim de reconhecida habilidade, acabava de bater com o rosto no chão.

Com este, e incluindo o menino Genjiro — insignificante como oponente, mas um importante troféu — Musashi havia eliminado metade do grupo que o havia enfrentado inicialmente, espargindo em torno o sangue de todos eles.

Caso Musashi houvesse apontado a espada nesse instante na direção do perturbado grupo e atacado com todo o vigor, aproveitando a brecha aberta pela eliminação de Oike, teria com certeza conseguido livrar-se de muitos mais.

De modo totalmente incompreensível, porém, Musashi disparou em linha reta na direção de uma das três sendas.

Quando todos pensavam que fugia, Musashi retornava e os enfrentava; se voltavam a se guardar, certos de que atacaria, seu vulto, qual andorinha em voo rasante, desaparecia instantaneamente de vista.

— Porco maldito!

A metade restante do grupo rilhou os dentes, frustrada.

— Musashi!

— Não fuja, covarde!

— Isso é sujeira!

— O duelo ainda não terminou! — urravam os homens enquanto o perseguiam.

Seus olhos brilhavam, prestes a lhes saltar das órbitas. A visão e o forte cheiro do sangue estonteavam-nos, embriagando-os tão efetivamente quanto se tivessem mergulhado num barril de saquê. A visão do sangue, capaz de acentuar a frieza de um verdadeiro bravo, exerce efeito oposto sobre o covarde: perturba-o. Os homens que perseguiam Musashi tinham-se transformado em furiosos espíritos malignos saídos de um lago sangrento.

— Está seguindo para esse lado!

— Não o deixem fugir!

Deixando para trás os gritos dos homens, Musashi abandonou a encruzilhada em T, onde a refrega tinha se iniciado, e disparou rumo à mais estreita das três sendas, a do Shugaku-in.

Por ela vinha subindo nesse momento um grupo de partidários dos Yoshioka, frenéticos por terem percebido que algo grave acabava de acontecer junto ao pinheiro da encosta. E mal correu vinte metros, Musashi se viu prestes a chocar-se com o líder desse grupo, tendo às costas os homens que o perseguiam desde o pinheiro da encosta.

Os dois grupos chocaram-se no meio da estreita senda que cortava um denso matagal, mas, por mais que procurassem, viam apenas os próprios companheiros.

— On... onde está ele?

— Por aqui não passou!

— Não é possível!
— Mas...

Enquanto discutiam, alguém gritou:

— Estou aqui!

Era Musashi. Saltando de trás de uma rocha na beira do caminho, estava de pé no meio da senda, no trecho em que a fileira dos perseguidores tinha acabado de passar havia poucos instantes.

A atitude desafiadora mostrava que já estava pronto para enfrentá-los uma vez mais. Os partidários dos Yoshioka, atônitos, começaram a se mover em sua direção. A estreita senda, porém, impediu-os de se manter unidos.

Levando-se em consideração que, para agir, um espadachim necessita de um espaço circular cujo centro é o próprio corpo, e cujo raio é o comprimento do braço acrescido ao da espada, dois aliados não podiam lutar lado a lado na estreita senda sem o risco de se ferir mutuamente. Piorando ainda mais a situação já em si difícil, o primeiro homem da coluna veio andando para trás, afastando-se de Musashi precipitadamente, enquanto os demais forcejavam por vir à frente. A vantagem numérica tinha-se transformado agora num empecilho.

IV

Mas o poder de um grupo não deve nunca ser menosprezado. A veloz ação de Musashi e seu espírito aguerrido tinham num primeiro momento assustado os homens, fazendo-os recuar mesmo enquanto gritavam: "Não recuem! Não recuem!" Logo, porém, deram-se conta de que estavam em vantagem numérica e voltaram à carga.

— Deixem comigo! — gritaram dois ou três cabeças de fila, adiantando-se. O alarido que se elevou do grupo às costas deixou claro a desvantagem de Musashi.

Como um peixe nadando contra a correnteza, Musashi era levado a ceder terreno passo a passo, muito mais ocupado em proteger-se do que em atacar seus inimigos, ignorando até os mais afoitos que, por se terem posto ao alcance de sua espada, poderiam ser facilmente eliminados.

Naquela situação, não lhe adiantava eliminar mais quatro ou cinco homens, pois a força do grupo não se enfraqueceria; além do mais, um passo em falso seria um convite para a lança inimiga. Diferente do golpe desfechado por uma espada, que quase sempre propicia um tempo mínimo de preparo para a defesa, não há como preparar-se contra o de uma lança oculta no meio de uma turba.

Os discípulos da casa Yoshioka recuperaram o entusiasmo.

Ao notar que, passo a passo, Musashi recuava, seus oponentes avançaram, obrigando-o a recuar ainda mais. A essa altura, o rosto de Musashi já estava pálido, cadavérico. Qualquer um diria que ele não respirava. O menor obstáculo — a raiz de uma árvore ou uma corda que se enroscasse no pé — o levaria de cabeça ao chão. Mas ninguém quer aproximar-se de um homem a caminho da morte e partilhar o mesmo destino: embora os adversários gritassem e avançassem ameaçadoramente apontando-lhe espadas e lanças, os diversos golpes que lhe visavam peito, mãos e coxas deixavam de atingir o alvo por alguns centímetros.

Repentinamente, os homens gritaram aturdidos:

— Que raios?...

Pois lá estavam eles, um contingente numeroso demais para uma senda estreita, lutando contra um único adversário e atrapalhando-se mutuamente, atarantados porque uma vez mais o tinham perdido de vista.

Musashi desaparecera, é verdade, mas não porque tivesse fugido em disparada ou subido numa árvore: ele apenas tinha dado um passo para o lado e mergulhado no matagal que beirava o caminho.

A terra era macia no denso bosque de bambus onde Musashi se ocultou. Um lampejo dourado atingiu seu vulto que corria entre troncos de bambus, fugaz como a sombra de um pássaro deslizando num campo riscado por estrias verdes. O sol acabava de surgir nesse instante entre as montanhas, exibindo de súbito a borda do seu disco rubro.

— Pare, Musashi!

— Covarde!

— Não tem vergonha de nos dar as costas?

Os homens corriam como podiam entre os bambus. Musashi já tinha pulado o riacho além do bambuzal, saltado para cima de um barranco de quase três metros, e ali parou finalmente para respirar fundo algumas vezes.

Além do barranco, uma campina em suave aclive formava a base de uma montanha. E dali Musashi avistou o sol raiando.

Pela senda do pinheiro solitário a seus pés vinham chegando cerca de cinco dezenas de discípulos desgarrados. Ao darem com o vulto em pé sobre o barranco, galgaram também o barranco aos gritos.

Um grupo quase três vezes maior que o inicial acabou por aglomerar-se em seguida na campina à base da montanha. Ali estava todo o clã Yoshioka. Eram tantos que, de mãos dadas, abarcariam a campina inteira. A distante figura de Musashi esperava em pé, guardando-se em posição mediana, a minúscula espada cintilando como uma agulha na claridade matinal.

V

Um cavalo de carga relinchou em algum lugar. Vilas e montanhas despertavam — já era hora do tráfego matutino começar.

Especialmente nessa área, o movimento começou cedo: monges madrugadores desciam ou subiam o monte Eizan, bonzos de tamancos altos costumavam passar empinados mal o dia clareava.

E esses bonzos, assim como lenhadores e lavradores, já começavam a se aglomerar:

— É um duelo!
— Onde? Onde?

A agitação dos homens contagiou os animais: na vila, galinhas e cavalos manifestavam-se ruidosamente.

Sobre o templo Hachidai-jinja, uma pequena multidão se concentrou para assistir. A névoa, em constante movimento, cobria os vultos como um manto branco, impedindo-os de ver o que se passava, mas logo se afastava, revelando todos os detalhes.

E no breve intervalo entre um movimento e outro da névoa, Musashi havia sofrido radical transformação: a faixa que lhe prendia os cabelos estava agora suja de sangue e suor. Sangue e suor empastavam também os cabelos, que se tinham aderido ao rosto, transformando-o numa macabra imagem do rei das trevas.

Musashi finalmente começava a ofegar. O peito, largo e robusto como uma armadura, agitava-se de forma visível. O *hakama* tinha-se rasgado, e havia um corte profundo na área da coxa. Pontos brancos que lembravam sementes de romã e um pedaço do osso apareciam no meio da carne rasgada.

Havia um corte também em seu antebraço, nada grave, aparentemente. O sangue, porém, lhe escorria pelo peito e tingia o *obi* na região onde mantinha a espada curta, deixando-o com um aspecto estriado como o de um morto-vivo recém-saído do túmulo, tão apavorante que obrigou muita gente a desviar o olhar.

Mais chocante ainda era a visão dos mortos e dos feridos pela espada de Musashi, estes últimos gemendo e rastejando nas proximidades. Quatro a cinco tinham tombado na hora, mal os quase setenta homens o haviam atacado.

Os feridos não jaziam todos num único lugar, mas a uma considerável distância uns dos outros. Esse detalhe mostrava que Musashi havia se movimentado sem cessar pela ampla campina e combatido em diversos pontos, não dando ao numeroso inimigo tempo para reunir suas forças.

Seus movimentos, sobretudo, tinham obedecido sempre a um princípio: nunca bater-se de frente contra o inimigo. Desse modo, toda vez que a formação inimiga se abria em leque, Musashi evitava a todo custo enfrentar a fileira aberta, girava buscando as extremidades da formação e golpeava, rápido como um raio.

Em consequência, Musashi tinha sempre pela frente os homens em coluna, no mesmo tipo de formação que combatera havia pouco na estreita senda. Fossem portanto setenta ou cem os adversários, eram apenas os dois ou três da ponta de uma coluna que ele enfrentava de cada vez.

Mas apesar da impressionante agilidade com que se movia, comparável à de um pássaro em voo, Musashi falhava vez ou outra. Os Yoshioka, por seu lado, nem sempre se deixavam enganar. Momentos havia em que o bando todo se movia e conseguia encurralá-lo.

Esses eram os momentos de maior perigo para Musashi.

E era também então que, anulada a percepção de si próprio e de seus pensamentos, sua habilidade aflorava poderosa, incandescente.

Suas mãos, sem que soubesse precisar exatamente desde quando, empunhavam cada qual uma espada. A longa na mão direita estava suja de sangue até o cabo. A lâmina da espada curta, na mão esquerda, estava limpa ainda, levemente embaçada por uma camada de óleo, mas parecia pronta para retalhar quem dela se aproximasse.

Naquele instante, porém, Musashi ainda não havia se dado conta de que lutava com as duas espadas.

VI

O movimento lembrava a dança do mar e da andorinha.

O mar lança a onda tentando alcançar a andorinha em voo rasante, mas a andorinha resvala por ela e voa para longe, agilmente.

Os homens do clã Yoshioka movimentavam-se sem cessar, mas pareciam engasgar, parando breves segundos cada vez que viam seus companheiros desabando como troncos sob a ação das duas espadas arrastavam os pés, apenas tentando envolver Musashi num círculo.

E essas paradas davam a Musashi tempo para respirar e recompor-se.

A mão esquerda empunhava a espada curta e apontava diretamente para os olhos de seus adversários. A mão direita, empunhando a longa, abria-se lateralmente — ombros, braços e lâmina compondo naturalmente uma linha horizontal, quase paralela ao chão — à espera, fora do campo visual inimigo.

Juntando-se o comprimento das duas espadas ao dos dois braços estendidos, Musashi dispunha de uma considerável área de ação. E no centro dela estavam seus fulgurantes olhos.

Se o adversário evitava uma aproximação frontal e lhe chegava pela direita, Musashi movia-se imediatamente para a direita, aproximando-se e inibindo a ação inimiga. Se, ao contrário, ele se aproximava pela esquerda, a espada à esquerda instantaneamente se estendia nessa direção, prendendo o adversário entre as duas espadas.

A ponta da espada curta que Musashi empunhava na mão esquerda parecia dotada de incrível força magnética. O adversário que se punha ao alcance dela parecia simplesmente hipnotizado, perdia a capacidade de recuar ou desviar-se. Na fração de segundo seguinte, a espada longa na mão direita vinha sibilando na direção do inimigo e no mesmo instante mais uma bomba de sangue ali explodia.

Muito tempo depois, esse estilo de luta passou a ser conhecido como "técnica Nitoryu contra vários adversários". Naquele instante, porém, Musashi nem sequer tinha noção do que fazia. Anormalmente solicitada, a habilidade latente da mão esquerda havia despertado. Em estado de alheamento, abstraído de si e do mundo, Musashi apenas fazia pleno uso da sua mão esquerda.

No entanto, Musashi era ainda um principiante, até então não tivera tempo para tecer teorias sobre estilos e formas. Em parte por obra do destino, ele tinha percorrido sem vacilar um único cantinho: o da prática. Seu conhecimento advinha da prática. Teorizava posteriormente, em seus momentos de repouso.

Mas os Dez Mais da academia Yoshioka — e com eles todos os principiantes que saltitavam ao redor — tinham percorrido o caminho inverso: todos sem exceção haviam memorizado inicialmente a teoria do estilo Kyohachiryu, e agora se guardavam exibindo os maneirismos do estilo. No entanto, entre eles e Musashi — que nunca tivera um mestre, que estudara na perigosa arena da natureza e na encruzilhada da vida e da morte, sempre pronto a dar a vida para descobrir o sentido da esgrima e aperfeiçoar-se nesse caminho — existiam diferenças fundamentais, tanto no aspecto postural quanto disciplinar. Aos olhos do clã Yoshioka, Musashi — com sua palidez cadavérica, respiração entrecortada, corpo lavado em sangue, mas ainda em pé, indomável e perigoso como um titã, duas espadas em riste prontas a envolver em névoa rubra quem delas se aproximasse — começou a adquirir um aspecto enigmático. Estonteados, olhos embaçados pelo suor, desorientados ante a visão do sangue dos companheiros, Musashi tornava-se gradualmente uma imagem imprecisa, a tal ponto que, cansados e impacientes, lhes pareceu finalmente estarem lutando contra um espírito rubro.

VII

— Fuuuja!
— Você aí, lutando sozinho: fuuja!
— Vá-se embora! Dê um jeito de fugir!
Os gritos partiam das montanhas, das árvores, das nuvens.

Eram os transeuntes e os lavradores que contemplavam a cena e gritavam involuntariamente, torcendo à distância por Musashi, preso no interior de um perigoso cerco.

Musashi porém não ouviria os gritos, mesmo que viessem acompanhados de trovoada, ou que a terra se partisse em dois.

Seu corpo se movia obedecendo apenas ao comando do espírito. Aquele ser que todos viam era ilusório.

Uma aterrorizante energia consumia sua alma e seu corpo. Musashi deixara de existir fisicamente, era apenas uma vida, uma chama.

Foi então que, repentinamente, um rugido estrondoso ecoou pelos 36 picos da cadeia oriental Higashiyama. O alarido tinha partido dos espectadores distantes e também dos homens do clã Yoshioka, que saltavam e berravam simultaneamente. Musashi acabara de disparar como um javali na direção da vila.

Obviamente, seus perseguidores não ficaram a contemplar de braços cruzados.

— Atrás dele!

O pequeno exército enxameou em torno de Musashi, alcançou-o e no mesmo instante cinco ou seis lhe saltaram em cima, gritando e insultando.

Musashi abaixou-se e moveu lateralmente a espada longa na mão direita, varrendo à altura das canelas dos homens mais próximos. Um deles descarregou a lança sobre o vulto curvado de Musashi, esbravejando:

— Verme maldito!

Rechaçada, a lança voou longe enquanto Musashi se aprumava e os enfrentava novamente com tamanha ferocidade, que cada fio de seus cabelos desgrenhados parecia um dardo prestes a lançar-se contra o inimigo. Entre os lábios repuxados num esgar medonho, os dentes cerrados surgiam parecendo prontos a saltar e a morder. Direita e esquerda, direita e esquerda, as espadas tiniam alternadamente, explodindo em chamas, resvalando como água.

— Aaahhh! Ele conseguiu fugir! — rugiu maravilhada a multidão distante, zombando dos atarantados homens do clã Yoshioka. No instante seguinte, o vulto de Musashi já saltava e caía numa verdejante plantação de trigo, no extremo ocidental da campina.

Vozes logo o perseguiram:
— Pare!

— Volte aqui!

Parte do grupo seguiu-o impetuosamente, saltando também para a plantação. Ato contínuo, dois berros medonhos ecoaram: Musashi emboscava colado ao barranco e golpeara os homens que haviam imprudentemente saltado depois dele.

Duas lanças arremessadas de cima do barranco zumbiram e cravaram-se profundamente na macia terra da plantação. Mas o vulto de Musashi já ia longe, correndo e saltando como uma bola de barro, interpondo instantaneamente uma distância de quase dois quilômetros entre si e seus perseguidores.

— Foi para a vila!

— Fugiu para a estrada! — insistiam numerosas vozes.

Mas Musashi tinha corrido à beira da plantação e se refugiado no seio da montanha, de onde se voltava agora vez ou outra para contemplar os homens que, separados em grupos, continuavam a procurá-lo.

E foi então que o sol surgiu como todos os dias, seus raios varrendo a superfície da terra e iluminando até as raízes das plantas.

ESTE LIVRO FOI COMPOSTO EM ADOBE GARAMOND PRO
CORPO 11 POR 13,3 E IMPRESSO SOBRE PAPEL AVENA
70 g/m² NAS OFICINAS DA RETTEC ARTES GRÁFICAS E
EDITORA, SÃO PAULO – SP, EM MARÇO DE 2025